HEYNE <

Das Buch

Während in Canrif Frieden einkehrt und die Bolg das Land zu neuer Blüte führen, stoßen die drei Helden Rhapsody, Achmed und Grunthor in den Gewölben der Festungsstadt auf ein kostbares Relikt: den Krallendolch der gefürchteten Drachin Elynsynos. Der Legende nach hüten Drachen ihre Schätze und lassen ihren Zorn auf all diejenigen niederfahren, die sie bestehlen. Rhapsody beschließt, sich umgehend auf die Suche nach Elynsynos zu begeben, um ihr den Dolch zurückzugeben. Der stets in einen Mantel aus Nebel gehüllte und undurchschaubare Ashe bietet sich als ihr Führer an. Rhapsody zieht mit ihm nach Westen, zur Höhle der mächtigen Drachin, obwohl ihre Freunde noch immer einen Dämon in ihrer Nähe vermuten und ihr Verdacht auf Ashe fällt. Und während Achmed und der Riese Grunthor weiter in das Höhlensystem in Canrif vordringen und auf ein lange gehütetes Geheimnis stoßen, erfährt Rhapsody am Ende ihrer Reise von ihrer Bestimmung. Gemeinsam müssen sich die drei Gefährten dem Feuerdämon F'dor stellen, der aufs Neue alles daran setzt, die Welt für immer zu vernichten. Ein Kampf auf Leben und Tod beginnt.

»Ein Genuss für Freunde epischer Weltenentwürfe!« – *amazon.de*

Die Autorin

Elizabeth Haydon ist der Shooting-Star der amerikanischen Fantasy-Szene. Sie arbeitet als Lektorin in einem Schulbuchverlag. Neben Reisen und Musik gilt ihr Interesse vor allem der Folklore. Die Autorin lebt mit ihrer Familie an der Ostküste der USA. Im Heyne Verlag erschien mit *Tochter des Windes* (06/9380) bereits der erste Roman um die Heldin Rhapsody.

ELIZABETH HAYDON

TOCHTER DER ERDE

Rhapsody

ZWEITER ROMAN

Deutsche Erstausgabe

WILHELM HEYNE VERLAG
MÜNCHEN

HEYNE SCIENCE FICTION & FANTASY
06/9381

Titel der amerikanischen Originalausgabe
PROPHECY
Deutsche Übersetzung von Christine Strüh

Umwelthinweis:
Dieses Buch wurde auf chlor- und
säurefreiem Papier gedruckt.

Deutsche Erstausgabe 09/2003
Redaktion: Angela Kuepper

Erstausgabe by TOR Fantasy/Tom Doherty Associates, LLC, New York

Der Wilhelm Heyne Verlag ist ein Verlag der
Ullstein Heyne List GmbH & Co. KG.
Printed in Germany 2003
http://www.heyne.de
Karten: Erhard Ringer
Umschlaggestaltung: Nele Schütz Design, München
Satz: Schaber Satz- und Datentechnik, Wels
Druck und Bindung: Bercker, Kevelaer

ISBN 3-453-87069-7

Für die Friedensstifter und für Unterhändler
Für die Albtraumjäger und jene,
die aufgeschlagene Knie küssen
Für diejenigen, die die Ordnung unserer Welt
durch ihre Kinder stärken, eins nach dem anderen
Für die Vermächtnisstifter, die Geschichtenschreiber
Für diejenigen, die die Vergangenheit ehren,
indem sie die Zukunft formen
Für diejenigen,
für die Elternschaft eine Berufung ist
Und vor allem für diejenigen,
die mir am nächsten sind
Mit all meiner Liebe

Binnenmeer
Nordland
Manosse
Gaematria
Zweite Landung der Zweiten Flotte
Serendair
Die Versunkene Insel
Hochland
Troeg
Die Weiten Marschen
Einschlag des Schlafenden Kindes
Ostend
Zauberwald
Sagia
Großer Fluss

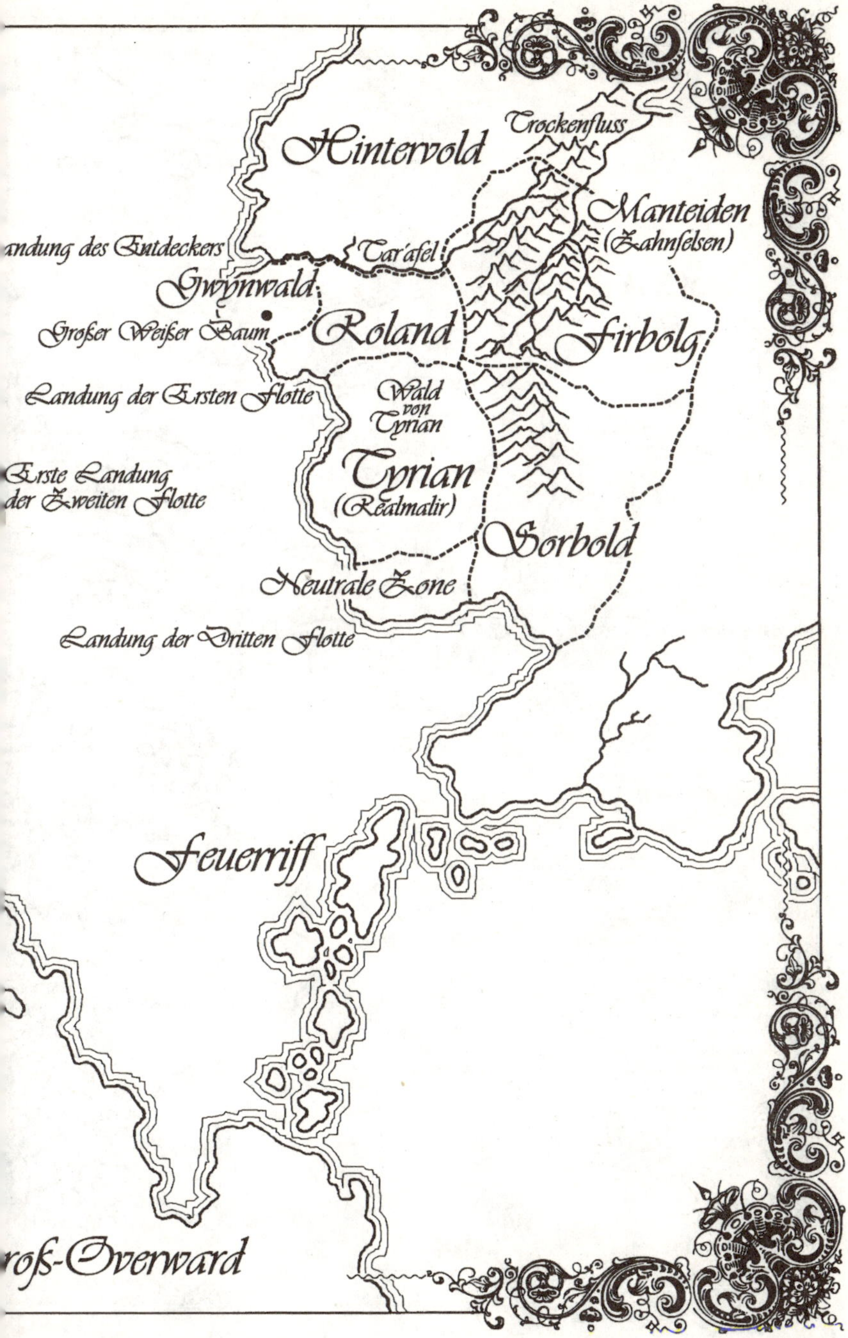

Hintervold
Trockenfluss
Manteiden
(Zahnfelsen)
andung des Entdeckers
Tar'afel
Gwynwald
Großer Weißer Baum
Roland
Firbolg
Landung der Ersten Flotte
Wald von Tyrian
Erste Landung der Zweiten Flotte
Tyrian
(Realmalir)
Sorbold
Neutrale Zone
Landung der Dritten Flotte
Feuerriff
roß-Overward

Merithyns Landung
Tar'afel
Gwynwald
Kreis
Wasser-Basilika
Landung der Ersten Flotte
Navarne
Avonderre
Tyrian
(Realmalir)

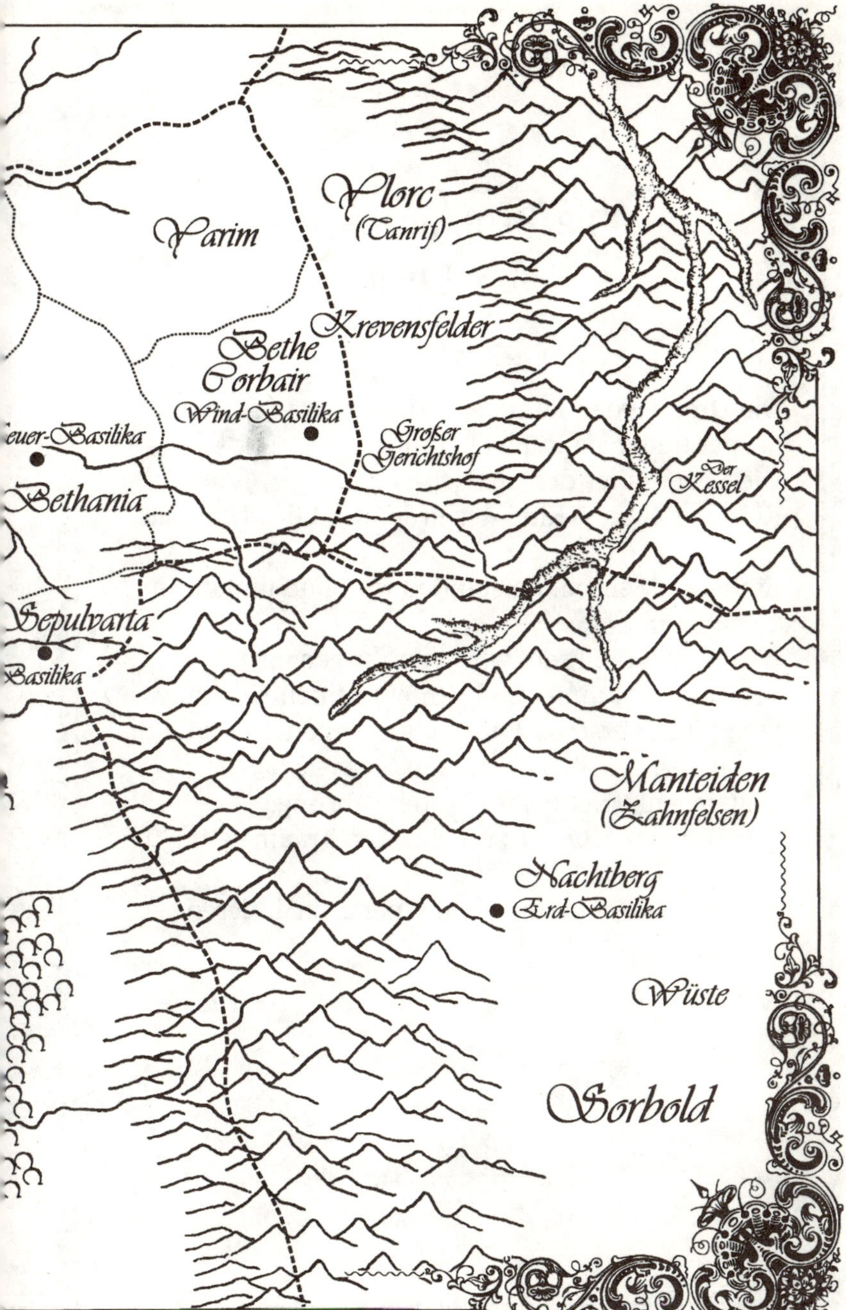

Ylorc
(Tanrif)
Yarim
Krevensfelder
Bethe
Corbair
Wind-Basilika
euer-Basilika
Bethania
Großer
Gerichtshof
Der
Kessel
Sepulvarta
Basilika
Manteiden
(Zahnfelsen)
Nachtberg
Erd-Basilika
Wüste
Sorbold

Die Prophezeiung der Drei

Die Drei werden kommen; früh brechen sie auf,
spät treten sie in Erscheinung,
Die Lebensalter des Menschen:
Kind des Blutes, Kind der Erde, Kind des Himmels.

Ein jeder Mensch, entstanden im Blute und darin
geboren,
Beschreitet die Erde, wird von ihr genährt,
Greift zum Himmel und genießt seinen Schutz,
Steigt indes erst am Ende seiner Lebenszeit zu ihm
auf und gesellt sich zu den Sternen.
Blut schenkt Neubeginn, Erde Nahrung.
Der Himmel schenkt zu Lebzeiten Träume – im Tode
die Ewigkeit.
So sollen sie sein, die Drei, einer zum anderen.

Die Prophezeiung des ungebetenen Gasts

Er geht als einer der Letzten und kommt als einer
der Ersten,
Trachtet danach, aufgenommen zu werden,
ungebeten, an neuem Ort.
Die Macht, die er gewinnt, indem er der Erste ist,
Ist verloren, wenn er als Letzter in Erscheinung tritt.
Unwissend spenden die, die ihn aufnehmen,
ihm Nahrung,
In Lächeln gehüllt wie er, der Gast;
Doch im Geheimen wird die Vorratskammer vergiftet.
Neid, geschützt vor seiner eigenen Macht –
Niemals hat, wer ihn aufnimmt, ihm Kinder geboren,
und niemals wird dies geschehen,
Wie sehr er sich auch zu vermehren trachtet.

Die Prophezeiung des Schlafenden Kindes

Das Schlafende Kind, sie, die Jüngstgeborene,
Lebt weiter in Träumen, doch weilt sie beim Tod,
Der ihren Namen in sein Buch zu schreiben gebot,
Und keiner beweint sie, die Auserkorene.

Die Mittlere, sie liegt und schlummert leise,
Zwischen dem Himmel aus Wasser und
 treibendem Sand,
Hält stille, geduldig, Hand auf Hand,
Bis zu dem Tag, an dem sie antritt die Reise.

Das älteste Kind ruht tief, tief drinnen
Im immer-stillen Schoß der Erden.
Noch nicht geboren, doch mit seinem Werden
Wird das Ende aller Zeit beginnen.

Die Prophezeiung des letzten Wächters

Im Innern des Kreises der Vier wird stehen ein
Kreis der Drei –
Kinder des Windes sie alle, und doch sind sie's nicht,
Der Jäger, der Nährer, der Heiler.
Furcht führt sie zueinander, Liebe hält sie zusammen,
Um zu finden, was sich verbirgt vor dem Wind.

Höre, o Wächter, und besehe dein Schicksal:
Der, welcher jagt, wird auch beschützen,
Der, welcher nährt, wird auch verlassen,
Der, welcher heilt, wird auch töten,
Um zu finden, was sich verbirgt vor dem Wind.

Höre, o Letzter, auf den Wind:
Der Wind der Vergangenheit wird sie geleiten
nach Haus
Der Wind der Erde wird sie tragen in die Sicherheit
Der Wind der Sterne wird singen das Mutterlied,
das ihrer Seele am vertrautesten klingt,
Um das Kind vor dem Wind zu verbergen.

Von den Lippen des Schlafenden Kindes werden
kommen Worte von höchster Weisheit:
Hüte dich vor dem Schlafwandler,
Denn Blut wird das Mittel sein,
Um zu finden, was sich verbirgt vor dem Wind.

INTERMEZZO

Meridion

Meridion saß im Dunkeln, völlig in seine Gedanken vertieft. Auch die Instrumententafel des Zeit-Editors war dunkel; im Augenblick stand die riesige Maschine still, die glänzenden Streifen der durchsichtigen Filme waren aufgespult und jede Rolle sorgfältig mit *Vergangenheit* oder *Zukunft* beschriftet. Die Gegenwart, wie stets ein flüchtiger silberner Nebel, lag unter der Lampe des Editors, drehte und wandelte sich im Dämmerlicht von einem Herzschlag zum anderen.

Über Meridions Knien lag ein uralter Strang, ein Geschichtenfaden aus der Vergangenheit. Es war ein Filmfragment von unermesslicher Bedeutung, am einen Ende jedoch verbrannt und völlig zerfasert. Behutsam hob Meridion ihn hoch, drehte ihn in der Hand und seufzte tief.

Die Zeit war zerbrechlich, vor allem, wenn man sie mechanisch beeinflusste. Er hatte mit dem spröden Film äußerste Vorsicht walten lassen, aber unter dem Druck der Zahnräder im Zeit-Editor war er gerissen, hatte Feuer gefangen, und das Bild, das Meridion benötigte, war verbrannt. Jetzt war es zu spät; der Augenblick war für immer verloren, und mit ihm auch die Information, die er enthielt. Die Identität des Dämons, den er suchte, würde verborgen bleiben. Es gab kein Zurück, jedenfalls nicht auf diesem Weg.

Meridion rieb sich die Augen und lehnte sich zurück in das durchsichtige, funkelnde Aurafeld, das mit seiner Lebensessenz verbunden war und das er nun zu einer Art Stuhl geformt hatte. Die muntere Melodie, die ihn umgab, wirkte stärkend und belebend, klärte seine Gedanken und half ihm, sich zu konzentrieren. Es war sein Namenslied, die seinem Leben eingeborene Melodie. Eine in der ganzen Welt einmalige Schwingung, verbunden mit seinem wahren Namen.

Der Dämon, den er suchte, besaß auch große Macht über Namen. Meridion war in die Vergangenheit gereist, um ihn zu finden, hatte nach einem Weg gesucht, die Zerstörung abzuwenden, die jener Dämon sorgfältig über die Zeit hinweg geplant hatte, aber er war ihm entwischt. F'dor waren Meister der Lüge, Väter des Betrugs. Sie besaßen keine körperliche Form, sondern ergriffen Besitz von unschuldigen Wesen, lebten in ihnen oder benutzten sie, sodass sie ihren Willen taten, bis sich dem Dämon irgendwann die Gelegenheit bot, zu einem neuen, mächtigeren Wirt weiterzuziehen. Selbst aus der Ferne, selbst von der Warte der Zukunft aus gab es kaum eine Möglichkeit, sie zu entdecken.

Aus diesem Grund hatte Meridion die Zeit beeinflusst, hatte Stücke aus der Vergangenheit zerschnitten und neu angeordnet, um eine besonders begabte Benennerin mit den beiden Geschöpfen zusammenzubringen, die ihr möglicherweise helfen konnten, den Dämon aufzuspüren und zu vernichten. Er hatte gehofft, dass diese drei auf ihrer Seite der Zeit in der Lage sein würden, die Heldentat zu vollbringen, ehe es zu spät war, die Pläne des Dämons zu durchkreuzen und der Zerstörung Einhalt zu gebieten, welche das Land nunmehr auf beiden Seiten der Welt heimsuchte. Doch sein Plan war riskant gewesen. Wenn man verschiedene Leben zusammenbrachte, war das noch lange keine Garantie dafür, dass die sich daraus ergebenden Möglichkeiten entsprechend genutzt werden würden.

Schon jetzt sah sich Meridion mit den unglücklichen Folgen seiner Handlungen konfrontiert. Als sich die Vergangenheit selbst zerstört hatte, war der Zeit-Editor beim Abspulen der Zeitfäden so heiß gelaufen, dass Filmfetzen abgerissen waren und über der Maschine in der Luft geschwebt hatten. Der Gestank des verbrannten Zeitfilms war scharf und ätzend; er stieg Meridion unerbittlich in die Nase, drang in seine Lungen und ließ ihn bei dem Gedanken erzittern, welchen Schaden er unabsichtlich der Zukunft antun mochte, indem er sich in die Vergangenheit eingemischt hatte. Aber nun war es zu spät.

Meridion wedelte mit der Hand über die Instrumententafel des Zeit-Editors. Sofort erwachte die gigantische Maschine röhrend zum Leben, und ihre komplizierten Linsen wurden von einer starken Lichtquelle im Innern erhellt. Ein warmer Glanz ergoss sich über die großen Glasscheiben, welche die Wände des kreisförmigen Raums bildeten und bis zur durchsichtigen Decke hinaufreichten. Die funkelnden Sterne, die noch einen Augenblick zuvor in der Dunkelheit aus jedem Winkel unter und über ihm sichtbar gewesen waren, verschwanden im Schein der reflektierten Helligkeit. Meridion hielt das Stück Film ins Licht.

Die Bilder waren noch da, aber schwer zu erkennen. Die zierliche Frau konnte er deutlich sehen, denn ihr mit einem schwarzen Band zurückgebundenes Haar schimmerte golden und warf das Strahlen des Sonnenaufgangs zurück. Sie stand in der Morgenfrühe inmitten der majestätischen Berglandschaft, in der er sie und ihren Gefährten zuletzt erspäht hatte. Behutsam blies Meridion auf den Geschichtenstrang, um ihn vom Staub zu befreien, und lächelte, als die Frau auf dem Bild fröstelnd den Mantel enger um sich zog. Sie blickte hinunter in das Tal, das sich zu ihren Füßen erstreckte, gefleckt vom Frühlingsfrost und dem Zwielicht der Dämmerung.

Ihr Reisegefährte war schwieriger zu finden. Hätte Meridion nicht schon vorher gewusst, dass er da war, hätte er ihn niemals entdeckt, denn er war in den Schatten fast vollständig verborgen. So brauchte er eine Weile, um die Umrisse des Mantels auszumachen, der ja dafür gedacht war, seinen Träger vor den Blicken der Welt zu verbergen. Eine schwache Nebelspur stieg von ihm auf und vermischte sich mit dem Tau, der im Sonnenlicht verdunstete.

Leider bewahrheitete sich Meridions Verdacht: Der Geschichtenstrang war genau zum falschen Zeitpunkt verbrannt, sodass die Benennerin keine Gelegenheit mehr hatte, einen Blick auf den Botschafter des F'dor zu werfen, ehe er oder sie

Ylorc erreichte. Meridion hatte durch ihre Augen gesehen und auf den Moment geharrt, in dem sie den Handlanger des Dämons erspähte, wie der Seher es geraten hatte. Weit in der Ferne konnte er einen schmalen Schatten ausmachen; das war bestimmt die Botschafterkarawane. Die zierliche Frau hatte sie bereits gesehen, aber jetzt war die Gelegenheit vorüber. Und er hatte sie verpasst.

Er dämpfte das Licht im Zeit-Editor und lehnte sich in der Dunkelheit seines Zimmers zurück, um nachzudenken, in seiner Glaskugel schwebend, inmitten der Sterne. Es musste doch noch ein weiteres Zeitfenster geben, eine andere Möglichkeit, wieder in ihre Augen zu gelangen.

Meridion blickte durch die endlose Glaswand neben sich und hinunter auf die Erde, viele Meilen unter ihm. Flüssiges schwarzes Feuer kroch langsam über ihre verfinsterte Oberfläche, legte auf seinem Weg ganze Kontinente in Schutt und Asche und brannte rauchlos in der toten Atmosphäre. Am Rand des Horizonts stieg ein neues Glühen auf; bald würden die Brandherde sich treffen, und das Wenige, was noch übrig war, würde ein Raub der Flammen werden. Meridion musste all seine Kraft zusammennehmen, um nicht laut aufzuschreien. In seinen dunkelsten Träumen hätte er sich dergleichen nicht vorzustellen vermocht.

In seinen dunkelsten Träumen ... Bei dem Gedanken fuhr er hoch. Die Benennerin konnte in ihren Träumen in die Vergangenheit und die Zukunft sehen, manchmal sogar, wenn sie nur die Schwingungen vergangener Ereignisse las, die noch in der Luft hingen oder die an einem Gegenstand hafteten. Träume gaben Schwingungsenergie ab; wenn er die Spur eines ihrer Träume finden konnte - wie Staub, der im Nachmittagslicht sichtbar schwebte -, dann konnte er sie zu ihr zurückverfolgen und sich abermals hinter ihren Augen einnisten, in der Vergangenheit. Meridion beäugte die Spule, die den brüchigen, von ihm notdürftig zusammengeklebten Geschichtenfaden hielt; schlaff hing er am Hauptflügel des Zeit-Editors.

Kurz entschlossen packte er die alte Rolle und zog den Film mit einem Ruck heraus, wobei er die Bruchstelle sauber unter der Linse des Zeit-Editors platzierte. Dann justierte er das Okular und blickte hindurch. Das Stück Film war dunkel, und zuerst erkannte er so gut wie nichts. Nach einer Weile jedoch gewöhnten sich seine Augen daran, und er erhaschte einen goldenen Lichtschimmer, als die Benennerin in ihrer dunklen Kammer seufzte und sich im Schlaf umherwälzte. Meridion lächelte.

Nach kurzem Nachdenken wählte er zwei silberne Instrumente aus, ein Sammelwerkzeug mit einer haardünnen Spitze und ein winziges Siebkörbchen, an das ein langer schlanker Stiel gelötet war. Das Geflecht des daumennagelgroßen Körbchens war fein genug, dass es selbst das kleinste Staubkorn auffangen konnte. Mit größter Sorgfalt blies Meridion auf das Filmbild und hielt unter der Linse Ausschau nach einer Reaktion. Nichts. Er blies noch einmal, und diesmal stieg ein winziger weißer Funken von dem Faden auf, so klein, dass nicht einmal Meridion mit seinen außerordentlich empfindlichen Augen ihn ohne Vergrößerung hätte sehen können.

Geschickt fing Meridion das Stäubchen mit dem Sammelwerkzeug auf und legte es in den Korb. Dann wartete er, ohne den Vorgang eine Sekunde aus den Augen zu lassen, bis die Lampe des Zeit-Editors den hauchdünnen Faden beleuchtete, der es mit dem Film verband. Schließlich wandte er sich um und atmete aus. Er hatte einen Traumfaden eingefangen.

Vorsichtig zupfte er ihn weiter heraus, bis er lang genug war, um ihn unter die stärkste der Linsen zu legen. Ohne den Blick von dem Faden abzuwenden, winkte er in Richtung einer der Behälter, die über dem Editor in der Luft schwebten. Die Türen öffneten sich, und eine winzige Flasche mit einer öligen Flüssigkeit rutschte an die Kante des Innenfachs, sprang dann in die Luft und glitt sanft nach unten, bis sie auf der glänzenden Prismenscheibe zur Ruhe kam, die neben Meridion in der Luft schwebte. Noch immer den Faden fixierend, damit er ihn nur nicht aus dem Auge verlor, entkorkte Meridion die Flasche mit der einen Hand und entfernte behutsam den Tropfenzähler. Dann hielt er sie über den Faden und drückte kräftig.

Das Glas unter der Linse schwirrte in rosa-gelbem Nebel, dann wurde es wieder klar. Meridion streckte die Hand aus und drehte den Sichtschirm zur Wand. Es würde einen Augenblick dauern, bis er sich zurechtfände, aber so war es stets, wenn man aus dem Innern eines Traums heraus beobachtete, den ein anderer ersann.

Albträume

In der Nacht, bevor Rhapsody sich in die Obhut des Mannes gab, den sie kaum kannte, jenes Mannes, dessen Gesicht sie nie gesehen hatte, schlief sie nicht sonderlich gut. Da sie hellsichtig war, also mit der Gabe bedacht war, Visionen aus der Zukunft wie der Vergangenheit zu empfangen, war sie an ruhelosen Schlaf und arge Träume gewöhnt; aber in dieser Nacht war es irgendwie anders.

Lange, qualvolle Stunden lag sie wach und kämpfte mit nagenden Zweifeln, die ihr gewiss als Warnung dienen sollten. Es drehte sich dabei nicht einmal um irgendeine besondere Vorahnung, sondern schlicht um die Regeln des gesunden Menschenverstandes. Bis zum Morgen war sie sich völlig unsicher, ob ihre Entscheidung, ohne den treuen Schutz ihrer Freunde mit diesem Mann auf Reisen zu gehen, wirklich klug war.

Das Feuer in dem kleinen, schlecht ziehenden Kamin brannte leise, während sie sich herumwälzte und zwischen Schlaf und Wachen vor sich hin murmelte. Die stummen Flammen warfen pulsierende Lichtflecke auf Wände und Decke ihrer winzigen fensterlosen Schlafkammer tief im Innern des Bergs. Als Achmed in Ylorc König der Firbolg geworden war, hatte er den Sitz seiner Macht den ›Kessel‹ genannt; in dieser Nacht aber hatte er mehr Ähnlichkeit mit der Unterwelt.

Achmed hatte kein Hehl daraus gemacht, dass er Rhapsodys Plan, den Berg zusammen mit Ashe zu verlassen, ganz und gar nicht billigte. Von dem Augenblick an, als die beiden Männer sich auf den Straßen von Bethe Corbair begegnet waren, hatten sie ein offenkundiges Misstrauen gegeneinander gehegt; die Spannung, die in der Luft lag, ließ Rhapsodys Kopfhaut prickeln, als wäre sie statisch aufgeladen. Doch Vertrauen gehörte sowieso nicht zu Achmeds hervorstechenden Eigenschaften. Mit Ausnahme von ihr und Grunthor, seinem riesenhaften Sergeanten und langjährigen Freund, beehrte er, soweit Rhapsody wusste, niemanden damit.

Im Grunde machte Ashe einen recht netten und harmlosen Eindruck. Bereitwillig hatte er Rhapsody und ihren Gefährten in Ylorc, ihrer abweisenden Bergheimat, einen Besuch abgestattet. Ihm schien es nichts weiter auszumachen, dass Ylorc das Lager der Firbolg war und dass diese primitiven, zuweilen recht grausamen Kreaturen von den meisten Menschen als wahre Ungeheuer gefürchtet wurden.

Ashe hatte keinerlei Vorurteile gezeigt; freundlich hatte er mit den grimmigen Bolg-Häuptlingen am selben Tisch gespeist, hatte sich nicht weiter an deren ungehobelten Tischmanieren gestört und geflissentlich ihre Angewohnheit ignoriert, Knochensplitter auf den Boden zu spucken. Und er hatte ohne zu zögern zu den Waffen gegriffen, um das Firbolg-Reich gegen einen Angriff der Hügel-Augen zu verteidigen, dem letzten Stamm, der Achmed bisher noch nicht die Lehenstreue geschworen hatte. Seine Regentschaft als Kriegsherr war ja noch verhältnismäßig neu und längst nicht eingespielt. Falls es Ashe in irgendeiner Weise belustigte oder ärgerte, dass Rhapsodys Gefährten zu solch monströser Größe aufgestiegen waren, zeigte er es jedenfalls nicht.

Andererseits zeigte Ashe ohnehin sehr wenig. Stets hielt er das Gesicht sorgfältig unter der Kapuze seines Umhangs verborgen, eines sonderbaren Kleidungsstücks, das ihn in Nebel einzuhüllen schien und es seinem Gegenüber noch schwerer machte, ihn zu erkennen.

Rhapsody rollte sich im Bett herum und stieß einen langen, gequälten Seufzer aus. Sie akzeptierte Ashes Recht auf Heimlichkeiten; sie wusste, dass viele Überlebende des großen cymrischen Krieges entstellt und verkrüppelt heimgekehrt waren. Aber der Gedanke, er könnte mehr zu verbergen haben als eine hässliche Narbe, ließ ihr einfach keine Ruhe. Gesichtslose Männer hatten schon in vielen verschiedenen Bereichen ihres Lebens ihr Unwesen getrieben.

In der Dunkelheit der Höhlenkammer öffnete Rhapsody die smaragdgrünen Augen. Wie zur Antwort glühte das Feuer auf; von den Überresten der verkohlten, weiß glühenden Holzscheite stiegen kleine Rauchschwaden empor und krochen den Kamin hinauf, der vor Jahrhunderten in den Berg gehauen worden war, als Ylorc noch Canrif hieß und den Cymrern als Königssitz diente. Rhapsody holte tief Luft und sah zu, wie noch mehr Rauch emporwallte und über der Glut eine kleine Wolke bildete.

Sie schauderte; der Rauch war in ihr Gedächtnis eingedrungen und hatte dort ein unerwünschtes Bild heraufbeschworen; nicht eine der alten Erinnerungen an ihr ehemaliges Leben auf den Straßen von Serendair, ihrer Inselheimat, die unter den Fluten des Meeres auf der anderen Seite der Welt begraben lag. Jene Zeit des Missbrauchs und der Prostitution, die sie so lange in ihren Träumen heimgesucht hatte, störte ihren Schlaf nicht mehr.

Jetzt träumte sie meist von den Schrecken dieses neuen Landes. Nacht um Nacht bescherte ihr grausige Gedächtnisbilder an das Haus der Erinnerungen, eine alte Bibliothek in der neuen Welt, und an einen Feuervorhang, der einen dunstigen Tunnel bildete. Am Ende der Rauchsäule hatte ein Mann gestanden, ein Mann in einem grauen Mantel, ganz ähnlich dem, den Ashe trug. Ein Mann, den die gefundenen Dokumente eindeutig als Rakshas ausgewiesen hatten. Ein Mann, der Kinder gestohlen und sie ihres Blutes wegen geopfert hatte. Ein Mann, dessen Gesicht sie ebenfalls nicht gesehen hatte. Die Übereinstimmungen setzten ihren Nerven gewaltig zu.

Verschwommen stellte Rhapsody fest, dass die glimmenden Kohlen nicht viel dazu taten, die Feuchtigkeit aus der Kammer zu vertreiben. Ihre Haut fühlte sich kalt und feucht an, die klammen Decken klebten an ihr und kratzten. Ihr schweißnasses Haar verhedderte sich im Nacken mit der Kette des Medaillons, das sie nie abnahm, und ziepte schmerzhaft, als sie sich reckte, um sich aus den Fesseln des Bettzeugs zu befreien.

Schon wollte sich ihr Magen in kalter Sorge zusammenziehen, da kam ihr ein pragmatischer Gedanke. Achmed war wohl ihr bester Freund in diesem Land, die säuerliche Kehrseite ihrer fröhlichen Münze, und auch er neigte dazu, so verschleiert durch die Welt zu gehen, dass sie ihn nicht richtig sehen konnte.

Nach all der Zeit staunte sie immer noch darüber, dass sie diesem zum König aufgestiegenen Meuchelmörder so nahe gekommen war, einem Mann, dessen Lebensziel darin zu bestehen schien, einen jeden Menschen zu verärgern, der mit ihm in Kontakt trat. Sie war ihm nicht sonderlich dankbar gewesen, dass er sie gegen ihren Willen durch den Bauch der Erde geschleift und sie aus Serendair herausgeholt hatte, ehe vulkanisches Feuer die Insel verschlungen hatte. Zwar hatte sie im Lauf der Zeit aufgehört, ihr Schicksal zu hassen, aber in einer winzigen Ecke ihres Herzens würde sie ihm niemals vergeben, obgleich sie ihm ihr Leben verdankte. Und dennoch hatte sie ihn und Grunthor lieben gelernt.

Auch die Firbolg hatte sie inzwischen ins Herz geschlossen, hauptsächlich, weil sie sie durch die Augen ihrer beiden Freunde sah, die halb bolgischer Abstammung waren. Trotz der primitiven Natur und der kriegerischen Neigungen der Höhlenbewohner hatte Rhapsody viele Aspekte ihrer Kultur schätzen gelernt, die erstaunlich hoch entwickelt war und bewundernswerter als manches, was man bei ihren menschlichen Gegenstücken in den Provinzen von Roland antraf. Die Firbolg folgten ihren Führern aus Respekt und Furcht, nicht willkürlich oder aufgrund zweifelhafter Familientraditionen; sie verwendeten ihre spärlichen medizinischen Kenntnisse darauf, die Geburten zu erleichtern und die Kinder und ihre Mütter zu schützen – ein moralischer Grundsatz, den Rhapsody aus vollem Herzen unterstützte. Die etwas verfeinerte soziale Struktur, die Achmed und Grunthor eingeführt hatten, begann gerade Fuß zu fassen, als klar wurde, dass Rhapsodys Reise unabdingbar war.

Rhapsody räkelte sich auf den Rücken, auf der Flucht vor ihren Träumen und der Suche nach einer bequemeren Lage, aber leider war ihr die Erfüllung beider Wünsche nicht vergönnt. Wieder fiel sie den Gedanken anheim, die da durch ihren Kopf wirbelten.

Mit dem Fund der Kralle hatte sich alles verändert. Aus den Tiefen der Gewölbe von Ylorc hatten sie die Kralle eines Drachen ans Tageslicht gefördert, mit einem Griff versehen, sodass sie als Dolch dienen konnte. Jahrhundertelang hatte sie anscheinend ungestört in der Tiefe geruht, selbst als die Bolg die Berge übernommen und sich das verlassene cymrische Reich angeeignet hatten. Doch nun lag der Dolch an der Erdoberfläche, und der Drache, dem die Kralle gehört hatte, würde diese fühlen, würde ihre Schwingungen im Wind schmecken. Rhapsody glaubte, dass er irgendwann kommen würde, um sie sich zurückzuholen. Sie hatte die Legenden von der mächtigen Drachin Elynsynos gehört, hatte die wilden, Grauen erregenden Statuen des Tiers im cymrischen Museum und auf den Dorfplätzen überall in Roland gesehen, und von daher zweifelte sie nicht daran, dass der Drache einen giftigen Zorn nährte. Bilder jenes Zorns hatten die Parade ihrer Albträume in dieser letzten Nacht in Ylorc angeführt und sie das erste von vielen Malen zitternd aus dem Schlaf emporschrecken lassen.

Um die Bolg vor den verheerenden Folgen dieses Zorns zu bewahren, hatte sie beschlossen, den Wyrm zu suchen und ihm den Dolch zurückzugeben, obgleich Achmed und Grunthor heftig widersprochen hatten. Doch Rhapsody hatte sich nicht von ihrem Plan abbringen lassen; allein schon die Vorstellung, dass ihre adoptierten Bolg-Enkel unter dem Feueratem des Drachen zu Asche zerfallen würden, hatte ihre Entschlossenheit gestärkt. Auch dieser Traum gehörte zu denen, die sie immer wieder heimsuchten, wenngleich die Opfer des Drachen gelegentlich wechselten. Ihre Träume trafen da keine Unterscheidung.

Sie hatte Angst um Jo, das Straßenmädchen, das sie im Haus der Erinnerung gefunden und an Stelle einer Schwester angenommen hatte. Auch um Stephen fürchtete sie, den freundlichen jungen Herzog von Navarne, und um seine Kinder, die sie ebenfalls ins Herz geschlossen hatte. All diese Menschen, die sie liebte, wurden in ihren Albträumen vor ihren Augen abwechselnd bei lebendigem Leibe gebraten. Diese Nacht hatte Herzog Stephen die Ehre gehabt.

In seinem Schloss hatte sie zum ersten Mal eine Statue von Elynsynos erblickt. Stephen hatte bereits seine Frau, seinen besten Freund Gwydion von Manosse und zahllose andere Bewohner seines Herzogtums verloren; sie waren allesamt den unerklärlichen Gewaltausbrüchen zum Opfer gefallen, die das Land seit geraumer Zeit heimsuchten. Rhapsody wäre am Verlust ihrer Welt und ihrer Familie fast zugrunde gegangen; nun waren die Bolg und ihre Freunde zu ihrer Familie geworden. Diese Familie womöglich schutzlos einem Angriff auszusetzen wäre fast so schlimm wie der erste Verlust, in gewisser Hinsicht sogar noch schlimmer. Ashe behauptete, er wisse, wo der Drache zu finden sei. Für ihre Lieben war sie bereit, ihr Leben aufs Spiel zu setzen. Nur konnte Rhapsody in diesem Land der Lügen nicht sicher sein, dass sie ihnen nicht gar noch mehr Gefahr einbrockte, wenn sie mit Ashe ging.

Rhapsody wälzte sich auf die Seite und verhedderte sich erneut in die rauen wollenen Decken. Nichts schien mehr einen Sinn zu ergeben. Es war unmöglich zu entscheiden, auf wen oder was sie vertrauen konnte; nicht einmal auf ihre eigenen Gefühle konnte sie sich verlassen. Ihr blieb nichts anderes übrig, als zu beten, dass die Träume von einer bevorstehenden Zerstörung Warnungen waren und nicht etwa Vorahnungen wie die, welche ihr damals den Untergang Serendairs angekündigt hatten. Aber wie dem auch sein mochte, sie würde es erst endgültig wissen, wenn es womöglich zu spät war.

Als sie wiederum in einen unruhigen Schlaf verfiel, schien es ihr, als hätte sich der Rauch des Feuers verdichtet und ein Band in der Luft gebildet, ein durchsichtiges Band, das sich um ihre Träume wand und hinter ihren Augen verankerte.

Achmed die Schlange, König der Firbolg, litt ebenfalls unter Albträumen und fühlte sich von ihnen ausgesprochen verunsichert. Schlafängste waren Rhapsodys Spezialität, und Achmed war im Allgemeinen dagegen immun. Schließlich hatte er im Wachzustand mehr als genug gelitten, damals in der alten Welt. Wie froh er war, dieses Leben hinter sich gelassen zu haben!

Die starren Wände des Kessels, seines Regierungssitzes im Innern des Bergs, gewährten ihm für gewöhnlich dunklen, erholsamen Schlaf, traumlos und nicht von den Schwingungen der Luft gestört, auf die er so besonders empfindlich reagierte. Sein dhrakischer Körper, Geschenk der Rasse seiner Mutter, war ihm Fluch und Segen zugleich. Er verlieh ihm die Gabe, die Zeichen der Welt zu lesen, die für die Augen und den Verstand seiner Zeitgenossen nicht erkennbar waren. Aber der Preis dafür war hoch; er fand kaum Ruhe und Frieden, denn er musste sich Tag für Tag mit dem Ansturm zahlloser unsichtbarer Eindrücke auseinander setzen, die für andere schlicht ›das Leben‹ darstellten.

Daher war er höchst angetan davon, dass die Festung tief im Felsen des dunklen Bergreichs von Ylorc lag. Glatt polierte Basaltwände umschlossen die stille, reglose Luft seines königlichen Schlafgemachs und hielten den Lärm und den Tumult der Welt draußen von ihm fern. Seine Nächte waren meist störungsfrei und ruhig und tröstlich in ihrem Schweigen.

Aber nicht so diese Nacht.

Fluchend warf sich Achmed im Bett herum und fuhr schließlich zornig hoch. Nur mit Mühe konnte er sich zurückhalten, den Korridor hinunter zu Rhapsodys Zimmer zu laufen, sie aus dem Schlaf zu reißen und zu fragen, was eigentlich in sie gefahren sei, warum sie die Gefahr nicht erkannte, die sie mit ihrer Unternehmung herausforderte. Doch das hätte wenig Sinn gehabt, denn Achmed wusste die Antwort auf diese Frage längst.

Rhapsody nahm viele Dinge einfach nicht wahr. Für eine Frau mit einem so scharfen Verstand und einer ansonsten so wachen Auffassungsgabe war sie bei den offensichtlichsten

Tatsachen oft erstaunlich schwer von Begriff, und wenn sie etwas nicht glauben wollte, ignorierte sie es einfach.

Ursprünglich hatte Achmed angenommen, dies sei Teil der Veränderungen, die sie alle durchgemacht hatten, Teil der Metamorphose, die eingetreten war, als sie auf ihrer Flucht aus Serendair durch das Inferno im Bauch der Erde gegangen waren. Seit sie dem Feuer entronnen waren, hatte sich Rhapsody verwandelt; die Flammen hatten sie nicht nur körperlich unversehrt gelassen, sondern ihre natürliche Schönheit geradezu ins Übernatürliche gesteigert. Achmed war nicht nur fasziniert von der Kraft, die ihr jetzt innewohnte, sondern auch von ihrer schlichten Unfähigkeit, ihre Veränderung selbst zu erkennen. Jedes Mal, wenn sie auf der Straße die Kapuze abnahm, wurde sie von den Leuten mit offenem Munde angestarrt; aber dieser Umstand hatte sie nicht etwa zu der Überzeugung gebracht, dass sie wunderschön aussah, sondern im Gegenteil dazu geführt, dass sie sich vorkam, als wäre sie missgestaltet.

Achmed trat heftig gegen das Laken, das sich um seinen Fuß gewickelt hatte. Als er Rhapsody besser kennen gelernt hatte, war ihm klar geworden, dass ihre Neigung zur Selbsttäuschung schon lange vor ihrem Marsch durchs Feuer bestanden haben musste. Es war ihre Art, sich einen letzten Rest Unschuld zu bewahren, ihr leidenschaftlicher Drang, an das Gute zu glauben, wo es nicht vorhanden war, zu vertrauen, wo es keinerlei Grund dazu gab.

Auf der Straße hatte sich ein solch unschuldiger Glaube bestimmt nicht so leicht aufrechterhalten lassen. Immerhin hatte Rhapsody mit einem Diener von Achmeds damaligem Meister verkehrt – mit Michael, dem Wind des Todes – und war durch ihn gewiss den härtesten Realitäten ausgesetzt worden. Dennoch hielt sie stets Ausschau nach einem glücklichen Ausgang der Dinge und versuchte die Familie, die sie vor tausend Jahren verloren hatte, um jeden Preis neu zu erschaffen, indem sie jede Waise und jedes Findelkind adoptierte, die ihr über den Weg liefen. Bisher hatte diese Neigung lediglich dazu geführt, dass man ihr das Herz brach, was Achmed, nebenbei bemerkt, völlig kalt ließ. Doch mit ihrem nächsten Plan drohte sie nicht nur ihr eigenes Leben aufs Spiel zu setzen, und das beunruhigte ihn zutiefst.

Irgendwo draußen in der unendlichen Weite der westlichen Länder gab es ein menschliches Wesen, das einen Dämon beherbergte, da war er sich sicher; er hatte das Werk des F'dor schon früher gesehen. Schließlich war er selbst der unfreiwillige Sklave eines Dämons gewesen. Die F'dor waren eine alte, böse Rasse, aus dunklem Feuer geboren, aber Achmed hatte die Hoffnung gehegt, der Letzte von ihnen sei mit ihrer Inselheimat untergegangen. Hätte er selbst im serenischen Krieg mitgekämpft, der bald nach seiner Flucht ausgebrochen war, hätte er für ihre endgültige Ausrottung gesorgt und dafür auch seinen letzten Mord begangen - was damals ja ohnehin sein Metier gewesen war.

Aber er war frühzeitig von der Insel entflohen. Ein ganzes Jahrtausend, bevor er von der Wurzel wieder an die Erdoberfläche gelangt war - eine halbe Welt entfernt, auf der anderen Seite der Zeit -, hatte der Krieg geendet, und Serendair war in den Fluten versunken. Und diejenigen, die den Konflikt überlebt hatten, diejenigen, welche die Katastrophe hatten nahen sehen und klug genug gewesen waren, rechtzeitig die Flucht zu ergreifen, hatten ohne jeden Zweifel das Böse mit sich an diesen neuen Ort getragen.

Die Geschichte konnte ohne weiteres als schlechtester Scherz der Weltgeschichte durchgehen. Achmed hatte die unzerstörbare Kette des Dämons zerbrochen, war vor etwas geflohen, vor dem man eigentlich nicht fliehen konnte, war dem entgangen, dem man nicht entgehen konnte, nur um es hier wieder zu finden. Irgendwo da draußen lauerte es nun auf ihn, unerkennbar mit einem der Millionen Einwohner dieses neuen Landes verbunden, und wartete ab, bis die Zeit reif war. Für den Augenblick waren sie anscheinend in Sicherheit; das Böse hatte die Berge noch nicht erreicht, so weit er es beurteilen konnte.

Aber nun wollte diese hirnlose Frau den Schutz seines Reiches verlassen. Wenn sie überlebte, würde sie am Ende noch als Sklavin des Bösen zurückkehren, ohne es zu ahnen.

In früheren Zeiten wäre das auf eine verdrehte Art tatsächlich etwas Gutes gewesen. Wenn der F'dor sich an sie gebunden hätte, wäre es unnötig gewesen, selbst loszuziehen und ihn zu suchen. Sobald Rhapsody zu den Zahnfelsen, den Firbolg-Bergen, zurückgekehrt wäre, hätte Grunthor sie vor seinen Augen getötet, während er das Bannritual durchführte. Dies war eine weitere Gabe, die ihm seine Rasse als Halb-Dhrakier verlieh: der seltsame Totentanz, dem er beigewohnt, den er aber nie selbst vollführt hatte; ein Tanz, der den Dämon an der Flucht hinderte, wenn sein Wirt starb, und ihn zusammen mit seinem menschlichen Körper – in diesem Falle Rhapsodys – für immer vernichtete. Wenn sich herausgestellt hätte, dass sie doch nicht besessen gewesen wäre, hätte keiner von ihnen großartig getrauert.

Doch inzwischen war alles anders geworden. Grunthor liebte Rhapsody abgöttisch und verteidigte sie mit jeder Faser seines monströsen Wesens. Mit seiner Größe von siebeneinhalb Fuß und der Breite eines Zugpferds war er ein Bollwerk, das man in seiner leidenschaftlichen Entschlossenheit nicht unterschätzen durfte.

Und selbst Achmed war zu der Erkenntnis gekommen, dass es nützlich war, Rhapsody in der Nähe zu haben. Neben ihrer überwältigenden Schönheit, welche die Firbolg in Schrecken oder zumindest in Ehrfurcht versetzte, war da noch ihre Musik – eines der nützlichsten Werkzeuge in ihrem Arsenal, wenn es darum ging, die Eroberung des Berges und das Voranschreiten der Firbolg-Zivilisation zu unterstützen.

Rhapsody war eine Liringlas, eine Himmelssängerin, ausgebildet in der Wissenschaft des Benennens. In ihrer Musik wohnte eine Schönheit, die ihr ebenso angeboren war wie ihre körperliche Erscheinung. Die Schwingungen, die von ihr ausgingen, wirkten beruhigend und lindernd auf die empfindlichen Adern direkt unter Achmeds Haut. Schon vor langer Zeit war Achmed zu dem Schluss gekommen, dass dies einer der Gründe war, warum er Rhapsody als liebenswerte Nervensäge akzeptieren konnte, statt sie als echtes Ärgernis zu empfinden, wie es ihm bei den meisten anderen seiner Mitmenschen erging.

Praktisch einsetzen ließ sich ihre Musikalität indes vor allem durch ihre Fähigkeit, zu überzeugen, Furcht einzuflößen, Wunden zu heilen, aber auch zu verletzen und Schwingungen zu erkennen, die nicht einmal Achmed selbst identifizieren konnte. Rhapsody hatte bei der Eroberung des Berges eine wichtige Rolle gespielt; ohne ihre Mitwirkung hätte das Unterfangen bestimmt viel länger gedauert und wäre wesentlich blutiger verlaufen. Er schätzte diese Talente sehr, während Rhapsody sie leider eher für zweitrangig hielt.

Stattdessen verbrachte sie viel Zeit damit, ihre musikalische Heilergabe zum Einsatz zu bringen, indem sie den Verwundeten vorsang, um ihre Schmerzen zu lindern und ihre Angst zu beschwichtigen – tröstliche Maßnahmen, von denen Achmed argwöhnte, dass sie die Bolg eher verwirrten, und über die er sich deshalb über alle Maßen ärgerte. Gleichzeitig hatte er jedoch ihr Bedürfnis, Leid zu mindern, zu dulden gelernt; es sicherte ihm nämlich ihre Unterstützung bei all den Dingen, die er selbst für notwendig erachtete.

Aber Rhapsody hatte nicht nur bei der Eroberung des Berges geholfen, sie war auch für das Aushandeln der Verträge mit Roland und Sorbold verantwortlich gewesen, hatte das Anpflanzen der Weinberge organisiert und ein Erziehungssystem eingeführt; lauter Dinge, die für den übergreifenden Gesamtplan unabkömmlich waren. Inzwischen respektierte Achmed ihre Ideen und verließ sich auf sie fast ebenso wie auf Grunthor; und deshalb fühlte es sich für ihn umso mehr wie ein Vertrauensbruch an, dass sie jetzt mit Ashe weggehen wollte. Zumindest erklärte Achmed sich damit das stechende Gefühl der Frustration, das er seit dem Augenblick empfand, als sie angekündigt hatte, mit diesem Eindringling loszuziehen, diesem Fremden, der sich in Nebel und Geheimnisse hüllte.

Schon bei dem Gedanken, dass sie am Morgen Ylorc verlassen würde, wurde ihm kalt. Wieder fluchte er, fuhr sich mit den schmalen Händen durch das verschwitzte Haar und setzte sich ärgerlich auf den Stuhl vor dem Feuer, das nicht recht brennen wollte. Eine Weile starrte er in die winzigen Flämmchen und erinnerte sich daran, welche Wirkung die Durchquerung des Feuerwalls im Bauch der Erde auf Rhapsody gehabt hatte: Unbewusst hatte sie die Kraft und das Wissen des Feuers in sich aufgenommen und war selbst von allen körperlichen Unzulänglichkeiten gereinigt worden. Seit diesem Augenblick reagierte jedes Feuer, von der flackernden Kerzenflamme bis zum lodernden Freudenfeuer, mit der gleichen Ehrfurcht und Bewunderung auf sie wie die Menschen; es spiegelte ihre Stimmung, spürte ihre Gegenwart, befolgte ihre Befehle. Achmed brauchte ihre Kraft hier, hier in diesem kalten Berg.

Der Firbolg-König beugte sich vor; die Ellbogen auf die Knie gestützt, die gefalteten Hände an den Mund gelegt, dachte er nach. Vielleicht waren seine Sorgen unbegründet. Rhapsody hatte den Anfang gemacht, und ihre Arbeit schritt zügig voran. Das Hospital und das Hospiz liefen reibungslos, und die Weinberge wurden selbst im Winter sorgfältig von den Firbolg gepflegt, die Rhapsody in der Kunst der Landwirtschaft unterwiesen hatte. Nun erlernten die Bolg-Kinder die Techniken, die ihr Volk gesünder machen und ihnen ein längeres Leben bescheren würden und die sie außerdem stärkten, sodass sie sich besser gegen die Männer von Roland verteidigen konnten. Unter Rhapsodys Wirken war der leblose Berg warm geworden. Tag und Nacht loderte in den cymrischen Schmieden das Feuer für die Herstellung von Stahl für Waffen und Werkzeuge, und die erhitzte Luft zirkulierte durch den Berg. Ursprünglich waren die Werkstätten von Gwylliam eingerichtet worden, der Canrif erbaut, regiert und später dann den Krieg angezettelt hatte, der zu seiner Zerstörung führen sollte. Die Bolg würden Rhapsody wohl schon vermissen.

Außerdem war Rhapsodys Status als Benennerin eine Versicherung dagegen, dass sie unbemerkt zur widerstrebenden Sklavin des Dämons werden würde. F'dor waren Meister der Lügen, verschlagen und heimlichtuerisch; Benenner dagegen hatten sich der Wahrheit verpflichtet, und ihre Macht war fest mit dieser Verpflichtung verknüpft; dadurch, dass sie ihr Denken und Sprechen beständig nach der ihnen bekannten Wahrheit ausrichteten, begriffen sie diese auf einer tieferen Ebene als die meisten anderen. Schon als Achmed ihr zum ersten Mal begegnet war, hatte Rhapsody gezeigt, dass sie sich auf den Gebrauch der Macht eines wahren Namens verstand, auch wenn dies eher unbeabsichtigt geschehen war.

Einige Herzschläge nur, bevor sie ihm und Grunthor im alten Land über den Weg gelaufen war, hatte man ihn noch bei dem Namen gekannt, der ihm bei seiner Geburt gegeben worden war: der Bruder. Er war versklavt gewesen, dazu verdammt, die vom Gestank verbrannten Fleisches verpestete Luft einzuatmen, den widerlichen Geruch des F'dor, dessen Diener er damals gewesen war und der sich im Besitz seines wahren Namens befunden hatte. Die unsichtbare Kette um seinen Hals war von Sekunde zu Sekunde enger geworden – zweifelsohne hatte der F'dor Verdacht geschöpft, dass er hatte weglaufen und dem letzten schrecklichen Befehl entfliehen wollen.

Und im nächsten Augenblick war er buchstäblich über Rhapsody gestolpert, die sich auf der Flucht vor ihren Verfolgern befunden hatte, kopflos durch die Nebenstraßen von Ostend gerannt war und versucht hatte, den lüsternen Absichten von Michael, dem Atemverschwender, zu entkommen. Ein leichtes Lächeln umspielte Achmeds Lippen, als er die Augen schloss und die Erinnerung noch einmal in sich aufleben ließ.

Verzeiht, wenn ich aufdringlich erscheine, aber bitte seid so gut und nehmt euch meiner an. Adoptiert mich. Ich werde mich auch erkenntlich zeigen.

Er hatte genickt, ohne recht zu wissen, warum.

Danke vielmals. Sie hatte sich umgedreht und sich an die Stadtwachen gewandt, die sie verfolgt hatten. *So ein Zufall! Meine Herren, Ihr kommt gerade zur rechten Zeit, um Bekanntschaft mit meinem Bruder zu machen. Bruder, darf ich vorstellen: Das sind die Büttel der Stadt. Meine Herren, das ist mein Bruder. Achmed, die Schlange.*

Das Reißen seines unsichtbaren Halsbands war unhörbar gewesen, aber er hatte es in seiner Seele vernommen. Zum ersten Mal, seit der F'dor ihm seinen Namen geraubt hatte, war die Luft, die er einsog, klar gewesen und hatte den scheußlichen Geruch aus seiner Nase und seinem Kopf verjagt. Seither war er frei, erlöst von der Versklavung und einer Verdammnis, die irgendwann gefolgt wäre, und diese Fremde, diese winzige Halb-Lirin-Frau, war seine Retterin gewesen.

In ihrer Panik hatte sie seinen alten Namen ausgesprochen – ›der Bruder‹ –, diesen dann aber für immer in etwas Lächerliches, aber Sicheres verwandelt, und ihm damit sein Leben und seine Seele zurückgegeben, über die ein anderer befohlen hatte. Jetzt noch sah er in der Erinnerung den Ausdruck des Schreckens in ihren klaren grünen Augen; sie hatte keine Ahnung gehabt, was sie da getan hatte. Selbst als er und Grunthor sie durch das Land und schließlich hinunter zu den Wurzeln der Sagia geschleppt hatten – dem riesigen Baum, der den Lirin, dem Volk von Rhapsodys Mutter, heilig war –, hatte sie sich noch in dem Irrglauben befunden, dass es ihm darum ginge, sie vor dem Atemverschwender zu retten. Soweit er wusste, war sie bis heute fest davon überzeugt.

Sollte der F'dor also über sie kommen und sich an ihre Seele binden, so wäre das leicht zu erkennen. Wenn sie von einem dämonischen Geist, der zur Lüge geboren war, besessen wäre, würde sie nicht mehr als Benennerin wirken können und ihre Wahrheitsmacht verlieren. Ein kleiner Trost angesichts all der Gefahren, die irgendwo außerhalb seines Landes und seines Schutzes auf sie lauerten.

Achmed schauderte und blickte zur Feuerstelle. Die letzten Kohlen waren heruntergebrannt, in einem dünnen Rauchfaden verschwunden.

Mitten in den Baracken der firbolgschen Bergwache träumte auch Grunthor – was äußerst selten vorkam. Anders als der Firbolg-König war er ein schlichter Mann mit einer schlichten Gesinnung. Demzufolge hatte er auch schlichte Albträume.

Doch unter seinen Träumen hatten oft zahlreiche Leute zu leiden.

Wie Achmed war auch Grunthor halb bolgischer Abstammung, aber seine andere Hälfte war bengardisch, eine Rasse riesenhafter Wüstenbewohner mit grusligen Gesichtszügen und öliger, ledriger Haut, die sie vor den Auswirkungen der Sonneneinstrahlung schützte. Die Bolg-Bengard-Kombination war für das Auge so abstoßend, wie Rhapsodys Menschen-Lirin-Mischung anziehend wirkte, selbst für die Empfindung der Bolg, deren Wertschätzung für Grunthor höchstens von ihrer Furcht vor ihm in den Schatten gestellt wurde - eine Einstellung, die Grunthor durchaus behagte.

Während er nun im Schlaf brummte und durch die sorgfältig polierten Hauer wisperte, die aus seinem vorspringenden Kinn ragten, verhielten sich die Hauptmänner und Leutnants der Bergwache ganz still, denn sie hatten Angst, die leiseste Bewegung könnte ihren Sergeanten stören oder gar wecken, was ungefähr das Letzte war, was sie sich wünschten. Allem Anschein nach würden weder Grunthor noch einer der Bolg, die den Schlafgang mit ihm teilten, in dieser Nacht Ruhe finden.

Grunthor träumte von einem Drachen. Abgesehen von einer eher fragwürdigen Statue in einem cymrischen Museum hatte er noch nie einen gesehen, und so waren seine Visionen auf den begrenzten Horizont seiner Phantasie beschränkt. Was er über Drachen wusste, hatte er von Rhapsody erfahren, die ihm auf der unendlichen Reise an der Wurzel entlang von Drachen erzählt hatte: Geschichten von der Körperkraft der gigantischen Bestie, von seiner Macht über die Elemente und ebenso von seiner durchdringenden Klugheit und seinem Drang, Schätze zu horten.

Diese letzte Eigenschaft war es, die ihm Albträume bereitete. Er fürchtete, dass der Drache, wenn Rhapsody sich erst einmal in seiner Höhle befände, alles daransetzen würde, sie in Besitz zu nehmen und sie nie mehr in den Berg zurückkehren zu lassen. Einen solchen Verlust konnte er sich nicht wirklich vorstellen, denn ihm war noch nie etwas so wichtig gewesen, dass er es hätte vermissen können.

Im Schlaf legte er die Hand auf die Wand neben sich und flüsterte dazu auf Bolgisch die Trostworte, die er Achmed hatte angedeihen lassen, um seinem langjährigen Freund und Anführer über den Verlust seiner Blutgabe hinwegzuhelfen, kurz nachdem sie von der Wurzel emporgestiegen waren. Grunthor hatte ihn gekannt in der Zeit, als er noch der Bruder gewesen war, der erfahrenste Meuchelmörder, den die Welt jemals gesehen hatte, so genannt, weil er der Erste seiner Rasse war, der auf der Insel geboren war, von der sie stammten.

Serendair war ein einmaliges Land gewesen, einer der Orte, von denen man gemeinhin sagte, die Zeit selbst habe hier ihren Anfang genommen. Als Erstgeborener seiner Rasse in diesem einmaligen Land hatte der Bruder eine Bindung zu allem besessen, was dort lebte. Mit dem Spürsinn eines Jagdhundes hatte er den Herzschlag jedes Einzelnen aufzufinden, seinen eigenen daran anzupassen und ihm mit tödlicher Genauigkeit zu folgen vermocht, erbarmungslos in seiner Suche, bis er sein Opfer aufgespürt hatte. Ihm dabei zuzuschauen, wenn er seine Beute gesucht und dann gejagt hatte, war einem Wunder gleich gekommen.

Doch all das hatte sich geändert, als sie von der Wurzel an die Oberfläche gekommen waren und dieses neue Land auf der anderen Seite der Welt betreten hatten. Achmeds Gabe war seitdem verschwunden; nun konnte er nur mehr die Herzen hören, die aus der alten Welt, aus Serendair, stammten. Zwar hatte Achmed damals nichts gesagt, aber Grunthor hatte seine Verzweiflung gespürt, und ihm war damals klar geworden, dass es Dinge gab, die Kummer verursachten, weil sie eben nicht mehr da waren.

Und nun erlebte er das Gefühl am eigenen Leibe. Rhapsody war eine Lirin, Angehörige einer zierlichen, zerbrechlichen Rasse, die von den Firbolg im alten Land sehr erfolgreich gejagt worden war, obwohl die Lirin das, was ihnen an Kraft mangelte, im Allgemeinen durch ihre Schläue und Flinkheit wettmachten. Einige Angehörige dieser Rasse hatte Grunthor selbst schon verspeist, wenn auch nicht so viele, wie er den anderen im Spaß gern weismachte.

In vielerlei Hinsicht waren die Lirin und die Firbolg so gegensätzlich wie er selbst und Rhapsody. Die Lirin waren spitz und kantig, wo die Bolg sehnig und muskulös waren. Die Lirin lebten im Freien, auf den Feldern und in den Wäldern unter den Sternen, während die Bolg in Höhlen und Bergen geboren wurden, Kinder der Dunkelheit. Nach Grunthors Ansicht besaß Rhapsody einige Vorteile dadurch, dass sie von einem Menschen gezeugt worden war; zwar wirkte sie immer noch zierlich, aber nicht zerbrechlich, und statt der scharfen Kanten hatte sie sanfte Rundungen, hohe Wangenknochen und ganz sicher weichere Gesichtszüge als ihre Mutter. Rhapsody war schön. Ganz ohne Zweifel würde der Drache das auch finden.

Bei diesem Gedanken brüllte Grunthor im Schlaf auf, und vor Schreck drückten sich seine Leutnants an die roh behauenen Wände des Schlafsaals oder rannten gleich ganz aus dem Raum. Das Holz seines massiven Betts knarzte, während er um sich schlug, bis er sich endlich auf die Seite wälzte und allmählich wieder beruhigte. Ein Weilchen war das einzige Geräusch im Raum der beschleunigte Atem seiner unglücklichen Schlafgenossen, deren Augen vor Angst glänzten und hektisch blinzelten.

Ohne aufzuwachen, zog Grunthor die raue Wolldecke über die Schultern und seufzte, als die Wärme seinen Nacken erreichte, ein ähnliches Gefühl, wie es sich einstellte, wenn er sich in Rhapsodys Nähe aufhielt. Nachdem sie die Wurzel einmal erreicht hatten, hatte er zunächst gar nicht wieder weg gewollt. Durch das Namenslied, das Rhapsody für ihn gesungen hatte, um ihn durch das große Feuer zu führen, war er mit der Erde verbunden. *Grunthor, stark und verlässlich wie die Erde selbst*, so hatte sie ihn in dem Lied genannt. Von dem Augenblick an, als sie aus dem Feuer getreten waren, hatte er das pochende Herz der Erde in seinem Blut gespürt, ein Band zu Granit und Basalt und allem, was darüber wuchs. Die Erde war wie die Geliebte, die er nie gehabt hatte, warm und tröstlich in der Dunkelheit; nie zuvor hatte er sich so angenommen gefühlt, und dieses Gefühl war unentwirrbar mit Rhapsody verbunden.

Weil Rhapsody da war, vermisste er die Zeit im Innern der Erde im Grunde nicht, und er vermisste auch das Erdlied nicht, denn er hatte es nach wie vor in den Ohren, wenn um ihn herum Stille herrschte. Er sah immer noch Rhapsodys Lächeln in der Dunkelheit, ihr schmutziges Gesicht, das im Schein der Axis Mundi schimmerte, der gigantischen Wurzel, welche die Welt in der Mitte teilte und die sie von Serendair bis hierher an diesen neuen Ort geführt hatte.

Von Anfang an war Grunthor Rhapsodys Beschützer gewesen; er hatte sie getröstet, wenn sie nachts wieder einmal unter ihren Ängsten gelitten hatte, er hatte sie in der feuchten Kälte ihrer Reise an der Wurzel an seiner Brust schlafen lassen und sie bei ihrer mühsamen Kletterpartie vor dem Absturz ins Nichts bewahrt. Diese Rolle war so anders als alles, was er kannte, und er hätte es selbst nicht für möglich gehalten, dass er fähig war, so zu handeln und zu empfinden. Jetzt kostete es ihn seine ganze Selbstbeherrschung, sie nicht in ihrer Kammer einzusperren und ihren Reisegenossen aus dem Berg zu jagen. Wie er den doppelten Verlust verkraften sollte – den Verlust von Rhapsody selbst und mit diesem auch den Verlust der Erinnerung an den Schoß der Erde, die sie in ihm wach hielt –, das konnte er sich nicht vorstellen. Grunthor war nicht sicher, ob er imstande wäre weiterzuleben, falls sie sterben oder einfach nicht zurückkehren sollte.

Doch dann klärten sich seine Gedanken plötzlich, wie immer, wenn sie zu verworren wurden, und seine praktische Nüchternheit kehrte zurück. Grunthor war ein Mann militärischer Lösungen, und so wog er unbewusst ab, wie wahrscheinlich es war, dass Rhapsody überlebte. Sie trug eine ernst zu nehmende Waffe – die Tagessternfanfare, ein Schwert aus der alten Welt, das sie hier, auf der anderen Seite der Welt, aus unerfindlichen Gründen in der Erde gefunden hatten. Genau wie sie selbst hatte auch das Schwert eine grundlegende Veränderung durchgemacht; hier brannte seine Klinge mit einem eigenen Feuer, während sie in Serendair nur das Licht der Sterne zurückgeworfen hatte. Grunthor hatte Rhapsody damit zu kämpfen gelehrt, und sie hatte ihm alle Ehre gemacht, als sie auf ihrem Feldzug zur Unterwerfung der Bolg eine bewundernswerte Leistung im Schwertkampf gezeigt hatte. Sie konnte auf sich selbst aufpassen. Sie würde zurechtkommen.

Grunthor begann zu schnarchen, Musik in den Ohren seiner Schlafgenossen. Leise machten sie es sich wieder auf ihren Lagern bequem, sorgsam darauf bedacht, den tiefen Schlaf, in den der Sergeant soeben gesunken war, keinesfalls zu stören.

Gegenüber von Rhapsodys Gemächern träumte Jo die typischen Träume einer verliebten Sechzehnjährigen, voller hormonell bedingter Erregung und grässlich verzerrter Bilder. In ihrem unsagbar unordentlichen Zimmer lag sie schlafend auf dem Rücken, der Lieblingsposition von Straßenkindern, wenn sie in einer Stadtgegend, in die sie eigentlich nicht gehören, ein gemütliches Plätzchen gefunden haben. Hin und wieder tupfte sie sich unwillkürlich die Schweißperlen von der Brust oder zog die Beine enger zusammen, wenn ihr Schoß vor Erregung zu brennen anfing.

Das sich von einem Moment auf den nächsten verändernde Traumbild war Ashe, was in erster Linie darauf zurückzuführen war, dass sie ihn nie wirklich gesehen hatte - obgleich sie näher daran gewesen war als die meisten anderen. Von der Stunde an, als sie sich auf dem Marktplatz von Bethe Corbair kennen gelernt hatten, verzehrte sie sich vor Sehnsucht nach ihm, ohne selbst recht zu wissen, warum.

Ursprünglich war er in ihren Augen lediglich ein gutes Ziel für ihre Fingerfertigkeit als Taschendiebin gewesen - ein Mann, der fast unsichtbar an der Straße gestanden und sich den Aufruhr angeschaut hatte, den Rhapsody - ohne dass es im Geringsten ihre Absicht gewesen wäre - hervorgerufen hatte. Doch als Jo behutsam die Hand in seine Hosentasche gesteckt hatte, hatte sie eine Aufwallung von Macht gespürt, die sie völlig aus dem Gleichgewicht geworfen hatte. Der Nebel, der ihr Handgelenk umwallt hatte, hatte sie so durcheinander gebracht, dass sie anstelle seiner Geldbörse plötzlich seine Hoden zwischen den Fingern gespürt hatte. Das darauf folgende Handgemenge hatte sich als unangenehme, aber recht eindrückliche Art des Kennenlernens erwiesen, nicht nur für Ashe und Jo, sondern auch für Ashe und Rhapsody. Das Missverständnis war so problemlos aus der Welt geschafft worden, wie derlei Dinge sich in Rhapsodys Gegenwart meistens auflösten.

Jetzt träumte Jo von seinen Augen, ein durchdringendes, klares Blau im Dunkel seiner Kapuze, das unter dichtem kupferrotem Haar hervorblitzte; mehr war von seinem Gesicht aus ihrem Blickwinkel nicht zu sehen gewesen. Seit Ashe – Monate später – zu Besuch nach Ylorc gekommen war, hatte sie sorgfältig aufgepasst, ob sie nicht einen Blick auf weitere Einzelheiten erhaschen könnte, aber es war ihr nie gelungen. Manchmal fragte sie sich, ob sie überhaupt etwas gesehen hatte, ob die Erinnerung an seine Augen und Haare vielleicht nur ihrer Phantasie entsprungen war, in dem verzweifelten Wunsch, die Leere zu füllen.

Manchmal träumte Jo von seinem Gesicht, aber es war meist eine unangenehme Erfahrung. Ganz gleich, wie schön der Traum begann, entwickelte er sich meist zu etwas Schrecklichem. In wachen Momenten war Jo klar, dass Menschen, die ihr Gesicht verbargen, oft einen guten Grund dafür hatten und dass es im Allgemeinen deshalb geschah, weil sie ein abstoßendes Äußeres hatten. Achmed beispielsweise, der sein Gesicht ebenfalls verhüllte, war hässlich wie der Tod – noch hässlicher, wenn das möglich war.

Das erste Mal, als sie Achmed ohne die Stoffschleier gesehen hatte, die für gewöhnlich den unteren Teil seines Gesichts verhüllten, war ihr buchstäblich die Luft weggeblieben. Seine Haut war pockennarbig und fleckig, mit hervortretenden Adern und von einer ungesunden Blässe. Und dann waren da natürlich noch seine Augen, eng beieinander stehend und irgendwie ungleich, wodurch sie seltsam starr wirkten.

Jo hatte Rhapsody zur Seite gezogen.

Wie erträgst du es nur, ihn anzuschauen?

Wen?

Achmed natürlich.

Warum?

Ihre adoptierte große Schwester war keine große Hilfe, wenn es darum ging, Klarheit in die Verwirrung zu bringen, die Jo hier im Firbolg-Berg verspürte, denn Rhapsody schien sich zwischen den Hässlichen und den Ungeheuern geradezu wohl zu fühlen. Jedes Mal, wenn Jo darauf anspielte, dass Achmed wahrlich kein angenehmer Anblick sei, starrte Rhapsody sie nur verständnislos an.

Gleichzeitig schien sie keinerlei Grund dafür zu sehen, dass jemand sich zu Ashe hingezogen fühlte. Insgeheim war Jo froh darüber, denn sie selbst konnte ihr verstohlenes Verlangen, das Tag um Tag in ihr wuchs, nicht leugnen. Mit Erleichterung hatte sie zur Kenntnis genommen, dass Rhapsody anscheinend auch nicht bemerkte, wie sehr Ashe sich zu ihr hingezogen fühlte. Das Leben auf der Straße hatte Jo zu einer scharfen Beobachterin gemacht, und obwohl Ashe seine Gefühle für Rhapsody kaum einmal offen zeigte, hatte sie diese trotzdem wahrgenommen. Auch Achmed und Grunthor hatten etwas gemerkt, da war sie sicher. Aber Grunthor war die meiste Zeit über bei seinen Manövern, und Achmed hatte andere Gründe dafür gefunden, Ashe nicht zu mögen; deshalb war es schwer für Jo, ihre Vermutung bestätigt zu sehen, ohne die beiden direkt zu fragen. Und sie wäre lieber gestorben, als dergleichen zu tun.

Jo wälzte sich auf den Bauch, winkelte ein Knie an und barg ihren Kopf in den Armen, in dem Versuch, sich vor den Pfeilen der Eifersucht zu schützen, die jetzt im Dämmerlicht ihres Schlafzimmers auf sie einprasselten. So sehr sie sich die Aufmerksamkeit des verhüllten Fremdlings wünschte, so erschrak sie doch vor den brutalen Gedanken, die sie hinsichtlich Rhapsodys hegte – dem einzigen Menschen, der sie je geliebt hatte und der ihr jetzt, wenn auch ohne es zu wollen, im Wege stand.

Rhapsody und die beiden Bolg hatten Jo aus dem Haus der Erinnerungen befreit und vor dem Blutopfer gerettet, dem die anderen Kinder dort anheim gefallen waren und dessen Zeugin sie geworden war. Achmed und Grunthor hätten sie Herzog Stephen übergeben, aber Rhapsody hatte sie adoptiert, hatte sie mitgenommen, sie beschützt, ihr die Gelegenheit gegeben, sich zugehörig zu fühlen, sie geliebt. Gerade als Jo allmählich gelernt hatte, diese Liebe zu erwidern, war Ashe aufgetaucht und hatte alles schwierig gemacht. Davor war es für Jo schlicht ums Überleben gegangen, um tägliche Reibereien mit dem Gesetz und mit anderen unappetitlichen Zeitgenossen, um die schlichte Herausforderung, sich Essen und einen Unterschlupf für die Nacht zu beschaffen. Jetzt aber war alles viel zu kompliziert geworden.

Die letzte Kerze in Jos Kammer flackerte und erstarb, nur der glühende Docht und der beißende Geruch des flüssigen Wachses blieben in der Dunkelheit zurück. Jo rümpfte die Nase und zog sich die Decke über den Kopf. Der Morgen konnte nicht früh genug kommen.

Ashe träumte nicht von einem Wesen dieser Welt und auch nicht von einem aus dieser Zeit. In seinem Zustand, weder richtig tot noch richtig lebendig, fand er allein in den Erinnerungen an die Vergangenheit Erlösung von der Qual, die er jeden wachen Augenblick mit sich herumschleppte.

Nicht einmal die Bewusstlosigkeit gönnte ihm eine Atempause von dieser Folter. Die wenigen Nachtvisionen, die sein scheußlicher Halbschlaf ihm jetzt schenkte, waren verschwommen und schmerzlich. Im Allgemeinen waren es Albträume über sein jetziges Leben oder noch schlimmere Erinnerungen an früher. Schwer zu sagen, welche Art von Traum schlimmer war.

Das Drachenblut in seinem Innern, seine Doppelnatur, die fremd und doch sein Eigen war, ruhte im Augenblick und erlaubte ihm ein paar Atemzüge voll Frieden in der stetigen Qual seines Daseins. Wenn sie erwachte, würde sie aufs Neue auf ihn einflüstern, ihn mit tausend törichten Beteuerungen bedrängen, mit tausend unerfüllbaren Forderungen. Aber jetzt war das ständige Dröhnen wenigstens für eine kleine Weile verstummt, in den Hintergrund seines Bewusstseins gedrängt von der Süße des Traums, den er in dieser seiner letzten Nacht im seltsamen Reich von Ylorc träumte.

In der Stille des Gästezimmers, das er jetzt bewohnte, träumte Ashe von Emily. Jahre, ja sogar Jahrzehnte war es her, dass sie seine Träume mit ihrer Gegenwart beglückt hatte, die schöne, unschuldige Emily, seine Seelengefährtin, nun schon seit über tausend Jahren tot. Nur ein einziges Mal war er ihr begegnet, nur einen einzigen Abend hatte er mit ihr verbracht, und hatte doch schon beim ersten Blick gewusst, dass sie seine andere Hälfte war, die Hälfte, die ihn vollständig machte.

Auch sie hatte es erkannt, hatte ihm in jenem kurzen Augenblick gesagt, dass sie ihn liebe, hatte ihm ihr Herz geschenkt, ihr ganzes Vertrauen und ihre Tugend; sie hatte mit ihm das vollzogen, was sich anfühlte wie eine Hochzeit, obgleich sie beide kaum der Kindheit entwachsen waren. Eine einzige gemeinsame Nacht. Und nun wehte ihre Asche im Wind der Zeit, auf der anderen Seite der Welt, ein Leben entfernt. Die einzige Spur, die von ihr übrig geblieben war, verbarg sich in der modrigen Gruft seiner Erinnerung.

Aber während Emily tot war, verloren in der Vergangenheit, existierte Ashe halb lebendig in der Gegenwart. Er führte ein verschwiegenes Dasein, verborgen vor denen, die ihn jagten, beherrscht von dem Einen, der ihn nach seinem Belieben manipulierte. Aus diesem Grund zog er durch die Welt in einem Mantel, der über die Kraft des Wassers verfügte, verliehen von Kirsdarke, dem Schwert, das aus diesem Element geformt und ihm anvertraut war. Der Mantel hüllte ihn in Nebel und schützte ihn vor jenen, die seine Schwingungen im Wind lesen konnten.

Außerdem verbarg ihn seine lebendige Hülle auch vor den Augen der restlichen Welt. Jetzt war er hier, im Reich der Bolg, mit dem Befehl, die drei zu beobachten, welche über die Ungeheuer von Ylorc herrschten, und darüber Bericht zu erstatten. Ashe hasste es zwar, auf diese Weise benutzt zu werden, aber er hatte keine Wahl. Dies war einer der zahlreichen Nachteile, die daraus entstanden, dass sein Leben nicht ihm selbst gehörte, dass sein Schicksal in den dunklen Händen eines anderen lag.

Das einzig Angenehme an seinem Auftrag war, dass er es ihm erlaubte, sich in Rhapsodys Nähe aufzuhalten. Von dem Augenblick an, als der Drache in seinem Blut ihre Präsenz zum ersten Mal gefühlt hatte, damals auf den Krevensfeldern, da hatte sie ihn gegen seinen Willen in ihren Bann geschlagen, und er hatte sich von ihr angezogen gefühlt wie die Motte vom Licht, so heftig wie das Feuer, das im Schoß der Welt brannte. Als er ihr begegnet war, waren beide Teile seiner Natur, der Drache und der Mann, ihrem Zauber zutiefst verfallen. Wäre er mehr ein lebendiger Mann gewesen und nicht nur eine Hülle, dann hätte Ashe ihr vielleicht widerstehen können. Doch nun fürchtete er sie fast ebenso sehr, wie sie ihn bezauberte.

Sam. Der Name hallte durch sein Gedächtnis, und beim Klang von Emilys sanfter Stimme stiegen ihm Tränen in die Augen, sogar im Schlaf. Sie hatte ihn Sam genannt, und er hatte es geliebt. Viel zu früh hatten sie sich getrennt, er hatte keine Gelegenheit mehr gehabt, sie zu berichtigen.

Ich kann's noch gar nicht fassen, dass du wirklich da bist, hatte sie in dieser Nacht geflüstert, in dieser einen, so lange vergangenen Nacht, unter einem endlosen Sternenhimmel. In seinen Träumen hörte er noch immer ihre Stimme. *Woher kommst du eigentlich? Ich habe dich herbeigesehnt. Bist du gekommen, um mich vor der Lotterie zu retten und zu entführen? Ich habe vergangene Nacht, gleich nach Mitternacht, meinen Glücksstern gebeten, dich zu mir zu schicken. Und hier stehst du vor mir. Woher du kommst, weißt du anscheinend selbst nicht, oder? Habe ich dich von weither herbeigewünscht?* Damals war er zu dem Schluss gekommen, dass ein Zauber in ihr wohnte, und das glaubte er noch immer. Ein Zauber, der stark genug war, ihn über die Wogen der Zeit zu bringen, weit zurück in die Vergangenheit, wo er sie wartend in Serendair vorfand, einem Land, das vierzehn Jahrhunderte vor seiner Geburt im Meer versunken war.

Alles nur ein Traum, hatte sein Vater behauptet und versucht, ihn zu trösten, als er sich in seiner eigenen Zeit wieder fand, allein, ohne sie. *Die Sonne war hell, sicher hast du die Hitze nicht vertragen.*

Ächzend drehte sich Ashe auf die andere Seite; jetzt war ihm die Hitze tatsächlich unangenehm. Das Feuer in dem kleinen Kamin flackerte und pulsierte und überflutete ihn mit Wellen seiner Wärme. Wieder tauchte Rhapsody in seinen Gedanken auf. Ihr Bild entfernte sich ohnehin nie weit aus seinem Bewusstsein, denn sie übte auf den Drachen eine enorme Faszination aus. Noch immer brannten seine Fingerspitzen und seine Lippen von unerfülltem Verlangen, sie zu berühren, diesem Verlangen, das als Folge der ungestillten Sehnsucht des Drachen wie Säure in ihm aufgewallt war, als er sie zum ersten Mal erblickt hatte. Grimmig kämpfte er darum, sie aus seinen Gedanken zu verbannen, und griff dabei blind auf die süße Erinnerung zurück, die erst einen Augenblick zuvor wieder aufgetaucht war.

»Emily«, rief er, aber der Traum entzog sich ihm und löste sich in einer Ecke seines Zimmers auf, jenseits seiner Reichweite.

Im Schlaf tastete er in einer kleinen Tasche des Nebelmantels herum, bis seine Finger das berührten, was er suchte, klein und hart in seinem Samtbeutel, verschlissen nach all den Jahren, die es ihm nun schon als Talisman gedient hatte. Ein winziges Silberstück, herzförmig, bescheiden gearbeitet, ein Geschenk von der Frau, die er geliebt hatte. Es war das Einzige, was ihm von ihr geblieben war, dieses Geschenk und seine Erinnerungen, die er so leidenschaftlich hütete wie ein Drache seinen größten Schatz.

Das Silberherz tat seine Wirkung und brachte ihm Emily wieder nahe, wenn auch nur für einen Augenblick. Noch immer konnte er das Gefühl hervorrufen, das er verspürt hatte, als er unabsichtlich den Knopf von ihrem Mieder abgerissen hatte, weil seine Hand vor Angst und Aufregung so gezittert hatte. Noch immer konnte er das Lächeln in ihren Augen sehen.

Behalt ihn, Sam. Zur Erinnerung an diese Nacht, in der ich dir mein Herz geschenkt habe. Er hatte ihren Wunsch erfüllt und den herzförmigen Silberknopf neben seinem von Narben bedeckten Herzen getragen, eine Erinnerung an das, was er verloren hatte.

Endlos hatte er nach ihr gesucht, in den Museen und Archiven, im Haus der Erinnerungen, im Gesicht jeder Frau, jung und alt, deren Haar die Farbe von fahlem Flachs an einem Sommertag hatte, wie das von Emily damals in der Dunkelheit. Jedes weibliche Handgelenk hatte er sorgfältig geprüft, ob es die winzige Narbe aufwies, die in sein Gedächtnis eingebrannt war. Natürlich hatte er sie nicht gefunden, und die Seherin der Vergangenheit hatte ihm versichert, dass sie auf keinem der Schiffe gewesen war, die aus Serendair geflohen waren, ehe das Vulkanfeuer die Insel verzehrt hatte.

Mein Junge, ich muss dich enttäuschen. Unter denen, die auf den Schiffen hatten fliehen können, bevor die Insel unterging, war keine, die deiner Beschreibung entspricht. Sie hat es nicht geschafft. Sie ist nicht angekommen.

Die Seherin war seine Großmutter und hätte ihn nie belogen, sowohl aufgrund ihrer Verwandtschaft als auch aus dem Umstand heraus, dass sie ansonsten Gefahr liefe, ihre Kräfte zu verlieren. Und einen solchen Verlust hätte Anwyn niemals riskiert.

Ebenso wenig Rhonwyn, Anwyns Schwester, Seherin der Gegenwart. Er hatte sie gebeten, den Kompass zu benutzen, eins der drei Werkzeuge, mit denen Merithyn, ihr cymrischer Entdecker-Vater, das Land gefunden hatte. Ashes Hand hatte gezittert, als er ihr die kupferne Dreipfennigmünze gegeben hatte, ein wertloses, dreizehnseitiges Geldstück, Gegenstück dessen, das er Emily anvertraut hatte. *Diese Münzen sind einzigartig auf der Welt,* hatte er der Seherin erklärt, und seine damals noch so junge Stimme hatte gezittert und seine Qual verraten. *Wenn du die zweite dieser Art finden kannst, dann hast du Emily gefunden.*

Die Seherin der Gegenwart hatte den Kompass in ihren zarten Händen gehalten. Jetzt erinnerte er sich daran, wie er geglüht und dann geklungen hatte, ein summendes Echo, das ihn hinter den Augen geschmerzt hatte. Aber schließlich hatte Rhonwyn traurig den Kopf geschüttelt.

Deine Münze ist die einzige auf der ganzen Welt, mein Kind; es tut mir Leid. Es existiert keine andere, die ihr gleicht, außer vielleicht unter den Wogen des Meeres. Nicht einmal ich kann sehen, welche Schätze in den Gewölben des Ozean-Vaters ruhen. Ashe hatte nicht wissen können, dass die Kräfte der Seherin nicht in die Erde selbst hinabreichten, dorthin, wo die Zeit keine Herrschaft hat.

Er hatte aufgegeben, hatte die furchtbare Wahrheit beinahe geglaubt, obgleich er Emily auch weiterhin im Gesicht jedes Geschöpfs gesucht hatte, das ihr auch nur im Geringsten geähnelt hatte. In jedem seiner Gedanken hatte sie gewohnt, hatte ihn in seinen Träumen angelächelt, hatte das Versprechen erfüllt, das er ihr in seinen Abschiedsworten gegeben hatte, ohne es zu wissen.

Bis ich dich wieder sehe, werde ich nur an dich denken.

Erst viele Jahre später hatte ihr Bild ihn verlassen, im Angesicht des Grauens, in das sein Leben sich verwandelt hatte. Wo sein Herz einmal ein heiliger Schrein ihres Gedenkens gewesen war, war es nun ein dunkler, verquerer Ort, berührt von der Hand des Bösen. In einer solchen Leichenhalle konnte die Erinnerung an Emily nicht länger bestehen. Ihm war es ein Rätsel, warum sie ausgerechnet in dieser Nacht zu ihm zurückgekehrt war, auf dem Rauch schwebend, der vom Kamingitter aufstieg und sich hinter seine Augen legte.

Bis ich dich wieder sehe, werde ich nur an dich denken.

Das Bild in der Ferne verschwamm. Verärgert griff Ashe wieder nach dem Nebel in seinem Gedächtnis, während Emilys Bild sich aufzulösen begann und sie ihm im Verschwinden noch etwas zurief.

Ich liebe dich, Sam. Ach, wie lange habe ich schon auf dich gewartet. Ich war mir allerdings ganz sicher, dass du zu mir kommen würdest, wenn ich es mir nur fest genug wünschte.

Ashe setzte sich auf; er zitterte, und seine feuchtkalte Haut war schweißüberströmt, eingehüllt in den kühlen Dunst des

Nebelmantels. Wenn doch nur der gleiche Zauber auch bei ihm gewirkt hätte.

Die Firbolg-Wache am Ende der Eingangshalle nickte Achmed ehrerbietig zu, als dieser über seine Schwelle trat und den Korridor hinunter zu Rhapsodys Zimmer ging. Dort klopfte er laut und riss die Tür auf – ein Teil der Scharade, die für die Bolg-Bevölkerung abgehalten wurde, die glaubte, dass Rhapsody und Jo des Königs Kurtisanen seien, und die beiden Frauen deshalb in Ruhe ließ. Sowohl Achmed als auch Grunthor amüsierten sich prächtig darüber, weil sie wussten, dass dieses Überlebensspiel Rhapsody ganz und gar nicht gefiel. Doch nach außen nahm sie in der Angelegenheit eine nüchtern-praktische Haltung ein, vor allem Jo zuliebe.

Das Feuer in ihrem Kamin flackerte unstet und spiegelte den konzentrierten Ausdruck auf ihrem Gesicht wider. Als Achmed hereinkam, blickte sie nicht von der Schriftrolle auf, über der sie gerade brütete.

»Nun, einen guten Morgen wünsche ich dir, Erste der Frauen. Du musst dich schon ein wenig mehr ins Zeug legen, wenn du die Bolg überzeugen willst, dass du die königliche Hure bist.«

»Halt den Mund«, erwiderte Rhapsody mechanisch und las weiter.

Achmed schmunzelte. Er nahm die Teekanne von ihrem unberührten Frühstückstablett und goss sich eine Tasse ein; der Tee war kalt. Offensichtlich war sie noch früher aufgestanden als üblich.

»Was für einen dumm-rischen Text liest du denn diesmal?«, fragte er und hielt ihr die Tasse mit dem erkalteten Tee hin. Ohne aufzublicken, berührte Rhapsody die Tasse. Einen Augenblick später spürte Achmed, wie Wärme durch die glatten Tonwände des Bechers drang; er blies den Dampf weg und nahm einen kräftigen Schluck.

»*Die Verheerung des Wyrms.* Erstaunlich ... Das ist gestern Abend aus dem Nichts unter meiner Tür erschienen. Welch ein sonderbarer Zufall.«

Achmed setzte sich auf ihr ordentlich gemachtes Bett und versuchte sein Grinsen zu verbergen. »Ja, wirklich. Hast du irgendetwas Wissenswertes über Elynsynos erfahren?«

Endlich überzog ein Lächeln Rhapsodys Gesicht, und sie schaute zu ihm auf. »Na ja, sehen wir mal.« Sie lehnte sich in ihrem Stuhl zurück und hielt die uralte Schriftrolle ins Licht der Kerze.

»Elynsynos soll zwischen einhundert und fünfhundert Fuß lang sein, mit Zähnen so lang und scharf wie fein geschliffene Bastardschwerter«, las sie vor. »Angeblich kann die Drachin jede Form annehmen, die ihr beliebt, einschließlich die einer Naturkatastrophe, wie zum Beispiel eines Wirbelsturms, eines Erdbebens, einer Flut oder eines Sturms. In ihrem Bauch befinden sich Edelsteine aus Schwefel, geschaffen in den Feuern der Unterwelt, die es ihr ermöglichen, alles zu vernichten, das sie mit ihrem Atem berührt. Elynsynos ist böse und grausam; als Merithyn, ihr Seefahrer-Geliebter, nicht zurückkehrte, machte sie sich auf zu einem Werk der Zerstörung, bei dem sie die Hälfte des Kontinents bis hinauf in die Provinz Bethania vernichtete. Die verheerende Feuersbrunst, die sie auslöste, entzündete die ewige Flamme in der Basilika und brennt dort noch heute.«

»Ich glaube, ich höre da einen sarkastischen Unterton in deiner Stimme. Hältst du diesen historischen Bericht etwa für gefälscht?«

»Einiges davon allerdings. Du vergisst, dass ich Sängerin bin, Achmed. Wir sind diejenigen, die diese Balladen und Überlieferungen schreiben. Ich weiß ein bisschen besser darüber Bescheid als du, wie dergleichen ausgeschmückt und überzogen dargestellt werden kann.«

»Weil du es selbst schon getan hast?«

Rhapsody seufzte. »Das weißt du doch eigentlich besser. Sängerinnen und ganz besonders Benennerinnen können keine Lügen in die Welt setzen, ohne dadurch ihre Stellung und ihre Fähigkeiten zu verlieren, aber wir dürfen Geschichten erzählen, die unverbürgt oder frei erfunden sind, solange wir sie als das ausgeben, was sie sind – nämlich Geschichten.«

Achmed nickte. »Wenn du diese Geschichte so in Bausch und Bogen als erfunden abtust, warum machst du dir dann Sorgen?«

»Wer sagt denn, dass ich mir Sorgen mache?«

Der Firbolg-König grinste höhnisch. »Das Feuer«, meinte er selbstgefällig und machte eine Kopfbewegung zum Kamin. Unwillkürlich wandte Rhapsody sich den Flammen zu; sie leckten unruhig an einem dicken Holzstück, das sich zu brennen weigerte. Wider Willen musste sie lachen.

»Na gut, du hast mich erwischt. Übrigens tue ich die Geschichte nicht in Bausch und Bogen ab. Ich habe nur gesagt, dass ich einige Teile für übertrieben halte. Aber manches könnte durchaus wahr sein.«

»Beispielsweise?«

Rhapsody legte das Schriftstück auf den Tisch zurück und verschränkte die Arme. »Nun, trotz der unterschiedlichen Angaben über ihre Größe bezweifle ich nicht, dass sie gigantisch war – gigantisch ist.« Achmed meinte zu sehen, wie ein leichter Schauder sie durchlief. »Vielleicht kann sie wirklich die Form der Elemente annehmen; immerhin sagt man von den Drachen, dass sie mit allen fünf Elementen in Verbindung stehen. Vielleicht ist sie tatsächlich böse und heimtückisch, aber die Geschichte mit der Zerstörung des westlichen Kontinents glaube ich nicht.«

»Ach ja?«

»Ja. In den meisten Gegenden, durch die wir gekommen sind, ist der Wald jungfräulich, ein Urwald, und die Bäume gehören nicht zu den Arten, die nach einer großen Feuersbrust wachsen würden.«

»Aha. Nun, ich möchte dein Wissen über Wälder und Bäume ja nicht anzweifeln, und auch nicht dein Wissen über Jungfrauen – schließlich warst du schon zweimal eine ...«

»Halt den Mund«, erwiderte Rhapsody. Diesmal reagierte das Feuer; in die schwachen Flämmchen kam Leben, und sie brausten heftig auf. Rhapsody schob ihren Stuhl zurück, ging zum Mantelhaken neben der Tür und ergriff ihren Umhang. »Raus aus meinem Zimmer. Ich muss zu Jo.« Mit einer raschen Bewegung warf sie sich den Umhang über, wickelte dann die Schriftrolle wieder auf und drückte sie Achmed in die Hand.

»Danke für die Bettlektüre«, meinte sie sarkastisch, während sie die Tür aufhielt. »Ich nehme an, dass ich dir keine genauen anatomischen Anweisungen zu geben brauche, wohin du dir das Ding schieben sollst.« Achmed kicherte, und die Tür fiel hinter Rhapsody ins Schloss.

Der Winter verlor seine Macht; zumindest hatte es den Anschein. Schon einige Zeit hatte er unentschlossen auf der Schwelle zum Abschied gestanden und sich gesträubt, seinen eisigen Griff zur Gänze zu lockern, aber dennoch widerwillig einem milderen Wind und freundlicherem Wetter nachgegeben. Die Vorfrühlingsluft war klar und kalt, doch sie trug bereits den Duft der Erde in sich, ein Versprechen, dass es bald warm werden würde.

Vorsichtig erklomm Rhapsody die steilen Felsklippen, die zur Heide auf der Spitze der Welt führten, den weitläufigen Wiesen jenseits der Schlucht, die ein längst ausgetrockneter Fluss viele Jahrtausende zuvor in den Fels geschnitten hatte. Bis sie die Hochfläche erreicht hatte, war der Korb, den sie auf dem Kopf balancierte, schon zweimal fast umgekippt; Rhapsody war ein bisschen aus dem Gleichgewicht durch die zusätzliche Last der Ausrüstung für ihre bevorstehende Reise.

Jo, die oben auf der dunklen Heide wartete, beobachtete amüsiert, wie der Korb am Rand der Heide auftauchte, bedrohlich schwankte und wieder gerade ausgerichtet wurde. Scheinbar aus eigener Kraft bewegte er sich ein paar Schritte vorwärts, dann endlich tauchte ein goldener Haarschopf auf, gefolgt von leuchtenden grünen Augen. Gleich darauf wurde Rhapsodys Lächeln über der Kante sichtbar, eine kleinere Version des Sonnenaufgangs, der in ungefähr einer Stunde kommen würde.

»Guten Morgen«, rief sie. Immer noch war nur ihr Kopf zu sehen.

Jo stand auf und kam ihrer älteren, wenn auch kleineren Schwester lachend zu Hilfe. »Was brauchst du denn so lange? Für gewöhnlich schaffst du den Aufstieg doch im Handumdrehen. Anscheinend wirst du langsam alt.« Damit streckte sie Rhapsody die Hand entgegen und zog sie vollends zu sich hoch.

»Sei nett, sonst bekommst du kein Frühstück.« Lächelnd ließ Rhapsody ihre Last zu Boden gleiten. Jo hatte keine Ahnung, wie Recht sie mit ihrer Bemerkung über Rhapsodys angebliches Alter hatte. Nach ihren eigenen Berechnungen war Rhapsody in echter Zeit um die sechzehnhundertzwanzig Jahre alt, wobei – abgesehen von zwei Jahrzehnten – die gesamte Spanne verstrichen war, während sie mit den beiden Bolg in der Erde gewesen und an der Wurzel entlanggekrochen war.

Jo griff nach dem Korb und löste den Haken. Dann kippte sie den Inhalt ohne weitere Umstände auf das gefrorene Gras und übersah Rhapsodys entsetzte Miene geflissentlich.

»Hast du welche von den leckeren Honigbrötchen mitgebracht?«

»Ja.«

Schon hatte das Mädchen die Köstlichkeiten entdeckt und stopfte sich ein Brötchen in den Mund. Doch dann zog sie die klebrige Masse wieder heraus und betrachtete sie ärgerlich. »Igitt! Ich hab dir doch gesagt, du sollst keine Rosinen reintun, die verderben den ganzen Geschmack.«

»Ich habe keine Rosinen reingetan. Das muss irgendwas vom Boden gewesen sein, vielleicht ein Käfer oder so.« Rhapsody lachte, während Jo ausspuckte und schließlich das halb gegessene Brötchen mit Schwung in die Schlucht beförderte.

»Und wo ist Ashe?«, erkundigte sich Jo. Jetzt saß sie mit übereinander geschlagenen Beinen auf dem Boden, nahm sich ein weiteres Brötchen und klopfte es sorgfältig ab, bevor sie es in den Mund steckte.

»Er müsste ungefähr in einer halben Stunde hier sein«, antwortete Rhapsody, die in ihrem Tornister wühlte. »Ich wollte noch ein Weilchen mit dir allein sein, ehe wir aufbrechen.«

Jo nickte mit vollem Mund. »Kommn Grmmthor unn Achmmd auch?«

»Ja, ich erwarte sie in Kürze. Obwohl ich mit Achmed heute früh eine kleine Auseinandersetzung hatte – vielleicht macht er sich lieber nicht die Mühe, mir Lebewohl zu sagen.«

»Warum sollte ihn ein Streit daran hindern? Bei Achmed ist das doch der normale Umgangston. Was für ein Problem hatte er denn heute Morgen?«

»Oh, wir haben uns nur über ein cymrisches Schriftstück gestritten, das er mir letzte Nacht unter der Tür hindurchgeschoben hat.«

Jo schluckte und schenkte sich einen Becher Tee ein. »Kein Wunder, du weißt ja, wie sehr er die Dumm-rer hasst.«

Rhapsody verkniff sich ein Lächeln. Seit die Cymrer aus Serendair, ihrer Heimat, gekommen waren, galten sie, Grunthor und sogar Achmed theoretisch selbst als Cymrer, eine Tatsache, die sie aber Jo noch nicht hatte verraten dürfen. »Warum glaubst du das?«

»Ich hab ihn neulich nachts mit Grunthor reden hören.«

»Ach ja?«

Jo lehnte sich großspurig zurück. »Er hat gesagt, du steckst ganz schön in der Scheiße.«

Rhapsody grinste. »Wirklich?«

»Ja. Er meinte, die Drachin hat wahrscheinlich irgendwelche cymrischen Pläne, weil sie es nämlich war, die die Arschgeigen hierher geholt hat, um ihrem Geliebten zu gefallen – so hat er sie genannt: Arschgeigen.«

»Ja, ich glaube, ich habe selbst gehört, wie er das Wort gebraucht hat.«

»Dann hat er noch gesagt, du wolltest mehr über die Cymrer herausfinden, um sie wieder an die Macht zu bringen, und dass das dumm ist. Er findet, die Bolg haben deine Zeit und deine Aufmerksamkeit viel mehr verdient, ganz zu schweigen von deiner Loyalität. Stimmt das denn?«

»Das mit den Bolg?«

»Nein, das mit dem Cymrern.«

Rhapsody ließ den Blick zum Horizont wandern. Direkt über dem Land färbte der Himmel sich kobaltblau, ansonsten war von der Morgendämmerung noch nichts zu erkennen. Als Rhapsody an Llauron denken musste, bekam sie rote Backen. Llauron war der Fürbitter der Filiden, des religiösen Ordens des westlichen Waldlands und einiger Provinzen von Roland, ein sanfter, schon etwas älterer Mann.

Nicht lange, nachdem Rhapsody mit ihren beiden Gefährten angekommen war, hatte Llauron sie zu sich genommen und sie in ihrer neuen Heimat willkommen geheißen. Er hatte sie die Geschichte des Landes gelehrt und dazu noch viele nützliche Dinge, die Achmed jetzt beim Aufbau seines Imperiums halfen, darunter Pflanzenkunde, Kräuterkunde und das Heilen von Menschen und Tieren. Noch immer bestand seine eindringliche Stimme in ihrem Kopf darauf, dass sie Erkenntnisse und Lösungen von Problemen lieferte, die sie nicht wirklich begriff.

Du kennst jetzt die Geschichte der Cymrer und weißt von den Gefahren, die uns alle wieder bedrohen. Hilf mir, indem du deine Augen und Ohren offen hältst und mir berichtest, wie es um die Dinge draußen in der Welt bestellt ist.

Dazu bin ich gern bereit, aber ...

Schön. Und denk daran, Rhapsody, auch wenn du von niedrigem Stand bist, so kannst du einer fürstlichen Sache dennoch sehr wohl dienlich sein.

Ich verstehe nicht ganz.

Llaurons Augen hatten voller Ungeduld gebrannt, wenngleich seine Stimme nach wie vor beherrscht und ruhig geklungen hatte. *Das Ziel ist die Wiedervereinigung der Cymrer. Ich dachte, das sei dir klar. Nach meiner Überzeugung kann uns nur eines vor der völligen Zerstörung durch all diese unerklärlichen Aufstände und Akte des Terrors bewahren, und das ist die Wiedervereinigung von Roland und Sorbold und nach Möglichkeit auch der Bolgländer unter einem neuen Königspaar. Die Zeit drängt. Du bist zwar nur ein Bauernmädchen – nimm daran bitte keinen Anstoß, die meisten meiner Anhänger sind Bauern –, hast aber ein wunderhübsches Gesicht und eine überzeugende Stimme. Du könntest mir in dieser Sache von großer Hilfe sein. Und jetzt, bitte, sag mir, dass du mir den Gefallen tun wirst. Du willst doch auch, dass in dieses Land endlich Frieden einzieht, oder? Und dass das Schänden und Morden so vieler unschuldiger Frauen und Kinder endlich ein Ende hat, das willst du doch auch, nicht wahr?*

Jo starrte sie an. Rhapsody schüttelte ihre Erinnerungen ab, »Ich werde die Drachin finden und den Krallendolch zurückgeben und hoffen, dass sie nicht trotzdem losziehen wird, um Ylorc und alle Bolg obendrein zu vernichten«, sagte sie schlicht. »Diese Reise hat nichts mit den Cymrern zu tun.«

»Oh.« Jo nahm noch einen Bissen von dem Brötchen. »Weiß Ashe das auch?«

In der Stimme ihrer Schwester klang eine Warnung mit, die Rhapsody sehr wohl vernahm, ein Unterton, für den sie als Sängerin empfindlich war. »Ich nehme es an. Wieso?« Unbehagliche Stille senkte sich zwischen sie. »Warum sagst du es mir nicht, Jo?«

»Es ist nichts«, entgegnete Jo abwehrend. »Er wollte nur wissen, ob du Cymrerin bist, das war alles. Aber er hat mehrmals danach gefragt.«

Rhapsody spürte eine Kälte im Magen, die es mit der immer noch herrschenden Kälte im Land durchaus aufnehmen konnte. »Ich? Er hat dich über mich ausgefragt?«

»Nun, über euch drei. Über Achmed und Grunthor auch.«

»Aber nicht über dich?«

Mit ausdruckslosem Gesicht ließ sich Jo die Frage durch den Kopf gehen. »Nein, nach mir hat er nie gefragt. Ich denke, er nimmt an, dass ich keine Cymrerin bin. Ich frage mich, warum.«

Rhapsody stand auf und klopfte sich Hose und Umhang ab. »Vielleicht bist du die Einzige, die er nicht für eine Arschgeige hält.«

In Jos Augen funkelte es schalkhaft. »Ich hoffe nicht«, meinte sie und blickte unschuldig in den Himmel hinauf. »Aber Grunthor ist bestimmt auch keine Arschgeige.« Sie lachte, als der Wind ihr einen Schwall Schnee und trockene

Blätter ins Gesicht blies. »Im Ernst, Rhapsody ... ich meine, hast du jemals einen Cymrer kennen gelernt? Ich dachte, die wären sowieso alle längst tot.«

Am Horizont verfärbte sich der Himmel zu einem fahlen Graublau. »Du hast selbst die Bekanntschaft eines Cymrers gemacht, Jo«, sagte sie geradeheraus, während sie die Reste ihres Frühstücks einpackte. »Herzog Stephen ist cymrischer Abstammung.«

»Nun, ich denke, das bestätigt die Theorie mit den Arschgeigen«, erwiderte Jo und wischte sich mit dem Handrücken die Krümel vom Mund. »Aber ich meinte eigentlich einen alten Cymrer, einen von denen, die den Krieg überlebt haben. Die Art, die ewig lebt.«

Rhapsody überlegte kurz. »Ja, ich glaube, ich kenne einen. Einmal wurde ich auf der Straße von Gwynwald nach Navarne vom Pferd eines widerlichen Soldaten namens Anborn um ein Haar niedergetrampelt. Wenn er derjenige aus der Geschichte ist, die uns zu Ohren gekommen ist, dann war er im Krieg Gwylliams General und ist damit heute ziemlich alt. Der Krieg war vor vierhundert Jahren zu Ende, hat aber siebenhundert Jahre gedauert.«

Jo war dabei gewesen, als sie die Bibliothek aufgebrochen und Gwylliams Leiche gefunden hatten. »Dann hat der alte Bastard ja gar nicht so übel ausgesehen. Man hatte den Eindruck, er sei höchstens zweihundert Jahre tot.« Rhapsody lachte. »War er es, der den Krieg verursachte, weil er seine Frau geschlagen hatte?«

»Ja. Ihr Name war Anwyn. Sie war die Tochter des Entdeckers Merithyn, des ersten Cymrers, und der Drachin Elynsynos ...«

»Ist das die, die du jetzt aufsuchen wirst?«

»Ja, die sich in ihn verliebte und ihm sagte, die Cymrer könnten in ihrem Land wohnen, was noch nie einem Menschen gestattet worden war.«

Jo stopfte sich den letzten Bissen in den Mund. »Wawrum hat schie dasch gemacht?«

»Der König von Serendair, Gwylliam ...«

»Dessen Leiche wir gefunden haben?«

Rhapsody lachte. »Genau der. Er hatte vorausgesehen, dass die Insel in einer vulkanischen Feuersbrunst vernichtet werden würde. Aus dem Grunde wollte er einen möglichst großen Teil der Bevölkerung seines Königreichs umsiedeln, und zwar an einen Ort, an dem sie ihre Kultur bewahren konnte und wo er ihr König bleiben würde.«

»Machtgierige Arschgeige.«

»So sagt man. Aber er hat die meisten Angehörigen seines Volkes vor dem sicheren Tod bewahrt, sie halb um die Welt herumgeführt und Canrif erbaut ...«

»Also, *das* war wirklich eine Leistung. Ein vornehmer Ort mit fließend Wasser, das die Bolg nicht mal nutzen.«

»Unterbrich mich nicht dauernd. Später haben die Bolg Canrif überrannt. Gwylliam und dann Anwyn haben fast aus dem Nichts eine außergewöhnliche Zivilisation aufgebaut und in Frieden über eine Ära nie da gewesenen Fortschritts geherrscht, bis zu der Nacht, als er sie geschlagen hat. Der Vorfall ist als ›Schwerer Schlag‹ bekannt geworden, weil mit diesem Klaps zwischen König und Königin der Krieg angefangen hat, der ungefähr ein Viertel der Bevölkerung des Kontinents und ein gut Teil der cymrischen Zivilisation ausrotten sollte.«

»Eindeutige Arschgeigen«, stellte Jo lautstark fest. »Soll ich irgendetwas für dich erledigen, so lange du weg bist?«

Rhapsody lächelte. »Jetzt, wo du fragst – ja. Könntest du meine Firbolg-Enkel ein bisschen im Auge behalten?« Jo verzog das Gesicht und gab ein würgendes Geräusch von sich, was ihre Schwester beides ignorierte. »Und vergiss deine Lernprojekte nicht.«

»Tut mir schon Leid, dass ich gefragt habe«, brummte Jo.

»Und schau hin und wieder in Elysian vorbei, ja? Wenn die neuen Pflanzungen Wasser brauchen, gib ihnen zu trinken.«

Jo rollte die Augen. »Du weißt, dass ich Elysian nicht mal finden kann.« Außer Achmed und Grunthor kannte niemand den genauen Weg zu Rhapsodys Zuhause, einer winzigen Hütte auf einer Insel in einer unterirdischen Grotte. Die Gefährten bewahrten das Geheimnis geflissentlich.

»Bring Grunthor dazu, dass er dich mal mitnimmt. Tut mir Leid, dass dir meine Aufträge so lästig erscheinen. Was hattest du denn im Sinn, als du fragtest?«

Jos blasses Gesicht hellte sich auf. »Zum Beispiel könnte ich für dich auf die Tagessternfanfare aufpassen.«

Rhapsody lachte. »Aber ich nehme das Schwert mit, Jo.« Schon lange war Jo fasziniert von der brennenden Klinge und hatte die züngelnden Flammen wie hypnotisiert beobachtet. Als sie zusammen über Land gereist waren, hatte Rhapsody das Schwert nachts draußen behalten, bis Jo eingeschlafen war, und das Licht der Sterne, das von der Klinge ausstrahlte, hatte sie in der Dunkelheit beruhigt.

»Oh.«

»Schließlich könnte es sein, dass ich es brauche. Du möchtest doch, dass ich zurückkomme, oder nicht?«, meinte Rhapsody und tätschelte Jos Gesicht, das ihre Niedergeschlagenheit widerspiegelte.

»Ja«, antwortete Jo hastig, und in ihrer Stimme war eine unbeabsichtigte Dringlichkeit zu hören. »Wenn du mich hier bei den Bolg allein lässt, dann werde ich nicht rasten und ruhen, bis ich dich gefunden habe, und dann bringe ich dich um.«

Inzwischen war der Himmel im Osten hellrosa überzogen, mit einem hellgelben Band, das den Horizont darunter berührte. Rhapsody schloss die Augen und spürte die nahende Sonne. Am Rand ihres Wahrnehmungsvermögens hörte sie leise einen Ton erklingen, getragen vom Wind; es war *re*, die zweite Note der Tonleiter. In der Sangeskunde kündigte *re* einen friedlichen Tag an, einen Tag ohne Unglücksfälle.

Leise stimmte sie ihre morgendliche Aubade an, das Liebeslied an die Sonne, das ihr Volk, die Liringlas, zur Begrüßung des heraufdämmernden Morgens sangen. Es war ein Lied, das von der Mutter an die Tochter weitergegeben wurde, wie die Abendgebete, die der Sonne am Ende des Tages eine gute Reise wünschten und die Sterne willkommen hießen, die im Zwielicht in Erscheinung traten. Für Rhapsody waren diese alten Gebete immer sehr ergreifend, denn es war die einzige Art, wie sie sich ihrer Mutter nahe fühlen konnte, die sie mehr als alles andere vermisste, was sie mit dem Versinken der Insel verloren hatte.

Sie spürte, wie Jo neben ihr zu zittern anfing, während sie dem Lied lauschte, und Rhapsody nahm ihre Hand. Dieses urtümliche Lied, ein Geschenk der Mutter an die Tochter, berührte auch sie immer ganz besonders. Jo hatte ihre Mutter nie gekannt, denn sie war als Kind auf der Straße ausgesetzt worden, und so nahm Rhapsody das Mädchen jetzt in die Arme, während das Lied zu Ende ging.

»Sie hat dich geliebt, das weiß ich«, flüsterte sie. Schon lange versuchte sie, Jo davon zu überzeugen.

»Ja, bestimmt«, entgegnete Jo hämisch.

»Das war wunderschön«, sagte Ashe. Die beiden Frauen fuhren auf. Wie immer hatten sie Ashe nicht kommen sehen. Vor Verlegenheit stieg Rhapsody das Blut ins Gesicht, sodass es die Farbe des dämmernden Horizonts annahm.

»Danke«, sagte sie und wandte sich hastig ab. »Bist du bereit?«

»Ja. Achmed und Grunthor sind direkt hinter mir. Vermutlich wollen sie sich verabschieden.«

»Keine Angst, ich werde zurückkommen«, versicherte Rhapsody und drückte Jo noch einmal an sich. »Wenn wir in Sepulvarta sind, in der heiligen Stadt, wo der Patriarch lebt, dann werde ich versuchen, dir welche von den Süßigkeiten zu besorgen, die dir so gut schmecken.«

»Danke«, antwortete Jo und wischte sich abwehrend mit dem Ärmel die Augen. »Jetzt beeil dich und brich auf, damit ich nicht mehr in diesem elenden Wind rumstehen muss; er tut mir in den Augen weh.«

Als Grunthor sie zum Abschied an sich drückte, bemühte sich Rhapsody, nicht nach Luft zu schnappen, aber in der festen Umarmung des Riesen nahm ihr Gesicht bald eine ungesund rote Farbe an. Der Panoramablick über das orlandische Plateau verschwamm vor ihren Augen, und die Klippen der Zahnfelsen neigten sich in einem Schwindel erregenden Winkel. Verschwommen überlegte sie, ob es wohl ein ähnliches Gefühl wäre, wenn man von einem Bären zu Tode gequetscht würde.

Endlich setzte Grunthor sie ab, ließ sie los und klopfte ihr unbeholfen auf die Schulter. Rhapsody blickte in das große grau-grüne Gesicht und lächelte. Der Bolg machte eine demonstrativ unbekümmerte Miene, aber sie sah, wie er die massiven Kiefer anspannte, und seine bernsteinfarbenen Augen glitzerten feucht an den Rändern.

»Wär mir wirklich recht, wenn du dir's noch mal anders überlegtest, Gräfin«, sagte er ernst.

Rhapsody schüttelte den Kopf. »Wir haben das doch alles ausführlich durchgesprochen, Grunthor. Mir wird nichts Böses geschehen. Ich hatte keinen einzigen schlechten Traum über diese Reise, und du weißt selbst, wie selten dergleichen vorkommt.«

Der Riese verschränkte die Arme. »Und wer soll dich vor den Träumen retten, die dich unterwegs womöglich plagen?«, hakte er nach. »Soweit ich weiß, war das bisher immer meine Aufgabe.«

Bei seinen Worten wurden Rhapsodys Gesichtszüge weicher. »Ja, du warst der Einzige, der das je geschafft hat«, antwortete sie und strich mit der Hand über seinen riesigen muskulösen Arm. »Wahrscheinlich ist das noch ein kleines Opfer, das ich für die Sicherheit der Bolg bringen muss.«

Noch ein Gedanke kam ihr in den Sinn, und sie wühlte in ihrem Tornister, bis sie schließlich eine große Seemuschel hervorzog. »Aber ich habe ja das hier«, meinte sie mit einem strahlenden Lächeln. Grunthor kicherte. Er hatte ihr die Muschel geschenkt, kurz nachdem sie von der Wurzel emporgestiegen waren, eine Erinnerung an einen Ausflug zur Küste, den er und Achmed unternommen hatten, auf der Suche nach einer Möglichkeit, Rhapsody von der langen Reise durch den Bauch der Erde nach Serendair zurückzubringen.

Bei der Erinnerung daran erstarb sein Lächeln. Als sie sich endlich wieder getroffen hatten, hatte Rhapsody ihnen mitgeteilt, dass die Insel vor mehr als tausend Jahren vom Meer verschlungen worden war. In diesem Augenblick hatte er zum ersten Mal in seinem Leben ein schlechtes Gewissen gehabt, denn ihm war klar geworden, dass er und Achmed sie von einem Heim und einer Familie weggeschleppt hatten, die sie niemals wieder sehen würde. Manchmal legte Rhapsody die Muschel an ihr Ohr, wenn sie schlief, in dem Versuch, mit dem Rauschen der Wogen die quälenden Albträume zu übertönen, in denen sie vor Verzweiflung um sich schlug und schluchzte.

»Weißt du, ich würde dir jederzeit deine schlimmsten Träume abnehmen, wenn ich könnte, Hoheit«, beteuerte Grunthor.

Rhapsody spürte, wie sich ihre Kehle zuschnürte, und ein überwältigendes Verlustgefühl machte sich am Rand ihres Bewusstseins bemerkbar. »Ich weiß ... Ich weiß, dass du das tun würdest«, sagte sie und umarmte ihn erneut. Abrupt entzog sie sich ihm und bemühte sich, die Fassung wiederzugewinnen. Ihre Augen glitzerten schelmisch. »Und glaub mir, wenn es in meiner Macht stünde, würde ich dir wirklich gern meine schlimmsten Träume überlassen. Wo ist Achmed? Ashe und ich müssen uns langsam auf den Weg machen.«

Plötzlich überkam sie ein Schwindel, ein Gefühl, dass sich die Zeit um sie herum in alle Richtungen ausdehnte. Schon früher hatte sie sich manchmal so gefühlt, aber sie wusste nicht mehr genau, wo und wann. Auch Grunthor schien es zu bemerken, denn seine Bersteinaugen verschleierten sich; dann blinzelte er ein paarmal schnell und lächelte sie an.

»Vergiss nich, dich von Seiner Majestät zu verabschieden«, meinte er fröhlich und deutete dabei auf eine Gestalt in einem Umhang, die ein Stück abseits stand.

»Muss ich wirklich? Wahrscheinlich kriege ich von ihm sowieso keinen netteren Abschied als bei unserer letzten Begegnung. Und da wäre es um ein Haar zu einem Handgemenge gekommen.«

»O doch, du musst«, befahl Grunthor gespielt ernst. »Das ist ein Befehl, Fräuleinchen.«

Lachend salutierte Rhapsody. »Na gut. Es sei fern von mir, gegen dero untertänigst zu gehorchender Autorität aufzumucken«, meinte sie. »Bezieht sich deine Befehlsgewalt eigentlich nur auf mich?«

»Nee«, antwortete Grunthor.

»Du hast also die Herrschaft über alle Wesen auf der Welt?«

»Verdammt richtig.« Der riesenhafte Sergeant gab dem Firbolg-König ein Zeichen. »Ach, komm schon, Gräfin. Sag ihm Lebewohl. Vielleicht lässt er's sich ja nich anmerken, aber er wird dich grauslich vermissen.«

»Aber sicher«, sagte sie, als Achmed näher trat. »Ich habe gehört, dass er schon Gebote auf mein Zimmer annimmt und plant, meine weltlichen Besitztümer meistbietend zu versteigern.«

»Nur die Kleider, wenn du nicht innerhalb einer vernünftigen Zeitspanne zurückkommst«, entgegnete der Firbolg-König so freundlich er konnte. »Ich will ja nicht, dass das Zeug den Berg verstopft.«

»Ich komme zurück, und ich werde euch so oft wie möglich mit der Postkarawane eine Nachricht senden«, versprach Rhapsody, während sie ihren Tornister aufsetzte. »Jetzt, da die Boten aus den Provinzen regelmäßig auch in Ylorc eintreffen, müsste das ja ohne weiteres klappen.«

»Selbstverständlich. Ich bin sicher, dass sich direkt bei der Drachenhöhle eine Haltestelle für die Postkarawane befindet«, erwiderte Achmed, und sein Sarkasmus war unüberhörbar.

»Fang bloß nicht an«, warnte ihn Rhapsody und warf einen Blick zu Jo hinüber, die mit Ashe plauderte.

»Nein«, stimmte Achmed ihr zu. »Ich wollte dir nur ein kleines Abschiedsgeschenk bringen.« Damit überreichte er ihr ein eng zusammengerolltes Pergament. »Geh vorsichtig damit um. Es ist sehr alt und sehr wertvoll.«

»Falls es sich um eine neue Version von *Die Verheerung des Wyrms* handelt, werde ich sie mit Gewalt an dem Ort verstauen, den ich heute früh angedeutet habe.«

»Sieh es dir erst einmal an.«

Sorgfältig band Rhapsody die alte Seidenschnur auf, welche die Rolle zusammenhielt. Achmed studierte die Schriften in

Gwylliams Bibliothek ausführlich, aber die Sammlung war so umfassend, dass er Jahrhunderte brauchen würde, um sich auch nur die Hälfte anzusehen. Das empfindliche Pergament bröselte leicht, als sie es aufrollte und eine sehr ordentlich ausgeführte architektonische Zeichnung zum Vorschein kam.

Nachdem Rhapsody den Plan eine Weile konzentriert betrachtet hatte, blickte sie auf und merkte, dass der Firbolg-König sie mit ebenso großem Interesse beobachtete.

»Was ist das?«, fragte sie. »Ich erkenne es nicht. Ist es ein Ort in Ylorc?«

Achmed sah zu Ashe hinüber, dann wieder zu Rhapsody und trat schließlich ein wenig näher an sie heran. »Ja, vorausgesetzt, er existiert wirklich. Es war Gwylliams Meisterstück, das Kronjuwel seiner Vision für den Berg. Ich weiß nicht, ob er dazu gekommen ist, es zu bauen, oder nicht. Er nannte es das Loritorium.«

Rhapsodys Handflächen wurden feucht. »Das Loritorium?«

»Ja, das dazu gehörige Schriftstück beschreibt es als Anbau, als absichtlich verborgene Stadt, einen Ort, an dem altes Wissen aufbewahrt wurde. Dort sollten eines Tages die reinsten Formen elementarer Macht, in deren Besitz sich die Cymrer befanden, untergebracht und ein großes Konservatorium eingerichtet werden, in dem man sie studieren konnte. Ich glaube, das Schwert, das du trägst, hätte zu den geplanten Ausstellungsstücken gehören können, wenn man sich die Dimensionen der Schaukästen und einige der Notizen anschaut.«

Rhapsody drehte die Schriftrolle um. »Ich sehe keine Worte. Woher weißt du das alles?«

Achmed nickte in Ashes Richtung und senkte die Stimme noch mehr. »Ich bin kein Narr; ich habe den Text sicherheitshalber in der Schatzkammer gelassen. Schließlich habe ich dir oft genug gesagt, dass ich ihm nicht traue. Außerdem wusste ich nicht, ob der Morgentau die Schriftstücke womöglich beschädigt.

Nach allem, was ich in Erfahrung bringen konnte, wurde das Loritorium nie für die cymrischen Bewohner von Canrif eröffnet. Womöglich hat Gwylliam den Plan nicht in die Tat umgesetzt oder jedenfalls nicht vollendet. Vielleicht hat er aber auch nur ein paar seiner engsten Ratgeber eingeweiht. Wer weiß?

Das Faszinierendste ist die Anlage des Ganzen, jedenfalls diesen Karten zufolge. Anscheinend ließ man schon bei der Planung allergrößte Sorgfalt walten, vor allem auch für entsprechende Schutzvorrichtungen, sowohl außen als auch innen. Ich bin nicht sicher, ob es für Gwylliam wichtiger war, die Schätze vor den Cymrern oder die Cymrer vor den Schätzen zu beschützen.«

Rhapsody schauderte. »Hast du eine Ahnung, was außer der Tagessternfanfare sonst noch dazu gehört haben könnte?«

»Nein, aber ich habe vor, es herauszufinden. Während du weg bist, werden Grunthor und ich ein paar der cymrischen Ruinen in Augenschein nehmen – die Teile von Canrif, die zuletzt gebaut und zuerst zerstört wurden, als die Bolg den Berg überrannten. Wir haben schon ein paar Hinweise entdeckt, was das Loritorium gewesen sein könnte. Es verspricht eine faszinierende Entdeckungsreise zu werden, wenn wir es finden. Liegt dir etwas daran?«

»Aber selbstverständlich«, flüsterte Rhapsody heftig, verärgert über sein Schmunzeln. »Welche Benennerin würde sich nicht für einen solchen Ort interessieren?«

»Dann bleib hier«, schlug Achmed gespielt unschuldig vor. »Es wäre bestimmt besser, wenn du mit von der Partie wärst. Grunthor und ich, Einfaltspinsel, die wir nun einmal sind, verursachen womöglich irgendwelchen Ärger oder zerstören etwas von historischer Bedeutung ... wer weiß, vielleicht gar ein einmaliges Stück uralter Weisheit.« Er lachte, als er sah, wie sich Rhapsodys Wangen vor Wut röteten. »Nun gut, wir warten auf dich. Wir suchen das Loritorium und geben dir genügend Zeit wiederzukommen. Wenn du nicht innerhalb der Zeit zurück bist, über die wir gesprochen haben, fangen wir ohne dich an. Einverstanden?«

»Einverstanden«, antwortete sie. »Aber du brauchst mir keinen zusätzlichen Anreiz für meine Rückkehr zu geben,

Achmed. Ob du es glaubst oder nicht, ich wünsche es mir selbst.«

Der Firbolg-König nickte. »Hast du noch den Dolch aus der Zeit, in der du auf den Straßen von Serendair gelebt hast?«

Rhapsody warf ihm einen seltsamen Blick zu. »Ja, warum?«

Nun verschwand die letzte Spur eines Lächelns von Achmeds Gesicht. »Wenn du dich mit Ashe in einer kompromittierenden Lage wieder findest, nimm den Dolch, um ihm die Eier abzuschneiden, und nicht das Schwert. Die Tagessternfanfare wird die Wunde ausbrennen, wie du es ja schon selbst gesehen hast. Aber wenn es zu einem solchen Notfall kommt, dann sollte er möglichst rasch verbluten.«

»Danke«, entgegnete Rhapsody ehrlich. Sie wusste, dass die grausamen Worte ein Ausdruck echter Sorge waren, und breitete die Arme aus. Achmed erwiderte ihre Umarmung rasch und verlegen und sah dann auf sie herab.

»Was ist das da in deinen Augen?«, wollte er wissen. »Du weinst doch nicht etwa, oder? Du kennst das Gesetz.«

Rhapsody wischte sich hastig mit der Hand übers Gesicht. »Sei still«, erwiderte sie. »Du kannst das Gesetz gern in dieselbe Körperöffnung stecken wie *Die Verheerung des Wyrms*; bei dir ist bestimmt genügend Platz für beides. Nach deiner eigenen Definition müsstest du eigentlich König der Cymrer sein.« Achmed schmunzelte, als Rhapsody sich umwandte und zu Jo und Ashe hinüberging.

»Bist du bereit?«, fragte Ashe und nahm seinen glatt geschnitzten Wanderstab in die Hand.

»Ja«, antwortete Rhapsody und umarmte Jo noch ein letztes Mal. »Pass auf dich auf, Schwester, und auch auf deine beiden großen Brüder.« Das Mädchen verdrehte die Augen; Rhapsody wandte sich wieder an Ashe. »Lasst uns gehen, ehe ich noch etwas zu Achmed sage. Ich möchte, dass das Letzte, was ich ihm sage, genauso gemein ist wie das, was er zu mir gesagt hat.«

Ashe kicherte. »Das ist ein Wettbewerb, auf den ich mich lieber nicht einlassen möchte«, meinte er, während er die Riemen seines Tornisters überprüfte. »Ich glaube, du würdest jedes Mal verlieren.«

Als sie und Ashe den Gipfelgrat erreicht hatten, drehte sich Rhapsody noch einmal um und schaute nach Osten in die aufgehende Sonne, die sich eben anschickte, über den Horizont zu klettern. Sie beschirmte die Augen und fragte sich, ob die drei langen Schatten wirklich die Silhouetten jener Lebewesen waren, die sie auf der ganzen Welt am meisten liebte, oder nur der hohle Widerschein von Felsen und Klüften, die sich unheimlich gen Himmel reckten. Dann kam sie zu dem Schluss, dass sie einen der Schatten hatte winken sehen; ob sie Recht hatte oder nicht, war ohnehin einerlei.

»Schau mal«, sagte Ashe und weckte sie mit seiner angenehmen Baritonstimme aus ihren Träumereien. Rhapsody wandte sich um und folgte mit dem Blick seinem Fingerzeig in Richtung einer anderen Schattenreihe, noch meilenweit entfernt, am Rand der Steppe, wo das Tiefland in die felsigere Ebene überging.

»Was ist das?«, fragte sie. Ein plötzlicher Windstoß wirbelte den Staub um sie herum auf und peitschte ihr das Haar ins Gesicht. Rasch zog sie den Umhang enger um ihre Schultern.

»Sieht aus wie eine Karawane, denke ich«, meinte Ashe nach kurzer Überlegung.

Rhapsody nickte. »Gesandte mit ihrem Tross«, sagte sie leise. »Sie kommen, um Achmed ihre Aufwartung zu machen.«

Ashe schauderte; selbst unter seinem Nebelumhang war das Zittern sichtbar. »Ich beneide sie nicht«, stellte er scherzhaft fest. »Sie werden mit ihren Vorstellungen von Protokoll und Etikette wahrlich schwer ins Schleudern kommen. Sollen wir?« Er blickte nach Westen, über das Tal hinweg, in dem der Schnee taute, und die weite Ebene jenseits der Bergausläufer.

Rhapsody wandte ihren Blick erst einen Augenblick später gen Westen. In ihrem Rücken stieg die Sonne auf und warf ihre goldenen Lichtstrahlen in den grauen Dunst, der sich unter ihnen erstreckte. Im Kontrast dazu bewegte sich die ferne Reihe schwarzer Gestalten durch triste Schatten.

»Ja«, sagte sie und rückte ihren Tornister zurecht. »Ich bin so weit.« Ohne einen Blick zurück folgte sie ihm den Westhang der letzten Klippe hinunter; es war der Beginn ihrer langen Reise zur Höhle der Drachin.

In der Ferne blieb die Gestalt eines Mannes, berührt von einem dunkleren, unsichtbaren Schatten, einen Augenblick stehen, blickte hinauf in die Hügel und setzte dann seinen Weg ins Reich der Firbolg fort.

ZWEITER SATZ

I

In der Morgendämmerung, am Rand des Vorgebirges, planten sie ihre weitere Route durch die Länder nördlich der Grenze zwischen Avonderre und Navarne. Ashe behauptete, die Höhle von Elynsynos liege im alten Wald, nordwestlich von Llaurons Reich und dem ausgedehnten lirinschen Wald von Tyrian, sodass sie der Sonne folgen und sich dann am Tara'fel nach Norden wenden würden.

Als sie die Stelle erreichten, an der die Hügel am Rand des Gebirges in felsige Steppe übergingen, lenkte Ashe Rhapsody auf einmal in ein Dickicht immergrüner Bäume. Sie folgte ihm rasch und versteckte sich; sie konnte selbst Ashe kaum sehen.

»Was ist los?«, flüsterte sie in die dunklen Zweige, deren dichte, duftende Nadeln jetzt, zu Beginn des Frühjahrs, weich und frisch waren.

»Ich habe gerade eine bewaffnete Karawane gesichtet«, antwortete er mit gedämpfter Stimme. »Unterwegs in Richtung Ylorc.«

Rhapsody nickte. »Ja, das ist die vierwöchentliche Postkarawane.«

»Postkarawane?«

»Ja, Achmed hat einen vierwöchentlichen Zyklus von Karawanen eingerichtet, die zwischen Ylorc, Sorbold, Tyrian und Roland hin und her reisen. Jetzt, da es ein Handelsabkommen zwischen den Bolgs und Roland gibt, dachte er, es sei sinnvoll, dafür zu sorgen, dass Nachrichten und Transporte von Soldaten aus Roland begleitet werden, damit sie nicht Opfer dieser unerklärlichen Überfälle werden, die seit einiger Zeit immer häufiger werden.

Ein Kontingent kommt immer am selben Wochentag an, und wenn es nicht eintrifft, macht sich der Posten, der die Karawane in diesem Fall erwartet hat, auf die Suche, um eventuell eingreifen zu können. Jede Karawane braucht zwei Zyklen oder acht Wochen, um einmal den ganzen Weg zwischen Roland, Tyrian, Sorbold und Ylorc zurückzulegen. Bisher hat es ganz gut geklappt.« *Und Llauron hat die Gelegenheit genutzt, mir gehörig damit auf die Nerven zu gehen, dass ich ihm Informationen schicken soll,* fügte Rhapsody im Stillen hinzu. Bisher war sie nicht sehr mitteilsam gewesen. Sie erwähnte auch nicht, dass die heikelsten Nachrichten nicht den Soldaten in der Karawane anvertraut wurden, sondern Vögeln. Achmed hatte eine ganze Schwadron fliegender Boten aufgebaut, welche die wichtigsten Sendschreiben durch die Lüfte an ihren Zielort beförderten. Auch Llauron griff auf geflügelte Boten zurück.

Ashe erwiderte nichts. Rhapsody wartete eine Weile, und als dann immer noch keine Reaktion erfolgte, wandte sie sich um und wollte das Dickicht verlassen.

»Warte.«

»Was ist denn jetzt schon wieder, Ashe?«

In der Dunkelheit zwischen den Zweigen war er immer noch schlecht zu sehen. »Wir müssen hier ausharren. Ich dachte, du hättest verstanden, dass wir nicht gesehen werden dürfen, wenn wir gemeinsam über Land reisen.«

Rhapsody zog ihren Umhang enger um sich. »Ja natürlich ... wenn wir auf dem freien Feld angreifbar sind oder uns auf unbekanntem Gebiet befinden. Aber das da draußen ist doch nur die Postkarawane.«

»Nein, diese Vorsichtsmaßnahme gilt *immer*. Ohne Ausnahme. Verstanden?«

Sein Ton ärgerte sie; seine Stimme hatte einen entschlossenen Unterton, den sie nie zuvor von ihm gehört hatte – eine Mahnung daran, wie wenig sie Ashe eigentlich kannte und dass sie die Einwände, die Achmed und Grunthor von Anfang an gegen ihre Reise mit ihm vorgebracht hatten, womöglich unterschätzte. Rhapsody seufzte, und ein Teil ihrer Zuversicht löste sich auf wie Nebel in der kalten Luft. »Nun gut«, erwiderte sie. »Dann warten wir eben, bis die Karawane vorübergezogen ist. Sag mir Bescheid, wenn sie außer Sichtweite sind.«

Sie überquerten die Steppen und Einöden der Krevensfelder, sich stets in nordwestlicher Richtung haltend, sodass sie nur die Außenbezirke der Provinz Bethe Corbair streiften und die Stadt selbst ganz umgingen. Die Reise gestaltete sich beschwerlich; das Terrain war holprig und unwirtlich, und im Schlamm, den der stetige Frühjahrsregen zurückließ, kam man schlecht vorwärts. Mehrmals blieb Rhapsody im Morast stecken. Ashe bot seine Hilfe an, aber sie wies ihn höflich ab, während sie sich vor sich hin murmelnd befreite.

Die entspannte Vertrautheit, die sich in Ylorc zwischen ihnen entwickelt hatte, schien jetzt, da sie allein waren, verschwunden zu sein. Rhapsody hatte keine Ahnung, warum, obwohl sie fand, dass sich einiges auf Ashes Launenhaftigkeit zurückführen ließ.

Manchmal war er recht nett, scherzte mit ihr oder vertrieb ihr die Zeit, wenn sie lagerten, mit netter, wenn auch banaler Konversation. Dann wieder bekam sie das Gefühl, dass ihn etwas belastete oder dass er sogar verärgert war; ganz unerwartet fuhr er sie dann an, wenn sie etwas zu ihm sagte, als störte sie ihn in seinen Überlegungen. Es war, als hätte er zwei verschiedene Persönlichkeiten, und weil sein Gesicht ja stets verborgen blieb, hatte Rhapsody keine Möglichkeit zu erraten, welche im jeweiligen Augenblick vorherrschend war. Demzufolge verbrachten sie den größten Teil der Zeit schweigend.

Als sie die weiten Felder von Bethe Corbair und die südwestliche Ecke der Provinz Yarim durchquert hatten, wurde es ein wenig besser. Sie folgten den letzten Spuren des Winters; vor wenigen Wochen war im Bolg-Land der Frühling eingezogen, aber hier war der Boden noch gefroren und das Tauwetter setzte gerade erst ein. Das Gelände war einfacher zu begehen, und es regnete auch weniger, was ihre Stimmung verbesserte. Dennoch war ihnen beiden bewusst, wie wenig

Deckung sie hatten, und sie mussten sich oft verstecken, wenn Ashe Soldaten oder Reisende spürte. Für gewöhnlich konnte Rhapsody diese nicht sehen, aber sie hatte sich daran gewöhnt, plötzlich von hinten gepackt und in ein Dickicht oder eine dichte Baumgruppe gezerrt zu werden. Sie sah die Notwendigkeit dieser Maßnahmen durchaus ein, aber sie verbesserten ihre Beziehung zu Ashe keineswegs.

Nach mehreren Wochen der Wanderung erreichten sie die Provinz Canderre, ein Land, in dem es mehr Wald und grüne Täler gab als in Bethe Corbair und auch in Yarim. Die Spannung lockerte sich ein wenig; im Wald schien Ashe ruhiger zu werden. Vermutlich kam es daher, dass sie hier nicht mehr so deutlich erkennbare Zielscheiben waren wie auf den weiten, ungeschützten Ebenen.

Nun unterhielten sie sich auch etwas mehr, wenn auch immer noch nicht sehr häufig. Ashe war zwar meist freundlich und gelegentlich sogar lustig, aber er hielt Rhapsody immer auf Abstand. Nie teilte er ihr seine Gedanken mit, nie erzählte er von seiner Vergangenheit, nie nahm er seine Kapuze ab. Allmählich fragte Rhapsody sich ernsthaft, was nur mit seinem Gesicht passiert war, das er so strikt verbarg. Sie wünschte, er würde ihr mehr vertrauen. Durch seine Art, sich abzusondern, konnte auch sie nicht anders, als ihm gegenüber auf der Hut zu bleiben.

Das Einzige, wogegen er zu ihrer Überraschung nichts einzuwenden hatte, waren ihre täglichen Gebete. Jeden Morgen und jeden Abend begrüßte sie die Sonne und die Sterne mit einem Lied, allerdings immer mit gedämpfter Stimme, vor allem, wenn sie die Steppe durchkreuzten. Aber sie wusste, dass ihr Brauch trotzdem ein gewisses Risiko in sich barg. Im Allgemeinen hatte sie Wache, wenn die Morgendämmerung kam, und so war ihr Morgengebet für ihn der Weckruf. Wenn am Abend die Dämmerung hereinbrach, entschuldigte sie sich und suchte sich in einiger Entfernung eine Lichtung, um ihn nicht zu stören. Wenn sie zurückkam, ließ er nie irgendeine Bemerkung fallen und war immer noch mit dem beschäftigt, was er getan hatte, als sie weggegangen war.

Der Wald wurde dichter, und es zeigte sich, dass sie nun den wichtigsten und schwierigsten Teil der Reise angetreten hatten. Sie befanden sich im Großen Wald, der den größten Teil des westlichen Canderre und den ganzen Norden von Navarne und Avonderre bedeckte, bis hinauf zum Meer. Die Hälfte des Weges war geschafft, Ashe hatte die Route bestens ausgearbeitet und eingehalten. Bis jetzt waren keine größeren Schwierigkeiten aufgetreten; obgleich es nur wenige Landmarken gab, nach denen man sich richten konnte, waren die Sterne über den weiten Ebenen klar zu lesen und die Richtung einfach zu erkennen. Sie gingen nach Westen, immer der Sonne nach. Doch nun kam der schwierige Teil, der Hauptgrund, warum Rhapsody auf Ashes Dienste als Führer angewiesen war. Der Wald war dicht, dunkel und richtungslos, hier konnte man sich leicht verirren.

Obwohl Rhapsody nichts gesagt hatte, bemerkte Ashe ihre zunehmende Nervosität.

»Du machst dir Sorgen.«

»Ein wenig«, gab sie zu. Ihre Stimmen durchbrachen die Stille des Waldes und hatten einen seltsamen Klang.

»Ich war schon des Öfteren hier, ich kenne mich aus«, erwiderte er. In seinem Ton war nichts von der Gereiztheit zu hören, die eine Weile so typisch für ihn gewesen war.

»Ich weiß«, meinte Rhapsody mit einem schwachen Lächeln. »Aber ich bin noch nie einem Drachen begegnet, und deshalb ist es wahrscheinlich kein Wunder, dass ich mir ein wenig Sorgen mache. Ist sie groß – für einen Drachen, meine ich?«

Ashe lachte leise. »Ich habe nie behauptet, ein Drachenkenner zu sein. Ich habe auch nicht gesagt, dass ich sie kenne. Ich habe nur erzählt, dass ich in der Nähe ihrer Höhle war.«

»Oh.« Rhapsody schwieg, statt ihren unausgesprochenen Fragen Ausdruck zu verleihen, denn sie wusste, dass Ashe sie ohnehin nicht beantworten würde.

»Vielleicht sollten wir zum Abendessen eine Pause einlegen«, schlug er vor. »Nach meiner Erfahrung beruhigt Essen manchmal die Nerven. Außerdem bist du an der Reihe mit Kochen.« Sein Ton klang schelmisch.

Rhapsody lächelte. »Aha, das ist also ein Trick. Na gut, ich koche. Hier sind wir sicher genug, um ein Feuer zu machen, meinst du nicht?« Während sie auf den Ebenen gewesen waren, hatte sie selten ein Feuer angezündet, denn beiden war klar gewesen, dass es in der vollkommenen Dunkelheit wie ein Signal gewirkt hätte.

»Ich denke schon.«

»Gut«, meinte sie, und ihre Stimmung hob sich etwas. »Ich werde mal nachschauen, was ich in der Nähe finde, wenn ich ein bisschen herumstöbere.«

»Geh nicht zu weit weg.« Ashe hörte sie seufzen, als sie sich ins Unterholz begab.

Ein paar Minuten später kehrte sie aufgeregt zurück. »Warte nur, bis du siehst, was ich gefunden habe«, sagte sie und ließ sich mit übergeschlagenen Beinen auf der Lichtung nieder, die sie als Nachtlager auserkoren hatten. Sie nahm ihren Tornister auf den Schoß und kramte darin herum.

Ashe sah zu, wie sie ein Tuch auf dem frischen Frühlingsgras ausbreitete, in einem verbeulten Blechtopf verschiedene Dinge miteinander vermischte, das Ganze zudeckte, ein kleines Loch buddelte und den Topf darin versenkte. Neben ihm grub sie noch zwei Kartoffeln aus ihrem Proviant mit ein und entzündete dann direkt darüber ein Feuer.

Während es brannte, entkernte sie drei kleine Äpfel, die sie im Wald gefunden hatte, Überbleibsel vom letzten Herbst, und würzte sie mit einem Pulver, das sie in einem Beutel in ihrem Tornister aufbewahrte. Dann hängte sie einen Topf übers Feuer, in den sie zuvor klein geschnittenen Lauch und wilden Meerrettich gegeben hatte. Nach einer Weile nahm sie den Topf vom Feuer und legte die Äpfel in die Glut. Binnen kurzem begannen sie zu brutzeln und einen ganz bemerkenswerten Geruch zu verströmen, der Ashe das Wasser im Munde zusammenlaufen ließ.

Schließlich holte Rhapsody die Äpfel aus dem Feuer, legte sie zum Abkühlen beiseite und grub den Blechtopf und die Kartoffeln aus. Dann deckte sie den Topf ab und schüttelte ihn gut durch. Ein kleiner Brotlaib, leicht nussig und lecker duftend, kam zum Vorschein und landete auf dem Tuch. Als Letztes rührte sie die Lauchsuppe noch einmal kräftig um, die in der verrauchten Luft einen ganz anderen, nicht minder köstlichen Geruch verströmte.

Als sie den dampfenden Brotlaib aufschnitt und aus ihrem Tornister noch ein Stück Hartkäse zutage förderte, nahm Ashes Appetit noch zu. Mit geübten Bewegungen schnitt sie den Käse klein und legte ihn auf das Brot, wo er schmolz, während sie ihm die restlichen Bestandteile des Mahles auftischte.

»Hier. Ich fürchte, es ist alles sehr einfach, aber es müsste deinen Hunger eigentlich für die Nacht stillen.«

»Danke.« Ashe setzte sich neben sie und zog das Tuch näher zu sich heran. »Das sieht gut aus.« Er beobachtete, wie sie selbst das Essen versuchte, und nahm dann abwechselnd einen Bissen von allem, was sie auch aß.

»Es ist leider nicht sehr viel«, meinte sie entschuldigend. »Nur ein kleines Volkslied.«

Ashe hatte den Mund voll von gewürztem Apfel. »Hmmm?«

»Man kann nicht viel komponieren, wenn man nur die Zutaten hat, die sich in unmittelbarer Nähe befinden.«

Er schluckte seinen Bissen hinunter. »Komponieren?«

Rhapsody lächelte die verhüllte Gestalt an. »Nun ja, ein wirklich gut geplantes Mahl hat all die aromatischen Bestandteile eines guten Musikstücks.« Da sie keine Antwort bekam, fuhr sie mit ihrer Erklärung fort, in der Hoffnung, Ashe würde sie nicht so töricht finden wie Achmed. »Weißt du, wenn man genügend darüber nachdenkt, wie bestimmte Dinge von den Sinnen aufgenommen werden, kann man ihre Wirkung beeinflussen.

Wenn man beispielsweise ein intimes Abendessen plant, möchte man das Ganze vielleicht wie ein kleines Orchesterkonzert gestalten. Also nimmt man für die Bassgeigen eine reichhaltige Suppe. Für die Violinen ein paar knusprige Kekse, gekrönt mit süßer Butter und Honig. Man könnte etwas Leichtes servieren, scharfes, knackiges Gemüse in einer Orangensauce für die schelmische Flötenstimme. Zuerst entscheidet man also, wie man sich das Essen als Musikstück vorstellt, dann stellt man die Speisen so zusammen, dass sie zur Atmosphäre passen.«

Ashe nahm einen Bissen Brot. »Spannend. Eine Manipulation, aber spannend.« Der Nussgeschmack mischte sich vortrefflich mit dem Käse, sodass beides viel gehaltvoller wirkte, als es allein je hätte sein können.

Überrascht sah Rhapsody ihn an. »Du findest, es ist eine Manipulation? Das verstehe ich nicht.« Er antwortete nicht. »Kannst du mir erklären, was du damit meinst?«, beharrte sie.

Ashe nahm den nächsten Bissen. »Ist der Tee fertig?«

Wortlos stand Rhapsody auf und ging zum Feuer. Am besten fand sie den Tee aus den Gaben des Sommers: Himbeerblätter und Hagebutten, Gagelstrauch und rote Sumachbeeren. Die Kräuter, die sie hier entdeckt hatte, waren nicht die beste Mischung – Platane und Rotulme, Löwenzahnwurzeln und Schafgarbe –, aber sie hatten milde, gesunde Eigenschaften. So goss sie eine Tasse mit der dampfenden Flüssigkeit voll und reichte sie Ashe, noch immer mit gerunzelter Stirn und auf eine Antwort wartend.

Doch es kam keine. Die Gestalt im Umhang hob die Tasse zur Kapuze hoch und nippte daran. Aber dann sprang Rhapsody vor Schreck in die Höhe, denn Ashe spuckte den Tee mit einer Heftigkeit aus, dass er zischend ins Feuer spritzte.

»Pfui Teufel, was ist das denn?«, rief er ungehalten, und Rhapsody spürte, wie ihr Blut zu kochen begann.

»Na ja, jetzt ist es Kräuterdampf, aber vor deiner ausgesprochen reifen Reaktion war es Tee.«

»Ein neuer und ungewöhnlicher Gebrauch des Wortes, würde ich sagen.«

Rhapsody wurde immer wütender. »Nun, es tut mir Leid, dass du ihn nicht magst, aber es war die beste Kräutermischung, die ich finden konnte. Alles sehr gesund.«

»Wenn einen der Geschmack nicht schon umgebracht hat.«

»Das nächste Mal werde ich darauf achten, dass ich Süßholz für dich finde. Bis jetzt war mir noch nicht klar, dass du so nötig ein Abführmittel brauchst.«

Sie meinte ein leises Lachen zu hören, als der Vermummte sich erhob und zu seinem eigenen Tornister ging. Einen Augenblick kramte er darin herum und fand schließlich, wonach er gesucht hatte.

»Du könntest etwas von diesem hier machen.« Damit warf er ihr einen kleinen Leinensack zu, der mit einem Band aus Rohleder zugebunden war.

Rhapsody öffnete das Säckchen, hielt es sich an die Nase und atmete das Aroma ein. Angewidert zog sie die Nase zurück.

»Gott, was ist das denn?« Sie hielt den Sack ein gutes Stück von ihrem Gesicht entfernt.

»Kaffee. Eine Spezialmischung aus Sepulvarta.«

»Uch. Das ist ja ekelhaft.«

Ashe lachte. »Du bist sehr engstirnig, weißt du. Ehe du etwas als ekelhaft abtust, kannst du es doch zumindest versuchen.«

»Nein, danke. Das riecht wie Dreck aus einem Stinktiergrab.«

»Nun, sei's drum, ich mag Kaffee, und zwar wesentlich lieber als deinen scheußlichen Tee.« Rhapsody machte ein langes Gesicht, und er beeilte sich, den Schaden wieder gutzumachen. »Obwohl ich natürlich schon glaube, dass der Tee, den du machst, wenn du nicht im Wald und unabhängig von dieser begrenzten Pflanzenauswahl bist ...«

»Erspar mir deine Reden«, entgegnete sie kalt. »Es ist dein gutes Recht, meinen Tee nicht zu mögen. Niemand hat behauptet, er wäre lecker; er ist nur gesund. Und wenn du dich mit diesem Gallenzeug vergiften möchtest, will ich dich nicht zurückhalten. Aber du kannst deinen Kaffee selbst kochen, ich habe nicht das Bedürfnis, seine Dämpfe einzuatmen. Genau genommen denke ich, ich sollte mir einen anderen Lagerplatz suchen, bis du fertig bist.« Damit erhob sie sich und ging vom Feuer weg in den Wald. Ihr Essen blieb zum großen Teil unberührt zurück.

Nur wenige Worte wurden an diesem Abend zwischen ihnen gewechselt. Nach Sonnenuntergang, als sie ihre Vesper gesungen hatte, kam Rhapsody zurück und machte es sich für die Nacht in ihrer Ecke des Lagers gemütlich.

Ashe reparierte gerade einen seiner Stiefel, als sie in den Feuerschein trat, und beobachtete, wie sie an den Flammen vorbeiging. Er hatte längst bemerkt, welche Wirkung sie auf das Feuer ausübte und wie es ihre Stimmung spiegelte. Jetzt knackte und zischte es in unausgesprochener Wut. Offensichtlich hatte sie sein beleidigendes Verhalten noch nicht überwunden, wahrscheinlich weil er sich nicht dafür entschuldigt hatte.

Also beschloss er, das jetzt zu tun. »Es tut mir Leid wegen vorhin«, sagte er und drehte den Stiefel um, ohne sie anzuschauen.

»Du kannst die Sache ruhig vergessen.«

»Na gut«, entgegnete er und zog den Stiefel wieder an. »Dann vergesse ich sie. Ich wünschte, es gäbe mehr Frauen, die mich so leicht davonkommen lassen.«

Rhapsody rollte ihren Mantel zusammen und stopfte ihn als Kissen unter ihren Kopf. Der Boden war mit Baumwurzeln und Steinen übersät, sodass es kaum einen bequemen Schlafplatz gab. »Unsinn«, widersprach sie. »Deine Mutter hat dir bestimmt alles durchgehen lassen.«

Ashe lachte. »Ein Punkt für dich«, räumte er ein und gebrauchte damit einen Ausdruck der Schwertkampflehrer. »Dann kann ich also davon ausgehen, dass meine Entschuldigung angenommen ist?«

»Gewöhn dich lieber nicht zu sehr an den Gedanken«, brummte Rhapsody aus dem Innern ihrer Deckenrolle, doch eine Spur von Humor war in ihre Stimme zurückgekehrt. »Spucken verzeihe ich nur ganz selten. Gewöhnlich würde ich dir in einem solchen Fall das Herz herausreißen, obwohl es bei dir ganz danach aussieht, als hätte das schon jemand anderes erledigt.« Damit schloss sie die Augen und wollte einschlafen.

Einen Sekundenbruchteil später drang ein Summen an ihr Ohr, und sogar hinter ihren geschlossenen Lidern konnte sie sehen, dass ein blauweißes Licht die Dunkelheit erfüllte. Die scharfe Metallspitze eines Schwerts piekte direkt unter dem Kinn in ihren Hals. Vorsichtig öffnete sie die Augen.

Über ihr stand Ashe. Selbst in der Dunkelheit sah man seiner verhüllten Gestalt die Anzeichen seines unbändigen Zorns an. Mit einer gemeinen Drehung des Handgelenks drückte er die Schwertspitze tiefer in ihren Hals, gerade so weit, dass die Haut unverletzt blieb. In seiner Kapuze funkelten zwei Lichtpunkte.

»Steh auf«, zischte er und trat heftig gegen ihren Stiefel.

Rhapsody erhob sich, dem Schwert gehorchend. Es pulsierte in bläulichem Licht, einem Licht, das sie in der Schlacht aus dem Augenwinkel gesehen hatte, aber nie zuvor aus der Nähe. Es war ein Bastardschwert, eine Waffe mit breiter Klinge und breitem Heft, länger als ihr eigenes. Sowohl Griff als auch Klinge waren verziert mit schimmernden blauen Runen, doch diese waren nicht der faszinierendste Teil.

Die Klinge selbst nämlich sah aus, als wäre sie flüssig. Sie schwebte in der Luft und kräuselte sich zum Griff hin wie Meereswellen, die ans Ufer schlagen. Von der wässrigen Waffe stieg ein Nebel auf wie Rauch von den Feuern der Unterwelt und bildete vor Rhapsody einen Nebeltunnel, einen beweglichen Tunnel, an dessen Ende ein Fremder stand, mit Mordgier in den Augen. Dies wusste sie, auch wenn sie seine Augen nicht klar sehen konnte, denn er hätte ihr eine Waffe, die eine solche Macht besaß, niemals gezeigt, wenn er nicht sicher gewesen wäre, dass für sie dieser Anblick nur von kurzer Dauer sein würde.

Eine tödliche Ruhe überkam Rhapsody. Sie starrte durch den nebligen Tunnel auf den Mann im Umhang auf der anderen Seite. Er schwieg, aber sein Zorn war spürbar, überall in der Luft um sie herum.

Als er nach einem weiteren endlosen Augenblick noch immer nicht sprach, beschloss Rhapsody, etwas zu sagen.

»Warum musste ich aufstehen? Bist du zu ritterlich, um mich zu töten, während ich schlafe?«

Ashe antwortete nicht, sondern drückte noch ein bisschen stärker zu. Einen Augenblick lang wurde Rhapsody schwarz vor den Augen, weil kaum Blut in ihren Kopf kam. Doch sie nahm alle Kraft zusammen und starrte weiter in seine Richtung.

»Nimm das Schwert augenblicklich weg oder töte mich einfach«, befahl sie kalt. »Du störst mich beim Schlafen.«

»Wer bist du?« Ashes Stimme klang erstickt vor mörderischer Wut.

Rhapsody horchte unwillkürlich auf, denn diese Worte hatte sie schon einmal gehört, und zwar von einem anderen in einen Umhang gehüllten Fremden. Fast genau so hatte sie Achmed kennen gelernt. Sein Ton war ähnlich mörderisch gewesen, als er in ihrem Tornister gewühlt hatte, während Grunthor sie im Schatten ihres ersten gemeinsamen Lagerfeuers festgehalten hatte.

Wer bist du?

He, Finger weg!

An deiner Stelle wär ich jetzt schön brav, Herzchen. Er hat dich was gefragt.

Darauf habe ich doch schon geantwortet. Ich bin Rhapsody. Und jetzt nimm deine Hände aus meinen Sachen, sonst geht noch was kaputt.

Ich mache nichts kaputt, es sei denn absichtlich. Also, ich frage noch einmal: Wer bist du?

Sie seufzte im Stillen. »Anscheinend muss ich bis in alle Ewigkeit derartige Gespräche mit Männern führen, die mir etwas antun wollen. Mein Name ist Rhapsody. Das weißt du doch längst, Ashe.«

»Offensichtlich weiß ich überhaupt nichts über dich«, entgegnete er mit leiser, tödlicher Stimme. »Wer hat dich geschickt? Wer ist dein Meister?«

Das letzte Wort tat weh, denn es rief eine Explosion von Erinnerungen in ihr hervor, entstanden in der Qual des Straßenlebens, der Erniedrigung und erzwungenen Prostitution. »Wie kannst du es wagen? Ich habe keinen Meister. Was willst du damit andeuten?«

»Dass du eine Lügnerin bist, bestenfalls. Schlimmstenfalls bist du eine Verkörperung des Bösen und wirst für das Leid und die Schmerzen sterben, die du anderen seit Anbeginn der Zeit zugefügt hast.«

»Himmel! Was für Schmerzen denn?«, fragte Rhapsody ungläubig. »Und nenn mich nicht Lügnerin, du törichte Memme. Wenn hier einer lügt, dann du! Du hast meinen Freunden versprochen, ich wäre bei dir in Sicherheit. Wenn du vorhattest, mich zu töten, so hätte ich an dem von dir gewünschten Treffpunkt mit dir gekämpft. Du hättest mich nicht in die Wälder locken müssen, um ungestraft davonzukommen, du feiges Stück Bolg-Dreck.«

Ashe richtete sich noch ein Stück weiter auf; das Schwert rührte sich nicht von der Stelle. Doch dem Anschein nach hatte sich seine Wut ein wenig gelegt. Rhapsody hätte nicht mit Bestimmtheit sagen können, woher sie es wusste, aber sie war sich dennoch dessen sicher.

»Gestehe, wer dich geschickt hat, dann verschone ich dein Leben«, sagte er, und seine Stimme klang schon ein klein wenig vernünftiger. »Sag mir, wer der Wirt ist, dann lasse ich dich gehen.«

»Ich habe wirklich keine Ahnung, wovon du da faselst«, gab sie ärgerlich zurück. »Mich schickt niemand.«

Noch einmal piekte Ashe sie heftig in den Hals. »Lüg mich nicht an! Wer hat dich geschickt? Du hast zehn Sekunden, um mir einen Namen zu liefern, wenn dir dein Leben lieb ist.«

Einen Augenblick dachte Rhapsody scharf nach, denn sie wusste, dass er es todernst meinte. Es wäre einfach gewesen, irgendeinen Namen zu erfinden, in der Hoffnung, dass er sie in Ruhe lassen würde, um diesen Wirt zu suchen, von dem er da plapperte. Aber das Überleben war keine Lüge wert. Um sie herum lief die Zeit langsamer, und sie dachte an die Familie, mit der sie wieder vereint sein würde.

»Spar dir die Mühe«, antwortete sie schließlich. »Ich weiß nicht, wovon du sprichst, und ich werde nicht lügen, damit du mich am Leben lässt.« Sie reckte ihm die Kehle entgegen, damit er besser zustechen konnte. »Los doch.«

Einen Augenblick war Ashe wie erstarrt, dann zog er das Schwert mit einer heftigen Bewegung, bei der Wassertropfen über ihr Gesicht und ins Feuer spritzten, von ihrem Hals zurück. Die Flammen zischten zornig. Doch er starrte sie weiterhin aus seiner nebligen Kapuze heraus an.

Nachdem sie seinen Blick eine Weile fest erwidert hatte, sagte Rhapsody: »Ich weiß nicht, was in dich gefahren ist. Vielleicht ist dein Hirn von dem Stinktier-Urin ausgetrocknet, den du Kaffee nennst.« Sie holte tief Luft und griff auf ihre Wahrheitskunde zurück, über die sie als Benennerin verfügte. »Auf alle Fälle ist dein Verhalten unverzeihlich. Ich bin keine Lügnerin und auch keine Verkörperung des Bösen. Ich weiß nicht, warum du auf mich wütend bist, aber ich habe keinen Meister, ich bin keines Menschen Hure, und ich weiß nichts von einem Wirt. Jetzt mach, dass du wegkommst. Ich werde den Drachen auch ohne dich finden.«

Ashe dachte kurz nach. »Was sollte die Bemerkung über mein Herz bedeuten?«

Gewöhnlich würde ich dir in einem solchen Fall das Herz herausreißen, obwohl es bei dir ja ganz danach aussieht, als hätte das schon jemand anderes erledigt.

Rhapsody machte ein ratloses Gesicht – ihre Bemerkung hatte ein Scherz sein sollen. »Dass du herzlos bist und grob. Dass du das Essen, das ich für dich zubereitet habe, schlecht machen wolltest, dass du meinen Tee ausgespuckt hast, dass du gemein warst. Du bist ein unerträgliches Schwein. Du selbst verträgst keinen Spaß, aber von anderen erwartest du es ständig. Du bist mürrisch. Soll ich weitermachen? Als ich das vorhin sagte, wollte ich dich ein bisschen necken. Jetzt allerdings nicht mehr.«

Ashes Schultern entkrampften sich, und Rhapsody hörte ein tiefes Ausatmen unter der Kapuze. Eine Weile noch starrten sie einander an. Dann senkte die Gestalt im Umhang den Kopf.

»Es tut mir sehr Leid«, sagte Ashe leise. »Dein Urteil über mich ist in allen Teilen zutreffend.«

»Da widerspreche ich dir nicht«, entgegnete Rhapsody, deren Herzschlag sich allmählich ein wenig beruhigte. »Jetzt geh. Wenn du immer noch kämpfen willst, stehe ich dir gern zur Verfügung. Ansonsten mach dich auf den Weg.«

Ashe steckte sein Schwert wieder in die Scheide. Sofort wurde es im Tal merklich dunkler. Das Feuer war im Rhythmus ihres Zorns aufgeflammt und brannte jetzt ebenfalls nieder, nachdem es in seiner Wut einiges von seinem Brennstoff verzehrt hatte.

»Wenn du möchtest, dass ich gehe, warum hast du dir dann nicht einfach einen Namen ausgedacht? Ich hätte dich hier gelassen, unversehrt. Du hast Glück gehabt, aber du bist ein großes Wagnis eingegangen.«

»Was für ein Wagnis?«, fauchte Rhapsody. »Du hast mir eine Frage gestellt. Es gab nur eine mögliche Antwort, und diese bestand nicht darin, einen Namen zu erfinden. Was, wenn ich es getan hätte und der Name dann einem Unschuldigen gehört hätte, dessen einziges Verbrechen darin bestand, dass er Pech hatte?«

Ashe seufzte. »Du hast Recht. Wir leben in schlimmen Zeiten, Rhapsody. Ich weiß, es steht dir an, mich für immer zu hassen, aber bitte, tu es nicht. Ich dachte, du wärst jemand anderes, aber das bist du nicht, und ich bitte dich um Vergebung. Viele meiner Freunde und zahllose andere Unschuldige sind durch die finstere Hand ums Leben gekommen, durch die Hand des Bösen, das all diese Überfälle verursacht. Einen Augenblick glaubte ich, du wärst es.«

»Welch ein merkwürdiger Zufall. Achmed hat dich im gleichen Verdacht.«

»Er ist klüger, als ich dachte«, meinte Ashe leise.

Rhapsody blinzelte verwundert. In seinen Worten lag eine Schärfe, die sie mitten in die Seele traf. »Was meinst du damit?«

»Nichts«, erwiderte er hastig, »gar nichts. Das war ein Missverständnis.« Seine Stimme wurde wehmütig. »Vielleicht hervorgerufen durch den Stinktier-Urin, wie du meinen Kaffee so überaus freundlich bezeichnet hast.«

Rhapsody setzte sich wieder ans Feuer. »Weißt du, Ashe, die meisten Leute tragen ihre Missverständnisse auf einer anderen Ebene aus. Meine Nachbarin hat einmal einen Teller nach ihrem Ehemann geworfen. Für gewöhnlich gehen sie nicht mit Waffen aufeinander los. Deshalb glaube ich nicht, dass das, was zwischen uns vorgefallen ist, gemeinhin als Missverständnis durchgehen würde.«

»Es tut mir sehr Leid«, entgegnete er. »Bitte sag mir, was ich tun kann, um es wieder gutzumachen. Ich schwöre, es wird nicht wieder vorkommen. Ich weiß, du glaubst mir vielleicht nicht, aber es war eine Überreaktion auf das, was überall im Land geschieht. Der Krieg kommt, Rhapsody, ich kann es fühlen. Deshalb misstraue ich jedem, selbst denen, die gar nichts damit zu tun haben – so wie du.«

An seiner Stimme hörte sie, dass er die Wahrheit sprach. Sie seufzte und ließ sich ihre Möglichkeiten durch den Kopf gehen. Sie konnte ihn wegjagen, konnte sich weigern, auch nur einen weiteren Augenblick in seiner Gesellschaft zu verbringen, aber dann wäre sie allein im Wald und verloren. Sie konnte sich bereit erklären, mit ihm weiterzuziehen, aber auf der Hut bleiben, konnte Vorsichtsmaßnahmen ergreifen, um weitere unangenehme Vorfälle zu vermeiden. Oder sie konnte ihn beim Wort nehmen.

Sie war zu müde, und so blieb ihr nur letztere Möglichkeit. »Na gut«, sagte sie schließlich. »Vermutlich komme ich nicht drum herum, solange du versprichst, nie wieder die Waffe gegen mich zu ziehen. Schwöre es, dann vergessen wir, was vorgefallen ist.«

»Ich schwöre es«, sagte er. In seiner Stimme schwang ein Unterton des Staunens mit und noch etwas anderes, das sie nicht recht zu deuten wusste.

»Und wirf den Kaffee weg. Er verdirbt dir das Gehirn.«

Obwohl die Situation alles andere als lustig war, musste Ashe lachen. Er griff in seinen Tornister und zog den kleinen Sack hervor.

»Aber nicht ins Feuer«, rief sie hastig. »Sonst müssen wir den Wald verlassen. Vergrab ihn morgen früh mit den Abfällen.«

»In Ordnung.«

Sie warf noch eine Hand voll Holz aufs Feuer. Es brannte niedrig, anscheinend war es auch müde geworden. »Und du übernimmst die erste Schlafschicht.«

»Einverstanden.« Ashe ging hinüber zu seiner Schlafstelle, holte seine Decken hervor und kroch schnell darunter, als wollte er damit zeigen, wie fest er darauf vertraute, dass sie sich nicht an ihm rächen würde, während er schlief. »Gute Nacht.«

»Gute Nacht.« Trotz allem, was vorgefallen war, spürte Rhapsody, wie sich ein Lächeln auf ihrem Gesicht ausbreitete. Sie lehnte sich zurück und lauschte den nächtlichen Geräuschen des Waldes, der Musik des Windes und dem Gesang der Grillen in der Nacht.

Dorndreher fluchte und spornte sein Pferd erneut an. Die orlandische Botschafterkarawane war ihnen mehrere Tage voraus, und er machte in seinen Bemühungen, sie einzuholen, keinerlei Fortschritte. Eigentlich hatte Dorndreher keinen Bedarf nach ihrer Gesellschaft und auch keinerlei Wunsch danach; im Großen und Ganzen hielt er die Botschafterklasse von Roland für eine jämmerliche Ansammlung tatteriger alter Männer, die nicht in der Lage waren, eine direkte Erklärung abzugeben, ganz zu schweigen davon, einen zusammenhängenden Gedanken zu fassen. *Marionetten*, dachte er säuerlich, *samt und sonders. Unterwegs, dem neuen Herr der Ungeheuer ihre Ehrerbietung zu erweisen.*

Ihm fielen die Worte seines Meisters wieder ein, während er über den schlammigen Weg galoppierte, der in trockeneren Zeiten die orlandische Durchgangsstraße war und Roland von der Küste bis zum Rand der Manteiden zweiteilte; einst hatten die Cymrer die Straße gebaut. *Alles, was du über Canrif in Erfahrung bringen kannst und darüber, welcher Irrsinn dort um sich greift. Alles, Dorndreher.* Seine tiefe Stimme machte die in den Worten verborgene Drohung noch deutlicher.

Auch im Wind spürte Dorndreher die Drohung, trotz der milden Luft, welche die Rückkehr des Frühlings ankündigte. Canrif war eine Ruine, der vermodernde Leichnam eines längst verflossenen Zeitalters, ausgesetzt den raubgierigen Ungeheuern, die auf den Gipfeln umherschweiften und auf dem Wind dahintrieben, der die Erinnerung an das, was dort geschehen war, auch nach all dieser Zeit noch mit sich trug. Er wusste nicht, was er vorfinden würde, wenn er sich erst an dem dürftigen Hof von Gwylliam dem Missbraucher und Anwyn der Manipulatorin aufhielt; aber er war sich sicher, dass es ihm kaum gefallen würde.

2

Freiherr Francis Pratt, der Abgesandte aus Canderre, blinzelte ein paarmal und schluckte nervös. Als der Posten vergeben worden war, hatte er Rheumatismus und eine unzuverlässige Blase vorgeschützt, um sich zu drücken, denn er war überzeugt gewesen, dass eine mögliche Beschneidung seines Amtes als Botschafter einer Versetzung nach Ylorc allemal vorzuziehen wäre. Doch all seine Bemühungen waren auf taube Ohren gestoßen, und nun war er gezwungen, einem nicht menschlichen Führer zur Spitze der wirren Reihe von Abgesandten zu folgen, die grimmig darauf harrten, dem Firbolg-König ihre Aufwartung zu machen.

Seine Kollegen im diplomatischen Dienst waren ebenso außer sich wie Pratt selbst. Kein Kammerherr war erschienen, um sie zu begrüßen oder ihre Audienzen auch nur annähernd angemessen zu platzieren. Stattdessen wimmelten die Abgesandten hochrangiger Provinzen und Herzogtümer völlig orientierungslos umher und waren bedacht, eine Art selbst erfundener Hackordnung einzuführen. Dies rief indes unter den einflussreichen Botschaftern mehr Bestürzung hervor als unter den weniger wichtigen; die Gemüter waren erhitzt und drohten außer Kontrolle zu geraten, als die Abgesandten von Bethania und Sorbold sich darüber zu streiten begannen, wer denn nun näher bei der Tür stehen dürfe. An einem zivilisierten Hof wären die beiden niemals am selben Tag geladen und schon gar nicht sich selbst überlassen worden, um einen derartigen Disput auszufechten.

Canderre, Pratts Heimat, besaß nur wenig politischen Einfluss. Unter den Provinzen von Roland galt es ganz allgemein als Region niederen Ranges, bevölkert zum großen Teil von Gutsbesitzern, Handwerkern, Kaufleuten und Bauern. In Canderre lebte keine der berühmteren orlandischen Familien, obgleich einige Fürsten canderische Anwesen ihr Eigen nannten und Cedric Canderre, der Herzog der Provinz, aus einem angesehenen Geschlecht stammte. Daher war es ihm höchst unangenehm gewesen, als die Firbolg-Wache ins Zimmer getreten war und hatte wissen wollen, wer der Anwesenden aus Canderre komme. Kurz hatte er mit dem Gedanken gespielt, hinter einem Wandteppich zu verschwinden, war dann aber zu dem Schluss gekommen, dass ein solches Verhalten ihn das Leben kosten könne, nicht weil er sich versteckte, sondern weil die schweren Wandbehänge einen so grässlichen Gestank verströmten. Was immer hinter ihnen verborgen lag, konnte unmöglich der Gesundheit zuträglich sein.

So bekannte er sich denn zu seiner Rolle und fand zu seinem Entsetzen heraus, dass die Wache vorhatte, all die wartenden Gesandten zu übergehen, um ausgerechnet ihn als Ersten beim Firbolg-Hof einzuführen. Ringsum gewahrte er das Erstaunen und den Zorn seiner Kollegen, und als er dem schauerlichen Mann in die Große Halle folgte, spürte er die unsichtbaren Dolche im Rücken, die ihn förmlich durchbohrten.

Als er den riesigen Saal betrat, stieß er zunächst einen Seufzer der Erleichterung aus. Im Gegensatz zu den Gerüchten, die man sich zuraunte, standen hier weder ein Knochenthron noch ein mit Menschenschädeln geschmückter Baldachin. Stattdessen sah er zwei riesige Marmorsessel vor sich, mit blau-goldenen Einlegearbeiten und mit Kissen gepolstert, die ganz offensichtlich aus uraltem Kunsthandwerk stammten. Staunend musterte er sie. Ohne Zweifel waren dies die legendären Thronsessel von Gwylliam und Anwyn, unverändert seit den Tagen, als dies der cymrische Königssitz gewesen war, jener Ort, den Gwylliam Canrif genannt hatte.

Auf einem dieser uralten Throne saß der Firbolg-König, gekleidet in schwarze Gewänder, die sogar sein Gesicht verhüllten, sodass nur die Augen frei blieben. Freiherr Francis war dankbar; nach den Augen zu urteilen hätte er zweifellos gezittert, wenn mehr von dem Gesicht zu sehen gewesen wäre. Durchdringend starrten diese Augen ihn an und begutachteten ihn wie eine Zuchtstute oder gar einen käuflichen Gespielen.

Hinter der Gestalt auf dem Thron stand ein Riese von immensen Ausmaßen, ein breitgesichtiges, flachnasiges Ungeheuer mit fellartiger Haut, mehrfarbig wie alte Blutergüsse. Seine Schultern waren so breit wie das Joch eines Pflugs mit zwei Ochsen, und er trug eine Paradeuniform, behängt mit Medaillen und Bändern. Freiherr Francis schwirrte der Kopf. Der Raum war von einer albtraumartigen Aura durchdrungen, in der alles seltsam unwirklich erschien.

Das einzige anscheinend normale Wesen im Raum saß auf einem Podest nahe dem nicht besetzten Thronsessel. Es war ein junges Mädchen mit langem strohfarbenem Haar und einem unauffälligen Gesicht. Was Pratts Aufmerksamkeit fesselte, war das Spiel, mit dem das Mädchen sich beschäftigte; mit einem langen, dünnen Dolch piekte es gedankenverloren, erstaunlich schnell und zielgenau zwischen die ausgestreckten Finger ihrer linken Hand. Beim Anblick dieser Geschicklichkeit schauderte es ihn unwillkürlich.

»Wie ist Euer Name?«, verlangte der König zu wissen. Sein Firbolg-Blut war nicht unmittelbar zu erkennen, aber er gab seinem Gegenüber ja auch keinen anderen Anhaltspunkt als die beunruhigenden Augen. Der Gesandte kam zu dem Schluss, dass er wahrscheinlich von gemischter Rasse war, denn sein Körperbau ähnelte keinem der grausigen Exemplare der hiesigen Bewohner, die ihm bisher begegnet waren. Gleichzeitig wurde ihm klar, dass die reguläre Hofetikette hier wohl kaum eingehalten werden würde.

»Freiherr Francis Pratt, Euer Majestät, Abgesandter des Hofes von Fürst Cedric Canderre. Es ist mir eine Ehre, hier zu sein.«

»Ja, ja«, erwiderte der König. »Ich bezweifle, dass Ihr es schon wisst, aber das werdet Ihr bald genug. Ehe wir zur Sache kommen: Gibt es etwas, was Ihr mir sagen sollt?«

Freiherr Francis schluckte seinen aufsteigenden Zorn hinunter. »Ja, Euer Majestät.« Es war etwas Abstoßendes daran, einen Bolg mit dem Titel anreden zu müssen, der nicht mehr verwendet worden war, seit der letzte wahre König auf diesem Thron gesessen hatte. »Herzog Cedric schickt Euch seine Glückwünsche zu Eurer Thronbesteigung und wünscht Euch eine lange und glückliche Regentschaft.«

Der König lächelte, trotz des verhüllten Gesichts deutlich wahrnehmbar. »Ich freue mich sehr, das zu hören. Ich sage Euch, wie er dafür sorgen kann, dass meine Regentschaft glücklich wird: Ich möchte, dass Canderre für mich ein wirtschaftliches Experiment durchführt.«

Freiherr Francis blinzelte. So direkt und ohne Umschweife hatte man noch nie zu ihm gesprochen. Im Allgemeinen gehörte zur Kunst der Diplomatie ein anerkannter, komplizierter ritueller Tanz, einem Balzspiel nicht unähnlich. In seiner Jugend hatte er dieses Spiel geliebt, aber er hatte den Geschmack daran verloren und legte nun mehr Wert auf Offenheit und Aufrichtigkeit als in früheren Zeiten. So empfand er die Direktheit des Königs erstaunlich erfrischend.

»Welch ein Experiment denn, Euer Majestät?«

Der Firbolg-König winkte mit der Hand, und schon traten zwei seiner Lakaien vor; einer trug einen wunderschön geschnitzten Stuhl aus dunklem Holz, so schwarz wie Walnussholz, aber von einem tiefen, glänzenden Ton mit einem fast blauen Schimmer. Der andere Diener hielt ein Silbertablett, auf dem ein Kelch stand. Diese zierlichen Dinge wirkten in den haarigen Bolg-Händen beinahe albern. Der Stuhl wurde hinter, der Kelch vor Francis gestellt.

»Setzt Euch.«

»Danke, Majestät.« Freiherr Francis nahm Platz und griff nach dem Kelch. Verstohlen schnupperte er daran, spürte aber sofort, dass der König es bemerkte. Der Wein hatte ein elegantes Bouquet.

Um seine Unhöflichkeit wettzumachen, nahm er einen großen Schluck. Noch ehe er den Wein richtig schmecken konnte, hatte er ihn schon geschluckt, doch es war ein überraschend guter Tropfen, mit einem vollen, kräftigen Körper und einem kaum wahrnehmbaren Beigeschmack. Wie die meisten Adligen in Canderre war auch Freiherr Francis ein Weinkenner, und die Wahl des Königs beeindruckte ihn. Er nahm noch einen Schluck. Es war ein junger Wein, zweifellos die Frühjahrslese, die noch ein wenig Zeit brauchte, um die volle Reife zu erlangen, aber eine gute Traube, die in ein, zwei Jahren exzellente Ernten erzielen würde.

Wieder winkte der König, und zwei weitere Wachen kamen herein. Sie trugen ein riesiges Fischernetz, das sie vor Pratts Füßen abluden. Er bückte sich, um eine Ecke davon aufzunehmen, merkte dann aber, dass er mühelos fast das ganze Netz auf einmal anheben konnte, was er sich niemals zugetraut hätte. Er wusste, dass Netze dieser Größe ein enormes Gewicht hatten, aber aus irgendeinem Grund wog dieses nur einen Bruchteil davon. Der Wert der fremdartigen Faser war ihm augenblicklich klar.

»Woher habt Ihr das?«

Der Firbolg-König seufzte entnervt. »Verschont mich bitte mit dem Eindruck, dass Cedric Canderre mir einen Narren geschickt hat.«

Freiherr Francis errötete. »Es tut mir Leid.«

Auf dem Gesicht des Riesen erschien ein breites Grinsen, bei dem groteske Zähne sichtbar wurden. »Na ja, wir ham es schon die ganze Zeit gedacht, aber wir sind viel zu höflich, um es laut auszusprechen.«

»Natürlich haben wir es hergestellt. Was haltet Ihr davon, Pratt?«

»Es ist ... verblüffend.« Francis drehte das Netz in den Händen. »Die Verarbeitung ist großartig, ebenso wie das Material.«

Der Firbolg-König nickte und winkte abermals. Vor den Füßen des Abgesandten wurde eine große Truhe abgeladen. Der Abgesandte öffnete sie, und was er herausholte, ließ ihn erneut erröten. Es war ein Satz Unterwäsche, gefertigt aus gehäkelten Seidenfasern oder jedenfalls aus etwas, was aussah wie Seide. Es war weicher als Sommerfäden und hatte einen natürlichen Glanz, aber das Anziehendste daran war der Schnitt: Sparsam und skandalös, und dennoch wunderschön und elegant, wie die feineren und seriöseren Mieder und Unterkleider, für deren Herstellung Canderre berühmt war. Francis konnte sich keinen Reim darauf machen, wie das Kleidungsstück entstanden war - eine Situation, die er angesichts seiner Ausbildung und seiner Vergangenheit schlicht für unmöglich gehalten hätte.

»Wie nennt man das?«, erkundigte er sich.

»Unterwäsche, du Hohlkopf«, antwortete das Mädchen, ohne von ihrem Spiel aufzublicken.

»Ich nenn meine ›Beulah‹«, verkündete der riesige Bolg hilfsbereit.

»Ich meinte die Fasern, den Herstellungsprozess«, entgegnete der Abgesandte.

»Spielt keine Rolle«, meinte der Firbolg-König. Er warf einen kurzen Blick zu Grunthor hinüber, und die beiden nickten sich zu. Soeben hatte sich bestätigt, dass Rhapsody für derlei Dinge eine Expertin war: Sie wusste, in welchen Kleidungsstücken Frauen sich wohl fühlten und in welchen Männer sie sehen wollten. »Gefällt es Euch?«

»Allerdings, es ist höchst beeindruckend.«

»Wie ist es mit dem Wein?«

Der Botschafter riss verblüfft die Augen auf. »Ist das ebenfalls ein Firbolg-Produkt?« Der verhüllte König nickte. Pratt rieb sich den Hals und versuchte, mit seinen Bemerkungen und Gedanken ins Reine zu kommen. »Welche Form soll dieses wirtschaftliche Experiment haben?«

Der König beugte sich ein wenig vor. »Wir möchten herausfinden, wie groß der Bedarf an solchen Dingen ist, ohne gleich ihre Herkunft preiszugeben.« Nun war es Freiherr Francis, der nickte. »Ich möchte, dass Ihr die Sachen auf den Markt bringt und über Euer Handelsnetz verkauft. Man wird annehmen, dass sie aus Canderre stammen, und ihre Qualität anhand der hohen Maßstäbe beurteilen, die mit diesem Namen einhergehen.«

Francis lächelte über das Kompliment. »Danke, Hoheit.«

»In einem Jahr werdet Ihr mir genauestens berichten, wie erfolgreich die Erzeugnisse waren. Ich warne Euch, Pratt, versucht nicht, mich zu hintergehen, denn das schätze ich ganz und gar nicht. Ich würde Euch gern anbieten, einmal mit jemandem zu sprechen, der es getan hat, aber gegenwärtig ist keiner davon mehr am Leben.«

Der alternde Botschafter richtete sich zu voller Größe auf. »Ich versichere Euch, Hoheit, dass es in Canderre seit jeher eine Sache der Ehre ist, geschäftlichen Vereinbarungen nachzukommen.«

»Das ist mir bereits zu Ohren gekommen. Ich möchte nur sicher gehen, dass es auch dann so gehandhabt wird, selbst wenn Eure Lieferanten Firbolg sind.«

»Selbstverständlich.«

»Gut. Wenn es am Jahresende Nachfrage gibt, was ich erwarte, schließen wir ein Handelsabkommen, in dem Canderre das Exklusivrecht garantiert wird, Bolg-Ware zu verkaufen, insbesondere Luxusartikel. Ebenfalls ziehen wir in Erwägung, die Rohmaterialien zu verkaufen, die Ihr dann für Eure eigene Produktion verwenden könnt, insbesondere die Trauben und das Holz.«

Pratt machte ein verwirrtes Gesicht. »Holz?«

»Schaut unter Euern Hintern, kleiner Mann!«, rief der Riese lachend.

Gehorsam untersuchte der Abgesandte den Stuhl, auf dem er saß. Als er wieder aufblickte, war auf seinem Gesicht neuerliche Bewunderung zu sehen. »Nun, dies war ohne Zweifel ein bedeutsamer Tag.«

Der König schmunzelte. »Also fühlt Ihr Euch ehrlich geehrt, Pratt?«

»O ja, tatsächlich.« Auch Francis lächelte. Auf eine seltsame Art traf es zu.

Jahrhunderte waren verstrichen, seit die Straße nach Canrif so viel Verkehr erlebt hatte, wie Dorndreher ihn heute erlebte. Seit der Hochzeitszeremonie vor tausend Jahren hatte keine solche Schar hoffnungsvoller Abgesandter mehr die wartenden Tore durchschritten, und nun taten sie dies anscheinend bereits seit Tagen.

Fast hätte er laut über die Mächtigen und Einflussreichen gelacht, die da übereinander purzelten und so taten, als legitimierten sie die Regentschaft eines Ungeheuers über das, was vor langer Zeit einmal die reichste Festung dieser und der Welt davor gewesen war. Als Dorndreher merkte, dass er auf die gleiche Mission geschickt worden war wie die anderen, hielt er sich zurück: Auch er sollte herausfinden, wer der neue König eigentlich war, sollte einen Blick von dem erhaschen, was einst der Glanz Canrifs gewesen war, und verhindern, dass das, was zweitausend Truppen aus Roland geschehen war, auch den Heeren all ihrer Heimatländer geschah.

Dorndreher war ein praktisch denkender Mann. Er konnte sie alle sehen, die Elite des Botschaftertums: Abercromby und Evans, Gittelson, Bois de Berne, Mateaus und Syn Crote, die bevorzugten Repräsentanten all der orlandischen und sorboldischen Regenten und Segner, die ihren Abgesandten zweifellos samt und sonders die gleichen Anweisungen gegeben hatten. Die Vertreter aus Sorbold und der Neutralen Zone waren gekommen, ein paar Wochen vor den Abgesandten aus Hintervold und anderen fernen Ländern. Die beiden religiösen Führer des Kontinents - der Fürbitter von Gwynwald, Oberhaupt des filidischen Ordens, und der Patriarch von Sepulvarta, Führer des patriarchalischen Glaubens, der die Oberherrschaft über die Segner ausübte - hatten ebenfalls ihre Vertreter geschickt.

Die Neuigkeiten über den Firbolg-König hatten sich in kurzer Zeit wie ein Lauffeuer ausgebreitet. Wenn man den Gerüchten derer Glauben schenkte, die sich vorgedrängt hatten, um als Erste an den Hof vorgelassen zu werden, war es gescheiter zurückzubleiben. Die Vorderen konnten nicht umhin, über das, was sie gesehen, und über die Abmachungen, die sie geschlossen hatten, zu tratschen; schließlich wurde unter Botschaftern ebenso gern geprahlt wie unter Segnern und Herrschern. Doch Hackordnung und Wichtigtuerei kümmerten Dorndreher nicht. Ihm ging es ausschließlich um Erkenntnisse.

Letztendlich kam es auf den Zutritt nach Canrif an, das wusste Dorndreher. Ein König, der schlau genug war, eine ganze, vom inzwischen verstorbenen großen Reitermarschall Rosentharn angeführte Brigade Roland-Krieger zu schlagen, hätte alles so arrangiert, dass die Abgesandten das zu Gesicht bekamen, was er ihnen zeigen wollte, und den Eindruck gewannen, den sie nach seinem Willen gewinnen sollten. Vielleicht war es eine bessere Strategie, diese Dinge mündlich zu erfahren und seine Zeit in den Räumen von Ylorc damit zu nutzen, dass er nach dem Ausschau hielt, was *nicht* auf der Agenda stand. Selbst die kleinste Einzelheit konnte seinem Meister von Nutzen sein. Da Dorndreher, wie gesagt, ein praktischer Mensch war, erwartete er allerdings nicht, etwas wirklich Wichtiges herauszufinden.

»Ich ertrage das nicht mehr, ich komme noch um vor Langeweile. Gute Nacht.« Jo stand auf und ließ den Dolch in die Scheide an ihrem Handgelenk zurückgleiten.

»Weiter«, sagte Achmed mit einem Blick auf die Liste. »Es sind nur noch ein paar.« Er hatte siebenundzwanzig Repräsentanten von verschiedenen Staats- und Kirchenoberhäuptern empfangen, von denen er nur zwei wirklich hatte sehen wollen; auch er war müde.

»Lass bloß die Finger von den Geschenken«, warnte Grunthor Jo mit einem Funkeln in seinen Bernsteinaugen. »Als Erster darf Seine Majestät sie sich ansehen.«

Jo verzog das Gesicht. »Weißt du, ich mochte dich viel lieber, bevor du König warst, Achmed.« Damit marschierte sie aus der Großen Halle und zurück in ihre Gemächer.

Achmed seufzte. »Ich auch.«

3

Am Morgen nach ihrem Streit war der Umgang zwischen den Reisegefährten leichter und entspannter als seit Wochen. Rhapsody konnte sich erst nicht recht erklären, warum es so war, kam aber dann zu dem Schluss, dass all das Misstrauen zwischen ihnen, das bis zum gestrigen Abend unausgesprochen geblieben war, sich im Lauf der Reise immer mehr angestaut, nun endlich ein Ventil gefunden und sich entladen hatte.

Es war seltsam; er hatte sie mit seiner Waffe bedroht, sie hatte ihn beleidigt, und nun fühlten sie sich viel wohler miteinander, als sie sich seit ihrem Aufbruch von Ylorc jemals gefühlt hatten, gerade so, als hätte plötzlich ein Fieber nachgelassen. *Der ständige Kontakt mit den Bolg macht mich allmählich sonderbar,* dachte Rhapsody mit einem amüsierten Seufzer. Das abstoßende Verhalten der Männer in ihrer Bekanntschaft, das ihre Brüder veranlasst hätte, ihre Ehre zu verteidigen, gehörte inzwischen zu ihrem Alltag. All ihre männlichen Freunde behandelten sie grob.

Vielleicht war es das, was ihr an Ashe gefiel. Anders als die anderen Menschenmänner, die sie kannte, behandelte er sie wie eine Freundin oder sogar eine höflich distanzierte Bekannte. Er wies nicht ständig Anzeichen von Erregung auf; von Nana, der Besitzerin des Bordells, in dem sie in Serendair gelebt hatte, hatte sie gelernt, amouröse Absichten früh zu erkennen, und diese Fähigkeit leistete ihr gute Dienste. Ihr war klar geworden, dass Männer mit wenigen Ausnahmen – zu denen Ashe gehörte – in einem Zustand ständiger Erregung lebten. Ashe behandelte sie freundlich und ein wenig spöttisch, ganz ähnlich wie ihre Brüder es getan hatten, schäkerte zwar gelegentlich mit ihr, bedrängte sie aber nie. Ob seine platonische Haltung ihr gegenüber ein Zeichen von Gleichgültigkeit oder ein körperliches Problem war, spielte dabei keine Rolle. Auf alle Fälle entstand so eine angenehm kameradschaftliche Stimmung, die sie sehr schätzte.

Ashe wusste, dass sie in diesem Irrglauben lebte, und das erleichterte ihm das Atmen. Nichts jedoch hätte von der Wahrheit weiter entfernt sein können. Sein Nebelmantel, seine verhasste Verkleidung vor den Augen der Welt, war hier ein Segen, denn er verbarg seine Sehnsucht nach ihr ebenso wie seine ganz und gar nicht noblen Wünsche. Rhapsodys seltsames Talent zur Selbsttäuschung trug das seine zu dieser Situation bei. So setzten sie ihre Reise fort – er gab ihr keinen Grund, seine Absichten in Zweifel zu ziehen, und sie ignorierte jedes Anzeichen dafür, dass sie überhaupt existierten.

Als der Regen sie einholte, wurde das Wandern zur Strapaze. Je weiter sie nach Westen gelangten, desto dichter war der Wald, wodurch sie noch langsamer vorwärtskamen. Der Schnee zu Füßen der Bäume war geschmolzen und hatte Ringe braunen Grases zurückgelassen, Vorboten des wärmeren, wenn auch vielleicht nicht unbedingt besseren Wetters.

Nachdem sie sich stundenlang durch verwachsenes Dickicht und Dornenbüsche geschleppt hatten, machten sie eines Spätnachmittags am Rand eines Sumpfs Halt. Rhapsody entdeckte einen einigermaßen gemütlich aussehenden Blätterhaufen unter einer Ulme und ließ sich erschöpft darauf sinken. Ashe wich zurück, als sie mit lautem Kreischen wieder aufsprang, sich den Allerwertesten rieb und in der Firbolg-Sprache hässliche Flüche ausstieß.

Als sie die Fassung wiedergewonnen hatte, kniete sie sich unter den Baum, fegte die Blätter beiseite und legte einen großen viereckigen Stein mit eingemeißelten Runen frei. Die

Worte waren vom Schmutz verkrustet. Vorsichtig kratzte sie die harte Erde weg und atmete tief aus, als sie die Inschrift entzifferte.

Cyme we inne frið,
fram the grip of deaþ to lif
inne ðis smylte land

Diese Inschrift hatte Llauron ihr vor langer, langer Zeit gezeigt; Gwylliam hatte Merithyn, dem Entdecker, aufgetragen, mit diesen Worten alle Wesen zu begrüßen, denen er auf seinen Reisen begegnete, mit den Worten, die er auf Elynsynos' Grab eingemeißelt hatte. *Kommen wir in friedlicher Absicht, den Klauen des Todes entronnen, um in diesem schönen Land zu leben.* »Das ist ein cymrisches Zeichen«, murmelte sie, mehr zu sich selbst als laut.

Auch Ashe bückte sich, um den Stein näher in Augenschein zu nehmen. »Tatsächlich«, meinte er freundlich. »Erkennst du ihn wieder?«

Verwundert blickte Rhapsody ihn an. »Was meinst du? Wenn ich gewusst hätte, dass der Stein hier ist, glaubst du, ich hätte mir daran wehgetan?«

Ashe richtete sich wieder auf. »Nein«, antwortete er. »Ich habe mich nur gefragt, ob du ihn vielleicht schon einmal gesehen hast.«

»Wann sollte das gewesen sein? Wenn ich schon einmal hier gewesen wäre, würde ich dich kaum als Führer brauchen.« Damit nahm sie ihren Umhang ab und legte ihn auf den Boden.

Ashe entledigte sich seines Tornisters. »Ich dachte, du hast den Stein vielleicht gesehen, als er aufgerichtet wurde.«

Rhapsody stieß einen ärgerlichen Seufzer aus. Ständig ließ Ashe irgendwelche Andeutungen dieser Art fallen oder machte versteckte Anspielungen auf die Cymrer der Ersten Generation. Schon lange war sie zu dem Schluss gekommen, dass er versuchte, ihr eine Falle zu stellen, sie als eine von ihnen zu entlarven. Allerdings war dies sein bisher deutlichster Versuch.

»Ich habe wirklich genug von diesem Spielchen«, sagte sie. »Wenn du wissen möchtest, ob ich mit der Ersten Flotte gesegelt bin, warum fragst du mich nicht einfach?«

Offensichtlich überrascht, richtete Ashe sich noch gerader auf. »Bist du mit ihr gesegelt?«

»Nein.«

»Oh.« Anscheinend erstaunte ihn ihre Antwort. »Mit der Zweiten? Oder der Dritten vielleicht?«

»Nein. Ich war überhaupt noch nie auf einem Schiff, abgesehen von Ruderbooten und Fähren.«

»Dann bist du nie auf See von einem Land zum anderen gereist? Du bist überall hin gewandert?«

Unwillkürlich musste Rhapsody an ihren Marsch denken, an der Wurzel entlang, mitten durch die Erde. Sie schauderte. »Zu Fuß oder auf dem Pferderücken. Würdest du jetzt bitte das Thema wechseln?«

Ashe ließ seinen Tornister zu Boden fallen. »Das Thema wechseln?«

»Seit wir aufgebrochen sind, hast du mich mit verstohlenen Fragen über die Cymrer gequält. Das gefällt mir nicht.«

»Aber weißt du denn, wer sie waren?«

»Ja«, räumte sie ein, »aber was ich über sie weiß, habe ich aus historischen Schriften erfahren und von denen, die sie studierten. Wenn du also so freundlich wärst, könnten wir dieses Katz-und-Maus-Spiel beenden.«

Ashe lachte leise. »Wenn ich mich nicht irre, endet ein Katz-und-Maus-Spiel im Allgemeinen damit, dass die Katze die Maus frisst.« Er holte seine Kochutensilien aus dem Tornister. »Ich vermute, ich muss dir nicht erklären, wer von uns beiden bei diesem Vergleich welche Rolle übernimmt.«

Rhapsody sammelte Zweige und Torf für das Lagerfeuer. »Möchtest du das heute Abend gern machen?«

»Ist das ein Angebot?«, fragte er in viel sagendem Ton zurück.

»Nun«, meinte sie, während sie sich bückte und weiter Äste aufsammelte, »ich denke, es ließe sich einrichten. Wenn ich das Feuer in Gang gebracht habe, sehe ich mich ein bisschen um, ob ich ein paar kleine Nagetiere zum Abendessen auftreiben kann.« Während sie sich weiter ums Brennholz kümmerte, begann sie unbewusst zu pfeifen. Schon bald erkannte Ashe die Melodie: Es war eine Hymne an die Erntegöttin, ein Lied aus dem alten Land.

Sie musste eine Cymrerin sein, da war Ashe sich praktisch sicher, und er beschloss, eine andere Methode zu versuchen, um eine Antwort von ihr zu bekommen. Er überlegte, welche Sprachen sie in der alten Welt gesprochen hätte, wenn sie tatsächlich cymrisch war, doch seine Kenntnis des Altlirin war begrenzt. Also entschied er sich, erst eine Bemerkung in der archaischen Lirin-Sprache und dann auf Altcymrisch zu versuchen. Er wartete, bis er ihr Gesicht auf der anderen Seite des Feuers gut sehen konnte.

»Weißt du, Rhapsody, ich finde dich äußerst anziehend«, sagte er in der ausgestorbenen Lirin-Sprache und wechselte dann zur Sprache der Cymrer. »Ich sehe es schrecklich gern, wenn du dich bückst.« Sie warf ihm einen seltsamen Blick zu, sagte jedoch nichts, und der Drache in ihm spürte nichts davon, dass ihr das Blut in den Kopf stieg. Bei seiner ersten Bemerkung war die Falte auf ihrer Stirn deutlicher ausgeprägt gewesen als bei der zweiten; vielleicht hatte sie in einem lirinschen Dorf oder in einem Langhaus auf den Marschen gelebt, wo man nur Lirinsch sprach. Er versuchte es noch einmal.

»Und du hast ein unglaubliches Hinterteil«, sagte er und wartete auf eine Reaktion. Sie sammelte Torf ein und warf ihn ins Feuer, aber anscheinend wurde sie allmählich ärgerlich.

»Ich verstehe dich nicht«, meinte sie und warf ihm durch den Qualm hindurch einen zornigen Blick zu. »Bitte hör auf, mich mit diesem Geplapper zu belästigen.« Seufzend machte er sich wieder daran, sein Kochgeschirr auszupacken; Rhapsody wartete, bis er sich umdrehte, dann grinste sie breit. *Tahn, Rhapsody, evet marva hidion* – Hör mir mit Wohlwollen zu, Rhapsody, ich finde, du bist wunderschön, wie ein Magnet. *Abria jirist hyst ovetis bec* – Ich liebe es, dir zuzusehen, wie du dich bückst. *Kwelster evet re marya* – du hast das allerschönste Brötchen. Rhapsody musste sich sehr anstrengen, nicht vor Lachen zu ersticken. Ashes Altcymrisch war nicht so schlecht, aber sein Lirinsch war noch gebrochener, als er wahrscheinlich ahnte.

Und doch sagte sie wie immer die Wahrheit: Sie verstand überhaupt nicht, was er sagen wollte.

Die beiden waren dazu übergegangen, kürzere Wachen abzuhalten, hauptsächlich wegen Rhapsodys Albträumen. Nach ungefähr einer Stunde Schlaf wälzte sie sich meist herum, murmelte leise vor sich hin, weinte manchmal oder erwachte voller Schrecken und nach Atem ringend. Ashe hätte sie gern beruhigt, wenn sie solche Träume litt, und er überlegte oft, ob er sie nicht vorsichtig wecken sollte, um sie vor ihnen zu bewahren, aber er wusste auch, dass sie wahrscheinlich Visionen hatte, Visionen von der Zukunft, die vielleicht notwendig waren, ganz gleich, wie sehr sie ihr zusetzten. So saß er da und beobachtete frustriert und sorgenvoll, wie sie die Nächte durchlitt und immer wieder zitternd aus ihrem leichten Schlaf aufschreckte.

Tagsüber sprachen sie nur wenig miteinander. Erst am Abend wurde die Spannung geringer und das Gespräch leichter. Dunkelheit hüllte den Wald ein, seine Geräusche wurden lauter und mischten sich unter das Knistern des Feuers und das Wispern des Windes in den Bäumen, das im Tageslicht kaum zu hören war. Bei Tag schien es so, als würden die Worte prüfend gegen das Licht gehalten, deshalb gebrauchte man sie nur spärlich. Doch die Nacht verbarg sie, und wenn es dunkel war, konnten Rhapsody und Ashe sich viel eher austauschen.

Inzwischen waren sie nur noch wenige Tage von ihrem Ziel entfernt. Ashe hatte gesagt, bis zum Ende der Woche würden sie Elynsynos' Höhle erreichen. Noch lag ein breiter Fluss vor ihnen, den sie überqueren mussten, noch hatten sie viele Meilen zu bewältigen, aber sie befanden sich in unmittelbarer Nähe.

In dieser Nacht lag Einsamkeit in der Luft. So lange wanderten sie nun schon durch den Wald, dass sie kaum mehr wussten, wie es war, nicht von Bäumen umgeben zu sein.

Rhapsodys Abendgebete schienen vom Baumdach verschlungen zu werden, als wären ihre Lieder plötzlich zu schwer, um zu den Sternen aufzusteigen. Nun saß sie auf dem Hang eines kleinen Waldhügels und sah zu, wie die Sterne einer nach dem anderen im Dämmerlicht aufgingen und sich wieder hinter den ziehenden Wolken verbargen, die sie achtlos verschluckten. Rhapsody musste an winzige Elritzen denken, deren Schuppen im Wasser eines dunklen Sees schimmerten, verfolgt von weißen Raubfischen, die sie auffraßen und dann weiterschwammen.

»Rhapsody?« Ashes Stimme drang in ihre Einsamkeit, und sie wandte sich zu ihrem Gefährten um, der schattengleich am Feuer kauerte. An seinem Nebelumhang brach sich das Licht der Flammen und hüllte ihn in dichten Dunst.

»Ja?«

»Fühlst du dich sicher hier mit mir?«

Sie überlegte kurz. »So sicher wie irgendwo, denke ich.«

Die verhüllte Gestalt blickte auf. »Was meinst du damit?« Seine Stimme klang sanft, beinahe zärtlich.

Rhapsody blickte wieder zum Himmel empor. »Vermutlich kann ich mich nicht mehr erinnern, wie es ist, sich sicher zu fühlen.«

Ashe nickte und versank wieder in seine eigenen Gedanken. Einen Augenblick später jedoch begann er wieder zu sprechen.

»Ist es wegen der Träume?«

Rhapsody zog die Knie an die Brust und schlang die Arme darum. »Zum Teil.«

»Hast du Angst, Elynsynos zu begegnen?«

»Ein wenig«, antwortete sie mit einem leichten Lächeln.

Ashe nahm den Kessel und goss sich noch eine Tasse Tee ein. Als wollte er sein unhöfliches Betragen von früher wettmachen, trank er jetzt im Lauf der Nacht das meiste aus dem Kessel, was Rhapsody amüsierte. »Ich könnte mit dir gehen, wenn das eine Hilfe wäre.«

Wieder überlegte Rhapsody, schüttelte dann aber den Kopf. »Ich glaube, das wäre nicht klug, aber trotzdem vielen Dank.«

»Hast du dich jemals sicher gefühlt?« Er nahm einen Schluck aus seinem Becher.

»Ja, doch, aber nun schon lange nicht mehr.«

Ashe spielte mit dem Gedanken, sie direkt nach dem zu fragen, was er wissen wollte, entschied sich dann aber dagegen. »Wann?«

Rhapsody rutschte ein wenig näher ans Feuer. Auf einmal war ihr kalt, und sie zog sich den Umhang enger um die Schultern.

»Als ich noch ein kleines Mädchen war, glaube ich, bevor ich von zu Hause weggelaufen bin.«

Ashe nickte. »Warum bist du weggelaufen?«

Sie hob ruckartig den Kopf und sah ihn an. »Warum läuft man schon weg? Ich war dumm, gedankenlos und selbstsüchtig; vor allem selbstsüchtig.«

Ihm wären noch andere Gründe eingefallen. »Und warst du als kleines Mädchen auch schon so schön?«

»Himmel, nein«, lachte Rhapsody. »Und meine Brüder haben es mir ständig unter die Nase gerieben.«

Auch Ashe musste lachen. »Das ist die Hauptaufgabe eines Bruders – seine Schwester in ihre Grenzen zu verweisen.«

»Hast du Schwestern?«

Eine lange Pause trat ein. »Nein«, antwortete er endlich. »Also warst du eine Spätzünderin?«

Sie blinzelte. »Wie bitte?«

»Nennt man so nicht die Mädchen, die, na ja, die als Kind nicht so hübsch sind, aber als Frau wunderschön werden?«

Rhapsody warf ihm einen seltsamen Blick zu. »Findest du mich schön?«

»Natürlich«, antwortete Ashe und lächelte unter seiner Kapuze. »Du nicht?«

Sie zuckte die Achseln. »Schönheit ist Ansichtssache. Wahrscheinlich bin ich ganz zufrieden damit, wie ich aussehe, zumindest fühle ich mich wohl. Aber für mich hat es nie eine Rolle gespielt, ob andere Leute das auch finden oder nicht.«

»Das ist eine sehr lirinsche Einstellung.«

»Tja, falls dir das bisher entgangen ist – ich bin eine Lirin.«

Ashe gab einen theatralischen Seufzer von sich. »Vermutlich bedeutet das, dass man sich nicht bei dir einschmeicheln kann, indem man dir Komplimente für dein Aussehen macht.«

Gedankenverloren strich sie sich durchs Haar. »Nein, eigentlich nicht. Es ist mir unangenehm, vor allem, wenn du es gar nicht so meinst.«

»Wie kommst du auf den Gedanken, dass ich es nicht so meine?«

»Hierzulande scheint es eine ganze Menge Leute zu geben, die finden, ich sehe ungewöhnlich aus, sonderbar; aber meistens macht mir das nichts aus.«

»Was? Das ist doch lächerlich.« Ashe stellte seinen leeren Becher ab.

»Nein, das ist nicht lächerlich. Ich werde öfter angestarrt, als du vielleicht denkst. Wenn du mich die Straße hinuntergehen sähest, könntest du verstehen, was ich meine.«

Ashe wusste nicht, ob er sich über ihre Begriffsstutzigkeit amüsieren oder ärgern sollte. »Rhapsody, ist dir schon mal aufgefallen, dass die Männer dir folgen, wenn du die Straße hinuntergehst?«

»Ja, aber das kommt daher, dass ich eine Frau bin.«

»Allerdings.«

»Eben, und das machen Männer nun mal - sie folgen einer Frau, meine ich. Das ist ihre Natur. Sie sind darauf aus, sich zu paaren, und fast immer, nun ja, fast immer dazu bereit. Dafür können sie nichts. Aber es muss ziemlich anstrengend sein, so zu leben.«

Ashe ließ es sich lieber nicht anmerken, dass er sich amüsierte. »Du glaubst also, dass jede Frau diese Wirkung auf jeden Mann ausübt?«

Wieder blinzelte Rhapsody. »Hm, ja. Es ist Teil der Natur, der Fortpflanzungszyklus, Anziehung und Paarung.«

Nun konnte Ashe sein Lachen nicht mehr zurückhalten. »Da bist du aber leider auf dem Holzweg.«

»Das glaube ich nicht.«

»Aber ich. Du irrst dich gewaltig, wenn du denkst, dass alle Frauen die gleiche Wirkung auf die Männer haben wie du. Du beurteilst es aus deiner eigenen Erfahrung, und die ist ganz anders als die der meisten Leute.«

Allmählich wurde das Gespräch ihr unbehaglich; Ashe merkte es daran, dass sie nach ihrem Tornister griff und darin kramte, bis sie ihre Lerchenflöte fand. Gelegentlich spielte sie das winzige Instrument im Wald; sein Klang verschmolz mit der Waldluft und dem Vogelgesang. Doch nur bei Tag, denn jetzt waren die Vögel still, und die einzige Musik in dieser Stunde stammte vom Wind. Rhapsody lehnte sich an einen Baum und betrachtete Ashe voller Sarkasmus.

»Und du glaubst, dass du Männer und Frauen besser beurteilen kannst?«

Wieder lachte Ashe. »Nun, nicht besser als die meisten, aber besser als du.«

Unvermittelt begann Rhapsody zu spielen, eine Melodie, bei der sich ihm die Nackenhaare aufstellten. Dann nahm sie die Flöte von den Lippen und lächelte.

»Ich finde, du bist genauso wenig geeignet, ein Urteil zu fällen, wie ich.«

Neugierig richtete Ashe sich auf. »Ach ja? Warum?«

»Weil du ein Wanderer bist.«

»Und was hat das damit zu tun?«

»Meiner Erfahrung nach sind Waldläufer und Wanderer ganz anders als die Mehrzahl der Männer«, behauptete sie leichthin. Inzwischen war die Nacht hereingebrochen; ihre Augen suchten den Himmel ab, fanden aber nicht, was sie suchte.

»Wie das?«

»Zum einen suchen sie bei Frauen etwas anderes. Das heißt, von den Frauen, mit denen sie zeitlich begrenzt zu tun haben.«

Sie konnte nicht sehen, ob Ashe wirklich lächelte oder ob sie sich nur einbildete, in seiner Stimme ein Lächeln zu vernehmen. »Und was mag das sein?«

Gedankenverloren nahm Rhapsody ihr Flötenspiel wieder auf. Nun war die Melodie luftig, aber melancholisch, und Ashe stellte sich vor, er könnte die Farben und das Gewebe sehen, das sie mit ihren Tönen erschuf, Muster tiefer, weicher Wirbel in Blau- und Purpurschattierungen, wie Meereswogen vor einem sich verdunkelnden Sturmhimmel. Dann jedoch wurde das Lied fröhlicher, die Farben hellten sich auf und breiteten sich aus, bis sie wie Wolken auf einem warmen Wind bei Sonnenuntergang dahinschwebten. Fasziniert lauschte Ashe, bis Rhapsody geendet hatte, hielt den Gedanken, den sie nicht beantwortet hatte, jedoch die ganze Zeit über fest.

»Nun?«

Sie zuckte zusammen. Offensichtlich war sie in Gedanken weit weg. »Ja?«

»Entschuldige. Was suchen die meisten Männer in einer zeitlich begrenzten Beziehung zu einer Frau?«

Rhapsody lächelte. »Vergnügen und Ablenkung.«

Ashe nickte. »Und was suchen Wanderer?«

Einen Augenblick dachte sie nach. »Kontakt.«

»Kontakt?«

»Ja. Menschen, die ihr Leben lang allein durch die Welt gehen, verlieren manchmal ihr Verhältnis zur Wirklichkeit, sie wissen nicht mehr, was wirklich ist und was nur in ihrer Erinnerung lebt. Männer, die den größten Teil ihres Lebens auf Wanderschaft sind, wünschen sich von den Frauen, mit denen sie für eine kurze Zeit zusammen sind, in erster Linie Kontakt – die Bestätigung, dass sie wirklich existieren. Zumindest ist das nach meiner Erfahrung so.«

Eine Weile schwieg Ashe. Als er wieder sprach, war seine Stimme sanft. »Erkennen sie denn manchmal auch, dass sie nicht existieren?«

»Das kann ich nicht wissen. Ich bin kein Wanderer, zumindest nicht freiwillig. Ich hoffe, es nur für eine kurze Zeit sein zu müssen. Mir sagt dieses Leben nicht zu, ich habe längst genug davon.«

Schweigend saßen sie da, bis Rhapsodys Wache begann, dann stand Ashe langsam auf, bereitete seine Sachen für die Nacht vor und verschwand auf der anderen Seite des Feuers im Schatten. Rhapsody sah zu, wie er sich hinlegte, und glaubte einen tiefen Seufzer zu hören. Vielleicht las sie auch ihre eigenen Gefühle in diesem Laut, aber sie hörte eine tiefe Einsamkeit, ihrer eigenen nicht unähnlich. Schon mehrmals hatte sie sich in seinen Gefühlen geirrt und war betroffen gewesen, wenn sie versucht hatte, ihn zu trösten oder zu beruhigen, nur um zu erkennen, dass er kein Bedürfnis danach verspürte und sich über ihre Bemühungen ärgerte. Einen Augenblick lang überlegte sie, welche Möglichkeiten sie hatte, dann beschloss sie, sich lieber dahingehend zu irren, dass sie zu nett war.

»Ashe?«

»Hmmm?«

»Du existierst, selbst wenn du manchmal schwer zu sehen bist.«

Die Stimme aus dem Schatten klang unverbindlich. »Danke vielmals, dass du mir das sagst.«

Rhapsody duckte sich. Wieder einmal hatte sie die falsche Entscheidung getroffen. So hielt sie Wache, suchte den Horizont nach Lebenszeichen ab, entdeckte aber keine. Abgesehen vom Knistern der Flammen und dem gelegentlichen Flüstern des Windes war die Nacht still. In der Stille hörte sie Ashe leise, wie zu sich selbst, sprechen.

»Ich freue mich, dass du das denkst.«

Um Mitternacht weckte sie ihn zu seiner Wache, kroch dankbar in ihre Bettrolle und war schon eingeschlafen, bevor sie sich richtig ausgestreckt hatte. Etwa eine Stunde später kamen die Albträume und überfielen sie so heftig, dass Ashe seinen Entschluss, sich herauszuhalten, in den Wind schlug und Rhapsody vorsichtig wachrüttelte. Tränenüberströmt fuhr sie hoch, und es dauerte über eine Stunde, ehe sie sich wieder einigermaßen beruhigt hatte.

Es war ein alter Traum, ein Traum, der sie zum ersten Mal heimgesucht hatte, als sie erfahren hatte, dass Serendair nicht mehr existierte, dass es vor vierzehnhundert Jahren zerstört worden war, als sie und die beiden Bolg durch den Bauch der Erde gekrochen waren. In ihrem Traum stand Rhapsody in einem Dorf, das von einem schwarzen Feuer verzehrt wurde;

Soldaten ritten durch die Straßen und erschlugen alles, was sie sahen. In der Ferne sah sie Augen am Horizont, rote Augen, die sie auslachten. Und dann, als ein blutüberströmter Krieger auf einem schwarzen Schlachtross mit feurigem Blick wie ein Besessener auf sie zu galoppierte, wurde sie von den Klauen eines riesigen kupferroten Drachens gepackt und in die Lüfte emporgetragen.

Sie zog die Decke um die Schultern und warf immer wieder einen Blick hinaus in die Dunkelheit jenseits des glühenden Rings ihres Lagerfeuers. Ashe hatte ihr einen Becher Tee in die Hand gedrückt und beobachtete, wie sie ihn zwischen beiden Händen hielt und in die Flammen starrte, bis das Getränk zweifellos kalt war. Schweigend saßen sie im Schatten des Feuers. Endlich sagte er: »Wenn die Erinnerung an den Traum dich beunruhigt, kann ich dir helfen, sie loszuwerden.«

Doch Rhapsody schien ihn kaum zu hören.

Ashe stand auf, griff in eine Falte seines Umhangs und zog einen Augenblick später die Geldbörse hervor, die Jo ihm in Bethe Corbair auf der Straße hatte abnehmen wollen. Er knotete die Schnur auf und zog eine kleine leuchtende Kugel heraus, die er Rhapsody in die Hände legte. Ihre Brauen zogen sich zusammen.

»Eine Perle?«

»Ja. Eine Perle besteht aus vielen Schichten Meerestränen. Sie ist eine Art natürliche Schatzkammer, die so vergängliche Dinge bewahren kann wie Schwüre und Erinnerungen – nach alter Tradition werden Staatenbündnisse oder wichtige Abkommen in Gegenwart einer Perle von großem Wert besiegelt.« Rhapsody nickte schwach; sie wusste, dass im alten Land Bräute sich Perlen in die Haare flochten oder sie aus demselben Grund eingefasst als Schmuckstück trugen. »Du bist eine Canwr«, fuhr Ashe fort. »Wenn du von dem Albtraum frei sein möchtest, dann musst du den wahren Namen der Perle sprechen und wollen, dass sie die Erinnerung festhält. Sobald der Gedanke dein Gedächtnis verlassen hat und in der Perle eingefangen ist, dann zertritt sie mit der Ferse. Danach ist der Traum für immer verschwunden.«

Rhapsodys Augen wurden schmal. Canwr war das lirinsche Wort für Benennerin. »Woher weißt du, dass ich eine Benennerin bin?«

Ashe lachte und verschränkte die Arme. »Willst du etwa behaupten, du seiest keine?«

Rhapsody schluckte schwer. Schon seine Frage bewies, dass er die Antwort wusste, denn er hatte sie so gestellt, dass sie lügen müsste, um es abzustreiten. »Nein«, antwortete sie wütend. »Genau genommen glaube ich, dass ich ab jetzt überhaupt nichts mehr sage. Nur deinen Vorschlag mit der Perle lehne ich dankend ab.« Wieder verfiel sie in Schweigen und starrte in die Nacht hinaus.

Ashe setzte sich ans Feuer und goss sich Tee nach. »Nun, meine Absicht war es, dich von deinem Albtraum abzulenken. So hatte ich es mir zwar nicht vorgestellt, aber zumindest war mein Versuch erfolgreich. Ich weiß nicht genau, warum du verärgert bist. Ich wollte dir nur helfen.«

Rhapsody blickte in den Himmel hinauf. Die Sterne waren verschleiert vom Qualm des Feuers.

»Vielleicht kommt es daher, dass ich zwar deinen Wunsch respektiere, mir keine Einzelheiten über dein Leben und deine Vergangenheit preiszugeben, du aber nichtsdestotrotz ständig versuchst, mir sehr persönliche und bedeutsame Erkenntnisse aus der Nase zu ziehen«, entgegnete sie. »Für die Lirin ist das Benennen kein Thema für eine oberflächliche Unterhaltung, sondern ein religiöser Glaube.«

Einen Augenblick lang herrschte Stille. Dann meinte Ashe leise: »Du hast Recht, bitte entschuldige.«

»Außerdem bist du regelrecht darauf versessen herauszufinden, ob ich Cymrerin bin oder nicht. Nach dem, was Herzog Stephen mir gesagt hat, würde man es vielerorts als schweren Affront betrachten, dass du mich für eine Cymrerin hältst.«

»Damit hast du wieder Recht.« Lange sah er sie an, während sie ohne ein bestimmtes Ziel in die Nacht starrte. Da er nicht der Grund für ihre schweigende Bestürzung sein wollte, unternahm er einen weiteren Versuch, ein freundliches Gespräch zu beginnen. »Vielleicht ist es am besten, wenn wir einfach nicht über die Vergangenheit reden. Abgemacht?«

»Einverstanden«, antwortete sie, während ihre Augen immer noch etwas in der Dunkelheit suchten.

»Warum unterhalten wir uns nicht über etwas, was uns beiden Freude macht? Vielleicht vertreibt das ja die Erinnerung an deine Träume. Du wählst das Thema, und vielleicht beantworte ich sogar deine Fragen.«

Mit einem Ruck kam Rhapsody in die Gegenwart zurück, sah Ashe an und lächelte.

»In Ordnung.« Sie dachte einen Augenblick nach, bis ihr ihre adoptierten Enkel einfielen, Gwydion und Melisande, und das Dutzend kleiner Firbolg. Sie waren ihr Prüfstein, das, womit sie sich ablenkte, wenn ihr unangenehme Gedanken durch den Kopf gingen.

»Hast du Kinder?«, fragte sie.

»Nein. Warum?«

»Nun, ich halte immer Ausschau nach Enkeln, die ich adoptieren kann.«

»Nach Enkeln?«

»Ja«, antwortete Rhapsody und ignorierte den beinahe groben Unterton in seiner Stimme. »Enkel. Weißt du, adoptierte Enkel kann man verwöhnen, wenn man bei ihnen ist, aber man hat nicht die ganze Zeit über die Verantwortung für ihre Erziehung. Das ist gut für mich, denn so habe ich Kinder, die ich lieben kann, obgleich ich nicht ständig bei ihnen sein muss – wozu mir schlichtweg die Zeit fehlte. Ich habe zwölf Firbolg-Enkel und zwei menschliche, und ich liebe sie alle sehr.«

»Nun, ich habe keine Kinder. Tut mir Leid, damit kann ich nicht dienen. Aber vielleicht könnten wir etwas arrangieren. Wie wichtig ist es für dich, und wie lange bist du bereit zu warten?« Rhapsody konnte sein Grinsen beinahe hören.

Aber sie ging auf seine seltsame Schäkerei nicht weiter ein. »Bist du verheiratet?«

Ein Lachen war die Antwort.

»Entschuldige – warum ist die Frage so komisch?«

»Die meisten Frauen mögen mich nicht. Genau genommen mögen mich die meisten Menschen nicht, aber das ist schon in Ordnung – es beruht auf Gegenseitigkeit.«

»Du meine Güte, was für eine verschrobene Einstellung! Nun, ich kann dir im Vertrauen, aber mit absoluter Sicherheit sagen, dass du in Ylorc durchaus einige Verehrerinnen hast.«

»Du meinst damit doch nicht etwa eine der Firbolg-Hebammen, oder?«

»Himmel, nein. Brrrr.«

»Genau so hätte ich es auch ausgedrückt.«

»Nein, aber meine Schwester ist ein bisschen in dich verliebt.«

Ashe nickte unbehaglich. »Oh. Ja.«

»Ist das ein Problem?«

»Nein. Aber es wird zu nichts führen.«

Rhapsody spürte einen Stich. »Wirklich? Ich glaube dir, aber macht es dir etwas aus, wenn ich dich nach dem Grund dafür frage?«

»Nun, zum einen liebe ich zufällig eine andere, wenn du entschuldigst.« Er klang ärgerlich.

Vor Verlegenheit wurde Rhapsody knallrot. »Tut mir Leid«, meinte sie. »Wie dumm von mir. Ich wollte nicht unhöflich sein.«

Ashe goss sich noch einmal Tee nach. »Warum nicht? Ich bin oft genug unhöflich zu dir und entschuldige mich nicht einmal dafür. Ein anderer wichtiger Grund ist die Tatsache, dass sie noch ein Kind ist.«

»Ja, du hast vollkommen Recht.«

»Außerdem ist sie ein Mensch.«

»Wäre daran etwas auszusetzen?«

»Nein. Aber meine eigene Rassenzugehörigkeit führt dazu, dass ich eine längere Lebensdauer habe, genau wie du.«

»Dann bist du auch lirinsch?« Dieser Gedanke war ihr nie in den Sinn gekommen.

»Zum Teil, genau wie du.«

»Aha. Nun, das leuchtet mir ein. Aber ist das wirklich so wichtig? Meine Eltern waren Lirin und Mensch, genau wie es das in deiner Familie auch einmal gegeben haben muss. Es hat sie nicht voneinander fern halten können.«

»Nun, manche Lebenserwartungen sind ähnlicher als andere. Wenn du beispielsweise wirklich eine Cymrerin bist, was ich glaube, auch wenn du es nicht zugeben willst, dann hast du ein großes Problem.«

»Warum?«

»Weil nicht einmal die größere Lebensspanne der Lirin dazu passt.«

»Was willst du damit sagen?«

Ashe stand auf und warf noch eine Hand voll Zweige aufs Feuer. Dann sah er sie wieder an. Rhapsody erspähte etwas wie ein Kinn mit einem struppigen Bart, aber im Flackerlicht war es unmöglich, etwas Genaueres zu erkennen.

»Als die Erste Generation der Cymrer eintraf, war es, als käme die Zeit für sie zum Stillstand«, sagte er. »Ich bin nicht sicher, wie es geschehen konnte. Vielleicht hatte es etwas damit zu tun, dass sie den Hauptmeridian überquert hatten. Ich habe keine Ahnung. Aber aus welchem Grund auch immer schien der Zahn der Zeit den Cymrern nichts anhaben zu können. Sie alterten nicht, und während Jahre und dann Jahrhunderte verstrichen, wurde deutlich, dass sie es auch nicht tun würden. Im Grund waren sie unsterblich geworden. Und wenn sie sich fortpflanzten, waren ihre Nachkommen zwar nicht vollkommen unsterblich, aber doch zumindest außergewöhnlich langlebig. Je weiter sich die Generationen von der ersten entfernen, desto kürzer wird natürlich ihre Lebensspanne, bis sie sich irgendwann wieder den anderen angleichen wird. Aber das hat keinen Einfluss auf die Unsterblichen. Noch heute gibt es Cymrer der Ersten Generation, allerdings leben sie meist im Verborgenen.«

»Warum? Warum verstecken sie sich?«

»Viele sind verrückt, dem Wahnsinn anheim gefallen durch den ›Segen‹ der Unsterblichkeit. Weißt du, Rhapsody, wenn sie von Anfang an unsterblich gewesen wären, hätte es sie vielleicht nicht so mitgenommen, aber sie waren Menschen und Lirin und Nain und so weiter, außergewöhnlich nur durch die Reise, die sie angetreten hatten. Sie hatten sich bereits auf eine bestimmte Lebensdauer eingestellt, und dieser Zyklus wurde nun unterbrochen – er kam einfach an dem Punkt zum Stillstand, an dem sie sich gerade befanden.

Stell dir vor, du wärst ein Mensch, der bereits siebzig oder achtzig Jahre gelebt, der die Stadien von Kindheit, Jugend, Erwachsensein und schließlich Alter hinter sich gebracht hat und sich auf seinen baldigen Tod einstellt, und dann würdest du plötzlich merken, dass du für immer so weiterleben wirst, alt und gebrechlich.« Wieder schenkte er sich Tee nach und bot auch Rhapsody, die im Feuerschein ganz still geworden war, welchen an. Gedankenverloren schüttelte sie den Kopf.

»Kinder wuchsen heran, bis sie erwachsen waren, wurden aber nie älter. Manche sind noch am Leben und sehen nicht älter aus als du. Aber viel mehr kamen im Krieg ums Leben oder starben von eigener Hand, nur um einer Ewigkeit zu entgehen, der sie nicht die Stirn bieten konnten, zum Teil ausgestattet mit Kräften, die sie nicht verstanden. Praktisch jeder Cymrer der Ersten Generation hat zumindest ein kleines Stück grundlegendes Wissen mit von der Insel genommen, ob er es nun weiß oder nicht.

Deshalb habe ich gesagt, du könntest ein Problem haben. Wenn du eine Cymrerin einer späteren Generation bist, dann wirst du sehr lange leben und dich zweifellos dem gegenüber sehen, was auch die anderen verkraften mussten: der Aussicht zuzusehen, wie deine Liebe alt wird und stirbt, in einem Zeitraum, der dir vorkommt wie ein Augenblick. Und wenn du eine Cymrerin der Ersten Generation bist, dann ist es noch schlimmer, denn wenn du nicht getötet wirst, lebst du ewig. Stell dir vor, wie es ist, immer wieder jemanden zu verlieren, der dir nahe ist – deine Geliebten, deinen Mann, deine Kinder ...«

»Hör auf«, unterbrach ihn Rhapsody. Ihre Stimme klang barsch. Sie stand auf und ging ans Feuer, dann schüttete sie den Rest Tee aus ihrer Tasse mit Schwung in die Dunkelheit. Als sie zurückkam, ließ sie sich ein Stück weiter weg von Ashe nieder, sodass er ihr Gesicht nicht mehr so gut sehen konnte.

Lange schwiegen sie; Rhapsody sah zu, wie der Qualm mit knisternden Funken emporstieg, wie bei einer lirinschen Leichenverbrennung, hinauf in den dunklen Himmel, wo er zwischen den verstreuten Sternen dahinzog und sich schließlich auflöste. Endlich sagte Ashe: »Tut mir Leid.« Seine Stimme klang ungewöhnlich leise. »Ich wollte dich nicht beunruhigen.«

Rhapsody sah ihn direkt an. »Ich bin nicht beunruhigt«, meinte sie kühl. »Über dergleichen mache ich mir keine Sorgen.«

»Wirklich?«, entgegnete er belustigt. »Nicht mal ein klein wenig?«

»Nicht im Geringsten«, beharrte sie. »Ich bezweifle sogar, dass ich auch nur das Ende dessen erleben werde, was jetzt auf uns zukommt, ganz zu schweigen davon, dass ich ewig lebe.«

»Ach ja?« Ashes Stimme klang, als gäbe er sich Mühe, fest zu sprechen. »Wie kommst du darauf?«

»Nur so ein Gefühl«, erwiderte sie und griff nach ihrem Umhang. Sie schüttelte Schmutz und Blätter ab und wickelte sich ein.

»Verstehe. Du würdest lieber sterben, als dich damit abzufinden, dass du ewig leben könntest?«

Rhapsody lachte leise. »Du bist wirklich hartnäckig, Ashe, aber nicht sehr raffiniert. Hat deine Fragerei denn überhaupt einen anderen Sinn, als herauszufinden, ob ich das bin, was du vermutest?«

Ashe beugte sich vor und stützte die Ellbogen auf die Knie. »Ich erkläre dir nur, dass ich mich nie für eine Frau wie Jo interessieren könnte, weil sie eine vollkommen andere Lebenserwartung hat als ich. Und wenn du aus der Ersten Generation stammst, steht dir nur eine sehr geringe Anzahl von Partnern zur Auswahl, die genauso lange leben werden wie du und nicht schon tot sind, bevor du sie richtig kennen gelernt hast.«

Rhapsody lächelte und machte sich daran, den Schlamm von ihren Stiefeln zu bürsten. »Nun, danke für deine Fürsorge, aber du brauchst dir keine Gedanken zu machen. Erstens habe ich sowieso nicht vor zu heiraten, sondern werde mich mit meinen Enkeln zufrieden geben – sie sind meine Familie. Zweitens habe ich keine Angst vor Zeitunterschieden. Als ich noch ganz klein war, hat meine Mutter mir einmal gesagt, dass die Zeit, die man zusammen hat, den Verlust wert ist. Wenn man den Schmerz nicht akzeptiert, hat man auch nichts Wertvolles zu verlieren. Und da Achmed, wie du ja weißt, mein Zeitgenosse ist, wird er immer da sein. Grunthor kommt natürlich nicht in Frage.«

»Wofür wird Achmed immer da sein?«, fragte Ashe, und seine Stimme hatte einen eindeutig erschrockenen Unterton.

Rhapsody antwortete nicht, aber ihr Lächeln wurde breiter, während sie unermüdlich ihre Schuhe bürstete.

»Das muss ein Witz sein. Bitte sag mir, dass das ein Witz war – das ist doch ekelhaft.«

»Warum?«

»Ich denke, das ist offensichtlich.« Obwohl sie ein ganzes Stück weit von ihm entfernt saß, konnte Rhapsody spüren, wie er schauderte.

»Nun, das soll nicht deine Sorge sein, du bist ja bereits vergeben. Übrigens«, fuhr sie ernster fort, »macht es ihr eigentlich etwas aus, dass du hier bist? Du weißt schon – für so lange?«

»Wem soll das etwas ausmachen?«

»Deiner ... na ja, was immer sie für dich ist. Vermutlich nicht deine Frau, denn wie ich dich vorhin verstanden habe, bist du nicht verheiratet. Aber eigentlich hast du das gar nicht gesagt, oder?« Da sie keine Antwort erhielt, versuchte sie, den Gedanken zu Ende zu bringen. »Du weißt doch ... ich meine diese Frau, in die du verliebt bist. Ist es schwer für sie, dass du diese Reise machst?«

»Nein.«

Rhapsody stieß einen Seufzer der Erleichterung aus. »Da bin ich aber froh. Ich bemühe mich wirklich, die Beziehungen anderer Leute nicht durcheinander zu bringen, vor allem nicht, wenn sie verheiratet sind. Ich habe großen Respekt vor der Ehe.«

»Warum willst du dann nicht heiraten?«

Rhapsody stand wieder auf und breitete ihre Bettrolle aus. »Nun, es ist nicht gerecht, jemanden zu heiraten, ohne ein Herz zu haben, das man mit ihm teilen kann, ein Herz, mit dem man ihn liebt. Aber das habe ich eben nicht, weißt du. Deshalb wäre es nicht richtig.«

»Das glaube ich nicht.«

»Wie du willst«, entgegnete Rhapsody und kroch unter die Decke. »Auf alle Fälle danke ich dir, dass du ehrlich warst, was meine Schwester angeht.«

»Nur aus Neugier – warum nennst du sie eigentlich so? Ihr seid doch ganz offensichtlich nicht verwandt.«

Wieder seufzte Rhapsody. »Ich kann nicht glauben, dass du das nicht verstehst, Ashe. Es gibt unterschiedliche Möglichkeiten, eine Familie zu bilden. Man kann hineingeboren werden oder man kann sie sich aussuchen. Die Bande zu einer Familie, die man sich ausgesucht hat, sind oftmals stärker als diejenigen zu einer, in die man hineingeboren wurde, denn man hat wirklich den Wunsch, zu ihr gehören, statt dazu gezwungen zu sein.«

Auf der anderen Seite des Feuers packte Ashe jetzt ebenfalls sein Bettzeug aus und setzte sich für seine Wache zurecht. »Ich weiß nicht recht, ob das stimmt.«

»Nun«, entgegnete Rhapsody und versuchte es sich gemütlich zu machen. »Ich denke, es kommt immer darauf an, wer du bist. Die beiden Arten von Liebe schließen sich nicht gegenseitig aus – die Liebe zu beiden Arten von Familie kann gleich stark sein. Aber deshalb habe ich so viel Respekt vor der Ehe, weil Männer und Frauen einander auswählen, unter allen anderen Menschen der Welt. Deshalb finde ich, sie ist die tiefste Beziehung von allen.«

Von der anderen Seite des Feuers kam ein Geräusch, halb ein leises Lachen, halb ein Seufzen. »Du hast wirklich ein behütetes Leben geführt, Rhapsody.«

Sie dachte kurz über eine Antwort nach, verwarf sie dann aber. »Gute Nacht, Ashe. Weck mich, wenn ich mit Wachen an der Reihe bin.«

»Hast du nie daran gedacht, es auf die normale Art zu tun?«

»Was?«

»Enkel zu bekommen.«

»Hmmm?« Sie war schon fast eingeschlafen.

»Weißt du, einen Ehemann zu finden, Kinder zu bekommen, sie deine Enkel in die Welt setzen zu lassen – bist du mit diesen Vorgängen vertraut?«

Tief aus ihren Decken ertönte ein musikalisches Gähnen. »Ich habe dir doch schon gesagt, dass ich nicht damit rechne, so lange zu leben.«

Als es Zeit für ihre Wache war, weckte er sie. Sie spürte, wie er sie sanft rüttelte.

»Rhapsody?«

»Hmmm? Ja?«

»Zeit für deine Wache. Möchtest du ein bisschen länger schlafen?«

»Nein«, antwortete sie und befreite sich aus ihren Decken. »Aber vielen Dank.«

»Du hast das, was du vorhin gesagt hast, nicht ernst gemeint, oder? Über Achmed.«

Sie schaute ihn benebelt an. »Was denn?«

»Du würdest dich doch niemals, nun, niemals mit Achmed vermählen, nicht wahr? Der Gedanke hat mir die letzten Stunden schwer im Magen gelegen.«

Jetzt war Rhapsody hellwach. »Weißt du, Ashe, mir gefällt deine Einstellung ganz und gar nicht. Und offen gestanden geht dich die Sache überhaupt nichts an. Jetzt leg dich schlafen.« Sie machte Pfeil und Bogen fertig und stocherte in dem heruntergebrannten Feuer, das aufloderte, als hätte es aus unbekannter Quelle neuen Brennstoff erhalten.

Einen Augenblick stand Ashe noch neben ihr, dann verschluckte ihn der Schatten auf der anderen Seite des Feuers. Hätte Rhapsody ihn nicht genau beobachtet, hätte sie nicht gewusst, wo er lag.

4

Als sie sich am nächsten Tag in der Morgendämmerung erhoben, lag dichter Nebel über dem Wald. Im Licht der aufgehenden Sonne verbrannte er allerdings rasch, und sie machten sich auf den Weg. Wie beide wussten, war es das letzte Stück ihrer gemeinsamen Reise.

Gegen Mittag erreichten sie den Fluss Tar'afel, ein Arm des Wasserwegs, der vor unzähligen Jahrtausenden die Schluchten in die Zahnfelsen eingegraben hatte. Er durchschnitt die Wälder im nördlichen Roland und bildete eine Art Grenze zwischen den bewohnten und eher unbewohnten Waldgebieten.

Der Tar'afel war ein mächtiger Fluss, breit wie ein Schlachtfeld, mit einer sehr schnellen Strömung. Rhapsody ging zum Waldrand und betrachtete ihn, wie er wild dahinbrauste, angeschwollen von den Regenfällen des Vorfrühlings. Dann blickte sie zurück zu Ashe, der schnell ein Lager aufgeschlagen hatte und über einem kleinen Feuer das Mittagsmahl zubereitete.

»Wie viel hiervon ist Überschwemmungsgebiet?«, fragte sie und deutete auf das Flussufer und die Grasfläche zwischen Fluss und Wald.

»Fast alles«, antwortete er, ohne aufzuschauen. »Zurzeit ist der Fluss noch kaum über die Ufer getreten. Bis zum Ende des Frühlings wird das Wasser bis dorthin angestiegen sein, wo du jetzt stehst.«

Rhapsody schloss die Augen und lauschte der Musik des rauschenden Wassers. Auch ihre Heimat war von einem mächtigen Fluss durchzogen gewesen, obgleich sie ihn nie gesehen hatte. Sie merkte, dass die Strömung ungleichmäßig war, an manchen Stellen schneller als an anderen, und wenn sie den Variationen der Grundmelodie lauschte, konnte sie beinahe eine Landkarte durchs Wasser anlegen und ruhige, geschützte Stellen erkennen. Nach dem Mittagessen würde sie ihre neu gewonnenen Erkenntnisse gleich testen.

Sie aßen in kameradschaftlichem Schweigen, denn das Tosen des Flusses machte es unmöglich, sich anders als laut schreiend zu unterhalten. Rhapsody erwischte sich mehrmals dabei, wie sie ganz vergaß, dass Ashe überhaupt da war. Wenn sie ihn ansah, war er immer da, aber wenn sie sich nicht auf ihn konzentrierte, verschwand er einfach. Welcher Zauber dem Umhang, den er stets samt Kapuze trug, auch innewohnen mochte - er war jedenfalls stark genug, dass man Ashe nicht nur aus den Augen, sondern auch aus dem Sinn verlor.

Als sie gegessen hatten, packten sie ihre Siebensachen wieder zusammen, und Rhapsody machte sich daran, ihren Lagerplatz zu säubern. Gerade wollte sie das Feuer löschen, als Ashe sich schon die Ausrüstung auflud. Aber sie war noch nicht zum Aufbruch bereit.

»Warte hier.« Ashe nahm sein eigenes Gepäck auf die eine und das von Rhapsody auf die andere Schulter. Ehe Rhapsody Protest einlegen konnte, hatte er das Überschwemmungsgebiet auch schon durchschritten und watete mühelos durch den Fluss.

Innerhalb weniger Augenblicke reichte ihm das Wasser bis zur Taille, aber seine Körpermasse schien der reißenden Strömung keinen Widerstand entgegenzusetzen. Er verursachte keinerlei Wellen, vielmehr schien das Wasser durch ihn hindurchzuströmen. Auf halbem Weg war er vom Wasser fast nicht mehr zu unterscheiden.

Rhapsody war nicht wirklich überrascht, aber sie nahm sich vor, es sich zu merken. *Er muss mit dem Wasser eine ebensolche Verbindung eingegangen sein wie ich mit dem Feuer*, dachte sie, obgleich ihr schon einen Augenblick später auffiel, dass es auch eine Wirkung des Schwerts sein könnte, das Ashe bei sich trug; vielleicht war Ersteres ein Ergebnis des Letzteren. Das hätte auch viele Dinge erklärt, die sie bislang nicht verstanden hatte, vor allem die Quelle, aus der er seinen Nebelumhang immer wieder speiste.

Außerdem erklärte es, warum er so besessen war von dem, was er für ihr cymrisches Erbe hielt – bestimmt war er ebenfalls Cymrer, in Anbetracht des elementaren Wissens, über das er verfügte, wahrscheinlich aus einer frühen Generation. Sie spürte ein Ziehen in ihrem Herzen. Vielleicht hatte er den Krieg überlebt, vielleicht stammte die Missbildung, die er unter seinem Umhang verbarg, aus eben dieser Zeit.

Und schließlich verstand sie jetzt auch, warum sie sich beieinander so wohl fühlten und warum es zwischen ihnen keine Anziehung gab – sie bestanden aus unterschiedlichen und gegensätzlichen Elementen. Rhapsody war dankbar; mit Ausnahme von Achmed und Grunthor war Ashe der erste erwachsene Mann in ihrer Erinnerung, in dessen Gegenwart sie sich entspannt fühlte. Es war ganz ähnlich wie bei ihren Brüdern, und bei dieser Erkenntnis wurde sie plötzlich von einer Woge Heimweh und Traurigkeit überflutet, die sie doch längst hinter sich gelassen zu haben glaubte.

So unerwartet überfiel sie der Schmerz, dass sie sich krümmte; ihr Herz tat weh, sie konnte die Tränen kaum zurückhalten. Sie presste die Arme vor die Magengrube und atmete mehrmals tief aus und ein – eine Technik, die sie vor langer Zeit gelernt hatte, um schmerzliche Erinnerungen zu bekämpfen –, und schüttelte heftig den Kopf, damit die Gedanken verschwanden.

»Rhapsody! Rhapsody, ist alles in Ordnung mit dir?« Sie blickte auf und sah Ashe, mitten im Fluss, schon halbwegs wieder zurück, nachdem er die Ausrüstung auf dem anderen Ufer abgeladen hatte. Zwar konnte sie sein Gesicht nicht sehen, aber sie vernahm die Besorgnis in seiner Stimme.

Rasch richtete sie sich wieder auf, lächelte und winkte ihm zu. »Schon gut, keine Sorge!«, rief sie laut, um das Tosen des Wassers zu übertönen.

Ashe beschleunigte seine Schritte, und kurz darauf hatte er das Wasser hinter sich gelassen und überquerte das Überschwemmungsgebiet, bis er neben ihr stand. Schwer atmend legte er ihr die Hand auf die Schulter und sah ihr ins Gesicht.

»Bist du sicher, dass es dir gut geht?«

»Aber ja, es geht mir wunderbar«, erwiderte sie gedankenverloren und starrte wie gebannt auf seine Hand: Sie war ebenso trocken wie sein übriger Körper – als hätte er das Wasser nie berührt. »Das ist ein unglaubliches Kunststück.«

»Gefällt es dir? Tja, es ist wirklich recht praktisch. Lass uns jetzt gehen. Hier«, fügte er noch hinzu und breitete die Arme aus.

Verständnislos starrte Rhapsody ihn an. »Was ist? Soll ich dich umarmen?«

»Nein, ich werde dich tragen.«

»Ach, lass mich in Ruhe.« Die schroffen Worte drangen aus ihrem Mund, ehe sie ihnen Einhalt gebieten konnte. Sie hustete verlegen. »Entschuldige, das war unhöflich und gemein. Nein, danke. Ich schaffe das allein.«

Ashe lachte. »Sei nicht albern. Das Wasser geht mir bis zur Taille – das heißt, es geht dir über den Kopf. Also, komm.«

Das natürliche Lächeln verschwand aus Rhapsodys Gesicht. »Erstens ist deine Taille bestimmt nicht höher als mein Kopf, auch wenn ich vielleicht etwas klein geraten bin. Zweitens möchte ich nicht von dir getragen werden. Ich habe gesagt, ich kann durch den Fluss waten, und das habe ich ernst gemeint. Ich weiß deine Fürsorge und deine Hilfe wirklich zu schätzen, aber ich schaffe das allein. Wenn du mir deine Unterstützung angedeihen lassen möchtest, dann könntest du meinen Umhang tragen. Das wäre sehr nützlich, und ich wäre dir wirklich dankbar.«

»Ich werde deinen Umhang tragen und dich mit ihm. Himmel, du hast keine Chance in dieser Strömung. Du bist nicht schwer genug.«

Rhapsody schaute ihm so direkt ins Gesicht, wie sie konnte, in der Hoffnung, Blickkontakt aufzunehmen. »Nein. Danke.« Damit trat sie ans Lagerfeuer, ging in die Hocke, um es zu löschen, und erhob sich dann, um ihre Kleidung und ihre Sachen für den Marsch durch den Fluss bereitzumachen.

Die Strömung wurde stetig stärker, und Ashe hatte keine Lust mehr zu warten. Kurz entschlossen trat er hinter Rhapsody und hob sie hoch. Mühelos trug er sie zum Fluss, sorgsam einen Weg durch die Felsbrocken wählend.

Der Schlag, der seinen Kopf nach hinten warf, fühlte sich an, als stammte er von einem Mann, der doppelt so groß war wie Rhapsody. Ashe taumelte mehrere Schritte zurück und setzte sie ab. Mit echter Bewunderung und nicht geringem Schmerz beobachtete er, wie sie sich ziemlich beeindruckend in Verteidigungsposition begab, Dolch und Schwert gezogen, und konnte nur staunen, welche Wut sich auf ihrem Gesicht widerspiegelte.

»Entschuldige.« Er trat einen Schritt auf sie zu und hielt erst inne, als sie ihre Klinge durch die Luft zischen ließ, einen mörderischen Ausdruck im Gesicht. »Rhapsody, vergib mir, es tut mir Leid. Ich wollte nicht ...«

»Habe ich mich etwa nicht deutlich genug ausgedrückt?«

»Nein. Ich meine, ja. Ich habe keine Entschuldigung vorzubringen, außer dass es vielleicht einfach ein natürlicher Antrieb war, du weißt schon – ich meine – es tut mir Leid. Ich wollte nur helfen.« Unter dem Blick ihrer zornig funkelnden Augen, grün wie das sprießende Gras, geriet er ins Stocken. In diesen Augen war nichts mehr von der Bereitwilligkeit zu erkennen, mit der sie ihm frühere Grobheiten so leicht verziehen hatte.

»Männer haben ihre natürlichen Antriebe schon des Öfteren ins Feld geführt, wenn sie mir etwas antaten oder antun wollten. Mach keinen Fehler, Ashe – ich schwöre dir bei allem, was an diesem unheiligen Ort heilig ist, dass einer von uns tot sein wird, ehe du oder sonst jemand mich gegen meinen Willen irgendwohin bringt oder irgendetwas mit mir macht. Diesmal wärst du beinahe an der Reihe gewesen.«

»Ich glaube, du hast Recht«, meinte er und rieb sich verlegen das Kinn.

»Aber es wäre mir auch egal gewesen, wenn ich mein Leben gelassen hätte. Ich lasse mir nichts aufzwingen, was ich nicht will. Nicht von dir, nicht von sonst irgendjemandem.«

»Das verstehe ich«, sagte er, obgleich es nicht gänzlich stimmte. Dass sie sich so aufregte, verblüffte ihn; ihr Gesicht war knallrot, und sie war so wütend, wie er es noch nie erlebt hatte, nicht einmal im Kampf.

»Es tut mir Leid«, wiederholte er. »Sag mir, wie ich es wieder gutmachen kann.«

»Bleib einfach weg von mir.« Allmählich regte sie sich offenbar etwas ab, aber sie warf ihm immer noch zornige Blicke zu, während sie zum Wasser hinunterging. Am Ufer blieb sie stehen und schaute über den Fluss. Ihm war klar, dass sie sich irgendetwas ausrechnete. Dann steckte sie ihre Waffen in die Scheide zurück, drehte sich um, entfernte sich vom Ufer und ging wieder nach Süden, in die Richtung, aus der sie gerade gekommen waren. Am Rand des Überschwemmungsgebiets blieb sie stehen.

»Nun, du hast mich einige wertvolle Ausrüstungsgegenstände gekostet.«

»Ich weiß nicht, was du damit meinst«, erwiderte Ashe. »Es ist nichts kaputt, das wirst du selbst sehen, wenn du drüben bist.«

»Ich komme nicht mit dir. Hier trennen sich unsere Wege.«

»Warte ...«

»Du kannst die Sachen verkaufen, wenn du nach Bethania zurückkommst oder wohin du auch sonst ziehst«, sagte sie im Weggehen. »Vielleicht kann ich dir damit die Zeit bezahlen, die du mir als Führer gedient hast.«

Ashe war sprachlos. Gewiss war sie nicht so gekränkt, dass sie ihr Ziel und ihre Musikinstrumente deswegen aufgab – aber dennoch war sie unterwegs und verschwand rasch immer weiter im Wald. Er rannte ihr nach und versuchte sie einzuholen.

»Rhapsody, warte – bitte, warte.«

Wieder zog sie das Schwert und wandte sich um. Zwar sah sie nicht mehr wütend aus, aber immer noch auf der Hut. Auf ihrem Gesicht lag ein resignierter Ausdruck, den er noch nie gesehen hatte; es zerriss ihm das Herz, obgleich er nicht wusste, weshalb.

Schließlich blieb er in respektvoller Entfernung stehen und überlegte, was sie so extrem reagieren ließ. *Männer haben ihre natürlichen Antriebe schon des Öfteren ins Feld geführt, wenn sie mir etwas antaten oder antun wollten.* Bestürzung machte sich in ihm breit, als ihm dämmerte, was sie damit gemeint haben könnte. Ihm wurde schlecht, als er näher darüber nachdachte.

Niemals in seinem Leben war er so um Worte verlegen gewesen, so unsicher, was er tun sollte. Von dem Augenblick an, als er ihr in Bethe Corbair zum ersten Mal begegnet war, brachte sie ihn regelmäßig aus dem Gleichgewicht. Nun verfluchte er seine eigene Dummheit und suchte verzweifelt nach Worten, mit denen er ihr Vertrauen zurückgewinnen konnte.

Schließlich warf er sich vor ihr auf die Knie. »Rhapsody, bitte verzeih mir. Was ich getan habe, war dumm und gedankenlos, und du hast jedes Recht, wütend zu sein. Aber wenn du zurückkommst, dann schwöre ich dir, dass ich dich niemals wieder gegen deinen Willen anfassen werde. Bitte. Wonach du suchst, ist viel zu wichtig, um es einfach aufzugeben, nur weil du einen Trottel als Reisegefährten hast.«

Rhapsody sah ihn schweigend an, ihr Gesichtsausdruck war schwer zu deuten. Zum ersten Mal konnte Ashe ihre Gedanken nicht lesen, indem er ihr in die Augen schaute; sie waren ihm verschlossen. Furcht schnürte ihm die Kehle zu, und obwohl er es sich nach außen hin nicht anmerken ließ, hatte er das Gefühl, auf der Stelle sterben zu müssen, wenn sie ihn und ihre Mission aufgäbe, weil er dann keinen Grund mehr zum Weiterleben hätte. Er wusste, dass es ihr bei diesem Unternehmen nicht um persönliche Belange ging, dass ihre Beweggründe altruistischer Natur waren und dass es leicht für sie wäre, einfach wegzugehen; ihr widerlicher Herrscher in Ylorc wäre begeistert. Am Rande seines Bewusstseins beschimpfte ihn der Drache in seinem Blut gnadenlos, aber es war nicht schlimmer als das, was Ashe sich selbst sagte.

Endlich senkte Rhapsody die Augen und steckte ihr Schwert zurück in die Scheide. Sie gab ihm kein Zeichen, sondern hob lediglich einen dicken Stock von der Größe eines Bauernspießes auf und marschierte direkt zum Fluss zurück. Mit dem Stock überprüfte sie die Wassertiefe an der ersten Stelle, von der sie vorhin ausgerechnet hatte, dass sie von den Felsen im Flussbett und vom allgemeinen Strömungsmuster geschützt wurde, und fand, dass sie sogar noch flacher war als angenommen. Sie wandte sich um und betrachtete Ashe ruhig.

»Lenk mich nicht ab.«

Ashe nickte.

Rhapsody schloss die Augen und sprach den Namen des Flusses. Dann begann sie ein Lied zu summen, das der Melodie der Strömung entsprach. Als sie schließlich die richtige Tonart und Tonfolge gefunden hatte, konnte sie den Fluss in Gedanken als einen mächtigen, unablässigen Kraftstrom sehen, der vor ihren Augen dahinraste.

Sie lauschte auf seichte Stellen und sah sie als Trittsteine durch die reißende Flut. Endlich band sie ihren Umhang um die Taille hoch, trat langsam, noch immer mit geschlossenen Augen, ins Wasser und tastete sich vorwärts. Fast sofort versank sie bis zur Taille und dann zu den Schultern, aber an den Stellen, die sie als Furt wählte, schien das Wasser nicht die Kraft zu haben, sie aus dem Gleichgewicht zu bringen.

Als sie ein paar Fuß im Fluss war, folgte ihr Ashe langsam nach. Er war noch immer überzeugt, dass Rhapsody zu klein und zu leicht war, um der Strömung zu widerstehen. Einen Augenblick spielte er mit dem Gedanken, seine Macht über das Wasser einzusetzen und den tosenden Fluss zu beschwichtigen, aber dann kam er zu dem Schluss, dass es unklug wäre, ihr mehr zu offenbaren, als er es bereits getan hatte. So hoffte er inständig, dass er sie rechtzeitig erreichen würde, wenn sie den Boden unter den Füßen verlöre, wenngleich er wusste, dass er ein gutes Stück zurückbleiben musste, um sich nicht abermals ihren Zorn zuzuziehen.

Staunend beobachtete er, wie sie mit geschlossenen Augen nahtlos von einem Stein des Flussbetts zum nächsten schritt. Sie schien die Fähigkeit zu haben, den Grund des Stroms zu fühlen und über ihn hinweg zu navigieren, indem sie natürliche Moränen und Verwerfungen nutzte, um auf die Stellen zu treten, wo das Wasser blockiert und die Strömung schwächer war. Irgendwie hatte sie eine Möglichkeit gefunden, die Beschaffenheit des Flussbetts festzustellen, die Ashe von Natur aus und auch durch sein Schwert von Geburt an klar war.

Nach zwei Dritteln des Weges blieb Rhapsody plötzlich stehen. Ashe hatte ihr Dilemma blitzschnell durchschaut: Vor ihr lag ein großes Loch, umgeben von einem Damm aus Fels und Geröll. Man konnte es weder sicher überqueren, noch war es wegen der durch die Barrikaden erzeugten Strömung leicht zu umgehen. Nun stand sie in einer sumpfigen Senke und überlegte. Am besten schien es ihr, auf der flussaufwärts gelegenen Seite den Damm zu erklimmen und ihn dann zu nutzen, um sich der umgeleiteten Strömung zu stellen. Gerade als sie beschloss, den Versuch zu wagen, und den ersten Schritt machte, rief Ashe hinter ihr: »Pass auf, da ist ein Loch in ...«

Rhapsodys Konzentration war dahin, ihr Lied unterbrochen und mit ihm auch ihre Sicht auf den Grund des Flusses; sie stolperte mitten hinein in die reißende Strömung, die sie packte und hinunterzuziehen drohte. Verzweifelt kämpfte sie gegen die Panik an, doch sie wurde vom Damm gerissen und über das Loch getragen. Sie griff noch mit der Hand nach der Stelle, wo sie den Felsvorsprung gesehen hatte, aber schon schlug das Wasser über ihrem Kopf zusammen, und sie bekam keine Luft mehr.

Ashe stürzte los; ohne jede Anstrengung durchquerte er die brausenden Fluten. Gerade wollte er die Hand nach ihrem Umhang ausstrecken, als sie japsend an die Oberfläche kam, ein Stück Holz umklammernd, das sich im Flussbett festgesetzt hatte. Sofort trat er zurück und sah zu, wie sie sich hochzog, das Gleichgewicht fand und erneut ihr Lied zu summen begann. Zwar dauerte es einen Augenblick, bis sie die Melodie wieder gefunden hatte, aber dann setzte sie sich erneut in Bewegung, wie vorhin sorgfältig ihren Weg über den Grund wählend. Ashe blieb, wo er war, und wartete, bis sie sich tropfnass ans Ufer hievte.

Sie blieb gebückt stehen, und Ashe nahm an, dass sie Atem schöpfte, aber dann sah er, dass sie etwas vom Boden aufhob. Rasch stieg er auf den Damm aus Geröll und machte sich ebenfalls auf den Weg ans Ufer.

Er war schon fast am Rand des Damms, als ihn ein ziemlich großer Stein an der Stirn traf. Seine Drachensinne hatten ihre Bewegung und ihre Absicht registriert, noch bevor das Geschoss ihre Hand verlassen hatte, aber er war so schockiert, dass er nicht angemessen reagieren konnte. In letzter Sekunde versuchte er sich noch zu ducken, verlor aber das Gleichgewicht und taumelte ins Wasser. Seit er denken konnte, war ihm etwas Derartiges noch nie passiert. Und so geriet der Kirsdarkenvar, der Meister des Wasserelements, einer der agilsten Männer in ganz Roland, ins Stolpern und platschte kopfüber in den Tar'afel.

Ashe stand wieder auf, schüttelte kurz die Wassertropfen ab und stieg dann trocken aus den Fluten. Am Ufer war Rhapsody schon dabei, die Ausrüstung einzusammeln, die er zuvor über den Fluss getragen hatte.

»Womit habe ich das verdient?«, verlangte er zu wissen.

Sie stand auf, schulterte ihren Tornister und funkelte ihn wütend an. »Ich habe mit dir das Gleiche gemacht wie du mit mir. Unterbrich mich nie wieder, wenn ich mich konzentriere, es sei denn, es stürzt sich etwas auf mich, was ich nicht allein sehen kann. Für mich war es dasselbe, als hättest du mir einen Stein an den Kopf geworfen. Wenn du möchtest, kann ich dich jedes Mal, wenn du meine Konzentration störst, auf diese Weise daran erinnern.«

»Das ist nicht notwendig«, entgegnete Ashe verärgert. »Ich soll jetzt also nur noch etwas sagen, wenn ich angesprochen werde, richtig?«

»Ein verlockendes Angebot, aber so weit würde ich nicht gehen«, antwortete Rhapsody. »Wenn du jetzt umkehren möchtest – ich glaube, ich finde mich ab hier allein zurecht.«

»Nein, das wirst du nicht«, widersprach Ashe. Doch noch ehe die Worte ganz aus seinem Mund waren, bereute er sie schon wieder. An diesem Nachmittag hatte er sie bereits zweimal von oben herab behandelt und ihre Fähigkeiten angezweifelt, und das machte sie immer wütender, was sich auch jetzt an dem finsteren Ausdruck auf ihrem sonst so strahlend schönen Gesicht zeigte. »Warte, es tut mir Leid, das habe ich nicht so gemeint. Aber ich möchte unsere Unternehmung wirklich nicht aufgeben. Wir sind fast am Ziel. Ich habe gesagt, ich werde dich bis zu Elynsynos' Höhle begleiten, und ich möchte mein Wort halten. Das kannst du doch bestimmt verstehen.«

Aus dem Brodeln wurde leises Köcheln. »Ich denke schon, dass ich das verstehen kann«, räumte sie grollend ein. »Aber ich habe es gründlich satt, wegen meiner Körpergröße nicht ernst genommen zu werden.« Sie trug das Gepäck zu einer kleinen Lichtung, ließ es dort zu Boden gleiten und nahm ihren Umhang ab. Sie war tropfnass von Kopf bis Fuß, die Stiefel waren durchweicht und quietschten vor Nässe, die Kleider klebten ihr am Leib. Bei ihrem Anblick musste Ashe schlucken und war im Stillen dankbar dafür, dass er unsichtbar war. Um seine wachsende Erregung zu unterdrücken, widersprach er ihr.

»Du meinst also, die Leute nehmen dich nicht ernst, weil du so klein bist?«

Rhapsody zog ihr nasses Hemd über den Kopf und hängte es über einen Ast. Nun trug sie ein ärmelloses Unterhemd aus sorboldischem Leinen mit Spitzenbesatz, und da es ebenfalls nass am Körper klebte, hoben sich die Umrisse ihrer anmutigen Brüste deutlich ab. Ashe spürte, wie ihm heiß wurde, und seine Hände zitterten.

»Entweder liegt es an meiner Größe oder an meiner Haarfarbe. Aus irgendeinem Grund scheinen die Leute nur dunkle Haare mit einem Kopf gleichzusetzen, der auch geistige Energie produziert. Ich verstehe das überhaupt nicht.« Sie zog sich die Stiefel aus und löste die Bänder ihrer Hose.

Ashe fürchtete, die Kontrolle über sich zu verlieren. »Nun, vielleicht liegt es eher an mangelndem gesundem Menschenverstand«, meinte er, in der Hoffnung, sie davon abhalten zu können, noch mehr Kleidungsstücke abzulegen, obwohl er es sich gleichzeitig wünschte.

Nun kehrte der Zorn zurück. »Wie bitte? Hast du gerade gesagt, ich hätte keinen gesunden Menschenverstand?«

»Nun ja, sieh dich doch an. Du befindest dich ganz allein auf einer unbewohnten Waldlichtung, zusammen mit einem Mann, den du kaum kennst, und ziehst dich aus bis auf die Unterwäsche.«

»Meine Sachen sind nass.«

»Das verstehe ich, und glaube mir, ich genieße den Anblick, aber wenn ich jemand anderes wäre, könntest du dich in diesem Moment in ziemlicher Gefahr befinden.«

»Warum?« Sie ließ die Hose zu Boden gleiten und hängte sie neben das tropfende Hemd an den Ast. Ihre langen schlanken Beine steckten in knielangen leinenen Unterhosen, die zum Unterhemd passten und sich auf ähnliche Weise an ihren Körper schmiegten.

»Nun, du könnest ausgeplündert werden oder noch Schlimmeres.«

Rhapsody grinste ihn amüsiert an. »Also, Ashe, wie kann sich eine Frau von einem Mann einschüchtern lassen, dessen Schwert aus Wasser besteht?« Sie zwinkerte ihm zu, drehte sich um und widmete sich wieder ihren Kleidern, die sie ordentlich auf dem Ast ausbreitete.

Ashe starrte sie an und begann lauthals zu lachen. Rhapsody verkörperte wirklich die Unberechenbarkeit des Musikstücks, dessen Namen sie trug; sprunghaft, von einem Zeitmaß zum nächsten völlig anders, immer voller Überraschungen. Er hatte eine längere, ausgedehnte Diskussion über seine letzte Beleidigung erwartet, und nun machte sie sich stattdessen sanft über ihn lustig.

»Unterschätze niemals die Macht des Wassers«, gab er neckend zurück. »Mein Schwert kann eisig sein und hart wie Stahl. Ich kann es sogar rauchen lassen.«

»Oooooh«, machte sie, noch immer mit dem Rücken zu ihm und anscheinend nicht sehr beeindruckt. »Aber was nutzt das schon, wenn es schmilzt, sobald es in die Nähe von Wärme kommt?« Ohne sich umzudrehen, klopfte sie auf die Scheide der Tagessternfanfare.

Ashe konnte nicht beurteilen, ob sie mit ihm flirtete, aber er hoffte es. Vorsichtig langte er über ihre Schulter und berührte die aufgehängten Kleider, um das Wasser aus ihnen zu ziehen. Überrascht strich sie mit der Hand darüber, als sie merkte, dass Hemd, Hose und Strümpfe trocken waren.

»Beeindruckend«, meinte sie.

»Wenn ich die Erlaubnis bekommen könnte, deine Schulter anzufassen, könnte ich den Rest ebenso trocknen«, sagte er.

Rhapsody überlegte kurz, dann nickte sie. Ashes Finger legten sich auf ihre Schulter, und das Unterhemd wurde fester, weil das Wasser, das es noch einen Augenblick vorher durchtränkt hatte, verschwunden war. Kurz darauf war der Rest ihrer Kleidung trocken.

»Danke«, sagte sie, zog ihre Sachen vom Ast herunter und schlüpfte in ihr Hemd. »Jetzt kannst du wieder anfangen, mich ernst zu nehmen.«

»Rhapsody, ich nehme dich sowieso ernst«, erwiderte Ashe. Er sagte die Wahrheit und betete dabei, dass sie das war, was sie zu sein schien, und nicht irgendeine Dämonendienerin. Wenn sie böse war, würde er ihr seine Seele kampflos überlassen, wenn die Zeit gekommen war, das wusste er genau.

Sie war dabei, ihre Hose wieder zuzubinden. »Die meisten Männer tun das aber nicht. Die meisten Männer nehmen die meisten Frauen nicht ernst, wenn sie ausgezogen sind.«

»Wie kommst du darauf?«

»Nun, ich denke, das kommt daher, dass die Männer im Allgemeinen selbst nicht gern ausgezogen sind. Anders als Frauen haben sie einen Indikator, der unverkennbar verrät, was und ob sie überhaupt denken.«

Ashe spürte, wie er errötete. »Wie bitte?« Er hoffte, dass sich diese Aussage nicht auf ihn bezog.

»Nun, wenn ein Mann nackt ist, dann hängt sein Gehirn vor den Augen der Welt, sodass jeder es sehen kann.«

»Das ist doch lächerlich.«

Rhapsody warf ihm einen versonnenen Blick zu, während sie in die Stiefel schlüpfte. »Nein, ist es nicht. Meiner Erfahrung nach ist es dieses Organ, mit dem die Männer denken.«

Ashe beschloss, das Thema fallen zu lassen. Sie hatte Recht. In eben diesem Augenblick war er dabei, lange und hart nachzudenken.

In dieser Nacht schwelte das Feuer ruhig im Wind. Ashe hatte mehrmals Zweige und Torf nachgelegt, aber es reagierte nicht darauf, sondern brannte unbeirrt mit kleiner Flamme weiter. Er musste lächeln über die Ironie; schließlich hatte er noch nie zuvor ein Lagerfeuer kennen gelernt, das auf Stimmungen reagierte. Aber dieses hier passte sich ganz und gar Rhapsodys Laune an.

Seit sie ihr Lager aufgeschlagen hatten, war sie ziemlich wortkarg gewesen; während er gekocht hatte, hatte sie die Ausrüstung überprüft und neu gepackt. Beim Essen herrschte Schweigen, aber kein feindseliges. Freundlich antwortete sie auf seine Fragen, hatte aber offensichtlich keine Lust, eine Konversation zu beginnen. Sie war so tief in Gedanken versunken, dass man es fast hören konnte, und daher respektierte Ashe ihre Stille und überließ sie im Großen und Ganzen ihren Grübeleien.

Nachdem sie das Ess- und Kochgeschirr gereinigt und weggepackt hatte, setzte sie sich an den Rand des Lichtkreises und beobachtete, wie die Sterne, einer nach dem anderen, über den verblassenden Silhouetten der fernen Hügel aufgingen. Der Ostwind blies den Qualm des Feuers über die vor ihr liegenden Felder, gelegentlich versetzt mit kleinen Funken, die über ihren Kopf sausten und spurlos im Nachthimmel verschwanden.

Mit dem Rücken zu ihr saß Ashe auf der anderen Seite des Feuers. Sie befand sich noch deutlich innerhalb der Reichweite seiner Sinne, und er wollte ihr den Abstand gewähren, den sie brauchte. Gespannt wartete er auf ihre Abendgebete, die sie sonst immer sang, wenn die Sterne am Himmel erschienen, denn er genoss die Schönheit ihrer Stimme und die Reinheit ihrer Lieder. Aber heute brach die Dämmerung und schließlich die Nacht herein, und noch immer blieb Rhapsody stumm.

Von der Stelle, an der er saß, spürte er, wie sich eine einzelne Träne formte und herabfiel; ihre Augen suchten den Himmel aufmerksam ab, fanden aber nicht, was sie suchten. Ashes Herz zog sich schmerzlich zusammen. Er sehnte sich danach, zu ihr zu gehen, sie in die Arme zu nehmen und ihr tröstende Worte ins Ohr zu flüstern. Aber er wusste es besser. Er war dazu verurteilt, auf Distanz zu bleiben, ihre Privatsphäre zu achten und außerdem noch damit fertig zu werden, dass er ihre Traurigkeit womöglich mit seiner Dummheit verschuldet hatte. Er verfluchte sich und betete im Stillen, ihr Schmerz möge nicht daher rühren, dass er alte Erinnerungen in ihr aufgewühlt hatte.

Das ist deine Schuld, murmelte der Drache in ihm. *Alles deine Schuld.*

Schließlich hörte er, dass sie vor sich hin flüsterte. Für menschliche Ohren wären die Worte nicht zu verstehen gewesen, aber der Drache in ihm nahm sie auf, als würden sie direkt neben ihm gesprochen.

»Liacor miathmyn evet tana rosha? Evet ria diandaer. Diefi aria.«

Er erkannte die Sprache sofort, es war Alt-Lirinsch, und er konnte es ziemlich wörtlich übersetzen: *Wie kann ich erwarten, dass du antwortest? Du kennst mich nicht. Ich habe den Stern verloren.*

Ein Durcheinander von Gefühlen tobte in seinem Kopf. Freude – sein Verdacht hatte sich fast völlig bestätigt; sie musste Cymrerin sein, wenn sie die Sprache der Lirin von Serendair kannte. Unsicherheit – sprach sie mit den Sternen oder mit ihm oder vielleicht mit jemand ganz anderem? Und Schmerz – die Verzweiflung in ihrer Stimme war von einer Tiefe, die er kannte, sie barg eine Einsamkeit, die seiner eigenen ähnelte.

Langsam erhob sich Ashe und schritt ums Feuer, bis er hinter ihr stand. Er fühlte, wie ihre Schultern sich strafften, als er näher kam, und die Träne verschwand, als die Temperatur ihrer Haut anstieg. Ansonsten jedoch verharrte sie regungslos. Er lächelte in sich hinein, denn es berührte ihn tief, wie sie ihr Feuerwissen einsetzte. Dann begann er mit möglichst beiläufiger Stimme zu sprechen.

»Suchst du einen bestimmten Stern?« Sie schüttelte den Kopf. »Ich habe einen – nun, ich meine, ich verstehe etwas von Astronomie«, fuhr er fort; so sorgfältig er nach den passenden Worten suchte, verfehlte er sie doch in der Dunkelheit.

»Warum willst du das wissen?« Eigentlich war es keine Frage.

Ashe zuckte zusammen, so vermessen erschien ihm plötzlich sein Vorhaben. »Nun«, erwiderte er und versuchte, mit Ehrlichkeit weiterzukommen. »Ich dachte, ich hätte gehört, wie du ›diefi aria‹ gesagt hättest. Bedeutet das nicht: ›Ich habe den Stern verloren‹?«

Rhapsody schloss die Augen und seufzte tief. Als sie sich ihm zuwandte, lagen Traurigkeit und Resignation auf ihrem Gesicht, aber er konnte kein Anzeichen von Ärger entdecken.

»›Diefi‹ heißt wirklich ›ich habe verloren‹, da hast du Recht«, sagte sie, ohne ihn direkt anzusehen. »Aber ›aria‹ hast du falsch übersetzt. Es bedeutet nämlich nicht ›den Stern‹, sondern ›meinen Stern‹.«

Ashe wusste, dass es falsch gewesen wäre, sich jetzt damit zu brüsten, dass er mit seinen Vermutungen über ihre Vergangenheit richtig gelegen hatte. »Und was heißt das, wenn ich fragen darf? Welchen Stern hast du verloren?«

Rhapsody ging zurück ans Feuer und setzte sich hin, die Stirn auf die Hand gestützt. Sie schwieg. Wieder verfluchte sich Ashe.

»Entschuldige, das war nicht richtig von mir. Ich habe nicht das Recht, mich in Dinge einzumischen, die ich zufällig mit angehört habe.«

Zum ersten Mal seit dem Abendessen sah Rhapsody ihm ins Gesicht. »Die Familie meiner Mutter waren Liringlas, Mitglieder des Volks der Wälder und Wiesen, Himmelssänger. Sie beobachteten den Himmel, um sich von ihm führen zu lassen, und begrüßten den Übergang der Nacht in den Morgen und der Abenddämmerung in die Nacht mit Gesang. Ich denke, das hast du bemerkt.«

»Ja. Sehr schön.« Seine Worte konnten Verschiedenes bedeuten.

»Außerdem glaubten die Liringlas, dass jedes Kind unter einem bestimmten Leitstern geboren werde und dass es eine Verbindung zwischen jeder Lirin-Seele und ihrem Stern gebe. ›Aria‹ ist das Wort für ›mein Leitstern‹, aber jeder Stern hat natürlich auch noch seinen eigenen Namen. Ich glaube, es gab viele Rituale und Traditionen, die sich darum rankten. Mein Vater hielt alles für Unsinn.«

»Ich finde diesen Glauben wundervoll.«

Rhapsody schwieg. Wieder blickte sie ins Feuer, dessen Flackern sich in einem melancholischen Rhythmus in ihrem Gesicht spiegelte.

»Welcher Stern ist denn nun dein Stern? Vielleicht kann ich dir helfen, ihn wieder zu finden.«

Rhapsody stand auf und stocherte im Feuer. »Nein, das kannst du nicht. Trotzdem vielen Dank. Ich übernehme die erste Wache. Schlaf ein bisschen.« Sie ging zur Ausrüstung und machte die Waffen für die Nacht bereit.

Erst als er sich tief in sein Bettzeug vergraben hatte, verstand Ashe die volle Bedeutung ihrer Antwort. Rhapsodys Stern befand sich auf der anderen Seite der Welt; er schien über einem Meer, das ihre Geburtsstätte umfing wie ein wässriges Grab.

In der Stille seines Schlafgemachs legte er sich zurück und lauschte dem warmen Frühlingswind. Um ihn herum hatten sich Lärm und Gewusel des Tages in gedämpfte Trägheit verwandelt. Wie er diese Zeit liebte, diese Zeit, in der er die Maske ablegen und all die Dinge genießen konnte, die er vollbracht hatte, ohne dabei entdeckt zu werden.

Wenn der Wind klar und die Nacht still genug war, konnte er die Hitze spüren, die Reibung in der Luft von der Gewalt, die er selbst aus dieser großen Entfernung durch Manipulation entstehen ließ. Heute Nacht war die Schwadron yarimesischer Wachen dafür zuständig, die er fest im Griff und von ihren üblichen Pflichten abgebracht hatte. Diese bestanden darin, die Wasserstraßen außerhalb der verfallenden Hauptstadt von Yarim Paar zu patrouillieren und die Shanouin, den Stamm der Brunnengräber und Wasserträger, zu beschützen, wenn sie ihre kostbare Last in die durstige Stadt zurückbrachten.

Jahrhundertelang waren die Shaouin auf den Schutz der Wache angewiesen gewesen. Bei dem Gedanken lachte er leise. Das Chaos war von unschätzbarem Wert, es brachte die elektrische Leidenschaft mit sich, die er benötigte. Noch besser war es, wenn die Opfer dem Bann vertrauten. Die statische Aufladung des anfänglichen Schocks trug zu dem Unterhaltungswert des Ganzen bei. Und er freute sich schon sehr auf den Horror, den die Wachen unweigerlich empfinden würden, wenn der Bann nachließ und sie sich mit ihren Mordtaten konfrontiert sahen.

Seine Haut prickelte von dem Angstrausch, der in Wellen über ihn hereinbrach, als das Schlachten begann. Die Wasserträger waren kräftig, arbeiteten aber für gewöhnlich mit ihren Familien im Schlepptau. Er holte tief Luft und streckte seine Glieder, während die Wärme des Blutvergießens sie durchströmte.

Es war Reibungswärme, die Hitze des Kontakts, die durch seinen Körper wallte, die jetzt seine Geistnatur liebkoste, die Macht der Hitze, die so sehr an das Feuer erinnerte, aus dem er kam. Die Natur jeder Handlung produzierte sie, aber der Ort, wo sie sich am sichersten finden ließ, war der wilde Wettkampf des Mordens, grässlich und grausam und ungeheuer erregend. Er spürte, wie sich diese Erregung in seinem menschlichen Fleisch aufbaute, diesem Fleisch, dem aufgrund von Alter und anderen Einschränkungen der Doppelnatur eine Befriedigung in den meisten anderen Bereichen versagt geblieben war.

Die Patrouille ging wirkungsvoll zu Werke – zu wirkungsvoll: Sie ließen sich zu wenig Zeit. Mit einem frustrierten Knurren zwang er sie, ihre Bemühungen zu bremsen, lieber zuzustechen, als Köpfe abzuschlagen, sich die Kinder bis zum Ende aufzusparen. Seine Hoffnung, dass sich die Hitze des vergossenen Bluts zu einem belebenden Höhepunkt aufbauen würde, schwächte sich ab; offenbar hatte er nicht genug von seiner eigenen Kraft eingebracht, als er die Gruppe in seinen Bann geschlagen hatte. Eine Schande, wirklich eine Schande. Ein Fehler, der ihm nie wieder unterlaufen würde.

Nun gab es keinen Grund mehr, seine Macht zu konservieren. Inzwischen war er mächtig genug, mehr von seiner Lebensessenz einzusparen - oder dem, was eine Seele gewesen wäre, hätte ein F'dor dergleichen besessen. Wenn er das nächste Mal Gelegenheit bekäme, eine Truppe Soldaten vorübergehend zu seinen unwissenden Sklaven zu machen, würde er sich stärker einbringen. So würde er mehr von dem Elend spüren, würde mehr von der Qual aufsaugen können. Das war die Sache gewiss wert, vor allem in Anbetracht der Tatsache, dass die einzigen anderen Vergnügen, die seine menschliche Gestalt ihm gewährte, in Branntwein und üppigen Backwaren bestanden.

Sein Atem wurde wieder flach, als das Massaker sich dem rauschhaften Höhepunkt näherte und dann in die Phase durchdringender Jammerschreie und vergeblichen, schwächer werdenden Gewinsels um Gnade überging. Es war wundervoll, endlich wieder das Aufwallen seiner Macht zu spüren, das mit dem Vergießen von Kinderblut einherging. Zu lange, allzu lange hatte er das vermisst, nun, da sein Spielzeug in der weiten Welt umherwanderte, fern vom Haus der Erinnerungen, das der Schauplatz eines so wundervollen Gemetzels gewesen war.

Als die orgiastischen Empfindungen schließlich abgeebbt waren, kroch er wieder unter seine Decken und fiel in die tröstliche Dunkelheit des Schlafs. Er träumte von einer Zeit, an dem diese heimlichen Freuden zu seinem Alltag gehören würden, von jener Zeit, in der die Qualen eines anderen Kindes - eines Kindes, das sich in den Bergen von Ylorc versteckte - endlich beginnen würden. Bald würde diese Zeit kommen, bald war es so weit.

5

Vogelgezwitscher und ein unerwarteter Sonnenstrahl weckten Rhapsody am nächsten Morgen. Die Nacht war schwierig gewesen, deshalb hatte sie die Morgendämmerung verschlafen, was ihr so gut wie nie passierte. Panisch setzte sie sich auf, bekümmert, weil sie ihre Gebete bei Sonnenaufgang verpasst hatte.

»Guten Morgen.« Die Stimme kam von der anderen Seite des Lagers, wo Ashe saß, gehüllt in seine üblichen nebligen Gewänder, und sie beobachtete. »Hast du dich ein bisschen ausgeruht?«

»Ja, entschuldige«, antwortete sie verlegen. In der Nacht hatte sie sich so heftig herumgeworfen, dass sich ihre Haare aufgelöst hatten, und Ashe war plötzlich etwas aufgefallen: Mit ihren glänzenden goldenen Locken, die offen um das nahezu vollkommene Gesicht fielen, war sie ohne Frage das anziehendste Wesen, das er jemals gesehen hatte, und auf unbewusster Ebene musste sie das zumindest ahnen. Deshalb hielt sie ihr Haar immer mit diesem unscheinbaren schwarzen Band zurück – sie spielte ihre Schönheit herunter, um nicht aufzufallen. Ashe lachte leise in sich hinein. Ihre Vorsichtsmaßnahmen genügten nicht, und jetzt war sowieso alles zu spät.

»Du brauchst dich nicht zu entschuldigen«, sagte er und warf eine Hand voll Zweige aufs Feuer. »Es muss sehr unangenehm sein, wenn man nicht mal eine einzige Nacht ruhig schlafen kann.«

Rhapsody wandte den Blick ab. »Ja, das stimmt.« Langsam kroch sie unter ihren Decken hervor, stand auf und klopfte sich Blätter und Gras von den Kleidern. »Meinst du, wir schaffen es heute?«

»Zu Elynsynos?«

»Ja.«

»Ich halte morgen für wahrscheinlicher. Wenn du schon in ihrem Reich wärst, würdest du besser schlafen.«

Rhapsody band ihr Haar wieder ordentlich mit dem Samtband zurück und sah Ashe an. »Wie meinst du das?«

»Man sagt, Drachen könnten die Träume eines Menschen bewachen und die schlechten in Schach halten. Wenn wir innerhalb von Elynsynos' Einflussbereich wären, hätte sie ohne Zweifel deine Albträume verjagt.«

»Woher willst du wissen, dass sie das überhaupt möchte?«

»Weil sie von dir hingerissen sein wird, Rhapsody. Vertrau mir.«

Offensichtlich wusste Ashe, wovon er sprach. Nach einem ereignislosen Tag, an dem sie durch die Wälder wanderten, die mit jeder Meile dichter und stiller wurden, machten Rhapsody und Ashe wieder Halt, um einen Platz für die Nacht zu suchen. Noch immer war ihre nachdenkliche Stimmung nicht vergangen, und sie waren meist schweigend nebeneinander hergegangen, bis sie in ein dunkles, von Stechpalmen eingesäumtes Tal kamen. Hier schlugen sie ihr Lager auf, und Ashe übernahm die erste Wache.

Mitternacht kam, und noch immer schlummerte Rhapsody friedlich, ungestört von nächtlichen Ängsten, abgesehen von einem kurzen Gemurmel, das wie ein Schluckauf klang, nach dem sie sich aber schnell wieder beruhigte. Ashe beschloss, sie schlafen zu lassen, so lange sie konnte, und so wachte er immer noch, als der Morgen kam. Schlanke Arme erschienen unter der Decke und streckten sich zu einem langen, tiefen Seufzer; einen Augenblick später kam der Kopf zum Vorschein – der goldene Haarschopf wirkte fast wie die aufgehende Sonne, die über den Horizont stieg. Große Augen wurden noch größer vor Entsetzen.

Blitzschnell kroch sie aus den Decken hervor und rannte zur nächsten lichten Stelle, wo sie den Himmel sehen konnte.

Das Licht der Morgendämmerung färbte den dunklen Himmel schon azurblau und zauberte einen rosa Hauch auf den östlichen Rand. Der Morgenstern ging gerade unter, als Rhapsody ihre Aubade anstimmte; die süße Klarheit ihrer Stimme durchbrach die Stille des Tals und sandte Schauder über Ashes Rücken. Da spürte er unter seinen Füßen ein sanftes Rumpeln, und der Wind wurde ein wenig stärker.

Auch Elynsynos hatte Rhapsody gehört.

»Hier sind wir«, sagte Ashe. Seine Stimme war beinahe ein Flüstern, und Rhapsody fragte sich, ob es Ehrfurcht war oder Angst.

In einer Vertiefung im Berghang unter ihnen lag ein kleiner Waldsee. Sein kristallklares Wasser war vollkommen ruhig, und wie ein Spiegel reflektierte er die um ihn stehenden Bäume. Der See ergoss sich in einen kleinen Bach, dem sie vom Tar'afel immer wieder gefolgt waren.

Im Wald herrschte Stille, unterbrochen hier und da nur vom Zwitschern eines Vogels oder dem Plätschern eines Bachs. Die Schönheit und Heiterkeit dieses Ortes entsprach ganz und gar nicht Rhapsodys Erwartungen, wie die Umgebung einer Drachenhöhle auszusehen hatte. Nirgendwo gab es Anzeichen, dass hier ein großes Reptil oder überhaupt jemand wohnte.

Sie umrundeten den See, bis sie auf seine andere Seite gelangten und Rhapsody die Quelle sah, die ihn speiste. Im steilsten Abhang der Hügel befand sich eine Höhle, die nur von diesem Standpunkt aus zu sehen war, und aus ihr floss leise ein kleiner, glasklarer Bach in den Spiegelsee. Der Eingang der Höhle war etwa zwanzig Fuß hoch. Es bestand kein Zweifel, dass dies ihr Ziel war; Rhapsody fühlte die Macht, die von der Höhle ausging und sie innerlich erzittern ließ.

Als sie den langen Pfad hinuntergingen, glaubte Rhapsody flüsternde Stimmen im Wind zu hören, aber als sie stehen blieb, um zu lauschen, waren die Worte verschwunden, und sie hörte nichts als das Rascheln der knospenden Zweige in der Frühlingsbrise. Sie hatte das sichere Gefühl, dass sie beobachtet wurden. Ashe schwieg, und sie konnte unter der Kapuze seines Umhangs keine Reaktion ausmachen.

Schließlich gelangten sie zum Höhleneingang. In einem gleichmäßigen Rhythmus entströmte ihm warme Luft; *der Atem des Drachen*, dachte Rhapsody. Zweifel bemächtigten sich ihrer, Zweifel, ob es richtig gewesen war, hierher zu kommen. Schon spielte sie mit dem Gedanken, schnell wieder wegzugehen, als der Friede des Waldes von einer Stimme durchbrochen wurde, die nur von Elynsynos stammen konnte.

»Du machst mich neugierig«, sagte die Stimme in verschiedenen Tonlagen, gleichzeitig Bass, Tenor, Alt und Sopran. Ihr Nachhall enthielt eine elementare Vertrautheit, die nicht einmal Rhapsodys feuergeborenes Herz ermessen konnte, die indes das Innerste ihrer Seele anrührte. Einen Augenblick lang konnte sie nicht sagen, ob sie tatsächlich Worte gehört oder nur gefühlt hatte. »Komm herein.«

Rhapsody schluckte schwer und trat langsam auf den Eingang der Höhle zu. Am äußeren Rand der Höhlenwand blieb sie stehen und schob Flechten und Efeu zurück, um die dort eingravierten Runen zu betrachten. Plötzlich erkannte sie vertraute Worte.

Cyme we inne frið,
fram the grip of deaþ to lif
inne dis smylte landð

Unter ihren Fingerspitzen vibrierte es sanft, als sie den uralten Schriftzug berührte; sie spürte die Aura des seit Jahrhunderten brachliegenden Wissens, und Staunen erfüllte sie, Entdeckerfreude und noch mehr – Erregung, die herzzerreißende Spannung einer ersten Leidenschaft. Sie verstand es sofort, es war unverkennbar, obgleich sie es nur ein einziges Mal in ihrem Leben empfunden hatte.

Das Wissen, so alt es war, hing an diesem Ort förmlich in der Luft und war gegenwärtig im Stein der Höhlenwand. Hierher musste Merithyn gekommen sein, hier hatte er zum ersten Mal das Gelübde seines Königs eingraviert. In gewisser Weise war dies also der Geburtsort des cymrischen Volkes und hatte als solcher eine geradezu magische Aura. Mehr noch, hier hatte es einmal Liebe gegeben, eine große Liebe, und ein Teil davon war immer noch vorhanden. Gern wäre Rhapsody einfach hier stehen geblieben und hätte die Runen studiert.

»Rhapsody«, ertönte hinter ihr Ashes Stimme, so unvermittelt, dass sie heftig zusammenzuckte. »Schau ihr nicht in die Augen.«

Sie schüttelte ihre Trance ab und nickte. Dann überprüfte sie ihre Ausrüstung und wandte sich zu ihm um.

»Ich werde vorsichtig sein. Auf Wiedersehen, Ashe«, sagte sie leise. »Danke für alles. Mögest du eine sichere Heimreise haben.«

»Warte, Rhapsody.« Ashe streckte ihr die Hand hin. Sie nahm sie und ließ sich von ihm vom Fels herunter auf den Waldboden ziehen.

»Ja?« Sie stand vor ihm und blickte hinauf in die Dunkelheit seiner Kapuze.

Langsam hob er die Hand, ergriff die Kapuze und zog sie dann blitzschnell herunter. Rhapsody stockte der Atem.

Jo hatte Recht gehabt. Er hatte keine Narben, er war nicht im Geringsten entstellt. Vielmehr war sein Gesicht wunderschön, und er blickte mit einem unsicheren Lächeln auf sie herab.

Genau wie ihre Schwester bemerkte auch Rhapsody als Erstes sein Haar. Es leuchtete wie blankes Kupfer, und im Licht der Nachmittagssonne hätte Rhapsody fast glauben können, es wäre tatsächlich das Werk eines Schmiedes. Weder in diesem Land noch in jenem, aus dem sie stammte, hatte sie jemals so etwas gesehen, und sie fragte sich, ob es wohl weich war wie Sommerfäden oder hart und drahtig, wie der metallische Glanz es nahe legte. Die Frage faszinierte sie, und sie hätte den Rest des Nachmittags damit verbringen können, hier zu stehen, ihn anzustarren und gegen den Drang anzukämpfen, sein Haar zu berühren.

Es dauerte mehrere Atemzüge, bis ihre Augen den Rest seines Gesichts aufnahmen. Es war klassisch schön und zeigte wie ihr eigenes seine aus menschlichen und lirinschen Eigenschaften gemischte Herkunft. Seine Haut war hell und glatt, sein schön gemeißelter Kiefer von struppigen Bartstoppeln bedeckt. Bei einem Mann rein menschlicher Abstammung hätte das auf ungefähr einen Monat ohne Rasur hingedeutet, aber Rhapsody wusste, dass der Bart bei einem Halbblut mindestens ein Jahr wuchs, bis er so aussah. Wäre er ein Mensch gewesen, hätte sie ihn auf Mitte Zwanzig geschätzt, aber als Halb-Lirin, möglicherweise von cymrischer Abstammung, konnte Rhapsody sein wahres Alter unmöglich erraten.

Und dann blickte sie in seine Augen, schöne, fremdartige Augen. Sie waren leuchtend blau, mit kleinen bernsteinfarbenen Sternen um die Iris herum. Sie musste zweimal hinsehen, ehe ihr klar wurde, was an ihnen so fremdartig war. Die Pupillen waren vertikale Schlitze wie bei einer Schlange, jedoch ohne das Grausige eines Reptils; vielmehr sah man in ihnen Erfahrung und Kraft, uralt und ausdauernd. Rhapsody fühlte sich zu ihnen hingezogen wie von einem mächtigen Fluss, der über einen Wasserfall stürzt, oder von der Ruhe einer abgelegenen Lagune. Dann schloss Ashe kurz die Augen, er blinzelte, und ihr stockte wieder der Atem.

Als sie wieder Luft holte, spürte sie, dass ihre Wangen nass waren von Tränen, doch ihr war nicht bewusst, dass sie geweint hatte. Schlagartig verstand sie nun viele Dinge, die ihr zuvor rätselhaft erschienen waren – warum er sich unter seinem Umhang versteckt, warum er sie weggestoßen hatte.

Er wurde verfolgt. Nur das konnte der Grund sein.

Sie wollte sprechen, war jedoch zu aufgewühlt. Ashe sah ihr in die Augen, als fürchtete er sich vor ihren Worten, müsste sie aber trotzdem hören. Endlich fühlte Rhapsody sich bereit.

»Ashe?«

»Ja?«

Sie holte tief Atem.

»Du solltest den Bart abrasieren, er ist scheußlich.«

Er starrte sie verwundert an, bis ihm endlich dämmerte, was sie gesagt hatte, und er lachen musste. Rhapsody atmete erleichtert aus. Als er, immer noch leise lachend, wegsah, reckte Rhapsody sich empor und umarmte ihn. Sie wollte nicht, dass er sah, wie die Tränen in ihren Augen standen.

Ashe zog sie an sich und hielt sie zärtlich umfangen, aber Rhapsody spürte, wie er zusammenzuckte. Aus irgendeinem Grund hatte sie ihm wehgetan, und sie ließ ihn los, denn sie wollte es nicht schlimmer machen. Der Schmerz schien aus seiner Brust zu kommen, aber sie war nicht ganz sicher. Auch er ließ sie los, allerdings mit einem tiefen Seufzer.

»Danke«, sagte sie, und es kam von Herzen. »Ich weiß, das war schwer für dich, und ich fühle mich geehrt, dass du es trotzdem getan hast. Wenn du dich mir nicht gezeigt hättest, hätte ich immer darüber nachgrübeln müssen, wie du aussiehst.«

»Sei vorsichtig da drin«, sagte er mit einer Kopfbewegung zu der Höhle.

»Sei du vorsichtig auf dem Weg zurück«, erwiderte sie und wandte sich zum Gehen. Ein Stück weiter bückte sie sich und hob ein Stück trockenes Holz auf, das im Eingang der Höhle lag. »Noch einmal vielen Dank. Gute Reise.« Sie warf ihm eine Kusshand zu, kletterte auf den nassen Felsen und in die Höhle hinein.

Der Eingang weitete sich in einen dunklen Tunnel, in dem tief drinnen ein glühendes Licht pulsierte. Am äußeren Rand wuchsen sternartige Flechten an den Höhlenwänden; sie streckten sich hinaus ins Tageslicht, wurden dünner und verschwanden in der zunehmenden Dunkelheit des Tunnels schließlich ganz.

Langsam, mit gespitzten Ohren folgte Rhapsody dem Gang. Kurz darauf hörte sie es – ein Platschen, mit dem sich etwas in der Tiefe der Höhle durchs Wasser bewegte, gefolgt von schweren Schritten klauenbewehrter Füße, die über den Felsboden tappten. Stahl rieb auf Stein, und die Höhle füllte sich mit dem heißen Wind des Drachenatems, vermischt mit den beißenden Gerüchen, die Rhapsody aus Schmiedewerkstätten oder von Achmeds Esse kannte; Gerüche, wie ein Glühofen sie verbreitete.

Der Tunnel machte eine Biegung und öffnete sich schließlich nach unten in eine große Höhle. Da die Dunkelheit hier undurchdringlich war, berührte Rhapsody das Stück Holz, das sie aufgelesen hatte, und zündete seine Spitze an, in der Hoffnung, mit Hilfe einer Fackel besser sehen zu können. Fast sofort flammte das Holz auf, und die lodernden Flammen warfen lange Schatten an die Wände des Tunnels und umrissen und übertrieben die Bewegungen der riesigen Bestie, die sich nun aus dem Wasser hievte. Bei jedem Schritt der Drachin erzitterte der Boden, und das flackernde Fackellicht tanzte auf ihren kupferfarbenen Schuppen, die in der Finsternis glänzten wie Millionen winziger Schilde aus polierter Bronze.

Elynsynos war gewaltig. Im Feuerschein schätzte Rhapsody die Länge der Drachin auf fast hundert Fuß, ohne weiteres in der Lage, den gesamten Tunnel zu füllen, durch den sie soeben gekommen war. Angesichts der Kraft ihrer gewaltigen Muskeln wich der Sängerin die Farbe aus dem Gesicht.

Dann sah sie die Augen der Drachin, zu spät, um Ashes Warnung zu beherzigen. Wie zwei plötzlich enthüllte gigantische Laternen tauchten sie im Tunnel auf, große Kugeln aus prismatischem Licht, so wunderschön, dass Rhapsody ihr Leben dafür gegeben hätte, sie auf immer betrachten zu dürfen. Lange vertikale Schlitze durchteilten die silberne Iris, eingerahmt von schimmernden Regenbogenfarben. Auf der Stelle fühlte Rhapsody, wie die Feuer ihrer Seele aufflammten, wie von einem plötzlichen Lufthauch angefacht. Einen Augenblick lang war ihr schwindlig, sie verlor sich in sich selbst, und als sie ihren Blick von der Drachin losriss, schrie ihre Seele laut.

»Hübsche«, sagte Elynsynos. In dem einen Wort lag eine Kraft, die Rhapsody sofort erkannte. Elynsynos redete mit einer Elementarmusik, und das Wort, das sie ausgesprochen hatte, war keine Beschreibung, sondern ein Name. Der harmonische Klang stammte nicht aus einem Kehlkopf – so wenig Rhapsody auch über Drachen wusste, war ihr doch bekannt, dass Lindwürmer von Natur aus keinen besaßen –, sondern war eine meisterliche Manipulation der Schwingungen des Winds. Zu gern hätte Rhapsody die Drachin noch einmal direkt angeschaut, aber sie tat es nicht, sondern beobachtete sie lediglich aus dem Augenwinkel.

»Warum bist du gekommen, Hübsche?« In der Stimme lag eine Weisheit, welche den kindlichen Ton und die einfachen Worte Lügen strafte.

Rhapsody holte tief Luft und wandte sich noch etwas mehr ab. »Aus vielen Gründen«, antwortete sie und blickte auf den schlangenähnlichen Schatten vor ihr an der Höhlenwand. »Ich habe von dir geträumt. Ich bin gekommen, um dir etwas zurückzugeben, was dir gehört, und für dich zu singen, wenn du nichts dagegen hast.« Sie sah den Schatten sich bewegen, als der Kopf der Drachin auf dem Boden direkt hinter ihr zu ruhen kam, und sie spürte den heißen Atem auf ihrem Rücken. Das Feuer in ihr trank die Hitze und die Kraft, die darin enthalten war. Die Feuchtigkeit in ihren Kleidern verdampfte, der Stoff war heiß und kurz davor, in Brand zu geraten.

»Dreh dich um, bitte«, sagte die mehrtönige Stimme. Rhapsody schloss die Augen und gehorchte, und sie spürte die Wärme auf ihrem Gesicht, als wendete sie sich blind in die Sonne. »Hast du Angst?«

»Ein wenig«, antwortete Rhapsody, öffnete die Augen aber noch immer nicht.

»Warum?«

»Wir fürchten das, was wir nicht kennen und nicht verstehen. Ich hoffe, beides zu ändern, und dann werde ich keine Angst mehr haben.«

Wieder hörte sie das Geräusch, das klang wie flüsternde Stimmen. »Es ist klug, Angst zu haben«, sagte Elynsynos. In ihrem Ton lag keine Drohung, aber seine Tiefe war einschüchternd. »Du bist wahrlich ein Schatz, Hübsche. Dein Haar ist wie gesponnenes Gold, deine Augen sind Smaragde.

Selbst deine Haut ist fein wie Porzellan, und du bist unberührt. In dir ist Musik und Feuer und Zeit. Jeder Drache würde dich als seinen Besitz begehren.«

»Ich gehöre nur mir selbst«, entgegnete Rhapsody. Die Drachenfrau lachte leise. »Aber ich bin hierher gekommen in der Hoffnung, wir könnten Freunde sein. Dann gehöre ich dir gern, auf gewisse Weise. Ein Freund ist etwas wunderbar Wertvolles, oder nicht?« Sie warf der Drachin einen kurzen Blick zu und schaute rasch wieder weg.

Das riesige Gesicht nahm einen neugierigen Ausdruck an, der seltsam liebenswert wirkte, was Rhapsody sogar aus dem Augenwinkel bemerkte.

»Das weiß ich nicht. Ich habe keine Freunde.«

»Dann werde ich eine neue Art Schatz für dich sein, wenn du es möchtest«, sagte Rhapsody. »Lass mich dir zuerst das hier zurückgeben.« Damit zog sie den Krallendolch aus ihrem Tornister.

Die riesigen Prismenaugen blinzelten. Noch immer sah Rhapsody die Drachin nicht direkt an, merkte aber, wie sich das Licht in der Höhle eine Sekunde lang verdunkelte. Ihre Haut prickelte; um sie herum erhob sich ein elektrisches Summen und verbreitete sich in der Höhle wie ein gewaltiger Bienenschwarm. Rhapsody sah, wie sich der Schatten an der Wand bewegte; eine große Klaue griff über ihren Kopf hinweg und nahm ihr den Dolch behutsam ab, mit Krallen, die dem Dolch exakt ähnelten. Dann zog sich die Klaue wieder an den Platz hinter ihr zurück. Rhapsody ließ den Atem entweichen.

»Wo hast du das gefunden?«

»In den Tiefen von Gwylliams Festung«, antwortete Rhapsody und versuchte eine Bildsprache zu verwenden, die der Drachin angemessen wäre. »Er war gut versteckt, aber als wir ihn fanden, wussten wir, dass er dir zurückgegeben werden sollte.«

»Gwylliam war ein schlechter Mensch«, sagte die harmonische Stimme. Kein Groll war ihr anzuhören, wie Rhapsody dankbar feststellte. Sie legte keinen Wert darauf, sich die Höhle mit einem wütenden Drachen zu teilen. »Er hat Anwyn geschlagen und viele Cymrer getötet. Diese Kralle hier war für sie bestimmt, und er hat sie aus Niederträchtigkeit behalten. Danke, dass du sie zurückgebracht hast, Hübsche.«

»Gern geschehen, Elynsynos. Was mit Anwyn geschehen ist, tut mir sehr Leid.«

Das Summen schwoll an. Rhapsody fühlte, wie die Luft um sie herum immer wärmer wurde. »Auch Anwyn ist schlecht, ebenso schlecht wie Gwylliam. Sie hat ihren eigenen Schatz zerstört. Das darf ein Drache nicht, niemals. Ich schäme mich, dass sie aus meiner Brut stammt. Ein Drache verteidigt seinen Schatz mit allem, was er hat. Aber Anwyn hat ihren Hort zerstört.«

»Ihren Hort? Welchen Hort meinst du denn?«

»Schau mich an, Hübsche. Ich werde nicht versuchen, dich an mich zu nehmen.« Die mehrtönige Stimme klang warm und freundlich. »Wenn du mein Freund bist, solltest du mir vertrauen, nicht wahr?«

Rhapsody, sieh ihr nicht in die Augen.

Langsam wandte Rhapsody sich um, den Blick auf den Boden geheftet. Sie fühlte, wie die schimmernden Schuppen das Licht ihrer Fackel reflektierten; Wellen gleich wogte die Hitze über ihr Leinenhemd und verwandelte den weißen Stoff in einen durchsichtigen Regenbogen. Die Wärme der Stimme hatte ihr Herz gewonnen, obgleich ihr Gehirn noch funktionierte und ihr einschärfte, dem gigantischen Schlangentier nicht zu trauen. Die Durchtriebenheit der Drachen war wohl bekannt, und Ashes Warnung klang ihr noch in den Ohren.

Rhapsody, sieh ihr nicht in die Augen.

»Ihr Hort war das cymrische Volk«, erklärte Elynsynos. »Ein magisches Volk, das sie Erde überquert und damit die Zeit angehalten hatte. In ihnen fanden alle Elemente eine Verkörperung, selbst wenn sie diese nicht einzusetzen wussten. Einige entstammten einer Rasse, die in dieser Gegend völlig unbekannt war, Gwadd und Liringlas und Gwenen und Nain, Ur-Seren und Dhrakier und Mythlin, ein menschlicher Garten voller verschiedener Blumenarten. Sie waren etwas Besonderes, Hübsche, ein einmaliges Volk, das es verdient hatte, geliebt und beschützt zu werden. Aber sie hat sich gegen es gewandt und viele vernichtet, nur damit Gwylliam sie nicht haben konnte. Ich schäme mich, ja.«

Rhapsody spürte Nebel auf dem Gesicht, blickte an sich herunter und merkte, dass sie in einer schimmernden Flüssigkeit stand. Ohne nachzudenken, hob sie den Blick und starrte, ehe sie recht wusste, was sie tat, fasziniert auf das große Biest. Elynsynos weinte.

Rhapsody spürte, wie es ihr das Herz brach; in diesem Augenblick hätte sie bereitwillig alles gegeben, um die Drachin zu trösten, ihren Schmerz zu lindern und ihre Traurigkeit zu stillen. Irgendwo im Hinterkopf überlegte sie, ob ihre Gefühle für den Wyrm Ergebnis eines Zaubers waren oder ob sie die Drachin - wie es ihr Herz sagte - einfach liebte, weil sie so außergewöhnlich und schön war. Vorsichtig trat sie an Elynsynos heran und berührte zärtlich ihre massive Klaue.

»Weine nicht, Elynsynos.«

Die Drachin bewegte ihren gigantischen Kopf ein Stück nach unten und betrachtete Rhapsody eindringlich, in den Augen ein blendendes Leuchten. »Dann wirst du also eine Weile bei mir bleiben?«

»Ja. Ich bleibe bei dir.«

6

Zum vierten Mal an diesem Nachmittag kam Grunthor schwerfällig zum Stehen. Er war einfach zu ungelenk, um ebenso flink in der Bewegung innezuhalten wie Achmed, und seufzte laut.

»Ist sie immer noch da, Herr?«

»Ja.« Der irritierte Ton in Achmeds Stimme wurde mit jeder Pause stärker. Jetzt drehte sich der Firbolg-König im Tunnel um und rief nach hinten: »Verdammt, Jo, ich binde dich gleich an einen Stalagmiten, da kannst du warten, bis wir zurückkommen.«

Neben seinem Kopf pfiff etwas durch die Luft, und ein kleiner Dolch mit bronzenem Rücken bohrte sich neben seinem Ohr in die Höhlenwand.

»Du bist ein elendes Schwein«, ertönte als hallendes Knurren Jos Antwort. »Du kannst mich hier nicht mit diesen elenden kleinen Bälgern allein lassen. Ich komme mit dir, du Bastard, ob es dir gefällt oder nicht.«

Achmed unterdrückte ein Lächeln und marschierte ein Stück zurück, griff hinter einen Felsvorsprung und zerrte das Mädchen aus dem Versteck.

»Eine kleine Information über elende Schweine«, sagte er beinahe freundlich. »Sie beißen. Komm ihnen nicht in die Quere, sonst kriegen sie dich.«

»Ja, ja, über Schweine weißt du natürlich Bescheid, Achmed. Ich bin sicher, dass du oft genug mit ihnen zusammen bist. Gott weiß, wer außer einem Blinden sonst jemals Zärtlichkeiten mit dir austauschen würde.«

»Nu aber mal langsam, Fräuleinchen«, sagte Grunthor streng. »Du möchtest doch nicht, dass ich die Geduld verliere, oder?«

»Ach, komm schon, Grunthor«, jammerte Jo und versuchte, die großäugige Unschuld zu spielen, was ihr kläglich misslang. »Ich hasse diese Plagen. Ich möchte mit euch kommen. *Bitte.*«

»Also, redet man denn so über seine Großnichten und Großneffen?«, fragte Achmed. »Deine Schwester wäre sehr bekümmert, wenn sie hören würde, wie du über ihre Enkel redest.«

»Sie sind echte Biester. Wenn wir auf den Klippen sind, versuchen sie mich zum Stolpern zu bringen«, beklagte sich Jo. »Das nächste Mal versetze ich am Ende aus Versehen einem von ihnen einen Fußtritt, dass er in der Schlucht landet. Bitte lasst mich nicht allein mit ihnen. Ich möchte mit euch kommen, egal, wohin.«

»Nein. Gehst du allein zurück, oder brauchst du eine Eskorte?«

Jo verschränkte die Arme und machte ein wütendes Gesicht. Achmed seufzte.

»Hör mal, Jo, das ist mein letztes Angebot. Wenn sich herausstellt, dass wir finden, was wir suchen, und die Gefahr einigermaßen zu bewältigen ist, dann nehmen wir dich das nächste Mal mit. Aber wenn du uns noch einmal folgst, dann fessle ich dich an Händen und Füßen und werfe dich ins Kinderzimmer, damit Rhapsodys Enkel mit dir Fußball oder Sackhüpfen spielen können. Hast du mich verstanden?« Jo nickte düster. »Gut. Jetzt geh zurück in den Kessel und lass uns in Frieden.« Grunthor zog das Messer, das er ihr geschenkt hatte, aus der Wand und hielt es ihr entgegen. Jo riss es ihm aus der Hand und steckte es in ihren Stiefel zurück.

Die beiden Bolgs sahen zu, wie das Mädchen sich zornig umdrehte und den Tunnel wieder hinaufmarschierte. Als sie ein paar Sekunden nichts mehr von ihr gehört hatten, machten sie sich wieder an den Abstieg, nur um gleich wieder stehen zu bleiben.

Ärgerlich wirbelte Achmed herum. Von der Welt über ihnen drang kein Licht mehr herab; sie waren jetzt tief in dem Tunnel, zu tief, um zurückzugehen, ohne einen ganzen Tag zu verschwenden. Es hatte ohnehin mehrere Wochen gedauert, bis er und Grunthor überhaupt beide Zeit gefunden hatten, auf Forschungsreise zu gehen und das Loritorium zu suchen, die verborgene Schatzkammer, deren Karte er Rhapsody gezeigt hatte. Leider hatte das Gör, das Rhapsody als Schwester adoptiert hatte, Wind von der Expedition bekommen und sich geweigert, auf seinen Befehl zu hören und sich herauszuhalten – sowohl vor ihrer Abreise aus dem Kessel als auch den ganzen Weg bis hierher. Und offensichtlich hielt sie sich noch immer nicht an seine Anweisungen.

Er konnte sie spüren, obwohl er ihr Herz nicht schlagen hörte, anders als bei Grunthor und Rhapsody und noch ein paar tausend anderen, die er manchmal in der Ferne pochen hörte. Die Fähigkeit, diese Rhythmen zu erkennen, war ein bruchstückhaftes Überbleibsel seiner Blutgabe aus der alten Welt; die einzigen Herzen, die er hören konnte, waren die derjenigen, die dort geboren waren.

Jo zu spüren war etwas anderes. Das hier war sein Berg, er war der König, und deshalb wusste er, dass sie wieder da war, sich seinem Befehl widersetzte und ihnen weiterhin folgte, knapp außerhalb seiner Sichtweite. Er wandte sich an den riesigen Sergeanten.

»Grunthor, erinnerst du dich noch, wie du mir einmal gesagt hast, du glaubst, dass du die Bewegung der Erde fühlen kannst?«

Grunthor kratzte sich am Kopf und grinste. »Du meine Güte, Herr, ich kann mich nicht entsinnen, dass ich dir gegenüber jemals so persönlich geworden bin. Genau genommen kann ich mich nur an ein einziges Mal erinnern, dass ich Süßholz geraspelt habe, nämlich mit der alten Brenda in Madame Perris Vergnügungspalast vor vielen Jahren.«

Achmed lachte leise in sich hinein und deutete auf den Boden unter ihren Füßen. »Das Feuer reagiert auf Rhapsody, und je mehr sie damit experimentiert, desto besser kann sie es willentlich kontrollieren. Da du eine ähnliche Beziehung zur Erde zu haben scheinst, trifft auf dich vielleicht das Gleiche zu.« Er blickte wieder den Tunnel hinauf. »Und vielleicht könnte dein erstes Experiment dazu dienen, uns von dem immer wiederkehrenden Albtraum zu befreien, der uns so hartnäckig verfolgt.«

Grunthor überlegte kurz, dann schloss er die Augen. Überall im Umkreis fühlte er den Herzschlag der Erde, ein feines Trommeln, das in der Atemluft wisperte, im Boden unter seinen Füßen pulsierte und über seine ledrige Haut strich. Seit sie durch die Erde gereist waren, entlang der Wurzel, welche die beiden großen Bäume verbindet, spürte er die Schwingungen in seinen Knochen und in seinem Blut. Auch jetzt sprachen sie zu ihm und verliehen ihm einen Einblick in die umliegenden Felsschichten.

Vor seinem inneren Auge sah er die Ausdehnung der verschiedenen Formationen, während die Erde ihm von der Entstehung dieses Ortes sang, ein Klagelied über den grässlichen Druck, der riesige Steinplatten nach oben gezwungen hatte, bis unter Schmerzensschreien die zerklüfteten Gipfel geboren worden waren, die nun die Zahnfelsen bildeten. Als Gegengabe flüsterte seine Seele wortlosen Trost, die uralten Erinnerungen beschwichtigend.

Er sah jede schwache Stelle im Erdboden, jeden Punkt, wo eine Obsidianader durch Basalt und Schiefer schnitt, jede Spalte, in der die Nain, mit der Erde ebenso verbunden wie er selbst, die endlosen Gänge von Canrif herausgemeißelt hatten, Tunnels wie der, in dem er nun stand. Er konnte Jos Füße spüren, wie sie einen Steinwurf entfernt auf der Erdkruste ruhten, und er befahl der Erde, einen Augenblick lang weich zu werden, damit das Mädchen bis zu den Knöcheln einsank, und sich dann gleich wieder zu verhärten.

Ihr Entsetzensschrei durchbrach seine Träumerei, und Grunthor öffnete die Augen, hinter denen ein stechender Schmerz pulsierte. Eine von Kreischen unterbrochene Serie schmutziger Flüche erscholl, so laut, dass einige lose Steine in Bewegung gerieten und einen kleinen Staubsturm verursachten. Achmed lachte leise.

»Das müsste eigentlich halten, zumindest bis wir den Eingangstunnel zum Anbau erreicht haben. Dann kannst du sie wieder frei lassen. Ich denke, nicht mal Jo würde sich dem Risiko aussetzen, dass der Boden erneut ihre Füße schnappt.« Seine Augen wurden schmal, als er im schwachen Licht von Grunthors Fackel sah, wie dieser erbleichte und Schweißperlen auf seine Stirn traten. »Was ist mit dir?«

Grunthor wischte sich mit einem sauberen Leinentaschentuch die Stirn. »Mir gefällt nicht, wie sich das angefühlt hat. Ich hatte noch nie Schmerzen, wenn ich einfach nur in den Boden gesehen oder selbst das Aussehen von Fels angenommen habe.«

»Beim ersten Mal tut es bestimmt ein bisschen weh«, meinte Achmed. »Wenn man mehr Erfahrung bekommt und mit der eigenen Gabe besser umgehen kann, wird der Schmerz zurückgehen, denke ich.«

»Könnte schwören, das sagst du zu all deinen Mädels«, gab Grunthor zurück, faltete sein Taschentuch zusammen und steckte es wieder ein. »Wenn ich's recht bedenke, hab ich genau das auch zu Brenda gesagt. Na, sollen wir uns auf die Socken machen?«

Achmed nickte, und die beiden Männer wanderten weiter in die Tiefen der Erde hinein und ließen Jo, heulend vor Wut und knöcheltief im Felsen steckend, zurück.

Je tiefer Achmed in das Land reiste, das er jetzt regierte, desto stiller wurde es um ihn. Die alten Korridore, nur halb ausgearbeitet und teilweise schon wieder vom Verfall bedroht, zwangen sie häufig zum Anhalten; dann räumte Grunthor das Geröll weg und durchschnitt den Stein, fast, als wäre er flüssig, ganz ähnlich, wie er sie damals am Ende ihrer Reise an der Wurzel aus der Erde gegraben hatte. Der Lärm des fallenden Schutts währte nicht lange, und jede neue Schwelle, die sie überquerten, eröffnete ihnen eine tiefere Stille voll schwerer Luft, die sich seit Jahrhunderten nicht mehr bewegt hatte.

Achmed hatte nicht einmal einen ganzen Tag gebraucht, um herauszufinden, wo das Loritorium gebaut worden war, wobei ihm sein intensives Studium der Manuskripte in Gwylliams Schatzkammer ebenso geholfen hatte wie sein angeborenes Gespür für den Berg und sein Orientierungssinn. Nur ein Augenblick der Meditation auf seinem Thron in der Großen Halle war vonnöten gewesen. Er hatte sich vorgestellt, wo er selbst an Gwylliams Stelle den geheimen Anbau vorgenommen hätte, und hinter geschlossenen Augen waren seine Gedanken blitzschnell durch die Kurven und Biegungen der gewissenhaft gegrabenen Tunnel des inneren Berges geeilt. Sie waren den Korridoren aus der inneren Stadt von Canrif gefolgt, über die weite Heide gewandert, vorbei an Kraldurge, dem Reich der Geister, und vorbei an den Wachfelsen, die eine Barriere über Elysian bildeten, Rhapsodys versteckter Heimstatt.

Er hatte den Eingang zu den alten Ruinen tief unter den Dörfern gefunden, die von den Cymrern besiedelt worden waren, jenseits einer zweiten Schlucht, geschützt durch einen jähen, mehrere tausend Fuß tiefen felsigen Abgrund.
Der Eingang war klug als Teil der Bergwand getarnt, ein von Menschenhand geschaffener Spalt, der aussah wie ein Pfad für Bergziegen und inzwischen auch nur noch von Tieren genutzt wurde – wenn überhaupt.

Als er und Grunthor erst einmal im Tunnel gewesen waren, hatte er gewusst, dass sie sich auf dem richtigen Weg befanden, und er war zornig gewesen, weil Jo ihnen gefolgt war und damit das Geheimnis des Loritoriums verletzt hatte. Höchstwahrscheinlich war das Mädchen nur lästig, aber Achmed traute niemandem, und dies war ein weiteres Argument dafür, dass Rhapsodys Idee, das Straßenmädchen zu adoptieren, verrückt gewesen war. *Denk an meine Worte,* hatte er mit zusammengebissenen Zähnen geknurrt, *du wirst es noch bereuen.* Aber wie alles, was Rhapsody nicht glauben wollte, hatte sie auch diese Warnung einfach abgetan.

Als Grunthor sich nun durch den Schutt arbeitete, der den Tunnel vor ihnen verstopfte, spürte Achmed die Stille noch tiefer werden. Das Gefühl ähnelte dem, das er gehabt hatte, als er in den verlassenen Ruinen, die einmal die Hauptstadt von Canrif gewesen waren, einen cymrischen Weinkeller voller Fässer und Glasflaschen mit altem Apfelwein vorgefunden hatte. Die Flüssigkeit war im Lauf der Jahrhunderte zum großen Teil verdunstet und hatte ein dickflüssiges Gel zurückgelassen, das in seiner konzentrierten Süße ungenießbar war. Die Stille in dem nun frei gelegten Teil des Tunnels war fast greifbar.

Grunthor unterdessen hörte keine betäubende Stille, sondern ein sich vertiefendes Lied. Mit jeder neuen Offenbarung, jedem neuen Durchbruch der Formationen, wurde die Erdmusik reiner, schwingender, schwer von alter Magie, die in sich auch ein Gefühl des Grauens trug. Seine Finger prickelten selbst noch in den Ziegenlederhandschuhen, während er Felsbrocken und Steine auf die Seite schaffte. Schließlich hielt er inne, legte den Kopf auf den Unterarm, holte tief Luft und nahm die Musik in sich auf, die ihn nun umgab und die seine Ohren füllte, sodass jedes andere Geräusch übertönt wurde.

»Alles in Ordnung, Sergeant?«

Grunthor nickte, brachte aber kein Wort hervor. Dann strich er noch einmal mit der Hand über die Felswand und blickte endlich auf.

»Sie haben den Tunnel auf der Flucht gemacht, ehe sie überrannt wurden«, sagte er. »Es ist nicht von selbst eingestürzt. Hat den ganzen Berg ramponiert. Warum hier, Herr? Warum nicht die Wälle, warum nicht die Zugangstunnel zur Großen Halle? So hätten sie die Bolg viel länger aufgehalten; sie hätten ihnen in der Heideschlucht wahrscheinlich sogar den Weg abschneiden und zumindest den Angriff von außen abwehren können. Kommt mir sehr sonderbar vor.«

Achmed reichte ihm den Wasserschlauch, und der Riese trank gierig. »Irgendetwas muss da drin gewesen sein – Gwylliam war bereit, den Berg zu opfern, damit es nicht in die Hände der Bolg und auch nicht in die Hände von jemandem fiel, den er fürchtete und der es den Bolg vielleicht abgenommen hätte. Bist du müde? Wir können zurückgehen und ein wenig rasten.«

Aber Grunthor wischte sich den Schweiß von der Stirn und schüttelte den Kopf. »Nee. Jetzt bin ich so weit gekommen, da wäre es doch blöd aufzugeben. Aber da liegen noch jede Menge Steine rum, ungefähr noch mal so viel, wie wir schon hinter uns haben.« Damit stand er wieder auf, warf seinen Mantel ab und legte die Hand auf den Felsen.

Während er sich konzentrierte, wurde ihm die Beschaffenheit des Steins erneut klar. Vor seinem inneren Auge konnte er jede Spalte sehen, jede Tasche mit Luft, die seit Jahrhunderten zwischen dem fest gewordenen Geröll gefangen war. Er schloss die Augen und steckte, das Bild stets im Kopf, die Hand in den Stein, als wäre er Luft. Sofort spürte er, wie der Fels nachgab. Mit ausgestreckten Armen schob er noch ein wenig weiter und merkte, wie die Felswand sich verflüssigte und dann wegglitt wie geschmolzenes Glas, glatt und glitschig.

Achmed beobachtete staunend, wie die Haut seines Freundes blass wurde, dann fahl und schließlich steingrau im schwachen Licht der Fackel, während er mit der Erde verschmolz. Einen Moment später konnte er Grunthor nicht mehr sehen, nur noch einen Schemen, einen massiven Block aus Granit und Schiefer, der sich vor seinen Augen durch die Bergwand bewegte und einen acht Fuß hohen Tunnel vor sich öffnete. Vorsichtig hielt er die Fackel in das Loch. Am Rand des neuen Gangs glühte der Fels plötzlich rotgolden, fast wie Lava, und erkaltete dann sofort zu einer glatten Tunnelwand. Achmed lächelte und trat hinter dem Schatten seines Sergeanten in die Öffnung.

»Ich wusste schon immer, dass du schnell lernst, Grunthor«, meinte er. »Vielleicht ist es ganz gut, dass Rhapsody nicht da ist, denn das hier erinnert mich stark an unsere Zeit an der Wurzel. Du weißt ja, wie gut es ihr dort unter der Erde gefallen hat.«

»Lirin«, murmelte Grunthor, und das Wort hallte von den Tunnelwänden wider wie das Knurren eines unterirdischen Wolfs. »Unter ein paar hundert Fuß hartem Felsen werden die doch schon nervös. Alles Weicheier.«

Je tiefer sie sich in die Erde gruben, desto schneller bewegte sich Grunthor vorwärts. Achmed konnte kaum mehr mit ihm Schritt halten und in dem unsteten Licht nicht einmal mehr seinen Schatten ausmachen. Inzwischen schien das felsige Innere des Berges nichts als Luft um den Riesen zu sein; bisher hatte es eher ausgesehen, als wate er durch Wasser, das ihm bis an den Bauch reichte.

Plötzlich spürte Achmed einen heftigen Luftstrom aus den Tiefen des Berges über sich hinwegbrausen, ein abgestandener und doch süßer Windhauch, schwer von Magie. Seine empfindliche Haut begann zu pieken, so voller Macht war diese Luft, dick, ungestört von der Zeit und dem Wind der Welt über ihnen. Grunthor musste im Loritorium angekommen sein.

An den Überresten der Fackel, die er bisher getragen hatte, entzündete Achmed eine neue und warf die alte weg. Die Flamme loderte auf und sprang bis an die Decke des Tunnels, als stieße sie einen lauten Jubelruf aus.

»Grunthor!«, rief Achmed. Keine Antwort.

Achmed begann zu laufen, eilte das letzte Stück des Ganges entlang und durch den dunklen Schlund an seinem Ende bis in eine Höhle, die noch dunkler war als der Tunnel. Dann blieb er wie angewurzelt stehen.

Über ihm, so weit, dass das Licht der Fackel nicht ausreichte, um es zu beleuchten, erstreckte sich eine gewölbte Decke, glatt poliert und mit kunstvollen Mustern verziert, gearbeitet aus dem erlesensten Marmor, den Achmed je gesehen hatte. Jeder Block des hellen Gesteins wies eine Form auf, die haargenau in die Verkleidung der weiträumigen Höhlenkammer passte. Auch die Wände bestanden aus Marmor, allerdings waren einige noch nicht ganz fertig gestellt, und an den Rändern des gigantischen unterirdischen Saals lagen verlassen große Gerüste, Steinblöcke und Werkzeug.

Achmed wandte sich zu dem großen Felswall, der sich vor Grunthor gebildet hatte, als er sich in diese Höhle gegraben hatte. Die Fackel schwenkend, suchte er nach dem Firbolg-Sergeanten, konnte aber auf dem glatten Höhlenboden außer großen Stein- und Erdhaufen, um die herum Marmorstücke verstreut lagen, nichts entdecken. »Grunthor!«, rief er abermals, während die Schatten über die neu erschaffene Moräne und die uralten Wände tanzten. Nur kurz hallte seine Stimme wider, dann wurde sie von der Stille verschluckt.

Ein niedriger Geröllhaufen zu seinen Füßen bewegte sich. Kurz darauf nahm er eine deutlichere Gestalt an. Die große Steinskulptur eines Riesen reckte sich, begann zu atmen und hob sich von Minute zu Minute deutlicher vom Fels ab.

Vor Achmeds Augen kehrte langsam die Farbe in Grunthors Gesicht zurück. Der Sergeant saß auf dem Boden, an einen großen Geröllhaufen gelehnt, der von seiner Arbeit zurückgeblieben war, und atmete langsam, während er wieder zu sich kam, sich von der Erde trennte, wie er es damals am Ende ihrer Reise an der Wurzel getan hatte.

»Himmel«, flüsterte er, als Achmed sich neben ihn kniete. Er schüttelte den Kopf, als der König ihm den Wasserschlauch anbot, kreuzte die Arme über den Knien und ließ den Kopf darauf sinken.

Achmed stand auf und schaute sich noch einmal um. Das Loritorium wies ungefähr die Größe des Marktplatzes der ehemaligen Hauptstadt von Canrif auf, einer Stadt, die zwischen den Klippen und der Basis der Wachberge am Westrand der Zahnfelsen erbaut worden war. Jetzt arbeiteten die Bolg fieberhaft daran, die Pracht wieder herzustellen, die ihr in der cymrischen Blütezeit zu Eigen gewesen war. Selbst im Zerfall waren die geniale Anlage und die Kunstfertigkeit der Gestaltung noch deutlich sichtbar.

Noch beeindruckender jedoch waren Anlage und Gestaltung des Loritoriums. Hätte Gwylliam die Gelegenheit gehabt, es zu vollenden, wäre es sein Meisterstück geworden. Wie die meisten Bauwerke, die Gwylliam entworfen hatte, hatte auch das Loritorium die Form eines gigantischen Sechsecks, in präzisen Proportionen aus dem Berg gehauen. In einer Höhe von mehr als hundert Fuß berührten die Marmorwände das Deckengewölbe. Der Boden bestand aus glatt poliertem Marmor mit Mosaiken, deren Farben in den flackernden Schatten schimmerten. Im Zentrum der Decke war ein dunkles Loch, das Achmed im Fackelschein nur notdürftig erkennen konnte.

Die Wege durch das Loritorium waren mit wunderschön geformten Steinbänken gesäumt und wurden von halbhohen Wänden begrenzt, aus denen in Abständen von wenigen Metern aus Messing und Glas gearbeitete Laternenpfähle ragten. Die Abschlusssteine der Mäuerchen waren zwischen den Pfosten mit Vertiefungen versehen, flache Rillen mit uralten dunklen Flecken, die von einer dicken öligen Substanz zu stammen schienen.

Auf der anderen Seite des Loritoriums ragten zwei große Bauwerke aus dem Dunkel, gleich groß und auch identisch geformt, mit mächtigen Türen, kunstvoll aus Rysin geschmiedet, einem seltenen Metall, das im Fackellicht metallisch blaugrün schimmerte. Achmed erkannte sie sogleich aus den Plänen als Bibliothek und Prophetorium wieder – Orte, die Gwylliam zur Verwahrung seiner wertvollsten Bücher und Schriftstücke vorgesehen hatte. Die Bibliothek sollte alle Schriften über altes Wissen beherbergen, während im Prophetorium alle Unterlagen über Prophezeiungen und andere dem Menschen bekannte Weissagungen aufbewahrt wurden. Beide waren demnach Lagerstätten uralten Wissens.

Achmed wandte sich seinem Freund zu. »Geht es dir gut? Bist du wieder bei Kräften?«, fragte er den riesigen Sergeanten.

Grunthor schüttelte den Kopf. »Wenn es dir recht ist, Herr, dann würd ich mich ganz gern ein bisschen hier ausruhen.«

Achmed nickte. »Ich werde mich ein wenig umsehen, aber ich komme bald wieder zurück.« Mit einer schwachen Handbewegung bekundete Grunthor ihm sein Einverständnis, streckte sich dann im Schutt auf dem Marmorboden aus, ächzte und schloss die Augen.

Der Firbolg-König betrachtete seinen Freund, bis er sich vergewissert hatte, dass dieser sich gänzlich von der Erde getrennt hatte und ohne Schwierigkeiten atmen konnte. Dann überprüfte er die Fackel – sie hatte fast nichts von ihrem Brennstoff verzehrt, sondern loderte noch immer hell, als wäre sie ganz erpicht darauf, an diesem Ort voll altehrwürdiger Magie das Dunkel zu erleuchten.

Achmed ließ seinen Tornister und seine Waffen bis auf zwei Zwillingsdolche, die Rhapsody ihm zu seiner Krönung geschenkt hatte, zu Boden gleiten; sie hatte sie auf einer ihrer Entdeckungsreisen in den Berg ein paar Monate zuvor gefunden. Er untersuchte sie rasch; sie waren aus einem uralten, nicht rostenden Metall gefertigt, dessen Name niemand mehr kannte und das die Cymrer für das Gebälk von Häusern und für Schiffsrümpfe verwendet hatten. Achmed steckte sich den einen Dolch in die Scheide am Handgelenk und behielt den anderen in der Hand; so machte er sich leise auf den Weg durch die verlassene Stadt.

Hohl hallten seine Schritte durch die Gässchen und hinauf zu der gewölbten Decke, obwohl er sich oben auf der Welt meistens lautlos fortbewegen konnte. In dem vergeblichen Versuch, leise zu sein, ging er langsamer, aber es half nicht viel. In der schweren Luft der neu geöffneten Höhle klang jedes Geräusch um ein Vielfaches lauter. Achmed konnte sich des Eindrucks nicht erwehren, dass der Ort allzu lange keine Gesellschaft gehabt hatte und es jetzt nach Kräften auskostete.

Als er das Zentrum des Sechsecks erreichte, blieb er stehen. Hier in der Mitte des Loritoriums schien einst ein kleiner Garten gewesen zu sein, mit einem riesigen trockenen Brunnen, dessen großes glänzendes Becken von einem Kreis aus Marmorbänken umgeben war. In dem ansonsten trockenen Becken des Brunnens stand eine kleine Pfütze einer schimmernden Flüssigkeit, dick wie Quecksilber. Über der Öffnung, aus der sicherlich früher das Wasser gekommen war, lag ein schwerer Brocken Vulkangestein.

Von diesem zentralen Punkt aus hatte man einen hervorragenden Blick über das Loritorium. Achmed sah sich um. Hier und dort standen in den schmalen Gassen weitere Pfützen mit der dickflüssigen, silbrigen Substanz, die im Fackellicht glitzerte. Achmed streckte die Hand über die Lache im Brunnenbecken, zog sie aber blitzschnell wieder zurück, denn von der Flüssigkeit gingen heftige Schwingungen aus, ein Zeichen großer Macht, die er nicht kannte, die seine Finger und seine

Haut aber mit ihrer konzentrierten Reinheit zum Prickeln brachte. Schließlich riss er sich von den Leuchtpfützen los und nahm den Rest des Platzes in Augenschein.

Am nördlichen, südlichen, östlichen und westlichen Punkt des Platzes waren vier altarartige Gebilde aufgebaut. Achmed erinnerte sich, in Gwylliams Plänen Zeichnungen davon gesehen zu haben. Allem Anschein nach handelte es sich um die Gehäuse, in denen das aufbewahrt werden sollte, was Gwylliam als Erlauchte Reliquien bezeichnet hatte, Gegenstände aus der alten Welt, die eine ganz besondere Bedeutung und eine Verbindung zu den fünf Elementen besaßen. Achmed fluchte vor sich hin. Er hatte das Manuskript, in dem die Beschreibungen dieser Reliquien enthalten waren, nicht vollkommen verstanden, und Rhapsody war aufgebrochen, bevor sie die Schriftrolle hatte studieren und ihm erklären können.

Vorsichtig ging er um den Brunnen herum und näherte sich dem ersten Gehäuse. Es hatte die Form einer Marmorschale auf einem Podest, ähnlich wie ein Vogelbad, eingeschlossen in einen großen rechteckigen Block aus klarem Stein, größer als Grunthor. Achmed bekam eine Gänsehaut, als er die tödliche Schlagfalle erkannte, die in die Basis des Steinquaders eingelassen war. Die anderen Altäre schienen ebenfalls mit Sicherungsmechanismen und anderen Schutzvorrichtungen versehen zu sein, um zu verhindern, dass jemand sie wegschaffte.

Unter gewöhnlichen Umständen war Achmed ein großer Freund von gut durchdachten Schutzvorrichtungen, aber jetzt ärgerte er sich. Noch bevor er das Loritorium hatte vollenden können, hatte Gwylliam so unter Verfolgungswahn gelitten, dass er einige der höheren Ziele in den Wind geschlagen hatte, die ihm ursprünglich vorgeschwebt hatten. Statt es zu einem Sitz der Gelehrsamkeit zu machen, wo umfassendes, freies Wissen angestrebt werden konnte, wie er es bei seinen ersten Entwürfen beabsichtigt hatte, schien es so, als wäre Gwylliam plötzlich neidisch geworden auf die Macht, die er hier zu bewahren gedacht hatte. Er hatte seinen Handwerkern befohlen, die Kunstfertigkeit, welche die kleine Stadt zu einem Paradestück der Architektur hatte machen sollen, zugunsten des Baus von ausgeklügelten Fallen und Sicherheitsmechanismen aufzugeben, die sie vor einem Angriff hatten schützen sollen. Was war wohl in diesen Gehäusen aufbewahrt worden?

Doch noch während er über diese Frage grübelte, schreckte ihn ein Grauen erregender Schrei Grunthors aus seinen Gedanken.

7

»Möchtest du meinen Hort sehen, Hübsche?«

»Ja«, antwortete Rhapsody. Sie hatte sich noch nicht ganz von ihrer anfänglichen Angst erholt, sie könnte ihr Herz an den Drachen verlieren. Bisher schien alles gut zu verlaufen; Elynsynos hatte sie in keiner Weise einzuschränken versucht. Doch der eigentliche Test würde erst kommen, wenn es Zeit wäre zu gehen. »Es wäre mir eine Ehre.«

»Dann komm.«

Das gigantische Tier hievte sich aus dem übel riechenden Wasser im Becken der Höhle und drehte sich herum. Um der Drachenfrau nicht im Weg zu stehen, drückte sich Rhapsody fest gegen die Höhlenwand, was sich jedoch als unnötig erwies. Elynsynos war weit beweglicher, als Rhapsody es sich hätte träumen lassen – es hatte fast den Anschein, als besäße sie keine Substanz. Mit graziösen, geschmeidigen Bewegungen wandte sie sich innerhalb weniger Sekunden um, sodass ihr riesenhafter Kopf jetzt ins Innere der Höhle wies. Sie wartete, bis Rhapsody neben sie trat, und ging dann voraus in die Dunkelheit hinein.

Nachdem sie eine Weile hinabgestiegen waren, vollführte der höhlenartige Gang eine Biegung nach Westen. Auf dem Grund des Tunnels erkannte Rhapsody einen schwachen Glanz, wie das Licht einer fernen Feuersbrunst. Während sie weitergingen, wurden die dunklen Höhlenwände heller und reflektierten das Glühen des Tunnels vor ihnen. Auch die Luft veränderte sich; aber statt dumpfer zu werden, wie Rhapsody es erwartet hatte, wurde sie frischer und bekam einen salzigen Beigeschmack. Rasch wurde ihr klar, dass es sich um den Geruch des Meeres handelte.

Auf einmal wurde das Licht blendend hell, und Elynsynos blieb stehen. »Geh du voraus, Hübsche«, meinte sie und schubste Rhapsody mit der Stirn vorwärts. Rhapsody gehorchte und ging langsam auf das Glühen zu, kniff aber die Augen zusammen, denn das Licht hatte ihr anfangs wehgetan. Außerdem streckte sie eine Hand vor sich aus, in der Hoffnung, damit sowohl ihr Gesicht zu schützen, als auch zu vermeiden, dass sie blind gegen etwas prallte.

Schon bald aber hatten sich ihre Augen an das Licht gewöhnt, und sie sah, dass sie sich in einer geräumigen Höhle befand, fast halb so groß wie die Grotte, in der Elysians See lag. Das blendende Licht ging von sechs riesigen Kronleuchtern aus, jeder groß genug, dass er mit seinen tausend kerzenlosen Flammen den Ballsaal eines Palastes hätte erhellen können. Das Licht der Kronleuchter wiederum spiegelte sich in Massen anderer glitzernder Gegenstände, mehr als Rhapsody sich je hätte vorstellen und niemals hätte zählen können, Berge von Edelsteinen in jeder Farbe des Regenbogens, Berge schimmernder Münzen aus Gold, Kupfer, Silber, Platin und Rysin, dem seltenen grünblauen Metall, das von den Nain der alten Welt im Hochland von Serendair gewonnen wurde.

Die Kronleuchter waren aus den Steuerrädern tausender Schiffe gefertigt, die Münzen in Schiffstruhen und in großen Segeln aufgehäuft, die an Tauen hingen. Überall in der Höhle waren beschädigte Schiffskiele und Decks aufgebaut, Anker, Masten und einige salzverkrustete Galionsfiguren, von denen eine Rhapsody erstaunlich ähnlich sah.

Im Zentrum der großen Höhle befand sich eine Salzwasserlagune, mit Wellen, die sanft ans schlammige Ufer plätscherten. Rhapsody ging hinunter zum Wasser und bückte sich, um den Sand zu berühren. Als sie ihre Finger betrachtete, sah sie, dass in dem Sand Spuren von Gold waren.

Sie blickte über die Lagune, in der Felsen mit noch mehr Schätzen beladen waren: die goldene Statue einer Seejungfrau mit Augen aus Smaragden und einem Schwanz, der aus einzeln geschliffenen Schuppen aus polierter Jade gefertigt war, ferner kunstvoll gearbeitete Perlen und ein großer Bronze-Dreizack mit einer abgebrochenen Spitze. An einer geschützten Stelle standen eine Unzahl von Globen, die kugelförmigen Landkarten, die sie bei Llauron gesehen hatte, Tabellen, nautische Pläne und Schiffsinstrumente – Kompasse, kleine Fernrohre und Sextanten, Rollen und Ruderpinnen, Kisten mit Logbüchern. Es war ein regelrechtes Schifffahrtsmuseum.

»Gefällt dir mein Hort?« Die harmonische Stimme hallte in der großen Höhle wider, und auf dem Wasser der Lagune änderten die Wellen ihr Muster. Rhapsody wandte sich zu der Drachin um, deren Regenbogenaugen in unverhohlener Erregung glitzerten.

»Ja«, antwortete Rhapsody mit ehrfürchtiger Stimme. »Er ist unglaublich. Er ist, nun, er ist ...« Ihr fehlten die Worte. »Das ist der schönste Hort, den ich jemals gesehen habe.«

Elynsynos lachte vor Freude, ein Laut, wie ihn Rhapsody noch nie gehört hatte, höher und dünner, als die gigantische Größe der Drachin es je nahe gelegt hätte, mit einem Glockenklang, der in Rhapsodys Knochen vibrierte. »Gut, ich bin froh, dass du ihn magst«, sagte sie. »Nun komm hierher. Ich möchte dir etwas geben.«

Rhapsody blinzelte erstaunt. Alles, was sie je über Drachen gehört hatte, hatte stets darauf bestanden, dass die Tiere habgierig waren und ihren Hort eifersüchtig hüteten. In der alten Welt hatte sie die Legende von einem Drachen gehört, der fünf Städte und mehrere Dörfer in Schutt und Asche gelegt hatte, nur um eine einfache Zinntasse wiederzugewinnen, die jemand aus Versehen aus seinem Hort mitgenommen hatte. Und nun bot ihr die Matriarchin der Wyrmer und der ganzen Wyrmrasse, Elynsynos höchstpersönlich, ein Geschenk aus ihrem Hort an. Rhapsody war unsicher, wie sie darauf reagieren sollte, folgte der Drachin jedoch über Berge von Winden, Glocken, Rudern und Ruderdollen.

Auf der anderen Seite befand sich ein großes Netz, festgehalten von einer tief in der Felswand steckenden Harpune. Rhapsody schauderte bei dem Gedanken, welche Kraft nötig war, um die Spitze so tief in den Stein zu treiben. Mit ausgestreckter Klaue wühlte Elynsynos in der Ausbuchtung des Netzes und zog schließlich eine Wachsholz-Laute heraus, wunderschön poliert und so neu, als wäre sie soeben erst gefertigt worden. Die Drachin schlang ihren Schwanz um das Instrument, hob es aus dem Netz und hielt es Rhapsody entgegen.

Staunend nahm die Sängerin die Laute in Empfang und drehte sie in den Händen hin und her. Sie war in makellosem Zustand, obwohl sie eine unbekannte Zeit der Salzluft und dem Wasser ausgesetzt gewesen war. »Möchtest du, dass ich dir etwas vorspiele?«, fragte sie die Drachin.

Die schimmernden Augen blinzelten. »Selbstverständlich. Warum sonst hätte ich sie dir geben sollen?«

So nahm Rhapsody auf einem umgedrehten Ruderboot Platz und stimmte die Laute, zitternd vor Aufregung.

»Was möchtest du gern hören?«

»Kennst du Lieder vom Meer?«

»Ein paar.«

»Und stammen sie aus der Heimat, aus der alten Welt?«, fragte die Drachin.

Rhapsody spürte, wie ihr Herz einen Schlag aussetzte. So weit sie sich erinnern konnte, hatte sie Elynsynos nichts von ihrer Herkunft offenbart. Die Drachin lächelte und entblößte dabei schwertartige Zähne.

»Überrascht es dich, dass ich weiß, wo du herkommst, Hübsche?«

»Eigentlich nicht«, gab Rhapsody zu. Sie konnte sich kaum etwas vorstellen, was außerhalb der Macht des Drachen lag.

»Warum hast du Angst, darüber zu sprechen?«

»Ich weiß es nicht. Die anderen Leute in diesem Land scheinen alle so neugierig darauf zu sein, woher ich komme, aber wenn es um ihre eigene Herkunft geht, sind sie extrem zurückhaltend. Wenn jemand Cymrer ist, bedeutet das anscheinend, dass er Geheimhaltung geschworen hat, als wäre die cymrische Herkunft etwas, dessen man sich schämen muss.«

Die Drachin nickte verständnisvoll. »Der Mann da draußen, der dich hergebracht hat – er wollte auch wissen, ob du Cymrerin bist, nicht wahr?«

»Ja.«

Die Drachin lachte. »Du kannst es ihm ruhig sagen, Hübsche. Er weiß es bereits. Es ist unverkennbar.«

Rhapsody merkte, wie ihr die Röte in die Wangen stieg. »Wirklich?«

»Ich fürchte, ja, Hübsche. Du hast Feuer, Zeit und Musik in dir. Angeborenes Wissen ist ein sicheres Zeichen für eine cymrische Abstammung – keine andere menschliche Art hat es.« Sie legte den Kopf schief, als Rhapsody die Augen niederschlug. »Warum macht dich das traurig?«

»Ich weiß nicht. Ich glaube, es kommt daher, dass die Cymrer hier anscheinend nicht ehrlich sein können, vor allem nicht sich selbst gegenüber.«

»Auch das ist Anwyns Schuld«, sagte Elynsynos, und ein hässlicher Unterton schlich sich in ihre Stimme. »Dafür ist sie verantwortlich. Sie hat in die Vergangenheit zurückgegriffen und ihr Macht verliehen. Sie war das.« Die elektrische Spannung war in die Luft zurückgekehrt.

»Welche Macht?«

»Die böse Macht; der F'dor.«

Plötzlich füllte das Pochen ihres Herzens Rhapsodys Ohren. »Was meinst du damit, Elynsynos? Gab es hier in diesem Land einen F'dor-Geist? Bist du sicher?«

Elynsynos' Augen glühten vor Hass. »Ja. Es war ein Dämon aus der alten Welt, schwach und hilflos, als er kam, aber seine Macht mehrte sich rasch.« Die Nasenflügel der Drachin blähten sich bedrohlich. »Anwyn wusste es, sie weiß alles, was in der Vergangenheit geschehen ist. Sie hätte den Dämon vernichten können, aber stattdessen hat sie ihm mein Land geöffnet, weil sie dachte, er könnte ihr eines Tages von Nutzen sein. Und so war es auch. Sie ist böse, Hübsche. Sie hat den Dämon leben lassen, obwohl sie wusste, wessen er fähig ist. Wie derjenige, der mir meine Liebe weggenommen hat. Meine Liebe ist nicht zurückgekommen, nie mehr.« Die Luft im Raum lud sich immer mehr auf, und Rhapsody hörte, wie vor der Höhle Donner grollte. Die der Drachin eingeborene Verbindung mit den Elementen machte sich eindrucksvoll bemerkbar.

»Merithyn?«, fragte sie leise.

Beim Klang des Namens hörte das Summen auf, und die Drachin blinzelte wieder, um die Tränen zurückzuhalten.

»Ja.«

»Es tut mir Leid, Elynsynos. Es tut mir so Leid.«

Rhapsody streckte die Hand aus und streichelte die riesenhafte Vordertatze der Drachin, strich mit der Hand sanft über die Millionen winziger Schuppen. Die Haut des Tiers war kühl und feucht wie Nebel; Rhapsody hatte kurz das Gefühl, als tauchte sie die Hand in einen brausenden Wasserfall. Der Körper der Drachin war einerseits fest, andererseits aber seltsam flüchtig, als wäre ihre Masse kein Fleisch, sondern etwas, was nur durch ihre Willenskraft entstand. Rasch zog Rhapsody die Hand zurück, denn sie fürchtete sich vor dem Sog.

»Die See hat ihn geholt«, sagte die Drachenfrau traurig. »Er schläft nicht in der Erde. Wenn er es täte, würde ich für ihn singen. Wie kann er ewig schlafen, wenn er dazu verdammt ist, das endlose Tosen der Wogen zu hören? Er wird niemals Frieden finden.« Eine riesige Träne rollte über die Schuppen ihres Gesichts und zerschellte auf dem Höhlenboden, sodass der goldene Sand glitzerte.

»Er war ein Seefahrer«, erwiderte Rhapsody, ehe sie sich zur Vorsicht mahnen konnte. »Seeleute finden ihren Frieden im Meer, genau wie Lirin ihn im Wind unter den Sternen finden. Durch das Feuer übergeben wir unseren Körper dem Wind, nicht der Erde, genau wie Seeleute ihn dem Meer überantworten. Der Schlüssel zum Frieden liegt nicht dort, wo der Körper ruht, sondern wo das Herz bleibt. Mein Großvater war Seemann, Elynsynos, das hat er mir gesagt. Merithyns Liebe ist hier, hier bei dir.« Sie blickte auf die Vielfalt von Meeresschätzen, welche die Höhle füllten. »Ich bin sicher, dass er hier zu Hause ist.«

Elynsynos schniefte und nickte dann.

»Wo bleibt mein Meerlied?«, wollte sie wissen.

Ihr Ton ließ Rhapsody frösteln. Eilig stimmte sie die Laute nach und begann leise ein einfaches Seemannslied zu summen. Die Drachenfrau seufzte, und ihr warmer Atem war wie ein heißer Wind, der Rhapsodys Haar zerzauste und sie vor Angst, sie könnten verbrennen, die Augen schließen ließ. Die Lautensaiten wurden heiß, und sie musste sich konzentrieren, um mit Hilfe ihres Wissens das Feuer in ihre Fingerspitzen zu leiten und so zu verhindern, dass die Saiten Feuer fingen und die Laute verbrannte.

Elynsynos legte den Kopf auf den Boden, schloss die Augen und atmete die Musik ein, die Rhapsody spielte und sang. Sie sang alle Seemannslieder, die sie kannte, und achtete nicht auf die Riesentränen, die ihre Kleider durchweichten und ihre Stiefel nass machten, denn sie wusste, wie gut es tat zu weinen, um den Schmerz wegzuschwemmen; manchmal wünschte sie sich, das auch zu können. Der Text der meisten Lieder war auf Altcymrisch, ein paar waren auf Altlirin; Elynsynos verstand beide Sprachen, aber sie kümmerte sich ohnehin nicht viel um die Worte.

Rhapsody wusste nicht, wie viele Stunden sie gesungen hatte, bis ihr Vorrat an Seemanns- und anderen Meeresliedern erschöpft war. Sie ließ die Laute sinken und beugte sich vor, die Ellbogen auf die Knie gestützt.

»Elynsynos, singst du auch etwas für mich?«

Langsam öffnete sich ein großes Auge, dann das andere. »Warum möchtest du das, Hübsche?«

»Bitte. Sing für mich.«

Die Drachenfrau schloss wieder die Augen. Einen Atemzug später hörte Rhapsody, wie das Schlagen der Wellen in der Lagune einen anderen Rhythmus annahm, seltsam klickend, wie das Pochen eines dreikämmrigen Herzens. Im Höhleneingang pfiff der Wind, blies mit unterschiedlicher Kraft über die Öffnung und produzierte verschiedene Töne. Der Boden unter dem Boot, auf dem Rhapsody saß, bebte angenehm, sodass die Münzen in den Truhen klimperten und die metallenen Schiffsinstrumente schwangen und gegeneinander schlugen. *Ein Elementarlied*, dachte Rhapsody fasziniert.

Aus der Kehle der Drachenfrau drang ein Krächzen, ein hoher, dünner Laut, der Rhapsody einen Schauder über den Rücken jagte. Es klang wie das Pfeifen eines schnarchenden Bettgefährten, begleitet von tiefem Grunzen und unregelmäßigem Zischen. Das Lied ging in ein ausuferndes Zwischenspiel über; am Ende war Rhapsody atemlos. Als sie die Fassung wieder gewonnen hatte, applaudierte sie höflich.

»Hat es dir gefallen, Hübsche? Ja? Das freut mich.«

»Haben dir die cymrischen Lieder auch gefallen, Elynsynos?«

»O ja. Weißt du, du solltest sie zu deinem Hort machen.«

Bei dem Gedanken musste Rhapsody lächeln. »Nun, in gewisser Hinsicht sind sie es schon. Die Lieder und meine Instrumente. Zu Hause habe ich eine ganze Menge davon. Die Musik und mein Garten, wahrscheinlich ist das mein Schatz. Und meine Kleider – das würde zumindest eine meiner Freundinnen sagen.«

Das große Schlangentier schüttelte den Kopf und wirbelte dabei eine Sandwolke auf, die sich vom Boden erhob und Rhapsody für einen Augenblick blind machte. »Nicht die Musik, Hübsche. Die Cymrer.«

»Wie bitte?«

»Du solltest die Cymrer zu deinem Schatz machen, genau wie Anwyn es getan hat. Sie würden auf dich hören, Hübsche. Du könntest sie wieder vereinen.«

»Dein Enkel hat das gleiche Ziel«, entgegnete Rhapsody zögernd. »Llauron möchte sie ebenfalls wieder vereinen.«

Elynsynos schnaubte, wobei sie eine Dampfwolke über Rhapsody und die Lagune ausstieß. »Auf Llauron wird niemand hören. Er hat sich auf Anwyns Seite geschlagen, das werden sie ihm nicht verzeihen. Nein, Hübsche, aber auf dich werden sie hören. Du singst so schön, und deine Augen sind so grün. Du solltest sie zu deinem Hort machen.«

Rhapsody lächelte vor sich hin. Trotz all ihrer uralten Weisheit verstand Elynsynos das Konzept von sozialer Schicht und von Erbfolge offensichtlich nicht. »Was ist mit deinem anderen Enkel?«

»Mit welchem der anderen Enkel?«

Überrascht riss Rhapsody die Augen auf. »Hast du mehr als noch einen?«

»Anwyn und Gwylliam hatten drei Söhne vor dem Schweren Schlag, dem Gewaltakt, der den Krieg auslöste«, antwortete die Drachenfrau. »Anwyn wählte die Zeit, in der sie ihre Kinder trug, denn die erstgeborenen Rassen können wie die Drachen ihre Fortpflanzung selbst bestimmen. Zum größten Teil hat sie eine gute Wahl getroffen. Der Älteste, Edwyn Griffyth, ist mein Liebling, aber ich habe ihn zum letzten Mal gesehen, als er noch ein junger Mann war. Er ist auf die See hinausgefahren, angewidert von seinen Eltern und ihrem Krieg.«

»Wer ist der andere? Er wird in den Schriften nirgendwo erwähnt.«

»Anborn war der Jüngste. Er unterstützte seinen Vater, bis auch er es nicht mehr aushalten konnte. Schließlich ertrug auch Llauron Anwyns Blutdurst nicht mehr und fuhr ebenfalls zur See. Aber Anborn blieb und versuchte, die Übeltaten, die er den Nachfolgern seiner Mutter angetan hatte, zu rächen.«

Rhapsody nickte. »Mir war nicht klar, dass Anborn der Sohn von Anwyn und Gwylliam war, aber ich denke, es ist einleuchtend.« Sie dachte an den General mit dem wütenden Gesicht, die schwarze Rüstung mit Silberringen durchsetzt, die azurblauen Augen zornig vom Rücken seines schwarzen Schlachtrosses herabfunkelnd. »Meine Freunde und ich sind ihm im Wald begegnet, auf dem Weg zu Herzog Stephen Navarne, und sein Name wurde in einem Buch erwähnt, das wir im Haus der Erinnerungen gefunden haben.«

»Deine Freunde – ihr seid zu dritt?«

»Ja, warum?«

Die Drachin lächelte. »Auch das ist einleuchtend.« Doch sie führte ihre Bemerkung nicht weiter aus. »Warum wart ihr im Haus der Erinnerungen?«

Rhapsody gähnte; auf einmal merkte sie, wie erschöpft sie war. »Ich würde es dir gern erzählen, Elynsynos, aber ich fürchte, ich kann meine Augen nicht mehr lange offen halten.«

»Komm hierher zu mir«, sagte die Drachin. »Ich werde dich in den Schlaf wiegen, Hübsche, und deine schlechten Träume von dir fern halten.« Rhapsody sprang von dem Ruderboot herunter und überließ sich Elynsynos' Armen ohne jede Furcht. Sie setzte sich und lehnte sich an sie, spürte die glatten Kupferschuppen und die Hitze ihres Atems. Ihr kam nicht einmal in den Sinn, dass die Situation etwas Sonderbares an sich hatte.

Elynsynos streckte eine Klaue aus und strich mit unendlicher Zärtlichkeit eine Haarsträhne aus Rhapsodys Stirn. Dann summte sie eine seltsame Melodie und bewegte die Armbeuge wiegend hin und her, während sie Rhapsody vom Boden hob.

»Ich habe geträumt, du hättest mich gerettet, Elynsynos, du hast mich in die Arme genommen, als ich in Gefahr schwebte«, sagte Rhapsody schläfrig.

Elynsynos lächelte, als die kleine Lirin-Frau in ihren Armen einschlief. Sie legte ihren Kopf ganz nahe an Rhapsodys Ohr, aber sie wusste, dass die Sängerin sie ohnehin nicht hören würde.

»Nein, Hübsche, das war nicht ich in deinem Traum.«

8

Er bekam keine Luft und konnte die Augen in der sengenden Hitze nicht länger offen halten. Beißender Rauch füllte die Höhle bis hinauf zur Decke und presste alles Leben aus seiner Lunge. Grunthor schlug wild mit den Armen um sich, um sich der Asche zu erwehren, aber die panische Bewegung machte das Atmen nur noch schwerer.

Um ihn herum entzündete sich die übel riechende Luft und loderte in hellen Flammen auf. Der Riese bedeckte die Augen und versuchte, die glühende Asche aus seiner Lunge zu husten, sog das Zeug aber nur noch tiefer in seine Brust hinein. Mühsam kam er auf die Beine, hielt den Atem an und stolperte dann blind vorwärts, verzweifelt nach dem Tunnel tastend, von dem er wusste, dass er sich irgendwo vor ihm in der rauchgeschwängerten Luft befand.

Er strauchelte über etwas Weiches und schauderte, als er unter seinen Füßen Knochen bersten fühlte und erstickte Schreie hörte. Überall um ihn herum torkelten Gestalten, drängten und schubsten in dem verzweifelten Bemühen, an die Luft zu gelangen. Grunthor hatte sie nicht aus den stillen Gebäuden des Loritoriums kommen sehen; er hatte versucht, wieder zu Kräften zu kommen, und war eingenickt, als die Welt ringsum in einer wogenden Wolke aus beißendem Qualm zusammenstürzte. Die anderen nahm er nur verschwommen wahr: eine große Menschenmenge, die in Panik vorwärts drängte, den Ausgang blockierte und in der verpesteten Luft nach Atem rang, genau wie er selbst.

Vor seinen Augen wirbelte schwarzer Nebel; einer, der mit ihm davonrannte, packte ihn am Oberarm und rief ihm etwas zu, was er aber nicht verstand. Keuchend und mit letzter Kraft schüttelte er den Mann ab, sodass dieser gegen die einstürzende Wand prallte. Dann stolperte Grunthor weiter, versuchte aber, möglichst flach zu atmen. Sein Sehvermögen nahm rapide ab.

Es dauerte einen Augenblick, bis die Welt aufhörte, sich zu drehen. Achmed packte sich an den Kopf und stand schwankend auf, von dem Aufprall noch ganz unsicher auf den Beinen. Grunthors Reaktion hatte ihn unerwartet getroffen. An dem hektischen Glanz in den bernsteinfarbenen Augen des Riesen konnte er erkennen, dass der Sergeant nicht ganz bei sich und anscheinend in Panik war, aber Achmed hatte trotzdem nicht erwartet, quer über die Gasse und gegen einen Laternenpfahl geschleudert zu werden.

»Grunthor!«, rief er abermals, aber der große Bolg hörte ihn nicht, sondern fuchtelte weiter in der Luft herum und torkelte durch die leeren Gassen des Loritoriums, in einen erbitterten Kampf mit einem unsichtbaren Dämon verstrickt. Er kämpfte wie ein wilder Stier, aber Achmed gewann den Eindruck, dass sein Freund dabei war, das Gefecht zu verlieren.

Achmed suchte Halt an dem Mäuerchen, und seine Finger berührten die ölige Substanz in der Rille, welche die Mauer durchzog. Gedankenabwesend nahm er den starken Geruch zur Kenntnis, der ihn an brennendes Harz erinnerte. Dann rannte er Grunthor nach, die Gasse hinunter in Richtung des kleinen Parks im Zentrum.

Der Riese war inzwischen auf Hände und Knie gesunken und rang nach Atem. Achmed näherte sich ihm vorsichtig, aber Grunthor schien ihn nicht zu hören. Wild schwang er die Arme zur Seite, als versuchte er, keuchend vor Anstrengung, einen unsichtbaren Gang freizuschaufeln. Er kroch über eine der Bänke, die einen Kreis um den schimmernden Brunnen bildeten, und bog dann in südwestlicher Richtung ab. Seine olivfarbene Haut hatte ein erschreckend intensives Purpurrot angenommen.

Gerade als Achmed ihn einholte, wurde Grunthors Gesicht plötzlich leer und entspannte sich. Seine Augen klärten sich und wurden weit, dann wandte sich der Riese langsam nach Süden, als hörte er jemanden seinen Namen rufen. Achmed sah zu, wie sein Sergeant sich aufrichtete und durch den kleinen Garten schritt, einem Ruf folgend, den nur er vernehmen konnte.

Als er den Fuß eines der altarartigen Gebilde erreichte, sank Grunthor auf die Knie, beugte sich vor und legte den Kopf auf den Altar.

Durch den ganzen Tumult hindurch hörte Grunthor es läuten wie von einer Glocke in einer windstillen Nacht. Das Chaos und der Qualm verzogen sich innerhalb eines Augenblicks, sodass nur der klare, süße Ton zurückblieb, ein Klang, der sein Herz durchdrang und dort widerhallte. Es war das Lied der Erde, das leise, melodische Summen, das in seinem Blut ertönte, seit er es zum ersten Mal gehört hatte, tief unten im Bauch der Welt. Und es erklang für ihn allein.

Grunthor fühlte, wie die albtraumhafte Todesvision von ihm abfiel wie Wassertropfen. Das Brennen in seinen Lungen ließ nach, er erhob sich und folgte der Musik, die ihn durchdrang.

Sie kam aus einer einzigen Quelle, eindeutig lauter als die stets gegenwärtige Melodie am Rande seines Bewusstseins. Wärme durchflutete seine Haut und prickelte wie damals, vor langer Zeit, als er aus dem Feuer im Herzen der Welt getreten war. Da war es wieder, dieses Gefühl rückhaltloser, liebender Bejahung, das er damals verspürt hatte. Bis zu diesem Zeitpunkt war ihm nicht bewusst gewesen, wie sehr er es vermisst hatte.

Seine Sicht wurde klarer, als er sich der Quelle näherte, die sich von allem anderen abhob, als wäre der ganze Rest der Welt in Vergessenheit geraten. Am entgegengesetzten Ende des zentralen Platzes stand ein Gebilde in Form eines Altars, ein Block Lebendigen Gesteins. Noch nie zuvor hatte Grunthor Lebendiges Gestein gesehen, aber Herzog Stephen hatte es im cymrischen Museum erwähnt, als er über die fünf Basiliken gesprochen hatte, welche die Cymrer erbaut und den Elementen gewidmet hätten.

Das ist die einzige nicht-orlandische Basilika, die Kirche des Allgottes in Gestalt der Erde, genannt Terreanfor, was Herr der Erde bedeutet. Die Basilika ist in den Hang des Nachtbergs eingegraben worden. Selbst bei Tag fällt kein einziger Lichtstrahl auf ihre Mauern, geschweige denn ins Innere. Obwohl Sorbold eine Diözese unserer Kirche und dem Glauben an den Allgott verschrieben ist, sind dort noch Reste der alten sorboldischen Religion aus heidnischen Tagen wirksam. Man glaubt, dass Teile der Erdkruste nach wie vor lebendig sind und dass der Nachtberg einer dieser so genannten Orte des Lebendigen Gesteins ist. Immer wieder neu geweiht wird die Basilika nach dieser Vorstellung durch die fortwährende Rotation der Erde. Ich bin selbst schon einmal dort gewesen und kann den Leuten von Sorbold nachempfinden: Es ist wirklich ein zutiefst magischer Ort.

Ein zutiefst magischer Ort. Grunthor blieb vor dem Altar aus Lebendigem Gestein stehen und musste gegen das schmerzliche Staunen ankämpfen, das ihm die Kehle zuschnürte. Von dem riesigen Erdblock ging eine Schwingung aus, die mit wortlosem Trost die letzten Reste seiner Panik beschwichtigte. Sie vertrieb den Schmerz, der in seiner Brust gewütet hatte, und erleichterte ihm das Atmen. Ohne irgendwelche Worte zu vernehmen, wusste Grunthor, dass dieser lebendige Altar seinen Namen sprach.

Er kniete davor nieder, mit aller ihm verfügbaren Ehrfurcht, senkte den Kopf und lauschte der Geschichte, die der Altar ihm erzählte. Nach einer Weile blickte er zu Achmed empor. Seine Augen waren klar und voller Trauer.

»Hier in der Nähe ist irgendwas passiert. Irgendwas Furchtbares. Willst du es wagen, noch weiter zu gehen, um herauszufinden, was es war?« Achmed nickte. »Bist du sicher, Herr?«

Der Firbolg-König runzelte die Stirn. »Ja, warum fragst du?«

»Weil die Erde sagt, es war dein Tod, Herr. Du weißt es noch nicht, aber du wirst es erfahren.«

Und wieder erwachte die Großmutter tief in der Erde, weil das Kind zitterte. Ihre alten Augen, die an das schwache Licht in den Höhlen und Gängen der Kolonie gewöhnt waren, suchten aufmerksam die Dunkelheit ab. Dann schwang sie ihre gebrechlichen Beine von der Erdplatte, die ihr als Bett diente, und erhob sich langsam, wobei ihre anmutigen Bewegungen ihr Alter Lügen straften.

Die Lider des Kindes waren geschlossen, aber sie flatterten voller Angst in dem Albtraum, der sich hinter ihren Augen abspielte. Zärtlich berührte die Großmutter die Stirn des Mädchens und holte tief Luft. Aus ihrer obersten Kehlöffnung drang das vertraute Summen, welches das Kind manchmal beruhigen konnte. Als Antwort begann das Mädchen leise vor sich hin zu murmeln. Nun schloss die Großmutter ebenfalls die Augen und hüllte ihr *kirai*, ihre Suchschwingung, um das Kind. Die tiefste ihrer vier Kehlöffnungen formte summend eine Frage.

»Ssssschh, ssschhh, meine Kleine, was beunruhigt dich so? Sag es mir, damit ich dir helfen kann.«

Doch das Kind murmelte nur weiter vor sich hin, das Gesicht angstvoll verzogen. Die Großmutter beobachtete das Mädchen mit gemessener Ruhe. Dieses Mal würde es nicht anders sein als all die anderen Male; die Prophezeiung würde sich auch heute noch nicht erfüllen. Das Kind würde die Worte der Weisheit nicht sprechen, auf welche die Großmutter seit unzähligen Jahrhunderten wartete. Wieder liebkoste sie die glatte graue Stirn und spürte, wie sich die kalte Haut unter ihren langen, empfindsamen Fingern entspannte.

»Schlaf, mein Kind. Ruh dich aus.«

Nach einer Weile seufzte das Kind auf und verfiel in einen tiefen, traumlosen Schlaf. Die Großmutter setzte ihr Summen fort, bis sie sicher war, dass das Schlimmste überstanden war, und starrte in die Finsternis der Höhle hoch über ihr.

Grunthor schraubte den Wasserschlauch wieder zu und gab ihn Achmed zurück. Dann lehnte er sich an den Steinaltar und atmete tief aus, um die letzte Anspannung aus seinen

Lungen zu vertreiben. Der Firbolg-König beobachtete ihn aufmerksam.

»Hast du es jetzt überwunden?«

»Ja.« Grunthor stand auf und klopfte den Sand von seiner Kleidung. »Tut mir ehrlich Leid, Mann.«

Achmed lächelte leicht. »Und nun? Hättest du die Güte, mich ins Bild zu setzen? Was hast du gesehen?«

Grunthor schüttelte ratlos den großen Kopf. »Chaos. Menschenmassen, die in den Tunneln in beißendem Rauch erstickten. Als wäre ich mittendrin. Hat gestunken wie in einem Schmelzofen.«

»Waren es vielleicht die Schmiedwerkstätten?«

»Kann schon sein.« Der Sergeant fuhr sich mit einer Krallenhand durchs Haar. »Aber weiter unten. An einem Ort, den wir nicht kennen. Ich denke, er gehörte zum cymrischen Reich.«

»Meinst du, dass du diesen Ort finden kannst?«

Abwesend nickte Grunthor. Er dachte an Rhapsody und an all die Male, die er sie gehalten hatte, wenn sie im Schlaf um sich geschlagen und mit den Traumdämonen gekämpft hatte, so wie er es eben getan hatte. Bis heute hatte er die Heftigkeit dieser Albdrücke nie verstanden.

Irgendwo im Hinterkopf erinnerte er sich an die Abschiedsworte, die sie ausgetauscht hatten.

Weißt du, ich würde dir jederzeit deine schlimmsten Träume abnehmen, wenn ich könnte, Hoheit.

Ich weiß ... Ich weiß, dass du das tun würdest. Und glaub mir, wenn es in meiner Macht stünde, würde ich dir gern meine schlimmsten Träume überlassen.

Vielleicht hatte sie genau das getan. Vielleicht hatte dieser Scherz ihre Fähigkeiten als Benennerin wachgerufen. Vielleicht hatte ihre so eng mit der Wahrheit verknüpfte Begabung, die Achmeds Namen verändert und ihn aus dem Griff des Dämons befreit hatte, bei ihm unabsichtlich das Gegenteil erreicht und dem, was auch immer ihr im Schlaf und manchmal sogar im Wachen die Visionen übermittelte, Tür und Tor geöffnet. Vielleicht hatte er auch nur die Last eines dieser Albträume für sie getragen. Jetzt vermisste er sie umso mehr.

»Wir werden ziemlich viel graben müssen«, meinte er schließlich. »Aber was die Entfernung angeht, ist es nicht sehr weit. Wenn du bereit bist, Herr, können wir loslegen.«

Eine rasche Untersuchung der Gänge des Loritoriums brachte ihnen eine Bestandsaufnahme der Verteidigungsmechanismen und Fallen ein, die in den Komplex eingebaut worden waren. Staunend schüttelte Grunthor den Kopf.

»Scheint mir ein bisschen viel auf so geringem Raum«, meinte er mit einem leicht verächtlichen Unterton. »Eine gute Explosion von einer Seite zur anderen oder ein rausfallendes Stück Decke hätte doch gereicht. Außerdem hat der Narr nicht mal für einen Fluchtweg gesorgt, wie's aussieht.«

»Möglicherweise hatte Gwylliam längst den Bezug zur Wirklichkeit verloren, als die Bolg damit anfingen, Canrif zu unterwandern«, meinte Achmed, der soeben eine riesige halbkreisförmige Zisterne begutachtete, die in die westliche Bergwand eingelassen war. Mit den Fingerspitzen fuhr er über die breite Rille, die zu einem Steinblock in der Mitte der Zisternenwand führte; dann roch er an den Fingern und zuckte angeekelt zurück. Es war derselbe Geruch, der auch von der dickflüssigen Substanz in den Rinnen bei den Laternenpfählen ausging.

»Das hier muss wohl das Reservoir für das Lampenöl sein«, sagte Achmed zu dem Sergeanten. »In der Handschrift ist erklärt, wie einer von Gwylliams führenden Maurern eine riesige natürliche Quelle von einer öligen Substanz entdeckte, die wie Harz brannte, nur noch heller. Die leitete man in das Lampensystem, damit die Gelehrten Licht zum Lesen hatten.«

»Hat es funktioniert?«

Achmed betrachtete den Steinblock eine Weile nachdenklich, dann sah er sich im Loritorium um. »Das Reservoir befindet sich hinter dieser Zisterne, nicht ganz so weit unten wie wir jetzt. Gwylliam hatte ein System entworfen, bei dem sich das Lampenöl in der Zisterne sammelte, bis sie voll war, und dann in die Rillen auf den Mauern floss. Es stieg weiter in die Röhren in den Laternenpfählen auf, entzündete die Dochte und sorgte für ein ständiges Licht. Die Gewichte in diesem Hauptkanal hier steuern den Ausfluss mit einem Steinstöpsel, der sich automatisch schließt, wenn die Zisterne sich schneller füllt, als die Lampen das Öl verbrennen können, und sich wieder öffnet, wenn der Stand des Öls in den Rillen zurückgeht. So ein Ausgleichssystem ist ziemlich wichtig, denn das Lampenöl ist leicht brennbar, und man braucht immer nur ein kleines bisschen, um die Straße zu beleuchten.«

Achmed wischte sich die Hände an seinem Umhang ab und folgte der Hauptrinne ins Zentrum der kleinen unterirdischen Stadt. Vorsichtig kletterte er in den trockenen Spiegelbrunnen, wobei er jede Berührung mit der glänzenden Silberpfütze tunlichst vermied, fasste an den Hahn des verstopften Brunnens und zog rasch die Hand wieder zurück.

»Das hier war kein Wasserbrunnen, hier brannte ein Feuer von der gleichen Art wie die ewige Flamme der Feuerbasilika in Bethania«, stellte er fest. »Kleiner vielleicht, aber aus derselben Quelle gespeist, direkt aus dem Inferno im Innern der Erde - was übrigens zu den wichtigsten Gebieten von Elementarwissen gehörte, die an diesem Ort erforscht werden sollten. Gwylliam hat es als Quelle benutzt, um sein Beleuchtungssystem zu versorgen, und auch als Heizung.«

»Verdammt!«, brummte Grunthor. »Und weshalb ist es ausgegangen?«

»Ich habe den Verdacht, dass es nicht von selbst ausgegangen ist. Es hat nämlich vielmehr den Anschein, als wäre es gestaut worden, absichtlich oder unabsichtlich. In der Öffnung steckt ein Stück Stein von der Decke. Die Hitze von der Quelle ist noch zu spüren. Hilf mir mal, das Rohr zu öffnen.«

»Vielleicht sollten wir auf Ihre Hoheit warten«, schlug Grunthor vor. »Erstens ärgert sie sich bestimmt ganz furchtbar, wenn wir nicht auf sie warten, wie wir es versprochen haben. Zweitens scheint sie gegen Feuer und all so was immun zu sein und könnte den Pfropf hier vermutlich rausnehmen, ohne sich dabei das Gesicht zu verbrennen. Ich weiß nämlich nich recht, ob das auf dich auch zutrifft, Herr, bei allem Respekt.«

»Jo meint, das könnte durchaus eine Verbesserung sein«, gab Achmed sarkastisch zurück.

»Da würd ich mir mal keine Sorgen machen, Herr. Den Schweinen, mit denen du angeblich rumgemacht hast, war es doch auch egal.«

Achmed lachte leise. »Apropos - du hast Jo doch freigelassen, oder?«

»Jawoll.«

»Gut. Nun, ich denke, ich habe wirklich genug gesehen, bis Rhapsody zurückgekehrt ist. Möchtest du immer noch herausfinden, woher deine Vision kam?«

Grunthor betrachtete ihn ernst. »Eigentlich müsstest eher du das entscheiden. Ich hab dir alles erzählt, was ich gehört hab.«

Achmed nickte. »Tja, wenn ich tatsächlich gestorben bin und noch nichts davon weiß, dann würde ich schon gern herausfinden, was da einst vorgefallen ist. Wo fangen wir an?«

»Hier entlang«, antwortete Grunthor und deutete nach Süden.

Die beiden Bolg packten ihre Sachen zusammen und gingen zur südöstlichen Wand des Loritoriums. Rasch warf Grunthor noch einen letzten Blick auf den wunderschönen Altar aus Lebendigem Gestein; es würde wehtun, ihn zu verlassen. Doch er schluckte, holte tief Luft und drückte sich dann wie zuvor in die Felswand, verschmolz mit dem Gestein und öffnete einen Tunnel vor sich. Achmed wartete, bis kein Geröll mehr fiel, und folgte dann seinem Freund.

Sie waren zu weit entfernt, um die schimmernden Silbergestalten zu sehen, menschenähnliche Körper, die wie Nebel aus den Tümpeln in den stillen Gassen des Loritoriums stiegen, einen Augenblick in der Luft hingen und kurz darauf wieder verschwanden.

9

Die Luft in den unterirdischen Höhlen war wärmer als in der Welt oben. Der Temperaturwechsel war das Erste, was Achmed auffiel, als Grunthor zu dem verborgenen Tunnelsystem durchbrach, das südlich des Loritoriums noch ein Stück tiefer in die Erde gegraben war. Hier war die Luft wärmer, abgestandener, mit einer uralten Andeutung von Rauch, dazu schwer und trocken ohne eine Spur von Staub oder Moder, ohne jede Feuchtigkeit, aber dafür statisch aufgeladen.

Als Zweites bemerkte er die alte Frau, die vor ihm im Tunnel stand.

Grunthor hielt mitten in der Bewegung inne und zuckte verblüfft zurück. Bis eben noch hatte die Erde für ihn gesungen, hatte seine Aufmerksamkeit auf jede Ritze, jede lockere Stelle gezogen, ihn vor Gefahren gewarnt und ihn auf seltene oder einzigartige Formationen hingewiesen. Doch es hatte keinerlei Andeutung gegeben, dass auf der anderen Seite der Felswand eine lebendige Kreatur auf sie wartete.

Aber da stand sie, größer als Achmed, schmaler als Grunthor, eingehüllt in ein braunes Gewand, den Kopf bedeckt, sodass nichts von ihr zu sehen war als ihr Gesicht und die dünnen, langfingrigen Hände. Mehr brauchte Achmed auch gar nicht zu wissen.

Die Haut ihres Gesichts und ihrer Hände war durchsichtig, vom Alter faltig und wie schimmernder Marmor von einem Netzwerk feiner bläulicher Adern durchzogen. Obgleich es wegen der Kapuze unmöglich war, Einzelheiten richtig zu erkennen, schien der Kopf der Frau von oben, wo er sehr breit war, nach unten zu der zarten Wölbung des Kinns hin schmaler zu werden; große schwarze Augen nahmen fast die ganze Fläche des Gesichts ein; sie waren von schweren Lidern überschattet und besaßen anscheinend keine Lederhaut. Kein Weiß war sichtbar, nur zwei weite, dunkle Ovale, durchbrochen von einer großen, silbrigen Pupille und funkelnd vor zurückhaltender Neugier und scharfer Intelligenz.

Trotz ihres offensichtlich hohen Alters war der Körper der Frau ungebeugt, groß und aufrecht wie der Stamm eines Herveralt-Baumes. Die breiten Schultern, die langen Oberschenkel und Schienbeine, die dünnen Arme mit den kräftigen, sehnigen Händen, all das waren unverkennbare Merkmale, obgleich es erst das zweite Mal war, dass Achmed einen Angehörigen ihrer Rasse erblickte. Die Augen der Frau schimmerten im Licht der Fackel, doch ihr Mund wirkte ebenso ungezwungen und entspannt wie in dem Augenblick, als sich der Boden vor ihr aufgetan hatte und die beiden fremden Gestalten ihr Reich betraten.

Sie war eine reinrassige Dhrakierin.

Achmeds empfindsame Haut prickelte in der statisch aufgeladenen Luft. Sofort wurde ihm klar, dass er von den Suchvibrationen der Frau umgeben war, dem elektrischen Summen, das Dhrakier durch die Öffnungen in ihrer Kehle und ihren Stirnhöhlen aussandten. Mit diesem Werkzeug erkannten sie den Herzschlag und andere Lebensrhythmen derer, die sie suchten oder überprüfen wollten. Achmed selbst hatte diese Methode selbst schon eingesetzt, hauptsächlich bei der Jagd im Wald.

Die Frau schien sich zu amüsieren, obwohl ihr Gesicht unverändert blieb. Geduldig faltete sie die Hände und wartete. Als sich weder Grunthor noch Achmed von der Stelle rührten, hob sie an zu sprechen.

»Ich bin die Großmutter. Ihr kommt spät. Doch warum seid ihr nur zu zweit?«

Unwillkürlich schüttelten die beiden Firbolg den Kopf, als die Vibrationen an ihre Ohren drangen. Die Frau sprach mit zwei verschiedenen Stimmen, die aus jeweils einer ihrer vier Kehlen drangen, aber im Grunde keine Worte in irgendeiner ihnen bekannten Sprache formten. Dennoch verstanden sie genau, was sie zu ihnen sagte.

Achmed hörte ein reibendes Summen, das in seinem Kopf ein glockenreines Bild von der Bedeutung des Gesagten heraufbeschwor. Das Wort »Großmutter« gemahnte in dieser Sprache an eine *Matriarchin.* Zwar hatte er keine Ahnung, wohher er das wusste, aber es bestand kein Zweifel an der Richtigkeit seiner Wahrnehmung.

Grunthor andererseits war mit einer tieferen Stimme begrüßt worden, einem volleren Ton, der das Sprachmuster der Bolg imitierte. In seinem Kopf ließ die »Großmutter« das Bild einer fürsorglichen, altersmäßig eine Generation von einem Kind entfernten Mutterfigur entstehen. Die beiden Männer sahen einander an und blickten dann wieder zu der Dhrakier-Frau. Sicherlich meinte sie mit ihrer Frage Rhapsody.

»Unsere Gefährtin ist nicht hier«, antwortete Achmed, und die Worte fühlten sich beim Reden seltsam an in seinem Mund. Wieder funkelten die Augen der alten Frau, und Achmed wurde rot vor Verlegenheit. Aber er schluckte seinen Ärger über seine dumme Antwort hinunter. »Gewiss, das ist offensichtlich. Sie ist noch unterwegs, aber wenn das Glück sie nicht im Stich lässt, wird sie bald hier sein.«

»Ihr müsst alle drei bald kommen«, entgegnete die Großmutter wieder mit ihren verschiedenen Stimmen. »Es ist vonnöten. Es wurde prophezeit. Kommt.«

In dem Felsentunnel wandte sich die alte Dhrakierin anmutig um und ging raschen Schrittes davon. Grunthor und Achmed blickten einander an und beeilten sich dann, ihr zu folgen.

Den ganzen Weg vom Höhleneingang bis zu der Verdorrten Heide über den Toren zum Kessel brummelte Jo vor sich hin.

Ihr Leben als Waise auf den Straßen von Navarnes Hauptstadt hatte ihr zu einigen Fähigkeiten verholfen, unter anderem dazu, dass sie lange Zeit unbeweglich im Schatten einer Gasse stehen, in gefährlichen Situationen rasch und geschickt reagieren, lautlos rülpsen und ebenso dezent einen Wind entweichen lassen konnte.

Außerdem hatte sie sich ein vielfältiges und sehr farbiges Vokabular von Schimpfwörtern angeeignet, das sich in der Gesellschaft von Grunthor und Rhapsody sogar noch verbessert hatte, denn gerade Letztere konnte trotz ihrer gelegentlichen gluckenhaften Anwandlungen mit ihren Flüchen einen Bolg erblassen lassen, wenn sie in Fahrt war – schließlich hatte sie ja ebenfalls eine Zeit auf der Straße zugebracht.

Auf ihrem Weg griff Jo nun auf zahlreiche dieser Ausdrücke zurück. Zum Glück hatte sie sich einige der saftigsten bis zuletzt aufbewahrt. Als sie auf dem Pass, der zur Heide hinunterführte, um eine Felsbiegung kam, streifte sie etwas ganz unerwartet am Kopf.

Jo duckte sich, schätzte den schlammigen Untergrund jedoch falsch ein, stolperte und landete kopfüber mit dem Gesicht in dem Dreck, den man ihr an den Kopf geworfen hatte. Jetzt lag sie auf dem Bauch und schnappte nach Luft. Als sie wieder atmen konnte, stieg ihr ein abstoßender Gestank in die Nase, und ihr Blut begann zu kochen.

Nachdem der anfängliche Schock sich gelegt hatte, hörte sie das Gekicher der Bolg-Kinder, die sich hinter den Felsen versteckt hatten. Die Bolg lachten nicht oft, und der harte, schrille Klang irritierte Jo schon unter gewöhnlichen Umständen. Da ihre Augen und Nase jetzt aber etwas noch Üblerem ausgesetzt waren, war sie noch weniger zur Nachsicht geneigt.

Sie erhob sich aus dem Dreck und wirbelte herum. Eine Anzahl kleiner dunkler Gesichter, haarig und fies grinsend, waren hinter einem der Felsblöcke zum Vorschein gekommen, die am Rand der Heide herumlagen. Unter ihnen erkannte sie eine Reihe von Rhapsodys adoptierten Enkeln.

Vor Zorn wurde Jos Gesicht puterrot, und sie stieß einen Schrei aus, der von den Felswänden widerhallte. Das Grinsen verschwand, gefolgt von den Köpfen.

»Ihr verfluchten Missgeburten! Kommt zurück! Ich werde euch die Köpfe abreißen! Ich werde mir euer Blut von den Zähnen lecken! Ich zieh euch bei lebendigem Leib das Fell über die Ohren und mach Pökelfleisch aus euch!« Zwar war sie wieder auf den Beinen, aber der Schmutz hing in ihren

Kleidern und Haaren, und sie kam immer wieder ins Rutschen, während sie mit halsbrecherischer Geschwindigkeit die Verfolgung der kreischenden Kinder aufnahm.

Als sie die Anhöhe erreichte, hinter der sich die Kinder versteckt hatten, konnte Jo sie in alle Richtungen davonstieben sehen; die älteren waren schon fast außer Sichtweite.

»Ich werde euch die Lungen durch die Nasenlöcher aussaugen!«, keuchte Jo und musste sich anstrengen, wenigstens die Langsameren nicht auch noch aus den Augen zu verlieren. »Ich werde – euch die – Augen ausreißen – und mir – schmecken lassen!« Schon zog sie ihren Dolch mit dem Bronzerücken, den schmalen, tödlichen Dolch, den Grunthor ihr an dem Tag geschenkt hatte, als er und die anderen sie aus dem Haus der Erinnerung befreit hatten; er fing die Sonnenstrahlen ein und damit auch die Aufmerksamkeit der Firbolg-Kinder. Ihre Gesichter verloren den schalkhaften Ausdruck und wurden panisch.

Wieder stieß Jo ein schrilles Kriegsgeheul aus und forcierte ihr Tempo. Binnen kurzem hatte sie zwei der langsameren Kinder eingeholt. Eines kam zum Stehen, wandte sich angstvoll um und sprang dann in wilder Flucht von der nächstbesten Felskante in die Tiefe. Sein Schrei wurde im Fallen leiser und verstummte schließlich abrupt.

Voller Entsetzen hielt Jo inne.

»O nein«, flüsterte sie. »Nein.« Mit ein paar langsamen, benommenen Schritten trat sie an den Felsrand und spähte hinunter.

Das Firbolg-Kind lag zusammengekrümmt auf einem Felsvorsprung, der in einiger Entfernung aus der Klippe ragte. Selbst von hier oben erkannte Jo den Jungen – es war Vling, Rhapsodys drittjüngster Enkel. Ihr Gesicht prickelte und wurde heiß, als Übelkeit und Reue sie überkamen.

»Himmel!«, schrie sie. »Vling? Kannst du mich hören?«

Von der Klippe drang ein gedämpftes Wimmern herauf.

Jo steckte den Dolch in die Scheide, sah sich nach einer Möglichkeit um, sich festzuhalten, und fand eine lange, tote Wurzel, die aus dem Fels ragte. Prüfend zerrte sie daran und ließ sich dann schnell die Böschung hinunter, dorthin, wo das verletzte Kind lag.

»Vling?«

Schweigen.

Jo wurde wieder übel. »Vling!«, rief sie. Unter ihr bröckelte der Fels, während sie die Wand zu dem Vorsprung hinunterglitt.

Der Junge blickte auf, als sie sich über ihn beugte; aus seinem schmutzigen Gesicht sprach unverhohlene Angst, und er versuchte, vor Jo wegzukriechen.

»Halt still«, sagte Jo, so sanft sie konnte. »Tut mir Leid, dass ich dich erschreckt habe.« Der Junge, der kein Orlandisch verstand, schüttelte wild den Kopf und versuchte ihr zu entwischen, brach dann aber stöhnend auf dem Boden zusammen.

Jo bemühte sich nach Kräften, ihre Abneigung niederzukämpfen, streckte die Hand aus und tätschelte dem Jungen vorsichtig den Kopf. Seine Augen wurden weit vor Schreck und dann schmal vor Argwohn.

»Schon gut, schon gut, du hast allen Grund, mir nicht zu trauen«, brummte Jo düster. »Ich gebe ja zu, dass ich dich schon mehrmals am liebsten in die Höhle geworfen hätte, aber ich hab es nicht getan, oder? Es ist meine Schuld, dass du gestürzt bist. Das tut mir Leid, und ich bin hier, um dir zu helfen. Schau, Vling, Rhapsody wird mich umbringen, wenn einem von euch Plagen was passiert.«

Das Gesicht des Kindes wurde weich. »Rhapz-die?«

Jo stieß geräuschvoll den Atem aus. »Sie ist nicht da.«

»Rhapz-die?«

»Ich hab doch schon gesagt, Großmutter ist nicht da, aber sie würde nicht wollen, dass du hier liegen bleibst, verletzt und womöglich demnächst Futter für die Habichte.«

Vling setzte sich ein wenig auf. »Rhapz-die?«, wiederholte er hoffnungsvoll.

»Ja, richtig, Rhapsody«, bestätigte Jo. »Komm mit mir, ich bringe dich zu ihr.« Wieder streckte sie dem Kind die Hand entgegen; erst wich es ein Stück zurück, ließ sich dann aber von ihr helfen, auf die Beine zu kommen. Ihr fiel auf, dass sein Arm in einem sonderbaren Winkel herunterhing. Bei dem Anblick wurde ihr schwindlig, und fast hätte sich ihr der Magen umgedreht.

Beim Aufstehen verzog Vling vor Schmerzen das Gesicht, nahm dann aber den stoischen, leicht mürrischen Ausdruck der Bolg-Rasse an. Jo wusste sofort, was ihm durch den Kopf ging. Bei den Bolg galt es als Schande, wenn jemand Schwäche zeigte, denn sie waren mit dem Gedanken, dass Verletzte geheilt werden konnten, immer noch nicht recht warm geworden. Seit unzähligen Jahrtausenden war es bei ihnen Brauch, Verwundete ehrenvoll dem Tod zu überlassen, ganz gleich, wie wertvoll sie auch sein mochten. In den Zahnfelsen hielt sich diese Einstellung immer noch, trotz der von Achmed auf Rhapsodys Drängen eingeführten Veränderungen. Der Bolg-Junge würde bei seinen Altersgenossen das Gesicht verlieren, wenn Jo ihn jetzt trug oder wenn jemand auch nur merkte, dass er sich von ihr hatte helfen lassen.

Jo griff wieder nach der Wurzel, zog sich mitsamt dem Jungen über die Felskante hinauf und setzte sich dann hinter einen großen Felsen, um nachzudenken. Vling schien alles daran zu setzen, dass er bei Bewusstsein blieb, aber Jo merkte deutlich, dass er schreckliche Schmerzen litt.

Endlich kam ihr eine Idee. Sie kramte in ihrem Tornister und zog ein Stück Seil heraus. Ein Ende drückte sie dem verdutzten Kind in die Hand, das andere band sie sich lose um ihre eigenen Handgelenke.

»In Ordnung«, sagte sie zwischen zusammengebissenen Zähnen und im besten Bolgisch, dessen sie fähig war. »Gehen wir. Bring mich zu Grunthors Baracken.«

Der Junge blinzelte verständnislos, dann begriff er endlich, was Jo vorhatte, und strahlte übers ganze Gesicht. Lächelnd blickte er zu ihr empor, zupfte spielerisch an dem Seil und führte sie im Triumph zurück in den Kessel, den verletzten Arm fest umklammert und zum Schein wüste Drohungen ausstoßend. Er wusste nur zu gut, wie viel Ansehen es ihm einbringen würde, wenn die anderen Bolg-Kinder sahen, wen er da gefangen hatte.

10

Rhapsody konnte sich nicht erinnern, jemals so gut geschlafen zu haben wie in den Armen der Drachin. Stundenlang lag sie in traumlosem Schlummer, ungestört von Albträumen oder der Notwendigkeit, Wache zu halten, und erwachte schließlich erfrischt und glücklich.

Als sie das Gesicht der schlafenden Drachin dicht neben sich sah, setzte ihr Herz ein paar Schläge aus, aber dann wurde ihr Blick unwiderstehlich auf die eigene Brust gelenkt: Glänzende Kupferschuppen bedeckten ihre Körpermitte und schimmerten im Halblicht der Höhle. Vorsichtig hielt Rhapsody das Gebilde hoch: Es war ein Kettenhemd, federleicht und aus tausenden kunstvoll miteinander verbundenen Drachenschuppen gearbeitet. In ihren Händen glitzerte und funkelte es.

»Es gehört dir, Hübsche«, sagte Elynsynos, ohne die Augen zu öffnen. »Ich habe es letzte Nacht für dich gemacht, während du schliefst. Probier es an.«

Rhapsody stand auf, nestelte an ihrem Umhang und legte ihn dann ab. Langsam ließ sie den schimmernden Panzer über ihren Kopf gleiten und zog ihn an sich herunter wie eine Weste. Er passte wie angegossen. Sie hatte Legenden über die Genauigkeit der Drachensinne gehört; jetzt wusste sie, dass der Ruf mehr als angemessen war. Ihr Haar schimmerte im Licht, das die Schuppen reflektierten, rötlich golden.

»Ich danke dir«, sagte sie, gerührt von der Aufmerksamkeit, die Elynsynos ihr schenkte. Aber da war noch etwas anderes. Als sie eingewilligt hatte zu bleiben, hatte sie gefürchtet, die Drachin würde sie nicht wieder gehen lassen, doch diese

Furcht war inzwischen verflogen. Das Geschenk war ein Beweis dafür, dass Elynsynos fest davon ausging, Rhapsody werde wieder in die Welt zurückkehren. Sie beugte sich über die riesenhafte Wange der Drachenfrau und küsste sie. »Es ist wunderschön. Ich werde immer an dich denken, wenn ich es trage.«

»Dann trage es oft«, meinte Elynsynos und öffnete die Augen. »Es wird dich beschützen, Hübsche.«

»Ganz bestimmt. Aber du hattest mir eine Frage gestellt, und ich war gestern Abend zu müde, um sie zu beantworten. Würdest du sie noch einmal wiederholen?«

»Ich habe gefragt, warum du im Haus der Erinnerungen warst.«

»Ah, ja.« Rhapsody streckte die Arme über den Kopf und genoss das leise Rascheln des Panzers aus Drachenschuppen; dann setzte sie sich wieder auf das umgedrehte Ruderboot. »Wir haben das Haus der Erinnerungen auf Herzog Stephens Geheiß hin aufgesucht, weil es das älteste noch existierende Gebäude sein soll, das die Cymrer erschaffen haben. Dort stießen wir auf eine Gruppe von Kindern, die als Geiseln festgehalten wurden; im Haus fanden wir Gerätschaften, mit denen man ihnen das Blut abzapfen konnte. Und wir haben mit einem Mann gekämpft, der dunkles Feuer als Waffe gegen uns einsetzte.« Im Halbdunkel der Drachenhöhle wurde ihr Gesicht bleich. »Es war das erste Mal, dass ich jemanden getötet habe.«

Elynsynos schnaubte und schubste Rhapsody spielerisch mit ihrem Schwanz, sodass sie vom Ruderboot rutschte und auf dem Hinterteil im goldenen Sand landete.

»Und du nennst dich eine Sängerin?«, meinte die Drachin scherzend. »Das war die schlechteste Geschichte, die ich seit sieben Jahrhunderten gehört habe. Versuch es noch einmal, aber nimm dir ein wenig Zeit. Einzelheiten, Hübsche, auf die Einzelheiten kommt es an. Ohne Einzelheiten lohnt sich das Anhören einer Geschichte nicht.«

Rhapsody klopfte sich den Sand aus den Kleidern und kletterte zittrig auf das Ruderboot. Als sie wieder zu Atem gekommen war, erzählte sie Elynsynos die Geschichte bis in die kleinste peinigende Einzelheit, angefangen bei Llaurons Vorschlag, mehr über die Cymrer in Haguefort herauszufinden, bis zu dem Nachspiel, als sie die gestohlenen Kinder von Navarne zurückbrachten und Rhapsody Jo adoptierte. Sie brauchte lange, denn obwohl sie alle Einzelheiten erwähnte, unterbrach Elynsynos sie immer wieder, um auch den kleinsten fraglichen Punkt klarzustellen. Als sie geendet hatte, schien die Drachin allerdings zufrieden, streckte sich und richtete sich zu ihrer vollen Größe auf.

»Wie sah der Mann aus, der euch beim Haus der Erinnerungen angriff?«

»Das weiß ich ehrlich gesagt nicht«, antwortete Rhapsody. Sie starrte gebannt auf den Teller knuspriger Brötchen und Himbeeren, der erschienen war, als die Drachin sich aufgesetzt hatte. »Ich habe ihn nur blitzschnell vorbeilaufen sehen. Grunthor erging es ebenso. Nur Achmed ist ihm direkt begegnet, und nicht einmal er hat den Mann richtig zu Gesicht bekommen, denn er trug einen gepanzerten Helm.«

»Iss.«

»Danke.« Rhapsody nahm ein Brötchen und brach es in der Mitte durch. »Möchtest du auch etwas?«

»Nein, ich habe erst vor drei Wochen gegessen.«

»Und du bist noch nicht wieder hungrig?«

»Es dauert eine Weile, bis man sechs Hirsche verdaut hat.«

»Oh.« Rhapsody fing an zu essen.

»Es muss der Rakshas gewesen sein, dem ihr begegnet seid.«

Sie blickte in das Gesicht der Drachin auf; Elynsynos betrachtete sie aufmerksam. »Kannst du mir etwas über den Rakshas erzählen?«, fragte Rhapsody. »Wer ist er?«

Die Drachin nickte. »Genau genommen ist der Rakshas ein Es. Das Spielzeug des F'dor.«

Eine Gänsehaut fuhr Rhapsody über den Rücken. »Der Dämon, von dem du mir gestern Abend erzählt hast? Derjenige, dem Anwyn Macht verliehen hat?«

»Ja. Vor zwanzig Jahren schufen die F'dor den Rakshas im Haus der Erinnerungen – eine Schande, denn es war ein wunderschönes Denkmal für die tapferen Cymrer in jener Zeit vor Anwyns Krieg. Und dann hat er es vergiftet, hat es sich zu Eigen gemacht. Der Schössling von Sagia war das Erste, was entweiht wurde. Er war ein Zweigkind der großen Eiche der Tiefen Wurzeln, dem heiligen Baum der Lirin von Serendair, den die Cymrer aus dem alten Land mitgebracht und im Garten des Hauses angepflanzt hatten. Selbst aus so großer Entfernung konnte ich den Baum schreien hören.«

»Während ich dort war, habe ich mich um ihn gekümmert«, sagte Rhapsody und wischte sich mit ihrem Taschentuch die Krümel vom Mund. »Ich habe meine Harfe in ihm zurückgelassen, um das Lied seiner Heilung zu erneuern. Dieses Frühjahr hätte er blühen müssen, nur war ich leider nicht zugegen, um es zu sehen.«

»Aber ich.« Die Drachenfrau lachte leise. »Neben den Blättern war der Baum voll weißer Blüten, wie Sternblumen. Eine nette Idee, Hübsche.«

»Was meinst du damit?«

Wieder lachte die Drachenfrau. »Der Schössling ist eine Eiche. Hast du in deinem Land jemals gehört, dass eine Eiche geblüht hat?«

Rhapsodys Kehle wurde trocken. »Nein.«

»Natürlich blüht eine Eiche, um Eicheln hervorzubringen, aber die Blüten sind im Allgemeinen so klein, dass man sie mit Augen wie den deinen kaum sehen kann. Diese Blüten aber waren gefüllt und weiß und bedeckten den Baum wie Schneeflocken. Hast du dem Baum in deinem Lied gesagt, dass er blühen soll?« Rhapsody nickte. »Nun, ich bin beeindruckt. Es ist mir eine Ehre, eine Benennerin in meiner Höhle empfangen zu dürfen. Wie oft begegnet ein Tier schon jemandem, der einem Eichbaum befehlen kann zu blühen? Nach allem, was der Rakshas getan hat, um den Baum zu zerstören, war er sicherlich fuchsteufelswild – oder zumindest sein Herr und Meister war es.«

»Bitte erzähle mir mehr über diesen Rakshas. Du hast gesagt, der Dämon habe ihn erschaffen – aber er sah aus wie ein Mann und verhielt sich auch so.«

»Ein Rakshas hat immer das Aussehen der Seele, die ihm Kraft gibt. Er besteht aus Blut, dem Blut des Dämons, und manchmal auch aus dem anderer Kreaturen. Für gewöhnlich sind es unschuldige Wesen oder wilde Tiere. Sein Körper ist aus einem Element wie Eis oder Erde gebildet; ich glaube, derjenige im Haus der Erinnerungen besteht aus gefrorener Erde. Das Blut schenkt ihm Leben und Kraft.«

»Hast du nicht gerade etwas von einer Seele gesagt?«

»Ein Rakshas, der allein aus Blut besteht, ist kurzlebig und geistlos. Aber wenn der Dämon eine Seele besitzt, ganz gleich, ob sie menschlichen Ursprungs ist oder nicht, kann er sich diese einverleiben und nimmt schließlich die Form des Eigentümers der Seele an, wobei dieser natürlich tot ist. Damit verfügt er auch über einen Teil von dessen Wissen und kann all das tun, was dieser zu tun vermochte. Eine entstellte, böse Kreatur, vor der du dich in Acht nehmen musst, Hübsche.«

Rhapsody schauderte. »Und du bist sicher, dass diese Person – dieses Ding –, mit dem wir gekämpft haben, wirklich der Rakshas war, der, den der F'dor gemacht hat?«

Elynsynos nickte. »Er muss es gewesen sein. Und höre: Er befindet sich ganz hier in der Nähe. Sei vorsichtig, wenn du meine Höhle verlässt.«

Kalte Säure stieg in Rhapsodys Magen auf, und sie legte den Rest des Brötchens weg. »Mach dir keine Sorgen, Elynsynos. Ich habe das Schwert.«

»Welches Schwert, Hübsche?«

»Die Tagessternfanfare. Ich bin sicher, dass du weißt, was es ist.«

Die Drachenfrau blickte sie fragend an. »Hast du es bei dir zu Hause?«

»Nein, ich trage es bei mir«, antwortete Rhapsody mit einem Kopfschütteln. »Soll ich es dir zeigen?«

Die Drachin nickte, und Rhapsody zog das Schwert aus der Scheide. In den Drachenschuppen spiegelten sich die lodernden Flammen und ließen Millionen Regenbogen durch die Dunkelheit der Höhle tanzen. Zu seiner Begrüßung brannten die Flammen in den Kronleuchtern hell auf.

Elynsynos' Augen wurden groß, und Rhapsody fühlte eine Welle der Bezauberung. Sie versuchte wegzusehen, blieb jedoch gebannt stehen, während die Drachin den Kopf neigte, um das Schwert zu begutachten. Dann strich sie mit der Klaue über die Scheide an Rhapsodys Seite.

»Natürlich«, sagte sie nach kurzem Nachdenken, und ihr Gesicht entspannte sich. »Schwarzes Elfenbein. Kein Wunder, dass ich nichts davon spüren konnte.«

»Ich verstehe nicht, was du meinst«, stammelte Rhapsody und versuchte, sich aus ihrer seltsamen Trance zu befreien.

»Schwarzes Elfenbein ist der wirkungsvollste Schutz, den man unter den Tieren kennt«, erklärte Elynsynos. »Eigentlich ist es eine falsche Bezeichnung, denn es ist nicht wirklich Elfenbein, sondern eine Steinart, die dem Lebendigen Gestein stark ähnelt. Man kann sie zu Schachteln oder Scheiden oder sonstigen Behältnissen verarbeiten, und der Gegenstand, den man darin aufbewahrt, wird unaufspürbar, selbst für die Sinne eines Drachen. Das ist gut, Hübsche. Niemand wird wissen, dass du dieses Schwert mit dir führst, es sei denn, du ziehst es aus der Scheide. Wo hast du es gefunden?«

»Es war in der Erde verborgen. Ich habe es auf dem Weg aus dem alten Land entdeckt.«

»Du bist durch die Erde gekommen, nicht auf einem Schiff?«

»Ja.« Bei der Erinnerung wurde Rhapsodys Gesicht heiß. »Wir sind schon lange vor den Cymrern aufgebrochen und erst vor verhältnismäßig kurzer Zeit hier angekommen.«

Elynsynos lachte. Rhapsody wartete eine Weile, ob das mächtige Tier ihr erklären würde, was los war, aber nichts dergleichen geschah. Stattdessen betrachtete es sie eindringlich.

»Warst du schon bei Oelendra?«

Auf Serendair stand der Name für ein himmlisches Ereignis. »Beim gefallenen Stern?«

Elynsynos schaute verwirrt drein. »Nein, Oelendra ist eine Lirin wie du. Einst hat sie dieses Schwert getragen.«

Nun erhellte sich Rhapsodys Gesicht, denn sie erinnerte sich, dass Llauron den Namen erwähnt hatte. »Ist sie noch am Leben?«

Anscheinend musste die Drachin darüber nachdenken. »Ja. Sie lebt in Tyrian, dem Lirinschen Wald im Süden. Wenn du zu ihr gehst, ist sie vielleicht bereit, dich seine Handhabung zu lehren. Ja, ich glaube, das tut sie.«

»Wie kann ich sie finden?«

»Geh nach Tyrian und bitte um einen Besuch bei ihr. Wenn sie dich sehen will, wird sie dich finden.«

Rhapsody nickte. »Ist sie gütig?«

Elynsynos lächelte. »Ich bin ihr nur ein einziges Mal begegnet. Sie war freundlich zu mir. Sie kam zusammen mit dem, der damals die Stellung des Fürbitters innehatte, die jetzt Llauron bekleidet, um mir mitzuteilen, was Merithyn zugestoßen sei, um mir seine Gaben und ein Stück seines Schiffs zu überbringen. Da wusste ich, dass er vorgehabt hatte, zu mir zurückzukehren, aber gestorben war. Er war so zerbrechlich; ich vermisse ihn sehr.« Wieder bildeten sich riesige Tränen in den faszinierenden Augen. »Ich habe dem Mann ein Geschenk gegeben. Einen weißen Eichenstab mit einem goldenen Blatt an der Spitze.«

»Den trägt jetzt Llauron.«

Die Drachin nickte. »Ich hätte auch Oelendra etwas geschenkt, aber sie wollte nichts annehmen. Aber du behältst den Panzer, nicht wahr, Hübsche?«

Rhapsody lächelte sie an. Elynsynos war eine widersprüchliche Kreatur, gleichzeitig so mächtig und verletzlich, weise und kindlich. »Ja, ich behalte ihn, das versteht sich von selbst. Ich werde ihn über meinem Herzen tragen, in dem ich dich bewahre.«

»Bedeutet das, dass du mich nicht vergessen wirst, Hübsche?«

»Natürlich. Ich werde dich niemals vergessen, Elynsynos.«

Die Drachin lächelte strahlend und entblößte dabei ihre schwertartigen Zähne. »Dann werde ich durch dich vielleicht doch ein wenig unsterblich werden. Danke, Hübsche.« Mit einem leisen Lachen beobachtete sie, wie Rhapsody die Stirn runzelte. »Du verstehst nicht, was ich meine, oder?«

»Nein, ich fürchte nicht.«

Elynsynos schmiegte sich auf den Boden der Höhle, sodass ihr schimmerndes Schuppenkleid im Flackerlicht der Kronleuchter funkelte.

»Drachen leben sehr lange, aber nicht ewig. In der Erde – dem Element, dem wir entstammen – gibt es keine Zeit, deshalb wird unser Körper nicht alt und stirbt auch nicht. In dieser Hinsicht haben wir etwas gemeinsam, du und ich: Die Zeit ist auch für dich zum Stillstand gekommen, Hübsche.« Tränen schimmerten in Rhapsodys Augen, als wären sie ein Spiegelbild der Tränen der Drachin, aber sie sagte nichts. »Das macht dich traurig«, stellte Elynsynos fest. »Warum?«

»Weil ich mir so sehr wünsche, dass es wahr wäre«, erwiderte Rhapsody mit halb erstickter Stimme. »Die Zeit ist ohne mich fortgeschritten und hat mir alles genommen, was ich geliebt habe. Die Zeit ist mein Feind.«

Die Drachin beäugte sie nüchtern. »Das glaube ich nicht, Hübsche«, sagte sie, und in ihrer Stimme war ein humorvoller Unterton. »Ich kenne die Zeit sehr gut, und sie bezieht nur äußerst selten Stellung. Doch sie lächelt auf die herab, die sie umarmen. Vielleicht ist die Zeit um dich herum vorangeschritten, aber nun hat sie keine Macht mehr über dich – zumindest nicht über deinen Körper. Leider hat die Zeit immer Macht über dein Herz.

Du kommst aus Serendair, der Insel, von der die erste Rasse, die Ur-Seren, stammen. Serendair ist auch der erste der fünf Geburtsorte der Zeit. Du bist hierher gekommen, zum letzten dieser Geburtsorte, wo die Drachen, die jüngste Rasse, entstanden sind, und hast dabei den Hauptmeridian überquert. Du hast den Anfang der Zeit mit ihrem Ende verknüpft, wie die Cymrer es getan haben, und noch mehr, du bist durch die Erde gereist, an einen Ort, über den die Zeit keine Macht hat. Dadurch hast du die Zeit besiegt, ihren Kreislauf durchbrochen. Sie wird nie mehr Narben auf deinem Körper hinterlassen. Macht dich diese Aussicht nicht glücklich?«

»Nein«, entgegnete Rhapsody. »Nein.«

In der Dunkelheit lächelte die Drachin. »Du bist klug, Hübsche. Ein an die Ewigkeit grenzendes Leben ist ebenso sehr ein Fluch wie ein Segen. Auch für mich ist die Zeit stehen geblieben. Aber es gibt dennoch einen grundlegenden Unterschied zwischen uns. Im Gegensatz zu mir bist du unsterblich.«

»Das verstehe ich nicht.«

»Du hast eine Seele«, erklärte die Drachin geduldig. »Sie nährt das Leben in dir, denn die Seele kann nicht sterben. So lange, so endlos dein Leben auch erscheinen mag, wirst du immer noch da sein, wenn dein Leben einst endlich vorüber ist – wegen deiner Seele. Sie bleibt bestehen, auch nachdem du beschlossen hast, deinen Körper aufzugeben und ins Licht einzugehen, ins Jenseits. Mit mir wird das nicht geschehen.«

Rhapsody bemühte sich, den Kloß in ihrem Hals hinunterzuschlucken. »Jeder hat eine Seele, Elynsynos. Die Lirin glauben, dass alle Lebewesen Teil der einen universellen Seele sind. Manche nennen sie den Lebensspender oder den Allgott, andere einfach das Leben, aber wir besitzen alle ein Stück davon. Es verbindet uns miteinander.«

»Das trifft für die Lirin zu«, entgegnete Elynsynos. »Aber nicht für die Drachen. Du bist von einer besonderen Lirin-Art, nicht wahr? Liringlas?«

»Meine Mutter war eine Liringlas, ja.«

»Was bedeutet das in deiner Sprache?«

Eine schwache Brise stieg vom Höhlenboden auf, schwer vom Sand, ließ sich auf Rhapsodys Wangen nieder und trocknete die unvergossenen Tränen. Unwillkürlich musste sie über Elynsynos' tröstliche Geste lächeln. »Es bedeutet Himmelssänger. Die Liringlas singen ihre Gebete für die aufgehende und die untergehende Sonne und begrüßen auch das Erscheinen der Sterne in der Abenddämmerung.«

»Und die übrigen Lirin? Wie nennt man sie?«

»Oft bezeichnet man uns als Kinder des Himmels.«

»Genau.« Das große Tier bewegte sich gewichtig auf dem sandigen Höhlenboden. »Du bist eine Sängerin, und ein Teil des Sängerwissens dreht sich um die Reise der Seele, oder etwa nicht?«

»Ja«, antwortete Rhapsody. »Wenn wir Trauerlieder singen, kann ein Sänger manchmal sehen, wie die Seele den Körper verlässt und ins Licht eingeht. Aber viel mehr habe ich nicht gelernt, und ich weiß doch, dass die Lehre von der Seele viel umfassender ist.«

»Nun denn«, meinte die Drachin, »dann werde ich dich ein wenig in der Seelenlehre unterrichten, Hübsche, und auch in der Geschichte der Erdgeborenen. Vielleicht kennst du einen Teil davon ja schon.

In der Vorzeit, als die Welt geboren wurde, gab der, den du Lebensspender genannt hast, allem, was existierte, die fünf Gaben, die wir jetzt als die Elemente Äther, Feuer, Wasser, Wind und Erde kennen. Davon weißt du, nicht wahr?«

»Ja«, antwortete Rhapsody.

»Jede dieser Gaben, oder Elemente, brachte eine Rasse von Urwesen hervor, die man insgesamt unter dem Namen der Erstgeborenen kennt. Von den Sternen, dem Äther, kamen die Ur-Seren, wie Merithyn.« Elynsynos räusperte sich - ein gewaltiges Dröhnen, unter dem das Ruderboot erzitterte, auf dem Rhapsody hockte. »Aus dem Meer wurden die Mythlin geboren, und der Wind gebar die Rasse, die man die Kith nennt, von denen dein eigenes Volk abstammt.« Rhapsody nickte zustimmend. »Die Erdmutter brachte meine Spezies hervor, die Wyrmer, Drachen, die natürlich das Meisterstück des Schöpfers darstellen. Deshalb hat er uns als Letzte gemacht.« Elynsynos lachte leise, als sie Rhapsodys verstohlenes Lächeln bemerkte.

»Die zweite der Urrassen waren die F'dor, die Kinder des Feuers. Aber von Anbeginn an trachteten die F'dor zuerst und vor allem nach der Zerstörung der Erde. Vermutlich kann man nichts anderes erwarten; Feuer verzehrt seinen Brennstoff, ohne diesen brennt es aus, zu nichts. Aber - und dies war ebenfalls nicht anders zu erwarten - die anderen erstgeborenen Rassen konnten dies nicht einfach zulassen, denn es hätte ja bedeutet, dass die Gaben des Schöpfers aus dem Auge der Zeit verschwunden wären und wieder nur das Nichts zurückgelassen hätten. Daher schlossen sich die Seren, die Kith, die Mythlin und natürlich auch die Drachen zu einem schwierigen Bündnis zusammen und trieben die Dämonen ins Zentrum der Erde, um sie dort in Zaum zu halten.

Es versteht sich von selbst, dass wir Drachen von Anfang an über diesen Plan nicht sonderlich erfreut waren. Für uns war es eine grässliche Vorstellung, dass die Erde, unsere Mutter, diese monströsen, bösartigen Wesen in ihrem Herzen gefangen halten sollte; aber es war uns auch klar, dass eine Flucht der F'dor die sichere Zerstörung der Erde bedeutet hätte.

Unser Beitrag zur Knechtung der F'dor bestand darin, dass wir die Grube errichteten, die ihr Gefängnis wurde. Wir Drachen formten den Kerker aus unserem heiligsten Besitz, dem Lebendigen Gestein, diesem reinen Element Erde, der einzigen Substanz, von der wir wussten, dass sie stark genug war, um das Böse in Schranken zu halten. Es war ein gewaltiges Opfer, Hübsche, und einer der Gründe dafür, dass wir Drachen bis heute mürrisch sind und unser Territorium gnadenlos verteidigen; wir sind der Auffassung, dass wir mehr für das Land getan haben, das wir unser Eigen nennen, weil wir seine Heiligkeit opfern mussten, um es zu schützen.«

»Ich finde, dass eure Charakterisierung in den Legenden übertrieben wird«, schaltete sich Rhapsody lächelnd ein. »Meiner Erfahrung nach sind Drachen nicht sonderlich mürrisch, es sei denn, man enthält ihnen die Einzelheiten einer Geschichte vor.«

In den Regenbogenaugen der Drachin zeigte sich ein Ausdruck tiefer Zuneigung, doch schon kurz darauf wurde sie wieder ernster. »Die Urrassen des Bündnisses, die Körper hatten wie du, die Kith, Seren und Mythlin, wurden als die Drei bekannt.«

Erstaunt setzte Rhapsody sich auf und wäre dabei fast vom Ruderboot gefallen. »Die Drei?«

»Ja.«

»Llauron hat uns von einer Prophezeiung über die Drei berichtet. Das Kind des Blutes, das Kind der Erde und das Kind des Himmels würden kommen, und nur durch diese drei könnte die Spaltung unter den Cymrern aufgehoben werden und wieder Frieden einkehren.«

Elynsynos lachte. »Dein Zeitgefühl ist ein wenig durcheinander geraten, Hübsche. In der Zeit, über die ich spreche, gab es nur fünf Rassen – die Erstgeborenen. Ihre Kinder, die Älteren Rassen, waren noch nicht in Erscheinung getreten. Die Cymrer waren im Großen und Ganzen eine Rasse des Dritten Zeitalters, Kinder der Älteren Rassen. Dieser Name – die Drei – stammt aus uralten Zeiten, vor Millionen von Jahren. Du kannst das noch nicht ganz verstehen, weil du so jung bist, aber eines Tages wirst du es erkennen. Vielleicht erlebst du ja sogar selbst eine Geschichte von diesen Ausmaßen. Nach ein paar tausend Jahren wirst du anfangen zu begreifen.« Die Drachin lachte, und Rhapsody schauderte.

»Die Drei hatten allesamt Körper, die zumindest in Ansätzen der heutigen menschlichen Gestalt ähnelten«, fuhr Elynsynos fort. »Die Drachen dagegen hatten die Form von Schlangen, und die F'dor wiesen überhaupt keine körperliche Gestalt auf. Der Grund für all das besteht darin, dass der Schöpfer zum Zeitpunkt des Erschaffens den Dreien sein Bild zeigte, und dieses Bild inspirierte die Form, welche sie annahmen. Auch die Drachen bekamen das Bild des Schöpfers zu Gesicht, aber sie entschieden sich, es zu ignorieren; du hast ja sicher davon gehört, wie sehr wir es hassen, wenn jemand uns sagt, was wir tun sollen. Wie du dir nun sicher auch denken kannst, wurde den F'dor das Bild ebenfalls vorenthalten. Der Schöpfer wusste, dass die Bastarde des Feuers von Geburt an böse waren, und weigerte sich, sein Wissen mit ihnen zu teilen. Möglicherweise haben die F'dor deshalb keine eigene körperliche Gestalt.

Dies führt mich nun weiter zur Lehre von der Seele. Du sagst, du bist von Serendair hierher durch die Erde gereist?«

»Ja«, bestätigte Rhapsody.

»Was für ein Gefühl war das für dich? War es für dich, Lirin, die du bist, sehr unangenehm unter der Erde, abgetrennt vom Himmel?«

Rhapsody schloss die Augen und kämpfte die Erinnerung nieder, die ständig am Rand ihres Bewusstseins lauerte. »Es fühlte sich an, als wäre ich bei lebendigem Leib begraben.«

Elynsynos nickte verständnisvoll. »Der Himmel ist die Verbindung zur Seele des Universums, dem Schöpfer, und diejenigen, die Teil der kollektiven Seele sein möchten, müssen mit ihm in Kontakt stehen. Ohne ihn haben sie keinen Kontakt mit ihren Gefährten im Leben und nach dem Tod keine Unsterblichkeit. Deine Rasse stammt vom Wind und den Sternen ab; ihr seid mit diesem Wissen geboren. Deshalb kannst du den Gesang des Universums hören, deshalb stimmst du in sein Lied mit ein: Du bist Teil der kollektiven Seele. Für diejenigen, die nicht Teil des Himmels und des ewigen Lebens werden, gibt es nach dem Tod nur die Leere, das große Nichts.

Weil die Drachen, die F'dor und sogar die Mythlin sich dafür entschieden haben, vom Himmel getrennt zu leben, haben sie keine Seele. Die Mythlin haben das Leben im Meer gewählt, sie halten sich fern von den anderen Rassen, genau wie die Drachen in der Erde bleiben. Die Meereskinder, die von den Mythlin abstammen – Meerjungfrauen, Seenymphen und so weiter –, leben Jahrtausende, aber wenn sie sterben, steigt ihre Seele nicht zu den Sternen empor, sondern wird wieder zu Schaum auf den Meereswogen und verschwindet schließlich; ihre einzige Unsterblichkeit liegt in der Erinnerung derer, die sie gekannt haben.

Und so wird es auch bei mir sein. Wenn ich endlich lange genug gelebt habe, wenn ich den Schmerz nicht mehr ertragen kann, werde ich mich zur Ruhe legen und nicht mehr aufstehen; das wird mein Ende sein. Dann wird mein Körper dort in meiner Höhle verwesen, mein Blut in der Erde versickern und eines Tages die Adern aus Kupfer bilden, das von den Menschen abgebaut und zu Münzen oder Armbändern verarbeitet wird.

Magst du Kupfer, Hübsche? Es ist im Grunde nichts als das vergossene Blut von Drachen meiner Art, wie das Gold, aus dem dein Medaillon gefertigt wurde, einstmals in den Adern eines goldenen Drachen floss. Smaragde, Rubine, Saphire –

nichts als geronnenes Lebensblut von uralten Drachen verschiedener Unterarten und Färbungen. Es ist das, was wir hinterlassen, in der Hoffnung, dass die Zeit unsere Erinnerung aufrechterhalten wird; aber das geschieht nie. Stattdessen dient es nur dazu, Frauenbrüste und die leeren Köpfe von Königen zu zieren.

Aber wenn du mich in Erinnerung behältst, Hübsche, wirklich *mich* und nicht die Legenden oder Geschichten, dann werde ich fortbestehen, zumindest ein wenig. Ich werde einen Hauch von der Unsterblichkeit bekommen, von der Ewigkeit, die ich nicht gewonnen habe, weil ich in der Erde geblieben bin, weil ich nicht den Himmel berührt habe und deshalb keine Seele mein Eigen nenne.«

Die Stimme der Drachin klang versonnen, leicht melancholisch; Rhapsodys bezaubertes Herz hatte indes niemals etwas so Trauriges vernommen. Kummer wallte in ihr auf und drohte sie zu verzehren. Ohne nachzudenken, sprang sie von dem Ruderboot und schlang weinend die Arme um Elynsynos' Vorderbein.

»Nein«, rief sie, halb erstickt von dem Schmerz in ihrem Herzen. »Nein, Elynsynos, du irrst. Du hast mit Merithyn eine Seele geteilt, und ich bin sicher, dass ein Teil davon jetzt in dir ist. Du hast Kinder: Das ist ganz gewiss eine Form der Unsterblichkeit. Und du hast den Himmel sehr wohl berührt, denn du berührst auch jetzt ein Kind des Himmels. Mein Herz hast du so tief angerührt, dass wir für alle Zeiten miteinander verbunden bleiben werden. Ich werde deine Seele sein, wenn du eine Seele brauchst.«

Zärtlich strich die Drachin mit einer Vorderklaue über das goldene Haar der Himmelssängerin. »Sei vorsichtig, Hübsche, es wäre nicht gut, wenn du dir einen neuen Namen gäbest. In dir ist eine Kraft, die dein Versprechen wirklich werden lassen könnte, und dann wärst du meine Sklavin. Aber ich bin froh, dass ich eine Seele habe und dass sie so eine Hübsche ist.«

Abermals streichelte sie Rhapsody, und die Sängerin setzte sich wiederum auf das Boot. »Du hast Recht, was meine Kinder angeht«, fuhr die Drachenfrau fort, »obgleich sie so fern zu sein scheinen, so fremd. Kaum kann ich glauben, dass es meine eigenen sind, vor allem bei Anwyn.

Die seelenlosen Rassen haben oft eine sehr starke Sehnsucht, Nachfahren zu zeugen, weil ihnen dies ja tatsächlich eine Art Unsterblichkeit verleiht. Deshalb hat der F'dor auch den Rakshas hervorgebracht. Er wollte Abkömmlinge, aber natürlich ist der Rakshas ein Bastard, denn der F'dor hätte seine eigene Lebensessenz öffnen müssen, um ein Kind zu zeugen, das wirklich sein Eigen wäre, und dies hätte ihn mehr geschwächt, als er es zulassen will. Aber ist das nicht bei allen Eltern so? Man tauscht einen Teil seiner Seele ein, um ein bisschen Unsterblichkeit zu erlangen?«

»Wahrscheinlich hast du Recht«, meinte Rhapsody und strich sich eine Haarsträhne aus dem Gesicht. »Daran habe ich noch nie gedacht.«

»Es gibt viele Beweggründe - selbstsüchtiger und selbstloser Art -, aus denen heraus Kinder in die Welt gesetzt werden. Der F'dor wollte den Rakshas, um seine Wünsche in der Welt der Menschen durchzusetzen. Er ist ein Spielzeug, ein Werkzeug, das er einsetzt, um sein höchstes Ziel zu erreichen.«

»Und was ist dieses Ziel, Elynsynos? Trachtet er nach der Macht? Nach der Weltherrschaft?«

Elynsynos lachte leise. »Du denkst wie ein Mensch, Hübsche. Um die Beweggründe des F'dor zu verstehen, musst du wie ein F'dor denken - soweit das überhaupt möglich ist, denn es gibt Mächte des Chaos, und ihre Absichten und Taten sind nicht leicht vorherzusagen. Die F'dor benutzen die Menschen auch als Werkzeuge, um ihre Ziele zu erreichen. Sie streben nicht danach, Macht zu erringen und über die Massen zu herrschen oder ihre Feinde zu unterdrücken, nein. Sie haben nichts anderes als Tod und Zerstörung im Sinn, und die Reibungsenergie jeglicher Auseinandersetzungen verschafft ihnen Kraft und Vergnügen. Allerdings werden sie sich selbst zerstören, wenn sie ihr höchstes Ziel erreichen, denn sie streben ja danach, die Erde zu vernichten. Dann werden auch sie nur mehr in der Unterwelt existieren - und in Albdrücken. Genau wie wir alle.«

11

Elynsynos' Worte hallten durch die dunkle Höhle und hinterließen eine dröhnende Stille. Der Flammenschein von den Kronleuchtern flackerte über das Gesicht der Sängerin, das auf einmal leichenblass geworden war.

Die Drachin senkte langsam den Kopf, bis sie Rhapsody aus gleicher Höhe in die Augen sehen konnte. Voller Verständnis und Mitgefühl blickte sie die Sängerin an, doch ihr riesiges Gesicht blieb ernst.

»Was ist, Hübsche?«, fragte sie sanft, die Stimme nicht lauter als das Zirpen einer Grille. »Woran erinnerst du dich?«

Rhapsody schloss die Augen; sie kämpfte mit der Erinnerung an den schrecklichsten Albtraum, den sie auf der Reise durch die Erde durchlitten hatte. Achmed hatte sie aus ihrem ruhelosen Schlaf geweckt und sie zu einem weitläufigen Tunnel gebracht, auf dessen Grund sie das Schlagen eines gigantischen Herzens hatte hören können, das im gemächlichen Rhythmus eines Winterschlafs gepocht hatte.

Es ruht etwas Schreckliches an diesem Ort, etwas, das mächtiger und entsetzlicher ist, als du es dir vorzustellen vermagst und dessen Namen ich nicht einmal zu nennen wage. Was tief in diesem Tunnel, im Bauch der Erde schläft, darf auf keinen Fall aufwachen. Niemals.

Er hatte Angst gehabt zu reden, die Worte der uralten Geschichte auszusprechen; zum ersten Mal war er nicht unverschämt oder überheblich gewesen. Zum ersten Mal hatte sie Angst in seinen Augen wahrgenommen.

In der Vorzeit, als die Erde und das Meer entstanden, wurde der Urmutter aller Drachen, dem Urwyrm, ein Ei gestohlen ...

Dieses Ei wurde hier, in der Erde, versteckt gehalten, und zwar von dämonischen Wesen, die dem Feuer entsprungen waren ... Der kleine Wyrm, der dem Ei entschlüpft ist, hat hier in den gefrorenen Tiefen der Erde gelebt. Er wurde größer und größer, bis er mit seinem Leib das Herz der Welt umschlingen konnte. Der Wurm ist ein angeborener Bestandteil der Erde, sein Körper Teil der Weltmasse. Noch schläft er, doch schon bald wird sich dieser Dämon regen und zur Oberfläche aufsteigen ... Genau darauf haben es die Diebe angelegt, die das Ei hier versteckt haben. Es wartet nur noch auf den Befehl des Dämons, der bald erfolgen wird - dessen bin ich mir sicher. Das weiß ich, weil der Dämon versucht hat, mich zu seinem Werkzeug zu machen.

Was, wenn die Bestie diesen Ruf nicht hört?, hatte sie gefragt. *Wenn wir dafür sorgen könnten, dass der Ruf ungehört bleibt, würde sie vielleicht weiter schlafen und keine Antwort geben. Fürs Erste jedenfalls.*

Sie hatten Schritte unternommen, den Schlaf des Wyrms zu verlängern, hatten ein Netz aus Tönen im Tunnel gewoben, hatten endlose disharmonische Melodien ersonnen, die den Ruf des Dämons stören sollten. Doch Achmed hatte sie gewarnt, dass auch diese Lösung nur eine zeitlich begrenzte sei.

Aber damit wäre nur Zeit gewonnen. Ihn vollständig zu vernichten wird weder uns noch irgendjemandem sonst jemals gelingen.

»Es schläft noch«, sagte Elynsynos und riss Rhapsody aus ihren Grübeleien. Ihr Herz pochte; die Drachin hatte ihre Gedanken gelesen. Das große Biest lachte leise, als es den panischen Ausdruck bemerkte, der über Rhapsodys Gesicht huschte. »Nein, Hübsche, ich kann nicht all deine Gedanken erkennen, nur dann, wenn du an das Schlafende Kind denkst.«

Rhapsody blinzelte. »Ich habe nicht an das Schlafende Kind gedacht«, entgegnete sie. »Ich habe ...«

»Sprich es nicht aus. Ich weiß, was du im Innern der Erde gesehen hast. Gerade ging dir etwas durch den Kopf, wovon nur Drachen und F'dor etwas wissen, etwas Unendliches und Uraltes, was bei meiner Rasse heilige Abscheu hervorruft. Du bist zufällig darauf gestoßen. Jetzt gehörst du zu den wenigen Lebewesen, die wissen, dass es existiert.

Die Kreatur, die gerade in deinen Gedanken war, ist das Gegenstück zu deinem Lebensspender. Es war das Erste Kind unserer Rasse, als Ei entführt und von Kreaturen aufgezogen, die unser Gegenstück waren – wo wir die Erde und ihre Reichtümer lieben und verehren, gieren die F'dor nach ihr, um ihre eigenen lachhaften Gelüste zu befriedigen. Dieses Kind ist kein Wyrm mehr; die F'dor haben es vergiftet, haben es in Besitz genommen, wie sie es auch mit menschlichen Wirten tun. Jetzt ist es Teil der Erde, ein großer Teil sogar, und wird sich eines Tages erheben und die Erde als sein Eigen beanspruchen. Wenn das unser Schicksal ist, soll es so sein. Aber es ist ein heiliges Geheimnis, eines, das kein Drache ausspricht, außer in den Gebetsliedern. Wir beten, dass das Erste Kind weiterschlafen möge – dafür gibt es Drachenlieder. Ein Schlaflied für das Schlafende Kind.«

»Das Schlafende Kind«, murmelte Rhapsody nachdenklich. »Im überlieferten Wissen Serendairs hatten diese Worte eine andere Bedeutung. In unseren Legenden war das Schlafende Kind Melita, ein Stern, der vom Himmel fiel. Er stürzte nahe der Insel ins Meer und riss viel von dem, was einst Land war, für immer mit sich in die Tiefe. Aber das Meer konnte ihn nicht auslöschen, er blieb vielmehr unter den Wogen liegen, in unverbrauchtem Feuer kochend, bis er sich schließlich erhob ...« Ihre Stimme zitterte und erstarb. Als sie sich wieder in der Hand hatte, fuhr sie fort. »Er erhob sich und nahm die gesamte Insel mit sich in die Tiefe – dieses Mal im Prasseln eines vulkanischen Feuers.«

»Vielleicht steht der Name, wie auch immer er verwendet wird, für die Prophezeiung des Untergangs unserer jeweiligen Rassen«, meinte Elynsynos. »Merithyn pflegte mir ein Lied aus deiner Heimat vorzusingen, in dem auch das Schlafende Kind vorkam. Möchtest du, dass ich dir die Worte aufsage?«

»Ja, bitte.«

Die große Drachin setzte sich auf und räusperte sich mit einem mächtigen Husten, dass die Kronleuchter über ihnen klirrten und hektische Wellen rückwärts über die Lagune liefen, im selben wilden Rhythmus, in dem auch Rhapsodys Herz pochte. Als Elynsynos nun sprach, geschah dies nicht mehr in den mehrstimmigen Tönen, in denen sie Rhapsody zum ersten Mal angeredet hatte; indes ertönte ein tiefer, melodischer Bariton, eine wohlklingende Stimme, die Magie in sich trug und den Klang uralter, längst vergangener Zeiten. Merithyns Stimme.

Das Schlafende Kind, sie, die Jüngstgeborene,
Lebt weiter in Träumen, doch weilt sie beim Tod,
Der ihren Namen in sein Buch zu schreiben gebot,
Und keiner beweint sie, die Auserkorene.

Die Mittlere, sie liegt und schlummert leise,
Zwischen dem Himmel aus Wasser und treibendem Sand,
Hält stille, geduldig, Hand auf Hand,
Bis zu dem Tag, an dem sie antritt die Reise.

Das älteste Kind ruht tief, tief drinnen
im immer-stillen Schoß der Erden.
Noch nicht geboren, doch mit seinem Werden
Wird das Ende aller Zeit beginnen.

Die Worte hallten von den Höhlenwänden wider und hingen in der abgestandenen Luft, vibrierten in der Stille. Rhapsody schwieg, denn sie fürchtete, ihr Herz werde zerbersten, wenn sie auch nur einen Ton von sich gäbe. Endlich sprach die Drachenfrau.

»Als meine Töchter geboren wurden, waren ihre Augen geschlossen, wie bei kleinen Kätzchen«, begann Elynsynos, und ihre mehrtönige Stimme war zurückgekehrt. »Sie schienen zu schlafen, und einen Augenblick dachte ich, sie wären die drei Kinder aus der Prophezeiung, aber natürlich konnte das nicht stimmen. Ich wusste ja wie jeder Drache, wer das erstgeborene Kind war. Merithyn hatte das Schlafende Kind vor seiner – deiner – Heimatküste erwähnt. Das wäre das mittlere, nehme ich an.«

»Gibt es denn tatsächlich noch ein anderes?«, erkundigte sich Rhapsody nervös. »Noch ein Schlafendes Kind? Das jüngste?«

»Offenbar«, antwortete Elynsynos lächelnd. Der Anblick des gewaltigen, zu einem Grinsen verzogenen Mauls, in dem die schwertartigen Zähne im blassen Licht schimmerten, war gleichzeitig liebenswert und grausig. »Es hat außerdem den Anschein, als könnte jedes dieser Schlafenden Kinder zum Werkzeug der F'dor werden – zu etwas, das hilft, das Ende der Welt herbeizuführen, sie auf die eine oder andere Art zu vernichten.«

»Ich habe immer gebetet, dass der Aufstieg des mittleren Kindes, das die Insel zerstört hat, das Ende dieser Geschichte bedeuten möge«, sagte Rhapsody. »Wir dachten, die F'dor planten, das heraufzubeschwören ...« Als Rhapsody den warnenden Ausdruck bemerkte, der sich blitzschnell auf dem Gesicht der Drachin ausbreitete, brach sie rasch ab. »Wir dachten, der F'dor, von dem Achmed wusste, dass er sich in der alten Welt aufhielt, sei tot. Sein letzter übrig gebliebener Diener, eines der tausend Augen, die er die Shing nannte, erzählte uns das, ehe er sich auflöste; er sagte, der F'dor sei tot, als Mensch wie als Dämon. Und das bedeutete, dass das ... das, was wir befürchteten, vielleicht niemals geschehen würde.«

Die mächtige Drachin streckte sich, und ein Schauer aus Licht flackerte über die Millionen Kupferschuppen hinweg. »Der Dämon, den er kannte, ist vielleicht wirklich zerstört, genau wie ihr angenommen habt. Aber das spielt keine Rolle – jeder F'dor würde das Geheimnis des Wyrms kennen, würde wissen, wie er gerufen werden kann, wenn er stark genug geworden ist.«

»Und der, den du vorhin erwähnt hast, Elynsynos? War das ein anderer Dämon? Nicht derjenige, den Achmed kannte?«

»Ich weiß es nicht. Möglicherweise hat es noch einen anderen gegeben, der entflohen ist, als der Stern unter den Meereswellen explodierte. Das ist schwer zu sagen, Hübsche. Nicht viele haben seit der Morgendämmerung der Zeit überlebt, aber sie kommen ohne Warnung, verstecken sich in ihrem Wirt, warten ab und sammeln Kraft, während ihr Wirt erstarkt. Wenn sie genug Kraft in sich tragen, suchen sie sich einen neuen, noch stärkeren Wirt – für gewöhnlich einen jüngeren. Ein F'dor kann nur jemanden in Besitz nehmen, der schwächer oder von ähnlicher Stärke ist; er kann niemanden beherrschen, der größere Macht hat als er selbst.«

Rhapsody nickte. »Weißt du, wer es jetzt ist, Elynsynos?«

»Nein, Hübsche. Er hat seinen Wirt im Lauf der Jahre oft gewechselt. Ich spüre ihn zwar, wenn er in der Nähe ist, aber er ist weit weg geblieben, wahrscheinlich, weil er das weiß. Es könnte irgendjemand sein.

Wenn du dir von all den Dingen, die ich dir gesagt habe, eines merken solltest, dann dieses: Sie sind meisterhafte Lügner, und das arbeitet gegen dich, denn als Benennerin bist du auf die Wahrheit eingeschworen. Ihre größte Macht liegt darin, die Vorzüge ihres Wirts für sich zu nutzen; in unserem Fall konnten sie die von Natur aus zerstörerische Natur der Drachen für ihre Belange einsetzen und daraus eine Waffe zum Erreichen ihrer eigenen bösen Ziele machen. Das Gleiche werden sie bei dir versuchen, nur werden sie es auf deine Wahrheitsliebe abgesehen haben. Nimm dich in Acht, Hübsche. Sie sind wie ein Gast in deinem Bau, von dem du erst zu spät merkst, dass er deine Vorratskammer geplündert hat.«

»Llauron hat mir von einer Prophezeiung Manwyns über einen ungebetenen Gast berichtet«, sagte Rhapsody nachdenklich. »Könnte es sich dabei um den F'dor gehandelt haben?«

Die Luft um die Drachin summte – ein Zeichen, wie sehr sie sich für diesen Gedanken erwärmte. »Ich kenne diese Prophezeiung nicht.«

Rhapsody schloss die Augen und versuchte sich an die Nacht im Wald zu erinnern, als Llauron ihr von der Prophezeiung erzählt hatte. Auch Achmed und Grunthor waren dabei gewesen. Sie kramte in ihrem Tornister und zog ein kleines Tagebuch hervor, in dem sie einiges von dem aufgezeichnet hatte, was sie in dieser neuen Welt erfahren hatte. »Hier ist sie«, sagte sie schließlich und las vor:

Er geht als einer der Letzten und kommt als einer der Ersten,
Trachtet danach, aufgenommen zu werden, ungebeten, an neuem Ort.
Die Macht, die er gewinnt, indem er der Erste ist,
Ist verloren, wenn er als Letzter in Erscheinung tritt.
Unwissend spenden die, die ihn aufnehmen, ihm Nahrung,
In Lächeln gehüllt wie er, der Gast;
Doch im Geheimen wird die Vorratskammer vergiftet.
Neid, geschützt vor seiner eigenen Macht –
Niemals hat, wer ihn aufnimmt, ihm Kinder geboren, und niemals wird dies geschehen,
Wie sehr er sich auch zu vermehren trachtet.

Elynsynos seufzte. »Manwyn war schon immer ein seltsames Wesen«, murmelte sie. »Ich weiß nicht, warum sie nicht einfach sagt, was sie meint. Ja, Hübsche, es klingt, als wäre der F'dor damit gemeint. Für einen Dämon ist die Vermehrung mit sehr viel Macht und Wagnis verbunden. Wenn er es durch den Körper eines menschlichen Wirts versucht, schwächt er sich selbst, bricht seine Lebensessenz auf und gibt etwas davon an das Kind weiter. F'dor sind viel zu gierig und machthungrig, um etwas von ihrer Stärke aufzugeben, deshalb müssen sie auf andere Methoden der Fortpflanzung zurückgreifen.«

»Wie zum Beispiel die Erschaffung des Rakshas?«

»Ja, meine Hübsche, meine Seele. In gewisser Weise unterscheidet sich der F'dor nicht von den alten Drachen, was die Vermehrung außerhalb ihrer Rasse angeht. Als uns klar wurde, dass es ein Fehler war, nicht die Gestalt des Schöpfers anzunehmen, versuchten wir, diesen Fehler wieder gutzumachen. Eigentlich ist es eine Ironie; die wenigen Menschen, die Drachenblut in sich haben, wollen nicht menschlicher werden, sondern haben im Allgemeinen den Wunsch, ihre Menschengestalt aufzugeben und Drachenform anzunehmen, was bedeutet, dass sie ihre Seele opfern.

Da die Drachen sich nicht mit Angehörigen der Rassen der Drei vermehren konnten, versuchten sie, eine menschenähnliche Rasse aus den wenigen Bruchstücken des Lebendigen Gesteins zu erschaffen, die nach dem Bau des Kerkers noch übrig waren. Außergewöhnlich und schön waren die Kreaturen, die dabei entstanden. Kinder der Erde nannte man sie, und sie hatten menschliche Gestalt, oder zumindest waren sie den Menschen so ähnlich, wie die Drachen es eben fertig brachten.

In mancherlei Hinsicht waren sie brillante Geschöpfe, in anderer abscheulich, aber jedenfalls konnten sie sich mit den Dreien mischen. Anders als der Rakshas hatten die Kinder der Erde eine Seele, denn im Gegensatz zu den F'dor waren die Drachen willens, einen Teil ihrer Lebensessenz dafür zu geben, um sie hervorzubringen. Ihre Nachkommen, die Älteren Rassen, die sie ins Leben riefen, sind die Erdgeborenen, die in ihrem Schoß leben wollen, deren Seelen jedoch den Himmel berühren.«

Rhapsody kritzelte eifrig in ihr Tagebuch. »Und welche Form nehmen diese Rassen an?«

»Die Nachkommen der Kinder der Erde und die Seren bildeten eine Rasse, die man Gwadd nennt, kleine, zierliche Menschen, eng mit der der Erde innewohnenden Magie verbunden. Eine Mischung von Erde und Sternen.«

Jetzt hielt Rhapsody im Schreiben inne und blickte traurig auf. »Ich erinnere mich an die Gwadd aus der alten Welt«, sagte sie wehmütig.

»Sie sind mir die Liebsten unter den Drachenenkeln«, meinte Elynsynos. »Auch die Nain mag ich ganz besonders. Die Nain waren die Abkömmlinge der Kinder der Erde und der Mythlin.

Sie sind naturbegabte Bildhauer und Bergleute, talentiert für alles, was mit Stein zu tun hat, denn sie haben von einem Elternteil das Wissen über die Erde und vom anderen das Wissen über das Meer geerbt. Für sie ist Granit wie eine Flüssigkeit; es gibt unter ihren Händen bereitwillig nach.«

Rhapsody nickte und machte sich wieder Notizen. »Und die Kith? Hat die Rasse des Windes auch erdgeborene Kinder hervorgebracht?«

»Ja«, antwortete Elynsynos. »Ihre Vereinigung schuf eine Rasse, die man Fir-bolga nennt, wörtlich übersetzt Wind der Erde.«

Vor Erstaunen blieb der Sängerin der Mund offen stehen. »Fir-bolga? Firbolg? Die Bolg stammen von den Drachen ab?«

»Nun ja, in gewisser Weise. Aber sie sind eher eine Art adoptierter Enkel, denn die Kinder der Erde wurden ja von den Drachen aus dem Lebendigen Gestein geformt, ohne direkte Verbindung zu ihrem Blut zu haben. Die Kith waren eine harte Rasse, und die Bolg sind es auch, aber sie lieben die Erde von Herzen. Ich mag sie, trotz ihrer grobschlächtigen Art. Von allen Erdgeborenen haben sie am meisten mit ihren Wyrm-Vorfahren gemeinsam.«

Rhapsody lachte. »Wahrscheinlich könnte ich wirklich die Seele eines Drachen sein«, meinte sie. »Ich habe selbst ein Dutzend Firbolg-Enkel adoptiert.« Ihr Gesicht wurde wieder ernst. »Deshalb muss ich dich jetzt auch etwas fragen, Elynsynos.«

»Was denn, Hübsche?«

»Du hast nicht vor, die Bolg irgendwie dafür zu bestrafen, dass sie den Krallendolch behalten haben, oder?«

»Selbstverständlich nicht. Nur weil ich ein Drache bin, bedeutet das noch lange nicht, dass ich böse und rachsüchtig bin.« Eins der riesigen Augen schloss sich, und die Drachenfrau betrachtete Rhapsody mit dem offen gebliebenen durchdringend. »Hast du etwa diesen Schund von der *Verheerung des Wyrms* gelesen?«

Im Licht der Kronleuchter errötete Rhapsody. »Ja.«

»Es ist ausgemachter Unsinn. Den Schreiberling, der das verbrochen hat, hätte ich bei lebendigem Leibe fressen sollen.

Als Merithyn starb, spielte ich mit der Idee, den Kontinent in Flammen aufgehen zu lassen, aber du weißt selbst, dass ich es nicht getan habe.«

»Ja, ich habe es auch nicht wirklich geglaubt.«

»Glaube mir, wenn ich auf Verheerung aus wäre, dann wäre dieser Kontinent nichts als ein großes, schwarzes Loch, das noch heute qualmt.«

Rhapsody schauderte. »Ich glaube dir. Und ich bin froh zu hören, dass du die Bolg nicht für schuldig hältst.« Vor ihrem inneren Auge erschienen die Gesichter ihrer Freunde und ihrer Enkel. »Und so gern ich auch für immer bei dir bleiben würde, muss ich wirklich zu ihnen zurückkehren.«

»Du willst jetzt gehen?«

»Ich sollte mich auf den Weg machen«, seufzte Rhapsody. »Obwohl ich gern länger bleiben wollte.«

»Wirst du zurückkommen, Hübsche?«

»Ja, ganz gewiss«, antwortete Rhapsody. Dann dachte sie an Merithyn. »Wenn ich am Leben bin, Elynsynos. Das Einzige, was mich daran hindern könnte, dich aufzusuchen, wäre mein Tod.«

Die Drachin begleitete Rhapsody zurück zum Tunnel. »Du darfst nicht sterben, Hübsche. Wenn du stirbst, wird mein Herz brechen. Ich habe meine einzige Liebe verloren. Ich möchte nicht meine einzige Freundin auch noch verlieren.« Vor einer der Galionsfiguren blieb sie stehen; die Figur war mit Salz verkrustet, und die Farbe blätterte ab. »Diese hier stammt von Merithyns Schiff.«

Nachdenklich betrachtete Rhapsody die Holzstatue, eine goldhaarige Frau, nackt von der Taille aufwärts, mit ausgestreckten Armen, die ins Nichts griffen. Ihre vom Wasser gebleichten Augen waren grün wie das Meer.

»Sie sieht aus wie du«, stellte Elynsynos trocken fest.

Zweifelnd blickte Rhapsody auf den üppigen Busen der Figur und dann auf ihre eigene Brust. »Nicht mal an meinen besten Tagen, aber trotzdem vielen Dank.«

12

Die Dunkelheit in den unterirdischen Tunneln war so allgegenwärtig, dass sie die Großmutter vor sich, die sie tiefer in die Erde hineinführte, kaum zu sehen vermochten. Gelegentlich hörte Grunthor ein Rascheln ihres Gewandes oder ein Knirschen, wenn ihre bloßen Füße etwas auf dem Boden zertraten, aber im Großen und Ganzen bewegte sie sich lautlos und nahezu unsichtbar im Schein der ersterbenden Fackel.

Eben dieser Schein erhellte die Tunnelwände nur sehr dürftig, aber was sie erblickten, weckte in Achmed und Grunthor den Wunsch, sie würden langsamer gehen und hätten die Gelegenheit, sich genauer umzusehen. Anders als die von Grunthor ausgehobenen Gänge waren diese vor Jahrhunderten entstanden und trugen die Handschrift durchdachter architektonischer Planung, auch wenn diese ganz anders als die der Cymrer zu sein schien. Die Korridore waren glatt und ebenmäßig, geschmückt mit den Überresten uralter Reliefs, allesamt überzogen von einer dicken Schicht aus feuchtem Ruß und Asche, den Nebenprodukten der Schmieden, in denen Eisen geschmolzen wurde. So lange es auch her sein mochte, dass sie geplündert worden waren, blieb ihr Geruch dennoch erhalten und war inzwischen ein dauerhafter Bestandteil der steinernen Gänge mit ihrer abgestandenen Luft.

Nach einer Weile öffnete sich der Tunnel vor ihnen in eine riesige Höhle. Die Basaltdecke war annähernd so hoch wie die des Loritoriums, aus der Erde selbst gehauen und poliert. Über dem Eingang zu einer tiefer in der Höhle gelegenen

Kammer spannte sich ein immenser Torbogen, in den Worte eingemeißelt waren. Die Buchstaben, jeder so groß wie ein Mann, entstammten keiner den Firbolg bekannten Schrift. Die Höhlenwände waren ebenfalls von Rauch und Ruß geschwärzt. Von dieser Höhle zweigten Gänge in alle Richtungen ab.

Vor der Kammer blieb die Großmutter stehen und deutete mit ihrem langen, knochigen Finger auf die massive Inschrift des Bogens. »Lass das, was in der Erde ruht, ungestört schlafen; sein Erwachen kündet von ewiger Nacht«, übersetzte sie. Wieder sprach sie wortlos mit zwei verschiedenen Stimmen. Grunthor und Achmed schauderte es innerlich, als sie an ihre Reise entlang der Axis Mundi denken mussten. Auch sie hatten etwas gesehen, was tief in der Erde schlummerte, und sie pflichteten der Bedeutung der hier eingemeißelten Worte von Herzen bei.

Wieder faltete die Großmutter die Hände und beäugte die beiden Fremdlinge voller Ernst. »Dieser Ort wurde in seiner Zeit als Kolonie bezeichnet«, erklärte sie in ihrer zischenden und schnalzenden Sprache ohne Worte. »Vor dem Ende war es ein Stadtstaat aus 112 938 Dhrakiern. Löscht eure Fackel. Ich werde euch jetzt zeigen, warum meine Ahnen die Kolonie an dieser Stelle gebaut haben.«

Achmed warf die Überreste der Fackel auf den Boden und trat das letzte Fünkchen aus. Eine Wolke schwarzen Rauchs stieg in der Höhle empor und löste sich einen Atemzug später wieder auf. Die Großmutter wandte sich um und betrat die Kammer hinter der Inschrift. Die Männer folgten ihr in die tiefer werdende Dunkelheit.

Selbst Achmeds empfindliche Augen brauchten einen Moment, um sich an die Dunkelheit zu gewöhnen, die in der Kammer so dick und fühlbar war wie flüssige Nacht. Gerade als er sich einigermaßen zurechtfand, schlug die Großmutter etwas gegen die Wand und entzündete winzige Lichtfunken. Achmed sah, dass sie einen Pilz in der Hand hielt, ähnlich wie die schwammartigen Gebilde, die sie auf ihrer Reise auf der

Wurzel gefunden hatten und die Helligkeit verströmten, wenn man sie rieb. Die Lichtquelle brachte ihn durcheinander, und seine Augen mussten sich wiederum an die neuen Lichtverhältnisse gewöhnen.

Die alte Dhrakier-Frau stieg eine Treppe zu einem Erdbrocken empor und griff nach etwas hoch über ihren Köpfen; dann ging sie weiter, während sich das Licht von dem Pilzschwamm ausbreitete. Bald schon erkannten Achmed und Grunthor, dass sie ihn in eine kleine Laterne gelegt hatte, eine Kugel gedämpften Lichts, die von der Decke der Kammer herabhing. In ihrem Schein konnten sie nun endlich die Ausmaße des Raums ausmachen.

Er hatte drei Seiten und einen mit massiven Eisentüren gesicherten Eingang, der zu der Höhle führte, aus der sie soeben gekommen waren. Die blanken Wände liefen schräg auf einen Punkt zu, von dem an einer langen, schwarz angelaufenen Kette die Lichtkugel herabhing.

Unter dieser Lampe stand ein großer Obsidian-Katafalk, eine Plattform wie für einen Sarg, und tatsächlich schien ein Körper auf dem Katafalk aufgebahrt zu sein. Achmed und Grunthor traten näher heran.

Derartiges wie die schlafende Gestalt, die hier ruhte, hatten sie noch nie gesehen. Während ihr Körper so groß war wie der eines erwachsenen Menschen, hatte sie dennoch das Gesicht eines Kindes, die Haut kalt und grau schimmernd, als wäre sie aus Stein gehauen. Ohne das bedächtige Heben und Senken ihrer Brust hätte sie wirklich wie eine Statue gewirkt.

Unter der Oberfläche der dünnen Haut war ihr Fleisch dunkler, in gedämpften Braun- und Grünschattierungen und purpurn und dunkelrot, verflochten wie dünne Tonstränge. Ihre Züge waren zugleich grob und glatt, als wäre ihr Gesicht mit stumpfen Werkzeugen gehauen und dann sorgfältig ein Leben lang poliert worden. Unterhalb ihrer knöchernen Stirn waren Augenbrauen wie aus getrockneten Grashalmen, dazu passend die Wimpern und das lange, grobe Haar. Im schwachen Licht ähnelten die Flechten Weizenähren oder gebleichtem Heu, gleichmäßig geschnitten und zu feinen Garben gebunden. An der Kopfhaut sprossen die Haare grün wie junges Frühlingsgras.

»Sie ist ein Kind der Erde, geformt aus Lebendigem Stein«, erklärte die Großmutter leise, und sie spürten den sanften Rhythmus ihrer eigentümlichen Sprache eher auf der Haut als in den Ohren. »Bei Tag und Nacht, all die wechselnden Jahreszeiten hindurch, schläft sie. Sie war schon hier, bevor ich geboren wurde. Ich habe geschworen, sie zu beschützen bis zu meinem eigenen Tod.« Sie blickte auf, und ihre schwarzen ovalen Augen strahlten. »Und das müsst ihr nun ebenso tun.«

Die alte Frau ließ die Finger kurz auf der Stirn des Mädchens ruhen, dann erklomm sie die Stufen neben dem Katafalk und löschte das Licht. »Kommt«, sagte sie und verließ die Kammer. Die beiden Bolg starrten in das steinerne Gesicht des Erdkindes, das sich langsam in der Dunkelheit verlor, und folgten dann der Großmutter.

Als Rhapsody aus der Höhle kam, erschien ihr die Erde weitaus grüner und das Blau des Himmels viel strahlender als zuvor. *Wie viele Tage sind wohl vergangen?*, überlegte sie. *Zwei? Fünf?* Sie vermochte es nicht zu sagen.

In dem Bemühen, die Fassung wiederzugewinnen, blickte sie um sich und peilte den Weg nach Süden an. Auf dieser Route würde sie in den Wald von Tyrian kommen, jenseits der Grenzen von Roland, und mit ein wenig Glück Oelendra begegnen.

Vorsichtig bahnte sie sich einen Weg zwischen schlüpfrigen Steinen hinunter ans Ufer des Sees, als plötzlich etwas ihren Arm berührte.

»Rhapsody?«

Erschrocken sprang sie zur Seite und zückte ihren Dolch, denn ihr Angreifer war zu nah für das Schwert. Ashe hielt die Hände hoch und trat einen Schritt zurück.

»Entschuldige.«

Wütend stieß Rhapsody den angehaltenen Atem aus. »Würdest du bitte damit aufhören? Irgendwann bringst du mich noch um.«

»Es tut mir Leid, ehrlich«, entgegnete er und faltete betreten die Hände. »Ich habe hier auf dich gewartet, seit du in die Höhle gegangen bist, um mich zu vergewissern, dass du auch wieder herauskommst.«

»Ich habe dir doch gesagt, es werde schon alles gut gehen.« Fast hatte ihr Atem sich wieder beruhigt, als sie in der Erinnerung plötzlich Elynsynos' Stimme vernahm.

Und höre: Er befindet sich jetzt ganz hier in der Nähe. Sei vorsichtig, wenn du meine Höhle verlässt.

Auf ihrer Stirn bildeten sich Schweißperlen. *Die Drachin kann doch nicht Ashe gemeint haben,* dachte sie. Als sie innehielt, um darüber nachzudenken, schien ihr der Gedanke widersinnig. Wenn Ashe ihr etwas hätte antun wollen, hätte er dazu reichlich Gelegenheit gehabt.

Es sei denn, er hatte einen Grund, ihr zu folgen.

»Rhapsody? Ist alles in Ordnung mit dir?«

Sie blickte in die Kapuze empor, ohne etwas sehen zu können. Dann erinnerte sie sich wieder an sein Gesicht, an den gehetzten, unsicheren Ausdruck in seinen Augen, und ihre Vorbehalte verflogen.

»Mir geht es gut«, entgegnete sie lächelnd. »Kennst du zufällig den Weg zu Oelendra?«

»Ich kenne jedenfalls den Weg nach Tyrian.«

»Kannst du mir eine Karte zeichnen? Dorthin werde ich nämlich als Nächstes gehen.«

»Wirklich? Warum?«

Rhapsody öffnete den Mund und schloss ihn rasch wieder. »Ich möchte sie sehen – Elynsynos ist der Ansicht, dass wir uns treffen sollten. Vielleicht finde ich dort bei den Lirin ein paar Antworten.«

Ashe nickte. »Könnte sein. Nun, wie der Zufall es so will, liegt Tyrian auf dem Weg zu meinem nächsten Ziel. Soll ich dich begleiten?«

»Ich hasse es, mich dir schon wieder aufzudrängen«, meinte sie zögernd und dachte an das Gespräch an einem ihrer zahlreichen gemeinsamen Lagerfeuer. Gewiss wollte er so rasch wie möglich nach Hause zu seiner Geliebten, die nun schon so lange auf ihn gewartet hatte.

»Wie gesagt bin ich ohnehin dorthin unterwegs. Du drängst dich also nicht auf, und ich hätte ein besseres Gefühl, wenn ich dich in Oelendras Obhut wüsste. Was sagst du dazu?«

»Ich sage danke«, antwortete sie und prüfte die Riemen ihres Tornisters. »Nun denn, sollen wir aufbrechen?«

Ashe nickte und wandte sich gen Süden. Leichtfüßig schritt er über die glitschigen Steine des Spiegelteichs, über dem Nebel aus der Drachenhöhle hing. Rhapsody folgte ihm um das Ufer des Sees herum, zurück in das verschlafene Tal, bis der Höhleneingang beinahe außer Sicht war. Da blieb sie stehen und sah sich noch ein letztes Mal um.

»Auf Wiedersehen, meine Freundin. Du bist in meinem Herzen«, flüsterte sie.

Der Wind in den Bäumen lebte auf, liebkoste ihr Gesicht und die losen Strähnen ihres Haars.

13

Rhapsody war wie ein Kind, das ein Geheimnis mit sich herumträgt. Noch Tage nach ihrem Besuch bei der Drachin strahlte sie, obgleich sie nicht hätte erklären können, warum eigentlich. Ashe hatte den Eindruck, dass sie zwar bereit war, offen darüber zu sprechen, es aber aus irgendwelchen Gründen nicht vermochte und vielleicht auch Schwierigkeiten hatte, das, was sie in der Höhle gesehen und gefühlt hatte, in Worte zu kleiden.

So war die Atmosphäre zwischen ihnen wesentlich fröhlicher als auf ihrer ersten gemeinsamen Wegstrecke, und das trotz des Regens und des Schlamms, dem sie nun ausgesetzt waren. Rhapsody schien ihm seinen Fehler am Tar'afel verziehen zu haben und scherzte entweder ausgelassen mit ihm oder ging in entspanntem Schweigen, hinter dem ihre innere Aufregung lauerte, neben ihm her. Diese Hochstimmung faszinierte seine Drachennatur, und so verfiel sie Rhapsody genau wie seine menschliche Seite nur noch mehr.

Gelegentlich, wenn sie Halt machten, um zu essen, oder wenn sie abends am Feuer saßen, ertappte er sie dabei, wie sie ihn nachdenklich betrachtete, als versuchte sie, die Erinnerung an seine Gesichtszüge, die er ihr offenbart hatte, in den Schemen seiner Kapuze wieder zusammenzusetzen. Sobald sie merkte, dass er sie beobachtete, lächelte sie ihn an. Obgleich dieses Lächeln dasselbe war, mit dem sie auf ihre natürliche Art andere Freunde und Bekannte bedachte, spürte er doch irgendwie, dass darin etwas mitschwang, das ihm allein gehörte, nur ihm vorbehalten blieb. Angesichts der Auswirkungen, die es auf ihn hatte, war er froh, dass er nahezu unsichtbar war.

Nach drei Tagen Wanderung durch Regen und Schlamm gelangten sie zu einer Lichtung. In der Ferne hörte Rhapsody den Klang fallenden Wassers, aber aus irgendeinem Grund war die genaue Richtung nicht leicht festzustellen. Nach einer Weile war sie überzeugt, dass sie im Kreis gingen, denn sie waren soeben zum dritten Mal am selben Haselstrauch vorbeigekommen. Mitten auf dem Waldweg blieb sie stehen.

»Haben wir uns verirrt?«

»Nein.«

»Warum führst du mich dann im Kreis herum?«

Ashe seufzte, und Rhapsody glaubte ein Lächeln in seiner Stimme zu hören, als er antwortete: »Ich habe einen Augenblick ganz vergessen, dass du eine Lirin bist. Kein anderer hätte es bemerkt.«

»Und?«, beharrte sie ein klein wenig verärgert.

Er schwieg einen Augenblick. »Tut mir Leid«, antwortete er dann. »Ich erkläre es dir, wenn wir zu unserem Unterschlupf kommen.«

»Unserem Unterschlupf?«

»Ja, es gibt da eine Stelle, an der wir unser Nachtlager aufschlagen werden, eine Stelle, wo wir baden können und zumindest einer von uns in einem Bett schlafen kann. Beide, wenn du dazu bereit bist.« Der neckende Unterton war in seine Stimme zurückgekehrt.

»Aber du willst verhindern, dass ich diese Stelle später wieder finde.«

Wieder seufzte Ashe. »Ja.«

Auch Rhapsody seufzte. »Würde es helfen, wenn ich die Augen schließe?«

»Das ist nicht notwendig«, lachte Ashe. »Komm, ich zeige dir, wo es ist.«

Das Brausen des Wassers wurde lauter, als sie zu einem Wäldchen mit Eschen und blühenden Holzapfelbäumen gelangten. Rhapsody war wie verzaubert, duckte sich unter einem Ast hindurch und trat in das Wäldchen, wo sie sich langsam umdrehte und sich an den zarten rosaroten und weißen Blüten und dem blassen Grün der frischen Frühlingsrinde ergötzte. Die Nachmittagssonne brach durch das Blätterdach, und Rhapsody streckte die Hände aus, als wollte sie ihre Strahlen einfangen. Die Waldluft war süß, reich vom Duft des gefallenen Regens.

»Welch ein wunderschöner Ort«, murmelte sie. »Kein Wunder, dass du ihn für dich behalten willst.«

Ashe lächelte. »Ich möchte ihn aber gar nicht für mich behalten«, widersprach er. »Schließlich bist du ja hier, oder etwa nicht?«

»Ich bin mir nicht sicher«, antwortete Rhapsody, die immer noch staunend um sich blickte. »Vielleicht träume ich ja.«

»Das glaube ich nicht«, entgegnete Ashe. »Ich habe deine Träume schon des Öfteren miterlebt, und ich bezweifle stark, dass sie so aussehen.« Rhapsody zuckte zusammen. Natürlich hatte er Recht, aber die Erinnerung daran, wie beunruhigend ihre Albträume sein konnten, ließ sie vor Verlegenheit erröten. So entschloss sie sich, in dieser Nacht möglichst weit weg von ihm zu schlafen.

Sie wanderten weiter in das Tal hinein; das Lied der Vögel wurde lauter und wetteiferte mit dem Wasserrauschen, das ihr zuvor schon aufgefallen war. Endlich erhaschte sie einen Blick auf einen Wasserfall. Er ergoss sich in vier Etappen über einen versteckten Abhang. Der Bach, den er bildete, floss in eine tiefe Schlucht; der Frühlingsregen ließ ihn kräftig anschwellen.

»Zeig mir mal deine Stiefel«, verlangte Ashe. Rhapsody beugte die Knie und hielt eine Sohle hoch. Anscheinend zufrieden gestellt, nickte er. »Dieses Mal musst du meine Hand nehmen, Rhapsody. Die Schlucht ist steil und der Schiefer um den Wasserfall herum äußerst schlüpfrig. Du wirst nicht genug Halt finden, aber wenn du mir deine Hand gibst, verspreche ich dir, dich nicht zu tragen, wenn ich es vermeiden kann.«

Sein Ton war leicht, aber Rhapsody wusste, dass er es ernst meinte; er würde sein Versprechen halten.

»Wie willst du wissen, wo ich Halt finde?«, scherzte sie ebenfalls. »Bist du etwa auch der Allgott?«

Ashe lachte. Rhapsody gab ihm ihre Hand, wobei sie bemerkte, dass er einen Blick auf ihr Handgelenk warf, wie er es immer tat, wenn ihre Hände sich berührten.

So führte er sie zum Wasser. »Man hat mir schon einiges vorgeworfen, aber das noch nicht.« Sie wateten durch den Bach und glitten nur ein einziges Mal aus. Rhapsody war froh, dass er sie festhielt, als sie in die Schlucht hinunterblickte. Sicher geleitete er sie ans andere Ufer, wo Büsche und Kraut die Felswand des Hügels flankierten. Dort hielt Ashe einen großen Ast für sie zur Seite und trat zurück, sodass sie vorgehen konnte.

Sie befand sich in einem verborgenen Teil des Tals, wo es dunkler war. Ihre Augen brauchten eine Weile, bis sie sich angepasst hatten; dann merkte sie, dass vor ihr eine kleine Hütte aufragte. Sie war aus Stein gebaut, das Dach schien aus Torf zu bestehen. Durch die Blumen und Gräser des Waldes, die auf dem Dach und um die Hütte herum wucherten, war sie kaum zu erkennen, schmucklos, mit nur einem Fenster und einer Tür. Neben ihr hatte sich ein großer Teich vom Rückfluss des Wasserfalls gebildet.

»Bleiben wir hier?«

»Ja. Ist das in Ordnung?«

»Ich finde es wundervoll«, sagte Rhapsody und lächelte ihn an. »Ich hätte nie gedacht, dass es hier eine Hütte gibt.«

»Genau das war meine Absicht«, entgegnete Ashe freundlich, nahm sie abermals bei der Hand und führte sie zu der Hütte hinüber. »Dies ist der einzige Ort auf der Welt, an dem ich meinen Umhang ablegen und ein gewöhnlicher Mensch sein kann – jedenfalls der einzige Ort an Land. Wenn ich auf See bin, trage ich auch keinen.«

Rhapsody verstand die Bemerkung nicht ganz. Wenn der Nebel des Umhangs Ashes Schwingungen verbarg, dann musste es das Wasser sein, das ihn vor den Blicken seiner Verfolger verbarg. Sie erinnerte sich, dass Ashe einmal etwas Derartiges erwähnt hatte. Allmählich klärten sich die Dinge in ihrem Kopf; kein Wunder, dass Achmed sich in Ashes Gegenwart unwohl fühlte. Er konnte ihn mit seinen Schwingungssinnen nicht wahrnehmen. Das Rauschen des Wasserfalls musste die gleiche Wirkung haben, noch dadurch verstärkt, dass er in dieser versteckten Schlucht lag. Doch dann kam ihr ein Gedanke.

»Nein, das ist nicht der einzige Ort«, sagte sie aufgeregt. »In meinem Haus wärst du auch in Sicherheit.«

Ashe schauderte. »Im Kessel? Nein danke.«

Rhapsody schubste ihn zum Spaß. »Mein Haus liegt nicht im Kessel«, erwiderte sie. »Und ich denke, es ist noch schwerer zu finden als dieser Ort hier.«

»Ach ja?« Ashes Ton klang unverbindlich. Er öffnete die Tür und hielt sie aufgesperrt, damit die Brise vom Wald für ein wenig frische Luft sorgen konnte. Rhapsody spähte hinein.

Der Raum war klein, mit einem zerwühlten Einzelbett und einem winzigen Kamin. Außerdem gab es einen Wandschrank ohne Tür, vom Zimmer mittels eines verschlissenen Vorhangs abgeteilt; in dem Schrank konnte sich eigentlich nicht viel befunden, denn auf dem Boden lagen in chaotischer Unordnung alle möglichen Dinge verstreut. Auf jeder horizontalen Fläche stand gebrauchtes Geschirr herum, vermischt mit Socken und Unterwäsche; eine ungewaschene Garnitur hing sogar am Garderobenhaken. Verdutzt über die Schlamperei blickte Rhapsody sich um.

»Himmel, das ist also deine Unterkunft?«, fragte sie ungläubig. »Wie willst du hier drin auch noch Platz finden?«

»Ganz einfach«, erwiderte Ashe abwehrend, jedoch mit einem Lachen in der Stimme. »Nur zu deiner Kenntnis: Die Hütte hat genau die richtige Größe für eine Person und vielleicht noch einen nachsichtigen Gast dazu. Alle anderen müssen draußen schlafen.«

Rhapsody schob ihn beiseite und trat ein. Die Einrichtung war vollkommen schmucklos, wenn man den allgegenwärtigen Schmutz nicht als zusätzliche Zierde rechnete. Außer dem Bett gab es noch einen kleinen Tisch und einen alten, wackeligen Stuhl mit einem scheußlichen, vollkommen durchgesessenen Polster. Über allem schwebte der unangenehme Geruch schmutziger Wäsche.

»Nun, was sagst du dazu?«

»Ich finde, dieses Zimmer könnte eine weibliche Hand gebrauchen - oder ein Dienstmädchen.«

Ashe lachte. »Du kannst gern beide Funktionen übernehmen, wenn du möchtest.«

»Ich habe schon als Dienstmädchen gearbeitet, das ist keine Schande.«

»Ganz gewiss nicht«, entgegnete er. »Nichts, was du tun würdest, wäre eine Schande, glaube ich.« Rhapsody wurde rot, sagte aber nichts darauf. *Das zeigt mal wieder, wie wenig du von mir weißt*, dachte sie im Stillen.

»Wenn ich recht darüber nachdenke, wäre vielleicht eher eine Überschwemmung angebracht.«

»Auch das kann ich veranlassen.« Ashe berührte den Griff seines Wasserschwerts. »Nun, bleibst du? Du wirst dafür bezahlen müssen.«

Rhapsody wandte sich ihm zu. »Ach ja? Was ist denn der Preis?«

»Eine Antwort.«

»Wie lautet die Frage?«

»Es sind zwei Fragen.«

»Leg los.« Rhapsody verschränkte die Arme.

»Bist du Cymrerin, und wenn ja, aus welcher Generation? Du hast gesagt, du würdest nicht lügen, also weiß ich, dass du die Wahrheit sprächest.«

Nachdenklich senkte Rhapsody den Kopf. »In Ordnung, ich gebe dir eine Antwort. Auf deine erste Frage. Die Antwort lautet: Nein, ich bleibe nicht.« Mit diesen Worten ging sie zur Tür, wo er immer noch stand. Ashe streckte die Hand aus.

»Warte. Das war nur ein Scherz.«

»Nein, war es nicht. Lass mich durch.«

»Ich entschuldige mich«, sagte er und trat beiseite. Er war klug genug, ihr nicht den Weg zu versperren. So sah er ihr nach, wie sie zum Teich ging, sich ans Ufer setzte und den Tornister von der Schulter nahm.

»Keine Ursache. Ich bin hier sehr zufrieden.« Gemächlich packte sie ihre Decken aus und rollte sie aus.

Er ging zu ihr und beugte sich über sie. »Aber ich nicht. Rhapsody, du bist die Erste, der ich diesen Ort jemals gezeigt habe. Ich habe dich den ganzen Weg hierher gebracht, damit wir uns noch einmal richtig ausruhen können, ehe du dich auf den Weg nach Tyrian machst. Ich habe genug davon, draußen zu übernachten. Das tue ich dauernd, und ich möchte gern wenigstens eine Nacht in meinem Bett schlafen. Ich weiß, die Hütte macht nicht viel her, aber es ist mein einziges Zuhause. Bitte komm herein. Es tut mir Leid, dass es so unordentlich ist und dass ich manchmal so dumm bin. Du musst meine Fragen nicht beantworten, und ich höre auch auf, dich ständig damit zu bedrängen, ob du cymrischer Abstammung bist, das verspreche ich. Außerdem ist es ein Teil unserer Abmachung, dass einer von uns Wache hält, während der andere schläft, und das kann ich schlecht, wenn ich drinnen bin, während du hier draußen übernachtest. Es wäre eine sträfliche Vernachlässigung meiner Pflichten als dein Führer. Deshalb komm bitte wieder herein.«

Rhapsody musterte die verhüllte Gestalt neben sich. In seiner Stimme lag eine Verzweiflung, die sie nicht verstand, und sie verspürte Mitleid für ihn, für diesen müden Wanderer, der ständig unterwegs war, sich ständig verbergen musste vor den Augen derer, die ihn verfolgten. Plötzlich schämte sie sich ihrer mangelnden Dankbarkeit - nach allem, was er für sie getan hatte; immerhin hatte er sein eigenes Leben und wohl auch seine Beziehung hintangestellt, um sie bis hierher zu begleiten. Wieder hörte sie die melodiöse, vernünftige Stimme des Drachen.

Der Mann da draußen, der dich hergebracht hat - er wollte auch wissen, ob du Cymrerin bist, nicht wahr?

Ja.

Du kannst es ihm ruhig sagen, Hübsche. Er weiß es bereits. Es ist unverkennbar.

Sie stand auf und klopfte sich den Schmutz von den Kleidern, dann hob sie ihre Sachen wieder auf. »Ich bin bereit, mich auf einen Handel mit dir einzulassen, Ashe«, sagte sie, während sie den Tornister wieder schulterte. »Ich werde deine Fragen beantworten.«

»Nein, bitte, ich habe kein Recht ...«

»Lass mich ausreden. Ich werde eine oder auch beide Fragen beantworten, die du mir gestellt hast, vorausgesetzt, du beantwortest mir die gleichen Fragen zuerst selbst. Abgemacht?«

Ashe dachte einen Moment nach. »Abgemacht.«

»Gut, dann lass uns hineingehen.«

»Die Unordnung tut mir Leid.«

»Du musst dich nicht entschuldigen«, erwiderte Rhapsody. »Erstens ist es dein Zimmer, und das kannst du gestalten, wie es dir passt. Zweitens ist es hier im Vergleich zu Jos Zimmer wirklich aufgeräumt.«

Ashe lachte. »Dann muss sie ja in einem Abfallhaufen leben.«

»Ja, das stimmt, aber bevor ich ihr begegnet bin, hat sie einen großen Teil ihres Lebens tatsächlich im Abfall gelebt, deshalb versuche ich mich nicht darum zu kümmern, so sehr ich Schlamperei auch verabscheue. Ich fürchte, ein ordentlicher Haushalt gehört zu meiner Erziehung.«

Ashe nickte. Rhapsody ging zu dem Stuhl, hob die schmutzigen Wollsocken auf, faltete sie zusammen und legte sie sich auf den Schoß.

»Hier, die nehme ich«, meinte Ashe hastig. »Um die musst du dich nicht kümmern.« Kurz entschlossen warf er die Socken in einen leeren Korb im Wandschrank.

»Willst du nicht deinen Mantel ausziehen?«, fragte Rhapsody. »Du freust dich doch bestimmt schon lange darauf, ihn loszuwerden.«

Ashe schlug die Kapuze zurück, ließ den Umhang jedoch an und setzte sich aufs Bett. Rhapsody holte tief Luft, als sie sein Gesicht wieder sah; es war seltsam, ihn ein zweites Mal zu erblicken. Von der anderen Seite des Raums waren seine sonderbaren Pupillen nicht zu erkennen, aber der metallische Glanz in seinem Haar war ebenso überwältigend wie beim ersten Mal. Offenbar merkte er, dass sie ihn anstarrte, und machte ein unbehagliches Gesicht.

»Also«, begann er verlegen. »Also, bist du nun Cymrerin?«

»Du zuerst.«

»Ja.«

»Nun«, erwiderte sie, »du weißt es zwar schon, aber ja, ich auch.«

»Und was ist mit Achmed und Grunthor?«

»Für sie kann ich ohne ihre Zustimmung nicht sprechen«, antwortete sie bedauernd. »Da musst du deine eigenen Schlüsse ziehen.«

Ashe nickte. »Welche Generation?« Als sie ihn misstrauisch musterte, lächelte er. »Auf meines Vaters Seite die Dritte Generation. Bei meiner Mutter ist die Verwandtschaft zu den Cymrern so weit entfernt, dass es sich fast nicht mehr zu erwähnen lohnt.«

»Erklär mir das noch einmal«, bat Rhapsody. »Cymrer der Ersten Generation sind in der alten Welt geboren, und ihre Kinder, die hier zur Welt gekommen sind, gehören dann der Zweiten Generation an?«

»Ja.«

»Was, wenn jemand Seren war, in Serendair gelebt hat, aber nicht mit den Flotten in See stach?«

Ashe, der sie aufmerksam betrachtete, blinzelte, dann wurde sein Gesicht plötzlich leer. »Und die Katastrophe trotzdem überlebt hat?«

»Offensichtlich, sonst gäbe es ja keinen Grund, darüber zu sprechen, oder?«

Ashe nickte. »Nein, natürlich nicht, das war eine dumme Frage. Wenn meine Geschichtsstudien korrekt sind, ist das sehr vielen Leuten geschehen. Nicht alle, die Serendair verlassen haben, wollten sich Gwylliam anschließen; viele glaubten, er sei verrückt, einige hatten schlichtweg Angst, sie würden die Reise nicht verkraften – vor allem Angehörige der Rassen, die von sich aus keine enge Verbindung zum Meer haben. Sie brachen auf, bevor die Drei Flotten in See stachen, und haben an anderen Orten Zuflucht gesucht, die näher bei der Insel liegen.«

Rhapsody erhob sich und zog sich den Umhang von den Schultern. »Wären diese dann Cymrer?«

Die blauen Augen hefteten sich noch durchdringender auf sie; die vertikalen Schlitze weiteten sich in der Dunkelheit des Raums und sogen ihre Antwort auf, als wäre sie Sonnenlicht.

»Ja«, antwortete er nachdenklich. »Obgleich sie die einheimische Bevölkerung nicht mit Gwylliams Sinnspruch begrüßten, denke ich, dass ein eingeborener Seren, der Serendair vor der Katastrophe verlassen hat, dennoch als Cymrer gilt. Auch die Mitglieder der Zweiten Flotte taten das nicht; sie landeten in Manosse oder Gaematria und setzten erst viele Generationen später Fuß auf diesen Kontinent, damals, als der Große Rat einberufen wurde. Und sie sind Cymrer, sie fühlten es tief in ihrer Seele, als das Horn sie rief, sich beim Großen Gerichtshof zu versammeln. Ja, ich denke, alle, die einmal in Serendair lebten und es verließen, sind Cymrer der Ersten Generation.«

Rhapsody wandte sich von ihm ab und hängte ihren Umhang an den Haken bei der Tür, damit er nicht sehen konnte, wie schwer sie schluckte. »Vermutlich bin ich nach dieser Regel eine Cymrerin der Ersten Generation«, sagte sie, während sie die Falten des Mantels glatt strich und den Staub ausklopfte. Dann drehte sie sich wieder zu Ashe um. Aufmerksam studierte sie sein Gesicht, aber in seine Augen trat kein triumphierendes Funkeln, nur ein kleines Lächeln.

»Wie gelang es dir zu überleben? Wohin gingst du? Es muss ein Ort gewesen sein, den du mit dem Ruderboot oder der Fähre erreichen konntest, da du gesagt hast, du seist nie mit einem anderen Schiff gereist. Wie bist du hierher gekommen, eine halbe Welt entfernt?«

»Das sind aber mehr als nur zwei Fragen«, erwiderte Rhapsody hastig. Die Erinnerung an die endlose Reise durch die Eingeweide der Erde drang auf sie ein. Sie schüttelte sich, denn sie wollte nicht daran denken, wie es gewesen war, an der Axis Mundi entlangzukriechen; dennoch, das Gefühl lauerte nach wie vor dicht unter der Oberfläche ihres Bewusstseins. Sie musste sich anstrengen, den Gedanken zu verscheuchen, aber wenn sie es nicht täte, würde eine fast unüberwindliche Verzweiflung sie überrollen. »Außerdem dachte ich, wir hätten uns darauf geeinigt, Gespräche über die Vergangenheit so weit wie möglich zu vermeiden.«

»Entschuldige«, lenkte Ashe hastig ein. »Danke, dass du mir so viel erzählt hast.«

Rhapsody beäugte ihn beklommen. »Gern geschehen. Nachdem du mir nun diese Information entlockt hast ... was gedenkst du damit anzufangen?«

Ashe stand auf. »Baden.«

Wieder starrte Rhapsody ihn an. »Das ist alles? Die ganze lange Reise über hast du nichts unversucht gelassen, um mir diese Antwort aus der Nase zu ziehen, und jetzt willst du baden?«

»Ja«, erwiderte Ashe mit einem Lachen. »Falls es dir noch nicht aufgefallen ist, musste ich mit dem Nebel meines Mantels vorlieb nehmen, um mich zu waschen, während du jede geschützte Stelle im Fluss und jeden abgelegenen Teich genutzt hast, um zu schwimmen; das ist wohl kaum gerecht und auch bestimmt nicht ersprießlich, wenn wir die Nacht heute in diesem kleinen Zimmer verbringen wollen. Wenn du mich also entschuldigen würdest, werde ich jetzt baden gehen.« Staunend sah Rhapsody zu, wie er einen Lappen vom Boden aufhob, der in weniger schäbigen Zeiten vielleicht einmal ein Handtuch gewesen war, und pfeifend aus der Hütte ging.

Ashe hatte gerade seine Hose wieder zugebunden, als die Tür sich öffnete und ein Hagel von Schmutz und Abfall aus der Hütte flog. Offenbar hatte Rhapsody einen großen Ast gefunden, den sie als Besen hernehmen konnte, und fegte jetzt das Zimmer mit einer Kraft, die sich mit jedem Wirbelsturm hätte messen können. Einen kurzen Augenblick erschien sie vor der Hütte, und ihre Blicke begegneten sich. Erschrocken hielt sie inne und starrte auf Ashes Brustkorb.

Vom Nabel bis zur linken Schulter zog sich eine hässliche Wunde, schwarz und unregelmäßig, eitrig und rot entzündet.

Sie schien alt, aber nie richtig verheilt zu sein, roh und offen, verbranntes Fleisch, das unter verkohlter Haut Blasen schlug. Blaue Venen liefen strahlenförmig über die Brust und bildeten über dem Herzen eine Art Stern. Der Anblick trieb Rhapsody Tränen in die Augen.

Normalerweise würde ich dir in einem solchen Fall das Herz herausreißen, obwohl es bei dir ganz danach aussieht, als hätte das schon jemand anderes erledigt.

Rasch wandte Ashe sich ab und zog sich das Hemd über den Kopf. Als er wieder zur Hütte schaute, war Rhapsody verschwunden. Er fuhr sich mit der Hand durch die frisch gewaschenen Haare und wartete, ob sie noch einmal auftauchen würde, aber sie kam nicht. Schließlich beschloss er, das unbehagliche Schweigen zu brechen.

»Rhapsody?«

Sofort war sie wieder an der Tür. »Ja?«

Er zeigte zum Teich. »Ich habe ein Stück eingedämmt, damit sich eine kleine Lagune bildet, wenn du baden möchtest.«

Ihr Gesicht hellte sich auf. »Wunderbar! Danke, ich komme gleich raus.« Sie verschwand in der Hütte und erschien kurz darauf mit einem vollen Wäschekorb. Entsetzt starrte er sie an, denn die Sachen gehörten ihm.

»Was machst du da?«

»Die Wäsche.« Sie ging sie zu dem kleinen Teich, den er für sie zum Baden angelegt hatte, und ließ ein Kleidungsstück nach dem anderen hineinfallen, gefolgt von einem großen Stück Seife. Eine verdreckte Hose, ein Hemd mit einem großen Fettfleck und mehrere Garnituren gebrauchter Unterwäsche landeten zu Ashes großer Verlegenheit im Wasser. Mit großen Schritten eilte er zu Rhapsody und griff nach dem Korb.

»Hier, gib her. Das mache ich lieber selbst.«

Rhapsodys Augen funkelten. »Unsinn! Du hast mir die Stelle des Dienstmädchens angeboten, und ich habe sie angenommen, wenigstens für heute. So bezahle ich dich auf meine Art für deine Dienste als Führer. Wäschewaschen gehört dazu. Überhaupt – wenn du die Kleider, die du anhast, auch noch gewaschen haben möchtest, dann zieh sie einfach aus.« Sie deutete auf die Sachen, die er trug, und nahm einen Stock zur Hand.

»Nein, danke.«

»Du solltest mein Angebot nutzen, so lange du kannst. Wenn wir quitt sind, dann musst du deine Sachen wieder selbst waschen und auch dein Loch – äh, Verzeihung, deine Hütte – ausfegen.« Das Wasser in der Lagune begann zu blubbern, Dampf stieg in die kühle Vorfrühlingsluft auf. Rhapsody hatte ihr Feuerwissen eingesetzt, um die Wäsche zu kochen, und rührte sie jetzt mitsamt der Seife um, sodass sich in der Lagune dicker Schaum bildete, der zwischen den Felsen abfloss.

Als die Wäsche sauber war, zog Rhapsody sie aus dem Wasser, das nun wieder so kühl geworden war, dass sie hineingreifen konnte, und hängte sie auf die Leine, die sie zwischen den Bäumen gespannt hatte. Ashe berührte jedes Stück, und sofort entwich alles überschüssige Wasser.

»Willst du jetzt baden?«, fragte er dann.

Rhapsody blickte durch das Blätterdach zum Himmel auf. Die Wolken wurden dicker und grauer. »Ich glaube nicht. Es sieht nach Regen aus.«

Auch Ashe betrachtete den Himmel. »Du hast Recht. Lass uns hineingehen.«

Sie rafften die Wäsche zusammen, liefen zur Hütte zurück und zogen gerade die Tür hinter sich zu, als die ersten Regentropfen aufs Dach trommelten. Vor Überraschung blieb Ashe wie angewurzelt stehen. Sein Zimmer war so sauber und ordentlich wie noch nie. Das Bett war gemacht, der Boden gefegt, und eine Teekanne stand auf dem Tisch, der ebenfalls abgewischt und poliert worden war.

»Wie hast du das alles in der kurzen Zeit angestellt?«

»Übung.«

»Aha. Nun, es wäre nicht nötig gewesen. Aber trotzdem danke.«

Rhapsody, die an der Tür stehen geblieben war, lächelte ihn an. »Das gehört zu meinen Aufgaben als Dienstmädchen. Wir leisten einige der Dienste, die du umsonst bekämest, wenn du verheiratet wärst.« Kaum waren die Worte heraus, biss sie sich auch schon auf die Lippen. Sie wusste immer noch nicht genau, ob er verheiratet war.

Aber Ashe lachte nur. »Wenn das der Fall ist, dann gibt es noch ein paar andere Dienste, auf die ich Wert legen würde.« Seine Augen funkelten belustigt.

»Tut mir Leid«, entgegnete Rhapsody, nahm ihm die Wäsche ab und legte sie aufs Bett. »Es handelt sich hier nur um ein zeitlich begrenztes Abkommen, bis meine Schuld an dich abbezahlt ist. Grundlegende Hausarbeit. Andere Dienstleistungen kosten extra, und es gibt gewisse Dinge, die du dir einfach nicht leisten kannst.«

Lächelnd wandte Ashe sich ab. »Es gibt Dinge, für die es sich lohnt zu betteln, zu borgen und sogar zu stehlen.«

Rhapsody faltete die Wäsche auf dem Bett zusammen. »Ja, aber ich glaube kaum, dass dergleichen dazugehört.«

Ashe hob ein Hemd aus Kambrik auf und hängte es im Wandschrank an einen Haken. »Ich bezweifle, dass du eine Ahnung hast, wovon ich rede, Rhapsody.«

Sie hob ihren Tornister vom Boden auf, öffnete ihn und sortierte die Dinge neu, um für ihre Wäsche, die sie zusammen mit Ashes gewaschen hatte, Platz zu schaffen. »Ich kann es mir aber denken«, entgegnete sie trocken.

»Du könntest dich irren«, meinte Ashe scherzhaft. »Warum versuchst du es nicht zu erraten? Welche Dienstleistung einer Ehefrau würde ich mir wohl von dir wünschen?«

Sie holte ein paar Beutel ganz unten aus dem Tornister. »Ich will aber nicht raten. Warum sagst du es mir nicht einfach, und ich versuche dich nicht zu verprügeln, es sei denn, du beleidigst mich.«

Ashe nahm seine Lederhandschuhe auf. Dann setzte er sich auf den verschlissenen Polsterstuhl und legte die Füße hoch, offensichtlich höchst angetan von der Aussicht, sie ein wenig zu necken. »In Ordnung.« Er musterte sie, während sie ihn weiterhin ignorierte und ihre Sachen ordnete. *Kinder großziehen*, dachte er.

»In der südlichen Neutralen Zone gibt es eine Gegend namens Gallo. Dort benutzen die Männer ihre Frauen als Schild, wenn sie in den Kampf ziehen. Die Frauen gehen vor den Männern her, um die Pfeile abzufangen.« Er wartete auf einen Ausbruch, aber Rhapsody schwieg. Er versuchte es noch einmal. »Wenn jemand beim Pferdehandel etwas braucht, um den Unterschied im Wert zweier Tiere auszugleichen ...« Er unterbrach sich, als er merkte, dass sie einen Gegenstand in ihrer Hand anstarrte. »Was ist los?«

»Sieh dir das an«, antwortete sie mit Staunen in der Stimme. Ashe stand auf und ging zu ihr hinüber. In ihrer Hand war der Krallendolch, den sie Elynsynos zurückgebracht hatte. »Ich habe ihn ihr doch gegeben.«

»Offenbar möchte sie, dass du ihn behältst.«

»Wahrscheinlich. Ich frage mich, wie sie ihn in meinen Tornister geschmuggelt hat, ohne dass ich etwas davon bemerkt habe.«

Ashe lächelte sie an. »Man darf die Entschlossenheit eines Drachen nie unterschätzen, wenn es um etwas geht, was sie lieben, Rhapsody. Ein Drache findet immer Mittel und Wege, das zu bekommen, was er sich wünscht.« Damit legte er seine zusammengefaltete Wäsche in den Wandschrank und trat hinaus in den Regen.

14

»Der Tee ist fertig. Möchtest du welchen?«

»Ja, bitte«, antwortete Rhapsody. Noch einmal sah sie sich in dem Raum um, während Ashe mit den feuchten Zweigen, die er hinter der Hütte gefunden hatte, ein Feuer aufschichtete. Sie trat zur Feuerstelle und schob den kleinen Schirm beiseite.

»Der Tee steht auf dem Tisch«, sagte Ashe.

»Danke.« Rhapsody sah auf das Holz. Noch einen Augenblick zuvor war es grün und nass gewesen; jetzt hatte es den Anschein, als wäre es mindestens ein Jahr getrocknet worden – jede Spur von Feuchtigkeit war verschwunden. Sie berührte das Anmachholz, sprach das Wort für Zündung, dann das für Nahrung, und schon stoben die Funken empor und setzten die Scheite in Brand. Rhapsody lächelte und sah Ashe an, der gerade ganz nebenbei das Handtuch, das er auf den Boden hatte fallen lassen, mit dem Fuß unters Bett schob.

»Hast du selbst eine Verbindung zum Wasser, oder besteht sie nur durch dein Schwert?« Sie stand auf, nahm den Becher, den er für sie auf den Tisch gestellt hatte, ging zu dem alten Stuhl hinüber und machte es sich darauf bequem.

Zuerst wirkte er erschrocken, doch dann entspannte er sich wieder, schnallte seine alte, ramponierte Schwertscheide ab, legte sie auf die Knie und strich mit der Hand über das narbige Leder. »Das ist schwer zu sagen. Inzwischen trage ich Kirsdarke schon so lange bei mir, dass ich mir gar nicht mehr vorstellen kann, jemals ohne dieses Element gewesen zu sein. Meine Familie bestand größtenteils aus Seefahrern, da liegt es wahrscheinlich in meiner Natur.« Rhapsody wartete, dass er weitersprach, aber er ging zur Feuerstelle und nahm den Schürhaken in die Hand. Sie rutschte auf dem Stuhl herum; er war so alt und das Polster so verschlissen, dass es schwer für sie war, aufrecht zu sitzen.

»Was ist es denn nun, das du dir von mir wünschst?«

Ashe bückte sich, um das Feuer zu schüren, und sie spürte, wie ein Prickeln über ihre Wirbelsäule lief, als widmete er sich nicht dem Feuer, sondern vielmehr ihr. Einen Augenblick lang fühlte sie Panik in sich aufsteigen, dann aber wurde ihr klar, dass das Gefühl von ihrer Verbindung zum Feuer kam und nicht durch etwas ausgelöst wurde, was Ashe absichtlich tat. Sie konzentrierte sich und schüttelte die Empfindung ab, während er den Ofenschirm wieder an Ort und Stelle rückte und ihr dann das Gesicht zuwandte.

»Was meinst du?«

»Nun«, antwortete Rhapsody und nippte an ihrem Tee, »du liegst mir seit Wochen damit in den Ohren, dass ich dir etwas über meine cymrische Herkunft erzähle. Das schien dir äußerst wichtig zu sein, und jetzt, da du mich überredet und eine Antwort bekommen hast, möchte ich wissen, was du mit deinen neu erworbenen Kenntnissen vorhast. Was willst du von uns? Oder von mir?«

»Nichts, was du nicht zu geben bereit wärst.«

Rhapsody seufzte. »Weißt du, ich bin wahrscheinlich keine gute Cymrerin, und mir gefällt es nicht mal besonders, eine zu sein. Leute wie du können um nichts in der Welt eine Frage ohne Umschweife beantworten.«

Wider Willen musste Ashe grinsen. »Du hast Recht, es tut mir Leid. Ich weiß, das ist nervtötend, aber es ist eine jahrhundertealte Angewohnheit, eingeimpft durch Erziehung, verstärkt durch Verfolgungswahn und Misstrauen, alles geschmiedet in den Schmelzöfen eines schrecklichen Krieges. So sind sie alle, fürchte ich, und ich gehöre sicher zu den Schlimmsten.«

»Das habe ich schon gemerkt. Ich meine, wie viele Leute laufen schon freiwillig in einem Nebelumhang herum, um sich vor den Augen der Welt zu verstecken?«

Durchdringende blaue Augen bohrten sich in ihre. »Wer hat gesagt, dass ich es freiwillig tue?«

Einen Moment lang konnte sie weder seinen Augen ausweichen noch etwas sagen. »Entschuldige«, murmelte sie, als sie wieder ein Wort herausbrachte. »Als du mir zum ersten Mal dein Gesicht zeigtest, hatte ich das Gefühl, dass es nicht so war.«

»Warum?«

Rhapsody überlegte ihre Antwort genau. Bis zu dem Augenblick, als er seine Kapuze gelüftet und sich ihr gezeigt hatte, war sie davon ausgegangen, dass er auf irgendeine Weise entstellt war, Opfer eines Unfalls oder einer Kriegsverletzung oder vielleicht einer schwierigen Geburt. Sie hatte sich ihm deswegen verbunden gefühlt, denn manchmal erging es ihr selbst ganz ähnlich; zumindest kannte sie den Wunsch, sich vor den neugierigen Blicken zu verhüllen, mit denen sie auf der Straße so oft bedacht wurde.

Sie hatte ihr Gesicht immer wieder im Spiegel angeschaut und herauszufinden versucht, was so ungewöhnlich daran war. Irgendwann war sie zu dem Schluss gekommen, es müsse an ihrem Lirin-Erbe liegen; wahrscheinlich waren die Menschen in diesem Land solche Gesichter einfach nicht gewohnt und empfanden sie als fremdartig. Obgleich Rhapsody sich nicht für hässlich hielt, fühlte sie sich manchmal so, wenn jemand sie anglotzte.

Aber Ashe war nicht hässlich. Im Gegenteil, sein Gesicht war schön und von einer Anziehungskraft, die man trotz seines struppigen Barts und der ungepflegten Haare deutlich erkannte. Obwohl er einfach gekleidet war und einen sehr muskulösen Körper hatte, hatte er etwas Aristokratisches an sich; seinen langen, starken und sehnigen Beinen nach zu urteilen war er viel in der Welt herumgekommen. Seine Schultern waren breit, die Taille schmal, wie bei einem Mann, der auf einem Bauernhof arbeitete, oder bei einem Holzfäller, und auch seine Hände hatten offensichtlich harte Arbeit und schwere Zeiten mitbekommen. Von dem Augenblick an, als sie sich zum ersten Mal begegnet waren, hatte Rhapsody gewusst, dass die Nebelwand eine Notwendigkeit war, keine Eitelkeit. Inzwischen war ihr klar geworden, dass Ashe gejagt wurde und dass seine Verfolger einflussreich und mächtig waren. Die schreckliche schwarze Wunde auf seiner Brust hatte sie in diesem Glauben nur noch bestärkt. Und in ihrem Herzen litt sie mit ihm, obgleich sie ihn doch nicht wirklich kannte.

Der Regen trommelte heftig auf das Torfdach, und die Luft im Raum wurde feucht. »Du hast meine Frage nicht beantwortet«, sagte Rhapsody schließlich. »Was willst du nun von mir – falls du etwas willst?«

Er ging zum Bett, setzte sich und warf ihr einen nachdenklichen Blick zu. »Es wäre schön, dich als Verbündete zu haben. Deine Freunde natürlich auch, aber dich ganz besonders.«

»Warum mich ganz besonders?«

Er lächelte ein wenig. »Weil es mir so vorkommt, als wärst du eine Person, die man im Kampf gern um sich haben möchte.«

Rhapsody lachte. »Nun, ich danke dir, aber anscheinend kannst du einen Kämpfer schlecht einschätzen. Wenn du einem Feind gegenüberstehst, dann wünschst du dir besser einen Partner wie Grunthor. Oder Achmed!«

»Warum Achmed?«

»Achmed ist – nun ja, er ist – talentiert.« Sie beschloss, nicht zu viel zu verraten. »Bevor ich deine Verbündete werden kann, muss ich wissen, gegen wen oder was du kämpfst. Wirst du mir das verraten?«

»Nein.« Seine Antwort klang schroff und fegte ihnen beiden das Lächeln vom Gesicht. »Tut mir Leid.«

»Nun, das macht es wirklich schwer für mich, deine Verbündete zu werden.«

»Ich weiß.« Er seufzte tief.

»Traust du irgendjemandem genug, um es ihm zu sagen?«

»Nein.«

»Welch ein furchtbares Leben.« Rhapsody fuhr mit dem Finger um den Rand ihres Teebechers, den sie fast leer getrunken hatte. »Glaubst du nicht, dass es Dinge gibt, die es wert sind, ein Risiko einzugehen, etwas dafür aufs Spiel zu setzen?«, fragte sie sanft.

»Ich bin kein Spieler, fürchte ich. Nicht mehr.«

Schweigen senkte sich über sie, schwer und greifbar. Rhapsody warf einen Blick zum Feuer, das auf dem Rost knackte und zischte, und schaute dann wieder zu Ashe, dessen vertikale Pupillen vom Licht der Flammen noch betont wurden. Sie konnte den Blick in diesen Augen nicht lesen, aber er erfüllte sie mit einer Traurigkeit, die ihr das Herz schwer machte.

»Lässt du dir immer ein Hintertürchen offen?«, fragte sie.

»Ich weiß nicht, was du meinst.«

Rhapsody starrte in ihre Teetasse, dann trank sie noch einen Schluck. »Meine Vergangenheit ist ein Korridor voller Türen, die ich offen gelassen habe und die ich auch nicht zu schließen gedenke. Ich habe auch nie eine Tür absichtlich geschlossen, es sei denn, ich wurde dazu gezwungen; denn ich hege die Hoffnung, dass eines Tages alles wieder in Ordnung kommen wird, wenn ich mich den Gelegenheiten dazu nicht verschließe. Du möchtest nicht das Risiko eingehen, jemandem jetzt deine Geheimnisse anzuvertrauen, aber könnte es denn sein, dass du eines Tages dazu bereit wärst? Wäre das möglich?«

Ashe blickte lange ins Feuer. Dann endlich sagte er: »Ich glaube nicht. Ich glaube, diese Tür ist nicht nur verschlossen, sondern mehrfach verriegelt und verrammelt. Und versiegelt.«

Wieder trat Stille ein. Rhapsody stellte ihre Teetasse ab.

»Dann ist es vermutlich am besten, wenn wir unserer Abmachung treu bleiben und versuchen, nicht über die Vergangenheit zu sprechen«, meinte sie leise.

»Einverstanden.«

»Vielleicht aber sollte ich dir wenigstens in groben Zügen mitteilen, wofür ich zu kämpfen bereit bin, und wenn das zu deinen Zielen passt, wirst du wissen, dass ich deine Verbündete bin, selbst wenn du dich mir nicht anvertrauen kannst.«

Sein Gesicht hellte sich ein wenig auf, und die vertikalen Pupillen glitzerten. »Ja, das wäre ein Weg.«

»Gut. Erstens: Wenn du plantest, die Bolg anzugreifen oder Achmed den Berg wegzunehmen, dann wären wir Gegner.«

»Nein, das sind wir nicht.«

»Nun, das habe ich auch nicht erwartet, aber man kann ja nie wissen. Jeder, der einem Kind, einer unschuldigen Person, dem heiligen Baum der Lirin oder ihrem Wald ein Leid zufügen will, ist gleichermaßen mein Feind. Ich wünsche mir, dass der Frieden Wurzeln schlägt. Allgemein stehe ich auf der Seite der Verteidiger, es sei denn, ich habe gute Gründe dagegen. Jeden Vergewaltiger und jeden Kinderschänder, den ich auf frischer Tat ertappe, werde ich kastrieren.

Darüber hinaus werde ich mir vielleicht eines schönen Tages eine Ziegenhütte im Wald bauen, wenn die Lirin mich bei sich aufnehmen, und dort in Frieden leben, ohne einem anderen zu schaden, werde mich meinen Pflanzen widmen und an meiner Musik arbeiten. Irgendwann einmal würde ich gern eine Heilstätte gründen oder beim Erbauen einer solchen helfen, mit meinem Gesang Krankheiten und Verletzungen behandeln und anderen das beibringen, was ich kann. Wie ich dir schon gesagt habe, bezweifle ich, dass ich diese gefährlichen Zeiten überleben werde, deshalb setze ich nicht sehr viel Hoffnung in meine längerfristigen Ziele. Ich gehe davon aus, dass mich der Tod überfällt, während ich dabei bin, etwas zu tun, das die Welt auf diese oder jene Weise besser machen soll. Also – bin ich deine Verbündete?«

Ashe lächelte. »Es klingt ganz danach.«

Rhapsody blickte ihn ernst an. »Würdest du es mir denn sagen, wenn es nicht so wäre?«

»Wahrscheinlich nicht.«

»Das habe ich auch nicht erwartet«, seufzte sie. In der Ferne hörte man Donnergrollen. »Ist das alles, was du dir von mir wünschst?«

Widerstreitende Gefühle spiegelten sich auf Ashes Gesicht, aber was er sagte, war klar: »Ich möchte, dass du meine Freundin bist.«

»Das möchte ich auch«, erwiderte sie und legte die Füße auf den Bettrand. »Und wenn du das bist, was du mir zu sein scheinst, denke ich, dass ich bereits deine Freundin bin.«

»Und bist du wirklich das, was du zu sein scheinst?«

»Durch und durch«, lachte Rhapsody. »Ich weiß zwar nicht, was ich dir zu sein scheine, aber ich bin, was ich bin. Ich fürchte, ich habe nie gelernt, meine Fehler zu verbergen, und ich bin sehr unkompliziert. Du weißt ja, dass ich versuche, niemals zu lügen, wenn ich nicht dazu gezwungen werde.«

Er horchte auf. »Wie kann man gezwungen sein zu lügen?«

Rhapsody dachte an Michael, den Wind des Todes, und das grausame Funkeln in seinen Augen, als er ihr seine Bedingungen unterbreitet hatte.

Du wirst meine Wünsche nicht nur befriedigen, sondern auch Lust und Engagement dabei an den Tag legen. Du wirst deine Liebe zu mir nicht nur mit dem Körper, sondern auch mit Worten zum Ausdruck bringen. Wenn ich diesen Ort verlasse, will ich dein Herz gewonnen haben und es mit mir nehmen. Haben wir uns verstanden? Versprichst du mir, meine Gefühle für dich zu erwidern?

Sie schloss die Augen und versuchte, die Erinnerung an die Angstschreie des Kindes zu vertreiben.

Also gut, Michael, ich sage alles, was du nur hören willst. Lass sie gehen.

Rhapsody kreuzte die Arme vor der Brust. Sie erinnerte sich noch allzu gut an Michaels triumphierendes Lächeln; entweder würde sie ihm wahrheitsgemäß sagen, was er hören wollte, oder sie würde lügen müssen, ein weit schlimmeres Schicksal. In beiden Fällen hätte er gewonnen.

»Du kannst mir glauben, es ist möglich«, sagte sie schließlich. Ihr Blick begegnete Ashes, und eine Sekunde lang raubte er ihr den Atem. Er hatte die gleiche blaue Iris wie Michael.

»Stimmt etwas nicht?«

Sie schüttelte den Kopf. Vielleicht hatte Michael die gleichen blauen Augen gehabt, aber ganz bestimmt keine vertikalen Pupillen. Vielleicht wurde Ashe unter anderem auch wegen dieser fremdartigen Augen verfolgt.

»Nein, alles in Ordnung«, antwortete sie. Rasch trank sie ihren Tee aus und stellte die Tasse auf den Tisch neben ihrem Stuhl. »Ich hoffe nur, du wirst nie in eine Situation kommen, in der du gezwungen bist zu lügen. Es ist eines vom Schlimmsten, was es überhaupt gibt. Aber wie dem auch sei, ich denke, dass das, was du dir wünschst, durchaus möglich ist. Ich werde versuchen, deine Freundin und deine Verbündete zu sein. Natürlich kann ich nicht für Grunthor und Achmed sprechen, aber wenn ich ein gutes Wort für dich einlege und du nichts tust, um sie vor den Kopf zu stoßen, dann sind sie wahrscheinlich ebenfalls bereit, sich mit dir zu verbünden.« Sie sah, wie sich Ashes Miene veränderte und einen angeekelten Ausdruck annahm. »Was ist?«

»Tut mir Leid«, erwiderte Ashe zerknirscht. »Manchmal wundere ich mich noch immer darüber, dass du mit den beiden überhaupt etwas zu tun hast, vor allem mit Achmed.«

»Warum?«

»Weil er so abstoßend ist.«

»Du kennst ihn ja nicht mal«, gab Rhapsody ungehalten zurück. »Wie kannst du da so etwas behaupten?«

»Ich war jetzt zweimal Empfänger seiner Gastfreundschaft, und ich kann nicht behaupten, dass ich sie genossen hätte.«

»Das tut mir ausgesprochen Leid«, erwiderte Rhapsody aufrichtig. »Er kann schon ein bisschen schroff sein. Warum bist du geblieben?«

Ashe ging zurück zum Feuer und stocherte noch einmal darin herum. Aus irgendeinem Grund schienen die Flammen nicht gewillt, ihren Beitrag zur Erwärmung des Zimmers zu leisten. »Deine und Jos Gesellschaft war mir immer angenehm. Und als du Elynsynos erwähntest, wusste ich, dass ich dir helfen konnte, sie zu finden. Ich bin einer der wenigen noch lebenden Waldhüter, die sich ihrer Höhle genähert haben.«

Bei dem Wort *Waldhüter* setzte sie sich auf. »Bist du ein offizieller Waldhüter?« Ashe nickte. »Hast du bei Llauron gelernt?«

»Ja.«

»Ich war bei ihm! Er ist ein wundervoller Mann. Hattest du direkt mit ihm zu tun?«

Ashe stellte das Kamingitter wieder an seinen Platz. »Gelegentlich. Im Allgemeinen leitete Llauron aber die Ausbildung nicht selbst, sondern überließ sie Gavin, mit gelegentlicher Unterstützung durch Lark.«

»Ja, die beiden habe ich auch kennen gelernt. Lark hat mir eine Menge über Kräuter beigebracht. Aber entschuldige, ich habe vom Thema abgelenkt. Achmed ist in Wirklichkeit gar nicht so schlimm. Er hat eine harte Schale und eine ziemlich ungewöhnliche Weltanschauung, aber es ist eindeutig eine Bereicherung, ihn zu kennen. Er und ich haben viel gemeinsam.«

Ashe schauderte. »Außer dass ihr beide Cymrer der Ersten Generation seid, fällt mir da nichts ein.«

»Ich habe nie behauptet, dass Achmed ein Cymrer der Ersten Generation ist - das hast du dir zusammengereimt. Aber was die Gemeinsamkeiten angeht - zum einen scheint unser Äußeres die Leute in diesem Land zu stören.«

»Was?« Ashe staunte.

»Ja. Falls dir das noch nicht aufgefallen ist: Wir laufen beide am liebsten in Kapuzenmänteln herum, weil man uns dann nicht ganz so penetrant anglotzt.«

Verwundert schüttelte er den Kopf. Offensichtlich hatte sie wirklich keine Ahnung, warum sie alle Blicke auf sich zog, und dieser Umstand erstaunte ihn immer wieder von neuem. »Achmed ist hässlich.«

Allmählich wurde Rhapsody wütend. »Wie voreingenommen du bist! Es ist einfach dumm zu glauben, dass man aus der äußeren Erscheinung einer Person auf ihren Charakter schließen kann.«

»Ich meinte aber seinen Charakter.«

»Du kennst ihn doch überhaupt nicht.«

Ashe lehnte sich neben dem Kamin an die Wand. »Du hast mir die Frage über ihn und dich immer noch nicht beantwortet.«

»Welche Frage denn?«

»Ob Achmed für dich ein möglicher Partner wäre - ich meine, ob du ihn heiraten würdest.« Die Worte blieben ihm fast ihm Hals stecken.

»Vielleicht«, antwortete Rhapsody nachdenklich. »Aber wir haben noch nie darüber gesprochen. Möglicherweise würde er schon den Gedanken daran entsetzlich finden, aber falls ich sehr lange lebe, wäre er wahrscheinlich meine beste Möglichkeit.«

Ashe sah aus, als wäre ihm übel. »Warum?«

Rhapsody zog die Knie an die Brust. »Hmm, lass mich überlegen. Er weiß mehr über mich als sonst irgendjemand auf der Welt, er durchschaut meine Stärken und Schwächen, und mein Äußeres scheint ihn nicht abzustoßen.«

»Rhapsody, dich findet niemand abstoßend.«

Sie ging nicht auf seine Bemerkung ein. »Und ich glaube nicht, dass er von einer Ehe das erwarten würde, was andere vielleicht erwarten.«

»Zum Beispiel?«

»Zum Beispiel Liebe. Achmed ist klar, dass ich kein Herz habe, und das scheint ihn nicht zu stören. Ich denke, er wäre mit dem zufrieden, was ich in meiner Begrenztheit zu bieten habe. Ich spreche natürlich nur in der Theorie. Wie gesagt, wir haben uns noch nie über diese Möglichkeit unterhalten.«

»Ich weiß nicht, Rhapsody, aber ich finde es schade, dass du deine Erwartungen an eine Beziehung, die du angeblich so hoch schätzt, dermaßen niedrig ansetzt.«

Wieder stieg Ärger in ihr auf. »Was spielt das schon für eine Rolle? Ich meine, bist du vielleicht der Wächter über meine ehelichen Zukunftsaussichten?«

Ashe wandte sich ab. Ohne die Anonymität, die ihm der Nebelumhang gewährte, war es wesentlich schwieriger, sich mit Rhapsody zu unterhalten. »Nein, das bin ich gewiss nicht.«

»Es kommt mir seltsam vor, dass du dich so aufregst, weil ich womöglich eine Ehe ohne Liebe eingehen werde.«

Nun sah er ihr wieder direkt ins Gesicht. »Mich überrascht es, dass du selbst dich nicht darüber aufregst. Dabei behauptest du doch, große Achtung vor dieser Institution zu empfinden.«

Rhapsody dachte nach. »Ein gerechtfertigter Einwand. Vermutlich bezieht sich dies für mich nur auf diejenigen, denen die Fähigkeit gegeben ist, eine liebevolle Ehe einzugehen.«

»Und zu denen gehörst du nicht?«

»Nein.«

»Warum nicht?«

Sie seufzte und starrte ins Feuer, das allmählich in Gang kam. »Ich habe der Liebe abgeschworen, ich habe ihr entsagt.«

Ashe ließ sich ihr gegenüber auf dem Bett nieder. »Warum? Bist du Mitglied irgendeines zölibatären Ordens?«

Rhapsody verschlug es den Atem, dann lachte sie. »Wohl kaum.«

»Warum dann?«

Sie schlug die Augen nieder und sah auf ihre Hände. »Im alten Land habe ich meine Fähigkeit, auf diese Art zu lieben, gegen etwas eingetauscht, das ich beschützen wollte.«

»Und was war das?«

»Ein Kind«, antwortete Rhapsody. Sie blickte wieder auf, und auf ihrem Gesicht lag ein überraschter Ausdruck; sie konnte kaum glauben, dass sie seine Fragen so mühelos beantwortete, wo er doch der Erste war, dem sie davon erzählte.

Ashe senkte die Augen und wich ihrem Blick aus. »Du hattest ein Kind?«

»Kein eigenes, nein, aber ich wollte es trotzdem beschützen.« Ashe nickte. Rhapsody glaubte eine gewisse Erleichterung bei ihm zu spüren, aber er sagte nichts. »Jedenfalls habe ich geschworen, niemand anderen jemals zu lieben, und ich habe Wort gehalten.«

»Niemand anderen als dieses Kind?«

»Nein. Anscheinend drücke ich mich nicht klar genug aus. Ich habe einem Mann mein Wort gegeben, nie einen anderen zu lieben, bis die Welt untergeht.«

»Und wer war dieser Mann, den du geliebt hast? Was ist mit ihm geschehen?«

Rhapsody verzog das Gesicht. »Ich habe nie gesagt, dass ich ihn geliebt habe. Er war ein Schwein.«

»Da komme ich nicht mehr mit. Warum hast du geschworen, ein Schwein zu lieben?«

»Na gut«, seufzte sie. »Wenn es dir so wichtig ist, muss ich wohl die ganze Geschichte erzählen. Der widerlichste, gemeinste und grausamste Bastard, den ich jemals kennen gelernt habe, befand sich im Besitz eines unschuldigen Kindes, das er ohne mein Eingreifen wiederholt vergewaltigt und irgendwann schließlich getötet hätte. Als Gegenleistung dafür, dass er sie frei gab, schwor ich, nie einen anderen Mann zu lieben, und daran habe ich mich gehalten. Aber ich habe niemals behauptet, dass ich ihn geliebt habe.«

»Nicht bis zum Untergang der Welt, richtig?«

»Stimmt genau.«

»Wie konntest du diesem Mann nur einen solchen Schwur leisten?«

»Nun, wahrscheinlich hatte es etwas damit zu tun, dass ich es nicht sehr wahrscheinlich fand, jemals der Liebe zu begegnen, die ich mir gewünscht hätte.«

»Du hast das nicht erwartet?«

»Nein. Deshalb war es im Grunde gar kein so großes Opfer.«

Ein warmes Lächeln überzog Ashes Gesicht, er stand vom Bett auf und hockte sich vor Rhapsody hin. »Ich habe wundervolle Neuigkeiten für dich.«

»Was denn?«

»Wenn du jemals zu dem Entschluss kommen solltest, dass du doch wieder jemanden lieben möchtest, dann kannst du das, frei und ungehindert, ohne damit deinen Eid zu brechen.«

»Wie hast du dir das jetzt zusammengereimt?«

»Weil du geschworen hast, nie wieder zu lieben, bis die Welt untergeht.«

»Ja, das habe ich.«

»Ja, und weißt du was, Rhapsody? Deine Welt ist tatsächlich untergegangen, vor mehr als tausend Jahren. Du bist frei, von ihm und von allen Versprechungen, die du ihm damals gegeben hast.«

Tränen stiegen Rhapsody in die Augen, aus mannigfaltigen Gründen. Ashe nahm tröstend ihre Hand, in der sicheren Erwartung, dass sie anfangen würde zu weinen. Aber Rhapsody hielt ihre Tränen pflichtschuldig zurück und kämpfte mit aller Kraft gegen die Traurigkeit und die Erleichterung an, die seine Worte in ihr ausgelöst hatten. Ashe beobachtete, wie ihr Gesicht sich verzerrte, doch als er die Hand ausstreckte, um sie ihr an die Wange zu legen, schob sie sie weg.

»Bitte nicht«, flüsterte Rhapsody und wandte den Blick ab. »Es ist gleich vorbei.«

»Das ist doch nicht nötig«, entgegnete Ashe sanft. »Es ist in Ordnung, Rhapsody, du kannst dich einfach gehen lassen. Hier bist du in Sicherheit. Lass die Tränen fließen. Du siehst aus, als könntest du das gut gebrauchen.«

»Nein, ich darf das nicht«, erwiderte sie leise. »Es ist gegen unsere Abmachung.«

»Gegen welche Abmachung?«

»Gegen die mit Achmed. Er hat es mir verboten.«

Ashe stieß ein unangenehmes Lachen aus. »Das muss wohl ein Scherz sein.« Sie schüttelte den Kopf. »Es ist kein Scherz? Wie nett von ihm. Hör mal, Rhapsody, Weinen ist kein Zeichen von Schwäche.«

»Ich weiß«, sagte sie und blinzelte gegen die Tränen an. »Aber es ist lästig.«

»Für Achmed? Der Teufel soll ihn holen, er ist nicht hier. Wenn dir nach Weinen ist, dann weine. Mir ist das nicht im Geringsten lästig.«

Rhapsody lächelte. »Danke, aber ich muss ja nicht unbedingt weinen. Mir geht es gut.«

»Nein«, widersprach Ashe kopfschüttelnd. »Ich bin Experte für Salzwasser, egal ob Meerwasser oder Tränen – das ist eine Auswirkung des Schwerts, du weißt schon. Und ich versichere dir, dass Körper und Seele die Reinigung durch die Tränen gelegentlich brauchen. Danach ist das Blut sauberer und gesünder. Man sollte eigentlich denken, dass gerade Achmed das wissen müsste.« Rhapsodys Augen wurden schmal, aber Ashe fuhr rasch fort; »Wenn du die ganzen Jahrhunderte den natürlichen Vorgang des Weinens zurückgehalten hast, dann tust du dir angesichts des Kummers, den du zweifellos erlebt hast, nicht nur einen schlechten Dienst, sondern schadest dir geradezu. Bitte, Rhapsody, ich kann dich in den Arm nehmen und festhalten, wenn dir das hilft.«

Ihre Augen wanderten zu der monströsen Wunde unter seinem Hemd, und sie zuckte unwillkürlich zurück, weil sie daran denken musste, wie sie ihm mit ihrer Umarmung im Wald unabsichtlich wehgetan hatte. »Nein, danke. Obwohl ich dein Angebot wirklich zu schätzen weiß.«

»Ich könnte dich auch eine Weile allein lassen und einen Spaziergang machen, wenn du möchtest.«

»Nein, danke«, wiederholte sie, diesmal mit fester Stimme. »Mit mir ist wirklich alles in Ordnung, und du brauchst dich deswegen nicht bis auf die Haut nass regnen zu lassen. Aber du könntest doch etwas für mich tun, nämlich mir die Laute geben, die Elynsynos mir geschenkt hat. Möchtest du, dass ich dir darauf etwas vorspiele?«

Sofort stand Ashe auf und ging zum Wandschrank, in dem Rhapsody ihre Sachen abgestellt hatte. »Liebend gern. Bist du sicher, dass du ...«

»Ja«, unterbrach ihn Rhapsody und nahm das Instrument entgegen. »Was möchtest du hören?«

Er seufzte und beschloss, das Thema fallen zu lassen. »Kennst du irgendwelche Lieder aus der alten Welt, die von der See handeln?«

»Ein paar«, antwortete sie lächelnd, weil sie sogleich an Elynsynos denken musste. »Auch in meiner Familie gab es ein paar Seeleute. Zwar ist dafür eigentlich ein Minarello das geeignetere Instrument, aber ich werde mein Bestes tun.« Sie stimmte die Laute und begann zu spielen. Die Saiten waren uralt, aber die Magie des Drachen hatte sie in makellosem Zustand erhalten, und das Holz war weicher geworden, sodass das Instrument nun einen süßen, vollen Klang besaß.

Ashe streckte sich auf dem Bett aus und lauschte hingerissen ihrem Spiel. Rhapsody ahnte nichts von der Tiefe seiner Gefühle, nicht einmal jetzt, da sein Gesicht nicht mehr unter der Kapuze verborgen war. Er ließ die Musik in seinen Kopf eindringen und sich einen Weg bis in sein Herz bahnen, wo sie den beständig pochenden Schmerz ein klein wenig linderte. Auch sein Kopfschmerz, der sich bei der Diskussion über Achmed eingestellt hatte, war auf einmal wie weggeblasen. Ihre Stimme war so schön, luftig und ätherisch, wie der Gesang des Windes, und sie machte ihn angenehm schläfrig. In diesem Augenblick hätte er den Rest seiner Seele dafür gegeben, dass sie noch ein paar Tage bei ihm blieb und für ihn sang, allein für ihn, und ihm ihr Herz öffnete – das Herz, das sie nicht zu besitzen glaubte.

Nach mehreren Seemannsliedern hörte sie auf zu singen, spielte aber auf der Laute weiter, eine betörende Melodie, die ihn unendlich traurig machte. Er war selbst nahe daran zu weinen, als ihn plötzlich eine Disharmonie aus seiner Träumerei riss. Rhapsody blinzelte, spielte die Passage noch einmal richtig und fuhr fort, bis sie zum nächsten Mal einen Fehler machte. Jetzt hörte sie auf zu spielen.

Ashe richtete sich auf und blickte zu ihr hinüber. Die Finger noch auf den Saiten, war sie im Stuhl eingeschlafen. Er überlegte, ob er sie zum Bett tragen sollte, aber sogleich fiel ihm die Szene am Tara'fel wieder ein, und er verwarf den Gedanken hastig. Stattdessen nahm er ihr die Laute aus den Händen, stellte sie auf den Tisch und deckte Rhapsody dann mit einer seiner Decken zu. Sie seufzte leise im Schlaf und drehte sich auf die Seite.

Ashe blickte auf das schwarze Samtband. Er sehnte sich danach, ihr Haar aufzubinden, kam aber zu dem Schluss, dass auch das ein Übergriff gewesen wäre. So legte er denn ein neues Stück Holz aufs Feuer, das inzwischen ruhig und stetig brannte, und ging dann zu dem Stuhl zurück, in dem Rhapsody schlummerte. Lange schaute er auf sie hinab und genoss den Anblick, wie sie da im Feuerschein schlief. Nach annähernd einer Stunde spürte er, dass ihn Erschöpfung zu überwältigen drohte. Er küsste sie sanft auf den Kopf und schlüpfte unter die Bettdecke; er wusste, dass es nicht mehr lange dauern würde, bis er sie im Schlaf schluchzen hörte.

Als es so weit war, ging er im Dunkeln zu ihr und flüsterte ihr tröstliche Worte zu, bis sie ruhiger wurde. Der tosende Wolkenbruch war einem gleichmäßigen, stetigen Regen gewichen. Widerwillig kroch er ins Bett zurück und ließ sie mit ihren beunruhigenden Träumen allein.

15

Auch den größten Teil des nächsten Tages regnete es unablässig. Als der Regen endlich ein wenig nachließ, war die Sonne schon wieder untergegangen, und bis auf das Tropfen des Wassers auf Teich und Hütte war es still in der Dunkelheit. Der strömende Regen hatte Rhapsody seltsam müde gemacht, daher verbrachten sie eine weitere Nacht in der Hütte, um dem Boden Gelegenheit zu geben, ein wenig zu trocknen.

Sie hatten den Tag in recht angenehmer Unterhaltung verbracht, hauptsächlich über Pflanzen und Bäume, über die Kriege, in denen Ashe gekämpft hatte, über die Unterwerfung der Firbolg und über die Ausbildung bei Oelendra, von der Ashe einiges gehört hatte. Als hervorragende Kriegerin und legendäre Heldin genoss Oelendra den Ruf einer strengen, ernsten und gelegentlich sogar brutalen Lehrerin, galt aber nach wie vor als die beste Ausbilderin im Schwertkampf. Ashe selbst hatte nicht bei ihr gelernt und war ihr auch nur ein einziges Mal begegnet, ohne ein Wort mit ihr zu wechseln.

Rhapsody fühlte, wie eine schleichende Traurigkeit sich ihrer bemächtigte, die sie nicht recht verstehen konnte, die sich jedoch immer mehr in ihr ausbreitete. Jedes Mal, wenn Ashe sie anlächelte oder an ihr vorbeiging, wurde sie traurig; daher musste ihr Gefühl wohl etwas mit ihm zu tun haben. Aber warum ihr Herz ihr dermaßen zusetzte, wusste sie nicht.

Dass sie Ashe lieb gewonnen hatte, war kein Geheimnis, weder für sie selbst noch für ihn – das nahm sie jedenfalls an.

Er erinnerte sie stark an ihren Bruder Robin, den Zweitältesten, den sie auch sehr gemocht hatte, zu dem sie aber nie ein sehr enges Verhältnis gehabt hatte. Sie hatte Robin nicht verstanden, und sie verstand auch Ashe nicht. Vielleicht würde sich das eines Tages ändern, aber der Vergleich mit Robin machte ihre Traurigkeit nur noch tiefer. Sie war von zu Hause weggelaufen, als sie sich gerade ein wenig näher gekommen waren, ganz ähnlich, wie auch Ashe und sie jetzt auseinander gingen. Sie hatte Robin nie wieder gesehen und sie fragte sich, ob das mit Ashe auch so sein würde.

Er war meistens freundlich zu ihr gewesen und hatte viel für sie getan. Bei Licht betrachtet hatte er sich intensiver um sie gekümmert als sonst jemand in diesem neuen Land. Leider wusste sie jedoch, dass unter der Oberfläche seiner Großzügigkeit irgendetwas anderes lag, etwas Berechnendes, das danach drängte, persönliche Dinge über sie in Erfahrung zu bringen, ohne selbst bereit zu sein, über sich zu sprechen – etwas, das Vertrauen suchte, aber anderen keines entgegenbrachte. Ihr war klar, dass Ashe sie auf irgendeine seltsame Art benutzte. Hoffentlich würde es kein schlimmes Ende nehmen.

Sie blieben die Nacht über in der Hütte, wo sie warteten, dass der Regen aufhörte und der Nachtwind die Erde trocknen ließ. Ashe hatte darauf bestanden, dass Rhapsody im Bett schlief, und sie hatte sich, nachdem sich ihre Weigerung als erfolglos erwiesen hatte, bedankt und war unter die Decken gekrochen, plötzlich furchtbar müde vom ungewohnten Mangel an Bewegung und der Aussicht auf das, was ihr bevorstand.

In ihren Träumen wurde sie heimgesucht von Dämonen und Zerstörung, von einer blinden Seherin mit seltsamen Augen ohne Iris, in denen Rhapsody ihr eigenes Spiegelbild erblickte. Sie spürte eine eisige Kälte, eine Kälte, die ihr durch Mark und Bein ging und das Blut gefrieren ließ, die ihr Wärme und Musik raubte und sie ohne Stimme zurückließ, sodass sie nicht einmal um Hilfe rufen konnte. Nach Atem ringend, erwachte sie in Ashes Armen und klammerte sich an ihn, als wäre er der einzige Mensch auf der Welt, der sie jetzt, da ihre Musik verloren war, noch hören konnte.

Er streckte sich neben ihr auf dem Bett aus, allerdings ohne unter die Decke zu schlüpfen, und hielt sie fest, bis sie nicht mehr zitterte. Nach über einer Stunde erst wurde sie ruhiger und schlummerte traumlos weiter. Als Ashe sicher war, dass sie wirklich schlief, schob er wehmütig ihren Arm weg, der um seine Taille lag – bestimmt aus Rücksicht auf seine Wunde. Mühsam erhob er sich und blickte auf sie hinab: Wie ein kleiner Drache um seinen Schatz, so hatte sie sich um das Heukissen gerollt; vielleicht war es noch eine Auswirkung von ihrem Besuch bei Elynsynos. Lange stand er so da und fragte sich, ob irgendetwas in seinem ganzen Leben jemals so schwer gewesen war, wie sie in dem Bett allein zu lassen. Irgendwann kehrte er schließlich auf seinen Stuhl zurück.

Die Großmutter führte sie einen Gang hinunter, der in eine Höhle von gewaltigen Ausmaßen mündete; sie wies die Form eines Zylinders auf und erreichte annähernd die Größe der Stadt Canrif. Um den inneren Bereich zogen sich kreisförmig angeordnete Simse, so breit wie Prachtstraßen. Diese Ringe aus Stein umschlossen die Höhle in unterschiedlicher Höhe über und unter dem Sims, auf dem sie standen, und waren durchbrochen von hunderten dunkler Öffnungen, die ebensolche Tunnel zu sein schienen wie der, aus dem sie soeben gekommen waren. Irgendetwas an der Form und Größe der Höhle erinnerte Achmed an die Gänge nahe der Wurzel der Sagia an der Axis Mundi. Die Grotte dehnte sich weit über ihre Sichtweite hinaus in die Finsternis aus, ein stummes Denkmal der Zivilisation, die diese Gänge einstmals mit pulsierendem Leben erfüllt hatte.

Eine verfallene Steinbrücke spannte sich vor ihnen über den immensen offenen Raum. Im Zentrum der zylindrischen Höhle befand sich eine Felsformation, die einem Podest ähnelte; ihre ebene Oberfläche entsprach in ihren Ausmaßen etwa der Großen Halle von Ylorc. Der Abgrund auf beiden Seiten der Brücke ließ Grunthor unwillkürlich schaudern. Aus den Tiefen erhob sich ein feuchter Wind, schal und schwer vom Geruch nach feuchter Erde und Verlassenheit.

Schweigend trat die Großmutter auf die Brücke und überquerte sie, ohne ein einziges Mal in die Schlucht hinunterzublicken. Der tote Wind ließ ihr Gewand flattern, ein unheilvolles, peitschendes Geräusch. Die beiden Firbolg folgten ihr über die Kluft zu dem mächtigen flachen Felsen im Zentrum des Zylinders.

Als sie näher kamen, sahen sie, dass an einem sehr langen Seil – vermutlich aus Spinnenseide – etwas herunterhing, das wohl an der unsichtbaren Decke weit über ihnen befestigt war. Das Objekt am Ende dieses Seils schwang in gemessenem Rhythmus über dem Felsplateau hin und her, wie die langsamen Wellen der Gezeiten oder der Herzschlag eines Schlafenden. Es schillerte sanft im Dunkeln.

Kaum dass sie auf der ebenen Fläche des Felsen angekommen waren, lebte der Wind aus dem Bauch der Höhle auf; sein Brausen war so schwer wie der Staub, den er mit sich trug. Unwillkürlich zog Achmed den Schleier übers Gesicht; in den Böen dieses leblosen Windes war etwas, was vom Tod sprach. Die Großmutter deutete auf den Boden unter ihren Füßen.

In den Stein war ein Kreis aus Runen eingeritzt, in derselben Sprache wie die Worte auf dem Torbogen über der Kammer des Erdenkinds. Eine große, verblasste Einlegearbeit befand sich im Innern des Kreises, wunderschön und äußerst fein, jedoch rußbeschmiert und vom Zahn der Zeit zerfressen. Die Symbole auf dem Boden zeigten die vier Winde, die Stunden des Tages und die Jahreszeiten. Achmed schloss die Augen und erinnerte sich an seine Jugend im Kloster am Rand des Hochlands von Serendair. Auch dort waren diese Zeichen in den Boden eingeritzt gewesen.

Er blickte hinauf zu dem langen Seil mit seiner langsam hin und her schwingenden Last; da begriff er, dass es sich um eine Pendeluhr handelte: das Gewicht markierte stumm die Augenblicke, Stunden und Jahreszeiten eines längst vergangenen Reiches, jedes Ausschlagen des Pendels ein weiteres

Bruchstück der endlos verstreichenden Zeit. »Hier wurde das Bann-Ritual gelehrt und eingeübt, hier wurden die Weihen vorgenommen«, erklärte die Großmutter. Ihre eigentümliche Stimme hatte sich nun auf eine einzige Tonlage reduziert, das dünne Zischen, mit dem sie Achmed angeredet hatte. Offenbar hielt sie es für unnötig, auch Grunthor diese Information zukommen zu lassen. »In alten Zeiten ging es hier laut und geschäftig zu, eine Unmenge von Vibrationen, die es einzuordnen galt. Eine gute Umgebung, um jemandem beizubringen, wie man den richtigen Herzschlag erkennt und wie man auf der Jagd nach dem F'dor alle anderen Geräusche der Welt ausschaltet.« Achmed nickte zustimmend.

Nun wanderten die grauen Augen der Großmutter hinüber zu dem riesigen Bolg-Sergeanten. Als sie wieder sprach, klang ihre Stimme denn auch wieder doppeltönig. »Früher einmal beherbergten diese Berge unsere großen Städte, unsere Ratssäle. Die Tunnel waren die Adern der Kolonie, durch die ihr Lebensblut strömte. Dieses Lebensblut waren wir, die *Zhereditck*, die Brüder. An diesem Ort schlug das Herz der Kolonie.«

»Wie ist das Feuer ausgebrochen?«, fragte Achmed.

»Es gab kein Feuer.«

Die beiden Bolg starrten erst die Großmutter, dann einander an. Grunthors Visionen waren erschreckend klar gewesen. Auch waren überall die Zeichen von Rauch und Ruß zu erkennen, und noch immer hing ein Gestank wie von Schmelzfeuern in der Luft.

Doch das Gesicht der Großmutter blieb unverändert, nur ihre Augen funkelten amüsiert. »Es gab kein Feuer«, wiederholte sie und sah Achmed ins Gesicht. »Du bist ein Dhrakier, aber kein *Zhereditck*, keiner von den Brüdern. Du hast nie zur Kolonie gehört.«

»Nein.« Die Galle stieg in Achmeds Kehle hoch. Die Vergangenheit war tief in seiner Erinnerung vergraben, er hatte nicht den Wunsch, sie hervorzuholen. Er machte sich auf weitere bohrende Fragen gefasst, aber die Großmutter nickte nur.

»Keiner der Brüder hätte Feuer verwendet, und sei es noch so klein. Feuer ist das Element unseres Feindes. In den Tümpeln des Urquells war genügend Hitze.« Die Vibrationen, die sie beim Sprechen hervorrief und die auf der Haut der Männer prickelten, beschworen in beiden das Bild von Schwefelteichen und heißen Quellen, blubbernd in gedämpftem Grün und Lavendel, von Dampfschwaden, die auf der anderen Seite der Felswand unter dem Loritorium aufstiegen. Es war die gleiche Quelle wie die des Dunkellichts, des unterirdischen Glühens, das die Höhlengänge schwach erleuchtete. Am Wurzeltunnel war es ebenso gewesen.

Die Großmutter deutete auf den Boden. »Setzt euch«, sagte sie mit ihrer zischenden, sandigen Stimme. Als die beiden Männer es taten, starrte sie erst Achmed an und blickte dann wieder in die Dunkelheit. »Es ist nur recht und billig, dass du die Geschichte in ihrer Vollständigkeit hörst, denn in gewisser Weise ist es auch die Geschichte deines eigenen Todes.«

16

Im Tiefdunkel der Nacht erwachte Oelendra aus einem Traum. Sie stand wie vor zwanzig Jahren mit Llauron, Anwyns Sohn, zu Füßen ihrer Schwester Manwyn, der Prophetin der Zukunft. Sie zitterte in ihrem Bett, als sie sich an die Worte der Wahnsinnigen erinnerte.

Hüte dich, Schwertträger! Vielleicht wirst du den zerstören, den du suchst, aber wenn du heute Nacht gehst, trägst du ein großes Risiko. Wenn du versagst, wirst du nicht sterben, aber was dir im alten Land geschah, wird abermals geschehen: Wieder wird dir ein Stück deines Herzens und deiner Seele entrissen, wie damals, als du die Liebe deines Lebens verlorst, doch dieses Mal an deinem Körper. Und das Stück, das dir weggenommen wird, soll dich verfolgen bei Tag und Nacht, bis du um den Tod bettelst, denn er wird es als Spielzeug benutzen, es nach seinem Willen verdrehen, es einsetzen, um seine Missetaten zu vollführen, und selbst dazu, um Kinder für sich zu zeugen.

Oelendra fuhr hoch und saß kerzengerade im Bett. Die Pelzdecken waren nass von Schweiß und Tränen, und sie zitterte heftig. Langsam kroch sie aus dem Bett und trat ans Feuer. Es war fast erloschen, nur ein paar winzige glühende Fünkchen waren noch da und klammerten sich an die graue Asche. Oelendra blies auf die Glut, die rot-orange aufleuchtete, und ließ sich wieder in die Hilflosigkeit einer Übermüdeten zurücksinken. *Es ist nichts mehr da*, schien sie zu sagen. *Gib es zu, selbst die wildesten Feuer müssen eines Tages sterben. So sieht es aus.* Oelendra hätte die Gedächtnishilfe nicht unbedingt nötig gehabt, denn sie sah das Gleiche jeden Morgen im Spiegel.

Seit Jahren hatte der Traum sie nicht mehr verfolgt, sicher schon seit einem Jahrzehnt. Warum jetzt? Das Schwert war zurückgekehrt; sie hatte es gespürt, als es aus der Erde gekommen war, nur um dann zu merken, wie sich sein Feuer immer weiter von ihr entfernte, bis es schließlich ganz verschwunden war. Aber jetzt fühlte sie es wieder, bei Sonnenuntergang und bei Sonnenaufgang; es war ganz nah. Oelendra schaute in den dunklen Kamin und seufzte, als der letzte Funke verglomm. Dann ließ sie den Kopf auf den Sims sinken und schloss die Augen.

»Ich würde unsere Route nach Tyrian gern ein wenig ändern.«

Ashe reckte den Hals, um ihre Stimme besser zu hören. Sie war gerade dabei, sich in dem kleinen Wandschrank anzuziehen, und ihre Worte mussten sich gegen das ständige Getrommel des Regenwassers durchsetzen, das von den Bäumen tropfte.

»Ach ja?«

Der Vorhang wurde aufgezogen und Rhapsody trat ins Zimmer, sich die Stiefel zuschnürend. »Ich möchte einen Abstecher zu der filidischen Siedlung im Gwynwald machen. Da du ja im Kreis trainiert hast, gehe ich fest davon aus, dass du sie wieder findest – oder nicht?«

Auf einmal flaute der Wind ab und hinterließ eine pulsierende Stille. Ashe schwieg eine Weile. »Ich glaube schon«, antwortete er dann endlich. »Obgleich meine Ausbildung nun eine ganze Weile her ist.«

Rhapsody blinzelte überrascht. War das Unsicherheit in seiner Stimme? Er hatte sie den ganzen Weg von Canrif hierher geführt, durch Bethe Corbair, Yarim und Canderre, durch den nördlichen Teil des Gwynwalds bis zur Drachenhöhle, ohne eine Landkarte und ohne jemals auch nur ansatzweise einen falschen Weg zu wählen. Er wanderte durch den Urwald und über die endlosen Felder, die sich in allen Richtungen bis zum Horizont erstreckten, als wäre er ein Nomadenkönig und der rechtmäßige Besitzer all dieser Länder. Es erschien ihr sonderbar, dass er sich ausgerechnet über den

Weg zu der riesigen Filiden-Siedlung am Fuß des Großen Weißen Baumes im Unklaren war, die ihrer Einschätzung nach nicht weit entfernt sein konnte.

»Nun, wenn du sie nicht findest, dann finde ich sie bestimmt«, meinte sie und lud sich den Tornister auf die Schulter. »Ich denke, wenn ich mich konzentrieren würde, könnte ich den Gesang des Baumes bis hierher hören. Genau genommen glaube ich, dass wir uns schon jetzt ganz in der Nähe des äußeren Hüttenrings befinden. Sind wir noch in Navarne oder bereits im Gwynwald?«

Er zögerte eine ganze Weile, ehe er antwortete: »Im Gwynwald.«

Rhapsody zog die Schnürsenkel zu. »Dachte ich mir. Ich glaube, ich war mit Gavin in diesem Teil des Waldes.«

»Ich kann den Kreis finden«, sagte Ashe kurz angebunden. »Warum willst du dorthin?«

»Ich muss eine Nachricht nach Ylorc schicken, damit man dort weiß, dass ich meine Pläne geändert habe. Ich kann unmöglich mehrere Monate abwesend sein und sie nicht wenigstens davon in Kenntnis setzen, dass es mir gut geht und wo ich mich gerade befinde. Llauron hat Botenvögel. Ich denke, wenn ich ihn darum bitte, wird er für mich eine Botschaft an Achmed senden. Aber falls das für dich ein Problem ist, dann verstehe ich das. Wie gesagt – ich möchte dir nicht zur Last fallen.«

Ashe schüttelte den Kopf. »Ich nehme dich mit zum Kreis, aber ich möchte dort nicht in Erscheinung treten. Ich werde im Wald ein Stück weiter südlich auf dich warten, während du deine Nachricht verschickst, und dann begleite ich dich den Rest des Wegs nach Tyrian.«

Rhapsody lächelte. »Danke«, sagte sie. »Ich bin dir wirklich dankbar.«

Ashe setzte sich anders hin und seufzte. Kurz starrte er aus dem kleinen Fenster nach draußen, dann schloss er die Augen.

»Wenn du mir dankbar bist, könntest du es mir dadurch zeigen, dass du mich noch ein bisschen schlafen lässt. Der Morgen dämmert noch nicht einmal.«

Am nächsten Morgen kam die Sonne wieder zum Vorschein, und der Waldboden war einigermaßen trocken. Sie brachen auf, schlossen mit Bedauern die Tür der Hütte hinter sich und suchten sich wieder einen Weg am Wasserfall vorbei.

Schweigend gingen sie nebeneinander her. Ashe hatte die Kapuze wieder aufgesetzt, und was er dachte, schien dahinter ebenso zu verschwinden wie sein Gesicht. Rhapsodys eigene Gedanken schweiften in alle Richtungen und verstreuten sich wie Blätter im Wind.

Nach einer Weile schloss sie die Augen und lauschte auf das Lied des Baums. Fast unmittelbar drang es an ihr Ohr; es summte leise in der Erde und in der Luft um sie herum. Ein langsames Lied, voll schlummernder Macht, ähnlich wie ein Gähnen und ein Strecken nach einem langen Schlaf, ein Aufwachlied.

Erregung durchlief sie und versetzte sie in Schwingungen. Überall um sie herum herrschte die Atmosphäre von Wiedergeburt, und sie fühlte sich dazugehörig, hier an diesem Ort des Frühlings. Ein freudiges Lächeln erschien auf ihren Lippen, als ihr plötzlich etwas einfiel. Sie blieb stehen und drehte sich schnell zu Ashe um.

»Hast du deine Ausbildung als Waldhüter hier gemacht? Bei Gavin?«

»Ja.«

Rhapsody blickte durch die Bäume nach Süden. »Im Süden des Kreisgebiets, ungefähr auf dem halben Weg zum Tref-Y-Gwartheg, gibt es eine Wegmarkierung, eingebrannt in eine kleinblättrige Linde«, sagte sie. »Glaubst du, dass du sie anhand dieser groben Beschreibung finden kannst?«

»Ja«, antwortete Ashe, und Rhapsody meinte ein Lächeln in seiner Stimme zu vernehmen. Nachdem sie nun sein Gesicht kannte und es angenehm fand, war es noch netter, sich vorzustellen, wie er lächelte. Vorher war alles ihrer Phantasie überlassen gewesen.

»Nun, warum treffen wir uns nicht heute Abend dort? Es sind etwa neun Meilen Fußmarsch von hier, das müsste ich schaffen, wenn ich nicht aufgehalten werde.«

»Ich warte auf dich.«

»Nur bis heute Abend. Wenn ich nicht komme, dann geh ohne mich weiter. Ich möchte nicht dafür verantwortlich sein, wenn du auch nur einen Augenblick später als nötig zu deiner Liebsten kommst. Ich bin sicher, dass Llauron mir einen Waldhüter als Begleiter aussuchen kann, der nach Süden unterwegs ist.«

Ashe schüttelte den Kopf. »Tu das lieber nicht«, entgegnete er, und jegliche Wärme war aus seiner Stimme verschwunden. »Je weniger Leute wissen, wohin du gehst, desto besser, Rhapsody. Ich würde nicht einmal Llauron davon erzählen, wenn es nicht unbedingt sein muss.«

Rhapsody seufzte. »Weißt du, dass du mehr Ähnlichkeit mit Achmed hast, als mir jemals bewusst geworden ist?«, sagte sie und setzte die Kapuze auf. »Nun gut, ich werde verschwiegen sein. Leb wohl, Ashe. Falls ich dich heute Abend nicht wieder sehe, danke ich dir schon jetzt noch einmal für all deine Hilfe.«

»Gern geschehen. Ich bringe dich noch bis zu den Herbergen, ehe sich unsere Wege trennen. Und du wirst mich heute Abend wieder sehen.«

Sie lächelte. »Da bin ich sicher – so viel du mich eben von dir sehen lässt.«

Der Wind wurde stärker und verschluckte fast Ashes leise Antwort.

»Ich habe dir weit mehr von mir gezeigt als den meisten. Hoffen wir, dass wir es beide nicht bereuen müssen.«

Außerhalb des Rings von Waldhütten, die den größten Kreis der filidischen Siedlung bildeten, befand sich eine Herberge – eine Reihe kleiner Wandererhütten mit einem größeren Haus in der Mitte. Rhapsody erkannte die Gebäudegruppe als eine der Pilgerherbergen wieder. Zu einer dieser Unterkünfte hatte Llaurons Tanist Khaddyr sie gebracht, als sie zum ersten Mal zum Kreis gekommen war.

Ashe war an einer Anzahl ähnlicher Herbergen vorübergegangen, ehe er sie auf ein etwas kleineres Gebäude aufmerksam machte.

»Warum gerade dieses?«, fragte sie. »Warum nicht eines von denen, die wir vorhin gesehen haben?«

»Weil ich glaube, dass du dort Gavin finden wirst«, antwortete Ashe.

Rhapsody lachte. »Es ist leichter, ein bestimmtes Flachskorn in einem Zwei-Zentner-Sack zu finden, als Gavin an einem Ort, an dem man ihn vermutet«, meinte sie. »Er könnte sich irgendwo auf dieser Seite des Kontinents befinden.«

»Nun, dann besteht die gleiche Wahrscheinlichkeit, dass er hier ist, wie irgendwo sonst«, entgegnete er achselzuckend. »Willst du ihn eigentlich aus einem besonderen Grund sehen?«

»Nein. Jemand anderes, der mich zur Burg bringen kann, ohne dass er unterwegs angehalten wird, wäre mir genauso recht.«

»Dann bist du am richtigen Ort. Frag einfach nach einem der Waldhüter; ich bin überzeugt, dass sie dir mehr als bereitwillig helfen. Aber verhandle nur mit einem, Rhapsody. Und lass deine Kapuze auf. Dann also bis heute Abend.«

Rhapsody sah ihm nach, wie er zwischen den Bäumen verschwand. Dann wandte sie sich wieder zu dem knospenden Wald um, der vor ihr lag.

Ein paar Novizen in den kapuzenlosen Roben des Filiden-Ordens wanderten plaudernd zwischen den Herbergen umher. Rhapsody wartete, bis sie im Wald verschwunden waren, ging dann zur Tür des Hauptgebäudes und wollte anklopfen.

Doch ehe ihre Knöchel das Holz berührten, öffnete sich die Tür. Vor ihr stand ein braunhäutiger Mann mit einem dunklen Vollbart, gekleidet in die grün-braune Tracht des Waldhüterregiments, jener Männer, die den Pilgern auf ihrer Reise zum Kreis und zum Großen Baum als Führer dienten. Rhapsody hielt mitten in der Bewegung inne; ansonsten wäre ihre Hand in seinem Gesicht gelandet.

»Gavin? Entschuldige!«

»Rhapsody!« Gavin starrte sie an und begann dann zu lächeln. »Was machst du denn hier?«

»Ich muss Llauron um einen Gefallen bitten«, antwortete sie. »Meinst du, ich könnte ihn sehen?«

»Das denke ich schon«, erwiderte er und zog an der Klinke, um die Tür hinter sich zu schließen. »Ich bin gerade auf dem Weg zur Burg. Nach jedem Neumond hält Llauron ein Treffen der Hauptleute ab. Du kannst mich gern begleiten, wenn du möchtest.«

»Danke«, sagte Rhapsody und folgte ihm von der Schwelle in den Wald hinein. »Mit Freuden.« Sie musste sich beeilen, mit ihm Schritt zu halten, und nahm sich vor, Ashe das nächste Mal, wenn sie ihm begegnete, ein Kompliment zu machen. Er war ungefähr genauso groß wie Gavin, hatte sich aber auf ihren gemeinsamen Wanderungen immer gebremst, damit sie nicht hinter ihm her rennen musste.

17

Gegen Mittag gelangten sie zu der weiten Waldwiese, die den Großen Weißen Baum umgab. Seit sie den Waldrand erreicht hatten, war Rhapsody seinem Gesang gefolgt; was als tiefes Summen in ihrer Seele begonnen hatte, war jetzt eine laut schallende Melodie, langsam und nur leicht variierend, aber erfüllt von einer bezaubernden Schönheit und unverkennbaren Kraft.

Ganz ähnlich wie Sagias Lied, dachte sie und erinnerte sich an die Melodie des Baums auf der anderen Seite der Welt, durch den sie mit Grunthor und Achmed entflohen war; nur besaß die hiesige Melodie einen jugendlichen Schwung, der Sagia gefehlt hatte. Dafür barg Sagias Lied eine gelassene Weisheit und eine Tiefe in sich, mit denen sich das, was jetzt an ihr Ohr drang, nicht messen konnte. Vielleicht war es darauf zurückzuführen, dass die Sagia sich an dem Ort entwickelt hatte, an dem das erste Element – der Äther – geboren worden war, und dass der Große Weiße Baum dort stand, wo das letzte – die Erde – erschienen war. Alter und Jugend, zusammengehalten von der Geschichte und der Axis Mundi.

Als sie den Baum endlich sehen konnte, blieb Rhapsody vor Ehrfurcht unwillkürlich stehen. Der Stamm des Großen Weißen Baums maß gut und gern fünfzig Fuß im Durchmesser; der erste Hauptast zweigte mehr als hundert Fuß über dem Boden ab und führte mit immer mehr Ästen zu der ausladenden, in der grün-weißen Pracht frischer Blätter erstrahlenden Krone. Die Mittagssonne schien auf die Rinde und verlieh ihr einen beinahe ätherischen Glanz, warf Flecken aus goldenem Licht zwischen die gigantischen Äste und ließ verschwommene Strahlen auf den Boden hinabregnen, erfüllt von verträumter Magie.

Rund um den Baum, etwa hundert Fuß von der Stelle entfernt, wo die mächtigen Wurzeln die Erde durchbrachen, war ein Ring von Bäumen angepflanzt worden, einer von jeder auf der Welt bekannten Art und einige davon die letzten Vertreter ihrer Art, wie Llauron Rhapsody einst erklärt hatte.

Auf der anderen Seite der Wiese stand eine Gruppe uralter Bäume, allesamt sehr hoch und breit, aber in ihren Ausmaßen doch nie und nimmer mit dem Großen Weißen Baum vergleichbar. Zwischen den Bäumen und um sie herum lag ein großes, wunderschönes Gebäude, von sehr einfacher, jedoch zugleich atemberaubender Architektur. Bei seinem Anblick wurde Rhapsody warm ums Herz.

Llaurons verwinkeltes Haus war teilweise hoch in die Äste hinein, teilweise auf Stelzen gebaut, mit Fenstern, von denen aus man auf den großen Baum sehen konnte. Kunstvolle Schnitzereien verzierten das Äußere, vor allem den Turm, der hoch über den Baumkronen aufragte. Mit der Ankunft des Frühlings hatte das Haus einen ähnlichen Glanz angenommen wie die Rinde des Großen Weißen Baums; schimmernd stand es im kühlen Schatten des Wäldchens.

Eine hohe Steinmauer, gesäumt von blühenden Gärten, die geschlafen hatten, als Rhapsody das letzte Mal hier gewesen war, führte zu einem Teil des kleineren Gebäudeflügels, wo eine schwere Holztür, alt und scheinbar von Salzgischt ramponiert, zu beiden Seiten von Soldaten bewacht wurde.

In der oberen Ecke der Tür befand sich ein Hexenzeichen, eine Spirale, die einen Kreis bildete. In der Mitte der Tür war das Bild irgendeines mythischen Tiers zu erkennen, vielleicht ein Drache oder ein Greif, in Goldblatt gearbeitet, vom Zahn der Zeit und den Elementen allerdings ziemlich angegriffen. Und noch mehr – Llauron hatte gesagt, dass diese Tür einmal der Eingang zu einem Gasthaus in Serendair gewesen sei. Dieses Etablissement hatte eine bedeutsame Rolle gespielt in der Geschichte des Krieges, der sich zusammengebraut hatte, als Rhapsody mit ihren beiden Gefährten die Insel verlassen hatte. So war sie für Rhapsody eine Erinnerung an die Heimat und an ihre eigene Verlorenheit zugleich.

»Es tut gut, diesen Ort wieder zu sehen«, sagte sie zu Gavin, als sie an den breiten Blumenbeeten entlangschritten, die in üppiger Farbenpracht blühten. In den Gärten der Filiden war die Blütezeit dem Rest der Flora auf dem westlichen Kontinent weit voraus. »Ich habe ihn vermisst.«

Gavin lächelte und nickte den Wachen an der Tür zu, die vor ihm salutierten. »Du kannst gern hier bleiben, weißt du. Wenn dir der Luxus in Llaurons Haus nicht behagt, kannst du auch in meiner Hütte wohnen, ich bin sowieso nie zu Hause.« Er öffnete die Tür.

Rhapsody folgte ihm in die Eingangshalle des Hauses. Sonnenlicht strömte durch die Fenster in der gewölbten Decke, hinter denen die Baumwipfel über dem hohen Dach zu sehen waren. Ein Duft nach Zedern und frischen Kiefernzweigen erfüllte die Luft des seltsamen Hauses, vermischt mit dem würzigen Aroma von Kräutern und Blumen. Dankbar atmete Rhapsody die tröstlichen Gerüche ein.

In der mittleren Halle stand eine kleine Gruppe von Männern und Frauen in einfacher, bäuerlicher Kleidung und unterhielt sich gedämpft, bis Gavin die Tür hinter sich schloss. Als Ersten erkannte Rhapsody Khaddyr, Llaurons Tanist und oberster Heiler. Khaddyr war der Mann, den die Kreisältesten zum Nachfolger des Fürbitters gewählt hatten, aber nun verbrachte er seine Tage damit, die Novizen in Medizin zu unterrichten und sie in der Pflege der Kranken und Sterbenden in den Hospizen der filidischen Siedlung zu unterweisen. Trotz seiner gelegentlich etwas barschen Art war Khaddyr ein aufopfernder Heiler und kümmerte sich ungezählte Stunden mitfühlend um die ihm anvertrauten Patienten.

Seine Gesprächspartnerin war Lark, die stille lirinsche Kräuterfrau. Lark war schüchtern und zurückhaltend und sprach eigentlich nur, wenn jemand ihr eine Frage stellte oder sie in eine Diskussion über ein ihr besonders vertrautes Thema verwickelte.

Ein Stück weiter den Gang hinunter stand Bruder Aldo, ein ebenfalls sehr scheuer, vor allem auf Waldtiere spezialisierter Heiler und Leiter der Gruppe, die den Stadtbewohnern bei der Pflege ihres Viehs halfen. Er unterhielt sich mit Ilyana, die für Landwirtschaft zuständig war und Llaurons Gewächshäuser verwaltete. Alle starrten Rhapsody an, als sie ebenso wie die anderen filidischen Oberpriester ihre Kapuze abnahm.

Doch dann schüttelte Khaddyr überrascht den Kopf, und ein Lächeln breitete sich auf seinem Gesicht aus.

»Rhapsody! Welch eine Überraschung! Wie schön, dich hier zu sehen, meine Liebe.«

»Danke, Euer Gnaden, ich freue mich auch sehr, Euch zu sehen.« Damit verneigte sie sich höflich vor den anderen. »Ist auch Llauron zugegen?«

»Allerdings, das ist er«, erklang rechter Hand eine Stimme. Llauron stand in der Tür zu seinen Amtsräumen, gekleidet in sein übliches schlichtes, graues Gewand, in der Hand einen Stapel Papiere.

Das Gesicht des Fürbitters war angenehm und voller Runzeln, mit Lachfalten um die Augen, silberweißen Haaren, buschigen Augenbrauen und einem gepflegten, ebenso dichten Schnurrbart. Er war groß und recht zierlich, schien aber bei guter Gesundheit zu sein. Seine wettergegerbte Haut zeichnete ihn als einen Menschen aus, der die meiste Zeit im Freien verbringt. »Und er freut sich sehr, dich zu sehen, obwohl ich keine Ahnung hatte, dass du kommen würdest. Entschuldigt mich bitte einen Moment, Eure Gnaden«, fügte er, an die Brüder gewandt, hinzu.

Die anderen nickten, und Llauron drückte die Papiere, die er mitgebracht hatte, Gavin in die Hand. Dann nahm er Rhapsody sanft beim Arm und führte sie in sein Studierzimmer.

Als die Tür hinter ihnen ins Schloss gefallen war, küsste der Fürbitter Rhapsody auf die Wange und ging zum Kamin, wo ein dampfender Kessel hing.

»Tee, meine Liebe?«

»Nein, aber trotzdem vielen Dank, Llauron. Es tut mir Leid, wenn ich Euch störe, indem ich unangekündigt hier hereinplatze.«

»Ganz und gar nicht, es ist eine erquickende Überraschung. Mach es dir gemütlich. Ich muss zwar das Treffen mit den Hohepriestern abhalten, aber ich werde Gwen und Vera Bescheid geben, dass du hier bist. Dann können sie dir ein Essen zubereiten und dein Zimmer fertig machen. Wie lange hast du vor zu bleiben, meine Liebe?«

»Gar nicht, fürchte ich«, entgegnete Rhapsody beklommen. »Ich bin unterwegs an einen anderen Ort und muss mich schon bald wieder auf den Weg machen.«

»Verstehe.« Die kühlen blaugrauen Augen des Fürbitters verengten sich leicht, doch sein Gesicht behielt den freundlichen Ausdruck bei.

»Ich habe gehofft, mich mit einer Bitte an Euch wenden zu dürfen.«

»Unbedingt. Was kann ich für dich tun?«

Rhapsody nahm ihre Handschuhe ab; plötzlich waren ihre Hände schweißfeucht. »Ich muss eine Botschaft nach Hause schicken, zu Achmed, und möchte lieber nicht auf die Karawane warten. Daher hoffe ich, Ihr werdet mir erlauben, mich eines Eurer Botenvögel zu bedienen.«

Llauron nickte nachdenklich. »Gewiss. Deshalb also habe ich so lange nichts von dir gehört; du warst auf Reisen.« Rhapsody machte sich auf die unvermeidlichen Fragen gefasst, aber anscheinend spürte Llauron, dass sie nicht willens war zu antworten, und hakte nicht nach. »Nun, selbstverständlich können wir für dich eine Botschaft schicken. Setz dich doch und ruh deine Beine aus, meine Liebe. Ich werde dir von Vera etwas zu essen und neuen Proviant bringen lassen. Brauchst du Kräuter oder irgendeine Medizin?«

»Nein, nein, danke«, erwiderte sie und folgte seinem ausgestreckten Finger zu dem Rosshaarsofa, wo sie sich niederließ.

»Nun, vielleicht finden wir trotzdem ein paar spezielle Dinge für dich, die du mit nach Hause nehmen kannst. Ich bin sicher, die Bolg können etwas damit anfangen. Doch nun, meine Liebe, möchte ich, dass du dir das hier ansiehst.« Er ging zu einer von Täfelung und Bücherregalen verborgenen Tür auf der anderen Seite des Studierzimmers und öffnete sie; Rhapsody kannte sie bereits, sie führte in Llaurons privates Studierzimmer.

»Erinnerst du dich an Mahb, die junge Esche in meinem hinteren Medizingarten?«

»Ja.«

»Hinter dem Baum liegt ein versteckter Eingang, den du benutzen kannst, ungefähr so wie diesen hier. Wenn du das nächste Mal kommst, darfst du dich gern seiner bedienen. Er führt dich in mein privates Studierzimmer, und falls deine Reise heikler Natur ist, was ich dieses Mal vermute, dann muss kein anderer von deiner Ankunft erfahren.«

»Danke«, antwortete sie, während Llauron die Tür wieder schloss.

Der Fürbitter schenkte ihr ein herzliches Lächeln. »Keine Ursache. Nun, während du dich erfrischst, werde ich mich um meine Versammlung kümmern, und wenn ich zurückkehre, helfe ich dir beim Versenden deiner Botschaft.«

Rhapsody hatte gerade aufgegessen, was Vera ihr im Studierzimmer aufgetischt hatte, als Llauron zurückkehrte. Sorgsam schloss er die Tür hinter sich. Über seiner Schulter hing ein kleiner Beutel; in der Hand hielt er einen kleinen blaugrauen Wintervogel, ein kräftiges Tier von der Art, die häufig Nachrichten von ihm zu ihr nach Ylorc brachten.

»Nochmals guten Tag«, sagte er, während er den Kopf des Vogels streichelte. »Bist du satt geworden?«

»Mehr als das, danke, Euer Gnaden«, antwortete sie und wischte sich schnell den Mund mit der Leinenserviette ab, die auf dem Tablett lag.

»Das hier ist Swynton, einer meiner besten Boten über große Entfernungen; ich glaube, du kennst ihn bereits. Auf dem Schreibtisch findest du eine Feder, ein Tintenfass und Pergament, falls du so nett sein möchtest, jetzt deine Nachricht zu schreiben; der Vogel ist ein bisschen durcheinander.

Ich habe ihn ziemlich unsanft aus dem Schlaf geholt, und ich habe das Gefühl, das will er mir noch nicht so ganz verzeihen.«

»Tut mir Leid.« Rhapsody ging eilig zum Schreibtisch, kritzelte eine Notiz, löschte die Tinte und rollte das Stückchen Pergament dann eng zusammen. Llauron lächelte, griff in seine Tasche und zog einen kleinen Metallbehälter heraus, den er Rhapsody reichte. Sie steckte die Botschaft hinein, der Fürbitter befestigte das Röhrchen am Fuß des Vogels und deutete mit einer Kopfbewegung zu der verborgenen Tür.

»Gehen wir durch die Geheimtür, damit du sie auch bestimmt wieder findest«, meinte er. »Wenn du das nächste Mal kommst, haben wir hoffentlich mehr Zeit und können uns unterhalten. Ich habe dich schrecklich vermisst.«

Rhapsody öffnete die Tür. »Das würde ich sehr gern tun«, erwiderte sie. Dann folgte sie Llauron durch den versteckten Eingang, der sie durch einen dunklen Erdtunnel in den stillen Raum neben der Küche führte. Dort warteten sie, bis die Luft rein war und traten schließlich hinaus ins helle Licht des Spätnachmittags.

»Meinst du, dass du die Tür wieder findest?«, fragte Llauron, als er den Vogel freiließ.

»Ich denke schon.«

»Gut, gut.« Llauron legte die Hand schützend über die Augen, als der Wintervogel aufstieg, sich im Wind in die Kurve legte und kurz darauf über den Baumwipfeln verschwand. »Weg ist er. Keine Sorge, meine Liebe. Deine Freunde werden die Nachricht unbeschadet erhalten.«

Rhapsody lächelte den alten Mann an. Er hatte sie nicht im Geringsten nach ihrem Vorhaben ausgefragt und auch den Inhalt der Botschaft nicht wissen wollen. Sie blickte ihm ins Gesicht und sah dort väterliche Sorge.

»Vielen Dank noch einmal, Llauron«, sagte sie und ergriff seine Hand. »Entschuldigt, dass ich einfach so unhöflich hereingeplatzt bin und sofort weiterhaste.«

»Nun, manchmal geht es eben nicht anders, ganz gleich, wie sehr wir uns alle über einen längeren Besuch von dir freuen würden, meine Liebe. Gwen hat deinen Proviant schon gepackt.« Damit nahm er den Beutel von seiner Schulter und überreichte ihn ihr. »Wenn du mir erlaubst, einen Segen für dich zu sprechen, so bitte ich den Allgott darum, dass er dich auf deiner Reise beschützt, bis du unversehrt wieder zu deinen Freunden nach Ylorc zurückkehrst.«

»Danke.« Rhapsody neigte respektvoll den Kopf; Llauron legte seine Hand auf ihr Haar und sprach ein paar Worte in Altcymrisch, der Sprache ihrer Kindheit, die inzwischen fast vergessen war und nur noch für religiöse Zwecke verwendet wurde.

Als seine Fürbitte beendet war, tätschelte der alte Mann sanft Rhapsodys Wange, hob dann ihr Kinn an und musterte ihr Gesicht.

»Sei vorsichtig, meine Liebe; ich möchte nicht, dass dir etwas zustößt. Wenn du irgendetwas brauchst, solange du dich in meinem Land aufhältst, sage bitte jedem, dem du begegnest, dass du unter meinem Schutz stehst; dann wird man dir helfen.«

»Noch einmal danke, Llauron. Doch nun muss ich aufbrechen. Bitte dankt auch Gwen und Vera von mir.« Rhapsody streckte die Arme aus und umarmte den alten Herrn geschwind. »Bitte passt auch auf Euch selbst gut auf.«

Der Fürbitter erwiderte ihre Umarmung, und als er sie losließ, leuchteten seine Augen voller Zuneigung.

»Für dich, meine Liebe, würde ich alles tun. Gute Reise – und grüße deine Freunde in Ylorc herzlich von mir.«

Als Rhapsody am Abend zur Wegmarkierung kam, wartete Ashe dort bereits auf sie.

»Wie ich sehe, hast du es gefunden.«

Er lachte leise. »Ja. Konntest du deine Botschaft abschicken?«

»Ja, danke. Ashe?«

Er hatte sich bereits nach Süden gewandt, bereit zum Aufbruch. »Ja?«

»Danke, dass ich nicht rennen muss, um Schritt mit dir halten zu können.«

»Gern geschehen, Rhapsody. Wie ich dir schon damals bei den Zahnfelsen sagte – wenn du anfangen würdest zu rennen, käme *ich* wahrscheinlich nicht mehr mit.«

Die Reise nach Süden durch den erwachenden Wald verlief ereignislos, gekennzeichnet durch Dickichte aus blühenden Bäumen und grünem Blattwerk, so weit das Auge reichte. Rhapsody fragte sich, wann die Welt wohl nicht mehr wie ein endloser Wald aussähe, durch den sie wanderten.

Der Frühling war bis ins Blut vorgedrungen; Rhapsody atmete die Luft tief ein, und ihre Augen strahlten. So schritt sie mit einem Gefühl von Ehrfurcht einher und fragte sich, was Elynsynos mit ihrer tiefen Verbundenheit zur aufblühenden Erde wohl fühlen mochte. Sie hoffte, dass diese Jahreszeit für die Drachin angenehm war.

Nach einigen Tagen spürte sie, dass sie sich lirinschem Land näherten. Eines Nachmittags wandte sie sich Ashe zu und berührte seinen Arm.

»Ashe?«

»Ja?«

»Jetzt sind wir in Tyrian, oder?«

»Ja, ich denke schon.«

»Ich glaube eigentlich, dass wir schon seit ein paar Stunden in Tyrian sind.«

»Da könntest du Recht haben.«

»Nun«, meinte Rhapsody und blieb stehen, »dann sind wir dort angekommen, von wo aus ich allein weitergehen sollte.«

Ashe antwortete nicht, sondern schnallte seinen Tornister ab und legte den Wanderstab auf den Boden.

Auch Rhapsody entledigte sich ihrer Sachen. Dann blickte sie in die dunkle Kapuze empor, in der Hoffnung, dort einen Blick in seine blauen Augen zu erhaschen. Aber sie konnte nichts dergleichen entdecken.

»›Danke‹ ist wirklich nicht genug, um auszudrücken, wie sehr ich es zu schätzen weiß, was du alles für mich getan hast«, sagte sie und hoffte, dass sie im richtigen Winkel zu ihm aufschaute. »Aber trotzdem sage ich vielen Dank.«

»Ich bin gern bereit, auf dich zu warten und dich zurück nach Ylorc zu begleiten«, sagte Ashe.

Rhapsody lachte. »Nochmals danke, aber ich glaube, ich habe deine Zeit lange genug in Anspruch genommen. Du möchtest doch bestimmt in dein eigenes Leben zurückkehren, und falls du keines hast, dann such dir eines, um Himmels willen.« Von Ashe kam keine Reaktion. »Außerdem hoffe ich, dass Oelendra mich als Schülerin aufnimmt, und wenn sie das tut, werde ich voraussichtlich eine ganze Weile hier sein. Und ich *bin* in der Lage, auf mich selbst aufzupassen. Wirklich.«

»Das weiß ich.«

»Aber falls Herzog Roland mich zu seiner Hochzeit einlädt, kannst du mich gern begleiten«, sagte sie, immer noch lachend. »Unsere Kleidung passt jetzt schon so gut zusammen.« Damit hob sie einen Zipfel ihres Umhangs in die Höhe.

Eine plötzliche kühle Brise fuhr durch die Baumgruppe, blies Rhapsody die losen Haarsträhnen ins Gesicht und betonte das drückende Schweigen. Nochmals berührte sie Ashes Arm. »Nun, dann auf Wiedersehen«, sagte sie. »Ich würde dich gern auf die Wange küssen, aber ich weiß mal wieder nicht, wo sie ist.«

Ashe legte einen behandschuhten Finger auf ihre Lippen, als wollte er sie zum Schweigen bringen. »Wenn du mir gestattest, dich zu führen, würde ich deinen Mund an die richtige Stelle lenken.«

Rhapsody grinste, schloss die Augen und reckte das Kinn nach oben. Behutsam brachte er ihr Gesicht in die richtige Position, und als sein Finger zu ihren Lippen zurückkehrte, folgte sie ihm nach oben ins Innere der weiten Kapuze. Dann zog er seine Hand zurück, und statt den kratzigen Bartstoppeln begegneten ihre Lippen den seinen und drückten sich einen Moment lang auf sie, warm und weich. Sie war nicht wirklich überrascht.

Schnell gab sie ihm noch einen Kuss und bückte sich dann, um ihre Sachen aufzuheben. »Also dann – auf Wiedersehen«, wiederholte sie, als sie sich aufrichtete und zum Gehen wandte. »Ich wünsche dir eine gute Reise. Und sei bitte vorsichtig.«

»Du ebenfalls.«

Rhapsodys Gesicht wurde ernst. »Ashe?«

»Ja?«

»Bitte denk über das nach, was ich gesagt habe. Wegen des Barts.«

Aus der Kapuze glaubte sie ein leises Lachen zu hören.

Rhapsody setzte ebenfalls die Kapuze auf, wandte sich um und ging davon. Nach ungefähr zehn Schritten machte sie noch einmal kehrt. »Ich hoffe, dass wir uns eines Tages wieder sehen.«

Aus der Stimme, die aus dem nebligen Umhang kam, konnte man das Lächeln beinahe heraushören. »Wenn ich ein Spieler wäre, würde ich darauf wetten.«

Rhapsody blickte ihn nachdenklich an. »Ja, aber wir wissen beide, dass du kein Spieler bist.«

Noch einmal lächelte sie ihm zu, dann wandte sie sich um und verschwand.

So lange wie möglich sah Ashe ihr nach. Noch eine ganze Weile konnte er ihre Stimme hören, wie sie das Flüsterlied der Bäume sang, wie sie die wortlose Melodie des Windes über das Hochgras pfiff und mit der Schwingung der Erde summte, hier an diesem Ort, wo sie nach Antworten suchte und den sie, so hoffte er, eines Tages regieren würde. Und so wurde sie eins mit Tyrian, lernte sein Lied, seine Geheimnisse kennen.

Erst als sie gut zwei Meilen entfernt war, konnte er ihren Duft nicht mehr wahrnehmen und sich körperlich nicht mehr erinnern, wie ihn der Geruch ihres Haars an einen heraufdämmernden Morgen gemahnte. Noch einmal acht Meilen dauerte es, bis er die Wärme ihres inneren Feuers nicht mehr spürte. Der würzig-süße Geschmack ihres Mundes und die schüchterne Sanftheit ihres Kusses würden noch viele Wochen auf seinen Lippen verweilen. Er wusste, dass die Bilder, wie sie sich von ihm verabschiedet und wie sie im Schatten des Feuerscheins ausgesehen hatte, ihn sein Leben lang begleiten würden.

Er hatte sie nicht berührt außer mit der behandschuhten Hand und bei einem kurzen freundschaftlichen Kuss. Doch seine Finger taten noch immer weh, ein stechender Schmerz, der sich in seinem Körper ausbreitete und ihm mit grässlicher Härte seine Einsamkeit vor Augen führte. Mit großer Heftigkeit wallte die Qual wieder auf, die beinahe geschlummert hatte. Der Drache in ihm zürnte wegen des Verlusts ihres eingeborenen Zaubers; der Mann in ihm vermisste noch viel mehr.

Und mit der Rückkehr seiner Einsamkeit und seines Schmerzes kam die Erinnerung an das, was bevorstand, und an die Rolle, die er dabei spielen würde. Die Erkenntnis, dass auch sie solch grausamen Schmerz erfahren würde, war unerträglich für sein gemartertes Herz.

Ashe fiel auf die Knie und krümmte sich zusammen, bis seine Stirn den Boden berührte. Den Kopf mit den Händen umklammert, weinte er, sog den scharfen Geruch des Waldweges ein und benetzte die Erde mit Drachentränen, die ein Stück Obsidian zurückließen, mit goldenen Sprenkeln, die im Sonnenlicht glitzerten.

18

Eine lange Zeit hörte man im großen Herzen dessen, was einst die Kolonie gewesen war, nichts als das sanfte Schwirren des alten Uhrenpendels, das langsam in der Dunkelheit hin und her schwang. Die alte Dhrakierin schlang ihr Gewand enger um sich und ließ schweigend den Blick durch die leere Ruine schweifen. Als sie endlich sprach, hallte ihre wortlose Stimme durch die Höhle und wurde vom schalen, feuchten Wind verschluckt.

»Am Tag, als die Kolonie zerstört wurde, herrschte an diesem Ort ebenso viel Leben, wie ihm jetzt mangelt.« Ihre Augen schweiften über die dunklen Gänge, als wollte sich die alte Frau die einstige Betriebsamkeit in Erinnerung rufen. Achmed sah, wie sich die durchscheinende Haut ihres Gesichts spannte, wie die Muskeln darunter sich zusammenzogen, als wollten sie einen Schutzwall gegen die Erinnerung errichten. Die zarten Adern, welche die Haut durchzogen, färbten sich dunkler, während der Blutstrom aus ihrem Herzen stärker wurde und der Puls, den Achmed in seiner eigenen Haut spüren konnte, sich beschleunigte.

»F'dor«, flüsterte die Großmutter mit noch immer geschlossenen Augen. Achmeds Blut hämmerte gegen sein Trommelfell und dröhnte in seinem Kopf. Neben sich hörte er, wie auch Grunthors kräftiger Herzschlag schneller wurde und mehr Blut durch die Adern pumpte. Da öffnete die alte Frau die Augen und starrte direkt in die Achmeds.

»Schon das Wort ist dir ein Ärgernis«, stellte sie fest. Langsam nickte der Firbolg-König. »Dein Blut singt vor Hass, genau wie das meine, wegen eines alten Schwurs, den deine

Vorfahren, die Kith, abgelegt haben. Sie waren die Söhne des Windes, eine der ersten fünf Rassen dieser Welt.« Während sie redete, fühlte Achmed, wie sich die Schwingungen in der Ruine zu einem leisen Summen verdichteten. Der feuchte Wind aus den Tiefen der Höhle wurde ein wenig frischer, als beteiligte auch er sich an der Geschichte, die sie erzählte.

»In den Tagen der Vorzeit machten sich vier dieser alten Rassen daran, die F'dor in den Tiefen der Welt einzusperren«, fuhr die Großmutter fort. »Eine jede übernahm bei diesem Vorhaben eine besondere Aufgabe. Die jüngste Rasse, die man als Wyrmril kennt, baute den Kerker, in dem die F'dor für alle Zeiten gefangen bleiben sollten. Aus Lebendigem Gestein.« Die schwarzen Augen der Alten funkelten unheimlich. »Genau so, wie sie auch die Kinder der Erde geschaffen hatten.« Achmed blickte zu Grunthor hinüber, aber der Bolg-Riese schwieg. Er lauschte gespannt auf die zweite Stimme der Matriarchin, die mit einer tieferen Schwingung zu ihm sprach.

»Die anderen beiden Rassen, die Mythlin und die Seren, bauten die Falle auf und fingen die F'dor-Geister in dem Käfig aus Lebendigem Gestein, tief in der Erde. Es war eine organische Gruft, ein lebendiges Gefängnis, denn der Stein, aus dem es gebaut war, lebte ebenfalls. Seine Doppelnatur gab ihm die Macht, Geister gefangen zu halten, die - wie die F'dor - zwischen dieser Welt und dem Geisterreich der Unterwelt hinüberwechseln können.

Die Kith übernahmen die Aufgabe, die eingesperrten F'dor zu bewachen; sie waren sozusagen ihre Gefängniswärter. Diese Pflicht fiel ihnen zu, weil sie die Gabe des *kirai* besaßen, die Fähigkeit, Luftströme zu lesen, zu schmecken, zu fühlen, zu verändern und daraus Dinge zu erfahren. Ihre Empfindlichkeit für Schwingungen befähigte sie, die F'dor auch dann zu sehen und in Schach zu halten, wenn sie keine körperliche Form besaßen. Mit den Vibrationen, die sie aussendeten, konnten sie ein Netz sorgfältig ausgewählter Geräusche spinnen, mit dem sie die Dämonengeister in Bann halten würden, falls es ihnen jemals gelingen sollte, ihrem Gefängnis zu entweichen.

Diese Aufgabe war mit einem großen Opfer verbunden, denn sie verlangte von den Söhnen des Windes, dass sie für immer im Reich der Erde lebten, weit weg vom Himmel und seinen Geistern. Die Gefängniswärter – die Angehörigen der Kith-Rasse, die als Wachposten auftraten, als Hüter der F'dor – entwickelten sich zu der älteren Rasse, die man als Dhrakier kennt.«

Die Augen der Großmutter wurden schmal; als sich das Summen auf Achmeds Haut veränderte, wusste er sofort, dass sie ihn mit ihren Suchschwingungen einzuschätzen versuchte, um herauszufinden, wie viel von dieser Information ihm neu war. Er senkte sein eigenes verteidigendes *kirai* und gewährte ihr damit den verlangten Einblick. Er hatte gewusst, dass die F'dor von den anderen vier Rassen gefangen gehalten worden waren, aber nicht, mit welchen Mitteln.

Die Großmutter starrte ihn an, dann entspannte sich ihr Gesicht wieder und nahm seinen gewohnten unbeteiligten Ausdruck an.

»Alles blieb, wie man es geplant hatte, bis eines Tages ein Stern vom Himmel fiel und die Erde traf. Er beschädigte die Kerkergruft aus Lebendigem Gestein, das Gefängnis der F'dor. Ehe die überlebenden Wächter der Dhrakier sie instand setzen konnten, waren einige der Dämonengeister bereits entflohen. Dies war der Beginn der Urjagd, der Blutsuche, an der alle Dhrakier beteiligt sind. Schon bei der Geburt wird ihre Lehenstreue eingeschworen, und sie reicht bis weit über den Tod hinaus. Unser Lebenssinn besteht darin, die entflohenen F'dor zu jagen und zu zerstören. Das hast du gewusst, oder nicht?«

»Ja«, antwortete Achmed fest. In der Stimme der Großmutter hatte eine Veränderung stattgefunden, die seine Haut zum Jucken brachte.

»Die Dhrakier, die sich der großen Jagd anschlossen, ihre Wache an der Gruft in der Erde aufgaben und wieder an die Luft kamen, um die F'dor zu suchen, fanden sich zu Kolonien zusammen, die unter der Erde lebten, sich aber für ihre Suche in den Wind hinaufwagten. Große Kreuzzüge wurden unternommen, um die F'dor aufzuspüren und auszurotten, ihre menschlichen Wirte zu finden, sie in den Bann zu schlagen und Mensch und Geist zu vernichten. War dir dies ebenfalls bekannt?«

»Ja.«

»Aber du gehörst nicht zu den Brüdern. Du bist *Dhisrik*, einer der Ungezählten, der Dhrakier, die keiner Kolonie angehörten. Außerdem bist du ein Ungelehrter, du hast das Bannritual nie gemeistert.«

»Aber ich habe gesehen, wie es durchgeführt wird.« Wieder stieg die Galle in Achmeds Kehle hoch. Er kämpfte die Erinnerungen nieder, die ihre Worte zuhauf in ihm wachriefen.

»Du kannst kein Ungelehrter bleiben«, sagte die Großmutter, während ihre Augen noch immer die stille Höhle über ihr absuchten. »Ich werde dich den Bann lehren. Ohne ihn bist du nicht fähig, das zu erfüllen, was prophezeit worden ist.«

Achmed räusperte sich und schluckte die Säure hinunter, die sich in seiner Kehle angesammelt hatte. »Vielleicht könntest du mir mitteilen, was diese Prophezeiung besagt.«

Die Großmutter blickte auf den Kreis von Worten, von denen die Symbole der Pendeluhr umgeben waren. »Du musst Jäger und Wächter sein. Das ist so vorausgesagt.«

»So eine Prophezeiung kann mich mal«, knurrte Achmed. »Was soll das bedeuten? Wie kann ich beides zugleich sein? Gut, ich weiß mehr oder weniger, was ich jagen soll. Aber was soll ich bewachen? Den Kerker?«

Ohne den Blick von den Runen im Boden abzuwenden, schüttelte die Großmutter den Kopf. »Nein, aber es ist aus Lebendigem Gestein, genau wie der Kerker.«

»Das Kind.« Die Worte kamen von Grunthor.

Die Großmutter neigte den Kopf. »Ja. Alles, was ihr hier seht, und alles, was einst die Kolonie war, wurde zu seinem Schutz erbaut. Die F'dor suchen das Mädchen und alle von seiner Art, ja, mehr als alles andere in der Welt verlangen die F'dor danach, es zu finden.«

»Warum?«, fragte Achmed.

»Weil die Kinder der Erde aus belebtem Gestein erschaffen wurden, genau wie der Kerker der F'dor. Ihre Knochen, vor allem die Rippen, könnten den Dämonen als Schlüssel dienen, um die Gruft zu öffnen.«

Plötzlich erhob sich der Wind aus den Tiefen der Höhle, und Achmed merkte, wie still es geworden war. Er schmeckte Asche im Mund. Ganz entfernt erinnerte er sich daran, dass er einst einen solchen Schlüssel bekommen hatte.

Er war in eine Ranke eingewickelt, die selbst aus Glas gefertigt zu sein schien, mit schwarzen Dornen bewehrt. Die Ranke war aus dem Boden der Turmspitze gewachsen, dem unheiligen Tempel des Dämons, der im alten Land sein Herr und Meister gewesen war.

Nimm ihn.

Achmed schloss die Augen und versuchte, sein Gedächtnis gegen die Erinnerung abzuschotten, aber sie war zu stark, das Grauen zu gewaltig. Er hatte den Schlüssel von der Ranke gepflückt. Darauf war das schwarze Gewächs in seiner Hand zerbrochen wie der Stiel eines zarten Weinglases.

Mit seinen halb bolgschen Augen, den Nachtaugen eines Volks, das aus Höhlen gekommen war, hatte er den Schlüssel genau inspiziert. Dem Anschein nach war er aus dunklen Knochen gefertigt, der Schaft gebogen wie bei einer Rippe. Er hatte in der Dunkelheit leise geschimmert.

Du gehst mit diesem Schlüssel zum Ausgang der Landbrücke vor den Nördlichen Inseln, hatte sein Meister gesagt. *Im Fundament dieser Brücke ist ein Tor, wie du so noch keines gesehen, geschweige denn passiert hast. Die Erdkruste dort ist sehr dünn, was dir ein paar Unannehmlichkeiten einbringen könnte. Wie auch immer, wenn du das Tor passiert hast, wirst du dich in einer weiten Wüste wieder finden.*

Du wirst wissen, welche Richtung einzuschlagen ist, und bald einem alten Freund von mir begegnen. Den sollst du später durch das Tor auf unsere Seite führen. Vorläufig musst du dich nur über einen Termin mit ihm verständigen. Der sollte allerdings möglichst bald angesetzt werden. Wenn das geschehen ist, kommst du hierher zurück, und ich werde dich auf deinen Dienst als Führer meines Freundes vorbereiten.

Achmed hatte getan, was der Dämon verlangt hatte. Dieses Erlebnis war der einzige Grund gewesen, aus dem er und Grunthor von der Insel hatten fliehen wollen. Zwar hatten sie beide keine Angst vor dem Tod, sie schreckten auch nicht vor dem Bösen zurück, aber was ihm in der Wüste jenseits des Horizonts begegnet war, trotzte jeder Beschreibung, derer seine Phantasie fähig war. Angesichts der Verheerung, die bevorgestanden hatte, angesichts der Zerstörung, die über die Welt hereinbrechen sollte, hatten sie beschlossen, zum ersten Mal in ihrer beider Leben davonzulaufen, alles hinter sich zu lassen, was sie besessen hatten, und eine Ewigkeit von etwas Schlimmerem als dem Tod zu riskieren. Alles anderes wäre undenkbar gewesen.

Die letzten Worte des Dämons klangen ihm noch jetzt in den Ohren. Selbst so viele Jahrhunderte später konnte sich Achmed noch immer an den Gestank nach verbranntem menschlichem Fleisch erinnern, der den Atem des Dämons verseucht hatte.

Ich will, dass die Sache schnell über die Bühne geht. Sie ist von entscheidender, weit reichender Bedeutung. Im Vergleich dazu ist alles, was du für besonders wichtig erachtest, von lachhafter Belanglosigkeit. Ich bin dein wahrer Herr und Gebieter, und du wirst mir dienen, freiwillig oder gezwungenermaßen.

Er hatte den Schlüssel stattdessen dazu verwendet, den Stamm von Sagia, der Eiche der tiefen Wurzeln, zu öffnen, im Gedenken an einen anderen Meister, den er sehr geliebt hatte. Vater Halphasion hatte die gleichen Worte gesprochen, als er ihm von dem Baum erzählt hatte, der ihnen schließlich zur Flucht verholfen hatte.

Sagia wurzelt im Lirin-Wald am jenseitigen Ausläufer des Teichs der Herzenssehnsucht. Die Lirin glauben, dass sie ihre Wurzeln durch die ganze Erde streckt, sodass sie in Verbindung steht mit den Bäumen, die an den Orten stehen, an denen die Zeit begann. Solltest du jemals dort wandern, mein

Sohn, so zeige Respekt, denn es ist ein heiliger Ort. Du wirst die Zerbrechlichkeit des Universums in den Schwingungen erkennen, die von diesem Ort ausgehen, denn dort ist der Stoff der Erde dünn geworden und abgetragen.

Als sie den Baum betreten hatten, an seiner Wurzel entlanggekrochen und schließlich durch das Feuer im Zentrum der Erde gegangen waren, hatte der Schlüssel seine schimmernde Macht verloren und die andere Seite nicht zu öffnen vermocht. Jetzt ruhte er in einem Samtbeutel in einem verschlossenen Reliquienschrein im Boden seines Gemachs in Ylorc, fast vergessen.

Er schüttelte den Kopf, um den Wust von verbliebenen Schwingungen auf seiner Haut loszuwerden. Die Großmutter musterte ihn durchdringend. Einen Augenblick später schien sie zufrieden gestellt, setzte sich geschmeidig neben ihnen nieder, und legte die gefalteten Hände an die Lippen.

»Was stimmt eigentlich nicht mit der Kleinen?«, wollte Grunthor wissen. »Warum schläft sie ständig?«

Zum ersten Mal wirkte die alte Frau traurig. »In der Dämmerung des Zeitalters der Menschen wurde sie schwer verletzt. Es geschah während eines blutigen Krieges zwischen den *Zhereditck* einer Kolonie in Marincaer, einer Provinz westlich des Großen Meers, und den verderbten Dämonenscharen, die es auf ihre Knochen abgesehen hatten, um ihre gefangenen Kameraden aus dem Kerker zu befreien. Sie ist eine der Letzten ihrer Art, die noch lebt, vielleicht sogar die Allerletzte. Es gab keine Zuflucht; das Wagnis des Kampfs um ihr Leben hätte nicht höher sein können, und so tobte er mit der Wildheit kochender Meereswogen. Am Ende siegten die Brüder und brachten das unheilbar verletzte Kind hierher, um es für alle Zeit tief in den undurchdringlichen Bergen zu verstecken.

Jahrhundertlang waren die Berge wirklich undurchdringlich. Das Mädchen blieb hier, zwar von seinen schlimmsten Schmerzen geheilt, aber nicht wieder zu beleben, sicher inmitten der Kolonie, die um es herum gebaut wurde. Während die Brüder hauptsächlich in der Erde wohnten, gingen die Patrouillen in jenen Tagen noch immer nach oben, sammelten Nahrung und hielten Ausschau nach Feinden. Niemand kam, um die Schwingungen des Windes zwischen den Gipfeln zu stören. Man sagt, es waren gute Zeiten, sichere Tage.

Dann aber tauchten die Menschen auf. Der Wind brachte Kunde von ihnen, lange bevor sie gesichtet wurden. An ihrer Zahl und ihrem Zustand erkannten die Brüder sogleich, dass es keine Invasionsmacht war: zerlumpte, abgerissene Männer und Frauen, alt und jung, mit Kindern im Schlepptau, viele Rassen in einer einzigen Karawane zusammengewürfelt, die über die Wüste in den Norden flohen. Sie kämpften ums Überleben und darum, zusammenzubleiben, und es war klar, dass sie ebenfalls in den Armen der Berge Zuflucht suchten.«

»Die Cymrer«, sagte Achmed. »Gwylliam und die Dritte Flotte.« Grunthor räusperte sich zustimmend.

»Wir haben nie erfahren, wie sie sich selbst nannten«, erwiderte die Großmutter. »Als ihre Absichten klar waren, versteckten sich die Brüder, zogen sich in die Erde zurück und verbargen jegliche Hinweise auf die Kolonie. Wir sind ein Volk, das sich sehr leise fortbewegen kann, und die Kolonie blieb unbemerkt, selbst als sich die Menschen hier niederließen und in der Erde zu graben begann. Sie waren hervorragende Bauleute; die Berge hallten wider vom Klang ihrer Schmiedehämmer, und die Erde erzitterte, als die Menschen sie nach ihrem Willen formten.

Unterdessen schien die Kolonie weiterhin unentdeckt zu bleiben. Es gab nie Kontakt zwischen den Erbauern, wie wir sie nennen, und den Brüdern. Selbst als sie einen neuen Gang direkt auf der anderen Seite der Bergwand aushoben - dort, wo man die Kolonie betrat -, gab es keinerlei Anzeichen dafür, dass sie von unserer Anwesenheit wussten. Die *Zhereditck* hatten inmitten der Kolonie Lauschplätze eingerichtet, um eine Überwachung aufrechtzuerhalten, aber es gab nie einen Hinweis darauf, dass die Menschen wussten, dass sie den Berg mit uns teilten.

Vor der Letzten Nacht schien sich ein Rumpeln in ihrem Reich zu verbreiten, aber niemand kam auf den Gedanken, dass es etwas mit der Kolonie zu tun haben könnte. Die Lauscher fingen Schwingungen von einem Streit auf, der im Lauf der Jahre immer heftiger geworden war, aber er schien zu dieser Kultur dazuzugehören. Die Brüder sind eine einfache Rasse mit einfachen Bedürfnissen und einem einfachen Lebensziel. Anscheinend aber strebten die Erbauer nach Höherem – und sie waren eindeutig feindseliger. So war es schon seit Jahrhunderten gewesen.

In jenen Tagen war ich eine *amelystik*, eine Pflegerin des Schlafenden Kindes. Sich um das Mädchen zu kümmern zählte zu den Aufgaben, die der zukünftigen Matriarchin der Stadt auferlegt wurden. Es gab einige von uns, und jede war eine Anwärterin für die Stellung der Großmutter, die das Schicksal selbst nach dem Tod der Alten auserwählen würde. In der Letzten Nacht wurde ich vom Schicksal dazu bestimmt, für das Mädchen zu sorgen.

Ehe ich mich zum Schlafen neben sie legte, bemerkte ich, dass sie ruhelos war. Auch meine eigenen Träume waren beunruhigend; ich erwachte aus einem davon, weil ich Asche im Mund schmeckte und mir der Schreck die Kehle zuschnürte. Heißer, beißender Qualm erfüllte den Tunnel. Überall in der Kolonie herrschte Panik, die *Zhereditck* würgten und rangen in der giftigen Luft nach Atem.

Da das Schicksal selbst in seiner Grausamkeit noch freundlich ist, musste ich nicht viel davon mit ansehen. Die letzte Tat eines der Brüder bestand darin, dass er die großen Eisentüren der Kammer des Erdenkindes zuschlug; ich erinnere mich noch an seinen Gesichtsausdruck in jenem Augenblick, als er mich mit dem Kind einschloss. Hinter ihm sah ich noch eine große Menge wild fuchtelnder, kämpfender Dhrakier, als die Tür sich schloss und das Erdenkind und mich vom brennenden Rauch und dem Rest der Kolonie abtrennte. Als unsere Augen sich begegneten, wussten mein Retter und ich beide, dass er das Einzige tat, was getan werden konnte. Es war die oberste Priorität, der Grund für die Existenz der Kolonie: das Schlafende Kind zu beschützen.« Das Summen der zwei Stimmen der Großmutter wurde schwächer.

»Obgleich ich die Vernichtung der Kolonie nicht mit eigenen Augen sah, erlebte ich sie dennoch mit, denn Dhrakier, die in einer Kolonie leben, sind eines Geistes, ähnlich wie Bienen in einem Bienenstock oder Ameisen in einem Ameisenhaufen. So spürte ich jeden Todeskampf, ertrug jedes Ringen nach Luft, beobachtete durch tausende trübe werdende Augen, wie das Leben unserer Rasse ausgelöscht wurde. Bei jedem wachen Atemzug verfolgen mich diese Bilder. Sogar jetzt noch, Jahrhunderte später, finde ich nur im Schlaf Ruhe davor.

Ich wartete sehr lange, bis die Eisentüren abgekühlt waren, bis der Lärm erstarb. Selbst auf der anderen Seite der Türen vernahm man das Keuchen, die unterdrückten Schreie, die donnernden Schritte. Ich wartete auf meine Ablösung, aber keine andere *amelystik* kam. Ich war noch eine sehr junge Frau, eigentlich selbst noch ein Mädchen, daher beschloss ich, dass es klug war abzuwarten, bis ich die Schwingungen von Tod und Rauch nicht mehr auf meiner Haut fühlen konnte; das dauerte sehr lange. Auch beobachtete ich das Kind nach Anzeichen, dass der Schrecken sich verzog, und das dauerte sogar noch länger.

Als der Lärm endlich nachließ, als ich die Hitze nicht mehr durch die Tür spürte und keinen Ruß in der Luft mehr riechen konnte, als das Erdenkind endlich wieder ruhig schlief, da öffnete ich die Türen. Es war so, wie ich es erwartet hatte; der Rauchdunst hing noch in den stillen Gängen, die Leichen der Brüder verstopften die Tunnel.

Ich wartete, dass die Sieger durch die Wand brechen und die Kolonie übernehmen würden, nun, da alle *Zhereditck* tot waren. Doch niemand kam. Es gab kein Invasionsheer, keine Plünderer. Bis zum heutigen Tag weiß ich nicht, ob alles nur ein schrecklicher Unfall war oder ein geplanter Massenmord. Dabei ist es sehr wichtig, das zu wissen, falls man es noch feststellen kann; denn wenn die F'dor dafür verantwortlich waren, dann kennen sie den Aufenthaltsort des Kindes und werden wiederkommen.

Seit jenem Augenblick vor fast vier Jahrhunderten habe ich gewartet, aber es gab kein Anzeichen. Das Schicksal hat den

Brüdern eine furchtbare Tragödie beschert, die niemand außer dem Erdenkind überlebt hat, dessen Leben einem ewigen Tod gleichkommt; um dieses Leben zu schützen, ist eine ganze Zivilisation zugrunde gegangen. Ich bin die zweite Überlebende, ich, die ich vom Schicksal zur Matriarchin auserkoren wurde, ich, die ich niemals ein Kind austragen werde; Mutter, Führerin, Beschützerin für niemanden meiner eigenen Art. Und jetzt du, weiter nichts als ein Gespenst.«

Achmed schloss die Augen und dachte an den Geruch von Kerzenwachs im Kloster und an die leisen, trockenen Worte von Vater Halphasion. *Kind des Blutes*, hatte der dhrakische Weise gesagt, *Bruder aller, mit niemandem verwandt.*

»Endlich seid ihr gekommen, wenn auch spät. Noch ist Zeit; ich habe auf euch gewartet.«

»Vielleicht solltet Ihr uns sagen, welche Prophezeiung Euch gegeben wurde«, meinte Achmed ruhig.

Die Erinnerung an die Vergangenheit, welche die Augen der Großmutter umwölkt hatte, schwand, und ihr Blick wurde klar und hart.

»Die Worte sind nicht für dich allein bestimmt.«

»Ihr habt gesagt, man erwartet von mir, dass ich sowohl Jäger als auch Wächter sein soll. Wenn Ihr mir die Prophezeiung nicht sagt, kann ich keins von beidem sein.«

»Nein«, wiederholte die Großmutter. Ihr Tonfall war gleichförmig und brannte auf Achmeds Haut. »Es müssen drei sein. So ist es vorhergesagt.

Eins müsst ihr verstehen, genau wie es auch die *Zhereditck* lernen mussten, als sie in dieses Land kamen: Hier ist der letzte der Orte, an dem die Zeit geboren wurde. Wenn man die Worte einer Prophezeiung ausspricht, zwingt man ihre Erfüllung schneller herbei. Man muss sehr vorsichtig sein; manchmal kann man es nur ein einziges Mal tun. Sonst könnte die Prophezeiung anders in Erfüllung gehen, als sie beabsichtigt war.« Zögernd nickte Achmed. »Bringt die andere mit, wenn ihr zurückkommt. Die Zeit wird knapp.«

Damit erhob sich die Großmutter geschmeidig und gab ihnen mit einem Wink zu verstehen, sie sollten sich ebenfalls erheben. »Etwas zu zerstören ist wesentlich einfacher als etwas zu erschaffen, zu nähren, zu erlösen. Um diese Welt zu zerstören, ist nur ein Einziger nötig. Aber die Erlösung dieser Welt ist keine Aufgabe für einen Einzelnen. Eine Welt, deren Schicksal in den Händen eines Einzelnen ruht, ist viel zu simpel, als dass es sich lohnte, sie zu retten.«

Die Sonne schickte sich bereits an unterzugehen, als Grunthor die Steinbrocken so vor den Eingang des Loritoriums gewälzt hatte, dass er unsichtbar war. Achmed legte die Hand über die Augen und blickte nach Westen, um das Hereinbrechen der Nacht zu beobachten. Das Licht der schwindenden Sonne zauberte breite rote und purpurne Streifen auf die vom Wind abgewandte Seite der Zahnfelsen, sodass es aussah, als stünden die Berge in Flammen. Sein Kopf, der nach allem, was er gerade erlebt hatte, reichlich angespannt war, fühlte sich ganz ähnlich an.

Der Sergeant klatschte in die Hände und klopfte sich den Staub von seinen ramponierten Ziegenlederhandschuhen.

»Das müsste wohl genügen, Herr. Alles klar zur Rückreise?«

Achmed ließ den Blick über den Pfad vom Grivven zu den hohen Gipfeln wandern und versuchte, aus der Entfernung den Eingang zum Kessel zu orten. Einen Augenblick später hatte er ihn gefunden, verdeckt von einem Schwarm winziger menschlicher Gestalten, die am Tor ein wuselndes Durcheinander bildeten. Er verdrehte die Augen.

»Hrekin«, schimpfte er. »Die zweite Welle von Botschaftern von den Außenländern ist eingetroffen, und mit ihnen ein paar von denen, die mit einer Antwort von ihren Herren aus Roland zurückkehren. Sie sind auf den schlammigen Pfaden besser vorwärtsgekommen, als ich dachte.«

Auch Grunthor stieß einen tiefen Seufzer aus. »Da kann man nix machen, denk ich, Herr«, meinte er, während er die schweißdurchtränkten Handschuhe abstreifte und in seinen Tornister stopfte. »Königliche Pflichten sozusagen. Solltest du am besten hinter dich bringen.«

Achmed betrachtete die Szenerie noch einen Augenblick länger. Über einer Stelle der Gruppe hing ein dunkler Nebel, ein Nachmittagsschatten wahrscheinlich, mehr nicht. Dennoch waren seine Gedanken dunkel von Zerstörung und Tod, von all den Bildern, mit denen er konfrontiert worden war.

»Wann wollte Rhapsody zurückkommen?«, fragte er, noch immer die Augen mit der Hand beschirmend, während der Schein des blutroten Sonnenuntergangs sich zu einem sanften Rosa abschwächte und ein bleiches Grau schon auf den Einbruch der Dämmerung lauerte.

»Da hat sie sich nicht festgelegt«, antwortete Grunthor. »Wenn alles so geklappt hat, wie's in ihrer Nachricht stand, dann müsste sie jetzt mitten in ihrer Ausbildung sein. Könnte 'ne ganze Weile dauern.«

Achmed verzog das Gesicht. »Machen wir uns auf den Rückweg«, sagte er und schulterte seinen Tornister. »Ich muss mit der nächsten Postkarawane eine Botschaft nach Tyrian schicken.«

19

Die Grenzwächter von Tyrian waren ihr schon über eine Stunde gefolgt, als Rhapsody sich endlich entschloss, dem Spiel ein Ende zu machen. Wenige Meilen schon, nachdem sie sich von Ashe getrennt hatte, hatte sie gespürt, dass sie verfolgt wurde. Leise waren sie von den Bäumen herabgekommen, unsichtbar, um zu beobachten, wie Rhapsody pfeifend durch ihren Wald wanderte. Eigentlich hatte sie erwartet, dass sie sich bald zeigen würden, aber stattdessen waren sie ihr lautlos gefolgt, leichtfüßig wie der Wind. Wäre Rhapsody nicht in Einklang mit dem Lied des Waldes gewesen, hätte sie niemals bemerkt, dass jemand hinter ihr war.

Schließlich blieb sie mitten auf dem Weg stehen. »Wenn ihr euch wegen meiner Anwesenheit sorgt, dann zeigt euch und begrüßt mich«, sagte sie und blickte nacheinander zu den vier Stellen, an denen sich die Wächter, wie sie wusste, verbargen. »Ich komme in friedlicher Absicht.«

Einen Augenblick später stand einer der Wächter vor ihr, eine große, breitschultrige Lirin-Frau, mit großen mandelförmigen Augen von der gleichen Farbe wie das rehbraune Haar. Ihr Körper war schmal und hoch gewachsen, mit einer Haut, deren Schattierung von der Berührung durch die Sonne und die Elemente zeugte; insgesamt war sie eine beispielhafte Vertreterin ihrer Rasse. Sie hatte an der Stelle gestanden, an der Rhapsodys Blick zuletzt haften geblieben war.

»Ich bin Cedelia«, erklärte sie auf Orlandisch, der in Roland gängigsten Sprache. »Sucht Ihr etwas Bestimmtes?«

»Ja, eigentlich schon«, antwortete Rhapsody mit einem Lächeln. »Ich möchte Oelendra besuchen.«

Auf dem Gesicht der Frau war keine Reaktion auszumachen. »Dafür seid Ihr aber im falschen Teil von Tyrian.«

»Nun, kann ich von hier aus zu ihr gelangen?«

»Irgendwann schon«, antwortete Cedelia. Sie machte eine leichte Bewegung, und Rhapsody sah, dass sie einen Pfeil in ihren Köcher zurücksteckte. Bisher hatte sie nicht einmal bemerkt, dass die Lirin-Frau einen Bogen bei sich trug. »Ihr seid mehr als eine Woche von dort entfernt. Das Einfachste wäre, wenn Ihr Euch nach Westen wenden und den Weg durch die Stadt Tyrian nehmen würdet. Wer seid Ihr?«

Die Sängerin verneigte sich leicht. »Mein Name ist Rhapsody«, antwortete sie respektvoll. »Wenn es Euch lieber wäre, können wir uns gern in der Lirin-Sprache unterhalten.«

»Welche Sprache auch immer für Euch am angenehmsten sein mag, ist mir recht.« Im Gesicht der Lirin-Frau war nichts von der Feindseligkeit zu erkennen, die Rhapsody so oft bei Menschen gegenüber Gemischtrassigen wahrgenommen hatte. Sie beugte sich leicht nach Osten und gab eine Reihe von vogelartigen Pfiffen von sich. Rhapsody hörte ein leichtes Rascheln in den Bäumen, mehr nicht. »Ich werde Euch nach Tyrian-Stadt begleiten.«

»Danke«, erwiderte Rhapsody. »Es ist gut, eine Führerin zu haben.« Cedelia deutete auf einen kaum sichtbaren Pfad, der vom Waldweg abzweigte, und Rhapsody folgte ihr in den Wald, mitten hinein in die Welt aus Liedern der Vögel und des Windes, der durch die Bäume von Tyrian wehte.

Beinahe die gesamte Reise über herrschte Schweigen. Ein paarmal versuchte Rhapsody, ein unverbindliches Gespräch anzufangen, und obgleich Cedelia ihr freundlich antwortete, gab sie sich nie die Mühe, die Unterhaltung aufrechtzuerhalten. Schließlich erinnerte sich Rhapsody daran, dass ihre Mutter eigentlich nur gesprochen hatte, wenn sie etwas Wichtiges zu sagen gehabt hatte; und so verfiel sie wie ihre Begleiterin in stille Zufriedenheit und begnügte sich damit, die Schönheit des in den Wald einkehrenden Frühlings zu betrachten.

Inzwischen trugen die Bäume dicke Knospen, zartes Laub brach mit der Begeisterung eines Kinderlächelns aus ihnen hervor, grün und silbern, frisch nach dem langen Winterschlaf. Rhapsody spürte, wie ihr das Herz aufging, während sie so hinter ihrer schweigsamen Aufpasserin durch den Wald wanderte. Es hatte etwas Erfrischendes, hier zu sein, im Land des Volks ihrer Mutter, obgleich die Wald-Lirin natürlich keine Liringlas waren. Das Leben, das sie führten, hatte etwas Ehrliches, Einfaches; jedes Dorf, an dem sie vorbeikamen, machte einen fruchtbaren und friedlichen Eindruck, die Leute, denen sie begegneten, waren freundlich und schienen gut miteinander auszukommen. Hier herrschte Freude, oder zumindest etwas, das nahe daran war. Tyrian fühlte sich an wie ein Paradies. Rhapsody spürte, wie ihr inneres Feuer von Tag zu Tag stärker wurde.

Cedelia saß jede Nacht Wache. Zwar hatte Rhapsody angeboten, sich mit ihr abzuwechseln, aber Cedelia hatte ihr Angebot höflich angelehnt und erklärt, sie benötige keinen Schlaf. Zwar brauchte auch Rhapsody weniger Schlaf als ihre Bolg-Freunde und wesentlich weniger als Jo, aber selbst sie musste sich ein paar Stunden ausruhen, was bei Cedelia offenbar nicht der Fall war. So kroch sie jede Nacht unbeholfen unter den Augen ihrer Wächterin in ihre Deckenrolle. Sie hoffte nur, dass sie bei Oelendra willkommener wäre.

Am vierten Tag setzte schwerer, prasselnder Regen ein, der auf der Haut wehtat. Sogar Cedelia hatte das Bedürfnis, Schutz zu suchen, und führte Rhapsody in eine Hütte, die diese nicht einmal gesehen hätte, wenn man sie darauf aufmerksam gemacht hätte. Im Innern war sie sparsam eingerichtet mit ein paar Feldbetten und Tischen; außerdem gab es einen Vorrat an getrockneten Lebensmittel. Cedelia öffnete eine Truhe und bot Rhapsody Streifen gepökelten Wildbrets an. Sie nahm es an, um nicht unhöflich zu erscheinen. Schließlich fasste sie den Entschluss, es doch noch einmal mit einem Gespräch zu versuchen.

»Was ist das hier für ein Ort?«

Cedelia blickte von ihrem Essen auf. »Eins der Häuser, welche die Grenzwächter benutzen.«

»Es ist gut versteckt. Ich hätte es niemals gefunden.«

»Genau das ist der Punkt, so soll es sein.«

Ihr kühler Ton nahm Rhapsody den Wind aus den Segeln. »Habe ich Euch irgendwie gekränkt, Cedelia?«

»Ich weiß nicht. Habt Ihr mich gekränkt?« Die rehbraunen Augen verengten sich leicht, sonst veränderte sich ihr Gesichtsausdruck nicht. Sie nahm noch einen Bissen von dem Fleisch.

»Ich verstehe Euch nicht«, entgegnete Rhapsody, und das Blut stieg ihr in die Wangen. »Bitte erklärt mir, was Ihr damit meint, Cedelia. Wir reisen seit vier Tagen zusammen, und ich habe immer noch keine Ahnung, was Euch stört.«

Cedelia legte das Essen beiseite. »Man hat Euch vor fünf Tagen am Rand des Außenwaldes zusammen mit einem Mann in einem grauen Kapuzenumhang gesehen.«

Rhapsody blickte die Lirin-Frau verwundert an. »Ja.«

»Wer war das?«

Rhapsodys Herz begann zu pochen. »Warum?«

»Ein Mann in einem grauen Kapuzenumhang hat in derselben Nacht am Ostrand des Außenwalds einen Überfall auf ein Lirin-Dorf angeführt. Die Siedlung ist niedergebrannt.«

Rhapsody sprang auf die Füße. »Was?«

Blitzschnell richtete die Lirin-Frau einen Bogen mit eingelegtem Pfeil auf ihr Herz. »Setzt Euch wieder hin!« Rhapsody gehorchte. »Vierzehn Männer, sechs Frauen und drei Kinder sind bei dem Überfall ums Leben gekommen.«

Rhapsody begann zu zittern. »Himmel.«

»Nein, der war es ganz sicher nicht.« Cedelias Stimme triefte vor Gift. »Wer war dieser Mann?«

»Sein Name ist Ashe.« Ihre Stimme war kaum mehr als ein Flüstern.

»Ashe? Ashe was?«

Nachdenklich blickte Rhapsody durchs Fenster in den Wald hinaus. »Das weiß ich nicht.«

»Gehört es zu Euren Gepflogenheiten, Männer zu küssen, die Ihr nicht kennt?«

Sie sah Cedelia ins Gesicht. »Nein.«

Cedelia legte einen zweiten Pfeil neben dem ersten in den Bogen. »Warum seid Ihr wirklich hier?«

Rhapsodys Blick wurde hart. »Ich habe Euch die Wahrheit gesagt. Ich suche Oelendra.« Cedelia starrte sie weiter unverwandt an. »Was habt Ihr vor?«

»Auch ich habe Euch die Wahrheit gesagt. Ich begleite Euch nach Tyrian-Stadt. Was dann geschieht, muss Rial entscheiden.«

Als sie das Grenzhüterhaus verließen, steckte Cedelia die Pfeile in den Köcher zurück und nahm den Bogen wieder über die Schulter.

»Man hat Euch von allen Seiten im Schussfeld. Also wäre es ausgesprochen dumm, wenn Ihr Euch widerspenstig zeigtet.«

Rhapsody seufzte. Seit sie wusste, dass sie die ganze Zeit über verfolgt worden waren und dass die Lirin glaubten, sie wäre für den hinterhältigen Angriff auf das Dorf mit verantwortlich, war ihr Eindruck vom Paradies ziemlich verblasst. An Ashe mochte sie nicht einmal denken.

In den ersten freudigen Stunden der Wanderung, als sie noch allein gewesen war und sich mithilfe ihrer Musik mit dem Wald ausgetauscht hatte, hatte sie einiges über ihn erfahren. Der Wald von Tyrian erstreckte sich von Osten nach Westen über hundert Meilen weit; von Norden nach Süden maß er annähernd zweihundert Meilen. Im Westen grenzte er ans Meer, im Norden an die Küstenprovinz Avonderre und im Süden an das Gebiet der Lirinwer, der Lirin des Flachlands.

Der wundervolle Eindruck, den sie von der aus der Not geborenen Einstellung der Lirin gewonnen hatte, die in Tyrian lebten, hatte sich durch all das bestätigt, was sie vom Wald selbst erfahren hatte. Es kam ihr regelrecht makaber vor, dass sie nun selbst die Gefangene unsichtbarer Wärter war, unterwegs in die Stadt, wo jemand namens Rial ein Urteil über sie fällen würde. Elynsynos hatte ihn nicht erwähnt, da war sie sich sicher, und Ashe ebenso wenig. Beim Gedanken an ihn wurde Rhapsody schon wieder ganz kalt.

»Hier entlang«, sagte Cedelia höflich. Rhapsody schulterte ihren Tornister und folgte ihr den schlammigen Pfad entlang, während das Regenwasser von den frischen Blättern tropfte wie Tränen.

Nach zwei weiteren Tagen, in denen sie schweigsam durch den dichten Wald gewandert waren, kam die Stadt in Sicht. Rhapsody hatte die Wachtürme schon einige Zeit vorher gesehen, ehe sie endlich begriff, worum es sich handelte: Zahlreiche uralte Heveralt-Bäume, Verwandte des Großen Weißen Baums, waren gleich einer Wand auf einer hügelartigen Anhöhe gepflanzt und an den Stämmen mit einer breiten Barrikade aus Stein und Holz verstärkt worden. Von dort führten Leitern zu den Plattformen hinauf, welche die Wipfel miteinander verbanden.

Diese Mauer erstreckte sich nach Norden, so weit das Auge reichte; Rhapsody schätzte, dass Tyrian-Stadt in etwa so groß sein mochte wie Ostend. Vor der Mauer befand sich ein breiter, steiler Graben, dessen Grund mit glitschigem Moos bedeckt war. Hunderte von Lirin-Wachen, Männer wie Frauen, patrouillierten auf den miteinander verbundenen luftigen Plattformen, so mühelos, als gingen sie auf der Erde. Ihr Anblick erfüllte Rhapsody mit Staunen und mit Trauer. Die Aussicht, dass man sie an diesem wundervollen Ort willkommen hieß, wurde mit jedem Schritt geringer.

Etwa eine halbe Meile vor der Lichtung, welche die Stadt umschloss, bog Cedelia vom Weg ab und führte Rhapsody wieder in ein verstecktes Gebäude, ganz ähnlich dem der Grenzwächter. Allerdings war es größer und innen reicher ausgestattet, ohne Schlafgelegenheiten, aber mit mehreren langen Tischen und zahlreichen Stühlen. In jedem der Fenster befand sich ein Armbrustgestell mitsamt einem Behälter, der aussah wie ein Blumenkasten und hunderte von Bolzen enthielt. Ein beeindruckend bestücktes Waffenregal nahm den Rest der Wand nahe der Tür ein. Cedelia legte einen Pfeil in ihren Bogen und hielt die Waffe schussbereit, ohne sie jedoch auf Rhapsody zu richten.

»Setzt Euch«, sagte sie.

Rhapsody ließ ihren Tornister auf den Tisch fallen. Dann zog sie sich einen roh behauenen Kiefernstuhl heran, setzte sich und seufzte tief. So wartete sie mit ihrer Wächterin über eine Stunde lang. Gerade als sie um ein Glas Wasser bitten wollte, ging die Tür auf, und ein großer, silberhaariger Mann trat in das Langhaus. Er trug wie Cedelia Kleidung in den Farben des Waldes und darüber einen dunkelroten Umhang mit einer polierten Holzschnalle am Gürtel. Sein Gesicht war faltig vom Alter, aber sonnengebräunt und gesund, und seine Augen lächelten, als er Rhapsody anblickte. Dann wandte er sich an ihre Bewacherin und nickte ihr höflich zu.

»Danke, Cedelia.« Nun legte sie ihren Bogen ab und steckte den Pfeil wieder in den Köcher, den sie auf dem Rücken trug. Leise und flink zog sie sich zurück und schloss die Tür hinter sich.

Der Mann durchquerte das Zimmer und blieb vor Rhapsody stehen. »Wie geht es dir?«, erkundigte er sich, streckte ihr die Hand entgegen und half ihr beim Aufstehen. »Ich bin Rial. Ich hoffe, Cedelia hat dich gut behandelt.«

»Ja, danke. Mein Name ist Rhapsody.«

Rial musterte sie aufmerksam, aber nicht aufdringlich. Dann ließ er ihre Hand los und zog den Stuhl neben dem ihren heran. Rhapsody setzte sich wieder; ihr Rücken tat ihr weh, weil das Holz so hart war. »Du hast eine wunderschöne Stimme«, bemerkte Rial, während er ebenfalls Platz nahm.

Überrascht blickte Rhapsody ihn an. »Wie bitte?«

»Ich habe dich vor einer Woche oder so singen gehört. Zumindest nehme ich an, dass du es warst.«

»Ihr seid uns gefolgt?«

»Nein«, erwiderte Rial mit einem Lächeln. »Ich war hier in der Stadt. Doch in Tyrian gibt es Dinge, die Entfernungen mühelos überwinden. Musik von der Art, wie du sie gemacht hast, gehört dazu.«

Rhapsody wurde rot vor Verlegenheit. »Bedeutet das, dass alle mich gehört haben, oder nur Ihr allein?«

Sein Lächeln wurde noch wärmer. »Ich fürchte, alle haben es gehört. Doch du solltest dich deswegen wahrlich nicht schämen. Vielleicht hat der Wald auf diese Weise seinen Leuten etwas Wichtiges mitgeteilt. Tyrian ist mehr als nur ein Wald, es ist eine lebendige Einheit, es hat eine Seele. Dein Gesang hat die Seele von Tyrian auf eine Art erfreut, wie sie noch nie zuvor erfreut worden ist. Deshalb hat Tyrian auch beschlossen, die Musik mit seinen Leuten zu teilen.«

Unbeholfen strich sich Rhapsody mit der Hand durchs Haar. »Nun, ich werde das im Gedächtnis behalten, ehe ich den Mund das nächste Mal aufmache.«

»Hoffentlich nicht«, entgegnete Rial. »Es wäre schade, wenn du Hemmungen bekämst wegen etwas, das den Menschen deines Blutes von Nutzen sein könnte. Du bist eine Liringlas, nicht wahr?«

»Meine Mutter war eine Liringlas.«

»Ja, das habe ich mir gedacht. Es ist mir eine Ehre, dich kennen zu lernen, Rhapsody. Ich habe bisher nur einmal Liringlas-Besucher gehabt, Abkömmlinge der Cymrer, die aus Manosse kamen, um dem Großen Weißen Baum ihre Ehrfurcht zu erweisen; sie haben ihre Reise hier unterbrochen und Königin Terrell ihre Aufwartung gemacht.«

»Dann ist Königin Terrell hier die Herrscherin?«

»Das war sie einmal«, antwortete Rial, und seine dunklen Augen glänzten. »Doch sie ist seit dreihundert Jahren tot. Auch die Herrschaft ihres Sohnes ist bereits vorüber; er ist jung gestorben und hat keinen Erben hinterlassen.

Im Augenblick haben die Lirin keinen Herrscher. Ich bin Reichsverweser. Neben mir gibt es noch drei weitere, die als Verbindung zu den anderen Lirin-Gruppen dienen, welche ebenfalls Untertanen der Königin waren: die Lirinwer der Ebenen im Südosten, die See-Lirin um Südwesten und der manossische Teil des Volkes. Die Manosser haben ihre eigene Regierung, betrachten sich aber letztendlich als Bürger Tyrians; zumindest war es so, als es hier noch einen Herrscher gab. Jetzt sind wir ein geteiltes Volk, fast wie Roland. Wirklich eine Schande.«

Rhapsody wusste nicht, was sie sagen sollte. Sie hatte erwartet, wegen des Überfalls und der Plünderung verhört zu werden, und nun hielt ihr der Reichsverweser persönlich einen Vortrag über die Verhältnisse in Tyrian. Müde stützte sie die Ellbogen auf den Tisch und legte die Stirn auf die Hand.

Rial stand auf und ging zur Tür. Dort stieß er einen seltsamen Pfiff aus, und einen Augenblick später kam ein Wächter mit einem Wasserschlauch. Rial dankte ihm und brachte Rhapsody das Wasser.

»Hier ... Ich verstehe, dass all das sehr viel für dich ist. Trink nur und ruhe dich ein wenig aus.«

Mit einem Lächeln nahm Rhapsody den Schlauch entgegen. »Danke. Ihr habt Recht, ich bin geradezu überwältigt. Es tut mir sehr Leid, von dem Überfall auf das lirinsche Dorf zu hören, aber ich hatte nichts damit zu tun, wirklich.«

Rial nickte. »Das habe ich auch nicht angenommen. Solche Grenzüberfälle gibt es schon seit Jahren, Rhapsody; du bist einfach nur zu einem ungünstigen Zeitpunkt nach Tyrian gekommen. Was kannst du mir über deinen Gefährten berichten?«

Rhapsody dachte kurz nach. Selbst nach all den Monaten in diesem neuen Land war sie noch immer unsicher, wem sie vertrauen konnte. Ashe hatte sie gebeten, seine Verbündete zu sein, doch wenn sie ihn unbeabsichtigt nach Tyrian geführt hatte und der Überfall ihm anzukreiden war, dann trug sie ebenfalls die Verantwortung dafür. Sie schuldete es ihren Blutsverwandten, den Angreifer zu finden.

Andererseits war sie möglicherweise dafür verantwortlich, dass ein Unschuldiger in böse Hände ausgeliefert wurde, wenn Rial und die Lirin aus irgendeinem Grunde in korrupte Machenschaften verwickelt waren, die mit dem von Elynsynos erwähnten Dämon zu tun hatten. Herzog Stephen hatte erzählt, dass seine Frau bei einem brutalen Überfall von Lirin getötet worden war. Achmeds Politik der völligen Isolation, bei der man niemandem außer sich selbst traute, erschien ihr plötzlich sehr vernünftig.

»Über ihn kann ich leider nicht sehr viel berichten. Er nennt sich Ashe und hat mich von Ylorc – ich meine von Canrif – hierher geführt. In der Zeit, die wir gemeinsam verbracht haben, hat er keinerlei Anstalten gemacht, mir oder sonst jemandem Schaden zuzufügen. Er ist stets in Umhang und Kapuze unterwegs. Ich habe nicht vor, ihn wieder zu sehen.«

Wieder nickte Rial. »Und warum bist du nun nach Tyrian gekommen?«

»Ich suche Oelendra.«

»Würde es dir etwas ausmachen, mir den Grund dafür zu nennen?«

Rhapsody sah ihm offen ins Gesicht. »Nein, das macht mir nichts aus. Ich hoffe, dass sie mich den Umgang mit dem Schwert lehrt.«

Nachdenklich lehnte Rial sich zurück. »Wie hast du von Oelendra erfahren? Für gewöhnlich lehrt sie nicht mehr außerhalb von Tyrian.«

Rhapsody dachte an Elynsynos und lächelte. »Jemand hat mir gesagt, sie sei die beste Ausbilderin für das Schwert, das ich trage.«

»Du hast also ein besonderes Schwert?«

»Ja.«

»Interessant. Ich bin selbst ein Schwertliebhaber. Darf ich einen Blick auf deines werfen?«

Kurz überlegte Rhapsody, ob es wirklich klug wäre, seine Bitte zu erfüllen, doch dann entschied sie sich, es zu wagen. Allerdings stellte sie sich darauf ein, sich im Notfall den Weg aus dem Langhaus freikämpfen zu müssen. Rial sah aus wie ein ernst zu nehmender Gegner, und sie würde möglicherweise ihr ganzes Feuerwissen zu Hilfe nehmen müssen, um ihm zu trotzen.

»Nun gut«, sagte sie und zog die Tagessternfanfare.

Mit einem blendenden Strahl, der die Hütte mit weißem Licht erfüllte, kam das Schwert zum Vorschein; dann leckten die Flammen nur noch bis über die glühende Klinge. Rials Augen wurden groß, und er erhob sich langsam, unfähig, den Blick von der Waffe loszureißen.

»Die Tagessternfanfare«, sagte er leise, und seine Stimme war voller Ehrfurcht.

»Ja.«

Nach einer ganzen Weile gelang es ihm dann doch, die Augen abzuwenden, und er starrte Rhapsody an. »Du bist die Iliachenva'ar.«

»Vermutlich, falls die Trägerin des Schwertes so genannt wird«, erwiderte Rhapsody und hoffte sehr, dass sie nicht respektlos klang.

Wieder verfiel Rial in staunendes Schweigen. Endlich sprach er wieder.

»Ich werde dich zu Oelendra führen, und zwar jetzt sofort.«

20

Rhapsodys neuer Führer war ein Mann namens Clovis; sein Haar und seine Augenfarbe ähnelten Cedelias so sehr, dass man sie für Zwillinge hätte halten können. Allerdings lächelte er mehr, und Rhapsody fühlte sich in seiner Gegenwart weit entspannter, als er sie vom Langhaus auf einem Pfad nach Süden führte. Beim Abschied berührte Rial ihren Arm.

»Rhapsody, ich hoffe, du weißt, dass du hier in Tyrian willkommen bist. Der Wald selbst hat das mehr als deutlich gemacht, und ich hoffe, ich ebenfalls.«

»Danke«, antwortete sie und lächelte den Reichsverweser an. »Nun lasst uns sehen, ob Oelendra mit Euch in ihren Ansichten übereinstimmt.«

»Das wird sie ohne jeden Zweifel. Oelendra hat ihre kleinen Absonderlichkeiten und ihre Launen, aber sie ist eine weise Frau. Mehr als alles andere wünscht sie sich, die Welt in Sicherheit und Frieden zu sehen, denk daran.«

Rhapsody bemühte sich, ihr Lächeln weiter strahlen zu lassen, als Rial sich über ihre Hand beugte und sich dann zum Gehen wandte. Sie erinnerte sich an Ashes Bemerkungen, dass seine Freunde Oelendra als harte, strenge Lehrerin beschrieben hätten, kam aber zu dem Schluss, dass ihr Mangel an Humor keinesfalls schlimmer sein konnte als Achmeds. Sie sah Rial nach, wie er zwischen den Bäumen verschwand, und folgte dann Clovis den Waldweg entlang.

Nach einer Stunde gelangten sie zu einer großen Lichtung. Es war ein weitläufiger Garten, fast ein Park, mit großzügig gepflanzten Zierbäumen, hohem Gras und Wildblumen, die eher an Wildnis denn an einen angelegten Garten gemahnten. Aber hier und dort gab es Anzeichen, die eindeutig auf die Arbeit von lirinschen Händen hinwiesen. Ein gepflegter Weg, ein Blumenbeet, dessen Farbkomposition zu vollkommen war, um dem Zufall entsprungen zu sein, und das spärliche Unterholz – alles wies darauf hin, dass hier geplant und eingegriffen wurde und keineswegs Wildwuchs herrschte.

Unweit neben dem Weg stand eine Gruppe Kinder, allesamt mit Holzschwertern bewaffnet, und lachten über einen Scherz der einzigen Erwachsenen, die in ihrer Mitte kauerte. Rhapsody wandte sich an Clovis, der stehen geblieben war. Er deutete zu den Kindern hinüber.

Sie umringten eine ältere Frau, in deren langem, silberblondem Haar graue und weiße Strähnen zu sehen waren. Sie trug keine Rüstung, keine Waffe und war mit einem einfachen weißen Hemd und einer Hose aus aufgerautem Wildleder bekleidet, die aussah, als wäre sie oft getragen worden. Die Frau sprach mit sanfter Stimme zu den Kindern und berichtigte bei einem von ihnen geduldig die Art, wie es sein Übungsschwert in der Hand hielt. Dann horchte sie plötzlich auf.

Langsam erhob sie sich, sagte leise etwas zu den Kindern und ging auf Rhapsody zu. Diese hielt den Atem an, überwältigt von der Schönheit der Frau. Ihre Schultern waren fast so breit wie Achmeds oder Ashes, und beim Anblick ihres silberblonden Haars, der rosig goldenen Haut und der langen, schlanken Gliedmaßen wurden Rhapsodys Hände feucht. Oelendra war eine Liringlas, eine vom Volk der Felder, eine Himmelssängerin und von der gleichen Gattung wie Rhapsodys Mutter. Schon lange bevor sie Serendair verlassen hatte, hatte sie keinen Angehörigen dieses Stammes mehr gesehen.

»Mhivra evet liathua tyderae. Itahn veriata.«

Rhapsody spürte, wie ihr Herz einen Schlag aussetzte. Die alt-lirinschen Worte stammten aus einer anderen Zeit: *In dir fließen zwei Flüsse zusammen. Wie passend.* Der Akzent, der Dialekt war genau wie bei Rhapsodys Mutter, und die Metapher der zusammenfließenden Flüsse war einst ein geflügeltes Wort auf der Insel gewesen, um die Halbblut-Lirin zu beschreiben.

»Willkommen«, sagte die Frau, als sie vor Rhapsody stand, und lächelte. Rhapsody war unfähig zu antworten oder sich auch nur zu rühren, denn ein Schwall vergessen geglaubter Gefühle stieg in ihrem Herzen auf. Sie öffnete den Mund, um etwas zu sagen, aber sie brachte keinen Ton heraus. Ihr Blick begegnete dem der Frau und fand dort die Erinnerung an eine längst vergangene Zeit. Ein staunender Ausdruck breitete sich auf ihrem Gesicht aus, gefolgt von dem Pfad einer Träne, die unbemerkt über ihre Wange rollte. »Ich bin Oelendra.« Die Frau legte in einer zärtlichen Geste die Hand auf Rhapsodys Schulter. »Ich freue mich sehr, dich zu sehen.«

Endlich fand sie ihre Stimme wieder. »Rhapsody. Ich bin Rhapsody«, sagte sie. »Oelendra, wie der gefallene Stern.« Ein unendlich musikalischer Ton tanzte in der Luft, als sie das Wort aussprach, wirbelte wie eine unsichtbare Wolke, bis er leicht und ungesehen auf dem Wind zerschellte. »Man hat mir nicht gesagt, dass Ihr eine Liringlas seid.«

»Und mir hat man nicht gesagt, dass du die Canwr bist, deren Musik wir hörten, als sie den Wald erfüllte; aber jetzt verstehe ich es. Du musst weit gereist sein, denn ich sehe, dass du müde bist. Ich werde dir etwas zu trinken besorgen und einen Platz, wo du dich ausruhen kannst.«

Rhapsody dachte über die Bemerkung der Frau nach. Seit sie den Wald von Tyrian betreten hatte – und so weit sie sich erinnern konnte, war das vor acht Tagen gewesen, hatte sie nicht mehr als zwei Stunden am Stück geruht. Der Ruf des Waldes und die sich stetig vertiefende Magie überall um sie herum hatten sie eingelullt wie ein Traum, und bis jetzt hatte sie kein Bedürfnis nach Ruhe verspürt. Nun aber hatte sie das Gefühl, als dürfte sie die Last, die sie so lange mit sich herumgeschleppt hatte, endlich ablegen. Hier war sie in Sicherheit, und nun überkam sie mit einem Mal die Erschöpfung.

»Ich bin schon ein wenig müde«, gestand sie.

»Danke, Clovis.« Rhapsodys Führer nickte und ging den Weg zurück, bis er, genau wie Rial zuvor, im Wald verschwunden war. Oelendra nahm Rhapsody am Arm. »Komm mit, du musst völlig erschöpft sein.« Mit diesen Worten geleitete sie Rhapsody über die Wiese und durch einen Hain voll blühender Bäume, bis sie an den Rand eines Feldes in einer Senke gelangten. An den steilsten Abschnitt des Hangs geschmiegt, stand ein kleines, mit Torf gedecktes Haus. Es hatte weiß verputzte Wände mit frei liegenden Holzbalken, Glasfenster mit schweren Läden und einen Steinkamin, aus dem nur wenig Rauch quoll. Durch die etwas eingesunkene Vordertür traten die beiden Frauen ein. Sie durchquerten einen kleinen Vorraum und gelangten in ein weit größeres Zimmer, das fast die Hälfte des Hauses einnahm.

»Bitte, setz dich und fühl dich ganz wie zu Hause.« Oelendra trat zu einem großen offenen Kamin, in dem ein kleiner Kessel über der schwachen Glut hing. »Du kannst dich niederlassen, wo immer du möchtest.«

Hier im Innern sah Rhapsody, dass ein großer Teil des Hauses ebenfalls eingesunken war; vermutlich war es auf tiefer liegendem Niveau gebaut, sodass es drinnen weit mehr Höhe bot, als es von außen den Anschein hatte.

Wie Oelendra selbst war auch die Einrichtung ganz anders, als Rhapsody es erwartet hatte. Das Haus war karg ausgestattet, mit nur wenig schmückendem oder gemütlichem Beiwerk. Vor dem großen gemauerten Kamin, der die Innenwand des Raums bildete, standen zwei Sessel. Ganz in der Nähe war ein Sofa und in der Ecke ein einfacher geflochtener Schaukelstuhl. Am anderen Ende fand sich ein solider Tisch aus dunklem Kiefernholz mit zwei langen Bänken und zwei massiven Stühlen. Den Rest der Einrichtung bildete eine Reihe großer Kissen, die alle nicht zusammenpassten. Auf dem Waffengestell neben der Tür lagen ein ramponiertes Stahlschwert und ein seltsam geschwungener Bogen aus weißem Holz.

Dankbar ließ Rhapsody sich in den Schaukelstuhl sinken und seufzte vor Erleichterung. Vom langen Wandern taten ihr die Füße weh. Während ihre Gastgeberin sich an der Feuerstelle zu schaffen machte, sah sie sich weiter um. Der Raum hatte eine hohe Decke; ziemlich weit oben verlief eine kleine Galerie. Der große gemauerte Kamin wies mehrere Eisentüren auf – anscheinend Backöfen – und eine zentrale Feuerstelle, in der ein paar dicke Holzscheite leise glühten.

Wie außen waren die Wände auch innen bis auf die Holzbalken weiß verputzt. Eine Leiter führte zu einer Empore, die den großen Raum überblickte. Abgesehen von einem kleinen Teppich mit einem verschlungenen geometrischen Muster war der Fußboden nackt. Rhapsody lächelte. Ohne zu wissen, warum, fühlte sie sich hier wohl und geborgen. Oelendra wandte sich um und ging zu ihr.

»Hier, das erwärmt dein Herz vielleicht ein wenig«, sagte sie und reichte Rhapsody einen großen Keramikbecher. Er fühlte sich heiß an, aber Rhapsody war das nach der kühlen Frühlingsluft gerade recht. In dem Becher war eine rotgoldene Flüssigkeit, von der ein kräftiger Duft nach Gewürzen aufstieg. Rhapsody nahm einen Schluck, und sogleich war ihr Gaumen erfüllt von der Süße des milden Honigweins, versetzt mit Orangen und einer Mischung aus Hibiskus, Hagebutten, Nelken, Zimt und weiteren Gewürzen. Vergessen geglaubte Erinnerungen drangen auf sie ein.

»Dol mwl«, sagte sie leise, schloss die Augen und lächelte traurig. »Meine Mutter hat ihn immer für uns bereitet, wenn wir an kalten Tagen vom Spielen nach Hause kamen.«

»Ja, ich habe mir schon gedacht, dass du ihn kennst«, erwiderte Oelendra. »Obwohl ich vermute, dass deine Mutter wahrscheinlich nur Honig und nicht Met hinzugegeben hat. Bei meiner Mutter war das jedenfalls so.«

»Ich habe ihn nicht mehr getrunken, seit ich ein Kind war.«

»Die Menschen wissen ihn einfach nicht zu schätzen. Nicht mal die Gwenen und die Wald-Lirin können den Trank richtig zubereiten. Sie nehmen den ganz süßen Met anstelle des leichten. Den einzig guten *dol mwl*, den ich je außerhalb der Langhäuser vorgesetzt bekommen habe, war der im Gasthaus *Zum Scheideweg* im alten Land, und das ist sehr lange her. Inzwischen ist er aus unserer Kultur einfach verschwunden, fürchte ich, vom Meer verschlungen wie so viele andere

Schätze. Leider scheine ich die Einzige zu sein, der das Getränk richtig schmeckt – jedenfalls bis du hier angekommen bist.«

»Dann wissen die anderen nicht, was ihnen entgeht«, sagte Rhapsody. Sie öffnete die Augen wieder und blickte Oelendra nachdenklich an. Die alte Frau saß auf der Armlehne eines Sessels, so ruhig und behaglich, dass auch Rhapsody sich immer mehr entspannte. Ihre grauen Augen schimmerten, und sie schien einfach abzuwarten, schweigend, was in anderer Gesellschaft sicher hätte unangenehm sein können.

Sie ist wunderschön, dachte Rhapsody, obwohl der Körperbau der Kriegerin so gar nicht dem traditionellen Bild von der weiblichen Figur entsprach. Ihre Schultern waren breit, ihre Haut zwar rosig, aber nicht mehr jung und von den feinen Linien des Alters und all der Jahre in der Wildnis durchzogen. In jeder ihrer Bewegungen spiegelten sich ihre Sanftheit und ein unbefangenes Selbstvertrauen, das nichts mit Überheblichkeit zu tun hatte. In den Silberaugen glaubte Rhapsody eine nostalgische Traurigkeit zu erkennen, und sie versuchte sich vorzustellen, wie viele Generationen diese Augen schon hatten auf die Welt kommen und sie wieder verlassen sehen.

»Bestimmt hast du tausend Fragen an mich«, meinte Oelendra und riss Rhapsody damit aus ihrer Grübelei. »Fangen wir gleich mit der ersten Antwort an. Ich bin Oelendra Andaris, vor dir die letzte Iliachenva'ar. Ich habe dich erwartet.«

»Ach ja? Woher wusstet Ihr, dass ich kommen würde?«

»Es war eher eine Hoffnung als das sichere Wissen, Rhapsody. Zwei Jahrzehnte schon habe ich auf die Rückkehr des Schwertes gewartet. Ich wusste, dass es früher oder später zurückkommen würde, und mit ihm die Iliachenva'ar. Dass es eine Frau ist, Cymrerin und vor allem Liringlas, tut mir von Herzen gut.«

»Woher wusstet Ihr, dass ich aus der alten Welt stamme?«

Oelendra lächelte. »Das sieht man dir an, Liebes, aber außerdem habe ich keine Liringlas mehr gesehen, seit ich hier gelandet bin. Mit der Zweiten Flotte, die in Manosse an Land ging, sollen, soweit ich es gehört habe, einige von ihnen gesegelt sein, aber ansonsten gibt es nur dich und mich. Wir allein sind übrig von einer einst weit verzweigten und edlen Linie, die ein paar der größten Krieger und Gelehrten der Welt hervorgebracht hat.«

Rhapsody machte ein beklommenes Gesicht. »Euch kann man dazurechnen, Oelendra, aber mir gebührt eine solche Ehre nicht. Meine Mutter war eine schlichte Bauersfrau.«

»Adel hat rein gar nichts mit der sozialen Schicht oder der Herkunft zu tun, Rhapsody, sondern nur mit dem Herzen. Sag mir, warum du hier bist.«

»Ich bin gekommen, um den Umgang mit dem Schwert zu lernen, falls Ihr bereit wärt, mich zu unterweisen«, antwortete Rhapsody und nahm noch einen Schluck *dol mwl.* »Ich verdiene es nicht, eine solche Waffe zu tragen, wenn ich nicht angemessen mit ihr umgehen kann.«

»Die erste charakteristische Eigenschaft: der Wunsch, sich der Waffe wert zu erweisen«, sagte Oelendra, mehr zu sich selbst als zu Rhapsody. In ihren grauen Augen glomm ein fernes Licht. »Und was willst du mit diesem Wissen anfangen, sollte ich mich bereit erklären, es dir angedeihen zu lassen?«

»Da bin ich mir nicht ganz sicher. Ich weiß, es klingt dumm, aber ich glaube, dass die Tagessternfanfare aus einem bestimmten Grund zu mir gekommen ist. Vielleicht kann ich helfen, die Kluft zwischen den Cymrern oder den Lirin zu heilen und diesen schrecklichen Grenzüberfällen ein Ende zu bereiten.«

»Das Bestreben, einem höheren Ziel zu dienen«, murmelte Oelendra. »Und was, wenn du bei diesem Versuch dein Leben lässt?«

»Ich gehe davon aus, dass ich dabei sterben werde«, entgegnete Rhapsody mit einem leichten Lächeln. »Ich habe das Gefühl, dass meine Zeit begrenzt ist, trotz allem, was ich über die Unsterblichkeit der Cymrer gehört habe. Und so hoffe ich, vorher etwas Lohnendes tun zu können – ich wünsche mir, dass diese Welt, wenn ich sie verlasse, ein wenig besser sein wird, als sie vor meiner Ankunft war.«

»Die Erkenntnis, dass es Höheres gibt als das eigene Selbst, und die Bereitschaft, sein Leben dafür herzugeben«, bemerkte Oelendra leise. Als sie ihre letzte Frage an Rhapsody stellte, wurde ihre Stimme ein wenig lauter. »Und was, wenn du beschließt, diese Macht gegen die Lirin anzuwenden?«

»Hiermit gebe ich Euch die Erlaubnis, mich in einem solchen Fall sofort wegzuschicken, ohne jede Diskussion. Ich würde mein eigenes Volk niemals betrügen.«

»Loyalität und Ergebenheit, sowohl bei der Sache als auch dem eigenen Volk gegenüber«, sagte Oelendra. Ihre Augen wurden klar, und sie lächelte. »Nein, Rhapsody, ich fürchte, du irrst dich. Du bist kein Bauer, du bist eindeutig eine Liringlas in deiner Seele, was immer dein Vater auch gewesen sein mag. Und du wurdest geboren, um die Iliachenva'ar zu sein. Es ist mir eine Ehre, dich unterrichten zu dürfen.«

»Vielleicht solltet Ihr mir am besten sagen, was es bedeutet, die Iliachenva'ar zu sein«, erwiderte Rhapsody unbeholfen. »Ich möchte nichts versprechen, was ich nicht einmal verstehe.«

»Das ist nur recht und billig«, meinte Oelendra und lehnte sich zurück. »*Iliachenva'ar*, wie würdest du das übersetzen?«

»Licht in der Dunkelheit oder Licht aus der Dunkelheit.«

»Natürlich kennst du die Nachsilbe *var*?«

»Überbringer, Träger.«

»Ja. Also bezeichnet das Wort jemanden, ›der oder die Licht an einen dunklen Ort bringt‹.«

»Oder aus einem dunklen Ort.«

»Genau.« Oelendra sah zufrieden aus. »In der alten Welt hatte die Tagessternfanfare noch zwei andere Namen, nämlich *Ilia*, was Licht bedeutet, und Feuerstern. Bestimmt ist dir klar, wie der zweite Name entstanden ist. Verstehst du jetzt, was die Rolle der Iliachenva'ar ist?«

»Ich soll sozusagen eine Laternenanzünderin werden?«

Oelendra lachte, der gleiche fröhliche, glockenhelle Ton, in dem Rhapsodys Mutter in glücklichen Zeiten gelacht hatte, und Rhapsody spürte plötzlich, wie sich ihre Kehle zuschnürte. »Nun, das Schwert würde bestimmt auch in diesem Beruf gute Dienste leisten. Du bist die ideale Person für die Rolle, Rhapsody. Die Iliachenva'ar versucht, Licht an Orte und in Situationen zu bringen, die vom Bösen befleckt oder verwüstet wurden.«

Unbehaglich rutschte Rhapsody auf ihrem Stuhl herum. »Ich bin mir da nicht so sicher, Oelendra ... Ich weiß nicht mal, ob ich das Böse erkenne, wenn ich ihm begegne. Wisst Ihr, mein Urteilsvermögen ist nicht immer das beste. All den Wesen, die gemeinhin als monströs oder minderwertig gelten, schenke ich mein Herz, während ich denen gegenüber, die eine Vormachtstellung innehaben oder über Ansehen verfügen, oft Misstrauen empfinde. Ich kann nicht gut unterscheiden, wem ich vertrauen kann und wann ich lieber meinen Mund halten sollte. In einer solchen Machtstellung könnte das sehr gefährlich sein. Genau genommen wäre es vermutlich besser, wenn ich Euch das Schwert einfach zurückgäbe.«

»Oh? Um was damit anzufangen?«

Das Blut schoss Rhapsody in die Wangen. »Ich – ich weiß es auch nicht recht; ich meine, Ihr wart schließlich vor mir die Iliachenva'ar.«

»Und du meinst, ich sollte die Aufgabe erneut übernehmen?«

»Ich glaube, das müsst Ihr entscheiden, Oelendra. Ich wollte nicht anmaßend sein.«

Die Lirin-Kriegerin lächelte. »Du bist keineswegs anmaßend, Rhapsody, nur weißt du nicht alles. Doch das lässt sich leicht beheben.«

Rhapsody seufzte tief. »Von all den Dingen, die ich suche, seit ich in diesem Land weile, finde ich, dass ehrliche Auskünfte mit am schwersten zu bekommen sind, Oelendra. Die Leute geben sie genauso ungern her wie das eigene Familiensilber. Auskünfte und Vertrauen.«

»Du erkennst mehr, als dir bewusst ist, Rhapsody. Drei Dinge möchte ich dir gern sagen. Erstens verstehe ich nur zu gut, wie du dich fühlst, und werde dir gern jeden Gefallen tun, wenn es um Auskünfte geht. Frage mich, was du willst, und ich werde dir ohne Zögern alles sagen, was ich weiß.«

Rhapsody atmete hörbar aus. »Danke. Ich bin nur nicht sicher, ob ich damit umgehen kann.«

»Das kannst du. Zweitens ist das, was du als Unfähigkeit, zwischen Gut und Böse zu unterscheiden, bezeichnest, ungewöhnliche Weisheit. Nicht alles Gute ist schön, nicht alles Schöne ist gut. Im Allgemeinen wird diese Regel in der Kindheit hübschen Mädchen beigebracht, damit sie nicht eitel werden und damit die weniger Begünstigten sich besser fühlen. Doch die Wahrheit geht tiefer; nicht alles Gute und Wertvolle ist mit bloßem Auge sichtbar. Das gilt auch für das Böse.«

»Gibt es bestimmte Pflichten für eine Iliachenva'ar, außer einfach den Raum zu erhellen und Böses zu vertreiben?«

Wieder lachte Oelendra. »Nun, traditionell ist die Iliachenva'ar eine geweihte Kämpferin, das heißt, eine Begleiterin oder Beschützerin der Pilger, Kleriker und anderer heiliger Männer und Frauen. Die jeweilige Sekte, der die Betreffenden angehören, spielt dabei keine Rolle. Du musst all die beschützen, die dich brauchen, um Gott - was immer sie darunter verstehen - verehren zu können.«

Rhapsody nickte. »Und das Dritte, was Ihr mir sagen wolltet?«

Das Lächeln verschwand aus Oelendras Gesicht. »Die Tagessternfanfare wählt sich ihre Träger selbst aus, nicht anders herum. Das Schwert hat dich gewählt, Rhapsody. Ich kann nicht die Iliachenva'ar sein, selbst wenn ich es wollte - was nicht der Fall ist.«

»Warum habt Ihr aufgehört, die Iliachenva'ar zu sein, wenn ich fragen darf?«

Langsam stand die ältere Frau auf, ging zum Kamin und bückte sich; gedankenverloren stocherte sie in der Glut unter dem Kessel mit *dol mwl*. Aus einem Fass neben der Feuerstelle löffelte sie Wasser in einen verbeulten Kessel und hängte ihn neben den *dol mwr*. Rhapsody konnte sehen, wie sich die Muskeln in ihrem durchtrainierten Rücken zusammenzogen, als sie sich wieder aufrichtete und zu ihr umwandte.

»Ich habe diese Geschichte noch niemandem erzählt, Rhapsody. Aber ich glaube, ich schulde sie dir.«

»Ihr schuldet mir doch nichts, Oelendra«, platzte Rhapsody mit knallrotem Kopf heraus. »Es tut mir sehr Leid, dass ich meine Nase in etwas gesteckt habe, was mich nichts angeht.«

»Niemand sonst hat jemals danach gefragt, hauptsächlich weil man mich für verrückt hält.« Oelendra ließ sich in ihren Sessel sinken. »Seit Jahrhunderten hatte ich auf sie eingeschimpft und versucht, ihnen klar zu machen, was in ihrer Mitte lebte, was ihnen von der Insel gefolgt war, aber sie weigerten sich zuzuhören.«

»Die Cymrer?«

»Zuerst die Cymrer, dann die Lirin.« Oelendra verschwand in die Küche und kam mit zwei Messern und einem gusseisernen, mit Kartoffeln und Zwiebeln gefüllten Topf zurück. Diesen stellte sie auf den Kieferntisch, ging dann zu den Tonnen neben der Tür, fischte Trockenfleisch, Möhren und Gerste heraus und legte alles neben den Topf. Rhapsody stand auf und trat an den Tisch. Sie zog sich einen Stuhl heran und nahm sich eines der Messer. Mit geübter Hand machte sie sich ans Kartoffelschälen, während Oelendra die Zwiebeln mit heftigen Bewegungen klein schnitt, die dem Feuer in ihren Augen gleichkamen. Doch ihre Stimme klang ruhig.

»Siehst du, Rhapsody, als die Cymrer Serendair verließen, war ich die Schutzherrin der Ersten Flotte, jener Leute also, die ursprünglich geschickt wurden, um den Ort, den Merithyn gefunden hatte, zu besiedeln und aufzubauen. Seinen Berichten zufolge war das Land, das er entdeckt hatte, unbewohnt, abgesehen natürlich von Elynsynos, der Drachenfrau.

Gwylliam, der letzte serenische König, der Visionär, hielt das Heer zurück bis zur dritten und letzten Fahrt, denn an einem unbewohnten Ort würden sie es nicht brauchen. Er wollte nicht, dass die Drachin sich bedroht fühlte, und er wollte auch nicht den Eindruck erwecken, dass er vorhatte, zu kämpfen oder in das Land einzumarschieren. Wir waren eingeladen worden, daher kamen wir in Frieden – Architekten, Maurer, Zimmerer, Ärzte, Gelehrte, Heiler, Bauern. Die

Überfahrt war schwierig, wir verloren Merithyn und viele andere unterwegs, aber das Land hieß uns willkommen, und als wir unsere Heimat fanden, war die Lage der Ersten Flotte nicht schlecht, vor allem im Vergleich zu den anderen, die später kamen.« Oelendra warf die Zwiebeln in den Topf mit den Kartoffeln, dann schabte sie das Fleisch.

»Es dauerte über ein Jahr, bis die Dritte Flotte landete, und über fünfzig weitere Jahre, bis wir uns wieder sahen. Das war ein großer Freudentag; ungute Gefühle kamen erst später ans Licht. Mitten in dem ganzen Jubel darüber, dass wir mit unseren Landsleuten wieder vereint waren, fühlte ich mich plötzlich zutiefst unbehaglich. Ich spürte den Geruch eines Dämons von der gleichen Art wie jener, der am Großen Krieg schuld gewesen war und der Jahrhunderte zuvor fast die ganze Insel vernichtet hatte. Hast du von den F'dor gehört?«

»Ja, ein wenig, aber bitte erzählt mir trotzdem alles über sie.«

»Die F'dor gehörten zu den erstgeborenen Rassen wie die Drachen, eine der ersten fünf, die jemals die Welt beschritten haben. Von Natur aus standen sie in Verbindung mit dem Feuer, mit dunklem Feuer, böse geboren, ein zutiefst abartiges, geisterähnliches Volk, das nach nichts anderem als Zerstörung und Chaos trachtete, Meister der Manipulation, welche eine Ewigkeit damit verbrachten, Wege zu suchen, wie sie über die Grenzen ihrer eigenen Macht hinausgelangen konnten. Sie sind begabte Lügner und überaus fähig, Teile der Wahrheit mit Halbwahrheiten und echten Lügen zu vermischen und sehr überzeugend darzustellen. Als nichtkörperliche Wesen können sie sich an die Seelen von Männern und Frauen binden und mit ihren Wirten verschmelzen.

Manchmal ist die Verbindung nur leicht und zeitlich begrenzt; meist vollbringt das Opfer irgendeine Tat, ohne sich dessen bewusst zu sein, und wird danach nie wieder belästigt. Aber manchmal binden sich die F'dor fest an eine Seele und besitzen diese von nun an für alle Zukunft, bis zu ihrem Tod.

Zur schlimmsten Verbindung kommt es jedoch, wenn sie sich einen echten Wirt aussuchen, ein Individuum, mit dem sie völlig verschmelzen. Das ist mehr als nur Besitzergreifung, es ist die uneingeschränkte Vereinnahmung des Opfers durch den Dämon. Er lebt in diesem Körper, wird stärker, wenn der Wirt stärker wird, nimmt andere Formen an, wenn er selbst mächtiger wird oder wenn der Wirt stirbt. Und dieser Zustand ist für die meisten, mich eingeschlossen, nicht zu erkennen. Ich habe unter den Händen dieser Kreaturen schrecklich gelitten, Rhapsody, ebenso wie viele andere, die ich geliebt habe. Sobald wir der Dritten Flotte wieder begegnet waren, wusste ich, dass einer mitgekommen war. Der Dämon hatte sich an jemanden auf dem letzten Schiff gebunden. Gwylliam hatte versagt, denn als Schirmherr war es seine Aufgabe gewesen, das Böse daran zu hindern, uns zu folgen. Aber niemand wollte mir Glauben schenken.«

Rhapsody schauderte. »Das muss furchtbar gewesen sein. Was habt Ihr getan?«

»Als der Herrscher und die Herrscherin gewählt wurden, die das vereinte cymrische Volk regieren sollten, warnte ich sowohl Gwylliam als auch Anwyn vor dem, was ich fühlte. Doch sie schlugen meine Warnung in den Wind. Da zunächst nichts sonderlich Schlimmes geschah, wurden meine Befürchtungen verlacht und als Verfolgungswahn abgetan.

Doch sie verstanden eines nicht: Wenn das Böse eine Weile nicht an die Oberfläche kommt, ist es noch lange nicht verschwunden, sondern es verbirgt sich höchstwahrscheinlich irgendwo in der Dunkelheit, gärt vor sich hin und sammelt neue Kräfte. Aber Anwyn und Gwylliam fühlten sich nur in ihrer Annahme bestätigt. Die F'dor zeigten sich nicht; Anwyn und Gwylliam regierten drei Jahrhunderte lang in relativem Frieden, bis eines Nachts in Canrif, das heute den Namen Ylorc trägt, ihr Reich zusammenbrach. Ob der Dämon eine Rolle dabei spielte oder ob es allein Anwyns und Gwylliams Torheit war, werden wir nie wissen. Es kam zu einem neuerlichen Krieg, der über Jahrhunderte währen sollte, über siebenhundert Jahre, Rhapsody. In jener Zeit bildete ich Kämpfer und Kämpferinnen aus und schickte sie aus, um den Dämon zu finden. Keiner von ihnen ist jemals zurückgekehrt.« Oelendra warf das Fleisch in den Topf und fing an, die Gerste zu putzen.

»Und das reichte nicht aus, um sie zu überzeugen?«

»Während des Krieges waren solche Verluste bedeutungslos; schließlich verschwanden ständig Soldaten. Und nach dem Krieg, in dem unsicheren Frieden, der folgte, nahm man irgendwann an, ich selbst sei in irgendeiner Weise schuld am Verschwinden meiner Kämpfer. Erst dachten nur die Cymrer, ich wäre verrückt und jagte einem Dämon hinterher, der gar nicht existierte, dann schlossen die Lirin sich ihnen an. Allmählich bekam sogar ich selbst Zweifel an mir und fragte mich, ob ich die Zeichen womöglich falsch gedeutet hätte, ob ich so im Kummer der Vergangenheit gefangen war, dass ich mir alles nur einbildete. Nach und nach hörten die Cymrer auf, mir ihre Söhne zur Ausbildung im Schwertkampf zu schicken, weil sie fürchteten, dass ich mit meinem fruchtlosen Unterfangen ihren Tod herbeiführte. Schließlich suchte ich selbst den F'dor, bis ich zu dem Schluss kam, dass die anderen Recht hätten.«

Rhapsody ging zu ihrem Tornister, zog einen der Gewürzbeutel hervor und gab eine Hand voll getrocknete Kräuter und ein wenig wilden Meerrettich in den gusseisernen Topf. »Wie habt Ihr erkannt, dass Ihr Euch doch nicht geirrt hattet?«

»Als ich Gwydion gefunden habe.«

Der Name ließ Rhapsody aufhorchen. »Gwydion von Manosse?«

»Ja. Du kennst ihn?«

»Ich habe seinen Namen einmal gehört«, räumte Rhapsody ein. »Da kann man wohl kaum sagen, dass ich ihn kenne. Herzog Stephen Navarne bewahrt ein paar Erinnerungsstücke an ihn auf.«

»Ich habe ihn auch kaum gekannt. Nur einmal habe ich ihn gesehen, bei seiner Namenszeremonie, als er noch ein Säugling war. Aber Stephen war bei mir zur Ausbildung. Er und Gwydion waren Kinderfreunde, wuchsen aber in verschiedenen Provinzen auf, bis sie sich wieder trafen, als Stephen seine Ausbildung bei Gwydions Vater fortsetzte.«

Rhapsody nahm den Kessel von der Feuerstelle und goss kochendes Wasser in den Topf. Voller Erstaunen starrte Oelendra auf Rhapsodys Hand, die das rot glühende Eisen ungeschützt berührte. Als Rhapsody ihren Blick bemerkte, musste sie lächeln.

»Wer war Gwydions Vater?«

»Llauron, der Fürbitter der Filiden im Gwynwald.« Schnell trat Oelendra zur Seite, um nicht vom dampfenden Wasser verbrüht zu werden, als Rhapsody den Kessel unsanft auf dem Tisch abstellte. Mit einem der Tücher, die am Spülbecken hingen, wischte Rhapsody die Pfütze hastig auf.

»Tut mir Leid. Habt Ihr Euch wehgetan?«

»Nein, nein. Und du?«

»Auch nicht. Habt Ihr gerade gesagt, dass Gwydion von Manosse Llaurons Sohn war?«

»Sein einziger Sohn, sein einziges Kind, sein einziger Erbe. Llaurons lirinsche Ehefrau Cynron starb bei seiner Geburt.«

»Wie traurig.« Langsam nahm Rhapsody Oelendras Worte in sich auf. Sie verspürte Mitleid mit ihrem sanften Mentor; kein Wunder, dass er sich so in seine Arbeit gestürzt hatte. Die Insignien cymrischer Macht konnten das, was er verloren hatte, offensichtlich nicht ersetzen – deshalb blieb er für sich, kümmerte sich um seinen Garten und seine Schüler und verschmähte die Reichtümer und Titel seiner Herkunft. So erklärte sich auch seine enge Freundschaft mit Herzog Stephen, dem besten Freund seines Sohnes. »Was habt Ihr damit gemeint, dass Ihr Gwydion gefunden habt?«

Oelendras Augen verengten sich. »Es sind nunmehr zwanzig Jahre, dass ich auf Gwydion traf, blutend und geschunden, dem Tode nahe, am Rand des Gwynwalds in Navarne, unweit vom Haus der Erinnerungen. Er war auf der Suche nach dem Dämon gewesen; meines Wissens ist er der Einzige, der jemals entkommen ist. Doch er war schwer verletzt, sein Brustkorb aufgerissen, ein Stück seiner Seele entblößt.

Als ich ihn sah, wusste ich sofort, dass er sterben würde, und ich wusste auch, was ihn getötet hatte.«

Rhapsody hängte den Kessel wieder übers Feuer und beobachtete, wie die Flammen knisterten, als sie sich ihnen näherte. »Die F'dor?«

»Ohne jeden Zweifel. Seine Seele blutete, ein rotes pulsierendes Licht umgab ihn. Der Anblick wird mir stets unvergesslich bleiben. Man denkt immer, die Seele sei etwas Ätherisches, ohne körperliche Form, aber die F'dor hatten es geschafft, sie aufzuschlitzen. Ein grässlicher Anblick.«

»Ich kann es mir kaum vorstellen. Was habt Ihr getan?«

»Panik überwältigte mich, aber nicht aus Angst um Gwydion. Ich habe in meiner Zeit so viel Tod gesehen, dass er mich nicht mehr beeindrucken kann. Was mir Angst machte, war, wie mächtig der F'dor geworden war, Rhapsody. Gwydion war ein gefährlicher Gegner. Er war in der Wildnis von Manosse groß geworden, er war mit den Meeresmagiern in ferne, abenteuerliche Länder gereist und hatte in mehr als einem Krieg gekämpft. Aber noch mehr als das: Die Macht und die Führungsqualitäten, die er allein durch seine Herkunft erworben hatte, kannten nicht ihresgleichen.

Von Gwylliam, seinem Großvater, besaß er das Anrecht auf das Land, das nur jene erben, in deren Adern uraltes königliches Blut fließt, die Linie der Könige. Von Anwyn, seiner Großmutter, hatte er das Blut der Drachin Elynsynos und Merithyns in sich, der ein Seren war – eine weitere der fünf erstgeborenen Rassen, den Elementen entsprungen, aus denen das Universum besteht.

Auf der mütterlichen Seite seiner Familie stammte er von den MacQuieth ab. Er war der Kirsdarkenvar und Herr des Hauses Neuland, des höchsten manossischen Geschlechts. Und all dem zum Trotz war vom Kronprinz der cymrischen Dynastie nichts weiter übrig als ein zitterndes Häufchen blutigen Fleisches. Wenn der F'dor Gwydion von Manosse vernichten konnte, dann war seine Macht so groß geworden, dass ich nicht einmal mehr hoffen konnte, sie allein zu bewältigen. Das war vor zwanzig Jahren, Rhapsody, und ich schaudere bei dem Gedanken, was der Dämon jetzt zu tun vermag.« Sie blickte zu ihrer neuen Schülerin auf und runzelte die Stirn.

Rhapsody zitterte am ganzen Leib.

»Gwydion war der Kirsdarkenvar?«

»Ja, er trug das Schwert des Wasserelements, Kirsdarke, das über Generationen auf ihn herabgekommen war. Durch sein Blutrecht und strenge Initiationsriten vermochte er das Schwert mit der größtmöglichen Macht zu führen. Und wenn er unter Einsatz der Klinge, die eigens dafür gefertigt worden war, böse Wesen wie die F'dor zu töten, dennoch besiegt werden konnte, dann war klar, dass die Zeit gekommen war. Nun konnten nur noch die Drei das Böse besiegen ... Rhapsody? Was ist los?«

Rhapsody starrte aus dem Fenster in das verblassende Zwielicht, das sich im Laufe ihres Gesprächs eingeschlichen hatte.

Hast du selbst eine Verbindung zum Wasser oder besteht sie nur durch dein Schwert?

Das ist schwer zu sagen. Inzwischen trage ich Kirsdarke schon so lange bei mir, dass ich mir gar nicht mehr vorstellen kann, jemals ohne dieses Element gewesen zu sein.

Rhapsody dachte an das verborgene Tal, den unerwarteten Anblick Ashes nach seinem Bad, nackt vom Nabel aufwärts, die grausige Wunde, die im Licht schwärte. Dann wanderten ihre Gedanken unvermittelt zu einem anderen versteckten Tal.

Es muss der Rakshas gewesen sein, dem ihr begegnet seid. Vor zwanzig Jahren schufen die F'dor den Rakshas im Haus der Erinnerungen. Ein Rakshas hat immer das Aussehen der Seele, die ihm Kraft gibt. Er besteht aus Blut, dem Blut des Dämons, und manchmal auch aus dem anderer Kreaturen. Für gewöhnlich sind es unschuldige Wesen oder wilde Tiere. Sein Körper ist aus einem Element wie Eis oder Erde gebildet; ich glaube, derjenige im Haus der Erinnerungen besteht aus gefrorener Erde. Das Blut schenkt ihm Leben und Kraft. Ein

Rakshas, der allein aus Blut besteht, ist kurzlebig und geistlos. Aber wenn der Dämon eine Seele besitzt, ganz gleich, ob sie menschlichen Ursprungs ist oder nicht, kann er sich diese einverleiben und nimmt schließlich die Form des Eigentümers der Seele an, wobei dieser natürlich tot ist. Damit verfügt er auch über einen Teil von dessen Wissen und kann all das tun, was dieser zu tun vermochte. Eine entstellte, böse Kreatur, vor der du dich in Acht nehmen musst, Hübsche. Und höre: Er befindet sich ganz hier in der Nähe. Sei vorsichtig, wenn du meine Höhle verlässt. Dies waren Elysynos' Worte gewesen.

Cedelia hatte sie angestarrt.

Habe ich Euch irgendwie gekränkt, Cedelia?

Man hat Euch vor fünf Tagen am Rand des Außenwaldes zusammen mit einem Mann in einem grauen Kapuzenumhang gesehen. Ein Mann in einem grauen Kapuzenumhang hat in derselben Nacht am Ostrand des Außenwalds einen Überfall auf ein Lirin-Dorf angeführt. Die Siedlung ist niedergebrannt. Vierzehn Männer, sechs Frauen und drei Kinder sind bei dem Überfall ums Leben gekommen.

Sie konnte sich Achmeds Gesichtsausdruck noch genau vor Augen rufen, als sie ihm aus dem Vertrag vorlas, den sie im Haus der Erinnerungen gefunden hatten.

Die Vertragspartner sind Cifiona - ich schätze, das ist die Frau mit dem großen Dolch - und eine Person namens Rakshas, die aber nur als Mittelsmann für einen Herrn in Erscheinung tritt, dessen Name interessanterweise unerwähnt bleibt. Zu diesen Pflichten gehört der Vollzug der Blutopferung von dreiunddreißig unschuldigen Herzen und unberührten Körpern menschlicher Abstammung sowie von Lirin oder Halb-Lirin in gleicher Zahl.

»Rhapsody?« Oelendras kräftige Hände umfassten ihren Oberarm.

Rhapsody wandte sich zu ihr um. »Ja?«

»Woran denkst du gerade?«

Rhapsody schaute wieder zum Fenster und schluckte; die Nacht brach herein.

»Wir können uns nach dem Abendessen weiter unterhalten, Oelendra. Jetzt müssen wir uns beeilen, sonst verpassen wir die Gebete.«

»Welche Gebete?«

Überrascht blickte Rhapsody die alte Lirin-Kriegerin an. Sie musste doch mit den Liedern der aufgehenden Sterne und der untergehenden Sonne vertraut sein – Oelendra war eine Liringlas, eine Himmelssängerin! Doch sie starrte Rhapsody nur voller Verwirrung an. Vielleicht hatten die Gebete hier eine andere Bezeichnung.

»Bitte, Oelendra, kommt mit mir. Wir können die Gebete gemeinsam verrichten. Es ist so lange her, dass jemand mit mir gesungen hat.« Mit diesen Worten nahm sie Oelendra bei der Hand und eilte in der hereinbrechenden Dämmerung zur nächsten Waldlichtung.

21

Das Zwielicht verwandelte sich bereits in tiefblaue Dunkelheit, als die beiden Frauen die Lichtung erreichten. Der Tagesstern war untergegangen, doch die Sterne der Nacht lugten einer nach dem anderen hervor und schimmerten sanft, ehe sie ihre Plätze am Nachthimmel beanspruchten und hell durch die Wolkenfetzen schienen, die vor dem aufgehenden Mond vorüberzogen.

Rhapsody räusperte sich und sammelte ihre Gedanken. Sie fühlte sich wie getrieben, nachdem sie den Nachmittag unbemerkt hatte verstreichen lassen, und brauchte deshalb ein paar Atemzüge, um sich zu sammeln und Ehrfurcht zu verspüren. Die erschreckenden Neuigkeiten, die Oelendra ihr erzählt hatte, waren für den Moment vergessen, damit sie die uralte Zeremonie nicht störten, die sie Tag um Tag zum Andenken an ihre Mutter vollzog.

Als auch der allerletzte Sonnenstrahl hinter dem Horizont versunken war, sang sie die ersten Töne der Abschiedsvesper, des Abendlieds, das der Sonne auf ihrem Weg durch die Dunkelheit eine gute Reise wünschte und versprach, sie am Morgen voller Freude zu begrüßen.

Sie sang leise und wartete, dass Oelendra einstimmte, aber die Lirin-Kämpferin stand schweigend da und lauschte. Rhapsodys Stimme wurde voller, während die Nacht sich weiter herabsenkte und die Sterne heller strahlten; sie konnte ihr Licht in den Augen spüren. Es fühlte sich so richtig an, hier in Tyrian zu singen, und ein Gefühl von Freiheit und Wohlbehagen stieg in ihr auf. Das Lied wurde nicht von Wind und Erde festgehalten, sondern schwebte frei und leicht zum Himmel empor. Die Lirin dieses Landes waren keine Liringlas, keine Himmelssänger, aber sie waren immer noch Himmelskinder.

Die Begrüßung der Sterne währte nicht lange; die Verse waren kurz und knapp, und schon bald hatte Rhapsody ihre Gebete beendet. Die komplexeren Lobgesänge ließ sie aus, denn sie wusste nicht recht, warum Oelendra nicht einstimmte, und wollte die Situation keinesfalls schlimmer machen, falls sie aus irgendeinem Grund ihr Missfallen erregt hatte. So atmete sie die süße Nachtluft tief ein und wandte sich an Oelendra. Ihr Lächeln verblasste, als sie deren Miene gewahrte.

»Oelendra? Was ist mit dir?«

Die Lirin-Kämpferin starrte mit einem völlig verlorenen Gesichtsausdruck gen Himmel. Sie sah so traurig aus, dass Rhapsody zuerst nur tiefstes Mitleid empfand. Dann aber fing sich Oelendra wieder, und ihr Gesicht spiegelte jene sanfte Weisheit, zu der sich Rhapsody bei ihrer ersten Begegnung so hingezogen gefühlt hatte.

»Nichts, Liebes. Ich habe nur nachgedacht. Warum gehst du nicht zurück ins Haus? Ich komme gleich nach.«

Rhapsody nickte und gehorchte. Sie ging den Weg zurück zu Oelendras Behausung, trat ein und ließ die Tür hinter sich offen stehen.

Im Schutz der Dunkelheit stand Oelendra wartend da und starrte zu den Sternen empor. Rhapsodys Lied hatte in ihr eine Erinnerung geweckt – die Erinnerung an ein Ritual, das sie jeden Morgen und jeden Abend an jedem Tag ihres Lebens treu begangen hatte, ehe sie ihre Heimat verlassen hatte und hierher gekommen war. Ein Ritual, das sie bis eben vollkommen vergessen hatte.

Ihre eigenen Gebete hatten nicht nur die übliche Liringlas-Vesper umfasst, die Rhapsody gerade gesungen hatte, sondern auch das Klagelied des Gefallenen Sterns, des Sterns, dem sie ihren Namen verdankte. Wie lange war es her, dass dieses Lied gesungen worden war? Erinnerte sich unter den jetzt Lebenden überhaupt noch jemand an den verloschenen Stern, oder hatte sie mit ihrer Nachlässigkeit sein Andenken für immer getilgt?

Sie spürte, wie ihr verkrampftes Herz sich entspannte, während die Erinnerungen zurückkehrten; die Lieder, die ihr in all den kummervollen Stunden Trost gespendet und eine Orientierung gegeben hatten, gehörten ihr jetzt wieder. Dabei hatte sie nicht einmal bemerkt, dass sie nicht mehr da gewesen waren. Dieses Mädchen hatte sie ihr geschenkt; der erste dunkle Ort, an den Rhapsody Licht brachte, war Oelendras eigenes Herz. Und der Ort, von dem das Licht stammte, war ebenfalls dunkel; er lag verborgen in den Tiefen der stillen See. Licht ins und aus dem Dunkel. Die Iliachenva'ar.

Der frische Wind der Frühlingsnacht griff nach dem Saum von Oelendras Umhang, aber es war nicht die Brise, die die Augen der Kriegerin feucht werden ließ. Oelendra wischte sich die Tränen von den Wangen, als sie am Rand der Lichtung Halt machte, um ihr Haus zu betrachten. *Wie konnte ich das vergessen? Es muss geschehen sein, als die Tagessternfanfare verstummte, in dem Augenblick, als das Schwert und Serendair für immer voneinander getrennt wurden.*

Nun umschloss die Dunkelheit sie von allen Seiten. Das Licht, das aus ihrem Heim strömte, war wie eine warme Insel mitten im schwarzen See der Nacht. Im Innern des Hauses sah sie Rhapsody umhergehen. Sie rührte in dem Eintopf, der über dem Feuer hing, und wandte sich dann einer Vase mit Frühlingsblumen auf dem Tisch zu; offenbar hatte sie diese im Dunkeln gepflückt.

Oelendra lächelte unwillkürlich. *In ihr schlummern Möglichkeiten*, dachte die alte Kriegerin, während sie die junge Sängerin beobachtete. *Sie hat ein edles Herz und ist voll selbstloser Hingabe an andere. Sie weiß, dass es Dinge gibt, die größer, höher sind als sie selbst, und sie möchte ihnen dienen. Sie könnte dort erfolgreich sein, wo die anderen - wo wir anderen - versagt haben.* Das Mädchen stellte zwei Teller auf den Tisch und blickte kurz aus dem Fenster, ehe sie sich wieder dem Eintopf zuwandte. *Wie lange ist es her, dass jemand für mich den Tisch gedeckt hat?*, überlegte Oelendra, als Rhapsody aus ihrem Blickfeld verschwand.

Das Mädchen war anders, das machte die Sache schwieriger. Oelendra wusste, dass ihr vernarbtes Herz sich noch einmal öffnen musste, dass es den Schmerz noch einmal riskieren würde, um an dieses Mädchen zu glauben, ihr zu helfen und sie zu lieben, unter Tränen zu beten, dass sie die Prüfung überlebte, die das Schicksal ihr zugedacht hatte.

Rhapsody reichte Oelendra die abgetrockneten Teller zum Wegstellen und setzte sich dann ans Feuer. »Erzählt Ihr mir die Geschichte von Gwydion bitte zu Ende?«

Oelendra klappte den Schrank zu und lächelte. Dann ging sie zu dem Schaukelstuhl und ließ sich mit untergeschlagenen Beinen darauf nieder. »Wir waren tatsächlich noch nicht fertig, nicht wahr? Nun denn ... Obgleich Gwydion tödlich verwundet war, lebte er noch, als ich ihn fand. Ich konnte nichts tun, um ihn zu retten, nicht einmal seine Schmerzen lindern, und deshalb trug ich seinen geschundenen Körper tief in den Großen Wald, am Schleier von Hoen vorbei, in die Obhut von Fürst und Fürstin Rowan. Sie bemühten sich sehr um seine Heilung und kämpften tagelang um sein Leben.

Als nichts helfen wollte und Gwydion weiter Todesqualen litt, nahm ich schließlich einen Sternsplitter vom Heft meines Schwerts und gab ihn der Fürstin. Weißt du, im Griff der Tagessternfanfare war ein Stück von Seren, dem Namensstern unserer Heimat. Das war meine Verbindung zu dem Schwert, ein reines Fragment des Ätherelements; ich wusste, dass nichts sonst in meinem Besitz solche Macht besaß wie dieses Stück – außer dem Schwert selbst natürlich. Ich überließ es ihnen in der Hoffnung, dass sie mit diesem Sternensplitter einen letzten Versuch unternehmen würden, Gwydion zu retten, aber sie konnten nichts mehr für ihn tun. Vielleicht ist es gut so, denn mit dieser Elementarmacht zu leben wäre für Gwydion womöglich schlimmer gewesen als der Tod.«

»Warum?«

»Weil Gwydion der Urenkel von Elynsynos war und als solcher Drachenblut in sich hatte, das sich in seinen Adern mit Menschenblut mischte. Eine solch intensive Machtquelle hätte die schlummernde Drachennatur in ihm möglicherweise voll zum Tragen gebracht. Ich bezweifle, dass er als Drache hätte leben wollen, denn er besaß die Seele eines Menschen. Wahrscheinlich ist es für uns alle ein Segen, dass er nicht überlebt hat; wenn der F'dor in der Lage gewesen wäre, ihn an sich zu binden, den Drachen zu beherrschen – ich schaudere bei dem Gedanken, wie er die Macht missbraucht hätte, um die Elemente selbst zu kontrollieren. Es war eine Verzweiflungstat, den Stern um Gwydions willen aufzugeben, und es war umsonst; trotzdem bereue ich nicht, es versucht zu haben.«

»Ich bin sicher, dass er Eure Freundlichkeit und Großherzigkeit auch noch in seinen letzten Augenblicken zu schätzen wusste, Oelendra.«

»Ich bezweifle, dass er irgendetwas anderes wahrnahm als seine eigene Todesqual, Rhapsody. Es war das Schlimmste, was ich jemals einen Menschen habe erdulden sehen, und ich habe grässliches Leid miterlebt.«

Rhapsody musste sogleich an Llauron denken. »Ich frage mich, ob Gwydion unter der weißen Esche im Garten des Fürbitters begraben ist, unter dem Baum, den Llauron Mahb nennt.«

»Vielleicht. Es ist jedenfalls das Wort für Sohn.«

»Habt Ihr seinen Leichnam zurückgebracht?«

Oelendra schüttelte den Kopf. »Nein; Fürst Rowan sagte mir, es sei Zeit für mich, ins Land der Lebenden zurückzukehren. Die Fürstin segnete Gwydions Körper, als ich durch den Schleier zurückkehrte. Ich konnte Llauron nicht einmal übermitteln, was sein Sohn in seinen letzten Augenblicken sagte oder tat, denn ich war nicht bei ihm.«

Rhapsody war bass erstaunt. »Das Land der Lebenden?«

Über Oelendras Gesicht huschte ein entrücktes Lächeln. »Der Hof der Rowans ist ein mystischer Ort, Rhapsody, auf der anderen Seite des Schleiers der Freude. Um ihn zu betreten, muss man dem Tod nahe sein oder sich in einer Situation befinden, in der es um Leben oder Tod geht. Dort verstreicht die Zeit nicht wie hier; man kann für Jahre verschwunden sein, und bei der Rückkehr ist nur ein einziger Augenblick vergangen.«

»Und wer sind die Rowans? Heiler?«

Nun wurde Oelendras Lächeln traurig. »Große Heiler sogar, obgleich ihre Heilkunst oft schwer anzunehmen ist. Die Fürstin ist Hüterin der Träume, Wächterin des Schlafes, Yl Breudivyr. Der Fürst ist die Hand der Sterblichkeit, der Friedliche Tod, Yl Angaulor. Deshalb weiß ich, dass Gwydion tot ist, auch ohne dass ich seinen letzten Augenblicken beigewohnt habe; Fürst Rowan selbst hat mir gesagt, dass es Zeit sei. Da verließ ich ihn, denn ich wurde nicht mehr gebraucht und war nicht mehr willkommen. Wenn ich den Fürsten und die Fürstin das nächste Mal sehe, werde ich für immer in ihr Reich eingehen und nicht mehr auf dieser Erde wandeln. Als ich dich sah, wusste ich, dass die Zeit nicht mehr fern ist.«

Eine Welle von Übelkeit durchflutete Rhapsody. »Wollt Ihr damit sagen, dass meine Ankunft die Ursache Eures Todes sein wird?«

»Nein, aber ich lebe schon viel länger, als meine Zeit währen sollte, und warte darauf, dass mich endlich jemand als Wächterin ablöst. Jetzt, da ich jemanden gefunden habe, an den ich mein Verwalteramt weitergeben kann, werde ich endlich zur Ruhe kommen und mit denen wiedervereint sein, die ich liebe. Nicht nur in dieser Welt gibt es Unsterblichkeit, Rhapsody.«

Oelendras Blick ging Rhapsody durch und durch, mitten ins Herz. Schon so oft hatte sie selbst sich nach dem Gleichen gesehnt.

»Und damals habt Ihr das Schwert aufgegeben?«

Lächelnd trank Oelendra einen Schluck *dol mwl*. »Damals hat das Schwert mich aufgegeben. Nachdem ich das Stück des Sterns entfernt hatte, wollte ich es wieder umgürten, aber es war in der Erde verschwunden, auf der ich es hatte liegen lassen. Einen Herzschlag lang sah ich sein Licht, dann war auch das verschwunden. Es schien fast, als wäre es mit Gwydion gestorben, begraben hinter dem Schleier von Hoen. Ein angemessener Ort, wie mir schien. Aber ich wusste, dass es irgendwann zurückkehren würde, und nun ist es so weit.«

Rhapsody nickte. Jetzt wusste sie, wie das Schwert in die Erde gekommen war.

Den Rest des Abends verbrachten sie in angenehmer Unterhaltung. Rhapsody spielte auf der Laute, die Elynsynos ihr geschenkt hatte, mehrere Weisen aus der alten Welt und sang bei einigen davon auf Alt-Lirinsch mit. Oelendra lauschte hingerissen, stimmte aber wieder nicht mit ein. Ihrerseits erzählte sie der Sängerin von längst vergangenen Zeiten, von den letzten ruhmreichen Tagen nach dem Krieg, vor der Katastrophe, als Serendair noch eine kurze Zeit des Friedens erlebt hatte, von Freunden und Kameraden und unvergesslichen Erinnerungen.

Schließlich wurde Rhapsody von der Müdigkeit der langen Reise überwältigt, und sie schlief neben dem Feuer ein. Einige Zeit später wachte sie auf, weil sich eine Hand sanft auf ihre Schulter legte.

»Komm, Liebes, ich zeige dir, wo du wohnen wirst.«

Rhapsody erhob sich und rieb sich verschlafen das Gesicht. »Ich muss unbedingt bald eine Botschaft nach Ylorc schicken, wenn es irgendwie möglich ist«, sagte sie.

»Ja«, stimmte Oelendra ihr zu. »Ich begleite dich morgen früh nach Tyrian-Stadt. Dort macht die Postkarawane regelmäßig jede Woche Halt. Bestimmt sind deine Freunde froh, wenn sie hören, dass du wohlbehalten hier angekommen bist. Aber nun folge mir, du bist erschöpft.«

Wie im Traum folgte Rhapsody der älteren Frau an dem großen Kamin vorbei und einen Gang entlang. Oelendra führte sie in ein kleines Zimmer am anderen Ende des Hauses. Es hatte ein schmiedeeisernes Gitter vor dem Fenster, an der einen Wand stand ein Himmelbett, an der anderen ein schwerer Schrank. Auf dem Bett lag eine ganze Auswahl von Decken und Fellen, genug, um einen frostigen Winter zu überstehen.

»Das ist dein Zimmer, so lange du es haben möchtest«, sagte Oelendra. »Mach es dir gemütlich und schlaf ein wenig. Wenn es dir recht ist, zeige ich dir morgen die Stadt. Doch nun schlaf dich erst einmal aus. Ich vermute, du hast es bitter nötig.«

»Danke.« Rhapsody konnte kaum noch die Augen offen halten. »Wahrscheinlich sollte ich Euch warnen, ich habe nämlich oft Albträume. Falls Ihr mich in der Nacht hören solltet, entschuldige ich mich schon im Voraus dafür.«

»Nach allem, was du durchgemacht hast, wundert es mich nicht, dass du träumst. Ich habe das auch getan. Irgendwann geht es vorbei. Erst schläfst du eine einzige Nacht ohne Träume, dann kommen sie immer seltener, und schließlich suchen sie dich gar nicht mehr heim. Ruh dich gut aus.« Oelendra berührte Rhapsodys Schulter, als sie ging. Rhapsody zog sich aus und kroch sofort ins Bett.

Sie träumte nicht vom alten Land, auch nicht von einem Dämon, sondern von einem schönen Gesicht, das unsicher lächelte. Sie sah es wieder, wie es sie im Licht des Wäldchens anlächelte, ihr an der Schwelle der Drachenhöhle Lebewohl sagte.

Eine entstellte, böse Kreatur, vor der du dich in Acht nehmen musst, Hübsche. Und höre: Er befindet sich ganz hier in der Nähe. Sei vorsichtig, wenn du meine Höhle verlässt.

Wieder lächelte das Traumgesicht sie unsicher an. Dann schien die Sonne durchs Laub des Waldes, und es begann zu schmelzen – große, eisige Tränen rannen aus seinen Augen, bis es sich ganz auflöste und nur mehr eine Lache dampfenden Wassers übrig blieb, in dem sich noch immer sein Bild spiegelte.

»Was hast du zu trinken?«

»Portwein. Oder einen jungen Branntwein.«

»Nichts Stärkeres?«

»Hmmmm. Heute ist also kein guter Tag?«

»Offenbar hast du in letzter Zeit nicht viel auf meinen Zustand geachtet.«

»Das stimmt nicht; und deshalb habe ich diesen wundervollen canderischen Whiskey vorrätig.«

»Der wäre nicht schlecht.«

»Ich gestehe, dass ich ein wenig überrascht bin, dich zu sehen. Warum bist du hergekommen?«

»Ich denke, deine Gastfreundschaft ist schuld daran. Ihr kann ich nur schwer widerstehen.«

»Nun werde doch nicht gleich so unwirsch. Du weißt, dass ich mich immer sehr über deinen Besuch freue.«

»Natürlich. Habe ich dich bei etwas Wichtigem unterbrochen? Hast du gerade über die Vernichtung von jemand Bedeutendem nachgedacht?«

»Diese Bemerkung überhöre ich. Hier ist dein Whiskey. Was willst du von mir?«

Ashe nahm einen Schluck und behielt die beißende Flüssigkeit einen Augenblick im Mund. »Ich möchte, dass du dir deine Pläne für Rhapsody noch einmal überlegst.«

»Ach wirklich? Und warum sollte ich?«

Er nahm einen weiteren, größeren Schluck und setzte sich an den reich verzierten Holzschreibtisch. »Wenn sie die ist, für die wir sie halten, dann ist es unklug, ihren guten Willen zu missbrauchen.«

»Wenn sie die ist, für die wir sie halten, dann wird sie es verstehen. Es ist ebenso ihr Schicksal wie das unsere.«

»Weißt du, ich glaube, du machst dir einen völlig falschen Begriff von Schicksal als solchem. Andere Leute nehmen es nicht immer so an, wie du es gern hättest, sie deuten es nicht einmal auf deine Weise. Vor allem, wenn es ihnen Schaden, Schmerz oder gar Untergang beschert.«

»Du urteilst jetzt nicht zufällig aus deinem eigenen Blickwinkel heraus, oder?«

Ashe hielt schweigend inne. »Nein. Selbstverständlich nicht.«

»Das dachte ich mir schon. Und seit wann bist du so um das Wohlergehen meines Schützlings besorgt, wenn ich fragen darf?«

»Du bist nicht der Einzige, der sie für seinen Schützling hält, weißt du. In diesem Augenblick ist sie bei Oelendra, um Unterricht zu nehmen.«

»Gut, gut. Das wird helfen. Aber weiche meiner Frage nicht aus. Woher kommt all deine Sorge um Rhapsody? Hast du den Eindruck gewonnen, dass sie der Aufgabe nicht gewachsen ist?«

»Wohl kaum. Wenn überhaupt, ist sie eher noch viel mehr dazu in der Lage, als wir ursprünglich angenommen haben.«

»Warum bist du dann so besorgt?«

Ashe schwenkte den restlichen Whiskey in seinem Glas und trank ihn dann in einem Zug. Leider übte der Alkohol keinerlei betäubende Wirkung auf ihn aus. »Es wäre mir äußerst unangenehm, wenn all unsere Pläne zu nichts führen würden, nur weil du deinen Einfluss auf einen der drei falsch eingeschätzt hast.«

Er blickte auf in Augen aus blauem Granit, die ihn anstarrten und deren Glanz etwas Reptilienhaftes an sich hatte. *So fehl am Platz wirken sie in dem freundlichen alten Gesicht*, dachte er.

»Nun, ich will mich deutlich ausdrücken. Ich brauche Rhapsody in der Rolle, für die ich sie vorgesehen habe. Das kann keiner von euch anderen. Aber es ist eine Nebenrolle. Wenn es darum geht, sich bei jemandem lieb Kind zu machen, dann ist es allein Achmed, dessen Gunst ich mir erhalten muss. Er ist als Einziger unersetzlich.«

Ashe lächelte, stand auf und schlenderte zur Hausbar hinüber. »Du durchschaust die Machtstrukturen ganz und gar nicht«, meinte er, während er sein Glas bis knapp unter den Rand füllte. »Achmed ist Rhapsody treu ergeben. Es ist ihre Loyalität dir gegenüber, die ihn beeinflussen könnte, nicht seine eigene. Du und deine Pläne könnten ihm kaum gleichgültiger sein. Und wenn du ihr auch nur ein Haar krümmst, wird er es dir heimzahlen.«

Nun war Llauron an der Reihe zu lächeln. »Weißt du, dein Mangel an Gründlichkeit enttäuscht mich. Ich fürchte nämlich, du irrst dich. Achmed hat andere Gründe, das zu tun, was ich will; Gründe, die viel älter sind und weitaus zwingender als irgendeine Liebe oder Freundschaft, die sein hässliches Herz für sie empfinden mag. Offensichtlich kennst du die drei doch nicht so gut, wir ich es mir erhofft hätte, nachdem du so lange mit ihnen zusammen warst. Zeitverschwendung.«

Ashe schwieg und starrte in die züngelnden Flammen des Kaminfeuers. *Abgesehen vom Nebel könnte er einer der Schat-*

ten im Raum sein, dachte Llauron. Seine Stimme wurde sanft, als er seinem Sohn die Hand auf die Schulter legte.

»Weiß sie Bescheid?«

»Worüber?«

»Dass du sie liebst.«

»Nein.«

»Gut. Das ist für alle Beteiligten besser.«

Ein unangenehm ersticktes Lachen drang aus dem nebligen Schatten. »Wirklich? Ich bin wahrhaft gespannt, wie du diese Überzeugung zu erklären gedenkst. Wie kann es für irgendjemanden besser sein außer für dich?«

Der alte Mann seufzte und ging zurück zu seinem Stuhl. »Es gab eine Zeit, als du völlig darauf vertrautest, dass ich weiß, was für alle am besten ist – vor allem weil das, was gut für mich ist, auch gut für dich ist und letzten Endes auch für den Rest des Landes.«

»Vermutlich verblasst auch die leidenschaftlichste Heldenverehrung ein wenig, wenn man zwanzig Jahre allein und in körperlicher und geistiger Qual durch die Welt gewandert ist.«

Die Stimme aus dem Sessel klang kalt und hohl. »Das ist nur vorübergehend. Bald wird es vorbei sein, und somit ist es unbedeutend. Wenn deine Herrschaft über dieses Land beginnt, endet deine Pein. Und natürlich kannst du dann jede Frau haben, nach der dir der Sinn steht.«

»Ich werde immer nur eine einzige Frau wollen.«

»Verzeih mir, wenn ich dich daran erinnere, diese Worte früher schon einmal von dir gehört zu haben.« Llauron zuckte nicht einmal mit der Wimper, als Ashe das Whiskeyglas ins Feuer warf, sodass die Flammen mit einem Schwall Rauch und Scherben aus ihrer steinernen Begrenzung ausbrachen. »Außerdem gibt es keinen Grund, warum du Rhapsody dann nicht haben solltest – wenn du sie noch immer willst. Bis dahin ist sie es sicherlich müde, die Kurtisane des Bolg zu spielen. Wenn du wirklich Wert legst auf eine gebrauchte Hure, wird sie sich die Gelegenheit bestimmt nicht entgehen lassen.«

Ashe wandte sich um. Im Gegenlicht der Flammen sah Llauron den Zorn in den blauen Augen unter der Kapuze lodern, ja, er konnte sich vorstellen, wie sich der Drache in ihnen zum Sprung bereit machte. »Sag so etwas nie wieder«, sagte Ashe mit tödlich ruhiger Stimme. »Du hast die Grenzen meiner Loyalität bereits weiter überschritten, als dir klar ist. Auf diesem Thema solltest du lieber nicht herumreiten.«

Llauron lächelte in sein Glas. »Du vergisst, dass wir hinsichtlich des Werts von höfischen Flittchen unterschiedlicher Auffassung sind, Gwydion. Einige der besten Frauen in meinem Leben waren Huren. Ich wollte Rhapsody durchaus nicht beleidigen.«

Ashe schwieg eine Weile. »Weißt du, Vater«, sagte er schließlich, »vielleicht bist du bewandert, wenn es um Macht und Strategie und die Beeinflussung des Schicksals geht. Aber du hast keine Ahnung von Vertrauen und vom menschlichen Herzen.«

»Meinst du?«

»Ohne Frage. Du versprichst mir Rhapsody, als hättest du Kontrolle über ihre Gefühle. Wenn alles vorbei ist, wird sie mich wahrscheinlich hassen, und das mit Recht. Es gibt Dinge, die sich nicht manipulieren lassen, und Dinge, die man nicht wieder in Ordnung bringen kann. Man kann nicht erwarten, dass jemand, den man als Schachfigur einsetzt, um die eigenen Ziele zu erreichen, und den man dabei zerstört, noch zu einem steht.«

Llauron wandte den Blick ab. »Warum denn nicht?«, fragte er den Boden. »Bei dir habe ich damit doch auch immer Erfolg gehabt.«

Ashes Stimme war kaum mehr als ein Flüstern. »Dabei werde ich nicht mitmachen.«

In der Antwort lag etwa so viel Mitgefühl und Wärme wie in dem sterbenden Feuer im Kamin. »Zu spät, mein Junge, du steckst bereits mitten drin.«

Der beißende Wind, der die Blätter auf Llaurons Tisch rascheln ließ, war das einzige Zeichen, dass Ashe gegangen war.

22

»Guten Morgen«, begrüßte Oelendra Rhapsody, als diese verschlafen blinzelnd aus ihrem Zimmer kam. Die Kriegerin stellte einen Becher Tee an den Platz, an dem Rhapsody am Abend zuvor gesessen hatte. »Ich hoffe, du hast gut geschlafen.«

»Sehr gut sogar, danke«, antwortete Rhapsody gähnend. Sie hatte den rotseidenen Morgenmantel mit dem kunstvoll gestickten Drachenbild übergezogen, den sie am Fußende des Betts vorgefunden hatte. Er war viel zu groß für sie und hätte zweifellos nicht einmal ihrer Gastgeberin gepasst. Dankbar nahm sie Platz und schlürfte den Tee, während Oelendra wieder in ihre Küche zurückkehrte. Sie war bereits angezogen und wahrscheinlich schon seit Stunden auf den Beinen. Kurz darauf kam sie mit einem Teller Obst und einem Brot in der Form eines Sichelmonds zurück.

»Zuerst mal ein kleines Frühstück, dann ein wenig Bewegung ... Wir können zu Fuß in die Stadt gehen. Wenn wir zurückkommen, möchte ich sehen, wie du das Schwert handhabst.« Oelendra reichte Rhapsody den Teller und setzte sich zu ihr an den Tisch. Sie aßen in gemütlicher Stille, während Rhapsody aus dem Fenster in den Garten starrte und dem Gesang der Vögel lauschte. Das Gefühl von Magie, das sie allein in den ersten verträumten Stunden in Tyrian empfunden hatte, kehrte nun zurück.

Nach dem Frühstück zeigte Oelendra Rhapsody die Stadt Tyrian. Sie erstreckte sich über eine Hügelkette, deren höchste Erhebung den Namen Tomingorllo trug und dem König als Palast diente. Die Mauer nahe diesem Hügel im nördlichen

Zentrum hatte Rhapsody am ersten Tag passiert. Als die beiden Frauen das Tor durchquert hatten, wanderten sie einen unterirdischen Gang entlang und weiter in eine große Senke, die sich inmitten der Anhöhe befand und den Garten von Tomingorllo barg. Ringsum ragten natürliche Mauern aus Felsgestein auf, ähnlich wie die Hügelhänge außen, die so gut wie unmöglich zu erklimmen waren.

In den Garten gelangte man durch die unterirdischen Korridore, die sie soeben durchquert hatten, oder über einen gut versteckten Pfad, durch den Oelendra sie nun aus dem Garten hinausführte. Der eigentliche Königssitz befand sich in einer Festung mit einem großen Innenhof auf dem Gipfel des Tomingorllo und konnte nur durch die großen Hallen erreicht werden, die unter dem massiven Hügel lagen. Von jeder freien Stelle der Stadt aus war die Festung sichtbar. Während sie über die mit Kiefern bestandenen Hänge des Gartens wanderten, spähte Rhapsody immer wieder zu dem riesigen, runden Bauwerk mit seinen zahlreichen Pfeilern und der Kuppel aus silbern schimmerndem Marmor hinüber, die in der Morgensonne leuchtete, bis sie schließlich in den tiefer liegenden Teil der Stadt hinabstiegen.

Tyrian-Stadt selbst ähnelte eher den Lirin-Städten in Rhapsodys Heimat und den Dörfern, durch die sie mit Cedelia gekommen war. Die Häuser waren schlicht, schmal, mit hohen Dächern und lagen an vom Wald selbst geschaffenen Wegen. In den Bäumen gab es hie und da hohe Plattformen, kleinere in den mächtigen Eichen, aber auch größere, die mehrere Bäume miteinander verbanden. Dazwischen verliefen Hängebrücken, die über den Waldwegen eine zweite Straße bildeten. In manchen Stadtteilen liefen auch Ziegen, Schafe und Schweine herum, aber zum größten Teil waren die Tiere, die ihnen über den Weg liefen, Waldkreaturen, die harmonisch unter den Lirin lebten.

Weniger offensichtlich waren die Verteidigungsanlagen der Stadt. Es gab gut versteckte Wachposten, um eventuell einfallende Feinde abzufangen und ins tödliche Kreuzfeuer zu nehmen. Immer wieder stieß man auf verborgene Gräben, die jeden organisierten Vorstoß in die Stadt mühelos verhindern würden.

Außerdem gab es auch konventionellere Verteidigungsanlagen, mehr im Stil der Menschen. Jeder der sechs äußeren Hügel war von einer Verteidigungsmauer umgeben; dazwischen waren Schutzwälle mit Palisaden und Gräben angelegt, ein jeder größer oder tiefer als der vorhergehende. Auf dem Boden der Gräben befanden sich angespitzte Pfähle, sodass nahezu jeder, der hineinstürzte, dies mit dem Leben bezahlte. Über die Gräben verliefen Brücken, die vom Innern der Wälle aus leicht eingezogen werden konnten. Rhapsody überlegte, was Achmed oder Grunthor zu dieser Verteidigung gesagt hätten, und prägte sich die Anlagen ein, die man vielleicht in Ylorc verwenden konnte.

Doch am meisten bewegte sie das tägliche Leben in der Stadt. Tyrian war ein geschäftiger Ort, überschäumend vor Aktivität und mit einem regelrechten Gewimmel von Passanten. Obgleich die Lirin Fremden gegenüber zurückhaltend waren, benahmen sie sich innerhalb der Stadtmauern ausgesprochen freundlich, und Rhapsody lachte und scherzte mit Leuten, die sie eben erst kennen lernte. Überall, wo Oelendra sie hinführte, wurde sie herzlich aufgenommen.

In einem Gasthaus aßen sie an einem Tisch im Freien ein Mittagsmahl aus gewürztem Wildbret, Oliven und Nüssen, das Rhapsody so gut schmeckte, dass sie kaum aufhören konnte. Gruppen von Kindern rannten lachend durch die Straßen und blieben einen Moment stehen, um Oelendra und Rhapsody anzustarren, streckten gelegentlich die Hände aus, um Rhapsody zu berühren oder ihr eine Blume zuzuwerfen, ehe sie wieder davonstoben.

Beim Anblick des Volks von Tyrian mit den großen, mandelförmigen Augen und dem teilweise drolligen Äußeren wurde Rhapsody warm ums Herz, ohne dass sie gänzlich verstand, warum. *Das muss Elynsynos mit ihrer Bemerkung über die Cymrer gemeint haben*, dachte sie, als ihr bewusst wurde, dass sie ständig lächelte. *Jetzt verstehe ich, wie jemand auf den Gedanken kommt, ein Volk als einen wertvollen Hort zu betrachten.* Sie grinste zwei kleine Mädchen an, die vor ihrem Tisch stehen geblieben waren.

»Wenn du fertig bist, zeige ich dir das Schloss«, sagte Oelendra und durchsuchte ihre Jackentasche. Dann legte sie etwas auf ihre Handflächen, hielt es den Kindern entgegen und nickte ihnen ermutigend zu. Sofort grapschten es sich die beiden Mädchen, obgleich Oelendra die Hände mit der Schnelligkeit einer zuschnappenden Schlange wieder schloss. Nachdem die Kinder ihre Beute begutachtet hatten, rannten sie kreischend wieder davon, beide eine rote Kiran-Beere im Mund und voller Begeisterung darüber, dass sie schneller gewesen waren als die Lirin-Kriegerin. Rhapsody lachte und applaudierte den beiden Siegerinnen.

»Ja, das Mahl war wirklich köstlich.« Sie erhob sich, faltete ihre Serviette zusammen und winkte den Kindern nach, die kichernd verschwanden. »Gehen wir weiter, Oelendra. Ich folge Euch, wo immer Ihr hingeht.«

»Dies sind der Hof und der Thron von Tomingorllo«, erklärte Oelendra, als sie die beiden schweren eichenen Türflügel aufstieß. Jenseits der Tür befand sich eine riesige marmorne Rundhalle mit einer von Säulen getragenen Kuppel. Die Säulen ragten im Abstand von zehn Fuß von der Wand aus in die Höhe, und die Kuppel wies oben eine große Öffnung auf, sodass die Mitte des Saals unter dem wolkenlosen Himmel lag.

Auf der anderen Seite des Saals stand ein großer, aus schwarzem Walnussholz geschnitzter Thron, weit weniger prunkvoll, als Rhapsody es erwartet hätte, sondern vielmehr recht streng, mit säulenartigen Armlehnen und einer niedrigen, gleichförmigen Lehne. Zwei große steinerne Kamine, breiter als in Oelendras Haus, bildeten dunkel und kalt die beiden anderen Richtungspunkte des Kreises.

An den Wänden rund um den Saal verlief eine Holzbank, nur unterbrochen von der Lücke für die Tür und einer weiteren für den Thron. Im Zentrum stand auf einem kunstvoll verzierten silbernen Ständer ein kleiner Glasbehälter, der nicht so ganz zu der Strenge der sonstigen Ausstattung zu passen schien. Weiter oben war der Saal von einem Balkon umgeben, von dem aus man auf den Schaukasten in der Mitte blickte. Den einzigen anderen Schmuck bildeten vier sternförmige Gitter im Boden. Die Luft war rein und kalt.

»Hier würde der König sitzen, wenn es einen gäbe, und hier wurde das erste Bündnis der Neuen Welt geschlossen und gebrochen. Komm mit.« Oelendra ging auf das seltsame Ausstellungsstück in der Mitte des Saals zu. Rhapsody folgte ihr und blickte in den Glaskasten.

»Die Krone des Lirin-Königreichs«, sagte Oelendra.

»Wie schön sie ist.« Rhapsody starrte auf das Diadem, das in dem Kasten vor ihr lag. Es bestand aus zahllosen winzigen sternförmigen Diamanten. Acht ähnlich geformte größere Steine bildeten den mittleren Ring der Krone. Sie funkelten im Sonnenlicht, das von der Öffnung über ihnen in den Thronsaal herabfiel. Rhapsody hatte nie zuvor etwas Derartiges gesehen.

»Die Steine, welche diese Krone bilden, waren einst der Reinheitsdiamant, ein Stein von der Größe einer Männerfaust, der mit dem Licht der Sterne erstrahlte. Wir brachten ihn aus der alten Welt mit und übergaben ihn dem Lirin-Stamm Gorllewinolo als Zeichen der Freundschaft, denn sie waren das erste eingeborene Volk, dem wir begegneten, die Seher ausgenommen. Sie waren die Vorfahren der Lirin, die jetzt in Tyrian leben, und zusammen mit den Lirin unserer Insel haben sie diese Stadt gegründet, deren Haupthügel ihren Namen trägt.«

»Tomingorllo: der Turm der Gorllewin, Volk des Westens«, sagte Rhapsody leise zu sich selbst.

»Ja. Im Lauf der Jahre veränderte sich der Name, aber die Stadt und das Volk blieben dieselben.«

»Aber was geschah mit dem Diamanten? Ihr habt gesagt, dass all diese kleineren Steine einst einen einzigen Diamanten bildeten. Haben sie ihn zerbrochen?«

»Nein, nicht sie, sondern Anwyn.«

»Das verstehe ich nicht. Warum hat sie das getan?«

»Niemand hat es verstanden. Die Lirin dieses Landes waren unsere Freunde und Verbündeten. Sie hielten zu uns, als alle anderen uns im Stich ließen, sie unterstützten Anwyn im Krieg, als selbst ihr eigenes Volk sie verlassen hatte. Das Bündnis zwischen den Lirin und Anwyn war älter und tiefer als selbst das zwischen Anwyn und den Cymrern, die sie Jahrhunderte zuvor zu ihrer Herrin auserkoren hatten, und der Reinheitsdiamant war ein Symbol dieses Bündnisses mit den Lirin. Zu jener Zeit ergaben Anwyns Handlungen oft keinen Sinn. Erst Jahre später ahnte ich den Grund dafür. Vermutlich hätte ich gleich Verdacht schöpfen müssen.« Oelendra strich mit dem Finger gedankenverloren über eine dünne Staubschicht, die sich auf dem Kasten gebildet hatte.

»Es geschah kurz vor ihrem geplanten Treffen mit Gwylliam, das er allerdings nicht mehr erleben sollte. Sie kam in den Thronsaal, wo der Diamant lag, hob die Hände, rief das Sternenfeuer vom Himmel herab und sprach die Worte der Macht, die den Stein in tausend Stücke zerschmetterten und das in ihnen enthaltene Licht für immer heraustrieb. Dann verschwand sie ohne ein Wort.

Wegen dieser Tat weigerten sich die Lirin und mit ihnen viele von Anwyns treuesten Anhängern, nach Gwylliams Tod ihren Anspruch auf die Alleinherrschaft über die Cymrer anzuerkennen. Sie hatte das Geschenk zerstört, dass die Erste Flotte der Cymrer den Lirin dieses Landes gemacht hatte, das Symbol des Friedens und der Einheit mit dem Land, welche ihrem Glauben nach ihr Lebensstil verkörperte.

Für die Lirin war es der Bruch des Vertrags, der größte Verrat, aber für Anwyns eigenes Volk war es lediglich der letzte Verrat einer ganzen Reihe von Vergehen. Sie kehrte zum Baum zurück und musste dort erkennen, dass nicht nur die Lirin ihr den Rücken gekehrt hatten, sondern auch ihr eigenes Volk sie verleugnete. So ging sie weg, nachdem erreicht war, was sie sich vorgenommen hatte, nämlich Gwylliam zu vernichten, aber sie musste teuer dafür bezahlen. Am Ende war sie allein mit ihrem gärenden Hass, bis schließlich niemand mehr etwas mit ihr zu tun haben wollte außer ihrem Sohn und einer Hand voll Pilgern, die zu ihr kamen, weil sie nach Antworten auf Fragen aus der Vergangenheit suchten.

Als Llauron viele Jahre später den Schaden beheben wollte und sich anbot, mit der Königin der Lirin eine Bündnisheirat einzugehen, zeigte sie ihm diese Krone, gefertigt aus den Splittern dessen, was eine Friedensgabe gewesen war. ›Könnt Ihr das hier reparieren?‹, fragte Königin Terrell ihn, und Llauron musste zugeben, dass er es nicht vermochte. ›Was macht Euch dann glauben, dass man ein Bündnis so leicht wieder kitten kann?‹

Llauron erklärte, er habe den Wunsch, das, was seine Eltern den Cymrern und den Lirin angetan hatten, wieder gutzumachen und sie so vereint zu sehen wie nie zuvor. Königin Terrell lehnte sowohl sein Friedensangebot als auch seinen Heiratsantrag ab, sagte ihm jedoch, wenn er oder sonst jemand den Stein wieder zum Leben erwecken, ihn aufs Neue mit dem Licht der Sterne erstrahlen lassen könne, wie es einst gewesen war, dann würden die Lirin diese Person als Oberhaupt der Cymrer und König beider Völker anerkennen. Bis zu dieser Zeit aber würden die Lirin für sich bleiben und ihren eigenen Herrschern folgen.

Llauron akzeptierte das, und segnete als Fürbitter die Krone und die Königin, ehe er in den Gwynwald zurückkehrte. Seit damals ruht die Krone an diesem Ort und wartet auf das Kommen des cymrischen Königs oder der cymrischen Königin, um das Unrecht zu heilen, das hier geschehen ist.«

»Warum hat Anwyn den Diamanten zerstört, was glaubt Ihr?«, fragte Rhapsody, während sie um den Glaskasten herumging und die Krone von allen Seiten betrachtete.

»Es war der Preis, den sie dafür bezahlte, sich ihres Ehemanns zu entledigen.«

Rhapsody blickte erstaunt auf. »Was meint Ihr damit?«

Oelendras Gesicht wurde härter. »Sie hat sich auf einen Handel mit dem Dämon eingelassen. Genau genommen war das für mich die erste Bestätigung, welches Übel uns gefolgt war, denn die F'dor fürchten sich vor Diamanten; anscheinend haben sie Angst, von ihnen verletzt und geschwächt zu werden. Ich habe nie herausgefunden, warum es so ist, aber ich glaube, es liegt daran, dass Diamanten das Licht der

Sterne in sich tragen, wie es auch bei der Tagessternfanfare der Fall ist - ein Element, das dem Feuer vorausgeht und als älteres Element noch mächtiger ist. Dieser Diamant war so groß, dass er die Essenz selbst des mächtigsten Dämonengeists hätte einfangen und zerstören können.

Ich kannte dieses Böse, und ich hasste es. Einst war es verantwortlich gewesen für das meiste Übel, das der Insel widerfahren war; es hatte alles und jeden vernichtet, was ich geliebt hatte, hatte meinen Großvater und meinen Ehemann getötet. Ich wusste, dass es irgendwo lauerte, stets außer Sichtweite, immer im Hintergrund, und darauf wartete, dass seine Macht zunahm und der richtige Zeitpunkt herannahte.

An jenem Tag, als die Erste und die Dritte Flotte sich vereinten, vermutete ich seine Gegenwart nur anhand des Geruchs - F'dor verbreiten in ihrer wahren Form einen ekelhaften Gestank, und manchmal bekommt man ein bisschen davon mit, wenn sie an einen Wirt gebunden sind - aber bis zu dem Tag, an dem der Diamant zerstört wurde, hatte ich keine Bestätigung dafür.

Doch Anwyn wusste es. Anwyn hatte es immer gewusst, schließlich war sie die Seherin der Vergangenheit. Noch im selben Augenblick, als der F'dor das Schiff betreten hatte, war ihr klar gewesen, dass der Dämon entflohen war; und sie wusste, an welche Seele er sich klammerte. Vor ihr konnte er sich nicht verstecken, und wenn sie mir damals gesagt hätte, wo er sich eingenistet hatte, hätten wir das Böse schon vor Generationen vernichtet. Aber sie war ein Wyrmling, ein Drachenkind, und sie hortete dieses Wissen, wie sie alles andere hortete, in der Gewissheit, es eines Tages zu ihrem Vorteil nutzen zu können. Und so geschah es denn auch, aber wie bei allen Dingen, welche mit den F'dor in Berührung kommen, war dieser Vorteil in Wahrheit keiner.

Nach siebenhundert Jahren Krieg mit Gwylliam wandte sie sich an die einzige Macht, von der sie wusste, dass sie ihn besiegen konnte, die einzige Macht der Welt, die alt genug war, um Geheimnisse zu kennen, die selbst über ihre Gabe der Erinnerung hinausgingen. Sie wandte sich an den Dämon, und er bot ihr einen Handel an: Der F'dor würde ihren Herzenswunsch erfüllen und ihren Ehemann töten, der unsterblich war und den sonst nichts bedrohen konnte, und als Gegenleistung würde sie den Reinheitsdiamanten zerstören, den der Dämon noch mehr fürchtete als selbst die Tagessternfanfare.

Sie war töricht, denn sie glaubte, weil sie von zwei der uralten, mächtigen Rassen abstammte – von den Seren und den Drachen –, könne sie mit den F'dor verhandeln. Doch ihr Wissen über die Vergangenheit vermochte sie nicht zu beschützen; sie begriff nicht, dass der Dämon nicht einfach von einer älteren Rasse abstammte, sondern aus der Vorzeit kam, und dass er deshalb Dinge wusste, von denen sie nicht einmal träumen konnte.

Sie erklärte sich mit seinen Bedingungen einverstanden und zerstörte das Geschenk, das sicherlich eine unserer besten Waffen gegen die F'dor war. Als Gegenleistung tötete der F'dor Gwylliam, den letzten serenischen König, und gewann so den Krieg, den er auf der Insel, in der alten Welt, verloren hatte. Dann zerstörte er die Überreste des cymrischen Bündnisses, entledigte sich der Führer zweier cymrischer Geschlechter, zerbrach die Bande mit den Lirin und auch die der verschiedenen Lirin-Gruppen untereinander. Anwyn hatte Tür und Tor für die Entzweiung der Cymrer geöffnet. Vielleicht hatte Gwylliam den Krieg begonnen, aber Anwyn hat ihn für uns alle verloren.

Die nächsten Jahre verbrachte ich damit, den F'dor zu jagen. Anwyn weigerte sich, mir bei der Suche nach ihm zu helfen, denn ich hatte mich aus dem Krieg herausgehalten, weil ich nicht bereit gewesen war, eine Seite bei der Zerstörung der anderen zu unterstützen. Ich hatte auch den Lirin geraten, neutral zu bleiben, aber sie hatten mir kein Gehör geschenkt und waren Anwyn gefolgt – was sie später zutiefst bereuten. Ich suchte den Dämon überall, aber er war zu schlau, er ließ sich nicht von mir aufspüren. Er hatte sich zurückgezogen und wartete auf einen günstigen Zeitpunkt, auf geeignete Bedingungen für seine Rückkehr.

Nun, da sich wiederum ein Krieg zusammenbraut, da es von allen Seiten Grenzüberfälle gibt und der Rassenhass aufblüht, kann diese Zeit nicht mehr fern sein.«

Obgleich ein breiter Sonnenstrahl durch die Öffnung in der Kuppel auf Rhapsody fiel, fröstelte sie. Allmählich wurde ihr klar, was Oelendra von ihr erwartete. Seit der Diamant zerstört war, gab es nur noch eine Waffe, die genug Macht besaß, um den F'dor zu töten: das Schwert, das Rhapsody trug. Kein Wunder, dass Oelendra bereit war, sie in seiner Handhabung zu unterrichten.

»Sehr gut«, sagte Oelendra und steckte ihr Schwert in die Scheide.

Rhapsody ging schwer atmend zu Boden. »Ihr macht Witze«, stieß sie keuchend hervor. »Nie zuvor in meinem Leben bin ich derart gedemütigt worden.« Zwar hatte sie nicht erwartet, sich gegen die Lirin-Kämpferin behaupten zu können, aber sie hatte doch gehofft, sich wenigstens eine Blamage zu ersparen. Oelendra lachte und streckte ihr die Hand entgegen, die Rhapsody ein paar Sekunden anstarrte, ehe sie zugriff.

»Ach, komm schon, du warst wunderbar.« Die ältere Frau half der müden Sängerin auf; sie selbst zeigte kaum Anzeichen von Anstrengung. Rhapsody aber fühlte sich vollkommen erledigt. Ihr Arm war taub, und die Finger schmerzten von den Schlägen, die ihre Stahlklinge zum Schwingen gebracht hatten. Beim ersten Zusammentreffen hatte sie die Tagessternfanfare nicht hergenommen, da Oelendra hatte sehen wollen, wie gut sie focht, wenn sie keinen derartigen Vorteil auf ihrer Seite hatte.

»Wenn ich in einem echten Kampf so ›wunderbar‹ gewesen wäre, würde mein Kopf jetzt irgendeinen Fahnenmast zieren.«

»Sei nicht so hart zu dir. Du hast dich gut geschlagen und dich vor allem nicht von mir zu unbedachten Angriffen verführen lassen – und du hast deine Abwehr aufrechterhalten, obwohl du kaum mehr stehen konntest. Aber vor allem weißt du, wie man sich auf dem Boden bewegt und bist sehr gut beim Parieren und mit deinen Ausweichmanövern. Das ist das Schwerste, weißt du.«

»Aber so war es gar nicht.«

»Aber ja. Du hattest ein gutes Training.«

»Danke, das werde ich Grunthor sagen.«

»Ist das dein Bolg-Freund, von dem du mir auf dem Rückweg aus der Stadt erzählt hast?«

»Ja, er hat mir die Grundlagen des Schwertkampfs beigebracht.«

»Aha, das wundert mich nicht. Wie gesagt, ein guter Anfang, aber jetzt wirst du lernen, wie unser Volk zu kämpfen.«

»Glaubt Ihr, dass die Lirin-Art zu kämpfen besser ist als die der Firbolg?«, fragte Rhapsody zwischen zwei Atemzügen.

»Ja, zumindest für Lirin ist sie besser. Die Bolg sind groß, stark und ungeschickt, die Lirin aber sind klein, flink und schwach. Natürlich entspricht nicht jeder Einzelne genau diesen Kategorien, aber doch immerhin so sehr, dass der jeweilige Kampfstil sie widerspiegelt. Du verlässt dich beispielsweise viel zu sehr auf die Kraft und nicht genug auf deine Beweglichkeit und deine Schlauheit, dabei hast du nicht die Körpermasse, um zu kämpfen wie ein Untier – nimm es mir nicht übel, dass ich das sage.«

»Ich nehme es Euch nicht übel«, entgegnete Rhapsody und hob die Waffe wieder auf. »Womit fangen wir an?«

»Mit einem Schluck Wasser.« Oelendra nahm einen großen Schluck aus dem Trinkschlauch und reichte ihn dann an Rhapsody weiter. »Die erste Lektion ist, auf deinen Körper zu hören. Es gibt Situationen, in denen du ihn ignorieren musst, und du hast mir gezeigt, dass du bereits gelernt hast, wie du deine Grenzen überschreiten kannst.«

»Nun ja, das habe ich oft getan.« Auch Rhapsody trank einen großen Schluck vom Wasser.

»Das sieht man«, meinte Oelendra. Rhapsody studierte das Gesicht der Kriegerin nach Anzeichen dafür, dass sie sich lustig machte und ihre Bemerkung womöglich sarkastisch meinte, sah aber nur ehrliche Bewunderung. »Jetzt ist es Zeit zu lernen, auf deinen Körper zu hören, den Rhythmus zu spüren, in dem du dich bewegst, und dann den Rhythmus in deinem Gegenüber zu erkennen und deine Bewegungen den seinen anzupassen. Du bist bereits Sängerin, Rhapsody; nun machen wir dich zu einer Tänzerin.« Oelendra zog erneut ihr Schwert und kehrte zum Unterricht zurück.

An diesem Tag verbrachten sie viele Stunden mit einer Reihe grundlegender Angriffe, Verteidigungen und weiterer Bewegungen, bis Rhapsody das Ritual schließlich ohne Mühe bewältigte. Als die Sonne sank und die Wolken eine rosige Färbung annahmen, ging Rhapsody die einzelnen Schritte mit der Tagessternfanfare durch, und ihre Bewegungen erschienen ihr fließender denn je.

Als die das Schwert durch die kühle Luft schwang, nahmen die Flammen der Klinge die sanften Pastellfarben und Rotschattierungen des Himmels auf, und das silberne Heft schimmerte golden im verblassenden Sonnenlicht. Rhapsody spürte, wie sie sich immer mehr auf den Tanz einließ, und während ihr Arm den letzten Schwung vollzog, einen langsamen Schlag von oben, verspürte sie ein beruhigendes Gefühl von Gleichgewicht und Kraft. Mit dem Ende der Übung atmete sie tief ein und langsam wieder aus, ehe sie sich ihrer Lehrerin zuwandte. Oelendra stand mit verschränkten Armen vor ihr, ein leichtes Lächeln auf den Lippen.

»Ein guter Anfang«, sagte sie. »Jetzt komm mit mir.«

Gemessenen Schrittes verließ sie die Lichtung und ging einen Waldweg hinunter; Rhapsody steckte das Schwert in die Scheide und folgte ihr. Mit der hereinbrechenden Nacht wurde es merklich kälter, während sie unter einer Reihe von Bäumen entlanggingen, deren uralte Äste sich wie die gewölbte Decke einer Basilika über sie spannten. Die frischen Blätter filterten das Licht der untergehenden Sonne zu einem friedlichen Grün, gelegentlich durchbrochen von einem goldenen Schimmer. Sie gingen nun zügig ihres Weges, und Oelendra sprach kein Wort. Schließlich traten sie aus dem Wald heraus und gelangten zu einem kleinen kahlen Hügel. Um sie herum nahm der Himmel eine tief orangerote Färbung an, die Wolken bekamen scharlachrote Ränder.

»Hat deine Mutter dir die Abendhymne beigebracht?«, fragte Oelendra, als sie auf den Hügel stiegen.

Die Frage und die damit wachgerufenen Erinnerungen trafen Rhapsody völlig unvorbereitet. »Ja ... in meiner Kindheit. Die Abendhymne, die Morgenaubade und all die anderen Lobgesänge und Lieder der Liringlas ... Mein Vater hat sich immer ein bisschen darüber lustig gemacht und gemeint, meine Mutter wisse für jede Gelegenheit ein Lied.«

»Das stimmt wahrscheinlich sogar«, entgegnete Oelendra ernst. »Das war eben die Art unseres Volkes. Würde es dich stören, wenn ich heute bei der Abendhymne mitsinge?«

»Nein, natürlich nicht«, antwortete Rhapsody, ein wenig überrascht. »Wie ich Euch gestern schon gesagt habe, finde ich es wunderbar, mit jemandem zu singen, der die Lieder kennt.«

»Ich habe mich gestern Abend zum ersten Mal nach langer Zeit wieder daran erinnert«, sagte Oelendra und blieb auf dem runden Gipfel des Hügels stehen, wo die rote Sonne den Wald im Westen mit den Farben von Feuer und Blut berührte. »Ich hatte sie verloren, als ich hierher kam. Du hast sie mir zurückgebracht, Rhapsody. Wahrscheinlich bist du die Einzige auf der ganzen Welt, die versteht, was es für mich bedeutet hat, diese Lieder zu verlieren und dann zurückzubekommen.« Rhapsody blinzelte und lächelte dann, während die alte Kriegerin sich abwandte und den Horizont betrachtete. »Es ist Zeit. Du solltest die Tagessternfanfare aus der Scheide ziehen und sie während des Lieds halten. Schließlich ist das Schwert nicht nur mit dem Feuer, sondern auch mit den Sternen verbunden, und seine Macht wächst, wenn das Sternenlicht auf es fällt.«

Rhapsody gehorchte und bemerkte, dass das Feuer des Schwerts jetzt genau der Farbe des Himmels entsprach. Sie schloss die Augen, spürte die Präsenz der Waffe und wurde sich ihrer wachsenden Macht gewahr. Das Gefühl prickelte und strömte durch ihre Hände in ihr ganzes Wesen, als erwachte die Tagessternfanfare und erweckte dabei auch einen Teil ihrer selbst.

Dann hörte sie, wie Oelendra die Abendhymne anstimmte. Alter und Kummer hatten ihrer Stimme zugesetzt, aber es lag ein Mitgefühl darin, das Rhapsody zutiefst rührte. Es war die Stimme einer Großmutter, die einem geliebten Enkelkind etwas vorsingt, oder die einer Witwe, die sich ganz in das Klagelied für ihren im Kampf gefallenen Mann vertieft. Eine seltsame, traurige Stimme, zu der Rhapsody behutsam ihre eigene gesellte.

Während sie sangen, verschwand die Sonne hinter den Hügeln im Westen, und der Himmel wurde erst orange, dann feuerrot und schließlich dunkelblau. Über dem westlichen Horizont war ein Glitzern zu sehen. Die Sonne versank, und die Flammen der Tagessternfanfare, die bisher die Farben der Sonne nachgeahmt hatten, wurden silberweiß.

Wie als Antwort stimmte Oelendra ein neues Lied an, eines, das Rhapsody wohl vertraut war. Es war die Hymne an den Stern Seren, der nach dem Glauben der alten Lirin über ihre Heimat wachte, über die Insel, die es nicht mehr gab. Rhapsody wollte mitsingen, aber ihre Stimme versagte; Seren war der Stern, unter dem sie geboren war, der Stern, den sie damals, als Ashe ihr zugehört hatte, *Aria* genannt hatte. So klar, als wären die Erinnerungen Gegenwart, vernahm sie die Stimme ihrer Mutter, die sie das Lied ihres Leitsterns lehrte. In ihren Augen standen verbotene Tränen, und Rhapsodys Gesicht wurde heiß bei dem Versuch, sie zurückzuhalten.

Unwillkommene Bilder aus der Vergangenheit, Erinnerungen, die sie unterdrückt hatte, überfluteten sie; Bilder, wie sie Barney und Dee zum letzten Mal im *Federhut* getroffen hatte, Bilder von Pilam, dem Bäcker, und von anderen Stadtbewohnern aus der alten Zeit. Sie dachte an die Kinder, für die sie am Brunnen auf dem Marktplatz gespielt hatte, Analise und Carli und Ali und Meridion, der immer wieder um das gleiche Lied gebettelt hatte.

Die Flut der Erinnerungen überschlug sich, Gedanken an Kindheitsfreunde, die seit tausend Jahren tot waren, Bilder ihrer Brüder, ihres Vaters, ihrer Mutter ... Als das Gesicht ihrer

Mutter auftauchte, blickte sie empor und sah Oelendra, die zum Himmel sang, das runzlige Gesicht silbern schimmernd im Licht der Sterne.

Es war zu viel des Glücks. Sie verlor den Kampf gegen die Tränen, die ihr übers Gesicht strömten, und begann am ganzen Körper zu zittern. Achmeds Befehl an sie ertrank in der Woge des Kummers, den sie schon so lange zurückhielt, hinter dem Damm, den seine harten Worte in jener ersten Nacht an der Wurzel in ihrer Seele errichtet hatten. Diese Barriere hatte standgehalten, als sie all ihre Lieben verloren hatte, als die Welt, die sie gekannt hatte, untergegangen war, als das Leben geendet hatte, dem sie in jener Nacht entrissen worden war. Rhapsody beugte sich vor und schlang die Arme um ihren Bauch in dem Versuch, die Tränen mit ihrer üblichen Methode zu vertreiben, aber diesmal hatte sie keinen Erfolg. So sank sie, heftig schluchzend, zu Boden.

Dunkelheit verschluckte den Hang des Hügels, als sie spürte, wie eine Hand ihre Schulter berührte. Sanfte Worte erklangen an ihrem Ohr, aber sie hörte sie nicht. Schließlich blickte sie in Oelendras Gesicht, und die Kriegerin wiederholte, was sie gesagt hatte.

»Ich weiß.«

Da brachen Tränen aus einer noch tieferen Quelle des Kummers hervor. Oelendra nahm Rhapsody in die Arme und drückte den Kopf der jungen Sängerin an ihre Schulter. Die Worte kamen stoßweise aus Rhapsodys Mund, Worte, die niemand verstehen konnte außer sie selbst. Langsam wiegte Oelendra sie hin und her und streichelte über das goldene Haar, das im Sternenlicht schimmerte.

»Lass es raus, mein Schatz, lass es einfach raus. Siehst du – hier fangen wir an.«

So verbrachten sie die Nacht, Rhapsody geborgen in Oelendras Armen. Manchmal wurde sie still, nur um abermals so heftig zu weinen, dass sie zu sterben glaubte. Die ganze Zeit murmelte Oelendra tröstende Worte, die nicht dazu gedacht waren, die Trauer zu beenden, sondern sie ermutigten, ihre Gefühle zuzulassen, und ihr den Weg durch sie hindurch erleichterten – ganz ähnlich, wie man versucht, die Schmerzen der Geburt zu lindern.

Der Morgen fand sie noch immer auf dem Hügel. Rhapsody erwachte am leisen Gesang ihrer Mentorin, die das Aufgehen des Tagessterns und der Sonne mit dem alten Lied ihres Volkes begrüßte. Obwohl ihr Kopf vom vielen Weinen noch ganz benommen war und ihre Stimme immer wieder brach, stimmte Rhapsody mit ein. Ihre Hand zitterte, als sie das Schwert aus seiner schwarzen Elfenbeinscheide zog und es unter die Himmelskörper hielt, die jetzt aufstiegen; seine Flammen reflektierten sanfte Blau-, Rosa- und Goldtöne, während die Sonne über den Horizont kletterte.

Schließlich stand die Sonne klar am Himmel, und der Abendstern war in ihrem Licht unsichtbar geworden. Oelendra erhob sich und half auch Rhapsody auf die Beine. Sie kehrten zu Oelendras Haus zurück, und Rhapsody machte es sich auf den Kissen am Boden bequem, mit der Tasse Tee, die Oelendra ihr behutsam in die Hand drückte. Beim Frühstück tauschten sie Erinnerungen an die alte Welt aus, sprachen liebevoll von den Menschen und Dingen, die sie vermissten und von denen sie wussten, dass sie sie nie wieder sehen würden. Heilendes Lachen erklang, ein paar Tränen wurden vergossen, aber vor allen Dingen redeten sie. Als Rhapsody sich irgendwann besser fühlte, warf Oelendra ihr einen verständnisvollen Blick zu.

»Du hast deinen Verlust bis jetzt niemals richtig betrauert, nicht wahr?«

Rhapsody trank ihren Tee aus. »Nein.«

»Darf ich fragen, warum?«

»Es ist mir verboten worden.«

»Von wem?«

Rhapsody lächelte. »Vom Anführer unserer Expedition. Von meinem Herrn, sollte ich wahrscheinlich sagen. Von jemandem, den ich damals hasste, zu dem ich aber inzwischen vollstes Vertrauen gefasst habe. Er ist einer meiner liebsten Freunde geworden.«

»Warum hat er dir verboten zu weinen?«

Rhapsody überlegte einen Moment. »Ich bin mir nicht ganz sicher; ich glaube, es tut seinen Ohren weh. Er reagiert sehr empfindsam auf Schwingungen, das könnte es zumindest teilweise erklären. Jedenfalls war seine Anweisung klipp und klar. Ich sollte nie mehr weinen.«

»Eine höchst unkluge Anordnung. Rhapsody, die Regeln, die ich dir als deine Mentorin zum Gebrauch der Tagessternfanfare beibringe, sind für dich überlebenswichtig, aber das Leben selbst ist mehr als simples Überleben. Das sage ich dir als Freundin und als eine, die verloren hat, was auch du verloren hast, und die deshalb versteht, was es dich gekostet hat. Die erste Regel war, dass du auf deinen Körper hören sollst, die zweite lautet: Du sollst deinem Herzen folgen.

Du hast eine wirklich bemerkenswerte Zähigkeit bewiesen, obgleich dein Körper genau wie dein Herz nach Ruhe und Erneuerung verlangt hat. Nimm dir die Zeit, besser für dich zu sorgen, nicht nur für deinen Körper, sondern auch für deine Seele. Sei traurig, wenn dir danach ist. Sonst wird es dich irgendwann zerstören, wenn du so viel Leid mit dir herumträgst, gerade so, als würdest du in schlechter körperlicher Verfassung in den Kampf ziehen. Kümmere dich um dich selbst. Wenn du es nicht tust, dann wirst du niemals in der Lage sein, dich um jemand anderen zu kümmern.«

Rhapsody lächelte. »Ja, das werde ich tun. Danke, Oelendra, danke für alles, was Ihr für mich getan habt. Wenn Ihr bereit seid, möchte ich jetzt gern wieder an die Arbeit gehen.« Rasch wusch sie ihren Becher in der Wassertonne aus, trat ans Waffengestell und gürtete sich unter den lächelnden Blicken ihrer Mentorin das Schwert um.

23

Stahl traf klirrend auf Stahl, während die beiden Liringlas-Frauen im Hof von Oelendras Garten ihre Kräfte maßen. Einen Schlag nach dem anderen vollführte Rhapsody, einen Schlag nach dem anderen parierte Oelendra. Hin und wieder holte die Lirin-Kriegerin mit der flachen Klinge aus und versetzte Rhapsody einen Hieb gegen die Wade oder auch einmal gegen die Flanke, aber die meisten Angriffe auf lebenswichtige Körperteile wurden von der Sängerin erfolgreich abgewehrt oder mit einem geschickten Ausweichmanöver pariert.

In Gedanken konnte sie fast hören, wie Grunthor sie anbrüllte.

SCHLAG ENDLICH ZU! Gebrauch dein hübsches Köpfen. Pass auf, sonst reiß ich es dir noch ab und steck es auf meine Streitaxt!

Rhapsody umfasste das Heft der Tagessternfanfare mit beiden Händen und drängte nach vorn. Mit aller Kraft ließ sie ihr Schwert auf die Kriegerin niedersausen.

Doch Oelendra parierte den Angriff mühelos mit der linken Hand. Dann stieß sie mit der rechten Faust zu und landete einen Treffer auf Rhapsodys Kinn. Die Welt verschwand für einen Augenblick in einem weißen Blitz.

Sie stolperte, taumelte drei Schritte zurück und stürzte. War sie von Grunthor schon einmal härter geschlagen worden? Mühsam blinzelte sie die Flecken weg, die vor ihren Augen tanzten, während sie flach am Boden lag, unsicher, wo und sogar wer sie war. Über ihr erschien ein von Sonne und Wind gegerbtes Gesicht.

»Du bist kein Bolg, Rhapsody«, sagte Oelendra, über ihre Schülerin gebeugt. »Wenn du versuchst, wie einer zu kämpfen, kann es dein Tod sein. Ich habe dir schon gesagt, dass deine Stärke nicht in deiner Körperkraft liegt; du solltest sie deshalb nicht auf diese Weise einsetzen. Wenn du Kraft brauchst, kannst du sie dir aus dem Schwert holen, aber auch darauf solltest du dich keinesfalls verlassen. Wenn du zulässt, dass das Schwert dich handhabt statt umgekehrt, wirst du als Iliachenva'ar nicht lange leben! Ist alles so weit in Ordnung mit dir?«

»Ja«, antwortete Rhapsody, deren blutige Lippe rasch anschwoll. »Mir ist nur ein wenig schwindlig.«

»Gut, dann machen wir eine kleine Pause, ehe wir es das nächste Mal versuchen.«

»Nein, das ist nicht nötig.« Vorsichtig berührte Rhapsody ihr ramponiertes Kinn, während sie sich aufrappelte. Sie ging in die Ausgangsposition, und der Zweikampf begann von neuem. Dieses Mal waren ihre Bewegungen überlegter, und am Ende der Runde nickte Oelendra anerkennend.

Endlich spürte Rhapsody den Rhythmus in ihrem Blut, und sie landete immer mehr Treffer, trieb ihre Lehrerin in die Enge und brachte sie gelegentlich sogar aus dem Gleichgewicht. Rhapsody atmete tief, konzentrierte sich auf die Musik in ihrem Körper und darauf, wie sie zu dem Dunst aus Schwingungen passte, der nichts anderes war als ihre Gegnerin und Freundin. Mit fast geschlossenen Augen wartete sie den Moment ab, in dem Oelendras Hand sich mit gezücktem Schwert erhob, schlug ihre Lehrerin in die Seite und ließ blitzschnell einen Hieb auf ihr Handgelenk niedersausen. Erschrocken riss sie die Augen auf, als sie Oelendras Schwert klirrend aufs Kopfsteinpflaster fallen hörte.

Doch Oelendra war unverletzt und lächelte breit; so erfreut hatte Rhapsody ihre Mentorin überhaupt noch nie gesehen. Die Kriegerin streckte die Hand aus und gratulierte ihrer Schülerin.

»Gute Arbeit. Jetzt ist Schluss mit der Spielerei, jetzt wird es ernst.«

Entsetzt starrte Rhapsody sie an. »Das war nur Spielerei?«

Das Lächeln erlosch auf Oelendras Gesicht. »Ja, ich fürchte schon, Liebes. Angesichts dessen, was dir bevorsteht, hält dich das, was du soeben vollbracht hast, vielleicht gerade lange genug am Leben, dass du mit ansehen kannst, wie dein Feind dich tötet.«

»Na wunderbar.«

»Nun, das ist doch ein Fortschritt. Bisher hättest du nicht einmal gewusst, wie dir geschieht.«

Rhapsody verzog das Gesicht. »Und das haltet Ihr tatsächlich für einen Fortschritt? Kein Wunder, dass man Euch für verrückt hält, Oelendra.«

Lachend legte die Kriegerin den Arm um sie, und zusammen gingen sie zurück ins Haus.

Bald kehrte eine wohltuende Regelmäßigkeit in Rhapsodys Tagesablauf ein. Jeden Morgen nach den Gebeten meditierte sie, machte ihren Kopf frei von Gedanken und versuchte, den Rhythmus ihres Körpers und der Welt um sie herum zu spüren. War dies bewältigt, ließ Oelendra sie die Schwertübungen durchführen und die Bewegungen langsam und sorgfältig einüben, auf dass sie ihr zur zweiten Natur werden würden. Danach folgte ein gestellter Zweikampf, den Oelendra immer wieder unterbrach, um auf Fehler oder auch auf Fortschritte hinzuweisen.

Die Nachmittage verbrachten sie mit Wanderungen im Wald oder Spaziergängen durch die Stadt, unterhielten sich über die Geschichte der neuen Welt oder tauschten sich über persönliche Erlebnisse aus; so lernten sie sich immer besser kennen. Rhapsody spürte, dass sie in Oelendra eine verwandte Seele gefunden hatte, eine Frau, die noch besser als sie selbst verstand, woher sie stammte. Auch wenn sie einige Einzelheiten ihrer Unternehmungen und alles, was sie über Ashe wusste, für sich behielt, vertraute sie der Lirin-Kämpferin ihre Ängste und Träume an, was sie bisher bei niemandem getan hatte. Oelendra war eine wunderbare Zuhörerin; Fragen beantwortete sie ganz offen und steuerte auch immer wieder etwas aus ihrem eigenen Herzen und ihrer eigenen Vergangenheit mit bei. Für Rhapsodys seelische Entwicklung waren diese Stunden ebenso wichtig wie die körperlichen Übungen für ihre Fähigkeiten als Schwertträgerin.

Die Abende waren mentalen Übungen vorbehalten, die Rhapsodys Verbindung mit dem Schwert und ihre natürlichen Talente festigen sollten.

»Als Sängerin weißt du ja bereits, dass die Welt aus Schwingungen besteht, Wellen von Farbe, Licht und Tönen«, erklärte Oelendra eines Abends nicht lange nach Rhapsodys Ankunft, als sie ins Haus traten. »Die Welt ist ständig voller Bewegung, was die meisten Leute gar nicht merken, aber durch diese Bewegung, durch diese Schwingungen, kannst du die Welt mit Hilfe von Musik beeinflussen. Dies trifft auch auf den Einsatz der Tagessternfanfare zu. Wenn du dich sammelst und dich auf die Muster konzentrierst, die du als Benennerin bereits siehst, dann kannst du Schwachstellen in der Rüstung deines Gegenübers ebenso erkennen wie Verletzungen oder Schwachpunkte. Sobald du im Kampf mehr Erfahrungen mit dieser Art Konzentration gewonnen hast, werde ich ein paar Lirin-Soldaten bitten, gegen dich anzutreten, vor allem solche, deren Technik noch nicht ganz ausgereift ist. So bekommst du Übung darin, im Kampf die Schwächen deines Gegners ausfindig zu machen.«

Rhapsody machte ein verblüfftes Gesicht. »Machen wir das nicht jetzt schon?«

Oelendra lächelte. »Kannst du es mit verbundenen Augen?«

»Oh.«

»Anfangs werde ich dafür sorgen, dass sie vorsichtig mit dir umgehen.«

»Das ist wirklich nicht nötig«, meinte Rhapsody mit einem Lächeln. »Meine Bolg-Freunde sind nie vorsichtig mit mir umgegangen, und ich neige zu der Auffassung, dass es auch meine Feinde nicht tun werden, deshalb könnt Ihr sie ruhig auf mich loslassen, ohne dass sie sich zurückhalten. Wenn ich überlebe, ist das umso besser für mich.«

Oelendra erwiderte das Lächeln. Rhapsodys bodenständige Natur und ihre schlichte Ehrlichkeit erinnerten die Kriegerin an sich selbst in jüngeren Jahren. Allerdings hatte die junge Sängerin eine andere Einstellung, als sie sie gehabt hatte. Da sie unter Menschen aufgewachsen war, ging ihr wahrscheinlich die gewöhnliche Reserviertheit der Lirin ab, und stattdessen stürzte sie sich mit einem Eifer ins Leben, der Oelendras Herz wegen seiner Unbesonnenheit zuweilen regelrecht rührte.

In Rhapsody lebte ein starker Wunsch, die Freude zu feiern, die sie überall um sich herum wahrnahm, ein beharrlicher Glaube an das Gute, selbst in Situationen, in denen Oelendra nichts davon entdecken konnte. Alter und Erfahrung hatten sie gelehrt, dass man mit einer solchen Weltanschauung verletzlich wurde, aber es inspirierte sie, Rhapsody zuzusehen, und es war aufregend dazuzugehören. Sie hoffte, dass Rhapsodys Bedürfnis, hell zu brennen, mehr ihrer Verbindung zu den Sternen und ihrem unermüdlichen, stetigen Licht entsprang und nicht so sehr der kurzlebigen Pracht des Feuers, mit dem sie ebenfalls verbunden war und das leidenschaftlich aufzulodern pflegte, aber dann, wenn sein Brennmaterial verbraucht war, schnell in sich zusammenfiel.

Der Mangel an Vorsicht, der in fast jeder von Rhapsodys Handlungen erkennbar war, bezog sich jedoch nicht auf ihre Herzensverpflichtung, denn diese bewahrte sie gewissenhaft und äußerst wachsam. Oelendra hatte bemerkt, dass sie die jungen Lirin-Männer zwar anlächelte, die ihr auf den Straßen Blumen schenkten oder kleine Geschenke auf Oelendras Schwelle hinterließen, aber nie auf ihre Einladungen einging, sich mit ihnen im Wald zu treffen oder im Mondlicht spazieren zu gehen.

Wenn ein Mann den Mut aufbrachte, Rhapsody direkt zu fragen, richtete sie es entweder so ein, dass er sich zum Essen zu beiden Frauen gesellte – wohl wissend, wie einschüchternd es war, mit der berühmten Lirin-Kämpferin zu speisen –, oder sie lehnte mit der Begründung ab, dass sie lernen müsse und deshalb keine Zeit habe. Oelendra respektierte ihre Privatsphäre, wunderte sich aber dennoch. Sie war klug genug zu wissen, dass sie Rhapsodys Körper, aber nicht ihren Geist schulen konnte. *Ryle hira,* dachte sie. Das Leben ist, was es ist, ein alter Lirin-Spruch. Sie konnte nur ihren Teil beisteuern und auf das Beste hoffen.

Eines Abends saßen sie vor einem munteren Feuer an Oelendras Kamin und tranken in Ruhe einen Becher *dol mwl.* Oelendra starrte in die Flammen, während ihre Gedanken auf alten Pfaden einherwanderten. Rhapsody schwebte näher in der Gegenwart, in der Welt, in der sie sich jetzt zurechtfinden musste.

»Oelendra?«

»Hmmm?«

»Wie können wir den F'dor finden? Wenn Ihr die ganze Zeit über erfolglos geblieben seid, bedeutet das womöglich, dass man ihn überhaupt nicht aufspüren kann? Dass wir warten müssen, bis er wieder zuschlägt, und darauf reagieren?«

Oelendra stellte ihren Becher weg und betrachtete die Sängerin nachdenklich. »Ich wollte, ich wüsste darauf eine Antwort«, sagte sie schließlich. »Jedenfalls wäre es ein großes Unglück, und der F'dor hätte alle Vorteile auf seiner Seite.

Ich habe jahrhundertelang über Methoden nachgedacht, wie man ihn finden könnte, und ich hatte gehofft, die Cymrer wären weit früher wieder vereint. Seit langer, langer Zeit arbeitet Llauron schon auf dieses Ziel hin. In diesem Volk ruht eine große Kraft, und all diejenigen, die sich noch an den serenischen Krieg erinnern, wären gewiss begierig, ihre Fähigkeiten auf die Zerstörung des F'dor zu konzentrieren, wenn man sie davon überzeugen könnte, dass er existiert. Dafür wären jedoch neue, klügere Anführer vonnöten, als wir sie in Anwyn und Gwylliam hatten.

Solange die Cymrer nicht wieder vereint sind, könnte die Krone der Lirin nützlich sein, um den Dämon zu finden – wenn es nur einen Monarchen gäbe, der sie trüge. Leider ist die größte Macht des Reinheitsdiamanten – die Fähigkeit, den Dämon aufzuspüren und in sich gefangen zu halten – nun für immer vernichtet. Genau das war ja der Grund, warum der F'dor nach seiner Zerstörung trachtete.

Als ich im alten Land die Iliachenva'ar war, konnte ich durch die Flammen der Tagessternfanfare manchmal verborgene böse Dinge sehen. Deine Verbindung mit dem Feuer verleiht dir vielleicht eine ähnliche Fähigkeit, wie ich sie nun leider nicht mehr habe – vor allem, weil der F'dor ebenfalls mit dem Feuer verbunden ist. Vielleicht erscheinen auch die Drei doch noch, wie es einst prophezeit wurde, obwohl ich die Hoffnung darauf fast aufgegeben habe. Ansonsten wäre die einzige Möglichkeit, die mir noch einfällt, diejenige, dass wir irgendwo auf der Welt einem Dhrakier begegnen; sie haben als einzige von Natur aus die Fähigkeit, den F'dor aufzuspüren.«

Rhapsody machte den Mund auf, um nach den Drei zu fragen, aber nach Oelendras letzter Bemerkung verbiss sie es sich lieber. Sie erinnerte sich, wann sie zum ersten Mal von den Dhrakiern gehört hatte, nämlich in der Finsternis der Wurzel, in jener Nacht, als ihr zum ersten Mal bewusst geworden war, dass Achmed etwas anderes sein könnte als nur ein Hindernis.

Du dachtest wohl, das einzige Halbblut auf der Welt zu sein.

Grunthor ist zur Hälfte Bengard.

Und du?

Ich bin ein halber Dhrakier. Wir sind also alle drei Mischlinge.

»Könnt Ihr mir etwas über die Dhrakier erzählen, Oelendra?«

Oelendra stand auf und warf noch ein Stück Holz aufs Feuer. »Die Dhrakier waren eine der älteren Rassen, älter als alle außer den Erstgeborenen, und sie waren die uralten Feinde der F'dor. Der Hass, den sie als Volk den Dämonengeistern entgegenbrachten, war immens tief, und sie begaben sich schon in uralten Zeiten auf einen Kreuzzug, um die Welt von ihnen zu befreien.

Die Dhrakier waren zwar in vielerlei Weise menschlich, aber in mancher Hinsicht ähnelten sie den Insekten; sie lebten in tiefen Höhlen in der Erde – vielleicht tun das manche noch immer. Angeblich waren sie sehr flink, sehr behände, und konnten die Welt in den Schattierungen ihrer Schwingungen sehen, wie auch du es gelernt hast. Ich bin mir nicht ganz sicher, aber ich glaube, auf diese Weise konnten sie auch die F'dor wahrnehmen. Sie hatten eine natürliche Gabe, sie zu überlisten, sie auf eine gewisse Art zu binden.

Durch die seltsamen Muster seines eigenen natürlichen Rhythmus kann ein Dhrakier einen F'dor in Bann schlagen und ihn, während das Ritual in Kraft ist, daran hindern, aus seinem Wirt zu entfliehen. Theoretisch könnte ein Dhrakier uns helfen, den Dämon aufzuspüren und ihn in seinem Wirtskörper festzuhalten, während ein anderer diesen töten würde. Ich habe lange Zeit gehofft, einem Dhrakier zu begegnen, aber natürlich war es mir nie vergönnt.«

Rhapsody dachte daran zurück, wie sie Achmed unabsichtlich in den Straßen von Ostend neu benannt hatte. »Kanntet Ihr den Bruder?«

»Den Bruder?« Oelendra warf ihr einen merkwürdigen Blick zu. »Nun, diesen Namen habe ich sehr lange nicht mehr gehört. Nein, ich habe den Bruder nicht gekannt. Wieso fragst du nach ihm?«

Rhapsody zögerte einen Moment. »Jemand hat den Namen einmal erwähnt, und ich habe überlegt, was er wohl bedeutet.«

»Der Bruder war der größte Mörder, den die Welt jemals gekannt hat, wenn die Geschichten wahr sind. Er ist Halb-Dhrakier, und man sagt, er wurde als Erster seiner Rasse auf Serendair geboren und ging dadurch eine Verbindung zu diesem Land ein, die seine naturgegebene Empfindlichkeit für Schwingungen verstärkte. Die Dhrakier sind allesamt sehr empfindsam für Schwingungen, aber teilweise auf Grund seines Körpers und teilweise wegen seines Status als Ältestem war seine Begabung größer als die aller anderen. Noch mehr: Er besaß eine Verbindung zum Blut, wie du eine zum Feuer hast. Zusammen genommen machten diese Fähigkeiten ihn zu einem tödlichen Feind.

Es hieß, er könne den Herzschlag eines von ihm ausersehenen Opfers überall im Land hören und seinen eigenen daran heften; ich denke, das war einer der Gründe für seinen Namen. War das erst geschehen, gab es auf der ganzen Insel kein Versteck mehr, in dem sein Opfer sich vor ihm verbergen konnte. Und seine Fähigkeit beschränkte sich nicht nur auf Suchen und Finden, sondern erstreckte sich vor allem auch aufs Töten. Er kannte mehr Methoden, jemanden umzubringen, als jeder andere, aber am gefährlichsten waren seine Schnelligkeit und seine Genauigkeit. Die meisten Gegner erschlug er, ehe sie Zeit fanden, das Schwert gegen ihn blank zu ziehen, und das auch nur, falls sie das Glück hatten, ihn herannahen zu sehen. Denn der Bruder brauchte sein Opfer nicht zu sehen; mit seiner Schwingungswahrnehmung musste er es nur in den Einflussbereich seiner Waffe bringen und diese abfeuern – und die Cwellan, die Waffe seiner Wahl, hatte eine erstaunliche Reichweite.«

»Ungefähr eine Viertelmeile«, meinte Rhapsody gedankenverloren.

»Das weiß ich nicht«, erwiderte Oelendra, und Rhapsody blickte ihr ins Gesicht, denn sie merkte plötzlich, dass die Lirin-Frau sie unverwandt anstarrte.

»Entschuldigung; bitte erzählt weiter.«

Oelendra warf ihr noch einen langen, nachdenklichen Blick zu, dann fuhr sie fort. »Er handelte stets unabhängig, neutral gegenüber allen Angelegenheiten, niemals als Diener eines einzelnen Herrn. Und er übernahm nur die Aufträge, die ihn interessierten und für die er gut bezahlt wurde.

Doch irgendwann veränderte sich all das. Wir vermochten es nie genau zu sagen, aber in den Anfangstagen des serenischen Krieges schien es, als diente er den Feinden des Königs. Nun erfüllte er Aufträge, die nicht nur als gewöhnliche Meuchelmorde anzusehen waren; einige unserer Führer und Verbündeten kamen durch die tödlichen Scheiben seiner Cwellan ums Leben.

Das kam uns sonderbar vor, denn wie ich dir erzählt habe, sind die Dhrakier seit jeher Feinde der F'dor. Es war erstaunlich genug, dass der Bruder in einem politischen Streit Stellung bezogen hatte, aber dass er den F'dor oder auch nur ihren Verbündeten diente, schien vollkommen gegen die natürliche Ordnung der Dinge zu laufen. Dann verschwand er eines Tages und ward nie mehr gesehen. Das Rätsel blieb ungelöst.«

Rhapsody nickte, schwieg jedoch, drehte sich ein Stück vom Feuer weg und hoffte, dass Oelendra sie nicht mit Fragen bedrängen würde. Was die Lirin-Frau auch nicht tat. Eine Weile betrachtete sie Rhapsody aufmerksam, aber schließlich wandte sie ihren Blick wieder zum Feuer und starrte stumm in die Flammen.

In dieser Nacht wurde sie wie schon seit Wochen im Traum von Ashes Gesicht heimgesucht. Als sie in der ersten Nacht in ihrem Albtraum laut aufgeschrien hatte, war Oelendra zu ihr geeilt und hatte sie aufrecht im Bett sitzend vorgefunden, fröstelnd unter all den schweren Felldecken, mit vor Schreck weit aufgerissenen Augen.

»Ist alles in Ordnung, Liebes?«

Nach kurzem Nachdenken hatte Rhapsody genickt. »Es tut mir sehr Leid, Oelendra, aber ich fürchte, so etwas passiert mir häufig. Vielleicht sollte ich lieber im Garten schlafen.« Damit wollte sie auch schon aufstehen.

»Sei nicht albern«, hatte sie die ältere Frau beruhigt und sich auf der Bettkante niedergelassen. Sanft hatte sie der Sängerin übers Haar gestrichen. »Du kannst nichts dafür, dass du hellseherisch veranlagt bist. Das ist eigentlich ein nützliches Talent, jedenfalls wenn du dir deswegen nicht aus Schlafmangel die Gesundheit ruinierst.«

»Oder die meiner Freunde«, hatte Rhapsody entgegnet. »Kennt Ihr noch andere Leute, denen es ebenso ergeht?«

»Viele aus der Ersten Generation hatten eine hellseherische Gabe. Ich denke, das trug dazu bei, dass sie irgendwann wahnsinnig wurden.«

Rhapsody hatte geseufzt. »Ja, das kann ich mir gut vorstellen.«

»Lass dich nicht davon entmutigen, Rhapsody, und unterschätze nicht die Bedeutung dieser Gabe. Ein Traum kann unter Umständen eine Warnung oder ein Hinweis sein. Was ist schon ein bisschen weniger Schlaf, wenn es dein Leben rettet oder einen drohenden Krieg abwendet?«

Als Rhapsody jetzt nass und kalt vom Angstschweiß aufwachte, musste sie erneut an diese Worte denken. In ihrem Traum suchte Ashe sie unablässig, jagte ihr nach, wo auch immer sie hinging. Jedes Mal, wenn sie sich in Sicherheit glaubte, fand er sie doch wieder und folgte ihr von neuem. Schließlich fing er sie, und sie konnte sich nicht losreißen, während er sie heftig herumdrehte, ihren Kopf mit den Händen packte und drehte, sodass sie zum Himmel hinauf blickte. Dann nahm er ihre Schwerthand in seine, hob die Tagessternfanfare und zielte damit auf einen fernen Stern.

»Hiven vet.« *Sag es.* »Ewin vet.« *Nenne seinen Namen.*

Im Traum flüsterte sie den Namen des Sterns, doch beim Aufwachen hatte sie ihn vergessen. Mit einem lauten Dröhnen fuhr Sternenfeuer aus dem Himmel herab und traf eine Gestalt, die ein Stück entfernt stand, deren Körper sich in Qualen aufbäumte und in Flammen aufging. Vor Rhapsodys Augen wandte sich die brennende Gestalt langsam zu ihr um.

Es war Llauron.

Wieder war sie erwacht, allein im Dunkeln, zitternd.

»Rhapsody, du konzentrierst dich nicht richtig.« Oelendras Stimme klang geduldig, hatte aber einen tadelnden Unterton. »Schön, dass es dir so leicht fällt, dir die vier Aspekte des Schwerts zunutze zu machen. Du hast eine natürliche Begabung dafür, die ich selbst nie gehabt habe. Dadurch kannst du leichter mit dem Schwert Verbindung aufnehmen; aber wenn du mit dem Feind kämpfen willst, der auf dich wartet, musst du in der Lage sein, dir all seine Möglichkeiten zunutze zu machen. Feuer reicht nicht aus, um den F'dor zu besiegen – das ist sein eigenes Element. Du musst die Verbindung zu den ätherischen Eigenschaften der Tagessternfanfare herstellen. Du musst nach den Sternen greifen. Wenn du den *Seren* nicht kennst, dann wirst du sterben, wenn du dem F'dor gegenübertrittst. Jetzt versuche es noch einmal, und konzentrier dich dieses Mal.«

»Ich weiß, es tut mir Leid.« Rhapsody bemühte sich, ihre Gedanken zu klären und sich auf die Atmung zu besinnen. Sie hielt das Schwert vor sich, schloss die Augen und holte in Gedanken weit aus. Kurz darauf sah sie die Welt wie ein Gitter, Linien, die grob die Silhouette von Bäumen und Felsen bildeten. Oelendra erschien als eine funkelnde menschliche Gestalt. Sie summte ihre Namensnote, *ela*, und das Schwert schien seine Schwingung der Melodie anzupassen.

Sofort wurde alles klarer, und obwohl die Sonne hell strahlte, sah es aus, als funkelten die Sterne. Der Garten erschien auf dem imaginären Raster, alles in der richtigen Proportion und am richtigen Platz, bis auf den Bach, der durch die Wiese floss. Ihr fiel auf, dass sie nicht durch ihn hindurchsehen konnte. Er verursachte eine Störung, und sie überlegte, ob sie Ashe wohl auch auf diese Weise wahrnehmen würde. Doch diese Idee durchbrach ihre Konzentration, und ihre innere Sicht der Welt löste sich auf. Rhapsody seufzte tief auf und senkte das Schwert.

»Entschuldigt. Meine Gedanken schweifen ständig ab.«

Oelendra setze sich auf eine Gartenbank und deutete neben sich. »Möchtest du mir davon erzählen?«

Einen Augenblick blieb Rhapsody still stehen, dann kam sie herüber und setzte sich neben Oelendra. »Wie kann man sicher wissen, ob man jemandem trauen darf oder nicht?«

»Gar nicht«, antwortete Oelendra. »Man muss die anderen als Individuen sehen, darauf hören, was sie zu sagen haben, und es mit dem vergleichen, was man selbst weiß. Im Zweifelsfall muss man sich zu jemandes Gunsten entscheiden, aber ein Stückchen Vertrauen in Reserve behalten, bis sich der Betreffende auf die eine oder andere Art beweist. Du bist mit außerordentlicher Weisheit gesegnet, Rhapsody. Schau in sein oder ihr Herz hinein und sieh, was du dort vorfindest.«

»Was, wenn man keine Zeit hat zu warten, bis sich jemand beweist? Was, wenn man nichts über die Person weiß? Was, wenn man nicht in ihr Herz schauen kann? Was, wenn man ihr Gesicht nicht sehen kann?«

Oelendra seufzte, und ihre Augen verschleierten sich, weil sie sich an etwas erinnerte. »Das ist eine sehr schwierige Situation, Rhapsody. Eigentlich habe ich so etwas nur ein einziges Mal erlebt. Ganz zu Anfang meiner Zeit als Iliachenva'ar begegnete ich einem Mann, der bereit zu sein schien, mir zu helfen, aber es waren sehr unruhige Zeiten, und ich war eine gejagte Frau. Er kam aus dem Nichts und bot mir seine Unterstützung an. Ich wusste nicht, ob ich ihm vertrauen konnte. F'dor sind Meister der Täuschung; in jenen Tagen gab es noch mehr von ihnen, und meine Feinde hatten zahllose Diener. So befand ich mich in einem großen Dilemma; wenn ich die falsche Entscheidung traf, bedeutete das, dass ich getötet werden und die Tagessternfanfare unseren Feinden in die Hände fallen würde. Einen solchen Schlag hätten meine Verbündeten womöglich nicht überlebt. Doch schließlich musste ich auf mein Herz vertrauen. Das ist alles, was uns am Ende wirklich bleibt.«

Rhapsody blickte sie niedergeschlagen an. »Das ist keine gute Nachricht. Mein Herz hat sich nicht als zuverlässig erwiesen.«

Doch Oelendra lächelte. »Wir alle machen Fehler. Ich denke, du solltest deinem Herzen vielleicht noch eine Gelegenheit geben. Ich kenne dich gut genug, um darauf zu vertrauen, dass du urteilen kannst.«

»Ihr solltet Euer Leben nicht auf irgendetwas setzen, was ich entscheide.«

»In gewisser Hinsicht habe ich das bereits getan«, entgegnete Oelendra und berührte das Gesicht der jungen Sängerin. »Und ich bin zuversichtlich, dass ich gewinnen werde.« Rhapsody lächelte und schlug die Augen nieder.

»Was ist am Ende mit diesem Mann geschehen?«

»Ich habe ihn geheiratet«, antwortete Oelendra mit einem breiten Grinsen. »Sein Name war Pendaris, und in der kurzen Zeit, die wir gemeinsam verbrachten, liebten wir uns für ein ganzes Leben.«

»Was ist passiert?«, fragte Rhapsody.

»Er ist im serenischen Krieg gefallen; er erlebte den Exodus der Cymrer nicht mehr mit«, antwortete Oelendra. Ihr Lächeln wurde wehmütig. »Nicht lange nachdem wir geheiratet hatten, wurden wir von den F'dor und ihren Knechten gefangen genommen. Sie haben ihn zu Tode gefoltert.«

Behutsam berührte Rhapsody ihre Hand. »Das tut mir Leid, Oelendra.«

»Es war ein schrecklicher Krieg, Rhapsody, und du solltest dankbar sein, dass du ihn nicht miterleben musstest. Aber letztendlich konnten Pendaris und ich wenigstens eine Zeit lang miteinander verbringen, und das haben wir getan. Hätte ich ihm nicht vertraut, wäre ich wahrscheinlich nicht daran gestorben, aber ich hätte die glücklichsten Momente meines Lebens nie erlebt. Das ist etwas, was man immer bedenken sollte, wenn man vor einer Entscheidung steht – den Preis dessen, was hätte sein können.«

Dorndreher hatte sich ein wenig verspätet, und das beunruhigte ihn. Er hasste es sowieso, nicht rechtzeitig zu einer Verabredung zu kommen, und er wusste, dass sein Herr es ganz und gar nicht schätzte, wenn er warten musste. Da Dorndreher ihn ziemlich gut kannte, fühlte er sich jetzt ausgesprochen unbehaglich.

Als er in Sichtweite des Treffpunkts kam, erkannte er denn auch sogleich, dass er erwartet wurde. Mitten auf der Straße stand das Ross seines Herrn, ein wunderschönes Tier, und darauf saß der Reiter, der Dorndreher grimmig entgegenblickte. Der Tag hatte mit einem Gewitter begonnen, das ihn bis auf die Haut durchnässt hatte. Nun schien alles noch schlimmer zu werden.

»Wo, zum Donner, bist du gewesen? Es ist schon fast dunkel.«

»Tut mir sehr Leid, Herr«, erwiderte Dorndreher heiter, in dem Versuch, den Ärger seines Meisters zu vertreiben. »Ich wollte ganz sichergehen, dass mir niemand gefolgt ist.«

»Nun, wie war dein Besuch?« Der schöne Hengst tänzelte unruhig auf dem Weg.

Dorndreher rutschte nervös im Sattel hin und her. »Es war, wie Ihr es vermutet hattet. Der Firbolg-Kriegsherr ist der Gleiche, den Ihr letztes Jahr gesehen habt, und sein Bolg-General war ebenfalls da. Das blonde Mädchen, das Ihr erwähntet, hat meiner Meinung nach den Beschreibungen aber nicht ganz entsprochen.«

»Wie meinst du das?«

Dorndreher sah beklommen drein. Im Allgemeinen hatte er keine Angst vor dem Zorn seines Herrn, und für gewöhnlich verlief die Unterhaltung zwischen ihnen recht locker. Heute jedoch machte ihn die geplante Übernahme von Canrif gereizter als sonst. Seine azurblauen Augen funkelten wild, seine Stimme klang harsch. Den Grund dafür glaubte Dorndreher erraten zu können.

»Nun, dieses Mädchen war noch keine zwanzig. Ein unscheinbares Gesicht, blasse Haut. Insgesamt nicht sehr bemerkenswert. Angesichts Eurer Erfahrung und Eurer Vorlieben würde ich vermuten, dass Ihr sie nicht sonderlich attraktiv finden würdet. Sie war gewiss keine eindrucksvolle Person.«

»Dann muss es noch eine andere geben«, sagte sein Meister und zog die Zügel an. »Bei der Frau, die ich gesehen habe, könnte man all diese Eigenschaften unmöglich übersehen.« Die in seinen schwarzen Kettenpanzer eingearbeiteten Silberringe blitzten auf.

»Ja, dann muss es wohl noch eine andere geben«, stimmte Dorndreher ihm zu.

»Und was ist mit Canrif?«

»Es ist noch erstaunlich gut erhalten, allerdings nicht restauriert, was natürlich kein Wunder ist. Bemerkenswert ist, dass die Bolg Gegenstände von bester Qualität herstellen und es sogar geschafft haben, aus den alten Reben einen Wein zu keltern.«

Sein Meister nickte. »Und ihre Streitkräfte?«

»Fundiert und gut ausgebildet. Dafür ist sicher der Bolg-Kommandant verantwortlich. Er hat nicht viel gesagt, aber sein Markenzeichen wird klar an der Reaktion der verschiedenen Bolg-Wachen.«

»Haben sie die Schatzkammern gefunden? Die Bibliothek?«

»Zweifellos, ja.«

Anborn machte ein wütendes Gesicht. »Verdammt. Nun gut, Dorndreher, lass uns gehen. Nicht weit von hier gibt es eine Taverne mit anständigem Essen und vernünftigen Weibern. Wir müssen Pläne schmieden.« Dorndreher nickte, gab seinem Pferd die Sporen und versuchte, Anborn einzuholen, der die Straße entlanggaloppierte, in die nahende Dunkelheit hinein.

24

Oelendra lächelte in sich hinein, als ihre Schülerin einen soliden Treffer auf Urists Mitte landete, sich anmutig drehte und den Schlag parierte, den Syntianta auf ihren Rücken führen wollte. Sie beobachtete, wie Rhapsody herumwirbelte, um sich ihrem ersten Gegner noch einmal zu stellen, und das Schwert zurückzog, ehe ihr tödlicher Stich die Kehle des Lirin-Soldaten tatsächlich berührte. »Treffer!«, sagten sie wie aus einem Munde und brachen beide in lautes Gelächter aus. Doch Rhapsody hatte keine Zeit, den Augenblick zu genießen, denn jetzt stürmte Syntianta auf sie ein, das Schwert mit beiden Händen schwingend, eine Fertigkeit, für die sie berüchtigt war. Zu allem Überfluss waren Rhapsody die Augen verbunden. Dennoch schlug sie sich erstaunlich gut.

Oelendra entschied, dass sie ihre Sache viel zu gut machte. Leise näherte sie sich dem Wettkampf und hob einen Bauernspieß vom Boden auf. Sie wartete, bis Syntianta Rhapsody wieder richtig in den Kampf verwickelt hatte, schlich sich dann von der Seite an und zielte mit dem Stock auf Rhapsodys Knie, um sie zu Fall zu bringen.

Der Wirbel von Bewegungen, der nun folgte, war mit dem Auge kaum zu erfassen. Rhapsody drehte sich graziös und stieß dabei Urist zu Boden, sprang über den Stock und rollte sich aus der Gefahrenzone, wobei sie Syntianta so aus dem Gleichgewicht brachte, dass diese über Urist stolperte. Dann schlug sie Oelendra mit der Tagessternfanfare den Stock aus der Hand, sodass er hoch in die Bäume hinaufsauste.

Oelendra lachte laut, umarmte ihre Schülerin und nahm ihr die Augenbinde ab. »Das reicht für heute, lass uns feiern. Herzlichen Glückwunsch, Rhapsody, jetzt kannst du fast so schön tanzen, wie du singst.«

In dieser Nacht beschloss Rhapsody, Oelendra eines ihrer größten Geheimnisse zu offenbaren. Anders als diejenigen, in die sie ihre Lehrerin bereits eingeweiht hatte, betraf dieses ihre Freunde. Sie erinnerte sich an Achmeds Mahnung, entschied aber, Oelendras Rat zu folgen und ihrem Herzen zu trauen. Es sagte ihr, dass sie nichts zu befürchten hatte.

Auf Zehenspitzen schlich sie die obere Halle entlang zu Oelendras Schlafzimmer. Dort brannte noch Licht; Rhapsody wusste, dass Oelendra nachts oft gar nicht schlief. Als reinrassige Lirin brauchte sie sehr wenig Schlaf, denn ihr Körper wurde durch die Schwingungen des Waldes in einen unterbewussten Meditationszustand versetzt, der sie erfrischte und ihr neue Kraft verlieh. Rhapsody klopfte leise an die Tür.

»Komm herein, Liebes.«

Behutsam öffnete Rhapsody die Tür. Oelendra saß aufrecht im Bett und entwirrte gerade ihren langen, dünnen Zopf. Bei diesem Anblick traten Rhapsody sogleich wieder die Tränen in die Augen, denn auch ihre Mutter hatte das jeden Abend getan, wenn sie allein waren, und dann ihr Haar und Rhapsodys vor dem Feuer gebürstet. Oelendra erinnerte sie in so vielen Dingen an ihre Mutter, und dies erfüllte sie jedes Mal mit Wehmut. Natürlich war Oelendra sofort bewusst, was in Rhapsody vor sich ging, und sie klopfte auf die Bettkante neben sich.

»Setz dich«, sagte sie und begann ihr Haar zu bürsten.

Rhapsody gehorchte. »Oelendra, bitte erzählt mir von den Drei und den Prophezeiungen über sie.«

Lächelnd antwortete Oelendra: »Das war wirres Gerede, Rhapsody. Manwyn versuchte zu verhindern, dass ihre Schwester vom Cymrischen Rat hinausgeworfen würde. Es hat nicht funktioniert. Der Rat verbannte Anwyn trotz der Versprechungen ihrer Schwester, obwohl diese prophezeite, dass Retter nahen würden, um wieder gutzumachen, was Anwyn verbrochen hatte. Ich denke, nach vierhundert Jahren ist es an der Zeit, dass wir das Hirngespinst aufgeben und uns mit anderen Plänen befassen.«

Rhapsody nickte. »Erinnert Ihr Euch noch genau daran, was sie gesagt hat?«

»Ja, ich habe ihr geholfen, es niederzuschreiben. Warum?«

»Nun, Ihr kennt mich doch«, antwortete Rhapsody lächelnd. »Stets wissbegierig.«

Ernst blickte Oelendra sie an, dann rezitierte sie die Worte in der Sprache der Cymrer.

Die Drei werden kommen; früh brechen sie auf,
spät treten sie in Erscheinung,
Die Lebensalter des Menschen:
Kind des Blutes, Kind der Erde, Kind des Himmels.

Ein jeder Mensch, entstanden im Blute und darin geboren,
Beschreitet die Erde, wird von ihr genährt,
Greift zum Himmel und genießt seinen Schutz,
Steigt indes erst am Ende seiner Lebenszeit zu ihm
auf und gesellt sich zu den Sternen.
Blut schenkt Neubeginn, Erde Nahrung.
Der Himmel schenkt zu Lebzeiten Träume –
im Tode die Ewigkeit.
So sollen sie sein, die Drei, einer zum anderen.

Wieder nickte Rhapsody. »Und es gab keine ausführlichere Erklärung?«

»Nicht wirklich«, erwiderte Oelendra. »Die Weisen studierten Manwyns Worte und versuchten, ihre Bedeutung zu entschlüsseln. Irgendwann setzte sich die Auffassung durch, es handle sich um eine Allegorie darauf, dass jeder den F'dor töten konnte, da von allen Lebensaltern des Menschen gesprochen wurde. Damals glaubte ich das nicht, aber inzwischen bin ich zu der Erkenntnis gelangt, dass die Prophezeiung eigentlich so gut wie nutzlos ist. Warum bewegt dich das mitten in der Nacht? Hast du geträumt?«

»Nein«, antwortete Rhapsody. »Gibt es denn keine andere Erklärung?«

»Nun, Anborn, Gwylliams Sohn, fragte Manwyn vor dem Rat, wie die Drei die Spaltung überwinden würden.«

»Erinnert Ihr Euch, was sie geantwortet hat?«

Oelendra nickte und dachte einen Augenblick nach.

Wenn Leben entsteht, verbindet sich das Blut und wird doch vergossen; auch teilt es sich zu leicht, als dass es die Trennung heilen könnte.
Die Erde wird von allen geteilt und ist doch selbst geteilt, von Generation zu Generation.
Nur der Himmel umfasst alles und bleibt selbst ungeteilt; darum wird es durch ihn zu Frieden und Einheit kommen.
Wenn Euch daran gelegen ist, Feldmarschall, so schützt den Himmel, auf dass er nicht einstürze.

Rhapsody lachte. »Na, das war ja sehr hilfreich!«

Oelendra legte die Haarbürste auf den Nachttisch. »Siehst du jetzt, warum ich nichts auf das Geplapper einer Verrückten gebe?«

»Ja, aber vielleicht solltet Ihr es dennoch tun.«

Oelendra stutzte und blickte Rhapsody scharf an. »Sag mir, was du damit meinst, Rhapsody.«

Mit ernster Miene erwiderte Rhapsody: »Ihr wisst, dass ich nicht mit Euch gesegelt bin, Oelendra, doch Ihr wisst auch, dass ich der Ersten Generation der Cymrer entstamme. Ihr habt angenommen, dass ich, statt mit den Cymrern zu fahren, in ein Land ging, das näher bei Serendair lag, was damals viele Lirin taten, aber das stimmt nicht. Genau genommen bin ich erst sehr kurze Zeit in dieser Welt. Ich habe Euch von Grunthor erzählt, von meinem Bolg-Freund, der mir den Umgang mit dem Schwert beigebracht hat. Jetzt sollte ich wohl hinzufügen, dass auch er Cymrer ist. Und wir kamen noch mit einem dritten Freund.« Ihre Stimme wurde leiser, während Oelendra große Augen bekam. »Er ist Dhrakier.«

Aufgeregt ergriff Oelendra ihre Hand und drückte sie fest. »Du bist also eine der Drei?«

Rhapsody zuckte die Achseln. »Ich glaube es. Ich meine, ich weiß es eigentlich nicht, aber Grunthor ist an die Erde gebunden und Achmed an das Blut. Und da ich eine Liringlas bin, vermute ich doch, dass mich das zu einem Kind des Himmels macht.«

»Früh brechen sie auf, spät treten sie in Erscheinung«, murmelte Oelendra vor sich hin. »Nur der Himmel umfasst alles und bleibt selbst ungeteilt; darum wird es durch ihn zu Frieden und Einheit kommen.« Ihre Augen begannen zu strahlen. »Das bist du, Rhapsody; ich wusste es von dem Augenblick an, als ich dich zum ersten Mal gesehen habe. Selbst wenn du nicht zu den Dreien gehören würdest, glaube ich in meinem Herzen, dass du diejenige bist, die das vollbringen kann, die wahre Iliachenva'ar. Das Schwert hat Manwyns Prophezeiung wahr gemacht.« Vor Aufregung zitterten ihre Hände.

»Nun, Oelendra, geratet lieber nicht gleich in Verzückung«, warnte Rhapsody. »Ich weiß nichts über die Drei, und auch wenn es prophezeit wurde, dann wohl doch nicht mir. Ich dachte nur, Ihr solltet wissen, dass ich nicht allein gekommen bin.«

»Und du wirst auch nie mehr allein sein, Rhapsody. Was immer nötig ist, um dich auf diesen Kampf vorzubereiten, was immer dein Schicksal sein mag, ich bin für dich da.«

25

Rhapsody war frühzeitig aufgewacht, das Gedicht aus ihren Träumen noch immer im Kopf. Sie hatte gebadet und sich angekleidet, aber die Worte piesackten sie weiter und ließen ihr einfach keine Ruhe.

An der Tür lauschte sie, ob ihre Geschäftigkeit vor Morgengrauen Oelendra gestört hatte, aber aus den anderen Räumen war nichts zu hören. Entnervt beäugte Rhapsody die Laute in der Ecke; sie wusste, wenn sie erst einmal mit Komponieren anfing, musste sie die Sache auch zu Ende führen, vorher würde sie an nichts anderes denken können.

Als Erstes kochte sie sich eine Tasse Tee. Während sie die dampfende Flüssigkeit schlürfte, dachte sie an Ashes beleidigende Kommentare und überlegte, warum er das Getränk so verabscheute. Ihr schmeckte es ziemlich gut.

Schließlich ergab sie sich seufzend in ihr Schicksal, machte es sich in dem Sessel gegenüber dem Kamin bequem, stimmte die Laute und zupfte vorsichtig. Zuerst war das Lied kalt und wollte nicht fließen, aber schon nach wenigen Minuten nahm die Melodie allmählich Form an. Rhapsody spielte leise, um ihre Gastgeberin nicht zu stören. Bald summte der Raum vor kreativer Energie und verstärkte das Licht und die Wärme, die hier bereits herrschten.

Im Kamin sang das Feuer, knisterte im Rhythmus der Töne ihrer Laute, zischte im Takt. Als die Tür aufging, war Rhapsody ganz in ihre Musik versunken.

»Bist du bereit?«, fragte Oelendra. Sie trug ihre übliche Lederrüstung, abgenutzt vom jahrelangen Gebrauch, und hatte ihren Umhang mit dem hohen Kragen dabei.

Rhapsody blickte von ihrer Laute zum Fenster mit dem Eisengitter. Noch mindestens eine Stunde bis Tagesanbruch.

»Es ist noch dunkel draußen, Oelendra«, erwiderte sie, während ihre Finger weiter über die Saiten glitten.

»Ja, aber du bist wach oder tust zumindest recht erfolgreich so.«

Rhapsody lächelte sie an. »Ich bin fast fertig mit diesem Lied«, meinte sie, und ihre Augen kehrten zu dem Instrument zurück. »Noch vor Sonnenaufgang bin ich so weit. Dann stehe ich Euch augenblicklich zur Verfügung.«

»Sonderbar«, entgegnete Oelendra leise. »Ich habe geglaubt, du stündest mir ohnehin immer zur Verfügung.«

Bei dieser seltsamen Bemerkung schaute Rhapsody wieder auf. Oelendra musterte sie durchdringend. Als ihre Blicke sich trafen, lächelte sie, und Rhapsody erwiderte das Lächeln mit dem Gefühl, dass sie irgendetwas nicht mitbekommen hatte.

»Wenn ich dieses Lied aus dem Kopf habe, kann ich mich heute besser konzentrieren«, erklärte sie, während sie sich wieder ihrer Laute widmete.

»Wirklich?«, fragte Oelendra mit freundlicher Stimme.

»Ja«, antwortete Rhapsody und machte sich an einer verstimmten Saite zu schaffen. »Diese Laute ist eine strenge Zuchtmeisterin. Die ganze Zeit hat sie im Schlaf an mir gezerrt, deshalb bin ich so früh aufgestanden. Sie holt meine Konzentration ständig zu diesem Lied zurück und verlangt, dass ich es vollende. Ich glaube nicht, dass sie mich in Ruhe lassen wird, ehe ich damit fertig bin.«

»Welch ein lästiges Instrument. Nun, wenn das alles ist ...« Unvermittelt streckte Oelendra die Hand aus und entriss Rhapsody die Laute. Als Rhapsody den Mund aufmachte, um zu protestieren, schleuderte Oelendra das Instrument gegen die Wand und warf es dann quer durch den Raum ins Feuer, wo es mit kreischenden Saiten zerbarst. Mit vor Entsetzen weit aufgerissenen Augen sah Rhapsody zu, wie das Holz Feuer fing.

»Nun denn«, meinte Oelendra leichthin, »das Problem hätten wir gelöst. Bist du jetzt bereit?«

Es dauerte einen Moment, ehe Rhapsody ihre Stimme wieder fand. »Ich kann nicht glauben, was Ihr soeben getan habt.«

»Ich warte.«

»Was, im Namen des Allgottes, ist nur in Euch gefahren?«, rief Rhapsody und deutete auf die Feuerstelle. »Dieses Instrument war unglaublich wertvoll, ein Geschenk von Elynsynos, uralt und voller Wissen. Und nun ist es ...«

»Nun hält es das Zimmer warm.«

»Findet Ihr das lustig?«

»Nein, Rhapsody, ich finde das nicht lustig.« Jede Spur von Höflichkeit war aus Oelendras Gebaren gewichen, und an ihre Stelle war eine kalte, zornige Entschlossenheit getreten. »Ich finde es nicht lustig, und ich glaube auch nicht, dass es ein Spiel ist, wie du anscheinend annimmst. Es ist so todernst, wie man es sich nur denken kann, und du solltest lieber anfangen, dich so zu benehmen, als wüsstest du das. Du bist die Iliachenva'ar. Du bist eine der Drei – du hast eine Aufgabe zu erfüllen.«

»Aber das entschuldigt nicht, was Ihr getan habt! Ich habe außer dieser Aufgabe noch andere Pflichten. Ich bin auch Benennerin. Ich muss meinen Beruf ausüben, sonst verliere ich ihn.« Rhapsody schluckte heftig in dem Versuch, die Wut im Schach zu halten, die hinter ihren Augen brannte.

Oelendra begann unruhig im Zimmer auf und ab zu gehen. »Vielleicht, aber so selten sie auch sein mögen, gibt es noch andere Benenner auf der Welt. Doch es gibt nur eine einzige Iliachenva'ar. Du hast eine enorme Verantwortung, der du gerecht werden musst. Deine sonstigen Interessen spielen keine Rolle.«

Rhapsody spürte, wie sich ihre Fäuste vor Wut ballten. »Wie bitte? Wollt Ihr mir jetzt vorschreiben, was ich bin? Ich kann mich nicht erinnern, dass ich mich freiwillig für diese Stellung angeboten habe.«

»Nein, du wurdest eingezogen«, entgegnete die Lirin-Kämpferin barsch. »Jetzt steh auf.«

»Oelendra, was ist los mit Euch?«

Eine Waschschüssel und ein Krug landeten klirrend auf dem Boden, sodass die Scherben nur so durch die Gegend flogen. Als Nächstes schleuderte die Lirin-Kämpferin den Waschtisch selbst gegen die Wand. »Ich kann das verdammte Ding nicht töten, das ist mit mir los!«, fauchte Oelendra. »Wenn ich es könnte, wäre es schon seit zehn Jahrhunderten nichts als Asche im Wind. Aber ich habe versagt; ich habe Fehler gemacht, und der Preis dafür war immens hoch. Du darfst es nicht wieder entfliehen lassen, Rhapsody. Dein Schicksal ist prophezeit worden, da kannst du die Achseln zucken, so viel du magst. Du wirst den F'dor töten oder bei dem Versuch sterben. Du hast keine andere Wahl. Meine Verantwortung ist es, dir die Möglichkeit zu geben, erfolgreich zu sein, und nun verschwendest du meine Zeit.«

Rhapsody klappte den Mund zu, der seit dem Beginn von Oelendras Tirade offen gestanden hatte. Sie versuchte, Worte zu finden, die ihre Lehrerin beruhigen würden, doch ihr wurde sofort klar, dass sie das nicht konnte. In Oelendras Augen stand mehr als Zorn, es war etwas Tieferes darin verborgen, das Rhapsody nicht ermessen konnte. Sie erinnerte sich an die Warnungen anderer vor Oelendras Wut und an ihren Ruf als strenge Lehrmeisterin. Sie konnte weiter nichts tun, als zu versuchen, ihr aus dem Weg zu gehen.

»Hör mir zu, Rhapsody. Ich habe vierundachtzig voll ausgebildete Krieger nach diesem Biest ausgeschickt, und keiner von ihnen, kein Einziger, ist jemals zurückgekehrt. Du hast mehr Talent, mehr Potenzial als irgendeiner von ihnen, aber dir mangelt es an Disziplin und Willenskraft. Dein Herz möchte die Welt retten, aber dein Körper ist träge. Du verstehst nicht die Tiefe des Bösen, das da draußen lauert und nur darauf wartet, dich zu vernichten.

Und wenn du beim Gedanken an deinen eigenen Tod und die Verdammnis nicht zitterst, dann denke an die Menschen, die du liebst. Denk an deine Freunde, deine Schwester, an die Kinder, für die du sorgst. Hast du überhaupt eine Ahnung, was ihnen bevorsteht, wenn du versagst, wie ich versagt habe? Nein, das hast du nicht, denn sonst wärst du jetzt da draußen und würdest beten, dass du dieses Ding zu fassen kriegst und es mit deiner Klinge durchstößt, wieder und wieder und *wieder* – um seinen Tod auf deiner Hand zu schmecken und die Freude der Rache für all die grässlichen Taten zu verspüren, die es in den Jahrtausenden seines Lebens vollbracht hat.«

Rhapsody wandte den Blick ab; sie konnte Oelendras Ausbruch nicht ertragen. Tief in ihrem Innern senkte sich Ruhe herab, das Gefühl des Friedens, das ihr drohende Gefahr signalisierte. Aber es war nicht Oelendra, die sie bedrohte, es war die Panik, die in ihrer Kehle aufstieg, wenn sie an die vor ihr liegende Aufgabe dachte.

»Weißt du überhaupt, was deiner Familie, deinen Freunden durch die Hände dieser Wesens zugestoßen ist? Weißt du, was mit Ostend geschehen ist, Rhapsody?«

»Nein«, flüsterte sie.

Oelendras Augen wurden wieder klar, als hätte die Stimme der Sängerin sie aufgeweckt. »Dann sei dankbar, es war nämlich alles andere als schön«, meinte sie etwas ruhiger. »Du hast die Möglichkeit, dem ein Ende zu bereiten, Rhapsody, das Leid ein für allemal aus der Welt zu schaffen. Du besitzt von Natur aus eine Verbindung zu den Sternen und zum Feuer, und du hast die Unterstützung eines Dhrakiers. Du bist eine der Drei. Das Böse weiß, dass du hier bist. Es hat ebenso lange auf dich gewartet wie ich. Aber wenn du nicht bereit bist, wird es dich unerwartet überfallen, und angesichts dessen, was es dir und denen, die du liebst, antun wird, ist der Tod ein Segen. Und ich hätte ihm das Schwert schon vor langer Zeit einfach überlassen können.«

Rhapsody holte tief Luft und zwang sich erneut zur Ruhe. Unter Oelendras heftigem Ton lag eine Verzweiflung, die Rhapsody rührte und deren Widerhall sie in sich spürte. Es war der Klang unaussprechlicher Qual, einer Qual, die sie selbst erfahren hatte, als sie in dieses Land gekommen war. Ohne Zweifel war die alte Kriegerin weit weniger mit der Vergangenheit im Frieden, als es zunächst den Anschein gehabt hatte. Außerdem wohnte, so unmöglich es auch erscheinen mochte, eine kalte Furcht in Oelendra, eine Furcht, deren Tiefe Rhapsody nicht annähernd ermessen konnte.

»Oelendra, wir müssen das lösen«, sagte sie und bemühte sich, ihre Stimme ruhig klingen zu lassen. »Ich möchte nicht, dass Zorn zwischen uns herrscht. Würdet Ihr Euch bitte setzen und kurz mit mir reden? Danach werde ich gern mit Euch auf die Wiese hinausgehen, und Ihr könnt bis Sonnenuntergang und noch länger mit mir arbeiten, wenn es Euch beliebt. Aber es wird nicht fruchtbar sein, wenn wir diese Angelegenheit zuvor nicht klären.«

Zögernd ließ sich die alte Kriegerin am Tisch nieder. Rhapsody holte sich den gegenüberstehenden Stuhl und setzte sich ebenfalls.

»Oelendra, ich kann nicht die Iliachenva'ar sein, die Ihr wart.«

»Mach dich nicht lächerlich, Rhapsody. Ich wurde nicht mit dem Schwert in der Hand geboren, ich musste den Umgang damit ebenso erlernen wie du. Es braucht Hingabe. Konzentration. Und Durchhaltevermögen. Man kann keine widerwillige Kriegerin sein.«

»Aber ich kann nur eine widerwillige Kriegerin sein«, erwiderte Rhapsody. »Ich habe keine andere Wahl. Doch das habe ich gar nicht gemeint. Ich weiß, dass ich den Umgang mit dem Schwert erlernen kann. Ich habe eine weitaus bessere Lehrerin, als Ihr sie hattet - ich habe die Beste. Aber wir haben unterschiedliche Gaben. Ihr seid mit einer Kraft gesegnet, die ich nicht besitze, und Euer Verstand funktioniert wie ein feines Instrument.« Sie warf einen Blick auf die brennenden Bruchstücke der Laute im Feuer. »Nun, das war vielleicht kein so guter Vergleich.«

Gegen ihren Willen musste Oelendra lächeln, und ihr Ärger legte sich ein wenig. »Ich verstehe schon, was du meinst.«

»Und ich habe Fähigkeiten, die Ihr wiederum nicht habt. Ich bin eine andere Person; wenn ich versuche, wie Ihr zu sein, werde ich scheitern. Mir scheint, im Kampf gegen einen Feind dieser Stärke sollte jede Fähigkeit eingebracht werden. Deshalb muss ich mit dem Schwert so gut werden, wie ich eben kann, und das wird mir auch ohne Zweifel gelingen, denn ich kann auf Eure Weisheit und Erfahrung zurückgreifen - ganz zu schweigen von Eurem Stiefel, der mich bei Bedarf in den Hintern tritt. Aber ich glaube nicht, dass es sinnvoll wäre, die anderen Waffen zu ignorieren, die mir zur Verfügung stehen. Ihr schärft mir immer wieder ein, meine Stärken im Kampf zu entwickeln; ich soll mich auf meine Schnelligkeit und mein Talent verlassen und nicht kämpfen wie ein Bolg - das ist doch richtig, oder?«

»Kommst du irgendwann zum springenden Punkt?«

Rhapsody atmete aus. »Vielleicht. Ich hoffe es. Es gibt viele Arten von Waffen, und alle sind auf ihre Art und zu ihrer Zeit machtvoll. Der Punkt ist, dass Musik für mich die mächtigste Waffe sein kann, noch mächtiger als das Schwert. Musik ist kein Zeitvertreib, keine Erholung; Musik ist mein größtes Talent, Oelendra, mein *größtes*. Doch das vermindert keineswegs mein Engagement für das Schwert.«

Lange starrte Oelendra sie schweigend an, dann schaute sie zu Boden und stieß langsam die Luft aus. »Du hast Recht. Es war falsch von mir, meinen Schmerz an dir auszulassen. Es tut mir Leid wegen der Laute.« Irgendetwas in ihrer Stimme klang nicht richtig; sie hatte einen Unterton, der Rhapsody die Stirn runzeln ließ.

»Oelendra, seht mich an.« Als keine Reaktion erfolgte, hakte Rhapsody nach. »Bitte.«

Einen Moment später hob die ältere Frau den Kopf, und ihre Blicke trafen sich. In Oelendras Augen standen Tränen, die Rhapsody zutiefst erschreckten.

»Oelendra? Was ist los? Bitte sagt es mir.«

»Heute.« Es war nicht mehr als ein Flüstern.

»Was ist heute?«

Oelendra blickte ins Feuer. »Der Jahrestag.«

»Heute ist Euer Hochzeitstag? Oh, Oelendra.«

»Nein«, entgegnete die Kriegerin mit einem traurigen Lächeln. »Nein, Rhapsody, nicht mein Hochzeitstag. Heute ist sein Todestag.«

Rhapsodys Gesicht wurde weich vor Trauer. »Oh, ihr Götter. Es tut mir so Leid.« Sie sprang vom Tisch auf, rannte hinüber zu ihrer Lehrerin und schlang ihr von hinten die

Arme um die breiten Schultern. Lange hielt sie Oelendra so umfangen, und deren Hand legte sich auf ihre. Doch schließlich gab Rhapsody sie wieder frei und ging zum Waffengestell.

»Gut, Oelendra«, sagte sie, während sie sich das Schwert umgürtete. »Jetzt bin ich bereit.«

In der Dunkelheit ihres Traums sah Rhapsody ein Licht. Es kam aus der gegenüberliegenden Zimmerecke; sie setzte sich auf und beobachtete mit zusammengekniffenen Augen, wie es heller wurde. Nach einer Weile erkannte sie, dass an einem dünnen Spinnseidenfaden ein winziger Stern in der Luft schwebte.

Während sie ihn anstarrte, bemerkte sie, dass in der Dunkelheit noch mehr Lichter funkelten, zusammengesetzt aus tausenden kleiner Lichtpunkte. Sie schimmerten wie Broschen im Schaukasten eines Juweliers, glänzende Edelsteine vor dem schwarzen Samt der Nacht. Dann blickte sie nach unten und sah, dass sie nicht mehr in ihrem Zimmer in Oelendras Haus war, sondern auf einem dünnen Wolkenfetzen weit oben im Himmel schwebte, über dem in Nacht gehüllten Land.

Von ihrem luftigen Ausguck beobachtete sie, wie am östlichen Horizont klar und golden die Sonne aufging. Ihr Licht berührte das Land, und nun zeigte sich, dass der winzige Stern das Minarett in Sepulvarta war, der hoch aufragende Turm, den sie auf Herzog Stephens Bildern bewundert hatte. Das Sonnenlicht blitzte hell auf und griff dann auf den Rest des Landes über, bis es das gesamte Gebiet von Roland zu ihren Füßen erhellte. Die Juwelenbroschen entpuppten sich als Städte und hörten erst auf zu funkeln, als das Licht der Sonne auf sie fiel.

Im Hinterkopf spürte Rhapsody den Drang, ihre Morgenaubade zu singen, aber sie bekam keinen Ton heraus. Sie schüttelte den Kopf, und plötzlich sah sie einen Schatten übers Land ziehen, einen tiefen Schatten, der sich auf Sepulvarta zubewegte. Voller Entsetzen sah sie mit an, wie der Schatten über den Turm fiel, die Basilika verschluckte und sie in Finsternis tauchte.

In der Dunkelheit stand ein alter Mann. Nun war Rhapsody nur mehr wenige Schritte von ihm entfernt; betend stand er am Altar der weitläufigen Basilika, das Gesicht leichenblass. Um ihn herum brannte schwarzes Feuer; er sang, aber auf einmal floss Blut aus seinem Mund und seiner Nase, und die weißen Gewänder, die er trug, färbten sich purpurrot. Rhapsody, noch immer unfähig zu sprechen, sah, wie das schwarze Feuer ihn verzehrte.

Einen Augenblick später klärte sich das Bild, und fünf Männer betraten die Basilika. Sie liefen zu der Blutlache, wo der alte Mann gelegen hatte, und standen eine Weile betend davor. Zwei von ihnen - ein junger Kerl und ein gebrechlicher Alter mit hohlen Augen - starrten hilflos auf das Blut am Boden. Zwei andere zogen die Schwerter blank und begannen über die Lache hinweg gegeneinander zu kämpfen. Der Letzte, ein älterer Mann mit einem freundlichen Gesicht, machte sich daran, Papiere zu sortieren, für alle Tee zu bereiten und aufzuräumen. Mit ausgestreckter Hand bot er auch Rhapsody eine Tasse Tee an. Doch als sie den Kopf schüttelte, machte er einfach mit seinen Verrichtungen weiter.

Von draußen drang ein Geräusch zu ihnen, und Rhapsody trat zum Fenster der Basilika, um hinauszusehen. Rund um die Basilika ging es zu wie an jedem anderen Tag; Passanten zogen vorbei, Kaufleute boten ihre Waren feil, doch zur selben Zeit wälzte sich ein mächtiger, kniehoher Blutstrom durch die Straßen. Die Menschen schienen ihn nicht zu bemerken, nicht einmal, als er so anschwoll, dass er über ihre Köpfe reichte und sie zu ertränken drohte. Rhapsody konnte hören, wie der Bäcker an seinem Ladenfenster der Waschfrau Wechselgeld herausgab, während sein Mund sich langsam mit Blut füllte.

Auf einmal ertönte ein furchtbarer Lärm, und Rhapsody blickte zum Himmel empor. Der Stern oben auf der Turmspitze baumelte herunter und stürzte dann in den roten Blutsee, der einmal Sepulvarta gewesen war, genau wie der Stern aus ihren früheren Träumen. Als er aufschlug, fuhr ein gigantischer Lichtblitz über den Himmel und blendete sie. Eine Weile darauf, als sie wieder sehen konnte, saß sie im Großen Weißen Baum, das Diadem von Tyrian auf der Stirn, umgeben von Lirin, die leise mit ihr sangen, während sich der Baum langsam in die Wellen des Ozeans aus Blut hinabsenkte.

Der Traum wäre noch weitergegangen, aber Rhapsody wurde von ihrem eigenen Schreien wach. Oelendra kauerte auf ihrer Bettkante und hielt ihre Arme an den Ellbogen fest.

»Rhapsody? Was ist los?«

Doch sie konnte Oelendra nur anstarren. Sie zitterte und blinzelte heftig, um sich an das Traumbild zu erinnern. Offensichtlich war es irgendeine Art Vision gewesen, eine Warnung, die sie nicht ignorieren wollte. Oelendra spürte ihren inneren Kampf und ließ sie allein, um wieder in die Klarheit zurückzufinden.

»Ist es warm genug?«

Rhapsody nahm einen Schluck *dol mwr* und nickte. »Ja, danke, es ist wunderbar. Tut mir Leid, dass ich Euch geweckt habe.«

Oelendra sah zu, wie ihre Schülerin trank, und befahl ihrem Herzen, sich zu beruhigen. Sie hatte sich an Rhapsodys Albträume gewöhnt und merkte nur selten etwas davon, aber heute hatten die Schreie sie geweckt. Nachdem die junge Sängerin ihr den Inhalt des Traums dargelegt hatte, wunderte sie sich allerdings nicht mehr über ihre heftige Reaktion.

Als Rhapsody ihren Bericht beendet hatte, stellte sie den Becher ab. »Ich muss gleich morgen früh nach Sepulvarta reisen.«

Oelendra nickte. »Der Mann in der weißen Robe könnte deiner Beschreibung nach natürlich der Patriarch sein, obgleich niemand außer seinem inneren Kreis ihn je zu Gesicht bekommt; daher weiß ich nicht, wie er wirklich aussieht. Von den anderen weiß ich nichts, es könnte sich auch nur um Symbole handeln.«

»Den jungen Mann, der mit den anderen hereinkam, habe ich erkannt – es war der Segner von Canderre-Yarim«, sagte

Rhapsody. »Ich bin ihm einmal begegnet, als der Friedensvertrag zwischen Roland und Ylorc ausgehandelt wurde, und er schien mir ein recht anständiger Kerl zu sein. Ich denke, die Betroffenheit, die er in meinem Traum gezeigt hat, wäre eine angemessene Reaktion auf den Tod des Patriarchen.«

»Vielleicht sind die vier anderen die verbleibenden Seligpreiser«, schlug Oelendra vor.

»Vielleicht«, stimmte Rhapsody ihr zu. »Es tut mir Leid, dass ich so plötzlich aufbrechen muss. Ich wünschte, wir könnten noch viel länger zusammenbleiben.«

»Aber es ist an der Zeit«, entgegnete Oelendra schlicht. »Du weißt alles, was du wissen musst, Rhapsody. Ich habe mich geirrt, als ich meinte, du wärst noch nicht bereit. Du bist stark und nun auch im Gebrauch des Schwerts geübt, und du hast ein kluges, großzügiges Herz. Hier hast du nichts mehr zu tun, du musst nun deinem Schicksal folgen. Ich werde dir helfen, wo ich nur kann. Denk daran, dass du hier jederzeit willkommen bist, wie lange auch immer du bleiben möchtest. Und wenn du dich entschließt, den Versuch zu wagen und die Lirin und die Cymrer zu vereinen, dann komm zu mir, und ich werde dich auch darin unterstützen.«

Rhapsody lächelte sie an, aber ihre Augen waren ernst und traurig. »Ich glaube, Euch Lebewohl zu sagen wird mir schwerer fallen als alle bisherigen Abschiede, Oelendra. In der kurzen Zeit, die ich hier verbringen durfte, habe ich mich zum ersten Mal, seit ich Serendair verlassen habe, wirklich zu Hause gefühlt. Nun kommt es mir fast so vor, als würde ich meine Familie noch einmal verlieren.«

»Dann sag mir einfach nicht Lebewohl«, antwortete Oelendra, stand auf und ging zur Tür. »Solange hier jemand an dich denkt, wirst du auch ein bisschen da sein. Und das wird immer so bleiben. Versuch dich jetzt auszuruhen. Viel zu bald wird der Morgen grauen.«

»In der Religion des Patriarchen ist der erste Tag des Sommers der Hochheilige Tag«, erklärte Oelendra, während sie Rhapsody eine Satteltasche reichte. Die Sängerin nickte und warf die Tasche über den Rücken der kastanienbraunen Stute, die Oelendra ihr gegeben hatte. Das Tier war stark und friedfertig; Rhapsody konnte in seinen Augen eine angeborene Klugheit erkennen. »Wenn du über Land reitest und die Straßen meidest, kannst du es rechtzeitig schaffen.«

Doch Rhapsody war sich da nicht so sicher. »Sepulvarta liegt zwei Wochen von hier entfernt, habt Ihr gesagt. Wenn ich nicht den Straßen folge, werde ich mich wahrscheinlich verirren. Ich bin noch nie dort gewesen.«

Oelendra lächelte. »Der Turm mit seinem Stern ist wie ein mächtiger Leitstrahl. Wenn du dich konzentrierst, müsstest du ihn in deiner Seele fühlen können, selbst ohne die Tagessternfanfare. Mit dem Schwert als Führer kannst du dich nicht verirren. Außerdem ist keine Lirin-Seele jemals bei Nacht unter den Sternen verloren.«

»Das hat mein Großvater immer von den Seeleuten behauptet«, sagte Rhapsody lächelnd. Ihr Lächeln verblasste, als sie plötzlich wieder die Stimme ihrer Mutter vernahm.

Wenn du zum Himmel emporschaust und deinen Leitstern findest, wirst du nie verloren sein, niemals.

»Ich habe noch eine letzte Lektion für dich, eine, die du nie vergessen darfst«, erklärte Oelendra mit blitzenden Augen. »Ich hätte es dir eines Tages ausführlich erzählt, aber ich wusste nicht, dass unsere gemeinsame Zeit so schnell zu Ende gehen würde.

Im alten Land gab es eine Bruderschaft von Kriegern, genannt die Sippschaftler. Sie waren Meister der Kampfkunst, dem Wind und dem Stern verschworen, unter dem du geboren bist. Zwei Dinge waren notwendig, um in die Bruderschaft aufgenommen zu werden: überragende kämpferische Fähigkeiten und die Rettung eines Unschuldigen unter Einsatz des eigenen Lebens.

Eines Tages wird dir diese Ehre vielleicht zukommen, Rhapsody; du hast das Zeug für diese Bruderschaft. Am Klang des Windes in deinen Ohren, am Flüstern deines Herzens wirst du es erkennen. Hier im neuen Land bin ich nie einem Mitglied dieser Bruderschaft begegnet, und ich weiß nicht, ob sie noch besteht. Doch falls ja, wird jeder Sippschaftler deinen Hilfeschrei im Wind hören, wenn du selbst zur Bruderschaft gehörst. Hör gut zu, ich werde ihn dich lehren.« Mit zitternder Stimme hob Oelendra an zu singen. Die Worte waren altcymrisch.

Beim Stern werde ich warten, werde ich beobachten, werde ich rufen und gehört werden.

»Vergiss nicht zu rufen, wenn es nötig ist«, sagte Oelendra. »Ich weiß nicht, ob ich dich hören werde, aber wenn, dann kannst du sicher sein, dass ich so schnell wie möglich zu dir komme.«

Tränen brannten in Rhapsodys Augen. »Ich weiß, aber macht Euch keine Sorgen, Oelendra, ich werde schon zurechtkommen.«

»Natürlich wirst du das.«

Rhapsody tätschelte den Hals der Stute. »Nun, ich sollte losreiten. Danke für alles.«

»Nein, Rhapsody, ich danke dir«, entgegnete die Lirin-Kriegerin. »Du hast viel mehr hierher gebracht, als du mitnimmst. Gute Reise, und pass auf dich auf.«

Rhapsody beugte sich herab und küsste die Wange der alten Kämpferin. »Ich werde Euch alles erzählen, wenn ich zurück bin.«

»Das wird bestimmt eine wundervolle Geschichte«, erwiderte Oelendra und blinzelte, um die Tränen zurückzuhalten. »Jetzt reite los. Du hast einen langen Tagesritt vor dir.« Damit gab sie dem Pferd einen Klaps auf die Flanke und winkte, während Rhapsody davonritt, die Letzte einer langen Reihe von Schülern und Schülerinnen vor ihr, die Oelendra mit ihren Gebeten begleitete. Doch jetzt war es anders, das wusste sie. Zwar wagte sie nicht mehr zu hoffen – dafür sie hatte zu viele junge Kämpfer sich verabschieden sehen, die nicht zurückgekehrt waren. Aber dieses Mal ritt ihr Herz mit. Wenn Rhapsody nicht wiederkam, würde es auch nicht wiederkommen.

26

Die Reise nach Sepulvarta erwies sich als geradezu erfrischend. Während Rhapsody nach Nordosten ritt, war der Sommer ihr immer einen Tag voraus, und sie folgte seiner Fährte aus neuem Gras und frischen Nadeln an den immergrünen Bäumen, die den Wald säumten. Mit jedem Tag wurde die Luft etwas wärmer, das Laub voller, das Gras höher, und Rhapsody fühlte das Feuer in ihrer Seele in der Wärme erstarken. Die Blüten und blassen Blätter des Frühlings waren üppigem, grünem Laub gewichen, das für ausreichend Schatten sorgte.

Das Rauschen des Windes, der Hufschlag des Pferdes, die Geschwindigkeit ihres Ritts, all das rief in Rhapsody eine Ausgelassenheit hervor, die sie allzu lange unterdrückt hatte. Am ersten Tag, als sie den Wald verließ und auf die Ebene von Roland ritt, nahm sie das Band aus den Haaren, die nun ungebändigt hinter ihr im Wind wehten, während sie über das Grasland jagte. Sie wandte ihr Gesicht der Sonne zu, ließ die Mittagsstrahlen auf ihre rosige Haut brennen, sodass sie golden braun wurde. Als sie das Gebiet von Bethania und Navarne hinter sich gelassen hatte, fühlte sie sich gesünder und stärker denn je.

Nach elf Tagen hitzigen Reitens erreichte sie die Außenbezirke der Stadt Sepulvarta. Der von dem Stern gekrönte Turm war bereits drei Tage vorher zu sehen gewesen. Zum ersten Mal hatte Rhapsody ihn nachts erblickt, wie er leise in der Ferne schimmerte. Er sah genau so aus wie in ihrer Vision, und ihre Träume waren in jener Nacht besonders intensiv gewesen. Der Albtraum, der sie dazu gebracht hatte, diese Reise zu unternehmen, war fast jede Nacht zurückgekehrt, eine nagende Mahnung, mit höchster Kraft vorwärts zu preschen.

In der Stadt selbst wimmelte es von Menschen – Pilger auf dem Weg zu den Heiligen Schreinen, Kirchenleute, aber auch die üblichen Wanderer von einer Provinz zur anderen, die es auf Geschäfte aller Art abgesehen hatten, manche ehrbarer, andere eher zwielichtiger Natur. Es war recht leicht, sich unters Volk zu mischen und durch die Tore ins Innere der Stadt zu gelangen, wo Rhapsody schließlich zum Pfarrhaus gelangte, hoch oben auf dem Hügel am Rande der Stadt gelegen. Es war ein wunderschönes Marmorhaus, an die eigentliche Basilika angebaut; die gravierten Messingtüren wurden von Soldaten in farbenprächtiger Uniform bewacht. Rhapsody band ihr Pferd an einem der dafür vorgesehenen Plätze an, versorgte das Tier mit Wasser und Hafer und ging dann direkt auf die Wachen zu.

Sie hatte sich ihnen noch nicht einmal auf zehn Fuß genähert, als sie auch schon die Speere kreuzten.

»Was wollt Ihr hier?«

Rhapsody stand so aufrecht sie konnte. »Ich muss zu Seiner Gnaden.«

»Die Bitttage sind im Winter, Ihr seid zu spät dran.«

Rhapsody spürte, wie sich die Angst, die sie seit dem ersten Albtraum mit sich herumgetragen hatte, in Ärger verwandelte. »Ich muss ihn trotzdem sehen. Bitte.«

»Niemand darf den Patriarchen sehen, nicht einmal an den Bitttagen. Macht, dass Ihr wegkommt.«

Obwohl die Ungeduld sie zu überwältigen drohte, bemühte sich Rhapsody, möglichst ruhig zu bleiben. »Bitte richtet Seiner Gnaden aus, dass die Iliachenva'ar gekommen ist, um sich als Kämpferin an seine Seite zu stellen. Bitte.« Die Wachen antworteten nicht. »Nun gut«, fuhr Rhapsody schließlich fort, bemühte sich aber weiterhin, ihren Zorn zu unterdrücken. »Bis Ihr meine Botschaft zum Patriarchen bringt, seid Ihr unfähig, irgendeine andere zu überbringen.« Und sie sprach den Namen der Stille.

Die Wachen sahen einander an und fingen an zu lachen. Mitleidig sah Rhapsody zu, wie sie merkten, dass sie keinen Laut hervorbringen konnten, und verwirrt und ängstlich die Gesichter verzogen. Der Jüngere griff sich an die Kehle, der Ältere richtete seinen Speer auf Rhapsody.

»Na, na, nun seid nicht gleich so unwirsch«, meinte Rhapsody wenig beeindruckt. »Wenn Ihr die Sache wirklich hier draußen auf der Straße erledigen wollt, dann stehe ich gern zu Diensten, aber ich fürchte, meine Waffe ist Euren Speeren weit überlegen; das wäre wirklich unfair. Nun, meine Herren, ich bitte Euch, ich war lange unterwegs, und meine Geduld ist am Ende. Überbringt dem Patriarchen entweder meine Nachricht, oder macht Euch bereit, Euch zu verteidigen.« Um ihre Worte weniger bedrohlich klingen zu lassen, schenkte sie ihnen ihr freundlichstes Lächeln.

Der Jüngere der beiden Wachen blinzelte, und sein Gesicht wurde schlaff. Er blickte erst zu seinem Kameraden, dann wieder zu Rhapsody, ehe er sich umdrehte und in der Pfarrei verschwand. Der andere hielt weiterhin seinen Speer auf Rhapsody gerichtet, die sich ihrerseits auf den Stufen des Pfarrhauses niederließ, um zu warten.

Von der Treppe aus hatte man einen majestätischen Blick von einem Hügelrand zum anderen. Viele Gebäude von Sepulvarta waren aus weißem Stein oder Marmor erbaut, und demzufolge strahlte die Stadt hell im Sonnenlicht – fast übernatürlich, wie eine Vision vom Leben nach dem Tode. Ein Teil des ätherischen Lichts kam zweifelsohne von dem riesigen Spitzturm im Zentrum der Stadt. Die Zinne war so hoch, dass sie selbst noch auf die Basilika herabschaute, obgleich die Kirche mehrere hundert Fuß über der Stadt auf dem Hügel lag. Wenn das Sonnenlicht von einer Facette des Sterns eingefangen wurde, blitzte ein breiter Lichtstrahl auf und ließ die Dächer in überwältigender Pracht aufglänzen.

Gerade als Rhapsody sich entschlossen hatte, aufzustehen und sich die Beine zu vertreten, kehrte die Wache zurück.

»Bitte kommt mit mir.«

Sie folgte ihm die Steinstufen hinauf und durch die schweren Messingtüren.

Als Rhapsody das Pfarrhaus betrat, war von dem gleißenden Licht nichts mehr zu sehen. Es gab nur wenige Fenster, und die Marmorwände verschluckten das Licht gänzlich, sodass im Inneren des ansonsten wunderschönen Gebäudes eine düstere, fast trostlose Atmosphäre herrschte. An den Wänden hingen schwere Teppiche, und in kunstvoll verzierten Wandhaltern brannten als einzige Lichtquelle zylindrische Wachskerzen. Der durchdringende Weihrauchduft konnte den scharfen Geruch nach Moder und abgestandener Luft nicht überdecken.

Rhapsody wurde durch mehrere lange Gänge geführt, vorbei an blassen Männern in kirchlichem Schwarz, die sie unverhohlen anstarrten. Endlich machte der Wächter vor einer großen geschnitzten Tür aus dunklem Walnussholz Halt und öffnete sie langsam. Mit einer Handbewegung forderte er Rhapsody zum Eintreten auf.

Der Raum wies in etwa die Ausmaße des Versammlungssaals im Kessel auf. In den Fußboden war ein vergoldeter Stern eingelassen, doch ansonsten gab es keinen Zierrat und – abgesehen von einem schweren Stuhl aus schwarzem Walnussholz – auch kein Mobiliar. Dieser Stuhl stand auf einem Postament, zu dem mehrere Marmorstufen emporführten, und ähnelte einem Thron, allerdings ohne die typische Pracht. Auf diesem Thron saß ein großer, dünner Mann in reich bestickten Gewändern aus goldener Seide, verziert mit einem silbernen Stern. Er musterte Rhapsody streng, als sie vor ihm stehen blieb; sie kannte diesen Mann nicht, auch nicht aus ihren Träumen. Geduldig wartete sie, dass er zu sprechen anhöbe.

Lange betrachtete er sie, dann umwölkte sich seine Stirn. »Nun? Weshalb wolltet Ihr mich sehen?«

Rhapsody atmete langsam aus. »Ich wollte nicht Euch sehen.«

Auf dem strengen Gesicht erschien ein zorniger Ausdruck. »Nein? Warum wart Ihr dann so aufdringlich? Erlaubt Euch keine Spielchen mit mir, junge Frau.«

»Ich glaube, Ihr seid derjenige, der mit mir spielt«, entgegnete Rhapsody, so höflich sie konnte, obgleich sie ihren Ärger nicht gänzlich verbergen konnte. »Ich muss den richtigen Patriarchen sehen. Andere unter Vorspiegelung falscher Tatsachen an der Nase herumzuführen gereicht ihm wohl kaum zur Ehre – und Euch auch nicht.«

Verwirrung vertrieb den Zorn aus seinem Gesicht. »Wer seid Ihr?«

»Wie ich den Wachen bereits gesagt habe, bin ich die Iliachenva'ar. Es nicht schlimm, wenn Ihr nicht versteht, was das bedeutet; schließlich bin ich nicht zu Euch gekommen. Aber der Patriarch versteht es, oder wird es verstehen, falls Ihr es noch nicht für angebracht hieltet, ihm mitzuteilen, dass ich hier bin. Nun bitte ich Euch mit allem dienlichen Respekt, bringt mich zu ihm. Die Zeit wird knapp.«

Einen Augenblick starrte der Mann sie wortlos an, dann erhob er sich. »Seine Gnaden ist mit den Vorbereitungen für die Festlichkeiten am Hochheiligen Tag beschäftigt. Niemand darf ihn sehen.«

»Warum überlasst Ihr diese Entscheidung nicht ihm selbst?«, fragte Rhapsody und verschränkte die Arme. »Ich glaube, Ihr werdet feststellen, dass er mich empfangen möchte.«

Er ließ sich ihre Worte durch den Kopf gehen. »Nun gut, ich werde ihn fragen.«

»Danke. Ich bin Euch wirklich dankbar.«

Der Mann nickte und stieg vom Postament. Als er an Rhapsody vorbeiging, zögerte er, musterte sie von oben bis unten, verließ dann aber wortlos den Raum. Rhapsody seufzte und blickte zur Decke hinauf. Auch sie bestand aus Marmor, so unnachgiebig solide, dass Rhapsody sich fühlte wie in einer Gruft. Sie sehnte sich danach, wieder nach draußen an die frische Luft zu kommen.

Nach einer Zeit, die sich anfühlte wie eine Ewigkeit, öffnete sich die Tür endlich wieder, und der Mann, mit dem Rhapsody gesprochen hatte, kehrte zurück, diesmal in einfachem Kirchenschwarz. Er winkte ihr, ihm zu folgen, und sie tat es – endlose Korridore hinunter, so tief in das Gebäude hinein, dass sie irgendwann jede Orientierung verlor.

Schließlich gelangten sie in eine lange Halle, von der eine Reihe einfacher Zellen abging; bei vielen stand die Tür offen, und das Ganze wirkte wie ein Hospiz. Im Vorbeigehen konnte Rhapsody sehen, dass jeder Raum ein oder zwei schmale Betten enthielt, auf denen mit weißen Laken zugedeckte Patienten lagen; manche ächzten vor Schmerzen, andere murmelten irres Zeug vor sich hin. Vor einer geschlossenen Tür nahe dem Ende der Halle blieb ihr Begleiter stehen, klopfte an und öffnete sie dann. Mit einer Handbewegung forderte er Rhapsody zum Eintreten auf.

Verschwommen nahm sie wahr, wie die Tür hinter ihr wieder geschlossen wurde. Auf dem Bett lag ein älterer Mann, offensichtlich gebrechlich, mit einem weißen Haarkranz und hellblauen Augen, die fröhlich aus dem Gefängnis seines hinfälligen Körpers funkelten. Er trug das gleiche weiße Leinennachthemd wie die anderen Patienten, die Rhapsody gesehen hatte, und sie erkannte in ihm sofort den Mann aus ihren Träumen. Ein ehrfürchtiger Ausdruck erschien auf seinem Gesicht, als sie näher trat, und er streckte ihr eine zittrige Hand entgegen.

»Oelendra?« Seine Stimme war nicht mehr als ein dünnes Krächzen. »Ihr seid gekommen?«

Behutsam nahm Rhapsody seine Hand und setzte sich auf den Hocker neben dem Bett, damit er den Hals nicht mehr so recken musste, um sie anzusehen. »Nein, Euer Gnaden«, erwiderte sie sanft. »Mein Name ist Rhapsody. Ich bin jetzt die Iliachenva'ar. Oelendra hat mich ausgebildet, ich komme direkt von ihr.«

Der alte Priester nickte. »Natürlich, Ihr seid zu jung, um Oelendra zu sein. Ich hätte es merken müssen, als Ihr hereinkamt. Aber als man mir sagte, eine Liringlas-Frau sei da, die behaupte, sie sei die Iliachenva'ar ...«

»Ich fühle mich geehrt von Eurem Irrtum, Euer Gnaden«, meinte Rhapsody mit einem Lächeln. »Ich hoffe, ich werde mich eines Tages dieses Vergleichs würdig erweisen.«

Auf dem Gesicht des Patriarchen breitete sich ein Lächeln aus. »Oh, Ihr seid wunderhübsch, mein Kind.« Er senkte die Stimme zu einem schelmischen Flüstern. »Glaubt Ihr, es wäre eine Sünde, wenn ich einen Augenblick nur daliege und Euch betrachte?«

Rhapsody lachte. »Nun, das werdet Ihr besser wissen als ich, Euer Gnaden, aber ich persönlich halte es nicht für eine Sünde.«

»Der Allgott ist freundlich«, seufzte er, »mir in meinen letzten Tagen einen solchen Trost zu schicken.« Mit gerunzelter Stirn wiederholte Rhapsody: »Eure letzten Tage? Hattet Ihr eine Vision, Euer Gnaden?«

Der Patriarch nickte kaum merklich. »Ja, mein Kind. Die diesjährige Feier des Hochheiligen Tags wird meine letzte sein; noch in diesem Jahr werde ich zum Allgott eingehen.« Als er das Entsetzen in ihren Augen bemerkte, fuhr er fort: »Bemitleidet mich nicht, Kind, ich fürchte mich nicht, denn ich sehne mich danach zu gehen, wenn meine Zeit kommt. Nun ist nur noch wichtig, die Zeremonie für den Hochheiligen Tag morgen Nacht zu vollenden. Ist das erst einmal getan, so ist das Jahr gesichert.«

»Ich verstehe nicht ganz. Was hat das zu bedeuten?«

»Dann seid Ihr wohl nicht unseres Glaubens?«

»Nein, Euer Gnaden, das bin ich nicht. Tut mir Leid.«

Die blauen Augen zwinkerten. »Ihr braucht Euch nicht zu entschuldigen; der Allgott ruft jeden von uns zu seiner eigenen Einsicht. Wenn Ihr an etwas anderes glaubt, seid Ihr vielleicht hier, um mir etwas beizubringen, während ich mich darauf vorbereite, zu ihm zu gehen.«

»Ich glaube kaum, dass ich Euch etwas über Glaubensangelegenheiten beibringen könnte, Euer Gnaden«, entgegnete Rhapsody beklommen.

»Seid Euch da nur nicht so sicher, mein Kind. Der Glaube ist eine sonderbare Sache, und er ist nicht immer am größten in jenen, die darin am besten geschult sind. Aber wir werden auf diesen Gedanken zurückkommen, nicht wahr? Nun lasst mich Euch vom Hochheiligen Tag erzählen.

Jedes Jahr vollführe ich am Vorabend des ersten der Sonne gewidmeten Tages ein Heiliges Ritual, allein in der Basilika. Im Verlauf des Jahres finden andere Feierlichkeiten statt, aber keine davon ist so wichtig, denn die Zeremonie des Hochheiligen Tages verpflichtet die Gläubigen und den Patriarchen jedes Mal von neuem, dem Allgott zu dienen. Die Heiligen Worte sind Teil eines Heiligen Bundes mit dem Schöpfer, die Erfüllung eines Versprechens, das die kollektive Seele des Volks im Dienste aller Gläubigen dem Allgott widmet. Als Gegenleistung schenkt er uns seinen göttlichen Schutz für ein weiteres Jahr.« Verständnisvoll nickte Rhapsody, denn das Ritual, das er beschrieb, war auch eine Form des Benennens.

»Da durch dieses Ritual ein ganzes Jahr der Schutz des Allgottes gewährleistet ist, darf natürlich nichts verzögert oder gestört werden«, fuhr der alte Mann fort. »Die Bevölkerung von Sepulvarta geht an diesem Abend frühzeitig zur Ruhe und bleibt im Haus, damit es für mich keine Ablenkung gibt und ich meine Pflichten gewissenhaft ausführen kann. Jeder wird ermuntert, für mich zu beten, obgleich ich sicher bin, dass die meisten schlafen, statt Nachtwache zu halten.« Der alte Mann hielt inne und atmete keuchend, so sehr hatte die lange Rede ihn angestrengt.

Rhapsody schenkte ihm aus dem Krug auf dem Nachttisch ein Glas Wasser ein und reichte es ihm. »Habt Ihr Schmerzen, Euer Gnaden?« Sie half ihm, das Glas ruhig zu halten, denn seine Hand zitterte.

Der Patriarch nahm einen großen Schluck und nickte dann, um anzuzeigen, dass er genug hatte. Rhapsody setzte das Glas ab. »Nur ein wenig, Kind. Altwerden ist ein schmerzhafter Prozess, aber der Schmerz hilft, uns darauf zu besinnen, dass wir unseren Körper zurücklassen und unseren Geist für die bevorstehende Reise stärken. Es gibt andere hier, die weit mehr leiden. Aber ich wünschte, meine Kraft würde mich nicht so im Stich lassen. Ich würde mich gern um die Leidenden kümmern, wie ich das für gewöhnlich tue, aber ich fürchte, dann wäre ich nicht imstande, morgen meinen Dienst zu versehen.«

»Ich werde mich für Euch um sie kümmern, Euer Gnaden«, versprach Rhapsody und streichelte seine Hand.

»Dann seid Ihr eine Heilerin?«

»Ein wenig«, antwortete sie, während sie aufstand und Umhang und Tornister ablegte. Den Umhang hängte sie über die Lehne eines Stuhl an der anderen Wand, dann durchsuchte sie ihren Tornister. »Ich singe auch ein bisschen. Möchtet Ihr ein Lied von mir hören?«

Das bleiche Gesicht strahlte. »Nichts, was ich lieber möchte. Bei Eurem Namen hätte ich mir ja denken können, dass Ihr Musikerin seid.«

»Ich fürchte, das einzige Instrument, das ich bei mir habe, ist meine Lerchenflöte«, meinte Rhapsody bedauernd. »Meine Laute ist vor kurzem leider Opfer eines unglücklichen Unfalls geworden, und meine kleine Harfe habe ich im Haus der Erinnerungen gelassen, um den Baum dort zu bewachen.«

»Harfe? Ihr spielt Harfe? Oh, wie gern würde ich das hören. Es gibt in der ganzen Welt keinen lieblicheren Klang als den einer gut gespielten Harfe.«

»Ich habe nicht gesagt, dass ich gut spiele«, wandte Rhapsody lächelnd ein. »Aber ich spiele mit Begeisterung. Vielleicht komme ich eines Tages mit meiner neuen Harfe zurück, wenn Ihr wünscht.«

»Wir werden sehen«, erwiderte der Patriarch unverbindlich, und Rhapsody wurde klar, dass seine Augen bereits in die nächste Welt blickten. So setzte sie die winzige Flöte an die Lippen und spielte eine ätherische Melodie, leicht und luftig, das Lied des Windes in den Bäumen von Tyrian.

Das Gesicht des Patriarchen entspannte sich, und die Muskeln auf seiner Stirn wurden schlaff, als der Schmerz, der ihn quälte, vom Klang des Instruments gelindert wurde. Durch ihre Arbeit mit den Bolg hatte Rhapsody sich angewöhnt, das Gesicht auf Anzeichen des nachlassenden Schmerzes hin zu beobachten, und sie konnte erkennen, wenn die Musik ein Leiden so weit linderte, dass die Besserung auch eine Zeit lang anhalten würde. Als sie sah, dass bei dem Patriarchen dieses Stadium eingetreten war, beendete sie ihr Lied.

Der alte Mann stieß einen tiefen Seufzer aus. »Der Allgott hat Euch wahrhaftig gesandt, um mir den Übergang zu erleichtern. Könnte ich Euch doch nur für den Rest der mir verbleibenden Tage bei mir behalten.«

»Es gibt ein Lied des Übergangs, das die Lirin singen, wenn eine Seele sich bereit macht, ins Licht zu reisen«, sagte Rhapsody, und sah sofort, wie die Augen des Patriarchen voller Neugier aufleuchteten. »Man sagt, es löst die Bande zur Erde, mit denen die Seele an den Körper gebunden ist, damit sie sich nicht mit Gewalt freikämpfen muss. So fühlt die Seele auf ihrer Reise nichts als Freude.«

»Wie ich mir wünschte, ein Lirin zu sein«, seufzte der Patriarch. »Das klingt wundervoll.«

»Ihr müsst kein Lirin sein, um dieses Lied zu hören, Euer Gnaden. In Eurer Gemeinde wird es doch bestimmt viele Lirin geben.«

»Ja, vielleicht könnte ich einen finden, wenn es so weit ist«, meinte er. »Euer Lied hat meine Schmerzen gelindert, Kind. Ihr habt eine seltene Gabe.« In diesem Augenblick klopfte es an der Tür. Nach einer kurzen Pause wurde sie geöffnet, und der Mann, der vorhin den Patriarchen verkörpert hatte, kam herein, über dem Arm eine Garnitur weißer Gewänder.

»Sind diese für morgen Abend zufrieden stellend, Euer Gnaden, oder soll ich den Küster das sorboldische Leinen auspacken lassen?«

»Nein, Gregor, diese sind wunderbar«, antwortete der Patriarch. Der Mann verbeugte sich und verschwand durch die Tür. Der Alte wandte sich wieder Rhapsody zu, deren Gesicht so weiß wie die Gewänder geworden war. »Kind, was ist los mit Euch?«

»Das sind die Gewänder für die Zeremonie morgen?«

»Ja, am Hochheiligen Tag ist das zeremonielle Ornat von reinstem Weiß. Es ist die einzige Feier, bei der ich Weiß trage, bei allen anderen gibt es Farben, meist Silber oder Gold. Warum fragt Ihr?«

Rhapsody ergriff seine Hand; nun zitterte die ihre noch heftiger als seine. »Ich muss Euch sagen, warum ich gekommen bin, Euer Gnaden«, erklärte sie atemlos. Langsam und sorgfältig berichtete sie alle Einzelheiten ihrer Vision und versuchte, die Menschen, die sie gesehen hatte, so akkurat wie möglich zu beschreiben. Anfangs schien der Priester erschrocken, aber im weiteren Verlauf wurde er nachdenklich, nickte immer wieder und lauschte aufmerksam. Schließlich atmete Rhapsody einmal tief ein und wieder aus.

»Eure Erzählung erfüllt mich mit großer Sorge. Nicht nur, dass ich die Zeremonie des Hochheiligen Tages möglicherweise mit meinem Tod beeinträchtige! Das Verhalten meiner Seligpreiser beunruhigt mich gleichermaßen. Ich denke, Eure Vision zeigt recht zutreffend, was sich nach meinem Ableben ereignen wird, Rhapsody. Ich hatte gehofft, sie wären darüber erhaben, aber ich fürchte, ich war allzu zuversichtlich.«

»Was meint Ihr damit, Euer Gnaden?«

»Nun, die ersten beiden Männer, die Ihr gesehen habt, der junge und der alte, sind die Segner von Canderre-Yarim und der Neutralen Zone, Ian Steward beziehungsweise Colon Abernathy. Ian ist weise für sein Alter, aber letztlich doch ein unerfahrener Grünschnabel. Dass er sein Amt bekam, hat mehr damit zu tun, dass sein Bruder Tristan Steward heißt – der Fürst von Roland und Prinz von Bethania – und weniger mit seinen eigenen Verdiensten, obgleich ich glaube, dass Ian einen guten Seligpreiser abgeben wird. Colin ist älter noch als ich, und um seine Gesundheit ist es fast ebenso schlecht bestellt wie um meine. Keiner von beiden ist geeignet, meine Stellung zu übernehmen, und zweifellos würden sie auch in Panik ausbrechen, wenn sie einer solchen Situation gegenüberstünden.

Der Mann, den Ihr Tee zubereiten gesehen habt, ist höchstwahrscheinlich Lanacan Orlando, der Segner von Bethe Corbair. Was er in Eurem Traum getan hat, beschreibt seine Persönlichkeit vollkommen. Er ist ein bescheidener Mann, der stets versucht, die Dinge zu vereinfachen und unangenehme Situationen zu bereinigen. Lanacan ist mein oberster Heiler und Priester; ihn sende ich aus, um Truppen zu segnen oder den Sterbenden Trost zu spenden. Er ist kein großer Führer, aber ein wundervoller Priester.

Und die beiden anderen ... nun, darin liegt die Schwierigkeit. Sie sind die Segner von Avonderre-Navarne und von Sorbold, erbitterte Rivalen und beide in Konkurrenz um das Patriarchenamt, wenn ich sterbe.

Philabet Griswold, der Segner von Avonderre-Navarne, besitzt weit reichenden Einfluss aufgrund von Avonderres Nähe zu den Transportwegen und dem Reichtum der Provinzen in seinem Bistum. Nielash Mousa, der Segner von Sorbold, ist das religiöse Oberhaupt eines ganzen Landes, nicht nur einer orlandischen Provinz, und stammt nicht aus einem traditionellen cymrischen Geschlecht, was in Roland ja mehr und mehr in Ungnade fällt. Ich fürchte, die beiden hassen einander, und obgleich ich in der Vergangenheit versucht habe, ihre Streitereien zu schlichten, fürchte ich doch, dass es zu einem Machtkampf kommen wird, wenn ich nicht mehr da bin. Ich bin nicht sicher, ob einer von ihnen es verdient, Patriarch zu werden, vor allem, wenn das Jahr nicht gesichert ist.« Er biss sich auf die Lippe, und Rhapsody merkte, dass sein Zittern stärker geworden war.

»Sagt mir, was ich tun kann, um Euch zu helfen«, bat Rhapsody und drückte seine Hand. »Was immer es sein mag, auf mich könnt Ihr Euch verlassen.«

Als wollte er ihre Seele prüfen, blickte der Patriarch sie durchdringend an. Rhapsody hielt seinem Blick stand und ließ seine Augen über ihr offenes Gesicht wandern. Schließlich sah der alte Mann auf ihre ineinander verflochtenen Hände hinunter.

»Ja, das glaube ich«, meinte er dann, mehr zu sich selbst als an sie gewandt. Er zog einen Ring vom Finger, den sie zuvor kaum bemerkt hatte. Es war ein klarer, glatter Stein in einer einfachen Platinfassung. Behutsam öffnete er ihre Finger und legte den Ring auf ihre ausgestreckte Handfläche.

Nun nahm Rhapsody ihn genauer in Augenschein. Auf der Innenseite des Steins, wie von innen eingraviert, waren zwei

Symbole zu sehen. Sie sahen aus wie ein Plus- und ein Minuszeichen. Fragend blickte sie den Patriarchen an.

Er berührte den Stein und sprach auf Altcymrisch das Wort für Einschließen. Rhapsodys Augen wurden groß. Wieder griff er auf die Methode des Benennens zurück. »Hier«, sagte er dann mit einem zufriedenen Lächeln auf dem Gesicht. »Kind, nun haltet Ihr das Amt des Patriarchen in Eurer Hand. So lange dieses Amt morgen Abend mit mir in der Basilika ist, werde ich offiziell immer noch der Patriarch sein, um das Ritual durchführen zu können. Danach spielt es keine Rolle mehr, ob es einen offiziellen Patriarchen gibt, denn ich habe keine weiteren Feierlichkeiten abzuhalten. Innerhalb des nächsten Jahres werde ich auf jeden Fall sterben. Bewahrt den Ring für mich auf, ja? Er enthält die Weisheit meines Amtes und die tiefe Macht des Heilens, die damit einhergeht.«

»Wie kann Euer Amt sich in diesem Ring befinden? Ist es Euch nicht eingeboren, Euer Gnaden?«

Der Patriarch lächelte. »Oftmals, mein Kind, sind Königskronen und Ringe oder auch die Stäbe der heiligen Männer Behältnisse für die Weisheit ihres Amtes; sonst würde diese Weisheit ja womöglich mit der Person sterben, die das Amt innehat. Deshalb wird eine Krone oder ein Ring von König zu König weitergegeben, von Patriarch zu Patriarch; Krone und Ring enthalten die Weisheit vieler Könige, vieler Patriarchen, nicht nur die des gegenwärtigen Trägers. Sie sind nicht nur Symbole, sie bewahren das Amt und seine Macht, sie sorgen für Sicherheit. Die kollektive Weisheit gibt jedem König, jedem Patriarchen die zusätzliche Weisheit, die er benötigt, um zu regieren und die ihm Anvertrauten zu führen. So braucht er sich nicht allein auf seine eigene Klugheit zu verlassen.« Mit zitternder Hand drückte er die ihre. »Ich weiß, du wirst ihn beschützen.«

»Ich fühle mich von Eurem Vertrauen geehrt, Euer Gnaden«, erwiderte Rhapsody zögernd. »Aber wäre der Ring nicht besser bei einem Mitglied Eures Ordens aufgehoben?«

»Nein, das glaube ich nicht«, meinte der Patriarch lächelnd. »Meine Weisheit, die ich unter anderem aus dem Ring beziehe, sagt mir, dass Ihr diejenige seid, der ich ihn anvertrauen soll; Ihr werdet wissen, was damit zu tun ist. Er ist ein altes Überbleibsel von der Verlorenen Insel, das die Cymrer mitbrachten, als sie hierher kamen. Er verwahrt in sich viele Geheimnisse, zu denen ich nie Zugang gefunden habe; vielleicht wird das Euch vergönnt sein oder demjenigen, an den Ihr ihn weitergebt. Wenn nach meinem Tod für die Nachfolge eine friedliche und gerechte Lösung gefunden ist, werdet Ihr nach Sepulvarta kommen, um bei der Amtseinsetzung des neuen Patriarchen zu helfen, nicht wahr?«

»Ja.«

»Ich dachte mir, dass Ihr dazu bereit seid. Das ist gut, denn ohne den Ring wäre das auch nicht möglich.« Er lachte verschwörerisch.

»Lasst mich morgen bei Euch sein, Euer Gnaden«, sagte Rhapsody ernst. »Wenn meine Vision Euren Tod durch die Hand eines Attentäters und nicht durch den Ratschluss des Allgottes voraussagt, dann sollte ich Euch als Eure Kämpferin verteidigen. Wenn das Ritual vollzogen und das Jahr gesichert ist, werdet Ihr leicht und friedlich weiterleben, bis der Allgott Euch zu sich ruft.«

»Ich hatte gehofft, dass Ihr das vorschlagen würdet«, flüsterte er hocherfreut. »Nur einen benannten Kämpfer darf der Patriarch während des Rituals als Eskorte bei sich haben. Ich vermute, Ihr werdet es recht eintönig finden, aber es wird gut tun, Euch in meiner Nähe zu haben.«

»Seid Ihr sicher, Euer Gnaden? Ich kann auch vor der Basilika warten und den Eingang bewachen, wenn Ihr das wünscht. Da ich nicht Eurer Religion angehöre, möchte ich auf keinen Fall ...«

»Glaubt Ihr an Gott?«

»Ja, von ganzem Herzen.«

»Dann sehe ich keine Schwierigkeit.« Der alte Mann bewegte sich unruhig in seinem Bett. »Mein Kind, werdet Ihr mir etwas sagen?«

»Aber sicher.«

»Was glaubt Ihr denn, wenn Ihr Euch nicht unserer Religion zugehörig fühlt? Seid Ihr eine Anhängerin von Llauron?«

»Nein«, antwortete Rhapsody, »obgleich ich ein wenig bei ihm studiert habe. Seine Deutung kommt dem, was ich glaube, ein bisschen näher als die Eure, wenn ich das sagen darf, aber sie ist auch nicht meine.«

Die Augen des Patriarchen leuchteten voller Neugierde auf. »Bitte erklärt mir, woran Ihr glaubt.«

Einen Augenblick schwieg Rhapsody und dachte nach. »Ich weiß nicht, ob ich es in Worte fassen kann. Was für Euch der ›Allgott‹ ist, ist für die Lirin der ›Eine Gott‹, aber die Vorstellung dahinter ist die gleiche. Ich glaube, dass Gott die Kombination aller Dinge ist, dass jedes Ding, jede Person ein Teil Gottes ist, nicht nur etwas, was Gott erschaffen hat, sondern wirklich ein Teil von ihm. Ich glaube, der Grund, warum Menschen sich zum Gottesdienst versammeln, ist, dass dann mehr Teile von Gott anwesend sind und damit seine Gegenwart leichter gefühlt und gefeiert werden kann.«

»Das ähnelt stark einer unserer Vorstellungen. In unserer Religion glaubt man, dass alle Menschen dem Allgott gehören und dass sich ihre Gebete vereinen, um ihn zu erreichen.«

»Aber wenn Euer Gott der Gott für alle ist, warum dürft dann nur Ihr zu ihm beten?«

Der Patriarch blinzelte. »Ich bin sozusagen der Kanal für ihre Gebete. Jeder kann beten.«

»Ja, aber sie beten zu Euch. Für mich ist ein Gebet, das bei uns meist die Form eines Liedes hat, meine Art, direkt mit Gott in Verbindung zu treten. Das brauche ich, um mich ihm nahe zu fühlen.«

»Glaubt Ihr denn nicht, dass der Allgott so viele Gebete wie möglich zusammengeführt wissen möchte, um den Ruhm und die Ehre, die wir ihm erweisen, umso größer zu machen?«

»Ich weiß es nicht. Wenn ich ein Gott für viele wäre, dann würde ich mir wünschen, dass mir jeder Einzelne davon möglichst nahe wäre. Was für einen Sinn gäbe es sonst? Ich glaube nicht, dass er uns erschaffen hat, damit wir ihm Ehre entgegenbringen, ich glaube, er hat uns erschaffen, weil er uns liebt. Ich kann mir nicht vorstellen, dass er von uns erwartet, ihm diese Liebe durch einen Kanal zurückzugeben. Grundsätzlich sehe ich Gott als Leben. Dieser Vorstellung kann man sich leicht anschließen, aber es ist schwer, nach ihr zu leben.«

»Warum?«

Wieder dachte sie nach, ehe sie antwortete. »Die Liringlas haben einen Ausdruck, der lautet ›*Ryle hira:* Das Leben ist, was es ist.‹ Ich dachte früher, das wäre ein dummer Spruch, eine nutzlose Plattitüde. Doch als ich ein bisschen älter wurde, begann ich die Weisheit dieser Worte zu verstehen. Die Lirin sehen Gott auch als das ganze Leben, sie glauben, jeder Einzelne, jedes Ding im Universum sei ein winziger Teil Gottes. Deshalb muss man das Leben, ganz gleich, was es einem bringt, ehren, denn es ist so, wie es sein soll, selbst wenn man es vielleicht gerade nicht versteht. Vermutlich kommt diese Überzeugung unter anderem daher, dass die Lirin so lange gelebt und so vieles haben kommen und gehen sehen. Wahrscheinlich liegt der Grund, warum es mir so schwer fällt, es anzunehmen, darin, dass ich nur eine Halb-Lirin bin und deshalb nicht von Natur aus den Bickwinkel dieses langen Lebens teile.

So versuche ich zu akzeptieren, dass alle Dinge Teil Gottes sind, selbst diejenigen, die ich nicht begreife. Und ich denke, meine Aufgabe als Teil des Ganzen besteht darin, dieses Leben auf jede erdenkliche, mir mögliche Art besser zu machen, auch wenn mir natürlich klar ist, dass mein Beitrag äußerst gering ist, weil ich ja nur ein winziges Teilchen bin. Ich gebe keine sehr gute Lirin ab, wenn es hart auf hart geht. Vielleicht sehe ich aus wie meine Mutter, aber ich vermute, dass ich eigentlich eher die Tochter meines Vaters bin.«

»Ihr habt von beiden Weisheit mitbekommen«, meinte der Patriarch voller Zuneigung. »Hätte ich eine Tochter, würde ich mir wünschen, sie wäre genau so dickköpfig und ungeduldig und wunderbar wie Ihr.« Auf einmal wirkte sein Gesicht ein wenig blasser.

»Wollt Ihr Euch nicht ein wenig hinlegen?«, schlug Rhapsody vor und nahm seinen Arm, um ihm zu helfen. »Ich habe

Euch viel zu sehr ermüdet. Ruht Euch aus, ich werde mich einstweilen um die anderen kümmern. Ich habe Medizin bei mir und kann singen oder Musik machen, ganz wie es vonnöten ist. Wenn Ihr wieder wach seid, könnt Ihr mir mehr darüber sagen, was ich morgen Nacht tun muss.«

Der alte Mann nickte. Rhapsody stand auf und ging zur Tür, aber gerade als sie sie öffnen wollte, rief er ihr etwas nach.

»Ihr werdet doch zurückkommen?«

»Aber ja.«

»Und morgen?«

»Morgen werde ich Euch zur Seite stehen, Euer Gnaden«, antwortete sie. »Es wird mir eine Ehre sein.«

27

Die große Basilika von Sepulvarta war das augenfälligste Bauwerk der Stadt, mit hoch aufragenden Mauern aus poliertem Marmor und einer Kuppel, die größer war als alle anderen in der bekannten Welt. Für tausende von Trost suchenden Seelen war in diesen Mauern Raum, doch in der heutigen, der heiligsten Nacht, war das Gotteshaus vollkommen leer.

Am Nachmittag hatte man Rhapsody in der Basilika herumgeführt, und sie hatte sich an der Schönheit des Gebäudes von Herzen erfreut. Die vielfältigen Farben und Muster der Mosaiken, die Boden und Decke zierten, trugen ebenso zu seiner Pracht bei wie die kostbaren Vergoldungen auf den mit Fresken geschmückten Wänden und den farbigen Glasfenstern. Doch allein schon die Höhe und Breite des Bauwerks raubte ihr den Atem. Sogar in Ostend, der größten Stadt der Insel Serendair, hatte es nichts auch nur annähernd Vergleichbares gegeben; die Basilika dort hatte um die dreihundert Besucher gefasst und war insofern einzigartig gewesen, als sie ein paar Bänke ihr Eigen genannt hatte, auf denen die Reichsten unter den Gläubigen sich während des Gottesdienstes niedergelassen hatten.

Der Grund für diesen Unterschied war – neben der Tatsache, dass Sepulvarta um einiges wohlhabender war –, dass Serendair seit Jahrhunderten dem Glauben an viele Götter zugleich angehangen hatte und zahlreiche Tempel von den Anhängern mehrerer verschiedener Glaubensrichtungen aufgesucht wurden. Zu der Zeit, als Rhapsody die Insel verlassen hatte, war der König und mit ihm sein Land eben erst zu dem

Glauben an einen Gott übergetreten, und der Wechsel war in vielen Gegenden noch immer auf Widerstand gestoßen. Allein der Gebrauch des Wortes ›Götter‹ war für Monotheisten wie Rhapsodys Familie ein banaler Fluch gewesen und hatte schon zu Schlägereien auf der Straße geführt. Doch während sich die Bevölkerung mit der Vorstellung von einem einzigen wahren Gott angefreundet hatte, hatten immer mehr Tempel leer gestanden.

An diesem Abend war es in Sepulvarta ebenso, wenn auch aus ganz anderen Gründen. Wie der Patriarch Rhapsody erklärt hatte, wurden die Feierlichkeiten des Hochheiligen Tages von ihm allein durchgeführt, ohne dass jemand anderes zugegen war – ganz im Sinne der vorherrschenden Religion, die den Patriarchen als direkten Kanal zu Gott ansah. Punkt Mitternacht würde der alte Priester am Altar mit den rituellen Handlungen beginnen, würde psalmodieren und Opfer für den Schutz der Gläubigen fürs nächste Jahr darbringen. Dieser Akt der Erneuerung des Gottesbundes machte Rhapsody neugierig, denn er war den filidischen Jahreszeitenritualen sehr ähnlich. Vielleicht waren die beiden Religionen doch nicht ganz so gegensätzlich, wie ihre jeweiligen Anhänger glaubten.

Für diese Nacht hatte der Patriarch zuvor eine einfache Zeremonie vollzogen, in der er Rhapsody als seine Kämpferin benannt hatte. Der Name, den er ihr verliehen hatte, lautete Geweihte Rächerin, und sie hatte während des nüchternen Rituals der Namensgebung ständig gegen das Lachen ankämpfen müssen. Als sie aber begriffen hatte, was die Bezeichnung ›Rächerin‹ beinhaltete, war sie ernst geworden: Wenn sie in ihrer Beschützerrolle scheiterte, wäre sie gezwungen, im Namen der Gläubigen Rache zu üben. Doch eine solche Verpflichtung war ihr nicht geheuer, und sie wollte sich lieber darauf konzentrieren, dass dem Patriarchen in dieser Nacht nichts geschah.

So stand sie in der dunklen Basilika, die Tagessternfanfare griffbereit in der Scheide, den Blick aufmerksam in die weitläufige, menschenleere Kirche gerichtet. Sie stand im Kreis des Redners, einem auf den Marmorboden gemalten, vergoldeten Bild des Sterns, der die Turmzinne der Stadt krönte, am Ende der riesigen Marmortreppe, die von der Vorderseite der Basilika zum Altar führte. Der Altar selbst war ein einfacher, mit Platin eingefasster steinerner Tisch, der auf der zylindrischen Erhebung des Allerheiligsten genau in der Mitte der Basilika stand. So konnten alle Gläubigen ihn sehen, und Rhapsody hatte als Wächterin von ihrem Platz aus einen guten Überblick.

Die Basilika war dunkel bis auf die Lichtspiegelungen des Sterns auf dem gigantischen Turm, den Rhapsody tags zuvor gesehen hatte. Obgleich er auf der anderen Seite der Stadt aufragte, erhellte er die Basilika durch die Öffnungen in der Kuppel über dem Altar, tauchte ihr Inneres in ein gespenstisches Halblicht und ließ das Gesicht des Patriarchen schlohweiß erscheinen, während er den Altar für das Ritual vorbereitete. Schließlich trat der alte Mann langsam und mit zittrigen Schritten zu ihr an die Treppe.

»Ich bin bereit, Liebes.«

Rhapsody nickte. »Sehr gut, Euer Gnaden. So beginnt mit dem Ritual. Falls etwas passiert, versucht einfach weiterzumachen. Ich stehe Wache.« Damit lächelte sie dem gebrechlichen alten Mann zu, der in den voluminösen Gewändern seines Ordens gleichzeitig verloren und frappierend erhaben wirkte. Sie zog ihr Schwert, und er segnete sie. Dann kehrte er langsam zum Altar zurück und starrte in den einsamen Lichtstrahl, der aus der Kuppel herabfiel.

Als er zu psalmodieren anhob, schloss Rhapsody die Augen und konzentrierte sich auf die Töne seiner heiligen Melodie. Sie entsprach dem Muster eines Schutzliedes; das erschien ihr sinnvoll, denn der Ritus selbst war ja eine Bitte um Schutz für die Gläubigen im kommenden Jahr. Sie richtete die Tagessternfanfare auf den Patriarchen und hielt die Klinge ruhig, bis sie einen der Töne auffangen konnte. Behutsam zog sie diesen in einem Kreis um den Altar, sodass er über dem Kirchenmann schwebte.

Wie ein in der Luft hängender Lichtkreis zirkulierte der Schutzring nun über dem Altar und dem Patriarchen und verstärkte den Lichtkegel aus der Kuppel so, dass er um den heiligen Mann herum fast zum Greifen wirkte. Auch die Stimme des Alten wurde ein wenig stärker, als der Kreis die einzelnen Töne seines Gesangs aufnahm und in einem sich drehenden Ring festhielt. Rhapsody steckte ihr Schwert in die Scheide zurück und nahm eine respektvolle Haltung an, ehrfürchtig in dem Bewusstsein, dass nur wenige andere jemals Augenzeuge dieses Rituals geworden waren.

Während Rhapsody so stand und schaute, spürte sie plötzlich hinter sich ein Prickeln, und ihre Nackenhaare stellten sich auf. Langsam drehte sie sich um und sah zwei Gestalten durch die Türen der Basilika eintreten und auf ihre Mitte zustreben. Eine der beiden blieb unter dem Torbogen stehen, der ins Hauptschiff führte. Rhapsody konnte kaum Einzelheiten erkennen, nur dass die Gestalt einen großen schwarzen Umhang und einen ebenfalls schwarzen, gehörnten Helm trug. Undeutlich sah sie, dass um ihren Hals ein rundes Symbol hing, in dessen Mitte sich ein Stein zu befinden schien; seine Farbe konnte sie im Dunkeln allerdings nicht ausmachen.

Auch der zweite Eindringling war in einen schwarzen Umhang gehüllt, aber dieser war zurückgeschlagen und enthüllte eine silbern schimmernde Rüstung. Mit frechem Selbstvertrauen, hinter dem eine finstere, entschlossene Drohung lag, schritt er den langen Mittelgang entlang. Rhapsody hörte, wie der Gesang des Patriarchen zu einem disharmonischen Ende kam; der alte Mann wich mit angstvoll aufgerissenen Augen vom Altar zurück. Rasch trat sie zu ihm hinüber, stellte sich so gut es ging vor ihn und hoffte, er werde hinter dem Altar bleiben, der jetzt zwischen ihnen stand; aber stattdessen stolperte er nach vorn und stellte sich nun direkt hinter sie.

Als die zweite Gestalt in der Mitte der Kirche angekommen war, warf sie die Kapuze zurück. Rhapsody stockte der Atem. Heller als die Rüstung glänzte rotgoldenes Haar, schimmernd wie blank poliertes Kupfer, wenn auch nicht ganz so metallisch wie damals im Sonnenlicht des versteckten Tals hinter dem Wasserfall. Das hübsche, haarlose Gesicht, das sie zuletzt unter einem Stoppelbart gesehen hatte, grinste breit, und ihr Herz zog sich zusammen, als ihr einfiel, wie sie ihn ans Rasieren erinnert hatte. Selbst aus dieser Entfernung sah sie seine blauen Augen, die sie hell und klar fixierten. An der ersten Bankreihe blieb er stehen.

»Hallo, meine Liebe. Es ist lange her, seit wir uns das letzte Mal gesehen haben. Ich habe dich vermisst.« Seine Worte hallten in der weitläufigen Basilika wider.

Ungläubig starrte Rhapsody ihn an. Auf ihren Lippen formte sich ein einziges Wort.

»Ashe.«

»Oh, dann weißt du also noch, wer ich bin? Ich fühle mich geschmeichelt.«

Mit leiser, fester Stimme entgegnete sie: »Geh jetzt, dann wird dir nichts geschehen.«

Ein hässliches Lachen war die Antwort. »Wie großzügig von dir. Ich fürchte, ich kann deiner Aufforderung nicht entsprechen, aber ich möchte dir das gleiche Angebot machen.« Langsam ließ er seinen Umhang auf den Marmorboden gleiten und trat einen Schritt auf Rhapsody zu.

Auf einmal spürte Rhapsody die knochige Hand des Patriarchen auf ihrer Schulter. »Geh jetzt lieber, mein Kind. Ich kann nicht von dir verlangen, dass du dieses Opfer bringst.«

Rhapsody ließ das anziehende Gesicht, das sie jetzt genau so anlächelte, wie es das in ihren Träumen getan hatte, keine Sekunde aus den Augen. So freundlich er in der Vergangenheit auch gewesen sein mochte, jetzt war er ihr Gegner, und sein Verrat drehte ihr den Magen um. Ohne sich umzusehen, antwortete sie dem Patriarchen: »Ihr habt nichts von mir verlangt. Ich bin freiwillig gekommen, erinnert Ihr Euch?«

Ihr Gegner kam näher. »Hör lieber auf Seine Gnaden, mein Schatz. Das hier ist nicht dein Kampf. Geh zurück nach Hause, ins Firbolg-Land, geh und mach dem Fürsten der Ungeheuer eine Freude. Das ist etwas, was ich nie verstehen konnte – so eine schöne Frau und so ein hässliches Schicksal.«

»Bleibt in Eurem Kreis, Euer Gnaden«, rief Rhapsody und befreite sich mit einem Schulterzucken sanft von der zitternden Hand, während sie ihren Gegner auf sich zukommen sah. »Vollzieht Euer Ritual und lasst Euch nicht beunruhigen. Konzentriert Euch auf Eure Zeremonie.«

Aus den kristallblauen Augen verschwand das unverschämte Blitzen. »Ich habe dieses Spiel satt«, sagte er, und seine Stimme wurde gemein. »Je länger du mich dazu bringst, es zu spielen, desto mehr werde ich mit dir spielen, nachdem ich den Alten dort getötet habe. Ich habe lange darauf gewartet, dich endlich zu besitzen.«

Zorn ließ Rhapsodys Gesicht hart werden. »Dann komm«, sagte sie, während ihre Augen schmal wurden, mit tödlich ruhiger Stimme. »Ich werde mich bemühen, dieses Erlebnis für dich unvergesslich zu machen.« Ihre Hand legte sich auf das Heft der Tagessternfanfare.

»Versprochen?«, fragte er anzüglich und trat langsam zur Seite, die Hand geöffnet und bereit. »Ich kann es kaum erwarten.« Damit zog er das Schwert, ein Schwert, das sie noch nie gesehen hatte. Es war aus schwarzem gehärtetem Stahl, und die Luft um ihn herum zischte, als er es vor sich hob.

Rhapsody fühlte ihr Schwert in der Scheide und veränderte ihren Griff minimal, wie Achmed es sie gelehrt hatte, während sie ihre Aufmerksamkeit zuerst auf sich richtete. Sie war stark, sie war gut vorbereitet, sie stand auf heiligem Boden. Ihr Gefühl, das sie seit uralten Tagen und auch schon in jenem scheinbar anderen Leben durchströmt hatte, sagte ihr, dass sie unter dem Schutz der Basilika stand. Es sagte ihr, dass dieser Boden sie nicht verletzen würde, selbst wenn sie stürzte. Rhapsody schloss die Augen und konzentrierte sich, wie Oelendra es ihr beigebracht hatte.

Auf der Schwelle ihres Bewusstseins befanden sich die drei nun näher kommenden anderen Gestalten. Der vertraute Singsang des Patriarchen floss durch den Ring. Das am weitesten entfernte Wesen erschien als fremdes Glühen am Rande ihres Blickfelds. Ihr unmittelbarer Gegner, der Mann, den sie Ashe genannt hatte, drang direkt von vorn auf sie ein. Rhapsody untersuchte sein Abbild nach Blut nahe der Oberfläche, irgendeinem Zeichen von Schwäche oder Verletzung. Zwar fand sie nichts, aber sie erkannte, dass es nicht die gleiche Schwingungssignatur trug wie die Gestalt im hinteren Teil der Basilika. Seltsamerweise erschien Ashe nicht als Mann auf dem Schwingungsraster in ihrem Kopf, sondern als ein Ding, ein Geist oder eine Maschine, die dabei war, sie anzugreifen. Er war nicht lebendiger als sein Schwert, was bedeutete, dass sie nicht wusste, ob sie ihn töten konnte.

Ein Rakshas hat immer das Aussehen der Seele, die ihm Kraft gibt.

Elynsynos' Worte hallten in ihrem Gedächtnis wider. Rhapsody öffnete die Augen und warf einen kurzen Blick auf die Gestalt im Hintergrund, dankbar, in dieser, der heiligsten Nacht des Jahres, auf geweihtem Boden zu stehen; denn sicher war es der Wirt des F'dor selbst, der sich hinter dem Schutz des gehörnten Helms verbarg. Sie hätte gern Einzelheiten erkannt, irgendwelche Hinweise auf seine Identität, aber stattdessen wurde ihre Aufmerksamkeit nun ganz von dem Gegner in Anspruch genommen, der sich ihr unaufhaltsam näherte.

Langsam stieg sie die schillernden Marmorstufen hinunter und vergrößerte den Bogen des musikalischen Zylinders, der über und um den Patriarchen schwebte, als sie auf der untersten Stufe Halt machte. Vom Altar hinter ihr intonierte der alte Kirchenmann mit schwacher Stimme aufs Neue die feierlichen Worte, die seine letzte Zeremonie des Hochheiligen Tages besiegelten.

Im Hintergrund des Kirchenschiffs gestikulierte die Gestalt mit dem gehörnten Helm voller Ungeduld. Der Mann, dem sie vertraut hatte, mit dem sie gereist war, neben dem sie gekämpft und geschlafen hatte, war inzwischen seines Umhangs ledig und stürzte sich mit Mordlust in den Augen auf sie.

In den Sekunden vor dem Zusammenprall senkte sich Frieden auf Rhapsody herab. Es war die kalkulierte Ruhe, mit der sie in gefährlichen Situationen stets gesegnet war, gestählt von ihrer Ausbildung, geschliffen von ihrem Schwert, als verstriche die Zeit auf einmal viel langsamer; alle Winkel, alle Funktionen, jede Ebene und jede Kurve waren ihr klar, und sie war bereit, ihre Position einzunehmen. Auf ihrem Gesicht lag eine tödliche Heiterkeit; sie holte tief Atem und verstärkte ihre Konzentration auf die Schwingungen des Musikkreises und auf den rasch näher kommenden Mann, der jetzt nichts weiter war als eine Vielzahl mathematischer Berechnungen und Vektoren. Für sie war er kein Bekannter mehr, sondern nur noch der Feind, und jede Faser ihres Wesens und des Wesens ihres Schwerts war auf seine Vernichtung ausgerichtet.

»An mir kommst du nicht vorbei«, sagte sie mit der vollen Autorität einer Benennerin.

In dem Sekundenbruchteil, bevor er zuschlug, sah Rhapsody sein Gesicht, verzerrt vor Wut, gärend vor Hass. Die Augen, von denen sie geträumt hatte, spieen Feuer, die Pupillen waren winzige Punkte eines flammenden blauen Lichts, die vertikalen Schlitze verschwunden. Sie schätzte seine Kraft und seine Körpermasse auf etwa das Doppelte ihrer eigenen, doch sie glaubte, dass sie schneller und ihm technisch überlegen war, obgleich sie seine Waffe nicht kannte. Seine Wut war größer; ob sich das als Vorteil für sie oder für ihn herausstellte, musste sich zeigen.

Sie hatte ihn schon im Kampf erlebt, aber niemals so wie heute. Er bewegte sich mit der Schnelligkeit und Behändigkeit eines Wolfs, und sein grässliches Knurren klang eher nach einem wilden Tier als nach einem Menschen. In einem einzigen Moment hatte er die Entfernung zu ihr überwunden und sich, das Schwert aus dem Handgelenk schwingend, auf sie gestürzt.

Sie war wie angewurzelt stehen geblieben und ließ sich gerade genug Zeit, um die Tagessternfanfare zu ziehen, sodass der Blitz, den das Schwert hervorrufen würde, wenn es aus der dunklen Scheide führe, mit dem Gipfelpunkt des musikalischen Kreises über ihr zusammentreffen würde. Als die Klinge ihres Feindes auf ihre Kehle zusauste, um sie zu enthaupten, hörte sie das Geräusch, von dem Oelendra gesprochen hatte, das Wispern im Wind; und sie wusste, dass sie, tot oder lebendig, durch ihre Wächterrolle den Rang eines Sippschaftlers erhalten hatte.

Ohne einen Laut, mit einer Schnelligkeit, wie nur die Erfahrung sie schenkt, zog Rhapsody die Tagessternfanfare aus der Scheide, in einem Winkel, der den Schlag ihres Gegners aufhielt und parierte. Als das Schwert vorschoss, gab es einen fürchterlichen Lichtblitz, den der summende Kreis über Rhapsody in alle Richtungen durch die Basilika verteilte.

Ein metallisches Dröhnen, das an das Schmettern einer Silbertrompete gemahnte, zerriss die Luft. Wie Hammer auf Amboss, so prallte das Schwert gegen die schwarze Waffe, und das Echo des Knalls wurde von den Glocken der Basilika zurückgeworfen. Die mächtige Schallwelle brachte den Turm zum Erzittern, fegte übers Land und ließ die ganze Zinne beben.

Rhapsody wendete die Kraft und Größe ihres Gegners gegen ihn selbst, um den Schlag auf den Boden zu lenken. Sie zog ihr Schwert über seine Seite, und wo es durch seine Rüstung drang, versengte es ihn. Rasch wirbelte sie in ihre Ausgangsstellung zwischen ihm und den Altarstufen zurück, wobei sie schon fast erwartete, ihn auf dem Boden zu sehen. Doch er war noch da und ging, ohne auf seine verwundete Seite zu achten, erneut auf sie los. Wieder musste sie ihn abwehren, aber dieses Mal zielte sie bei ihrem Gegenschlag auf seine Augen. Obgleich sie fühlte, dass sie ihn getroffen hatte, drang er mit dem Schwertarm weiter auf sie ein, während er den anderen Arm hob, um sein Gesicht zu schützen.

Rhapsody duckte sich unter seinem Zugriff hindurch, warf sich herum und versuchte, von ihm loszukommen, aber er war zu dicht bei ihr. Mit einer abrupten Bewegung packte sie die Tagessternfanfare mit beiden Händen und hackte ihrem Angreifer den Daumen vom Heft seines schwarzen Schwertes. Die Waffe fiel klirrend zu Boden, gefolgt von dem blutenden Finger, während sie ihren Feind mit den Ellbogen von der Treppe drängte. Dann sprang sie selbst wieder zwei Stufen hinauf, um sich einen Überblick über die Lage zu verschaffen.

»Du – kommst – nicht – an – mir – vorbei«, wiederholte sie atemlos.

Sie spürte, wie die Wut ihrer beiden Gegner sich verstärkte. Ein Blick auf ihre Schwingungssignaturen zeigte ihr, dass sie mit einer dunkelroten Flamme pulsierten, schwarz brennend vor Zorn. Offenbar störte es die Gestalt im Hintergrund ganz besonders, dass die Auseinandersetzung inzwischen nicht mehr im Verborgenen stattfand; unruhig blickte der Vermummte sich in der Basilika um und lauschte auf die Geräusche, die von draußen hereindrangen. Alarmglocken und Rufe erschallten immer lauter von der Stadt herauf.

Doch die Wut ihres Gegners zielte nicht direkt auf sie. In seinen Augen erkannte sie eine zornige Verwirrung, als hätte er ihre Stärke falsch eingeschätzt. Doch das erschien ihr wiederum äußerst unwahrscheinlich, denn Ashe war lange genug bei ihr gewesen und hatte oft an ihrer Seite gekämpft, um sie beurteilen zu können. Und er wusste doch auch, dass sie bei Oelendra gelernt hatte. Wodurch seine Verwirrung indes ausgelöst worden sein mochte, sie ging vorüber. Hass verdunkelte sein Gesicht, und er stürzte sich auf Rhapsody, sprang durch die Luft mit einer unnatürlichen wölfischen Anmut und riss sie zu Boden, sodass sie unter ihm zum Liegen kam.

Offensichtlich war er zu dem Schluss gekommen, dass sie die bessere Waffe besaß, und setzte nun auf seine körperliche Überlegenheit. Mit der unverletzten Hand ließ er ihren Kopf auf die Marmorstufe aufschlagen. Rhapsody wehrte sich mit dem Schwert, das jedoch abprallte; aber ihr freier Handballen stieß von unten gegen seine Nase, sodass sie zu bluten anfing. Doch es war gar nicht Blut, was da zum Vorschein kam, sondern vielmehr eine Art Lauge, die ihr in den Augen und auf der Haut brannte. Das Zeug zischte und sandte einen stechenden Schmerz durch ihren ganzen Körper.

Aneinander geklammert, rollten sie über den Boden der Basilika. Rhapsody landete auf dem Rücken und versuchte aufzustehen, aber eine behandschuhte Hand legte sich auf ihre Kehle und drückte so heftig zu, dass sie wiederum auf dem Stein aufschlug. Einen Herzschlag lang wurde die Welt um sie herum dunkel, und sie bekam keine Luft mehr. Mit Bauch und Beinen presste er sie zu Boden und richtete sich dann keuchend über ihr auf. Blut füllte ein Auge und tropfte aus seiner Nase, sein Gesicht war vor Wut und Bosheit grotesk verzerrt.

Rhapsodys Arme fielen kraftlos zur Seite. Ihr ganzer Körper tat weh, und von dem widerlichen Gestank, der vom Blut ihres Gegners aufstieg und die Luft wie eine Giftwolke verpestete, wurde ihr übel. Doch sie zwang sich zur Ruhe und bewegte langsam und unmerklich die Arme nach oben, bis sie direkt über ihrem Kopf lagen; zwar gab sie sich damit eine Blöße auf Bauch und Brust, aber dort schützte sie ja der Panzer aus Drachenschuppen. Sein Griff um ihre Kehle verstärkte sich; jetzt hatte er sich fast zu einer sitzenden Position erhoben und umklammerte ihren Hals mit beiden Händen, die Beine gespreizt, die Genitalien jedoch zu ihrem Bedauern außer Reichweite ihrer Knie.

»Wie schade«, keuchte er und setzte sich hart auf ihren Bauch. »Schon seit langem hatte ich vor, dich flachzulegen, aber ich glaube, meinen ursprünglichen Plan hätten wir beide etwas mehr genossen.« Die Worte kamen nur mühsam aus seinem Mund, er atmete flach. »Aber egal. Ich denke, ich nehme deinen Körper einfach mit und vergnüge mich trotzdem noch ein bisschen damit. Wahrscheinlich habe ich dann sogar mehr Spaß mit ihm als in lebendigem Zustand, weil du nicht mehr ständig plapperst. Obwohl – deine Schreie wären Musik für meine Ohren gewesen. Nun ja.«

Rhapsody konzentrierte sich auf seinen Helm. Immer wieder schwand ihr für einen Augenblick das Bewusstsein, aber schließlich glaubte sie die Naht seiner Rüstung am Hals ausfindig gemacht zu haben. Mit unendlicher Geduld drehte sie das Heft der Tagessternfanfare in der Schwerthand und bewegte langsam die Hände aufeinander zu. Dann nahm sie all ihre eigene und die Kraft des Schwertes zusammen, und als sie spürte, dass sie harmonierten, atmete sie aus, wurde schlaff in der Umklammerung ihres Feindes und ließ das Schwert aus ihren Händen auf den Boden der Basilika fallen.

Er würgte sie noch einmal mit brutaler Heftigkeit, lockerte schließlich aber den Griff, fasste sich mit beiden Händen an sein blutendes Gesicht und wollte dann, auf ein Knie gestützt, die Tagessternfanfare ergreifen.

In diesem Augenblick rief Rhapsody in Gedanken ihr Schwert. Sofort sprang die Tagessternfanfare zurück in ihre Hände. Rhapsody warf sich nach vorn und stach mit der spitzen Klinge in den Schlitz im Harnisch ihres Gegners. Sie traf das angepeilte Ziel mit solcher Genauigkeit, dass er nach hinten geschleudert wurde. Die Tagessternfanfare jedoch steckte fest in seinem Hals.

Ein hässliches, ersticktes Japsen entrang sich seinem Mund, seine Augen weiteten sich vor Überraschung und Schmerz. Rhapsody nahm am Rande wahr, dass die Pupille des unversehrten Auges groß und rund geworden war. Mit einem heftigen Ruck zog sie das Schwert wieder aus seinem Hals und hieb es ihm gegen die Knie. Er stürzte, versuchte aber, auf allen vieren sein eigenes Schwert zu ergattern. Doch Rhapsody schleuderte es mit einem mächtigen Schwung der Tagessternfanfare in den Gang, wo er es nicht mehr erreichen konnte.

»Tut mir Leid, dass ich dich enttäuschen muss«, sagte sie und folgte ihm, als er sich kriechend zurückzog. »Wenn du dich so nach mir sehnst, werde ich gern zu Diensten sein. Roll dich mal ein bisschen auf die Seite.« Drohend schwang sie das Schwert gegen ihn, dann spürte sie plötzlich, dass etwas die harmonischen Schwingungen der Tagessternfanfare störte. Beschämt begriff sie den Grund dafür: In ihrer Wut hatte sie ihren wehrlosen Feind verspottet, und das war einer Sippschaftlerin und der Iliachenva'ar nicht würdig.

»Halt still, dann beschere ich dir ein schnelles Ende«, sagte sie freundlicher, hob das Schwert und richtete es auf seinen Hals.

Auf einmal ertönte ein Höllenlärm aus dem hinteren Teil der Kirche. Rhapsody konnte gerade noch der Feuerwand ausweichen, die ohne jede Vorwarnung aus dem Boden zwischen ihr und ihrem blutenden Feind in die Höhe schoss, eine schwarze Feuersbrunst, die denselben Gestank verbreitete wie sein Blut. Die Wand aus Hitze und Flammen stieg bis auf die Höhe des Altars empor und umringte Rhapsody von allen Seiten – und sie konnte sie nicht durchbrechen. Doch es war kein natürliches Feuer; es zischte und fauchte, und seine Bosheit war greifbar. Auf der anderen Seite der Flammen sah Rhapsody hastige Bewegungen.

Sie sammelte all ihr Wissen um sich wie einen Umhang und bereitete sich darauf vor, durchs Feuer zu gehen, als es plötzlich verschwunden war. Auch die beiden Attentäter waren nirgends mehr zu sehen. Der Patriarch sang noch immer mit leiser, unsicherer Stimme, war inzwischen aber fast am Ende des Rituals angekommen.

Keuchend und völlig ausgelaugt, wartete Rhapsody, bis der Priester fertig war. Erst als er sich vom Altar abwandte und die Stufen zu ihr hinabstieg, setzte sie sich hin und strich sich mit den Fingern über ihre malträtierte Kehle. Ihr Kopf dröhnte, und in ihrem Körper wuchsen die Schmerzen.

Mit vor Schreck bebender Stimme rief der Patriarch: »Kind! Mein Kind! Seid Ihr unversehrt?« Er zitterte so heftig, dass Rhapsody schon Angst bekam, er könne die Altartreppe hinunterfallen.

»Ja, Euer Gnaden, es geht mir gut«, antwortete sie, erhob sich mühsam und streckte dem gebrechlichen alten Mann beide Hände entgegen. Seine Augen waren voller Besorgnis, aber er schien wenigstens keine Angst mehr zu haben.

»Lasst mich Euren Hals ansehen«, bat er, zog den Kragen ihrer Weste beiseite und untersuchte die anschwellenden purpurnen Flecke. »Ihr seht furchtbar aus.«

Rhapsody zuckte zusammen, als seine Finger ihren Hals berührten. »Ja, aber er sieht noch schlimmer aus, und darauf kommt es an.«

»Wo ist er geblieben?«, fragte der Patriarch und sah sich in der Basilika um.

Rhapsody beugte sich vor und versuchte, möglichst tief und ruhig zu atmen, um die Schmerzen zu bewältigen. »Ich weiß es nicht. Er hat wohl den Schwanz eingeklemmt und ist weggelaufen, mit Hilfe seines hässlichen Freundes.«

»Er hatte Hilfe?«

»Ja, da war noch einer, mit einem gehörnten Helm. Ich bin ziemlich sicher, dass er es war, der das Feuer herbeigerufen hat.«

»Das Feuer? Ich kann nicht glauben, dass ich nichts davon mitbekommen habe. Einmal habe ich einen großen Lärm gehört, aber als ich den Ritus vollzogen hatte, wart nur noch Ihr in der Kirche. Offenbar musstet Ihr teuer dafür bezahlen, dass Ihr mich beschützt habt. Es hätte Euch das Leben kosten können.«

Gerührt nahm Rhapsody seine Betroffenheit zur Kenntnis und lächelte ihn aufmunternd an. »Gut, dass Ihr Euch nicht habt ablenken lassen, Euer Gnaden, so soll es sein. Wir sind beide unserer Pflicht nachgegangen. Konntet Ihr das Ritual erfolgreich beenden?«

»O ja. Die Zeremonie des Hochheiligen Tages ist vollständig, das Jahr gesichert, und mit Hilfe des Allgottes wird nächstes Jahr ein anderer meinen Platz einnehmen. Jetzt kann ich in Frieden Abschied nehmen. Danke, meine Liebe, danke. Wärt Ihr nicht gewesen, hätte ich …« Er starrte zu Boden, und sein Mund öffnete und schloss sich leise, ohne dass Worte herauskamen.

Rhapsody streichelte seine Hand. »Es war mir eine Ehre, Euch als Beschützerin zu dienen.« In diesem Augenblick flog die Tür der Basilika auf, aufgeregter Lärm erhob sich, und Wachen, Soldaten, Novizen und Stadtbewohner strömten in die Kirche, um nach dem Patriarchen zu sehen. Rhapsody steckte ihr Schwert in die Scheide und kniete vor dem Priester nieder.

»Ich werde Euer Amt in dem Ring für Euch bewahren, Euer Gnaden, bis ein anderer an Eure Stelle rückt. Betet für mich, dass ich meine Aufgabe mit Weisheit erfülle.«

»Daran zweifle ich nicht«, erwiderte der alte Mann und lächelte auf sie herab. Dann legte er die Hand auf ihren Kopf und erbat auf Altcymrisch, der heiligen Sprache seiner Religion, einen Segen. Rhapsody verbarg ihr Lächeln, als ihr einfiel, wann sie diese Sprache im alten Land zum letzten Mal gehört hatte. Was jetzt mystische heilige Worte waren, gehörte damals zum Jargon fluchender Wachsoldaten; Prostituierte hatten in dieser Sprache ihre Kunden geworben, Fischweiber hatten sie gekeift, Betrunkene gelallt. Doch jetzt wurde das Cymrische feierlich und mit Ehrfurcht gesprochen, so bedeutungsvoll wie ein Lirin-Lied. Der letzte Teil des Segens war ein einfacher Spruch, den sie schon als Kind gehört und den man den alten Seren zugeschrieben hatte.

»Vor allem aber mögest du Freude finden.«

»Danke«, antwortete sie mit einem Lächeln. Dann erhob sie sich, wenn auch etwas mühselig, verbeugte sich und machte sich zum Abschied bereit. Doch als sie sich zum Gehen wandte, berührte der Patriarch sie an der Schulter.

»Mein Kind?«

»Ja, Euer Ehren?«

»Wenn die Zeit kommt, würdet Ihr dann vielleicht in Erwägung ziehen ...« Seine Stimme erstarb, und er schwieg verlegen.

»Ich werde da sein, wenn ich irgend kann, Euer Ehren«, sagte sie leise. »Und ich bringe meine Harfe mit.«

28

Madeleine Canderre, Herzog Cedric Canderres Tochter, gehörte zu den Frauen, die man gemeinhin als hübsch bezeichnete. Ihr Gesicht war angenehm, die Züge ebenmäßig, was ihr jenen aristokratischen Ausdruck verlieh, den nur Jahrhunderte ausgewählter Eheschließungen hervorbrachten. Ihre Gesichtshaut war frisch und modisch blass, die Augen haselnussbraun; diese Farbe war eine zulässige Abweichung vom traditionellen Azurblau oder Aquamarin der cymrischen Königs- und Adelsgeschlechter.

Nun war die Augenfarbe zwar durchaus anziehend, ihre Form und der für sie typische Ausdruck aber nicht unbedingt. Madeleines Augen waren klein, lagen eng beieinander und schienen beständig Unzufriedenheit auszustrahlen. Vielleicht lag das einfach daran, dass sie meistens wirklich unzufrieden war.

Als sie an diesem Morgen in ihrem Wagen saß und sich für die Rückreise ins Land ihres Vaters fertig machte, war diese Unzufriedenheit geradezu greifbar. Tristan Steward seufzte. Vor einer Stunde war er gekommen, um sich von ihr zu verabschieden, und nun war sie immer noch da und führte ein Problem nach dem anderen an, das noch gelöst werden musste, ehe sich in wenigen Monaten unerbittlich und endgültig ihr Leben mit seinem verbinden würde. Bei dieser Vorstellung wurde die Übelkeit in seinem Magen von Minute zu Minute schlimmer.

»Ich verstehe immer noch nicht, warum du nicht nach Sepulvarta gehst und selbst den Patriarchen besuchst«, nörgelte Madeleine, während sie in ihren Notizen blätterte. »Er würde bestimmt eine Ausnahme machen und uns verheiraten; schließlich bist du ja der einzige Prinz des höchsten Geschlechts in ganz Roland. Was könnte denn wichtiger sein, Tristan?«

»Ich glaube, der Mann liegt im Sterben, Liebste«, erwiderte Tristan so geduldig er konnte. *Ich wollte, ich könnte etwas anderes sagen*, dachte er bitter.

»Unsinn. Man hört doch überall, dass er am Hochheiligen Tag einen Attentatsversuch in der Basilika überlebt hat. Wenn er einen Mordanschlag übersteht, dann kann er sich wohl auch vor den Altar stellen, das Vereinigungsritual vollziehen und die wichtigste Hochzeit im Land segnen.«

Tristan versuchte, seinen Ärger hinunterzuschlucken. Natürlich kannte er die Neuigkeiten, aber aus einer anderen Quelle und aus anderen Gründen. Den Gerüchten zufolge, die unter den Prostituierten kursierten, war der Patriarch von einer kleinen, zierlichen Frau gerettet worden – jedenfalls hatte Prudence das behauptet. Von einer Frau mit dem Gesicht eines Engels, mit der Wärme eines wilden Feuers in den grünen Augen. Er zweifelte keinen Augenblick daran, um wen es sich dabei handelte, es gab nur eine einzige Möglichkeit.

»Ich werde es mir durch den Kopf gehen lassen, Madeleine«, meinte er schroff und ließ die Wagentür endlich ins Schloss fallen. Dann beugte er sich durchs offene Fenster und drückte seiner Verlobten einen schnellen Kuss auf die Wange. »Gib die Liste dem Kammerherrn, er wird sich sicherlich auch um deine anderen Sorgen kümmern. Nun gute Reise. Wir wollen deinen Vater nicht warten lassen; du weißt doch, wie besorgt er immer ist.«

Damit wandte Tristan sich ab, allerdings nicht schnell genug, dass ihm das schockierte Gesicht seiner Verlobten entgangen wäre. Er winkte dem Quartiermeister, der seinerseits dem Kutscher zupfiff. Ruckend fuhr die Kutsche an und verschwand kurz darauf um die nächste Ecke.

»Ich dachte schon, du würdest nie mehr kommen.«

»Prophetische Worte, ohne Zweifel. Wenn ich erst einmal verheiratet bin, werde ich nie mehr kommen, jedenfalls nicht so wie bei dir, das kannst du mir glauben.«

Prudence warf ein Kissen auf den Prinzen, das ihn mitten auf die Brust traf. »Es ist noch nicht zu spät«, meinte sie lächelnd. »Noch steckt kein Ring an Madeleines Finger. Du könntest ihr einfach den Hals umdrehen.«

»Führ mich nicht in Versuchung.«

Das Lächeln verschwand aus Prudences Gesicht. »Hör auf zu jammern, Tristan. Wenn du den Gedanken nicht ertragen kannst, dass du den Rest deines Lebens mit dieser ... dieser Frau verbringst, dann zeig ein bisschen Rückgrat und löse die Verlobung auf. Du bist immerhin der Herrscher von Roland. Niemand kann dich zwingen, Madeleine zu heiraten.«

Tristan ließ sich schwer auf die Kante des massiven Betts fallen und zog seine Stiefel aus. »Es ist nicht so einfach, Pru«, erwiderte er. »Meine Heiratsmöglichkeiten sind äußerst begrenzt. Lydia von Yarim machte einen ziemlich viel versprechenden Eindruck, aber sie erlag leider einer Geschmacksverirrung, verliebte sich in meinen Cousin Stephen Navarne und heiratete ihn sogar; dabei musste sie dann auch noch ihr Leben lassen.«

Ein stechender Schmerz fuhr seine Wirbelsäule empor, als Prudences Fuß seinen Rücken traf.

»So etwas zu sagen ist wirklich hässlich und unter deiner Würde, Tristan, selbst wenn du einen Monat mit der mürrischen Madeleine verbracht hast und demzufolge selbst mürrisch geworden bist. Lydia wurde bei einem nicht geklärten feindlichen Überfall getötet, wie so viele andere im Lauf der Jahre. Das könnte jedem passieren, und es gibt ja auch ständig solche Vorkommnisse. Anzudeuten, dass Stephen in irgendeiner Weise daran schuld sein könnte ...«

»Ich sage ja nur, dass es für eine Gräfin lächerlich ist, mit einem so kleinen Kontingent zu reisen, und das auch noch auf der Jagd nach einem Paar Kinderschuhen für Lady Melisande. Ich habe nie gesagt, dass Stephen dafür verantwortlich ist. Ich finde nur, dass er sich besser um seine Familie hätte kümmern können, vor allem um die Frau, die er geliebt hat.«

»Hmmm. Nun, was ist mit der Prophetin in Hintervold – wie hieß sie noch mal? Hjroda?«

Tristan ließ den zweiten Stiefel auf den Boden fallen und band seine Hose auf. »Die ist keine Cymrerin.«

»Na und? Ich dachte, es reicht, dass eure Verlobten adelig sind. In Hintervold ist der Prophet von Adel. Welchen Unterschied macht es dann, ob seine Tochter cymrisch ist oder nicht? Es könnte sogar ein Vorteil sein, wenn man sich anschaut, was der größte Teil der Bevölkerung von den Cymrern hält - ohne dir damit zu nahe treten zu wollen.«

Tristan stand auf und schlüpfte aus der Hose, dann wandte er sich ihr zu. Sie saß an die zierlichen weißen Kissen gelehnt, unter den königsblauen Samtvorhängen seines Betts. Die rotblonden Locken fielen ihr über die Schultern, die knochiger geworden waren - das Alter hatte ihre Haut gedehnt und das Fleisch anders verteilt, sodass ihre Formen nicht mehr die eines jungen Mädchens waren, sondern die einer Frau im mittleren Alter. Ihr Anblick schnürte ihm jedes Mal die Kehle zusammen, und alle möglichen Gefühle überfluteten ihn, keines davon angenehmer Natur. Er blickte aus dem Fenster.

»Madeleine ist die Tochter des Herzogs von Canderre und die Cousine des Herzogs von Bethe Corbair«, sagte er, während er auf die Felder hinter dem Hof starrte, die in der Sommerhitze grün und reif dalagen. »Stephen Navarne und ich sind Vettern. Wenn ich mit Madeleine verheiratet bin, habe ich familiäre Bindungen zu jeder Provinz in Roland außer Avonderre.«

»Und? Warum ist das wichtig? Du bist jetzt schon Prinzregent, auch ohne all das.«

»Ich möchte vorbereitet sein, falls eines Tages der Aufruf zur Wiedervereinigung der Provinzen von Roland unter einem Cymrer-Herrscher ergeht. Es gibt Menschen, die der Ansicht sind, dass dies eine Möglichkeit wäre, die Gewalt zu beenden, unter der das Reich von der Küste bis ins Bolg-Gebiet und auch in Tyrian und Sorbold zu leiden hat. Vielleicht wird es irgendwann dazu kommen.«

Prudence verdrehte die Augen und seufzte. »Vielleicht wird irgendwann auch danach verlangt, dass jemand den Himmel gelb streichen lässt, Tristan, aber ich würde mir an deiner Stelle trotzdem keine Frau aufbürden, die dir schon Albträume bereitet, wenn du nur an ihre Gegenwart denkst.«

Gegen seinen Willen musste der Herrscher von Roland lächeln. Er zog seine lange Tunika aus und warf sie auf den Kleiderhaufen, der sich auf dem Boden angesammelt hatte. »So schlimm ist Madeleine nun auch wieder nicht, Pru.«

»Sie ist kalt wie die Titten einer alten Kriegshexe und doppelt so hässlich. Das weißt du genau. Mach die Augen auf, Tristan. Sieh dir genau an, auf was du dich da einlässt und zu welchem Zweck. Wer auch immer dich heiratet, wird cymrisch, schon allein dadurch, dass sie deine Frau ist – möge der Allgott ihr beistehen. Eure Linie ist sowieso nicht rein. Heirate eine Frau, mit der du glücklich wirst, oder wenigstens eine, die dir nicht das Leben zur Hölle macht. Wenn du das Glück hast, Herrscher der Cymrer oder König oder was auch immer zu werden, dann kümmert es ohnehin keinen mehr, wer diese Frau jetzt ist.«

Ihre Worte waren so klar und deutlich, dass sich die Muskeln in Tristans Stirn lockerten, die seit der Nachricht über Madeleines Ankunft angespannt gewesen waren. Und wie immer lag eine Menge Weisheit in ihnen.

Rasch entledigte er sich seiner knielangen Unterhosen, warf die Decke mitsamt des seidenen Überwurfs beiseite und schloss Pru in die Arme. Ihre warme Haut an seiner Brust fühlte sich tröstlich an. Er hatte sie im letzten Monat schrecklich vermisst.

»Ich glaube, ich sollte Evans enthaupten lassen und lieber dich zu meinem persönlichen Berater und Botschafter ernennen«, meinte er, während seine Hände über ihren Rücken glitten und ihr Hinterteil umfassten. »Du bist klüger als er. Und viel schöner.«

Prudence schauderte in gespieltem Entsetzen. »Das will ich doch sehr hoffen. Evans ist mindestens siebzig.«

»Stimmt. Und er hat auch nicht so wunderschöne goldene Haare.« Der Herrscher von Roland vergrub seine Hände in ihren Locken.

Prudence machte sich aus seiner Umarmung frei, setzte sich auf und zog die Decke über ihre Brüste.

»Ich auch nicht, Tristan.«

»Doch, natürlich«, stammelte er. Plötzlich war ihm schwindlig, und ihm wurde kalt im Magen. »Rotblond habe ich gemeint. Das ist auch eine Art Gold.«

»Verschone mich«, entgegnete sie und sah aus dem Fenster. »Du hast wieder an sie gedacht.«

»Nein, das habe ich nicht ...«

»Sei lieber still, Tristan. Wage es nicht, mich anzulügen. Ich lasse mich nicht für dumm verkaufen. Ich weiß, an wen du denkst – und ich bin es nicht.« Prudence strich die Decke über ihren Beinen glatt. »Es macht mir übrigens nichts aus. Ich möchte nur, dass du ehrlich bist.«

Tristan seufzte. Lange sah er Prudence an, und auf seinem Gesicht verwandelte sich der schuldbewusste Ausdruck in Staunen darüber, wie schnell sie immer bereit war, ihm seine Missetaten zu verzeihen. In seinem ganzen Leben würde es nie wieder einen Menschen geben, der ihn so bedingungslos akzeptierte und ihn im vollen Bewusstsein seiner Fehler dennoch liebte.

Als er in ihren Augen endlich die Spur eines Lächelns ausmachen konnte, zog er die Decke wieder herunter, diesmal allerdings sehr behutsam, und glitt neben sie. Sanft nahm er sie in die Arme und drückte ihren Kopf an seine Schulter.

»Ich verdiene dich wirklich nicht, weißt du«, sagte er, und seine Stimme klang fast demütig.

»Ja, ich weiß«, erwiderte sie, das Gesicht an seiner Brust vergraben. Diese Brust war glatt und muskulös, strotzend vor Jugend und Vitalität, die Tristans cymrisches Erbe ihm verliehen, zusammen mit einer immensen Lebenserwartung, in deren Genuss Prudence selbst nie kommen würde.

»Ich möchte, dass du etwas für mich tust.«

Prudence seufzte und legte sich aufs Kissen zurück. »Was denn?«

Auch der Herrscher von Roland legte sich zurück und starrte an die Decke. Es war so viel leichter bei Nacht, nachdem sie sich geliebt hatten; sonst hatten sie sich für gewöhnlich über seine an Besessenheit grenzenden Gefühle für Rhapsody unterhalten, wenn Dunkelheit den Raum verhüllte, hinter den Bettvorhängen. Anstand und Schamgefühl waren dann weit weg, und er konnte so offen sein wie einem Beichtvater gegenüber – wäre er fähig dazu, sich einem zu offenbaren.

Aber seine königliche Stellung verschaffte ihm nicht nur Privilegien, sie war auch ein Fluch. Der einzige Kirchenmann, der in der Position gewesen wäre, sich seine Verbrechen anzuhören und seine Bitte um Absolution an den Patriarchen weiterzuleiten, war neben dem Patriarchen selbst ausgerechnet Tristans Bruder Ian Steward, der Segner von Canderre-Yarim. Nun wurde es aber zunehmend wahrscheinlich, dass Ian, ungeachtet Madeleines anders lautenden Wünschen, das Eheschließungsritual vollziehen würde, und so blieb Tristan niemand, dem er seine ehebrecherischen Gedanken gestehen konnte, als die Prostituierte in seinem Bett, die von Kindheit an seine Freundin und auch seine erste Geliebte gewesen war. Die einzige Person auf der ganzen Welt, von der er sicher war, dass er sie liebte.

Er legte den Arm über die Augen, was ihm, wenn es schon nicht Nacht war, wenigstens ein wenig Dunkelheit bescherte.

»Ich möchte, dass du nach Canrif gehst – ich meine natürlich nach Ylorc, wie die Firbolg es nennen.« Neben ihm stieß Prudence hörbar den Atem aus, aber sie sagte nichts. »Ich möchte, dass du die Hochzeitseinladung für den Firbolg-König überbringst – und auch die für seine Gesandte.«

»Seine Gesandte? Komm schon, Tristan, das kannst du besser.«

»Na gut, für *Rhapsody*. Bist du jetzt zufrieden? Ich möchte, dass du Rhapsody persönlich die Einladung überbringst und ihre Reaktion beobachtest. Wenn sie offen dafür scheint, versuche sie zu überreden, dass sie mit dir nach Bethania kommt, oder zumindest bald nachkommt, damit ich mich wenigstens einmal allein mit ihr treffen kann, ehe ich das Biest von Canderre heirate.«

»Zu welchem Zweck willst du dich mit ihr treffen, Tristan?«, fragte Prudence leise, ohne die Spur eines Vorwurfs in der Stimme. »Was versprichst du dir davon?«

Wieder seufzte er. »Ich weiß es nicht. Ich weiß nur, dass ich, wenn ich es nicht tue, den Rest meines Lebens Qualen leiden und mich fragen werde, was sie wohl gesagt hätte. Und darüber nachgrübeln werde, ob es nicht vielleicht doch eine Chance gegeben hätte.«

Prudence setzte sich auf und zog ihm den Arm von den Augen.

»Eine Chance worauf? Liebst du sie, Tristan?« Ihre dunkelbraunen Augen suchten in seinem Gesicht, voller Anteilnahme, aber ansonsten ausdruckslos.

Er sah weg. »Ich weiß es nicht. Ich glaube nicht. Es ist eher ... eher ...«

»Verlangen?«

»Etwas in der Art, ja. Eine überwältigende, unerklärliche Sehnsucht. Als wäre sie ein wärmendes Freudenfeuer mitten im Winter. Es ist, als wanderte ich ohne Hemd durch den Schnee, seit ich sie zum ersten Mal gesehen habe. Du hattest die ganze Zeit über Recht damit, dass ich mich zu ihr hingezogen fühle. Ich habe den Kopf verloren und eine ganze Brigade meiner eigenen Soldaten in einen grausigen Tod geschickt, weil ich sie nicht fortziehen lassen wollte. Und ob du das nun glaubst oder nicht, sie hat keine Ahnung – das hat jedenfalls der Firbolg-König behauptet.

Natürlich wusstest du es besser, Pru, aber ich durfte dir nicht glauben. Der arme Rosentharn hatte Anweisung, sie mit dem Heer zurückzubringen, wenn Firbolg besiegt war.« Er blinzelte heftig bei der Erinnerung an den Firbolg-Kriegsherrn, der, die Krone von Roland wie ein Kinderspielzeug in den Händen haltend, auf eben dieser Bettkante gesessen und ihm ganz ruhig davon berichtet hatte, dass Tristans Heer abgeschlachtet worden war.

Keine Sorge, hatte das in seinen Umhang gehüllte Ungeheuer mit der kratzigen, heiseren Stimme gesagt, die vom Tod flüsterte. *Sie ahnt nicht, dass sie es war, die den Anstoß für dieses Massaker unter deinen Leuten gegeben hat. Dass es durch sie dazu kommen musste, war mir natürlich klar. Weshalb hätte ich sie sonst wohl zu dir geschickt? Du bist ein Mann freien Willens. Wenn es dir aufrichtig um Frieden gegangen wäre, hättest du meine Abgesandte gewiss mit offenen Armen begrüßt und mein Angebot angenommen. Ein Mann, der einer anderen Frau gegenüber nicht ausschließlich ehrenvolle Absichten hegt - insbesondere dann, wenn er verlobt ist -, ist auch als Nachbar nicht besonders vertrauenswürdig. Dass du, um ihre Aufmerksamkeit zu erregen, das Leben von zweitausend Männern aufs Spiel gesetzt hast, wird dir hoffentlich eine Lehre gewesen sein. Lass es nicht noch einmal so weit kommen.*

Dann hatte sich der Schatten leise vom Stuhl erhoben, und der Firbolg-König hatte sich zum Gehen gewandt.

Ich lasse dich allein. Du wirst doch sicherlich für deine Männer eine Mahnwache abhalten wollen. Der Herrscher von Roland hatte genauso wenig vom Abschied des Ungeheuers gesehen wie von seiner Ankunft.

Zwölf Stunden hatte es gedauert, bis Tristan wieder hatte sprechen können, noch einmal sechs, ehe er wieder einen einigermaßen sinnvollen Satz zusammengebracht hatte. Ein ätzender Geschmack hatte seine Kehle und seinen Mund verbrannt, und er konnte ihn sogar jetzt, Monate später, immer noch heraufbeschwören. Der Tod seines Heers hatte ihn voller Angst und Entsetzen zurückgelassen.

Aber offensichtlich nicht entsetzt genug, um das Bild dieser Frau abschütteln zu können - es suchte ihn immer noch heim. Tristan ließ sich auf die Kissen zurücksinken und stieß erneut einen abgrundtiefen Seufzer aus.

»Ich weiß nicht, was es ist, womit sie mich so in ihren Bann geschlagen hat«, gestand er. Er schloss die Augen und verscheuchte das Bild seiner dritten Infanterie, der berittenen Bogenschützen und all der anderen unglücklichen Seelen, die an jenem Morgen keine dringenderen Pflichten zu erfüllen gehabt hatten und deren Leichen nie gefunden worden waren. Gerüchte besagten, sie hätten ein grausiges Festmahl für die Ungeheuer abgegeben, welche sie besiegt hatten. »Es ist mehr als körperliche Anziehung, aber ich glaube nicht, dass es um Liebe geht. Ich denke, ein Teil dessen, was mich so unruhig macht, ist ja genau der Drang herauszufinden, was es eigentlich ist.«

Prudence betrachtete sein Gesicht noch einen Augenblick länger, dann nickte sie.

»In Ordnung, Tristan, ich gehe. Dieses Feuer breitet sich anscheinend aus, denn jetzt verspüre auch ich schon eine unerklärliche Sehnsucht nach dieser Frau. Meine Neugier wird erst befriedigt sein, wenn ich dieses Wesen selbst in Augenschein genommen habe.«

Er umfasste ihr Gesicht, zog sie an sich und küsste sie voller Dankbarkeit.

»Danke, Pru.«

»Wie immer, mein Herr, tu ich alles für Euch.« Prudence entwand sich seinem Griff, stand auf und ging zum Frisiertisch, wo sie ihre Sachen abgelegt hatte. Sein schockiertes Gesicht ignorierte sie geflissentlich.

»Wohin gehst du?«, stammelte er.

Prudence zog ihr Kleid über die Schultern und drehte sich dann zu ihm um.

»Ich will meine Vorbereitungen für die Reise zum Objekt deiner Erregung treffen. Was sonst?«

»Das kann warten. Komm zurück ins Bett.« Er breitete die Arme aus.

»Nein.« Prudence schlüpfte in ihre Unterwäsche, stellte sich vor den Spiegel und fuhr sich mit den Fingern durch die zerzausten Locken.

»Ich meine es ernst, Prudence, bitte komm zurück. Ich will dich.«

Prudence lächelte. »Nun, ist dir schon mal in den Sinn gekommen, dass dieses Gefühl vielleicht nicht auf Gegenseitigkeit beruht, mein Herr? Und wenn dich meine Zurückweisung tödlich beleidigt, solltest du vielleicht in Erwägung ziehen, mich zu enthaupten und Evans mit ins Bett zu nehmen.«

Damit verließ sie den Raum und machte die Tür fest hinter sich zu, während Tristan mit verblüfftem Gesicht sitzen blieb.

Rhapsody schlief unter den feinen Schatten, die der Mond durch das Blattwerk einer scheckigen Erle warf, dem höchsten Baum des Dickichts, in dem sie für die Nacht Zuflucht gesucht hatte. Gelegentlich raschelte der Wind in den Blättern, aber ansonsten herrschte Stille am Westrand der Krevensfelder.

Die süße Luft klärte ihre Träume und machte sie in der Sommerhitze noch eindringlicher. Rhapsody drehte sich auf die Seite und atmete tief den Duft des Klees und der grünen Erde ein. An diesen Geruch erinnerte sie sich aus ihrer Kindheit, wenn sie und ihre Verwandten in solchen Nächten auf den Wiesen unter einem mit Sternen übersäten Himmel eingeschlafen waren.

Sie seufzte im Schlaf und wünschte sich, ihre Erinnerung möge ihr Träume von ihrer Mutter bringen, aber schon seit vor der Zeit, als Ashe zum Berg gekommen war, hatte Rhapsody ihr Bild nicht mehr heraufbeschwören können. Damals war ihre Mutter, wie es schien, ein letztes Mal zu ihr gekommen und hatte ihr eine Vision ihres Geburtssternes, der Aria gezeigt, des Sterns, der den Namen Seren trug.

Jetzt durchlebte sie den Traum von neuem, aber ohne die tröstliche Stimme ihrer Mutter. Im Schlaf erhob sie sich und starrte durch die schlanken Bäume auf die hinter ihnen liegende Ebene. In der Dunkelheit der Wiese sah sie einen Tisch oder eine Art Altar, auf dem der Körper eines Mannes ruhte. Die Gestalt war ganz in Dunkelheit gehüllt, und Rhapsody konnte nur ihre Umrisse erkennen.

Über ihr blinkte der Stern Seren, groß und hell, wie er einst auf der anderen Seite der Welt am Firmament gestanden hatte. Dann brach ein winziges Stück von dem Stern ab und fiel auf die liegende Gestalt. Einen Moment war sie blendend hell, dann verblasste das Licht zu einem schwachen Glimmen.

Dort ist der Splitter hingeraten, Kind, auf Gedeih oder Verderb, hatte ihre Mutter in dem Traum gesagt. *Wenn du deinen Leitstern findest, wirst du nie verloren sein.*

Andere Stimmen erfüllten ihren Kopf. Sie hörte Oelendra sprechen, die Worte von Traurigkeit durchdrungen.

Als nichts helfen wollte und Gwydion weiter Todesqualen litt, nahm ich schließlich einen Sternsplitter vom Heft meines Schwerts und gab ihn der Fürstin. Weißt du, im Griff der Tagessternfanfare war ein Stück von Seren, dem Namensstern unserer Heimat. Das war meine Verbindung zu dem Schwert, ein reines Fragment des Ätherelements; ich wusste, dass nichts sonst in meinem Besitz solche Macht besaß wie dieses Stück – außer dem Schwert selbst natürlich. Ich überließ es ihnen in der Hoffnung, dass sie mit diesem Sternensplitter einen letzten Versuch unternehmen würden, Gwydion zu retten, aber sie konnten nichts mehr für ihn tun. Es war eine Verzweiflungstat, den Stern um Gwydions willen aufzugeben, und es war umsonst; trotzdem bereue ich nicht, es versucht zu haben.

»Oelendra, ist es das, was ich sehe?«, murmelte sie im Schlaf. »War es der Versuch, Gwydions Leben zu retten?«

Dort ist der Splitter hingeraten, Kind, auf Gedeih oder Verderb.

Über dem Bild des aufgebahrten Mannes erschienen Hände, körperlose Hände, die sie schon in einer Vision im Haus der Erinnerungen gesehen hatte. Sie falteten sich wie zum Gebet und öffneten sich dann, als wollten sie einen Segen spenden. Blut strömte aus ihnen in die leblose Gestalt und färbte sie mit roten Flecken.

Kind meines Blutes.

Die mehrtönige Stimme des Drachen sprach in ihr anderes Ohr, das dem Wind zugewandt war.

Ein Rakshas hat immer das Aussehen der Seele, die ihm Kraft gibt. Er besteht aus Blut, dem Blut des Dämons, und manchmal auch aus dem anderer Kreaturen. Für gewöhnlich sind es unschuldige Wesen oder wilde Tiere. Sein Körper ist aus einem Element wie Eis oder Erde gebildet; ich glaube, derjenige im Haus der Erinnerungen besteht aus gefrorener Erde.

Das Blut schenkt ihm Leben und Kraft. Ein Rakshas, der allein aus Blut besteht, ist kurzlebig und geistlos. Aber wenn der Dämon eine Seele besitzt, ganz gleich, ob sie menschlichen Ursprungs ist oder nicht, kann er sich diese einverleiben und nimmt schließlich die Form des Eigentümers der Seele an, wobei dieser natürlich tot ist. Damit verfügt er auch über einen Teil von dessen Wissen und kann all das tun, was dieser zu tun vermochte. Eine entstellte, böse Kreatur, vor der du dich in Acht nehmen musst, Hübsche.

Mit einem heftigen Schauder erwachte Rhapsody und setzte sich auf. Sie war noch immer in dem Dickicht, ihre Stute neben sich, allein und unbemerkt, abgesehen von der Berührung des Nachtwinds. Sie fröstelte und rieb sich mit den Händen über die Arme in dem Versuch, sich aufzuwärmen.

»Was bist du, Ashe?«, fragte sie laut. »Was bist du wirklich?«

Die einzige Antwort war der warme Atem des Windes. Sie konnte nicht verstehen, was er ihr zu sagen versuchte.

Fast dreihundert Meilen westlich blies der Wind warm durch die offenen Tore in den alten Steinmauern des Hauses der Erinnerungen, raschelte in den Blättern des Baums, der in der Mitte des Hofes stand. Eine Gestalt in einem schweren grauen Umhang, die Kapuze tief ins Gesicht gezogen, stand am Fuß des Baums und blickte nachdenklich in seine Zweige hinauf.

Auf Augenhöhe, in einer Astgabel direkt über der ersten Höhle im Stamm, steckte ein kleines Musikinstrument, das einer Harfe ähnelte. Sie spielte einen Rundtanz, anders als alle anderen, die er je gehört hatte, eine einfache Weise, die den ganzen Hof erfüllte und durch die uralten Steine summte. Der Mann streckte den Arm aus, um das Instrument zu berühren, wobei der Umhang seine Hand entblößte, deren neu geformter Daumen nur leichte Anzeichen von roter, heilender Haut aufwies. Einen Augenblick schwebten die Finger über den Saiten, dann zogen sie sich rasch wieder zurück.

Es würde nichts nützen, wenn er versuchte, das Instrument zu entfernen, entschied der Rakshas. Es war zu einem Teil des Baums geworden, spielte sein Namenslied, eine sich immer wiederholende Melodie, die von dem Leben, das in ihm wohnte, genährt wurde. Der Wille des Schösslings war jetzt mit derselben Quelle verbunden, mit der auch seine Mutter Sagia verbunden gewesen war, die verkümmerten Wurzeln tief in die Erde gesenkt, doch unentwirrbar mit der Axis Mundi verschlungen. Das Lied der Harfe hatte den jungen Baum aus dem Griff seines Meisters befreit und ihn von seiner Entweihung geheilt. Der Mann hatte keinen Zweifel daran, wer die Harfe hier zurückgelassen hatte.

Langsam strich er die Kapuze zurück und ließ den Wind durch sein leuchtend rotgoldenes Haar wehen, während er über seinen nächsten Schritt nachdachte. Sein Meister, der auch sein Vater war, hatte überaus deutlich gemacht, dass die Drei überwacht und in Schach gehalten werden mussten, aber noch nicht vernichtet werden durften, keinesfalls vor der entscheidenden Begegnung in Sepulvarta. Nun aber hatte das dortige Debakel bewiesen, wie gründlich falsch sie die Situation eingeschätzt hatten, als sie angenommen hatten, dass die Drei zum Zeitpunkt des Attentats anderweitig beschäftigt sein würden. Der Misserfolg war ein ernster Rückschlag gewesen, noch schlimmer als die Niederlage hier im Haus der Erinnerungen.

Der Rakshas wandte sich von dem Baum ab und überquerte gemessenen Schrittes den Hof, während er sich bemühte, seine begrenzten Verstandeskräfte zu konzentrieren. Irgendetwas ließ ihm keine Ruhe, vielleicht etwas aus der Zeit vor seiner Wiedergeburt, etwas, was er erlebt hatte, als er noch Gwydion gewesen war. Doch er schaffte es nicht, den Gedankenfaden in einen Zusammenhang zu verweben, und so kehrte er zu der Stelle zurück, wo damals seine Wiedergeburt stattgefunden hatte.

Am Westrand des Gartens stand ein langer, flacher Tisch aus Marmor, der Altar, auf dem er zum ersten Mal das Bewusstsein erlangt hatte. Er schloss die Augen und rief sich die ersten Worte ins Gedächtnis, die er seinen Vater hatte beten hören.

Kind meines Blutes.

Das pulsierende Licht, der Schmerz der Wiedergeburt.

Jetzt wird die Prophezeiung durchbrochen. Aus diesem Kind werden meine Kinder hervorgehen.

Der Rakshas schloss die kristallblauen Augen wie damals vor dem blendenden Licht der Erinnerung. Als er sie wieder öffnete, glänzten sie mit demselben Licht, aber nun war es das Licht der Inspiration.

Rasch duckte er sich und nahm die Haltung eines wilden Tieres an, wie der Wolf, dessen Blut zu dem seines Vaters hinzugefügt worden war, um ihn zu formen, und scharrte in der Erde unter dem Altar. Er grub eine Weile, bis er schließlich fand, was er suchte, eine Wurzel des Baums, die noch die fleckigen Narben der ursprünglichen Verunreinigung trug. Die Retterin des Baums hatte nicht alle Wurzeln gefunden – unter dem Altar hatte sie wahrscheinlich nicht einmal nachgesehen, als sie den Baum mit ihren seltsamen Mitteln zu heilen versucht hatte. Der Rakshas warf den Kopf in den Nacken und lachte böse.

Eine war noch da, eine Wurzel war immer noch entweiht.

Das sollte reichen.

Rasch schaute er sich um und verzog das Gesicht. Stephen Navarnes Männer hatten die Gegenstände, die sie zum Schlachten benötigt hatten, zum größten Teil zerstört – auch die Bottiche, die so sorgfältig aufgestellt worden waren, um das Blut der Kinder aufzufangen. Der Kinder, die er geraubt hatte. Dieses Blut hatte den Baum damals genährt und ihn nach den Launen seines Vaters verformt. Hier gab es nichts mehr davon zu holen, alles war weg.

Sein Meister hatte einen großen Teil seiner Lebensessenz gegeben, um ihn ins Leben zu rufen. Auch der Dämon hatte ein Blutopfer gebracht, und noch mehr – eine Übertragung kostbarer Macht hatte stattgefunden, die dem Rakshas leicht wieder abhanden kommen konnte, wenn er sie nicht eifersüchtig hütete. Von Natur aus waren die F'dor bloß Rauch, flüchtige Geister, die sich an einen menschlichen Körper klammerten. Je mehr Macht, je mehr *Willenskraft* sie übertrugen, desto heikler wurde diese Verbindung. Mit seinen begrenzten geistigen Fähigkeiten fühlte sich der Rakshas geehrt, weil sein Meister dieses Opfer gebracht hatte, um ihn ins Leben zu rufen.

Das Kind der Erde, das nach uralter Dämonenlegende unter den Bergen der Zahnfelsen schlief, war eins der beiden Werkzeuge, die für den Plan seines Meisters unabdingbar waren. Die Wurzel des Schösslings hatte den Zugang für den F'dor eröffnen sollen, genährt vom Blut Unschuldiger, verbunden mit der Macht der Axis Mundi, der Mittellinie der Erde selbst, die mit einer alten Magie von unermesslicher Kraft pulsierte. Dieses Wurzelsystem zog sich durch die ganze Welt, bis ins Urgestein der unangreifbaren Berge. Und es ließ sich manipulieren, jedenfalls glaubte das der Meister. Um die Kontrolle über die Wurzeln des Baumes zurückzugewinnen, lohnte es sich gewiss, noch mehr von seiner eigenen Lebensessenz und der seines Meisters einzusetzen.

Er versuchte sich zu konzentrieren, versuchte, seinen beschränkten Geist dazu zu zwingen, die richtige Antwort hervorzubringen. Doch die sich ständig wiederholende Musik der kleinen Harfe verwirrte ihn und machte es ihm unmöglich, seine Gedanken auf den Punkt zu bringen. Ärgerlich beäugte er das Instrument, doch dann breitete sich ein Lächeln auf seinem Gesicht aus, wie die Morgendämmerung, die das Tal durchstreift, und erhellte jeden seiner Züge, bis es die Augen erreichte.

Er hatte seine Antwort gefunden.

Mit einem lässigen Schnippen des Handgelenks erschien ein Dolch in seiner nunmehr unversehrten Hand. Gezielt schnitt er sich zweimal in den Unterarm, sodass tiefrote Streifen auf der Haut erschienen; dann drehte er den Arm um, damit das Blut auf die frei liegende Wurzel tropfen konnte. Er spürte keinen richtigen Schmerz; eine so geringfügige Verletzung war nichts gegen die Qual, die sein Leben ohnehin in jeder wachen Minute bestimmte.

Wo das Blut auf den Boden tropfte, stieg Rauch in die Luft, wand sich, scharlachrot und schwarz vor dem Nachthimmel, zu einer Ranke und schließlich zu einer spiralförmigen Säule, die den Wind einfing.

Der Boden glomm und fing schließlich zu brennen an. Der Rakshas schloss die Augen und lauschte auf die tiefen Stimmen, die erst flüsterten und dann in einen dunklen, unheimlichen Singsang übergingen, obszöne Losungsworte sprachen, schmerzlich murmelten.

Die Qual nahm zu, wütete in seinem Körper wie ein heißer Blitz; er fühlte ein Knistern im Kopf, so heftig war die Empfindung. Der Gestank brennenden Fleisches drang in seine Nase, und er ballte die Fäuste, denn er wusste, dass das Blut, das er vergoss, etwas von der Macht seines Meisters mit in die Erde nahm.

Blutiges Licht erfüllte die Dunkelheit und tanzte wild zu den singenden Stimmen der in der tiefen Gruft gefangenen F'dor-Geister drunten in der Erde. In den Wogen der Macht, die aus seinem klopfenden Herzen strömten wie das Blut aus der geöffneten Arterie, hielt sich der Rakshas mühsam aufrecht. *Ich bin nur das Gefäß*, dachte er zufrieden, als der Boden unter seinen zitternden Füßen sich blutrot färbte. *Aber ich bin ein gutes Gefäß.* Schließlich jedoch verlor er den Kampf gegen die Schwerkraft und fiel vornüber, sodass er in seinem eigenen, brennenden Blut kniete.

Als die Erde um die Wurzel herum sich in roten Schlamm verwandelt hatte, atmete der Rakshas erschöpft aus und drückte dann seine Wunde zusammen, um sie wieder zu schließen. Sorgfältig grub er die Wurzel ein und flüsterte dabei die ermutigenden Worte, die er immer über dem Baum gesprochen hatte, als er in diesem Haus noch der Meister gewesen war.

»Merlus«, wisperte er. *Wachse.* »Sumat.« *Nähre dich.* »Fynchalt dearth kynvelt.« *Suche das Erdenkind.*

Langsam richtete er sich auf und beobachtete voller Freude, wie die Wurzel anschwoll, gesättigt mit verderbtem Blut, und dann welkte, dunkel und rebenartig, ehe sie tiefer in die Erde schlüpfte und dort verschwand. Er setzte die Kapuze auf, warf einen letzten Blick auf den alten cymrischen Außenposten und machte sich auf den Weg, den zu treffen, der bereits auf ihn wartete.

29

»Grunthor, schleich bitte nicht so um mich herum. Es geht mir gut. Jo, sorg dafür, dass er damit aufhört.«

Jo gab dem Riesen einen spielerischen Klaps. »Sie sagt, es geht ihr gut. Also lass sie in Ruhe.«

»Ich bin ja nich taub«, erwiderte der Bolg entrüstet, »und ich kann auch ihren Hals sehen, vielen Dank, meine Dame. Du siehst aus, als hättest du eine Runde ›Dachs im Sack‹ verloren, Gräfin. Hast wohl ’nen Tritt in deinen bezaubernden kleinen Arsch gekriegt, was?«

»Ich bitte um Entschuldigung«, entgegnete Rhapsody in gespielt beleidigtem Ton. »Ich möchte feststellen, dass er mir keinen Tropfen Blut abgenommen hat, *keinen Tropfen*.«

»Jedenfalls nicht auf der Hautoberfläche«, schmunzelte Achmed. »Was glaubst du denn, woher blaue Flecken kommen?«

»Ja, schon gut, aber ihr hättet ihn sehen sollen, als es vorbei war«, meinte Rhapsody und schaffte sich den Riesen wieder vom Hals. »Willst du mich wohl in Frieden lassen?«

»Wenn der Patriarch doch so ’n guter Heiler is, warum hat er dann nich deinen Hals gerichtet, Fräuleinchen? Was is das denn für einer? Also wenn du mich verteidigt und mir meinen haarigen Arsch gerettet hättest, dann hätt ich dir wenigstens was gegen die Schmerzen gegeben.«

Rhapsody lächelte ihren Freund an, ehrlich gerührt von seiner Fürsorge. »Ich habe ihm keine Gelegenheit gegeben, Grunthor. Ich wollte nur so schnell wie möglich nach Hause. Außerdem sind die Blutergüsse schon viel besser. Ein Zehntagesritt ohne Zwischenfall wirkt Wunder bei kleinen Verletzungen.«

»Und ich sag trotzdem, es gefällt mir nich. Wir sind Kumpel, du und ich. Von jetzt ab will ich nich mehr, dass du allein losziehst. Kapiert?«

»Mal sehen. Ich habe nicht vor, in nächster Zeit irgendwohin zu gehen, aber ich habe etwas auf dem Herzen, was ich mit euch allen besprechen muss.«

Achmed nickte; Rhapsody hatte ihn gründlich über das in Kenntnis gesetzt, was sie auf ihrer Reise erfahren hatte, über ihre Einschätzung der Situation in Roland, die feindlichen Übergriffe und die zukünftige Wiedervereinigung der cymrischen Staaten. Schnell brachte er Grunthor aufs Laufende, während Jo die Geschenke auspackte, die Rhapsody mitgebracht hatte. Als sie schließlich alle zu dem massiven Tisch zurückkehrten, holte Rhapsody tief Atem und verschränkte die Arme.

»Ich bin zu dem Schluss gekommen, dass ich Ashe helfen möchte«, verkündete sie. Jo lächelte, während Grunthor und Achmed sich anblickten.

»Wobei willste dem denn helfen?«

»Ich will ihm helfen, seine Seele zurückzubekommen. Den Dämon töten, der sie ihm gestohlen hat. Ich will ihm helfen, gesund zu werden. Ich will ihm helfen, König der Cymrer zu werden und das cymrische Volk zu vereinen.«

»Halt«, rief Achmed. »Und warum willst du das alles?«

»Ich hatte zehn Tage Zeit, darüber nachzudenken und die Fakten in meinem Kopf zu ordnen. Nachdem ich so lange mit ihm zusammen war, nachdem ich im Land herumgekommen bin, glaube ich, dass es das Richtige wäre.«

»Vögelst du mit ihm?«

»Du bist ein Ferkel«, gab Rhapsody zurück und hielt Jo schnell die Hände über die Ohren.

»Zu spät, ich hab's schon gehört«, sagte Jo. »Und, tust du's?«

»Nein«, antwortete Rhapsody verärgert. »Was ist denn los mit euch? Ich habe euch allen irgendwann mal geholfen, und ich teile mit keinem von euch das Lager.«

»Na ja, an mir liegt das aber bestimmt nich, ich hab's immer wieder bei dir versucht.«

»Ach, halt du am besten den Mund. Früher oder später wird der Rakshas hinter uns her sein, davon gehe ich fest aus, nach dem, was im Haus der Erinnerungen und nun noch in der Basilika geschehen ist. Und ich kann nicht glauben, dass du nicht den Wunsch hast, den F'dor zu jagen und zu töten, Achmed. Ich dachte, das liegt deiner Rasse im Blut.« Der Firbolg-König schwieg. »Und was die Wiedervereinigung der Cymrer angeht, denke ich, dass es sich als durchaus sinnvoll erweisen könnte, wenn wir uns um die Leute kümmern, die aus dem gleichen Land stammen wie wir.«

»Tja, dann gehöre ich ja wohl nicht dazu«, meinte Jo und erhob sich. »Ich komme aus Navarne, und meinetwegen können hier alle die Pocken kriegen. Ich geh jetzt schlafen. Tu, was du nicht lassen kannst, Rhaps, du weißt ja, dass du auf meine Hilfe zählen kannst.«

»Danke, Jo«, sagte Rhapsody und warf ihr eine Kusshand zu, als sie das Zimmer verließ. Langwierige politische Streitgespräche waren nicht Jos Sache.

Wie Rhapsody etliche Stunden später eingestehen musste, war Jos Entscheidung klug gewesen. Sie argumentierten und debattierten endlos und ohne Erfolg. Achmed misstraute Llauron noch mehr als Ashe. Grunthor kam nicht mit der Vorstellung zurecht, dass der Rakshas und Ashe zwei getrennte Wesen waren.

»Du sagst also, dass er nicht dieses Ding ist, sondern dass dieses Ding nur aussieht wie er, stimmt's?«

»Richtig.«

»Und hast du sie jemals zusammen gesehen?«

»Nein«, gab sie zu. »Ich denke, wenn der Rakshas Ashe gefunden hätte, wäre er tot, oder - noch schlimmer - seine Seele würde ganz dem F'dor gehören. So mächtig, wie Ashe ist, würde er bei der Konfrontation mit dem Rakshas gegen seine eigene Seele kämpfen. In beiden Fällen ist er verdammt, ob er gewinnt oder verliert. Das ist der Hauptgrund, warum er sich in seinem Nebelumhang verbirgt, denke ich.«

»Hat Ashe dir das erzählt?«, erkundigte sich Grunthor argwöhnisch.

»Nein«, gestand Rhapsody widerwillig. »Ich habe es mir aus meinen eigenen Beobachtungen und aus dem, was Elynsynos und Oelendra gesagt haben, zusammengereimt. Und natürlich aus meinen Visionen.«

»Wenn du sie nich zusammen gesehen hast, wie willste dann wissen, dass es nich einfach ein und derselbe ist, der sich nur anders benimmt?«

»Ich weiß es natürlich nicht mit Sicherheit«, räumte Rhapsody ein. »Aber ich habe sie beide gesehen und beim Kämpfen beobachtet, und da sind sie wirklich sehr verschieden.«

»Nee, das reicht mir nicht. Ich denk, es ist ein und derselbe. Vielleicht weiß Ashe es selbst nich mal, aber der Rakshas ist bestimmt einfach seine eigene böse Seite.«

»Noch mal eins nach dem anderen«, schlug Rhapsody vor und bemühte sich, nicht ungeduldig zu werden. »Es gibt also zwei Möglichkeiten. Die erste ist, dass Ashe und der Rakshas ein und derselbe sind, dass Gwydion gestorben ist, der F'dor ihn irgendwie wieder beleben konnte und als seinen Sklaven benutzt.«

»Ja, das würde ich annehmen, Gnädigste.«

»Und wenn das stimmt, dann bin ich unversehrt mit ihm durch den größten Teil des Kontinents gereist, ohne dass er auch nur einmal den Versuch unternommen hat, mir ein Leid zuzufügen.« Die Stimme blieb ihr im Halse stecken, als sie daran dachte, wie er sein Schwert gegen sie gezogen hatte. »Nun, vielleicht ein Mal, aber da hat er mir nicht wirklich etwas getan.«

Grunthors Bernsteinaugen wurden schmal. »Was soll das denn jetzt heißen?«

»Nichts. Es war ein Missverständnis. Und es ist ja wohl offensichtlich, dass er das gehalten hat, was er versprochen hatte – er hat mich dorthin gebracht, wo ich hinwollte, und ist dann gegangen. Wenn er der Diener des F'dor wäre, warum hat er mich dann nicht getötet, als er die Gelegenheit dazu hatte, und die Prophezeiung zunichte gemacht?«

»Vielleicht ist er dir gefolgt, um sich ein Bild von deiner Mission zu verschaffen«, meinte der Riese. »Er könnte doch für den F'dor spionieren.«

Rhapsody schluckte ihre Frustration hinunter. »Die zweite Möglichkeit - die ich für zutreffend halte - ist die, dass Ashe und der Rakshas zwei verschiedene Wesen sind. Ashe ist Gwydion, und trotz allem, was Oelendra und Stephen glauben, ist er noch am Leben; er hat den Angriff des F'dor überlebt. Allein und unter Schmerzen wandert er durch die Welt und versucht, sich vor dem Dämon zu verstecken, der ihm den Rest seiner Seele rauben will. Der Rakshas existiert getrennt von ihm, ist aber sozusagen um den Teil herum geschaffen worden, den der F'dor sich angeeignet hat. Er ist gemacht aus Eis, Erde, dem Blut des F'dor und wahrscheinlich einem wilden Tier. So hat die Drachin es mir erklärt.«

»Aber sie hat nicht ausdrücklich gesagt, dass Ashe und der Rakshas nicht derselbe sind, oder, Fräuleinchen?«

»Nein.«

»Dann denke ich, wir können davon ausgehen, dass sie es sind.«

»Nun, was soll ich dann deiner Meinung nach tun?«, fragte Rhapsody aufgebracht.

»Ich würd sagen, wir töten ihn. Und wenn wir uns geirrt haben und ein anderer taucht auf, dann töten wir den auch.«

Rhapsody erbleichte; ihr war klar, dass der Bolg-Riese seinen Vorschlag ernst meinte. »Du kannst nicht einfach rumlaufen und irgendwelche Leute töten, ohne sicher zu sein, ob das richtig ist.«

»Und warum nicht? Das hat bei uns doch immer funktioniert. Mal im Ernst, Euer Liebden, das Risiko is einfach zu groß, wenn du es nich sicher weißt.«

»Das ist lächerlich, Grunthor.«

»Nein, keineswegs«, mischte sich nun Achmed ein. Er hatte den größten Teil des Abends geschwiegen, hatte Argumente gesammelt und gegeneinander abgewogen, während Rhapsody und Grunthor aufeinander losgegangen waren. »Lächerlich ist höchstens dein unersättliches Bedürfnis, die Welt, die du verloren hast, wiederherzustellen.

Deine Familie ist tot, Rhapsody, und jetzt sind wir - Grunthor und Jo und ich - an ihre Stelle getreten. Deine Stadt gibt es nicht mehr; jetzt lebst du hier, bei den Bolg. Der König, den deine Familie verehrt hat, ist seit zweitausend Jahren tot, und die hiesigen Fürsten können ihm und seiner Regentschaft nicht das Wasser reichen. Er hat eine ganze Generation in den Tod geführt - wegen eines Ehekrachs. Diejenigen, die aus Serendair hierher kamen, waren miserable Vertreter unserer Kultur. Sie verdienen keine zweite Chance. Und was Ashe angeht - warum willst du deine schlechte Beziehung zu einem verqueren Irren denn unbedingt wiederholen? Vermisst du den Wind des Todes wirklich so sehr?«

Vor Verblüffung blieb Rhapsody der Mund offen stehen. »Wie kannst du nur so etwas sagen?«, stammelte sie. »Ashe hat mir nie wehgetan oder mich auf irgendeine Art kompromittiert. Er ist ein Gejagter, Achmed - ich würde denken, dass gerade du mit seinem Schicksal mitfühlst. Ein Stück seiner Seele ist die Quelle, aus welcher der Rakshas seine Macht bezieht; es befindet sich in den Händen eines anscheinend sehr mächtigen F'dor, was Verdammnis in Leben und Tod bedeutet. Die Wunde, die der Dämon ihm zufügte, als er das Stück Seele aus seiner Brust riss, ist nie verheilt; er leidet unaussprechliche Schmerzen. Trotz allem aber hat er mich nie um etwas gebeten, außer darum, dass ich mir überlege, ob ich seine Verbündete sein möchte. Wie kommst du nur auf die widersinnige Idee, ihn mit Michael zu vergleichen? Michael war ein Bastard der niedrigsten Sorte und ein Lügner obendrein.«

»Und genau das ist das Problem, das ich mit den Cymrern habe, Ashe inbegriffen. Sie sind Lügner, allesamt. In der alten Welt wusste man wenigstens, wer die bösen Götter verehrte, weil sich die Betreffenden dazu bekannten. Hier in diesem neuen, verdrehten Land sind sogar die angeblich Guten nur auf ihren eigenen Vorteil bedacht. Die Bösen von früher haben nie so viel Verheerung angerichtet, wie ein angeblich guter cymrischer Herrscher und seine Herrscherin es ganz nebenbei geschafft haben. Und du möchtest dich dem womöglich schlimmsten Lügner von allen auf einem Silbertablett servieren.«

Jetzt war Rhapsodys Geduld am Ende. »Nun, wenn ich das tue, dann ist es meine Entscheidung. Ich werde das Risiko auf mich nehmen und nach meinem eigenen freien Willen leben oder sterben.«

»Ganz falsch.« Langsam erhob sich Achmed, und an seinen steifen, betont gelassenen Bewegungen war deutlich zu erkennen, wie wütend er war. »Wir alle werden vielleicht dieses Schicksal erleiden müssen, weil du nicht nur dich selbst in Gefahr bringst – du wirfst unsere Neutralität mit in den Topf, und wenn du zu viel riskierst, haben wir alle verloren.«

Rhapsody sah ihn an. Seine Augen funkelten, seine Schultern waren verkrampft – so wütend hatte sie ihn schon lange nicht mehr gesehen.

»Warum bist du denn so zornig? Nur weil ich einem anderen helfen will, bedeutet das noch nicht lange nicht, dass meine Loyalität zu euch darunter leiden muss.«

»Das hat nichts damit zu tun.«

»Da bin ich anderer Meinung.« Rhapsody stand auf, ging zu Achmed auf die andere Seite des Tischs und setzte sich vor ihn auf die Tischplatte. »Ich glaube, dass es viel damit zu tun hat. Und ich möchte dich daran erinnern, dass ich, während ich euch geholfen habe, in diesem Land eure Ziele durchzusetzen, eine ganze Reihe von Dingen getan habe, derer ich mir alles andere als sicher war oder die mich sogar abstießen. Aber ich habe sie trotzdem getan, weil ihr mich darum gebeten habt und weil ihr gesagt habt, es sei das Richtige. Ich habe an euch geglaubt. Warum sollte ich nicht auch an ihn glauben?«

»Weil er dir nichts von all dem gesagt hat. Er hat sein Versteckspiel mit dir getrieben, er hat dir Informationen aus der Nase gezogen und war nicht bereit, selbst das Geringste preiszugeben. Er vertraut dir nicht. Nach allem, was du weißt, könnte er genauso gut der F'dor höchstpersönlich sein.«

»Das glaube ich aber nicht.«

»Na, das ist ja beruhigend. Du bist die schlechteste Menschenkennerin der Welt. Und deine Intuition ist auch mit Vorsicht zu genießen.«

Tränen der Wut traten in Rhapsodys Augen. »Warum sagst du das? Ich liebe dich, ich liebe Grunthor. Was glaubst du, wie viele Nicht-Bolg in der Lage wären, sich über dein fieses Benehmen hinwegzusetzen und das Gute in dir zu sehen?«

»Keiner. Und zwar, weil sie uns besser verstünden als du. Seit wir uns kennen, hast du meine Absichten falsch gedeutet.«

»Was meinst du damit?« Auf einmal hatte Rhapsody einen Knoten im Magen.

Achmed legte die Hände links und rechts neben ihr auf den Tisch, beugte sich vor, bis er nur wenige Zoll von ihrem Gesicht entfernt war, und zwang sie so, ihm in die Augen zu sehen. »Erinnerst du dich noch an das Allererste, was ich zu dir gesagt habe?«

Rhapsody schluckte. »Ja. Du hast gesagt: ›Komm mit uns, wenn du am Leben bleiben möchtest.‹«

»Und du hast gedacht, das bedeutet, dass ich dich retten würde, wenn du mit mir kommst, oder?«

»Ja, und das hast du auch getan.«

»Schon wieder falsch«, fauchte Achmed. »Vielleicht hätte ich mich dir gegenüber anders ausdrücken sollen. Mach keinen Fehler, Rhapsody. Ganz gleich, was sich seither zwischen uns verändert hat, ganz gleich, welche Gefühle für dich im Lauf der Zeit in mir erwacht sind – in diesem Augenblick hätte ich zu dir sagen sollen: ›Komm mit uns, sonst bringe ich dich um.‹ Verstehst du jetzt? Du willst ständig glauben, dass die Leute so gut sind, wie du es dir wünschst. Im Großen und Ganzen ist das aber nicht der Fall. Nicht bei mir, nicht bei Grunthor und schon gar nicht bei Ashe. Seine Seele befindet sich in der Hand eines Dämons aus der alten Welt – weißt du, was das bedeutet?«

»Nein.«

»Nun, ich weiß es aber. Denk dran, ich habe es selbst erlebt.« Mit den Fäusten schlug er neben ihr auf den Tisch, dass sie vor Schreck zusammenzuckte. »Im Gegensatz zu dir verstehe ich, was Ashe durchmacht. Ich weiß, wie es ist, wenn ein Teil der eigenen Seele sich in dämonischen Händen befindet. Man tut alles, man hintergeht jeden, nur um zu verhindern, dass einem der Rest auch noch genommen wird. Ich will ihn deswegen nicht schlecht machen, Rhapsody; wenn es nicht um ihn, sondern um mich ginge, dürftest du mir auch nicht trauen.

Ich habe dir schon des Öfteren gesagt, dass die F'dor ihre Opfer auf verschiedene Weise in Besitz nehmen können. Ashe muss nicht der eigentliche Wirt sein, um von dem Dämon versklavt zu sein. Manchmal pflanzt der F'dor einen einzigen Gedanken in den Kopf eines Unwissenden, gerade lange genug, dass der Betreffende irgendetwas für ihn tut. Manchmal nimmt er sein Opfer voll in Besitz und kann es ganz nach Belieben herumkommandieren, schreckt aber davor zurück, seinen Geist ganz an den Körper des Unglücklichen zu binden. Das bedeutet, dass jeder, dem wir hier begegnen, verdächtig ist. Warum verstehst du das nicht?

Schlimm genug, dass du nicht aufhören kannst, Waisen zu adoptieren, die das Biest vielleicht kennen gelernt haben. Die Firbolg-Kinder und sogar die von Stephen sind höchstwahrscheinlich harmlos, aber Jo haben wir im Haus der Erinnerungen gefunden, weißt du noch? Sie war eine Gefangene des Rakshas. Wer weiß, ob sie vielleicht auch an den F'dor gebunden war?«

Rhapsody zitterte. »*Ich* weiß es«, antwortete sie. »Jo ist nicht seine Gefangene. Du vergisst, Achmed, dass sie dort war, um als Blutopfer zu dienen, zusammen mit all den anderen Kindern. Warum sollten der F'dor oder der Rakshas Zeit, Energie und Lebenskraft darauf verschwenden, etwas zu besitzen, das sie zerstören wollen?«

Doch der Zorn in den ungleichen Augen wurde nicht geringer. »Das ist auch der *einzige* Grund, warum ich dir erlaubt habe, sie mitzunehmen. Trotzdem war es ein ernstes Versagen meiner Urteilskraft.«

»Wie kannst du so etwas sagen?«, fragte Rhapsody wieder. »Ich dachte, du magst sie.«

»Ich mag sie ja auch, jedenfalls meistens. Und der Umstand, dass du mit einem so dummen Einwand daherkommst, zeigt mir, dass dir der Ernst der Lage nicht einmal annähernd klar ist. Liebe und Freundschaft haben hier keinerlei Bedeutung, nicht die *geringste*. Wenn man es mit den F'dor zu tun hat, ist es schlimmer als im Kampf um Leben und Tod.

Ich weiß, dass du Jo liebst, und Grunthor liebt sie auch. Nichtsdestoweniger bereue ich ständig, dass ich sie nicht getötet habe, gleich als sie zum ersten Mal etwas Dummes getan und uns in Gefahr gebracht hat. Das ist wiederholt passiert, sowohl in deiner Gegenwart als auch in deiner Abwesenheit. Allmählich glaube ich, dass es ein Muster ist, Rhapsody, dass es einen Grund dafür gibt, den wir nicht erkennen, und dass sie nicht anders kann. Wenn sich herausstellt, dass dies tatsächlich der Fall ist, dann sind die Folgen für uns und für die Bolg so weitreichend, dass die Zerstörung von Serendair im Vergleich dazu verblasst. Und diese Folgen werden ewig andauern – sie sind nicht mit dem Tod zu Ende.«

»Um Himmels willen, Achmed, sie ist ein junges Mädchen! Hast du in ihrem Alter nie etwas Dummes oder Unüberlegtes getan?«

»Nein. Doch das ist nicht der Punkt. Der F'dor oder sein Lakai kann sehr wohl ein junges Mädchen sein oder ein Kind, oder der gut aussehende Dummkopf, der dir auf der Straße begegnet ist und vor deinen Füßen eine Blume hat fallen lassen. Jeder kann es sein, Rhapsody, jeder!«

»Aber nicht wirklich, Achmed. Irgendwann müssen wir Stellung beziehen und eingreifen. Wir können nicht einfach den Kopf in den Sand stecken, wir können uns nicht für den Rest der Ewigkeit in Ylorc verkriechen. Wenn auch nur irgendetwas von dem Mythos der Wahrheit entspricht und wir zu der scheußlichen Form von Langlebigkeit verdammt sind, die an Unsterblichkeit grenzt, dann wird es früher oder später zu einer Konfrontation zwischen uns und dem F'dor kommen.

Außerdem, wenn du wirklich glaubst, dass jemand, der dir am Herzen liegt, unter der Macht des Bösen steht, findest du dann nicht, dass du die Pflicht hast, wenigstens zu versuchen, diese Person vor der ewigen Verdammnis zu retten? Den Teil, der sich in der Hand eines F'dor befindet, zurückzufordern?«

Achmed wandte sich ab und fuhr sich ärgerlich mit der Hand durchs Haar. »Jetzt meinst du aber nicht Jo, oder? Du bist wieder bei Ashe. Mir war bisher nicht klar, dass er inzwischen zu jemandem aufgestiegen ist, ›der uns am Herzen liegt‹.«

»Wir können ihm helfen«, flüsterte Rhapsody. »Wir können den F'dor finden und töten. Wir sind die Einzigen, die dazu imstande sind. Erinnerst du dich an die Prophezeiung, von der Llauron uns erzählt hat? Hast du es noch nicht erraten? Wir sind die Drei. Du bist das Kind des Blutes, das ist ganz offensichtlich, Grunthor ist das Kind der Erde, das weißt du auch. Und ich bin eine Lirin, uns nennt man die Kinder des Himmels. Das sind wir, Achmed. Man hat unser Kommen in diesem Land prophezeit.«

Achmed wirbelte herum und starrte sie wütend an. »Dann sollten wir also den Prophezeiungen folgen, nur weil irgendein verrückter cymrischer Seher sie von sich gegeben hat? Möchtest du vergnügt losziehen und die Welt von dem Bösen befreien, obwohl diese Leute selbst dafür gesorgt haben, dass es wieder an Macht gewinnt? Was gibt es für eine Garantie? Woher willst du wissen, dass du nicht das nächste Opfer sein wirst?«

»Was gibt es für eine Garantie, dass es nicht sowieso passiert? Meinst du nicht, dass das Böse inzwischen von uns weiß? Es ist auf einem cymrischen Schiff hierher gekommen. Vielleicht waren sein ursprünglicher Wirt und auch viele der nachfolgenden cymrischer Herkunft. Der F'dor hat an den Ratssitzungen teilgenommen, er kennt die Prophezeiungen. Und neben der rein zufälligen Gelegenheit, dass wir ihm sowieso begegnen, besteht eine ziemlich große Wahrscheinlichkeit, dass er versuchen wird, uns zu zerstören, *nur weil irgendein verrückter cymrischer Seher etwas prophezeit hat.* Vergiss Ashe, vergiss Llauron. Wir müssen das verdammte Ding ohnehin töten, uns selbst zuliebe.«

»Sie hat Recht, Herr«, sagte Grunthor aus der Ecke, in die er sich vor der Hitze des Gefechts zurückgezogen hatte. Die anderen beiden zuckten überrascht zusammen. »Wenn das Ding da draußen ist und wir die Einzigen sind, die es töten können, dann sag ich, sehn wir zu, dass wir's hinter uns bringen, und Schluss damit. Ich jedenfalls will mich nich den Rest meines Lebens wieder dauernd besorgt umgucken müssen.«

Achmed betrachtete seinen Sergeanten schweigend und nickte dann. »Na gut«, meinte er etwas ruhiger, aber immer noch mit einem zornigen Blick auf Rhapsody. »Vermutlich wäre es klug, die Sache wenigstens anzugehen. Was hast du vor?«

»Ich werde Ashe nach Elysian rufen, allein, und ihm den Ring geben. Wenn er geheilt ist, können wir den Rakshas suchen und töten.«

»Warum rufen wir ihn nicht einfach hierher?«

Rhapsody dachte daran, wie distanziert Ashe stets blieb. »Weil Ashe sich darauf niemals einlassen würde. Er kommt nur an einen Ort, an dem er sich in Sicherheit weiß. Elysians Wasserfälle sind bestens dazu geeignet, um seine Schwingungen vor seinen Verfolgern zu verbergen.«

»Nein. Das wäre nämlich gefährlich für *dich*«, brummte Achmed. »Nach Elysian gibt es kein Sprechrohr. Du könntest im Notfall nicht mal um Hilfe rufen.«

»Nein, aber der Pavillon ist dort. Er ist ein natürlicher Verstärker. Glaub mir, Achmed, wenn ich dir ein Signal schicke, wirst du es hören.«

»Zweifellos«, meinte er säuerlich, und seine Augen bohrten sich in ihre. »Bevor oder nachdem er dir all unsere Geheimnisse abgeluchst hat?«

»Ich würde Ashe nie etwas verraten, was für dich eine Bedrohung sein könnte, Achmed«, sagte sie und erwiderte sein Starren mit einem milden Gesichtsausdruck. »Meine Loyalität gilt zuerst und vor allem meiner Familie.« Sie lächelte Grunthor zu und atmete ein wenig leichter, als sie ihn ein Lächeln unterdrücken sah. »Das ist Teil des Grundes, warum ich geholfen habe, das Bolg-Land zu unterwerfen. Nicht, dass du es nicht allein hättest tun können, aber mit ein bisschen Glück werden die Bolg irgendwann mehr deiner Wunschvorstellung von einer Nation entsprechen. Die vereinigten Cymrer werden keine Bedrohung für sie darstellen, vor allem, wenn ich mit Ashe Recht behalte. Wir werden Verbündete sein. Er wird das Gefühl haben, dass er uns etwas schuldet. Und wenn ich mich geirrt habe, dann werde ich ihn persönlich umbringen. Versprochen.«

»Wir werden sehen.«

»Aber unsere Hilfe muss freiwillig sein, sonst ist sie nicht so viel wert.«

»Weißt du, Rhapsody, manchmal wünschte ich mir, du würdest eine Unterredung nicht ständig mit einer Feilscherei auf dem Markt verwechseln. Es ist durchaus annehmbar, wenn man auch einmal nicht das meiste aus einer Sache herausholt.«

Sie beugte sich vor und küsste ihn auf die Wange. »Dann wirst du zulassen, dass ich ihm helfe?«

»Du bist eine erwachsene Frau, Rhapsody. Ich brauche dir gar nichts zu erlauben.«

»Aber du hilfst mir.«

Ein seltsames Lächeln erschien auf seinem Gesicht. »Ja. Aber nicht seinetwegen. Allein dir zuliebe. Aber jetzt würde ich es sehr schätzen, wenn du mir hilfst, mich zuerst um etwas anderes zu kümmern, ehe du diesen nutzlosen Narren in mein Land einlädst. Mach irgendeinen netten Jahrgang auf, den du mitgebracht hast. Dann erzählen Grunthor und ich dir alles über das Loritorium.«

30

Stunden später war die Flasche mit canderischem Branntwein, die Rhapsody mitgebracht hatte, leer.

»Hast du, während du weg warst, zufällig irgendwelche Erkenntnisse hinsichtlich der Frage gewonnen, wer der Wirt des F'dor sein könnte?« Der Firbolg-König warf den leeren Behälter ins Feuer.

»Nun, ich glaube, ich habe anhand dessen, was Oelendra mir erzählte, herausbekommen, was damals mit Gwylliam geschah. Erinnert ihr euch an die andere Leiche, die wir neben seiner in der Bibliothek fanden und von der wir glaubten, es wäre eine Wache?« Die beiden Bolg nickten. »Das war wahrscheinlich der Wirt des F'dor, sicher eine wesentlich weniger beeindruckende Persönlichkeit als Gwylliam; deshalb konnte der König die Wache töten, ehe er selbst umgebracht wurde. Erinnert ihr euch an eure Vermutung, es habe wahrscheinlich noch eine zweite Wache gegeben?« Wieder nickten Achmed und Grunthor. »Nun, das war gewiss auch so. Er oder sie war vermutlich ein unschuldiger Augenzeuge. Und als der Wirt des F'dor durch Gwylliams Hand starb, ergriff der Dämon Besitz von der zweiten Wache und verließ die Schatzkammer.«

»Klingt einleuchtend«, meinte Achmed.

»Ich wollte, ich hätte herausfinden können, wer es jetzt ist«, sagte Rhapsody bedauernd. »Oelendra hatte den F'dor früher einmal in einem menschlichen Wirt gesehen, hatte aber bei der Suche nach diesem die letzten tausend Jahre keinen Erfolg. Aber ich habe ein paar Hinweise gefunden.«

»Die da wären?«

»Nun, ich bin ziemlich sicher, dass der zweite Attentäter in der Basilika in jener Nacht der F'dor war. Ich habe von ihm das gleiche Schwingungsmuster aufgefangen wie vom Rakshas. Vermutlich, weil die beiden das gleiche Blut haben.«

»Könnte gut sein«, bestätigte Achmed. »Hast du irgendwelche besonderen Kennzeichen bemerkt?«

»Sein Gesicht konnte ich nicht sehen, er hatte einen Helm auf. Aber diesen Helm habe ich schon einmal gesehen. Er hatte Hörner. Wisst ihr noch, wie ich zum Herrscher von Roland ritt, um den Friedensvertrag zu unterzeichnen?«

»Ja.«

»Dort war ein Seligpreiser, der Segner von Canderre-Yarim. Er trug einen gehörnten Helm und ein Sonnensymbol, wie es die F'dor in der alten Welt hatten; allerdings konnte ich den Stein in dem Amulett leider nicht aus der Nähe sehen.«

»Das ist die Uniform der Offiziere und Adligen in Yarim. Der Botschafter hat das Gleiche angehabt, als die Delegation bei mir war.«

»Hmmm. Ich war noch nicht in Yarim, aber es hat einen ziemlich üblen Ruf. Dort lebt Manwyn, das Orakel, die Seherin der Zukunft.«

»Erzähl mir von dem Seligpreiser«, bat Achmed.

»Er ist Tristan Stewards jüngerer Bruder, der neueste der fünf orlandischen Seiligpreiser und auch der schwächste. Ich bezweifle sehr, dass er für das Amt des Patriarchen in Frage kommt, angesichts seiner Verbindungen mit Bethania und seinem Mangel an Erfahrung.«

»Vielleicht wollte er sich den Titel sichern, indem er den alten Ziegenbock umbrachte. Wenn der Ring das Amt in sich bewahrt, wollte Ian Steward ihn dem Patriarchen vielleicht abnehmen, solange er mitten in seinem religiösen Ritual steckte und somit abgelenkt und ungeschützt war.«

»Vielleicht«, erwiderte Rhapsody unsicher. »Allerdings kann ich mir nur schwer vorstellen, dass ein Kirchenmann dieser Stellung der Wirt des Dämons ist. Diese Leute verbringen so viel Zeit in den Basiliken, auf heiligem Boden, dass es mir unmöglich erscheint, wie sie gleichzeitig Dämonen und Seligpreiser sein können. Die Macht der heiligen Orte schreckt den Dämon doch gewiss ab, selbst einen aus der alten Welt. Der F'dor, wenn er es denn war, konnte die Basilika in Sepulvarta nicht betreten, er musste vor dem Hauptschiff stehen bleiben. Er konnte lediglich ein Feuerschild auswerfen, um dem Rakshas die Flucht zu ermöglichen.«

»Dann ist es vielleicht einer der orlandischen Adligen, mit dem die Seligpreiser ihre Macht teilen«, meinte Achmed, das Kinn in die Hände gestützt. »Wenn es ein Tauziehen zwischen Kirche und Staat gegeben hätte, wer hätte dann dem Patriarchen gegenübergestanden?«

»Unser alter Freund, der Herrscher von Roland, Tristan Steward.«

»Aha«, meinte Achmed mit einem Lächeln. »Nun, dann können wir hoffen, dass er es ist.«

»Warum?«

»Ich brauche dich doch wohl kaum daran zu erinnern, wie dumm er sich benommen hat.«

»Das stimmt.«

»Aber das könnte auch nur eine Finte sein. Die F'dor sind Meister der Täuschung. Sie können so überzeugend sein wie ein Benenner, der die Wahrheit spricht, aber ihr Medium ist eine Mischung aus Lügen, Halbwahrheiten und dem seltenen, gezielt eingesetzten Gebrauch der Wahrheit.«

Rhapsody schauderte. »Kein Wunder, dass der Dämon sich unter den Cymrern so heimisch gefühlt hat.«

»Was macht euch so sicher, dass es eine mächtige Persönlichkeit sein muss?«, fragte Grunthor jetzt. »Warum bleibt er nicht lieber irgendwo in Deckung?«

»Es könnte auch jemand sein, der nicht im Licht der Öffentlichkeit steht, aber dennoch über viel Macht verfügt«, stimmte Rhapsody zu. »Der Dämon bindet sich ja immer an jemanden, der entweder ebenso mächtig oder weniger mächtig ist; er kann keine Seele in Besitz nehmen, die stärker ist als er. Er nutzt diese Lebensspanne, um zu wachsen, und übernimmt dann ein neueres, jüngeres Leben, das ihm mehr entspricht. Wenn wir uns vor Augen führen, dass er Ashe fast zerstört hat, ohne sich dafür sonderlich anzustrengen, würde ich sagen, man kann ziemlich sicher davon ausgehen, dass er sich fast auf dem Höhepunkt seiner Macht befindet. Was immer sonst du von Ashe halten magst, Achmed, du musst zugeben, dass er jemand ist, mit dem man rechnen muss.«

»Ja, das ist schon richtig.« Achmed lehnte sich an die Wand. »Ich denke aber immer noch, dass es Llauron ist.«

»Llauron ist Ashes Vater.«

»Na und? Wenn er der Dämon ist, würde er sich kaum darum kümmern, wer ihm im Wege steht, selbst wenn es sein eigener Sohn wäre.«

»Das ist nicht der springende Punkt. Weil Llauron einen Sohn hat, kann er es *nicht* sein, erinnerst du dich? ›Niemals hat, wer ihn aufnimmt, ihm Kinder geboren, und niemals wird dies geschehen, wie sehr er sich auch zu vermehren trachtet.‹«

Achmed seufzte. »Du gehst also davon aus, dass das, was du zu wissen glaubst, tatsächlich wahr ist. Vielleicht ist Ashe ein Bastard; darauf würde ich glatt eine Wette abschließen. Glaub mir, Rhapsody, die Möglichkeiten der Täuschung des F'dor übersteigen unser Vorstellungsvermögen. Wahrscheinlich ist es besser, wenn wir nicht mal versuchen, sie zu verstehen.«

Rhapsody erhob sich und sammelte ihre Sachen zusammen. »Vermutlich hast du Recht«, sagte sie und küsste Achmed auf die Wange. »Ich denke, es ist besser für mich, wenn ich einfach beschließe, wie die Sache gelöst werden kann, und dann kommt es auch so. In ein, zwei Tagen begleite ich euch zum Loritorium und zur Kolonie; wir werden sehen, ob ich etwas tun kann, um dem Schlafenden Kind zu helfen. Dann lasse ich euch wissen, was mit Ashe passiert. Wenn wir jetzt fertig sind, möchte ich gern noch kurz das Hospiz besuchen. Hat irgendjemand dort Schmerzen, soll ich für jemanden singen?«

Achmed verdrehte die Augen. »Was mich angeht, wäre das sowieso nie notwendig«, brummte er.

Grunthor blickte ihn mit ernster Miene an. »Da würde ich aber gern widersprechen, Herr«, entgegnete er. Schließlich hatte ihn Rhapsody mit ihrem Gesang von der Schwelle des Todes zurückgeholt.

»Das ist etwas anderes«, beharrte der König finster. »Im Augenblick liegt niemand im Sterben. Sie redet davon, dass sie die Schmerzen der Bolg lindern will, die nur leichte Verletzungen haben. Das ist Zeitverschwendung, außerdem ist es ihnen peinlich.«

Rhapsody kicherte leise, während sie aufräumten. »Weißt du, Grunthor, du könntest mir beim Heilen helfen. Du singst doch gern.«

Das Gesicht des Sergeanten nahm einen belustigten und zugleich zweifelnden Ausdruck an. »Du weißt doch, worum sich meine Lieder drehen, Gnädigste«, sagte er und kratzte sich am Kopf. »Im Allgemeinen jagen sie den Leuten eher einen Schrecken ein. Und ich glaub nich, dass man mich je mit einem Sänger verwechseln könnte. Ich hab ja überhaupt keine Übung.«

»Der Text spielt überhaupt keine Rolle«, entgegnete Rhapsody ernst. »Es kann jede Art von Lied sein. Wichtig ist nur, dass sie an dich glauben. Die Bolg haben dir Treue geschworen. Du bist ihre Version von *Dero untertänigst zu gehorchender Autorität*. In gewisser Weise haben sie dich benannt. Es ist ganz gleich, was du singst, du musst nur von ihnen erwarten, dass sie gesund werden. Und das werden sie. Ich habe immer behauptet, dass Achmed eines Tages das Gleiche für mich tun wird.« Der Firbolg-König verdrehte erneut die Augen.

Doch der Riese erhob sich. »Na gut, Euer Hoheit, dann geh ich eben mit dir«, verkündete er. »Ich werd die Truppen mit ein paar Strophen von *Haut drauf, bis kein Gras mehr wächst* verwöhnen.«

Der Botschafter blinzelte nervös. Die Stimme seines Gegenübers war leicht und angenehm, ein deutlicher Kontrast zu dem Ausdruck der rot geränderten Augen.

»Nun, das war eine unangenehme Überraschung, und ich hasse Überraschungen. Aber ich bin sicher, dass es eine vernünftige Erklärung gibt. Vielleicht möchtet Ihr mich aufklären, Gittelson. Wenn ich mich recht entsinne, hieß es in Eurem Bericht über den Besuch am Hof von Ylorc, dass alle, die zu den Dreien gehören, anwesend waren, nicht wahr?«

»Ja, Euer Gnaden.«

»Und als ich Euch befragte, wer sie denn nun im Einzelnen seien, da habt Ihr mir erklärt, dass es sich um den Firbolg-König, seinen riesenhaften Wächter und eine junge blonde Frau handele, habe ich Recht? Das ist es doch, was Ihr in Canrif gesehen habt, nicht wahr?«

»Ja, Euer Gnaden«, wiederholte Gittelson unruhig. »So lautete mein Bericht.«

»Nun, das ist die korrekte Antwort. Allem Anschein nach seid Ihr den Dreien tatsächlich begegnet. Doch als wir nach Sepulvarta kamen, wartete eine von ihnen in der Basilika auf uns. Nun, Gittelson, wie konnte das geschehen?«

»Das weiß ich nicht, Euer Gnaden.«

»Denkt Ihr, sie ist hingeflogen? Hmmm?« Die Ränder an seinen Augen waren inzwischen dunkelrot wie Blut.

»D-d-das kann ich Euch auch nicht erklären, Euer Gnaden. Tut mir sehr Leid.«

»Und Ihr habt Eure Eskorte so platziert, dass sie den Bergpass und die Straße aus Ylorc im Auge hatte, wie ich es Euch gesagt habe?«

»Ja, Euer Gnaden. Sie hat das Firbolg-Reich weder allein noch mit der Postkarawane verlassen. Ich verstehe nicht, wie sie vor Euch nach Sepulvarta kommen konnte. Es erscheint mir - vollkommen - unmöglich.« Unter dem vernichtenden Blick der eisblauen Augen erstarben dem Botschafter die Worte auf den Lippen.

»Und trotzdem war sie da, nicht wahr, Gittelson, mein Sohn?«

Eine dritte Stimme mischte sich ein, ein angenehmer Bariton, warm wie Honig. »Das kann man wohl sagen.«

»Euer Gnaden, ich ...« Eine Hand hob sich, und Gittelson schwieg; sein Protest war mitten im Wort erstickt.

»Habt Ihr überhaupt eine Ahnung, was uns dieser Misserfolg gekostet hat?« Nun hatte die Stimme all ihre Kultiviertheit verloren und war nur mehr ein eisiges, drohendes Flüstern.

»Sie – sie sah aus, als könnte sie für keinen eine Gefahr darstellen, Euer Gnaden«, stammelte der Botschafter. Zwei cymrische Augenpaare starrten erst ihn und dann einander an.

Nach einem schier endlosen Schweigen sprach der heilige Mann von neuem. »Ihr seid ein noch schlimmerer Trottel, als ich mir habe träumen lassen, Gittelson«, sagte er, und der aristokratische Ton schwang wieder in seiner Stimme mit. »Nicht mal ein Blinder könnte die immense Kraft dieser Frau übersehen. Wie ist es nur möglich, dass Ihr sie dermaßen falsch eingeschätzt habt?«

»Vielleicht hat er sie gar nicht falsch eingeschätzt«, warf der Rakshas nachdenklich ein. »Ich glaube, nicht einmal Gittelson hätte sich dermaßen täuschen können. Eigentlich neige ich viel eher zu der Vermutung, dass er mit offenem Mund und weit aufgerissenen Augen dagestanden hätte, wäre er je in ihre Nähe gekommen.« Gittelson schluckte die Beleidigung, dankbar für den Ausweg, den sie ihm bot. »Außerdem, wenn du daran gedacht hättest, mich zu fragen, hätte ich dir sagen können, dass sie vor nicht allzu langer Zeit in Tyrian war.«

Die geröteten Augen wurden schmal. »Sprich weiter.«

»Wie alt war die Frau, die Ihr gesehen habt?«, fragte der Rakshas den Botschafter.

»Noch ganz jung«, antwortete Gittelson zögernd. »Eigentlich noch ein Mädchen. Vielleicht fünfzehn oder sechzehn.«

Der ältere Mann rutschte auf seinem Stuhl nach vorn. »Beschreibe sie weiter.«

»Dünn, mit hellblonden Haaren. Blasse Haut. Unscheinbar in jeder Hinsicht, außer dass sie flink war mit dem Dolch – sie hat ständig damit herumgespielt.«

Die beiden Gesichter ihm gegenüber verzogen sich; das eine wurde finster, auf dem anderen zeigte sich ein Schmunzeln. Schließlich lehnte sich der heilige Mann auf seinem Schreibtischstuhl zurück.

»Und wenn ich dir jetzt sagen würde, Gittelson, dass die Frau in der Basilika so schön war, dass es wehtut, mit einer Seele aus elementarem Feuer …«

»Dann ist das nicht die Frau, die ich in Ylorc gesehen habe, Euer Gnaden.«

»Na also, Gittelson, da seid Ihr mir ja schon einen Schritt voraus. Ihr seid zu demselben Schluss gekommen, den ich gerade äußern wollte.« Der heilige Mann goss sich ein Glas Branntwein ein.

»Die Drei haben im Haus der Erinnerungen ein Mädchen befreit, auf das Eure Beschreibung passt«, erklärte der Rakshas. »Wahrscheinlich ist es die Kleine, die Ihr gesehen habt.« Er wandte sich an seinen Meister. »Vielleicht sollte ich ihr einen Besuch abstatten. Wir haben einige Zeit zusammen verbracht, ich glaube, sie war tatsächlich ein wenig in mich verliebt.«

»Hat sie dein Gesicht gesehen?«

»Nicht ganz. Möglicherweise hat sie einen kurzen Blick auf mich erhascht. Ich möchte der Sache gern auf den Grund gehen, Vater, wenn es dir recht ist. Sie ist ohne Zweifel unsere beste Gelegenheit, wieder in den Berg zu kommen.«

»Tu das, aber sei vorsichtig. Der Firbolg-König ist gerissen und spürt deine Gegenwart womöglich viel deutlicher, als du denkst. Oh, und da wir schon einmal dabei sind – ich finde, es ist Zeit, dass wir in die nächste Phase unseres Plans einsteigen. Kümmere dich auch darum, wenn du dort bist.«

31

Die Schneehauben auf den hohen Gipfeln der Zahnfelsen fingen die späte Morgensonne ein und glühten wie Feuer unter dem klaren Himmel. Prudence zog den Vorhang vor dem Kutschenfenster ein Stück zur Seite, um die Aussicht zu genießen, schloss dann einen Moment die Augen und spürte den warmen Wind im Gesicht. Dann erhob sie sich ein wenig von dem gepolsterten Sitz und beugte sich aus dem Fenster.

Zum vierten Mal an diesem Morgen zeigten der Kutscher und die Wache einer Gruppe Firbolg-Soldaten, die sie angehalten hatten, ihre Papiere mit Tristans Siegel. Prudences Blick wanderte zurück zu den Bergen. Dieses Land war so seltsam schön und bedrohlich: Dunkle, vielfarbige Gipfel ragten am Horizont gen Himmel wie die Zähne eines großen Raubtiers, das sich dort ausgestreckt hatte. Noch nie zuvor hatte Prudence die Ebenen von Bethania verlassen, und sie war fasziniert von der dunklen Magie Ylorcs, des bergigen Landes der Ungeheuer.

Plötzlich spürte sie Blicke auf sich ruhen, drehte sich unwillkürlich um und sah einem dieser Ungeheuer direkt ins Gesicht. Wie bei den anderen Firbolg-Soldaten, denen sie seit dem Überqueren der Grenze von Bethe Corbair begegnet waren, war auch sein Gesicht dunkel und haarig, der Körperbau drahtig, aber nicht sonderlich grotesk. Der Mann musterte sie offen, aber nicht unverschämt. Prudence wurde rot vor Verlegenheit, als ihr klar wurde, dass ihr eigener Gesichtsausdruck wahrscheinlich ein Spiegelbild des seinen war.

Das sind Ungeheuer, menschenartige Tiere, die Ratten und Angehörige ihres eigenen Volks fressen, hatte Tristan ihr erklärt. *Und natürlich fressen sie auch jedes menschliche Wesen, dessen sie habhaft werden können.* Doch nun, da sie diese Kreaturen aus der Nähe betrachtete, schien ihr das eine Übertreibung wie aus einem Kindermärchen zu sein. Jedes Mal waren die Bolg wie aus dem Nichts aufgetaucht und hatten die Kutsche leise angehalten, während sie bogenartige Schusswaffen auf die Pferde gerichtet hatten. Sobald sie sich dann von den nicht feindlichen Absichten der Mission überzeugt hatten, hatten sie die Kutsche wortlos weiter gewunken und waren wieder verschwunden. Unwillkürlich überlegte Prudence, ob die Bolg vielleicht einfach einen guten Eindruck auf sie machen wollten.

Mit einem Ruck fuhr die Kutsche wieder an. Prudence lehnte sich in den gepolsterten Sitz zurück, auf dem Tristan und sie sich schon unzählige Male heimlich geliebt hatten. Einen Augenblick später wurde die kleine Schiebetür an der Wand ihr gegenüber geöffnet, und das Gesicht der Wache erschien.

»Es dauert nicht mehr lange, Fräulein. Wir sind noch ungefähr eine Stunde vom größten Außenposten entfernt, der Stelle, an der die Postkarawanen hereinkommen.«

Prudence nickte, und das Türchen glitt wieder zu. Ein letztes Mal blickte sie aus dem Fenster und sah, dass der Firbolg-Soldat sie noch immer anschaute. In seinen Augen war etwas, was sie beunruhigte.

Nach einer Weile wurde die Straße unter den Rädern der Kutsche weniger holprig, und das Schaukeln ließ nach. Prudence zog den Vorhang beiseite und klopfte an die kleine Schiebtür.

»Anhalten bitte.«

Langsam rollte die Kutsche aus, und Prudence öffnete im Aufstehen die Tür. Der Kutscher stieg von seinem Kutschbock, war aber nicht schnell genug, um ihr seine Hilfe beim Aussteigen anzubieten. Also raffte sie die Röcke, sprang auf die Straße hinunter und ging hinüber auf die große Wiese.

Vor ihr erstreckte sich ein großes Amphitheater, von der Zeit und den Naturgewalten in die Erde geschnitten, obgleich es aussah, als wäre von Menschenhand ein wenig nachgeholfen worden. Früher war der inzwischen vergessene, mit Hochgras und Gestrüpp überwachsene Ort sicher ein Versammlungsplatz für eine enorme Anzahl von Leuten gewesen. Eine Felsformation mitten im Zentrum der gegenüberliegenden schrägen Wand ähnelte eindeutig einer Rednerbühne. Das Amphitheater war riesig, umgeben von Felsvorsprüngen und innen in abgestufte Ränge unterteilt, die zu einer breiten, ebenen Fläche abfielen. Nach den Beschreibungen, die Tristan ihr einmal aus einem cymrischen Geschichtstext vorgelesen hatte, erkannte Prudence, was sie hier vor sich hatte.

»Der Große Gerichtshof«, murmelte sie vor sich hin. Dies war der Ort, an dem Tristans seltsame, nahezu unsterbliche Vorfahren einst ihre Versammlungen abgehalten hatten, um dem Cymrer-Reich Frieden zu schenken. Eine gute Absicht, auch wenn sie fehlgeschlagen war.

»Wie bitte, Fräulein?«, erkundigte sich der Kutscher.

Prudence drehte sich zu ihm um. »Gwylliams Großer Gerichtshof«, wiederholte sie aufgeregt. Dieses Naturwunder war größer als die Feuerbasilika und Tristans Palast zusammengenommen.

Der Kutscher und die Wache tauschten ein Schmunzeln, dann öffnete der Kutscher den Wagenschlag.

»Ja, Fräulein, ganz wie Ihr meint. Doch nun beeilt Euch bitte und steigt wieder ein. Wir dürfen bis zum Posten nicht länger als eine Stunde brauchen, damit wir vor Einbruch der Dunkelheit von dort abfahren können, sonst schaffen wir es nicht, uns in drei Tagen mit der Karawane zu treffen.«

Prudence nahm seine ausgestreckte Hand und kletterte etwas ungehalten wieder in die Kutsche zurück. Schon mehrmals war ihr seit der Abfahrt aus Bethania das Schmunzeln der beiden aufgefallen, und sie kannte seinen Ursprung. Für den Kutscher und die Wache war sie Tristans Bauernhure, und es amüsierte die beiden, sie ganz allein mit all der sonst dem Adel vorbehaltenen Pracht herumzufahren. Während der

Kutscher den Wagenschlag hinter ihr schloss, hörte sie ihn schon wieder lachen.

Schwerfällig setzte sich die Kutsche wieder in Bewegung. Prudence warf noch einen letzten Blick auf das uralte Wunderwerk, das hier vergessen im endlosen Grün des Vorgebirges lag. Dann holte sie ihren Spiegel hervor und begann ihr Gesicht herzurichten – eine Vorbereitung dafür, dem Mann, den sie liebte, einen weiteren albernen Gefallen zu tun.

»Erste Frau?«

Die Hebammen und Rhapsody blickten gleichzeitig auf. Der Wächter trat unwillkürlich einen Schritt zurück, als er den Ausdruck auf den Gesichtern der Bolg-Frauen sah, denn diese schätzten die Unterbrechung offensichtlich ganz und gar nicht.

»Ja?«

»Hier ist ein Bote für Euch. Eine Frau. Aus Bethania.«

»Tatsächlich?« Rhapsody reichte einer der Hebammen die Heilpflanze, die sie gemeinsam untersucht hatten. »Was will sie denn?«

»Mit Euch sprechen.«

»Hmmm. Wo ist sie?«

»Am Grivven-Posten.«

»Nun gut. Danke, Jurt. Bitte richte ihr aus, dass ich gleich herunterkomme.« Rhapsody sammelte die Kräuter und Heilmittel und verteilte sie an die dreizehn Hebammen, von denen einige zu den mächtigsten Bolg in ganz Ylorc zählten. »Sind wir fertig?«, fragte sie. Die breitschultrige Frau nickte, und Rhapsody erhob sich. »Danke, dass ihr gekommen seid. Ich werde am Wochenende nachsehen, wie die Medizin anschlägt. Bitte entschuldigt mich jetzt.«

Prudence wartete im Schatten der kastanienbraunen Wallache, denn sie fühlte sich bei den riesigen Tieren sicherer als im Wachquartier. Sie schluckte schwer. Während der vergangenen Stunde hatte sie versucht, sich innerlich auf die bevorstehende Begegnung einzustellen, und dennoch war sie nicht auf den Anblick gefasst, der sich ihr nun bieten sollte.

Ein riesiger Firbolg in Kampfrüstung kam auf sie zu, neben sich eine sehr viel kleinere Gestalt, die trotz der sengenden Sommerhitze vom Kopf bis zur Wadenmitte in einen grauen Kapuzenumhang gehüllt war. Hinter dem Rücken des Riesen lugte eine Unzahl von Schwertgriffen hervor, sodass er aussah, als hätte er eine Mähne aus lauter Stacheln.

Die kleinere Gestalt behielt die Kapuze auf, bis sie direkt vor Prudence stand. Als sie sie schließlich abnahm, kam ein Gesicht von solch unfassbarer Schönheit zum Vorschein, wie Prudence kaum je eines gesehen hatte – umrahmt von goldenem Haar, das mit einem schlichten Band lose zurückgebunden war. Die Frau trug ein einfaches Hemd aus weißem Leinen und weiche braune Hosen. Aus irgendeinem Grund konnte Prudence bei ihrem Anblick nur mit Mühe die Tränen zurückhalten.

Auf einmal ergaben Tristans Worte einen Sinn für sie. In das Gesicht dieser Frau zu blicken war, als schaute man in ein knisterndes Feuer; es war in einem Maße hypnotisch und anziehend, dass man es bis in die Seele hinein fühlen konnte.

»Hallo«, sagte die goldhaarige Frau, lächelte und streckte Prudence eine kleine Hand entgegen. »Mein Name ist Rhapsody. Ihr wolltet mich sprechen?«

»J-ja«, stotterte Prudence. Verdattert blickte sie auf die offen dargebotene Hand der Frau, riss sich dann aber zusammen und schüttelte sie zaghaft. Die Hand war wunderbar warm, und Prudence musste sich zwingen, sie wieder loszulassen. Um ihre Ungeschicktheit zu vertuschen, kramte sie in dem Beutel, den Tristan ihr mitgegeben hatte, und zog zwei sorgsam gefaltete, mit Gold versiegelte Bogen Pergament hervor. »Seine Hoheit Tristan Steward, Prinz von Bethania, hat mich gebeten, Euch persönlich diese Einladungen zu überbringen.«

Rhapsody runzelte die Stirn, und Prudence sank plötzlich der Mut.

»Einladungen?«

»Ja«, sprudelte Prudence hervor. »Zu seiner Hochzeit, am Abend des ersten Frühlingstages dieses Jahres.«

»Warum sind es zwei Einladungen?«

»Nun, eine ist für Seine ... äh ... für Seine Majestät, den König von Ylorc, und eine ist für Euch.«

Die smaragdgrünen Augen der Frau wurden noch größer vor Staunen. »Für mich?«

Prudence schoss das Blut in die Wangen. »Ja.« Nervös beobachtete sie, wie Rhapsody das gefaltete Papier in der Hand drehte und darauf starrte. »Ich habe den Eindruck, Ihr seid überrascht.«

Der Riese neben der Frau brach in dröhnendes Gelächter aus, und Prudence erbleichte vor Schreck. »Nun, nun, Gräfin, hör dir das bloß an. Der Prinz möchte, dass du an seiner Hochzeit teilnimmst. Ist das nicht goldig?«

Rhapsody reichte Prudence die Einladungen zurück. »Das muss ein Fehler sein. Warum sollte der Herrscher von Roland mir eine Einladung schicken?«

Prudence fuhr sich mit der Hand über die Kehle und spürte, wie sie zitterte. »Gräfin? Bitte entschuldigt, das wusste ich nicht. Ich hoffe, Ihr werdet mir verzeihen, wenn ich Euch mit einer falschen Anrede beleidigt habe, Herrin.«

»Nein, nein«, beteuerte Rhapsody hastig. »Er macht nur Witze.«

Die bernsteinfarbenen Augen des Riesen funkelten fröhlich. »Wie meint Ihr denn das? Sie ist die Gräfin von Elysian, genau das ist sie. Die höchstgeborene Dame in ganz Ylorc.« Prudence nickte, und der Ausdruck in ihren Augen veränderte sich.

»Ich glaube, Ihr versteht nicht, wie wenig das bedeutet«, meinte Rhapsody und warf Grunthor einen ärgerlichen Blick zu. »Für Euren Herrn bin ich immer noch ein Bauer. Meine Rolle an seinem Hof war die einer Botschafterin für den König von Ylorc. Und obgleich unsere letzte Begegnung einigermaßen zivilisiert verlief, war unsere Beziehung doch ansonsten stets recht angespannt. Aus all diesen Gründen bin ich überaus erstaunt, dass er mir eine Einladung für ein solch glückliches Ereignis zukommen lässt. Ich bin mir sicher, dass es sich um einen Irrtum handelt.«

»Du hattest also eine Beziehung mit ihm?«, erkundigte sich Grunthor in gespieltem Entsetzen. »Dabei sagst du doch immer, er ist dumm!« So verstohlen sie konnte, stieß Rhapsody ihm den Ellbogen in die Rippen, dann schaute sie wieder zu Prudence, die inzwischen sichtbar zitterte. Der irritierte Ausdruck auf Rhapsodys Gesicht verwandelte sich in Besorgnis. Vorsichtig streckte sie die Hand aus und berührte Prudences Arm.

»Geht es Euch nicht gut?«

Prudences Blick begegnete dem der goldhaarigen Frau, und als sie erkannte, wie besorgt sie war, wurde ihr warm ums Herz. »Nein, es ist alles in Ordnung«, sagte sie und tätschelte unbeholfen Rhapsodys Hand.

»Kommt, gehen wir aus der Sonne«, schlug Rhapsody vor und hakte sich bei Prudence unter. »Ich bin eine grässliche Gastgeberin – ich habe mich nicht einmal nach Eurem Namen erkundigt!«

»Prudence.«

»Nun, vergebt mir bitte meine Unhöflichkeit, Prudence. Erlaubt mir, Euch in Ylorc willkommen zu heißen. Wollt Ihr und Eure Eskorte etwas ...«

Auf einmal geriet die Welt ins Wanken. Rhapsodys Ohren füllten sich mit dem Pochen ihres eigenen Blutes, ihre Augen verschleierten sich. Blitzschnell streckte Grunthor den Arm aus und erwischte sie gerade noch, ehe sie auf dem Boden aufschlug. Als er sie in seinen Armen zu sich drehte, sah er, dass ihr Gesicht ganz verzerrt war, vor Angst, aber auch noch etwas anderem.

»Was ist los, Gräfin?«, fragte er besorgt, während er ihr mit seiner riesenhaften Pranke auf die Wange klopfte.

Rhapsody blinzelte, versuchte das Gefühl zu verjagen, dass der Himmel über ihr zusammenbrach, und blickte an Grunthor vorbei zu der orlandischen Botschafterin. Prudence war eine hübsche Frau mit blasser Haut und rotblonden Locken, stellte sie zerstreut fest. Aber in ihren dunkelbraunen Augen schimmerte etwas, was man beinahe schon als Panik bezeichnen konnte.

Doch dann, während Rhapsody Prudence so ansah, verschwand dieses Gesicht plötzlich, wurde wie von den Klauen eines brutalen Windes fortgerissen, bis Knochen und Muskeln offen lagen. Ihre Augen verschwanden aus den Höhlen und ließen dunkle, mit getrocknetem Blut gefüllte Höhlen zurück. Rhapsody verschlug es vor Schreck den Atem.

»Herrin?« Auch Prudences Stimme zitterte.

Wieder blinzelte Rhapsody. Prudences Gesicht sah wieder aus wie zuvor.

»Es tut mir ... es tut mir sehr Leid«, sagte sie. Vorsichtig zog Grunthor sie auf die Füße und klopfte ihr den Schmutz von den Kleidern. Mit einem schwachen Lächeln sagte sie zu der erschrockenen Botin: »Anscheinend macht mir die Sonne auch zu schaffen. Im Grivven-Posten können wir uns hinsetzen und uns abkühlen. Würdet Ihr mit uns kommen?«

Prudence warf einen Blick hinüber zu dem Posten, wo sechs Firbolg-Wachen standen und sie neugierig begafften. Einer von ihnen lächelte ihr zu, eine gruselige Grimasse, bestenfalls ein anzügliches Grinsen. Prudence schauderte.

»Ich – ich muss zurück«, stammelte sie. »Die Postkarawane ist drei Tage vor uns, und wir sollten uns beeilen, um sie nicht zu verpassen.«

Rhapsodys Gesicht wurde ernst. »Ihr seid nicht mit der geschützten Karawane gekommen?«

Prudence schluckte. Tristan hatte keinen Zweifel an der Notwendigkeit gelassen, ihre Mission diskret und geheim durchzuführen.

»Nein«, antwortete sie.

»Wollt Ihr mir sagen, dass der Herrscher von Roland eine Zivilistin ohne den Schutz der bewaffneten wöchentlichen Karawane nach Ylorc geschickt hat?«

»Ich habe eine Leibwache dabei, und auch der Kutscher ist ein orlandischer Soldat«, entgegnete Prudence. *Welch eine Ironie*, dachte sie. Mit Tristan hatte sie die gleiche Diskussion geführt. Es war schon ein wenig makaber, dass sie jetzt die Position verteidigte, gegen die sie damals protestiert hatte.

Einen Augenblick lang machte Rhapsody ein nachdenkliches Gesicht, dann fasste sie einen Entschluss. Sie streckte Prudence die Hand entgegen. »Bitte kommt mit mir«, sagte sie. »Ich verspreche Euch, Ihr seid hier in Sicherheit.«

Die Worte klangen so wahr, dass Prudence fast unwillkürlich nach Rhapsodys Hand griff und sich von ihr zum Posten führen ließ.

Der Wachturm des Grivven-Postens war aus einer Felswand gehauen worden, die zu einem von Ylorcs höchsten Gipfeln führte. Im Innern des Postens waren die Wände glatt und gerade geschliffen, die Böden aus poliertem Stein. Darüber erhob sich in zahlreichen Stockwerken der eigentliche Turm, größer als Avonderres Leuchtturm. In Richtung Westen, Norden und Süden gab es drei Plattformen, verbunden mit in die Mauer zementierten Leitern, die so lang waren, dass Prudence ihr Ende nicht sehen konnte. Staunend blickte sie um sich, während sie mit dem riesigen Firbolg und der kleinen zierlichen Frau an den Barrikaden vorbeiging, die mit langen Reihen verborgener Fenster versehen und mit hunderten schussbereiter Bogen gesäumt waren.

Sie kamen an Arbeitsräumen, Baracken und mehreren großen Versammlungshallen vorbei, und Prudences Staunen wuchs von Minute zu Minute. Sie hatte ihr ganzes Leben in Tristans Festung zugebracht, deren Wälle sich mit diesen hier nicht annähernd messen konnten. Dabei war Grivven nur ein Außenposten und nicht etwa ein Teil der eigentlichen Bergfestung. Sie nahm sich vor, Tristan klar zu machen, dass man ihm hier eindeutig überlegen war.

Schließlich hielt Rhapsody vor einer schweren, lackierten und mit Eisenbändern beschlagenen Tür an. Sie öffnete sie und wies mit einer Handbewegung ins Innere des Raumes.

»Bitte kommt herein«, sagte sie.

Prudence gehorchte; ihr Blick streifte sogleich die Waffengestelle neben der Tür. In der Mitte des Raumes stand ein langer, schwerer Tisch aus roh behauenem Kiefernholz, umgeben von ebenso groben Stühlen. Rhapsody blieb lange genug in der Vorhalle stehen, um ein paar Worte mit dem Riesen wechseln zu können, dann kam sie ebenfalls ins Zimmer. Sie winkte in Richtung Tisch.

»Bitte, Prudence, macht es Euch bequem.«

Prudence gehorchte, während Rhapsody ihren langen grauen Umhang abnahm und ihn an einen Haken neben der Tür hängte. Dann ließ sie sich auf einem Stuhl gegenüber von Prudence nieder.

»Es tut mir Leid, dass ich nicht die Gelegenheit hatte, Grunthor richtig vorzustellen«, sagte sie. »Er holt Erfrischungen für uns.« Prudence nickte. »Nun, während wir allein sind, könntet Ihr mir doch erzählen, warum Ihr wirklich gekommen seid.«

Prudence wandte den Blick ab. »Ich weiß nicht, was Ihr damit meint.«

»Vergebt mir, aber ich glaube, das tut Ihr doch. Obgleich der Herrscher von Roland und ich ein paar unangenehme Gespräche hatten, und der Tatsache zum Trotz, dass er sich in seinem Urteilsvermögen mehrmals ernsthaft geirrt hat, kann ich kaum glauben, dass er so töricht ist, in einer Routinesache einen Sonderbotschafter loszuschicken, der so offensichtlich kein Soldat ist, um eine Hochzeitseinladung zu überbringen. Vor allem wenn es eine wöchentliche Karawane gibt, die solche Sendungen mit einer Eskorte von fünfzig bewaffneten Männern bewerkstelligt. Warum seid Ihr wirklich hier, Prudence?«

Rhapsodys Ton war sanft und verständnisvoll. Als Prudence ihr in die Augen schaute, fand sie dort rückhaltlose Sympathie. Allmählich verstand sie nur zu gut, was Tristan meinte, wenn er davon sprach, wie schwer es war, nicht an sie zu denken. Diese Frau besaß eine ungeheure Anziehungskraft, ob in der Musik ihrer Worte oder einfach in der Wärme, die von ihr ausging. Wie dem auch sein mochte – Prudence musste jedenfalls gegen den Sog ankämpfen, der davon ausging.

»Der Herrscher von Roland bedauert das, was er Euch früher angetan hat«, erwiderte sie stockend. »Es ist ihm offen gesagt peinlich, wie er Euch behandelt hat.«

»Dafür besteht kein Anlass.«

»Dennoch möchte er die Sache wieder gutmachen. Deshalb hat er mich gebeten, Euch zu einem Besuch nach Bethania einzuladen, damit er sich persönlich entschuldigen und weiterhin seine guten Absichten gegenüber dem Königreich von Ylorc beweisen kann. Außerdem würde er Euch gern die Stadt zeigen und verspricht Euch einen Rundgang mit allem, was dazugehört, und einer entsprechenden Eskorte.«

Rhapsody unterdrückte ein Lächeln. Als sie das erste Mal in Bethania gewesen war, hatte sie aus Versehen für einen Aufstand auf der Straße gesorgt und wäre um ein Haar sowohl von Tristans Soldaten als auch von der Stadtwache ergriffen worden.

»Das ist sehr freundlich, aber ich bin noch immer nicht sicher, ob ich das recht verstehe. Warum hat er mir nicht eine schriftliche Einladung geschickt oder Euch zumindest mit der Karawane reisen lassen? Die Zeiten sind gefährlich, nicht nur in Ylorc, sondern überall.«

»Ich weiß.« Prudence seufzte tief. »Ich erfülle nur den Auftrag meines Gebieters, Herrin.«

Die goldhaarige Frau überlegte einen Moment und nickte dann. »Bitte nennt mich Rhapsody. Ich fürchte, ich bin gerade erst von einer ziemlich langen Reise zurückgekehrt und muss mich jetzt eine Zeit lang um meine Pflichten hier in Ylorc kümmern. So Leid es mir tut, kann ich daher die Einladung Eures Herrn nicht annehmen.«

Prudence bekam einen trockenen Mund, als sie sich Tristans Enttäuschung vorstellte. »Wie bedauerlich. Ich hoffe, Ihr schlagt nicht auch noch die Einladung zur Hochzeit aus.«

Rhapsody lehnte sich auf ihrem Stuhl zurück. »Ich bin nicht sicher, was ich dazu sagen soll. Noch immer erscheint es mir äußerst seltsam, dass der Hohe Herrscher von Roland eine Angehörige des niederen Volkes bei seiner Hochzeitsfeier dabei haben möchte.«

»Ich versichere Euch, er hat es absolut ehrlich gemeint.«

»Hmmm. Nun, braucht Ihr sofort eine Antwort?«

»Aber nein, keineswegs«, antwortete Prudence erleichtert. »Ihr könnt Eure Entscheidung zusammen mit dem König von Ylorc bekannt geben.«

Die Tür ging auf, und Grunthor trat ins Zimmer, gefolgt von einem Bolg-Soldaten, der ein Tablett mit einem Krug, Gläsern, Honigbrötchen und Obst brachte. Der Mann stellte alles rasch auf den Tisch und verließ den Raum sogleich wieder, die Tür fest hinter sich zuziehend.

Rhapsody lächelte Grunthor zu, dann wandte sie sich wieder an Prudence, und abermals stockte ihr der Atem. Tristans Botin lag schlaff in einer grotesken Verrenkung auf dem Stuhl, die leeren Augenhöhlen zur Decke gerichtet. Ihr Gesicht war völlig entstellt, die Nase verschwunden; in dem Moment, als Rhapsody weggesehen hatte, schien sie von wilden Hunden oder anderen Raubtieren zerfleischt worden zu sein.

Rhapsody schloss die Augen, um die Vision zu beenden, aber das Bild ließ sich nicht verscheuchen. Stattdessen lag Prudences zerstörter Körper nun im Dunkeln auf einem grünen Hügel. Nur an den Überresten ihres zerzausten Haars war sie überhaupt zu erkennen, rotgoldene Strähnen, mit schwarzem Blut verklebt, leise im Wind wehend.

Rhapsody holte tief Atem, wappnete sich innerlich, versuchte ihr rasendes Herz zu besänftigen und stellte sich der Vision. In ihrem Geist erweiterte sich das Bild, entfernte sich ein Stück von ihr, bis sie den Ort erkannte, an dem der verstümmelte Körper lag.

Es war Gwylliams Großer Gerichtshof.

Eine riesige, starke Hand umschloss sanft ihre Schulter, und die Vision verschwand. Rhapsody öffnete die Augen. Prudence starrte sie an, mit dem gleichen angstvollen Ausdruck wie vorhin, nur war er jetzt noch intensiver geworden.

»Prudence.« Rhapsody konnte nur flüstern. »Prudence, Ihr müsst heute Nacht hier bleiben. Bitte. Ich fürchte um Eure Sicherheit, wenn Ihr gleich wieder geht.«

Doch Prudence fürchtete sich ohnehin. »Ich danke Euch, wirklich«, sagte sie dennoch, »aber es besteht kein Grund, dass Ihr Euch Sorgen macht. Ich werde gut bewacht, und nach weniger als der Hälfte des Weges stoßen wir auf der Rückfahrt ja auf die Karawane.«

Rhapsody drängte die Tränen zurück, die ihr plötzlich in die Augen traten. »Dann seid Ihr trotzdem mindestens drei Tage allein unterwegs. In der Zwischenzeit kommt aber die nächste Karawane schon hier vorbei, die der dritten Woche. Kehrt doch mit ihr nach Bethania zurück – es ist gleich der erste Halt nach Bethe Corbair. Bis dahin könnt Ihr hier bleiben, in Sicherheit, als unser Gast. Bitte, Prudence; eine kleine Kutsche ohne bewaffneten Schutz ist verletzlich, und wir leben in gefährlichen Zeiten.«

Die Verzweiflung in Rhapsodys Stimme machte Prudence nur noch mehr Angst, und sie erhob sich vom Tisch, noch immer sichtbar zitternd. »Nein. Es tut mir Leid, aber ich muss umgehend nach Bethania zurück. Ich habe die Botschaft überbracht, mit der ich hergeschickt wurde. Wenn Ihr mich jetzt entschuldigen würdet, meine Wachen warten auf mich.« Sie blinzelte und bemühte sich, nicht auf die Tränen dieser Frau zu reagieren. Tristan hatte vollkommen Recht; es war, als hätte sie sich in einer Welt aus endlosem Schnee verlaufen und Rhapsody wäre die einzige Wärmequelle. Tief in ihrem Herzen fragte sich Prudence, ob sie nicht auch etwas Dämonisches an sich hatte.

Schnell schob sie ihren Stuhl zurück, rannte zur Tür, riss sie auf und verschwand.

Grunthor blickte erst auf die noch in den Angeln zitternde Tür, dann sah er zu Rhapsody hinüber, die still am Tisch saß und die Wand anstarrte.

»Geht's dir jetzt wieder gut, Fräuleinchen?«

Einen Moment schwieg sie nachdenklich. Als sie aufblickte, glänzten ihre Augen entschlossen.

»Grunthor, würdest du etwas sehr Wichtiges für mich erledigen?«

»Alles, Schätzchen. Das weißte doch.«

»Folge ihr, bitte. Sofort. Nimm so viele Truppen mit, als müsstest du sie gegen einen sehr mächtigen Gegner verteidigen, und folge dieser Kutsche, bis sie den Großen Gerichtshof passiert und die Grenze nach Roland hinter sich gebracht hat. Ehe du zurückkommst, vergewissere dich, dass sie Ylorc wohlbehalten verlassen hat und sich auf den Krevensfeldern befindet, um die Karawane der zweiten Woche zu erreichen, weit weg von unserem Land. Tust du das für mich?«

Grunthor betrachtete sie ernst. »Na klar, Gräfin. Wir nehmen die Feldtunnel, dann kriegt sie nich mal mit, dass wir da sind.«

Rhapsody nickte. Die cymrischen Brustwehren bildeten ein Labyrinth versteckter Gräben, Rinnen und Tunnel, die am Fuß der Zahnfelsen vor vielen Jahrhunderten von treu zu Gwylliam stehenden Nain-Handwerkern ausgehoben worden waren. Verfallen und unbenutzt durchzogen sie die Steppe, aber Grunthor hatte sie wieder entdeckt. Sofort hatte Achmed es zur Priorität erklärt, dass sie auf Vordermann gebracht wurden, und nun durchquerten die Bolg die weiten Felder vor den Bergen still und unsichtbar. Prudence war schon verängstigt genug. Es würde sie wohl kaum beruhigen, wenn sie entdeckte, dass der Riesen-Sergeant und ein guter Teil der Bolg-Truppen ihr folgten.

Grunthor gab Rhapsody einen Kuss auf die Wange und verließ das Zimmer. Allein wartete sie noch ein paar Minuten, dann ging auch sie hinaus, um auf den hohen Turm des Griven-Postens zu steigen, wo sie in das trübe Licht der untergehenden Sonne hinausstarrte und zusah, wie ihr riesenhafter Freund und sein Regiment sich über die Felder auf den Weg machten und vor ihren Augen im Erdboden verschwanden, um der fernen Kutsche zu folgen.

32

Achmed untersuchte die Gurte von Waffen und Gepäck und spähte noch einmal aus dem Tunnel.

»Grunthor kommt«, berichtete er.

Rhapsody nickte. Nachdem sie die Tagessternfanfare ein letztes Mal sauber gewischt hatte, steckte sie das Schwert in die neue, mit schwarzem Elfenbein eingefasste Scheide, welche die Bolg-Handwerker in ihrer Abwesenheit für sie gefertigt hatten. Über dem Felsvorsprung ertönte ein Lied, und die volle Bassstimme hallte von den Tunnelwänden wider.

In der Liebe und im Krieg
(Zwei Dinge, die mir lieb)
So sagt man, ist alles genehm.
Also wundert euch nicht,
Wenn's euch jetzt gleich sticht
In das Fett, das sonst so bequem.

Eure Frauen und Kinder
Die quälen wir nicht minder,
Auch wenn uns der Hunger nicht drückt.
Und wenn ihr längst tot seid,
Haben die doch 'ne gute Zeit
Denn wir sind doch recht ordentlich bestückt.

Rhapsody lachte. »Wirklich bezaubernd«, sagte sie zu Achmed. »Ist das eine neue Errungenschaft?«

Der Firbolg-König zuckte die Achseln. »In all den Jahren, die ich ihn nun kenne, war er nie um ein Soldatenlied verlegen«, meinte er. »Bestimmt gibt es noch tausend, die ich nicht kenne.« Einen Augenblick später kam der Sergeant aus dem Geheimgang und betrat den Tunnel.

»Ist sie weg, Grunthor? Hat sie das Bolg-Land unversehrt verlassen?«

»Ja«, antwortete der Riese, während er sich den Schweiß von der Stirn wischte. »Wir sind ihr in der Brustwehr gefolgt, so weit es ging, in die Provinz Bethe Corbair rein und bis auf die Krevensfelder. Erst da sind wir umgekehrt. Sie ist nun ein ganzes Stück weit in Roland und hat den Gerichtshof viele Meilen hinter sich.«

Rhapsody seufzte erleichtert. »Danke«, sagte sie ernst. »Ich kann dir nicht sagen, wie grausig die Vision war. Jetzt ist sie wenigstens sicher auf dem Rückweg zu Tristan Steward, diesem Dummkopf. Ich kann nicht glauben, dass er sie ohne eine ordentliche Schutztruppe losgeschickt hat.«

»Offensichtlich ist sie entbehrlich. Oder das, was er wollte, ist zu wichtig, um auf die Postkarawane zu warten«, meinte Achmed und setzte seine Kapuze auf.

Rhapsody lächelte. »Es ist Letzteres, obwohl ich nicht ganz verstehe, warum. Sie liebt ihn, daran besteht kein Zweifel. Es ist eine Schande.«

»Kann mich gar nich erinnern, davon was gehört zu haben«, wandte Grunthor ein.

»Sie hat es auch nicht gesagt, aber es ist offensichtlich.«

Achmed stand auf und schüttelte seinen Umhang aus; er wirkte irritiert. »Nun, vielleicht zeigt er sich ja angemessen erkenntlich, wenn sie zurückkehrt«, brummte er. »Können wir jetzt gehen? Mich könnte kaum etwas weniger interessieren, als ob Tristan Steward seine Dienstmagd vögelt.«

Auch Rhapsody erhob sich. »Ja. Zeigt mir das Loritorium. Ich denke schon daran, seit ich Elynsynos' Höhle verlassen habe.«

Der Firbolg-König stellte sich an den Eingang des unterirdischen Gewölbes, um Rhapsodys Gesicht sehen zu können, wenn sie das Loritorium zum ersten Mal betrat. Obgleich er mit ihrer Reaktion gerechnet hatte, durchströmte ihn ein Schauer, als sich das Staunen über ihre Züge breitete und ihr Gesicht zu strahlen anfing, als wollte es mit der Sonne in der Welt über ihnen wetteifern.

»Ihr Götter«, murmelte sie, während sie sich langsam drehte und zu der hohen Marmordecke hinaufstarrte. »Welch ein wunderschöner Ort. Und wie schade, dass niemand ihn je in fertigem Zustand gesehen hat. Es wäre ein unvergleichliches Kunstwerk gewesen.«

»Freut mich, dass es dir gefällt«, meinte Achmed ungeduldig, verärgert darüber, dass er so gerührt war. Rhapsodys außergewöhnliche Schönheit war eine Kraftquelle, die er mit Vorliebe angezapfte, wenn es seinen Zwecken diente. Aber er wurde ungern daran erinnert, dass sie auch bei ihm gelegentlich eine Gefühlsregung auslöste. »Kannst du uns jetzt bitte helfen herauszufinden, was dieser ganze silberne Hrekin hier sein soll?« Damit wies er auf eine Lache der schimmernden Flüssigkeit; sie leuchtete zwischen den Ritzen in den Marmorblöcken, aber die Pfütze war kleiner als das letzte Mal.

Rhapsody beugte sich über die schillernde Substanz und streckte die Hand aus. Sofort spürte sie eine starke Schwingung, die über ihre ausgestreckten Fingerspitzen tanzte und sie erst zum Prickeln und dann zum Brennen brachte. Rasch schloss sie die Augen, summte ihren Benennungston und versuchte, den Ursprung der Schwingung zu ergründen.

Plötzlich füllte sich ihr Kopf mit einer Vielzahl chaotischer Bilder, einige davon spannend, andere schauderhaft. Die Bilderflut traf sie ganz unerwartet, und sie trat unwillkürlich einen Schritt zurück.

»Was ist los?«, fragte Achmed, während er ihren Arm ergriff und ihr half, das Gleichgewicht wieder zu finden.

»Es sind Erinnerungen«, antwortete Rhapsody und rieb sich die Augen. »Reine, flüssige Erinnerungen.« Sie sah sich auf dem Platz um, blickte hinüber zu den Altären, die an den Richtungspunkten standen, und ging, zitternd vor Erregung, auf sie zu. Sie deutete auf die Truhe, die aufgestellt worden war, um eine der erlauchten Reliquien aufzunehmen, und einem Vogelbad nicht unähnlich war.

»Hört doch«, sagte sie und bemühte sich, ruhig zu bleiben. »Könnt ihr das Lied hören?«

»Bleib weg davon, Fräuleinchen«, warnte Grunthor. »Es ist von einer Falle geschützt.«

»Ich weiß«, erwiderte Rhapsody. »Das erzählt es mir auch.«

»Was erzählt?«, wollte Achmed wissen.

Rhapsodys Gesicht strahlte noch heller. »In diesem Becken ist ein einziger Wassertropfen – könnt ihr ihn sehen?« Der Bolg kniff die Augen zusammen und nickte dann. »Das ist eine von den Ozeantränen, ein seltenes und unschätzbar wertvolles Stück lebendes Wasser, das Element in seiner reinsten Form.« Sie wirbelte herum und deutete auf ein anderes Behältnis, einen langen, flachen Altar aus Marmor in gedämpften Zinnober- und Grüntönen, Braun und Purpur.

»Und das hier ist ein Block aus Lebendigem Gestein«, fuhr sie fort, »lebendig seit der Zeit, als die Erde geboren wurde.«

»Das Erdenkind wurde aus der gleichen Substanz geformt«, erinnerte Achmed sie. »Sieht aus, als wäre der Schrein für den Wind leer«, stellte Rhapsody fest. Dann deutete sie auf das Loch in der gewölbten Decke über ihnen. »Ich denke, Gwylliam wollte an dieser Stelle den Splitter des Sterns anbringen, den *Seren* – Äther –, den er von der Insel mitgebracht hatte. Das Schriftstück, das du mir zeigtest, schien darauf hinzuweisen.

Das erklärt auch, wie die Erinnerungspfützen sich gebildet haben. Taten verursachen Schwingungen, die Schwingung bleibt zurück und verschwindet erst, wenn sie sich mit anderen Schwingungen vermischt oder von Wind oder Meer verschluckt wird, welche die meisten Schwingungen aufnehmen können. Dieser Ort hier war luftdicht versiegelt und mit reinen und mächtigen Formen des uralten Wissens gefüllt, zum Beispiel dem Altar aus Lebendigem Gestein und der Ozeanträne. All diese Magie vermischte sich mit den Schwingungen dessen, was hier geschah, und dadurch haben die Erinnerungen eine feste Form angenommen.« Sie bückte sich neben einer kleinen Silberpfütze. »Ich vermute, sie fing an zu verdunsten, nachdem ihr den Tunnel geöffnet und etwas von der Luft aus der Welt dort oben hereingelassen hattet. Doch Jahrhunderte eingefangener Schwingungen haben an diesem Ort deutliche Zeichen hinterlassen.«

Achmed nickte. »Und kannst du an dieser flüssigen Erinnerung erkennen, ob der Feuerbrunnen aus Versehen oder absichtlich verstopft wurde?«

Rhapsody ging zu dem Brunnen im Herzen des Loritoriums hinüber und schritt langsam um ihn herum. Auf einmal nahm die Hitze, die aus der Öffnung kam, merklich zu, als reagierte das Feuer darunter auf Rhapsodys Gegenwart. Sie schloss die Augen, streckte die Hand aus und legte sie dann vorsichtig auf das verstopfte Rohr. Als ihr Kopf wieder klar wurde, summte sie einen Erkennungston.

Staunend beobachteten Grunthor und Achmed, wie von dem Becken ein silberner Nebel in die Luft stieg und undeutlich eine menschliche Gestalt formte. So verschwommen sie auch war, konnte man erkennen, dass sie über die Schulter blickte. Dann drehte sie sich um, bewegte sich in Richtung Brunnen und löste sich auf.

Rhapsody öffnete die Augen, und im Fackelschein sahen die beiden Männer das smaragdgrüne Leuchten.

»Die Antwort auf deine Frage lautet: Ja, es ist absichtlich geschehen«, sagte sie leise. »Die Quelle wurde verstopft, und mit ihr noch andere Schächte, durch die der Qualm von Gwylliams Schmieden abzog. So wurde der ganze beißende Rauch in die Kolonie geleitet.« Sie verfiel in nachdenkliches Schweigen. Achmed wartete gespannt, bis sie wieder zu sich kam, denn er brannte darauf, mehr Einzelheiten zu erfahren und ihr weitere Fragen zu stellen. Nach ein paar Minuten sah er, dass ihre Augen wieder klar wurden.

»Jetzt erinnere ich mich«, sagte sie leise, fast zu sich selbst. Sie wandte sich an die beiden Bolg. »Der Mann, der die Quelle verstopfte, tat es absichtlich, vor langer Zeit. Ich habe ihn schon einmal gesehen, aber zuerst habe ich ihn nicht erkannt.«

»Und dann hast du dich doch an ihn erinnert?«, fragte Achmed.

»Nun, in gewisser Weise. Als wir hierher kamen, als wir die königlichen Schlafzimmer von Canrif erforscht haben, hatte ich eine Vision von Gwylliam, der verdrießlich auf seiner Bettkante saß, neben sich eine Leiche mit gebrochenem Hals.« Achmed nickte. »Es war die Leiche des Mannes, der den Abzug blockiert hat.«

»Kannst du ihn beschreiben?«

Rhapsody zuckte die Achseln. »Unauffällige Erscheinung, blondes Haar mit grauen Strähnen, blaugrüne Augen. Ich glaube nicht, dass er in den Schriften oder auf den Fresken zu sehen war, die wir gefunden haben. Aber das macht nichts. Wenn er der Wirt des F'dor war – und irgendwie vermute ich das –, hat der Dämon sich inzwischen längst einen anderen Wirt gesucht, denn dieser Mann ist ja tot.«

Achmed atmete langsam aus. »Dann wusste der F'dor also von der Existenz der Kolonie.«

»Anscheinend.«

»Dann muss er auch wissen, dass das Erdenkind hier ist. Das bedeutet, er wird zurückkommen.«

»Sind die Rückstände in den Kanälen weg?«

Achmed wickelte die öligen Lappen zu einem Knoten zusammen und warf sie auf einen Haufen in einer Ecke des Loritorium-Platzes. Dann fuhr er mit dem Finger durch die Rinne unter der nächsten Straßenlaterne.

»Ja, wenigstens so, dass nichts brennen wird, wenn du die Quelle aufmachst.« Rhapsody schaute ihn misstrauisch an, und er wandte sich ärgerlich an Grunthor. »Was glaubst du, Sergeant?«

Doch der riesige Bolg war anderweitig beschäftigt. Er stand vor dem Altar aus Lebendigem Gestein und blickte auf ihn hinab, als lauschte er einer fernen Musik. Schließlich schüttelte er den Kopf, als wollte er den Schlaf vertreiben, drehte sich um und sah den fragenden Ausdruck auf den Gesichtern seiner beiden Freunde.

»Hmmm? Oh, tut mir Leid, Herr. Is doch ziemlich klar, nich?«

»Was ist mit den Abzügen, Grunthor?«, fragte Rhapsody. »Kannst du uns sagen, ob es irgendeinen unliebsamen Effekt auf die Kolonie hat, wenn dieser hier geöffnet wird?«

Grunthor schloss die Augen, streckte seine massige Hand aus und legte sie sanft auf den Altar, zitternd, als berührte er zum ersten Mal das Gesicht einer Geliebten. Die Schwingung raubte ihm fast das Gleichgewicht. Sie schoss durch seine Fingerspitzen und seinen Arm hinauf, bis seine Schulter vor Hitze und Leben brannte.

Im Geiste konnte er die Adern der Erde sehen, die Schluchten und Ritzen in Stein und Lehmschichten, die Felsformationen über ihnen und um sie herum. Er ließ seine Gedanken dem Abzug der Feuerquelle folgen, wobei er zufrieden zur Kenntnis nahm, dass keiner der alten Aus- und Eingänge verstopft war. Es war ein Gefühl, als folgte er einem guten Freund durch die Korridore eines Familienanwesens, wobei jeder Winkel und jede Nische einer liebevollen Betrachtung unterzogen wurde. Nur mir großer Mühe riss er sich los, ehe er sich gänzlich in seinen Betrachtungen verlor.

»Nein, Fräuleinchen, es ist alles frei hier«, sagte er. »Die wenigen Gänge, die noch zum Abzugssystem gehören, sind schon lange geleert worden. Außerdem hat die Großmutter seither selbst ein paar Lüftungsschächte ausgehoben.«

Rhapsody nickte zufrieden. Vorsichtig ließ sie ihre kleinen Hände in das Rohr zu beiden Seiten des Steins gleiten, der hier eingequetscht worden war. Basalt war es, wie Grunthor gesagt hatte. Und er kannte den wahren Namen des Felsens; die Erde hatte ihn ihm gesagt. Sie sammelte ihre Fähigkeiten als Benennerin und sprach das Wort aus, sang das Lied des Basalts.

Der seit Jahrhunderten eingekeilte Fels begann zu summen, als sein Name erklang. Rhapsody atmete tief ein und veränderte das Lied. *Magma*, sang sie, *gerade erst abgekühlt, noch immer geschmolzen.* Dann zog sie heftig an dem Stein, entfernte ihn aus dem Quellrohr und hob ihn herunter, ehe er sich in ihren Händen wieder verfestigte.

Mit einem lauten Zischen sprang ein kleiner Feuerblitz aus dem Zentrum der Erde durch die Brunnenfassung und spritzte flüssige Hitze und Licht bis an die Decke des Loritoriums. Die Flamme war blendend hell, das Licht so intensiv, dass die drei wie aus einem Munde aufschrieen. Rhapsody wich zurück, die Hand schützend über die Augen gelegt.

In dem neuen Licht sah das Loritorium vollkommen verändert aus. Die halb fertigen Fresken an der Wand zeigten sich in all ihren wundervollen Einzelheiten, und zum ersten Mal wurden auch die kunstvollen Schnitzereien an den Steinbänken sichtbar. Die Kristallkuppeln der Straßenlaternen glitzerten im Feuerschein wie Sterne. In einem einzigen Augenblick hatte das neue, reine Licht die Dunkelheit der ganzen schimpflichen Vergangenheit dieses Ortes vertrieben. Der Blitzstrahl beruhigte sich zu einer blubbernden Flamme, die ruhig innerhalb der Wände ihres Gefäßes brannte.

Als ihre Augen sich den neuen Lichtverhältnissen angepasst hatten, betrachtete Rhapsody zufrieden den Feuerbrunnen und sah sich das System der Lampen und Kanäle an, das alles mit dem großen Lampenöl-Reservoir verband. »Dieser Ort wird prächtig sein, wenn du ihn fertig stellst«, sagte sie aufgeregt zu Achmed. »Bestens geeignet für Forschung und Studium, genau wie Gwylliam es beabsichtigte.«

»Vorausgesetzt, wir leben so lange«, entgegnete Achmed ungeduldig. »Nun, da wir durch den Silberschlamm wissen, dass der F'dor den Ort gekannt hat, müssen wir uns auf einen Angriff gefasst machen. Es ist nur mehr eine Frage der Zeit.«

»Aber warum ist er nicht schon längst erfolgt, bevor die Bolg sich organisiert haben?«, fragte Rhapsody.

»Um das herauszufinden, bringen wir dich hinunter zu der Kolonie«, antwortete Achmed und gestikulierte zu der Öffnung hinüber. »Die Großmutter wird uns die Prophezeiung nicht sagen, wenn wir nicht alle drei zu ihr kommen. Ich hoffe, dass wir in dem, was der dhrakische Weise vorhergesagt hat, Antworten finden werden.«

Rhapsody nahm ihren Tornister und warf ihn sich über die Schulter. »Aha«, meinte sie scherzend. »Was immer das sein mag, wir werden es tun, denn schließlich hat ein *dhrakischer* Seher es gesagt.« Sie unterdrückte ein Lachen, als sie die wütende Grimasse auf dem Gesicht des Firbolg-Königs sah, und folgte den beiden in den Tunnel, den Grunthor ausgehoben hatte, hin zur untergegangenen Kolonie.

An den Furchen in Rhapsodys Stirn konnte Grunthor sogar im Licht der Fackeln erkennen, wie ihr Ärger wuchs. Sie und Achmed hatten pausenlos gestritten, seit sie das Loritorium verlassen und den Abstieg in den Tunnel begonnen hatten, der zur Kolonie führte.

»Damit wird es sogar noch wahrscheinlicher, dass Llauron der F'dor ist«, sagte Achmed gerade, ohne auf die Gewitterwolken zu achten, die sich hinter Rhapsodys Augen zusammenbrauten. »Vor dem Krieg hat er hier in Canrif gelebt. Es kann gut sein, dass er damals Zugang zum Loritorium hatte. Ohne Zweifel plant er, den cymrischen Staat zu reformieren – du hast ja sogar zugegeben, dass er dich um deine Hilfe gebeten hat, die Cymrer zu vereinen – und Ashe zum Herrscher zu machen.«

»Das ist vollkommen unlogisch«, knurrte Rhapsody. »Wenn Llauron der F'dor wäre und Ashe zum König machen wollte, warum würde er ihm dann die Brust aufreißen und ihn um ein Haar töten?«

»Das reicht jetzt!«, fauchte Grunthor. »Sie spürt, dass ihr euch streitet, und das regt sie auf.«

Die beiden anderen starrten ihn verwundert an. Rhapsody fand die Sprache als Erste wieder. »Wer denn, Grunthor?«

»Das Schlafende Kind natürlich. Sei jetzt still, Gnädigste. Sie weiß, dass du kommst.«

Die Sängerin blickte in das ernste Gesicht ihres riesigen Freundes empor. »In Ordnung, Grunthor. Und vielleicht kannst du mir auf dem Weg in die Kolonie erklären, woher du das weißt.«

33

Die Großmutter erwartete sie in der Dunkelheit am Ende des Tunnels.

Sie musterte Rhapsody von Kopf bis Fuß, und die silbernen Pupillen waren wie schmale ovale Spiegel.

»Willkommen, Himmelskind«, sagte sie.

Achmed und Grunthor sahen einander an. Zusätzlich zu den beiden Stimmen, welche die Dhrakierin eingesetzt hatte, um sich mit ihnen beiden zu verständigen, erklang jetzt noch eine dritte, trocken und heiser wie die von Achmed. Doch diese Stimme gebrauchte Worte.

»Du kommst spät«, fügte die Großmutter vorwurfsvoll hinzu.

»Es tut mir Leid«, stammelte Rhapsody, bestürzt von dem barschen Ton; sie hatte keine gesprochenen Worte erwartet. »Ich war unterwegs.« Sie starrte die Frau an, und vor lauter Staunen machte sie sich nicht einmal Gedanken darüber, ob diese sie womöglich unhöflich fand.

In den seltsamen Gesichtszügen der Großmutter entdeckte sie einige Ähnlichkeiten mit Achmed; jetzt endlich konnte sie erkennen, was sein dhrakisches Erbe war, denn bisher war es von den typischen Bolg-Eigenheiten überdeckt gewesen. Die drei Gefährten hatten Achmeds dhrakische Herkunft immer streng geheim gehalten, und außer zu Oelendra hatte Rhapsody mit niemandem darüber gesprochen, nicht einmal mit Jo. Was sie jetzt erblickte, erklärte besser als alle Worte, warum es so wichtig gewesen war, das Geheimnis zu bewahren.

Die Frau war sehr dünn, und ihre Haut war fast so durchscheinend, als lägen die Venen frei. Während diese Eigenschaft bei Achmed auf die meisten Leute eher abstoßend wirkte, erschien es Rhapsody bei der Großmutter nur wie ein weiteres Zeichen ihrer Schönheit, wie eine Radierung oder eine kunstvolle Tätowierung. Sie rief sich ins Gedächtnis, dass sie die Frau nie bei Tageslicht gesehen hatte, aber hier in der Dunkelheit war sie wunderschön.

Der Großmutter in die Augen zu sehen war etwa so, als blickte man in einem dunklen Zimmer in einen Spiegel. Schwarz wie Tinte, aber reflektierend, so erwiderten sie jetzt Rhapsodys Blick, und die silbernen Pupillen saugten das spärliche Licht in sich auf. Dann sah die Frau die beiden Bolg an, und Rhapsody verschlug es fast den Atem. Der Blick der Großmutter war fast so hypnotisch wie der von Elynsynos.

Die scharf geschnittenen Gesichtszüge der Großmutter erinnerten Rhapsody plötzlich an die Tierrassen, welche ebenso vom Wind abstammten wie die Dhrakier – die Grillen mit ihrem energischen, kratzigen Zirpen, die Raubvögel mit ihren anmutig schnellen Bewegungen, die Eulen mit ihrem unerschrockenen Blick, der mitten in der Nacht am schärfsten war.

Die Großmutter nickte knapp, dann drehte sie sich um und ging langsam vor.

»Kommt.«

Die drei folgten der einzigen Überlebenden der Kolonie den dunklen Tunnel hinunter und in die Kammer des Schlafenden Kindes.

Vor den großen Eisentüren der Kammer blieb die Großmutter stehen und wandte sich an Rhapsody.

»Du bist eine Himmelssängerin.« Es war eine Feststellung, keine Frage.

»Ja.«

Die Großmutter nickte. »Zuerst wirst du dem Erdenkind begegnen«, sagte sie mit einer Kopfbewegung zu den mit schweren Eisenbändern beschlagenen Türen. »Dann werde ich dich zum Kreis der Lieder bringen. Dort wirst du die Prophezeiung vorfinden, in voller Länge. Aber zuerst musst du dich um das Mädchen kümmern.«

»Wie soll ich mich um sie kümmern?«

Mit ihrer mageren Hand umfasste die Großmutter eine der riesigen Türklinken. »›Der Wind der Sterne wird singen das Mutterlied, das ihrer Seele am vertrautesten klingt‹«, zitierte sie. »Das ist der Teil der Prophezeiung, der sich, glaube ich, auf dich bezieht. Jetzt musst du ihr *amelstyk* sein. Ich werde bald zu alt dafür sein.«

Rhapsody rieb sich die Augen mit Daumen und Zeigefinger. »Ich verstehe nicht, Ihr seid zu schnell für mich.«

Die blaue Lederhaut in den Augen der Dhrakier-Frau dehnte sich ruckartig. »Nein, du bist zu langsam«, fauchte sie mit rauer Stimme. »Ihr kommt spät, ihr alle. Ihr hättet schon längst hier sein sollen, damals, als ich noch stark war, ehe die Zeit mich gebrochen hat. Aber das ist nicht geschehen.

Dennoch habe ich gewartet, habe all die vielen Jahre allein gewartet, all die Jahrhunderte, habe beobachtet, wie die Pendeluhr jede Stunde, jeden Tag, jedes vorüberziehende Jahr gezählt hat. Ich habe darauf gewartet, dass ihr kommt und mich ablöst; jetzt seid ihr hier.

Aber selbst jetzt ist es nicht einfach eine Wachablösung. Das Mädchen hat zu träumen angefangen, es wird von Albträumen gequält. Ich kann ihre Gedanken nicht hören, ich weiß nicht, was sie peinigt. Nur du kannst sie verstehen, Himmelskind. Nur du kannst sie wieder in friedlichen Schlaf singen. Das stand im Wind geschrieben. So ist es.«

Die letzten Worte sprach sie mit zitternder Stimme. Rhapsody wurde es eng ums Herz; sie kannte die Angst in diesen Worten, sie begriff, welche Verletzlichkeit sich hinter ihnen verbarg. Die Großmutter war mehr als die beständige, einsame Wächterin eines wertvollen Werkzeugs, das der F'dor sich ersehnte; sie liebte das Erdenkind wie ihre eigene Tochter. In Oelendras Stimme hatte Rhapsody den gleichen Ton gehört, damals, als sie die Laute zerstört hatte. Und die gleiche Angst war in den Augen der Lirin-Kämpferin gewesen, als sie ihr Lebewohl gesagt hatte.

»Ich verstehe«, sagte sie. »Bring mich zu ihr.«

Die Eisentüren öffneten sich mit einem metallischen Seufzen, und die drei Gefährten folgten der alten Frau in die dunkle Kammer. Die Großmutter rieb einen ihrer Leuchtpilze an der Wand, ein Funke glühte auf, und sie machte sich daran, die Lampe über dem Katafalk zu entzünden. Als der Raum nicht mehr völlig im Dunkeln lag, traten Rhapsody und die beiden Männer näher. Das Kind ruhte wie auch bei ihrem ersten Besuch unter einer Decke aus gewobener Spinnenseide, so weich wie Eiderdaunen. Seine glatte graue Haut sah immer noch so kalt aus wie Stein, aber etwas war anders geworden. Das Haar und seine Wurzeln waren grün wie Sommergras, nur die Spitzen trocken und struppig, wie einst das ganze Haar gewesen war. Der Sommer hatte Einzug gehalten, und das Kind der Erde fühlte es; es zeigte es auf die einzige Art, die ihm hier in der dunklen Höhle, weit weg von der Sonnenjahreszeit, zur Verfügung stand.

Rhapsody rieb sich die Arme und versuchte, ein plötzliches Frösteln abzuwehren. Langsam ging sie um den Katafalk des Erdenkinds herum und nahm den Anblick in dem gedämpften Licht der über ihm hängenden Laterne in sich auf; sonst herrschte allenthalben Dunkelheit. Das Staunen auf ihrem Gesicht rührte Grunthors Herz zutiefst.

Unwillkürlich dachte Rhapsody an Elynsynos' Worte.

Da die Drachen sich nicht mit Angehörigen der Rassen der Drei vermehren konnten, versuchten sie, eine menschenähnliche Rasse aus den wenigen Bruchstücken des Lebendigen Gesteins zu erschaffen, die nach dem Bau des Kerkers noch übrig waren. Außergewöhnlich und schön waren die Kreaturen, die dabei entstanden. Kinder der Erde nannte man sie, und sie hatten menschliche Gestalt, oder zumindest waren sie den Menschen so ähnlich, wie die Drachen es eben fertig brachten. In mancherlei Hinsicht waren sie brillante Geschöpfe, in anderer abscheulich.

»Sie ist wunderschön«, sagte Rhapsody leise.

Die Großmutter nickte. »Auch sie hat eine hohe Meinung von dir.« Behutsam legte sie die Decke wieder über das Kind.

»Deine Schwingung beruhigt sie, die Musik, welche dich umgibt.« Ihr Augen wurden ein klein wenig schmaler, und sie starrte die Sängerin aufmerksam an. »Sie fragt sich, warum du die Tränen zurückhältst.«

Rhapsody blinzelte verlegen und versuchte, das Wasser aus ihren Augen zu verscheuchen, wobei sie Achmed einen gequälten Blick zuwarf. »Weinen ist in der Gegenwart des Bolg-Königs verboten.«

»Warum trauerst du?«

»Ich trauere um sie«, antwortete die Sängerin. »Wer würde das nicht tun? Darüber, dass dieses Mädchen zum lebendigen Tod verdammt ist, dass sie nie erwachen wird? Dass ein so außergewöhnliches und schönes Kind niemals ein Leben haben wird? Wer würde darum nicht trauern?«

»Ich würde nicht trauern«, erwiderte die Großmutter kurz angebunden. »Du irrst dich, wenn du denkst, sie hat kein Leben. Das hier ist ihr Leben, ihr Schicksal, so ist es, so wird es immer sein. Es muss ertragen, es muss geliebt werden, genau wie das Leben als einsame Wächterin ertragen und geliebt werden muss. Genau wie du dein Leben zweifellos manchmal erträgst und manchmal liebst. Dass du hier kein Leben erkennst, bedeutet nicht, dass sie keines hat. Das Leben, was immer es sein mag, ist, was es ist.«

»Ryle hira«, flüsterte Rhapsody. Die Weisheit in dem Lirin-Sprichwort hüllte sie ein wie sanft fallender Schnee. Endlich begann sie die Bedeutung der Worte ganz zu verstehen, die ihr vor so langer Zeit beigebracht worden waren.

Die Lippen des Erdenkinds bewegten sich lautlos, wie ein Echo der Lirin-Worte. Rasch beugte sich die Großmutter über das Kind, als wollte sie die leisen Worte erhaschen. Sie wartete, aber es kam nichts mehr, und sie seufzte still.

»Spricht sie manchmal?«, fragte Grunthor.

»Bisher nicht«, antwortete die Großmutter sanft und fuhr mit der Hand über das grasige Haar, Sommergrün und bleiches Wintergold. »Die letzte Prophezeiung des größten dhrakischen Weisen sagt, dass sie eines Tages sprechen würde, aber es ist nie geschehen.

Seit uralten Zeiten weiß man, dass Weisheit in der Erde und in den Sternen wohnt. Alles andere, die wogende See, das vergängliche Feuer, der flüchtige Wind, ist zu unbeständig, um die von der Zeit gelehrten Lektionen zu bewahren. Nur die Erde birgt die Geheimnisse, die durch die Zeitalter hindurch weitergegeben werden; sie vermittelt das Wissen beständig, im Wechsel der Jahreszeiten, in der Zerstörung und der Wiedergeburt des Feuers. In den Fundgruben der Erde gibt es so viel zu lernen.

Dies war eine der guten Seiten daran, dass wir uns in die Erde zurückgezogen hatten. Obgleich es bedeutete, dass wir nie mehr den Himmel sehen, niemals mehr die Schwingungen im Wind lesen würden, war die Erde nicht nur ein Gefängnis, sondern auch eine Lehrmeisterin. Die *Zhereditck* studierten die Lektionen der Erde und lernten ihre Geheimnisse kennen. Und der Wind gab uns zum Abschied eine letzte Botschaft: Die höchste Weisheit würde von den Lippen des Erdenkindes kommen.

Mein Leben lang habe ich darauf gewartet, was sie uns mitzuteilen hat, wie diese weisen Worte wohl lauten mögen. All die Jahrhunderte hat sie nichts Verständliches gesagt, hat keine Antwort gegeben, keinen einzigen Hinweis. Aber obwohl sie keine Worte ausspricht, kenne ich dennoch ihr Herz.« Die langen Finger, die zärtlich über die glatte Wange strichen, zitterten ein wenig.

Sorgenfalten zerfurchten die Stirn der alten Frau, als das Kind wieder zu flüstern begann; seine Augenlider zuckten unruhig.

»Jetzt hat ihr Herz erfahren, was Angst ist«, sagte die Großmutter. »Nur vermag ich dieser Angst keinen Namen zu geben.«

»Kannst du ihr nich irgendwie helfen, Gräfin?«, fragte Grunthor besorgt.

Rhapsody schloss die Augen und ließ sich die Frage durch den Kopf gehen. *Das Mutterlied, das ihrer Seele am vertrautesten klingt*, hieß es in der Prophezeiung. Sie versuchte, im Geiste das Bild ihrer Mutter herbeizurufen, ein Bild, das einst so klar gewesen war wie der Sommerhimmel, sich jedoch kaum mehr heraufbeschwören ließ, seit sie das letzte Mal im Traum ihre Stimme gehört hatte.

Feuer hat eine große Kraft, hatte ihre Mutter in diesem letzten Traum gesagt. *Aber noch größer ist die Kraft des erstgeborenen Sternenfeuers. Nutze das Feuer der Sterne, um dich und die Welt von dem Hass zu läutern, der von uns allen Besitz ergriffen hat. Dann werde ich in Frieden ruhen können, bis du mich wieder siehst.*

An die Worte konnte sie sich noch erinnern, nicht aber an die Stimme ihrer Mutter. Ein Verlust, der sie schmerzte.

Rhapsody trat näher an den Katafalk und beugte sich zum Ohr des Mädchens. Vorsichtig legte sie die Hand auf das grasige Haar und strich die Strähnen zurück, die ihr in die Augen gefallen waren. Die Großmutter ließ sie gewähren und zog die Hand in die Falten ihres Gewands zurück.

»Meine Mutter kannte ein Lied für jede Gelegenheit«, sagte sie leise. »Sie war eine Liringlas, und jedem Ereignis war ein besonderes Lied zugeordnet. Ich hörte sie oft, sie waren für mich fast wie die Luft zum Atmen. Aber ich weiß nicht, welches das Mutterlied ist, von dem die Prophezeiung spricht.« Kaum waren die Worte aus ihrem Mund, als ihr etwas einfiel. »Wartet«, sagte sie. »Vielleicht weiß ich es doch.

Unter den Lirin gibt es die Tradition, dass eine Frau, wenn sie entdeckt, dass sie schwanger ist, ein Lied aussucht, das sie dem wachsenden Leben in ihr vorsingt. Es ist das erste Geschenk, das sie dem Kind macht, sein eigenes Lied sozusagen; vielleicht ist das mit ›Mutterlied‹ gemeint. Sie singt es jeden Tag, bei ihren alltäglichen Verrichtungen, in stillen Momenten, wenn sie allein ist, vor jeder Morgenaubade, nach jeder Abendvesper. Es ist das Lied, mit dem das Kind sie kennen lernt, sein erstes Schlaflied, einmalig für jedes Kind. Die Lirin leben draußen, unter den Sternen, und es ist wichtig, dass Kleinkinder sich in gefährlichen Situationen still verhalten. Dieses Lied ist ihnen so vertraut, dass es sie sozusagen von Natur aus beruhigt. Vielleicht ist es das, was die Prophezeiung meint.«

»Könnte sein«, meinte Achmed. »Erinnerst du dich an deines?«

Rhapsody schluckte die verächtliche Bemerkung hinunter, die ihr auf den Lippen lag – in letzter Sekunde rief sie sich in Erinnerung, dass Achmed nie eine Familie gehabt hatte und deshalb nicht verstand, worum es hier ging. »Ja«, antwortete sie. »Und es ist ein Windlied, also wäre es durchaus möglich, dass sich die Prophezeiung tatsächlich darauf bezieht.« Sie setzte sich auf den Steinsockel neben dem Katafalk, welcher der Großmutter als Lager diente, und zog ein Knie unter sich, alles ohne die Hand von der Stirn des Kindes zu nehmen. Dann schloss sie die Augen und sang ein Lied aus einem anderen, längst vergangenen Leben.

Schlafe, mein Kind, mein Kleines, schlaf gut,
Dort in der Lichtung, wo der Fluss niemals ruht,
Wo der Wind leise wispert und trägt fort im Nu
All deine Sorgen und den Kummer dazu.

Ruh dich aus, mein Süßes, und schlafe recht fest,
Dort, wo der Regenpfeifer baut nun sein Nest,
Dein Kissen ist Süßklee, das Gras deckt dich zu,
Der Mond scheint herab, und der Wind weht dazu.

Träum, meine Liebe, träum wunderschöne Träume
Wenn der Wind streicht sanft über Bäche und Bäume.
Nimm seine Flügel, er trägt dich ein Stück,
Doch meine Liebe hält dich sicher auf Erden zurück.

Als sie geendet hatte, öffnete Rhapsody die Augen und schaute das Erdenkind an. Während des Liedes war es ruhig geworden, aber sobald Rhapsody schwieg, begann es wieder zu zucken und um sich zu schlagen, ja, es schien sogar, als wäre es noch aufgeregter als zuvor. Rhapsody war bestürzt, aber Grunthor legte ihr sanft seine riesige Pranke auf die Schulter.

»Mach dir nichts draus, Gräfin«, sagte er. »Es klang doch gar nich so schlecht.«

Auch die Großmutter war nervös, das merkte Achmed an der Elektrizität ihrer Schwingungen. »Geht das Lied vielleicht noch weiter?«, fragte er Rhapsody, die jetzt versuchte, die Panik des Kindes mit beruhigendem Zureden zu lindern.

»Meine Mutter hat mir hunderte von Liedern vorgesungen«, antwortete sie und strich mit der Hand über den Arm des Kindes. »Ich habe keine Ahnung, auf welches sich die Prophezeiung bezieht.«

»Dann legst du sie vielleicht falsch aus«, gab Achmed zu bedenken. »Vielleicht ist in der Prophezeiung nicht *deine* Mutter gemeint, sondern *ihre*.«

Plötzlich wurde Rhapsodys Kopf ein wenig klarer. »Ja, ja, da hast du wahrscheinlich Recht«, sagte sie nervös. »Aber wie kann ich ihr eigenes Mutterlied singen? Ich weiß ja nicht einmal, wer ihre Mutter ist.«

»Sie hatte keine Mutter«, warf die dhrakische Matriarchin ein. »Sie wurde so, wie du sie jetzt vor dir siehst, aus Lebendigem Stein geformt.«

»Vielleicht hat der Drache sie gemacht?«, schlug Rhapsody vor.

»Nein«, entgegnete Grunthor ruhig. »Die Erde. Die Erde ist ihre Mutter.«

Die drei anderen starrten ihn schweigend an. »Natürlich«, murmelte Rhapsody nach einer Weile. »Natürlich.«

»Und du kennst das Lied auch, Gräfin. Hast es immer und immer wieder gehört, hast mitgesungen die ganze Zeit, als wir durch die Erde gereist sind. Kannst du es nich jetzt singen?«

Die Sängerin schauderte. Nur mit Mühe konnte sie sich dazu durchringen, an die Zeit zu denken, die sie an der Wurzel verbracht hatten, an den Albtraum, den sie durchlebt hatten, um aus Serendair zu entfliehen. Doch sie schloss die Augen und versuchte sich auf das Summen zu konzentrieren, sich an das erste Mal zu erinnern, als sie ihm gelauscht hatte, die mächtige, langsame Vibration in der endlosen Höhle über ihnen. Es war ein Lied, so tief wie das Meer, das durch ihr Herz trommelte und dennoch weich war wie fallender Schnee, fast unhörbar. Es war mehr ein Gefühl als ein Klang, reich und voller Weisheit, magisch und einmalig auf der Welt. Langsam bewegte die Melodie sich vorwärts, veränderte sich kaum merklich, ohne Eile, ohne das Bedürfnis, mit irgendetwas Schritt zu halten oder sich an etwas anzupassen. Es war die Stimme der Erde, die aus ihrer Seele sang. Und im Hintergrund erklang stark und stetig das allgegenwärtige Klopfen des Herzens der Welt, ein Rhythmus, der Rhapsody in Augenblicken der Verzweiflung Kraft gegeben und sie im Dunkel des Erdinnern immer wieder beruhigt hatte. Jetzt hatte sie ihn wieder im Ohr, wie jedes Mal, wenn sie mit dem Kopf auf dem Boden geschlafen hatte.

Dann kam die Erkenntnis. Oft hatte sie nicht mit dem Kopf auf dem Boden, sondern auf Grunthors Brust geschlafen. Die beiden Empfindungen ähnelten einander sehr; der Brustkorb des Riesen war breit und kräftig, fest wie Basalt, und sein Herzschlag entsprach genau dem Rhythmus des Erdlieds. Es durchströmte ihn und tröstete sie in ihren Albträumen. *Weißt du, ich würde dir jederzeit deine schlimmsten Träume abnehmen, wenn ich könnte, Hoheit,* hatte er immer gesagt. Rhapsody streckte die Hand aus und berührte den Sergeanten.

»Grunthor«, sagte sie. »Hilfst du mir? Wie damals mit den verwundeten Soldaten?«

Ein leichtes Grinsen brach sich Bahn in seinem verblüfften Gesicht. »Na klar, Fräuleinchen«, erwiderte er. »Möchtest du ein paar Strophen von dem alten Bolg-Mutterlied *Mamas Krallen* hören?«

»Nein«, antwortete sie. »Ich brauche dich nur für den Rhythmus. Bück dich, damit ich an dein Herz komme.«

Mit leise quietschender Rüstung und raschelndem Mantel tat Grunthor, worum sie ihn gebeten hatte. Behutsam ließ Rhapsody ihre Hand über seine Brust gleiten, bis sie seinen Herzschlag spüren konnte, das langsame, stetige Pochen, das sie schon ihr ganzes Leben lang zu kennen schien. Es war immer noch dasselbe, vollkommen im Einklang mit dem Rhythmus der Erde.

Rhapsody schloss die Augen und machte ihren Geist leer von allem anderen außer diesem Pochen. Es dröhnte in ihrem

Kopf, vibrierte in ihren Nebenhöhlen und durch ihre Haarwurzeln, prickelte in ihrem Schädel. Sie holte Luft und sog es noch tiefer in sich ein, fühlte es ihr Rückgrat hinunter und in ihre Muskeln fließen, bis in die Haut. Als es ihre Fingerspitzen erreicht hatte, streckte sie die freie Hand aus und berührte die Brust des Erdenkindes, ließ sie unter das Gewand des Kindes gleiten, bis sie ebenfalls auf seinem Herzen zu liegen kam. Der Rhythmus passte genau, doch im Puls des Kindes war ein Zittern, das Rhapsody Sorgen machte. Sie beugte sich näher zum Ohr des Kindes, presste die Lippen zusammen und begann zu summen.

Sie spürte die richtige Tonlage sofort, denn ihr Geist füllte sich augenblicklich mit musikalischen Bildern dieser mystischen und zugleich schrecklichen Reise: dem tiefen Bass der Bergleute, die sangen, während sie sich einen Weg durch die Tiefen der Erde bahnten; dem bedächtigen, melodischen Brodeln von Magma unter der Oberfläche, unterbrochen von einem gelegentlichen Zischen oder Knallen; mit der süßen, beständigen Melodie der Axis Mundi, welche die Erde in der Mitte durchteilte, und der Wurzel, die sich um sie schlang. Es war eine uralte Symphonie aus Erdklängen, wortlos und fast unhörbar, doch erfüllt von Macht und Ehrfurcht.

Rhapsody sang das Erdlied, so gut sie konnte, im Takt mit Grunthors stetigem Herzschlag, änderte den Ton nur wenig und so bedächtig, wie es der Erde angemessen war. In der Nähe hörte sie Achmed leise ausatmen, und ihr wurde klar, dass es ein Signal war; das Lied zeigte wohl irgendeine Wirkung.

Unter ihren Fingern wurde der Herzschlag des Kindes fest und hörte auf zu beben, und an seine Stelle traten die stetigen Gezeiten des regelmäßigen Atems. Rhapsody erkannte diesen Zustand; endlich schlief das Erdenkind traumlos, tief und fest. Sie spürte, wie dieselbe Ruhe sie überkam, als wäre sie ebenfalls eingeschlafen, so tief und so fest, dass ihr nicht auffiel, wie Grunthor und die Großmutter keuchten und nach Atem rangen.

Es war der dumpfe Aufprall, mit dem ihre Körper auf den sandigen Boden schlugen, der sie schließlich wachrüttelte.

34

Achmed kniete bereits auf dem Boden und untersuchte die Großmutter, als Rhapsody die Augen öffnete.

Das Mädchen schlief noch immer; kristallklare Schweißperlen bedeckten ihre Stirn wie Regentropfen, als hätte sie gerade ein heftiges Unwetter überstanden. Doch sie atmete frei und bewegte sich nicht.

Als Rhapsody sich vergewissert hatte, dass sie sich für den Augenblick um das Mädchen keine Sorgen zu machen brauchte, rannte sie hinüber zu Grunthor, der flach am Boden lag. Sie half ihm, sich aufzusetzen, und untersuchte ihn. Er presste die Hände an den Kopf.

»Da kommt etwas«, brummte er. Seine Augen waren glasig, er atmete flach.

»Was, Grunthor? Was kommt?«

Der Riese brummte weiter und verlor zusehends die Orientierung. »Es kommt; es hatte innegehalten, aber jetzt ist es wieder unterwegs. Etwas ... etwas kommt.« Rhapsody fühlte, wie sein riesiges Herz raste, so heftig, dass es ihr Angst machte.

»Grunthor, komm zurück«, flüsterte sie. Sie sprach seinen wahren Namen, eine seltsame Kombination aus pfeifenden Knurr- und Knacklauten, gefolgt von den Benennungen, die sie ihm vor langer Zeit gegeben hatte, als sie durch das Feuer im Zentrum der Erde gegangen waren. *Spross des Sandes unter freiem Himmel, Sohn der Höhlen und der finsteren Lande*, sang sie leise. *Bengard. Firbolg. Sergeant Major. Mein Spieß, mein Beschützer. Herr der tödlichen Waffen. Dero untertänigst zu gehorchender Autorität.*

Grunthors Augen klärten sich und richteten sich auf sie. »Schon gut, Schätzchen«, sagte er benommen und schob unbeholfen ihre Hand weg. »Mir geht's schon wieder gut. Kümmre dich um die Großmutter.«

»Mit ihr ist alles in Ordnung«, sagte Achmed von der anderen Seite des Katafalks aus. Einen Augenblick später erhob er sich und half dann der alten Frau beim Aufstehen. »Was ist geschehen?«

Die Großmutter schien wieder fest auf den Beinen zu stehen, behielt die Hand aber am Hals. »Grüner Tod«, murmelte sie in all ihren drei Stimmen. »Unreiner Tod.«

»Was bedeutet das, Großmutter?«, fragte Rhapsody leise.

»Ich weiß es nicht. In ihren Träumen werden diese Worte ständig wiederholt. Auf einmal konnte ich sie hören, und nun kann ich die Stimme nicht mehr zum Schweigen bringen.« Die Hand der alten Frau zitterte, und Achmed nahm sie behutsam zwischen seine. »Es war, als hätte dein Lied sie aus ihren Gedanken geholt und diese auf mich übertragen.« Die seltsamen Augen der Großmutter funkelten nervös im Halbdunkel. »Dafür danke ich dir, Himmelskind. Wenigstens weiß ich jetzt, was das Mädchen quält, auch wenn ich es nicht verstehe. Grüner Tod, unreiner Tod.«

»Sie träumt auch von etwas, das kommt«, fügte Grunthor hinzu. Er nahm das Tuch, das Rhapsody ihm hinhielt, und wischte sich die verschwitzte Stirn trocken.

»Hast du irgendeine Ahnung, was das sein könnte?«, fragte Achmed. Der Riese schüttelte den Kopf.

»Es tut mir so Leid«, wandte sich Rhapsody an beide. »Ich fürchte, ich bin für eure Visionen verantwortlich. Ich habe daran gedacht, wie du gesagt hast, du würdest gern meine schlimmsten Albträume auf dich nehmen, Grunthor. Vielleicht habe ich euch beide unabsichtlich dazu verurteilt, dies auch für sie zu tun.«

»Wenn du es getan hast, dann nur, weil wir beide dazu bereit waren«, sagte die Großmutter. Sie beugte sich vor, küsste das Schlafende Kind und wischte dem Mädchen die Feuchtigkeit von der Stirn. »Jetzt schläft sie wieder friedlich, wenigstens im Augenblick.« Mit einer letzten Liebkosung richtete sich die Großmutter wieder zu ihrer vollen Größe auf.

»Kommt.«

Auch Rhapsody beugte sich hinab und küsste die Stirn des Schlafenden Kindes. »Deine Mutter Erde hat so viele schöne Kleider«, flüsterte sie in das steingraue Ohr. »Ich werde versuchen, ein Lied für dich zu schreiben, dass auch du sie sehen kannst.«

Die Inschrift auf dem Bogen über der Kammer des Schlafenden Kindes leuchtete, als das Fackellicht über sie hinweghuschte. Ruß und bröckliger Schutt hatten die Kerben im Lauf der Jahrhunderte allmählich aufgefüllt.

»Wie lautet diese Inschrift?«, fragte Rhapsody.

Die Großmutter steckte die Hände in die Ärmel ihres Gewandes. »»Lass das, was in der Erde schläft, ruhen; sein Erwachen kündet von ewiger Nacht«, antwortete sie.

Rhapsody wandte sich an Achmed. »Was denkst du, worauf sich dieser Satz bezieht?«

Seine ungleichen Augen verdunkelten sich im Dämmerlicht des Felsengangs. »Ich denke, das hast du selbst schon gesehen.«

Sie nickte. »Ja. Ich glaube, du hast Recht, aber nur teilweise.«

»Erklär uns das.«

»Offenbar taucht in mehr als einem Mythos eine Gestalt auf, die man als Schlafendes Kind bezeichnet«, sagte sie. »Im serenischen Sagenschatz gab es den Stern, der unter den Wellen vor der Küste von Serendair schlief. Ich glaube, wir wissen, wie treffend die Prophezeiung die Folgen seines Erwachens vorausgesagt hat. Dann gab es noch« – sie zuckte unter Achmeds durchdringendem Blick zusammen – »dann gab es noch das, was wir auf unserer Reise hierher gesehen haben, das, was die Drachen das Schlafende Kind nennen. Wenn dieses erwacht, hätte das noch weiter reichende Folgen.

Und nun haben wir das Erdenkind, das hier in dieser Kammer schläft. Mir scheint, dass die Prophezeiung der Dhrakier, wenn es sich bei dieser Inschrift denn darum handelt, vor folgenschweren Katastrophen warnt, falls das Kind erwachen sollte.« Rhapsody starrte in die nun wieder ganz dunkle Kammer.

»Wenn wir sie von ihren Albträumen befreien, können wir vielleicht dafür sorgen, dass sie weiterschläft«, meinte Achmed.

Doch die Großmutter wandte sich unvermittelt um und trat in den Schatten des Ganges, der zu der riesigen zylinderförmigen Höhle führte, und ihre Worte hallten in dem hohlen Korridor wider.

»Kommt.«

Das gigantische Pendel schwang durch die Höhle und kreuzte bei jedem Schwung den Kreis auf der Steinplatte. In der Dunkelheit sah Rhapsody das Gewicht am Ende der Spinnenseide glitzern.

»Was ist das für ein Gewicht, das an dem Pendel hängt?«, fragte sie, und ihre Stimme klang schwer im sandigen, toten Wind.

»Das ist ein Diamant aus Lorthlagh, dem Land jenseits des Riffs, dem Geburtsort unserer Rasse«, antwortete die Großmutter. Ihr schwerer Umhang bewegte sich in der abgestandenen Luft. »Er ist ein Gefängnis; in ihm wird ein Dämonengeist gefangen gehalten, aus dem Kampf, in dem das Schlafende Kind verwundet wurde. Wenn man es richtig anstellt, kann ein sehr reiner und großer Diamant einen Dämon festhalten, wenn auch nicht so gut wie Lebendiger Stein. Allerdings müssen es spezielle Diamanten sein, die man nur an Orten findet, wo Sternstücke auf die Erde gefallen sind und ätherische Kristalle hinterlassen haben. Diese Kristalle stammen aus einer Zeit vor der Entstehung der Erde, ehe das Feuer geboren wurde – sie sind älter als alle anderen Elemente mit Ausnahme des Äthers. Ihre Macht ist größer als die des F'dor.«

Wie als düstere Antwort blitzte das Gewicht des Pendels auf. Ein roter Blitz huschte über die Höhlenwände und verschwand wieder.

»Der Reinheitsdiamant, von dem Oelendra dir erzählt hat, muss ein ebensolcher Kristall gewesen sein«, meinte Achmed. »Klingt so, als wäre er groß genug, um sogar den stärksten Dämonengeist gefangen zu halten.«

»Kein Wunder, dass der F'dor ihn zerstört haben wollte«, bemerkte Grunthor.

»Warum hängt man so einen wertvollen und potenziell gefährlichen Gegenstand über einen endlosen Abgrund?«, fragte Rhapsody und starrte in die kreisförmige Kluft, welche die flache Formation in der Mitte umgab. »Wird das Risiko nicht größer, dass der Diamant verloren ist, wenn das Seil reißt?«

Die Schwingung der Großmutter wurde intensiver, und die drei Freunde spürten ein Jucken auf der Haut.

»Was ihr vor euch seht, ist die Macht der Winde«, erwiderte sie. »Um dieses Felspodest sind sie geknotet, alle vier, die oben wehen – deshalb wurde hier auch das Bannen gelehrt. An diesem Ort sind sie verankert und sorgen dafür, dass das Pendel im Rhythmus der Erdumdrehung schwingt, sodass der Diamant sicherer ist als irgendwo sonst in den Bergen.« Wieder wandte sie sich an Achmed. »Wenn du das Ritual lernst, werden diese Winde deine Lehrer sein.« Damit deutete sie auf die baufällige Brücke, die den Abgrund überspannte.

»Folgt mir zum Kreis der Lieder, dann zeige ich euch, was über euch geschrieben steht. Euer Schicksal. Wenn ihr es leugnen wollt, dann solltet ihr euch besser gleich in die Tiefe stürzen.« Die Matriarchin ignorierte den Blick, den die drei austauschten, als sie auf die Brücke trat, dem böigen Wind trotzend.

»Warum nennt man diese Stelle den Kreis der Lieder?«

Vorsichtig ging Rhapsody um das im Boden eingelassene Muster herum und achtete dabei darauf, dass sie nicht in die Bahn des Pendels geriet. Zwar erkannte sie die Symbole der vier Winde, aber keine der sonstigen Inschriften, obwohl ihr klar war, dass sie teilweise eine alte Uhr darstellen sollten.

Schweigend starrte die Großmutter hinauf in die Stille der endlosen Höhle, als schaute sie in die Vergangenheit. Eine ganze Weile ließ sie die Frage der Sängerin schwer in der staubigen Luft hängen, während ihre schwarzen Augen die uralten Gänge absuchten, die jetzt nichts weiter waren als leere Löcher in dem, was einst das Herz einer großen Zivilisation gewesen war. Endlich hob sie an zu sprechen.

»Die Lirin sind die Nachfahren der Kith und der Seren, Kinder des Winds und der Sterne. Die Dhrakier sind nur vom Wind gezeugt; wir *Zhereditck* stammen direkt von den Kith ab, doch wegen unserer Gewissenhaftigkeit und unseres Durchhaltevermögens wurden wir dazu erkoren, die Oberwelt zu verlassen und in der Erde zu leben, um die F'dor für alle Zeiten zu bewachen. Erst als dieser Kerker aufgebrochen wurde, kamen wir wieder in die Oberwelt und schlossen uns der großen Jagd an, um jene Dämonen, die entflohen waren, zu finden und zu zerstören. Doch unsere Wurzeln waren im Wind, nicht in der Erde.«

Endlich riss die alte Frau ihren Blick von dem weit über ihr aufragenden Bauwerk los und konzentrierte ihn stattdessen auf die alte Steinbrücke, die ihren Standort mit dem Rest der Kolonie verband.

»Wir hörten die Schwingungen in der Musik des Windes, genau wie dein Volk. Aber wir reagieren noch empfänglicher auf solche Botschaften als du, Himmelskind. Es war das größte Opfer, das wir gebracht haben – uns vom Wind zu trennen, um unter die Erde zu gehen. Einige, die wie ich später geboren sind, haben ihn nie gekannt, ihn nie auf ihrer Haut gespürt, frei von den Fesseln der Erde, die uns umgibt. Diese Trennung hat von uns einen hohen Preis gefordert; sie verweigerte uns die Gegenwart, die Fähigkeit festzustellen, was auf der Welt vor sich ging, im Leben um und über uns. Wir lebten in Dunkelheit, ohne Wissen – außer einem.

Genau wie ein Mitglied der Kolonie von Geburt an dazu erzogen wurde, Matriarchin zu werden, so wurde auch ein Zephyr auserwählt, unser Prophet. Im Allgemeinen wurden die Kandidaten aufgrund der Empfindsamkeit ihrer Hautnetze ausgewählt und aufgrund ihrer Fähigkeit, den Wind zu schmecken, seine Schwingungen aufzunehmen und seine verborgene

Weisheit zu verstehen. Denn der Wind ist zwar ein flüchtiger Bewahrer des Wissens, aber dennoch ein vielfältiger, und man kann viel lernen, wenn man ihm zuhört. Hast du den Wind sprechen gehört, Himmelskind? Hast du seinem Singen gelauscht?«

»Ja«, antwortete Rhapsody. »Und dem von Erde und Meer ebenfalls. Auch das Lied des Feuers habe ich vernommen, Großmutter, und obgleich Ihr vorhin meintet, dass die Sterne ihr Wissen nicht preisgeben, kann ich Euch versichern, dass sie singen; sie teilen ihre Weisheit denjenigen mit, die ihre Bahn am Himmel beobachten. So lautete der Glaube des Volks meiner Mutter – es ist der Grund, aus dem die Liringlas beim Aufgang der Sonne und der Sterne ihre Gebete singen.«

»Und all diese Schwingungen, ganz gleich, welchem uralten Wissen sie entstammen, werden vom Wind davongetragen«, sagte die Großmutter. »Der Zephyr konnte sie hören, sogar unter der Erde, hier im Kreis der Lieder. Hoch oben gibt es eine hohle Struktur, die einem der Berggipfel ähnelt, durch die der Wind in die Erde hinuntergreift, hierher. Er tanzt um diesen flachen Felsvorsprung und bildet einen Luftkorridor, der zufällige Schwingungen von der Oberwelt mit sich bringt. Der Wind singt; sein heiliges Lied war der Lobgesang der Brüder. Wenn der Zephyr das Lied hörte, überbrachte er die Neuigkeiten, die er erfuhr, dem Rest der Kolonie. So konnten die *Zhereditck* den Kontakt zur Oberwelt weiterhin aufrechterhalten, obgleich sie nicht mehr Teil von ihr waren.

Aus diesen Schwingungszeichen erwarb der Zephyr nicht nur Wissen über das, was oben geschah, manchmal konnte er oder sie auch erkennen, was die Zukunft bringen würde. Doch solche Prophezeiungen waren äußerst selten – genau genommen kenne ich nur eine einzige. Ihr steht jetzt auf ihr.«

Die drei blickten auf die Worte, die das in den Steinboden eingelegte Muster umgaben. Achmed bückte sich und berührte nachdenklich die Buchstaben.

»Der Wind, der diese Prophezeiung brachte, war heiß und heftig, und er kam von der anderen Seite der Welt«, fuhr die Großmutter fort. »Er trug Tod auf seinen Schwingen, Tod und

Hoffnung. Das geschah vor vielen Jahrhunderten, nur eine kurze Zeit bevor die Erbauer kamen.«

Achmed fing Rhapsodys Blick auf und sah in ihren Augen den gleichen Gedanken, der auch ihm in den Sinn gekommen war. Bei der Erinnerung an den letzten Sklaven des Meisters zuckte er zusammen, den einen verbliebenen Shing, der ihm aus Serendair gefolgt war. Der einzige Überlebende von Tsoltans Tausend Augen hatte sehr leise gesprochen, ehe er verschwunden war.

Wo sind die anderen Augen?, hatte Rhapsody gefragt. *Wo ist der Rest eurer Tausendschaft?*

Verschwunden, hatte der sterbende Shing geantwortet, *verglüht in der Hitze des Schlafenden Kindes und in alle Winde verstreut. Ich allein bin zurückgeblieben, habe den weiten Ozean überquert, um ihn zu suchen. Das ist mir geglückt.*

In der Hitze des Schlafenden Kindes. Der Wind, der von der Zerstörung ihrer Inselheimat gesprochen hatte.

Der Wind, der ihr Kommen vorhergesagt hatte.

»Wie lautete die Prophezeiung?«, fragte Grunthor.

»Kannst du sie lesen?«, wandte sich die Großmutter an Achmed. »Irgendetwas davon?« Achmed schüttelte verneinend den Kopf. »Dann müssen wir dich nicht nur im Bannritual unterweisen, sondern auch in der Sprache.« Nun bückte auch sie sich und berührte die Buchstaben.

Im Innern des Kreises der Vier wird stehen ein Kreis der Drei –
Kinder des Windes sie alle, und doch sind sie's nicht,
Der Jäger, der Nährer, der Heiler.
Furcht führt sie zueinander, Liebe hält sie zusammen,
Um zu finden, was sich verbirgt vor dem Wind.

Höre, o Wächter, und besehe dein Schicksal:
Der, welcher jagt, wird auch beschützen,
Der, welcher nährt, wird auch verlassen,
Der, welcher heilt, wird auch töten,
Um zu finden, was sich verbirgt vor dem Wind.

Höre, o Letzter, auf den Wind:
Der Wind der Vergangenheit wird sie geleiten nach Haus
Der Wind der Erde wird sie tragen in die Sicherheit
Der Wind der Sterne wird ihr singen das Mutterlied,
das ihrer Seele am vertrautesten klingt,
Um das Kind vor dem Wind zu verbergen.

Von den Lippen des Schlafenden Kindes werden kommen
Worte von höchster Weisheit:
Hüte dich vor dem Schlafwandler,
Denn Blut wird das Mittel sein,
Um zu finden, was sich verbirgt vor dem Wind.

»Blut wird das Mittel sein«, murmelte Rhapsody. »Mir gefällt das nicht. Wird hier am Ende ein Krieg vorhergesagt?«

»Nicht unbedingt«, entgegnete Achmed. »Obgleich ich denke, er wird unvermeidlich sein.«

»Wunderbar.«

»Was erwartest du, Rhapsody? Du kennst die Geschichte. Das Einzige, wonach der F'dor strebt, ist Zwietracht, Zerstörung, Chaos. Wo ist das besser zu finden als in einem Krieg?«

»Wenn wir ein wenig vom Blut des F'dor hätten, könntest du ihn dann aufspüren, Achmed? Wie du es auch in der Alten Welt gemacht hast? Das Blut des F'dor ist alt, möglicherweise bist du noch imstande, ihm deinen Herzschlag anzupassen.«

Die Augen des Bolg-Königs wurden stählern. »Wenn ich Blut von ihm hätte, würde ich ihn nicht aufspüren müssen«, knurrte er. »Dann wüssten wir nämlich, wer sein Wirt ist, da wir das Blut ja von ihm bekommen hätten.«

»Können wir es nicht dem Rakshas abnehmen?«, fragte Rhapsody. »Er wurde doch aus dem Blut des Dämons erschaffen.«

»Vermischt mit mehreren anderen, Blut von einem Wolf und auch von den Kindern, wenn ich mich nich irre«, mischte sich Grunthor ein und unterband damit eine weitere ungeduldige Bemerkung von Achmed. »Es müsste aber rein sein, Gnädigste, damit wir den Richtigen finden können.«

Wieder blickte Achmed nach oben, hinauf in die leere Höhle, die einst das Herz der Kolonie gewesen war, das Zentrum einer großen Zivilisation.

»Hör auf meine Worte, Rhapsody: Wenn wir herausfinden, wer der Wirt des Dämons ist, wird mehr Blut vergossen und in der Erde versickert sein, als du dir vorstellen kannst. Und wenn wir es nicht bald herausfinden, dann wird seine Flut die Ozeane füllen.«

Unruhig träumte Prudence in der Dunkelheit. Nachdem sie viele Stunden über das raue Land der Krevensfelder gereist waren, hatten sich die Straßenverhältnisse nun endlich ein wenig gebessert, und sie war in einen leichten Schlummer gefallen, den Kopf an die gepolsterte Rückenlehne ihres Sitzes gelehnt. Wahrscheinlich rettete sie nur diese Stütze vor einer Verletzung, als die Kutsche gegen ein Hindernis auf der Straße prallte und heftig von einer Seite auf die andere schwankte. Gerade als die Kutsche sich wieder einigermaßen aufgerichtet hatte, passierte es ein zweites Mal – ein heftiger Stoß, ein Aufprall, die Kutsche wackelte und rollte langsam aus.

Voll Schrecken setzte Prudence sich auf; ihr Herz pochte wild. In der Nacht zuvor war Neumond gewesen, und so drang kein Licht durch den schweren Vorhang am Kutschenfenster. Prudence spitzte die Ohren, ob die kleine Jalousie zurückgezogen würde, aber nichts dergleichen geschah. Nur Stille, weiter nichts.

Eine Ewigkeit schien ihr vergangen zu sein, als die Wagentür sich öffnete.

»Alles in Ordnung bei Euch da drin, Fräulein?«

»Ja«, antwortete sie, viel lauter als beabsichtigt. »Was ist passiert?«

»Da lag etwas auf der Straße, und wir sind dagegen gefahren. Wartet, ich helfe Euch beim Aussteigen.«

Unsicher erhob sich Prudence und ergriff die Hand der Wache. Aus der Kutsche trat sie hinaus in die Dunkelheit, pechschwarz und undurchdringlich in der schwülen Sommerluft. Sie drückte die Hand des Mannes, damit ihre eigene nicht mehr so zitterte.

»Was ist hier los?«

»Ich sehe mal nach«, versprach der Mann leise und wollte ihre Hand loslassen.

Doch sie drückte seine umso fester. »Nein«, stieß sie hervor. Obwohl der Mann direkt neben ihr stand, konnte sie ihn nicht richtig sehen, und sie hatte Angst, ohne seine Nähe in der sternlosen schwarzen Leere endgültig verloren zu sein. »Nein, bitte nicht.«

»Wie Ihr wünscht, Fräulein, aber ich muss wirklich nachsehen.«

Prudence versuchte tief durchzuatmen, doch es gelang ihr nicht. »Nun gut«, entgegnete sie schließlich. »Dann gehe ich eben mit Euch.«

Der Mann drückte beruhigend ihre Hand und führte sie langsam über die steinige Straße zur Rückseite der Kutsche. Mit der freien Hand stützte Prudence sich zur Sicherheit an der Karosserie ab; am Rad hielt sie kurz inne. Unter den hölzernen Speichen, dort, wo die Räder den Boden berührten, hatte sich dunkles Regenwasser gesammelt, sodass der Boden hier ganz schlammig war. Vorsichtig überquerte sie die Pfütze und ging weiter, während ihr verschlafener Kopf sich daran zu erinnern versuchte, ob der Regen eingesetzt hatte, bevor oder nachdem sie eingedöst war. Doch als ihre Augen endlich klarer sahen, stockte ihr der Atem.

Auf der Straße hinter der Kutsche lag ein Haufen zerfetzter Kleider, der einmal der Körper eines Mannes gewesen war. Nicht weit dahinter erkannte sie ein ähnliches Bündel.

Einen Aufschrei unterdrückend, packte Prudence die Hand des Wachmanns. Sie blickte auf ihre Schuhe herab, die dick mit Schlamm verschmiert waren – und nun schrie sie doch, denn ihr wurde schlagartig klar, dass der Morast, durch den sie gegangen war, keine Pfütze war, sondern das mit Erde vermengte Blut der Leichen. Sie stolperte nach vorn, stieß mit der Wache zusammen, konnte aber die Augen nicht von dem entsetzlichen Anblick abwenden.

»Du lieber Allgott«, wisperte sie. »Wer ist das? Woher kommt er?«

Der Mann hinter ihr ließ ihre Hand los und umfasste beschwichtigend ihre Oberarme.

»Ich glaube, das ist Euer Kutscher, er ist vom Kutschbock gefallen.«

Die Worte hallten in Prudences Ohren nach und ergaben keinen Sinn. Von fern nahm sie eine Kälte in ihren Gliedern wahr, als das Blut aus ihnen wich und zu ihrem wie rasend klopfenden Herzen floss. Sie betrachtete die zweite Leiche, an deren zerknittertem Umhang notdürftig das silberne Symbol von Tristans Elitetruppe zu erkennen war.

Es war ihre Wache!

Die Zeit blieb stehen, und Prudence hielt krampfhaft die Luft an. Entschlossene Ruhe kämpfte mit ihrer Angst und gewann schließlich die Oberhand; so stand sie stocksteif in den Armen des Mannes, den sie für einen von Tristans Soldaten gehalten hatte. Einen Augenblick später lachte der Mann leise, dann legte er seine warmen Lippen dicht an ihr Ohr.

»Wenn es Euch gut tut, dann kann ich Euch versichern, dass sie schon tot waren, ehe sie den Boden berührten, und ganz bestimmt, ehe sie überrollt wurden. Sie haben nichts davon gespürt.«

Wieder fühlte Prudence die Panik in sich aufsteigen; sie wollte fliehen, aber der Mann hielt sie nur noch fester. Langsam drehte er sie um, sodass sie vor ihm stand, und sie merkte, dass sie in die Dunkelheit einer Kapuze starrte, grau und schwarz, fast unsichtbar vor dem nächtlichen Hintergrund.

Der Mann sagte nichts. In der Kapuze meinte Prudence das Funkeln blauer Augen zu erkennen, die mit einem beinahe besorgten Ausdruck auf sie herabblickten, doch dann wurde ihr klar, dass es nur die Reflexion ihrer eigenen Angsttränen war.

»Bitte«, flüsterte sie. »Bitte.«

Nun ließ der Mann ihre rechte Schulter los und fuhr mit den Fingern sanft durch ihr Haar.

»Nun weine doch nicht, Rotschöpfchen«, sagte er, in fast wehmütigem Ton. »Es wäre doch schade, so ein hübsches Gesicht mit Tränen zu verschandeln.«

Auf einmal wurde ihr schwarz vor Augen. *Rotschöpfchen*. Hohl hallte das Wort in ihrem Gedächtnis wider, ein Name aus uralter Vergangenheit.

»Bitte«, flüsterte sie wieder. »Ich gebe Euch alles, was Ihr wollt.«

»Ja, ja, das wirst du«, erwiderte er tröstend. Ein letztes Mal strich seine Hand über ihr Haar, glitt dann zu ihrer Wange und liebkoste sie mit den Fingern. »Mehr als du denkst, Rotschöpfchen. Du wirst der Anfang sein, der Anfang von allem. Du wirst mir Tristan geben. Und Tristan wird mir alles geben, was ich will, so oder so.«

Ihr Magen bäumte sich auf. »Wer seid Ihr?«, stammelte sie. »Ich ... ich bin nur eine Dienerin. Ein Nichts in seinen Augen. Lasst mich gehen. Bitte. *Bitte.*«

Wieder war seine Hand in ihrem Haar und spielte sanft mit ihren Locken. Doch sein Griff war fest, und Prudence wusste, dass sie ihm nicht gewachsen war. Einen Augenblick schwieg der Mann in der Kapuze. Als er schließlich sprach, war seine Stimme voller Trauer.

»Die Zeit ist so knapp; du solltest sie nicht damit besudeln, dass du etwas abstreitest, was so offensichtlich ist wie seine Liebe zu dir, Prudence. Schon seit der Kindheit ist das sonnenklar. Auch wenn er ein selbstsüchtiger Geck ist, der seine Chance auf den Thron niemals dadurch aufs Spiel setzen würde, dass er dich heiratet.«

»Wer seid Ihr?«

Nun verschwand der sanfte Ton, und etwas anderes trat an seine Stelle. »Ich bin niedergeschmettert, dass du das nicht mehr weißt, Rotschöpfchen. Ich erinnere mich noch sehr gut an dich. Zwar habe ich mich ziemlich stark verändert, aber das trifft auf dich durchaus auch zu.«

Als die Erinnerung an ihren Spitznamen zurückkehrte, wurde ihre Wahrnehmung für einen Atemzug kristallklar, ehe sie von neuem verschwamm. »Das kann nicht sein«, brachte sie mühsam hervor. »Du bist tot. Seit Jahren schon. So lange hat Tristan um dich getrauert. Unmöglich.«

»Nun, da hast du nicht ganz Unrecht«, meinte er scherzhaft. »Jedenfalls bin ich nicht richtig lebendig.«

Das kupferrote Haar schimmerte in der Dunkelheit. Er sah immer noch so aus wie vor all den Jahren, als er mit Tristan und seinem Cousin Stephen von Navarne lachend und wild umhergezogen war. Stephens bester Freund. Der Sohn des Fürbitters – wie hieß er doch gleich? *Rotschöpfchen*, so hatte er sie damals genannt. Hatte sie an den Locken gezupft und sich gefreut, dass sie beide rothaarig waren. Ihm war der Klassenunterschied zwischen ihnen auf eine Weise gleichgültig gewesen, wie es bei Tristan nie der Fall gewesen war. *Netter Kerl*, hatte sie damals zu Tristan gesagt, *aber wenn er sich unbeobachtet glaubt, sieht er traurig aus, melancholisch.* Endlich, scheinbar nach einer Ewigkeit, kam ihr der Name wieder in den Sinn.

»Gwydion. Gwydion, bitte komm mit mir nach Bethania zurück. Tristan wird dir ...«

»Tu das nicht«, unterbrach er sie sanft. »Das ist vergebliche Liebesmüh, Prudence. Ich habe ganz andere Pläne für dich.«

In dem ansonsten passiven Gesicht glitzerten die Augen in nackter Erregung. Von fern war sich Prudence der Tränen bewusst, die ihr über die Wangen liefen, aber sie strengte sich an, mit ruhiger Stimme zu sprechen.

»In Ordnung«, sagte sie und setzte alles daran, sich ihre Panik nicht anmerken zu lassen. »Nun gut. Aber nicht so, Gwydion. Lass mir einen Augenblick Zeit, um mich zu sammeln, und ich verspreche dir, das Warten wird sich für dich lohnen. Ich habe viel Erfahrung darin, wie man einen Mann zufrieden stellt. Aber bitte nicht hier. Ich schwöre dir ...«

»Mach dich nicht lächerlich«, entgegnete er mit amüsierter Stimme. »Bei aller Hochachtung für deine Reize – etwas Derartiges habe ich nicht im Sinn. Momentan bin ich nicht ich selbst, Prudence. Auf diese Art nehme ich eine Frau nur, wenn sie einem anderen Zweck dient, als ich für dich beabsichtige. Und es ist ohnehin nicht meine Aufgabe; ich habe keinen freien Willen, ich befolge nur Befehle.«

Inzwischen hatte Prudence völlig die Kontrolle über ihren Körper verloren. Benommenheit breitete sich in ihr aus.

»Was willst du denn mit mir machen?«

Wieder lachte der Mann im Kapuzenumhang, dann zog er sie an sich und legte wieder seine Lippen an ihr Ohr.

»Nun, Prudence, ich werde dich natürlich essen, ich werde mir dich auf der Zunge zergehen lassen. Dann trage ich deinen Kadaver nach Ylorc zurück und werfe ihn in den Großen Gerichtshof. Und wenn du mir keinen Ärger machst, dann werde ich unserer alten Freundschaft zuliebe dafür sorgen, dass du tot bist, ehe ich anfange.«

35

Herzog Stephen Navarne nickte dem Hauptmann seiner Wache zu und stieg dann aus der Kutsche. Der Kutscher schloss die Tür hinter ihm und verbeugte sich dabei ehrerbietig vor Philabet Griswold, dem Segner von Avonderre-Navarne. Automatisch verzog sich dessen Gesicht zu dem wohlwollenden Lächeln, das er allen Gläubigen gewährte, nahm aber, als der Soldat sich abwandte, sofort wieder den grimmigen Ausdruck an, den er davor gehabt hatte. Die beiden hohen Herren tauschten einen kurzen Blick und stiegen dann die Palasttreppe empor, die zu den Amtsräumen von Tristan Steward führte.

Der Brief seines Cousins war kurz und knapp gewesen, und während Stephen die Stufen emporstieg, dachte er noch einmal über die Worte nach. *Der Nichtangriffspakt mit den Bolg wurde gebrochen, und dieser bedauerliche Zwischenfall führte dazu, dass drei bethanische Bürger - zwei davon Soldaten der königlichen Wache - grausam und ohne jede Rechtfertigung exekutiert wurden,* lautete der Text. *Daher erkläre ich den Friedensvertrag für null und nichtig.* Einfache Worte, die den Tod des Kontinents voraussagten.

Als Stephen den weitläufigen Hof erreichte, zu dem die Treppe führte, wandte er sich um. Von diesem Platz aus, der abgesehen von den Türmen und Balkonen des Palasts zu den höchsten Bethanias gehörte, konnte man einen großen Teil der Stadt überblicken. Innerhalb der weißen Steinringe der kreisförmigen Feuerbasilika, gleich neben dem Palast, entdeckte er einige Kleriker, die sich scheinbar aus Angst vor dem Lärm der großen Musterung zusammenkauerten, welche heute in den Mauern Bethanias stattfand.

Schon als er gemeinsam mit dem Seligpreiser aus Navarne eingetroffen war, hatte er Anzeichen einer Musterung gesehen, und es hatte ihn tief beunruhigt, dass Tristan in so kurzer Zeit eine so große Streitmacht zusammenrufen konnte. Die Luft im unteren Hof hatte vor Spannung regelrecht geknistert, während Befehle geschrieen wurden und in der Schmiede die Hämmer auf die Ambosse krachten. Soldaten strömten durch die Straßen, aber es waren keine Stadtbewohner zu sehen.

»Ach du lieber Allgott«, murmelte er, während er beobachtete, mit welcher Hingabe der Fürst von Roland sich auf den Krieg vorbereitete.

»Rinê mirtinex«, intonierte der Seligpreiser zustimmend, denn das war die heilige Antwort auf Altcymrisch. »Lasst uns reingehen, ehe er halb über den Kontinent marschiert ist.«

»Verweilt einen Augenblick, Euer Gnaden«, sagte Herzog Stephen und beschirmte die Augen mit der Hand, damit ihn die Morgensonne nicht so blendete. Auf einer der Straßen, die an die Feuerbasilika grenzten, umringte jetzt ein Schwarm Soldaten eine Kutsche, anscheinend der Wagen eines hohen Kirchenmanns. Die Wachen, welche die Kutsche begleiteten, protestierten gegen die Kontrollen, und das lauter werdende Stimmengewirr wurde zusehends hässlicher.

Das die Kutsche begleitende Gefolge trug keine orlandische Rüstung, sondern die purpurrote und braune Uniform Sorbolds. Auf den vielen kleinen, zu einem kunstvollen Netzwerk verarbeiteten Metallschuppen der Rüstung, die sie vor der Hitze in ihrer trockenen Bergheimat schützen sollte, schimmerte das Sonnenlicht. Die Sorbolder waren ein härteres Klima und eine härtere Mentalität gewohnt; bei diesem Disput waren sie zahlenmäßig jämmerlich unterlegen, aber das schien sie nicht im Mindesten einzuschüchtern.

»Das muss Mousa sein«, meinte Griswold verächtlich. Nielash Mousa war der Segner von Sorbold und Griswolds größter Rivale. Lange hatte man angenommen, dass einer der beiden Männer vom Schöpfer zum Nachfolger des Patriarchen berufen werden würde, wenn dieser starb. Stephen schwieg, trat aber näher an den Rand der Treppe. Auch seine eigene Wache steckte in den verstopften Straßen da draußen fest, ganz in der Nähe des Konfliktherds.

Rasch wanderte sein Blick zu den Straßen nahe des Stadttors, durch das seine Kutsche gefahren war. Llauron war ihnen mit seinem Kontingent gefolgt und würde in Kürze ebenfall ins Chaos geraten. Stephen spürte, wie sich sein Magen noch enger zusammenschnürte.

Als hätte er seine Gedanken gelesen, berührte der Seligpreiser Tristans Arm. »Der Fürbitter und sein Gefolge waren direkt hinter uns«, meinte Griswold. »Es wird einen weit schlimmeren Zwischenfall geben, wenn ihnen etwas zustößt, bevor sie Tristans Festung erreichen. Zwischen Mousa und Llauron wird der Krieg bald an allen Grenzen Rolands ausbrechen.« Bestürzt nickte Stephen.

Plötzlich fiel ihm ein purpurner Blitz ins Auge, und er blickte zur Treppe der Feuerbasilika hinunter. Ganz oben stand stumm und regungslos ein Mann in den leuchtend roten Gewändern des Amts der Seligpreiser von Bethania, einen prunkvollen gehörnten Helm auf dem Kopf; auf dem Amulett, das er um den Hals trug, spiegelte sich die Sonne, nach deren Vorbild es geformt war. Ian Steward, der Segner des Bischofssitzes von Canderre-Yarim, Tristans jüngerer Bruder.

Vor Stephens und Griswolds Augen hob der jüngste der Seligpreiser des Patriarchen die Hände, um die Aufmerksamkeit der Menge auf sich zu ziehen, die sich zu seinen Füßen drängte, aber die Soldaten schenkten ihm keinerlei Beachtung. Mit einem gewaltsamen Handgemenge wurde die Tür der sorboldischen Kutsche aufgerissen. Die sorboldischen Wachen zogen ihre Waffen und hieben auf die Angreifer ein, während die orlandischen Soldaten auf die Kutsche zustürzten. Ian Stewards Rufe gingen im ausbrechenden Chaos unter.

Auf einmal schoss das Feuer aus dem Kohlenbecken inmitten der Basilika mit einem infernalischen Röhren in die Höhe und schickte Flammen reiner Hitze und reinen Lichts hoch in den Himmel über der Basilika empor. Mit den intensiven Farben des Erdinnern, aus dem die Feuerquelle entsprang, reichten die lodernden Flammen bis hinauf zu den Wolken und ließen Asche auf den Bereich rund um die Basilika regnen.

Jäh erstarb der Lärm. Die Soldaten auf den Straßen, ganz gleich ob orlandischer oder sorboldischer Herkunft, erstarrten und gafften gebannt in den brennenden Himmel hinauf. Die Flammen wogten über den Wolken, doch dann waren sie in einem einzigen Herzschlag wieder verschwunden. Totenstille kehrte ein.

Stephen merkte, dass Griswolds Hand, die noch immer auf seinem Arm lag, heftig zitterte. »Herr des Himmels, was war denn das?«, fragte der Seligpreiser mit bebender Stimme. »Ich hatte keine Ahnung, dass Ian Steward das Element Feuer befehligt.« Das Symbol des Wassertropfens, das er um seinen Hals trug, klirrte leise an seiner Kette.

Herzog Stephen warf einen kurzen Blick auf den Seligpreiser auf den Tempelstufen, der ebenso steif und starr da stand wie Griswold. Einen Augenblick schien er ebenso erschrocken über die plötzliche Eruption wie die Soldaten. Doch dann raffte er seine Gewänder und eilte mit zielbewussten Schritten die Treppe vor der Basilika hinunter, hinein in das Meer von Menschen.

Vor ihm teilte sich die Menge und bildete eine Straße durch den wogenden Ozean. Der purpurrot gekleidete Kirchenmann marschierte hinüber zu der Kutsche im Zentrum der Auseinandersetzung und bedeutete einem der sorboldischen Soldaten, die Tür zu öffnen. Der Mann beugte sich in eins der Fenster und tat dann, was von ihm verlangt wurde. Der Seligpreiser streckte die Hand aus, trat zurück und half einem Mann, der ebenfalls kirchliche Gewänder in leuchtendem Zinnoberrot und Grün, Braun und Purpur trug, beim Aussteigen. Philabet Griswolds Gesicht verzog sich zu einer zornigen Grimasse.

»Mousa, ich wusste es doch.«

»Zweifellos hat Tristan ihn auch gerufen«, meinte Stephen, während er zusah, wie auch der zweite Mann aus der Kutsche stieg. Aus der Entfernung war es unmöglich, sein Gesicht zu erkennen, doch an seiner Kleidung war eindeutig zu erkennen, dass er nicht der Prinz von Sorbold war; offenbar hatte dieser einen Abgesandten geschickt. »Ich denke, es ist klug, wenn Sorbold bei den Gesprächen vertreten ist. Vielleicht hat das einen mäßigenden Einfluss auf Tristan.«

Griswold nickte kurz, drehte sich dann um und ging über den Hof zu einer der schwer bewachten Türen, die zu Herzog Stephens Räumlichkeiten führten. Stephen blieb noch einen Augenblick stehen, um sich zu vergewissern, dass die beiden sorboldischen Würdenträger und Ian Steward sicher den unteren Hof durchquerten. Schließlich jedoch wandte auch er sich zum Gehen und folgte Griswold.

Sobald sich die Palasttore hinter dem Segner von Canderre-Yarim geschlossen hatten, gingen auf der Straße die frenetischen Kriegsvorbereitungen weiter.

»Meine hoch verehrten Herren, Euer Gnaden: Soeben ist Seine Gnaden Llauron, Fürbitter der Filiden, eingetroffen.«

Der Haushofmeister trat von der Tür zurück und verbeugte sich höflich. Herzog Stephen, der neben der Kommode am Fenster stand, blickte auf und lächelte seinem alten Freund matt entgegen. Llauron stand in der Tür; er trug sein übliches graues Gewand, das mit einem Gürtelstrick zusammengehalten wurde, und seine blaugrauen Augen funkelten in seinem ansonsten ernsten Gesicht. Trotz seiner bescheidenen Kleidung, die sich auffallend von den prunkvollen Staatsgewändern der Seligpreiser abhob, machte er unter all den Adligen und hohen Kirchenmännern, die sich im Raum um ihn scharten, eine wahrhaft königliche Figur.

Für einen Augenblick erstarb das Gespräch. Dann winkte Tristan den Fürbitter mit einer ungeduldigen Handbewegung herein. Lächelnd nickte Llauron dem Haushofmeister zu und gab ihm damit zu verstehen, dass er die Tür hinter ihm schließen konnte.

Stephen füllte sich Branntwein nach, obwohl er sein Glas gerade erst geleert hatte, goss ein zweites voll und durchquerte das dick mit Teppichen ausgelegte Zimmer, um es Llauron zu reichen.

»Willkommen, Euer Gnaden«, sagte er.

»Danke, mein Sohn«, antwortete Llauron noch immer lächelnd. Dann nahm er das angebotene Glas entgegen, prostete dem Herzog von Navarne zu und trank einen Schluck. Mit einem leisen Lachen beugte er sich zu Stephen. »Canderischer Branntwein. Wie ich sehe, beschränkt sich Tristan nicht aus selbstloser Loyalität seinen Kaufleuten und Winzern gegenüber auf die Früchte seiner eigenen Provinz. Bethania darf sich eines eigenen anständigen Branntweins brüsten, obgleich er sich natürlich nicht mit dem aus Canderre messen kann.«

»In seinem ganzen Leben hat Tristan nie etwas wirklich Uneigennütziges getan«, entgegnete Stephen mit einem Blick auf die Fürsten und Seligpreiser, die, in eine hitzige Debatte verstrickt, um den Regenten herumstanden. »Und er würde selbst wieder einmal die Wahrheit meiner Worte lauthals bestätigen.«

Tristan deutete mit großer Geste auf den riesigen Tisch in der Mitte der Bibliothek. »Wenn Ihr euch nun bitte alle setzen würdet, können wir beginnen«, sagte er. Seine Stimme klang gepresst und angestrengt, was die Erschöpfung in seinen Zügen und den offensichtlichen Schmerz in seinen Augen unterstrich. Noch hatte Stephen kein privates Wort mit ihm gesprochen, aber er konnte sehen, dass Tristan über die Ereignisse, die sie heute zusammengebracht hatten, mehr als beunruhigt war. Kein gutes Zeichen.

Als Adel und Klerus um den Tisch herum Platz genommen hatten, schickte Tristan die Bediensteten weg und bat um Ruhe.

»Die Zeit der Toleranz ist endgültig vorbei«, begann er ernst. »Wie Ihr sicher alle aus meinem Schreiben wisst, haben die Bolg die Friedensvereinbarung gebrochen und drei meiner Bürger ermordet; zwei davon waren Soldaten. Damit ist unser Pakt null und nichtig. Es ist Zeit, diesem Irrsinn ein für allemal ein Ende zu bereiten. In drei Tagen ist die Musterung meiner Truppen vollendet, und dann werde ich dazu aufrufen, alle Streitkräfte Rolands zu sammeln. Der Zweck unseres heutigen Treffens besteht darin, Zeitpunkt und Ort dieses Aufmarsches zu bestimmen.«

Unter den Fürsten und Seligpreisern brach gedämpftes Stimmengewirr aus, doch Tristan hob die Hand, und es kehrte sogleich wieder Ruhe ein.

»Ich habe Anborn gebeten, bei dieser Kampagne für die orlandischen Truppen als Hauptmarschall zu dienen«, sagte er. Dann wandte er sich an Llauron. »Ich hoffe, diese Einladung an Euren Bruder missfällt Euch nicht, Euer Gnaden.«

Llauron machte ein belustigtes Gesicht. »Ob ja oder nein – ganz offensichtlich hat es jedenfalls Anborn nicht gefallen.«

Nun sahen sich Tristan und die anderen am Tisch um. Anborn war nicht da.

»Wo ist er?«, fragte Tristan.

»Woher soll man das bei Anborn wissen?«, entgegnete Griswold. »Seid Ihr denn sicher, dass er vorhatte zu kommen, mein Sohn?«

»Ich bin sicher, dass er mein Schreiben erhalten hat. Wäre er verhindert, hätte er gewiss die Höflichkeit besessen, mir dahingehend zu antworten.«

Mit einem leisen Lachen erwiderte Llauron: »Eigentlich war es für Anborn ungewöhnlich höflich, nicht zu antworten. Mich schaudert bei dem Gedanken, wie er seine Botschaft womöglich formuliert hätte.«

»Wahrscheinlich ähnlich unfreundlich wie das, was ich heute zu sagen habe«, meinte Quentin Baldassarre, der Herzog von Bethe Corbair. »Tristan, bist du von Sinnen? Gegen die Bolg in den Krieg zu ziehen?«

Eine Welle der Zustimmung ging durch die Anwesenden, mehrere unterstützende Stimmen erhoben sich gleichzeitig. Martin Ivenstrand, der Herzog der Küstenprovinz Avonderre, übertönte die anderen, und seine Wut war unüberhörbar.

»Seit zwei Jahrzehnten sterben meine Bürger bei diesen unerklärlichen Grenzüberfällen«, rief er ärgerlich. »Das Gleiche gilt für viele unschuldige Opfer aus den anderen Provinzen und aus Tyrian. In der ganzen Zeit haben wir nichts von dir gehört, nicht einmal, als du selbst Verluste zu beklagen hattest, Tristan. Warum willst du nun, nachdem drei bethanische Bürger zu Tode gekommen sind, unbedingt einen Krieg vom Zaun brechen?«

»Ja, ich kann auch nicht glauben, dass du in Erwägung ziehst, dich wegen eines solchen Vorfalls auf einen Kampf mit den Bolg einzulassen«, stimmte ihm Ihrman Karsrick zu, der Herzog von Yarim. »Wenn Anwyn in dem Land, das sie drei Jahrhunderte regierte, Gwylliam nicht besiegen konnte, wie in Gottes Namen kommst du dann auf den Gedanken, dass du den Bolg den Berg abringen kannst? Du wirst im Handumdrehen den Kürzeren ziehen, genau wie es deinen Streitkräften damals beim Frühjahrsputz geschah. Und wie es unseren Leuten auch geschehen würde, wenn wir dumm genug wären, uns hinter dich zu stellen. Das ist doch glatter Wahnsinn!«

Das Entsetzen auf dem Gesicht des Herrschers von Roland brachte die Versammlung zum Schweigen. Nach einem Moment der Stille räusperte sich Lanacan Orlando, der sanfte Segner von Bethe Corbair.

»Mein Sohn, was macht Euch so sicher, dass die Bolg für Euren Verlust verantwortlich sind?«

»Ja«, fiel Baldassarre ein, »meines Wissens sind sie nämlich in ihrem eigenen Land geblieben, in den Bergen. Nicht einmal in Bethe Corbair haben wir sie gesehen, und das grenzt direkt an Ylorc. Wie sind sie dann den ganzen weiten Weg nach Bethania gekommen?«

Tristan schlug mit der Faust so heftig auf den schweren Tisch, dass die Kristallkelche bedrohlich schepperten. »Die Opfer waren nicht in Bethania«, knurrte er. »Sie wurden innerhalb der Grenzen von Ylorc gefunden. Die Postkarawane der dritten Woche hat sie entdeckt, verstümmelt, teilweise *aufgefressen*, ihre Überreste über Gwylliams ehemaligen Großen Gerichtshof verstreut.« Sein Gesicht war schlohweiß. Stephen Navarne machte Anstalten aufzustehen, aber Tristan starrte ihn so wütend an, dass er sich wieder hinsetzte.

»Die Bolg haben die Postkarawane angegriffen?«, erkundigte sich Cedric Canderre, der Herzog der Provinz, welche seinen Familiennamen trug, und Tristans zukünftiger Schwiegervater. »Das kann ich mir nicht vorstellen. Schließlich geht die Einrichtung der wöchentlichen Karawanen ursprünglich auf König Achmeds Vorschlag zurück.«

»Ich habe nicht gesagt, dass die Bolg die Karawane überfallen haben. Sie ... die Opfer gehörten nicht zur Karawane.«

»Was haben deine Bürger, deine Soldaten ohne die Postkarawane in den Bolg-Ländern zu suchen?«, fragte Ivenstrand. »Das erscheint mir äußerst tollkühn. Mit fällt es schwer, Tränen über den Verlust von ein paar leichtsinnigen Narren zu vergießen, Tristan. Wer immer sie dorthin beordert hat, sollte vor ein Militärgericht gestellt werden. Vielleicht solltest du die Sache so regeln, dass du den dafür verantwortlichen Kommandanten disziplinarisch zur Rechenschaft ziehst und den Rest von uns nach Hause gehen lässt, damit wir uns um unsere eigenen Probleme kümmern können.«

»Hat überhaupt einer von euch gehört, was ich soeben gesagt habe?«, fragte Tristan. Seine Stimme klang rau und zitterte. »Die Opfer waren *teilweise aufgefressen*. In Stücke gerissen. Praktisch zur Unkenntlichkeit verstümmelt. Verdient nicht schon allein die Grausamkeit dieser schändlichen Tat, dass man sie ahndet?«

»Natürlich tut es mir sehr Leid«, meinte Ivenstrand, »aber das ist nichts im Vergleich mit den Kindern, die aus meiner und Stephens Provinz entführt wurden, die wie Schweine abgeschlachtet und ausgeblutet wurden, und das auch noch im Haus der Erinnerung, die Götter mögen uns beistehen. Überall in diesem Land gibt es seit einiger Zeit hässliche Gewalttaten, Tristan. Als zentrale Autorität wäre es *deine* Aufgabe, den Ursprung der Gewalt ausfindig zu machen, aber bisher sind wir noch keiner Lösung näher gekommen, nicht einmal eine Erklärung haben wir gehört. Doch jetzt, wo es dich betrifft, erwartest du aus irgendeinem Grund plötzlich von uns, dass wir unsere Streitkräfte in Massen auf eine Selbstmordmission schicken. Das ist Irrsinn.«

Auf dem Turm schlugen die Glocken Mittag, und es wurde still im Raum. Als der zwölfte Schlag verklungen war, ergriff Nielash Mousa das Wort.

»Ich habe noch etwas hinzuzufügen«, sagte er mit seiner leisen, trockenen Stimme.

Tristan Steward riss den Blick von seinen Mitregenten los und fixierte nun den Seligpreiser der benachbarten Nation Sorbold.

»Ja, Euer Gnaden?«

Der Seligpreiser nickte dem Abgesandten zu, der ihn nach Roland begleitet hatte. Der Mann zog ein zusammengefaltetes Stück Pergament hervor und reichte es ihm. Langsam schlug der Seligpreiser es auseinander und überflog das Geschriebene rasch, dann blickte er wieder in die Runde der Versammelten.

»Seine Hoheit, der Kronprinz von Sorbold, hat von König Achmed von Ylorc über einen Boten eine Nachricht erhalten. Der König streitet jeden Angriff oder Überfall auf orlandische Bürger strikt ab.« Wieder erhob sich aufgeregtes Gemurmel, während Mousa ein weiteres, kleineres Pergament präsentierte, versehen mit dem Wappensiegel von Ylorc, die Hände faltete und wartete, bis einen Augenblick später wieder Stille einkehrte. »Außerdem bittet der Prinz darum, dass ich Euch, Hoher Herrscher, eine Botschaft übermittle, die König Achmeds Sendschreiben beigelegt und an Euch adressiert war.« Mousa hielt Tristan das Schriftstück entgegen.

Dieser sprang auf die Füße, riss das Pergament an sich, brach das Siegel und überflog den Brief. Die anderen Regenten und heiligen Männer sahen zu, wie ihm das Blut aus dem Gesicht wich und er sich ganz langsam wieder auf seinen Stuhl sinken ließ. Eine Weile starrte er die Nachricht stumm an, und auch die anderen Männer schwiegen. Endlich blickte er auf.

»Wer steht in dieser Angelegenheit auf meiner Seite?«, fragte er mit brüchiger Stimme.

»Ich nicht«, antwortete Martin Ivenstrand mit fester Stimme.

»Ich auch nicht«, schloss sich Cedric Canderre an. »Tut mir Leid, Tristan.«

»Feiglinge«, schnaubte Tristan. »Für euch ist es einfach, sich herauszuhalten, stimmt's? Eure Länder sind weit von den

Zahnfelsen entfernt, eure Untertanen brauchen sich nicht vor den Kannibalen zu fürchten, jedenfalls bisher noch nicht. Aber was sagst du, Quentin? Ihrman? Eure Provinzen grenzen an Ylorc. Werdet ihr nicht kämpfen, um Bethe Corbair und Yarim zu retten?«

»Nicht wegen dieser Lappalie«, entgegnete Quentin Baldassarre steif. »Nach unseren Informationen können deine Soldaten genauso gut von Wölfen überfallen worden sein. Du hast uns keinen Beweis für das Gegenteil geliefert.«

»Meiner Meinung nach würden wir eine selbst verschuldete Katastrophe heraufbeschwören, vor allem angesichts der Tatsache, dass Achmed die Sache abstreitet«, sagte Ihrman Karsrick. »Wenn das, was der Bolg-König behauptet, der Wahrheit entspricht, und du den Berg angreifst, Tristan, dann wärst du selbst der Angreifer, der den Vertrag bricht. Dann hast du deine zehn Prozent von Roland verwirkt, vorausgesetzt, die Bolg werden dich jemals wieder um Frieden bitten lassen. Ich möchte nichts mit dieser Angelegenheit zu tun haben. Es ist heller Wahnsinn.«

Verzweiflung und schwarze Wut verzerrten das Gesicht des Herrschers von Roland, und er wandte sich an seinen Cousin Stephen Navarne.

»Stephen, steh wenigstens du zu mir. Hilf mir, es den anderen verständlich zu machen.«

Stephen seufzte und sah weg, wobei seine Augen dem mitfühlenden Blick des Fürbitters begegneten. Schließlich wandte er sich direkt an Tristan.

»Wie kann ich es den anderen erklären, wenn ich selbst deinen Standpunkt nicht verstehe? Meine Loyalität und mein Leben gehören dir, Tristan, aber nicht das Leben unserer unschuldigen Untertanen. Ich kann dich in dieser Sache nicht unterstützen.«

Wiederum senkte sich bedrücktes Schweigen über den Saal. Langsam erhob sich Tristan vom Tisch und wanderte mit hängenden Schultern zu den großen Fenstern der Bibliothek, die seine schöne Stadt überblickten. Gedankenverloren lehnte er sich an das Glas.

Wenig später begannen die Herzöge und Seligpreiser leise miteinander zu sprechen. Philabet Griswold wandte sich an Ian Steward.

»Das war sehr beeindruckend heute Morgen, Euer Gnaden. Ich wollte, ich könnte das Meer ebenso leicht kommandieren, wie Ihr das Feuer aus der Erde hervorgeholt habt.« Ian Steward antwortete nicht; er beobachtete aufmerksam seinen Bruder, und auf seinem jugendlichen Gesicht lag tiefe Besorgnis.

Stephen Navarne blickte hinüber zu Llauron, der jedoch keinerlei Gemütsbewegung zeigte. Obgleich die Basiliken der Patriarchalischen Religion den fünf Elementen gewidmet waren, hatte dieses Wissen in dem Glauben, wie er jetzt praktiziert wurde, fast keine Bedeutung mehr. Die Lehre von den Elementen ähnelte mehr den Praktiken der Filiden, denn sie verehrten die Natur. Zwar erschien es Llauron eher wahrscheinlich, dass die plötzliche Feuersbrunst das Werk des Fürbitters war als das des Segners von Canderre-Yarim, aber er ließ sich nichts von seinen Zweifeln anmerken.

Während sich die anderen in Diskussionen über verschiedene Themen verstrickten, stand Stephen auf und ging hinüber zu dem Fenster, an dem Tristan nach wie vor stand und mit leerem Blick auf die Stadt starrte. Geduldig wartete er, dass der Herrscher von Roland zu sprechen begänne. Schließlich seufzte Tristan.

»Ich wollte, ich hätte mich mehr um dich gekümmert, vor Jahren, als Lydia gestorben ist«, sagte er. »Es tut mir sehr Leid.« Noch immer konnte er den Blick nicht von den Pfaden losreißen, auf denen seine Erinnerung wandelte.

»Wer war es, Tristan? Es war doch nicht – es war doch nicht Prudence, oder?«

Tristan nickte stumm und verließ schnell das Zimmer. Die ins Gespräch vertieften heiligen Männer und Regenten merkten kaum, dass er nicht mehr da war.

Während Stephen noch versuchte, den Schock von Tristans Antwort zu verdauen, fiel sein Blick auf die zerknitterte Notiz, die der Herrscher von Roland vergessen hatte, als er die

Bibliothek verlassen hatte. Vorsichtig nahm Stephen das Pergament in die Hand und las die wenigen Worte, die mit krakeliger Schrift darauf geschrieben waren.

Ich dachte, Ihr hättet Eure Lektion gelernt. Offenbar habe ich mich geirrt. Ich habe Euch gesagt, dass der Preis später höher sein würde. Und Ihr habt den Preis beide Male für nichts bezahlt - sie weiß es noch immer nicht.

»Ich weiß, dass Ihr große Schmerzen leidet, mein Sohn.«

Tristan schaute auf. Er hatte nicht gehört, dass die Tür aufgegangen war. Als er sich umwandte, sah er kurz sein Gesicht im Spiegel - noch nie waren die Spuren der Zeit so deutlich zu sehen gewesen. Er war verhärmt, von den tiefen Falten um seinen Mund bis zu der Furche, die sich irgendwie zwischen den Augenbrauen in seine Stirn eingegraben hatte. Auch die Röte in seinen Augen war unübersehbar, verursacht von Schlafmangel und bitterem Kummer.

Auch die Augen, die so mitfühlend in die seinen blickten, schimmerten eine Sekunde rot, wie aus Empathie.

»Ja, Euer Gnaden«, murmelte der Herrscher von Roland.

Sanft ließ sich die Hand des heiligen Mannes auf seinem Kopf nieder.

»Die anderen verstehen das nicht«, fuhr die sonore Stimme ohne eine Spur Herablassung fort. »Sie sehen nur das, was unmittelbar vor ihnen liegt. Es ist sehr schwer, wenn man als Einziger den Ernst der Lage erkennt, wenn man die Gefahr wittert, obgleich sie noch ein gutes Stück in der Zukunft liegt. Wie sagt man - die Augen des Visionärs vergießen im Lauf der Zeit viele Tränen.« Nun bewegte sich die Hand zu Tristans Schulter und drückte sie tröstend.

Stoßweise atmete der Fürst von Roland aus und senkte dabei den Kopf auf seine geballten Fäuste, die vor ihm auf dem Tisch lagen. Die Hand glitt von seiner Schulter über seinen Rücken, entfernte sich dann und verschwand im Ärmel des bescheidenen Gewands.

»Dieses Land ist in sich gespalten, mein Sohn. Nach dem Großen Krieg entschlossen sich deine Vorfahren, Roland unter den verschiedenen Adelsgeschlechtern so zerrissen zu lassen, denn sie fürchteten das Chaos und den Tod, die durch den Bruch zwischen Anwyn und Gwylliam hervorgerufen worden waren. Es war Torheit zu glauben, dass es so bleiben könnte, ohne dass noch größeres Chaos folgen würde. Seht mich an.«

In den letzten Worten lag ein beinahe drohender Unterton, doch als Tristan den Kopf hob, sah er, dass die freundlichen blauen Augen ihn aufmerksam musterten. Einen Moment lang dachte er, er habe vielleicht noch etwas anderes in ihnen gesehen, etwas *Rotes*, aber dann lächelte der heilige Mann, und zum ersten Mal an diesem Tag, der so viel versprechend begonnen und so niederschmetternd geendet hatte, wurde Tristan warm. Es spürte, dass er akzeptiert und geschätzt wurde; *respektiert*.

»Ihr seid der Älteste, Tristan, der Erbe der cymrischen Linie.«

Tristan blinzelte schmerzlich. »Euer Gnaden ...«

»Hört mich an, Hoheit.« Der heilige Mann sagte das letzte Wort leicht nach vorn gebeugt, und tief in seiner Seele fühlte Tristan, dass das gemeine Nagen der morgendlichen Demütigung wie durch ein Wunder nachließ. Etwas in dem Ton, in dem es ausgesprochen wurde, hatte tief in die versteckte Schatzkammer des Königtums gegriffen, an eine Stelle in seinem Innern, die er lange geleugnet hatte in dem Versuch, mit seinem Cousin und den anderen orlandischen Staatsoberhäuptern in freundlichem Einvernehmen zu verbleiben. Es war die erste angenehme Empfindung, seit Prudence sich von seinem Bett erhoben hatte und weggeritten war, ihrem grausigen Tod entgegen. Unwillkürlich stahl sich ein Lächeln auf sein Gesicht, das warm und herzlich erwidert wurde. Tristan nickte und bedeutete dem anderen, er möge weitersprechen.

»Die Nachfolge scheint Euch vielleicht unklar, weil in der Zeit nach dem Krieg niemand bereit war, den Thron zu besteigen. Wenn die Nicht-Cymrer es versucht hätte, wären die Cymrer wahrscheinlich sogar gestürzt worden, so groß war der Hass auf alle Nachkommen der Seren, nicht nur auf Gwylliams Linie.

Wie Ihr jetzt, da wieder Krieg droht, selbst seht, hat dieses bruchstückhafte System keine wirkliche Führungskraft hervorgebracht. Obgleich ganz eindeutig ein aggressiver Akt stattgefunden hat, sind die anderen dennoch nicht bereit, sich zusammenzuschließen und Euch zu unterstützen, nicht einmal die Herzöge von Bethe Corbair und Yarim, deren Land an das Firbolg-Reich grenzt.

Was wird geschehen, wenn die Gewalt noch weiter um sich greift? Wenn die Firbolg von den Zahnfelsen herabschwärmen und die Länder Rolands zu verschlingen trachten? Werdet Ihr und Eure Mitregenten tatenlos zusehen, wie Eure Untertanen von diesen Halbmenschen, von diesen Ungeheuern buchstäblich verschlungen werden?«

»Na-natürlich nicht«, stammelte Fürst Roland.

»Wirklich?« Einen Moment klang die warme Stimme eisig kalt. »Wie wollt Ihr es verhindern? Ihr konntet die anderen nicht überzeugen, sich zu vereinigen, ehe das Schlachten beginnt. Wie wollt Ihr ein Heer ins Feld führen und die Woge des Todes abwehren, die unweigerlich mit diesen kannibalischen Dämonen anrollen wird, wenn die Katastrophe erst einmal ihren Lauf nimmt? Wenn die Firbolg die Grenzen Eures Landes erreichen, Tristan, wird es längst zu spät sein, sie aufzuhalten. Sie werden Bethe Corbair und Yarim in Besitz nehmen und vielleicht auch Sorbold. Sie werden Euch bei lebendigem Leibe auffressen oder ins Meer treiben.«

So heftig war Fürst Rolands Reaktion, dass er ein Tintenfass und mehrere gebundene Bücher vom Tisch fegte. *»Nein!«*

Die Wärme kehrte in die Augen des heiligen Mannes zurück, während zwischen den Scherben des Tintenfasses schwarze Tinte wie dunkles Blut hervorquoll und den Boden befleckte.

»Ah, ein Hauch von echten Bauchgefühlen. Seht Ihr, ich hatte Recht. Ihr könntet doch der Eine sein.«

Trotz der Wärme in den Augen, die unverwandt in die seinen blickten, trotz der Hitze, die noch von den vorhergegangenen Meinungsverschiedenheiten im Raum herrschte, wurde Tristan auf einmal kalt.

»Der Eine wofür?«

Das Quietschen der Stuhlbeine, als der alte Mann den Stuhl zurückzog und ihm gegenüber Platz nahm, tat Tristan in den Ohren weh.

»Der Eine, der Roland wieder Frieden und Sicherheit bringt. Der Eine, der den Mut hat, das Chaos aufzuhalten, welches in der Adelsstruktur dieses Landes grassiert, und den Thron zu besteigen. Wenn Ihr die Herrschaft über ganz Roland hättet, nicht nur über Bethania, dann würdet Ihr sämtliche Heere kontrollieren, die Ihr heute vergeblich zusammenzubringen versucht habt. Eure Kameraden, die Herzöge, können nein zum Prinzregenten sagen, doch dem König könnten sie sich nicht widersetzen. Eure Linie ist so würdig wie jede andere, Tristan, und würdiger als die meisten.«

»Ich bin nicht derjenige, den Ihr überzeugen müsst, Euer Gnaden«, entgegnete Tristan bitter. »Falls das Fiasko heute Morgen nicht Beweis genug war, dann lasst mich Euch versichern, dass meine Mitregenten die zukünftigen Ereignisse nicht so klar erkennen können wie Ihr.«

Der heilige Mann lächelte und erhob sich langsam vom Tisch. »Überlasst das ruhig mir, Hoheit«, sagte er, und seine Worte klangen sanft und angenehm in Tristans Ohr. »Eure Zeit wird kommen. Sorgt nur dafür, dass Ihr bereit seid, wenn es so weit ist.« Gemessenen Schrittes ging er zur Tür, öffnete sie und blickte dann noch einmal über die Schulter zurück.

»Und noch etwas, Hoheit.«

»Ja?«

»Ihr werdet über das nachdenken, was ich Euch gesagt habe, ja?«

Der Herrscher von Roland nickte zustimmend. Getreu seinem Wort grübelte er, als die Herzöge und religiösen Führer Bethania endlich verließen, endlos über die Andeutungen des heiligen Mannes. Genau genommen dachte er kaum noch an etwas anderes – beinahe so, als hätte er keine andere Wahl, so geisterten die weisen Worte ständig in seinem Kopf herum, wie eine eingängige Melodie. Alle anderen Gedanken, alle anderen Argumente ertranken in ihrem Lärm.

Die Andeutungen hatten seine Seele umschlungen wie eine Zinnoberranke, eine seilartige Pflanze, die er einmal studiert hatte und die eine großartige Falle abgab – lose und harmlos hing sie da, bis ihr Opfer sich aus ihr zu befreien suchte. Dann wurde es plötzlich mit einem unerbittlichen Würgegriff umklammert, bis es aufhörte zu strampeln. Das Gefühl, wenn er über den Vorschlag des Alten grübelte, war auf unheimliche Weise ähnlich.

Nur nachts fand er Ruhe vor den Worten, in einer älteren, tieferen Besessenheit – seinem unersättlichen Verlangen nach der Frau, für die er alles geopfert hatte, einschließlich der einzigen Liebe, die er in seinem Leben je erfahren hatte. Selbst jetzt, nachdem all das vorgefallen war, träumte er noch immer von Rhapsody.

Im Schlaf rief sie ihn, umhüllt von feuriger Wärme. Er träumte, sie zu lieben, wild, leidenschaftlich, während er in ihr Gesicht blickte und der Donner in ihm grollte, bis er unter sich ein älteres, vertrauteres Gesicht sah, faltig vom Alter, die goldene Mähne von rotblonden Locken ersetzt.

Locken, die mit schwarzem Blut verklebt waren.

Aus diesen Träumen erwachte er in kalten Schweiß gebadet, heftig zitternd, und versuchte, sie aus seinen Gedanken zu verbannen, wünschte sich, er könnte die wunderschöne Dämonin irgendwie vertreiben, die noch immer seine Träume heimsuchte.

Der Herrscher von Roland ahnte indes nicht, dass ausgerechnet seine Besessenheit, so tief und zugehörig sie seiner Seele geworden war, ihn davor bewahrte, gänzlich unter den Befehl eines anderen, viel dunkleren Dämons zu geraten.

36

Die kalten Steinstufen, die zu Elysians Gartenlaube hinaufführten, schimmerten im diffusen Sonnenlicht. Zwar hatte es viel Mühe erfordert, Jahrhunderte von Schmutz, Moos und schwarzem Ruß von den Marmorsäulen zu schrubben, aber Rhapsody fand, dass es sich gelohnt hatte. Die kleine Laube schimmerte wie ein heiliger Schrein im stillen Grün der unterirdischen Höhle.

Den Morgen hatte sie damit verbracht, im Garten herumzuwerkeln und der anstehenden Entscheidung auszuweichen. Jo und Grunthor hatten sie besucht – Jo, weil Rhapsody sie vermisste und sich nach ihr gesehnt hatte, Grunthor, weil Jo das unterirdische Reich von Elysian nicht allein zu finden vermochte. Sie schaffte es nicht einmal nach Kraldurge, jener Stelle über der Grotte, wo es nach Meinung der Firbolg spukte, und auch nicht zu den Wächterfelsen, welche die Grotte verbargen, ganz gleich, wie oft sie schon hier gewesen war. Unter den vier Freunden war dies längst zu einer steten Quelle der Belustigung geworden.

Sie aßen ihr Mittagsmahl im Garten, wo die üppigen Blüten die Luft mit einem schweren, süßen Duft erfüllten und mit ihren vielfältigen Farben das Auge erfreuten. Jo sprach wenig, sondern starrte die meiste Zeit auf den schattigen Garten und die Höhle über ihren Köpfen, staunte mehr über die fremde Natur des Ortes als über ihre Schönheit. Die Stalaktitenformationen, der glitzernde Wasserfall und die schillernden Farben der Höhle faszinierten ihren Blick und ihre Phantasie gleichermaßen. Grunthor brachte Rhapsody auf den neuesten Stand der Gerüchteküche, und sie erzählten sich obszöne Witze, über die Jo mitlachte.

Es war ein wohlschmeckendes und angenehmes Mahl, und es tat Rhapsody richtig Leid, als sie fertig gegessen hatten. Aber schließlich stand Grunthor auf, wischte sich seinen hauerbewehrten Mund manierlich mit der Serviette ab und tätschelte Jo den Kopf.

»Komm schon, kleines Fräulein, Zeit, dass wir zurückgehen. Das Essen war großartig, Gräfin.« Rhapsody umarmte erst ihn, dann Jo. Plaudernd spazierten sie zusammen am Seeufer entlang.

Während Grunthor das Boot bereit machte, nahm Rhapsody Jo beiseite. »Nun? Hast du dir überlegt, ob du bei mir wohnen möchtest?«

»Vielleicht eine Weile«, antwortete Jo verlegen. »Versteh mich nicht falsch, Rhaps, ich vermisse dich wie verrückt, aber ich bin nicht sicher, ob ich hier leben kann.«

Rhapsody nickte. »Das verstehe ich.«

»Ich finde ja nicht mal her, weißt du. Das könnte ein Problem sein.«

»Ich weiß. Das ist schon in Ordnung, Jo. Ich werde versuchen, euch öfter im Kessel zu besuchen – falls Achmed mein Zimmer nicht inzwischen jemand anderem gegeben hat.«

»Noch nicht, aber er droht ständig damit, deine Kleider zu verkaufen.« Jo grinste, und Rhapsody lachte laut. »Lass mir ein bisschen Zeit, um mich an die Vorstellung zu gewöhnen«, fuhr Jo fort. »Kann ich dann das Zimmer mit dem Türmchen haben?«

»Was du willst«, antwortete Rhapsody und umarmte sie noch einmal. Inzwischen war Grunthor fertig. »Mir ist es gleich, wie lange du brauchst, wir haben alle Zeit der Welt.«

Jo lächelte und gab ihr einen Kuss. Dann rannte sie hinüber zu Grunthor, der beim Boot wartete, und stieg ein. Winkend ruderten sie über den See. Als das Boot schließlich verschwunden war, stieß Rhapsody einen tiefen Seufzer aus. Jetzt hatte sie keine Ausrede mehr.

Der Abend war gekommen, und sie hörte die Vögel in ihren winzigen, neu gepflanzten Bäumen singen. Sie hatten den Weg unter die Erde gefunden; gelegentlich entdeckte sie einen im Garten, wie er auf der Wiese herumhüpfte. In der Welt oben verließ die Sonne den Himmel, daher war es unter der Erde in Elysian bereits dunkel. Nur an der warmen Abendluft erkannte sie, dass die Nacht zumindest noch eine kleine Weile entfernt war.

Mit einem tiefen Atemzug festigte sie ihren Entschluss. Was sie tun wollte, setzte vieles von dem, was sie liebte, einem großen Risiko aus – unter anderem Elysian und seinen Status als sicheren Zufluchtsort. Noch wichtiger jedoch war, dass auch die Sicherheit ihrer Freunde auf dem Spiel stehen mochte, wenn sie sich irrte, obwohl sie immer noch von dem überzeugt war, was sie Achmed damals gesagt hatte.

Sie wanderte durch den Garten, um die Bänke herum, hinauf zur Laube. Langsam stieg sie die Stufen empor und drehte sich im Innern der Laube erst einmal im Kreis, um die ganze Pracht, die sie umgab, richtig würdigen zu können. Dann schloss sie die Augen und lauschte der Musik des Wasserfalls, der von hoch oben in den See herabstürzte. Reglos stand sie da, atmete flach und konzentrierte sich auf das Gesicht, das sie in jenem Waldtal gesehen und das sie so unsicher angelächelt hatte. Das Gesicht mit den Drachenaugen.

Mit hoher, klarer Stimme sang sie seinen Namen, süß und warm. Es war ein langer Name, und es dauerte eine ganze Weile, ihn vollständig zu singen, aber als sie fertig war, hallte er durch die Grotte wie eine Glocke. Die natürliche Akustik der Laube verstärkte ihr Lied und hielt es über dem See schwebend fest, wo es sich immer schneller im Kreis drehte. Rhapsody sang ein zweites und ein drittes Mal, band das Lied dann an ein klares Richtungsband, eine Note, der er folgen konnte. Der verharrende Ton würde ihn zu diesem Versteck führen, an den Ort, an dem er, wenn er denn kam, Heilung finden würde.

Als sie geendet hatte, schwebte das Lied noch einen Augenblick im Raum, dann erhob es sich und breitete sich in der Höhle aus, durchdrang die Wände und hallte viele Meilen im Umkreis wider. Schließlich löste es sich auf, doch Rhapsody konnte es in der Ferne noch hören, wie es auf dem Weg zu dem, dem es galt, durch die Nacht klang.

Ashe erwachte aus einem Traum von Rhapsody, weil er ihre Stimme hörte, die ihn rief. Kopfschüttelnd legte er sich wieder unter den Baum, wo er geschlafen hatte.

Fast jede Nacht träumte er von ihr. In diesem Traum hatte sie mit dem Wind durch das hohe Gras der Heide getanzt, mit weit ausgebreiteten Armen, als flöge sie dahin. Dann ergriff der Wind sie, blies sie über den Rand des Abgrunds und in die darunter liegende Schlucht hinein. Er rief ihren Namen, aber der Sturm verschluckte seine Stimme. So schnell er konnte, lief er zu dem Abgrund und blickte hinunter, aber sie war nirgends zu sehen.

Dann hörte er, wie sie ihn rief; er wandte sich um und sah sie, wieder auf der Heide, in einem dunklen Kleid und dem charakteristischen schwarzen Haarband, das Medaillon, das sie immer trug, um den schlanken Hals gelegt. So stand sie da und streckte ihm die Hand entgegen. In der Dunkelheit wollte er sie ergreifen, aber dann erwachte er und war allein, allein wie immer.

Zuerst hatte er die Träume verflucht. Das Aufwachen war schon schmerzlich genug, denn die Qual in seiner Brust kehrte mit voller Macht zurück, wenn der Schlaf sich zurückzog. Aber dazu noch jedes Mal, wenn die Nacht zu Ende ging, Rhapsody erneut zu verlieren – das war nahezu unerträglich.

Schließlich jedoch fing er an, sich auf ihre nächtlichen Besuche zu freuen. Im Reich der Fürstin von Rowan, Yl Breudiwyr, der Bewahrerin der Träume, gehörte Rhapsody in den meisten Nächten ihm. Sie kannte seine Gefühle und erwiderte sie mit Freuden, sie schlief in seinen Armen, liebte ihn ohne Furcht. Gelegentlich schlich sich auch ein Albtraum ein, und sie war kalt, distanziert und unerreichbar für ihn. Einmal träumte er, dass er sie nach endlosem Suchen im Schlafgemach des Firbolg-Königs entdeckte und sie nicht davon überzeugen konnte, ihn zu verlassen. Aus diesem Traum erwachte er in kalten Schweiß gebadet und mit Kopfschmerzen, die stundenlang nicht weggehen wollten.

Am schlimmsten jedoch waren die Nächte, in denen sich keine Bilder von ihr in seinen Schlaf schlichen. Einmal träumte er drei Nächte hintereinander nicht von ihr und war so niedergeschlagen, dass er sich, als seine Mission erledigt war, in seine kleine Hütte hinter dem Wasserfall zurückzog. Als er die Tür öffnete, konnte er ihren frischen, süßen Duft noch immer wahrnehmen; er hatte sich in den Bettlaken und Kleidern, die sie für ihn gewaschen und zusammengelegt hatte, die ganze Zeit über gehalten. Ashe streckte sich auf dem Bett aus, dachte an ihre letzte gemeinsame Nacht und rollte sich um das Kissen zusammen wie ein Drachenjunges. Wehmütig erinnerte er sich daran, wie er sie in ihrem vergeblichen Bemühen um einen friedlichen Nachtschlaf getröstet hatte.

In dieser Nacht träumte er dann endlich wieder von ihr: Sie hatte Lirin-Kindern vorgesungen und war selbst hochschwanger gewesen.

Ein zweites Mal hörte er ihre Stimme, die ihn nicht als Ashe rief, sondern bei seinem richtigen, unendlich komplizierten Namen.

Gwydion ap Llauron ap Gwylliam tuatha d'Anwynan o Manosse, komm zu mir. Sein Name war sein Leben lang der Fluch seiner Existenz gewesen, als Kind wegen der geradezu lächerlichen Länge und den damit verbundenen Assoziationen, jetzt, weil er den Dämon zu ihm führen konnte. Er hatte ihn nie schön gefunden, bis er ihn jetzt auf dem Wind hörte, von ihrer Stimme gesungen, die in seine Träume drang.

Noch immer war Ashe unsicher, ob er träumte oder wachte, aber die Stimme rief ihn weiter, sanft, doch beharrlich; sie entfernte sich und führte ihn an einen Ort, den er nicht kannte. *Es könnte ein Trick des Dämons sein,* dachte er. Schon des Öfteren hatte es derartige Täuschungsversuche gegeben. Aber im Gegensatz zu ihnen lockte und verführte ihn diese Stimme nicht, sie rief ihn einfach nur, mit ruhiger Entschiedenheit.

Gwydion, komm zu mir.

Woher konnte sie seinen Namen wissen? In den Augen und Gedanken der Welt, sogar in der Geschichte selbst war er tot, seit zwanzig Jahren. Nur sein Vater wusste, dass er noch lebte; wenn er ihn besuchte, achtete er sorgfältig darauf, sein Anwesen stets durch die Hintertür zu betreten. Auch seine Familie und seine Freunde hielten ihn für tot. In jener Nacht vor zwanzig Jahren hatte sein Leben ja praktisch ein Ende gefunden. Niemand sonst wusste etwas davon, niemand, außer dem F'dor vielleicht. Je mehr Ashe darüber nachdachte, desto sicherer wurde er, dass das, was ihn rief, dämonischer Natur sein musste.

Gwydion.

Ashe stand auf und schüttelte den Schlaf ab. Die Qual überfiel ihn von neuem, wie immer, aber sein Kopf war klarer als gewöhnlich. Er dachte an seinen Vater, daran, dass er auf sein Geheiß demnächst den jüngsten Grenzzwischenfall untersuchen musste, obgleich er sowieso wieder keine Erklärung dafür finden würde. Mit geschlossenen Augen spürte er der Stimme nach; sie klang ganz eindeutig wie Rhapsodys. Er kannte ihre Stimme, er hatte sie mit jedem Wort in seinem Gedächtnis gespeichert, mit jeder Melodie, jeder Aubade, jeder Vesper. Er musste ihr folgen, ganz gleich, wie hoch das Risiko sein mochte.

Als am frühen Nachmittag die Dunkelheit hereinbrach, saß Rhapsody am Feuer und nähte. Auf einmal spürte sie, dass Ashe sich Elysian näherte, obwohl sie nicht sicher war, woher das seltsame Gefühl kam. Sie sprang auf, rannte aus ihrem Schlafzimmer in den Raum mit dem Türmchen, ließ sich auf dem Fenstersitz nieder und suchte mit den Augen das dunkle Wasser nach einem Boot ab, das ihn zu ihr brachte. Seit fünf Tagen war ihr Lied nun unterwegs, und es überraschte sie, dass er so früh kam. Er musste wohl in der Nähe gewesen sein.

Doch dann wurde ihr schlagartig klar, dass sie eigentlich keine Ahnung hatte, ob es wirklich Ashe war, und ihr Magen zog sich angstvoll zusammen. Sie hatte gehofft, wenn sie ihn auf diese Art riefe, eine gewisse Sicherheit zu haben, aber nachdem sie gesehen hatte, wie listig der Rakshas seine dämonischen Kräfte einsetzte, konnte sie nicht mehr wirklich daran glauben. Schließlich ging sie nach unten, um zu warten.

Als sie am Spiegel vorbeikam, überprüfte sie schnell ihr Aussehen und zuckte erschrocken zusammen. In ihrer gefältelten weißen Bluse mit dem himmelblauem Besatz, dem Wollrock im gleichen Blau und dem dazu passenden Haarband sah sie aus wie ein Schulmädchen. Aber das ließ sich nicht ändern, sie hatte keine Zeit mehr, sich umzuziehen.

Vor dem Feuer im Salon wanderte sie ruhelos auf und ab und versuchte, ihre Nerven zu beruhigen. In Gedanken ging sie alles noch einmal durch, worüber sie sich mit Achmed und Grunthor neulich gestritten hatte.

Sie sind Lügner, allesamt. In der alten Welt wusste man wenigstens, wer die bösen Götter verehrte, weil sich die Betreffenden dazu bekannten. Hier in diesem neuen, verdrehten Land sind sogar die angeblich Guten nur auf ihren eigenen Vorteil bedacht. Die Bösen von früher haben nicht so viel Verheerung angerichtet, wie ein angeblich guter cymrischer Herrscher und seine Herrscherin es ganz nebenbei geschafft haben. Und du möchtest dich dem womöglich schlimmsten Lügner von allen auf einem Silbertablett servieren.

Nun, wenn ich das tue, dann ist es meine Entscheidung. Ich werde das Risiko auf mich nehmen und nach meinem eigenen freien Willen leben oder sterben.

Ganz falsch. Wir alle werden vielleicht dieses Schicksal erleiden müssen, weil du nicht nur dich selbst in Gefahr bringst – du wirfst unsere Neutralität mit in den Topf, und wenn du zu viel riskierst, haben wir alle verloren.

Verzweifelt kämpfte sie gegen die in ihr aufsteigende Panik an. *Bitte, lass mich das Richtige tun,* flüsterte sie. *Bitte mach, dass ich mich nicht irre.* Sie schuldete Ashe nichts, kein Bündnis, keine Freundschaft, ganz anders als bei Jo und den beiden Bolg.

Ich würd sagen, wir töten ihn. Und wenn wir uns geirrt haben und ein anderer taucht auf, dann töten wir den auch.

Du kannst nicht einfach rumlaufen und irgendwelche Leute töten, ohne sicher zu sein, ob das richtig ist.

Und warum nicht? Das hat bei uns doch immer funktioniert. Mal im Ernst, Euer Liebden, das Risiko is einfach zu groß, wenn du es nich sicher weißt.

Es klopfte an der Eingangstür des Hauses in Elysian.

37

Von dem Augenblick an, als er ins Bolg-Land gekommen war, hatte Ashe ein Gefühl der Ehrfurcht empfunden. Sein Staunen wuchs, als er der Stimme folgte, durch die dunklen Berge, über die Heide, in die Tiefen des versteckten Reichs. Er hatte nur lange genug angehalten, um sich vor den Wachposten zu verstecken, und war dem Leitstrahl dann weiter gefolgt.

Als er bei Kraldurge auf die Wiese kam, wurde die Stimme klarer und stärker. Er betrachtete die Felsmauern, die um ihn herum aufragten, und wusste, dass er niemals allein hierher gefunden hätte, nicht einmal mit seinen Drachensinnen. Deshalb nistete sich ganz allmählich das Gefühl in ihm ein, dass er hier in Sicherheit war.

In meinem Haus wärst du auch in Sicherheit.

Im Kessel? Nein, danke.

Mein Haus liegt nicht im Kessel. Und ich denke, es ist noch schwerer zu finden als dieser Ort hier.

Als er in die Höhle hinabstieg, wuchs sein Staunen zu Ehrfurcht. Ein magischer Ort, mit seinem kristallklaren See, dem rauschenden Wasserfall, den glänzenden Stalaktiten und Stalagmiten, die in der Grotte wuchsen.

Aber was ihn am meisten faszinierte, war das Lied der Höhle. Es war fröhlich, ganz anders als das Gefühl im Bolg-Land; es hallte durch die Luft und berührte die Ränder seines Bewusstseins mit harmonischen, friedlichen Klängen. Das kann niemand anderes sein als Rhapsody, dachte er. Wenn dieser Ort schon vor den Bolg hier gewesen war, wenn Gwylliam und Anwyn einmal hier gelebt hatten, wäre er mit

Sicherheit von Hass verunreinigt, von der Wut, welche die alten cymrischen Länder zerstört, sie öde und leblos zurückgelassen hatte. Dass hier eine warme, entspannte Atmosphäre herrschte, war ein sicheres Zeichen für Rhapsodys Anwesenheit.

Als er das kleine Haus entdeckte, wusste er, dass es ihr gehörte. Er konnte sie fühlen, wie sie im Innern des Hauses von Raum zu Raum ging und ihre Wärme mit sich trug. Die Lichter der Hütte glitzerten heiter in der nachmittäglichen Dunkelheit, Rauch stieg aus dem Schornstein auf. Mit seinen Drachensinnen nahm er jede Einzelheit wahr, von der schimmernden Gartenlaube mit dem goldenen Vogelkäfig, in dem das Lied seines Namens noch widerhallte, bis zu dem ausgedehnten Garten, der in der Blütenpracht des Frühsommers erstrahlte. Allein diese Schönheit reichte schon fast, um die Qual zu lindern, die er stets mit sich trug.

Er nahm all seinen Mut zusammen. Immerhin hatte er den Entschluss gefasst, ihr seine Gefühle zu gestehen und das Spiel des cymrischen Schweigens zu beenden. Wenn es überhaupt einen richtigen Ort gab, um das zu tun, dann war er hier, und jetzt war auch der richtige Zeitpunkt.

Rhapsody öffnete die Tür. Da stand er, den Umhang über dem Arm, und lächelte sie unsicher an, wie er es im Wald getan hatte, als er zum ersten Mal sein Gesicht enthüllt hatte. Sofort wanderte ihr Blick zu seinen Pupillen; sie waren vertikale Schlitze, wie damals. Dann schnappte sie nach Luft. Der struppige Bart war nicht mehr da, das Gesicht glatt rasiert wie in Sepulvarta. Augenblicklich verblasste sein Lächeln.

»Stimmt etwas nicht?«

Rhapsody starrte ihn noch einen Moment lang an, dann schüttelte sie den Kopf. »Nein, nein, tut mir Leid. Nein, es ist nichts. Bitte komm herein. Ich wollte nicht unhöflich sein.«

Ashe trat ins Wohnzimmer und blickte sich um. Seine Augen sogen den gemütlichen Anblick in vollen Zügen ein, und während er sich umschaute, verspürte er eine Sehnsucht, die er nicht hätte benennen können.

Der Raum war liebevoll eingerichtet mit farbenfrohen Teppichen aus gewebter Wolle, zwei zueinander passenden Sesseln vor dem offenen Kamin und einem kleinen Sofa. Überall standen Blumenvasen, einfache, schöne Gegenstände schmückten Wände und Tische. In einem Schrank aus mit Kork eingelegtem Kirschbaumholz waren Musikinstrumente untergebracht. Der Duft würziger Kräuter und frischer Seife lag in der Luft, zusammen mit einer Spur Vanille. Ashe seufzte tief, als er ihn einatmete.

»Hübsches Häuschen.«

»Danke.« Automatisch streckte Rhapsody die Hand nach seinem Umhang aus, bemerkte ihren Fehler aber in dem Moment, als er ihr das Kleidungsstück reichte, und ließ ihn vor lauter Aufregung gleich fallen. Unglaublich, dass Ashe ihn ihr gegeben hatte! Der Umhang fühlte sich kühl in ihren Händen an, und ein feiner Nebeldunst stieg von ihm auf, aber ansonsten schien er sich nicht von anderen Kleidungsstücken zu unterscheiden. Nachdem sie ihn an einen der Haken neben der Treppe gehängt hatte, wandte sie sich um und trat zu ihm.

»Was ist mit deinem Bart geschehen?«

Ashe sah ins Feuer und lächelte. »Eine Person, an deren Meinung mir sehr viel liegt, scheint der Überzeugung zu sein, dass ich ohne ihn besser aussehe.«

»Oh.« Sie schwieg verlegen und wusste nicht, was sie als Nächstes sagen sollte.

Ashe sah sie an. »Nun? Du hast mich gerufen?«

»Oh«, wiederholte sie. »Ja. Hoffentlich habe ich dich nicht bei etwas Wichtigem gestört.«

»Was wolltest du denn?«

Rhapsody lehnte sich ans Geländer. »Genau genommen zwei Dinge. Das erste ist oben in meinem Schlafzimmer. Würde es dir etwas ausmachen, mit hinaufzukommen?«

Ashe schluckte schwer und versuchte, die Erregung zu unterdrücken, die bereits in ihm aufgeflammt war, als sie die Tür geöffnet hatte. »Aber nein«, antwortete er, und seine Stimme klang ein wenig angestrengt.

Rhapsody lächelte ihn an, und er spürte die Aufwallung der Gefühle, wie immer, wenn ihr strahlender Blick auf ihm ruhte. Er folgte ihr die Treppe hinauf und hängte unterwegs seinen Waffengürtel zu ihrem auf das Gestell neben der Tür.

Auch ihr Schlafzimmer war wunderschön, geschmackvoll dekoriert und voll von Dingen, die sie liebte. Durch die offene Tür des Kleiderschranks aus Zedernholz sah man eine sorgfältig geordnete Garderobe von Kleidern in hübschen Farben, von denen er allerdings keines jemals an ihr gesehen hatte. In einer Zimmerecke stand ein großer Wandschirm in den gleichen Sonnenuntergangsfarben wie der Krug und die Schüssel auf dem Waschtisch; vor dem Kamin funkelten Feuerböcke aus Messing. Rhapsody ging zu dem reich geschnitzten Kaminsims und nahm zwei kleine Gemälde herunter, die dort standen. Als Ashe zu ihr ans Feuer trat, gab sie sie ihm.

Auf einem der Bilder, einem Ölgemälde, waren zwei menschliche Kinder zu sehen, ein Junge an der Schwelle zur Adoleszenz, das Mädchen ein paar Jahre jünger. Beide waren hübsch, das Mädchen blond und hell, der Knabe etwas dunkler. Das andere Bild dagegen wimmelte von grinsenden, mit Holzkohle skizzierten Gesichtern, grob und haarig. Sofort erkannte Ashe die Kinder als Firbolg. Fragend blickte er Rhapsody an.

»Das sind meine Enkel«, erklärte sie, und ihre Smaragdaugen erforschten sein Gesicht.

Noch immer verstand Ashe nicht. »Oh. Ja, du hast sie erwähnt. Jetzt erinnere ich mich wieder.«

»Ich dachte, diese hier würdest du besonders gern sehen«, meinte sie und deutete auf das Ölgemälde. Ihre Stimme klang sehr sanft. »Das sind Herzog Stephens Kinder.«

Wie sie es erwartet hatte, stiegen Tränen in Ashes Augen, und er setzte sich benommen auf das Sofa vor dem Kamin. Anscheinend hatte Llauron sich nicht die Mühe gemacht, seinen Sohn über die wichtigen Dinge im Leben seines besten Freundes auf dem Laufenden zu halten, und er wusste nichts von der Existenz dieser Kinder. Rhapsody tat das Herz weh. Sie beugte sich über die Sofalehne, wobei sich ihre eine Hand ganz selbstverständlich auf seine Schulter legte, während sie mit der anderen auf die beiden Kinder zeigte.

»Das hier ist Melisande, geboren am ersten Frühlingstag; sie ist ein echter Sonnenschein. Ihr Bruder ist ernster, mehr in sich gekehrt, aber wenn er lächelt, wird es hell im Raum. Sein Geburtstag ist der letzte Tag im Herbst.« Sie hielt inne, denn sie wollte ihn nicht gleich überfordern. »Sein Name ist Gwydion.«

Ashe blickte zu ihr auf, und Rhapsody sah in seinen Augen ein Gefühl, das sie nicht einordnen konnte. Lange starrte er sie an, dann wandte er sich wieder dem Bild zu.

»Möchtest du gern einen kleinen Eindruck von ihnen bekommen?«, fragte sie. Ashe nickte; Rhapsody legte auch noch die andere Hand auf seine Schulter und sang das Lied, das sie für die Kinder geschrieben hatte, als sie sich kennen gelernt hatten, ein Lied, das die beiden haargenau beschrieb. Melisandes Melodie war munter, luftig und unberechenbar, Gwydions eindringlich, tief und weich, jeder Refrain etwas komplizierter als der vorherige. Als Rhapsody geendet hatte, blickte sie über die Sofalehne und sah, dass Ashe weinte. Voller Besorgnis lief sie um das Sofa herum und kniete vor ihm nieder.

»Ashe, das tut mir sehr Leid. Ich wollte dich nicht durcheinander bringen.«

Ashe sah sie an und lächelte unbeholfen. »Entschuldige dich nicht, du hast mich nicht durcheinander gebracht. Danke.«

»Ich denke, das leitet zu dem über, was ich dir sagen wollte«, fuhr Rhapsody fort, während er sich mit dem Handrücken über die Augen wischte. »Offensichtlich weiß ich, wer du bist.« Ashe nickte müde. »Ich meine, ich weiß genau, wer du bist.«

»Und wer bin ich?«

»Bitte, treib keine Spielchen mit mir, Ashe«, entgegnete sie ein wenig ärgerlich. »Offensichtlich kenne ich die Verbindung zwischen dir und Herzog Stephen. Ich kenne auch deinen Namen gut genug, um dich zu rufen. Vermutlich weißt du, was das bedeutet. Dass ich nämlich auch alles andere weiß, was dazugehört.«

Ashe seufzte. »Ja, ich denke schon.«

»Stört es dich?«

»Eigentlich nicht.« Er schüttelte den Kopf. »Irgendwie ist es sogar eine Erleichterung.«

»Nun, bevor die Nacht verstrichen ist, hoffe ich, dass du noch erleichterter bist.«

»Wie das?«

»Das wirst du gleich sehen. Zuerst muss ich dir noch etwas Wichtiges sagen.«

Ashe nickte, und ihre Blicke trafen sich. »Ich höre.«

Auch Rhapsody nickte. »Gut. Ich habe einen Entschluss gefasst, und da er auch dich betrifft, dachte ich, du solltest ihn erfahren.«

»Ja?«

Sie holte tief Luft. »Ich habe genug von der cymrischen Geheimniskrämerei. Deshalb habe ich beschlossen, dir zu trauen, und offen gestanden ist es mir egal, ob ich damit Recht habe oder nicht. Ich war mir unsicher über meine Gefühle, aber ich will das nicht mehr sein. Deshalb habe ich beschlossen, dein Freund zu sein, gleichgültig, ob du meiner bist oder nicht. Als mein Freund wirst du mir immer am Herzen liegen, und ich werde dich mit meinem Leben beschützen. Ich werde dich gegen die Sklaven der Unterwelt verteidigen, genau wie ich es auch für Achmed, Grunthor oder Jo tun würde. Und wenn du mich betrügst, wenn du etwas Schändliches gegen mich im Schilde führst, dann erzähle mir bitte nichts davon. Mir ist es lieber, wenn du mich jetzt tötest, als wenn du mich später betrügst. Wie auch immer, ich gehe das Risiko ein. Du brauchst dich auch nicht zu revanchieren, du musst nur mithelfen. Bitte strecke deinen Ringfinger aus.«

»Wie bitte?«

Rhapsody hüstelte verlegen. »Wahrscheinlich war ich jetzt doch ein bisschen zu forsch. Ich wüsste es sehr zu schätzen, wenn du diesen Ring anstecken würdest.« Sie hielt den Siegelring in die Höhe, den der Patriarch ihr gegeben hatte, den

Ring, der sein heiliges Amt bewahrte, die Weisheit und die Heilkunst, die damit einherging.

Ashes Augen wurden groß vor Erstaunen. »Wo in aller Welt hast du diesen Ring her?«

»Aus Sepulvarta. Ich habe dem Patriarchen beigestanden und gegen den Rakshas gekämpft - ja, ich fürchte, das war ich.« Die Nachricht von dem Kampf hatte sich wie ein Lauffeuer in ganz Roland verbreitet, und Rhapsody war sicher, dass auch Ashe davon gehört hatte. »Niemand weiß es, aber in jener Nacht hat Seine Gnaden mir sein Amt übergeben und mich gebeten, es zu bewahren und mit meinem Leben zu beschützen. Da ich dir die gleiche Pflicht auferlegt habe und da ich weiß, dass der Ring dich heilen wird, gebe ich ihn jetzt dir. Streif ihn über.« Doch Ashe starrte sie nur an.

»Ach, übrigens«, fuhr Rhapsody fort, »übrigens weiß ich auch Bescheid über den Rakshas. Ich werde ihn für dich töten und dir das Stück deiner Seele zurückholen, das er dir gestohlen hat. Dann kannst du dich ganz der Aufgabe widmen, König der Cymrer zu werden. Ich werde dir helfen, so gut ich kann, das Reich wiederzuvereinigen.«

Unvermittelt stand Ashe auf und ging zur Feuerstelle. Er legte die Hände auf den Kaminsims und holte mehrmals tief Luft. Schweigend beobachtete Rhapsody ihn, während er das, was sie ihm gesagt hatte, Stück für Stück in sich aufnahm. Schließlich drehte er sich zu ihr um.

»Ich weiß nicht, was ich sagen soll.«

»Warum musst du unbedingt etwas sagen? Ich habe dich nur darum gebeten, den Ring anzuziehen.«

»Ich glaube, du weißt nicht, was du mir da gibst.«

Verärgert runzelte sie die Stirn. »Du musst mich wirklich für sehr dumm halten, Ashe.«

»Ich ... ich halte dich überhaupt nicht für dumm. Im Gegenteil, ich ...«

»Ich habe den Ring nicht in einer Schachtel mit alter Unterwäsche auf dem Speicher oder an einem Marktstand entdeckt, ich habe ihn vom Patriarchen persönlich ausgehändigt bekommen, in der Nacht des Rituals am Hochheiligen Tag, dem ich beigewohnt habe. Was bringt dich auf den Gedanken, er könnte mir so einen wichtigen Gegenstand gegeben haben, das Wertvollste, was er besaß, wenn ich seine Bedeutung nicht begriffen hätte?«

»Dann verstehst du vielleicht nicht, wie das mit meinem Vater ist, dass er nämlich ...«

»... dass er das Oberhaupt der entgegengesetzten Glaubensrichtung ist und dass auch du eines Tages wahrscheinlich sein Nachfolger wirst? Doch, auch das verstehe ich. Ist dir klar, dass es nur eine einzige Religion gab, als die Cymrer aus Serendair kamen, eine Kombination der Praktiken aus Gwynwald und Sepulvarta, und dass es die cymrische Spaltung war, die diese Glaubenstrennung vorantrieb? Wenn du planst, den Riss in der Regierung des cymrischen Volks zu kitten, warum nimmst du dir dann nicht auch gleich noch die religiöse Teilung vor? Ich habe religiösen Riten beider Kirchen beigewohnt; sie sind einander viel ähnlicher, als du vielleicht glaubst. Wer braucht einen Patriarchen *und* einen Fürbitter? Warum kann nicht einer beides sein? Oder warum kann der Cymrer-Herrscher nicht das vereinende Oberhaupt beider Sekten sein und die geistliche Herrschaft der jeweiligen Gruppe überlassen? Anerkennen, dass den Menschen das Recht auf Glaubensfreiheit zusteht, sie aber dennoch als ein monotheistisches Volk vereint bleiben können.«

Sie hielt inne; Ashe starrte sie ungläubig an.

»Was ist?«, fragte sie.

»Du bist erstaunlich.«

»Warum?«

Ashe schüttelte lächelnd den Kopf. »Und beängstigend. Erstaunlich und beängstigend.«

»Jetzt verstehe ich wirklich nicht, was du meinst.«

Er hielt sich weiter am Kaminsims fest und senkte den Kopf, sodass der Feuerschein auf seinem metallisch roten Haar glänzte. So verharrte er eine Weile, sammelte seine Gedanken und atmete tief. Rhapsody fragte sich, ob ihm übel war. Schließlich jedoch richtete er sich auf und wandte sich zu ihr um.

»Wie hast du das alles herausgefunden?«

»Es war nicht leicht«, antwortete sie und verschränkte die Arme. »Du jedenfalls hast mir ganz bestimmt nicht geholfen. Also, lass mich sehen, ob ich dich jetzt verstehe, Ashe – oder soll ich dich lieber Gwydion ap Llauron ap Gwylliam und so weiter nennen?«

»Nein, danke, Ashe genügt.«

»Du bist der Sohn Llaurons, der einzige Enkel von Gwylliam und Anwyn, Träger des Schwertes Kirsdarke, das du von der Seite deiner Mutter bekommen hast. Außerdem bist du von manossischem Adel, Herr des Geschlechts Neuland sowie Erbe des cymrischen Königstitels, sollten die Cymrer wiedervereint werden.«

Schweißperlen bildeten sich auf seiner Stirn. »Bist du sicher?«

Verärgerung schlich sich auf ihr freundliches Gesicht. »Unterbrich mich nicht – ich musste das alles ohne deine Hilfe herausbekommen, also hör mir lieber zu und warte, bis du an der Reihe bist. Ob ich sicher bin? Nein. Wenn ich mir einer Sache sicher bin, dann sage ich es auch so. Aber ich habe mehr als einen vagen Verdacht, dass ich Recht habe, und jetzt misch dich bitte nicht noch mal ein, es sei denn, du musst mich in den Fakten korrigieren. Abgemacht?«

»Ja«, antwortete er und senkte lächelnd die Augen.

»Vor etwa zwanzig Jahren hast du mit einem Dämon aus der alten Welt gekämpft, der als blinder Passagier auf Gwylliams Schiff in dieses Land gekommen war; als du versucht hast, ihn zu töten, hat er dir ein Stück von deiner Seele aus der Brust gerissen. Seither lebst du in ständiger Qual, und der Dämon hat die Macht, dich zu finden. Du hast dich versteckt, hast alle, die dich kannten, in dem Glauben gelassen, du wärest tot, bist unter einem Nebelumhang umhergewandert und hast versucht, den neuen Wirt des Dämons zu finden, um die kleinen Kriege zu verhindern, die er heraufbeschwört. Leider hattest du in beider Hinsicht nicht viel Erfolg, wenn du mir verzeihst, dass ich das sage.

Unterdessen hat sich der Dämon das Stück deiner Seele genommen und hat eine Art Maschine darum herum gebaut, ein Wesen, das genau so aussieht wie du und das die Kraft aus deiner Seele bezieht, aber aus dem Blut des F'dor geschaffen ist. Dieses Wesen ist für einen großen Teil des Schreckens verantwortlich, der das Land an den Rand eines folgenschweren Kriegs gebracht hat, und sollte jemand ihm begegnen und diese Begegnung überleben, so würde der Betreffende dich für diese Untaten verantwortlich machen, vorausgesetzt, er würde es für möglich halten, dass du noch am Leben bist.

Doch das ist nicht sehr wahrscheinlich. Vermutlich weiß nicht einmal der Dämon, dass du lebst. Trotzdem hat der Rakshas die ganze Zeit im Auftrag seines Meisters nach dir gefahndet, hat versucht, sich auch deinen Körper und den Rest deiner Seele anzueignen, wahrscheinlich, um dich zum neuen Wirt des Dämons zu machen. Er sucht nach wie vor nach dir, deshalb wanderst du in einem Umhang umher, der dich verbirgt. Liege ich bisher einigermaßen richtig?«

Ashe nickte benommen.

»Oh, und ich weiß auch, dass du hauptsächlich vom Fürsten und der Fürstin von Rowan geheilt wurdest. Und dass du ein Drache bist, zumindest teilweise. Daher wusstest du auch, in welcher der hundert Hütten ich Gavin finden würde.«

»Was wirst du mit dieser Erkenntnis anfangen?«

Rhapsodys Augen funkelten. »Nun, zuerst einmal hoffe ich, dass du mich nicht auf der Stelle umbringst.«

»Ich denke, für den Augenblick bist du in Sicherheit.«

»Oh, gut. Als Nächstes plane ich, dir zu helfen. Ich glaube, ich habe schon in etwa angedeutet, wie, aber du hast den Ring immer noch nicht angesteckt.«

»Ich weiß.«

»Hast du Angst davor?«

»Ein wenig.«

»Warum?«

Er seufzte. »Rhapsody, das ist es nicht, was ich von dir zu hören erwartet habe.«

Sie lächelte, und ein neugieriges Funkeln trat in ihre Augen. »Wirklich? Was hast du denn dann erwartet?«

»Eigentlich habe ich keine Ahnung. Vermutlich dachte ich, du könntest vielleicht selbst Hilfe brauchen oder du wolltest mir nur mitteilen, dass du wieder da bist.«

»Aha. Sieh mal, Ashe, du warst einer der wenigen Menschen, die mir, seit ich in diesem Land bin, tatsächlich geholfen haben, das zu finden, was ich gesucht habe; du hast mir geholfen, und ich würde mich gern bei dir revanchieren. Seit ich in diesem Land bin, war ich ziemlich isoliert; bis jetzt habe ich meine Zeit hauptsächlich mit Achmed und Grunthor verbracht. Abgesehen von Jo bist du eigentlich der einzige Freund, den ich habe.

Ich weiß, du bist es gewöhnt, allein zu sein, und konntest lange Zeit niemandem trauen außer Llauron, aber bitte, lass mich dir helfen. Ich glaube, du brauchst genauso dringend einen Freund wie ich, vielleicht sogar noch dringender.« Ashe lächelte. Rhapsody setzte sich und klopfte auf den Platz neben sich. »Bitte, ich weiß, dass du mir nicht vertrauen magst, aber du musst es versuchen, wirklich. Früher oder später wird der Dämon dich in einem unvorbereiteten Augenblick erwischen. Du brauchst jemanden, der dir den Rücken frei hält. Außerdem sollte eine Frau einen Mann nicht anflehen müssen, einen Ring anzustecken, das ist demütigend.«

Ashe lachte. Er trat zur Couch, setzte sich neben Rhapsody und nahm ihre Hand. »Ich wollte, ich wüsste, was ich dir sagen soll.«

»Meinetwegen brauchst du gar nichts zu sagen. Bitte, Ashe, zieh einfach nur den Ring an. Es ist der erste Schritt, dass du wieder vollständig wirst. Sobald du heil und von der Qual befreit bist, mache ich mich auf den Weg, den Rakshas für dich zu töten. Hier.« Abermals hielt sie ihm den Ring hin.

Ashe nahm ihn auf seine Handfläche und legte bedächtig die Finger darüber. Allein ihn zu halten linderte schon seine Schmerzen; er spürte die intensive Kraft, die von ihm ausging. Er sah die Frau an, die da neben ihm auf dem Sofa saß und deren Augen vor Erwartung schimmerten. Seine verwundete Seele schrie warnend auf, dass alles nur eine Illusion sei, viel zu schön, um wahr zu sein. *Eine Falle*, flüsterte der Drache. *Der Dämon hat sie geschickt, sie wird uns verraten. Beherrsch dich.* Gleichzeitig war dieser Teil seiner Natur aber auch von der Macht des Rings fasziniert, und mehr als alles andere wollte seine Seele ihr glauben. Er schluckte schwer und steckte den Ring an den Finger.

Zunächst nahm er keine Veränderung wahr. Dann aber hatte er ein Gefühl, als fielen Gänsedaunen weich auf seinen Kopf herab, sanft wie Schneeflocken. Er blickte auf, konnte aber nichts sehen. Als Nächstes spürte er etwas Schwereres, wie ein warmer Umhang, der sich auf seine Schultern senkte, und vom Boden schien eine Kraft in ihn aufzusteigen, die seine Adern weit machte und sein Herz stärkte. Sein Brustkorb dehnte sich, das Atmen wurde leicht, und seine Drachensinne fühlten, wie tausende Gefäße und Muskeln wieder zusammenwuchsen und heilten, wie sich neue Knochen aufbauten und neue Haut entstand, bis alle verwundeten Stellen wieder heil waren. Da brauste die Kraft durch seinen Körper, strömte durch sein Blut und in seine Gedanken, die sich, gemeinsam mit seiner Fähigkeit zu verstehen, weiter ausdehnten und wuchsen, denn die Weisheit des Rings hatte ihn durchdrungen.

Er sah Rhapsody an, die seine Verwandlung ehrfürchtig beobachtete, und auf einmal wusste er, dass sie keine Sklavin des Dämons, sondern im Gegenteil vollkommen ohne Falsch war; sie war genau das, was sie zu sein schien. Tränen traten ihm in die Augen, und ein tiefer Seufzer, der ihn erzittern ließ, entrang sich seiner Brust.

Auf ihrem Gesicht wandelte sich das Staunen blitzschnell in Besorgnis. »Ist alles in Ordnung mit dir?«

Mit einem leisen Lächeln nickte er und ließ ihre Hand los. Er konnte spüren, wie das Blut wieder ungehindert in die Finger floss, und schämte sich, weil er sie so eng umklammert hatte. Seine Hände zitterten, als er sein Baumwollhemd aufnestelte. Die hässliche Wunde, die seine Brust auseinander gerissen hatte, war verschwunden, und an ihre Stelle war eine dünne rosarote Narbe aus neuer, gut verheilender Haut getreten. Wieder blickte er Rhapsody an. Auch in ihren wunderschönen Augen standen Tränen, und auf ihrem Gesicht breitete sich ein Lächeln aus, bei dem sein Herz vor Freude einen Satz vollführte.

»Wie fühlst du dich?«

Seine Schmerzen waren verschwunden, ihm war schwindlig, und er fühlte sich leer, aber wundervoll.

»Besser«, antwortete er und versetzte sich in Gedanken einen Fußtritt, weil seine Antwort so halbherzig und unangemessen klang.

»Gut. Ich freue mich, dass der Ring dir geholfen hat.«

Zum zweiten Mal an diesem Nachmittag war Ashe unfähig, seine Gefühle auszudrücken: Erleichterung, Freude, Erwartung, Hoffnung. Wie konnte er in Worte kleiden, was ihm all dies bedeutete? Nach Jahrzehnten endlich befreit zu sein von Qual und Leid, zum ersten Mal seit undenklichen Zeiten Hoffnung zu schöpfen ... Er öffnete den Mund, doch es kamen keine Worte heraus, und in Gedanken verfluchte ihn der Drache wegen seiner Unzulänglichkeit.

Doch Rhapsody schien sehr zufrieden. »Nun, da wir das hinter uns haben, tust du mir einen Gefallen?«

Er holte tief Luft. »Alles. Ich tue alles, was du willst.«

Sie tätschelte seine Hand. »Würdest du mir die Ehre gewähren, die Erste zu sein, die du ohne Schmerzen in die Arme schließt? Ich habe mich schrecklich gefühlt, weil ich dir damals im Wald so wehgetan habe.«

Um sich nicht zum Narren zu machen, erwiderte Ashe lieber nichts, sondern breitete nur wortlos die Arme aus, zog sie an sich und wagte kaum, sie zu spüren, aus lauter Angst, der Drache könne ihm seinen letzten Rest Selbstbeherrschung rauben. Wie ein Kind, das vorsichtig in ein Schwimmbecken steigt, erst einen Zeh hineinhält, dann einen Fuß, so erlaubte er seinen Sinnen nur ganz langsam, Rhapsody in sich aufzunehmen. Ihr Haar roch immer noch wie der Morgen, wie eine frische Wiese nach einem Sommerregen. Der Stoff ihrer Bluse umschloss die Wärme ihres Oberkörpers, eine Hitze, die seine Hände zum Zittern brachte.

Aber ehe er zu tief in sie versinken konnte, ließ sie ihn los und stand auf. »Wie wäre es mit einer Tasse Tee?«, fragte sie und fuhr lächelnd fort: »Ich weiß, dass du ihn so, wie ich ihn zubereite, nicht magst, aber du kannst ihn ja so lange ziehen lassen, wie du möchtest. Ich hole nur rasch den Kessel. Ruh dich doch hier ein wenig aus, ich bin gleich wieder da.«

Damit verließ sie das Zimmer, und Ashes Herz folgte ihr zur Tür hinaus.

38

Nachdem sie mit dem Tee zurückgekehrt war, setzte sie sich neben ihn auf den Boden und reichte ihm eine Tasse. Er nahm einen Schluck und fasste den Entschluss, seinen Plan endlich in die Tat umzusetzen.

»Darf ich dich etwas fragen?«

»Aber natürlich.«

»Warum hast du das getan?«

»Was getan?«

Er hielt die Hand mit dem Ring hoch. »Das. Und alles, was du getan hast, um ihn zu bekommen.«

Rhapsody sah verwirrt aus. »Das habe ich dir doch gerade erzählt; für einen Freund würde ich alles tun. Ich habe dir gesagt, wozu ich bereit bin, was es für mich bedeutet, dein Freund zu sein, nicht wahr?«

»Ja.«

»Nun, da hast du deine Antwort.«

»Gibt es noch andere Gründe?«

»Andere Gründe wofür?«

»Andere Gründe dafür, mir dieses unglaubliche Geschenk zu machen, mir auf diese Art und Weise zu helfen.«

Rhapsody war überrascht. »Andere Gründe? Andere Gründe als die, die ich dir genannt habe?«

»Ja, falls es welche gibt.«

Sie überlegte, die Augen auf ihren Schoß gesenkt, die Hände auf den Knien. »Nun«, meinte sie kurz darauf, »vermutlich gibt es noch zwei andere Gründe, aber die sind nicht so wichtig wie der erste.«

»Sag sie mir trotzdem«, bat Ashe. Er musste auf sie herabblicken, und es behagte ihm ganz und gar nicht, dass Rhapsody zu seinen Füßen kauerte, in der traditionellen Haltung einer Dienerin an einem menschlichen Königshof.

»Nun ja, ich weiß nicht, ob ich das richtig erklären kann ... Aber seit ich Herzog Stephen kennen gelernt und den Schrein gesehen habe, den er dir in seinem Museum gewidmet hat, habe ich nicht geglaubt, dass du tot bist, und das unerklärliche Bedürfnis verspürt, dir zu helfen.«

»Den Schrein?«

»Vielleicht ist das nicht ganz das richtige Wort dafür, aber Herzog Stephen hat in dem Museum seiner Festung einen kleinen Bereich eingerichtet, mit einer Inschrift, die er dir gewidmet hat, und ein paar Gegenständen, die dir gehörten. Ich habe ihn gefragt, wer dieser Gwydion gewesen sei, und er hat mir ein wenig von euch beiden erzählt. Irgendwie hatte ich das Gefühl, dass Gwydion, ich meine, dass du noch am Leben sein könntest. Besser kann ich es nicht erklären.

Wie du weißt, habe ich seit langer Zeit Träume und Visionen von der Zukunft; diese sind oft erschreckend genau, und deshalb vertraue ich meist meinem Instinkt. Dieser Instinkt sagte mir, dass du lebst, und so war ich wohl ein wenig besessen von der Idee, dich zu finden und dir zu helfen. Natürlich wusste ich bei unserer ersten Begegnung nicht, dass du Gwydion bist, aber im Lauf der Zeit wurde es mir immer deutlicher, und ich habe dir geholfen, so gut ich eben konnte.«

»Und ich kann dir gar nicht sagen, wie dankbar ich dir bin«, erwiderte er und sah sie mit einem ganz neuen Blick in den Augen an. Rhapsody spürte, wie ihr das Blut ins Gesicht stieg, ohne dass sie recht wusste, warum. Seine Augen waren so fremdartig; aus der Entfernung bemerkte man seine vertikalen Pupillen gar nicht, aber es war nicht zu übersehen, dass sie irgendwie anders waren. Vielleicht war das an dem seltsamen Blick schuld.

»Was noch? Du hast gesagt, es waren zwei Gründe.«

Rhapsody sah verlegen aus. »Womöglich ist dir das jetzt ein wenig unangenehm«, meinte sie und errötete noch mehr, während sie mit ihren strahlenden Augen, so grün wie die Baumwipfel des Waldes, zu ihm aufblickte.

Ashe konnte den Hoffnungsschimmer kaum ertragen. »Was?«

Wieder senkte sie den Blick auf ihre Hände. »Wenn sich die Dinge so entwickeln, wie wir es erwarten, dann wirst du irgendwann der cymrische Herrscher sein. Da ich Cymrerin bin, bist du dann mein König und ich deine Untertanin, deshalb habe ich die Pflicht, dich zu unterstützen.«

Als sie den Ausdruck auf Ashes Gesicht sah, rückte sie ein wenig von ihm ab. Es war eine Mischung aus Enttäuschung und Entsetzen.

»Tut mir Leid, wenn ich dich an etwas Schmerzliches erinnert habe«, sagte sie und wünschte, sie hätte den Mund gehalten.

Er brauchte einen Augenblick, ehe er etwas erwidern konnte, bemühte sich aber, seine Stimme ruhig und sanft klingen zu lassen. Auf gar keinen Fall wollte er sie mit der Heftigkeit seiner Gefühle erschrecken.

»Rhapsody, ich möchte nicht, dass du meine Untertanin bist.«

Verblüfft und fast ein wenig verletzt blickte sie zu ihm auf. »Wirklich?«

»Ja.«

Sie atmete tief ein und senkte erneut die Augen, als verstünde sie allmählich, was er sagen wollte.

»Nun gut«, sagte sie langsam, »wenn du so darüber denkst, dann werde ich mich wohl von Roland fern halten müssen. Hier ist Achmeds Land, das wird sowieso nicht unter cymrische Herrschaft kommen. Vielleicht kann ich ja auch in Tyrian leben, Oelendra hat gesagt, ich bin dort immer ...«

Sie unterbrach sich, denn er hatte sich mit einer schnellen Bewegung neben sie auf den Boden gesetzt, umfasste ihr Gesicht und küsste sie.

Seine Lippen waren warm und entschlossen, sein Kuss leidenschaftlich, aber nicht aufdringlich. Ihre Augen wurden weit vor Schreck, sie erstarrte in seinem Griff, und als er sie widerstrebend freigab, sah sie ihn völlig verblüfft an. Doch dann bemerkte sie die Verzweiflung, die ihm ins Gesicht geschrieben stand, stand auf und fuhr sich verlegen mit der Hand über die Haare.

Nach kurzem Schweigen sagte sie: »Weißt du, es ist wirklich erstaunlich, was die Leute alles anstellen, nur damit ich aufhöre zu reden. Einmal hat Achmed mir gedroht, mich am Spieß zu grillen und mich Grunthor als Delikatesse anzubieten, wenn ich ...«

»Weich nicht aus, Rhapsody«, fiel Ashe ihr ins Wort. »Das ist doch sonst nicht deine Art.«

»Ich weiche nicht aus«, protestierte sie und rang nervös die Hände. »Ich versuche nur herauszufinden, ob seine oder deine Maßnahme extremer war. Ich meine, er hatte schon die Marinade ausgesucht.«

»Schrecklich. Wahrscheinlich hat er es sogar erst gemeint«, sagte Ashe, verärgert über diese seltsame Wendung des Gesprächs.

»Ich weiß, dass er es ernst gemeint hat«, erwiderte Rhapsody und sah weg. »Aber bei dir weiß ich es nicht.«

»Ich meine es vollkommen ernst.«

»Warum?«, fragte sie ungläubig. »Was sollte das denn?«

Ashe betrachtete ihr Gesicht, auf dem der Schreck allmählich einem eher verwunderten Ausdruck Platz gemacht hatte. »Vermutlich konnte ich es einfach nicht länger verbergen, Rhapsody ... Ich ertrage es nicht, wenn du mit mir sprichst, als wäre ich dein Herr oder dein Bruder oder ein Fremder, der nichts für dich empfindet, oder selbst nur ein gewöhnlicher Freund. Vielleicht empfindest du ja nichts weiter für mich, aber das wäre wahrlich nicht das, was ich mir wünsche.«

»Was wünschst du dir denn?«

Ashe seufzte und blickte zur Zimmerdecke empor, ehe er sie wieder ansah. »Ich möchte dein Liebhaber sein, Rhapsody.«

Die Verwirrung verschwand. Zu seiner großen Überraschung entspannte sich ihr Gesicht, und sie begann zu lächeln.

»Oh, jetzt verstehe ich«, sagte sie freundlich. »Du hast so lange diese furchtbaren Schmerzen gelitten, Ashe, und jetzt fühlst du dich besser. Da ist es ja nur natürlich, dass auch solche Bedürfnisse zurückkehren, wenn ...«

»Sei doch nicht so begriffsstutzig«, unterbrach er sie erneut und konnte nicht verhindern, dass seine Worte bitter und unfreundlich herauskamen. »Damit beleidigst du uns beide. Hier handelt es sich nicht um ein plötzlich aufgetretenes körperliches Bedürfnis, das befriedigt werden will, weil die Schmerzen verschwunden sind. Ich habe mir das schon die ganze Zeit über gewünscht. Bei allen Göttern, du verstehst mich einfach nicht.«

»In diesem Punkt will ich dir nicht widersprechen«, entgegnete sie, allmählich etwas ungehalten. »Nun, wie könnte das wohl kommen? Überlegen wir mal – zuerst verweigerst du mir jede Auskunft darüber, was du willst oder was du denkst oder auch nur, wer du bist. Dann erzählst du mir endlich, was du dir von mir wünschst. Ich glaube, die mir zugedachten Rollen waren ›Freund‹ und ›Verbündete‹. Ach ja, und ›Dienstmagd‹ gehörte auch noch dazu. Bitte korrigiere mich, wenn ich mich irre – aber hast du das andere vielleicht schon einmal erwähnt, und ich habe es nur nicht gehört? Wie dumm von mir, dass ich nicht gleich den Zusammenhang zwischen diesen Dingen und einer Geliebten gesehen habe.

Vielleicht hätte ich ihn erkennen können, als du mich für eine Kurtisane gehalten und es mir geschmackloserweise auch noch gesagt hast? Oder vielleicht hätte ich es merken können, als du mir befohlen hast, mich von dir fern zu halten, als du mir erzählt hast, dass du mir nicht vertraust, dass ich dich in Ruhe lassen soll? Ich kann mir gar nicht erklären, wie ich das bei all den Vertraulichkeiten übersehen konnte, die wir tagtäglich miteinander ausgetauscht haben, Ashe. Diese Art von Liebesgeflüster bringt mich nämlich für gewöhnlich dazu, dass ich gleich die nächstbeste horizontale Oberfläche suche und mich hinlege.«

Unfähig, ihren Zorn länger im Zaum zu halten, wandte sie sich von ihm ab und drückte die geballten Fäuste gegen ihre brennende Stirn. »Ich kann das nicht glauben. Du hast Recht, Ashe, ich bin dumm. Die ganze Zeit habe ich gedacht, du hättest gelernt, mich gern zu haben, jedenfalls ein wenig, als Mensch, nicht nur als eine mögliche neue Eroberung. Ich habe mich bei dir wohl gefühlt, weil ich dachte, du willst nicht das, was alle wollen, du lernst endlich, mir zu vertrauen. Wahrscheinlich beweist das nur, welch eine Närrin ich bin. Ich hätte wissen müssen, dass das zu viel verlangt ist – von allen außer Achmed.« Das Kaminfeuer loderte, die Flammen hüpften und verbreiteten ein wütendes Licht im Zimmer und auf den Bildern der adoptierten Enkelkinder, deren Augen in stummem Vorwurf zu funkeln schienen.

Einen Moment stand Ashe reglos da und betrachtete die verschlungenen Muster auf dem Teppich. Dann trat er auf Rhapsody zu, stellte sich hinter sie ans Feuer und sah eine Weile zu, wie die Flammen sich drehten und in verwirrtem Zorn tanzten.

Schließlich stieß er einen tiefen, schmerzlichen Seufzer aus. »Nein, Rhapsody, du bist nicht diejenige, die dumm gewesen ist; ich denke, diese Ehre gebührt mir. Bitte fang nicht an, an deiner Wahrnehmung zu zweifeln. Du weißt sicherlich, wie Recht du damit hast, dass ich beginne, dir zu vertrauen.«

Auch Rhapsody starrte ins Feuer. »Genau genommen ist das Einzige, was ich mit Sicherheit über dich sagen kann, dass ich nichts von dir weiß, Ashe, wirklich überhaupt nichts.«

»Bitte sag, dass du das nicht ernst meinst.«

Rhapsody drehte sich um und sah ihn an, mit tief traurigem Gesicht. »Es tut mir Leid, aber das wäre eine Lüge. Und du weißt ja, dass ich versuche, nie zu lügen.«

Behutsam umfasste Ashe ihre Schultern und sah ihr in die Augen. »Wie kannst du daran zweifeln, dass ich dir vertraue, Rhapsody? Schau mich an. Kannst du mich sehen?« Sie nickte. »Nun, dann bist du seit etwa zwanzig Jahren die Erste. Nicht einmal mein Vater hat in dieser ganzen Zeit je mein Gesicht gesehen. Doch hier stehe ich in deinem Haus vor dir, ohne Umhang, unbewaffnet, offen und ungeschützt. Und so siehst du mich nicht zum ersten Mal. Sagt dir das nicht etwas?«

Rhapsody schenkte ihm ein sanftes Lächeln, um die Verzweiflung zu lindern, die sie in seinem Gesicht gewahrte. »Ich denke schon. Vermutlich weiß ich nur nicht recht, was.«

»Mir ist klar, dass du die Bedeutung dieser scheinbar ganz einfachen Dinge nicht verstehst, aber das kommt daher, dass du keine Ahnung hast, wie es für mich war, jeden Morgen Jahr um Jahr aufzuwachen und zu wünschen, ich wäre tot, gleichzeitig aber zu wissen, dass ich mir nicht das Leben nehmen konnte, weil es nichts genutzt hätte.«

Er ließ seine Hände über ihre Arme gleiten, ergriff ihre Hände und hielt sie fest, während er noch ernster fortfuhr.

»Irgendwo da draußen existiert ein abscheuliches Wesen, das genauso aussieht wie ich und aus einem Teil meiner Seele die Kraft für unaussprechliche Gräueltaten bezieht. Die ganze Zeit über hat dieses Wesen Verbrechen an unzähligen Unschuldigen begangen, die ich nicht beschützen kann, weil diese Kreatur vollkommen chaotisch und willkürlich vorgeht, nach einem grausamen Plan, den nicht einmal mein verdrehtes Gehirn nachvollziehen kann. Jedes Mal, wenn irgendwo etwas Schlimmes geschieht, ist das mein erster Gedanke. Er verfolgt mich bei jedem Herzschlag, bei jedem Atemzug.

Wie soll eine Seele, die so rein und unschuldig ist wie deine, das verstehen können?« Ein ersticktes Lachen kam über Rhapsodys Lippen, aber ihr ironisches Lächeln verblasste, als sie in Ashes Augen sah; sein Blick war fest, und er sprach, als wäre er sich seiner Sache ganz sicher.

»Lache nicht, Rhapsody; du *bist* unschuldig, auch wenn du selbst einiges erlebt hast. Du glaubst an Menschen, obwohl sie eigentlich kein Anrecht auf diesen Glauben hätten, du liebst Menschen, die es eigentlich nicht verdienen. Aber mehr als alles andere suchst du jemanden, dem du vertrauen kannst; weil das in deiner Natur liegt. Es spielt keine Rolle, welche Erfahrungen du gemacht oder was du getan hast – es hat dich nicht wirklich berührt. Es ist, als wärst du eine Jungfrau, an Leib und Seele.«

Wieder lachte Rhapsody. »Du hast ja keine Ahnung, wie komisch diese Bemerkung ist«, sagte sie. »Wenn es das ist, wonach du suchst, dann bist du absolut auf dem Holzweg.«

»Ich suche gar nichts – das ist doch gerade der Punkt«, erwiderte Ashe ernst. »Ich habe mich versteckt, Rhapsody, zwei Jahrzehnte lang, habe versucht, jeden Kontakt mit der Welt zu vermeiden, und das ist mir auch ganz gut gelungen. Und dann warst eines Tages du da, kamst aus dem Nichts, wie ein unerbittlicher Leitstrahl, und ganz gleich, wohin ich ging, ganz gleich, wie sehr ich versuchte, dich aus meinen Gedanken zu verbannen, wie weit ich mich von dir entfernte, du warst immer da, in den Sternen, im Wasser, in meinen Träumen, in der Luft um mich herum. Ich habe versucht, dich aus meinem Blut zu vertreiben, Rhapsody, aber es nutzt nichts. Ich werde dich einfach nicht los.

Und wahrscheinlich waren mein Verfolgungswahn, meine Versuche, dich von mir wegzustoßen, dich so zu verletzen, dass du mich hasst und endlich in Ruhe lässt, nur Methoden, mit denen ich der Anziehung entkommen wollte, die du auf mich ausübst, aber auch Experimente, mit denen ich geprüft habe, ob du wirklich das bist, was du zu sein schienst.

Du darfst nicht vergessen, was der Dämon sich alles ausdenkt, um Unschuldige zu umgarnen, sie an sich zu binden und dann durch sie zu wirken. Nach allem, was ich erfahren hatte, hättest du der F'dor persönlich sein können. Ich hatte keine Ahnung, ob du mich aus den gleichen Gründen suchst, wie mich seit jener Nacht vor zwanzig Jahren zahllose andere Sklaven gesucht haben – um zu zerstören, was von meiner Seele noch übrig ist, oder schlimmer noch, diesen Rest auf noch abscheulichere Weise für ihre üblen Zwecke zu benutzen.

Und es wäre doch bestens eingefädelt gewesen – mir ein unschuldiges Herz über den Weg zu schicken, gehüllt in ein wunderschönes Äußeres, ausgestattet mit den Kräften einer alten Welt, die schon unter den Wellen des Meeres verschwunden war, bevor mein Vater gezeugt wurde – welcher Köder wäre für einen Drachen besser geeignet gewesen? Besonders argwöhnisch machte es mich, als mir klar wurde, dass du Jungfrau bist – wie wahrscheinlich ist so etwas schon?«

»Genau genommen ist es eigentlich nur eine theoretische Möglichkeit«, erwiderte Rhapsody humorvoll.

»Es spielt keine Rolle«, fuhr Ashe fort. »Verstehst du nicht, was ich sagen will? Du bist das Höchste, was ich, als Mann und als Drache, mir jemals wünschen könnte – du bist viel zu schön, um wahr zu sein. Deshalb war ich dir gegenüber natürlich sehr misstrauisch. Ich muss paranoid sein – sonst hätte ich die letzten zwanzig Jahre nicht überlebt.

Da kamst du und wolltest mich trösten, mir helfen, mich in dein Herz schließen; das konnte unmöglich wahr sein. Deshalb wartete ich, dass du deine andere Seite zeigen und dich gegen mich wenden würdest. Ich wartete und wartete. Aber natürlich geschah nichts dergleichen. Wenn überhaupt, dann hast du dich mir gegenüber viel verletzlicher gemacht, als ich es dir gegenüber je hätte sein können.

Dann begann mein Herz sich allmählich zu wünschen, dass es doch wahr wäre. Seit ich dich zum ersten Mal gesehen habe, hat es sich an diese Hoffnung geklammert, aber die vernünftigeren Teile meines Selbst haben es in seine Schranken verwiesen. Schließlich hielt ich es nicht mehr aus. Du hast zuvor gesagt, du habest beschlossen, mir zu vertrauen und mit den Folgen zu leben oder zu sterben; ich hatte den gleichen Entschluss gefasst – ich musste es dir einfach gestehen und beten, dass ich damit nicht den Rest meiner Seele dem F'dor überantwortete.

Ehrlich, Rhapsody, wenn es so wäre, es wäre mir gleich. Ich wäre zu dir gekommen, auch wenn du mich nicht gerufen hättest. Ich habe noch darüber nachgedacht, wie ich es dir am besten sagen könnte, und vermutlich habe ich es jetzt verpatzt, aber ich konnte einfach nicht mehr lügen. Nicht bei einer Frau, die nicht einmal lügen würde, um ihr Leben zu retten. Wie könnte ich je darauf hoffen, deiner würdig zu sein, wenn ich weiter lüge?«

Die Ironie seiner Worte überwältige sie, und obwohl sie sich fest vorgenommen hatte, sich zusammenzunehmen, fing sie laut an zu lachen. »Tut mir Leid, Ashe, bitte entschuldige«, sagte sie und versuchte, sich wieder in die Hand zu bekommen. »Das ist einfach zu komisch.«

Ashe war wie vom Donner gerührt. »Warum?«

Rhapsody ergriff seine Hände. »Du bist der zukünftige cymrische König, der Schnittpunkt der königlichen Linien aller drei cymrischen Geschlechter. Aber ich bin eine Bäuerin, ich stamme aus der untersten Schicht. Und *du* hoffst, *meiner* würdig zu sein? Findest du das nicht zum Brüllen komisch?«

»Nein«, erwiderte Ashe brüsk. »Ich finde das nicht komisch. Eigentlich überrascht mich deine Reaktion, Rhapsody. Ich dachte, gerade du müsstest am besten wissen, dass die Abstammung einer Person nicht ihren Wert bestimmt.«

»Nicht als Person, natürlich«, entgegnete Rhapsody, und weil er so streng war, wurde auch sie wieder ernst. »Aber wenn man über Liebe spricht, geben Leute wie du selten einer Frau wie mir diese Rolle, es sei denn als Befehl oder als Freizeitvergnügen, und ich denke nicht, dass du etwas Derartiges mit mir im Sinn hattest. Soweit ich mich erinnere, haben wir dieses Thema damals am Ufer des Tar'afel geklärt.«

Ashe drehte sich zum Kaminsims um, und Rhapsody spürte, dass er sich sammelte. Gedankenverloren nahm er das Bild der Firbolg-Kinder in die Hand und betrachtete es noch einmal.

»Jetzt sehe ich, was die Grundlage für unser Missverständnis bildet«, sagte er schließlich, mehr zu dem Gemälde als zu Rhapsody. »Du verstehst nicht, was ich damit meine, wenn ich sage, ich möchte dich als Geliebte.«

Gegen ihren Willen musste Rhapsody schon wieder lachen. »Ich denke, ich verstehe das weit besser, als dein Drachenverstand es dich glauben lässt. Du weißt vieles nicht über mich, Ashe.«

»Und du weißt eine sehr wichtige Sache nicht über mich, Rhapsody.«

»Nur eine?«

»Nur eine, die wirklich wichtig ist.«

»Und die wäre …?«

Er blickte von dem Bild auf und fixierte sie mit seinen kristallklaren blauen Augen. »Ich liebe dich.«

Rhapsody seufzte leise.

»Tu das nicht«, sagte Ashe, und in seiner Stimme lag ein drohender Unterton. »Tu es nicht einfach ab, Rhapsody, ich weiß, was du jetzt denkst.«

»Wirklich?«

»Nun, ich glaube schon, aber entscheide du. Du denkst, dass ich mit heiligen Worten um mich werfe, wie bereits unzählige andere Narren vor mir, entweder weil deine Schönheit mich dazu gebracht hat oder weil ich dich ins Bett kriegen will.«

»Eigentlich ...«

»Wage es nicht, mich mit diesen Schwachsinnigen in einen Topf zu werfen, die dir nach einem Blick in dein Gesicht ihre Liebe gestehen, während ihnen schon der Sabber aus dem Mund läuft. Ich bin nicht einer von denen, Rhapsody. Ich habe mich in dich verliebt, ehe ich dich gesehen habe, ich konnte deine Magie schon spüren, als ich noch meilenweit von dir entfernt war. Was glaubst du denn, was ich in Bethe Corbair wollte?«

»Einkaufen vielleicht?«

»Nein, meine Liebe.«

»Ich habe wirklich keine Ahnung. Tut mir Leid, dass ich so vernagelt bin.«

»Ich habe dich gesucht, Rhapsody, ich wollte herausfinden, wer mein Herz zu sich gerufen hatte, dort draußen auf den Krevensfeldern, sechs Meilen weit entfernt. Ich bin gekommen, um dich zu suchen, und als ich dich gefunden hatte, wusste ich, dass ich verloren bin. Hast du gedacht, ich bin nach Ylorc gekommen, weil es mir so großes Vergnügen macht, mich ständig von Achmed beleidigen zu lassen?«

»Nun, das ist wirklich ein ganz außergewöhnlicher Genuss. Außerdem ist der Blick von den Zahnfelsen im Frühling wunderschön.« Inzwischen war Rhapsodys Humor zurückgekehrt und ergoss sich über Ashe wie wohlig warmes Wasser.

»Ja, da hast du Recht«, meinte er und erinnerte sich daran, wie sie über die Bergwiesen gelaufen, wie sie mit dem Wind über die Heide getanzt war. »Nun, habe ich Recht?« Er lächelte sie an, um ihre veränderte Stimmung zu überprüfen, und war entzückt, als sie sein Lächeln freimütig erwiderte.

»Womit?«

»Mit dem, was ich gedacht habe?«

Rhapsody kicherte. »Na ja, nicht ganz«, antwortete sie, nahm ihm das Bild ihrer Enkel aus der Hand und betrachtete es selbst. »Aber vielen Dank, dass du es versucht hast.«

»Und?«

»Nun«, meinte sie, drehte ihren Rücken zum Feuer und ließ sich die Schultern wärmen, »nun, ich musste eben an eines unserer Gespräche denken, als wir zusammen unterwegs waren.«

Ashe stützte einen Ellbogen auf den Kaminsims. Er war blitzsauber, ohne eine Spur von Staub. »Wirklich? An welches denn?«

»Weißt du noch, wie ich dir gesagt habe, dass meiner Erfahrung nach Waldläufer und umherziehende Wanderer bei Frauen andere Dinge suchen als die meisten übrigen Männer?«

»Ja«, antwortete er, und sein Gesicht wurde warm bei der Erinnerung. »Du hast gesagt, die meisten Männer wollen Vergnügen und Ablenkung, während es den Wanderern um Nähe geht.«

»Ja, genau das meinte ich.«

»Warum musst du gerade jetzt daran denken?«

Rhapsody seufzte. »Ich kann mich der Frage nicht erwehren, warum du etwas mit einer Frau anfangen willst, die in deinem Leben eindeutig nichts anderes wäre als ein kurzfristiges Intermezzo, vor allem, wenn gleichzeitig noch so ein großes Risiko damit verbunden ist.«

»Ich habe keine Ahnung, was du damit meinst.«

Sie drehte sich um und starrte ihn an. »Nein? Vielleicht kann ich dich an ein paar Situationen erinnern, die du vergessen zu haben scheinst. Erstens kommen wir, wie ich bereits erwähnt habe, aus gänzlich unterschiedlichen Gesellschaftsschichten, ja, wir könnten kaum verschiedener sein. Daher kann dein Interesse an mir nur anhalten, bis du eine andere findest, die sich für dich besser als Lebenspartnerin eignet, eine Frau königlicher oder zumindest adliger Abstammung, denn sie muss ja irgendwann die Rolle der cymrischen Herrscherin erfüllen.«

»Du hast wirklich keine Ahnung, wie die Nachfolge funktioniert, Rhapsody.«

»Willst du mir damit sagen, dass du keinen Anspruch auf die Königswürde hast?«

Ashes Gesicht wurde ernst. »Nein, das nicht, aber ...«

»Und erwarten die anderen nicht auch, dass du eine passende Frau erwählst, die dann deine Königin wird?«

»Ja, aber ...«

»Na, da hast du es doch schon, Ashe«, stellte sie fest. »Unser Zeitplan für das nächste Jahr sieht so aus, dass wir den F'dor finden und töten und dann die Cymrer vereinen. Ich bin nicht sicher, wie lange es für dich danach noch angemessen wäre, unverheiratet zu bleiben, aber ich habe wohl schon des Öfteren erwähnt, dass ich mich um keinen Preis mit verheirateten Männern einlasse, auf gar keinen Fall, ohne jede Ausnahme. Daher wäre unserer Liebesbeziehung von vornherein nur eine sehr kurze Lebensdauer vergönnt. Ich bin nicht sicher, ob ich verstehe, warum es dann für dich die Zeit und Mühe lohnt – angesichts dessen, was du mir zum Thema Langlebigkeit gesagt hast.«

Ashe nahm den Ellbogen wieder vom Kaminsims und verschränkte die Arme. Von ihrem Standpunkt betrachtet, war ihre Logik unangreifbar, und daher war es im Augenblick vollkommen sinnlos, ihr zu widersprechen. »Du glaubst also, dass Liebe nichts wert ist, wenn sie nur kurz dauert?«

Rhapsody blickte zu ihm empor, und ihre Augen füllten sich mit Erinnerungen. Sie dachte an ihre Unterhaltung mit Oelendra über deren Ehemann. *In der kurzen Zeit, die wir gemeinsam verbrachten, liebten wir uns für ein ganzes Leben.* »Nein«, antwortete sie leise, aus Respekt vor diesem Gedanken. »Das glaube ich ganz bestimmt nicht.«

»Was dann?« Wieder spürte Ashe eine ihm wohl vertraute Verzweiflung in sich aufsteigen. »Was muss ich tun, damit du mir eine Chance gibst?«

»Eine Chance worauf?«

Am liebsten hätte Ashe sie geschüttelt. »Eine Chance, meinen Gefühlen entsprechend zu handeln, Rhapsody. Eine Chance, dich zu lieben und Zeit mit dir gemeinsam zu verbringen, eine Chance, zu dir so ehrlich zu sein, wie du es zu mir gewesen bist, dir von ganzem Herzen zu vertrauen, selbst wenn …« Er unterbrach sich, unfähig, den Satz zu vollenden.

»Selbst wenn was?« Ihre Stimme klang sanft, und als Ashe sie ansah, stand die gleiche Milde auch in ihren Augen.

»Selbst wenn du es nicht behalten möchtest.« Der Schmerz in seinem Gesicht und in seiner Stimme rührten sie tief, auf eine traurige Art, die ihr nicht fremd war. Aus Angst, sie könnte anfangen zu weinen, wenn sie ihn länger anschaute, senkte sie den Blick. Eine Weile verharrten sie so – Ashe sah Rhapsody an, Rhapsody betrachtete die tanzenden Schatten des Feuers an der Wand. Doch schließlich hob sie die Augen wieder.

»Du wärst also bereit, mit mir eine Liebesbeziehung einzugehen, obwohl du weißt, es wäre nur für eine kurze Zeit?«

»Ja. Ich wäre dankbar für jeden Augenblick mit dir, ganz gleich, wie kurz die Zeit auch sein mag. Ich weiß, dass für mich kein Preis zu hoch wäre.«

»Und das wäre genug?«

»Fall es nicht anders geht, ja. Wenn man sich etwas so sehr wünscht, ist man zufrieden mit allem, was man bekommt.«

Einen Moment schwieg sie nachdenklich, dann nickte sie, als hätte sie einen Ausweg gefunden. »Und welchen Teil von dir würdest du während dieses zeitweiligen Arrangements für dich behalten?«

»Keinen. Ich glaube nicht, dass ich fähig wäre, etwas vor dir zurückzuhalten, Rhapsody – und ich will es eigentlich auch gar nicht. Wir sprechen nicht über die Vergangenheit, weil es wehtut, aber wenn du es möchtest, dann tue ich es.« Sie schüttelte den Kopf. »Es gibt Dinge, von denen wir beide wissen, dass wir sie nicht miteinander teilen können, weil sie die Geheimnisse anderer sind. Aber ansonsten hätte ich keine Geheimnisse vor dir.« Freude stieg in ihm auf, als er sah, wie sich der Ausdruck in ihren Augen veränderte, und er preschte weiter vor.

»Ich weiß, dass die Vorstellung, von einem Drachen geliebt zu werden, erschreckend ist, vor allem, wenn man etwas über die Natur der Bestie weiß – wir neigen dazu, in höchstem Maße Besitz ergreifend zu werden. Aber es ist der menschliche Anteil in mir, der dich am meisten liebt, und der Drache würde uns nicht im Wege stehen, selbst wenn du irgendwann gehen willst.«

Voller Staunen schüttelte Rhapsody den Kopf. »Ich glaube, du siehst das ein bisschen verdreht«, meinte sie lachend. »Ich bin nicht diejenige mit den ganzen königlichen Verpflichtungen.«

Ashe lächelte. »Dann wirst du also darüber nachdenken?«

Rhapsody gab ihm das Bild zurück und wandte sich wieder zur Feuerstelle um. Lange schwieg sie, ganz in Gedanken versunken, doch Ashe war diese Momente der Stille gewohnt und wartete geduldig. Er wusste, dass Rhapsodys Gedanken in jeder Sekunde endlose Entfernungen zurücklegten und dass sie dann wirklich so weit weg war. Daher beschloss er, ihr die Frage später noch einmal zu stellen. Schließlich jedoch sagte sie: »Glaubst du, dass es so etwas gibt wie Seelenpartner? Du weißt schon – dass zwei Menschen zwei Hälften derselben Seele sind?«

»Ja.«

»Und bist du deiner Hälfte jemals begegnet?«

Einen Augenblick schwieg Ashe.

»Ja«, antwortete er endlich.

Rhapsody blickte auf, und zum ersten Mal seit einer ganzen Weile konzentrierten sich ihre Augen ganz klar auf ihn. »Wirklich? Darf ich fragen, was mit ihr geschehen ist?«

»Sie ist tot«, antwortete er mit schmerzverzerrtem Gesicht.

Rhapsody errötete betroffen. »Ashe, das tut mir sehr Leid.«

»Es war nicht nur das«, fügte er hinzu, unfähig, die Worte länger für sich zu behalten. »Sie ist gestorben in dem Glauben, ich hätte sie betrogen, weil ich mich nicht von ihr verabschiedet habe.«

Rhapsody wandte den Blick ab. Mindestens zum zweiten Mal an diesem Nachmittag wollte sie ihn in die Arme schließen und trösten. Ihr fiel wieder der Waldweg in Tyrian ein, und obwohl er jetzt von seinen Schmerzen geheilt war, hatte sie Angst, einen Fehler zu machen und ihm irgendwie wehzutun. Doch dann gestand sie sich die Wahrheit ein: Noch viel mehr Angst hatte sie davor, was mit ihrem eigenen Herzen geschehen würde.

Ashe blickte auf und sah, dass die sich abgewandt hatte. »Was ist mit dir?«, fragte er. »Glaubst du selbst denn an Seelenpartner?«

»Nein«, antwortete sie leise. Sie wünschte, sie könnte das Thema einfach fallen lassen, aber sie wusste, dass das unmöglich war. »Nun, ich habe es einmal gedacht, habe mich aber vollkommen geirrt.«

»Was ist passiert?«

»Oh, nichts Ungewöhnliches. Ich habe mich in jemanden verliebt, der mich nicht geliebt hat. Das Übliche eben.«

Ashe lachte laut und schüttelte den Kopf.

»Was?«, fragte Rhapsody ärgerlich. »Ist das so schwer zu glauben?«

»Wenn ich ehrlich sein soll – ja.«

Sie war bass erstaunt. »Warum?«

Ashe stellte das Bild der Firbolg-Kinder auf seinen Platz zurück und ging zum Sofa. Mit verschränkten Armen lehnte er sich dagegen und musterte Rhapsody, wie der Feuerschein auf ihren Zügen spielte, immer passend zu ihrer Stimmung. Jetzt brannten die Flammen ruhig, nur gelegentlich war ein Knistern oder ein Zischen zu hören.

»Rhapsody, falls du es noch nicht weißt – es gibt Männer, die dir nach dem ersten Blick ewige Liebe schwören. Sogar wenn du dich in einen Umhang hüllst und die Kapuze bis in die Stirn ziehst, gaffen die Männer so, dass sie gegen die Wand laufen, mit Ochsenkarren zusammenstoßen oder einfach mit offenem Mund stehen bleiben. Schon allein der Klang deiner Stimme bringt glücklich verheiratete Männer zum Weinen, vor lauter Kummer, weil sie dich nicht früher kennen gelernt haben. Und dein Lächeln – dein Lächeln erwärmt selbst das kälteste Herz, selbst das Herz jener, die seit Jahrzehnten allein und tief verletzt durch die Welt gegangen sind.

Trotzdem könnte ich wahrscheinlich einen Mann verstehen, der dich wegen dieser Dinge nicht liebt, denn sie betreffen nur dein Äußeres. Aber so schön dein Körper auch ist, er ist nur ein Abbild der Seele, die er beherbergt. Wie jemand dich wirklich kennen kann und nicht sein Herz an dich verliert, das übersteigt offen gestanden meine Vorstellungskraft. Ob du es nun begreifst oder nicht, Rhapsody, ich liebe dich wirklich, und nicht nur wegen deiner äußeren Erscheinung, sondern wegen der unendlich vielen widersprüchlichen Dinge, die dich ausmachen.«

»Was bedeutet das? Weshalb bin ich widersprüchlich?«

»Fast alles an dir ist ein Widerspruch, und ich liebe jeden davon. Ich liebe es, dass du Sängerin bist, aber dass die meisten deiner Lieder in einer Sprache geschrieben sind, die niemand versteht. Ich liebe es, dass du die Iliachenva'ar bist, aber ich hasse es, wenn du dein Schwert schwingen musst. Ich liebe es, dass du eine Jungfrau bist und doch die Reize und Betörungen einer Prostituierten zu kennen scheinst.« Rhapsody wurde rot, und Ashe musste rasch wegsehen, um ein Lachen zu unterdrücken.

»Möchtest du auch den Rest noch hören? Na gut, dann spitz die Ohren. Ich liebe es, dass du den wahrscheinlich scheußlichsten Tee kochst, den ich mir je einverleiben musste. Ich liebe es, dass dir bei traurigen Liedern immer noch Tränen in die Augen kommen, auch wenn du sie schon tausendmal gesungen hast. Ich liebe es, dass deine besten Freunde ein Halb-Bolg-Riese und die unangenehmste Kreatur sind, die ich je gesehen habe, dass sie unfassbar grob mit dir umgehen und du sie dennoch liebst wie Brüder. Ich liebe es, dass Essen für dich etwas ist, was du mit Musikinstrumenten vergleichst ...«

»Du hast aber gesagt, damit würde ich andere manipulieren«, warf Rhapsody ein.

»Unterbrich mich nicht. Ich liebe es, dass du einen besseren rechten Haken hast als ich und keine Angst, ihn einzusetzen, obwohl du gerade mal halb so groß bist wie ich. Ich liebe es, dass du die Ballade von Jakar'sid singst und beim Refrain immer den falschen Text erwischst. Ich liebe es, wie du dich um Jo kümmerst, als wäre sie ein kleines Mädchen, wo doch jedem klar ist, dass sie schon vor Jahren ihre Unschuld verloren hat. Und ich liebe es besonders, wenn du mir die Meinung sagst, selbst wenn ich sie nicht hören will.

Ich liebe es, dass du dir nicht vorstellen kannst, dass jemand eifersüchtig sein kann, weil du selbst keine Eifersucht in dir hast, ich liebe es, dass du glaubst, alle Frauen hätten die gleiche Wirkung auf Männer – dass du nicht einmal merkst, wie schön du bist. Ich liebe es, dass deine Schönheit – die fast alle anderen so bewundern und auch besitzen wollen – der Fluch deines Lebens ist.

Ich liebe es, dass du den Untergang deiner gesamten Welt überstanden hast, dass du unter Ungeheuern gelebt hast und anderen Leuten immer noch ehrenwerte Absichten unterstellst. Ich liebe es, dass du den Verstand einer Gelehrten besitzt, den Willen einer Kriegerin und das Herz eines kleinen Mädchens, das nur geliebt werden möchte, trotz allem anderen. All das liebe ich – ich liebe dich, und ich kann mir nicht vorstellen, wie jemand dich kennen lernen und dich nicht ebenfalls lieben würde – nicht für das, was du zu sein scheinst, sondern für das, was du bist. Wer dieser Mann auch gewesen sein mag, der dich so behandelt hat – auf alle Fälle war er der größte Esel aller Zeiten.

Aber vielleicht liegt darin ja schon die Antwort. Vielleicht versteht dich niemand außer mir so gut. Ich kenne dich, Rhapsody, ich kenne dich wirklich. Ich weiß, wie es ist, wenn man all die Menschen verliert, die man liebt, wenn man sie zurücklassen muss und weiß, dass sie bis ans Ende ihrer Tage nie erfahren werden, was aus einem geworden ist. Ich kenne diesen Kummer, wenn auch sicher nicht in der Tiefe, in der du ihn erfahren hast.«

Mit jedem Wort war Rhapsdoys Gesicht rosiger geworden, doch jetzt erblasste sie und drehte sich zum Feuer um, sodass sie Ashe den Rücken zuwandte, die Schultern ganz gerade. Der Drache in ihm spürte Tränen aufsteigen, aber der Damm in ihm war bereits gebrochen, und er konnte seine Worte nicht mehr zurückhalten.

»Ich weiß auch, was schlimmer ist - dass man das Gefühl hat, die Lücken, die im Leben zurückbleiben, nicht einmal mit neuen Freunden und neuer Liebe füllen zu können, aus Angst, das Gesicht zu zeigen. Das ist, glaube ich, der schlimmste Schmerz überhaupt.

Du bist eine Frau, die sich Nähe zu anderen wünscht, aber deine Schönheit zwingt dich dazu, dich unter einem Umhang zu verstecken, aus Angst vor den Folgen. Und dann ist da noch die Angst, ob die so wortreich versicherte Liebe echt ist oder von etwas anderem angetrieben - etwas so Unschuldigem wie blinder Verzückung über deine körperlichen Reize, oder etwas Finsterem, beispielsweise, dass jemand dich besitzen und deine Seele zerstören will.

Ich kenne diese Angst. Ich weiß vielleicht besser als alle anderen, wie es ist, hinter einer Maske zu leben, unerkannt, obwohl das Herz nach Anerkennung schreit. Es ist abscheulich einsam, auf eine Art, die man vorher nicht erwarten würde. Am liebsten möchte man allem den Rücken kehren und sich in irgendeiner Ziegenhütte verkriechen, aber das geht nicht. Das Schicksal lässt es nicht zu, und ich kenne das Gefühl. Ich weiß, wie es ist, unter Schmerzen zu leben, Rhapsody. Ich weiß, wie es ist, dieser Art von Heilung zu bedürfen. Und ich würde mein Leben dafür geben, um dir einen weiteren Augenblick davon zu ersparen.« Seine Stimme brach, und er schwieg.

Während er sprach, war das Feuer zu leise glimmender Glut heruntergebrannt; nun loderten ein paar Flammen empor, fanden neues Leben in noch unverbranntem Holz. Rhapsody wandte ihm ihr Gesicht wieder zu.

Dank seiner Drachensinne wusste Ashe, dass sie weinte, aber der Anblick ihrer Tränen traf ihn unvorbereitet. Nie war ihr Gesicht schöner gewesen, und sein Herz, das jetzt ganz war und frei von altem Schmerz, zog sich zusammen.

Doch sie lächelte unter Tränen, stand auf, stellte sich vor ihn und sah, vielleicht zum ersten Mal, auf ihn herunter. Vorsichtig berührten ihre Finger das kupferrote Haar, strichen ihm sanft die Strähnen aus der Stirn, voller Staunen. Wie an jenem Tag im Wald, als sie ihn zum ersten Mal ohne seine Tarnung gesehen hatte, funkelten ihre Augen, als sie seine Gesichtszüge in sich aufnahmen. Dann beugte sie sich vor und legte ihre Stirn an seine.

»Also«, sagte sie und schloss die Augen, »dann bist du auch gekommen, um mich zu heilen?«

»Eigentlich nicht«, antwortete Ashe. »Ich bin gekommen, weil du mich gerufen hast. Ich bin gekommen mit der Absicht, dir zu sagen, was ich wirklich fühle.« Im Licht des Feuers sah sie, wie er errötete. »Und wenn ich ganz ehrlich bin, wenn du meine tiefsten Wünsche erfahren möchtest, dann bin ich gekommen, um dich zu lieben.«

Wieder lächelte Rhapsody. »Das hast du gerade getan«, meinte sie leise.

Sie küsste ihn behutsam, trat dann zurück und schlug die Augen auf. In seinem Gesicht standen so viel Hoffnung, so viel Zuneigung und Furcht, dass es ihr schier das Herz brach. Er streckte die Hände nach ihr aus, und sie kam zurück in seine Arme und küsste ihn noch einmal.

Ashe merkte, wie seine Selbstkontrolle schwand. Die Wärme, die Süße ihres Munds berauschten ihn, ihm war schwindlig vor Freude. Er zog sie noch enger an sich und drückte ihren geschmeidigen Körper an seinen. Das Brennen in seinen Fingern, das eingesetzt hatte, als er seiner Drachennatur erlaubt hatte, sie zu spüren, kühlte bei der Berührung ab und verschwand. Doch am wunderbarsten war das Gefühl, endlich wieder ganz zu sein, ihr nichts mehr vormachen zu müssen, zu wissen, dass sie seine Gefühle kannte und ihnen ohne Angst begegnete. Und als er sich der Ekstase ihrer Umarmung hingab, erhob sich der Drache und wollte mehr von der Frau in seinen Armen spüren.

Ich möchte sie berühren.

Aber Rhapsody wich ein Stück zurück, schob ihn von sich und wandte sich ab, die Hände vors Gesicht geschlagen. Ashe konnte fühlen, wie jeder Muskel in ihrem Körper zu zittern anfing. Heiße Tränen tropften auf seine Hände, ihre Schultern waren hart vor lauter Anspannung, ihr Herz raste. Vor seinen Augen geriet sie völlig aus der Fassung.

»Ich kann nicht. Ich kann nicht. Ich kann nicht. Oh, es tut mir Leid, es tut mir Leid, aber ich kann nicht. Ich kann das nicht tun. Ich kann nicht. Es ist nicht richtig, es ist nicht gerecht. Ich kann nicht.«

»Gerecht wem gegenüber?«, fragte Ashe.

In sich fühlte er das Universum beben. Die Macht, die der Drache über die Naturgewalten besaß, begann sich zu erheben. Zwar verriet kein äußeres Anzeichen die innere Auseinandersetzung, aber in seiner Seele stand Ashe vor einem Abgrund und kämpfte verzweifelt gegen seine eigene Natur und gegen die Sehnsucht, die beide Teile gemeinsam hegten. Körperlich blieb er so ruhig wie möglich, doch er betete inbrünstig, dass Rhapsody ihn nicht anblickte, solange der Drache die Oberhand hatte, denn in seinen Augen hätte sie gesehen, dass er zu allem bereit gewesen wäre, um sie für sich zu gewinnen. All seine Sinne waren auf das ausgerichtet, was der Drache wollte, doch am Ende siegte der Mann in ihm. Die menschliche Seele sehnte sich noch viel tiefer nach ihr, als der Drache es jemals vermocht hätte, und der Mensch wusste, dass sie ihm ihre Liebe freiwillig geben musste, dass er sie sich nicht nehmen durfte. So wurde der Wyrm schließlich in die Unterwerfung gezwungen, und zurück blieb der Mann, menschlich und allein.

»Gerecht dir gegenüber«, antwortete sie mit tränenerstickter Stimme. »Du hast wirklich eine bessere Frau verdient, eine Frau, die deine Liebe erwidern kann. Eine, die ein Herz hat. Es tut mir Leid. Es tut mir so Leid.«

Ashe stand auf, ging zu ihr und stellte sich neben sie.

»Bitte dreh dich um«, sagte er.

Ihr Körper wurde starr, aber sie wich ihm nicht aus. Langsam gehorchte sie, sah zu ihm empor durch glänzende Haarsträhnen, die ihr übers Gesicht gefallen waren, mit dunklen Augen und zitterndem Kinn. Er hob die Hand.

»Darf ich dich berühren?«, fragte er leise.

Rhapsodys Augen wurden klar. Er dachte an sein Versprechen. Sie nickte.

Er streckte die Hand aus und streichelte vorsichtig ihre Wange, einer Tränenspur folgend. Ihre Augen schlossen sich bei seiner Berührung, und ihr Kopf neigte sich leicht seiner Hand entgegen. Seine Finger glitten weiter, die Linie ihres Halses hinunter, zu ihrem Kragen, dem Ausschnitt ihrer Bluse, dem er bis zu der Stelle zwischen ihren Brüsten folgte. Dort hielt er inne, ließ die Hand leicht auf ihrem Brustkorb ruhen, direkt über dem Herzen, und spürte es schlagen.

Scharf sog Rhapsody die Luft ein und stand zitternd unter seiner Berührung da. Sie wollte es, ein Teil von ihr wollte es. Und weil dieser Teil mit dem Feuer verbunden war, erhob er sich tief in ihrem Innern und floss in die blinden Flecken von Ashes Seele, denen das Feuer geraubt worden war. Langsam öffnete sie die Augen und schaute ihn an.

So standen sie einen Augenblick regungslos, ohne zu atmen. Ashe fühlte ihr Herz unter seiner Handfläche pochen und sah den verwirrten Ausdruck auf ihrem Gesicht, während widersprüchliche Gefühle in ihr kämpften.

»Für mich fühlt es sich an, als hättest du sehr wohl ein Herz«, sagte Ashe schließlich. Mit angehaltenem Atem sah er sie an, zitternd, verletzlich, aber nicht wehrlos, und er wollte sie. Als Ashe, als Gwydion, als Mann und als Drache wollte er sie. Nicht um sie zu bezwingen oder zu besitzen, sondern um sie zärtlich zu lieben und für sie zu sorgen. Er wollte sie und wartete voller Angst auf ihre Antwort. »Du hast ein Herz, Rhapsody. Warum vertraust du nicht auf das, was es dir sagt?«

Ihre Antwort war nur ein Flüstern: »Weil es lügt.«

»Du lügst niemals. Daher kann ein Teil von dir es auch nicht tun.«

»Dann hat es eine schrecklich schlechte Urteilskraft. Früher einmal habe ich ihm geglaubt, doch es hätte sich nicht schlimmer irren können.«

»Gib ihm noch eine Chance. Ich dachte, du glaubst an das Risiko.«

Er musste sich noch näher zu ihr beugen, um ihre leise Entgegnung zu verstehen. »Es ist zerbrechlich. Es würde nicht überleben, wenn es sich noch einmal irrte.«

Ashe nahm seine Hand von ihrer Brust und liebkoste wieder ihr Gesicht. »Du hast dich selbst zur Wächterin meines Herzens ernannt, Rhapsody. Warum machst du mich nicht zum Wächter des deinen? Ich verspreche dir, ich werde es beschützen.«

Rhapsody war schwindlig von dem Kampf, der um sie und in ihr tobte. Mühsam klammerte sie sich an das, was sie für die Wirklichkeit hielt, und ihre Augen suchten Halt in den seinen. Sie schienen so fremd und doch menschlicher als je zuvor, und die Tiefe, die sie in ihnen gewahrte, setzte sie in Erstaunen. *Wie konnte ich mich so in ihm irren?*, fragte sie sich und dachte unwillkürlich daran, wie sie sich auf ihrer Reise gekabbelt hatten, wie er sofort auf Distanz gegangen war, wenn sie etwas über ihn zu erfahren versucht hatte, was ihre platonische Form des Trostes gewesen war. *Ich habe ihn überhaupt nicht gekannt.*

Er war genauso widersprüchlich wie sie – schön und fremdartig, Jäger und Gejagter, Drache und Sterblicher, Lirin und Mensch; er hatte sie von sich weggestoßen und sich doch die ganze Zeit über gewünscht, sie würde näher zu ihm kommen. Und auch sie hatte Dinge über ihn gewusst, bevor sie sich kennen gelernt hatten; sie hatte gewusst, dass er noch lebte, während die ganze übrige Welt ihn für tot hielt. Warum?

Während ihre Gedanken diese Frage hin und her wälzten, fühlte sie tief in sich etwas erwachen, das viele Jahre lang weggeschlossen und vernachlässigt worden war. Zuerst fühlte sie es als ein Tröpfeln, als hörte sie mit einem Mal das Plätschern eines Baches, der doch die ganze Zeit in der Ferne vorbeigeflossen war. Dann überwältigte es sie mit einer größeren Kraft, als sie es je für möglich gehalten hätte. Sie ertrank in Sehnsucht, in Schmerz und Begehren – und in noch etwas anderem, etwas Seltsamem und Wunderbarem und lange Verdrängtem.

Eine Flut von Gefühlen riss sie mit sich fort, zu schnell, um in Gedanken mit ihnen Schritt halten zu können, und die ganze lyrische Schönheit ihrer Talente als Sängerin, als Benennerin ließ sie im Stich. Übrig blieb nur die aufrichtige, wenig poetische, aber inständige Bitte einer verletzlichen Frau.

»Bitte sei, was du zu sein scheinst. Bitte, bitte tu mir nicht weh.«

Tränen brannten in Ashes Augen. »Ich bin der, der ich zu sein scheine. Und ich werde dir niemals wehtun.«

Und dann lag sie wieder in seinen Armen, ihre Tränen mischten sich mit seinen, und sie hielt ihn fest, als hinge ihrer beider Leben davon ab.

Das Element des Feuers in ihr fand den Weg in die dunklen Stellen seines Wesens, die keine Wärme mehr gespürt hatten seit der Nacht, in der seine Seele aufgerissen worden war, und drang vor bis zu seinem verwundeten Herzen. Die Flammen erfüllten die leeren Teile seiner Seele, und er spürte, wie sie heil wurden, wenigstens für eine Weile.

Dann plötzlich pressten sich ihre Lippen auf die seinen, aus freien Stücken, und als sich ihr Kuss zu berauschender Dunkelheit vertiefte, kam der Drache wieder zum Vorschein, von dort, wo er ihn festgehalten hatte, um das Wunder zu spüren, diese Frau.

Ich möchte es berühren.

Ja.

Seine Wahrnehmung erweiterte sich, und er spürte, wie ihre Tränen versiegten, ihr Atem sich entspannte und ihre Abwehr nachgab. Seine Hände glitten über ihren Körper, und der Drache konnte jede Stelle fühlen, an der die Berührung ihr gefiel. Er genoss all die winzigen Einzelheiten, die der Drache erspürte, und ließ sich ganz darauf ein.

Schweißtropfen bahnten sich einen Weg über ihren Rücken; ihre Muskeln wölbten sich fließend, wenn sie sich in seinen Armen bewegte. Ihre Bluse verhakte sich in seiner Umarmung, und der gezerrte Stoff gab am Saum nach, Faden um Faden. Im Nebenzimmer wurde ein Riss in einer Holzdiele ein winziges bisschen breiter, als sie sich bewegten.

Das Dunkelgrün von Rhapsodys Augen wandelte sich in ein leuchtendes Smaragd. Sie atmete tief ein; im Kamin loderte und knisterte das Feuer, sodass Funken in den Schornstein hinaufsprühten, wo sie in den Backsteinen hängen blieben und leise vor sich hin glühten.

Ströme und Strudel von Energie flossen durch den Raum, kreisten um sie und um das uralte Wissen, das sie hüteten – Musik, Feuer, Zeit, Drachenweisheit –, wurden in ihre Leidenschaft hineingesogen und als sprudelnde Essenz in einem einzigen Atemzug wieder entlassen. Schneller, wilder, aber richtungslos, so wirbelte es durch die Luft, über das Land, über das Wasser, das widerhallte. Die Grotte wurde lebendig von all der Energie, wie seit unzähligen Jahrhunderten nicht mehr, seit der Krieg begonnen hatte.

Im See sprang ein Fisch; sanft breitete sich das Geräusch in der Höhle aus, wurde von den Felswänden zurückgeworfen und ertrank im Rauschen des Wasserfalls. Überquellend stürzte er sich in den Teich, und aus seiner Musik entstand der Dunst, in dem das Mondlicht sich zu einem kaum sichtbaren Regenbogen brach; Myriaden von Schwingungen stoben in alle Richtungen und verbargen diesen Ort sicher vor den neugierigen Augen ihrer Verfolger. Das aufgewühlte Wasser schlug mit seinen Wellen ans Ufer der kleinen grünen Insel, auf der das Haus stand, und aus dem Schornstein stieg Rauch auf, Rauch von dem Feuer, das von Rhapsodys wachsender Leidenschaft angefacht wurde.

Rhapsody, deren Körper Feuer und Hitze ausstrahlte und deren sanfte Stimme selbst dann noch musikalisch klang, wenn sie beim Küssen nach Atem rang. Rhapsody, auf deren Rücken noch die Striemen vom Kampf mit dem Rakshas zu sehen waren. Deren Herz pochte, dass ihr Blut schneller floss unter den Bewegungen seiner Hände auf ihrem Körper. Rhapsody, die Frau, die er geliebt hatte von dem Augenblick an, als er sich ihrer bewusst geworden war.

Ashe löste das Band aus ihrem Haar und fühlte mit geschlossenen Augen jede Strähne, die nun über ihre Schultern fiel, bis hinunter zu ihrer Taille. Dann nahm er ihr Gesicht zwischen die Hände und sah sie an. Das Licht funkelte in ihren Augen, die ihn musterten, und das Feuer zauberte Leben in ihr Haar. Sie atmete tief ein und hielt die Luft an; ihr Mund war leicht geöffnet, aber sie sagte nichts.

Wieder küsste er sie, und seine Hände wanderten ganz von selbst zu den Stellen, an denen sie sich seine Berührung wünschte. Sie tat das Gleiche, streichelte sanft über seine Schultern und ließ die Hände dann auf seiner Brust ruhen, sodass er ihre Hitze fühlte. Dann berührten sie unter seinem Hemd behutsam seine Haut und die Narbe, die ihm bis zu dieser Nacht solche Schmerzen bereitet hatte.

Ashe strich ihr übers Gesicht und ließ die Finger langsam im schimmernden Wasserfall ihrer Haare verschwinden, bewegte sie durch die glänzenden Locken, die noch seidiger waren, als er es sich vorgestellt hatte. Schauer durchliefen seinen ganzen Körper, seine Erregung war inzwischen nahezu unerträglich. Dann glitten seine Hände unter ihre Bluse, unter das Spitzenhemd, und seine Finger spielten behutsam mit ihren Brüsten, genossen ihre weiche Festigkeit. Er spürte, wie sie zitterte, und seine Lippen suchten ihre Halsbeuge, sogen den Duft ihrer Haare, ihrer Haut ein. Auch Rhapsody fuhr mit den Händen durch sein kupferrotes Haar, voller Staunen, dass es so weich war, wo es doch so metallisch wirkte. Ihre Finger schlangen sich um die schimmernden Locken und hielten sie fest, während er ihren Hals mit Küssen bedeckte.

Nun umkreiste Ashes Hand ihre Taille, liebkoste ihr Kreuz, während er vorsichtig ihre Rockbänder löste. Als das letzte Band gelockert war, umfasste er ihre Mitte und hob sie hoch, sodass der Rock zu Boden glitt. Lächelnd schaute Rhapsody auf Ashe herab, während sie sich an den Bändern seines Hemds aus feinem Wollstoff zu schaffen machten; er wartete, bis sie fertig war, ehe er sich aufrichtete, um erneut ihren Mund zu küssen.

So bewegten sie sich in einem wortlosen Tanz und befreiten sich gegenseitig von ihren Kleidern. Beim Anblick seiner nackten Brust traten Rhapsody abermals Tränen in die Augen, doch das geschwärzte Fleisch und die wulstige Narbe waren verschwunden und an ihrer Stelle schimmerte neue, verheilende Haut, nicht anders als auf ihrem Bein. Überwältigt wandte sie sich ab, doch Ashe nahm sie in die Arme, drückte sie fest an sich, und beide feierten so seine Befreiung von den grausigen Schmerzen.

Sie griff in ihren Nacken und öffnete den Verschluss des Medaillons, hielt das Kettchen aber einen Augenblick fest in der Hand, ehe sie es auf den Tisch neben dem Sofa legte. Mit den Lippen liebkoste Ashe ihren Nacken, dann drehte er sie behutsam um, blickte in ihre Augen und sah zum ersten Mal, dass sie sein eigenes Hochgefühl erwiderte.

Erneut umarmten sie sich, und während sie langsam zu Boden sanken, entledigten sie sich der letzten Kleidungsstücke. Er beugte sich über sie, entzog sich einen Moment ihrer Umarmung und nahm mit den Augen die Formen wahr, die seine Drachensinne bereits so gut kannten. Ein Strahlen ging von ihr aus; sie war vollkommen, und ihre Haut leuchtete, wie er es sich in seinen schönsten Träumen nicht hätte ausdenken können.

»Du bist schön«, sagte er, mit vor Ehrfurcht heiserer Stimme. »Wunderschön.«

Lächelnd erwiderte Rhapsody: »Ich bin froh, dass du das findest«, und strich ihm sanft übers Gesicht. Ashe schloss die Augen und nahm ihre Hand in seine, küsste erst sie, dann ihre Armbeuge und verlor sich ganz in ihr. Hinter ihnen loderte das Feuer, und sie liebten sich auf dem Boden von Elysian.

Nach einer Zeit nahm er sie hoch und trug sie zum Bett, wo sie sich weiter in den Armen lagen, bis die Nacht dem neuen Tag wich und die Flammen zu schläfrig glühenden Kohleresten heruntergebrannt waren, die auf dem Rost glommen wie feurige Edelsteine und Wärme aus dem Zimmer in den Nebel hinaufschickten, der über dem stillen See wirbelte.

In der Nacht erwachte Ashe und fühlte in der Dunkelheit ihren Kopf ganz nah bei seinen Lippen; sanft schlafend lag sie auf seiner Brust. Der Drache hatte sich um ihre Träume gelegt und schützte sie vor Albdrücken; ganz ruhig lag sie da und atmete leicht und tief. Er hauchte ihr einen Kuss aufs Haar, zog sie noch näher an sich und vergrub das Gesicht an ihrem Hals. Mit einem tiefen Atemzug sog er ihren Duft, die Wärme und Süße ihrer Haut tief in sich ein.

Im Schlaf fühlte Rhapsody warme Tränen in der Schulterbeuge und Ashes heißen Atem. Als sie fühlte, wie er erschauderte, drehte sie sich schläfrig auf die Seite, schlang die Arme um seinen Hals, zog seinen Kopf an ihre Brust und wiegte ihn wie ein Kind, um ihn vor den Dämonenträumen zu beschützen, die ihn vielleicht geweckt hatten.

Aber Ashe war nicht unglücklich; er vergoss Tränen der Dankbarkeit, Dankbarkeit darüber, dass dieses Mal der Traum, den er in den Armen gehalten hatte, Wirklichkeit gewesen und immer noch bei ihm war, als er erwachte. Seine Lippen strichen über ihre Schulter und weiter zu ihrer Brust; mit seinem warmen Mund liebkoste er die zarte Haut und spürte, wie sie sich unter seiner Berührung regte und auf ihn reagierte.

Ashes Kuss wurde inniger, und er ließ seine Fingerspitzen über ihre Seite hinaufwandern. Sehnsucht erfüllte ihn, Sehnsucht, ihr Freude zu bereiten, sie so glücklich zu machen, wie sie ihn gemacht hatte. Träge streckte sie sich, und während sie sich räkelte, glitt seine Hand sanft über ihren schlanken, flachen Bauch und kam auf ihrem Bein zur Ruhe, das leise zitterte, als er es berührte.

Im Halbschlaf seufzte sie auf, ein leiser, musikalischer Laut, der ihn noch mehr in Erregung versetzte. Ungeduldig wartete er, dass sie erwachte, aber ihre Augen blieben geschlossen und ihre Arme schläfrig um seinen Hals geschlungen, während ihre Finger gedankenverloren die Haare in seinem Nacken streichelten. Offensichtlich schlief sie wirklich.

Was sollte er jetzt tun? Sein Verlangen nach ihr wuchs von einem Moment zum nächsten, aber der Drache wusste, dass sie müde war, erschöpft von der emotionalen Anstrengung des gestrigen Abends und von der Heftigkeit der körperlichen Liebe, die auf dem Boden vor dem Feuer bei Sonnenuntergang ihren Anfang genommen und bis lange nach Mitternacht gewährt hatte. Sie hatte ihn auf eine Art befriedigt, die er sich nicht einmal hätte träumen lassen; doch sie war unwiderstehlich, und je mehr er von ihr bekam, desto mehr wollte er. Nun aber war ihre Energie verausgabt, und sie schlief tief und fest, während ihr Körper neue Kraft schöpfte.

Er dachte daran, sie noch einmal zu lieben, so, dass er ihr etwas von der Freude zurückgeben konnte, die sie ihm bereitet hatte, aber dann sah er ihr ins Gesicht und beschloss, es lieber nicht zu tun. Die Erschöpfung hatte sie an sich gerissen wie ein übereifriger Liebhaber, und ihr Schlaf war ungestört von den Träumen, die sie sonst so ängstigten. Zum ersten Mal, seit er sie kannte, schlief sie vollkommen in Frieden. So schluckte er sein Bedürfnis herunter, auch wenn es ihm schwer fiel, und schloss sie in die Arme, wachte über ihre Träume und ihre Ruhe. Er konnte warten.

In der grauen Morgendämmerung, die dem Sonnenaufgang vorausging, erhob sich Ashe in der unterirdischen Höhle aus dem Bett, leise und vorsichtig, um Rhapsody nicht zu wecken. Seine Füße zuckten vor der Kälte des Fußbodens zurück, als er zur Feuerstelle schlich, wo der Drache das Zeichen gespürt hatte. Er wusste, was es war, doch er wollte es trotzdem sehen, mit seinen eigenen, nicht ganz menschlichen Augen. Auf dem Boden waren Blutstropfen, Rhapsodys Blut, Blut, das in Leidenschaft vergossen worden war.

Natürlich hatte er gewusst, dass sie unberührt war; der Drache hatte es von Anfang an gefühlt. Es waren drei Tropfen – wie bei Emily, drei Tropfen. Zweifellos ein Omen, auch wenn er es nicht deuten konnte. Ihm entging nicht, dass sie sich im Haus seiner Großmutter befanden, und auch ihr Amt als Seherin der Vergangenheit konnte nicht bedeutungslos sein. Drei Blutstropfen, genau wie Emily. Ein Zeichen für zukünftige Dinge oder dafür, dass etwas Vergangenes nun vollendet war?

Ashe wandte sich wieder zum Bett um und betrachtete Rhapsody, die noch immer sanft schlief. In ihrem Gesicht war keine Spur von Bedauern oder Furcht; ihre Träume schienen glücklich zu sein. Mit einem melancholischen Lächeln verließ Ashe das Zimmer und ging die Treppe hinunter in die Eingangshalle, wo sein Umhang am Haken hing. Er griff hinein, fühlte die kühle Feuchte des Nebels und zog einen kleinen, silbernen Gegenstand heraus, den er dort seit Jahren aufbewahrte. Den Umhang ließ er zurück, trat aus dem Haus und wanderte hinunter ans Ufer des Sees.

Dort stand er und lauschte, wie das Wasser von Anwyns Hütte mit dem Wasser seiner Seele sprach, während er den silbernen Gegenstand fest in der Hand hielt und über das Omen der Blutstropfen nachgrübelte. Er schloss die Augen, atmete tief ein, schloss die Hand fester um das silberne Etwas, beugte sich dann zurück und warf es in den See der Grotte.

»Lebe wohl, Emily«, flüsterte er und blieb noch einen Augenblick regungslos, mit Tränen in den Augen, stehen.

Als Rhapsody erwachte, wusste sie sogleich, dass Ashe nicht mehr im Bett war, aber mit der gleichen Gewissheit wusste sie auch, dass er sich ganz in ihrer Nähe aufhielt. Sie fühlte seine Anwesenheit so sicher wie sie seinen Atem gehört hatte, als er neben ihr im Bett gelegen und geschlafen hatte. Und obgleich all das, was geschehen war, sie verwirrte, war sie glücklich, dass er bei ihr war.

Rasch zog sie eine Decke um sich, stand auf und ging ohne Zögern zum Fenster. Sie wusste, dass sie ihn von hier aus sehen würde. In der Ferne konnte sie denn auch seine Gestalt ausmachen, nackt und in den Nebel des Sees gehüllt starrte er ins Leere - was er dort sah, konnte sie nicht ahnen. Ihre Haut prickelte, und ihr war klar, dass der Drache ihre Bewegung ebenso zweifelsfrei fühlte wie sie seine Anwesenheit einen Augenblick zuvor. Der Gedanke war tröstlich.

Bei seinem Anblick wurde ihr Herz von einer Melancholie ergriffen, die sie erst nicht erkannte, obgleich sie sie schon früher gespürt hatte. Seit einiger Zeit begleitete sie dieses Gefühl, und ihr wurde bewusst, dass sie es in den letzten Monaten immer dann verspürt hatte, wenn sie an Ashe gedacht hatte. Erst jetzt verstand sie es, denn es war lange her, seit sie etwas Ähnliches gefühlt hatte.

Welch ein seltsamer Mann du bist, Ashe, dachte sie. Manchmal war er so unangreifbar wie ein sprungbereiter Drache, doch jetzt sah er aus wie ein verlorenes Kätzchen. Was immer er war, zum Guten oder zum Schlechten, er besaß ihr Herz, das Herz, das sie verloren geglaubt hatte. Jetzt gab es kein Zurück mehr.

Unten am Ufer fröstelte er und rieb sich mit den Händen über die Arme, als wollte er sich wärmen. Rhapsody fasste sich ein Herz und lief zu ihm, sprang die Stufen hinab, riss die Tür der Hütte weit auf und rannte hinunter an den Strand. Ohne ihren Schritt zu bremsen, umarmte sie ihn von hinten und legte ihm ihre Decke um die Schulter.

Ashe wandte sich um und lächelte auf sie herab, dann zog er sie zu sich unter die Decke. Sanft küsste er sie auf den Kopf und versuchte zu entscheiden, was mehr strahlte – ihr Haar oder ihr Gesicht.

»Gut geschlafen?«

»Sehr gut, danke«, antwortete sie. »Ich habe etwas entdeckt und dachte, du solltest es wissen.«

»Ja?«

»Ich liebe dich auch. Und das weiß ich ganz sicher.«

Seine Antwort war ein tiefer, langer Seufzer, der mehr sagte als tausend Worte.

Rhapsody legte ihre Hände auf seine Brust, und dort am Ufer des Sees hielten sie einander fest, bis die Morgendämmerung der hellen Sonne gewichen war. In dem grünen Licht, das durch die Büsche über dem Firmament hineindrang, sah die Grotte aus, als läge sie in einem tiefen Wald.

Und obwohl es allen Gesetzen der Wahrscheinlichkeit widersprach, wurde in diesem Augenblick ein kleiner silberner Gegenstand unbemerkt ans Ufer der Insel gespült.

39

»Kläre deine Gedanken. Entspanne deine Haut. Konzentriere dich auf den Rhythmus deines Herzens.«

Achmed schloss die Augen im heftigen Wind, der die riesige, hallende Kammer durchwehte. Er stand im Kreis der Lieder und spürte, wie sich der Staub, der in der toten Luft hing, auf seiner bloßen Haut niederließ.

»Atme aus. Stoße dein *kirai* mit dem Atem aus.«

Achmed gehorchte; er hatte diese Technik vor jeder Jagd in der alten Welt eingesetzt. Genau genommen kannte er sie schon seit seiner Geburt und hatte sie unter Vater Halphasions Anweisung vervollkommnet; sie war ein notwendiger Schritt in dem Prozess, mit dem er die Routinerhythmen eines Körpers ausblendete - das klopfende Herz, die Wellen des Atems, der Strom der Luft in den Nasenhöhlen, das unendliche Flüstern nachwachsender Haut -, sodass Leere und Schweigen einkehrten, die mit den Lebensrhythmen desjenigen gefüllt werden konnten, den er suchte.

Obwohl er nackt war, spürte sein Körper nicht die Kälte des mächtigen Abgrunds, der sich um ihn und über ihm erstreckte. Sein Hautgewebe, das komplexe Netz aus Venen und Nerven, welches sein Gesicht und seinen Hals überzog, summte entspannt, für einen Augenblick vom Blutfluss befreit.

Langsam schwang das große Pendel der Uhr durch die Dunkelheit. Weit hinter seinen Lidern vernahm Achmed die Bewegung, hörte er das Schwirren der Schnur aus Spinnenseide. In dem Gewicht am Ende des Pendels mit dem diamantenen Käfig - brannte die Essenz des in der Schlacht von Marincaer gefangenen F'dor-Geists. Achmed fühlte seine schwelende Wut, spürte, wie sein Zorn wuchs, wenn das Pendel auf ihn zu schwang, und sich wieder zu einem Flüstern dämpfte, sobald es sich entfernte, wie ein Funke eines Lagerfeuers, der in die dunkle Nacht aufsteigt. Er empfand kalte Genugtuung.

»Lass dein Ich sterben.« Die kratzig zischende Stimme der Großmutter knisterte in der leeren Höhle. Achmed gehorchte und fühlte sich plötzlich kalt, keine Schwingungssignatur ging von ihm aus. Er war so grau wie die Felswände der Höhle. Auch das hatte er zuvor schon gemacht.

»Wenn du dich selbst unterworfen hast, dann versuche die Essenz dessen einzufangen, was du suchst. Befiehl ihm innezuhalten.«

Langsam atmete Achmed aus und löste sich wieder von seinem *kirai.* Sein Hautgewebe summte, wobei es diesmal ein Netz von Schwingungen bildete, die von seinem Körper aufstiegen wie Nebeldunst vom Meer, gebunden an die Stirnhöhlen über seinen Augen. Er atmete wieder, seine Kehle begann zu vibrieren und drückte das unsichtbare pulsierende Netz noch höher in die schwere Luft.

Als das Pendel das nächste Mal vorüberschwang, konzentrierte er sich blind auf die wilde Hitze im Innern des Diamantgewichts und hielt die rechte Hand empor. *Zhvet,* dachte er. *Halt.* Das Netz der Schwingungen dehnte sich aus um die Hitze, zog sich dann plötzlich zusammen und fing die bösartige Essenz in einer unsichtbaren Schlinge ein.

Wie ein Fisch am Haken, so schnappte und zappelte der Dämonengeist und brüllte vor Wut, dass man ihn gefangen hatte. Das Pendel erstarrte und hing über dem Abgrund in der Luft. Nun erhob Achmed die linke Hand.

»Rufe in Gedanken alle vier Winde herbei«, wies ihn die Großmutter mit leiser Stimme an. »Singe die Namen und verankere dann jeden an einem deiner Finger.«

Bien, dachte Achmed. Nordwind, der stärkste der Winde. Er öffnete seine erste Kehle und summte den Namen, dessen Klang durch seine Brust und die erste Kammer seines Herzens hallte. Dann hielt er den Zeigefinger hoch; die empfindliche Haut der Fingerspitze prickelte, als ein Luftzug sich um sie legte.

Jahne, flüsterte er in Gedanken. Südwind, der beharrlichste. Mit seiner zweiten Kehlöffnung rief er den nächsten Wind und stellte seine zweite Herzkammer zur Verfügung. Um seinen größten Finger spürte er die Verankerung einer zweiten Luftschnur. Als beide Schwingungen klar und stark waren, machte er weiter, öffnete die beiden anderen Kehlen und die beiden anderen Herzkammern. *Leuk*. Der Westwind, der Wind der Gerechtigkeit. *Thas*. Der Ostwind. Der Wind des Morgens, der Wind des Todes. Wie Fäden aus Spinnenseide hingen die Winde jetzt um seine Fingerspitzen und verharrten.

Zufrieden stellte die Großmutter fest, dass die Windsymbole am Rand des Kreises der Lieder glühten. Vier Töne in einem, dem Mono-Ton. Achmed war bereit. Nun war es Zeit für die wahre Prüfung.

»Jetzt das Binden«, sagte die Großmutter. »Und Schneiden.« Dies war der schwierigste Teil des Rituals für Achmed; da er ein Mischling war, hatte seine Physiologie nicht die anatomische Struktur, die es einem Vollblut-Dhrakier erlaubte, mühelos die Bande des ersten Netzes zu lösen und es den Winden allein zu überlassen, den Käfig aufrechtzuerhalten, den er gebildet hatte. Zusammen mit der Großmutter hatte er viele Stunden daran gearbeitet, eine andere Methode zu finden, mit der er diesen wichtigen letzten Schritt des Bann-Rituals ausführen konnte.

Jetzt konzentrierte er sich auf den rückwärtigen Teil seiner ersten Kehle. Er atmete ein und drückte die Luft über den Gaumen nach oben. Ein harter fünfter Ton schnitt durch den Mono-Ton der anderen: Achmed spürte, wie die Schnüre an seinen Fingern erschlafften. Rasch schnalzte er mit der Zunge, womit er die Enden des Windkäfigs losband und es seinem ersten Netz gestattete, sich aufzulösen. Dann drückte er den Daumen nieder, um den Windfaden über dem zappelnden Geist zu spannen.

Der Kampf war augenblicklich zu Ende, das Diamantgewicht zuckte und erstarrte. Der Damönengeist war gefangen im Zusammenfluss der vier Winde unter dem Befehl eines Dhrakiers, dem Sohn des Windes. Langsam drehte Achmed die Hand und wand den Faden darum wie eine Drachenschnur. Als das Band gesichert war, zog er daran und fühlte, wie der widerstrebende Geist mit jeder Drehung seiner Hand näher kam. Achmed öffnete die Augen.

Eine Armlänge entfernt hing die Schnur aus Spinnenseide in der Luft. Das Gewicht, der walnussgroße Diamant mit dem Dämonengefängnis in seinem Innern, schwebte in Augenhöhe vor ihm. Achmed sah die Großmutter an. Sie nickte.

»Du bist nicht länger einer der Ungeübten«, sagte sie. »Du bist bereit. Jetzt, da du das Bannritual gemeistert hast, müssen wir dich auf die Jagd vorbereiten.«

Ganz still stand Achmed da, während die Großmutter die Decken über das Erdenkind zog und sanft dessen Hand freigab. Schon seit Stunden schien er hier gewacht zu haben, hatte stumm beobachtet, wie die Matriarchin versucht hatte, die Angst des Kindes zu beschwichtigen. Immer wieder hatte es sich von einer Seite auf die andere geworfen, ohne auf die Bemühungen der Großmutter anzusprechen, ohne sich trösten zu lassen.

»Sssschhh, ssschhh, meine Kleine, was beunruhigt dich denn so? Sprich, dass ich dir helfen kann.«

Doch das Kind hatte nur heftig den Kopf geschüttelt und nur ein paar Worte gemurmelt.

»Grüner Tod‹«, wiederholte die Großmutter. »Schmutziger Tod.‹ Was meint sie nur damit? Sprich, Kind. *Bitte.*« Aber die einzige Antwort war das Schluchzen, das ruhelose Umherwerfen. Wütend biss Achmed die Zähne zusammen.

Schlimm genug, dass Rhapsody sich auf Gedeih und Verderb für Llaurons Sohn entschieden hatte – seiner Ansicht nach war der Fürbitter immer noch der wahrscheinlichste Wirt des F'dor. Aber noch mehr setzte ihm zu, dass sie seit fast einer Woche nicht mehr im Kessel gewesen war, wenngleich sie durch die Akustik der Laube die Nachricht geschickt hatte, dass alles in Ordnung sei. Jetzt, da Achmed das gequälte, sich windende Kind betrachtete und die Verzweiflung der Großmutter in seiner Haut spürte, konnte er sich nur mit Müh und Not zurückhalten, dass er nicht in ihr verdammtes Herzogtum einmarschierte, Ashe auf der Stelle tötete und Rhapsody an den Haaren in die Kolonie zurückschleifte. *Sie sollte hier sein,* dachte er bitter. *Wenn sie das sehen könnte und trotzdem noch bei ihm bleiben wollte ...*

Bittere Galle drang ihm bis in den Mund. Er verscheuchte den Gedanken, denn er wollte ihn nicht bis ans Ende denken, das Ende, das ihn in seinen Träumen verfolgte.

Schließlich beruhigte sich das Kind ein wenig. Die Matriarchin der toten Kolonie strich mit einer letzten zarten Liebkosung über die steingraue Stirn und löschte dann das Licht, indem sie den Pilz unter dem Absatz zerdrückte. Mit einem Kopfnicken deutete sie zur Tür der Kammer, und Achmed folgte ihr hinaus auf den Korridor.

»Ihre Furcht wächst«, sagte die Großmutter.

»Hat sie eine Ahnung, warum?«

»Falls sie es ahnt, vermag sie kein Bild davon formen, das ich verstehen könnte. Ihre Gedanken flüstern immer nur eins: ›Grüner Tod, schmutziger Tod‹.«

Achmed atmete hörbar aus. Er hatte keine Geduld für Rätsel, auch das war Rhapsodys Spezialgebiet. *Sie sollte hier sein,* wiederholten seine Gedanken voller Wut.

»Was kann ich tun?«, fragte er und warf einen Seitenblick auf das rußverschmierte Relief auf der Wand gegenüber. Es war ein geometrisches Muster, das vor der Zerstörung der Kolonie einmal eine Art Landkarte dargestellt hatte, wie viele der Bilder, welche die Wände schmückten.

Die schwarzen ovalen Augen der Großmutter betrachteten ihn ernst.

»Bete«, antwortete sie.

In einem üppigen Tal in den Krevensfeldern wand sich Nolo in der Nachmittagshitze. In den ganzen zehn Sommern seines Lebens konnte er sich an keinen enttäuschenderen Tag erinnern. Die Elritzen waren zu flink gewesen, die Sonne zu grell, ihm war viel zu heiß, und er war so hungrig, dass er nicht länger hier ausharren konnte. Also zog er seine Angelschnur aus dem Wasser und kniff die Augen zusammen, weil ihn das vom Teich reflektierte Sonnenlicht blendete.

»He, Fenn«, rief er, während er die Schnur um seine Hand aufwickelte, aber der kleine Hund war anderweitig beschäftigt. Bestimmt jagte er mal wieder Grashüpfer.

Nolo stand auf, schüttelte den Dreck von seiner Angelschnur und steckte sie dann in die Tasche. Der Beutel, der sein Frühstück beherbergt hatte, war schon seit Sonnenaufgang leer; er untersuchte ihn trotzdem, für den höchst unwahrscheinlichen Fall, dass sich doch eine Brotrinde oder eine Ecke Käse irgendwo versteckt hätte. Aber so gründlich er ihn auch inspizierte, er war genauso leer wie sein Magen.

»Fenn!«, rief er noch einmal und spähte angestrengt über die Wiese jenseits der Bäume des kleinen Tals. Da bewegte sich etwas im Hochgras, und er hörte ein Rascheln. *Dummer Köter*, dachte er und stopfte den Beutel zu der Angelschnur in die Tasche.

Das Gras piekte an seinen bloßen Füßen, als er aus dem Schatten des Tals trat; ihm kam es vor, als zitterte der Boden ein bisschen. Nolo sah sich um. Niemand war zu sehen, aber auf einmal spürte er den kalten Griff der Angst, obwohl er keine Ahnung hatte, warum.

»Fenn, wo bist du?«, brüllte er mit sich überschlagender Stimme. Als Antwort hörte er ein angestrengtes Keuchen ungefähr einen Steinwurf entfernt, und einen Augenblick später durchbrach Fenns hohes Gebell die feuchte Luft. Mit einem Seufzer der Erleichterung trottete Nolo durch das Gestrüpp zu seinem Hund. Als er die kleine Anhöhe erreichte, sah er, was den Hund so fasziniert hatte.

Auf einem Zweig, einer dicken, schwarzen Ranke mit langen spitzen Dornen, die schärfer aussahen als die eines Brombeerbuschs, steckte der Kadaver eines Kaninchens. Neugierig riss Nolo die Augen auf. Da musste der Hund dem Kaninchen aber einen Mordsschrecken eingejagt haben; danach zu schließen, wie ihm der große Dorn aus der Brust ragte, war es mit einem Riesensatz rückwärts gehüpft. Sonst hätte man fast annehmen müssen, es wäre in mörderischer Absicht von hinten erdolcht worden - aber so etwas war ja nicht möglich, das wusste Nolo genau. Eine kleine Pfütze frischen Bluts hatte sich um das arme Tierchen gebildet, und ein Tropfen davon zierte Fenns Nase. Auch die Augen des Hundes blitzten aufgeregt.

Kurz überlegte Nolo, ob er das tote Tier von dem Dornbusch befreien und seiner Mama zum Abendessen mitbringen sollte, entschied sich aber dagegen. Irgendetwas stimmte nicht mit diesem Tag, etwas verfälschte die Muße dieser Erholungspause von Hausarbeit und Lernen - welch eine Verschwendung der Freiheit eines halben Mittsommertages.

»Komm, Fenn«, rief er. Dicht gefolgt von seinem Hund, rannte er den ganzen Weg zurück in die Ortschaft, zu dem kleinen strohgedeckten Haus, in dessen einzigem Fenster bald die Kerzen angezündet werden würden.

Sobald der Junge außer Sicht war, ging eine leichte Bewegung durch den Dornbusch. Die Blutpfütze wurde kleiner, mit gierigem Eifer aufgesogen von der Haut des Dorns, bis nichts mehr zurückblieb als trockene Erde.

40

Selbst nach Ashes filidischen Maßstäben waren die Gärten von Elysian für ihn wie ein Wunder. In den Jahren vor seinem nunmehr zwanzig Jahre zurückliegenden traumatischen Erlebnis hatte er sich sowohl um die Gewächshäuser seines Vaters als auch um seine eigenen weitläufigen Ländereien mit architektonischen Gärten und großen Treibhäusern gekümmert, die allerdings ausschließlich für heilige und zeremonielle Pflanzen angelegt waren. Sein Wissen über Gartenbau war profund, wenn auch nicht sehr vielseitig, und er hatte hunderte von Naturpriestern beaufsichtigt, die auf den Feldern und Klosterfarmen hart gearbeitet hatten. Er hatte zahlreiche Pflanztechniken kennen gelernt, aber Rhapsodys Umgang mit den Gartengewächsen war einzigartig.

Jeden Morgen war sie schon vor Sonnenaufgang auf den Beinen, backte Brot und süße Brötchen, deren Duft die Luft mit himmlischem Duft erfüllte. Bei der Arbeit sang sie leise vor sich hin, um ihn nicht zu wecken, aber der Drache wusste, dass sie nicht da war, sobald sie das Bett verließ, und begann einen langwierigen, unbewussten Prozess des vorsichtigen Fühlens, um sich zu vergewissern, dass sie noch immer in seiner Reichweite war. Die lieblichen Melodien lullten ihn wieder in den Halbschlaf, bis er schließlich, wenn sie ihre Arbeit im Haus erledigt hatte und hinausgegangen war, aufwachte, sich mürrisch erhob und nur ganz allmählich wieder menschlich wurde.

An den meisten Tagen ließ sie ihr Backwerk im Ofen und ging hinaus, um den Garten zu pflegen, denn sie wusste, dass er spürte, wann das Brot fertig war, und sich rechtzeitig aufrappelte, um es aus dem heißen Ofen zu holen. Dies diente als überaus wirksamer und sanfter Weckruf für Ashe, und er genoss das einfache häusliche Leben, das sie beide teilten. Noch benommen vom tiefen Drachenschlaf, trottete er die Treppe hinunter, zog das, was sie zubereitet hatte, aus dem Ofen und machte sich daran, das Frühstück vorzubereiten und auf einem Tablett herzurichten.

Schließlich trug er das Tablett hinaus in den Garten, um mit Rhapsody zu frühstücken. Unweigerlich fand er sie auf der Erde kniend, das Haar zu einem glänzenden Knoten gebunden und oft unter einem alten Tuch verborgen. Sie streichelte die Blätter winziger Pflänzchen, sang oder summte vor sich hin, während sie mit der Schaufel arbeitete.

Für jede Blume hatte sie ein Lied, und sie begoss und pflegte ein jedes Samenkorn nach einer bestimmten Methode, die praktisch über Nacht einen üppig gedeihenden Garten herbeizauberte. Als sie Ashe nach Elysian gerufen hatte, hatte der Garten in den Farben des Sommers gestrahlt, und die Luft war erfüllt gewesen vom Duft der Gewürze und Kräuter. Jetzt war der Garten ein wahres Paradies, das mit seiner ausgewogenen Harmonie von Grüntönen und helleren Farben Auge und Nase gleichermaßen erfreute. Rhapsody hatte das Gespür und das Talent eines Bauern, und beides hatte Elysian eine gesunde, fröhliche Atmosphäre verliehen, die es zuvor ganz sicher nicht gehabt hatte.

Eines Morgens war Ashe von einem besonders schönen Lied geweckt worden, einer Weise, die ihn an den Lauf der Jahreszeiten denken ließ, ohne dass er ein Wort davon vernahm. Später, als er den Text verstand, den der Gartenwind zu ihm herübertrug, musste er lächeln.

Weißer Schein
Lass die Nacht nicht sein
Und wach auf, wenn der Frühling ruft,
Komm und sieh, komm und sieh
Die warmen Winde bringen
Schmetterlingsschwingen

Die Vögel singen
Ein neues Jahr beginnt
Und grüßt das Erdenkind

Kühles Grün
In Wäldern so kühn
Sommersonne hoch am Himmel
Komm und tanz, komm und tanz
Auf dem grünen Grunde
In fröhlicher Runde
Die frohe Kunde
Die Zeit geschwind
Lacht mit dem Erdenkind

Rot und Gelb
Die Blätter sind welk
Sie fallen im Wind
Bleib und träum, bleib und träum
Der Sommer will gehn
Mit Farben so schön
Der Herbst bleibt stehn
Und hält fest es geschwind
Um zu trösten das Erdenkind

Weißer Schein
Lass die Nacht herein
Schnee bedeckt die gefrorne Welt
Schau und warte, schau und warte
Leg dich hin und schlaf ein
In Eisschlössern fein
Ein Versprechen soll sein
Ein Jahr, in dem nur wenige Tage noch sind
Erinnert sich gern an das Erdenkind

Später am Tag sprach er mit ihr über das Lied. *Es ist schön,* meinte er und küsste sie. *Viel zu schön, um von Grunthor zu handeln. Dafür müsste es deftiger und behäbiger sein, viel-*

leicht auch ein paar Läuse haben. Rhapsody lächelte, aber ihre Augen verdunkelten sich auf eine Art, an der er erkannte, dass sie ihm irgendetwas vorenthielt. *Es gibt Dinge, von denen wir beide wissen, dass wir sie nicht miteinander teilen können, weil sie die Geheimnisse anderer sind,* hatte er in jener ersten Nacht gesagt, als sie ein Liebespaar geworden waren. Da wechselte er das Thema.

Am Rand einer unterirdischen Wiese hatte Rhapsody einen kleinen Obstgarten gepflanzt, an der einzigen Stelle, wo die Bäume genug Licht bekamen. Manchmal fand Ashe sie hier, wie sie sanft zu den Bäumchen sprach und sich um sie kümmerte wie um kleine Kinder. Wenn er sie in einer solchen Situation überraschte, setzte sie jedes Mal ein verlegenes Grinsen auf und rannte zu ihm, nahm seinen Arm und spazierte mit ihm zur Laube oder zu den Steinbänken in der Mitte des Kräutergartens, wo sie meistens frühstückten.

Dieser Morgen nun bildete keine Ausnahme. Ashe war ein wenig missgelaunt aufgewacht, mit der Erkenntnis, dass sie nicht mehr neben ihm lag, aber nach dem Frühstück kam er einigermaßen wieder zur Besinnung. Dann krempelte er die Ärmel auf, grub mit ihr die Erde um und half ihr, die Wurzeln zu trennen, die sie ans Seeufer vor dem Türmchen verpflanzen wollte.

Stundenlang arbeiteten sie in der Halbsonne der Grotte. Rhapsody sang fröhlich; sie fühlte sich nicht mehr gehemmt von Ashes Gegenwart, seit er vor einiger Zeit einmal in ein Lied eingestimmt hatte und die Melodien des Wachsens von ihr lernen wollte. Er hatte ihr auch ein paar neue beigebracht, die er selbst noch kannte, und sie war sogleich eifrig bei der Sache gewesen. Heute machte sie einen besonders glücklichen Eindruck; als er sie nach dem Grund für ihre gute Laune fragte, lächelte sie nur und küsste ihn.

»Schau dir den See an«, sagte sie dann.

Er wanderte ans Ufer hinunter und blickte ins Wasser, konnte jedoch nichts Ungewöhnliches entdecken. So zuckte er mit den Achseln, und sie lächelte erneut.

»Er muss wohl ziemlich morastig sein heute Morgen«, sagte sie, kniete sich wieder hin und wandte sich erneut dem Haufen mit Blättern und Lehm zu, den sie in den Boden einarbeitete. »Für gewöhnlich reflektiert er besser.«

Ashe fühlte, wie Wärme ihn überflutete. Er trat hinter sie, beugte sich herab und umarmte sie von hinten.

»Ich liebe dich.«

Sie buddelte weiter.

»Wirklich?«

Er rieb die Nase an ihrem Nacken. »Ja. Merkst du das nicht?«

»Im Augenblick nicht, nein.«

Ashe blinzelte erstaunt. »Warum nicht?« Schon wurde ihm eng ums Herz.

Sie würdigte ihn keines Blickes. »Weil kein Mann, der mich wirklich liebt, auf mein frisch gepflanztes Elfenkraut treten würde.« Sie schob spielerisch seinen Fuß vom Blumenbeet.

»Oh. Tut mir Leid, altes Mädchen.« Er zupfte an dem schimmernden Haarknoten unter dem hässlichen Tuch und tätschelte liebevoll ihr Hinterteil.

»Hände weg von meinem Brötchen, Herr.« Sie sah ihn an und tat so, als wäre sie ärgerlich.

»Von deinem was?«

»Nun, der Ausdruck stammt von dir«, lachte sie, stopfte die Haarsträhnen, die sich gelöst hatten, wieder unter das Tuch und machte sich erneut ans Umgraben.

Er kauerte sich neben sie. »Wovon sprichst du überhaupt?«, fragte er und spielte mit den verirrten Strähnen.

Sie versuchte, ihr Lächeln zu verbergen, und arbeitete weiter. »Wer immer dir Alt-Lirinsch beigebracht hat, wusste wenig von feststehenden Redewendungen. *Kwelster evet re marya* – du hast das allerschönste Brötchen.«

Ashe errötete verlegen und amüsiert zugleich. »Du machst Witze. Das habe ich gesagt?«

Sie nickte. »Was denkst du, warum ich fast jeden Morgen zum Frühstück welche backe? Ich habe noch nie erlebt, dass ein Mann mein Gebäck hübsch findet.«

Ashe prustete los und zog sie an sich, wobei er reichlich Moos und Blätter in die Gegend verteilte. Dann küsste er sie, unterbrach damit ihr Gelächter und wischte die Erde von ihrer Stirn über sein ganzes Gesicht. »Vermutlich muss ich an meinen Redewendungen noch ein bisschen arbeiten, was?«

»Nein, nicht unbedingt; mir hat es sehr gut gefallen.«

»Oh, bestens. Und was sagst du, wenn ich jetzt gern dein Brötchen sehen möchte?«

Sie schlang die Arme um seinen Hals. »Ich schlage ein schlichtes ›bitte‹ vor, obwohl mir auch einiges andere dazu einfällt.«

»In diesem Fall: bitte.«

Sie versetzte ihm mit ihrem Pflanzenheber einen leichten Schlag auf den Hinterkopf. »Bei allen Göttern, du bist wirklich unersättlich.«

»Daran bist nur du schuld, weißt du.« Die Drachenaugen zwinkerten, und ihre Smaragdaugen taten das Gleiche. Sie wussten beide, dass sie, wenn es um romantische Erfüllung ging, auch nicht schneller ermüdete als er. Aber jetzt versuchte sie, zu ihrer Gartenarbeit zurückzukehren.

»Warum sagst du das?«

Kurz entschlossen nahm Ashe ihr das Werkzeug aus der Hand und zog sie liebvoll auf seinen Schoß. »Du bist mein Schatz geworden, Rhapsody. Du musst wissen, dass das, von dem ein Drache am allermeisten besessen ist, von dem er niemals genug haben kann, sein Schatz ist.« Er lächelte auf sie herab, aber gleichzeitig war er ein wenig unsicher, ob sein leichter Ton nicht womöglich dafür sorgte, dass sie an der Ehrlichkeit seiner Worte zweifelte. Er spürte, dass seine zweite Natur ihr ein wenig unbehaglich war, und hoffte, dass diese seine Bemerkung sie nicht abstieß. Neben der Angst, dass der Dämon ihn finden könnte, machte ihm der Gedanke an die Zukunft am meisten zu schaffen, eine Zukunft, in der sie sich womöglich von ihm abwenden würde – wie sie es ja nicht anders erwartete. Ihm war klar, dass er in einem solchen Fall völlig außer sich geraten würde.

Rhapsody nahm sein Gesicht in beide Hände und küsste ihn. »Dann stamme ich vielleicht auch zum Teil von den Drachen ab.«

»Warum?«

»Nun, ich muss genau so von dir besessen sein, wenn ich mich durch dich ständig von meiner Gartenarbeit abhalten lasse, die für mich bisher das Zweitliebste auf der Welt war.«

»Das Liebste ist die Musik?«

»Natürlich.«

»Aber du hast schon den ganzen Morgen im Garten gearbeitet. Inzwischen wirst du doch bestimmt müde sein.«

Rhapsody stand auf, streckte sich und schüttelte den Rest Erde und Gras ab. »Genau genommen hast du Recht.« Sie streckte ihm die Hand hin und half ihm auf, dann schlang sie die Arme um seine Taille. »Und heiß ist mir auch, ich fühle mich wie eine Flamme in Menschengestalt.«

»Das kann ich bezeugen.«

»Da geht es schon wieder los mit deinen Anzüglichkeiten«, schalt sie, während sie das Tuch vom Kopf zog und ihren Haarknoten löste. »Kannst du denn an nichts anderes denken?«

»Entschuldige bitte«, gab Ashe gespielt beleidigt zurück. »Das war keineswegs schlüpfrig gemeint, ich habe lediglich auf dein Feuerwissen angespielt.«

»Oh!« Rhapsody lächelte. »Nun, als menschliche Flamme spüre ich dann das Bedürfnis, von Wasser umschlossen zu werden.« Sie umarmte ihn fester.

»Ich dachte schon, du würdest das niemals sagen«, murmelte er und küsste ihren Nacken.

»Was sagen? Ich werde ein Bad nehmen.« Damit schlängelte sie sich aus seiner Umarmung und rannte zurück zum Haus. Er folgte ihr dicht auf den Fersen.

Ashe hielt sich im Wohnzimmer auf, während Rhapsody die Wanne mit kaltem, klarem Wasser von der Pumpe füllte. Als der Bottich endlich voll war, hielt sie die Hände hinein und konzentrierte sich auf das Feuer in ihrer Seele. Langsam wurde das Wasser warm, und bald darauf spürte man die Hitze im ganzen Raum. Schnell warf sie noch eine Hand voll mit Gewürzen versetzter Rosenblätter ins Wasser.

Sie blickte sich um. Es hatte eine Weile gedauert, bis das Bad eingelaufen war, und sie hatte erwartet, dass Ashe in der Zwischenzeit kommen würde, doch anscheinend hatte sie sich geirrt. Schließlich ging sie zur Tür und spähte hinaus, aber er war nirgendwo zu sehen.

»Ashe?«

»Ja?« Seine Stimme kam von unten.

»Wo bist du denn?«

»Im Wohnzimmer.«

»Was machst du?«

»Ich lese.«

»Oh.« Rhapsody gab sich Mühe, sich ihre Enttäuschung nicht anmerken zu lassen. »Du kannst gern zu mir in die Wanne steigen.«

»Nein, danke.«

Sie zupfte am Band ihres weißen Bademantels. »Bist du sicher?«

Einen Augenblick herrschte Stille. »Vielleicht komme ich nach.«

»Na gut«, seufzte Rhapsody. Sie ging zurück ins Badezimmer und merkte, dass sie immer trauriger wurde. Sie hatte ihn nicht beleidigen wollen; für gewöhnlich mochte er es, wenn sie sich wegen ihrer unermüdlichen Leidenschaft füreinander neckten. Vielleicht war sie zu weit gegangen. Hoffentlich hatte sie seine Gefühle nicht verletzt.

Inzwischen war die Wassertemperatur in der Wanne genau so, wie sie es wünschte. Rhapsody schüttelte die Tropfen von ihrer nassen Hand ab und lauschte auf Schritte. Nichts. Seufzend ergab sie sich schließlich in das Schicksal, sich allein den Rücken waschen zu müssen. Doch als sie vor dem Spiegel stand und sich die Pflanzenreste aus dem Haar bürstete, ging die Tür auf, und Ashe kam herein, ebenfalls im Bademantel, ein dickes Buch in der Hand.

Rhapsodys Augen blitzten, aber ihr Gesichtsausdruck blieb neutral. »Ich dachte, du wärst in dein Buch versunken.«

»Das bin ich auch, aber ich dachte, vielleicht kannst du beim Baden ein bisschen Gesellschaft brauchen.«

»Ach so.«

»Natürlich bleibe ich hier, auf der anderen Seite des Zimmers. Ich möchte nicht, dass du denkst, ich warte auf eine Einladung oder so.«

»Nein, natürlich nicht.«

Ashe machte ein beleidigtes Gesicht. »Ich versichere dir, meine Absichten sind absolut ehrenwert.«

»Selbstverständlich.«

»Nein, wirklich. Ich möchte nur ein bisschen lesen.«

Rhapsody blickte ihn mit einem amüsierten Funkeln in den Augen an. »Hier ist aber kein guter Platz zum Lesen«, meinte sie mit einem viel sagenden Blick auf den warmen, duftenden Dampf, der sie umwogte. »In der feuchten Luft löst Pergament sich schnell auf.«

Mit brav vor dem Bauch gefalteten Händen kam Ashe ein Stück näher. Wie verspielte Kätzchen ringelten sich die duftenden Schwaden um seine Knöchel, und sein strahlendes Lächeln war so hell wie sein weißer Bademantel.

»Lass uns eine Abmachung treffen. Wenn du mich hier bleiben lässt, werde ich dich nicht berühren, solange du mich nicht ausdrücklich dazu aufforderst. Ich werde dich nicht stören, kein bisschen, ich setze mich einfach drüben neben die Tür. In Ordnung?«

»Aber von da wirst du nicht viel sehen können.«

»Wie ich dir bereits gesagt habe, bin ich nicht gekommen, um dir zuzuschauen, sondern …«

»Ich weiß, du willst nur lesen«, unterbrach ihn Rhapsody lächelnd. »Na, dann amüsier dich gut.«

»Oh, darauf kannst du dich verlassen«, entgegnete Ashe und erwiderte ihr Grinsen.

Langsam ging Rhapsody zurück zur Wanne. Über dem Wasser waberten Dampfschwaden, Nebelwolken stiegen auf, und Wassertropfen ließen sich auf ihren Wimpern nieder, sodass ihre Lider schwer wurden. Anscheinend geschah mit Ashe das Gleiche; er hatte sich auf den Marmorfußboden gesetzt, sich gegen die Tür gelehnt und die Augen geschlossen. Rhapsody gab ihm noch eine letzte Chance.

»Weißt du, wenn du möchtest, kannst du gern mit in die Wanne kommen.«

Er hielt abwehrend die Hand hoch, die Augen noch immer geschlossen.

»Na schön«, meinte sie. »Ganz wie du willst.« Behutsam hob sie ein schlankes Bein über den Wannenrand und testete das Wasser mit dem Zeh; es war heiß, aber sie wusste, es würde gemütlich sein. Schnell tapste sie zu den Handtuchhaken hinüber, ließ den Bademantel von den Schultern rutschen und achtlos auf den Boden fallen. Mit einem Blick über die Schulter stellte sie fest, dass Ashe noch immer mit geschlossenen Augen an der Tür lehnte, fast, als schliefe er.

Rhapsody griff in eins der Apothekengläser, die auf dem Tisch unter den Handtuchstangen standen, und nahm noch eine weitere Hand voll süß riechender Gewürze und Rosenblätter heraus. Sie bückte sich, um ihren Bademantel aufzuheben, hängte ihn an den Haken und wandte sich wieder zur Wanne.

Ashe sah noch immer aus, als schliefe er, aber das Lächeln auf seinem Gesicht wurde breiter, als sie sich umdrehte.

»Aha! Du spickst!«, rief Rhapsody entrüstet.

»Wer in der ganzen Welt könnte dieser Versuchung widerstehen?«, konterte Ashe, ohne jedoch die Augen zu öffnen. »Außerdem habe ich nie behauptet, ich würde nicht spicken. Ich habe nur gesagt, dass ich dich nicht anfassen werde.«

»Offen gestanden wäre mir Letzteres lieber als Ersteres, aber mach, was du willst.« Unbefangen trat Rhapsody zur Wanne und warf die Duftmischung hinein. Sie zischte, als die Wärme die ätherischen Öle freisetzte, und das Wasser wirbelte unter einem schimmernden Film, der sich über die Oberfläche gelegt hatte. Nun drehte Rhapsody ihr langes Haar auf dem Kopf zu einem Knoten und sicherte diesen mit ihrem üblichen schwarzen Band. Dann stieg sie langsam und genießerisch in die Wanne. Das Wasser umfing sie, als sie sich setzte und ausstreckte, sich wohlig räkelte und schließlich bis zum Hals ins warme Nass sank. Ihr Körper entspannte sich, und ihr Geist begann es ihm gleichzutun.

Nach einer Weile setzte sie sich wieder auf, sodass ihre Schultern über der Wasseroberfläche auftauchten, und legte den Kopf auf das Kissen auf dem Wannenrand. Die sanften Wellen wirbelten und plätscherten um sie herum, liebkosten ihre Haut und schwappten leise über ihre Brüste. Lächelnd genoss sie das Prickeln, das sich durch den Wechsel von heißem Wasser und kühler Luft auf ihrem Oberkörper ausbreitete. Ihre Brustwarzen, die gewöhnlich von derselben hellrosa Farbe waren wie das Innere einer Muschel, erwärmten sich im Wasser und nahmen einen dunkleren Farbton an.

Unter den sanften Liebkosungen des Wassers bekam sie eine Gänsehaut. Langsam ließ sie sich ein bisschen tiefer in die Wanne gleiten und legte die Füße ein Stück höher, sodass ihre Knie aus dem Wasser ragten. Mit einem Mal spürte sie eine Schwingung, wie eine Strömung in der Tiefe, die sich zwischen ihren Knien ausbreitete und sie langsam auseinander drückte. Ihr ganzer Körper fing nun an zu prickeln, während der Strudel sich nach unten senkte, ihre Hüften streichelte, ihren Rücken, und sich schließlich zwischen ihren Beinen niederließ. Immer stärker wirbelte das Wasser um ihre Beine und näherte sich ihren empfindsamsten Körperstellen. Sie begann zu zittern und spürte, wie ihr heiß wurde, aber diesmal inwendig, und diese Hitze strebte zu den Stellen, welche das Wasser liebkoste.

Die Wellen wurden drängender, wirbelten und pochten und erregten sie mit jeder Bewegung mehr. Es war, als würde das Wasser fest und suchte ihren Körper ab, wo es ihr am meisten Vergnügen bereiten konnte. Ein Blitz durchzuckte ihren Körper, denn das Wasser erweckte ein immer dringlicheres Verlangen in ihr.

»Ashe«, sagte sie leise. Das Wort verfing sich in ihrer Kehle und kam ganz heiser heraus. »Ashe, was tust du?«

»Ich lese.«

Sie zwang sich, die Augen zu öffnen, und sah, dass er noch immer wie im Halbschlaf an der Tür lehnte.

»Bitte«, sagte sie, während das Wasser weiter um sie pulsierte. »Bitte, hör auf damit.« Ihr Atem war flach geworden, so sehr musste sie sich bemühen, ihre Erregung im Zaum zu halten.

»Womit soll ich aufhören?« Er lächelte, machte aber die Augen immer noch nicht auf.

»Das hier wird allmählich zu einem sexuellen Erlebnis«, erwiderte Rhapsody und versuchte vergeblich, Ruhe zu bewahren. »Lass es sein. Bitte.«

»Hast du etwas gegen sexuelle Erlebnisse?«, fragte er scherzhaft, ohne sie eines Blickes zu würdigen.

»Ja, wenn ich sie nicht mit dir teile.«

Endlich richtete Ashe sich auf, öffnete die Augen und blickte Rhapsody ernst an. »Meine Liebe, das bin ich«, entgegnete er offen. »Ich kann es genauso spüren wie du, vielleicht sogar noch mehr.«

»Aber darum geht es mir ja«, sagte sie, während das feste Wasser pochte und sie fast zur Verzweiflung brachte. »Das bist nicht du, das ist Wasser, ob du es nun spürst oder nicht. Aber du bist der Einzige, von dem ich mich so berühren lassen möchte. Bitte, Ashe. Bitte tu das nicht.«

Die Verzweiflung in ihrer Stimme und auf ihrem Gesicht war so deutlich, dass auch er sie endlich begriff; es war dieselbe wie an dem Tag am Tar'afel, als sie ihn anflehte, sie nicht hinüberzutragen. Er sprang auf die Füße und trat an die Wanne; sofort hörten die Wellenbewegungen auf.

»Tut mir Leid, Rhapsody«, sagte er und sah, wie ihre Nervosität auf der Stelle wich und ihr Gesicht wieder ruhig wurde. »Ich wollte dich wirklich nicht durcheinander bringen.«

Rhapsody setzte sich auf und zog die Knie an. »Ich weiß«, sagte sie, streckte ihre nasse Hand aus dem Wasser und legte sie auf seine Wange. »Ich weiß, und es ist nicht deine Schuld, sondern meine.«

Ashe wollte sie in die Arme nehmen, aber dann fiel ihm wieder ein, dass er ihr versprochen hatte, sie nur anzufassen, wenn sie den Wunsch danach äußerte; deshalb hielt er sich zurück. »Wie kann es deine Schuld sein? Du wolltest doch nur baden. Tut mir Leid, dass ich mich so dumm benommen habe.«

Rhapsody sah ihm in die Augen, und die Verwirrung, die sie dort erblickte, rührte ihr Herz. Sie zog ihn zu sich und küsste ihn zärtlich.

»Nein, *mir* tut es Leid, Ashe«, widersprach sie sanft. »Du hast nichts falsch gemacht. Es ist nur so – in der Vergangenheit haben Männer ihre sexuelle Erregung oft auf alle möglichen unsäglichen Arten ausgedrückt, und das war der schlimmste Teil meines damaligen Lebens. Und der Teil, über den ich wahrscheinlich nie ganz hinwegkommen werde, ist der, zur Schau gestellt zu werden und ...« Sie senkte den Blick, und ihre Stimme versagte. Nach einer Weile fuhr sie fort: »Als ich hierher kam, war ich froh bei dem Gedanken, nie mehr ein sexuelles Erlebnis haben zu müssen – ein keusches Leben zu führen und mir dadurch viele Probleme zu ersparen. Und dann bist du gekommen und hast wieder Verlangen in mein Leben gebracht, zum ersten Mal auf eine positive Weise. Nie hätte ich das für möglich gehalten. Du hast mich zum ersten Mal wirklich geliebt. Die körperliche Liebe mit dir ist so unglaublich, so schön, dass ich mich sehr bemüht habe, sie von nichts aus meiner Vergangenheit berühren zu lassen; ich möchte die beiden Erfahrungen nicht miteinander in Verbindung bringen. Durch reine Willenskraft konnte ich immerhin verhindern, dass ich völlig verklemmt werde – wie du bestimmt bemerkt hast.«

Jetzt lächelte Ashe; Rhapsody streichelte sein Gesicht, und ihre Finger waren vom warmen Wasser schon ganz schrumpelig. »Nur wenige Dinge erinnern mich noch an jene Zeit. Die Wahrheit ist, dass mich eigentlich nichts von dem stört, was du mit mir machen möchtest, solange du mich nur in den Armen hältst oder zumindest ganz in meiner Nähe bist. Vermutlich ist es überaus komisch, dass ausgerechnet jemand wie ich in sexuellen Dingen so altmodisch eingestellt ist, aber ich kann es nicht ändern. Ich bin bereit, für dich jedes Zaubermittel auszuprobieren, mich jeder erdenklichen Phantasie auszuliefern und alles zu tun, was dir gefällt, aber nur, weil es für mich eine Art ist, meiner Liebe zu dir Ausdruck zu verleihen. Und es ist mein freier Wille, mich dir hinzugeben. Ich bin niemandes Spielzeug mehr.«

Er blickte in ihre smaragdgrünen Augen, und es war, als könnte er direkt in ihre Seele schauen. Die Ehrlichkeit ihres Herzens und ihrer Worte ließ ihn erzittern.

»Rhapsody, falls es dich an irgendetwas Unangenehmes erinnert, wenn wir miteinander schlafen ...«

»Sag das nicht«, unterbrach sie ihn schnell. »So habe ich das überhaupt nicht gemeint. Ich schlafe gern mit dir, sehr gern sogar; so gern, dass ich, als du sagtest, du wolltest lieber lesen, dachte ... na ja, ist ja egal, was ich dachte. Ich möchte nur, dass du mich festhältst, du selbst, nicht irgendeine körperlose Kraft. Es gibt eine Art Vereinigung, die nicht möglich ist, wenn ein Partner sich auf der anderen Seite des Zimmers aufhält. Außerdem habe ich dann keine Möglichkeit, mich zu revanchieren.« Ihre Worte trieben ihm die Röte ins Gesicht, und er umklammerte den Rand der Wanne, weil er sich so anstrengen musste, sein Versprechen zu halten.

Rhapsody lachte, als sie sah, wie seine Fingerknöchel weiß wurden. »Ich bewundere deine Zurückhaltung«, sagte sie, beugte sich vor, und während sie das Band an seinem Bademantel löste, gab sie ihm einen warmen, feuchten Kuss. »Nimm das als Aufforderung«, sagte sie, während ihre Augen schalkhaft blitzten, und sie rutschte auf die Seite, um ihm Platz zu machen.

Ashe ließ den Bademantel auf den Boden fallen und stieg zu ihr ins Wasser. Dort kniete er sich hin, beugte sich über Rhapsody und küsste sie zärtlich.

Sie erwiderte den Kuss ebenso zärtlich, streichelte mit den Händen über seine Arme und fühlte, wie stark sie waren. Dann flogen ihre Finger über die angespannten Muskeln seines Rückens. Ihre Zunge erforschte seinen Mund, sie schlang die Arme um ihn und wollte ihn zu sich herabziehen, aber er hielt sich am Wannenrand fest und hob sie ein Stück aus dem Wasser, sodass ihr Oberkörper und ihr Rücken plötzlich die kühlere Luft zu spüren bekamen. Er lachte über ihr verblüfftes Gesicht.

»Angeber«, schimpfte sie. »Na schön, wie du willst. Dann bleib da draußen und friere, obwohl es hier im Wasser wunderschön warm ist.«

»Ich genieße nur den angenehmen Effekt, den die frische Luft auf dich ausübt«, entgegnete er mit einem schelmischen Grinsen und einem viel sagenden Blick auf ihre Brüste. Als er sah, wie sie errötete, musste er wieder lachen.

»Rhapsody, du wirst ja ganz rot!«

»Verrat es nur niemandem, sonst machst du noch meinen Ruf kaputt«, erwiderte sie ebenfalls lachend. Dann zerrte sie wieder ungeduldig an ihm.

Ashes Lippen glitten über ihre Wange, bis sie direkt über ihrem Ohr lagen.

»Dein Geheimnis ist bei mir gut aufgehoben«, flüsterte er. Dann ließ er den Wannenrand los.

Rhapsody stieß einen kleinen Schrei aus, als sie zusammen abrutschten, aber das Wasser fing sie auf wie ein Kissen, und aus dem Schrei wurde ein Lachen. Ashe spürte, wie die Temperatur unter Wasser anstieg, bis er ganz von wohliger Wärme umgeben war. Ein seidiges Bein strich über die Rückseite seines Oberschenkels und schlang sich mit einer sinnlichen Bewegung um ihn, sodass auch er schauderte. Trotz des warmen Wassers fröstelte Ashe; Wellen stiegen vom Grund der Wanne empor, wirbelten um Rhapsody herum und stiegen nahe den Schultern und Zehen sprudelnd an die Oberfläche. Ashes Hände folgten dem Rhythmus der Wellen und glitten geschmeidig über ihren Körper, vom Rücken nach oben, bis sie ihre Taille umfassten. Sie passte sich seinen Bewegungen an und ließ die Hände seinen Rücken hinaufwandern, über seine breiten Schultern und seinen starken Hals, über sein Gesicht.

Ashe sah ihr tief in die Augen und gab ihr wortlos zu verstehen, wie tief seine Liebe zu ihr war, die er jetzt mit einer Leidenschaft in sich aufsteigen fühlte, dass er sie kaum noch zügeln konnte. Dann schlossen sich seine Lider, und seine Lippen suchten ihre und pressten sich so heftig auf sie, dass Rhapsody unter ihm erzitterte.

Ihr Kuss wurde tiefer, während seine Hände dem Zittern ihres Körpers folgten und ihre weiche Haut genossen. Mit Handflächen und Fingerspitzen nahm er ihre Lust in sich auf, bis auch er am ganzen Körper zitterte. Eine Hand schlüpfte um ihren Rücken und zog sie fest an sich, während die andere den Umrissen ihrer Brust folgte, über ihre Rippen und ihre Taille wanderte, die Rundung ihrer Hüfte und ihres Oberschenkels nachvollzog und dort sanft nach innen glitt. Das Wasser wallte auf, von ihren Zehen zum Knie, und begegnete seiner Hand, die sich zu den immer empfindlicheren Bereichen ihres Körpers vortastete.

Ihre Lippen trennten sich, und Rhapsody stöhnte unter seiner Berührung und dem rhythmische Pulsieren des Wassers auf; ihr Rücken wölbte sich, als ihre Hände wieder seine Schultern umfassten. Ashes Mund drückte sich in ihre Halsbeuge und liebkoste die Stelle, die er schon bei ihrer ersten Begegnung begehrt hatte, und von dort den Hals hinauf, bis seine Lippen ihr Ohr berührten. In der alten Sprache flüsterte er ihr seine tiefsten Gefühle ins Ohr, während seine Hände sich ihrem Vergnügen widmeten, sodass sich fleischliche Lust mit dem Ausdruck leidenschaftlicher Liebe vermengte, deren Tiefe er nicht ermessen konnte. Seine eigene Erregung wuchs, während er zusah, wie sich ein Strahlen auf ihrem Gesicht ausbreitete.

»Ich liebe dich«, flüsterte er.

Zwischen stoßweisen Atemzügen kam von ihr das Echo seiner Worte, und ihr Atem wurde flacher, während seine Hände ihre Bewegungen verstärkten und die Intensität seiner Berührung im Gleichklang mit ihrem Verlangen zunahm. Wieder kehrten seine Lippen in ihre Halsbeuge zurück und wanderten dann weiter nach unten, um liebevoll ihre Brüste zu küssen, die aus dem Wasser hervorlugten, warm vor Sehnsucht und Erregung. Winzige Strudel blieben zurück und kitzelten an den Stellen, wo seine Lippen gerade gewesen waren, während Ashe immer tiefer glitt und jetzt ihren schlanken Bauch mit Küssen bedeckte.

Sein Kopf verschwand unter den Wellen, die Rhapsodys zitternder Körper in der Wanne hervorrief, bewegte sich hinunter zu ihren Oberschenkeln und tauchte zwischen sie. Die leisen musikalischen Geräusche, die Rhapsody von sich gab, verwandelten sich in ein Wimmern, das Wasser wurde wärmer, fast unerträglich heiß. Mit geschlossenen Augen packte sie den Wannenrand und wartete, dass Ashe nach oben kommen und Atem holen würde, aber er blieb, wo er war, bis sie vor Lust aufschrie und unter seinen Liebkosungen hemmungslos erbebte.

Warme, friedvolle Empfindungen breiteten sich in ihrem Körper aus, während sein Kopf auf ihrem Bauch ruhte und sie träge die Hände durch sein Haar gleiten ließ. Ihre Augen blieben geschlossen, als er sich langsam aufrichtete und sich wieder über sie beugte, aber sie spürte die Wärme seines Lächelns auch so.

Schließlich pressten sich seine Lippen in einem letzten liebevollen Kuss auf ihre, und sie öffnete die Augen. Auf seinem Gesicht lag ein fragendes Lächeln; seine Augen mit den seltsamen vertikalen Schlitzen schimmerten auf eine Art, die sie immer mehr liebte. Sie erwiderte das Lächeln, während er ihr langsam übers Haar strich, das kaum feucht geworden war. Dann glitt seine Hand auf ihren Rücken, zog sie an sich. Sie kuschelte sich an seine Brust und seufzte, wohlig und zufrieden.

»Na, hattest du eher etwas Derartiges im Sinn?«, fragte er.

Als Antwort zog Rhapsody ihn unversehens wieder auf sich, denn sie wusste, dass seine Bedürfnisse noch nicht gestillt waren.

»Eigentlich nicht«, antwortete sie, mit vor Schalk blitzenden Augen. »Aber wenn du möchtest, zeige ich dir gern, was ich gemeint habe.«

Damit spreizte sie die Beine, schlang sie um ihren Geliebten, und Ashe stieß ein tiefes, lustvolles Stöhnen aus. Wie jedes Mal staunte er auch jetzt über das Verlangen, das sie in ihm hervorrief, und über die Sehnsucht, die er empfand, wenn sie ihn berührte. Er schloss die Augen und begann erneut zu zittern, während sie ihn in sich aufnahm; als ihre Wärme ihn umschloss, klammerte er sich an sie und flehte sie leise an, ihn nicht zu schnell in die selige Vergessenheit stürzen zu lassen, die ihn zu überwältigen drohte.

Ihre Antwort war zärtlich und beschwichtigend, aber gleichzeitig trieb sie seine Erregung in ungeahnte Höhen, beteuerte ihm, wie sehr sie ihn liebte, und bewies es ihm mit ihrem Körper. Ashe spürte, wie ihr Feuer ihn erfüllte, angefangen dort, wo sie körperlich vereint waren, bis hinein in die tiefsten Winkel seiner Seele.

Für einen kurzen Moment verschwanden sie unter der Wasseroberfläche, wo Ashe sich auf eine ihr unbegreifliche Art und Weise umdrehte, sodass sie, als sie wieder nach oben kamen, rittlings auf ihm kauerte. Das Band in ihrem Haar war längst fort, und ihre Locken flossen in einem goldenen Wasserfall um ihre Schultern. Ihr Anblick erinnerte ihn an die Legenden, die er vor langer Zeit gehört hatte, als er mit den Meeresmagiern zur See gefahren war, von Meerjungfrauen, von Nixen und Seenymphen, deren Lieder einem Mann für immer sein Herz rauben konnten. Einen Augenblick fragte er sich, ob sie nicht eine von ihnen war.

Hingerissen betrachtete Ashe ihr Gesicht, auf dem sich ihre Empfindungen offen zeigten und sich veränderten wie ein Kaleidoskop, während ihr Genuss immer größer wurde und ihre Schönheit in etwas Unbeschreibliches verwandelte. Sie war völlig versunken in die Freude darüber, dass ein Mann sie so liebte, und Ashe konnte deutlich und ohne jeden Zweifel erkennen, was ihr das bedeutete. Seine Dankbarkeit war grenzenlos.

Mit jeder Liebkosung, jeder Bewegung, jeder Welle fühlte Rhapsody, wie sie miteinander auf eine zweifache Ekstase zusteuerten, eine Ekstase, die ihre körperlichen Bedürfnisse zutiefst befriedigen und auf noch grundlegendere Weise ihre verwundeten Seelen mit dem heilenden Balsam vertrauensvoller Liebe füllen würde, an die keiner von ihnen mehr geglaubt hatte. Das Schwindel erregende, tollkühne Gefühl, das Rhapsody in den frühen, noch der gegenseitigen Erforschung gewidmeten Momenten ihrer Liebe verspürt hatte, der ständige, quälende Gedanke daran, wie weit sie sich schon eingelassen hatte – all das war unwichtig geworden. Nicht einmal das Bewusstsein, dass ihre Beziehung vielleicht nur kurzfristig war, nicht einmal die Gefahr dessen, was kommen mochte, oder die fehlenden Zukunftsaussichten dämpften jetzt noch das Glück, das sie gemeinsam entdeckten, Stück um Stück.

Und in diesem Augenblick, als er sie mit seinem Körper, seiner Seele und seinen Worten liebte, hier im Wasser, verlor Rhapsody für immer ihre Furcht vor dem Teil seiner Natur, der ihr fremd war, dem sonderbaren Drachenerbe und der Macht, die es über die Elemente ausübte. Es war nur ein weiterer Teil von ihm, der zusammen mit allem übrigen ihre Wertschätzung verdiente. Der Drache in ihm war nicht anders als die Musik in ihr; etwas Kraftvolles, das ihn aus der Menge hervorhob. Und während sie den Mann, den sie liebte, zu befriedigen suchte, wollte sie auch diesen Teil in ihm glücklich machen.

Sie nahm seine Hände und führte sie durch ihr Haar, denn sie wusste, wie das den Drachen erregte, zog sie weiter über ihren Körper, ließ sich von ihm umschließen und gab sich ganz seiner Umarmung hin. Ashe begann wieder heftig zu zittern; jetzt wusste sie, dass sie beide Teile seiner Natur erreichte, und dieses Wissen mischte sich mit der süßen Erregung, die er in ihr weckte, sodass sie gemeinsam auf einen Höhepunkt zutrieben, der sie beide zu verzehren drohte.

Wieder schloss Rhapsody die Augen; um sie herum brodelte das Wasser und massierte ihren Rücken. Sie spürte eine prickelnde Wärme, die in ihren Fingern und Zehen begann, um von dort nach innen zu ziehen und ständig zuzunehmen; wenn diese Wärme ihre Mitte erreichte, würde es eine Explosion geben. So klammerte sie sich an Ashe, der selbst darum kämpfte, den Augenblick zu beherrschen – ein Kampf, den er längst verloren hatte. Sie schlug die Augen wieder auf und betrachtete sein Gesicht. Es war hingerissen, aber immer noch darauf bedacht, die Kontrolle zu wahren.

»Du nimmst dich zurück«, schalt sie ihn sanft zwischen zwei Atemzügen. »Lass dich gehen.«

Seine Augen schlossen sich, und er schüttelte leicht den Kopf.

Inzwischen war Rhapsody an der Grenze eines Reichs angekommen, das sie nicht allein betreten wollte. Sie verlangsamte die köstlich erregenden Bewegungen ein wenig, und Ashes Hände umfassten ihre Taille fester. »Bitte«, flüsterte sie. »Ich möchte nicht ohne dich kommen. Lass los.«

Er tat es. Die Wellen brodelten mit der Heftigkeit eines brausenden Flusses, Stromschnellen stürzten übereinander, während der Rhythmus ihrer Bewegungen sich immer mehr beschleunigte. Das Wasser schäumte unter der Kraft ihrer Leidenschaft, schwappte über den Rand der Wanne und überflutete den Boden. Die Strömungen in der Wanne reagierten auf seine Verzückung, und das Wasser schlug über Rhapsody zusammen wie Wellen an einer Felsküste. Sogar die Luft in Elysian nahm ein elektrisches Summen an, und ganz von fern bemerkte Rhapsody, dass die Musik des Wasserfalls einem donnernden Rauschen gewichen war. Im Nebenzimmer loderte das Feuer im Kamin hoch auf.

Sie hatte keine Ahnung, wie lange sie einander so genossen, aber es schien fast lange genug zu sein, um den Kummer eines ganzen Lebens auszulöschen. Endlich verschmolzen Feuer und Wasser in Ekstase, und sie schrien beide auf, als die Wellen über ihnen zusammenschlugen und sie schäumend bedeckten.

Einen Moment später kam Rhapsody wieder an die Oberfläche und legte den Kopf an Ashes Brust, die nun ebenfalls aus dem Wasser auftauchte. Sie rang nach Atem und streichelte seine Schultern, während er sie fest in den Armen hielt. Das noch immer warme, aber jetzt still gewordene Wasser hatte den ganzen Fußboden überschwemmt, und in ihrer glückseligen Benommenheit war Rhapsody froh über die Marmorfliesen.

Lange lagen sie stumm in der Wanne, bis irgendwann das Wasser abkühlte. Ashe küsste Rhapsody auf die Stirn und blickte auf sie hinab, das Herz in seinen Augen.

»Ist alles in Ordnung? Du hast kein Wasser eingeatmet, oder?«

Mit einem langen Seufzer wandte sie sich ihm zu und sah ihn lächelnd an. Wie auf dem Wasser schimmerndes Sternenlicht glänzten ihre Augen. Ashes Kehle war wie zugeschnürt.

»Amariel«, sagte er leise zu ihr, in der Sprache ihrer Kindheit. »Merei Aria. Evet hira, Rhapsody.« *Stern des Meeres; ich habe meinen Leitstern gefunden. Du bist es, Rhapsody.* Ihre Augen blitzten, seine Wortwahl war makellos.

»Wie romantisch.«

Er lächelte. »Ich denke, du hast mich so romantisch gemacht. Welch eine Heldentat.«

Jetzt lachte Rhapsody und richtete sich auf, um ihn zu küssen. »Ein romantischer Drache. Ist das nicht ein Widerspruch in sich?«

»Doch.« Sein Gesicht begann zu strahlen. »Liebst du mich trotzdem?«

Sie sah ihn ernsthaft an und griff auf ihre Fähigkeit als Benennerin zurück, um die reine Wahrheit auszusprechen. »Immer.«

Er zog sie an sich und küsste sie auf den Kopf. »Aria«, flüsterte er abermals. Und von diesem Augenblick an wurde Aria sein spezieller Name für sie, der Name, den er in ihren intimsten Augenblicken aussprach, als Ausdruck einer Liebe, die keine andere Sprache, kein anderes Symbol angemessen ausdrücken konnte.

Ungeduldig wartete Grunthor in der Nachmittagssonne am Rand von Kraldurges Wächterfelsen und lauschte auf das Heulen des Windes in den spitzen Steinformationen. Er war gekommen, weil Rhapsody ihn gerufen hatte; jetzt wurde er jeden Moment hektischer und fragte sich, wo sie blieb. Die Nachricht, die sie ihm auf dem Wind hatte zukommen lassen, hatte keine Spur von Furcht oder Panik enthalten, es war nur eine schlichte Bitte, sich mit ihr auf der Wiese oberhalb von Elysian zu treffen.

Endlich sah er sie aus dem Schatten treten, trotz der brütenden Sommerhitze in ihren üblichen Umhang gehüllt.

»Wurde auch langsam Zeit, Gräfin«, brummte er, als sie näher kam. »Noch ein Tag länger, und ich wär mit meinem

Eliteregiment angerückt.« Damit schloss er sie stürmisch in die Arme und drückte sie an sich, während Angst und Ärger versickerten wie Wasser in Kies. »Geht's dir gut?«

»O ja«, antwortete Rhapsody und lachte, als der Riese sie wieder absetzte. »Eigentlich geht's mir sogar besser als gut.«

Argwöhnisch beäugte Grunthor sie. »Und woher kommt das?«, wollte er wissen. Ihr strahlendes Gesicht und das glänzende Haar, das nicht länger von ihrem allgegenwärtigen schwarzen Band zusammengehalten wurde, sprachen Bände. Doch ehe sie antworten konnte, hielt er seine großen Pranken abwehrend in die Höhe. »Ach, ist ja egal. Sag es mir lieber nicht, Gnädigste.«

Das Strahlen in ihrem Gesicht verblasste ein wenig. »Warum?«

»Tu's einfach nicht, bitte«, erwiderte der Sergeant schlicht. Dann seufzte er tief. Ihre Antwort war ihm auch so klar genug. Was er am meisten gefürchtet hatte, war eingetreten: Ein Drache hatte sie als seinen Schatz auserkoren, wenn auch nicht derjenige, von dem er es vermutete hatte.

Er dachte daran, wie Achmed reagieren würde, und erschauderte bei der Vorstellung. Schnell wandte er den Blick von ihrem Gesicht ab, das jetzt einen fragenden Ausdruck angenommen hatte, und sah hinüber zu den sonnenbeschienenen Klippen der Zahnfelsen. »Du steckst also nicht in irgendwelchen Schwierigkeiten und brauchst Hilfe, oder?«, fragte er schließlich.

»Nein, natürlich nicht«, antwortete Rhapsody leicht verunsichert. »Wäre das der Fall gewesen, hätte ich euch sofort gerufen.« Sie versuchte, den Kloß in ihrem Hals hinunterzuschlucken, der sich bei Grunthors abwehrender Begrüßung gebildet hatte, streckte die Hände aus und drehte sein breites Gesicht sanft in ihre Richtung. Als die bernsteinfarbenen Augen den ihren begegneten, sah sie eine große Traurigkeit in ihnen, ansonsten aber hatte sich Grunthor hinter seiner üblichen unbekümmerten Maske versteckt.

»Ich dachte, du möchtest, dass ich glücklich bin, Grunthor«, sagte sie leise.

Nachdenklich blickte Grunthor auf sie herab. »Tu ich auch, Fräuleinchen. Mehr als alles andere.«

»Kannst du dich dann nicht einfach für mich freuen?«

Wieder wandte der Riese sich ab und starrte auf die Bergspitzen. Früher einmal hatten sie als unüberwindbar gegolten, doch jetzt bestiegen die Bolg regelmäßig die Pässe, hielten die alten Belüftungssysteme in Ordnung und bauten die cymrische Sternwarte wieder auf. Alles, was ihnen einst so weit entfernt vorgekommen war, befand sich jetzt in Reichweite. Die Ironie hinterließ einen bitteren Geschmack in seinem Mund.

»Ich werd mein Bestes tun, Euer Liebden«, meinte er endlich. »Wenn das alles ist, dann muss ich mich jetzt wieder auf den Weg machen. Ich bin auf Erkundungsgang in die Reiche der Tiefe. Falls du mich brauchst – in vierzehn Tagen oder so bin ich wieder da.«

»Warte«, sagte Rhapsody und holte ein zusammengefaltetes Stück Pergament aus ihrem Umhang hervor und reichte es Grunthor. »Du könntest etwas für mich tun, wenn du dazu bereit wärst. – Das ist für Jo. Ich wollte ihr erklären – nun, ich wollte ihr sagen, was passiert ist und wie es dazu kam, damit sie Zeit hat, sich ein bisschen an die Situation zu gewöhnen.« Sie wischte sich einen Schweißtropfen von der Stirn. »Jo hat – Jo empfindet eine gewisse Zuneigung für Ashe, und ich möchte sie nicht verletzen«, fügte sie unbeholfen hinzu. »Kannst du bitte dafür sorgen, dass sie den Brief bekommt, Grunthor? Bevor du aufbrichst? Ich möchte ihr gern so viel Zeit wie möglich lassen.« Der riesenhafte Sergeant nickte und stopfte den Brief in sein Wams. »Und könntest du auch Achmed Bescheid sagen?«

Grunthor nickte auch hierzu mit unbewegter Miene. An ihrem leichten Ton und daran, dass sie Achmed als Letzten erwähnte, wurde deutlich, dass sie keine Ahnung hatte, wie schwer ihre Bitte zu erfüllen sein würde. Zum ersten Mal, seit Grunthor den Firbolg-König kannte, würde er um Worte verlegen sein. »Wann kommst du denn mal wieder vorbei?«, fragte er schließlich.

»Ich dachte, ich warte noch ein wenig, damit Jo sich nicht überrumpelt fühlt«, meinte sie. »Ich werde versuchen, meinen Besuch auf deine Rückkehr abzustimmen. Dann möchte ich mich mit dir und Achmed zusammensetzen und mit euch beratschlagen, wie wir Jagd auf den Rakshas machen.«

Grunthor fuhr mit dem Finger in seinen Kragen. »In Ordnung, Fräuleinchen. Aber jetzt muss ich wirklich los.« Ungeschickt tätschelte er ihren Kopf mit seiner Riesenpranke und zog sie dann noch einmal an sich.

»Ist alles in Ordnung mit dir, Grunthor? Du siehst müde und verhärmt aus.«

»Ich schlafe nicht besonders gut«, antwortete der Riese. »Albträume, irgendwas kommt aus der Dunkelheit. Aber ich kann noch kein Gesicht erkennen. Jetzt kapiere ich allmählich, was du die ganze Zeit durchgemacht hast, Gnädigste.« Er seufzte tief und drückte sie noch einmal. »Pass auf dich auf, ja? Und lass deinen nebligen Freund wissen: Wenn er sich nicht anständig benimmt, kriegt er's mit mir zu tun.«

Rhapsody lächelte, an Grunthors Rüstung gepresst. »Ich werde es ihm ausrichten«, versprach sie, machte sich dann los und küsste den Riesen auf die Wange. »Sag auch den anderen liebe Grüße, vor allem meinen Enkelkindern.«

Grunthor drückte noch einmal ihre Schultern, dann wandte er sich um und verließ die windige Wiese, die jetzt in den hellen Farben wilder Stiefmütterchen leuchtete, die Rhapsody dort zum Ende des Winters gepflanzt hatte. Obgleich sie als Blumen des Mitleids galten, die oft Trauernden geschenkt oder auf Gräbern und Schlachtfeldern gepflanzt wurden, konnten sie die Herzen der beiden, die eben noch inmitten ihrer blühenden Pracht gestanden hatten, leider nur wenig erleichtern.

In der Mittsommernacht zeigte sich die Macht des Rings, den der Patriarch Rhapsody überantwortet hatte. Sowohl in Rhapsodys als auch in Ashes Tradition war diese Nacht von großer Bedeutung, und deshalb freuten sie sich, sie gemeinsam zu begehen. Sie hatten auf der Heide ein Lager aufgeschlagen, wo Ashe darauf wartete, die Riten seiner väterlichen Religion abzuhalten, während Rhapsody den Zeremonien huldigte, die den Lirin heilig waren. Danach lagen sie auf einem Fleckchen, das von Waldmeister überwuchert war, und beobachteten den Nachthimmel, wortlos, ihr Kopf auf seiner Schulter.

Ein Sternschnuppenregen zog über sie hinweg, und einen Augenblick später spürte Rhapsody, wie die Muskeln von Ashes Brustkorb unter ihr erstarrten. Rasch setzte sie sich auf und sah ihn an.

»Was ist los?«

Er starrte auf seine Hand, einen sonderbaren Ausdruck im Gesicht. »Faszinierend«, murmelte er nur.

»Was?«

»Nun, ich habe gerade an einen Gwadd-Chemiker gedacht, einen Apotheker namens Quigley aus der Ersten Generation, der in dem Ruf stand, das Geheimnis jedes medizinischen Tonikums und Tranks zu kennen, die je gemischt wurden. Hauptsächlich war es wohl deshalb so, weil er die meisten von ihnen selbst erfunden hatte. Ich kenne seine Vergangenheit und auch die Geschichte seiner Reise mit der Ersten Flotte – Gwadd sind im Allgemeinen keine Seeleute, und die Fahrt war schrecklich unangenehm für ihn. Trotzdem entwickelte er unterwegs aus getrocknetem Seetang eine Kräutermedizin gegen Seekrankheit. Ich dachte, es wäre doch sicher faszinierend für dich, die Bekanntschaft dieses Mannes zu machen.« Rhapsody nickte. »Dann ist mir eingefallen, dass ich keine Ahnung habe, woher ich das alles weiß.«

»Wie merkwürdig.«

»Ja, aber nicht so merkwürdig wie meine Gedanken über die Bergmesser. Sie sind eine Gruppe stämmiger, kräftiger Männer, Nain vermutlich, die mit ihren Messern so kunstfertig umgehen, dass sie ein ganzes Heer von Soldaten praktisch ausweiden können, ehe diese es richtig bemerken. Eine Legion ihrer Opfer ist noch eine Meile weitermarschiert, ehe sie buchstäblich auseinander fiel. Sie sind ein dickköpfiges, fröhliches Volk, und wenn sie einen Sieg errungen haben, dann feiern sie mit einem Kriegstanz und ohrenbetäubendem Geschrei, selbst wenn die Gefahr noch lange nicht vorüber ist. Sie stammen ebenfalls aus der Ersten Generation, und auch dies wusste ich bis eben noch nicht.«

»Und du glaubst, es hat etwas mit dem Ring zu tun?« Ihre Frage beantwortete sich einen Augenblick später von selbst, als der weiße Stein in der Mitte des Rings zu glühen anfing. Ein Lächeln breitete sich auf Ashes Gesicht aus.

»Ich weiß es, Rhapsody, es ist wie ein Wunder. Plötzlich kenne ich alle, die aus der Ersten Generation noch leben, ihren Aufenthaltsort, ihren Charakter, sogar das Maß an Loyalität, das sie der cymrischen Sache entgegenbringen. Ein paar wundervolle Menschen sind noch am Leben - Sänger, Heiler, Adlige und Bauern, Priester und Piraten, und ich kenne sie alle. Ich frage mich, ob der Patriarch ebenfalls über dieses Wissen verfügte.«

»Das bezweifle ich«, meinte Rhapsody. »Er sagte zu mir, es sei ein Ring der Weisheit und gebe ihm das Wissen, aufgrund dessen er auch die Pflichten seines Amtes ausüben könne. Ich stelle mir vor, dass der Ring dir diese Dinge mitteilt, weil das Amt, das du innehaben wirst, das des cymrischen Königs sein wird, und nun liefert der Ring dir Informationen, die du in dieser Funktion brauchen wirst. Offensichtlich hält er dich für den besten Kandidaten.«

»Welch eine Enttäuschung.«

»Hör auf damit, du beleidigst meinen Lehnsherrn.« Sie beugte sich zu Ashe hinunter und küsste ihn. Dann fiel ihr etwas ein. »Was ist mit der Regentschaft? Gibt dir der Ring irgendwelche Hinweise darauf, wer ein guter Berater ist oder wer einen guten Vizekönig abgeben würde?«

Er nickte.

»Es ist, als könnte ich mir allein schon auf dieser Grundlage ein Urteil bilden über ihren Wert, nicht als Menschen, sondern als Führungspersönlichkeiten.« Rhapsody zog die Knie an die Brust und wurde auf einmal ganz still. Ashe merkte es und fragte: »Was hast du, Aria? Was ist los?«

»Nichts«, antwortete sie, den Blick zu Boden gesenkt. »Was ist mit den Kandidatinnen für das Amt der cymrischen Königin? Gibt es irgendeine Frau aus der Ersten Generation, die dafür in Frage kommt?«

Ashe blickte sie ernst an. »Nun, es gibt sogar mehrere.«

Mit einem kleinen Lächeln blickte Rhapsody zu ihm auf. »Das ist gut. Dann hast du eine Auswahl und findest bestimmt eine, mit der du glücklich wirst.«

»Nein, eine Auswahl gibt es eigentlich nicht«, entgegnete Ashe. »Eigentlich kommt nur eine Einzige in Betracht, eine Frau von einem Adelsstand, der unter den Cymrern unanfechtbar ist. Sie verfügt auch über Weisheit und hat Großes geleistet; sowohl die Cymrer als auch ich selbst wären glücklich, sie zur Herrscherin zu haben.«

»Nun, das klingt ja viel versprechend«, meinte Rhapsody, noch immer lächelnd. »Ich freue mich, dass du mit der Wahl deiner Frau glücklich werden wirst.«

»Zuerst einmal muss die cymrische Herrscherin nicht unbedingt meine Frau sein. Und obgleich es bestimmt sinnvoll wäre, wenn ich ihr einen Antrag machte, bedeutet das noch lange nicht, dass sie mich haben will. Vielleicht zögert sie – genau genommen bin ich mir sogar sicher, dass sie zögern wird. Wenn sie gewollt hätte, hätte sie den Titel längst für sich allein beanspruchen können, denn sie verfügt bereits seit einiger Zeit über die dazu notwendige Macht.«

Rhapsody küsste ihn abermals. »Ich zweifle nicht daran, dass sie dich nehmen wird, Ashe. Du hast gesagt, sie ist weise. Eine Frau, die dich ablehnen würde, wäre töricht.«

»Hoffentlich hast du Recht.« Er spürte, wie sie neben ihm kühler wurde, als würde ihr inneres Feuer ein wenig herunterbrennen, und zog sie wieder in seine Arme. »Alles in Ordnung mit dir?«

»Mir geht es gut«, antwortete sie kurz angebunden. »Aber mir ist kalt, wer hätte das gedacht, heute in der Mittsommernacht. Wollen wir vielleicht reingehen?«

»Aber natürlich«, sagte Ashe, stand auf und streckte ihr seine Hand hin. »In Elysian erwartet uns eine Feuerstelle, die in meinem Herzen immer einen ganz besonderen Platz einnehmen wird. Da diese Nacht dem Nachdenken und der Erinnerung gewidmet ist, lass uns doch zurückgehen und die erste Erinnerung, die wir dort erschaffen haben, noch einmal neu durchleben.«

Sie nickte und nahm seine Hand. Gemeinsam kehrten sie durch die Dunkelheit zurück unter die Erde, nach Elysian.

41

In den Korridoren des Kessels war das Gestein so eisig, dass die Fackeln, die alle zehn Fuß in Wandhaltern brannten, die Kälte nicht vertreiben konnten. Es war eine eigentümliche Kälte, die schon im Granit geherrscht hatte, bevor die Firbolg den Berg erobert hatten, eine Kälte, die zur Vergangenheit des Ortes passte. Ein negativer, trostloser Ort. Schritte hallten einen Sekundenbruchteil wider und wurden vom leblosen Stein verschluckt. Irgendwie war es, als wanderte man in einer Gruft umher.

Ashe konnte sich nicht entsinnen, wann er das letzte Mal so schlecht gelaunt gewesen war. Annähernd drei Wochen lang hatte er nun in ungehinderter Glückseligkeit gelebt, allein mit Rhapsody, ungestört in dem Paradies, das sie in Elysian allein dadurch erschaffen hatte, dass sie dort lebte. Solch einfache Freuden hatte er nie gekannt – sie kochten phantasievolle Mahlzeiten, schwammen im gefilterten Mondlicht durch den kristallklaren See, er beobachtete sie im Feuerschein beim Nähen oder beim Reinigen der Waffen, half ihr beim Wäscheaufhängen, sang mit ihr, bürstete ihr die Haare, schlief mit ihr, schuf mit ihr gemeinsame Erinnerungen – und er hasste es zutiefst, in die Realität zurückkehren zu müssen, in eine Realität, die ihm nicht mal einen Augenblick mit ihr allein gestattete. Dass er die langfristige Notwendigkeit des Besuchs einsah, linderte seinen Ärger nicht im Geringsten.

In stillschweigendem Einvernehmen hatten sie nicht über die Vergangenheit gesprochen – sie wussten, dass es für sie beide ein schmerzliches Thema war, das womöglich den Zauber ihres magischen Verstecks zerstören würde. Aus dem gleichen Grund hatten sie auch nicht über die Zukunft gesprochen. Aber sie waren übereingekommen, dass dies der Tag war, an dem sie Achmed ihr Anliegen vortragen würden. Deshalb schritt Ashe jetzt mit höllischen Kopfschmerzen, die dumpf hinter seinen Augen pochten, die staubigen Korridore des Königssitzes der Firbolg hinunter, zum Beratungssaal hinter der Großen Halle, wo Rhapsodys Kameraden sie erwarteten.

Rhapsody, die neben ihm herging, spürte seinen Gemütszustand und drückte ermutigend seine Hand. Sie trug wieder ihre Reisekleidung - das schlichte weiße Leinenhemd, die weiche braune Hose, die in hohen, robusten, mit Wildlederstreifen geschnürten Stiefeln steckte - und natürlich ihren schrecklichen Umhang. Schon zweimal an diesem Morgen hatte Ashe gute Gründe dafür gefunden, sie dazu zu bewegen, sich auszuziehen, aber trotzdem hatte das schwarze Band den Weg zurück in ihr Haar gefunden und den glänzenden Wasserfall zu einem sittsamen Zopf gefesselt. Die hübschen, farbenfrohen Kleider waren wieder im Zedernholzschrank verschwunden, der Tarnung zuliebe, hinter der sie sich vor der Welt verbarg.

In diesen unscheinbaren Sachen hatte er sie zum ersten Mal gesehen und sein Herz an sie verloren. Aber nachdem er jetzt ihr wahres Selbst kennen gelernt hatte, konnte er es kaum ertragen, dass sie sich wieder verkroch. Wie zwanglos sie in Elysian herumlief, die Haare von Fesseln befreit, in Kleidern, die ihr selbst gefielen, erfreute sein Herz auf vielerlei Weise, und es tat ihm weh, sie dieser Freiheit wieder beraubt zu wissen.

Aber ihr schien es nichts auszumachen; sie lächelte ihn an, drückte seine Hand und trieb ihn an, um auch ja rechtzeitig zu dem Treffen mit jenen Kreaturen zu kommen, die er auf der ganzen Welt am allerwenigsten sehen wollte.

Im Beratungsraum hinter der Großen Halle stand ein großer, roh behauener Tisch, von jahrhundertelangem Gebrauch glatt geschmirgelt. An den Wänden hingen ein paar alte Wandteppiche, die nach Moder rochen und von Rauch und

Alter bis zur Unkenntlichkeit geschwärzt waren. Die gegenüberliegende Wand wurde fast gänzlich von einer großen Feuerstelle eingenommen, in der ein abstoßend riechendes Höllenfeuer brannte, welches das einzige Licht im Raum spendete; trotz des Lichtmangels würden die Laternen nicht vor Einbruch der Nacht angezündet werden.

Als sie den Raum betraten, sprang Grunthor von seinem massiven Stuhl auf, knallte die Hacken zusammen und machte eine elegante Verbeugung in Rhapsodys Richtung. Rhapsody lief zu ihm und umarmte ihn, während Ashe dastand und staunte, dass ein so riesenhaftes Wesen sich so graziös bewegen konnte. Dann suchte er mit den Augen den Rest des Saales ab.

Achmed war sitzen geblieben; er las in einer gebundenen gelben Pergamenthandschrift und hatte einen Fuß auf den Tisch gelegt. Er blickte nicht einmal auf, als die Gäste hereinkamen.

Rhapsody trat hinter den Firbolg-König und küsste ihn auf die Kapuze. Dann sah sie sich naserümpfend im Raum um.

»Himmel, Achmed, was verbrennt ihr denn da? Na egal, ich will es gar nicht wissen.« Damit legte sie ihren Rucksack auf den Tisch und kramte darin herum, bis sie schließlich ein bernsteinfarbenes Glasfläschchen ans Licht beförderte, das in Vanille-Anis-Öl gekochten Kalmus enthielt, sowie einen Beutel aus Ziegenleder mit mehreren verschiedenen Fächern. Aus einer der mittleren Falten entnahm sie ein paar getrocknete, mit Zedernholzspänen vermischte Gewürze, warf sie – mit zusammengekniffenen Augen, um sich vor dem stinkenden Qualm zu schützen – ins Feuer und ließ gleich noch einen ordentlichen Spritzer aus dem Fläschchen folgen. Sofort verschwand der eklige Geruch, und an seine Stelle trat ein frischer, süßer Duft, der die Luft einen Augenblick später neutralisiert hatte.

»Oh, wie nett«, meinte Grunthor anerkennend. »Jetzt riechen wir alle wie eine Gänseblümchenwiese. So was mögen die Soldaten ganz besonders. Danke, mein Liebchen.«

Doch Rhapsodys Gesicht wurde nur noch bekümmerter, während sie sich im Raum umschaute.

»Ihr habt hier überhaupt nichts renoviert, oder? Was ist aus den seidenen Wandteppichen geworden, die ich euch aus Bethe Corbair geschickt habe?«

»Wir haben sie hergenommen, damit der Fußboden im Stall nicht mehr so knarrt«, antwortete Achmed, immer noch ohne von seinem Buch aufzuschauen. »Die Pferde sind dir sehr dankbar.«

»Oh, und ich habe einen meiner Lieblingsleutnants darin begraben«, fügte Grunthor bereitwillig hinzu. »Seine Witwe war ehrlich gerührt.«

Ashe musste ein Lachen unterdrücken. Sicher, Rhapsodys Freunde waren ein Problem, aber man konnte nicht leugnen, dass die Beziehung zwischen den dreien für amüsante Unterhaltung sorgte. Trotzdem schmerzte sein Kopf, und er konnte es kaum abwarten, mit Rhapsody allein nach Elysian zurückzukehren. Er hüstelte höflich.

»Oh, hallo, Ashe«, sagte Grunthor. »Du bist also auch da?«

»Anscheinend ließ es sich nicht vermeiden«, sagte Achmed zu Grunthor. »Wenn du krank bist, Ashe, kann ich für dich nach einem Arzt schicken lassen.«

»Das ist nicht nötig, danke«, sagte Ashe.

»Na, da kommt ja das kleine Fräulein«, meinte Grunthor, als Jo in den Beratungssaal trat. »Gib uns ein Küsschen, mein Schatz.«

Jo tat es, dann eilten sie und Rhapsody aufeinander zu und umarmten sich herzlich.

»Was ist los?«, fragte Jo, während Rhapsody den Arm um ihre Taille legte und zum Tisch ging. »Wo warst du?«

»Wie meinst du das?«, fragte Rhapsody verwundert. »Hast du meinen Brief nicht bekommen?«

»Welchen Brief?«

Zum ersten Mal hob Achmed den Blick und sah zu Grunthor hinüber. »Uhhhhrrrumph.« Der Riese räusperte sich verlegen, und seine Haut wurde dunkler.

Rhapsody wandte sich mit einem ungläubigen Blick an Grunthor. »Uhhhhrrrumph? Was meinst du mit uhhhhrrrumph? Hast du ihr meinen Brief nicht gegeben?«

»Sagen wir mal, ich hab ihn immer an meinem Herzen getragen«, erwiderte der riesige Firbolg verlegen und holte das zusammengefaltete Pergament aus seiner Brusttasche.

»Das tut mir sehr Leid, Jo«, sagte Rhapsody und starrte Grunthor finster an. »Kein Wunder, dass du verwirrt bist.«

Sie sah zu Ashe hinüber, und ihr Blick sprach Bände. Endlos hatten sie an diesem Brief gefeilt, hatten versucht, ihre neue Beziehung auf eine Art zu erklären, die für Jo akzeptabel war, in einer Sprache, die einfach zu lesen war und ihre Gefühle nicht verletzte. Die dazwischen liegenden Wochen waren sorgsam bedacht gewesen, um dem Mädchen Zeit zu geben, sich an die veränderte Situation zu gewöhnen. Nun waren offenbar all ihre guten Absichten umsonst gewesen.

Jo nahm den Brief und begann ihn zu lesen. Einen Moment später runzelte sie die Stirn, und Rhapsody hatte das Gefühl, sich einmischen zu müssen.

»Komm, Jo, gib mir den Brief. Jetzt, da ich selbst hier bin, ist er ja unnötig, wir können uns einfach unterhalten. Meine Herren, wir sind ...«

Doch Jo hielt abwehrend die Hand in die Höhe, und Rhapsody schwieg. Jos sonst so bleiches Gesicht wurde rot, und sie blickte sich nervös im Zimmer um. Für die Umstehenden waren die widerstreitenden Gefühle nur allzu deutlich zu erkennen: Langsam verdaute sie den ersten Schlag, dann dämmerte ihr die volle Bedeutung der Worte, und schließlich kam mit der Erkenntnis, dass ihre Freunde die ganze Zeit Bescheid gewusst und sich über ihre Reaktion Sorgen gemacht hatten, die zweite Demütigung, die schlimmer zu sein schien als die erste.

Rhapsody sah, wie sehr ihre Schwester litt, und versuchte noch einmal, den Arm um sie zu legen, doch Jo stieß sie heftig zurück und rannte schluchzend aus dem Beratungszimmer.

Die vier Zurückgebliebenen starrten einander in hilflosem Schweigen an. Dann sagte Rhapsody betroffen: »Ich muss nach ihr sehen.«

»Nein, lass mich das machen«, widersprach Ashe sanft. »Es ist meine Schuld, dass ich nicht früher mit ihr darüber gesprochen habe; außerdem werdet ihr drei euer Treffen ohne mich wahrscheinlich sowieso mehr genießen.«

»Du bist ein kluger Mann«, stellte Achmed fest.

Ashe küsste Rhapsodys Hand, und sie berührte kurz seine Schulter. »Aber bedräng sie nicht zu sehr«, meinte sie und blickte hinauf in seine Kapuze. »Vielleicht möchte sie lieber allein sein. Und setze bitte nicht deine Drachensinne oder sonst etwas ein, das Achmed stört. Er reagiert sehr empfindlich auf derartige Dinge.«

»Wie du wünschst«, antwortete er und verschwand.

Grunthor warf einen einzigen Blick auf Rhapsodys finsteres Gesicht, als sie sich von der Tür abwandte. »Es ist wahrscheinlich am besten, wenn du für uns beide sprichst, Herr«, meinte er nervös zu Achmed. »Ich bin so ungefähr mit allem einverstanden, was sie möchte, nur damit sie endlich ein anderes Gesicht aufsetzt.«

42

Gras und Heidekraut beugten sich unterwürfig vor dem Wind, der über die Steppe fegte und in den Schluchten der Zahnfelsen ächzte. Er drückte das Gebüsch zu Boden, das an der kargen Klippe wuchs und verzweifelt versuchte, das zerklüftete Land mit Leben zu erfüllen. Die Sonne des Spätnachmittags färbte die Felsspitzen von Ylorc blutrot und warf die Schatten der Berge über Täler und Moränen.

Doch Jo hatte keine Augen für den verängstigten Tanz der Natur, sie war immun gegen das Rütteln des Windes, während sie sich stolpernd und kriechend einen Weg zur Ebene auf der Spitze der Welt bahnte. Als sie den höchsten Punkt der Klamm erreichte, hielt sie inne, um Luft zu holen, und ließ ihr schweißnasses Gesicht einen Augenblick auf ihren abgeschürften Händen ruhen, mit denen sie sich an die rauen Felsen klammerte. Dann hievte sie sich über den Rand und stolperte vorwärts, bis sie an die erste Stelle gelangte, an der sich der morastige Boden einigermaßen fest anfühlte. Keuchend stemmte sie die Hände in die Hüften und drehte sich im Kreis, schaute über das öde Land hinter ihr und den Rand des Moors, das ins tiefere, versteckte Reich der Firbolg führte.

Allmählich wurde es dunkel; am östlichen Horizont sah sie einen Stern aufgehen und hinter einem Wolkenschleier wieder verschwinden, den der Wind über den schwärzer werdenden Himmel trieb. Mit der hereinbrechenden Nacht wurde der Wind eisig, seltsam für einen Spätsommertag, aber in den Zahnfelsen nicht ungewöhnlich. Die Berge ragten über und unter ihr auf und umschlossen ihre Welt mit einer trostlosen

Umarmung. Jo wandte sich der untergehenden Sonne zu und wünschte sich, sie würde sich beeilen. In der Dunkelheit würde nur der Himmel und das flache Land sichtbar sein; Felsspitzen und Risse würden verschwinden wie ein vergessener Albtraum. Wenn sie hier lange genug verharrte, konnte sie vielleicht mit ihnen verschwinden.

»Warum bist du denn hier draußen?«

Jo wirbelte herum und sah im Zwielicht eine verhüllte Gestalt auf sich zukommen. Der Wind spielte mit Mantel und Kapuze und gab für kurze Zeit den Blick auf das vertraute kupferrote Haar und die meerblauen Augen frei, in denen unverkennbar Mitleid und Sorge zu lesen waren.

Ein kehliger Laut enttäuschter Wut drang aus Jos Kehle. »Bei allen Göttern, nicht ausgerechnet du! Verdammt! Verschwinde, Ashe! Lass mich in Ruhe!«

Er musste rennen, um sie einzuholen, aber er packte sie am Arm, als sie blindlings in Richtung Klippe fliehen wollte. »Warte! Bitte warte. Wenn ich dich durcheinander gebracht habe, tut mir das sehr Leid. Bitte lauf nicht weg. Sprich mit mir. Bitte.«

Jo riss sich los und starrte ihn wütend an. »Kannst du mich denn nicht einfach in Ruhe lassen? Ich möchte nicht mit dir sprechen. Geh weg!«

Selbst unter der Kapuze konnte sie den verletzten Ausdruck auf seinem Gesicht erkennen. Er trat einen Schritt zurück und ließ die Arme sinken, eine Haltung, die sie unmöglich als Bedrohung auslegen konnte. »In Ordnung. Tut mir Leid. Ich gehe, wenn du es willst. Aber um Himmels willen, renn nicht wieder zum Abgrund. Ich wollte dir helfen und nicht auch noch daran schuld sein, dass du dich in den Tod stürzt.«

In finsterem Schweigen wartete Jo, dass er endlich ging, aber er blieb stehen und beobachtete sie.

»Nun, was ist? Verzieh dich.«

Der Sturm heulte über die Heide. Jo musste sich anstrengen, um aufrecht stehen zu bleiben. Ashes Antwort ging fast im Wind unter.

»Es tut mir Leid. Ich kann dich nicht allein hier draußen lassen. Das ist zu gefährlich.«

Wieder starrte sie ihn wütend an. »Ich brauche deine Hilfe nicht. Ich kann mich ganz gut um mich selbst kümmern.«

»Das weiß ich. Aber du brauchst es nicht. Freunde passen aufeinander auf, oder nicht? Wir sind doch immer noch Freunde, oder nicht?«

Jo wandte sich wieder der untergehenden Sonne zu. Sie kletterte gerade über den äußersten Rand der Zahnfelsen und warf ihre letzten Strahlen mit einem kurzen Aufleuchten über das Land, ehe sie unterging. Jo kam es vor wie das Ende der Welt.

»Wenn du mein Freund wärst, Ashe, dann würdest du mich jetzt in Ruhe lassen und nicht versuchen, mich an einen Ort zurückzuholen, an dem ich nicht sein will.«

Er ging um sie herum, bis er ihr direkt gegenüberstand. »Ich würde dich niemals zu etwas zwingen, und ich habe auch nicht gesagt, dass du irgendwo hingehen sollst.« Er sah, wie ihr Ärger ein paar Grade abkühlte, während sie ihn fragend anblickte. »Ich möchte nur nicht, dass du allein bist. Ich bleibe hier bei dir. Solange du mich brauchst. Wenn nötig, die ganze Nacht.«

Jo fühlte ihren Zorn abflauen, und die alte Sehnsucht kehrte zurück. Sie bemühte sich, sie zu verdrängen, aber sie konnte nicht verhindern, dass sich ihre Gefühle auf ihrem Gesicht widerspiegelten. »Was ist mit Rhapsody?«

»Was soll mit ihr sein?«

»Nun, wird sie sich nicht wundern, wo du bleibst?«

»Warum sollte sie?«

»Oh, ich weiß nicht, das ist bei Liebespaaren doch sonst immer so. Sie wollen ständig zusammen sein.«

Unter der Kapuze konnte sie ihn lächeln sehen. »Mach dir keine Sorgen wegen Rhapsody. Sie kommt schon zurecht. Außerdem würde sie wollen, dass ich hier bei dir bin.«

Rhapsody ging zu dem großen Tisch zurück, an dem ihre Kameraden saßen, und nahm sich einen Stuhl.

»Ich dachte, wir hätten vereinbart, dass du deine Haustiere daheim lässt, wenn du uns besuchst«, sagte Achmed, der noch immer nicht von seiner Lektüre aufgeblickt hatte.

Rhapsody ignorierte den Seitenhieb. »Weißt du denn schon, warum ich hier bin? Können wir die Förmlichkeiten lassen und direkt zur Antwort übergehen?«

Ein amüsierter Ausdruck zog über das Gesicht des Firbolg-Königs, und er starrte zur Decke hinauf. »Überlegen wir mal – warum bist du hier? Wegen des hervorragenden Weins, der guten Bedienung, der Umgebung ...«

»In Ordnung«, unterbrach Rhapsody ihn seufzend. »Da du uns die Sache anscheinend schwer machen willst, fangen wir noch mal von vorn an. Wie du verdammt genau weißt, bin ich gekommen, um euch zu helfen, den Rakshas zu töten.«

Jetzt legte Achmed das Pergament beiseite. »Wie du verdammt genau weißt, könnte er soeben diesen Raum verlassen haben.«

»Nein«, antwortete Rhapsody. »Er ist ein eigenständiges Wesen, er sieht nur aus wie Ashe. Bitte Achmed, quäl mich nicht.«

Grunthors Gesicht hellte sich auf. »Da haben wir's, ich wusste ja, dass sie mich am liebsten mag. Oh, darf ich es probieren, ja, Herr? Bitte! In einer Minute bin ich mit den Daumenschrauben wieder da.«

Wütend starrte Rhapsody ihn an. »Sei still, mit dir spreche ich noch nicht wieder.« Der scherzhafte Ausdruck auf dem Gesicht des Ungeheuers wandelte sich in Verlegenheit.

»Schon komisch«, meinte Achmed mit einem sarkastischen Lächeln. »Gerade darum geht es doch bei der Folter – sie soll den Betreffenden zum Reden bringen. Wenn du nicht redest, dann muss ich daraus schließen, dass wir dich nicht wirklich quälen.«

»O nein, das macht ihr ganz hervorragend. Bitte, wollt ihr mir helfen? Ich möchte nicht, dass Ashe den Rakshas jagt. Wenn der Rakshas ihn findet, wird der F'dor versuchen, ihm den Rest seiner Seele zu stehlen. Uns aber hat der Dämon nicht in der Hand; wir können den Rakshas wahrscheinlich ohne viel Mühe töten, wenn wir zusammenarbeiten. Seit wir im Haus der Erinnerungen waren, steht das sowieso auf unserer Liste. Jetzt möchte ich es nur zu einer Priorität machen. Bitte. Helft mir, den Rakshas zu töten.«

Achmed lehnte sich auf seinem Stuhl zurück und seufzte. »Na gut, verschaffen wir uns einen Überblick. Weißt du mit Sicherheit, wo er ist, wer er ist und was er ist?«

»Wo er ist, nein. Aber ich habe getrocknetes Blut mitgebracht, von den Wunden, die er bei unserem Kampf erlitten hat. Der Rakshas ist aus dem Blut des F'dor geschaffen, und er stammt aus der alten Welt. Ich dachte, du könntest das Blut dazu nehmen, um ihm auf die Spur zu kommen.« Achmed antwortete nicht. »Wer er ist, das wisst ihr bereits. Was du wirklich meinst, ist, wer er nicht ist – er ist nicht Ashe, da bin ich sicher.«

»Wie kannste dir da so sicher sein?«, fragte Grunthor.

»Möchtest du eine Liste von Gründen, oder reicht dir mein Wort?«

Achmed und Grunthor tauschten einen kurzen Blick. »Lieber die Liste.«

»Nun, dann sehen wir mal ... Ashe hat Drachenaugen. Sie sind ganz anders als die des Rakshas – seine Pupillen sind vertikal geschlitzt, die des Rakshas rund, genau wie die unseren.«

»Warum sollte das so sein? Ich dachte, sie müssen identisch sein.«

Rhapsody bemühte sich, trotz Achmeds spöttischem Ton die Ruhe zu bewahren. »Das Stück von Ashes Seele wurde herausgerissen, als der Drache in seinem Blut noch schlief. Sobald der Fürst und die Fürstin Rowan den Sternensplitter in seine Brust legten, brachte diese reine, ungezähmte Elementarkraft die Drachennatur ans Licht und machte sie dominanter. Ich vermute, dass Ashes Augen, bevor er verwundet wurde, normal waren, genau wie die von Llauron.«

»Hat er dir das erzählt?«

»Nein«, gab Rhapsody zu. »Wir sprechen nicht über die Vergangenheit.«

»Nein? Sprecht ihr dann über die Zukunft?«

»Eigentlich auch nicht. Das ist ein schmerzhaftes Thema, denn wir haben keine gemeinsame Zukunft.«

»Nun, das ist aber ausnahmsweise eine gute Nachricht.«

»Find ich nich«, warf Grunthor fröhlich ein. »Wenn sie nich viel miteinander reden, was meinste wohl, was sie dann so alles treiben?« Rhapsodys Gesicht wurde finster, und Grunthor beeilte sich, die bevorstehende Attacke abzuwehren. »Ist das schon die ganze Liste? Was unterscheidet die beiden denn sonst noch?«

»Nun, als ich mit dem Rakshas kämpfte, habe ich ihm einen Daumen abgeschnitten. Ashe hat noch beide Daumen ...«

»Er hat sowieso zwei linke Hände. Wahrscheinlich hatte er einen Daumen in Reserve. Das beweist gar nichts.«

Jetzt reichte es Rhapsody. »Seht mal, das ist wirklich dumm von euch. Wenn ihr mir nicht helfen wollt, dann tu ich es eben allein.« Damit schob sie den schweren Stuhl zurück und machte Anstalten aufzustehen.

»Da müsste ich Einspruch einlegen, Hoheit«, sagte Grunthor sanft. »Bei allem Respekt, aber ich denke, wenn du allein bist, riskierst du deinen bezaubernden kleinen Arsch.«

»Das lass nur meine Sorge sein.« Sie ging um den Stuhl herum und schob ihn unter den Tisch.

»Zeig mir sein Blut.«

Einen Moment sah Rhapsody Achmed schweigend an und versuchte, seine Absicht zu erraten. Schließlich aber griff sie in ihren Tornister und zog die Kleider hervor, die sie in Sepulvarta getragen hatte, als sie in der Basilika vom Rakshas angegriffen worden war. Sie waren mit Blut getränkt, einige Stellen auch verbrannt.

Beeindruckt beugte Grunthor sich vor. »Ist das Blut alles von ihm?« Rhapsody nickte. »Na, dann muss ich wohl zugeben, dass ich mich geirrt habe. Anscheinend hast du bei den Schwertübungen doch aufgepasst, Schätzchen.«

Achmed drehte die Kleidungsstücke in den Händen und konzentrierte sich auf die Flecken. Rhapsody fühlte eine seltsame Schwingung von ihm ausgehen, eine, an die sie sich überhaupt nicht erinnern konnte. Irgendwie kratzig, nicht unähnlich dem Zirpen einer Grille in der Nacht. Schließlich blickte er wieder auf.

»Hast du auch etwas von Ashes Blut?«

»Nein.«

»Ich könnt welches besorgen«, schlug Grunthor eifrig vor.

»*Nein*. Das ist Nummer zwei, Grunthor. Noch einmal, und du wirst aus dem Testament gestrichen.«

Eine Weile blickte Achmed Rhapsody schweigend an. Schließlich sagte er: »Wenn ich dir helfe, den Rakshas zu töten, kann ich dann auf deine Hilfe für das zählen, was in der Kolonie in Angriff genommen werden muss?«

Sie betrachtete ihn ernst. »Davon kannst du auch ausgehen, wenn du mir nicht hilfst.«

»Womöglich musst du kämpfen.«

»Ich weiß.«

Der Firbolg-König nickte. »Dann machen wir Pläne für den ersten Tag des Winters.«

Ein Strahlen breitete sich über Rhapsodys Gesicht aus. »Dann tut ihr es? Ihr helft Ashe? Ihr helft mir, den Rakshas zu töten?«

»Ja. Nein. Und ja«, stellte Achmed trocken fest. »Ich habe dir schon gesagt, dass meine Hilfe allein dir gilt. Außerdem bin ich dazu bereit, weil es getan werden muss. Jetzt hol die Karte.«

Lange Zeit war das einzige Geräusch auf der Heide das erbarmungslose Heulen des Windes. Hartnäckig schweigend saß Jo da, warf gelegentlich einen Seitenblick auf ihren unwillkommenen Aufpasser, der sie geduldig aus höflicher Distanz beobachtete. Unbeholfenheit und Verlegenheit untergruben allmählich ihre Wut, und schließlich nahm sie allen Mut zusammen und sprach ihn an.

»Schau mal«, sagte sie und versuchte, erwachsen zu klingen, »warum gehst du nicht zu eurem Treffen zurück? Ich verspreche dir, dass ich in ein paar Minuten nachkomme.«

Beinahe hätte der Sturm seine Antwort übertönt. »Nein.«

Jo sprang auf. »Verdammt, Ashe, ich bin kein Kind mehr! Ich habe mein Leben lang allein für mich gesorgt; es ist wirklich nicht nötig, dass du die arme, dumme Jo vor der Dunkelheit beschützt. Womöglich kriegst du irgendwas Wichtiges von der Besprechung nicht mit. Hau einfach ab.«

Als sie sah, wie er aufstand und auf sie zukam, bekam sie weiche Knie. So sehr sie ihn hassen wollte, in diesem Augenblick spürte sie nur das wundervolle Ziehen im Bauch, das sie auch gespürt hatte, als sie ihm in Bethe Corbair das erste Mal begegnet war. Sie wollte weglaufen, konnte sich aber nicht vom Fleck rühren. Er blieb vor ihr stehen.

Seine Stimme war ganz sanft, als er die Hand ausstreckte und ihr die vom Wind zerzausten Haarsträhnen aus der Stirn strich. »Was könnte wichtiger sein, als dafür zu sorgen, dass dir nichts passiert?«

»Wie wäre es, wenn du Achmed überzeugst, dass er Rhapsody helfen soll, den Rakshas zu töten?«

Jo konnte nicht sehen, wie er reagierte, aber seine Antwort klang ernst. »Achmed wird tun, was er für das Beste hält, ungeachtet dessen, was ich dazu sage. Außerdem bedeutet es mir mehr, bei dir zu sein.«

Ehe sie die Frage zurückhalten konnte, war sie schon aus ihrem Mund. »Warum?«

Er kam noch ein wenig näher, und seine Finger glitten von den Haarsträhnen über ihre Wange. So standen sie voreinander und sahen sich an; Jo glaubte, die blauen Augen in der dunklen Kapuze funkeln zu sehen, wie die Sterne am inzwischen nachtschwarzen Himmel. In seiner Stimme lag eine Wärme, die ihre Haut zum Prickeln brachte.

»Musst du mich das wirklich fragen, Jo?«

Der wirbelnde Wind umkreiste sie, das Blut wich aus Jos Kopf, und ihr wurde schwindlig. Der Abscheu, den sie gegen das Verlangen in ihrem Körper empfand, unterlag rasch dem Verlangen selbst, und sie senkte die Augen in der vergeblichen Hoffnung, ihre Gefühle verbergen zu können. Ihr Blut pochte an Stellen, an denen sie im Augenblick lieber nichts fühlen wollte.

»Dann lass uns eben zusammen zurückgehen«, sagte sie.

»Noch nicht, ich möchte lieber noch einen Augenblick hier bleiben«, entgegnete er, und seine Hand glitt von ihrer Wange zu ihrem Kinn. Langsam hob er mit der einen Hand ihr Gesicht an und ergriff mit der anderen seine Kapuze.

»Aber ich möchte reingehen«, wiederholte Jo, ihre Stimme nur noch ein panisches Flüstern.

»Ich auch«, erwiderte er und zog sich die Kapuze vom Kopf. Selbst in der Dunkelheit übten die Gesichtszüge, die ihr damals das Herz gestohlen hatten – die wie Kupfer glänzenden Haare, die Augen so blau wie der Zenit – immer noch die gleiche Wirkung auf sie aus. Und das Gesicht war noch viel schöner, als sie es sich in ihren hartnäckig wiederkehrenden Träumen vorgestellt hatte. Jo fühlte ihren Willen dahinschmelzen, und ihr Schoß begann in höchst unwillkommenem Verlangen zu brennen. Halb benommen, halb entsetzt sah sie zu, wie er den Überwurf seines Umhangs ablegte und auf den Boden warf. Das Kleidungsstück war mit scheckigem Pelz gefüttert, und er breitete es mit der Stiefelspitze über das Gras neben ihnen.

Jo zitterte heftig. »Ashe, was tust du da?«

Nun gesellte sich seine zweite Hand zu der ersten, und er umfasste ihr Gesicht, während seine Augen, die in der Dunkelheit noch schöner waren, als sie sich erinnern konnte, über ihren Körper glitten. »Nichts, was du nicht auch wollen würdest«, antwortete er und lächelte auf sie herab, seine Stimme so warm wie ein knisterndes Feuer. »Ich habe dir doch gesagt, ich würde dich nie zu etwas zwingen, nicht wahr, Jo?«

»Ja«, flüsterte sie schwach.

»Und das habe ich auch so gemeint. Ich würde dich niemals in irgendeiner Weise in Gefahr bringen.« Sanft glitten seine Lippen über ihren Mund, spielerisch liebkoste er ihn mit der Zunge. »Du glaubst mir doch, Jo, oder etwa nicht?«

Ihre Antwort war kaum hörbar. »Doch.«

»Das dachte ich mir. Ich bin froh, dass du mir vertraust«, meinte er, und dann presste er die Lippen fest auf ihre, leidenschaftlich – beinahe grob.

Die Hitze seines Kusses ließ Jo erzittern. Aus der Tiefe ihrer Seele stieg eine flammende Hitze empor; all die Wunden, die ihr in ihrem früheren Leben zugefügt worden waren, all die schmerzhaften, verkümmerten Stellen schrieen plötzlich geradezu danach, getröstet und angenommen zu werden. Im beißenden Wind fröstelte ihr Körper, und sie schlang die Arme um Ashes Hals, erwiderte seinen Kuss und drückte sich dabei Wärme suchend an ihn. Er zog sie enger an sich, und da bemerkte Jo, wie groß seine Erregung war und wie ungleich die Kräfte zwischen ihnen verteilt waren.

Auf einmal bekam sie Angst. Aber noch ernüchternder war der Gedanke an Rhapsody. Mit einem Ruck wurde ihr die ekelhafte Wirklichkeit klar. Sie entzog sich ihm und befreite sich aus seiner Umarmung.

»Himmel, was tun wir denn da?«, stöhnte sie. »Ashe, bitte lass uns zurückgehen.« Schnell drehte sie sich um und wollte sich auf den Weg machen.

Doch er legte von hinten die Hände auf ihre Schultern, sanft, aber entschlossen, und hielt sie fest, während seine Lippen ihr Ohr und ihre Wange streiften. Im heulenden Wind war seine Stimme warm und fast tonlos.

»Es tut mir Leid, dass ich dein Missfallen erregt habe, Jo«, murmelte er, während er sanft ihren Hals unter den strohblonden Haarsträhnen liebkoste. »Das wollte ich wahrhaftig nicht.« Behutsam drehte er sie um und blickte wieder auf sie herab.

In seinen Augen stand Mitgefühl – *vielleicht wirken sie deshalb auf einmal so viel menschlicher,* dachte sie. Sein strahlendes Lächeln brachte ihr Herz wieder zum Beben, und erneut kämpfte ihr Gewissen mit dem Verlangen tief in ihr.

»Das hast du auch nicht«, erwiderte sie stockend. »Ich möchte nur Rhapsody nicht wehtun.«

»Ach, ja, Rhapsody«, sagte er. »Sie hat Glück, dich zur Freundin zu haben, wo du dir solche Sorgen um ihre Gefühle machst. Aber wer schützt denn deine Gefühle, Jo? Wer weiß denn all die Dinge zu schätzen, die dich zu etwas Besonderem machen?«

Jo ließ den Kopf hängen. »Mach dich nicht über mich lustig, Ashe.«

Jetzt kniete er sich vor ihr nieder und blickte zu ihr auf. »Ich mache mich nicht über dich lustig – das schwöre ich dir. Warum denkst du das?«

»Weil du genauso gut wie ich weißt, dass es an mir nichts Besonderes gibt«, antwortete sie heftig und kämpfte gegen die Tränen an.

»Das ist nicht wahr.«

»Wirklich? Woher willst du das überhaupt wissen? Ich sage es dir ja ungern, aber manche Leute können nicht mit Macht und Einfluss um sich werfen, als wären es Brotkrumen, manche haben kein Schwert aus Feuer oder Sternenlicht geerbt, und wenn wir lächeln, breitet sich auch kein Blumenteppich vor unseren Füßen aus. Manche Leute werden in einem Hinterhof geboren und sterben irgendwo auf einem Müllhaufen, und keiner merkt etwas davon.«

Jetzt flossen die Tränen in Strömen über ihr Gesicht. Behutsam nahm er ihre Hand und küsste sie. Der nächste Windstoß peitschte über ihr tränennasses Gesicht, und er zog sie zu sich auf die Erde und drückte ihr Gesicht an seine Brust.

»Jo, Jo, was ist nur los mit dir? Du bist so voller versteckter Schätze – du musst nur bereit sein, jemanden sie bergen zu lassen.« Jo hob den Kopf, und er küsste sie abermals. Ihr Verlangen gewann die Oberhand, und sie schob das schlechte Gewissen zur Seite, während sie mit all dem Begehren, dem Schmerz und der Bedürftigkeit auf ihn reagierte, die ihre Seele überflutet hatten.

In der Ferne heulte ein Wolf, ein lang gezogenes, hohes Jaulen, das sich disharmonisch in das Stöhnen des Windes mischte. Ein bleicher Mond ging auf und warf gespenstische weiße Schatten auf die sturmgepeitschte Landschaft. Jo hatte das Gefühl zu fallen, als er sie auf seinen mit Pelz gefütterten Umhang legte. Sie öffnete die Augen und sah das schimmernde blaue Licht auf sie zurückstrahlen, sah eine Gier in diesen Augen, die ihr die letzte Kraft raubte. Aber sie war bereits zu weit gegangen.

Schon rissen seine Hände an ihrem Wams, zerrten grob ihr Hemd auseinander. Sie hörte ein heftiges Einatmen und ein anerkennendes Ausatmen.

»Siehst du, Jo – versteckte Schätze. Die nur darauf warten, geborgen zu werden.« Sie rang nach Luft, als sein Mund sich auf ihre Brüste legte; feuchte Wärme umschloss ihre Brustwarzen, bis sie hart wurden und schmerzten, während seine Hände sich an den Bändern ihrer Hose zu schaffen machten. Er riss so heftig daran, dass Jo plötzlich den eisigen Wind auf ihrer entblößten Haut spürte; sie klammerte sich an seinen Hals und hieß fröstelnd seine heißen Finger zwischen ihren Beinen willkommen.

Seine grobe Erkundung ließ sie pulsierend von unerfülltem Verlangen zurück, während er sich seiner eigenen Hose widmete. Ihr lauter frustrierter Seufzer überraschte sie beide, und er lachte, bellend und unangenehm. Dann bewegte sich sein Mund über ihren Bauch und immer weiter nach unten, hin zu der Stelle, wo zuvor seine Finger gewesen waren.

Beinahe brutal befriedigte er sie und schob dann die Kleider fort, die ihm noch im Weg waren; sein Mund glitt wieder nach oben, während er sich auf sie legte. Als Jo seinen Kopf über ihrem spürte, blickte sie in sein Gesicht; die Erregung, die sie darin sah, war von einer Grausamkeit, die ihr Angst einjagte.

Panik ergriff sie, während der Wind über ihre beiden Körper peitschte, und sie spürte eisige Regentropfen auf der Haut. Zitternd, teils vor Verlangen, aber mehr noch aus Angst, flehte sie ihn an, er möge von ihr ablassen. Doch als Antwort bewegten sich seine Lippen von ihrer Brust auf ihren Mund, seine Zunge glitt hitzig hinein und erstickte ihre Bitte. Dann spürte sie eine noch heftigere Hitze und einen Schmerz, als ihre Jungfräulichkeit hinweggerafft wurde und er sich in einer hastigen Bewegung mit ihr vereinte. Sie krallte sich in seinen Rücken, dass das Blut aus ihren Fingern wich, und gab sich den rasenden Wogen der Lust hin, in die sich ein quälender Schmerz mischte, während er immer weiter in sie eindrang.

Seine Lippen lösten sich von ihren, und er begann zu ächzen, ein harter, tierischer Laut im Rhythmus seiner Bewegungen, die sie auf den Boden drückten und wieder und wieder gegen den felsigen Untergrund schlugen. Jo schrie auf, rief immer wieder seinen Namen, betete, dass es bald zu Ende sein möge, und fürchtete doch eben jenen Moment.

Die ganze Zeit über brauste der Wind über sie hinweg und um sie her, dämpfte ihre Schreie und trug sie mit sich fort, wie die Stimmen der Möwen, hinab ins Tal. Und die Firbolg, welche sie hörten, suchten Schutz, so schnell sie konnten, denn sie fürchteten das Kommen der Dämonen.

Und dann, als Jo schon fast um den Tod betete, war es vorüber. Keuchend lag er auf ihr, und sie hielt sich an ihm fest. Als sie so dalag, spürte sie, ausgehend von der Stelle ihrer körperlichen Vereinigung, eine schleichende Empfindung, die sich durch ihren Körper und ihre Seele wand, sich um ihr Innerstes schlang wie eine Ranke, die ihr Rückgrat emporwucherte und überallhin ihre Triebe aussandte. Das Gefühl stieg hinauf bis in ihren Schädel und wuchs daraus hervor wie ein Haarschaft, um sich schließlich aufzulösen.

Sie begann zu frösteln. Inzwischen war der Wind zu einer kaum spürbaren Brise abgeflaut; der Mann neben ihr hob den Kopf und sah sie an. Die ganze Hässlichkeit, deren Zeuge sie in der Leidenschaft gewesen war, war verschwunden. Jetzt lächelte er wieder und küsste sie sanft.

»Alles in Ordnung mit dir?«

Sie nickte, unfähig zu sprechen.

»Gut.« Er machte sich los, erhob sich langsam und band seine Hose zu. »Siehst du, Jo, du bist mehr als etwas Besonderes, du bist einzigartig auf der weiten Welt. Jetzt zieh dich wieder an.«

Wie im Traum knotete Jo ihr zerfetztes Hemd zusammen und band ihre zerrissene Hose zu, so gut es eben ging. Mit zitternden Händen zog sie ihr Wams über und beobachtete, wie er den Schmutz von seinem Umhang schüttelte und ihn überzog. Dann drückte er sie noch ein letztes Mal an sich und strich ihr dabei behutsam über die langen Haare.

Zusammen gingen sie zum Rand des Kessels, wo er ihr einen raschen Kuss auf den Kopf drückte und davonschlenderte, in die Schatten der Zahnfelsen hinein. Im Handumdrehen hatte die Dunkelheit ihn verschluckt.

Erst als sie allein war, als sie mit schmerzendem Körper und schmerzender Seele in ihren Gemächern in Ylorc lag, wurde Jo klar, dass sie keine Ahnung hatte, was seine letzten Worte zu bedeuten hatten.

Fröhliches Lachen drang aus dem Beratungszimmer hinter der Großen Halle, als Ashe in den Kessel zurückkehrte; der Duft von gebratenem Wildschwein und gewürzten Äpfeln hing in der Luft. Die Lampen waren angezündet worden; zu den Essensgerüchen und dem süßen Holzrauch gesellte sich der beißende Gestank von brennendem Fett. Im Laternenlicht wirkte der Raum wie ein Leuchtfeuer in den finsteren Gängen des Kessels.

Als er eintrat, sprang Rhapsody von ihrem Platz auf und rannte zu ihm, um ihn zu begrüßen. Sie hatte ihre Reisekleidung gegen ein langes, tailliertes Kleid aus blassgrüner Seide eingetauscht; daher wusste er, dass sie gefeiert hatten. Als er sich zu ihr beugte, um sie zu küssen, bemerkte er Achmeds Blick; in seinen mürrischen Augen lag demonstrative Belustigung. Ashe legte einen Arm um Rhapsodys Mitte und nahm mit der freien Hand den Krug entgegen, den Grunthor ihm hinhielt.

»Also gibt es gute Neuigkeiten?«

Achmed sagte nichts.

»Kommt ganz drauf an, wie man es sieht«, meinte Grunthor.

»Wo ist Jo?«, fragte Rhapsody.

Ashe ließ den Blick über das ungewöhnliche Trio schweifen, ehe er seine Aufmerksamkeit wieder Rhapsody zuwandte. »Ich habe sie nicht gefunden«, antwortete er.

Er sah, wie sich das schöne Gesicht vor Enttäuschung verzog und besorgt wirkte. »Vielleicht sollte ich sie suchen«, sagte sie, an Achmed gewandt.

»Lass sie in Ruhe, Hoheit«, widersprach Grunthor und füllte sein Glas wieder auf. »Wenn sie gefunden werden wollte, dann hätte er sie auch gefunden. Vielleicht braucht sie bloß ein bisschen Zeit, um sich daran zu gewöhnen ... na, ihr wisst schon, woran.«

»Das müssen wir doch alle«, meinte Achmed.

Doch Rhapsody starrte nachdenklich in ihr Glas. Ashe strich ihr zärtlich über das Haar, und sie blickte zu ihm auf und lächelte. »Wahrscheinlich habt ihr Recht«, sagte sie endlich, nahm Ashes Hand und führte ihn an seinen Platz.

Dort schob sie Geschirr und Besteck beiseite und zeigte ihm die große Landkarte, an der sie in seiner Abwesenheit gearbeitet hatten. »Achmed und Grunthor haben sich bereit erklärt, uns zu helfen«, sagte sie und lächelte die beiden Firbolg strahlend an. »Wir wollen am ersten Tag des Winters aufbrechen.«

»Das ist wunderbar. Danke. Danke euch beiden.«

»Bitte sehr«, antwortete Grunthor. »Keine Ursache.«

»Bitte«, fügte Achmed hinzu, »erinnere mich nicht daran.«

Bis spät in die Nacht schmiedeten sie Pläne, tranken, aßen und scherzten. Draußen um den Berg heulte und wütete der Wind, und der dunkle Himmel weinte eisige Tränen, ohne zu wissen, um wen.

43

»Rhapsody, durch das Wasser scheint immer Sternenlicht. Kein Grund zur Sorge.«

Zweifelnd blickte Rhapsody ihn an. Sie hielt das Schwert über den See von Elysian und sah zu, wie das flackernde Licht auf der Wasseroberfläche glitzerte und helle Schatten auf den Grund warf.

»Was ist, wenn ich es auslösche? Oelendra wird mich persönlich dafür umbringen.«

Ashe lachte und küsste sie auf den Kopf. »Na gut, wenn du dir so viel Gedanken machst, dann ist es vielleicht besser, wir tun es nicht.«

Rhapsody spähte ins Wasser. Nicht weit vom Ufer konnte sie unter der Oberfläche die schimmernden Stalagmiten erkennen, die vom Grund des Sees emporwuchsen und funkelten, wenn das Feuer der Tagessternfanfare sie berührte. Sie glitzerten in sanften Grün- und Blauschattierungen; wahrscheinlich stammten sie aus der Zeit, bevor die Höhle sich mit Wasser gefüllt hatte. Das Bild eines ganzen Feldes voller spitzer Gebilde hatte ihre Träume in der Nacht heimgesucht; daher war sie schon den ganzen Morgen am Seeufer entlanggewandert und hatte versucht, die Tiefen in der Dunkelheit der unterirdischen Grotte zu erforschen.

Es war Ashes Vorschlag gewesen, das Schwert mit ins Wasser zu nehmen. Über ihre entsetzte Reaktion war er in lautes Gelächter ausgebrochen, doch sie wurde von der entsetzlichen Vorstellung geplagt, das Feuer des Schwerts würde womöglich für immer ausgelöscht, wenn es mit dem Wasser in Berührung käme. Er hatte ihr die Härtungsprozesse der Waffen zu erklären versucht, das unauslöschliche Licht, das in die Waffe eingearbeitet worden war, aber er merkte, dass sie trotzdem noch unsicher war, und zog sie in seine Arme.

»Aria, du wirst das Schwert nicht zerstören, das verspreche ich dir. Aber wenn du dir immer noch Sorgen machst, dann versuchen wir etwas anderes. Es gibt noch eine ganze Reihe von interessanten Stellen hier unten, die wir erforschen können.«

Jetzt lächelte Rhapsody. Sie liebte es, mit ihm die verborgenen Schätze von Elysian zu erkunden. Sie waren durch Höhlen voller purpurroter Kristallformationen gekrochen, deren Wände durch das Licht der Tagesternfanfare in fiebrigem Glanz erstrahlten, sodass es aussah, als wäre man in einem facettenreichen Edelstein gefangen.

Gemeinsam hatten sie die versteckte Quelle des Bachs gesucht, der den Wasserfall bildete, und waren ihm gefolgt, wie er durchs Felsgestein sprudelte. Sie waren in den Bach gestiegen und in ihm geschwommen, bis sie über den Rand in den See hinuntergeplumpst waren. Und sie hatten eine kleine unterirdische Wiese gefunden, umgeben von Felsmauern, die um die tausend Fuß hoch in den offenen Himmel aufragten, wie eine unterirdische Version der Wächterfelsen von Kraldurge. Ein wunderbarer Ort für ein Picknick im Sonnenschein oder bei Nacht, um die Sterne zu beobachten. Und um sich zu lieben.

»Nein«, sagte sie entschlossen. »Ich möchte diese Stelle sehen, und wenn du sicher bist, dass es dem Schwert nicht schadet, dann vertraue ich dir.« Vorsichtig berührte sie das Wasser mit der Schwertspitze. Unter der Wasseroberfläche veränderte sich das Licht; statt der flackernden Flammen, die gewöhnlich an der Klinge emporzüngelten, ging ein strahlendes Glühen von der Tagessternfanfare aus. Aber Ashe behielt Recht: Das Feuer machte keinerlei Anstalten zu verlöschen.

Vor Aufregung glühte Rhapsody schon selbst. »Komm«, drängte sie, »zieh dich aus.«

Sie legten ihre Oberbekleidung ab und stiegen ins Wasser, das sehr kalt war, bis Rhapsody ihr Feuerwissen einsetzte. Sofort stieg die Temperatur an, und der See heizte sich auf wie unter der Sommersonne, hätte diese ihn direkt erreichen können.

»Hier«, meinte Ashe, »lass uns die Schwerter tauschen. Mit Kirsdarke kannst du unter Wasser Luft holen, denn es ist ein Wasserschwert. Ich kann auch ohne seine Hilfe atmen. Natürlich nur, wenn du möchtest.« Er kannte ihr natürliches Widerstreben, ihr Schwert aus der Hand zu geben, hatte aber in diesem Augenblick nicht daran gedacht.

Offensichtlich hatte Rhapsody ihm gegenüber jedoch keine Schwierigkeiten mehr damit, denn sie reichte ihm fröhlich die Tagessternfanfare und nahm dafür das mit blauen Schnörkeln verzierte Kirsdarke, das er ihr hinhielt. Sobald sie die Waffe anfasste, veränderte sie sich; die schimmernden Wellen, die sonst über seine Oberfläche spielten, liefen rasch vom Heft die Klinge hinunter und verschwanden, als wären sie aus dem Schwert getropft. Das blasse Licht, das aus den Verzierungen drang, erlosch ebenfalls, und auf einmal wurde das gesamte Schwert massiver. Die Waffe, die sie nun in der Hand hielt, war wunderschön, die silberne Klinge mit komplizierten türkisfarbenen Mustern geschmückt, aber sie sah nicht mehr aus wie in Ashes Hand, wo sie aus in der Luft hängendem Wasser gemacht zu sein schien.

»Ich habe es zerstört!«, flüsterte sie nervös.

»O nein!« Ashe schnappte in gespieltem Schrecken nach Luft, lachte dann aber herzlich über ihre ängstlich aufgerissenen Augen. »Ich nehme dich doch nur auf den Arm, Aria – es ist alles in Ordnung. So sieht das Schwert aus, wenn es in anderen Händen als denen des Kirsdarkenvar ruht.«

Rhapsody fuhr mit den Fingern vorsichtig über die jetzt feste Klinge. »Bist du sicher, dass ich es nicht beschädigt habe?«

»Ja, ich bin sicher. Es ist vollkommen intakt. Siehst du, dein Schwert reagiert auf mich auch nicht so wie auf dich.«

Er hatte Recht. Auch die Tagesternfanfare ähnelte jetzt einem ganz gewöhnlichen Schwert, zwar glänzend vom Sternenlicht, mit dem es getränkt worden war, aber an der Klinge waren keine Flammen mehr zu sehen. Rhapsody runzelte die Stirn.

»Wie seltsam«, murmelte sie. »Sowohl Achmed als auch Grunthor haben es gehalten, aber das Feuer ist nicht erloschen wie bei dir.«

Ashes Augen blickten traurig, als er antwortete: »Das Stück meiner Seele, das der F'dor mir ausgerissen hat, war mit dem Feuer verbunden, Rhapsody. Deshalb verfügte meine Seele nicht mehr über dieses Element, bis du in mein Leben tratest.« Lächelnd legte er den Arm um sie und zog sie an sich. »Das Schwert spürt das und reagiert deshalb nicht auf mich. Das einzige Feuer in meinem Herzen ist das, welches ich in den Armen halte.«

Rhapsody küsste ihn. »Aber nicht für lange.«

Unwillkürlich zuckte Ashe zusammen. Wenn Rhapsody auf ihren Plan anspielte, den Rakshas zu finden und zu zerstören und dabei das verlorene Stück seiner Seele zurückzuerobern, wurde ihm jedes Mal flau im Magen. Deshalb verdrängte er den Gedanken und konzentrierte sich lieber ganz auf seine goldhaarige Geliebte und die Welt, die sie miteinander erforschen wollten.

»Wenn du fertig bist, können wir loslegen. Aber denk immer daran: Was du auch tust, schwimm nicht zu schnell zur Oberfläche hinauf, sonst kannst du dich ernsthaft verletzen.«

»Verstanden.« Wieder küsste sie ihn und senkte Kirsdarke dann behutsam ins Wasser. Unter der Oberfläche verschwand die Wasserklinge, sodass nichts von ihr sichtbar blieb bis auf das Heft in Rhapsodys Hand. Mit einem zufriedenen Lächeln dachte Ashe daran, wie groß das Vertrauen zwischen ihnen geworden war, denn sonst hätte sie ihr Schwert nicht so ohne weiteres mit ihm getauscht. Langsam glitt er ins Wasser. Rhapsody sah das Licht der Tagessternfanfare in seiner Hand unter Wasser leuchten.

Sie holte tief Atem und sammelte sich, ehe sie ihm folgte. Sobald sie unter die Oberfläche getaucht war, erkannte sie das Paradox – in der unendlichen Stille herrschte ein fast ohrenbetäubender Lärm. Das Wasser war erfüllt von subtilen Lauten, doch ein Rauschen, das einem starken Wind ähnelte, übertönte fast alles andere. Für ihre Ohren waren es fremde

Klänge, aber sie waren dennoch sehr schön. Einen Moment schloss sie die Augen und versuchte, den Ursprung des Rauschens auszumachen: Es kam von dem großen Wasserfall, der von den Felsen in den See stürzte.

Eine Weile trieb Rhapsody im Wasser, die Augen noch immer geschlossen, und nahm die Geräusche der Unterwasserwelt in sich auf. Doch plötzlich hörte sie einen sonderbaren, gedämpften Ton, wie von einer Glocke. Sie öffnete die Augen und sah vor sich eine in sonderbares Licht und unglaubliche Schönheit getauchte Welt, in der bestimmte Farben zu fehlen schienen.

Das Geräusch, das sie gehört hatte, war Ashes Lachen, und als sie sich zu ihm umwandte, staunte sie. Er schwamm frei im Wasser, hoch über ihr, im Kristalllicht der Tagessternfanfare. Sein rotgoldenes Haar wallte um seinen Kopf, langsam und metallisch, das Strahlen des Schwerts reflektierend. Seine Haut war ebenso blass wie die ihre, und sein Lächeln ließ seine Zähne schimmern wie Perlen. Doch am sonderbarsten waren seine Augen, denn hier in seinem Element leuchteten sie wie Saphire, ganz seiner natürlichen Umgebung angepasst. Im Wasser schwebend, fast als flöge er, hielt er die glühende Sternklinge in der Hand und wirkte mehr wie ein Engel denn wie ein Mann. Rhapsodys Herz wurde von der heftigen Empfindung überschwemmt, die sie jedes Mal überwältigte, wenn sie ihre Liebe zu ihm wachsen fühlte, und ihr stockte der Atem.

Sofort überkam sie Panik, und sie fürchtete, Wasser in der Lunge zu haben. Sie fühlte den heftigen Drang, so schnell wie möglich zur Oberfläche aufzusteigen, wieder in die Welt der Luft zurückzukehren, aber sie widerstand, zwang die Furcht nieder und machte den nächsten Atemzug. Ruhe kehrte ein, als sie merkte, dass sie problemlos atmen konnte, und die Panik wich der Aufregung über das Wunder der neuen Welt, die sich um sie herum ausbreitete. Als Ashe ihre Angst bemerkte, verschwand sein Lächeln, und er war sofort neben ihr; sie nickte ihm zu, um ihn zu beruhigen. Dann machte er eine Handbewegung hinunter in die Tiefe.

Zusammen schwammen die zur Mitte des Sees, dem Lichtstrahl folgend, den das Schwert warf. Etwa zwanzig Fuß vom Ufer entfernt stiegen die Stalagmiten-Formationen, die Rhapsody gesehen hatte, vom abschüssigen Grund des Sees auf und glänzten zart im reflektierten Licht. Sie waren kristallklar und glatt, anders als ihre spitzen Gegenstücke über der Oberfläche, und schillerten in sanften Schattierungen von Rosa, Grün und Blau und immer mehr Violett, je tiefer sie kamen.

Die ersten Stalagmiten, an denen sie vorübergeschwebt waren, waren höchstens schulterhoch. In der Tiefe aber waren sie gewaltiger; manche ragten höher auf als Rhapsodys Hütte. Wenn das Licht der Tagessternfanfare diese Formationen berührte, wurden sie von einem magischen Zauber umwoben und zeigten eine sanfte, glitzernde Schönheit, die von der Dunkelheit rund um den Lichtstrahl noch gesteigert wurde. Als das Schwert über ihnen schwebte, leuchteten sie auf, dann glitten sie zurück in die Tintenschwärze der Tiefe.

Ashe hatte Recht behalten; mit Kirsdarke in der Hand konnte Rhapsody im Wasser mühelos atmen. Sie folgte ihm noch tiefer hinab. In diesem Teil des Sees wirkten die Formationen wie Spitzen und nicht so robust wie am Rand des Feldes. Die vielfarbigen Felsen wurden dünn und zierlich, mit zerbrechlich wirkenden Auswüchsen, die wie gespenstische Arme in die Dunkelheit ragten. An manchen Stellen bogen sich die zarten Strukturen unter der Last des Wassers und ähnelten Kuppeln und Bögen, und so erinnerte das Stalagmiten-Feld an eine Stadt aus Zuckerguss und Zuckerwatte, ein prachtvolles Reich für die dunklen Fische, die zwischen den Felsen umherschwammen und blitzschnell davonsausten, wenn das Licht sie streifte.

Als sie eine große Fläche mit grünen und azurblauen Felsadern durchschwammen, fiel Rhapsody ein silbernes Glitzern ins Auge. Sie gab Ashe ein Zeichen, der nickte und sogleich hinabtauchte, um es vom Grund des Sees zu bergen. Sie folgte ihm hinein in eine riesige Unterwasserbasilika, erschaffen aus Wassertropfen und Zeit, und blickte sich voller Staunen um. Die oberen Bereiche ragten weit in den See hinauf und entsprachen in ihren Ausmaßen einer echten Basilika. Rhapsody stockte der Atem; ergriffen betrachtete sie das verborgene Reich, ein Unterwasserland so tief unter der Oberfläche des Sees. Dass eine solch überwältigende Schönheit unbemerkt und unerkannt existierte, erschien ihr wahrhaft beklagenswert.

Ihre Grübelei wurde unterbrochen, als ein starker Arm sich um sie legte. Sie wandte sich um und sah Ashe über sich schweben, das wallende Haar im Lichtkreis schimmernd. Er blickte hinauf in die Formationen über ihnen und nickte, als sie lächelte. Dann beugte er sich zu ihr und küsste sie, wobei er das Schwert so weit wie möglich von sich weg hielt. Schließlich deutete er zur Oberfläche hinauf.

Zögernd nickte Rhapsody und schwamm hinter ihm her, langsam zur Luft hinauf, der Strömung des Wassers folgend, das nun flacher wurde. Sie waren nicht einmal in die Nähe der tiefsten Stelle des Sees gekommen, und Rhapsody konnte sich nur ausmalen, welche Schätze sich dort in der ewigen Nacht verstecken mochten.

Als sie ihre Kleider am Ufer aufsammelten, sah Rhapsody Ashe an und lächelte. »Was hast du dort unten gefunden?«, fragte sie und deutete auf den metallischen Gegenstand in seiner Hand. Er hielt ihn ihr entgegen, damit sie ihn betrachten konnte. Rhapsody schnappte nach Luft und fing dann an zu lachen. Es war der Pflanzenheber, mit dem sie in der Wiese gegraben hatte, als sie und Achmed Elysian entdeckt hatten – fast unkenntlich geworden unter einer Schicht perlmutten glänzender Felsablagerungen.

»Hast du dies schon einmal gesehen?«

»Ja«, antwortete Rhapsody, während sie den Sand aus ihren Sachen schüttelte. »Es ist der Grund dafür, warum wir diesen Ort überhaupt entdeckt haben. Ich habe die wilden Stiefmütterchen in der Wiese über uns gepflanzt, um die Traurigkeit zu vertreiben, die dort in der Luft hing, und da war mein Pflanzenheber auf einmal wie vom Erdboden verschluckt. Ich hätte fast schwören können, ein Glucksen gehört zu haben. Er muss durch eine der Öffnungen gerutscht sein, durch die das Licht hereinfällt.«

»Das ist was fürs Museum«, bemerkte Ashe. Er sah Rhapsody an, die sich gerade in eins der Handtücher hüllte, die sie am Seeufer zurückgelassen hatten. Ihre nassen Haare glänzten im Dämmerlicht, sodass sie aussah wie eine Seenymphe. Sie lächelte, und er nahm sie in die Arme.

»Soll ich dir noch etwas aus den Landkarten vorlesen, die wir angeschaut haben?«

Rhapsody seufzte. »Nein, ich denke, wir machen uns lieber ans Abendessen. Ich hatte gehofft, heute noch einmal in den Kessel gehen und den Abend mit Jo verbringen zu können. In letzter Zeit kommt sie mir so traurig vor, und ich habe sie schon seit langem nicht allein gesehen. Wäre das in Ordnung für dich?«

Nein. Bleib. Du gehörst mir, flüsterte der Drache. *Mein Schatz. Ich teile dich mit niemandem.* »Ja, das ist in Ordnung«, sagte er und verbannte die dringliche innere Stimme. »Ich begleite dich. Willst du dort auch übernachten?«

»Ich möchte es gern darauf ankommen lassen«, antwortete Rhapsody, während sie sich die Haare trocken rieb. »Wenn alles gut geht, bleibe ich. Vielleicht können Jo und ich wieder dort anfangen, wo wir aufgehört haben, bevor ...«

»Bevor ich auf der Bildfläche erschien und alles verpatzt habe.«

Wütend starrte sie ihn an. »Lass mich gefälligst ausreden, wenn du nicht weißt, was ich sagen will. Das traf es nämlich nicht. Bevor die Dinge sich verändert haben. Jo ist ein großes Mädchen. Ich habe ihr erzählt, was du mir unterwegs über den Altersunterschied zwischen euch und eure unterschiedliche Lebenserwartung gesagt hast, bevor ich dich hierher gerufen habe. Das schien ihr einzuleuchten. Wenn überhaupt jemand etwas verpatzt hat, dann war ich es mit meinem Egoismus, dass ich ihr nicht genügend Aufmerksamkeit geschenkt habe. Mir ist es so schwer gefallen, Elysian und dich zu verlassen und in den Kessel zurückzukehren.« Unwillkürlich schauderte sie.

»Ich finde nicht, dass es immer ein Zeichen von Egoismus ist, glücklich zu sein, Rhapsody. Du hast in deinem Leben viele schreckliche Zeiten durchgestanden. Vielleicht ist es endlich an der Zeit, dass die Dinge besser für dich werden.«

Sie grinste und reckte sich, um ihn zu küssen. »Komisch, ich glaube, vor ein paar Tagen habe ich dir denselben Vortrag gehalten.«

»Nun, ich bin mir nicht zu schade, anderer Leute Worte nachzuplappern, wenn ich damit mein Ziel erreiche.« Wieder küsste er sie und versuchte, die Sehnsucht in seinen Augen zu verbergen, während sie sich umdrehte und zum Haus zurückeilte. »Ich komme gleich nach!«, rief er.

Rhapsody wandte sich noch einmal um und lächelte ihm zu. »Ich warte oben auf dich. Es ist Sommer, da kann man das Abendessen ruhig mal ein bisschen hinauszögern.« Verspielt schwenkte sie ihr Handtuch, ging ins Haus und ließ hinter sich die Tür für ihn offen.

Ashe seufzte und spürte die Wärme in sich aufsteigen, die er immer fühlte, wenn Rhapsody lächelte. Dann holte er tief Atem, versuchte, sich an die Schmerzen zu erinnern, die er so lange Jahre ertragen hatte, und merkte, dass er es nicht konnte. Sie hatte die Qual vertrieben und seine Seele mit einer süßen Fröhlichkeit erfüllt, die beinahe greifbar war. Wenn es doch nur so bleiben könnte.

Am Rande seiner Wahrnehmung bemerkte der Drache etwas Silbernes, das im dunstigen Nachmittagslicht schimmerte. Ashe ging zum Wasser und blickte hinunter. Dort am Strand zwischen Fels und Sand lag der kleine silberne Gegenstand, den er an jenem Morgen in den See geschleudert hatte, als er sich endgültig von Emily verabschiedet hatte. Er bückte sich, um ihn aufzuheben.

Er glänzte noch immer, unbeschädigt, funkelnd in seiner Hand. Zum ersten Mal traten Ashe bei seinem Anblick nicht die Tränen in die Augen, und er fühlte keinen Schmerz im Herzen. Jetzt war Emily eine glückliche Erinnerung, etwas, was er hinter sich gelassen hatte. Er konnte sie in seinem Herzen bewahren, wohl behütet in seiner Erinnerung. Er war glücklich und wusste, dass sie es so gewollt hätte.

44

Rhapsody schlich durch die kalte graue Halle und sah sich verstohlen um, ob per Zufall doch irgendein Bolg im Allerheiligsten umherwanderte. Schon seit geraumer Zeit hatte sie keine Nacht mehr im Kessel verbracht, und sie war unsicher, wann der Wachwechsel stattfand, der früher oft von den Bolg-Wachen als Ausrede benutzt worden war, um einen schnellen Blick in Achmeds Privatquartier zu werfen.

Über ihr langes blaues Nachthemd hatte sie einen Umhang mit Kapuze gezogen, und sie trug einen großen Korb mit Süßigkeiten vom Bazar in Sepulvarta bei sich, ein Friedensangebot für Jo, die in letzter Zeit distanziert und sehr gereizt gewesen war. Mit ein wenig Glück würde sie ihre Schwester allein und in Stimmung für ein nächtliches Plauderstündchen vorfinden. Rhapsody klemmte den Korb unter den Arm und klopfte an Jos Tür.

Kurze Zeit später wurde die Tür langsam geöffnet, und Jo lugte durch den Spalt. Bei ihrem Anblick musste Rhapsody schlucken – sie war dünner geworden, ihr Gesichtsausdruck war matt, die Haut fahl, das strohblonde Haar dunkler und ohne seinen üblichen Glanz. Sie starrte gezielt durch Rhapsody hindurch.

»Ja?«

»Jo, ist alles in Ordnung mit dir?«, fragte Rhapsody, während ihr die Sorge den Magen verkrampfte und die Kehle zuschnürte. »Du siehst aus, als fühltest du dich nicht wohl.«

»Mir geht's gut«, antwortete sie barsch und schaute dann auf Rhapsody herab. »Was willst du denn?«

»Ach – na ja, ich habe gedacht, wir könnten mal wieder einen gemütlichen Frauenabend veranstalten«, antwortete sie unbeholfen. »Ich hab dich vermisst, Jo. Unsere Gespräche und einfach die Zeit mit dir. Aber wenn du jetzt keine Lust darauf hast, kann ich das verstehen.« Ihre Stimme erstarb.

Einen Moment starrte Jo sie an, dann entspannte sich ihr Gesicht ein wenig. »Na klar«, meinte sie und öffnete die Tür ein Stück weit. »Komm rein.«

Rhapsody gab ihr den Korb. »Das ist für dich. Ich weiß, du magst solche Leckereien. In Sepulvarta gibt es einen wunderbaren Zuckerbäcker, der alle möglichen Süßigkeiten und Trockenfrüchte verkauft und …« Erschrocken hielt sie inne. Jos sonst immer so schlampiges Zimmer, in dem früher all ihre Habseligkeiten verstreut auf dem Boden herumgelegen hatten, war plötzlich genauso ordentlich wie Rhapsodys. Die vielen kleinen Kerzen, die sie ihr einmal geschenkt hatte, waren nirgends mehr zu sehen, und an ihrer Stelle hing eine einzelne Laterne von der Decke, die gedämpftes Licht und einen ekelhaften Gestank verbreitete.

Jo trug den Korb zu ihrem Bett, ließ sich im Schneidersitz dort nieder und wühlte den Inhalt durch. Rhapsody nahm den Krug mit gewürztem Honigwein und füllte zwei kleine Becher, die sie in den Taschen ihres Umhangs mitgebracht hatte, stellte eine davon für Jo auf das Nachttischchen und trug die andere zu dem Kissenstapel auf der gegenüberliegenden Seite des Zimmers. Dort machte sie es sich bequem und hoffte, der warme Wein werde die Unterhaltung zwischen ihnen erleichtern, die sich so mühsam dahinschleppte. Bei Oelendra hatte er jedenfalls immer zu einer behaglichen Atmosphäre geführt.

»Also, was war denn hier oben so los?«

»Nichts.« Jo packte den Korb systematisch aus und legte das, was sie am liebsten mochte, zur Seite. Rhapsody trank noch einen Schluck und fragte sich, wo die Begeisterung geblieben war, die Jo gewöhnlich bei solchen Geschenken an den Tag legte – sie konnte doch sonst die Finger nicht von Süßigkeiten lassen. »Das Übliche, du weißt schon; Aufstände niederschlagen, Dörfer einnehmen und unterwerfen, die Truppenübungen. Nichts Besonderes.« Sie wählte eine Papiertüte mit gezuckerten Trauben und warf Rhapsody einen Beutel getrockneter Aprikosen zu.

Rhapsody sah zu, wie Jo ein paar Früchte in den Mund steckte; all das süße Konfekt aber, das sie für gewöhnlich gleich als Erstes verschlang, mied sie heute. *Vielleicht wird sie allmählich erwachsen*, dachte sie und versuchte, das ungute Gefühl zu verscheuchen, das ihr die Nackenhaare sträubte. Tatsächlich half ihr der Gedanke, sich ein wenig zu entspannen. Natürlich! Jo wurde einfach reifer, sie war ein Mensch und befand sich im Alter der Veränderungen. Das war tröstlich und traurig zugleich.

»Ich habe mir gedacht, ich brauche vielleicht ein bisschen Urlaub«, meinte sie, zog das schwarze Band aus ihren Haaren und fuhr sich mit den Fingern durch die goldenen Locken. »Weißt du, eine Reise oder so, nur wir beide. Wie findest du das?«

Jo steckte eine weitere Traube in den Mund. »Weiß nicht. Was würde Ashe dazu sagen?«

»Er hat selbst Einiges zu erledigen«, erwiderte Rhapsody und senkte unter Jos durchdringenden Blicken die Augen. »Ich bin sicher, dass er sich allein beschäftigen kann. Außerdem weiß er, dass ich auch Zeit mit dir verbringen will.«

Jo antwortete nicht, sondern streckte sich auf dem Bett aus, die Arme unter dem Kopf.

»Möchtest du, dass ich dir etwas vorsinge, Jo?«, fragte Rhapsody. »Ich habe meine Lerchenflöte mitgebracht.« Noch immer versuchte sie verzweifelt, das Gespräch zu entkrampfen.

»Wenn du willst.« Jos Stimme klang unverbindlich.

Rhapsody zog das kleine Instrument hervor und begann mit einer kleinen Melodie, ziellos umherwandernd, ohne Wiederholungen. Sie fügte Phrasen aus Wald- und Wiesenliedern aneinander, tröstlich und honigsüß. Schon nach kurzer Zeit sah sie, dass Jo sich entspannte und ihr Gesicht weicher wurde. Im Rhythmus der durchs Zimmer tanzenden Schatten wob sie eine wohltuende Melodie, die eine Weile in der Luft hing und dann leicht auf ihrer Schwester zur Ruhe kam.

Sobald Jo sich einigermaßen wohl zu fühlen schien, flocht Rhapsody eine Idee in das Lied ein, eine zarte Andeutung, dass Jo das, was sie beunruhigte, zur Sprache bringen könne. Rhapsody liebte ihre Schwester viel zu sehr, um sie mit ihrer Musik zu verhexen oder sie zu zwingen, etwas gegen ihren Willen preiszugeben; das Lied war nichts weiter als eine wortlose Ermutigung.

»Rhapsody?«

»Ja?«

»Kann ich dich was fragen?«

Rhapsody beugte sich auf ihren Kissen vor, einen freudigen Ausdruck auf dem Gesicht. »Natürlich, Jo, du kannst mich alles fragen«, antwortete sie ernst. »Konntest du das nicht schon immer? Was möchtest du denn wissen?«

Jo setzte sich auf und sah ihr direkt ins Gesicht. »Wirst du Ashe heiraten?«

»Nein«, erwiderte Rhapsody. Das Laternenlicht flackerte über ihr Gesicht, ohne eine Spur von Trauer zu offenbaren.

»Warum nicht?«

»Wir haben nicht einmal darüber gesprochen. Es gibt eine Menge Gründe. Er ist von königlichem Geblüt, ich bin ein Bauer.«

»Ein Bauer? Ich dachte, du bist die Herzogin von Elysian.«

Rhapsody warf ihr ein Kissen an den Kopf und freute sich über die Rückkehr der alten Kameradschaftlichkeit. »Na gut, ich bin von Firbolg-Adel. Was übrigens einem Rang *unter* dem eines cymrischen Bauern entspricht.«

»Eingebildetes Volk«, meinte Jo. »Sollen sie sich ihren Dünkel doch sonst wohin schieben.« Sie kippte den Met hinunter und füllte sich den Becher aus dem Krug nach. Rhapsody hielt ihr auch ihren Becher hin.

»Kann ich dich noch was fragen?« Jo sah ihr eindringlich ins Gesicht.

»Selbstverständlich.«

»Als du deine Jungfräulichkeit verloren hast, hat das wehgetan?«

»Nein.«

»Da hast du aber Glück gehabt.«

»Warum, Jo?«, fragte Rhapsody, und auf einmal spürte sie eine kalte Faust im Magen. »Geht es ... geht es dir gut?«

Jo zuckte die Achseln.

Forschend blickte Rhapsody in ihr Gesicht, und Besorgnis brandete über sie hinweg wie eine kalte Meereswoge. »Was willst du mir damit sagen, Jo? Dass du keine Jungfrau mehr bist?«

Jo starrte an die Wand. »Nein. Und es tut immer noch weh. Ich hab mich genau genommen seither nicht mehr richtig gut gefühlt.«

Sofort war Rhapsody bei ihr, setzte sich neben sie aufs Bett und nahm sie in den Arm. Sanft streichelte sie ihrer Schwester übers Haar und küsste sie zärtlich auf die Stirn, wiegte sie sanft, um sie zu beruhigen und auch um die Angst auf ihrem eigenen Gesicht zu verbergen. »Was meinst du damit ... du hast dich seither nicht mehr richtig gut gefühlt? Sag mir, was los ist.«

Aber Jo schwieg. Behutsam rückte Rhapsody ein Stück ab und sah sie an; als Jo Anstalten machte, sich abzuwenden, legte sie ihr sanft die Hand an die Wange und blickte ihr fest in die Augen.

»Sag es mir, Jo. Ich helfe dir, ganz egal, was es ist.«

Lange starrte Jo sie schweigend an, und wieder bemerkte Rhapsody, wie verhärmt sie aussah – ihre Haut war grau, Gesicht und Hände waren abgemagert. Schließlich sagte sie: »Ich kann nichts bei mir behalten. Ständig habe ich so ein komisches Gefühl im Magen. Mein ganzer Körper tut weh, alles.«

Rhapsody blinzelte, um die Tränen zu vertreiben, die ihr unwillkürlich in die Augen stiegen. Dann legte sie behutsam die Hand auf Jos Bauch, um festzustellen, ob sie die Gegenwart einer anderen Seele fühlte. Tatsächlich bemerkte sie eine sonderbare Schwingung, aber es war etwas falsch daran, falsch und fremd. Als sie versuchte, weiter nachzuforschen, schob Jo ihre Hand weg.

»Nein, Rhapsody, ich bin nicht schwanger. Lass mich in Ruhe.«

So sanft sie konnte, fragte Rhapsody nach: »Bist du sicher, Jo?«

»Ja. Und jetzt hör auf damit.« Jo erhob sich und ging durchs Zimmer, den Becher Met in der Hand.

»Es tut mir Leid, Jo«, sagte Rhapsody. »Du weißt, ich würde alles tun, was ich kann, damit es dir besser geht. Ich habe eine Menge Kräuter und Wurzeln, die deinen Magen beruhigen und die Schmerzen in deinem Körper lindern können. Komm mit mir nach Elysian, dann kannst du ein schönes linderndes Bad nehmen.«

»Schon gut«, entgegnete Jo und nahm einen großen Schluck von der goldgelben Flüssigkeit. »Wahrscheinlich liegt es nur daran, dass mein erstes Mal ein bisschen, na ja, ein bisschen grob war, ein bisschen heftig. In ein, zwei Wochen ist bestimmt alles wieder gut.«

Doch ihre Worte ließen Rhapsodys Seele frösteln, sie spürte, wie Ärger in ihr aufstieg und ihr die Kehle zuschnürte. Sie versuchte, ruhig und besonnen zu sprechen. »Jo, es tut mir Leid«, wiederholte sie. »Bin ich so lange weg gewesen? Ich wollte, ich hätte für dich da sein können, du weißt schon, um mit dir zu reden. Ich meine, mir war nicht klar, dass du einen Freund hast.«

Jetzt wandte Jo sich um und sah sie zum ersten Mal aus sich heraus an. Ihr Blick war fest und entschlossen.

»Ich habe keinen Freund. Genau genommen ist es dein Freund.«

Verständnislos starrte Rhapsody sie an. Jos Worte überschlugen sich fast, als sie hastig weitersprach. »Es war Ashe, Rhapsody. Es tut mir ehrlich Leid, aber es war auch nur ein einziges Mal.«

»Jo, was redest du da?«

»Es war Ashe«, wiederholte Jo, und ihr Gesicht wurde hart. »Ich habe mit Ashe gevögelt. In der Nacht, als ihr euch im Beratungszimmer getroffen habt, als ich weggelaufen bin, ist er mir nachgegangen – und hat mich draußen auf der Heide gefunden. Er hat dir nichts davon gesagt, oder?«

Rhapsody schwieg, aber alles Blut war aus ihrem Gesicht gewichen.

»Dacht ich mir's doch«, fuhr Jo fort, als sie sah, wie Rhapsody erbleichte und die Augen abwandte. »Wahrscheinlich hat er dir gesagt, er hat mich nicht gefunden, ja? Alles Unsinn. Ich hab versucht, ihn wegzuschicken, aber er wollte einfach nicht. Und dann, na ja, dann haben wir's getan. Irgendwie hab ich es teilweise schon genossen, aber insgesamt war es grausig. Ich werd seinen Gesichtsausdruck nie vergessen. Er hat mich regelrecht um den Verstand gevögelt. Ehrlich, Rhapsody, ich weiß nicht, was du an ihm findest. Hast du denn nichts Besseres zu tun, als dich von ihm bespringen zu lassen?«

Ihre Worte hatten die beabsichtigte Wirkung; als Rhapsody aufblickte, war ihr Gesicht von Tränen überströmt. Sie stand auf und zog wie in Trance die Bettdecke wieder glatt.

»Warum schläfst du nicht ein bisschen«, meinte sie, ohne Jo anzuschauen. »Ich mische ein paar Heiltrünke für dich zusammen und bringe sie dir morgen früh vorbei.« Jo sah zu, wie sie ihr Haarband und die Lerchenflöte einsammelte, das Zimmer verließ und leise die Tür hinter sich zuzog.

Ashe setzte sich im Bett auf, als sich die Tür zu Rhapsodys Zimmer lautlos öffnete. Eigentlich war er davon ausgegangen, dass sie bei Jo übernachten würde, und seine Freude über ihre Rückkehr war ihm sogleich anzusehen. Er schlug die Kapuze ein wenig zurück und streckte ihr die Arme entgegen, aber sie wandte sich schweigend von ihm ab und ging zur Garderobe, wo sie bedächtig ihren Mantel aufhängte.

»Rhapsody?«, sagte er, schwang die Beine aus dem Bett und setzte die Füße auf den eisig kalten Steinboden. »Alles in Ordnung?«

Sie wandte sich zu ihm um, und er sah mit Schrecken, dass ihr die Tränen übers Gesicht liefen.

»Aria, was ist los mit dir?« Schon wollte er aufstehen, aber Rhapsody hielt die Hände vor sich, als wollte sie ihn von sich weghalten.

»Bitte bleib, wo du bist.« Nun verschränkte sie die Arme vor der Brust. Sie sah aus, als wäre ihr übel.

»Was ist denn passiert? Hast du dich mit Jo gestritten?«

Rhapsody machte ein paar Schritte auf ihn zu, noch immer die Arme um sich geschlungen. »Sie – sie hat gesagt, du hättest in der Nacht, als wir uns im Beratungszimmer trafen, Sex mit ihr gehabt. Draußen auf der Heide, oberhalb der Schlucht.«

Ashes Gesicht wurde ausdruckslos, dann überwältigten ihn der Schock und die Wut wie eine Springflut. Rhapsody spürte, wie sich die Spannung in der Luft veränderte, als der Drache in ihm sich zu regen begann. Rasch trat sie zu ihm und legte ihm die Fingerspitzen auf den Mund, ehe er aufbegehren konnte.

»Sag jetzt nichts, bitte. Ich weiß, dass es nicht wahr ist.« Ihre Tränen strömten wie Regen, und sie begann zu zittern.

Da ihm nichts zu sagen blieb, legte Ashe die Arme um sie und zog sie auf seinen Schoß. Fest drückte er sie an seine Brust und streichelte ihre glänzenden Haare, hin und her gerissen zwischen unglaublicher Wut über diese Lüge und der Freude darüber, dass sie ihm so vorbehaltlos vertraute. »Warum tut sie so etwas?«, fragte er. »Warum verletzt sie uns auf diese Weise – vor allem dich? Meinst du, es ist ihre Rache dafür, dass wir es ihr nicht früher gesagt haben?«

Da hob Rhapsody den Kopf und sah ihm offen ins Gesicht. Zum ersten Mal, seit sie sich kannten, erblickte er Angst in ihnen.

»Nein«, antwortete sie zitternd. »Ich glaube, sie ist dem Rakshas begegnet.«

45

Langsam stand Ashe auf, wie benommen. Mit einer heftigen Bewegung zog er die Kapuze in die Stirn, ging dann auf die andere Seite des Zimmers und begann, seine Habseligkeiten zusammenzuraffen. Bekümmert sah Rhapsody ihm zu; trotz des Nebelumhangs spürte sie, dass die Muskeln in seinem Körper gespannt waren wie Sprungfedern, und sie wusste, dass er sich verzweifelt davon abhielt, loszurennen, Jo aus dem Bett zu zerren und sie zur Rede zu stellen. Wenigstens hatte er noch genug Verstand, um zu wissen, dass sie, wenn er seine Gegenwart offenbarte, mit einem Angriff des Dämons rechnen mussten, auf den sie nicht vorbereitet waren.

»Wir müssen uns auf die Jagd nach ihm machen, wir dürfen es nicht länger hinauszögern«, sagte Rhapsody. »Eigentlich hatten wir vor, bis zum ersten Tag des Winters zu warten, aber das ist eindeutig zu spät.« Sie konnte sein Gesicht nicht sehen, aber als er sprach, war seine Stimme ruhig, und seine Worte klangen pragmatisch.

»Ist dir klar, dass sie jetzt womöglich unter seinem Bann steht, Rhapsody? Dass sie in der Gewalt des F'dor sein könnte?«

Rhapsody erwiderte nichts.

Sanft umfasste Ashe ihr Kinn, aber sie spürte, dass er vor Wut zitterte.

»Das weißt du, Aria, nicht wahr? Du darfst ihr jetzt nicht mehr vertrauen, in keiner Hinsicht. Vielleicht war der Kontakt kurz und hat sie nur für eine gewisse Zeit in seinen Bann geschlagen – wie bei den Soldaten, die ihre eigenen Dörfer angreifen und sich später nicht mehr daran erinnern. Aber der

Einfluss kann auch tiefer reichen und stärker sein; womöglich wird sie als Spionin benutzt.«

»Ich weiß.«

Vorsichtig hob Ashe ihr Gesicht an, sodass ihre Augen direkt in seine unter der großen Kapuze des Nebelumhangs blickten.

»Möglicherweise ist sie an ihn gebunden, Rhapsody. Er könnte Zugang zu ihrer Seele haben. Vielleicht gehört sie jetzt ihm.« Sie biss die Zähne zusammen, aber sie hatte aufgehört zu weinen. »Zwar ist es nicht sehr wahrscheinlich – der F'dor braucht einen Blutvertrag, freiwillig oder unter Zwang, um eine unsterbliche Seele gänzlich zu verstricken. Hat sie erwähnt, ob er etwas von ihrem Blut genommen hat?«

Rhapsodys Gesicht wurde weiß; Ashe streichelte sie sanft.

»Nein, ich glaube nicht«, antwortete sie nach kurzem Nachdenken. »Sie hat gesagt, dass er – sehr heftig war, aber nichts davon, dass er sie verletzt hat.«

»War sie noch Jungfrau?«

Rhapsody erstarrte. »Ja.«

Ashe ließ ihr Gesicht los und schnallte sich Kirsdarke um. »Ich glaube, du solltest dich auf das Schlimmste gefasst machen, Aria. Wenn sie an ihn gebunden ist ...«

»Falls sie an ihn gebunden ist, dann werde ich mich ebenso um ihre Befreiung kümmern wie um deine, wenn ich den Rakshas töte«, entgegnete sie schroff. »Wir brechen morgen noch vor Tagesbeginn auf, sie wird nichts davon mitbekommen. Ich werde den Wachen sagen, sie sollen sie im Auge behalten, bis wir wieder zurück sind. Was immer getan werden muss, um sie zu retten, werde ich tun. Sie ist meine Schwester, Ashe. Sie war an mich gebunden, lange bevor sie den Rakshas getroffen hat. Ich habe den ersten Anspruch auf ihre Seele, bei den Göttern, nicht der F'dor.«

Ashe ergriff ihren Arm. »Opfere dich nicht für sie. Das ist es nicht wert.«

Ärgerlich machte Rhapsody sich los. »Wie kannst du es wagen? Wer bist du, mir zu sagen, was mein Opfer wert ist? Darf ich es etwa nur für dich bringen?« Erschrocken über die

Schärfe ihrer Worte starrte Ashe sie an, und obwohl sie sein Gesicht nicht sehen konnte, wusste sie, wie tief sie ihn getroffen hatte.

»Entschuldige«, flüsterte sie. »Bitte entschuldige.«

»Die Antwort auf deine Frage lautet nein«, entgegnete Ashe und bückte sich, um seine Stiefel zu schnüren. »Nichts ist es wert, dass du dieses Opfer bringst. Ich meinte damit nur, dass dein Tod sie nicht retten kann.«

»Ich werde nicht sterben«, erwiderte Rhapsody und starrte auf ihre Hände hinab. »Nicht, um dich zu retten, und auch nicht, um sie zu retten.«

Einen Augenblick herrschte Stille. Schließlich sagte Ashe: »Ich sollte sofort aufbrechen, ehe der F'dor merkt, dass ich hier bin.«

Benommen nickte Rhapsody. »Es wäre wohl das Beste.«

Auch Ashe nickte und wandte sich dann ab. Rhapsody beobachtete, wie er sich mit der Hand durch die ungekämmten Haare fuhr, und versuchte, sich gegen die Verzweiflung zu wehren, die sie überkam, wenn sie ihm so beim Packen zusah. Die ganze Zeit hatte sie gewusst, dass dieser Augenblick kommen würde, dass er sie verlassen würde, aber irgendwie hatte sie gedacht, es werde zu einem späteren Zeitpunkt geschehen und nicht gar so abrupt. Sie hielt die Tränen zurück, während er seinen Tornister über die Schulter warf, zu ihr ans Bett kam und sich neben ihr niederkauerte.

»Wie lange wird die Jagd wohl dauern?«

»Ich weiß es nicht. Alles hängt davon ab, wie weit entfernt er ist. Sobald du hier verschwunden bist, werde ich zu Achmed gehen und ihm sagen, dass wir sofort zur Tat schreiten müssen. Wir brechen morgen auf.«

»Sorge dafür, dass Jo nichts davon erfährt.«

»Natürlich. Aber sie kennt unseren gegenwärtigen Plan; wenn sie also etwas an ihn verraten hat, dann werden wir es bald merken.«

Unter der Kapuze hörte sie das leise Schnauben, das Ashes sarkastischstes Lächeln zu begleiten pflegte. »Na, dafür müssen wir dann wohl dankbar sein.«

Rhapsody schlang die Arme um seinen Hals. »Bitte, bitte sei vorsichtig.«

Er zog sie an sich und hielt sie ganz fest, damit er sich in dunkleren Zeiten immer daran erinnern konnte. »Sei du vorsichtig, Aria. Du wirst dem Rakshas gegenübertreten. Bis zu diesem Augenblick war mir war nie richtig bewusst, wie sehr mir davor graut.«

Beschwichtigend klopfte sie ihm auf die Schulter. »Ich werde schon zurechtkommen. Wir alle. Das letzte Mal bin ich schon fast allein mit ihm fertig geworden. Wenn Grunthor und Achmed bei mir sind und wir auch noch die Überraschung auf unserer Seite haben, dann müssten wir die Sache schnell und gut zu Ende bringen können, ein für allemal.«

»Als du mit ihm kämpftest, standest du auf heiligem Grund, in der heiligsten Nacht des Jahres. Unterschätze den Rakshas nicht, Aria, nur die Götter wissen, auf welche dämonischen Kräfte er zurückgreifen kann.«

»Ich unterschätze ihn nicht, Ashe, aber du solltest es auch nicht tun. Wir wissen, was wir tun. Aber du musst mir versprechen, dass du in sicherer Entfernung bleibst. Wir werden das Ding töten, dann bekommst du das verlorene Stück deiner Seele zurück, und der F'dor hat keine Macht mehr über dich. Wahrscheinlich ist es keine gute Idee, dich zu rufen, wie ich es zuvor getan habe, deinen Namen wieder über den Wind zu schicken. Wie soll ich dich finden und dir Bescheid geben, wenn alles vorüber ist?«

Er trat einen Schritt zurück und nahm ihr Gesicht zärtlich zwischen seine Hände. In der Kapuze konnte sie seine blauen Augen leuchten sehen. »Das kannst du nicht. Wenn ich gefunden werden könnte, wäre ich längst tot. Ich werde in einem Monat hierher zurückkommen, bis dahin wirst du aller Wahrscheinlichkeit auch wieder da sein, nicht wahr?«

»Ja, das hoffe ich, bei den Göttern. Wohin wirst du gehen?«

»Ich weiß es nicht, vielleicht an die Küste. Aber mach dir um mich keine Sorgen, Rhapsody. Bring die Sache hinter dich und pass auf, dass dir nichts passiert. Kümmere dich im Notfall lieber nicht um das Seelenfragment – wenn dir etwas zustößt, ist es ohnehin wertlos für mich.«

»Mir wird nichts zustoßen. Ich schaffe es.«

»Ich werde jeden Augenblick, bis ich dich wieder sehe, darum beten, dass du Recht behältst.« Seine Finger glitten durch ihr Haar, als er sich zu ihr herabbeugte und sie küsste. Noch immer spürte sie die Wut in ihm, und auch ihre Lippen zitterten, denn sie hatte Angst, dass sein Zorn ihn tollkühn machen könnte. Ihre Lippen pressten sich auf seine und füllten sie mit Wärme, als sie ihn wortlos zu besänftigen versuchte, aber es nützte nicht viel. So wutentbrannt hatte sie ihn noch nie erlebt.

Mit großer Anstrengung machte Ashe sich los, eilte zur Tür und ging ohne ein weiteres Wort hinaus. Einen Augenblick blieb Rhapsody wie betäubt sitzen, dann sprang sie auf die Füße, rannte zur Tür und spähte in die Halle, aber er war schon verschwunden. Er hatte nicht auf Wiedersehen gesagt. Sie hatte ihm nicht gesagt, wie sehr sie ihn liebte.

Zum zweiten Mal in dieser Nacht schlich Rhapsody den Gang hinunter, immer noch auf der Hut vor den Bolg-Wachen. Da sie niemanden sah, stellte sie den Korb mit den Heiltrünken vor Jos Zimmer ab, öffnete leise die Tür und spähte hinein.

Das Mädchen, das sie wie eine Schwester liebte, schlief und schnarchte leise, zusammengerollt wie ein werdendes Kind im Mutterschoß oder ein Mädchen mit Bauchschmerzen. Traurig sah Rhapsody sie an; sie wusste, wie sehr sie gelitten hatte und wie sehr sie noch immer leiden musste.

Hass flammte in ihrem Herzen auf, und sie spürte, wie sich ihre Hände zu Klauen bogen, als sie sich unbewusst das selbstgefällige Grinsen des Rakshas vorstellte. Es würde all ihre Willenskraft erfordern, ihm nicht die Augen auszukratzen, wenn sie ihm gegenübertraten. Allerdings war sie noch nicht sicher, ob sie es sich auch verbieten würde, ihn zu kastrieren.

Während sie sich seinen Tod ausmalte, erschien Ashes Gesicht vor ihrem inneren Auge, und sie erschrak; manchmal vergaß sie, dass ihre Gesichter identisch waren. Bei dem Gedanken, dass er so überstürzt aufgebrochen war, ohne ihr das Versprechen zu geben, sich nicht unnötig in Gefahr zu begeben, wurde ihr eiskalt im Magen, und ihr Herz krampfte sich angstvoll zusammen. Vielleicht war er dem Rakshas jetzt schon auf den Fersen, um sie zu schützen. Einen Augenblick später war sie plötzlich sicher, dass genau das der Fall war. So schnell sie konnte, eilte sie in ihr Zimmer zurück, schlüpfte in ihre Stiefel, warf den Umhang über und rannte zu den Toren des Kessels.

In den Zahnfelsen herrschte pechschwarze Finsternis. Die Berge hielten die Nacht fest, als versuchten sie, sich vor den neugierigen Augen der Welt abzuschirmen, indem sie ihre Gipfel in fremde Nebel hüllten. Ein gemeiner, kalter Wind fegte über die kärgliche Vegetation, die in der herbstlichen Luft bereits starr wurde, sich beugte und bog, weit weniger lebendig als in der Feuchte des Sommers. Das alljährliche Todesritual des Landes hatte seinen Anfang genommen. In der Dunkelheit war nichts zu spüren von dem Versprechen, das bei Tageslicht von den bunten Blättern des Waldes ausging – dass der Sommer nur vorübergehend sterben würde. Jetzt schien es vielmehr so, als wäre die Welt für alle Zeit zu Kälte und Finsternis verdammt.

Rhapsody klammerte sich an die Felswand des Bergpasses und bemühte sich, sich im röhrenden Wind aufrecht zu halten. Die bittere Kälte, die unter den hastig übergeworfenen Umhang und das Nachthemd kroch, ließ ihre Beine zittern; sie fühlte sich, als klammerte sie sich an den Mast eines Schiffs, das mit vollen Segeln übers Wasser dahinflog. Zum Glück kannte sie sich aus, denn sonst wäre sie sicher in eine der Schluchten gestürzt, die sich jäh hinter einer jeden Wegbiegung auftaten. So undurchdringlich war die Dunkelheit, dass sie kaum die Hand vor Augen sehen konnte.

Von jeder Anhöhe rief sie Ashes Namen, aber der Wind verschluckte ihre Stimme und warf sie, vermischt mit seinem eigenen Heulen, zu ihr zurück. Sein Nebelumhang würde

Ashe verbergen, das wusste sie, und wenn er sie nicht hörte, hatte sie keine Möglichkeit, ihn zu finden. Mit jedem Schritt wurde ihr Herz schwerer; sie vermochte die Furcht nicht abzuschütteln, die an ihrer Seele nagte, seit sie früher in dieser Nacht den Ausdruck auf Jos Gesicht gesehen hatte. *Bald wird er die Steppe erreicht haben, dann werde ich ihn niemals einholen,* dachte sie und schützte die Augen mit der Hand vor den winzigen Steinpartikeln, die der Sturm ihr ins Gesicht fegte, als sie auf die dem Wind zugewandte Seite der Felswand kam.

So wild wütete hier der Sturm, dass eine der Laschen von Rhapsodys Umhang abriss und sie ihn um ein Haar verloren hätte. Vor Schmerz und Kälte schrie sie laut auf und suchte eilends Unterschlupf bei dem letzten Felsvorsprung vor dem jähen Abstieg auf die viertausend Fuß unter ihr liegende Steppe. Im Lauf der Jahrhunderte hatte der Wind mitten auf dem Pass eine Nische ausgehöhlt und so einen schmalen Unterstand geschaffen, zu beiden Seiten offen, aber massiv. Rhapsody beschloss, hier einen Augenblick Kraft zu schöpfen, ehe sie sich auf den Rückweg machte. Lebend käme sie hier nicht weiter voran.

Rhapsodys aufgeschürfte Finger brannten wie Feuer. Als sie die Nische erreichte und Halt suchte, spürte sie, wie sie abglitt. Verschwommen nahm sie wahr, dass ihre Hände bluteten, doch es gelang ihr gerade noch, sich in den Unterstand zu ziehen. Erschöpft lehnte sie den Kopf an die Felsmauer, während sie Atem holte. Als sie wieder sprechen konnte, rief sich Ashes Namen ein letztes Mal in den Wind. Dann ließ sie sich an die Felswand sinken und hörte den Wind zu beiden Seiten durch den Steinbogen heulen. Auf der Südseite ihrer Zufluchtstätte verstellte teilweise ein Schatten den Ausblick.

»Was ist los? Bei allen Göttern, was machst du hier draußen? Der Rakshas könnte überall sein, vielleicht sucht er die Gebirgspässe ab, nach ... nach einem von uns.«

Noch immer keuchend blickte Rhapsody auf und sah, dass die Dunkelheit, die den Eingang versperrte, die Umrisse eines

Mannes hatte. Panik lag in seiner Stimme. Mit großer Mühe antwortete sie.

»Ich – habe was – vergessen.«

Nun kam er zu ihr an die geschützte Stelle, ließ seinen Tornister fallen und umfasste ihre Schultern. »Was?«

In der Dunkelheit konnte Rhapsody ihn kaum sehen, obwohl er direkt vor ihr stand. Sie spähte in seine Kapuze und versuchte, Augenkontakt aufzunehmen. Dann schluckte sie schwer und stieß mühsam hervor: »Dein Versprechen.«

Sie spürte, wie sich seine Armmuskeln anspannten und er sie schüttelte; ihr war bewusst, dass er sich bemühte, ihr mit der Heftigkeit seiner Gefühle nicht wehzutun. »Bist du von Sinnen?«, fragte er ungläubig. »Man würde deine Leiche niemals finden, wenn du hier auch nur einen falschen Schritt machtest. Bei den Göttern, Rhapsody, welches Versprechen könnte denn so wichtig sein?«

Sie musste husten, als er ihre Hände in seine nahm und die blutenden Finger an seine Lippen führte, sie mit einer rauen Trostgeste liebkoste. »Du musst mir schwören, ihn nicht zu verfolgen«, antwortete sie, und ihre Kehle war wie zugeschnürt, während der Wind durch die Felsnische heulte und seine Kapuze peitschte.

Die dunkle Gestalt schwieg und bedeckte ihre Finger jetzt mit zärtlicheren Küssen. Rhapsodys Hand zitterte, und sie wusste, dass sie Recht gehabt hatte; er war losgezogen und hatte sich auf die Suche gemacht nach dem entstellten Wesen, in dem sich ein Teil seiner Seele befand. Wie verzweifelt musste er sein, wenn er so ein furchtbares Wagnis einging! Plötzlich wurde ihr klar, dass es nur einen einzigen Grund geben konnte, aus dem er die eigene Verdammnis riskieren würde: Er wollte verhindern, dass ihr dieses Schicksal widerfuhr.

»Du musst dich von ihm fern halten«, sagte sie, und ihre Worte waren kaum mehr als ein angstvolles Keuchen. »Ich habe dir doch gesagt, dass ich ihn töten kann und dass ich nicht allein sein werde. Versprich es mir, Ashe. Schwöre mir, dass du ihn nicht verfolgst. Lass mich das machen. Vertrau mir, bitte.«

Die Kapuze senkte sich, und sie wusste, dass er den Kopf unter der Last ihrer Forderung beugte. »Ich kann dich das nicht tun lassen«, sagte er schließlich mit schmerzverzerrter Stimme. »Ich könnte es nicht ertragen wenn ...«

So heftig sie konnte, schlug sie ihm beide Handflächen auf die Schultern und stieß ihn gegen die Felswand. Sein Kopf fuhr hoch, und sie starrte wieder in die Kapuze, wobei sie diesmal ein Schimmern der vor Schreck weit aufgerissenen Augen wahrnahm. Sie packte den Kragen seines Umhangs am Hals.

»Hör mir zu«, fauchte sie, mit leiser, tödlicher Stimme, aber trotz des Winds deutlich hörbar. »Das wirst du mir nicht antun! Du wirst mir gefälligst glauben, dass ich weiß, wozu ich fähig bin, und du wirst unerschütterlich darauf vertrauen. Und wenn du dazu nicht in der Lage bist, dann wirst du meiner Bitte trotzdem Folge leisten und mir *aus dem Weg gehen!* Ich habe bereits zugelassen, dass dieser Unhold meiner einzigen Schwester etwas angetan hat. Er hat sie zerstört, und es ist meine Schuld. Ich werde dich nicht auch noch an ihn verlieren, Ashe.« Plötzlich begann sie unkontrolliert zu zittern, und er nahm sie fest in den Arm, während sie von heftigen Schluchzern geschüttelt wurde.

Seine Lippen berührten ihr eiskaltes Ohr. »Was mit Jo passiert ist, war nicht deine Schuld«, flüsterte er. »Wenn jemand dafür verantwortlich ist, dann ich. Ich hätte gründlicher nach ihr suchen müssen – auf der Heide habe ich nicht mal nachgeschaut.«

»Weil ich es dir gesagt habe«, stieß Rhapsody hervor. »Ich habe dir gesagt, du sollst sie nicht bedrängen, weil ich dachte, sie sitzt in ihrem Zimmer und weint. Ich hatte keine Ahnung, wie weh wir ihr getan haben, ich hätte nie gedacht, dass sie allein nach draußen laufen würde. Oh, ihr Götter, was habe ich getan?« Das Schluchzen wurde stärker, und ihre Tränen benetzten seine Wange. Er lehnte sich an den Felsen, legte die eine Hand auf ihren Hinterkopf, die andere auf ihren Rücken und hielt sie mit all seiner Kraft, während sie weinte und einer Trauer freien Lauf ließ, die man ihr nie zugestanden hatte.

Der Wind heulte, als wollte er ihr Schluchzen begleiten, und als sie endlich innehielt, um Atem zu holen, nahm Ashe ihr Gesicht in die Hände und küsste sie leidenschaftlich. Auch ihre Reaktion war heftig, ihre Hände glitten unter seinen Umhang, krallten sich in seinen Rücken, und ihr Mund suchte den rauen Trost, die ihr der seine gewährte. Er fuhr mit den Händen durch ihr wehendes Haar, hielt aber lange genug inne, um die Handschuhe abzustreifen und sie neben den Tornister auf den Boden zu werfen. Dann umfasste er unter ihrem Umhang ihre Taille, zog sie dichter an sich und löste seine Lippen von ihren.

»Du bist in Nachthemd und Umhang auf die Zahnfelsen geklettert. Wo sind deine Waffen? Bei allen Göttern, was ist nur in dich gefahren?«

»Versprich mir, dass du ihn nicht verfolgen wirst«, flüsterte sie mit angsterfüllter Stimme. »Bitte. Bitte, ich liebe dich. Ich liebe dich. Tu es für mich. Bitte.«

Sie fühlte, wie auch er zu zittern begann, fast im Gleichklang mit ihr. Dann nickte er.

»In Ordnung«, antwortete er mit brüchiger Stimme. »In Ordnung, Rhapsody, ich bin dazu bereit. Aber wenn er dich besiegt, dann werde ich ...«

Sie küsste ihn wieder und versuchte, ihn mit ihren Lippen zum Schweigen zu bringen. »Er wird mich nicht besiegen«, sagte sie; ihre Hände ließen von seinem Rücken ab und bewegten sich über seine Brust. »Hab Vertrauen zu mir.«

Er drückte sie fester an sich. »Ich habe unendliches Vertrauen zu dir, Rhapsody, aber du vergisst, dass ich selbst mit diesem Dämonengeist gekämpft habe. Er hat in meine Brust gegriffen, als wäre sie ein offener Sack Getreide, und hat, ohne sich dafür anstrengen zu müssen, ein Stück meiner Seele herausgerissen. Das hat *unseren* Blutvertrag besiegelt. Hätte ich mich damals nicht befreien können, hätte er mich in Besitz genommen.

Er war wie eine Schlingpflanze, die sich um mein Innerstes rankte und sanft wie ein Windhauch Teil von mir wurde, sich ohne Zögern ausbreitete, bis er meinen Brustkorb zur Gänze ausfüllte. Was glaubst du denn, was mich so zugerichtet hat? Ich selbst habe mir genauso schlimme Verletzungen zugefügt wie der Dämon, ich habe ihn gewaltsam aus mir entfernt, ehe er mich ganz verzehren konnte. Das Stück von mir, das er geraubt hat, musste ich ihm opfern, wie ein Tier, das sich in der Falle den eigenen Fuß abbeißt. Es dauerte nur einen Augenblick, Rhapsody; doch ich weiß nicht, ob ich ein zweites Mal so glimpflich davonkommen würde. Ich weiß auch nicht, ob du es kannst.«

»Hör auf damit«, entgegnete sie scharf. »Ich trete noch nicht gegen den F'dor an, vorerst töte ich nur sein Spielzeug. Und ich habe viel eher einen Grund dazu. Außer dem, was er dir angetan hat, hat er sich jetzt auch noch an Jo vergangen und sie erniedrigt. Sie hat in ihrem Leben genug gelitten, das hat sie nicht verdient. So viel Hass habe ich in meinem ganzen Leben noch nie empfunden – wenn ich ihm nicht Luft verschaffe, werde ich bei lebendigem Leibe verbrennen.« Ihre Stimme versagte. »Hörst du mich, Ashe? Ich werde *bei lebendigem Leibe verbrennen.*« Sie barg ihr Gesicht an seiner Brust, und wieder verformten sich ihre Hände zu Klauen.

Er zog sie weg und küsste sie immer wieder, hart und drängend. »Jetzt hör du mir zu«, stieß er zwischen zwei Küssen hervor, »du klingst schon wie ich. Das ist ein Verbrechen. Du hast mich davon überzeugt, dass die Liebe in dieser schlechten Welt mehr ist als eine verdrehte Phantasie. Wage es nicht, dich jetzt selbst davon abzuwenden. Werde nicht so wie wir anderen, sonst überlässt du uns für immer unserem Hass.« Sein letzter Kuss währte lange; in ihm fühlte sie seinen ganzen Schmerz, und das Gefühl war ihr fremd, so ganz anders als die Sanftheit, die sie sonst immer in ihm wahrnahm. »Ich liebe dich. Ich glaube an dich. Und ich werde wegbleiben, mögen die Götter mir verzeihen.« Die letzten Worte spie er fast aus.

Ein heftiger Seitenwind fegte durch die Nische, schob sie beide von der Felswand und ließ Rhapsody in ihrer dünnen Kleidung heftig frösteln. Er packte sie, als sie aus dem Felsversteck stolperte, zog sie wieder unter den Bogen und drückte sie eng an die Felswand.

»Alles in Ordnung?«, keuchte er. Als er merkte, dass sich ihre Haut ganz kalt anfühlte, versuchte er sie warm zu reiben, voller Verzweiflung und Angst; er wollte sie, wollte sie vor allen Gefahren verstecken, sie in seiner Seele bewahren, sie mit seinem Körper schützen, mit seinem Leben.

Sie fühlte dieselbe Sehnsucht, klammerte sich an ihn und schmiegte sich an ihn zu einem Kuss – ein Liebespaar, das nicht wusste, ob dieser Kuss der letzte sein mochte. Ihre Hände glitten über seinen Oberkörper und machten sich dann daran, die Bänder seiner Hose aufzubinden, die ihn von ihr trennte. Heftig zitternd spürte sie, wie seine Hände unter ihrem Nachthemd nach oben wanderten, und sie überließ sich der Dunkelheit der Angst.

Dort auf dem Gebirgspass, an die Felswand gepresst, nur von einem offenen Felsbogen geschützt, liebten sie sich, voller Furcht, verzweifelt, im Nachtwind, unter der Decke der nebligen Finsternis, die pechschwarz die Gipfel der Zahnfelsen verhüllte. Doch sie fanden wenig Trost und keine Freude, nur ein rasendes Bedürfnis danach, vereint zu sein, womöglich zum letzten Mal. Kein Kleidungsstück wurde abgelegt, kein Wort gesprochen, nur einem wilden Verlangen nachgegangen, doch ohne dass es sie besänftigte.

Als der Aufruhr ihrer Gefühle sich legte, hielten sie einander fest, noch immer gegen die Bergwand gepresst, und flüsterten einander ihre Schwüre ins Ohr, er, dass er den Rakshas nicht verfolgen werde, sie, dass sie vorsichtig sein werde. Dann küsste er sie, half ihr, den Umhang festzuziehen, und fuhr mit der Hand zärtlich über ihr Haar, ehe er sie zu dem Pfad zurückbegleitete, der in den Kessel hinunterführte. Sie sah ihm nach, bis die Dunkelheit ihn verschlungen hatte, dann wanderte sie zurück zu den Lichtern des firbolgschen Regierungssitzes, gepeitscht vom heulenden Wind.

46

Der Morgen graute früh. Lange vor dem Wachwechsel oder auch nur den regelmäßigen Wachgängen hatte sich Rhapsody mit ihren Bolg-Partnern auf der Heide getroffen, Proviant für einen Monat eingepackt und Reisekleidung im Verein mit einer grimmigen Miene angelegt.

Der würzige Duft des Herbsts lag in der Luft und verlangte nach einem kurzen Augenblick der Aufmerksamkeit. Während die Männer noch die Ausrüstung überprüften, schloss Rhapsody die Augen und dachte daran, wann sie zum letzten Mal den Duft verbrannter Blätter im kühler werdenden Wind gerochen hatte.

Seit langer Zeit dachte sie wieder zurück an die Insel, doch ihre Erinnerungen waren nicht so schmerzlich wie die Gegenwart. Die Erntezeit war immer sehr aufregend gewesen, voller Hoffnung und Gefahr, viel berauschender und romantischer als der Sommer – eine Zeit, in der kleine Dinge von größter Bedeutung zu sein schienen und einem alles sehr nahe ging. *Was immer deine Hoffnungen sein mögen, verwirkliche sie jetzt,* schien die Erde zu sagen, während sie ihre prächtigen Trauerkleider anlegte. *Die Zeit wird knapp. Der Winter kommt.*

»Fertig, Schätzchen?« Grunthors dröhnende Stimme durchbrach die Stille und Rhapsodys Grübelei.

Sie blickte über die Felder, die in der grauen Morgendämmerung langsam heller wurden. In der Nacht hatte es Frost gegeben, und der Boden glitzerte im Licht der Tagessternfanfare. Sie steckte das Schwert in die Scheide und berührte ihre Rüstung aus Drachenschuppen.

»Ja«, antwortete sie. »Gehen wir.«

Gerade kletterte die Sonne über die höchste Bergspitze, als die drei den Gipfel erreichten. Sie hatten die Zahnfelsen schweigend und ohne große Anstrengung überwunden, und ihre Schatten verschmolzen mit denen der Berge, lang und zahnförmig, im zunehmenden Licht des unter ihnen liegenden Tales.

Von hoch oben sah die große Schlucht aus wie ein dünnes gewundenes Band zu Füßen des Gebirgsmassivs. Achmed stand zwischen den dahineilenden Wolken und ließ den Blick über die Bergkette schweifen, starrte, ohne auf den heulenden Wind zu achten, über die Steppe und zu den dahinter liegenden Feldern von Bethe Corbair. Langsam drehte er sich im Kreis, die Welt zu seinen Füßen, und suchte mit den Augen den Horizont ab. Dann ließ er sich auf der höchsten Stelle nieder und klärte seine Gedanken.

Rhapsody hielt sich an ihre Anweisung, zu schweigen und sich auch ansonsten so still wie möglich zu verhalten. Neben Grunthor war sie die Einzige, die jemals zuschauen durfte, wie Achmed eine Spur aufnahm, und sie wusste, dass dies ein ungeheurer Vertrauensbeweis war. Mit angehaltenem Atem beobachtete sie, wie er die Augen schloss, leicht den Mund öffnete und die dünne Luft und die Feuchtigkeit der Wolken einatmete. In der einen Hand hielt er das mit dem Blut des Rakshas verkrustete Hemd. Die andere Hand streckte er mit der Handfläche nach oben aus, als wollte er die Windrichtung testen.

Achmeds Atem wurde immer ruhiger und tiefer. Als er den richtigen Rhythmus gefunden hatte, wandte er die ganze Aufmerksamkeit seinem Herzen zu. Er konzentrierte sich auf den Herzschlag, den Druck, der auf Gefäße und Venen ausgeübt wurde, und verlangsamte den Puls so, dass er ihn gerade noch am Leben erhielt. Dann jagte er sämtliche verirrten Gedanken aus seinem Kopf, bis nichts mehr blieb außer der Farbe Rot. Alles andere verblasste, nur noch die Vision von Blut stand vor seinem inneren Auge.

Es hatte eine Zeit gegeben, in der ihm der Klang und das Gefühl von Millionen schlagender Herzen fast das Gehör geraubt hätte. Jetzt aber existierten auf der ganzen Welt nur noch ein paar tausend Herzen, die er hören konnte. Die von Rhapsody und Grunthor erkannte er sofort, aber die anderen waren weit weg und flackerten an den fernen Grenzen seiner Blutsinne.

Doch dann hörte er es. In mittlerer Entfernung, nicht sehr weit weg, konnte er das Herz des Rakshas schlagen hören, konnte das Pulsieren des Bluts in den Fingerspitzen seiner hoch gehaltenen Hand fühlen. Dämonenblut, vermischt mit dem Blut eines Tieres. Das Blut auf dem Hemd, das Blut in diesen Venen – es stimmte überein.

Vollkommen still stand er da. Er lockerte den Puls seines eigenen Herzens und verlieh ihm den Rhythmus der Dämonenkreatur. Als wollte man ein Schwungrad in der Bewegung einfangen, so konnte auch er zunächst nur einen Schlag von fünfen synchronisieren, dann jeden zweiten, bis schließlich alle Schläge im Gleichklang waren. Ihre Herzen rasteten ein, und Achmed lächelte.

Langsam öffnete er die Augen.

Geduldig hatte Rhapsody ihm zugesehen, denn sie wusste, dass es Stunden oder Tage dauern konnte, ehe er den richtigen Puls gefunden hatte, wenn es ihm denn überhaupt gelang. So war sie überrascht, als Grunthor plötzlich seine Streitaxt packte und auf die Füße sprang. Sie hatte keine Veränderung in Achmed wahrgenommen, aber der Bolg-Riese anscheinend schon. So hatte sie gerade noch Zeit, sich aufzurappeln, da war Achmed auch schon auf und davon.

Er rannte den Berghang hinunter wie ein Jagdhund, der eine frische Fährte aufgenommen hat. Um seine Kameraden nicht zu verlieren, blieb er im Licht und kreuzte den Weg des Windes, statt sich instinktiv zu tarnen. Er folgte seinem Herzschlag, der ihn unbeirrbar zum Rakshas führen würde. Grunthor hatte ihn bereits ein- oder zweimal auf einer solchen Jagd begleitet, und daher fiel es Achmed etwas leichter, jemanden anzuführen, ohne dabei die Spur zu verlieren. Inzwischen konnte er recht gut mit anderen zusammenarbeiten und brauchte nicht mehr ausschließlich allein zu jagen.

Rhapsody und Grunthor setzten sich in Trab. Erstaunt stellte Rhapsody fest, wie schnell Achmed war, vor allem, weil er nicht rannte. Er eilte den holprigen Weg hinunter zum steilsten Abschnitt der Felswand und kroch an ihr hinunter wie eine Spinne. Als seine Gefährten den Abhang erreichten, drosselte er sein Tempo ein wenig, dass sie ihm folgen konnten, ohne abzustürzen, aber als er schließlich auf der Heide ankam, gab es für ihn kein Halten mehr, und er spurtete weiter, schnell wie der Wind.

Am Fuß der benachbarten Bergkette wartete Jo. Obgleich sich die anderen so große Mühe gegeben hatten, ihren Aufbruch vor ihr geheim zu halten, war sie mitten in der Nacht aufgewacht und ihnen leise gefolgt. Allerdings war sie nicht auf den Gipfel geklettert, denn dort hätte man sie bestimmt entdeckt, und irgendwann mussten ihre drei Freunde ja sowieso wieder herunterkommen. Sie hatte die Bergkette an einer anderen Stelle überquert und dann die drei beobachtet, wie sie den Gipfel bestiegen hatten, winzige schwarze Gestalten, verloren im gleißenden Sonnenlicht.

Was haben sie nur vor?, fragte sie sich. *Und was mache ich hier?* Sie schien nicht mehr selbst bestimmen zu können, was sie tat, sondern wurde beherrscht von einem sonderbaren, zielgerichteten Gefühl, das ihr den Magen verkrampfte und sie schwindeln machte, sodass sie sich bewegte wie in einem Traum. Es erinnerte sie an die Zeit, als Cutter, einer ihrer Beschützer auf der Straße, ihr die schlechten Fliegenpilze aufgeschwatzt hatte. Er hatte ihr schöne Visionen und ein herrliches Farberlebnis versprochen, aber stattdessen war sie in eine albtraumartige Trance und Paranoia verfallen und stundenlang nicht wieder herausgekommen. Doch das jetzt war weit schlimmer. Die Wirkung der Pilze hatte irgendwann nachgelassen, ihr jetziger Zustand aber wollte nicht aufhören, und sie hatte Angst, dass es immer so bleiben würde.

Seltsame Gedanken plagten sie, wenn sie wach war, Gedanken an Mord und Gewalt, die sie zugleich quälten und gefangen nahmen. Vor ein paar Tagen hatte sie eine Prügelei zwischen zwei Bolg-Kindern verfolgt und war vom Anblick des Bluts regelrecht fasziniert gewesen. Als einer der Streithähne vor Schmerzen aufgeschrien und sein Arm plötzlich in einem äußerst ungesunden Winkel vom Körper abgestanden hatte, war sie keineswegs entsetzt gewesen – wie damals, als Vling abgestürzt war –, sondern geradezu erregt. *Was ist nur los mit mir?,* überlegte sie, aber wieder spürte sie das Ziehen im Bauch, und auf einmal verschwand die Frage aus ihren Gedanken. Als die drei vom Berg herabstiegen und die Steppe überquerten, folgte sie ihnen, ohne ein zweites Mal nachzudenken.

Wie eine Schlafwandlerin.

Eine Woche lang waren die drei dem Rakshas nun schon auf den Fersen. Nachts schliefen sie ohne Feuer, tagsüber rannten sie die meiste Zeit und hielten nur an, wenn die Fährte eine Zeit lang verharrte oder sie verschnaufen mussten. Erbarmungslos verfolgten sie ihre Beute, über das Vorgebirge der Zahnfelsen, über die Grassteppen und die weite Ebene von Bethe Corbair hinweg bis auf die Kreidehügel des orlandischen Plateaus, als Achmed abrupt stehen blieb.

Einen Augenblick reckte er die Hand in den Wind, dann ballte er sie langsam zur Faust. Er nickte den beiden anderen kurz zu, dann verschwand er auf der Hochebene gleich hinter dem Hügelkamm. Grunthor und Rhapsody folgten ihm, krochen über den Boden, bis sie ihn schließlich fanden. Er lag am Rand eines flachen Tales und deutete stumm hinunter, obwohl das nicht nötig gewesen wäre. Der Anblick, der sich ihnen bot, war eindeutig: Dort stand eine Gruppe von neun Männern, drei zu Pferd, und nahm von einem ebenfalls berittenen, grau gekleideten Mann mit kupferroten Haaren Befehle entgegen.

Rhapsodys Herz setzte einen Schlag aus, als sie ihn sah; auf diese Entfernung hätte man den Mann ohne weiteres für Ashe halten können. Zwar hatte sein Haar nicht denselben metallenen Glanz, aber ansonsten konnte sie keinen Unterschied erkennen. Er winkte seinen Männern, woraufhin diese rasch in westlicher Richtung davonritten, und wandte sich selbst in langsamem Trott nach Nordosten.

Achmed lächelte, während Grunthor auf dem Bauch davonkroch und verschwand. *Jetzt könnte ich ihn mit einem glatten Cwellan-Schuss erledigen,* dachte er. *Nun ja.* Er wandte sich an Rhapsody, die sein Lächeln erwiderte. Gleich würde Grunthor mit den Pferden der anderen Männer zurückkehren, und sobald die Tiere festgebunden und versteckt wären, würden sie weiterziehen.

Noch ein paar Stunden folgten sie dem Rakshas. Hinter ihm erklommen seine Verfolger einen kleinen Hügel und gelangten dann auf ein großes Weizenfeld, das bereits abgeerntet war; nur wenige Ähren standen noch, wie erstarrte Erinnerungen an den Frost der vorangegangenen Nacht. Als der Rakshas an einen Bach in einem kleinen Tal gelangte, tippte Grunthor Achmed auf die Schulter und nickte. Achmed hob die Hand und ballte sie wieder zur Faust. Sofort nahmen Grunthor und Rhapsody ihre Plätze ein. Achmed wartete, bis sie richtig standen, und verschwand dann im Hochgras.

Langsam ritt der Rakshas über das Feld. Seine Augen waren auf den Horizont gerichtet, seine Gedanken wandelten auf den ihm so vertrauten Pfaden von Folter und Tod.

Bald würde sich die Abenddämmerung herabsenken. Dann würde er sein Pferd schlachten und sein Blut in sich aufsaugen, um sich, erstarkt wie eine Feuerflamme in der Nacht, dem Berg zu nähern. Wie bei Leuten, die vor dem Erwachen sehr intensiv träumen, so erfand der begrenzte Verstand des Rakshas immer neue Todesarten für den Bolg-König.

Er hatte einen Soldaten der Bolg-Truppen gefangen und amüsiert den Schauergeschichten des Mannes über das Auge, die Klaue, die Ferse und den Bauch des Berges gelauscht. *Dummkopf,* hatte der Rakshas gedacht, als er die Kehle des Bolg durchschnitten und sich herabgebeugt hatte, um das aus den Adern spritzende Blut zu trinken. *Ich bin das Auge, das Ohr und die Hand dessen, der schon Berge dem Erdboden gleichgemacht hat.*

Die Sonne stand hoch am Himmel, und er konzentrierte sich auf die Schritte seines Pferdes, falls es auf einer gefrorenen Pfütze ausrutschte. Daher war er ein wenig überrascht, als das Tier plötzlich unter ihm zusammenbrach.

Mit der Behändigkeit des Wolfs in seinem Blut sprang er aus dem Sattel, um nicht unter seinem Reittier begraben zu werden, rollte sich ab und kam blitzschnell auf die Füße, das Schwert in der Hand. Sein Pferd war mit einem einzigen Schuss getötet worden. Suchend blickte er um sich, wo der Schuss hergekommen war, aber stattdessen entdeckte er einen Riesen mit einer gigantischen Streitaxt, die sich mit tödlicher Schnelligkeit auf ihn herabsenkte. Das Adrenalin schoss durch seine künstlichen Adern, als er Grunthor nach der Beschreibung des Mädchens erkannte und begriff, dass er seinen Feinden in die Falle gegangen war. Er hob die Hand in Richtung des Riesen und ließ eine schwarze Feuerwand aufsteigen. Doch die Flammen verschwanden sofort wieder, gegen seinen Willen zum Erlöschen gebracht. Der Schock war so groß, dass er sich umwandte und floh.

»Hallo, Schatz. Es ist lange her, ich habe dich vermisst.«

Rhapsody stand nicht weiter als fünf Fuß von ihm entfernt, die brennende Klinge der Tagessternfanfare in der Hand. Der Rakshas hob den Arm, um den Todesstoß zu parieren, den sie – davon war er überzeugt – auf sein Herz richten würde. Daher war er nicht im Geringsten darauf vorbereitet, als sie ihm stattdessen einen Schlag gegen die Knie verpasste. Hinter sich hörte er Grunthors schwere Schritte und versuchte, zur Seite auszuweichen, aber seine Flucht wurde durch einen weiteren Schlag mit der Feuersternwaffe vereitelt.

»Wohin willst du denn? Ich habe dir doch gesagt, dass du nicht an mir vorbeikommst.«

Sie verstellte ihm den Weg; wenn er sich auf einen Zweikampf mit ihr einließe, würde er eine leichte Beute für den Riesen werden. Verzweifelt suchte der Rakshas eine bessere

Ausgangsposition, aber wie ein Falke, der nach seinem Gesicht krallte, so wich die zierliche Frau seinen Schlägen aus und trieb ihn immer wieder zurück. Dann aber weiteten sich seine Augen vor Schreck und Schmerz: Grunthor hatte ihm seine Streitaxt in den Rücken gestoßen und ihn glatt durchbohrt, sodass die speerartige Spitze nun aus seiner Brust ragte.

»Rhapsody!«, brüllte er, als Grunthors Speerspitze ihn durchbohrte. »Ihr Götter, nein! Ich bin es, Ashe. Ich bin nicht der, den ihr sucht! Hilf mir, bitte!«

Als Rhapsody näher an ihn herantrat, stöhnte er wie in Todesqualen und streckte die Hände nach ihr aus, wodurch er die Waffe aber nur noch weiter in seine Brust trieb. Seine Augen, leuchtend blau wie der Himmel, begegneten den ihren und flehten um Gnade. Doch als ihm nichts dergleichen zuteil wurde, wurde sein Blick hart, unerbittliche Schmerzen überfluteten ihn. Ein paarmal holte er mühsam Luft, dann erschauderte er heftig.

»Ihr Götter«, wimmerte er. »Wie könnt ihr nur so töricht sein? Ich bin es, Rhapsody, dein Geliebter!« Doch Grunthor drehte die Streitaxt brutal in der Wunde um, und wieder rang der Rakshas krampfhaft und geräuschvoll nach Atem.

Trotz allem, was Rhapsody über die bösartige Kreatur wusste, tat ihr das Herz bitter weh, als sich die Gesichtszüge des Rakshas, die denen Ashes so ähnlich waren, in Todesqualen verzerrten und seine Gliedmaßen auf Grunthors Spieß wild zuckten. Sie hörte das Zischen von Säure auf gefrorenem Boden; der überwältigende Gestank, den sie schon kannte, stieg vom Feld auf, so durchdringend, dass ihr übel wurde. Sie blickte zu Grunthor empor.

»Bist du bereit?«, fragte sie den Mann, der ihr erster Schwertkampflehrer gewesen war.

Grunthor nickte. »Alles klar, Hoheit. Mach saubere Arbeit.«

Rhapsody sammelte sich, sprang vor, trieb die Tagessternfanfare tief ins Herz des Rakshas und zerteilte es in der Mitte. Er stimmte ein wildes, klagendes Heulen an, das in den Ohren schmerzte, und wand sich heftig auf Grunthors Spieß.

Rhapsody wischte ihre Klinge auf dem Boden ab, wo das Eis schmolz und eine tiefe Brandspur in der gefrorenen Erde zurückblieb.

»Welch eine unheilige Sauerei«, stellte sie fest.

Dann berührte sie den Körper des Rakshas mit der Flamme des Schwerts und beobachtete, wie er erschlaffte und zu schmelzen begann, als das Eis und der Lehm, aus denen er gemacht war, mit der elementaren Kraft von Feuer und Sternenlicht in Berührung kam. Die Flamme brannte golden und hell, Rhapsodys eigenes Feuer, nicht das schwarze Feuer des Dämons, und sie spürte, wie das Böse verbrannte, während die Flammen den Körper des Rakshas verzehrten. Schlammbäche rannen von der brennenden Gestalt herab, die langsam dahinschmolz.

Achmed stand bereit und wartete auf den Moment des Todes. Grunthor schwang die flammende Streitaxt und hielt den riesigen Speer gerade.

»Ein Würstchen, Herr?«, fragte der Sergeant ernst und wackelte ein wenig mit dem Speer.

Achmed unterdrückte ein Lachen. Dann klärte er, tief atmend, seine Gedanken und begann das Bannritual. Sofort übernahm sein Instinkt das Kommando, und die Bewegungen kamen von ganz allein. Achmed schloss die Augen.

Sein Mund öffnete sich leicht, und aus der Tiefe seiner Kehlen drangen vier verschiedene Töne, in einem Einzelton gehalten; ein fünfter wurde durch seine Stirnhöhlen und seine Nase kanalisiert. Es klang, als sänge er mit fünf Stimmen zugleich. Dann begann seine Zunge rhythmisch zu klicken, und der Körper des Rakshas wurde starr, als hätte jemand ihn gerufen.

Achmed hob die rechte Hand, die Handfläche steif, geöffnet, vor den brennenden Körper des Rakshas, ein Zeichen zum Halten. Dann bewegte sich die linke Hand langsam seitlich und nach oben und suchte mit weich pulsierenden Fingerspitzen die Vibrationsfäden, die vom Blut des Rakshas aufstiegen. Wie im Wind treibende Spinnweben konnte er sie fühlen, Fäden einer im Anbeginn der Zeit geborenen Natur, Fingerabdrücke des uralten Bösen, das mit der Insel hätte sterben müssen, nun aber von seiner rechten Hand und seinem dhrakischen Blut in Schach gehalten. Auch spürte er noch die Gegenwart eines anderen Urgeists, der so ganz anders war als der Dämon. Behutsam ließ er die Finger in die metaphysischen Fäden gleiten, holte sie heran zu seiner Handfläche und krümmte dann die Hand, um die Fäden aufzuwickeln. Als er den Körper des Rakshas zucken sah, zog er noch einmal kräftig an der unsichtbaren Fessel.

Seine Augen wurden schmal, und der Rakshas rührte sich plötzlich nicht mehr. Ein glühendes Licht strahlte aus seinem erstarrten Körper, stieg aus den goldenen Flammen empor, und Rhapsody stockte der Atem. Es war das Stück von Ashes Seele, vom Tod aus der schmelzenden Gestalt befreit, bereit, sich in den Äther zu erheben und aufzulösen. Achmed hielt das Blut des Dämons in seinem Bann, aber die Seele gehörte Gwydion, und sie schwebte, aus ihrem Gefängnis erlöst, eine Weile in der Luft, als wartete sie auf einen warmen Wind, der sie dem Licht entgegentrug.

Rhapsody richtete die Tagessternfanfare auf die pulsierende Essenz und sang Ashes Namen. Das Seelenstück hielt in der Bewegung inne. Rasch lief Rhapsody zu dem brennenden Körper, griff in die Flammen und packte das Seelenstück, riss es aus den Klauen des Todes und drückte es an ihr Herz.

Voll Staunen beobachtete Grunthor, wie das Licht in sie überging, ihren Oberkörper erleuchtete, sodass er einen Augenblick durchsichtig wurde, sich zu einem Glühen abschwächte und dann verlosch. Für einen Augenblick schimmerte Rhapsodys Haar rotgolden, als hätte ein Strahl der untergehenden Sonne es berührt, dann nahm es wieder seine normale Farbe an. Achmed war noch immer ganz in den seltsamen dhrakischen Todestanz versunken, während die Eisgestalt schmolz und als rote Flüssigkeit in die Erde versickerte. Doch als Grunthor wieder zu Rhapsody hinübersah, deren Gesicht bei ihrer Vereinigung mit dem Seelenstück einen geradezu ekstatischen Ausdruck angenommen hatte, schlug ihm bares Entsetzen entgegen. Sie starrte auf etwas, was sich hinter Achmed befand.

Aus dem Augenwinkel nahm Grunthor die Bewegung wahr, als die Gestalt einen Sprung nach vorn machte, aber er stand zu weit weg, um das Vorhaben zu vereiteln.

Rhapsody hatte Jo sofort erkannt, trotz des unmenschlichen Ausdrucks auf ihrem eingefallenen, zu einer dämonischen Fratze verzerrten Gesicht. Augenblicklich war ihr auch Jos Absicht klar; das Mädchen schwang den Bronzedolch, den Grunthor ihr im Haus der Erinnerungen geschenkt hatte, und wollte ihn dem Firbolg-König, der noch immer ganz in sein Bannritual versunken war, in den Rücken stoßen. Es war zu spät, sie aufzuhalten, und Rhapsodys Herz gefror, als ihr klar wurde, was sie tun musste.

Sie versetzte Achmed einen Stoß, dass er auf den gefrorenen Boden stürzte, unterbrach damit das Bannritual und warf sich zwischen Jo und den Dhrakier. Jo änderte sofort ihren Kurs, und sie war schnell, viel schneller, als Rhapsody geahnt hatte. Der lange Dolch zischte durch die Luft und zielte auf Achmeds Herz. Rhapsodys einzige Chance, ihn zu retten, bestand darin, den Hieb mit dem Schwert zu parieren, und so schwang sie die feurige Klinge und durchbohrte mit grausiger Leichtigkeit Jos Bauch. Noch bevor sie sich erheben konnte, sah sie, dass sie ihrer Schwester eine tödliche Wunde beigebracht hatte.

Jo ließ den Dolch fallen. Ihr Mund öffnete sich, sie torkelte und starrte auf das Loch in ihrem Bauch. Zuerst schien es nur ein Riss in ihrem Hemd zu sein, der sich erst schwarz, dann dunkelrot färbte, doch dann klaffte die Wunde auseinander, und die Eingeweide quollen heraus. Sie sah Rhapsody an, und Furcht breitete sich über ihr Gesicht, ein Gesicht, das ohne die dämonische Maske zutiefst vertraut war. Rhapsody war leichenblass geworden. Sie ließ das Schwert sinken und streckte ihrer Schwester die Hand entgegen.

Blut floss aus der tödlichen Wunde, und Jos Knie gaben unter ihr nach. Doch zwischen den heraushängenden Eingeweiden sah Rhapsody noch etwas anderes: eine winzige, grün-schwarze Schlingpflanze, wie eine Weinrebe oder eine Kletterbohne, aus der ein Dorn zu wachsen schien.

Auf einmal waren alle Geräusche um sie herum in einem Augenblick höchster Konzentration ausgeblendet, und in der vollkommenen Stille erinnerte Rhapsody sich an Ashes Worte: *Er war wie eine Schlingpflanze, die sich um mein Innerstes rankte und sanft wie ein Windhauch Teil von mir wurde, sich ohne Zögern ausbreitete, bis er meinen Brustkorb zur Gänze ausfüllte.* Das Grauen, das allmählich in ihr Bewusstsein drang – dass sie Jo getötet hatte –, wich einem noch größeren Entsetzen.

»Ihr Götter! Achmed! *Achmed!* Sie ist gefangen!«

Die drei sahen Jo an und blickten dann auf den Boden. Der Raureif auf dem Gras stieg in einem Nebel auf und verdickte sich zu einer seilartigen Wolke, die sich von Jos Bauch bis zu dem Feld hinter ihnen erstreckte. Die Wolke wurde dunkler und fester, bis sie sich schließlich zu einer fasrigen Ranke verflocht, dornig und bedeckt von silbern glänzender Rinde. Sie drehte sich, erhob sich langsam, zog Jo ruckartig zu Boden und zerrte sie in Richtung ihres verborgenen Ursprungs.

Gelbe Schaumflocken drangen aus Jos Mund, und ihre Haut verfärbte sich grau, während das Blut aus ihren Adern spritzte und ihre Freunde benetzte; in stummem Protest hatte sich ihr Mund geöffnet, ihr Gesicht war im Todeskampf verzerrt. Schwaches Licht trat aus ihrem Inneren hervor, in die Fesseln der Ranke verstrickt, und ihr Körper erstarrte. Physisches und Metaphysisches flossen zusammen, während Körper und Seele sich zur Trennung bereit machten.

Grunthor und Rhapsody warfen sich auf Jo und packten ihre steifen Gliedmaßen, während sie am Boden Halt suchten. Mit grimmiger Entschlossenheit zogen sie ihre Waffen, Grunthor seinen Spieß, Rhapsody den Krallendolch, und schlugen mit aller Kraft auf die Ranke ein, um sie aus Jos Eingeweiden herauszuschneiden. Fetzen von Fleisch und Innereien flogen ihnen um die Ohren. Jo gab ein letztes, gurgelndes Röcheln von sich, dann hörte man nur noch das Zischen der aus ihren

Eingeweiden entweichenden Luft, das Reißen von Muskeln und Haut, das Spritzen von Blut.

Die Ranke kämpfte, als wäre sie lebendig. Ihre Seitenarme streckten sich und schlossen sich zusammen, sodass sie eine schuppige Klaue bildeten, die wild auf die Angreifer einhieb und Grunthor das Handgelenk aufriss, dass es heftig zu bluten begann. Ein Tentakel wand sich im Würgegriff um Rhapsodys Fuß, andere Seitentriebe, an denen dolchartige Dornen gewachsen waren, gingen wie zuckende Schlangen auf ihren Rücken los. Wo sie die Haut berührten, brannte und rauchte es, als spritzte Säure aus den Dornen.

Peitschen gleich schlugen die Seitentriebe um sich, spickten Grunthors Gesicht mit spitzen Stacheln, schlangen hunderte kleiner Triebe um seine Handgelenke, die seine dicke Haut zu durchdringen suchten. Die beiden Gefährten kämpften weiter und gaben sich alle Mühe, die Angriffe zu ignorieren. Doch obwohl sie Jos Körper gemeinsam festhielten und zu Boden drückten, schien die Ranke stärker zu sein, schleifte sie mit zuckenden Bewegungen vorwärts, zerrte sie hartnäckig zur Mitte des Felds.

Inzwischen war Achmed auf das Feld mit dem frostbleichen Korn gelaufen und fühlte, wie die Luft um ihn herum sich immer mehr auflud. Hier war ein Riss im Universum, ein Phänomen, wie er es auch auf der Insel gespürt hatte, ein Riss, aus dem das Grauen hervordrang, das vor langer Zeit in die Erde eingeschlossen worden war. Als er das Ende der Ranke erreichte, blieb er stehen. Vor ihm in der Luft zeichneten sich schwach die Umrisse einer Tür ab, aus der Energie hervorquoll, Macht und Dunkelheit. Ein Ekel erregender Gestank, den er inzwischen nur allzu gut kannte und den auch der Rakshas abgesondert hatte, verpestete die Luft.

»F'dor!«, rief Achmed Grunthor zu. Der riesige Bolg nickte, fuhr jedoch fort mit seinem grausigen Werk, wobei er ständig den wild um sich schlagenden Klauen ausweichen musste. Achmed schlug seine Kapuze zurück, holte tief Luft und packte die metaphysische Tür. Der Leichengestank, der durch ihre gespenstischen Ritzen drang, legte den Verdacht nahe, dass sie in die Unterwelt führte. Immer wieder bäumte sie sich auf, ein grässliches Brüllen erschallte und hallte über die Felder bis ins Tal hinunter.

Achmed spürte sein Blut kochen; in ihm wallte der eingeborene Abscheu seiner Rasse auf, rhythmisch und summend wie ein Grillenzirpen. Vor Wut und Anstrengung zitternd, hielt er die Tür fest und setzte dabei all die Techniken ein, die er vor vielen Jahren erlernt hatte. Mehr mit Willenskraft als mit körperlicher Stärke drehte er sich so, dass er die Schulter gegen das Portal stemmen konnte; die wütenden Schreie waren wie ein Echo seines eigenen Zorns.

Voller Entsetzen gewahrte Rhapsody, dass die Arme der Ranke, die das formlose Licht umklammerten, in eine andere Richtung strebten als diejenigen, welche Jos Körper fesselten – sie versuchten Jos Seele zu entführen! In wenigen Augenblicken würde die Schwester, die sie geliebt und zu beschützen geschworen hatte, auf ewig gefangen sein in den tiefen Erdkammern des Feuers, in den Händen der letzten verbliebenen F'dor-Geister. Bei dem Gedanken überlief sie ein heißer Schauder.

Sie warf sich nach rechts, rollte sich über den Boden von der Ranke weg und überließ Grunthor das Hacken und Schlagen. So gut sie konnte, klärte sie ihre Gedanken, holte tief Atem und begann zu singen. Sie sang Jos Namen, wobei sie im Stillen dafür dankbar war, dass ihre Schwester ihr endlich gestanden hatte, dass sie keinen Nachnamen hatte, und stimmte dann ein Lied des Haltens an.

Es begann als einfache Melodie, die ständig wiederholt wurde, aber bei jedem Refrain kam ein neues Element hinzu: ein neuer Ton, eine neue Pause, ein neuer Takt.

Beim Klang ihrer Stimme erschien ein kleiner Lichtstrahl; er bauschte sich in der Luft um die formlose Masse, die in den Spiralen der Ranke schimmerte, drehte und wand sich, bis er zu einer leuchtenden Kette wurde, die im Wind baumelte. Immer und immer wieder sang Rhapsody die Verse, bis sie zusammenflossen und einen Kreis, dann eine Kugel aus winzigen Lichtringen bildeten, ähnlich dem schimmernden Panzer aus Drachenschuppen. Wie ein Netz schickte sie diese in die Luft und fügte Jos Namen und ihre eigene Stellung als ihre Schwester in das Lied ein, bis sie die leuchtende Seele endlich eingefangen hatte. Sekunden später standen die Kette und die Ranke sich gegenüber, und Jos Seele steckte zwischen den beiden.

Das schimmernde Licht kämpfte gegen seine musikalischen Fesseln, ruckte in zielloser Angst vor und zurück. Rhapsody ging allmählich die Luft aus, und ihr Gesang nahm einen Stakkato-Charakter an, als die Wirklichkeit sie einholte. Mit großer Anstrengung und ohne die Melodie zu unterbrechen, hob sie die Tagessternfanfare über ihren Kopf und ließ das Schwert mit aller Kraft auf den Hauptarm der Ranke niedersausen, der Jos Körper mit der Tür verband.

Ein grässlicher Schrei dröhnte in ihren Ohren; die Ranke begann zu pulsieren, Seitenarme und Dornen schlugen wild um sich und hieben in blinder Wut auf alles ein, was sich in ihrer Nähe befand. Grunthor wurde beiseite geschleudert, als das mächtige Tau zerriss, wie eine Peitsche über das Feld schnellte und durch die Tür verschwand. Nur dank seiner außergewöhnlichen Behändigkeit gelang es Achmed, ihr auszuweichen, als sie an ihm vorbeischoss. Von ihren Fesseln befreit, sackte Jos Leiche zu Boden, und Grunthor, der inzwischen wieder auf die Füße gekommen war, entfernte rasch die letzten Überreste der Ranke aus ihrer Bauchhöhle.

Achmed stolperte, hielt sich aber aufrecht, während der Riss im Universum zu Nebel verschmolz, bis er schließlich nicht mehr zu sehen war. Vorsichtig blickte der Bolg-König um sich und kehrte dann zu der Stelle zurück, wo der Rakshas gefallen war. Dort kauerte er nieder und berührte nachdenklich den blutdurchtränkten Boden.

Beharrlich weitersingend, wankte Rhapsody zu Jo und Grunthor. Sie kniete sich auf die eisige, blutige Erde, nahm Jo in die Arme und ließ ihren Tränen freien Lauf – Tränen eines Kummers, der tiefer reichte als alles, das sie je empfunden hatte. Noch immer sang sie, wiederholt von Schluchzern unterbrochen, aber nicht willens, Jo loszulassen. Langsam und ohne recht zu merken, was sie tat, stopfte sie die Eingeweide des Mädchens zurück in den Bauch. Die grelle Sonne schmerzte ihr in den Augen, und die Welt verschwamm in einem grausigen Dunst.

Rhapsody. So laut dröhnte das Blut in ihren Ohren, dass sie das Flüstern kaum vernahm.

Durch den Tränenschleier blickte sie hinab in Jos Gesicht. Inzwischen hatte die Todesblässe eingesetzt, und ihre Augen, die in endgültiger Erstarrung ebenso offen standen wie ihr Mund, reflektierten blind das Sonnenlicht. Doch die Stimme rief, leicht wie die Luft, abermals ihren Namen in dem Versuch, das stockende Lied zu übertönen.

Rhapsody, lass los. Es tut weh.

»Es tut mir Leid. Es tut mir Leid. Ich wollte dir nie wehtun. Ich kann es wieder gutmachen, Jo.« Ihr Schluchzen brach durch die Musik. »Halt durch, Jo, halte durch. Ein Lied, ich kann dich mit einem Lied zurückholen. Das habe ich bei Grunthor auch geschafft – ich finde einen Weg, es muss einen geben. Ich kann es wieder gutmachen.«

Rhapsody, lass mich gehen. Meine Mutter wartet auf mich.

Rhapsody schüttelte den Kopf und versuchte, die Worte zu verscheuchen, die weit weg auf dem Wind schwebten. Obwohl sie leichter waren als die Luft, die in schmerzlichen Wellen um sie herum pulsierte, besaßen sie doch eine Endgültigkeit, eine Bestimmtheit, die sie nicht leugnen konnte. Tief in ihrer Seele, in dem Teil, in dem sie und Jo vereint waren, fühlte sie eine Ungeduld, das Bestreben, sich so schnell wie möglich aus der Schwere der Welt zu befreien.

Zitternd brachte sie ihr Lied zu Ende und zog Jos Körper noch einmal an ihr Herz. Aber die Musik hörte nicht auf; sanfte, tiefe Töne antworteten in der Erde und in der Luft dem Herzen der Sängerin, die nicht gehorchen wollte, obwohl sie genau wusste, dass es richtig war. In Jos Körper setzte bereits die Totenstarre ein, aber Rhapsody konnte die Stimme jetzt klarer hören, auch wenn sie so luftig war wie zuvor.

Du hattest Recht, Rhapsody. Sie liebt mich wirklich. Rhapsody begann unkontrollierbar zu zittern, und sie rang zwischen Weinen und Schluchzen nach Luft. *Das Glück wartet auf mich. Lass mich gehen. Ich möchte wissen, wie es sich anfühlt.*

Auf einmal lagen Grunthors riesige Pranken leicht auf ihrem Kopf. »Lass sie gehen, Schätzchen. Sag ihr auf Wiedersehen und schenk ihr einen guten Abschied, dem armen Mädchen.«

Irgendwo in ihrem Inneren fand Rhapsody endlich die Kraft, Jo loszulassen. Behutsam legte sie ihre Schwester wieder auf den Boden, und die Musik verklang. Mit bebenden Händen drückte sie ihr die Augen zu, die doch nichts mehr sahen. Obwohl ihr noch immer der Kopf schwirrte, stimmte sie stockend das Lirin-Lied des Übergangs an, die alterslose Weise, die unter zahllosen Sternenhimmeln erklang, wenn der Rauch der Begräbnisfeuer aufstieg. In die uralten Texte fügte sie Worte der Liebe und des Entschuldigens mit ein, Worte der Reinigung von den Fesseln der Erde, um dem Mädchen, das sie wie eine Schwester geliebt hatte, den Weg zum Licht zu erleichtern.

Weit oben im Zenit hörte sie die Stimme, ein letztes Mal, weich wie fallender Schnee.

Rhapsody, deine Mutter sagt, sie liebt dich auch.

Blind vor Kummer ließ sie den Kopf auf Jos leblosen Körper sinken und weinte, weinte aus den Tiefen ihrer Seele. Vage bekam sie mit, wie Grunthor Jo behutsam auf die Arme nahm und sie von dem Ort wegtrug, an dem sie gefallen war. Sie versuchte, aufzustehen und ihm zu folgen, aber die Erde gab unter ihr nach und sie schwankte; warme, starke Hände fingen sie auf und hielten sie fest.

»Hier«, sagte Achmed, drehte sie um und blickte sie an. Vom Hals bis hinunter zu den Knien war sie mit Blut besudelt, Stücke der Schlingpflanze und Fetzen von Jos Eingeweiden klebten an ihren verkohlten, noch leise qualmenden Kleidern. Achmed drückte sie an sich, legte einen Arm um ihre Schultern, um sie zu stützen, während er ihr mit der anderen Hand sanft über Haar und Rücken strich, mit einer Geste, die Trost bedeutete und sie wieder ins Leben zurückrief. Doch plötzlich hielt er inne und zog die Hand weg. Sie war über und über mit frischem Blut bedeckt.

»Rhapsody?«

Ihr Gesicht wurde schlohweiß, und sie verdrehte plötzlich die Augen. Achmed rief nach Grunthor, während er Rhapsody vorsichtig auf den Boden legte und verzweifelt die Wunde suchte, aus der das Blut drang. Hastig zog er ihr die Rüstung aus Drachenschuppen aus und riss ihr Hemd auf, konnte aber nichts finden. Doch sein Blutsinn leitete ihn; er folgte ihrem schwächer werdenden Herzschlag hinunter zu ihrem Schenkel und entdeckte dort mehrere hässliche Schnitte, einer davon so lang wie seine Hand, in dem noch ein Dorn steckte. Die Wunde pulsierte mit jedem Herzschlag, und Achmed wusste sofort, dass der Dorn eine Arterie durchtrennt hatte. Unter ihr färbte sich der Boden purpurrot, das Blut sickerte durch ihre Kleider und in die Erde.

»Komm, Rhapsody, wir haben schon schlimmere Kämpfe überstanden«, redete Achmed ihr zu, in dem Versuch, sie bei Bewusstsein zu halten. »Ich weiß, du findest, dass Rot dir gut steht, aber das hier ist jetzt wirklich albern.« Grunthor drehte sie auf die Seite, zog das Stück Dorn heraus und hielt sie fest, während Achmed den unteren Rand seines Umhangs abriss und ihr Bein damit verband. Dann holte er seinen Wasserschlauch hervor und spritzte etwas von seinem Inhalt auf ihr Gesicht, in der Hoffnung, sie wieder zur Besinnung zu bringen. Als sie keine Reaktion zeigte, klopfte er auf ihre Hand, dann auf ihre Wange, bis ihre Augenlider sich flatternd öffneten.

Für Achmed gab es keinen Zweifel, dass ihr Zustand gefährlich war. »Also, das hat mir jetzt wirklich gefallen«, flüsterte er ihr ins Ohr. »Werd ruhig noch mal ohnmächtig, dann kann ich dich noch ein bisschen schlagen.« Wieder reagierte sie nur schwach. »Hör mal, Rhapsody, musst du unbedingt jetzt schlafen? Das ist doch keine Art, dich vor dem Lagerabbrechen zu drücken.« In der frostigen Luft war ihr Atem nicht mehr zu sehen. Achmed blickte zu Grunthor auf, und der riesige Firbolg schüttelte den Kopf.

»Hier, nimm du Jo, ich trage Rhapsody. Die Pferde sind ungefähr eineinhalb Meilen weit weg, den Abhang dort drüben hinunter. Lass uns die beiden von hier wegbringen.«

»Gut.« Grunthor rannte zurück, um Jos Leiche zu holen, und der Boden erbebte unter seinen Schritten.

So trugen sie die beiden Frauen, die eine tot, die andere dem Tode nahe, den windigen Hügel hinunter zu dem versteckten Lager, wo die Pferde auf sie warteten, sattelten sie grimmig und machten sich eilig auf den Weg nach Sepulvarta.

47

Der Kessel selbst war unverändert geblieben. Dem Berg war der Tod nicht fremd; Canrif und später Ylorc war nach so mancher Niederlage Zeuge von Leichenwachen gewesen, und auch etliche brutale Morde waren hier ausgeheckt worden. Für Achmed jedoch war es das erste Mal, dass er hier im Halbdunkel jemanden am Leben zu erhalten versuchte.

Unbewusst ging er dabei ganz ähnlich vor, als plante er einen Mord. Immer wieder ging er die Fakten durch, die zahllosen Einzelheiten: wie es dazu gekommen war, die Jagd, das Handgemenge, die Stelle der Wunden, wie das Blut aus Rhapsodys Körper entwichen war. Auch einen Mord hatte er stets in allen Einzelheiten ausgeklügelt, und so versuchte er jetzt, die einzelnen Schritte zusammenzufügen, wie Rhapsody überleben würde.

Aber es zeigte sich kein Erfolg.

So leise es ihm möglich war, näherte sich Grunthor der Tür und klopfte behutsam an. Als er keine Antwort bekam, trat er einfach ein.

Der Raum war dunkel, abgesehen von dem spärlichen Licht einiger Duftkerzen und dem gelegentlichen Aufblitzen der überall im Zimmer verteilten, seltsam schimmernden Weinflaschen. Eine davon hatte Grunthor auch jetzt in der Hand; sacht schloss er die Tür hinter sich und betrachtete einen Augenblick das flackernde Gefäß, bevor er sich Achmed näherte, der auf dem Stuhl neben dem Bett saß. Seit vier Tagen und Nächten hatte er diesen Platz nicht verlassen.

»Herr?«

»Hmmm?«

»Ich hab frische Glühwürmchen mitgebracht. Die anderen sind doch bestimmt allmählich müde.«

Achmed antwortete nicht.

»Irgendwelche Veränderungen?«

»Nein.«

Grunthor blickte auf Rhapsody herab; ob sie schlief oder bewusstlos war, ließ sich schwer sagen. Genau genommen hätte er im Moment auch nicht schwören können, ob sie überhaupt noch am Leben war. Ihre für gewöhnlich rosige Haut war blass wie die Muschel, die sie vor langer Zeit am Meeresstrand gefunden hatte, und in dem riesigen Bett wirkte sie winzig klein. Schon oft hatte er sie wegen ihrer zierlichen Statur geneckt, aber im Alltag vermittelte sie stets den Eindruck von Kraft und Vitalität. Jetzt dagegen erschien sie so zerbrechlich und zart wie ein kleines Mädchen.

Achmed setzte sich anders hin. »Hast du etwas von Ashe gehört?«

»Nein, noch nicht, Herr.«

Der Dhrakier stützte das Kinn auf den Handballen und verfiel wieder in Schweigen. Grunthor stellte sich etwas bequemer hin.

»Soll ich nich mal ein Weilchen bei ihr bleiben, Herr? Würd ich gern, dann könntest du ein bisschen schlafen.« Achmed lehnte sich zurück und verschränkte die Arme vor der Brust. Noch immer antwortete er nicht. Grunthor wartete ab. »Wäre das dann alles, Herr?«, fragte er schließlich.

»Ja. Gute Nacht, Grunthor.«

Grunthor stellte die Weinflasche auf dem Stein ab, der als Nachttisch diente, und griff dann unters Bett, um die heißen Steine, die im Zimmer als einzige Wärmequelle dienten, umzudrehen. Achmed hatte darauf bestanden, dass der Raum geheizt und beleuchtet wurde, ohne den Kamin anzuzünden, aus Angst, dass der Torfrauch Rhapsody schaden könnte.

Von Grunthor stammte die Idee mit den Glühwürmchen, und er hatte die Firbolg-Truppen losgeschickt, um sie zu sammeln. Im Frühherbst war das sowieso eine schwierige Aufgabe, und der Anblick der großen Ungeheuer, die in klappernder Rüstung mit Weinflaschen über die Felder marschierten und eifrig nach schwebenden Insekten haschten, hätte Rhapsody bestimmt zum Lachen gebracht. Grunthor gab ihr einen Kuss auf die Stirn und verließ dann ohne ein weiteres Wort das Zimmer.

Achmed fuhr fort, sie schweigend zu beobachten. Nach etwa einer Stunde kamen die Firbolg-Ärzte herein, mit Heilkräutern, frischen heißen Steinen und Stapeln sauberer Musselintücher, die als Verbandsmaterial dienten. Leise und respektvoll versahen sie ihre Arbeit und verließen den Raum, sobald sie fertig waren.

Als sie weg waren, zog Achmed Rhapsody vorsichtig aus, badete ihre Wunden, wechselte die Verbände und zog ihr ein frisches Hemd an. Früher hatte er sich immer darüber geärgert, dass es Rhapsody so wichtig war, die Firbolg an ihrem Wissen teilhaben zu lassen, Gazeverbände gegen die Infektionsgefahr in Kräuteraufgüssen einzuweichen oder den Verwundeten vorzusingen, um ihre Schmerzen zu lindern. Nun musste er zugeben, dass die Prozeduren, die sie ihnen und auch ihm gezeigt hatte, sehr wahrscheinlich das waren, was sie am Leben erhielt.

Er beugte sich vor, stützte die Stirn in die Hand und sah hinunter auf die Wellen goldener Haare, die wie ein sonnenbeschienenes Meer ihr Kissen umgaben. Ganz gegen seinen Willen tauchte in ihm eine Erinnerung auf, das erste von zahlreichen Gesprächen über ihre Bemühungen, Kranke zu heilen.

So kann man auch den Abend verbringen, hatte er genörgelt. *Ich bin sicher, die Firbolg wissen deine Güte zu würdigen und werden sich, wenn du einmal in Not bist, bestimmt revanchieren.*

Was soll das heißen?

Deine Mühen werden dir nicht gedankt werden. Wer sollte dir ein Lied singen, wenn du verletzt bist oder Schmerzen leidest?

Nun, ich bin mir sicher, das wirst du dann sein.

Doch diese Erinnerungen vermochten ihn jetzt nicht mehr zu belustigen. Er erinnerte sich, wie Rhapsodys Augen im Feuerschein geleuchtet hatten, wie sie gelächelt hatte, als wüsste sie irgendetwas. *Das wirst du dann sein.*

Achmed legte seine Finger auf ihr Handgelenk, dann auf ihren Hals und fühlte ihren Puls, um zu prüfen, ob er stärker geworden war. Er war spürbar, kämpfte und hielt sich wacker, aber Achmed kam er immer noch viel zu schwach vor.

Nach dem Kampf mit dem Rakshas und Rhapsodys Verwundung waren er und Grunthor mit ihr nach Sepulvarta geritten, weil das der nächste Ort war, an dem es Heiler gab. Beim Anblick zweier Firbolg-Reiter, die, eine sterbende Frau in den Armen, den Hügel zum Pfarrhaus hinaufgaloppierten, hatte sich Panik verbreitet.

Auch die Priester hatten Rhapsody nicht wieder zu Bewusstsein bringen können, und selbst der Patriarch, der eilig aus seiner Zelle im Hospiz herbeigetragen worden war, hatte ihren Zustand lediglich zu stabilisieren vermocht. An der Verzweiflung in den Augen des alten Mannes hatte Achmed erkannt, dass er sie nicht heilen konnte, weil ihm der Ring fehlte, und wieder einmal hatte er Ashe im Stillen verflucht. Alle Bemühungen der Kirchenleute hatten weiter nichts gebracht, als Rhapsody transportfähig zu machen, und so hatten die beiden Freunde sie schließlich, noch immer bewusstlos und schwach, zurück nach Ylorc gebracht. Die Heiler aus den entlegeneren Gebieten, nach denen Achmed geschickt hatte, hatten ihm höflich geraten, sich auf das Schlimmste gefasst zu machen, und sich angesichts seiner zornigen Reaktion schnellstens wieder zurückgezogen.

»Komm schon, Rhapsody«, murmelte er jetzt, das Gesicht von der Entmutigung verzerrt. »Zeig es ihnen, diesen Narren; zeig ihnen, dass du nicht die zarte Metze bist, für die sie dich halten – zeig ihnen, dass du aus einem anderen Holz geschnitzt bist, wie wir beide genau wissen.«

Mit der Hand strich er über ihr weiches Haar und verbarg den Kopf dann in der Ellbogenbeuge. Als das Dämmerlicht im Zimmer noch schwächer wurde, sah er plötzlich ihr Gesicht vor sich, blutend und zerkratzt vom ersten Kampf an der Wurzel, die Augen blitzend im feurigen Dunkellicht des Wegs durch die Erde, als sie ihm den Kräuterumschlag aufs Handgelenk gelegt und ihr erstes Lied der Heilung angestimmt hatte.

Musik ist nichts anderes als ein Wegweiser durch die Schwingungen, aus denen die Welt gemacht ist. Wer einen solchen Wegweiser hat, findet sich überall zurecht.

Achmed rückte noch näher an ihr Bett, so nahe er konnte, ohne dass es ihr unbequem zu werden drohte. Er beugte den Kopf über ihre Brust und spürte ihren Herzschlag in seiner Haut, den Rhythmus ihres Atems. Aus unterschiedlichen Winkeln betrachtete er ihr Gesicht und hielt Ausschau, ob sie vielleicht schon nicht mehr ganz so blass war, ob ihre eingefallenen Wangen vielleicht schon ein klein wenig von ihrer früheren Form angenommen hatten. Unendlich sorgfältig suchte er mit dem Finger die Linie des Blutverlusts unter ihren Augen und kam auf einer verirrten Haarsträhne am Rand ihrer Wange zur Ruhe.

»Rhapsody«, sagte er mit feierlicher Stimme, »ich hatte nur zwei Freunde in den beiden Welten. Ich bin nicht willens zuzulassen, dass du das änderst.«

Wer sollte dir ein Lied singen, wenn du verletzt bist oder Schmerzen leidest?

Nun, ich bin mir sicher, das wirst du dann sein.

Das Ritual, mit dem er den Rakshas gelähmt und gebannt hatte, war das einzige Lied, das er jemals gesungen hatte. Tief aus seinem Bauch drang es hervor, summte durch seine Herzkammern, seine Kehlen und Stirnhöhlen, bis es durch den Schädel nach außen drang. Die Melodie war nicht seine eigene, sondern stammte aus grauer Vorzeit, als seine Rasse geboren ward. Die Großmutter hatte ihm das Geheimnis anvertraut. Erst indem er es durchgeführt hatte, hatte er erfahren, wie es funktionierte.

Es besaß eine Zweiheit. Die uralte Melodie, die Tonfolge, war die Schlinge für die dämonische Seite des F'dor und hielt ihn gegen seinen Willen auf der Schwelle zwischen Erde und Unterwelt fest, in die er fliehen wollte.

Aber der menschliche Wirt war ebenfalls empfänglich für die Klänge; die Schwingungen riefen das Blut ins Gehirn und ließen es anschwellen. Der Rakshas war ein künstliches Gebilde und nicht wirklich lebendig. Hätte er aber den F'dor in seinen Bann geschlagen, den Dämonengeist, der den Körper seines menschlichen Wirts bewohnte, wäre alles anders gewesen. Wenn er allein mit einem solchen Wesen wäre und das Bannritual lange genug aufrechterhalten könnte, würde die gesteigerte Blutzufuhr den Kopf des Feindes irgendwann zum Platzen bringen. Dies war das einzige Lied, das er kannte, und der Heilungsakt, den Rhapsody womöglich brauchte. Achmed hatte keine Ahnung, ob er sie damit am Ende umbringen würde.

Weißt du, Grunthor, du könntest auch beim Heilen helfen. Du singst doch gern.

Du weißt doch, worum sich meine Lieder drehen, Gnädigste. Im Allgemeinen jagen sie den Leuten eher einen Schrecken ein. Und ich glaub nich, dass man mich je mit einem Sänger verwechseln könnte. Ich hab ja überhaupt keine Übung.

Der Text spielt überhaupt keine Rolle. Es kann jede Art von Lied sein. Wichtig ist nur, dass sie an dich glauben. Die Bolg haben dir Treue geschworen. Du bist ihre Version von Dero untertänigst zu gehorchender Autorität. *In gewisser Weise haben sie dich benannt. Es ist ganz gleich, was du singst, du musst nur von ihnen erwarten, dass sie gesund werden. Und das werden sie. Ich habe immer behauptet, dass Achmed eines Tages das Gleiche für mich tun wird.*

Leise fluchte Achmed vor sich hin, schimpfte in jeder Sprache, die er kannte. »Das hast du schlau eingefädelt, stimmt's? Aber hat sich das Risiko wirklich gelohnt für das bisschen Unterhaltungswert? Ich hätte dich da draußen verbluten lassen sollen, das hast du ehrlich verdient dafür, dass du mir so was zumutest.« Seine Hand zitterte, als er ihr sanft eine Haarlocke aus dem Gesicht strich.

Nun, ich bin mir sicher, das wirst du dann sein.

Die verwelkte Blüte war prall geworden, hatte sich in seiner Hand gestreckt, als er den wortlosen Ruf ihres Namens gesungen hatte. *So etwas kann eine Benennerin gewissermaßen von Amts wegen. Nichts, kein Begriff, kein Gesetz ist so stark wie die Kraft, die im Namen eines Dings steckt. Mit dem Namen steht und fällt unsere Identität. Er ist unsere Essenz, unsere persönliche Geschichte, und manchmal kann er das, was wir sind, noch einmal machen, egal, wie sehr wir uns auch verändert haben mögen.*

Achmed seufzte. Sie hatte ihn dazu verpflichtet, und er hatte es damals nicht einmal gemerkt. Sie hatte ihm den Schlüssel gegeben, wie er ihr helfen konnte, und das ausgerechnet in dem Augenblick, als er sich über sie hatte lustig machen wollen. Ob es ihm nun gefiel oder nicht, er war zu ihrem Heiler bestimmt.

Verstohlen sah er sich im Zimmer um, und als er sich vergewissert hatte, dass sie allein waren, räusperte er sich und versuchte einen musikalischen Ton hervorzubringen, aber er konnte sich nicht überwinden. »Verdammter *hrekin*, das war wirklich eine brillante Idee«, brummte er und funkelte sie wütend an. »Du verlangst musikalische Höchstleistungen von jemandem, der in seinem ganzen Leben nur ein einziges Mal gesungen hat. Warum fragst du nicht gleich einen Felsbrocken? Da hättest du sicher mehr Glück.« Verzweifelt durchforschte er sein Gedächtnis nach einem anderen Lied.

Das obszöne Marschlied, mit dem Grunthor die neuen Rekruten beglückt hatte, fiel ihm ein und zauberte ganz unerwartet ein Lächeln auf sein Gesicht. Ein paarmal hatte Rhapsody es mit Jo zum Besten gegeben und dabei den Akzent des Sergeanten ins Komische überzogen. Doch sein Lächeln erlosch, als er an Jo dachte, die jetzt bleich und leblos in der stillen Kammer lag, welche das einzige Heim gewesen war, das sie als Straßenkind je gekannt hatte. Wie Rhapsody so dalag, war der Unterschied zwischen den beiden derart gering, dass Achmeds Hände vor Angst ganz feucht wurden.

Er hatte in seinem Leben genug vom Tod gesehen und war so oft sein Überbringer gewesen, dass er ihn längst nicht mehr fürchtete. In ihrer gemeinsamen Zeit hatten Grunthor und er immer wieder dem Ableben des jeweils anderen ins Gesicht schauen müssen, und ihnen beiden waren die Risiken des Spiels, das sie spielten, stets klar gewesen.

Aber dies hier war anders. Bei jedem einzelnen Blutstropfen, mit dem das Leben aus Rhapsody floss, hätte er schreien können, und während sie im vollen Galopp auf Sepulvarta zugeprescht waren, hatte er Rhapsodys Wunden mit beiden Händen zusammengepresst, das Pferd nur mit den Knien lenkend. Die Angst, die er bei dem Gedanken empfunden hatte, sie zu verlieren, war für ihn selbst die größte Überraschung gewesen. Ein Lied schien ein geringer Preis dafür zu sein, sie auf dieser Seite des Lebenstors festzuhalten.

Achmed holte tief Atem. Stockend, mit kratzigem Vibrato und einem rhythmischen Klicken in der Stimme sang er ihr ein Lied vor, das er sich selbst ausgedacht hatte, ein Lied, dessen Herkunft und Bedeutung ihm vollkommen unbekannt war. Hätte es eine Welt gegeben, in der das Rumpeln eines Steinschlags als Wiegenlied diente und das Krachen von Holzbalken die Wütenden besänftigte, wäre es dort vielleicht als wunderschöne Weise geschätzt worden. Mit drei Stimmen sang er, eine davon war scharf und schnell, eine brummte tief und leise, und eine formte Worte.

> Mo haale maar, *mein Held ist fort*
> *Die Sternenwelt ist geworden ein finstrer Ort*
> *Kummer, Schmerz und Verlust, ich kann nicht genießen*
> *Mein Herz tut weh, die Bluttränen fließen*
> *Um die Trauer zu enden, durch die Welt ich brause*
> *Meine uralten Ängste, sie führn mich nach Hause.*

Unter den Decken begann Rhapsody sich zu rühren, und Achmed hörte ein schmerzliches Stöhnen. Dann spürte er kleine, weiche Finger mit schwieligen Spitzen über seine Hände gleiten. Rhapsody atmete tief ein, als hätte sie soeben ein sehr schwieriges Vorhaben gefasst.

»Achmed?«

»Ja?«

Ihre Stimme war nur ein schwaches Flüstern. »Wirst du weiter singen, bis es mir besser geht?«

»Ja.«

»Achmed?«

»Was?« Er beugte sich über sie, damit ihm keins ihrer Worte entging.

»Es geht mir schon besser.«

»Offenbar aber noch nicht viel«, meinte er und grinste über die versteckte Beleidigung. »Aber du bist immer noch ein genauso undankbares Gör wie früher. Das ist mir ein schöner Dank an jemanden, der dir gerade den Lebenswillen zurückgegeben hat.«

»Du hast vollkommen Recht, genau das hast du getan«, erwiderte sie langsam und mühevoll. »Jetzt, da du mir einen – Vorgeschmack davon – verschafft hast, wie – wie es – in der – Unterwelt zugeht ...«

Erleichtert lachte Achmed auf. »Du hast es verdient. Willkommen im Leben, Rhapsody.«

Am folgenden Abend hob Grunthor Rhapsody behutsam aus dem Bett und trug sie hinaus auf die Heide. Dort wartete Achmed bereits auf sie; der Scheiterhaufen war aufgeschichtet, alles war vorbereitet. Der Sergeant stützte sie, während der Firbolg-König das Schwert für sie zog und ihr half, es emporzurecken.

Ihr Blick verharrte auf der in weiße Tücher gehüllten Gestalt, die auf dem frostblasigen Holzhaufen lag, und suchte dann im Abendhimmel den Stern, den sie anrufen wollte.

Wenn du deinen Leitstern findest, wirst du nie verloren sein. Niemals.

Endlich fand sie einen, den sie kannte, Prylla, einen Abendstern, den die Lirin in diesem Land verehrten. Er war nach dem Windkind benannt, einer Waldgöttin der alten Legenden, von der erzählt wurde, dass sie ihre Lieder in den Nordwind gesungen habe, in der Hoffnung, ihre verlorene Liebe wieder zu finden. Nur der Wind hatte ihr geantwortet. Rhapsody fand die Legende für Jo sehr passend. So gut sie konnte, klärte sie ihre Gedanken, richtete die Tagessternfanfare gen Himmel und sprach den Namen des Sterns.

Ein Licht, heller als die drei es jemals gesehen hatten, das sie blendete und über die Felder bis ins Tal hinein strahlte, fiel über den Abhang. Es berührte die Berge, leuchtender als die untergehende Sonne. Dann schoss donnernd eine sengende Flamme vom Himmel, heißer als das Feuer im Zentrum der Erde, und ließ den Scheiterhaufen in Flammen aufgehen, die zum Himmel emporloderten. Das Feuer brannte stark und sandte mit dem Wind eine Rauchwolke zum Sternenzelt über ihnen.

Rhapsody sang, mit einer Stimme, die kaum mehr war als ein Flüstern, den Namen ihrer Schwester und die ersten Töne des Grabliedes der Lirin, doch dann war sie zu erschöpft, um fortzufahren. Sie hatte die Zeremonie ja schon einmal durchgeführt und wusste, dass Jo bereits im Licht weilte.

Die drei standen beisammen und sahen zu, wie die Flammen ihre Freundin zu sich nahmen. Asche erhob sich in die Luft, und der Wind ergriff sie; sie wirbelte und tanzte in wunderschönen weißen Mustern, wie aufsteigender Schnee in der Dunkelheit.

Danach erholte sich Rhapsody rasch. Jeden Tag schien sie ein wenig mehr sie selbst zu werden, nur das Licht in ihren Augen wollte noch nicht so recht wiederkehren. Grunthor saß auf ihrer Bettkante und erzählte ihr schmutzige Witze und unanständige Geschichten über das Leben der Bolg, wie er das früher schon gern getan hatte, um sie damit zum Lachen zu bringen. Die Anekdoten entlockten ihr noch immer ein Lächeln, aber irgendwie war es nicht das Gleiche wie sonst. Offensichtlich heilte ihre Seele nicht so schnell wie ihr Körper.

Es war deutlich zu sehen, dass Achmed sich ihretwegen Sorgen machte. Er war schwermütig, und seine Laune war noch schlechter als sonst, was sich auch daran zeigte, wie brav die Soldaten und Wachen waren, wenn sie sich im Kessel aufhielten. Nachdem sie die Erste Frau ihres Herrschers einmal mit ihrem fröhlichen, lautstarken Geplänkel aus dem unruhigen Schlaf geweckt und dafür den Zorn ihres Kriegsherrn auf sich gezogen hatten, flüsterten sie nur noch und vermieden Schlägereien oder laute Wortwechsel. So viele von ihnen hatten unter den Folgen von Achmeds Wutanfall zu leiden gehabt, dass sich die Nachricht in Windeseile im Kessel verbreitet hatte und sich mehr Männer denn je freiwillig für den Dienst außerhalb der Zahnfelsen meldeten.

Achmed und Grunthor ließen Rhapsodys Privatsphäre unangetastet und bedrängten sie auch nicht mit Fragen über ihre Gefühle oder ihr Befinden; sie kannten die Ursache ihres Schmerzes, wussten nur leider nicht, was sie dagegen unternehmen konnten. Doch ihre stillschweigende Gegenwart war für Rhapsody ein großer Trost. Achmed gewöhnte sich an, seine Bekanntmachungen abends in ihrem Zimmer zu verlesen oder dort auch die endlosen Schriften aus Gwylliams Schatzkammern zu studieren, während sie Kräuter sortierte oder komponierte.

Inzwischen ging es Rhapsody gut genug, dass sie für kurze Zeit allein umhergehen konnte. Eines Tages brachte sie einen Stapel frischer Wäsche zu ihrem Zimmer; während sie in ihrer Tasche nach dem Schlüssel angelte, hörte sie Lärm aus Jos Zimmer dringen.

Rasch ging sie zu der Tür, öffnete sie leise, spähte in die Dunkelheit und sah Grunthor auf Jos Bett sitzen, das Kinn auf die Hände gestützt, mit einem Ausdruck von Ratlosigkeit und Verwirrung auf dem Gesicht. Die Kisten und Säcke auf dem Boden deuteten darauf hin, dass er eigentlich Jos Sachen hatte ausräumen wollen, wahrscheinlich um Rhapsody diese Arbeit abzunehmen, aber er hatte so gut wie nichts von dem üblichen Kram vorgefunden. Es war, als hätte das Straßenkind alle Raritäten entsorgt, die es zuvor so reichlich gesammelt hatte. Als Rhapsody ins Zimmer trat, blickte Grunthor auf. Wortlos kam sie zu ihm, und er nahm sie in den Arm. Selbst im Sitzen reichte ihr Kopf kaum bis an seine Schulter.

»Ich weiß nich, was hier passiert is, Schätzchen«, meinte er und schüttelte wehmütig den Kopf. »Anscheinend haben wir sie schon vor langer Zeit verloren und wussten es nich mal.« Rhapsody nickte und drückte sich fester an ihn.

Schließlich gelangten sie zu einer prekären Erkenntnis. In einer Nacht wollte Achmed nach Rhapsody sehen und fand sie in der Ecke des Zimmers, die Arme um sich geschlungen, an die Decke starrend. Langsam ging er auf sie zu, ließ sich neben ihr auf dem Boden nieder und sah sie schweigend an. Endlich wandte sie sich ihm zu und blickte ihm in die Augen. Ihre Blicke trafen sich, dann schloss sie die Augen und begann zu sprechen.

»Glaubst du, Jo war schwanger?«

Achmed schüttelte den Kopf. »Ich habe sie am Tag davor gesehen, und von den Schwingungen her schien sich nichts verändert zu haben. Natürlich kann ich nicht völlig sicher sein, aber ich halte es nicht für wahrscheinlich.«

Rhapsody nickte und schaute dann auf ihre angezogenen Knie hinunter. »Oelendra hat einmal gesagt, dass die F'dor Meister der Manipulation sind, die eine Ewigkeit darüber nachsinnen, wie sie die Grenzen ihrer Macht ausweiten können.«

»Das ist korrekt.«

»Und die Prophezeiung über den F'dor – der unerwünschte Gast – sagt: ›*Niemals hat, wer ihn aufnimmt, ihm Kinder geboren, und niemals wird dies geschehen, wie sehr er sich auch zu vermehren trachtet.*‹ Richtig?«

»Ja.«

»Elynsynos hat gesagt, die Erstgeborenen, die fünf ältesten Rassen, zu denen sowohl die F'dor als auch die Drachen gehören, können ihre Fortpflanzung selbst bestimmen.« Achmed verbiss sich eine gemeine Bemerkung über Ashe, die ihm auf der Zunge lag. »Für sie ist es eine bewusste Entscheidung, ihre Essenz aufzubrechen, um ihre Macht zu erweitern, denn durch ihre Nachfahren werden sie auf eine Art unsterblich, aber die Eltern können dadurch auch geschwächt werden.« Wieder nickte Achmed. »Was, wenn der F'dor seine Macht ausbreiten, sich unsterblich machen, aber seine Macht dadurch nicht mindern wollte? Wie würde er das anstellen?«

Sofort war Achmed klar, worauf sie hinauswollte. »Er würde eine Methode suchen, mit der er sein Blut reproduzieren kann, ohne dass sein Körper es tun muss.«

Rhapsody nickte, und ihre Augen funkelten. »Der Rakshas. Er hat Vergewaltigung nicht nur als Form des Terrors und als Methode eingesetzt, Seelen an sich zu binden. Er hat neue Wirte für den Dämon gezeugt.«

»Ich glaub nich, dass du schon gesund genug bist, Gräfin. Du solltest noch nicht reiten.«

Rhapsody beugte sich zu Grunthor hinab und küsste seine graugrüne Wange. »Ich schaffe das schon. Außerdem ist Achmed da, und wenn ich mich schwach fühle, nimmt er mich zu sich auf sein Pferd.« Die Stute tänzelte ungeduldig, aber Grunthor hielt sie an den Zügeln fest. Die Sängerin redete sanft und beschwichtigend auf sie ein.

»Wir sind bald zurück«, versprach Achmed und stieg auf das Pferd, das der Quartiermeister für ihn gebracht und mit Proviant versorgt hatte. »Wenn die Sache zu einer Verfolgungsjagd wird, kommen wir erst noch mal hierher und besprechen uns.« Grunthor und Achmed tauschten einen kurzen Blick. *Pass gut auf sie auf*, sagte der Sergeant, und der Firbolg-König nickte.

»Also, wo ist denn nun eigentlich diese Rhonwyn?«

»In einem Kloster in Sepulvarta«, antwortete Rhapsody und sah zu, wie der Quartiermeister ihren Sattel untersuchte und den Gurt justierte. »Es sind ungefähr zehn Tagesritte von hier, nördlich von Sorbold auf der anderen Seite von Bethe Corbair. In drei Wochen müssten wir wieder hier sein.«

»Schön für euch«, grummelte der Bolg. »Aber ich darf überhaupt keine spannenden Ausflüge mehr mitmachen, weil ich ständig das Bolg-Land hüten muss.«

Achmed lächelte. »Versuch, keine Verträge zu brechen, während ich weg bin.« Er schnalzte mit der Zunge, sein Pferd setzte sich in Bewegung, und die beiden Reisenden machten sich über die orlandische Ebene auf den Weg nach Sepulvarta.

48

Ashe stürmte durch die Korridore des Kessels, dass seine Schritte auf dem leblosen Stein widerhallten. Als er Elysian dunkel und verlassen vorgefunden hatte, war er den ganzen Weg von Kraldurge bis hierher gerannt. Wiederholt war er von eifrigen Wachposten verfolgt worden, hatte sie aber in Sekundenschnelle abgehängt.

Am Ende des einen Ganges sah er Licht. Es drang aus dem Beratungszimmer hinter der Großen Halle, von dem aus Jos Unglück seinen Lauf genommen hatte. Leise fluchend eilte er durch die gewölbte Tür.

Grunthor saß an dem massiven Tisch und kratzte mit einer Schreibfeder auf einer großen Landkarte herum. Er war dabei, Flächenkarten und topographische Schaubilder zu zeichnen; unwillkürlich nahmen Ashes Drachensinne Notiz davon, wie akkurat der Bolg arbeitete. Die Landmarken waren noch nicht beschriftet, wahrscheinlich aufgrund der Tatsache, dass Grunthors Lese- und Schreibfähigkeiten etwas beschränkt waren.

Der Bolg-Riese blickte auf, und ein grausiges Grinsen breitete sich über sein Gesicht. »Ach, hallo, Ashe«, begrüßte er den Ankömmling und legte die Feder beiseite. Dann lehnte er sich auf seinem großen Stuhl gemütlich zurück und faltete die Hände über dem Bauch. »Na, dann gab's dich wohl tatsächlich in zweifacher Ausfertigung. Was bringt dich hierher?«

»Wo ist Rhapsody? Ich habe gehört, wie zwei Wachen davon gesprochen haben, sie sei schwer verwundet.«

»Tut mir Leid, alter Junge, ich fürchte, du kommst ein bisschen spät. Sie ist weg.«

»Was?« Plötzlich fing Ashes Stimme an zu zittern.

»Jawoll«, bestätigte Grunthor, grinste und genoss Ashes Panik. »Sie und Achmed sind vor ein paar Tagen ausgeritten.« Er nahm die Feder wieder zur Hand und arbeitete weiter. »Du hast dir ja auch ganz schön Zeit gelassen, bis du hier auftauchst.«

Ashe stützte die Hände auf den Tisch. »Wie meinst du das, sie ist mit Achmed ausgeritten?«

Grunthor grinste, ohne aufzublicken. »So, wie ich's sage. Sie wollten ein bisschen Zeit für sich allein – wenn du verstehst, was ich meine.«

»Ach, bitte.« Ashe spürte, wie sich sein Gesicht angeekelt verzog. Er schüttelte den Kopf, um das Schreckensbild zu verscheuchen. »Wo sind sie denn hingeritten?«

»Ich glaube, sie wollten Rhonwyn suchen, du weißt schon, deine Tante.«

»Mir ist durchaus bekannt, wer Rhonwyn ist. Warum wollen sie zu ihr?«

»Hat irgendwas mit den Enkeln der Gräfin zu tun. Geht dich aber eigentlich nix an.«

Allmählich wurde Ashe ärgerlich. »Was willst du denn damit nun wieder sagen?«

Grunthor bewegte zwar den Kopf nicht, aber er schielte mit einem äußerst vorwurfsvollen Blick zu Ashe empor. »Also sag mal, wo warst du eigentlich, als sie fast gestorben ist, hä? Nach all dem, was sie für dich getan hat und immer noch tut, wo warst du da, als sie dich gebraucht hätte?«

»Ich war an der Küste.« Obwohl die Kapuze seine Stimme dämpfte, konnte Grunthor erkennen, dass Ashe sich selbst schon genug Vorwürfe machte. »Was ist passiert? Geht es ihr besser?«

Mit einer Kopfbewegung deutete Grunthor auf einen der Stühle. Ashe setzte sich und ließ seinen Tornister zu Boden fallen, während der Sergeant einen Becher aus dem Krug neben sich füllte. »Sie ist verwundet worden, als sie die Seele des kleinen Fräuleins gerettet hat.«

»Jo? Ist Jo auch verletzt?«

»Na, das kann man sagen. Sie ist tot.« Auf Grunthors Gesicht zeigte sich keine Gefühlsregung, sein Ton war unverbindlich, aber der Drache spürte, wie sein Herz einen Schlag aussetzte, wie die Tränendrüsen des Riesen mehr Flüssigkeit produzierten und die Muskeln in seinem großen vorspringenden Kinn sich anspannten. Diese wortlosen Reaktionen sagten Ashe alles, was er wissen musste.

»Bei den Göttern, Grunthor, das tut mir Leid.« Er dachte an Rhapsody – sie war bestimmt am Boden zerstört. »Was ist denn geschehen?«

»Dieser Mistkerl von F'dor hat sie erwischt. Sie muss uns gefolgt sein, obwohl wir uns alle Mühe gegeben haben, genau das zu vermeiden; wir wussten nicht mal, dass sie in der Nähe war. Und gerade als Achmed deine klägliche Seele aus den brennenden Überresten geholt hat, ist sie zum Angriff übergegangen. In der ganzen Zeit, die ich ihn kenne, ist ihm nie einer so gefährlich nahe gekommen, aber der König war ja auch ein bisschen, na ja, abgelenkt, sagen wir mal. Um ein Haar hätte er deinetwegen einen Dolch ins Herz gekriegt, Freundchen. Ironie des Schicksals, was?« Grunthor nahm einen großen Schluck aus seinem Becher.

»Natürlich musste die Gräfin das verhindern. Sie stand neben ihm und hat versucht, sich dazwischen zu werfen, aber Jo war zu schnell. Da hat sie das getan, was sie tun musste – sie hat den Schlag pariert. Und hat Jo den Bauch aufgeschlitzt, sollte dem Mädel eine Lehre sein, muss ich sagen.« Wieder trank er einen Schluck. Mit leicht zittrigen Händen griff Ashe nach dem Becher, den Grunthor vor ihn auf den Tisch gestellt hatte.

»Dann ist plötzlich ein *Baum* aus Jos Eingeweiden herausgewachsen, und wir mussten ihn rausschneiden, aber weißt du, dieses Schlingpflanzending wollte nicht rausgeschnitten werden und hat uns sozusagen angegriffen. Es hätte die Gräfin geradewegs umgebracht, wenn der König nich gewesen wäre. Du warst ja nich abkömmlich, als wir versucht haben, sie wieder zusammenzuflicken. Aber sie hat es immer noch nicht verkraftet, dass sie Jo getötet hat.«

Schweigend starrte Ashe ins Feuer. Er versuchte sich vorzustellen, wie Rhapsody sich jetzt fühlte, aber er kam nicht über den Berg aus Schuldgefühlen hinweg. Sie befand sich nicht mehr in Reichweite seiner Sinne, und das machte ihm mehr zu schaffen als alles andere.

»Es tut mir schrecklich Leid«, meinte er schließlich. »Natürlich auch die Sache mit Jo, Grunthor. Aber wie geht es Rhapsody?«

Kurz entschlossen legte Grunthor die Füße auf den Tisch, und seine Stiefel knallten so laut gegen das Holz, dass die Stühle wackelten. »Nun, ich denke mal, das kommt ganz drauf an, wie man es definiert. Jedenfalls ist sie am Leben.«

»Das ist wenigstens ein Anfang.«

»Aber sie ist sehr schwach, wenn du mich fragst, was natürlich keiner tut. Ich hätte sie in ihrem derzeitigen Zustand jedenfalls nich so durch die Gegend reiten lassen, bleich wie ein Gespenst. Aber der Gräfin war ihr Vorhaben mal wieder so wichtig, dass sie nix davon hören wollte, und wenn sie so drauf ist, kann man nich mit ihr diskutieren.«

Ashe seufzte. »Ich weiß.«

Grunthor lachte leise. »So klein und schmächtig sie auch ist, so ist sie doch zäh. Und wenn man einen braucht, der einem den Rücken frei hält, würd ich mir immer sie aussuchen.«

»Da gebe ich dir Recht. Und sie sagt, das hat sie dir zu verdanken, weißt du. Angeblich hat sogar Oelendra die Ausbildung bewundert, die du ihr hast angedeihen lassen.«

Der Riese lächelte. »Ja, das hat sie mir erzählt. Aber ich glaube, das kommt eher daher, dass das Herz der Gräfin größer ist als ihr Körper.«

Auch Ashe lächelte. »Das ist allerdings wahr.«

Grunthor beugte sich über den Tisch. »Und deshalb warn ich dich, Wasserknabe – pass auf, dass du ihr dieses Herz nicht brichst, denn wenn du's doch tust, dann brech ich dich in Stücke wie 'nen trockenen Zweig.«

»Ich werde es mir merken.« Ihre Becher stießen scheppernd aneinander und wurden geleert.

Achmed fasste Rhapsody um die Taille und hob sie vom Pferd. Er spürte, dass sie dankbar war, endlich wieder auf festem Boden zu stehen. Wenn sie zusammen ritten, überließ es ihr Achmed im Allgemeinen, allein auf- und abzusteigen, aber er hatte bemerkt, dass ihr Gesicht jedes Mal schlohweiß wurde, und hatte eine Ausnahme von der herrschenden Regel gemacht, sie wohlwollend sich selbst zu überlassen.

Sie überquerten den Turmplatz, den weitläufigen, gepflasterten Hof innerhalb der Stadtmauern von Sepulvarta, der an das Geschäftsviertel grenzte.

In der Mitte des Platzes erhob sich das riesige Bauwerk, das Rhapsody in der heiligen Nacht mit dem Patriarchen von der Großen Basilika aus betrachtet hatte. Am Grund war es so breit wie ein ganzer Häuserblock und reckte sich, spitz zulaufend, fast tausend Fuß in die Höhe. Oben an seiner Spitze wurde es von einem strahlenden Stern gekrönt. An klaren Tagen konnte man den Stern in einem Umkreis von hundert Meilen sehen, in der Nacht sogar noch weiter. Angeblich enthielt dieser Stern einen Splitter des Schlafenden Kinds, jenes Sterns, der nach der serenischen Legende ins Meer gestürzt war und die erste große Katastrophe heraufbeschworen hatte. Der Überlieferung zufolge hatte er bei seinem Aufprall ein heftiges Erdbeben hervorgerufen, und die darauf folgende Flutwelle hatte das Land zerrissen, die Insel überflutet und nur die Hälfte davon zurückgelassen. Vier Jahrtausende hatte der Stern am Meeresgrund gelegen und den Ozean aufgewühlt, bis er sich zu guter Letzt erhoben und den Rest der Insel für sich beansprucht hatte, zusammen mit allen übrig gebliebenen Mitgliedern von Rhapsodys Familie und den Verfolgern der beiden Bolgs.

Auf den Straßen von Sepulvarta waren nicht nur die üblichen Reisenden zu sehen, die man in jeder im Binnenland gelegenen Stadt antraf, sondern auch zahlreiche Mitglieder des Klerus mitsamt ihren Familien. Sepulvarta war das religiöse Zentrum von Roland, Sorbold und den neutralen Außenstaaten; hier lebten viele Priester, die in den riesigen Bibliotheken und Archiven liturgische Schriften studierten oder die Seminare besuchten. In den Geschäften und Privathäusern wimmelte es von den heiligen Symbolen und Wahrzeichen des Ordens wie im Gwynwald von Hexenzeichen und Runen. Daher war es nicht ganz leicht, die Abtei der Sonne ausfindig zu machen, ein winziges Kloster im äußeren Kirchendistrikt, in dem Rhonwyn, die Seherin, angeblich wohnte.

Über das mittlere Kind von Elynsynos und Merithyn war nicht allzu viel bekannt. Es ging das Gerücht, sie wäre wahnsinnig wie ihre Schwestern, von der Last des Wissens überfordert, das gleichzeitig ihre Gabe und ihr Fluch war, aber zart und zerbrechlich wie das Reich, in das sie Einblick zu nehmen vermochte. Da sie nur die Gegenwart sehen konnte, brachte man ihr von allen Prophetinnen am wenigsten Neugierde entgegen, denn schließlich gingen die meisten davon aus, sich in der Gegenwart auszukennen. Jeder Zeitpunkt in der Gegenwart war einen Augenblick später schon Vergangenheit und lag daher außerhalb ihres Gesichtskreises. So waren Achmed und Rhapsody nicht allzu überrascht, dass die Abtei heruntergekommen und verwahrlost wirkte und sie die einzigen Gäste waren.

Nachdem sie das schmiedeeiserne Tor und den winzigen Garten hinter sich gelassen hatten, fanden sie sich auf einer bröckeligen Steintreppe vor einer uralten Holztür mit einem großen Türklopfer wieder. Rhapsody betätigte ihn, und kurz darauf öffnete ihnen die Äbtissin, die sie rasch ins Haus komplimentierte und die Tür hinter ihnen erst schloss, nachdem sie einen argwöhnischen Blick auf die Straße hinter ihnen geworfen hatte. Achmed kannte dieses Verhalten; er hatte schon des Öfteren Leute gesehen, die sich versteckten.

Nachdem sie ihr Anliegen vorgebracht hatten, wurden sie in einen winzigen, dunklen Salon geführt. Lange saßen sie dort und warteten. Rhapsody warf ein paar Goldmünzen in den Schlitz der Opferbüchse, die demonstrativ auf einem Tisch stand. Endlich kam die Äbtissin zurück und geleitete sie durch eine mit einem Vorhang verhängte Hintertür in einen stillen Hof, der völlig verdreckt und vernachlässigt wirkte. Sie deutete nach oben.

Vom Hof aus stiegen sie eine lange, steile Außentreppe zu einem Turm empor, aus dem gleichen Stein wie die Abtei erbaut. Das Gebäude selbst besaß zwar nur wenige Stockwerke, aber der spitze Turm mit seiner Galerie ragte weit über der stillen Straße auf. Im Innern sah man eine in ein Gewand gehüllte Gestalt sitzen, die in den Himmel hinaufblickte.

Als sie die Galerie erreichten, holte Rhapsody das mitgebrachte Geschenk aus ihrem Tornister. Es war der Beutel, in dem sie den Brotlaib von Pilam, dem Bäcker getragen hatte, den er ihr damals, an jenem Nachmittag vor vielen Jahrhunderten, in Ostend geschenkt hatte. Auf der beschwerlichen Reise an der Wurzel hatte Rhapsody jede Mahlzeit gesegnet, die der Laib ihnen bereitwillig gespendet hatte, wenn sie den Brotnamen sang. Daher war das Brot auch nie vertrocknet oder verschimmelt, nicht einmal in der Feuchtigkeit des Erdinneren. In dem Beutel schien die Zeit keine Herrschaft zu besitzen, und das Brot darin war auch jetzt so frisch, wie es in Ylorc gewesen war. Es schien ihr ein angemessenes Geschenk zu sein. Behutsam legte sie es in die Hände der Seherin.

Die Frau wandte sich zu ihr um, lächelte, und Rhapsody stockte fast der Atem. Ihre Augen waren blind, ohne farbige Iris, und spiegelten lediglich Rhapsodys Gesicht wider, wie in dem Traum, den sie damals in Ashes Hütte gehabt hatte. Das Gesicht der Seherin war glatt, in der Blüte der Jugend; das Haar nahe am Oberkopf glänzte rotgolden wie das von Ashe, doch weiter unten, in dem mit Lederbändern zusammengebundenen langen Zopf, verlor es an Farbe, war grau und an den Spitzen sogar schneeweiß. Sie trug die gleichen Gewänder wie die Äbtissin, und auf ihrem Schoß lag ein nautisches Instrument. Rhapsody hatte so etwas als Kind schon einmal gesehen, es war ein Kompass. Insgesamt machte Rhonwyn einen schwächlichen und verträumten Eindruck.

»Gott schenke dir einen guten Tag, Großmutter«, sagte Rhapsody und berührte sanft die Hand der Frau. Die Seherin nickte und blickte dann wieder zum Himmel empor. »Ich heiße Rhapsody.«

»Ja«, antwortete die Frau wie von ferne, als ginge ihr etwas ganz anderes durch den Kopf, vielleicht ein Rätsel. Sie legte die Hand auf den Kompass. »Du heißt also Rhapsody. Was möchtest du mich fragen?«

Achmed seufzte. Er wusste schon, dass er das, was jetzt kam, hassen würde. So stellte er sich in eine Ecke des Turms und blickte auf die Straße hinunter.

»Kennst du den Namen des F'dor?«

Die Frau schüttelte den Kopf, wie Rhapsody es nicht anders erwartet hatte. Einmal hatte sie mit Ashe darüber geredet, warum sich der Name nicht am einfachsten herausfinden ließ, indem sie die Seherin befragte, aber er hatte ihr erklärt, dass Rhonwyn nicht weit genug in die Vergangenheit sehen konnte, um etwas Altes, das in einem nicht mehr existierenden Land entstanden war, beim Namen nennen zu können. Serendair gab es in der Gegenwart nicht mehr, daher war der F'dor für Rhonwyn nicht sichtbar. Lächelnd sah Rhapsody, wie die Frau in den Beutel griff, das Brot herauszog und an die Lippen führte. Sie wartete, bis Rhonwyn geschluckt hatte, dann stellte sie die nächste Frage.

»Hat der Rakshas Kinder?«

»Es gibt keinen Rakshas.«

Rhapsody seufzte. »Gibt es Kinder mit dem Blut des F'dor?«

Die Seherin nickte.

»Wie viele?«

»Wie viele was?«

»Wie viele Kinder gibt es, die mit dem Blut des F'dor geboren sind?«

»Neun davon leben heute.«

Wieder nickte Rhapsody. Sie griff in ihren Tornister und holte ein Stück Pergament und ein Stück Holzkohle heraus. »Wie lauten ihre Namen, wie alt sind sie und wo befinden sie sich heute?«, fragte sie.

»Wer?«

»Wie lauten die Namen der Dämonennachkommen, wie alt sind sie und wo befinden sie sich heute?«

»Ein Kind mit Namen Mikita lebt in Hintervold. Er hat zwei Sommer gesehen«, antwortete Rhonwyn.

»Wo in Hintervold?«

Die Seherin wandte ihr das Gesicht mit den blinden Augen zu. »Was ist mit Hintervold?«

»Wo ist das Kind in Hintervold?«

»Welches Kind?«

Von der anderen Seite des Raums konnte Rhapsody spüren, wie Achmed die Schultern anspannte. Sie senkte die Stimme und ließ sie so beschwichtigend wie möglich klingen, um die empfindliche Seherin nicht aufzuregen. »Wo ist der Dämonennachkomme Mikita in Hintervold?«

»In Vindlanfia, jenseits des Flusses Edelsak in der Stadt Carle.«

Rhapsody streichelte sanft ihre Schulter. »Ist Mikita das jüngste der Dämonennachkommen?«

»Ja.«

»Wie lautet der Name des zweitjüngsten Dämonenkinds?«

»Jecen.«

»Wie alt ist Jecen?«

»Welcher Jecen?«

Rhapsody seufzte. »Wie alt ist Jecen, das Kind des Dämons?«

»Heute hat er drei Sommer gesehen.«

Langsam führte Rhapsody Rhonwyn durch das qualvolle Ritual, das notwendig war, um die Informationen zu bekommen, die sie benötigte. Die Seherin sagte eine Litanei von Namen, Orten und Altersstufen auf, mit leiser, monotoner Stimme, die im Wind des Turms dahinleierte, immer wieder von Rhapsodys vorsichtigen Fragen unterbrochen. Die Liste, die sie auf diese Weise erstellte, reichte von einem zweijährigen Kind bis zu einem Gladiator im Land Sorbold, der an diesem Tage neunzehn Jahre alt war. Rhapsody sah zu Achmed hinüber und schauderte. Dieser Fall konnte schwierig werden.

Als die Seherin geendet hatte, dankte Rhapsody ihr und erhob sich. Schon wollte sie ihr einen Kuss auf die Wange drücken, da sah sie, dass Achmed einen Finger hob.

»Gibt es auch ungeborene Kinder mit dem Blut des F'dor?«, fragte er. Wieder erschauerte Rhapsody, denn dieser Gedanke war ihr noch gar nicht in den Sinn gekommen.

»Ja.«

»Wer ist die Mutter?«

»Wessen Mutter?«

»Die Mutter des ungeborenen Kindes.« Die Seherin machte ein ratloses Gesicht. Rhapsody atmete hörbar aus. »Tut mir Leid, vermutlich könnt Ihr sie nicht sehen, weil sie noch keine Mutter ist. Wann wird das Kind geboren werden und wo?« Die Frau starrte ausdruckslos in die Ferne.

»Vielleicht ist das eher eine Frage, die wir Manwyn stellen sollten«, stellte Achmed fest. Rhapsody nickte.

»Danke, Großmutter«, sagte sie leise und küsste die Seherin auf die Wange. Die Frau wandte sich zu ihr um und lächelte wieder. »Nun könnt Ihr Euch ein wenig ausruhen.«

»Du heißt Rhapsody«, sagte Rhonwyn verträumt. »Was möchtest du mich fragen?«

Als Rhapsody sieben Tage später den Fuß auf die Insel Elysian setzte, wusste Ashe augenblicklich, dass sie zurückgekehrt war. Das Wasser hatte die Nachricht ihrer Ankunft im Boot übermittelt, aber es war Nacht gewesen und er hatte geschlafen, statt auf seinem üblichen Posten ungeduldig zu warten. Im Halbschlaf hatte er gemeint, ihr Kommen nur geträumt zu haben wie in jeder Nacht davor, um dann allein und voller Enttäuschung zu erwachen. Jetzt setzte er sich kerzengerade im Bett auf, sprang auf und rannte die Treppe hinunter, um sie zu begrüßen.

Auch sie hatte ihn gefühlt, samt der Sorge und der Angst, die er in die Grotte gebracht hatte, und sie eilte zu ihm, ließ sich von ihm in die Arme schließen und ins Haus tragen. Sie streichelte seine Haare, während seine Tränen sie benetzten und er sie so fest umschloss, wie er es angesichts der Wunden wagte, die er unter ihren Kleidern spürte. Sanft legte Ashe sie aufs Bett und setzte sich neben sie, ließ seine Augen und seine Sinne und schließlich auch seine Hände über sie wandern.

Er machte den Mund auf, um etwas zu sagen, aber sie legte rasch einen Finger auf seine Lippen, um ihn daran zu hindern.

»Nicht«, sagte sie leise. »Mir geht es gut; ich freue mich so, dich zu sehen. Bitte halt mich fest.« Er gehorchte, zog sie wieder an sich und umarmte sie, so fest er es wagte.

Nach einer langen Zeit ließ er sie widerwillig los und sah sie noch einmal an. Dann begann er sie zu entkleiden und betrachtete ihre Wunden mit den Augen, nicht nur mit den Sinnen. Aber sie gebot ihm Einhalt.

»Bitte, Ashe, nicht.«

»Vielleicht kann ich helfen, dich zu heilen, Aria.«

Rhapsody lächelte. »Das kannst du, und das hast du auch bereits getan.« Sie blickte sich im Zimmer um. »Und du wirst noch mehr für mich tun, wenn du endlich dein Hinterteil hebst und mir einen Tee bringst.« Sie lachte, als er sofort die Treppe hinabeilte.

Als sie ihren Tee schlürfte, setzte sich Ashe zu ihr auf die Bettkante und zog ihr die Stiefel aus.

»Wo in aller Welt warst du denn?«

»Ich war bei Rhonwyn«, antwortete sie, und ihre großen Augen zwinkerten ihm über die Tasse hinweg zu.

»Das habe ich gehört. Bist du von Sinnen?«

»Ja. Aber das wusstest du schon, bevor du mein Liebhaber wurdest.«

»Was kann denn so wichtig sein, dass du unbedingt in aller Eile zu Rhonwyn musstest, obwohl du noch so schwach bist? Grunthor meinte, es hätte etwas mit deinen Enkeln zu tun ... Geht es Stephens Kindern gut?«

»So weit ich weiß, schon«, antwortete sie. »Aber ich habe sie nach anderen Kindern gefragt, denen ich hoffentlich helfen kann, nicht nach denen, die zurzeit meine Enkel sind.«

»Aha. Und möchtest du mir davon erzählen?«

»Nein«, erwiderte sie, stellte ihre Teetasse ab und schlang die Arme um seinen Hals. »Ich habe ein Geschenk für dich, und ich möchte, dass du es aufmachst.«

»Du hast ein Geschenk für mich? Du sollst doch nicht ...«

Amüsiert funkelte Rhapsody ihn an. »Halt den Mund, mein Schatz«, sagte sie und lehnte sich vor, um ihn zu küssen. Ashe tat, wie ihm geheißen, und erwiderte den Kuss so sanft er konnte, obwohl er sich anstrengen musste, die Leidenschaft niederzukämpfen, die seine Seele zusammen mit einer überwältigenden Erleichterung durchströmte. Sie zog ihm das Nachthemd über die Schultern und blickte ihn mitfühlend an.

»Bitte mach dir keine Sorgen, dass du mir wehtun könntest, Ashe«, sagte sie, denn sie durchschaute seine Angst haargenau. Er schauderte, als die Erinnerung an die Stimme einer anderen Frau sein Herz durchflutete.

Keine Sorge, Sam. Du wirst mir schon nicht wehtun. Ganz bestimmt nicht.

Tränen standen in seinen Augenwinkeln, als er die Augen schloss, seinen Kopf an ihre Schulter lehnte und leise ihren Rücken streichelte. Behutsam zog er sie aus, zuckte aber beim Anblick der Verbände unwillkürlich zusammen und zog die Decke über sie beide.

Rhapsody fasste sich etwas mühsam an den Hinterkopf und löste das schwarze Samtband, sodass ihr Haar locker über ihre Schultern fiel. Ashe seufzte und zog sie an seine Brust, hielt sie in seiner Armbeuge geborgen. Ungeduldig machte sie sich aus der Schlafhaltung los, setzte sich auf, liebkoste seine Brust und ließ ihre Hände dann weiter nach unten gleiten, während sein Herz unter ihrer Berührung zu rasen begann. Entschlossen packte er ihre Hände und hielt sie fest.

»Aria, bitte, ich glaube, wir sollten lieber schlafen.«

Schock und Enttäuschung traten auf Rhapsodys Gesicht. Ashes Herz zog sich zusammen, als er sah, dass sie sich zurückgewiesen fühlte, was er nie beabsichtigt hatte.

»Liegt es an den Verbänden? Oder willst du mich einfach nicht?«

Erregung kreiste in seinem Blut, seine Haut brannte, und sein Herz hämmerte. »Wie kannst du mich so etwas fragen?«, entgegnete er ungläubig und legte sanft ihre Hand auf den offensichtlichsten Beweis ihres Irrtums. »Ich möchte dir nicht wehtun, und ich weiß, dass du erschöpft bist.«

»Ich brauche es aber, dass du mich liebst«, erwiderte sie geduldig. »Bitte.«

Ashe begann zu zittern. »O ihr Götter, du bist grausam, Aria. Ich möchte in dir sein, mehr als du es glauben kannst, aber ...«

»Ashe, du *bist* in mir, und ich möchte, dass du wieder gehst«, sagte sie, Ärger in der Stimme. »Also bitte, muss ich dich erst auf Knien anflehen?«

Sein Widerstand war gebrochen. »Nein«, entgegnete er, tief aufatmend. »Nein, und ich kann nicht glauben, dass wir dieses Gespräch führen.« Er zog sie an sich und küsste sie mit all der Sehnsucht seiner Seele.

Er liebte sie sanft, hielt das wilde Begehren zurück, das als Ergebnis der überwältigenden Gefühle in dieser Nacht entstanden war: Furcht, Verlangen, Erleichterung und Freude, endlich wieder mit ihr vereint zu sein. Sie erwiderte seine Leidenschaft begierig, bewegte sich langsam und erweckte in ihm eine Lust, die ihn zu verzehren drohte. Als ein heftiges Zittern ihn überfiel, das bei seinen Zehen anfing und sich nach oben hin ausbreitete, nahm sie seine Hand und legte sie auf ihr Herz.

»Nimm sie zurück«, drängte sie und legte ihre Hand über seine. »Nimm deine Seele zurück, sie wartet hier auf dich.« Überrascht weiteten sich seine Augen, aber er konnte nicht mehr verhindern, dass die Woge der Erregung ihn überflutete. Er rang nach Atem, und Rhapsody sprach das Wort, welches den Teil seiner Seele, den sie in sich getragen hatte, befreite.

Gleißendes Licht drang zwischen sie, leuchtete durch ihre Oberkörper hindurch und machte sie durchsichtig. Als Ashes Körper in ekstatischer Entladung starr wurde, verließ das Licht Rhapsodys Brust und wechselte hinüber in die seine. Auf dem Höhepunkt ihrer Lust stöhnte auch sie, und er hielt sie fest, bis sie sich wieder beruhigte, das Gesicht nass von Tränen des Glücks.

Seine Tränen vermischten sich mit ihren, als er spürte, wie sich die Teile seiner Seele wieder zusammenfügten. Die metaphysischen Kanten waren an manchen Stellen hart und scharf, und die Verunreinigungen durch die Herrschaft des F'dor stachen ein wenig, als sie mit dem Rest in Berührung kamen. Aber im Großen und Ganzen war alles weitaus einfacher, als er es erwartet hatte – kein Kampf mit einem unwilligen Geist, der sich losreißen wollte und unter Kontrolle gebracht werden musste. Offenbar war die Seele rein gewaschen von den meisten, wenn nicht sogar allen früheren Verbindungen, und auch von dem Hass, der sie so lange umgeben hatte. Noch immer hortete sie zwar die hässlichen Erinnerungen an das, was der Rakshas getan hatte, aber sie hielten sich im Hintergrund, sodass Ashe warten konnte, bis er sich stark genug fühlte, um sie eingehender und sorgfältiger zu betrachten.

Ashe sah hinunter auf die Frau, die er in den Armen hielt. Sie war das Gefäß gewesen, ihretwegen war das Seelenstück so rein geworden. Er war frei; das Böse war im Feuer von Rhapsodys Geist verbrannt, ein Geist, der rückhaltlos an ihn glaubte und ihn aus tiefstem Herzen liebte. Das alles stand in ihren Augen geschrieben, als sie zu ihm emporlächelte, und Ashe musste sich abwenden, von seinen Gefühlen überwältigt. Sie hatte den Teil seiner Seele neu benannt, ihm den Namen gegeben, den er gehabt hatte, bevor er ihm entrissen worden war.

»Geht es dir gut?«, fragte sie mit besorgter Stimme. »Habe ich dir wehgetan?«

Ashe seufzte und zog sie an sich, vergrub das Gesicht in ihrer schimmernden Haarmähne. »Ja«, murmelte er in ihr Ohr. »Ja, das hast du. Du hast mich dazu gebracht, dich so sehr zu lieben, dass es wehtut.«

Er konnte ihr Lächeln spüren. »Gut«, flüsterte sie. »Dann sind wir wenigstens quitt.«

49

Rhapsody reichte Ashe den letzten Teller zum Abtrocknen und wischte den Tisch ab, während er das Geschirr wegräumte. Sie verschränkte die Arme und beobachtete amüsiert, wie er, der Kirsdarkenvar, der zukünftige Herrscher über die vereinigten cymrischen Geschlechter, vor ihrem Küchenschrank kauerte und die Teller vom Abendessen verstaute. Sie betrachtete das Spiel seiner Rückenmuskeln und seufzte tief, wie immer, wenn sie es sich erlaubte, an die Zukunft zu denken. Zu wissen, dass ihre Zeit mit ihm sich ihrem Ende zuneigte, machte sie wie immer traurig.

Ashe stand auf und lächelte, als er sich zu ihr umwandte. Behutsam nahm er ihre Hand und küsste sie, hakte sich dann bei ihr unter und führte sie ins Wohnzimmer.

»Wie wäre es mit einem Lied? Ich habe dich lange nicht mehr singen gehört.«

»Vor dem Abendessen habe ich meine Gebete verrichtet. Hast du das nicht bemerkt?«

»Schon, aber ich meinte eine Ballade, ein Lied mit einer Geschichte. Das würde mir helfen, mein Alt-Lirin zu üben, damit ich besser mit den Redewendungen zurechtkomme.«

»Gut«, meinte Rhapsody lächelnd. »Wenn du möchtest, kann ich dir ein Gwadd-Lied vorsingen, ich kenne nämlich eines.« Mit diesen Worten setzte sie sich auf den einen der beiden Sessel, die sich vor dem Feuer gegenüberstanden.

Neugierig nahm Ashe auf dem anderen Sessel Platz. »Wundervoll! Ich hatte keine Ahnung, dass du die Gwadd kennst.« Die meisten Leute waren sich nicht sicher, ob das kleine Volk, schlank und mandeläugig, wirklich existierte.

»Ich habe ein paar von ihnen in Serendair gesehen, aber sie waren nur sehr selten in der Stadt, in der ich gelebt habe.« Nun war zwar Ashes Neugier geweckt, aber er hielt sich an ihre Abmachung, die Vergangenheit nicht zur Sprache zu bringen. Es war sowieso besser, wenn sie ihn aus eigenem Antrieb an ihren Erinnerungen teilhaben ließ.

Rhapsody ging zum Schrank, in dem sie ihre Instrumente aufbewahrte, und holte ihren Minarello heraus. Es war ein seltsam geformtes rotes Instrument, dessen jaulender Klang Ashe zuweilen an einen kranken Hund erinnerte – nicht aber, wenn Rhapsody es spielte. In seiner Zeit auf See hatte er oft mit anhören müssen, wie irgendein betrunkener Seemann damit ein Lied erbärmlich zugrunde gerichtet hatte. Aber in Rhapsodys Händen bekam es einen fröhlichen Klang, bei dem es ihm in den Füßen juckte und er Lust bekam zu tanzen. Sie kehrte zu ihrem Sessel zurück und setzte sich wieder.

»Gut. Also, dies ist die merkwürdige, traurige Geschichte von Simeon Blaskamerad und dem Pantoffel der Konkubine.« Ashe lachte und lehnte sich zurück, um dem Lied zu lauschen, in dem die Hauptperson den Verlust eines Schuhs beklagte. Rhapsody gab es mit großem Ernst und verschmitzt funkelnden Augen zum Besten. Nach dem tragikomischen Ende applaudierte Ashe laut, während Rhapsody den Minarello wieder aufs Regal stellte und den Beifall mit einer tiefen, ernsthaften Verbeugung entgegennahm.

Dann setzte sie sich wieder in den Sessel vor dem Feuer, ohne auf seine ausgebreiteten Arme zu achten. »Ich muss noch etwas Wichtiges erledigen«, sagte sie und sah ihm dabei direkt ins Gesicht.

Ashe nickte. »Kann ich dir helfen?« Bereit aufzustehen, legte er die Hände auf die Armlehnen.

Aber Rhapsody schüttelte den Kopf. »Nicht heute Abend. Ich meinte, ich muss es bald erledigen, aber es reicht in ein, zwei Tagen.«

Ashes Lächeln erlosch. »Was ist es, Aria?«

Rhapsody wirkte verlegen. »Ich bin mir noch nicht über die Einzelheiten im Klaren, aber als Erstes muss ich Manwyn aufsuchen.«

»Warum?« Seine Stimme klang scharf.

»Weil ich eine Information brauche, die ich sonst nirgends bekommen kann.«

»Betrifft es die Kinder, über die du auch mit Rhonwyn gesprochen hast?«

»Ja. Aber ich denke, heute sollten wir uns darüber unterhalten, was du als Nächstes tun solltest, Ashe.« Er starrte sie an; Rhapsody senkte die Augen, versuchte aber, ihre Worte so zu wählen, dass sie ihn nicht verletzten. »Der Sommer ist vorbei, jetzt ist der Herbst da. Du hast deine Seele zurückbekommen, du bist wieder vollständig. Es ist Zeit, dass du dich darauf vorbereitest, die Herrschaft zu übernehmen.«

»Du möchtest, dass ich gehe?«

Rhapsody lächelte. »Bei allen Göttern, nein. Aber wir wissen beide, dass du gehen musst.«

Ashe stand auf und kam zu ihr herüber. Er kauerte sich vor sie, und Rhapsody spürte, dass ihr Herz schneller zu schlagen begann, wie immer, wenn er ihr nahe war. »Ich kann nicht«, entgegnete er leise. »Noch nicht.«

Wieder sah sie ihm offen ins Gesicht. »Nun, du kannst gern hier in Elysian bleiben, aber ich fürchte, ich werde bald aufbrechen müssen. Der Rakshas ist tot; nun wird es Zeit, dass Achmed, Grunthor und ich den F'dor suchen und töten.

Unter anderem muss ich eine Möglichkeit finden, wie ich Achmed helfen kann, den F'dor aufzuspüren. Es besteht die Gefahr, dass er den Wirt wechselt, wenn er eine Gelegenheit dazu hat, vor allem jetzt, da ihm der Rakshas nicht mehr zur Ausführung seiner Befehle zur Verfügung steht. Bald schon werden die Ereignisse sich überstürzen; ich denke, dass wir den Rat der Cymrer einberufen werden, sobald der Dämon tot ist, vorausgesetzt, wir können das verdammte Ding finden, und das wird auch einen großen Einfluss auf dich haben, weißt du.

Ich denke, du solltest dir diese Zeit nehmen, um dich vorzubereiten. Vielleicht möchtest du ja auch die Frau, die du erwähnt hast, aufsuchen und mit ihr sprechen, damit du weißt, ob sie damit einverstanden ist, deine Herrin zu werden.« Ihre Stimme stockte ein wenig, und Ashe fühlte sein Herz vor Mitgefühl zusammenzucken. »Dann könnte der Rat euch beide bestätigen und müsste nicht ein zweites Mal einberufen werden. Wer weiß, wenn du deine Nominierung nicht vorbringst, wählen sie womöglich jemand Schreckliches, wie beim letzten Mal.« Sie hielt inne, als ihr klar wurde, dass sie soeben Ashes Großeltern beleidigt hatte.

Ashe sah ihre Verlegenheit und lächelte. »Du hast Recht. Das war eine ziemlich schlechte Paarung, nicht wahr?«

Rhapsdoy nahm seine Hand. »Nein«, widersprach sie und blickte ihm in die Augen. »Wenn die beiden kein Paar geworden wären, wärst du jetzt nicht hier, deshalb glaube ich, dass auch aus den schlechtesten Verbindungen wundervolle Dinge hervorgehen können. Aber es ist wichtig für den ganzen Kontinent, nicht nur für die Cymrer, dass es diesmal besser wird. Du musst dir Zeit lassen, um sicher zu sein, dass du bereit bist und dass du mit deiner Frau die richtige Wahl getroffen hast. Am besten schaust du sie dir an, lernst sie ein bisschen kennen und überlegst, ob sie eine Frau ist, die regieren, aber dich auch glücklich machen kann. Ich werde dich nicht länger aufhalten, ganz gleich, wie gern ich es aus egoistischen Gründen auch tun würde.«

Ashe beugte sich zu ihr und küsste sie. »Noch nicht«, wiederholte er. »Das kann noch nicht das Ende sein. Wir haben beide zu viel erlitten, um die einzige Zeit des Trosts und Friedens so bald schon wieder zu verlieren.« Er verdrängte die mahnende Stimme seines Vaters aus seinen Gedanken.

»Achmed und ich verlassen Ylorc übermorgen«, erklärte Rhapsody sanft, aber fest. »In absehbarer Zukunft werde ich wohl nicht zurückkommen.« Sie zuckte zusammen, als sie sah, wie das Lächeln bei ihren Worten von Ashes Gesicht verschwand, während er aufstand, sich abwandte und ans Feuer trat. Seufzend erhob auch sie sich, folgte ihm und berührte ihn am Arm. »Ich wollte, ich müsste dir - uns - nicht so wehtun. Aber wir wussten ja, was auf uns zukommt. Es tut mir Leid.«

Schweigend nickte Ashe, starrte aber weiter in die Schatten des Feuers. Als er ihr schließlich wieder ins Gesicht schaute, wirkte er ruhig und entspannt.

»Nun denn, wenn wir den nächsten Schritt machen müssen, so soll es sein. Ich habe auch noch eine Menge zu tun. Vor allem muss ich mir Gedanken darüber machen, wie ich der wundervollen Veränderung gerecht werden kann, die du mir letzte Nacht geschenkt hast.« Ashe klopfte sich auf die Brust; die Narbe, die Rhapsody dort in verschiedenen Stadien der Heilung gesehen hatte, war nun, mit der Rückkehr des Seelenfragments, endgültig verheilt. Am Morgen, während Rhapsody sich im Nebenzimmer angekleidet hatte, hatte er sich eine Erinnerung des Rakshas angesehen. Bei Rhapsodys Rückkehr hatte er zitternd vor Grauen in einer Ecke des Zimmers gekauert, denn seine Gedanken hatten die unaussprechlichen Gräueltaten mit angesehen, an denen seine Seele, ohne es zu wollen, teilgehabt hatte, Taten, die so grässlich waren, dass sie ihm in die Seele eingebrannt blieben.

Rhapsody schüttelte den Kopf. »Das solltest du nicht tun, wenn du allein bist, Ashe«, riet sie ihm nun. »Befassen wir uns damit, bevor ich gehe. Ich werde dir beistehen, so gut ich kann.«

»Das ist eigentlich kein schönes Ende für diesen wunderbaren Sommer«, meinte er wehmütig. »Ich möchte, dass du dich gern an unsere Zeit erinnerst, Aria, und mich nicht im Gedächtnis behältst, wie ich schreie und meine Dämonen austreibe.«

»Es wird immer eine schöne Erinnerung bleiben«, versicherte sie ihm. »Nichts wird uns das wegnehmen. Aber ich möchte dir gern etwas vorschlagen.«

»Ich dir auch.«

»Gut, sag es mir.«

»Ich gehe mit dir nach Yarim, nicht Achmed«, sagte Ashe mit fester Stimme. »Ich war schon mehrmals dort, er nicht, so viel ich weiß. Ich möchte dich ihm nicht allein anvertrauen.«

Rhapsody sah ihn fragend an. »Warum nicht? Wir sind schon an viel schlimmeren Orten gewesen. Er wird gewiss dafür sorgen, dass mir nichts zustößt.«

Ashe überlegte, ob er näher erläutern sollte, was er meinte, entschied sich dann aber dagegen. Sie verstand es nicht, sie würde es nie verstehen. »Ich gehe trotzdem mit. Das ist mein letztes Wort.«

Das klang so gebieterisch, dass Rhapsody die Augenbrauen hochzog. »Ja, mein Herr«, meinte sie etwas verärgert, verfolgte den Punkt aber nicht weiter. Sie hatte ihm die Sache mit den Kindern nicht näher erklärt, weil sie wusste, dass er sich nur darüber aufregen würde. Wenn er mit ihr zu der Prophetin ginge, würde es ihm Manwyn möglicherweise erzählen. Aber Rhapsody wollte ihm auch nichts vormachen, also wechselte sie das Thema. »Nun, möchtest du meinen Vorschlag noch hören?«

»Ja«, antwortete Ashe und lehnte sich zurück. »Entschuldige.«

»Der Herrscher von Roland heiratet im Frühling, und - kaum zu glauben - ich bin eingeladen!«

»Tristan? Also wirklich. Nun, über diese Einladung bin ich tatsächlich ein bisschen überrascht.«

Sie kicherte. »Ich auch. Nach unseren bisherigen Begegnungen müsste er mich eigentlich hassen, deshalb bin ich froh, ein Bauer zu sein; da braucht man zu seiner Hochzeit nicht aus irgendwelchen politischen Erwägungen heraus Leute einzuladen, die man gar nicht mag - nur, wenn sie mit einem verwandt sind.«

»Er kann dich unmöglich hassen. Das ist nicht der Grund, warum mich die Einladung überrascht. Ich dachte eher, dass er genau wissen muss, dass du die Braut ausstechen wirst.«

Rhapsody lächelte. »Du bist lustig.« Ashe seufzte; er hatte das nicht als Scherz gemeint. »Jedenfalls dachte ich, wir könnten uns dort treffen, wenn es auch nur kurz wäre und mitten in einem großen Fest. Es würde bestimmt Spaß machen, sich die Hochzeit anzusehen. Ich habe dir ja schon vor langer Zeit versprochen, dass du meine Eskorte sein kannst, wenn ich eingeladen werde.«

Er nickte. »Ja, das hast du. Vielleicht ist es nicht klug, allzu offen zu sein, angesichts der Tatsache, dass der F'dor zu einem so wichtigen Ereignis auftauchen könnte. Sein Wirt ist mit Sicherheit eingeladen, und es wäre wahrscheinlich eine ideale Gelegenheit, ihn dingfest zu machen. Aber du bist noch nicht bereit.« Er sah, wie ihr Gesicht sich ein wenig verdunkelte und ihre Begeisterung abnahm, und beeilte sich, sie wieder aufzumuntern. »Aber wir können uns trotzdem bei der Hochzeit treffen, wenn wir es heimlich tun, wie ein Liebespaar, das sich verstecken muss. Und ich würde liebend gern mit dir kommen, Aria.«

Rhapsody schaute ins Feuer. »Wenn du von hier weggehst, halte ich es für das Beste, wenn wir unsere Beziehung als Liebespaar beenden, Ashe.« Sie spürte ihn im Sessel gegenüber erbleichen. »Es wird mir ohnehin unendlich schwer fallen, dich aufzugeben, deshalb denke ich, es wäre ratsam, die Dinge nicht zu vermischen. Wenn du dieser Cymrer-Frau, die dem Rat angenehm ist, den Hof machst, schuldest du es ihr, dass du mit deiner Vergangenheit abschließt – mit all deinen früheren ... Verbindungen.«

Ashe wartete, bis sie ihm wieder ins Gesicht sah. »In Ordnung, Rhapsody«, meinte er dann leichthin. »Du hast Recht. Sie sollte sich darauf verlassen können, dass ich ungebunden bin, wenn ich ihr einen Antrag mache. Wenn sie sich einverstanden erklärt, Herrscherin der Cymrer und meine Frau zu werden, verdient sie meine absolute Treue und Ergebenheit, unverstellt von irgendwelchen Gedanken an andere Frauen.« Sein Magen verkrampfte sich, als seine Drachensinne ihre Reaktion auf diese Worte wahrnahmen; obgleich ihr Gesicht heiter blieb und keine Gefühlsregung verriet, spürte er, wie Übelkeit in ihr aufstieg und das Blut in tausenden winziger Gefäße aufwallte, die der Drache samt und sonders kannte und abgöttisch liebte. »Du hast immer noch vor, meine Verbündete zu bleiben, oder?«

»Ja, selbstverständlich.«

»Und mein Freund?«

Sie lächelte strahlend. »Und dein Freund.«

Er erhob sich, trat auf sie zu und streckte die Hand aus, um ihr beim Aufstehen zu helfen. Dann schaute er ihr in die Augen und durch diese direkt in ihre Seele, in der Hoffnung, dass seine Worte dort einen Widerhall finden würden. »Ich liebe dich, Aria. Nichts und niemand wird das je für mich ändern. Du hast gesagt, dass auch du mich liebst, und ich weiß, dass du das tust, ich kann es spüren mit jedem Atemzug. Wirst du mich weiter lieben? Auch wenn wir getrennt sind?«

Rhapsody wandte den Blick ab. »Ja«, antwortete sie traurig, als schämte sie sich, es zuzugeben. »Immer. Aber mach dir keine Sorgen, ich werde schon damit fertig. Ich werde dich nicht in Verlegenheit bringen, Ashe. Unter anderem helfe ich dir deshalb, weil du eines Tages mein König sein wirst, und ich schulde es dir, dich in jeder Weise zu unterstützen. Ich könnte dein Glück und deinen Ruf niemals aufs Spiel setzen.«

Ashe lachte. »Rhapsody, wenn die Leute wüssten, dass du meine Geliebte warst, würde das nur dazu dienen, meinen Ruf über alle Maßen zu steigern. Nun, ich habe noch zwei Dinge auf dem Herzen. Erstens möchte ich, dass du mir versprichst, mich das Abendessen für dich zubereiten zu lassen, wenn wir von Manwyn zurückkehren. Wir haben sozusagen eine letzte Verabredung, speisen im Garten und tanzen vielleicht ein bisschen. Eine nette romantische Note für den Abschied, vor allem, wenn wir uns morgen daran machen, die Erinnerungen des Rakshas anzusehen.« Unwillkürlich schauderte er, als ihm das Erlebnis vom Vormittag wieder einfiel. »Es war ein zauberhafter Sommer. Ich möchte, dass er richtig ausklingt.«

Rhapsody lächelte ihn an. »Das ist wundervoll. Können wir uns auch so richtig schön machen?«

»Selbstverständlich, das würde ich nicht anders wollen. Vielleicht kann ich mir in Yarim sogar etwas zum Anziehen kaufen. Ich habe wirklich nicht sehr viel.«

»Und wir können eine Umbenennungszeremonie veranstalten.« Seit sie ihm das Seelenstück zurückgegeben hatte, bestand sie darauf, ihm einen neuen Namen zu geben, einen, den der F'dor nicht kannte und mit dem er ihn nicht finden würde. Ashe hatte zugestimmt.

»Ja, das ist eine gute Idee.«

»Schön, und was ist dein zweites Anliegen?«

Er nahm sie in die Arme. »Sind wir deiner Meinung nach heute Nacht noch ein Liebespaar?«

»Ja. Willst du mich immer noch?«

Sein Kuss war Antwort genug.

50

Aus der Ferne war leicht zu erkennen, wie Yarim zu seinem Namen gekommen war. In der Sprache der Ureinwohner, die schon vor langer Zeit von Gwylliams Heeren gen Norden vertrieben worden waren, bedeutete das Wort ›rotbraun‹, die Farbe von getrocknetem Blut. Die meisten Gebäude bestanden aus Backstein des gleichen Farbtons, der aus der Erde des Landes hergestellt wurde, rotem Ton, im Feuer dunkelrot gebrannt.

Die Hauptstadt, offiziell unter dem Namen Yarim Paar bekannt, aber meist nur mit dem Provinznamen bezeichnet, lag am Fuß eines hohen, sanften Hügels; näherte man sich ihr von Süden her, so blieb einem der Blick auf sie bis kurz vor dem Ende der Reise verwehrt. Plötzlich aber lag die Stadt zu Füßen des Reisenden und erstreckte sich in alle Richtungen. Da die Bauwerke dieselbe Farbe wie die Erde hatten, dauerte es eine Weile, bis das Auge sie überhaupt wahrnahm, wenn man im Wind auf dem Hügel stand. Man hatte beinahe das Gefühl, sie wären schlichtweg aus dem Boden gewachsen, das Einzige, was hier gedieh. Die Stadt sah aus, als brauchte sie dringend Wasser.

Von Osten her hatten die Winde eine Hitzewelle herangetragen. Der Frost, der wochenlang den Boden bedeckt hatte, war verschwunden, und an seine Stelle war das Gefühl eines falschen Sommers getreten, heiß und trocken. In den Wäldern weiter im Osten war das Wetter prächtig, aber hier in dieser Gegend wirkte es trostlos.

Einst war Yarim eine blühende Stadt gewesen, aber jetzt entdeckte Rhapsody überall, wo sie hinsah, Zeichen des Verfalls. Die Straßen waren mit Steinen gepflastert, aber in den Ritzen gediehen ungehindert Unkraut und sonnengebleichtes Gras. Die Rinnsteine waren mit Müll verstopft, und das Wasser, das für den Hausgebrauch in großen Fässern gesammelt wurde, wies die gleiche schlammig-braune Farbe auf wie die Backsteine.

An vielen Ecken standen Gruppen von Bettlern, ein so normaler Anblick, dass die Leute, die an ihnen vorbeikamen, kaum Notiz von ihnen nahmen. Einige von ihnen waren zweifellos zwielichtige Gestalten und Gesindel, aber viele trugen den Ausdruck verzweifelten Hungers im Gesicht, an den Rhapsody sich nur allzu gut erinnerte. Eine junge Mutter mit einem Säugling erschien ihr besonders bedürftig, und sie griff nach ihrer Geldbörse, die sie gut versteckt am Körper trug. Aber zu ihrer Überraschung kam Ashe ihr zuvor, indem er der Frau ein paar Münzen in den Schoß warf. Rasch drückte sie der Frau noch ein Goldstück in die Hand und beeilte sich, Ashe wieder einzuholen.

»Ich wundere mich ein bisschen«, sagte sie.

»Worüber?«

»Ich dachte nicht, dass du zu den Leuten gehörst, die Almosen geben.«

Ashe sah sie an. »Rhapsody, ich habe die letzten zwanzig Jahre unter diesen Menschen gelebt. Gut, ich habe die meiste Zeit im Wald verbracht, aber sogar ich musste von Zeit zu Zeit in die Stadt, und da konnte ich mich wohl kaum unter die feinen Herrschaften mischen, oder? Der größte Teil meiner menschlichen Kontakte fand auf der Straße statt. Nicht nur durch meinen Umhang habe ich gelernt, wie man übersehen werden kann. Das gehört hier und auch auf den Straßen anderer Städte zum Alltag. Das Leben unter diesen Menschen hat mich schließlich davon überzeugt, dass ich als cymrischer Herrscher vielleicht doch etwas Nützliches tun könnte. Wir sind da.«

Sogleich wandte Rhapsody ihre Aufmerksamkeit dem großen Gebäude vor ihnen zu. In mancher Hinsicht erinnerte das tempelähnliche Bauwerk an die Stadt als Ganzes: majestätisch gebaut, aber heruntergekommen. Eine Reihe rissiger Marmorstufen führte zu einem weitläufigen, mit Einlegearbeiten verzierten Vorplatz. Auf dem unregelmäßigen Untergrund erhoben sich acht riesige Säulen, alle über und über mit Moos und Flechten bewachsen. Das zentrale Gebäude war eine große Rundhalle, gekrönt von einer Kuppel, durch die sich zwei breite Risse zogen. Zu beiden Seiten befand sich jeweils ein großer Anbau mit kleineren Säulen, die sich in etwas besserem Zustand befanden. Ein hohes, schlankes Minarett, das metallisch blau in der Sonne glänzte, krönte den Mittelbau.

Sie stiegen die breiten Stufen hinauf und durchquerten das offene Portal. Im Innern des Tempels war es dunkel, Fackeln und Kerzen sorgten für trübes Licht. Es dauerte einen Augenblick, bis Rhapsody sich an das Dämmerlicht gewöhnt hatte.

Um den Innenraum schien man sich besser zu kümmern. Zwar hatte Ashe unterwegs auf ihrer langen Reise erwähnt, dass die labyrinthartigen Anbauten verstaubt und verwahrlost seien, aber wenn Rhapsody sich jetzt in dem wunderschön gearbeiteten Foyer umschaute, konnte sie das nicht bestätigen.

In der Mitte des weitläufigen Raums befand sich ein großer Brunnen, von dem ein dünner Wasserstrahl zwanzig Fuß hoch in die Luft stieg und dann in ein mit schimmerndem Lapislazuli eingefasstes Becken herabplätscherte. Der Fußboden war aus poliertem Marmor, die Wände mit kunstvoll verzierten Fliesen getäfelt, die Wandleuchter aus glänzendem Messing.

Auf beiden Seiten dieses Raums befand sich ein Vorzimmer; hier standen Wachsoldaten mit langen, dünnen Schwertern. Ihnen gegenüber, hinter dem Brunnen, war eine kunstvoll geschnitzte Tür aus Zedernholz, die ebenfalls bewacht wurde.

Rhapsody und Ashe gingen um den Brunnen herum und blieben bei den Wachen an der großen Tür stehen. Nachdem sie einen erklecklichen Geldbetrag bezahlt hatten, wurde ihnen die Tür geöffnet, und sie durften ins Allerheiligste eintreten. Mit der Eintrittsgebühr, so erklärte man ihnen, werde für den Fortbestand des Orakels gesorgt. »Ob Manwyn wohl darüber Bescheid weiß?«, meinte Ashe laut zu Rhapsody.

Der Raum hinter der Zedernholztür war riesig, erhellt durch das Licht, das durch eine Reihe kleiner Fenster in der Kuppel einfiel, und zahllose Kerzen. In der Mitte des Raums befand sich, gefährlich nah am Rand eines großen offenen Brunnens, ein Podest.

Darauf saß mit übereinander geschlagenen Beinen eine Frau, bei der es sich um Manwyn handeln musste: groß, dünn, rosig-goldene Haut, feuerrotes Haar mit grauen Strähnen. Auf ihrem Gesicht erkannte man unschwer die Falten des mittleren Lebensalters; ihr Lächeln war seltsam und irgendwie beunruhigend. In der linken Hand hielt sie einen kunstvoll verzierten Sextanten, und sie war ganz in grüne Seide gekleidet.

Doch es waren die Augen der Seherin, die Rhapsody faszinierten. Sie wirkten noch weniger menschenähnlich als die von Ashe, und wenn man hineinsah, blickte einem das eigene Spiegelbild entgegen. Ohne Pupille, ohne Iris, ohne Lederhaut, die ihnen irgendwelche Konturen verliehen, waren sie Spiegel, vollkommene silberne Spiegel. Rhapsody hatte das Gefühl, in zwei Quecksilberkugeln zu schauen, und sie bemühte sich, nicht allzu sehr zu starren. Manwyn lächelte.

»Sieh in den Brunnen«, sagte sie. Ihre Stimme war ein unmelodisches Krächzen, das Rhapsody an der Schädeldecke schmerzte. Rasch tauschte sie einen Blick mit Ashe, der nickte. Seite an Seite näherten sie sich dem Podest.

»Nein, du nicht«, fauchte Manwyn und funkelte Ashe wütend an. »Du musst warten. Die Zukunft verbirgt sich vor dem, der in der Gegenwart unsichtbar bleibt.« Wie um ihren Worten Nachdruck zu verleihen, spuckte sie verächtlich in seine Richtung aus.

Rhapsody schluckte, ging aber weiter auf den Brunnen zu. Sie dachte daran, was Llauron ihr über Manwyn erzählt hatte: dass sie die labilste der Seherinnern sei, die Verrückteste. Obwohl sie nicht lügen konnte, war es manchmal schwer zu unterscheiden, wann es sich bei ihren Sprüchen um echte Prophezeiungen handelte und wann um die Phantasien eines verwirrten Verstandes. Außerdem waren ihre Worte zuweilen doppeldeutig, oder sie besaßen verborgene Bedeutungen, sodass man sich nicht wirklich auf sie verlassen konnte. Aber es gab keine bessere Möglichkeit, um etwas über die Zukunft zu erfahren, und für diejenigen, die ihren Tempel aufsuchten, war sie oft die letzte Zuflucht. Wie jeder andere Ratsuchende hoffte auch Rhapsody, dass Manwyn heute einen vernünftigen und ausgeglichenen Tag hatte.

So trat sie an den Rand des Brunnens, wappnete sich innerlich und blickte hinein. Ein gähnender Abgrund tat sich im Boden vor ihr auf, scheinbar ohne Grenzen, bodenlos. In der Dunkelheit war es ziemlich gefährlich, sich ihm zu nähern, denn die Ränder waren ungleichmäßig und im dämmrigen Licht schwer zu erkennen. Die Seherin lachte gackernd und zeigte zu der dunklen Kuppel empor.

Zum ersten Mal blickte Rhapsody hinauf und sah, dass die Kuppel schwarz war wie die Nacht, entweder durch einen architektonischen Trick oder durch Magie. Sie war über und über mit Sternen bedeckt – vielleicht auch nur mit deren Abbildern –, die blinkten, während dunstige Wolkenschleier an ihnen vorüberzogen. Rhapsody spürte, wie der Wind an ihrem Umhang zerrte, und wusste auf einmal, dass sie sich nicht mehr im Tempel befand, sondern draußen im Freien, am einsamsten Punkt der Nacht, mutterseelenallein mit der Seherin. Eine Sternschnuppe sauste über den Himmel, der Wind wurde stärker und peitschte ihr ins Gesicht.

»Rhapsody.« Ashes Stimme unterbrach ihre Träumerei; sie sah sich um und konnte ihm Halblicht des Tempels vage die Umrisse seines Umhangs ausmachen. Als sie sich zu Manwyn umwandte, war alles wieder so wie vorhin, als sie eingetreten waren, nur sah die Prophetin jetzt verärgert aus. Sie hielt den Sextanten ans Auge, deutete wieder in die dunkle Nachtkuppel empor und deutete dann auf den Brunnen.

»Schau hinein, um Zeit und Ort zu finden, die vorbestimmt sind«, sagte sie. Rhapsody holte tief Luft; sie hatte noch nicht einmal ihre Frage gestellt. Dann starrte sie in den Abgrund hinunter, wo sich ein Bild zu formen begann. Als es klarer wurde, erkannte sie eine Lirin-Frau mit grauem Gesicht, offensichtlich von Schmerzen gepeinigt, hochschwanger. Sie war gerade stehen geblieben, um sich auszuruhen, und hielt sich mit der Hand den großen, runden Bauch.

In der Kuppel war ein kratzendes Geräusch zu hören, und Rhapsody blickte empor. Die Sterne hatten sich auf einen anderen Längen- und Breitengrad verschoben, und sie prägte sich ihre Position genau ein. Zweifellos zeigte Manwyn ihr den Ort, an dem sie diese Frau finden würde.

»Wann, Großmutter?«, fragte sie ehrerbietig. Manwyn lachte, ein wildes, schreckliches Kichern, das Rhapsody schaudern ließ.

»Eine Seele geht, eine Seele kommt, in elf Wochen von dieser Nacht heute«, antwortete sie, als das Bild im Brunnen verschwand. Manwyn starrte auf etwas hinter Rhapsody, und als diese sich umwandte, sah sie Ashe näher kommen, zum ersten Mal mit zurückgeworfener Kapuze. Ein Lächeln breitete sich langsam auf dem Gesicht der Seherin aus, triumphierend, aber auch ein bisschen grausam. Sie sah Ashe direkt an, aber als sie zu sprechen begann, richtete sie ihre Worte weiterhin nur an Rhapsody.

»Ich sehe die Geburt eines unnatürlichen Kindes, hervorgegangen aus einer unnatürlichen Verbindung. Nimm dich vor dieser Geburt in Acht, Rhapsody: Die Mutter wird sterben, das Kind aber wird überleben.«

Rhapsody begann zu zittern. Jetzt verstand sie, was Ashe mit seiner Warnung vor vagen Prophezeiungen gemeint hatte. Bezog sich Manwyn auf die Lirin-Frau oder auf sie? Obgleich der Kontext Ersteres nahe legte, deutete die Klarheit in ihrer Stimme auf das andere hin. Sie wollte nachfragen, brachte aber kein Wort heraus.

»Was soll das bedeuten?«, wollte Ashe wissen. So wütend hatte Rhapsody ihn noch nie erlebt. »Was für ein Spiel spielst du, Manwyn?«

Manwyns Hände schossen hinauf zu ihrem flammend roten Haar, ihre Finger bohrten sich in die ungepflegten Locken und zwirbelten sie zu langen verknoteten Strähnen. Lächelnd starrte sie zur Decke, summte eine wortlose Melodie und warf Ashe dann einen Blick zu, so direkt es mit ihren einfarbigen Augen eben ging.

»Gwadion ap Llauron, deine Mutter ist gestorben, als sie dich zur Welt brachte, aber die Mutter deiner Kinder wird bei ihrer Geburt nicht sterben.« Dann brach sie in wahnsinniges Gelächter aus.

Ashe berührte Rhapsodys Schulter. »Machen wir, dass wir hier wegkommen«, meinte er mit leiser Stimme. »Hast du erfahren, was du wissen wolltest?«

»Ich bin nicht sicher«, entgegnet Rhapsody. Ihre Stimme zitterte, wenngleich sie die Angst nicht verspürte, die sie deutlich darin vernahm.

»Gwydion, hast du deinem Vater Lebewohl gesagt? Er stirbt in den Augen aller, um zu leben, wo keiner ihn sieht; du spielst ein doppeltes Spiel, dennoch wirst du von seinem lebendigen Tod profitieren und auch unter ihm zu leiden haben. Weh dem Menschen, der für den Mann lügt, welcher ihn den Wert der Wahrheit gelehrt hat, Gwydion; du bist es, der den Preis für seine neu gewonnene Macht bezahlen wird.«

»S!KLERIV!«, fauchte Ashe mit einer mehrtönigen Stimme, die Rhapsody noch nie bei ihm gehört hatte, und das Wort drang durch sie hindurch wie ein Messer. Aus irgendeinem Grunde wusste sie, dass es »Ruhe!« bedeutete, und es klang fast wie ein übles Schimpfwort. Vermutlich war es die Drachensprache.

Ashe war rot angelaufen, und Rhapsody sah, wie die Ader auf seiner Stirn zu pulsieren begann.

»Kein Wort mehr, du wyrmzüngige Wahnsinnige!«, brüllte er.

Rhapsody überlief es kalt, denn sie spürte den Zorn des sich aufbäumenden Drachen. Tödlich ruhig war er, mit einer listigen, gebieterischen Energie, die ihre Füße und Hände taub machte. Plötzlich wurde ihr klar, dass auch in Manwyns Adern Drachenblut floss. Ihr Herz pochte, und sie nahm Ashes Hand.

»Lass uns gehen«, flüsterte sie drängend und zog ihn am Arm. Er widersetzte sich, offensichtlich kurz davor, sich auf den Kampf zweier starker Willen einzulassen. Rhapsody überkam Panik, wenn sie nur daran dachte. Manwyn erhob sich auf die Knie und stieß ein Geheul aus, das die Grundfesten der Rundhalle erschütterte, sodass Steinbrocken und Staub von der Decke fielen.

Die Augen noch immer auf das kreischende Orakel gerichtet, umfasste Ashe Rhapsodys Hand fester. Stück für Stück fühlte sie ihn entgleiten, völlig absorbiert von seiner Gegnerin, die jetzt wild auf ihrem Podest über dem bodenlosen Abgrund hin und her schwankte. Die Luft wurde immer dicker von Staub und Statik, Rhapsody konnte kaum atmen. Unter ihren Füßen bebte die Erde, und das Firmament der Kuppel schien in Flammen aufgehen zu wollen.

Noch einmal zerrte Rhapsody mit aller Kraft an Ashe, aber sein Widerstand war noch größer geworden. Da holte sie tief Luft und sang seinen Namen, ein tiefer, leiser Ton, untermalt von Manwyns ohrenbetäubendem, abscheulichem Kreischen. Der Klang erfüllte den Rundbau, übertönte das Geheul, und Manwyn erstarrte. Ashe blinzelte, und in diesem Augenblick schleifte Rhapsody ihn aus dem Raum, verfolgt von Manwyns hysterischem Gelächter, das in ihren Ohren widerhallte.

Erst auf halbem Weg zum Stadttor hörten sie auf zu rennen. Ashe fluchte leise in zahlreichen verschiedenen Sprachen und Dialekten vor sich hin. Zwar versuchte Rhapsody, ihn zu ignorieren, fand aber seine Schimpfkanonade auf widerwärtige Art anziehend.

Am Rand eines sehr großen ausgetrockneten Brunnens machten sie Halt und setzten sich, atemlos in der feuchten Hitze. Rhapsody erstickte fast unter ihrem Umhang und zitterte vor Anstrengung. Schließlich blickte sie auf und sah Ashe wütend an.

»War das wirklich nötig?«

»Sie hat angefangen. Ich habe nichts getan, um sie gegen mich aufzubringen.«

»Nein«, räumte Rhapsody ein, »das hast du wirklich nicht. Aber warum hat sie dich dann angegriffen?«

»Das weiß ich nicht«, antwortete Ashe, zog seinen Wasserschlauch hervor und bot ihn ihr an. »Vielleicht hat sie sich bedroht gefühlt; Drachen sind oft unberechenbar.«

»Das ist mir auch schon aufgefallen«, sagte sie, nahm einen großen Schluck aus dem Schlauch und gab ihn Ashe zurück. »Nun, das wäre überstanden. Allerdings muss ich sagen, je mehr ich von deiner Familie kennen lerne, desto weniger mag ich sie.«

»Und dabei bist du noch nicht einmal meiner Großmutter begegnet«, meinte Ashe und lächelte zum ersten Mal. »Das ist ein unvergleichliches Erlebnis. Hoffentlich taucht sie nicht beim Rat der Cymrer auf.«

Rhapsody schauderte. »Ja, hoffen wir es. Und was machen wir jetzt?«

Ashe beugte sich zu ihr und küsste sie, was ihm einen amüsierten Blick von ein paar vorbeischlendernden Bettlerinnen einbrachte. »Gehen wir einkaufen.«

»Einkaufen? Du machst Witze.«

»Aber nein. Yarim hat ein paar wunderbare Basare und einen Gewürzhändler aufzuweisen, dessen Bekanntschaft sich für dich bestimmt lohnt, wo du derlei Dinge doch so schätzt. Ich möchte gern etwas kaufen, was ich bei unserem Abschiedsessen tragen kann, und vielleicht auch noch ein paar ungewöhnliche Zutaten für unser Essen. Außerdem kann ich mir kaum vorstellen, dass du dir eine Gelegenheit zum Einkaufen entgehen lässt.«

Rhapsody lachte. »Ja, das stimmt«, gab sie zu. »Ich habe gehofft, ein paar nette Präsente für meine Enkel zu finden und vielleicht auch ein Geburtstagsgeschenk für Grunthor. Was meinst du, worüber er sich freuen würde?«

Ashe erhob sich, reichte ihr die Hand und half ihr auf. »Ich glaube, er würde dich gern in einem weit ausgeschnittenen, rückenfreien roten Kleid sehen.« Rhapsody musterte ihn. »Oh, richtig, tut mir Leid, da habe ich etwas verwechselt – das wünsche *ich* mir. Also Grunthor, hmmm. Sammelt er Souvenirs von seinen Heldentaten?«

Rhapsody schauderte. Schon seit jeher fand sie den Brauch widerlich, Körperteile von besiegten Feinden aufzubewahren. »Manchmal.«

»Na, wie wäre es dann mit einer hübschen Truhe für seine Trophäen?«

»Nein, ich glaube, das lieber nicht.«

»Ach komm schon, sei ein bisschen erfinderisch. Welche Form würde sich eignen? Ich meine, sammelt er Köpfe? Dann könntest du ihm eine Garderobe mit Hutständern besorgen.«

Rhapsody dachte nach. »Nein, er sammelt keine Köpfe, es wäre ihm zu mühsam, sie abzuschneiden. Ich denke, eine Zigarrenkiste wäre eher geeignet.« Sie sah, wie sich ein amüsierter und zugleich angeekelter Ausdruck über sein Gesicht ausbreitete. »Nun, es war deine Idee.«

»Richtig.« Inzwischen hatten sie sich auf den Weg zu dem belebteren Viertel der Stadt gemacht, zu dem anscheinend auch die meisten anderen Passanten unterwegs waren. »Rhapsody, ich muss dich um einen Gefallen bitten.«

»Aber gern.«

»Sag das lieber nicht so schnell«, entgegnete er ernst. »Ich gehe davon aus, dass du es genauso ungern hörst, wie ich dich darum bitte.«

Sie seufzte. »Na gut. Worum geht es?«

Er blieb stehen und sah ihr ins Gesicht. »Vielleicht erscheint es dir unsinnig. Vorhin hat Manwyn etwas gesagt, was du eigentlich nicht hören solltest, nicht weil ich es vor dir geheim halten will, sondern weil es eine große Gefahr für deine Sicherheit darstellt, für deine eigene und die einiger anderer Leute.« Er ergriff ihre Hände. »Hast du so viel Vertrauen zu mir, dass du es wagen würdest, dir die Erinnerung von mir wegnehmen zu lassen, nur für eine kleine Weile? Bis es wieder sicher ist?«

»Was faselst du da?«, fragte sie ärgerlich. »Gehört das auch zu deinem ganzen cymrischen Unsinn?«

»In gewisser Weise, ja. Aber es geht mir mehr um die Gefahr für dich als um sonst etwas, wenn ich dich darum bitte, denn ich möchte nicht, dass dir etwas zustößt. Glaubst du mir das?«

Wieder seufzte sie tief. »Ich denke schon.«

Ashe lachte auf. »Wie überzeugend!«

»Nun, was erwartest du, Ashe?«, entgegnete Rhapsody mit wachsendem Ärger. »Zuerst muss ich mich mit einer exzentrischen Prophetin herumschlagen, die in Rätseln spricht, und dann muss ich mir auch noch anhören, wie du dasselbe tust? Was willst du denn? Was meinst du damit, dass du mir die Erinnerung wegnehmen willst?«

»Du hast Recht«, erwiderte er, und seine Stimme wurde sanfter. »Ich weiß, dass das für dich unerträglich ist, Rhapsody. Deine Erinnerungen sind eine Art Schatz. Als solche kann ich sie sammeln, aber nur mit deiner Zustimmung. Sie können in einem reinen Gefäß aufbewahrt werden, so ähnlich, wie du es mit meiner Seele getan hast, bis zu dem Zeitpunkt, an dem es für dich nicht mehr gefährlich ist, sie wieder zu dir zu nehmen.«

Rhapsody rieb sich die Schläfen. »Woher soll ich wissen, was ich zurücknehmen muss, wenn ich mich gar nicht mehr daran erinnere?«

»Ich werde es dir ins Gedächtnis rufen. Und ich werde dir ein Zeichen geben, falls mir etwas zustößt. Was ich vorschlagen möchte, ist Folgendes: In der Nacht, in der wir voneinander Abschied nehmen, werde ich dir alles erklären, was du im Augenblick noch nicht verstehst. Ich werde dir nichts vorenthalten. Wir setzen uns in die Laube – in Elysian können wir offen miteinander sprechen, und ich werde dafür sorgen, dass ein Gefäß zur Verfügung steht, das die Erinnerung an diese Nacht und an das Gespräch mit Manwyn aufnimmt und sicher verwahrt.«

»Das kann ich nicht«, entgegnete sie. »Tut mir Leid. Ich brauche die Information, die sie mir gegeben hat.«

»Ich meine nur das, was sie gesagt hat, nachdem sie dir deine Information gab«, erklärte Ashe. »Den Rest sollst du behalten. Bitte, Rhapsody, versteh doch, dass ich so etwas nicht von dir verlangen würde, wenn es nicht notwendig wäre. Hör dir an, was ich zu sagen habe, wenn wir zurückkommen. Wenn du mir deine Erlaubnis dann nicht geben willst, beuge ich mich deinem Entschluss. Aber bitte ziehe es wenigstens in Erwägung.«

»Nun gut«, stimmte sie zögernd zu. »Aber jetzt lass uns einkaufen gehen.« Sie atmete erleichtert auf, als der Teil seines Gesichts, den sie unter der Kapuze sehen konnte, sich zu einem Lächeln entspannte. Sie war nicht sicher, was schlimmer war – die Aussicht, dass er sie bald verlassen würde, oder noch eine Täuschung mitzumachen, was dem cymrischen Volk eingeboren zu sein schien. Doch im Grunde spielte es keine Rolle. Beide Probleme würden demnächst ausgestanden sein.

51

Rhapsody schüttelte die Krümel von der Tischdecke, faltete sie zusammen und legte sie auf den Stuhl, auf dem sie gesessen hatte. Ashe war noch in der Hütte und hatte schon den Tisch abgeräumt und das Geschirr hineingetragen. Sie stellte die kleine Vase mit Winterblumen auf die Mitte des Tischs zurück, strich lächelnd über die steifen Blütenblätter und bewunderte ihre Schönheit und ihre Entschlossenheit. Lange nachdem die zarteren Blumen von Sommer und Frühherbst verwelkt und abgestorben waren, blühten diese hier weiter, trotzten dem unerbittlichen Griff der Winterweiße, und schenkten der frostigen Welt frische Farbe.

Als Ashe wiederkam, fand er Rhapsody ganz in Gedanken versunken, wie sie mit einer der blutroten Blüten versonnen über ihre Wange strich. In ein paar Schritt Entfernung blieb er stehen und beobachtete sie, während seine Augen sich an dem prächtigen Bild ergötzten, das sie unbewusst komponiert hatte.

Ihr goldenes Haar war mit winzigen weißen Trockenblumen zu einem schimmernden Knoten hochgesteckt, nur ein paar Strähnen fielen weich um Gesicht und Nacken. Sie trug ein elegantes, hochgeschlossenes Kleid aus elfenbeinfarbener canderischer Waschseide mit einem weiten Rock und einem schmalen Spitzenbesatz, der sich an ihre Handgelenke und ihren Hals schmiegte, und obgleich von ihrer rosigen Haut abgesehen von den Händen und dem Gesicht nicht viel zu sehen war, hob das Kleid die Schönheit ihres Körpers raffiniert hervor.

Erst einen Moment später merkte Ashe, dass er unwillkürlich die Luft angehalten hatte. Er dachte zurück an ihre gemeinsame Zeit, und ihm wurde klar, dass Rhapsody heute Abend zum ersten Mal ihre natürliche Schönheit absichtlich betont hatte. Das Ergebnis war umwerfend. Während der Drache in ihm darüber nachdachte, wie viel ungenutzte Macht in ihr schlummerte, Macht, mit der sie ganze Völker lenken und verzaubern konnte, war der Mann entzückt über die Erkenntnis, dass sie sich für ihn herausgeputzt hatte und sich ganz offensichtlich wünschte, ihre letzte gemeinsame Nacht zu einer wunderbaren Erinnerung zu machen.

Auf einmal kehrten ihre Gedanken von ihrer Wanderschaft zurück, sie drehte sich zu ihm um und schenkte ihm ein Lächeln, von dem er weiche Knie bekam. Mit natürlicher Anmut hob sie ihre bauschigen Röcke und kam mit ausgebreiteten Armen auf ihn zu. Er ergriff ihre Hände und küsste sie zart, doch dann schloss er Rhapsody in die Arme und genoss ihren frischen Duft und ihren warmen Körper in der seidig-steifen Fülle des Kleids. Sie war ein wahrer Schatz von Empfindungen, an denen sich der Drache endlos ergötzen konnte, und es war nicht leicht, das Verlangen danach erst einmal hintanzustellen.

»Danke für das wunderbare Essen«, sagte sie, entzog sich seiner Umarmung und lächelte ihn an. »Wenn ich gewusst hätte, dass du so gut kochen kannst, hätte ich dir öfter aufgetragen, das Essen zu bereiten.«

Er lachte und fuhr mit dem Zeigefinger über ihre Wange. »Nein, zusammen macht es viel mehr Spaß«, entgegnete er, legte ihre Hand in seine Armbeuge und wanderte mit ihr den Gartenweg entlang. »Das bezieht sich übrigens auf alle meine Lieblingsbeschäftigungen mit dir. Eine hervorragende Leistung in irgendeinem Bereich ist nicht viel wert ohne einen Partner, der sie zu schätzen weiß.« Er sah, wie ihre Porzellanhaut rosiger wurde, und staunte wieder einmal darüber, dass eine Frau, die so irdisch, so unbeeindruckt von anstößigem Humor und Verhalten war, dennoch so leicht errötete, wenn sie mit ihm allein war. Er liebte den Gedanken.

»Komm in meine Arme und tanz mit mir«, meinte er leichthin. Um nicht an den Gefühlen zu ersticken, die in seinem

Herzen aufwallten, zog er sie wieder an sich und drückte ihren Kopf an seine Schulter. »Wir sollten üben, denn das nächste Mal treffen wir uns heimlich bei der königlichen Hochzeit in Bethania. Wenn wir tanzen und nicht auffallen wollen, dann wäre es nicht gut, wenn ich dir auf die Füße träte.«

Aber Rhapsody wich so plötzlich zurück, dass er zusammenzuckte. Vor seinen Augen wurde das rosige Gesicht alabasterblass. Ihre Augen suchten in seinem Gesicht nach etwas und füllten sich mit einer alten Traurigkeit, die sie jedoch gleich darauf wieder abschüttelte.

»Es wird spät«, sagte sie ein wenig nervös. »Wir sollten uns unterhalten und dann mit der Benennungszeremonie beginnen.«

Ashe nickte, wenn auch ein wenig traurig, denn beim Tanzen hätte er sie noch ein wenig länger im Arm halten, das Glück ein wenig ausdehnen können. »Bist du bereit?«, fragte er und zeigte zur Laube hinüber. Sie hatten vereinbart, dass er dort seine Geheimnisse offenbaren und ihr dann die Erinnerung nehmen würde. Doch nun senkte sie die Augen und spürte ihre Anspannung stärker werden, als sie den Kopf schüttelte.

»Noch nicht«, sagte sie und wandte sich zu einer kleinen Bank in einem verborgenen Winkel des Gartens. »Können wir uns einen Augenblick dort hinsetzen? Ich habe dir etwas zu sagen, und ich möchte mich gern daran erinnern können, dass ich es gesagt habe.«

»Selbstverständlich.« Ashe half ihr über eine kleine Steinmauer, und sie schlenderten Hand in Hand zu der Bank. Sie strich sich den Rock glatt, während er sich neben ihr niederließ und wartete, was sie ihm zu sagen hatte.

»Ehe du mir die Erinnerung an den Rest der Nacht wegnimmst, möchte ich dir sagen, dass du Recht hattest«, erklärte sie, und ihre Augen funkelten ihn in der Dunkelheit an.

»Rhapsody, du bist unglaublich«, sagte Ashe scherzhaft. »Gerade als ich dachte, es wäre nicht möglich, da fällt dir eine neue Methode ein, wie du mich sexuell erregen kannst. Sagst du das bitte noch einmal?«

»Du hattest Recht«, wiederholte sie und erwiderte sein Grinsen. »Muss ich mich jetzt ausziehen?«

»Bring mich nicht in Versuchung«, entgegnete er und fragte sich, ob das vielleicht ein Trick war, nicht mit ihm zur Laube zu gehen. Er wusste, dass sie nicht glücklich war über das, was sie dort vorhatten, und obgleich sie ihm vertraute, war sie bestenfalls mit Vorbehalten dazu bereit. »Tut mir Leid; also, was hast du gesagt?«

Jetzt wurde ihr Gesicht ernst, und ihre Augen verdunkelten sich im matten Licht der Papierlaternen, die er überall im Garten aufgehängt hatte. »Alles, was du gesagt hast, als du das erste Mal nach Elysian gekommen bist, war richtig, obwohl ich es damals nicht wusste.« Einen Augenblick starrte sie auf ihre Hände, dann hob sie den Kopf, und ihre Augen glänzten von tiefen Gefühlen oder auch von Tränen, während sie ihn ansah.

»Ich möchte, dass du weißt, wie viel mir die Zeit mit dir bedeutet hat. Ich bin ... ich bin froh, dass wir zusammen waren. Und du hattest Recht - es war genug.« Ashe sah, wie eine Träne zwischen ihren Wimpern hervorquoll und ihr langsam übers Gesicht rollte.

»Aber ich war schon lange vorher gern mit dir zusammen, und ich denke, wir waren unter anderem deshalb ein gutes Liebespaar, weil wir vorher schon gute Freunde waren. Und da Freundschaft letztlich das ist, was uns erhalten bleibt, möchte ich auch weiterhin gern mit dir befreundet sein, wenn die Umstände es erlauben. Ich habe mich nie zwischen einen Mann und seine Frau gestellt, und ich habe nicht vor, ausgerechnet jetzt damit anzufangen. Wenn es dir also keine Probleme macht und ... und wenn die cymrische Herrscherin auch nichts dagegen hat, dann denk bitte daran, dass ich für dich da bin, wenn du mich brauchst - um dir zu helfen, meine ich.« Verlegen stockte sie und blickte kurz zur Laube hinüber.

Ashe tat das Herz weh. Er streckte die Hand aus und fing die Träne auf, als sie Rhapsodys Kinn erreichte; dann legte er sanft die Hand auf ihre Wange. Vorsichtig deckte sie ihre darüber.

»Ich liebe dich, Gwydion ap Gwylliam und so weiter, ich werde dich immer lieben«, sagte sie und sah ihn an. »Aber diese Liebe wird niemals dein Glück bedrohen, sie wird dich auf jede mögliche Art unterstützen. Danke, dass du mir diese Zeit und diese Gelegenheit geschenkt hast. Es hat mir mehr bedeutet, als du jemals ermessen kannst.«

Jetzt hielt Ashe es nicht mehr aus. Er nahm ihr schönes Gesicht in die Hände und küsste sie, mit all dem wortlosen Trost, den er in seinen Kuss legen konnte. Ihre Lippen waren warm, aber sie erwiderten den Kuss nicht; sanft zog sie seine Hände von ihrem Gesicht und drückte sie freundlich.

»Bist du jetzt bereit?«, fragte er und nickte zur Laube hinüber.

Rhapsody seufzte. »Ja, ich denke schon«, antwortete sie und stand auf. »Lass mich nur schnell meine Harfe holen, die brauche ich für die Zeremonie.«

»Das kann warten«, entgegnete Ashe. »Zuerst unterhalten wir uns. Dann machen wir die Benennungszeremonie. Ich muss dir etwas sagen, und eine Bitte habe ich dann auch noch.«

»Sehr gut«, meinte sie. »Ehrlich gesagt geht es mir genau so.«

Von der Laube aus hatte man einen atemberaubenden Blick über ganz Elysian, und von den kühlen Marmorbänken konnte Rhapsody nicht nur ihren gesamten Garten sehen, der sich auf den langen Schlaf des nahenden Winters vorbereitete, sondern auch die Hütte mit dem wuchernden Efeu, der sich allmählich zu einem düsteren Braun verfärbte, und in der Ferne den rauschenden Wasserfall, der stärker wurde, weil die Regenfälle die Bäche anschwellen ließen. Der See, der ihre geliebte Insel wie mit einer Umarmung umschloss, brodelte unter der Heftigkeit des herabstürzenden Wassers.

Zum ersten Mal dieses Jahr spürte Rhapsody Kälte in der Luft; der Winter nahte. Bald würde der Garten still sein, und die Vögel, welche einen Weg nach hier unten gefunden und in den Bäumen genistet hatten, würden wieder verschwinden. Das verborgene Paradies würde seine Farbenpracht einbüßen und sich zum Überwintern bereit machen. Rhapsody fragte sich, wie viel von dem Wärmeverlust in Land und Luft dem jährlichen Klimawechsel zuzuschreiben war und wie viel davon an dem verlöschenden Feuer in ihren Seelen lag, in denen die Liebe starb. Bald schon würde Elysian in seinen Winterschlaf versinken und dort, wo einst Pracht und Überfluss geherrscht hatten, würde es nur noch um die schlichte Aufrechterhaltung der Lebensfunktionen gehen. Genau wie bei ihr selbst.

»Rhapsody?« Ashes Stimme holte sie aus ihrer Grübelei in die Wirklichkeit zurück.

Sie blickte auf. »Ja? Oh, entschuldige. Was muss ich jetzt tun?«

Ashe setzte sich neben sie auf die Steinbank und streckte die Hand aus. In ihr lag eine gigantische Perle, wässrig-weiß wie Milch, von opaleszentem Schwarz umgeben. »Das ist ein alter Kunstgegenstand aus dem Land deiner Geburt, das jetzt unter den Wogen des Ozeans liegt«, erklärte er mit ehrfürchtiger Stimme. »Früher hat die Perle die Geheimnisse des Meeres enthalten, und auch an Land ist ihr ein solches anvertraut worden. Benenne diese Perle, Rhapsody, und sag ihr, sie soll die Erinnerung an diese Nacht für dich aufbewahren, bis es für dich sicher ist, sie zurückzuerhalten.«

Rhapsody nahm die Perle in beide Hände. Obgleich sie porös aussah, war ihre Stärke zu spüren, undurchdringlich, Schicht um Schicht fest gewordener Tränen des Ozeans. Sie schloss die Augen und sang das Benennungslied, wobei sie die Melodie den Schwingungen der Perle anpasste, bis sie vollkommen übereinstimmten.

Dann schlug sie die Augen wieder auf. Die Perle hatte zu schimmern begonnen, und ihr Licht erfüllte die Laube. Sie war durchsichtig, und in ihrer Mitte befand sich der hellste Punkt, der durch die nun erkennbar gewordenen Schichten hindurchschimmerte. In das Lied flocht Rhapsody den Befehl, um den Ashe sie gebeten hatte: dass die Erinnerung an den verbleibenden Rest der Nacht in der Perle aufbewahrt werden sollte.

Als das Lied zu Ende war, gab Rhapsody die schimmernde Perle zurück. Ashe erhob sich von der Bank, ging zu dem leeren goldenen Käfig und legte die Perle hinein. Dann setzte er sich wieder neben Rhapsody und nahm ihre Hände, aber ehe er etwas sagen konnte, hielt sie ihn auf.

»Warte einen Augenblick, bitte, Ashe«, sagte Rhapsody. »Ehe du mir irgendetwas erzählst, möchte ich dich noch ein letztes Mal anschauen.« Ihre Augen musterten ihn durchdringend, nahmen seinen Blick in sich auf, die Umrisse seines Gesichts, die Farbe seines Haars, sein Äußeres in der hübschen Seemannsuniform mit dem dazugehörigen Umhang. Dann schloss sie die Augen und atmete tief, während sie versuchte, seinen Duft einzusaugen, die Art, wie er die ihn umgebende Luft formte. Sie zeichnete sozusagen ein Bild von ihm, das ein Leben lang Bestand haben musste. Schließlich senkte sie die Augen.

»In Ordnung«, sagte sie. »Ich bin bereit.«

»Sehr gut«, meinte Ashe mit einem nervösen Lächeln. »Rhapsody, was ich dir zu sagen habe, ist nicht angenehm für mich, und du wirst es auch nicht hören wollen. Ehe wir uns an die Arbeit machen, habe ich noch ein letztes Anliegen. Bitte hör mich an.«

»Selbstverständlich. Worum geht es denn?«

Er holte tief Atem; seine Stimme klang sanft. »Aria, ich weiß, dass du mir nie eine Bitte abgeschlagen hast, und du hast mir so oft deine Gunst gewährt, dass es unglaublich erscheint, wenn ich mich mit einem weiteren Anliegen an dich wende, aber ich muss es tun. Es ist das Wichtigste, um das ich dich jemals bitten werde, sowohl für mich als auch, mit ein wenig Glück, für das cymrische Volk. Wirst du es in Erwägung ziehen, bitte?«

Rhapsody sah ihm in die Augen; sie glänzten, und er schien den Tränen nahe. Die Sternformationen, welche die seltsamen vertikalen Pupillen umgaben, glühten intensiver, als sie es je gesehen hatte. Sie schloss die Augen und prägte das Bild für immer in ihr Gedächtnis ein. In den einsamsten Nächten ihres restlichen Lebens würde sie sich ihn so vorstellen, wie er jetzt gerade aussah. Sie wusste, dass die Erinnerung ihr Trost spenden würde.

»Natürlich, natürlich werde ich deine Bitte in Erwägung ziehen«, antwortete sie und drückte seine Hände. »Ich habe dir doch schon gesagt, dass ich immer dein Freund und Verbündeter sein werde, Ashe. Du kannst mich um alles bitten, und ich werde alles in meiner Macht Stehende tun, um dir zu helfen.«

Er lächelte, drehte ihre Hand in seiner um und küsste sie. »Versprochen?«

»Ja.«

»Gut. Dann heirate mich.« Seine Worte waren aus seinem Mund, noch bevor sein Knie den Boden vor ihr berührte.

»Das ist nicht komisch, Ashe«, sagte Rhapsody ärgerlich. »Steh auf. Worum geht es denn wirklich?«

»Entschuldige, Rhapsody, aber das ist meine Bitte. Von Anfang an ist sie das gewesen. Ich habe keine Witze darüber gemacht oder mit dir darüber gestritten oder das Thema auch nur angeschnitten, bis ich sicher war, dass du mir unvoreingenommen zuhörst, denn ich habe in meinem ganzen Leben noch nie etwas so ernst gemeint.« Er sah, wie sie blass wurde, ergriff wieder ihre Hände und preschte weiter vor, denn er wollte nicht, dass sie ihm jetzt schon eine Antwort gab.

»Ich weiß, dass du lange in dem von meinem Vater kräftig unterstützten Glauben gelebt hast, dass es eine Hierarchie gibt, zu der du deiner Herkunft wegen nicht gehörst, und dass dies irgendwie ein guter Grund ist, uns das Glück zu verweigern und dem cymrischen Volk die beste Königin vorzuenthalten, die es sich wünschen könnte. Aria, das ist nicht wahr. Die Cymrer haben vielleicht ein Familienerbrecht, aber sie sind ein freies Volk. Sie können bei dem Rat, der einberufen wird, um einen König zu krönen, jeden bestätigen oder ablehnen, der ihnen beliebt.

Ich habe keine Ahnung, ob sie mich nicht sowieso hochkant hinauswerfen, aber dann bauen wir eben zusammen die schönste Ziegenhütte, welche die Welt je gesehen hat, und unsere Tage werden gesegnet sein mit Ruhe und Frieden.

Vielleicht wirst du dich auch dafür entscheiden, am Hof der Lirin zu regieren, denn ich weiß, dass die Lirin sich eben das von dir wünschen werden. Dann werde ich dein ergebener Diener sein, dir nach einem Tag auf diesem unbequemen Thron Hals und Rücken massieren und dich unterstützen, wo ich nur kann, als dein treuer Gatte.

Ich weiß nur, dass ich nicht mehr ohne dich leben kann. Ich meine das nicht als blumige Schmeichelei, sondern wörtlich. Du bist mein Schatz. Bestimmt weißt du ja, was das für einen Drachen bedeutet. Ich darf nicht einmal daran denken, wie es wäre, dich zu verlieren, aus Angst, dass meine zweite Natur die Oberhand gewinnt und das Land in Schutt und Asche legt. Bitte, Rhapsody, bitte heirate mich. Ich weiß, dass ich dich nicht verdiene - aber du liebst mich, das weiß ich, und ich vertraue auf diese Liebe. Ich würde alles darum geben ...«

»Hör auf, bitte«, flüsterte Rhapsody. Tränen strömten über ihr Gesicht, und ihre Hände zitterten heftig.

Ashe schwieg. Der Schock auf ihrem Gesicht war so überdeutlich, dass er im ersten Moment nur staunte. Aber dann spürte er, wie sehr ihre Reaktion ihn verletzte. »Ist der Gedanke, mich zu heiraten, denn so grässlich, Rhapsody? Habe ich dich so erschreckt, dass ...«

»Hör auf«, wiederholte sie, und ihre Stimme war voller Schmerz. »Natürlich nicht, es ist schrecklich von dir, so etwas zu sagen.« Sie begann zu schluchzen und vergrub das Gesicht in den Händen.

Ashe schloss sie in die Arme und hielt sie fest, bis der Ansturm der Tränen verebbte; dann zog er ein leinenes Taschentuch aus der Brusttasche und reichte es ihr.

»Wahrscheinlich brauche ich dir nicht zu sagen, dass das nicht gerade die Reaktion ist, die ich mir erhofft habe«, meinte er, während er ihr zusah, wie sie sich die Augen trocknete. Seine Stimme klang ganz locker, aber sein Blick war besorgt.

»Ich weiß, wie du dich fühlst«, sagte sie und gab ihm sein Taschentuch zurück. »Das war auch nicht gerade die Frage, die ich erwartet habe.«

»Das kann ich mir denken«, erwiderte er, umfasste ihr Kinn und hob ihr Gesicht ein wenig an, damit er ihr in die Augen sehen konnte. »Und es tut mir Leid. Aber ich wollte dich nicht länger in dem Glauben lassen, dass ich es auch nur in Erwägung ziehen könnte, eine andere zu heiraten. Ich bin nicht zu allem bereit, was mein Vater und die Verantwortung der Regentschaft von mir verlangen, es gibt eine Grenze. Aber meine Liebe zu dir hat keine Grenzen, sie wird immer die Oberhand behalten. Und obwohl du von dieser Nacht keine bewusste Erinnerung haben wirst, hoffe ich, dass du dich ganz tief in deinem Innern an meine Bitte erinnern wirst und nicht mehr die Verzweiflung fühlst, die wir beide jetzt teilen.

Aria, keiner dieser Menschen, nichts, spielt für mich wirklich eine Rolle. Denke einmal in deinem Leben an dich. Triff die Entscheidung, die dich glücklich macht. Natürlich kann ich nicht entscheiden, welche das sein mag. Ich weiß nur, dass ich dich unbeschreiblich liebe und dass ich dein Glück zu meinem Lebensziel machen möchte. Es wäre für mich die größte Freude meines Lebens, wenn du meine Frau werden würdest. Bitte vergiss alles andere, was ich gesagt habe, und gib mir eine Antwort, nicht als das, was ich dir sonst noch zu sein scheine, sondern als dem Mann, der dich über alles liebt.«

In seiner Stimme lag eine Schlichtheit, eine Klarheit, die den Berg ihrer Gegenargumente aushöhlte und ihr die Entscheidung klar vor die Füße legte.

Mit neuen Augen blickte sie zu ihm auf, ohne die Tränen, die alles zum Verschwimmen brachten. Es war, als hätte er ihr den Weg durch einen dunklen Wald gezeigt, einen Weg, den sie verloren hatte, seit die drei in dieses Land gekommen waren, ein verdrehtes Land, kompliziert durch die Pläne und Erwartungen anderer, diktiert von deren Bedürfnissen und Vorurteilen. Und auch von ihren eigenen; von Anfang an war Rhapsody davon ausgegangen, dass es für sie und Ashe aufgrund ihrer unterschiedlichen Herkunft keine Zukunft gäbe, aber Ashe hatte das Thema vermieden und sich geweigert, darüber zu diskutieren. Jetzt erkannte Rhapsody, dass sie die ganze Zeit schon gewusst hatte, was sie wollte, und nur gewartet hatte, bis sie sicher war, dass sie ihn liebte, ehe sie die Sache auf den Tisch brachte.

Während er die Tränenspuren von ihrem Gesicht wischte, dachte Rhapsody an ein Gespräch mit ihrem Vater, nicht lange, bevor sie von zu Hause weggelaufen war. *Wie ist es gekommen, dass die Leute ihre Meinung über unsere Familie geändert haben? Und warum bist du im Dorf geblieben, obwohl Mama so schlecht gelitten war?*

Im Gedächtnis sah sie sein Gesicht vor sich, die Falten um die Augen, sah, wie er die Holzschnitzerei polierte, an der er arbeitete, unfähig, untätig zu bleiben. *Wenn du in deinem Leben findest, was dir wichtiger und teurer ist als alles andere, bist du es dir schuldig, dass du daran festhältst. Einen solchen Fund machst du kein zweites Mal, mein Kind. Lass dich durch nichts davon abbringen. Auf lange Sicht werden dir auch die Leute zustimmen, die dir anfangs etwas anderes einzureden versucht haben. Finde das, was wirklich zählt - alles andere ergibt sich von selbst.*

Einst hatte die Erinnerung ihr Weisheit in Bezug auf ihre Loyalität geschenkt. Nun blickte sie in Ashes Augen und wusste abermals, was ihr Vater gemeint hatte. Es war, als fiele ein schwerer Mantel von den Schultern, die jammernden Stimmen in ihren Ohren verstummten, und zurück blieb nur das Lied eines einzigen Mannes, des Mannes, der ihr ganzes Herz erobert hatte. Er bot ihr an, sie aus dem Wald zu führen, so sicher und zuverlässig, wie er ihr den Weg zu Elynsynos' Drachenhöhle oder nach Tyrian gezeigt hatte. Und sie wollte ihm folgen, um jeden Preis.

»Ja«, sagte sie, und ihre Stimme war ganz leise, kaum hörbar, wegen der Tränen, die ihr die Kehle zuschnürten. Unzufrieden damit, hustete sie laut und sagte noch einmal: »Ja«, und dieses Mal war ihr Ton klarer und sicherer. Vor ihr verwandelte sich Ashes Miene, denn ihre Worte trieben ihm das Blut ins Gesicht und ließen seine Drachenaugen funkeln. Die grässliche Angst, die er unter seinem gelassenen Äußeren zu verbergen versucht hatte, löste sich auf, und Rhapsody sah, wie sich reine Freude in ihm ausbreitete.

»Ja!«, rief sie laut und fügte mit ihrem Wissen als Benennerin Worte hinzu, die ihre Entscheidung unwiderruflich machten. Der Klang erfüllte die Laube und hallte von den Felswänden wider, schwirrte über den See und tanzte im Wasserfall, lachte, als er sich über den Rand ergoss. Mit dem wirbelnden Echo entstanden Wärme und Licht; wie ein Komet, der durch die Höhle sauste, blitzte Rhapsodys Ja durch die Luft und erleuchtete die Höhle mit einem Strahlen wie von tausend Sternschnuppen. Der Klang sammelte noch andere Harmonien auf, während die berührten Stellen ihre Antwort bestätigten, und ein Lied füllte die Luft um sie herum, ein Lied der Freude.

Die Feuer von Elysian loderten zustimmend auf, und das Gras, das im Schlaf trocken und steif geworden war, wurde wieder grün, als hätte die Hand des Frühlings es berührt. Die Blumen in Rhapsodys Garten hielten ihr letztes Strahlen fest und blühten zusammen mit den roten Winterblumen, die ihren Tisch geschmückt hatten. Als der Licht-Ton sie berührte, nahm er ihre Farben in sich auf und schleuderte sie zum Himmel empor, und sie explodierten in einem funkelnden Feuerwerk, als sie an die Kuppel des Firmaments stießen.

Staunend beobachtete Ashe das Schauspiel, dann blickte er in ihr Gesicht, das ebenfalls gen Himmel gewandt war, und das Schauspiel der Farbschwingungen über ihnen schimmerte in ihren wunderschönen Augen.

»Du liebe Zeit«, lachte er. »Bist du auch wirklich sicher?«

Rhapsody stimmte in sein Lachen mit ein, und die Heiterkeit befreite sie von dem bedrückenden Gefühl von Pflicht und Einsamkeit, unter dem sie so lange gelitten hatte. Wie ein Glockenspiel in einer kräftigen Brise, so ließ sie ihren Gefühlen freien Lauf; der Klang ihres Lachens gesellte sich zum Klang ihrer Zustimmung und füllte die Höhle mit einer Musik, wie sie hier noch nie gehört worden war.

Ashe umfasste ihr Gesicht mit beiden Händen und betrachtete es in all seiner Fröhlichkeit; dieses Bild brannte er fest in sein Gedächtnis ein. Er würde es brauchen, um das zu bewältigen, was ihm bevorstand, das wusste er. Dann beugte er sich über sie, berührte ihre Lippen mit den seinen und küsste sie so zärtlich, dass er erneut die Tränen in ihr aufsteigen fühlte.

So standen sie da, verloren ineinander und in die Leidenschaft des Kusses, bis das Licht langsam verlöschte und die Musik verstummte, bis nur noch ein einzelner Ton zurückblieb, der irgendwann leiser wurde und endlich ganz erstarb. Als die Wärme aus der Luft verschwand, zog sich Rhapsody von ihm zurück und blickte zu ihm auf. Inzwischen hatte sich das Feuer in ihren Augen beruhigt, doch eine stille Zufriedenheit lag nun in ihnen, die ihn erzittern ließ.

»Ja, ich bin sicher«, antwortete sie schlicht auf seine Frage. Nun nahm er sie wieder in die Arme und hielt sie so fest er konnte. Diesen Augenblick wollte er für immer in seinem Herzen bewahren, die Magie, die notwendig war, um das zu überleben, was er ihr nun zu sagen hatte.

52

Als Ashe sie endlich losließ, setzte Rhapsody sich wieder auf die Bank.

»Nun, das war wundervoll«, sagte sie und strich ihren Seidenrock glatt. »Ich kann es kaum erwarten, bis wir es wiederholen. Also, was hast du mir nun zu sagen?«

Ashe schauderte. Er wusste, wie unangenehm das, was er ihr mitzuteilen hatte, für sie sein würde, und er war noch nicht bereit, das Glück loszulassen, das sie gerade zusammen erlebt hatten. Noch nicht.

»Singst du etwas für mich, Rhapsody?«, fragte er und ließ sich zu ihren Füßen nieder.

»Du schindest Zeit«, schalt sie ihn. »Ich habe das Gefühl, dass wir eine lange Nacht vor uns haben; wir haben eine Menge zu besprechen und wollten uns auch noch dem Benennungsritual widmen. Ich muss morgen früh aufbrechen, deshalb mache ich dir einen Vorschlag: Du sagst mir, was notwendig ist, dann teile ich dir mein Anliegen mit, anschließend gebe ich dir deinen neuen Namen und singe danach etwas für dich. Ist das ein Angebot?«

Ashe seufzte. »Nun gut«, meinte er und versuchte, sich seine Enttäuschung nicht anmerken zu lassen. »Aber ich würde lieber in diesem Augenblick sterben, als dir das mitzuteilen, was ich dir mitteilen muss.«

Alarmiert blickte Rhapsody ihn an. »Warum?«

»Weil ich sicher bin, dass es dich verletzen wird, und wie du inzwischen wissen müsstest, versuche ich das zu vermeiden, so gut ich es nur kann.«

Rhapsodys Gesicht wurde wieder ruhig. »Keine Bange, Ashe. Sag es mir einfach.«

»In einer Weile wird mein Vater an dich herantreten mit der Bitte, ihn auf einer Reise zu begleiten. Das Ziel kenne ich nicht, es ist auch vollkommen ohne Bedeutung. Ihr werdet nie dorthin gelangen.«

»Was meinst du damit?«

Einen Moment lang trafen sich ihre Blicke. »Bitte, Rhapsody, es ist so schon schwierig genug. Hör einfach zu, dann erkläre ich dir alles. Und falls du, nachdem ich fertig bin, deine Erlaubnis zurücknehmen willst, dass ich diese Erinnerung für dich aufbewahre, werde ich das verstehen und mich deiner Entscheidung beugen.«

Rhapsody drückte ermutigend seine Hand. »Erzähl es mir«, sagte sie sanft.

»Auf deiner Reise mit Llauron werden euch Lark und eine Bande ihrer abtrünnigen Anhänger entgegentreten. Sie wird meinen Vater zum tödlichen Zweikampf herausfordern, was durchaus zu den Gepflogenheiten in Llaurons Machtbereich gehört. Also hat er keine andere Wahl, als die Herausforderung anzunehmen, und Lark wird ihn im Kampf töten.«

Erschrocken sprang Rhapsody auf. »*Was*? Nein. Das wird nicht geschehen, Ashe. Ich werde es nicht zulassen.«

»Du wirst es nicht verhindern können, Aria. Ein Schwur, den du meinem Vater geleistet hast, wird dich dazu verpflichten, unter keinen Umständen einzugreifen. Du wirst die Wahl haben, ihn entweder sterben zu sehen oder dein heiliges Wort zu brechen und die Tagessternfanfare zu verlieren. Es tut mir Leid, es tut mir so Leid«, fügte er mit stockender Stimme hinzu und sah, wie das Grauen sich über ihr Gesicht breitete, das noch vor wenigen Augenblicken so gestrahlt hatte.

Rhapsody wandte sich ab und schlang die Arme um sich, als wollte sie sich übergeben. Ashe spürte, wie das Blut aus ihrem Gesicht und ihren Händen wich, wie sie blass wurde und zu zittern begann. Schließlich drehte sie sich wieder zu ihm um, mit einem Ausdruck des Unglaubens im Gesicht, der ihm im Herzen wehtat.

»Ich weigere mich zu glauben«, sagte sie langsam, »dass du mit Lark unter einer Decke steckst und mit ihr ein Komplott zur Ermordung deines eigenen Vaters schmiedest.«

Ashe ließ den Kopf hängen. »Du hast zur Hälfte Recht«, erwiderte er leise. »Aber ich stecke nicht mit Lark unter einer Decke.«

»Mit wem dann? Mit wem hast du dich verbündet?«

Ashe wandte sich ab, denn er konnte ihrem Blick nicht standhalten. »Mit meinem Vater.«

»Sieh mich an!«, befahl Rhapsody mit barscher Stimme. Ashe blickte auf, und sein Gesicht wirkte zutiefst beschämt. »Was meinst du damit?«

»Seit du hier angekommen bist, plant mein Vater, dich zu benutzen, um seine Ziele zu erreichen. Das erste war, den F'dor zu vertreiben, obwohl ich glaube, dass dieses Ziel neben dem zweiten unwichtig geworden ist.«

»Und das wäre?«

»Llauron ist es müde, sich den Grenzen einer Existenz in menschlicher Gestalt zu beugen«, antwortete Ashe mit hohler Stimme. »Sein Blut ist zum Teil das eines Drachen, aber diese Natur schlummert noch. Nun wird er alt und hat Schmerzen, er sieht sich mit seiner Sterblichkeit konfrontiert, die ihm näher ist, als man es vielleicht glauben mag. Doch er will seine Wyrm-Identität voll ausleben. Sollte er das schaffen, wäre er so gut wie unsterblich und hätte die elementaren Kräfte, die du, deine Firbolg-Kameraden und auch ich jetzt einsetzen, nur eben auf einem wesentlich höheren Niveau. Er wird eins werden mit den Elementen, Aria; wie du das Feuer beeinflusst oder über es befiehlst, so wird er Feuer werden. Oder Wasser oder Äther, ganz nach Belieben.«

»Wie Elynsynos?«

»Genau. Und ebenso wie Elynsynos muss er, um das zu erreichen, seiner sterblichen Gestalt abschwören und eine elementare Form annehmen, aber ohne zu sterben. Erst dann kann er zu der elementaren Existenz übergehen, die er sich ersehnt. Als er vor langer Zeit entdeckte, dass sich Lark gegen ihn verschwor, schmiedete er Pläne, wie er die Situation zu seinen Gunsten ausnutzen könnte. Dieser letzte Teil – deiner nämlich – ist der endgültige Schritt, sein Ziel zu erreichen.«

Rhapsody riss den Blick von ihm los und schaute hinüber in den Garten und zum See, während sie aufnahm, was er sagte. »Aber du hast doch gesagt, er würde getötet werden.«

Ashe zuckte zusammen. »Alle werden es glauben – selbst du, Rhapsody. Denn Llauron wird Kräuter und Tränke mitnehmen, die ihn in einen todesähnlichen Zustand versetzen, und wenn ihr – du und Lark – seinen Körper untersucht, werdet ihr beide überzeugt sein, dass er wirklich tot ist.«

Rhapsody ging zum Rand der Laube und setzte sich auf die oberste Stufe der Treppe, die in den Garten hinunterführte. So blickte sie über den See zum Wasserfall und versuchte, die Gedanken zu ordnen, die sich in ihrem Kopf überschlugen. »Und was soll der Sinn des Ganzen sein? Er überzeugt also Lark und mich, dass er tot ist, obwohl es nicht stimmt? Wozu soll das gut sein?«

»Lark ist mit dem F'dor verbündet, obgleich immer noch nicht ganz klar ist, wer er ist. Schon seit einiger Zeit weiß Llauron, dass der F'dor einen Komplizen in seinen Reihen hat, aber bis vor kurzem war er sich über dessen Identität noch nicht im Klaren. Wenn Lark glaubt, dass Llauron tot ist, wird sie irgendwann diese Information an den F'dor weitergeben, und ich werde auf der Lauer liegen, um ihr zu folgen. Natürlich könnten auch noch andere Überläufer bei ihr sein, und dann weiß ich, wen ich sonst noch töten muss.«

Rhapsody blickte sich über die Schulter um, und ihre Augen flammten wie ein Grasfeuer. »Aber warum ich, Ashe? Warum muss Llauron ausgerechnet mich täuschen? Warum höre ich das von dir, wenn ich dazu verurteilt bin, die Erinnerung daran zu verlieren? Warum hast du mich nicht einfach um Hilfe gebeten? Ich habe die Wiedervereinigung der Cymrer unterstützt, bis Achmed und Grunthor mir gedroht haben, mich aus dem Berg zu werfen, wenn ich nicht damit aufhöre. Bei den Göttern, habe ich meine Freundschaft und meine Loyalität diesem Mann gegenüber nicht schon reichlich bewiesen?«

Ashe duckte sich fast unter ihrem Blick. »Natürlich hast du das. Aber es gibt zwei Gründe. Der erste ist, dass sie beide von dir erwarten werden, dass du als Herold fungierst, als Sängerin, als Benennerin. Sowohl Llauron als auch Lark wissen, dass du die Wahrheit sagst, wie du sie gesehen und erkannt hast. Wenn du nun glaubst, dass Llauron tot ist, dann wird es der Rest der Welt ebenfalls glauben. Man wird die Nachricht nicht anzweifeln, wenn sie aus deinem Mund kommt. Darauf zählen Lark und auch Llauron – Lark, um ihr Recht als neue Herrin der Filiden zu untermauern, und Llauron, um seine Charade glaubhaft erscheinen zu lassen. Wenn du nicht so ehrlich wärst, hätte er es dir vielleicht erzählt, in der Hoffnung, dass du trotzdem bei seinem Plan mitmachen würdest. Aber ich fürchte, dein Ruf eilt dir voraus, mein Schatz.«

Bissige Erwiderungen lagen Rhapsody auf der Zunge, denn sie musste daran denken, wie sie vor langer Zeit die gleichen Worte aus Michaels Mund gehört hatte. Aber sie verbiss sich ihre Kommentare, sah weg und bemühte sich, ihre Wut vor Ashe zu verbergen. »Und was ist der zweite Grund?«

Ashe schluckte. »Aria, wenn du mich liebst, dann frage mich bitte nicht danach. Glaube mir einfach, dass du nichts damit zu tun haben wolltest, wenn du es wüsstest.« Er fuhr sich mit den Fingern durch sein metallisch glänzendes Haar, das jetzt nass war von Schweiß.

Langsam stand Rhapsody auf, verschränkte die Arme und wandte sich um. »Nun gut, Ashe, da ich dich wirklich liebe, werde ich dich nicht fragen. Aber ich glaube, du wirst es mir trotzdem sagen. Angesichts dessen, was wir einander versprochen haben, kann ich mir nicht vorstellen, dass du mir dergleichen vorenthältst, zumal du doch weißt, dass es mich in beiden Fällen verletzten wird. Dann kannst du es mir auch sagen.«

Endlich begegneten sich ihre Blicke, und hinter ihrer Wut spürte er Mitgefühl; sie verstand, wie schwierig die Situation für ihn war. Und sie vertraute ihm, obwohl es genügend Gründe gab, es nicht zu tun. Er schloss die Augen.

»Bevor der Kampf beginnt, wird Llauron dich bitten, falls er stirbt ...« Seine Stimme versagte.

»Mach weiter«, drängte sie ungeduldig. »Was soll ich für ihn tun?«

»Du wirst ihm versprechen, seinen Scheiterhaufen anzuzünden, wenn du ihn für tot hältst, und zwar, indem du mit der Tagessternfanfare das Feuer von den Sternen herabrufst. Die Flammen werden seinen Körper verzehren, und das ist der wichtige erste Schritt auf seinem Weg zur elementaren Unsterblichkeit. Ohne das kommt er nicht weiter. Llauron braucht die beiden Elemente Feuer und Äther, um ein vollständiger Drache zu werden. Er weiß, dass du ihn nicht im Stich lassen wirst, wenn du ihm dein Wort gegeben hast.«

Als er keine Antwort hörte, öffnete er die Augen wieder. Rhapsody starrte ihn an und zitterte heftig.

»Aber er wird nicht wirklich tot sein!«

»Nein.«

»Ich werde ihn bei lebendigem Leibe verbrennen. Ich werde ihn töten.«

»Aria ...«

Doch Rhapsody rannte aus der Laube, und wenige Sekunden später hörte Ashe ein Würgen im Gebüsch, gefolgt von einem herzzerreißenden Schluchzen. Vor Wut schlug Ashe mit der Faust gegen eine der Säulen, doch er bemühte sich, Herr über seinen Zorn und den sich aufbäumenden Drachen zu werden, denn er wusste, dass er für sie Ruhe bewahren musste und dass das wichtiger war als die Erleichterung, die er sich verschaffte, indem er seinen Gefühlen freien Lauf ließ. Rastlos wanderte er in der Laube auf und ab, wartete, dass sie endlich zurückkam, spürte ihre Angst, hörte ihr Weinen, widerstand aber dem Drang, sie zu trösten, denn das hätte alles nur schlimmer gemacht.

Endlich verstummte das Schluchzen, und einen Augenblick später näherte sich Rhapsody wieder der Laube. Ihr Gesicht war rot, aber ruhig, ihr Kleid zerknautscht, aber wieder einigermaßen in Ordnung. Sie stellte sich seinem Blick, ohne Vorwurf, ohne Mitgefühl; er konnte nicht beurteilen, ob sie überhaupt etwas fühlte.

»Darauf hat Manwyn also angespielt«, sagte sie. »Das war die Information, die dich so aufgeregt und dazu bewogen hat, mir die Erinnerung zu nehmen. Du hattest Angst, dass ich, weil ich ihre Worte nur zur Hälfte verstanden habe, vielleicht aus Versehen etwas ausplaudern und den Plan zu früh oder an die falschen Leute verraten könnte. Das willst du nun aus meinem Gedächtnis löschen – die List, die ihr plant, und das, was Manwyn darüber gesagt hat.«

Es hatte keinen Sinn, es zu leugnen. »Ja.«

»Und die Erinnerung an deinen Antrag? Warum darf ich nicht daran denken, dass du mich heiraten möchtest und dass ich zugestimmt habe?«

»Weil du dich ganz in der Nähe eines der wichtigsten Sklaven des F'dor aufhalten wirst. Im Augenblick brauchen sie dich, um Lark zu legitimieren. Aber wenn sie auf die Idee kämen, sie könnten durch dich an mich herankommen, wäre ihnen das wahrscheinlich noch wichtiger. Sollten sie von deinem Versprechen erfahren und herausfinden, dass wir uns verlobt haben, dann würdest du in weit größerer Gefahr schweben.« Sie nickte. »Kannst du mir verzeihen?«

Rhapsodys Gesicht blieb ausdruckslos. »Ich bin nicht sicher, ob es etwas gibt, was ich dir verzeihen müsste, Ashe.«

»Ich könnte mich weigern. Ich könnte den Plan verhindern.«

»Wie denn? Indem du dich um meinetwillen deinem Vater gegenüber unloyal verhältst? Nein danke. Das möchte ich nicht auf mich laden. Es ist Llaurons Plan, Ashe – du bist dabei genauso eine Marionette wie ich.«

»Allerdings eine, die Bescheid weiß. Das ist der Unterschied. Also, Rhapsody, wie entscheidest du dich? Willst du dein Einverständnis zurückziehen und die Erinnerung lieber behalten? Falls es so ist, hast du meine volle Unterstützung.«

»Nein«, antwortete sie kurz. »Das würde bedeuten, dass ich mein Wort zurücknehme, auch wenn du mir das Recht dazu gibst. Und außerdem – was würdest du dann tun? Es ist zu spät, Ashe, viel zu spät. Wir können nur unsere Rollen spielen und versprechen, dass wir, wenn alles vorbei ist, unser Leben ehrlich leben, ohne diese Art von Täuschung und Betrug.«

Er trat zu ihr und nahm ihr Gesicht in beide Hände. »Immer wieder führst du mir vor Augen, warum ich nie daran zweifeln werde, dass ich dich liebe.«

Doch Rhapsody entzog sich ihm und wandte ihm den Rücken zu. »Über Zweifel möchte ich zum gegenwärtigen Zeitpunkt lieber nicht reden, Ashe. Eigentlich möchte ich sogar gleich noch einen Zweifel ausräumen.«

Seine Kehle war wie zugeschnürt. »Und zwar?«

Sie lehnte sich ans Geländer und starrte über den See. »Man könnte sich fragen, ob du mir, wenn Manwyn sich nicht verplappert hätte, von selbst diese Information gegeben hättest oder ob du es hättest geschehen lassen, ohne mich darüber in Kenntnis zu setzen, da du ja wusstest, dass es ohnehin passieren würde. Weil du es nicht hättest ändern können. Antworte mir nicht, Ashe. Da ich, wie Achmed sagt, die Königin der Selbsttäuschung bin, möchte ich glauben, dass du es mir gesagt hättest. Und wenn ich mich irre, will ich es nicht wissen.«

Ashe legte das Kinn auf ihre Schulter und schlang die Arme um ihre Taille. »Eines Tages trägt dieser wunderschöne Kopf vielleicht viele Kronen, Rhapsody, aber auf alle Fälle bist du jetzt schon die Königin meines Herzens. Das großzügige, offenherzige Vertrauen, mit dem du der Welt entgegentrittst, ist keineswegs Selbsttäuschung. Du hast dich entschieden, Achmed zu vertrauen, und obwohl er ein abstoßendes Scheusal ist, ist er dir doch gleichzeitig ein großartiger Freund. Und du hast beschlossen, mir zu vertrauen; ohne dein Vertrauen wäre ich vermutlich tot und für alle Ewigkeit in den Klauen des Dämons. Dein Herz ist weiser, als du glaubst.«

»Kann ich dann davon ausgehen, dass du mir meine letzte unangenehme, aber leider unumgängliche Frage verzeihen wirst, auf die mein Herz eine Antwort braucht?«

»Natürlich.« Er lächelte, aber in seinen Augen war ein nervöses Funkeln.

»Bist du absolut sicher, dass Llauron nicht selbst der Wirt des F'dor ist?«

Ashe vergrub die Lippen in ihrem goldenen Haar und seufzte. »Wenn es um den F'dor geht, kann man niemals vollkommen sicher sein, Aria. Aber ich kann es nicht glauben. Llauron ist sehr mächtig, und der F'dor kann nur einen schwächeren Wirt in Besitz nehmen. Außerdem hasst Llauron den F'dor mit jeder Faser seines Wesens und verfolgt ihn schon seit langer Zeit. Er wird alles tun, was nötig ist – *alles* –, um ihn zu finden und zu zerstören, selbst wenn er dich damit in Gefahr bringt. Vielleicht glaubst du das nicht, aber Llauron hat dich sehr gern.« Er lachte leise, und sie verdrehte die Augen. »Dennoch spielt das keine Rolle, wie ich leider sagen muss. Mich hat er auch sehr gern, doch das hat ihn nie davor zurückgehalten, mich nach seiner Pfeife tanzen zu lassen.

Im Lauf der Zeit ist mir klar geworden, dass deine Freundschaft mit Achmed und Grunthor wahrscheinlich das Einzige war, was dich davor bewahrt hat, dass Llauron dich schon vor langer Zeit zur Vollstreckerin seiner Pläne auserkor. Als du ihm zum ersten Mal begegnetest, waren Achmed und Grunthor bei dir, aber dann trennten sie sich eine Weile von dir, und er spürte, dass du frei warst. Damals fing er an, dich in der Lehre der Filiden zu unterweisen. Aber dann kamen die beiden zurück und haben dich wieder mitgenommen. Das hat er nie wirklich überwunden, obwohl er gute Miene zum bösen Spiel macht. Ich denke, du kannst dich darauf verlassen, dass er nichts tun wird, was dir schaden könnte, aber er wird dich auf jede erdenkliche Weise für seine Zwecke einzusetzen versuchen.«

Rhapsody seufzte. »Ist das alles? Oder gibt es sonst noch etwas?«

»Ist das nicht genug?«

»Mehr als genug«, erwiderte sie, wandte sich in seinen Armen um und brachte ein schwaches Lächeln zustande. »Ich wollte nur sicher sein.«

Ashe küsste sie sanft. »Du hast gesagt, du hättest noch eine Bitte. Worum geht es? Was es auch sein mag, es sei dir gewährt. Du brauchst es nur zu nennen.«

Rhapsody zuckte zusammen. »Nach all dem, worüber wir gesprochen haben, kommt es mir albern vor.«

»Unsinn. Sag mir, was ich für dich tun kann. Bitte, Aria. Trage mir etwas auf, irgendetwas, womit ich diese ganzen Täuschungsmanöver ausgleichen kann. Um was wolltest du mich bitten?«

Rhapsody machte ein verlegenes Gesicht. »Ich wollte wissen, ob - ob du mich - ob ich das hier behalten darf.« Sie berührte seine Brust und zeigte auf das weiße Leinenhemd, das er unter seinem Umhang trug.

»Das Hemd?«

»Ja.«

Ashe ließ sie los und legte seinen Umhang ab. »Selbstverständlich. Es gehört dir.«

»Nein, warte«, rief Rhapsody lachend. »Jetzt brauche ich es noch nicht. Mir ist nicht kalt, aber du wirst frieren, wenn du es ausziehst. Ich möchte es nur bei mir haben, wenn du morgen weggehst - falls du so nett bist, es mir zu überlassen.« Sie nahm seine Hand und führte ihn die Treppe hinunter, zurück ins Haus.

Im Gehen legte Ashe den Arm um sie. »Einer der großen Vorteile daran, dein Liebhaber - dein Verlobter - zu sein, besteht darin, dass ich nie friere«, meinte er und lächelte. »Dafür sorgst du wirklich sehr zuverlässig, Feuerfrau.«

»Nun, das würde nicht stimmen, wenn du keine anderen Hemden hättest«, entgegnete Rhapsody. »Aber da ich dir ein paar genäht habe, die du mitnehmen kannst, denke ich, du bist ganz gut ausgerüstet.«

Ashe hielt ihr die Tür auf und sah, wie die Kohlen im Kamin auflebten, um sie zu begrüßen. Er folgte ihr ins Wohnzimmer.

»Wenn du mir neue Hemden nähst, wieso möchtest du dann dieses alte hier behalten? Es ist schon ziemlich verschlissen an den Manschetten – die hatte ich nämlich unter der Jacke versteckt.«

Rhapsody lächelte ihn an. »Es trägt deinen Duft. Ich wollte dich darum bitten, als ich noch dachte, du würdest weggehen, um einer anderen Frau einen Antrag zu machen. Ist das nicht gemein?« Vor lauter Verlegenheit traten ihr Tränen in die Augen.

»O ja, das ist wirklich grässlich!«, lachte Ashe, kopfschüttelnd und erstaunt, wie sie ihn wieder einmal überraschte.

»Es ist eine sehr egoistische Bitte, ich weiß.«

Ashe strich ihr übers Haar. »Hast du in deinem ganzen Leben je etwas Egoistisches getan, Rhapsody?«

»Aber selbstverständlich, die ganze Zeit. Das weißt du doch.«

»Mir fällt aber nichts ein«, entgegnete Ashe. »Kannst du mir vielleicht ein Beispiel nennen?«

Ihr Gesicht wurde ernst. »Mach dich bitte nicht über mich lustig, Ashe.«

Er nahm ihre Hände. »Das tue ich nicht, wirklich, Rhapsody. Aber ich bezweifle ganz ernsthaft, dass du mir etwas nennen könntest.«

Nachdenklich blickte Rhapsody ins Feuer, und plötzlich liefen ihr die Tränen übers Gesicht. Als sie sich wieder zu ihm umwandte, waren ihre Augen erfüllt von einer Traurigkeit, die er lange nicht mehr in ihnen gesehen hatte.

»Ich bin von zu Hause weggelaufen«, sagte sie leise und verschränkte die Arme vor dem Bauch, wie sie es tat, wenn ihr übel wurde. »Ich habe mich von den Menschen, die mich geliebt haben, abgewandt, um einem Jungen zu folgen, der mich nicht liebte. Weil ich so egoistisch gehandelt habe, bin ich heute am Leben, Ashe; ich lebe, und sie haben bis ans Ende ihrer Tage um mich getrauert. Ich habe das Leben im Kreis meiner Familie für eine Nacht mit bedeutungslosem Sex und eine wertlose Kupfermünze eingetauscht.« Sie hielt inne, als sie sah, wie sein Gesicht sich versteinerte und weiß wurde. »Was ist los?«

»Wie war sein Name?«, fragte er und sah aus, als bräche die Welt um ihn herum zusammen.

»Wessen Name?«

»Der Name dieses Jungen«, antwortete er, mit immer lauterer, dringlicherer Stimme. »Wie war sein Name?«

Beschämt antwortete sie: »Ich weiß es nicht. Er hat gelogen.«

»Wie hast du ihn dann genannt? Sag es mir, Aria.«

Allmählich wurde Rhapsody panisch; seine heftige Reaktion machte ihr Angst, und sie spürte die elektrische Spannung, welche immer die Rückkehr des Drachen ankündigte. Die Luft in der Grotte war seltsam still geworden – wie die Ruhe vor dem Sturm oder die extreme Ebbe vor einer Flutwelle.

»Sag es mir«, befahl er mit einer Stimme, die sie nie bei ihm gehört hatte. Sie klang entsetzt und tief erfüllt von einer fremden Kraft. Sie wich zurück, aber er packte ihre Schultern so heftig, dass es ihr wehtat.

»Sam«, flüsterte sie. »Ich habe ihn Sam genannt.«

Seine Finger gruben sich in ihren Oberarm, und er stieß ein Gebrüll aus, dass die Hütte erzitterte. Sein Gesicht lief rot an, und voller Entsetzen sah sie, dass er immer größer zu werden schien, während sich vor Zorn seine Muskeln dehnten und streckten.

»Gottloses Miststück!« schrie er; Gegenstände fielen von den Konsolen, der Tisch bebte. Die Sehnen in seinem Hals schwollen an, die Luft war aufgeladen, und eine kochende Wut hielt ihn fest im Griff. Die Pupillen in seinen Augen zogen sich zu kaum sichtbaren Schlitzen zusammen. »Hure! Elende, verfluchte Hure!«

Er griff sich an den Kopf und raufte sich die Haare. Als er sie losließ, wich Rhapsody langsam vor ihm zurück, mit bekümmertem, furchtsamem Gesicht. *Jetzt ist es endlich passiert,* dachte sie traurig. *Ich habe mich geirrt. Er ist der F'dor, und nun wird er mich töten.* Kurz spielte sie mit dem Gedanken zu fliehen, entschied sich aber dagegen. Entweder musste sie sich ihm stellen und kämpfen oder kapitulieren und die Sache ein für allemal zu Ende bringen. Wie auch immer, weglaufen würde sie nicht. Es hatte sowieso keinen Sinn.

Ashe wütete weiter in maßlosem, ungebändigtem Zorn und fluchte dabei so entsetzlich, wie Rhapsody es noch nie von ihm gehört hatte. »Sie hat es gewusst«, stieß er hervor und schlug um sich, während der Donner über das Firmament rollte, welches die Kuppel von Elysian an Ort und Stelle hielt. »Sie hat es gewusst und mich belogen.«

»Was gewusst? Was habe ich gewusst?«, keuchte Rhapsody, die sich kaum aufrecht halten konnte, weil der Boden unter ihr bebte. »Es tut mir Leid, aber ich weiß nicht, was ich getan haben soll.«

Seine Augen, zu Schlitzen verengt, glühten blau wie der heißeste Teil einer Flamme. »›Sie ist nicht angekommen, sie ist nicht gelandet‹, hat sie gesagt«, wetterte er, und dann senkte er die Stimme zu einem mörderischen Flüstern. »Aber sie wusste Bescheid. Sie wusste, dass du gegangen warst, du warst nur noch nicht eingetroffen. Und doch wusste sie, dass du kommen würdest. Und sie hat es mir nicht gesagt.«

»Sie? Wer? Wer wusste es?«

»ANWYN!«, kreischte der Drache. Seine mehrtönige Stimme brachte die Wände abermals zum Erzittern.

Rhapsody warf einen Blick zur Tür. Achmed! Sie musste zur Laube laufen und Achmed rufen! Ashe ohne das Bann-Ritual zu töten wäre sinnlos.

Die Instrumente in dem Schrank aus Kirschbaumholz schepperten und rappelten; Ashe holte mit den Armen weit aus, und die Bücher stürzten aus den Regalen und fielen polternd zu Boden.

Rhapsody zog sich immer weiter in Richtung Tür zurück. Die Tränen liefen ihr ungehindert übers Gesicht, und sie wusste, dass sie die Tagessternfanfare nicht rechtzeitig erreichen konnte. Sie wünschte sich den Tod herbei und hoffte, dass das Böse, das er verkörperte, sich nicht an ihre Seele binden würde, wenn er ihr das Lebenslicht ausblies. Von der Ruhe, die sich für gewöhnlich auf sie herabsenkte, wenn sie einer Gefahr gegenübertrat, war nichts zu spüren.

Dann hielt Ashe plötzlich, wie vom Donner gerührt, inne und blickte zu ihr hinüber. Sein Gesicht fiel in sich zusammen, als er sie anschaute, mit ihren vor Angst aufgerissenen Augen, die den Tod kommen sahen und ihn annahmen. Ein Ausdruck des Entsetzens breitete sich auf seinem Gesicht aus, und die Drachennatur zog sich blitzschnell zurück. Er bemühte sich zu sprechen, und tatsächlich war seine Stimme sanft, zitterte jedoch noch immer.

»Rhapsody.« Einen Moment konnte er nichts weiter sagen. »Rhapsody, es tut mir Leid - bitte - vergib mir, ich ...« Er streckte die Hände nach ihr aus und trat einen Schritt auf sie zu.

Doch sie machte eine abwehrende Handbewegung. »Nein, bleib«, sagte sie und trat ihrerseits einen Schritt zurück. »Bleib, wo du bist.«

Ashe tat es, und sein Gesicht wurde abgrundtief traurig. Dann fasste er in sein Hemd, zog einen winzigen Samtbeutel heraus und warf ihn vor ihr auf den Boden. »Aria, mach das auf, bitte.«

»Nein, rühr dich nicht vom Fleck«, sagte sie und wich einen weiteren Schritt zurück. Wieder sah sie sich um und bewegte sich langsam zum Schwertständer.

»Bitte, Rhapsody, bitte, mach ihn auf, in Gottes Namen!«, flehte er. Nun, da der Wutanfall abebbte, war er ganz bleich geworden.

»Nein«, wiederholte sie, diesmal lauter. »Bleib weg von mir. Wenn du dich bewegst, bringe ich dich um. Du weißt, dass ich nicht lüge. Also hilf mir, Ashe, stell meinen Entschluss nicht auf die Probe. Rühr dich nicht.«

Tränen rannen aus den Kristallaugen. »Rhapsody, wenn du mich jemals geliebt hast, bitte ...«

»Hör auf«, sagte sie, und nun war ihre Stimme nur noch ein böses Wispern. »Wage es nicht, dieses Wort auszusprechen. Ich weiß nicht, wer du bist. Ich weiß nicht, *was* du bist.«

»Öffne den Beutel. Dann wirst du es erfahren.«

Rhapsody straffte die Schultern und sah ihm in die Augen. Die Worte, die ihre Lippen formten, waren die gleichen wie an dem Tag, als sie den Tar'afel überquert hatten.

»Habe ich mich etwa nicht deutlich genug ausgedrückt?« Inzwischen war sie langsam bis zum Schwertständer vorgerückt und griff nach der Tagessternfanfare.

Ashe rührte sich nicht, aber mit ruhigerer Stimme sagte er noch einmal: »Emily, bitte. Sieh in den Beutel.«

Rhapsody erstarrte. »Wie hast du mich eben genannt?«, fragte sie mit halb erstickter Stimme.

»Bitte, Emily. Du wirst es verstehen, wenn du in den Beutel schaust.« Er trat einen Schritt zurück, in dem Versuch, ihre Angst zu beschwichtigen.

Voller Schrecken starrte Rhapsody ihn an. Doch dann ging sie langsam, als gehorchte sie einem unhörbaren Befehl, auf den Beutel zu, der in der Mitte des Wohnzimmers lag, und bückte sich nach ihm. Mit zitternden Händen löste sie die dünne Schnur und ließ den Inhalt auf ihre Handfläche rollen. Hervor kam ein kleines Herz aus Silber, mit einer eingravierten Rose; das Lied, das den Gegenstand umgab, stammte aus einem längst untergegangenen Land, das in Rhapsodys Blut jedoch weiterlebte. Ihre Augen wanderten wieder zu Ashe zurück, dessen Gesicht sich entspannte und einen Ausdruck annahm, den sie noch nie bei ihm gesehen hatte.

»Das ist mein Knopf«, flüsterte sie. »Wo hast du ihn gefunden?«

Er lächelte sie vorsichtig an, wenn er wollte sie nicht erschrecken mit der Freude, die sich in ihm ausbreitete. »Du hast ihn mir gegeben«, antwortete er.

Sie ließ ihn nicht aus den Augen, während ihre Hand an ihren Hals wanderte. Ohne hinzusehen, holte sie das goldene Medaillon hervor und öffnete es. Als der Verschluss aufging, fiel eine winzige Kupfermünze heraus, mit dreizehn Kanten, seltsam geformt und poliert von jahrelangen liebevollen Berührungen.

Wieder füllten sich Ashes Augen mit Tränen. »Emily«, sagte er leise und streckte ihr abermals die Hände entgegen.

Die Welt drehte sich vor ihren Augen in einem wirbelnden Tanz von Farben und Formen, und Rhapsody sank in eine tiefe Ohnmacht.

53

Bilder flimmerten vor ihren Augen und verschwanden wieder, während Rhapsody das Bewusstsein wiederzuerlangen versuchte. Überall funkelten Augen, Drachenaugen, die auf sie herabsahen, und ihre seltsamen vertikalen Pupillenschlitze veränderten sich ständig.

Schließlich kam sie wieder zu sich und konzentrierte sich auf die Decke über sich, wo die Schatten des Feuers über den schweren Holzbalken waberten. Sie blinzelte und versuchte sich aufzusetzen, aber sanfte Hände hielten sie zurück und streichelten ihr liebevoll übers Haar.

»Pssst«, machte Ashe. Während die Welt um sie herum allmählich wieder festere Formen annahm, merkte sie, dass sie auf dem Sofa im Wohnzimmer lag; im Kamin brannte leise das Feuer, ihr Kopf ruhte auf seinem Schoß. Die Schuhe waren ihr von den Füßen gefallen, und der kühle, nasse Ärmel seiner Jacke kühlte ihr die Stirn. Sie blinzelte heftiger.

»Bin ich ohnmächtig geworden?«

Er lachte leise. »Ja, aber ich werde es keinem weitererzählen.«

»Ich hatte einen sehr sonderbaren Traum«, murmelte sie und berührte verwirrt seinen weißen Hemdsärmel. Sein Lächeln wurde breiter, und er beugte sich über sie und streichelte ihren Nasenrücken.

»Es tut mir Leid, Aria, aber das war kein Traum. Das bin ich, das bin wirklich ich. Mein Herz hat es geschworen, als ich dich zum ersten Mal sah, aber ich wusste, es konnte nicht sein. Sie hat gesagt, du wärst nicht gekommen, und ich habe die ganze Zeit geglaubt, du wärst tot.«

»Sie?«

»Anwyn. Nachdem ich aus Serendair zurückgekommen war, suchte ich dich, völlig verzweifelt. Da ging ich zu Anwyn. Ich wusste, sie hätte dich gesehen, wenn du aus der alten Welt gekommen wärst, und sie würde wissen, ob du noch lebst. Aber sie sagte, du wärst nicht angekommen, du wärst nicht auf einem der Schiffe gewesen. Und zu meinem großen Kummer musste ich ihr glauben. Wenn sie von der Vergangenheit spricht, kann Anwyn nicht lügen, ohne ihre Gabe zu verlieren. Aber ich verstehe immer noch nicht, wie du dann trotzdem hierher gekommen bist.«

Rhapsody setzte sich auf, fuhr sich mit der Hand über die Augen und die Stirn. »Wie ich hergekommen bin? Ich weiß nicht sicher, wo ich bin, aber ich glaube, ich lebe hier.«

Ashe schlang das Bein um sie, sodass sie sich an sein Knie anlehnen konnte. Dann hielt er die kleine Münze hoch, glänzendes Kupfer, mit einer seltsamen Kantenzahl. »Ich erinnere mich noch an den Tag, als ich sie bekommen habe«, sagte er nachdenklich, wie zu sich selbst. »Ich war drei oder vier, und es war ein Versammlungstag; pompöse Zeremonien und langatmige Reden und rein gar nichts Spannendes dabei. Ich war allein und langweilte mich so, dass ich dachte, ich müsste sterben, aber man erwartete ja von mir, dass ich sitzen blieb und mich anständig benahm.

Ich bekam Angst, dass mein ganzes Leben so aussehen würde – dass ich nie wieder herumrennen oder spielen könnte wie meine Freunde. Es war der einsamste Moment meines ganzen bisherigen Lebens.

Und dann kam dieser alte Mann, beugte zu mir herab und lächelte freundlich. Und er gab mir ein Geschenk – zwei Dreipfennigstücke. ›Kopf hoch, Junge‹, sagte er und zwinkerte mir zu – ich erinnere mich ganz deutlich an dieses Zwinkern, weil ich es noch lange nachgemacht habe –, ›früher oder später halten sie den Mund. In der Zwischenzeit kannst du dir das hier mal ansehen. Sie halten die Einsamkeit weg, solange du sie zusammenhältst, denn an einem Ort, an dem zwei Dinge so gut zusammenpassen, gibt es keine Einsamkeit.‹

Und er behielt Recht. Ich untersuchte die Münzen, versuchte die Seiten aneinander zu legen, und hatte richtig Spaß dabei. Als mein Vater kam, um mich abzuholen, hatte ich das Gefühl, als wären nur ein paar Minuten vergangen, dabei waren es viele Stunden gewesen. Von diesem Tag an trug ich die Münzen ständig bei mir, bis ich sie dir gegeben habe. Denn als ich dir begegnete, Emily, dachte ich, ich würde nie wieder einsam sein.«

Rhapsody rieb sich mit den Fingerspitzen die Schläfen, in dem Versuch, die Kopfschmerzen zu vertreiben, die sich hinter ihren Augen eingenistet hatten. »Das war ein anderes Leben. Ich habe den Namen nicht einmal erkannt, als du ihn zum ersten Mal erwähntest.« Sie blickte auf und begegnete seinem Blick; er sah so glücklich aus, beinahe überschwänglich. »Du willst mir also sagen, dass du – dass du Sam bist?«

Er seufzte tief. »Ja. Ihr Götter, wie habe ich mich danach gesehnt, dass du mich so nennst.« Er nahm ihr Gesicht in seine Hände und küsste sie, staunend.

Rhapsody machte sich los und blickte wieder in sein Gesicht. »Du? Bist du es wirklich?« Er nickte. »Du siehst aber nicht so aus.«

Ashe lachte. »Ich war damals vierzehn, was erwartest du? Seither ist einiges geschehen, unter anderem bin ich mit knapper Not dem Tod entgangen, meine Drachennatur hat sich bemerkbar gemacht und mich grundlegend verwandelt. Und übrigens siehst auch du nicht mehr so aus wie damals, Emily. Du warst das schönste Wesen, das ich je gesehen hatte, aber – nun, du hast dich auch verändert.« Er ließ die Finger durch ihr Haar gleiten, das ihr makelloses Gesicht umrahmte und im Schein des Feuers schimmerte wie poliertes Gold.

Die smaragdgrünen Augen wanderten über sein Gesicht und versuchten, die Erinnerung an sein Gesicht mit dem in Einklang zu bringen, das sie inzwischen so gut kannte. Obgleich er sich wirklich sehr verändert hatte, bestand doch eindeutig eine Ähnlichkeit, die sie vorher nur nicht wahrgenommen hatte. Und während ihre Augen sein Bild in sich aufnahmen, stiegen Tränen in ihnen auf. Sie rang um Worte, aber es dauerte einen Augenblick, bis sie sprechen konnte.

»Warum?«, stieß sie mühsam hervor. »Warum bist du nicht zurückgekommen?«

Wieder umfasste er ihr Gesicht mit den Händen. »Ich konnte nicht«, antwortete er, und auch seine Augen waren voller Tränen. »Ich weiß ja nicht einmal, wie ich überhaupt dorthin gekommen bin. Für einen einzigen Tag wurde ich in die Vergangenheit zurückgeworfen. Ich ging die Straße nach Navarne entlang – und dann war ich plötzlich in Serendair. Und nachdem wir uns begegnet waren, wäre ich liebend gern für immer bei dir geblieben, auch wenn das bedeutet hätte, dass ich hätte sterben müssen und meine ganze Welt verloren hätte, wie es ergehen sollte. Ich hätte alles aufgegeben, denn ich hatte die andere Hälfte meiner Seele gefunden.

Am nächsten Morgen, deinem Geburtstag, war ich unglaublich aufgeregt. Ich machte mich so präsentabel wie möglich, damit dein Vater mir die Erlaubnis geben würde, dich zu heiraten. Ich erinnere mich noch, wie nervös ich war, und wie glücklich, aber dann befand ich mich, genauso plötzlich und unerklärlich wie zuvor, auf einmal wieder auf der Straße nach Navarne, hier in dieser Welt.

Vor Kummer wäre ich fast verrückt geworden. Endlos suchte ich nach dir, ging zu jedem aus der Ersten Generation und fragte nach dir. Und dann sagte mir Anwyn, du wärst nicht angekommen. Da erkannte ich, dass es zu spät war, dass du tot sein musstest, seit tausend Jahren oder mehr, dass du weder MacQuieth noch sonst jemanden aus deinem Land gefunden hattest, der dir hätte helfen können.

Mein Vater verlor die Geduld und wollte mir einreden, ich hätte nur geträumt, aber ich wusste, dass das nicht stimmte, denn ich besaß ja den Silberknopf und hatte drei Tropfen von deinem Blut auf meinem Umhang gesehen, auf dem wir uns geliebt hatten. Und von diesem Augenblick an war ich wie die Münze; sonderbar, nicht dazu passend, wenig wert, ständig einsam. Seither hat es in meinem Leben keine Frau mehr gegeben, Emily, keine einzige – außer dir, die ich jetzt mit dem Namen Rhapsody kenne. Wer hätte sich auch mit dir messen können? Mein Vater ließ seine Huren an mir vorbeidefilieren, in der Hoffnung, mein Herz zu erweichen, aber ich bin weggegangen und zur See gefahren, denn ich wollte die Erinnerung an das Einzige, was mir in meinem Leben jemals heilig, jemals wichtig gewesen war, nicht verraten.

Das ist alles. So habe ich gelebt, schon bevor der F'dor meine Seele zerfleischt hat. Vermutlich war sie durch deinen Verlust ohnehin zur Unkenntlichkeit verstümmelt. Aber jetzt bist du hier, ihr Götter, du warst die ganze Zeit da. Aber wie bist du herübergekommen? Bist du mit der Zweiten Flotte in Manosse gelandet? Oder bist du als Flüchtling in eins der Länder näher bei der Insel gesegelt?« Während die Fragen aus seinem Mund kamen, bemühte sie sich mit aller Kraft, die Tränen zurückzuhalten. Sie zitterte.

Rasch zog er sie in seine Arme und strich ihr übers Haar. »Emily, Aria, jetzt ist alles gut. Wir sind zusammen, alles ist gut. Endlich, zum ersten Mal, ist wirklich alles gut.«

Heftig stieß sie ihn weg, und in ihren Augen loderte der Schmerz. »Es ist keineswegs alles gut, Ashe. Nichts ist gut. *Nichts.*«

Ungläubig öffnete er den Mund und schloss ihn sogleich wieder. »Sprich mit mir, Aria. Sag mir, was in deinem Herzen vorgeht.«

Aber Rhapsody konnte nicht sprechen. Sie blickte auf ihre Hände hinab und verschlang sie nervös ineinander, bis sie ganz weiß wurden. Ashe legte eine Hand darüber und die andere auf ihr Gesicht.

»Sag es mir, Aria, was immer es ist. Sag es mir.«

»Nun, zuerst einmal ist es so, dass ich all das schon morgen nicht mehr wissen werde, Ashe. Wenn die Sonne aufgeht, werde ich keine Ahnung haben, dass irgendetwas anders geworden ist. Ich werde mein Leben weiterleben in dem Glauben, dass du mich verlassen hast, dass ich dich vollkommen falsch eingeschätzt habe, dass du gestorben bist, als die Insel der Zerstörung anheim fiel, oder sogar noch vorher. Darüber denke ich jeden Tag nach, Ashe, selbst heute noch, *jeden Tag*. Ich zweifle an mir selbst, ich habe Angst, jemandem zu vertrauen. O ihr Götter, morgen wirst du mich verlassen, und ich werde nichts von all dem mehr wissen. Und ich werde glauben, dass sogar die Liebe, die ich hier mit dir gefunden habe, bald einer anderen gehört. Vielleicht ist für dich alles gut, aber für mich wird alles genauso schlecht sein wie vorher, genau genommen sogar noch schlechter.«

Sie überließ sich ihren Tränen. Ashe nahm sie wieder in die Arme und hielt sie fest. »Du hast Recht«, sagte er und küsste sie aufs Ohr. »Ich werde die Perle holen.«

Rhapsody setzte sich auf und entzog sich wieder seiner Umarmung. »Was? Warum?«

Ashe lächelte sie an und wischte mit den Knöcheln seiner Hand ihre Tränen fort. »Nichts, nichts auf der ganzen Welt ist es wert, dir auch nur eine Sekunde länger wehzutun. Du hast schon viel zu lange all dieses furchtbare Leid mit dir herumgeschleppt, Emily. Es ist viel wichtiger, dass das nun ein Ende hat, als dass sich irgendjemand seine egoistischen Wünsche erfüllt.« Er wollte aufstehen, aber sie hielt ihn zurück.

»Aber was wird dann mit Llauron geschehen?«

»Ich weiß es nicht, und es ist mir auch gleich. Für mich zählt, was mit dir geschieht.«

Jetzt waren Rhapsodys Augen trocken und besorgt. »Nun, ich weiß es aber, und ich glaube, du weißt es auch. Wenn ich für Llauron als Nachrichtenübermittlerin nutzlos geworden bin, weil ich die Wahrheit kenne, wenn ich mich weigere, einen Mann auf dem Scheiterhaufen zu verbrennen, weil ich weiß, dass er noch lebt, dann ist der ganze Plan dahin. Und es ist ohnehin zu spät, das Attentat noch zu verhindern, nicht wahr? Larks Plan steht fest; Llauron wird für nichts sterben, ohne die Chance auf Unsterblichkeit. Und das, weil ich zu selbstsüchtig bin, weil ich nicht darauf warten kann, eine bestimmte Information zu bekommen, obwohl ich über ein Jahrtausend auch ohne diese Information ausgekommen bin.« Sie seufzte tief.

»Es tut mir Leid, Sam«, sagte sie und gebrauchte endlich seinen Namen. »Du wolltest nicht glauben, dass ich egoistisch bin – nun, jetzt hast du deinen Beweis. Mein Gejammer hätte dich beinahe dazu gebracht, deinen Vater sterben zu lassen.«

»Das ist wohl nicht ganz zutreffend.«

»O doch, das ist überaus zutreffend.« Rhapsody wischte sich mit dem Saum ihres Kleides die letzten Tränen aus den Augen. »Aber wir haben das Ruder wenigstens rechtzeitig herumgerissen.«

Ashe sah sie scharf an. »Was sagst du da, Emily? Du möchtest die Erinnerung nicht behalten?«

Sie lächelte ihn an. »Bewahr du sie für mich auf, Sam. Ich kann noch eine Weile ohne sie leben.«

Er hielt sie eine Weile schweigend in den Armen. »Möchtest du es mir sagen?«

»Was?«

»Was mit dir geschah. Als ich nicht zurückkam.«

»Ich glaube, das möchtest du lieber nicht wissen, Sam.«

»Es ist deine Entscheidung, Emily. Ich möchte alles wissen, was ich verpasst habe, alles, was du mir erzählen magst, ohne dass es dir allzu wehtut.«

»Du möchtest unsere Vereinbarung also lockern? Die Vereinbarung, nicht über die Vergangenheit zu sprechen?«

»Ja«, antwortete er fest. »Bis jetzt haben wir geschwiegen, nicht nur, um uns den Schmerz zu ersparen, sondern auch um die Interessen unserer Familien und unserer Freunde zu schützen. Vergessen wir sie. Auf dieser, der nächsten, der letzten oder sonst einer Welt wird es für mich nie etwas Wichtigeres geben als dich. *Nichts*. Bitte, Emily, ich möchte wissen, was geschehen ist ... so viel du mir eben erzählen kannst. Damit wir vielleicht verstehen, warum es so gekommen ist und wie.«

Gedankenverloren studierte Rhapsody sein Gesicht. Kurz darauf sah er, wie ihre Augen dunkler wurden und sie offensichtlich eine Entscheidung traf. »Gut. Ich muss dir etwas erzählen, und du musst es hören. Vielleicht überlegst du dir dann manche Dinge noch einmal anders, von denen du dachtest, du hättest sie bereits entschieden.«

Er nahm ihr Gesicht in die Hände und musterte sie durchdringend. »Nichts, was du sagen könntest, wird mich dazu bringen, meine Meinung über dich zu ändern, Rhapsody«, erklärte er mit Nachdruck und versuchte, den Ton zu treffen, in dem sie als Benennerin die Wahrheit sprach. »Nichts.«

Sie durchschaute seinen Versuch und lächelte. »Warum hörst du nicht erst einmal zu und entscheidest dann, Sam?«

»Nichts«, wiederholte er beinahe trotzig.

Sanft schob sie seine Hände weg und stand auf, durchquerte den Raum und trat zu der Ecke neben dem Kamin. Dort nahm sie die Bilder von ihren Enkelkindern in die Hand, betrachtete sie und begann zu lächeln. »Erinnerst du dich an meinen Traum, der immer wieder kam? Der, von dem ich dir in jener Nacht berichtet habe?«

»Der, in dem die Sterne vom Himmel in deine Hände fielen?«

»Ja. Später dann, als ich an der Heiratslotterie teilgenommen habe, hat sich der Traum verändert, und die Sterne fielen durch meine Hände hindurch und ins Wasser des Bachs, der durch die Felder floss, die ich immer meine Flickendecke genannt habe.

In der Nacht, als du nicht zurückkamst ... nun, sagen wir einfach, es war eine traurige Nacht, und als ich schlafen ging, hatte ich den Traum wieder, aber er war ganz anders. Ich träumte, dass ich ins Wasser schaute, und die Sterne waren in einem Kreis um einen langen dunklen Spalt herum vom Himmel gefallen und leuchteten mich an. Erst vor kurzem, als wir uns verliebt haben, ist mir klar geworden, was es war.«

»Und zwar ...«

»Es war dein Auge, Sam; dein Auge mit der Drachenpupille, so ganz anders als das, woran ich mich erinnere, und doch so ähnlich. Das muss meine Mutter gemeint haben in der Vision, als sie sagte, wenn ich meinen Leitstern fände, würde ich nie verloren sein. Sie meinte, er sei in dir – dass du ein Stück meiner Seele in dir trügest, und um es zu aufzuspüren, müsse ich dich finden. Dass ich mit dir vollständig sein würde. Du bist nicht der Einzige, der ein Stück seiner Seele verloren hat; jetzt hat jeder für den anderen ein Stück in sich getragen.

Nun verstehe ich endlich, warum ich hellsichtig bin, warum ich von der Zukunft träume. Es kommt daher, dass ich dir in jener Nacht in den Feldern einen Teil meiner Seele gegeben habe, und er ist mit dir zurückgekommen. In der Zukunft hat er gelebt, die ganze Zeit. Er hat Dinge gesehen, die für mich die Zukunft verkörperten, da ich vierzehnhundert Jahre in der Vergangenheit lebte. Er hat mich gerufen und versucht, uns wieder zu vereinigen.«

Ashe lächelte und blickte auf den Boden. »Danke Gott für diese Träume. Und wenn ich je die Fürstin von Rowan wieder treffe, muss ich ihr danken.«

Rhapsody stellte die Bilder an ihren Platz zurück und seufzte. »Unglücklicherweise habe ich damals nichts von all dem verstanden. Stattdessen senkte sich eine tiefe Verzweiflung auf mich herab, und ich ging durch die Tage wie durch einen Nebel. Meine Eltern waren sehr besorgt, genau wie dein Vater über dich. Ich hatte ihnen erzählt, du wärst ein Lirin, und mein Vater war überzeugt, dass du mich verzaubert hattest.

Er beschloss, dass ich etwas brauchte, um mein Herz zu kurieren, und glaubte, dass eine Ehe die Antwort wäre. Daher forcierte er die Antragsgespräche. Mich machte das nur noch verzweifelter und verängstigter, aber ich musste mich auf sein Urteil verlassen, weil ich jetzt an mir selbst zweifelte. Da fielen mir die Goldmünzen ein, die du mir geschenkt hattest, und ich kam zu dem Schluss, dass ich eigentlich meine Jungfräulichkeit für Geld verkauft hatte.« Ashes Gesicht war schmerzverzerrt, aber Rhapsody schien es nicht zu bemerken. »Vermutlich wurden dadurch manche Dinge, die später geschahen, erst möglich.

Eines Tages, etwa eine Woche, nachdem du gegangen warst, ritten ein paar Soldaten ins Dorf. Sie wussten nichts über dich im Besonderen, sie hielten einfach Ausschau nach auffälligen Subjekten, die zur gleichen Zeit aufgetaucht waren wie du. Die Leute, in deren Scheune du geschlafen hattest, zeigten ihnen die Gegenstände, die du liegen gelassen hattest, und dann ritten die Soldaten weg.

Ich hatte fürchterliche Angst, sie würden dich finden und dir etwas antun. Ich wollte alles versuchen, um dich zu warnen, deshalb packte ich ein, was ich tragen konnte, nahm eins der Pferde meines Vaters und lief davon, den Soldaten hinterher, nach Ostend.

Ich war noch nie in einer Stadt gewesen, und sie erschien mir sehr groß und gefährlich; mein Pferd wurde mir fast sofort gestohlen. Ich fragte jeden, dem ich begegnete, nach dir, aber natürlich hatte dich keiner gesehen. Ich wagte mich sogar hinaus auf die Weiten Marschen, um die Führerin der Lirin zu sehen, die dort wohnte, aber sie kannte keinen der Namen, die du mir genannt hattest, außer MacQuieth, der ein sehr bekannter Krieger war und in den westlichen Ländern auf der anderen Seite des Großen Flusses wohnte. Inzwischen ist mir klar, dass außer ihm noch niemand von den anderen geboren war.

Jahre später traf ich MacQuieth, ganz zufällig. Und da er ein legendärer Held ist und aus deiner Familie stammt, werde ich dir die Einzelheiten dieser Begegnung ersparen. Ich möchte den Mythos nicht zerstören. Vermutlich liegen einige Dinge in der Familie.«

Ashe lachte. »Könnte es sein, dass eure Begegnung etwas gemeinsam hatte mit der Art, wie ich, ähm, wie ich Jo kennen lernte?«

Sie lächelte traurig. »Nun, in gewisser Weise schon«, gab sie zu, »aber du warst netter zu Jo als er zu mir. Ich fragte ihn nach dir, und er antwortete, er habe dich noch nie gesehen. In dem Augenblick gab ich auf; ich dachte, du wärest entweder tot oder ein Lügner, aber ganz gleich, was davon stimmte, würdest du ohnehin nicht zu mir zurückkommen, und ich würde dich nie wieder sehen.

Aber das war viele Jahre später, wie gesagt. Nach ein paar Tagen, als ich niemanden finden konnte, der dich auch nur gesehen hatte, beschloss ich, nach Hause zurückzukehren. Doch dann dämmerte mir, dass ich nicht einmal wusste, wo das war. Die Reise nach Ostend hatte mehrere Wochen gedauert, ich hatte damals keine Ahnung, wie man sich orientiert, und mein Pferd war auch verschwunden. Aber trotzdem habe ich immer daran geglaubt, dass ich eines Tages wieder heimfinden würde.

Ich brauchte Geld, deshalb verkaufte ich die Silberknöpfe, wie ich dir einen geschenkt hatte.« Er zuckte zusammen, denn er erinnerte sich an die Aufregung und den Stolz in ihren Augen, als sie ihm in jener Nacht die Knöpfe gezeigt hatte. »Sie brachten einen anständigen Preis, und ich konnte eine Weile davon leben; mit dem Geld konnte ich mir eine Unterkunft leisten und Essen kaufen. Aber dann war das Geld alle, und ich musste mir eine andere Möglichkeit suchen, wie ich mich durchschlagen konnte.

Zuerst fand ich Arbeit als Putzfrau. Ich war ein Bauernmädchen, ich konnte gut putzen. Aber immer passierte irgendetwas. Früher oder später begannen sich der Herr und die Herrin des Hauses meinetwegen zu streiten, und manchmal wollte der Herr sogar ...« Sie wandte sich ab, verschränkte die Arme und starrte an die Wand. Der Feuerschein schimmerte auf ihrem Kleid und warf Schatten, die sich in den Falten des Seidenstoffs kräuselten, als wollte das Feuer sie trösten.

»Jedenfalls stand ich wieder auf der Straße. Und unglücklicherweise gibt es eine Menge Leute, die es darauf abgesehen haben, junge Mädchen auf der Straße auszubeuten. Dann wieder gibt es gelegentlich welche, die zwar von Mädchen wie mir profitieren, sie aber beschützen wollen – und ich hatte das Glück, einer Frau dieser Sorte zu begegnen, kurz bevor sich eine der unappetitlicheren Gestalten an mich heranmachte. Alle nannten diese Frau Nana. Sie nahm mich bei sich auf, und von nun an stand ich unter ihrem Schutz. Ich musste nur ... nur ...« Ihre Stimme versagte.

»Emily ...«

»Wahrscheinlich brauche ich es dir nicht näher zu erklären, Sam. Sie hat mich verkauft, und zwar häufig, wie ich leider zugeben muss. Dabei war ich gar nicht so leicht zu verkaufen; mein Körper verfügte nicht über die herkömmlichen weiblichen Reize, meine Brüste waren zu klein für diese Branche, und es half auch nicht, dass ich mich weigerte, verheiratete Männer zu bedienen. Das schränkte meinen Kundenkreis bedenklich ein. Doch trotz all dieser Hindernisse schaffte Nana es, Arbeit für mich zu finden.

Ich dachte, es würde mir nichts ausmachen; mir war ohnehin alles einerlei, ich schlug ja nur die Zeit tot. Aber ich erinnere mich noch an das erste Mal«, erzählte sie, und ihre Stimme wurde immer leiser und tonloser. »Ich war gerade fünfzehn. Es war lange her, dass ich mit dir zusammen gewesen war, und Nana konnte mich als unberührt verkaufen. Sie ging davon aus, dass ich noch einmal bluten würde, und sie hatte Recht. Vermutlich erzielte sie dafür einen besseren Preis. Wenn das später wieder passierte, bekam ich von ihr immer irgendeine Leckerei oder ein kleines Geschenk, aber dann hatte es immer etwas damit zu tun, dass die Männer gewalttätig waren, nicht unerfahren. Das erste Mal war es beides. Ich versuchte, tapfer zu sein, aber die Art von Mann, die bereit ist, für dieses besondere Privileg einen Sonderpreis zu bezahlen ...«

Sie hielt inne, als sie hinter sich ein lautes Schluchzen hörte. Erschrocken drehte sie sich um, raffte ihre Röcke, lief zu ihm und schlang die Arme um seinen Hals.

»Sam, es tut mir Leid. O ihr Götter, ich hätte es dir nicht erzählen sollen. Mir geht es gut, Sam, wirklich. Sam, bitte weine nicht. Es tut mir so Leid.«

Er zog sie auf seinen Schoß und vergrub sein Gesicht an ihrer Schulter. Sie hielt ihn fest, bis das Weinen nachließ. In diesem Moment fasste sie den Beschluss, dass sie ihm nie wieder etwas über diese Zeit erzählen würde, und verschloss die Tür zu ihrer Erinnerung. *Dabei war das noch gar nichts*, dachte sie. *Sich die wirklich schlimmen Sachen anzuhören würde er nicht aushalten.*

»Aber es ist doch wirklich grotesk, dass du *mich* tröstest«, sagte er, als er wieder zu sprechen vermochte. »Du bist doch diejenige, die es erlebt hat - meinetwegen!«

»Das ist Unsinn«, entgegnete sie und tupfte ihm behutsam mit ihrem Rock die Augen ab. »Damit hattest du gar nichts zu tun. Ich bin diejenige, die weggelaufen ist. Und es war auch gut so - wenn du nicht in meine Welt gekommen wärst - und sei es auch nur für eine ganz kurze Zeit -, dann wäre ich dir niemals gefolgt. Das ist die Wahrheit. Ich hätte mein Leben mit einem Bauern verbracht, den ich nicht geliebt hätte, ich hätte die Welt nie gesehen, von der du mir erzählt hast und die ich nun kennen gelernt habe. Ich wäre gestorben, lange bevor die Insel unterging, und wahrscheinlich wäre ich schon vor meinem Körper tot gewesen. Wenn du nicht gekommen wärst, wäre ich jetzt nicht hier. Du hast mein Leben gerettet, Sam, sieh es doch mal so. *Ryle hira*. Das Leben ist, wie es ist. Was immer wir erlitten haben, jetzt sind wir zusammen.«

Er wich ein Stück zurück und sah sie an, wie sie auf seinem Schoß saß und seine Hände hielt. Inzwischen gab sie kein so vollkommenes Bild mehr ab wie vorhin; ihr Kleid war zerknittert, ihre Haare lösten sich aus dem kunstvollen Knoten, aber im Feuerschein wirkte sie trotzdem so engelhaft schön, wie er sie noch selten gesehen hatte.

»Ich habe mich geirrt«, sagte er mit ruhiger Stimme. »Was du mir erzählt hast, verändert doch mein Gefühl zu dir.« Rhapsody erbleichte. »Wenn es überhaupt möglich ist, liebe ich dich jetzt noch mehr.«

Erleichterung durchflutete sie. »Himmel, jag mir doch nicht so einen Schrecken ein«, schalt sie ihn und versetzte ihm einen Klaps auf den Arm. Dann wurde ihr Gesicht wieder ernst. »Aber es gibt mehr als nur einen Grund dafür, dass du es dir noch einmal anders überlegst.«

»Keinesfalls.«

»Sam ...«

»Nein, Rhapsody.«

»Ich weiß nicht, ob ich dir Kinder schenken kann«, platzte sie heraus, und ihr Gesicht wurde wieder bleich. »Ich glaube, ich bin unfruchtbar.«

Ashe streichelte sanft ihre Wange. »Wie kommst du denn auf die Idee?«

Rhapsody starrte ins Feuer. »Nana hat uns immer ein Kraut namens Hurenfreund gegeben, einen Blattextrakt, der Schwangerschaften und Krankheiten verhindern sollte. Ich weiß nicht, ob das irgendetwas in mir verändert hat. In letzter Zeit habe ich keine derartigen Maßnahmen getroffen und bestimmt oft genug mit dir geschlafen, um ...«

Schnell zog er sie an sich. »Nein, Aria; entschuldige. Ich dachte, du wüsstest das. Ich bin ein Drache, einer der erstgeborenen Rassen. Um ein Kind zu zeugen, müsste ich von meiner Seite eine bewusste Entscheidung treffen, und da du mir nicht gesagt hast, dass du es dir von mir wünschst – übrigens meiner Meinung nach eine kluge Entscheidung –, habe ich nichts dergleichen unternommen.« Schmerzliche Erinnerungen flackerten in seinen Augen. »Genau genommen war ich, als ich dich in der alten Welt zurückgelassen hatte, vor allem auch deshalb so verzweifelt, weil ich nicht mit Sicherheit wusste, ob du nach unserer ersten gemeinsamen Nacht nicht schwanger geworden warst.

Damals hatte ich keine Kontrolle darüber. Meine Drachennatur kam ja erst viel später zum Vorschein, damals, als der Sternsplitter in meine Brust gesteckt wurde. Auch für mich war es mit dir das erste Mal – schon damals war ich dir restlos verfallen. Deshalb hättest du, so weit ich es beurteilen konnte, durchaus schwanger sein können, als ich dich verließ. Die Vorstellung brachte mich fast um – du allein und verletzlich, wahrscheinlich entehrt, voller Schmerz und Angst, mit meiner Tochter oder meinem Sohn, die ich nie kennen würde. Es war, als hätte ich nicht nur die Liebe meines Lebens, meine Seelenpartnerin verloren, sondern auch noch dieses Kind.« Die Hand, die ihre Wange liebkoste, zitterte.

Rhapsody nahm sie und küsste sie. »Aber es gab kein Kind. Bei allen Göttern, Sam, ich habe mir lange gewünscht, es wäre so gewesen.«

Im Feuerschein schimmerten seine Augen saphirblau. »Ich bin froh darüber, dass du dir ein Kind gewünscht hast, denn ich freue mich darauf, dir eines Tages diesen Wunsch zu erfüllen, wenn das Land wieder sicher und der F'dor vernichtet ist. Ich träume davon und habe sogar schon davon geträumt, ehe du mir abermals das Geschenk deiner Liebe gemacht hast. Und du brauchst dir auch keine Gedanken wegen deiner Fruchtbarkeit zu machen; ich bin es, der dir Nachkommen vorenthalten hat, nicht umgekehrt. Um dich und deine Fruchtbarkeit geht es hier nicht. Meine Sinne sagen mir, dass bei dir alles vollkommen in Ordnung ist.«

Erleichterung breitete sich mit einem bezaubernden Lächeln über Rhapsodys Gesicht aus. Einen Augenblick später jedoch wurde sie nachdenklich. »Nun, ich freue mich darüber. Möchtest du den Rest der Geschichte hören?«

»Wenn du ihn mir erzählen magst, gerne.«

»Ab jetzt wird es leichter. Nach ein paar Jahren wurde ein Mann auf mich aufmerksam, ein älterer Mann. Er schien auch an mir als Mensch interessiert zu sein, nicht nur an – nun, nicht nur an anderen Dingen; wahrscheinlich ging es ihm sogar mehr um meine Persönlichkeit. Er überließ mir ein eigenes Haus und ermutigte mich in meinem Wunsch zu lernen. Er sorgte dafür, dass ich den besten Unterricht in Musik, Kunst und anderen Wissenschaften bekam.«

»In jener Nacht in Myrfeld hast du mir erzählt, dass du all diese Dinge lernen wolltest.«

»Ja. Er hat mich mit dem größten Benenner von ganz Serendair in Kontakt gebracht, einem Mann namens Heiles, bei dem ich Unterricht in den alten Künsten nahm. Aber nicht lange nachdem ich meine Ausbildung als Sängerin beendet hatte und kurz davor stand, den Status einer Benennerin zu erlangen, verschwand Heiles ganz plötzlich. Meines Wissens ist er nie gefunden worden. Unterdessen hatte ich meine Ausbildung fast abgeschlossen. Als ich gerade das Gefühl hatte, die Wissenschaft des Benennens allmählich in den Griff zu bekommen, verstarb mein Wohltäter.

Kurz darauf schickte ein Kerl, der Gefallen an mir gefunden hatte, seine Handlanger zu mir, weil er mich für irgendein männliches Privatvergnügen haben wollte. Doch ich weigerte mich mitzukommen, und ich nahm kein Blatt vor den Mund. Leider stellte sich das später als großer Fehler heraus. Und dann ... nun, ich will es einmal so sagen: Als ich Achmed und Grunthor begegnete, befand ich mich in einer ziemlich unangenehmen Lage. Sie befreiten mich und halfen mir zu fliehen. Sie waren selbst auf der Flucht, und so gelangten wir zusammen nach Ostend und machten uns von dort auf den Weg zur Sagia. Kennst du sie?«

Ashe dachte einen Moment nach. »Ja, das ist doch die Eiche der tiefen Wurzeln. Sie war ein Wurzelzwilling des Großen Weißen Baumes.«

»Genau. Die Axis Mundi, die Linie, die durchs Zentrum der Erde verläuft, führt ebenfalls an dieser Wurzel entlang. Durch die Sagia gelangten wir ins Erdinnere – ich weiß immer noch nicht ganz genau, wie. Danach sind wir an der Wurzel entlanggekrochen, eine halbe Ewigkeit, wie mir schien. Dort haben wir eine mächtige Veränderung durchgemacht und die Kräfte von Erde, Feuer und Zeit in uns aufgenommen. Schließlich durchquerten wir eine große Feuerwand – es wird wohl die Mitte der Erde gewesen sein. Ich glaube, eigentlich sind wir verbrannt; aber das Lied unserer Essenz blieb erhalten und formte uns neu, nachdem das Feuer unseren Körper verzehrt hatte. Und alle alten Narben, alle alten Wunden waren mit einem Mal verschwunden.« Sanft fuhr Ashe mit dem Daumen über ihr Handgelenk, die Stelle, an der einst die Narbe gewesen war, an die er sich noch so lebhaft erinnerte. »Wir wurden neu geschaffen; deshalb hast du mich, als du mir zum ersten Mal begegnet bist, mit deinen Drachensinnen für eine Jungfrau gehalten.«

»Nein, nicht deshalb. Ich habe dir schon vor langer Zeit erklärt, warum.«

Sie küsste ihn auf die Wange, wand sich aus seinen Armen und setzte sich wieder neben ihn aufs Sofa. »Die Reise erschien mir endlos. Jahrhunderte verstrichen; als wir endlich an die Oberfläche gelangten, waren wir hier, und alles, was wir gekannt hatten, war vor Urzeiten im Meer untergegangen. Alle Menschen, mit denen ich etwas zu tun gehabt hatte, waren schon lange tot; ich wusste nicht, wie viele Generationen gekommen und gegangen waren, bevor die Cymrer Segel gesetzt und später gelandet waren.

Deshalb vermute ich, dass Anwyn dich nicht wirklich angelogen hat. Wir sind nicht hier gelandet, wir haben nie einen Fuß auf eins der cymrischen Schiffe gesetzt, wir sind nie übers Meer gesegelt. Wir sind geflohen, bevor all diese Generationen geboren wurden, wir sind lange nach dem Krieg hier angekommen. Also war ihre Antwort ehrlich.«

Ashe lachte bitter und starrte ins Feuer. »Theoretisch jedenfalls. Aber Anwyn wusste Bescheid, Emily. Sie wusste, dass du gegangen warst, dass du dich auf dem Weg hierher befandest, an der Wurzel entlang. Sie fasste den Entschluss, mir diese Information vorzuenthalten und mich damit abzuspeisen, dass du nie eins der Schiffe bestiegen hast, die rechtzeitig die alte Welt verließen. Ich glaubte sterben zu müssen, Aria. Sie aber sah schweigend zu, wie ich unter meinem unermesslichen Kummer zusammenbrach. Und sie ist meine Großmutter, Rhapsody, meine eigene Großmutter! Glaubst du, mein Glück, meine geistige Gesundheit bedeuteten ihr etwas?«

Er sah sie an. Das Mitgefühl, das er in ihren Augen las, berührte sein Herz und schenkte ihm Trost und Wärme. »Vermutlich nicht, Sam, und das tut mir sehr Leid«, sagte sie und legte ihre Hand leicht auf seine Wange. »Hast du eine Ahnung, warum? Warum tut sie so etwas?«

»Es geht ihr um Macht. In diesem Fall um Macht über mich. So sind sie alle: Anwyn, mein Vater, die ganze Sippschaft. Jetzt verstehst du vielleicht, warum sie mir so völlig gleichgültig sind, warum ich bereit bin, ihnen den Rücken zu kehren und dir deine Erinnerung zurückzugeben. Du bist die Einzige, die sich je wirklich für mich interessiert hat. Trotz meiner illustren Herkunft bist du die Einzige, die mich jemals wirklich geliebt hat. Ich verdanke dir alles, aber meiner Verwandtschaft bin ich nichts schuldig. Trotzdem scheint es mir so, als solltest du immer nur die Spreu abkriegen, während sie den Weizen beanspruchen.«

Rhapsody lachte und lehnte den Kopf an seine Schulter. Er legte den Arm um sie. »Welch ein treffendes Bild. Wer von uns beiden ist denn eigentlich das Bauernkind? Weizen ist nur gut, wenn man etwas essen will, Sam. Aber aus Spreu kann man sich ein wunderbar weiches Bett machen, und im Allgemeinen verbringen wir dort mehr Zeit als am Tisch.« Ihre Augen funkelten schelmisch, und er lachte mit ihr und drückte sie an sich. »Außerdem kann man mit Spreu auch ein hervorragendes Freudenfeuer veranstalten. Also unterschätze den Wert der Spreu lieber nicht, Sam. Mit dem Brot werden wir bestimmt auch irgendwann an die Reihe kommen.«

Ashe seufzte tief und streichelte ihr Haar.

Lange blickten sie ins Feuer, in angenehmer Vertrautheit aneinander gekuschelt, und sahen zu, wie die Flammen in lautlosem Tanz die Farbe wechselten. Schließlich sagte er: »Ich habe eine Frage.«

»Oh, gut. Ich auch.«

»Du zuerst.«

»Nein, du.«

»Na gut«, meinte er, froh über die Banalität ihres Austauschs. »Warum hast du angefangen, dich Rhapsody zu nennen?«

Sie lachte. »Nana fand meinen richtigen Namen zu gewöhnlich. Außerdem klang er in ihren Ohren viel zu steif für – na ja, für meinen neuen Beruf.«

»Aber Emily ist doch ein schöner Name.«

»Emily ist eigentlich nur eine Abkürzung, im Grunde nichts weiter als ein Spitzname.«

»Wirklich?«, fragte Ashe neugierig. »Das wusste ich nicht. Wie lautet denn dein richtiger Name?«

Rhapsody wurde rot und sah weg, aber ihre Augen lächelten noch immer.

»Ach, komm schon«, schmeichelte er, packte sie um die Taille und lachte, als sie sich seinem Griff entwand. »Du willst mich heiraten, da sollte ich doch wenigstens deinen richtigen Namen kennen, oder nicht? Wo du doch schon jede Variation von meinem weißt.«

»Ich weiß aber auch nicht, warum du dich Ashe genannt hast.«

»Weil ›Gwydion‹ mich womöglich das Leben gekostet hätte. Aber lenk nicht ab. Wie lautet dein Name?«

»Vorsicht, Sam«, warnte sie ernst. »Ein Name ist mächtig. Mein alter Name ist in dieser Welt noch nie ausgesprochen worden. Wenn es geschieht, dann sollte es von einer besonderen Zeremonie begleitet werden, die ihn mit Macht umgibt, damit er nicht von den Dämonen der alten Welt missbraucht werden kann. Wie zum Beispiel eine Hochzeit.«

Er nickte, ebenfalls wieder ernst. Rhapsody spürte den Umschwung und krabbelte auf seinen Schoß zurück.

»Aber«, sagte sie, und ihre Augen funkelten schalkhaft, »wenn ich ihn dir Stückchen für Stückchen sage, dann wäre das wahrscheinlich in Ordnung.«

»Nur wenn ...«

»Rhapsody ist eigentlich mein Mittelname«, unterbrach sie ihn, ehe er seinen Satz vollenden konnte. »Meine Mutter war eine Himmelssängerin, ihr Name war Allegra.«

»Ein schöner Name.«

»Ein guter Name für eine Tochter, nicht wahr?«

»O ja, da hast du Recht«, antwortete er mit einem zärtlichen Lächeln.

»Jedenfalls hat mich mein Vater nach seiner Mutter genannt, und Mama war davon überhaupt nicht begeistert. Sie fand den Namen zu bieder und langweilig. Ich weiß das, weil sie es mir einmal erzählte, als wir allein vor dem Feuer saßen und sie mir die Haare bürstete. Sie wollte mir einen lirinschen Namen geben, einen musikalischen Namen, weil sie glaubte, das würde mir eine musikalische Seele verleihen.«

»Sie war eine kluge Frau.«

»So jedenfalls entstand Rhapsody. Das ist nicht nur ein musikalischer Begriff, sondern es steht auch für Unberechenbarkeit, Leidenschaft und wilde Romantik. Sie hoffte, damit ein Gegengewicht zu meinem ersten Namen zu schaffen.«

Er küsste sie auf die Stirn. »Er passt wunderbar zu dir.«

»Danke.«

»Und?«, fragte er, und jetzt glitzerte der Schalk auch in seinen Augen. »Wie hieß deine Großmutter?«

»Elienne.«

»Nicht deine Lirin-Großmutter, du freche Göre. Wie lautete der Name deiner Großmutter väterlicherseits?«

Rhapsodys Gesicht wurde noch rosiger, entweder aus Verlegenheit oder weil sie das Lachen unterdrücken musste. »Amelia.«

»Amelia? Das gefällt mir. Emily ist also eine Abkürzung für Amelia. Klingt nett.«

»Meine Familie hat mich Emmy genannt«, erklärte sie weiter. »Meine Freunde Emily. Die Einzige, die mich Amelia nannte, war ...«

»Lass mich raten – deine Großmutter?«

Wieder lachte Rhapsody. »Wie hast du das nur erraten?«

»Und welchen Nachnamen hatten die Farmerfamilien in deinem Dorf für gewöhnlich?«

Sie spielte mit. »Nun, der bekannteste war Bauer, wie in Anbauer. Das deutete an, dass sie Pflanzen in der Erde anbauten. Nette Leute, ich mochte sie alle sehr gern. Aber wenn wir mit dem Geschichtsunterricht fertig sind, würde ich dir jetzt gern meine Frage stellen. Darf ich?«

»Aber sicher. Nur zu.«

»Ich möchte wissen, wer diese andere Frau ist, die du aufsuchen und heiraten wolltest, die Frau, die du entdeckt hast, nachdem der Ring seine volle Kraft entfaltet hatte.«

»Es gab nie eine andere Frau, Rhapsody; ich habe immer von dir gesprochen.«

Rhapsody schüttelte den Kopf. »Als du gesagt hast, du wüsstest, wer die richtige Frau ist, diese Cymrerin, der du zugetraut hättest, die Herrscherin ...«

»Das warst du.«

»Aha. Und die Frau, von der du mir erzählt hast, du wärst in sie verliebt, damals im Wald, als wir ...«

»Auch du.«

»Was ist mit ...«

»Alles du, Rhapsody. In meinem Leben gibt es keine andere, und es hat auch nie eine gegeben außer dir. Bis heute Nacht dachte ich, es wären zwei Frauen, aber da Emily und du in Wirklichkeit ein und dieselbe seid, wird alles erstaunlich einfach. Damals habe ich dich als Emily geliebt, jetzt liebe ich dich als Rhapsody, und das ist sowohl ganz anders und doch auch gleich. Du bist die einzige Frau, die ich jemals angefasst, jemals geküsst, jemals geliebt habe.«

Sie schlang die Arme um seinen Hals. »Dann soll es so bleiben«, flüsterte sie und lächelte ihn an. »Ist dieser Wunsch egoistisch genug für dich?«

In dem Kuss, der nun folgte, ging seine Antwort unter; er umfasste ihr Gesicht, als sich ihre Lippen berührten, atmete sie ein wie den Frühlingswind und füllte seine Seele mit ihrer Essenz. Seine Hände glitten über ihren Rücken, streichelten die knittrige Seide ihres Kleides und begannen es vorsichtig aufzuknöpfen.

»Sam, bitte nicht.«

»Was ist los?«

Sie holte tief Luft und sah ihn fest an. »Angesichts der Tatsache, dass ich morgen keine Erinnerung daran haben werde, ist es keine gute Idee, sich heute Nacht zu verloben.«

Ashe machte ein enttäuschtes Gesicht. »Emily ...«

»Lass mich ausreden. Es hat keinen Sinn, wenn wir ein Ehegelübde ablegen. Ein solcher Schwur wird leicht gebrochen, und wenn man nicht einmal weiß, dass man ihn gemacht hat, ist er erst recht nutzlos. Nach allem, was du gehört hast, willst du mich immer noch heiraten?«

Seine Augen sprachen Bände. »Mehr denn je.«

»Angenommen, alles andere wäre unwichtig, würdest du dann, wenn du die Wahl hättest, morgen lieber als mein Verlobter aufbrechen oder als mein Ehemann?«

Allmählich dämmerte ihm, was sie meinte, und er lächelte. »Als dein Ehemann – ohne jede Frage.«

Ihre Augen waren ein Spiegel von seinen. »Dann heirate mich, Sam. Heirate mich heute Nacht.«

Am nächsten Morgen erwachte Rhapsody, als das Licht durch die Vorhänge drang. Sie streckte sich in der wohligen Wärme des Betts, drehte sich um und stellte verblüfft fest, dass Ashe neben ihr lag. Sie erschrak; ihre Bewegung weckte ihn, und er schlug die Augen auf.

»Guten Morgen«, sagte er leise und lächelte sie an. In seinen Augen schimmerte unaussprechliches Glück.

»Guten Morgen«, antwortete sie verschlafen, erwiderte matt sein Lächeln und gähnte. »Ich muss schon sagen, ich wundere mich, dich noch hier zu sehen. Ich dachte, du hattest vor aufzubrechen, bevor ich erwache.« Als ihr Bewusstsein langsam zurückkehrte, wurde ihr peinlich klar, dass sie beide unter den Laken splitternackt waren.

»Wir haben uns noch bis spät in die Nacht unterhalten. Erinnerst du dich noch an etwas?«

Rhapsody ließ sich die Frage durch den Kopf gehen. »Nein«, sagte sie, und ihre Stimme klang ein klein wenig traurig. »Nachdem wir in die Laube gegangen sind, weiß ich nichts mehr - das ist meine letzte Erinnerung. Dann hat also alles geklappt?«

Sein Lächeln wurde breiter, während er die Hand ausstreckte, nach einer ihrer Locken griff und sie sich über den Hals legte. »Sehr gut sogar.«

Rhapsodys Gesicht wurde ernst, als die melancholischen Gedanken von gestern zurückkehrten. »Warum bist du geblieben?«

Ruhig antwortete Ashe: »Wir wollten vor dem Abschied noch möglichst viel Zeit zusammen verbringen. Du warst einverstanden, ehrlich.«

Rhapsody setzte sich auf und sah ihr Seidenkleid als zerknittertes Häufchen auf dem Boden am Fußende des Betts liegen, seine Seemannssachen überall im Zimmer verteilt. Ihr stieg die Röte in die Wangen; rasch kroch sie unter die Decke zurück und sah ihn an.

»Dann haben wir miteinander geschlafen?«, fragte sie leise.

»Ja. O ja.«

Rhapsody machte ein verlegenes Gesicht. »Du - du wolltest es, nicht wahr? Ich habe dich nicht mit Schuldgefühlen unter Druck gesetzt oder dich angefleht oder etwas Ähnliches?«

»Aber nein, überhaupt nicht«, antwortete Ashe lachend. »Als wäre das jemals nötig.«

Sie wandte sich ab, damit er die Traurigkeit in ihren Augen nicht sah. »Ich wollte, ich könnte mich daran erinnern«, meinte sie betrübt.

Ashe fasste sie behutsam an den Schultern und drehte sie zu sich um, dann küsste er sie zärtlich. »Eines Tages wirst du dich erinnern«, sagte er. »Ich bewahre die Erinnerung für dich auf, Aria. Eines Tages werden wir sie wieder miteinander teilen können.«

In den Smaragdaugen standen Tränen. »Nein«, flüsterte sie. »Vielleicht gehört sie eines Tages wieder mir, aber für dich ist es Zeit, mit jemand anderem Erinnerungen zu beginnen.«

Ashe zog sie näher zu sich heran, um sein Lächeln zu verbergen. »Morgen«, sagte er. »Jetzt bin ich noch hier bei dir. Vielleicht gibt es eine Möglichkeit, den Verlust auszugleichen, bis die Erinnerung dir wieder gehört.« Er legte sie zurück aufs Kissen und küsste sie wieder, während seine Hände liebevoll ihre Brüste streichelten.

Feuer gemischt mit Schuldgefühlen strömte durch Rhapsodys Adern. Rasch überließ sie sich ihrer Leidenschaft, angefacht vom Schmerz des so kurz bevorstehenden Abschieds, und sie liebten sich abermals, klammerten sich verzweifelt aneinander, als würden sie sich niemals wieder sehen.

Als es vorüber war, waren sie beide unglücklich. Rhapsody lag still in seinen Armen, überschwemmt von schlechtem Gewissen. Die nachdenkliche Traurigkeit in Ashes Augen jedoch war schlimmer; in der Nacht zuvor hatte er gespürt, wie ihre Seelen sich in reiner Ekstase berührt hatten, und heute war dieses Hochgefühl verschwunden, ersetzt von bitterem Bedauern, dem Schmerz darüber, dass das höchste Glück zu nah war und es ihnen doch wieder entglitt.

Schließlich stand Rhapsody auf, holte sich frische Kleider und verschwand im Badezimmer. Unterdessen zog Ashe die Sachen an, die sie für ihn auf seinem Tornister bereit gelegt hatte. Er verfluchte Llauron, er verfluchte Anwyn, er verfluchte sich selbst, jeden und alles, was ihn von Rhapsody trennte und für den Schmerz in ihren Augen verantwortlich war.

Während er wartete, dass sie wieder herauskam, führten ihn erst seine Sinne, dann seine Augen zu dem Dreipfennigstück, das auf dem Teppich vor dem Feuer lag. Lächelnd bückte er sich, um es aufzuheben. Dann durchsuchte er den Haufen hastig abgestreifter Kleidungsstücke, fand das Medaillon und legte das Geldstück sorgfältig hinein. Er hatte Emily wieder gefunden, und sie war seine Frau. Wenn er sie jetzt nur vor allem Unheil bewahren und dafür sorgen konnte, dass sie ihn weiterhin liebte, bis sie ihre Erinnerung zurückbekam ...

54

Meridion lehnte sich mit einem Ruck auf seinem Stuhl zurück, und sein pulsierendes Energiefeld waberte rot und heiß vor Frustration. Seit Stunden schon hatte er es versucht; jetzt brannten ihm die Augen von der peniblen Kleinarbeit. In seinen Fingern waren tiefe Furchen eingegraben, weil er die Instrumente so fest umklammert hatte, aber es hatte nichts genützt. Er bekam einfach keinen anderen Traumfaden zu fassen.

Rhapsody war nutzlos für seine Zwecke geworden. Beim ersten Mal war es ein völliger Fehlschlag gewesen, inzwischen war es noch weniger aussichtsreich; in ihren Trauminhalten gab es keine Flexibilität mehr, seit sie endgültig mit Ashe verbunden war. Obwohl sie die Erinnerung an jene Nacht verloren hatte, hatte sie ihr Unterbewusstsein ganz den Gedanken an ihn überlassen. Meridions Versuche, einen Faden herauszulösen und irgendwo anzufügen, wo er ihn gerade brauchte, führten nur zu Schmerz und Verzweiflung; das war ihm mehr als deutlich geworden, als er mit angesehen hatte, wie Angst und Fieber ihre Träume in der Nacht heimgesucht hatten, nachdem sie und Ashe sich getrennt hatten. Verzweifelt warf er das dünne Spießchen auf den Boden.

Das Ende war nah. Und er hatte keine Möglichkeit, sie zu warnen.

All seine Manipulationen an der Vergangenheit waren vergeblich gewesen, es würde doch auf das Gleiche hinauslaufen.

Meridion legte den Kopf auf das Armaturenbrett des Zeit-Editors und weinte.

Unter seinem Gesicht befanden sich Fragmente der Zeit, Splitter und Fetzen Film, die von der Zerstörung des Originalstreifens der Vergangenheit übrig geblieben waren, die er hatte aufheben wollen. Niedergeschlagen wischte er sie beiseite. Einer blieb an seinem Pullover hängen.

Meridion wollte ihn abschütteln, aber das Stückchen Film klebte fest. Er hielt es an die Lichtquelle des Zeit-Editors.

Von dem Bild war nichts mehr da; der Zeit-Editor hatte so an ihm gezerrt, dass es unwiederbringlich verloren war. Auch der obere Rand mit der sensorischen Information war zerfetzt. Nur der untere Teil war noch intakt, das Stück, in dem der Klang der Vergangenheit steckte. Meridion hielt ihn an sein Ohr und lauschte.

Mit Müh und Not konnte er die trockene, insektenartige Stimme der Großmutter hören.

Die Erlösung der Welt ist keine Aufgabe für einen Einzelnen. Eine Welt, deren Schicksal in den Händen eines Einzelnen ruht, ist viel zu einfach, als dass es sich lohnte, sie zu retten.

Meridion wog die Worte ab. *Keine Aufgabe für einen Einzelnen.*

Nicht für einen Einzelnen.

Plötzlich durchfuhr ihn ein Gedanke, so heftig, dass ihm vor Aufregung heiß, schwach und schwindlig wurde.

Rasch warf Meridion den Zeit-Editor von neuem an. Dröhnend erwachte die Maschine zum Leben. Helles Licht blitzte über die Glaswände seines sphärischen Raumes, der über den verblassenden Sternen schwebte; die Hitze der brodelnden Meere hüllte die Oberfläche der Welt unter ihm in eine Nebeldecke.

Es gab einen anderen Weg, eine andere Verbindung, die mit dem Traumfaden hergestellt werden konnte. Ein Weg, der bereits markiert war, Gleichzeitigkeit, die bereits existierte.

Ein Name, der bereits bekannt war.

Als die Maschine in Gang gekommen war, blickte Meridion wieder durch das Okular. Behutsam drehte er den Film um eine Nacht zurück und suchte unter der Linse eine andere Stelle der dunklen Berge, pechschwarz. Er brauchte eine

Weile, um in dem sich zusammenbrauenden Sturm zu finden, was er suchte; im Wind der Zahnfelsen bildeten sich Kristalle bitterkalten Schnees.

Fast mühelos erwischte er den Traumfaden und verankerte ihn ebenfalls ohne Schwierigkeiten. Die Warnung war an Ort und Stelle platziert.

Jetzt war es nur eine Frage, ob sie sie beachteten.

Ein Sonnenstrahl, so golden wie Rhapsodys Haar, brach zwischen den morgendlichen Wolken hervor. Ashe trat in das Licht, und der Nebel seines Umhangs glitzerte in einer Million winziger Diamantentröpfchen, die schwer in der Winterluft hingen.

Unter ihrer Kapuze lächelte Rhapsody. Es war ein wunderschöner Anblick, eine Erinnerung, an die sie sich in den kommenden traurigen Tagen klammern würde. Wie er im Sonnenlicht da stand, wirkte Ashe selbst unter seinem Umhang fast wie ein Gott, hier auf dem Kamm der ersten Hügelkette, unterwegs zu den höheren Gipfeln. Bald schon würden sich ihre Wege trennen, auf dem Pass, der ins Vorgebirge führte – und dann würde er aus ihrem Leben verschwunden sein.

Ein Dröhnen hallte durch die Zahnfelsen und ließ sie erzittern. Es brach sich an den Gipfeln, hallte über das weite Marschland und erschreckte die Natur, die sich noch nicht gänzlich vor dem Winter verkrochen hatte. Der Lärm war unverkennbar.

»Grunthor!« Rhapsody wirbelte herum, und suchte nach dem Ursprung des Schreis, geblendet vom grellen Morgenlicht.

Ashe legte die Hände über die Augen und ließ den Blick über das Panorama der im hellen Sonnenschein liegenden Gipfel gleiten. Dann deutete er auf einen Pass auf den Wächtergipfeln, zu den Baracken der Bergwache.

»Dort«, sagte er.

Auch Rhapsody legte die Hand an die Stirn. Aus der Höhlentür, die in die Barackenhalle führte, quollen Gestalten hervor, wie Asche aus einem ausbrechenden Vulkan. Die Bolg-Soldaten beeilten sich, den Korridor zu evakuieren, und suchten Schutz hinter jedem Felsbrocken, der ihnen Deckung gewährte. Rhapsody schüttelte den Kopf.

»Bestimmt hat Grunthor mal wieder Albträume«, sagte sie, während sie zusah, wie die Bolg auseinander stoben.

Einen Augenblick später fand sie ihre Vermutung bestätigt. Eine wesentlich größere Gestalt, die vor den mächtigen Gipfeln dennoch geradezu zwergenhaft wirkte, trat aus der Öffnung. Selbst aus der Entfernung war ihr die Aufregung anzumerken.

Rhapsody wartete den nächsten Windstoß ab, von dem sie sicher sein konnte, dass er ihre Stimme zum obersten Gipfel hinauftragen würde. »Hier, Grunthor!«, rief sie dann in den Wind hinein. Einen Augenblick später hielt die Gestalt inne, spähte zu ihr herüber und begann dann wie wild zu winken. Rhapsody winkte zurück.

»Entschuldige«, sagte sie zu Ashe, der sich auf seinen Wanderstock stützte, das Gesicht wieder unter der Kapuze seines Nebelumhangs verborgen. »Ich muss zu Grunthor.« Sie strich mit der Hand über seinen Arm.

Ashe nickte. Falls er sich ärgerte, verbarg der Umhang jedes Anzeichen davon. »Selbstverständlich«, antwortete er nur und verlagerte sein Gewicht. »Ich warte.«

Noch einmal berührte Rhapsody seinen Arm, dann rannte sie zu dem Felsvorsprung auf halbem Weg zum Gipfel. Unterwegs sah sie schon, wie sich die Soldaten, mit dem Rücken an die Felswand gepresst, verstohlen in den Barackengang zurückzogen, sobald sie Grunthor in sicherer Entfernung wussten.

»Bei allen Göttern, was ist denn los? Du siehst ja furchtbar aus.«

Der Sergeant wirkte zerzaust, und seine Augen funkelten. »Wir müssen da runter, Gräfin. Sie braucht uns.«

»Die Großmutter? Oder das Kind? Woher weißt du es?«

Der Firbolg-Riese beugte sich keuchend vor und legte die Hände auf die Knie. »Das Erdenkind. Ich weiß nich genau, woher ich das weiß, aber ich weiß es. Und so, wie's ihr geht, kann ich es mehr als gut verstehn. Du musst noch mal für sie singen, Hoheit. Sie hat schrecklich Angst.«

»In Ordnung, Grunthor«, erwiderte Rhapsody beschwichtigend. »Ich komme mit dir. Ich muss mich nur zuerst noch von Ashe verabschieden, er verlässt uns nämlich.«

Grunthor betrachtete sie durchdringend. »Endgültig?«

»Ja.«

Der forschende Blick wurde weicher und voller Mitgefühl. »Alles in Ordnung, Gräfin?«

Rhapsody lächelte. Sie dachte daran, wie er diesen Ausdruck zum ersten Mal gebraucht hatte, das erste von vielen, vielen Malen. Es war im Tunnel an der Wurzel gewesen, als er sich vergewissert hatte, dass sie nicht in die endlose Finsternis gestürzt war. Jedes Mal hatte sie seine Frage, ob alles in Ordnung sei, bejaht, obwohl es nur teilweise stimmte – ganz gleich, ob sie wieder in Sicherheit war oder nicht, es würde nie wieder ›alles in Ordnung‹ sein. Eine traurige Ironie des Schicksals, dass sie es ausgerechnet jetzt wieder hörte.

»Es wird schon wieder«, antwortete sie schlicht. »Weck Achmed und hol meine Rüstung. Ich treffe dich dann draußen auf der Heide.«

Grunthor nickte, klopfte ihr auf die Schulter und machte sich auf den Rückweg zum Kessel. Rhapsody blickte ihm nach und kehrte dann zu Ashe zurück.

Er stand noch da, wo sie ihn verlassen hatte, auf seinen Wanderstock gelehnt.

»Alles in Ordnung?«, fragte auch er.

Rhapsody legte die Hand über die Augen und blickte in die Dunkelheit seiner Kapuze empor. Der Anblick schnitt ihr ins Herz, aber sie schluckte den Schmerz hinunter und hoffte, dass er, wenn sie ihn das nächste Mal sah – wahrscheinlich im Großen Gerichtshof, bei seiner Krönung – endlich in der Lage sein würde, mit unverhülltem Gesicht, der Sonne zugewandt und vor den Augen aller Menschen furchtlos dahinzuschreiten.

»Mein jüngstes Enkelkind braucht meine Hilfe«, erklärte sie. »Ich werde mich um sie kümmern, sobald sich unsere Wege am Fuß des Vorgebirges trennen. Komm, lass uns aufbrechen.«

55

Achmed war fest davon ausgegangen, dass Rhapsody sich nicht rechtzeitig von Ashe losreißen würde, und hatte sich deshalb Zeit gelassen, auf die Heide zu kommen. Als er jedoch die letzte Anhöhe überquert hatte, fand er dort zwei Gestalten vor, eine riesig, die andere klein und zierlich, die beide schon auf ihn warteten. Achmed fluchte. In ihrer Unberechenbarkeit war Rhapsody schon fast wieder berechenbar.

»Dann ist er also weg?«, wollte er wissen, während er Grunthor den morgendlichen Bericht der Nachtpatrouille in die Hand drückte. Rhapsody nickte nur. »Gut.«

Grunthor warf ihm einen bösen Blick zu und legte die Hand auf Rhapsodys Schulter. »Wann kommt er denn zurück, Schätzchen?«

»Gar nicht«, antwortete sie kurz. »Vielleicht sehe ich ihn bei der königlichen Hochzeit in Bethania wieder, aber vermutlich wird das dann das letzte Mal sein. Er ist unterwegs, sein Schicksal zu erfüllen.« Sie blickte zurück in die Sonne, die jetzt über den Gipfel des Grivven stieg. »Lasst uns aufbrechen, damit wir auch das unsere in Angriff nehmen können.«

Der Tunnel des Loritoriums hallte unter ihren Schritten und der Erinnerung an ihre eigenen Stimmen.

Ist sie immer noch da, Herr?

Verdammt, Jo, ich binde dich gleich an einen Stalagmiten, da kannst du warten, bis wir zurückkommen.

Ich möchte mit euch kommen. Bitte.

Achmed schloss die Augen, der Kopf war ihm schwer vom Gewicht der Erinnerungen.

Die Fackel in Grunthors Hand flackerte unruhig, eine blasse Kerze im Vergleich zu der lodernden Flamme, die beim ersten Mal ihren Weg zu der versteckten Zauberkammer beleuchtet hatte. Achmed fragte sich, ob die schwache Flamme ein Zeichen dafür war, dass sich das konzentrierte Wissen in der abgestandenen Luft verflüchtigte, während der Wind aus der Welt oben durch die uralten Gänge blies. Vielleicht aber war es auch eher ein Zeichen dafür, dass das Feuer in Rhapsodys Seele ein wenig schwächer brannte.

Sie sagte nichts, sondern folgte ihnen schweigend in den Bauch des Berges, das Gesicht verhärmt und gespenstisch weiß im blassen Fackellicht. Den ganzen Weg durch den Tunnel zum Loritorium sagte sie kein Wort, ganz anders als auf ihren gemeinsamen Reisen über Land oder entlang der Wurzel, wo sie und Grunthor sich die Zeit mit Liedern oder gepfiffenen Melodien vertrieben hatten. Die Stille war geradezu ohrenbetäubend.

Nachdem sie etwa tausend Schritte zurückgelegt hatten, hörte Achmed ein langsames, stockendes Einatmen und wusste plötzlich, dass auch Rhapsody Stimmen im hallenden Tunnel hörte.

Wollt Ihr mir sagen, dass der Herrscher von Roland eine Zivilistin ohne den Schutz der bewaffneten wöchentlichen Karawane nach Ylorc geschickt hat?

Die Zeiten sind gefährlich, nicht nur in Ylorc, sondern überall.

Ich erfülle nur den Auftrag meines Gebieters, Herrin.

Prudence, Ihr müsst heute Nacht hier bleiben. Bitte. Ich fürchte um Eure Sicherheit, wenn Ihr jetzt geht.

Nein. Es tut mir Leid, aber ich muss umgehend nach Bethania zurück.

Gespenster, dachte Achmed. *Überall Gespenster.*

Schließlich wurde der Tunnel breiter und bildete den Eingang zur Marmorstadt. Die Flamme aus dem Feuerbrunnen brannte stetig und warf lange Schatten in das leere Loritorium.

»Hier scheint alles in Ordnung zu sein«, meinte Achmed, während er den Feuerbrunnen untersuchte. »Ich spüre keine ungewöhnlichen Schwingungen.«

So verließen sie das Loritorium und wanderten den Gang hinunter zur Kammer des Schlafenden Kindes.

Wie immer stand die Großmutter im Eingang.

»Ihr seid gekommen«, stellte sie fest, und all ihre Stimmen zitterten. »Es geht ihr schlechter.«

Aus der Kammer drang ein Stöhnen. Sie eilten durch die riesige Tür aus rußbeschmiertem Eisen in die Kammer hinein.

Auf dem Katafalk wälzte sich das Erdenkind und murmelte frenetisch vor sich hin. Rhapsody lief zu ihr, flüsterte tröstende Worte, versuchte das Mädchen zu beruhigen, aber es reagierte nicht.

Auf einmal packte Achmed Rhapsody so heftig am Arm, dass sie vor Schmerz zusammenzuckte. Als sie aufblickte, bedeutete er ihr, Grunthor anzusehen.

Der Riese stand neben dem Katafalk, und im schwachen Licht war seine dunkle Haut aschfahl geworden. Auf seinem breiten Gesicht standen Schweißperlen.

»Da kommt etwas«, flüsterte er. »Etwas ...« Die Worte blieben ihm im Halse stecken, und er schnappte hörbar nach Luft.

»Grunthor?«

Der Riese zitterte und griff nach seinen Waffen.

»Die Erde«, flüsterte die Großmutter. »Die Erde schreit. Grüner Tod. Schmutziger Tod.«

Wie als Spiegelbild des Firbolg-Riesen begann der Boden um sie herum zu beben. Felsbrocken und Granit brachen von Wänden und Decke, Staub rieselte herab und färbte die Luft schwarz.

»Was ist das? Ein Erdbeben?«, rief Rhapsody Grunthor zu. Mit grimmigem Gesicht senkte der Sergeant Schwert und Spieß. Er hatte kaum Zeit, den Kopf zu schütteln.

Um sie herum war leises Knallen und Knacken zu hören, wie von nassem Holz im Feuer, und plötzlich wuchsen aus dem Boden, aus der Decke und aus den Wänden tausende winziger Wurzeln; schwarz und dornig lugten sie aus der Erde wie neue Frühlingsschösslinge. Innerhalb weniger Augenblicke waren sie zur Größe von Dolchen herangewachsen, die drohend in die Luft schlugen. Inzwischen hatte Achmed die Höhle durchquert und war kaum eine Armlänge von Rhapsody entfernt. Sie unterdrückte einen Entsetzensschrei, als die Wurzeln zu zischen begannen, und hielt die Hände schützend über den Kopf des Schlafenden Kindes.

Dann explodierte die Welt.

Aus jeder von Erde bedeckten Stelle brachen riesenhafte Schlingpflanzen hervor, jede so dick wie eine alte Eiche, zerrissen die Luft und zerschmetterten die Felswände. Der Boden unter ihren Füßen buckelte und bäumte sich auf, zerschellte unter der Wand dorniger Leiber, während noch größere Wurzeln aus der Erde schossen, die Gefährten umringten und sie herumstießen wie Glasmurmeln.

Eine Wolke widerlichen Gestanks wallte auf, dass es ihnen den Atem verschlug. Der Geruch war unverkennbar.

F'dor.

Achmed schlug die Arme über den Kopf, als ihn ein großer herunterfallender Gesteinsbrocken traf, von ihm abprallte und Schockwellen durch seine Schultern und seinen ganzen Körper sandte. Er spürte den Herzschlag seiner Freunde in wildem Crescendo rasen, wie Hagel auf seiner Haut. Rhapsody war in dem Tumult der Erdaufwerfungen und peitschenden Ranken ganz aus seinem Gesichtskreis verschwunden. In der Hoffnung, dass sie ihn noch hören konnte, schrie er: »Raus hier!« und versuchte, seine Lungen vom Staub frei zu husten.

Als Antwort tauchte mitten in dem herabstürzenden Schutt ein vibrierendes Licht auf, das durch die alles verhüllenden schwarzen Aschewolken schimmerte. Ein metallischer Klang wie von einer Fanfare begleitete dieses Licht, und Achmed spürte ein elektrisches Prickeln, das ihm durch Mark und Bein ging. Die züngelnden Flammen schwebten einen Augenblick regungslos in der Luft und begannen dann einen wilden, schwirrenden Tanz, während das Schwert auf die sich windenden Ranken einhieb und Lichtstrahlen in der Dunkelheit der zerberstenden Kammer verschickte. Die Iliachenva'ar hielt ihre Stellung und schlug zurück.

Ein ohrenbetäubendes Brüllen brandete neben Achmed auf. Als er sich umwandte, sah er gerade noch, wie ein riesiger Fangarm Grunthors Fuß erwischte, ihn von dem Felsbrocken, auf den er gefallen war, wegzerrte und mit dem Kopf nach unten in die rauchige Luft riss. Blitzschnell schlangen sich Dutzende Peitschenranken um seinen Hals und seine Gliedmaßen und zogen sich dann gleichzeitig und mit entsetzlicher Kraft zusammen. Wieder brüllte Grunthor auf, mehr vor Wut denn vor Schmerz, aber schließlich erstickten die Schlingen seine Schreie.

Mit einer einzigen Bewegung beider Handgelenke zückte Achmed den Dolch, stürzte zu der Stelle, wo der Riese hing, und stach weit ausholend auf die sich windenden Tentakeln ein. Blitzschnell griff er nach einer von Grunthors Waffen, die umgekehrt in der Scheide baumelten, und machte sich beidhändig an der würgenden Ranke zu schaffen. Als Erstes nahm er sich die Schlingen vor, welche die Handgelenke des Riesen umschlossen, und hatte gerade eines befreit, als ein dicker, klauenartiger Seitentrieb vorschnellte, Achmed gegen einen Erdhaufen schleuderte und unter sich festnagelte.

Achmed atmete flach, um den Schmerz in den Rippen weniger zu spüren. In einiger Entfernung hörte er noch immer das Klirren der Tagessternfanfare, das Zischen und Kreischen der Ranken, wenn Rhapsody sie durchtrennte und ihre Enden versengte. Ihr Herzschlag war neben dem donnernden Pochen, das von Grunthor ausging, bemerkenswert langsam und konzentriert. Dem Klang nach hatte der Sergeant sich inzwischen befreit und hackte jetzt auf die Ranke ein, die Achmed gefangen hielt. Einen Augenblick später riss das riesenhafte Ding denn auch tatsächlich in zwei Teile, und der Bolg-Riese zerrte Achmed aus dem Morast anderer glitschiger Wurzeln, die sich unter ihm schlängelten, zischten und wie Schlangen nach seinen Fersen züngelten.

»*Hrekin*«, fluchte der Sergeant und rang heftig nach Atem. Es war das Letzte, was Achmed von ihm hörte, ehe der Boden unter seinen Füßen sich abermals aufbäumte und ihn dorthin zurückwarf, wo einst der Eingang der Kammer gewesen und jetzt nichts weiter als eine bröckelnde Ruine war.

Der Dolch wurde Achmed aus der Hand gerissen und fiel zu Boden; in dem Getöse um ihn herum konnte er nicht hören, wo er landete. Die kalte, brandige Hand der Angst packte seine Eingeweide, als ihm klar wurde, dass es unmöglich war, der monströsen Wurzel zu entfliehen, dieser Dämonenranke, welche die Kammer des Schlafenden Kindes zu verschlingen drohte. Der Katafalk des Erdenkinds war verschwunden, schon in den ersten Augenblicken des Angriffs in die Luft gesprengt. Es bestand kaum ein Zweifel, dass der Körper des Mädchens unter dem Schuttberg begraben lag, oder - noch schlimmer - von den Tentakeln der Schlangenranke gefesselt in die Fänge des F'dor gezerrt wurde, genau wie Jo. Achmed schmeckte den eigenen Tod auf der Zunge.

Eiskalte Wellen der Furcht schlugen über ihm zusammen. Nicht den Tod als solchen fürchtete er, sondern die Hände, die ihn bescherten. Er hatte sich an die Freiheit gewöhnt, die nun seit jenem schwülen Tag in den Gassen von Ostend sein Eigen gewesen war, damals in einem anderen Leben, als Rhapsody seinen Namen geändert und ihn von der unsichtbaren Fessel der Dämonensklaverei befreit hatte. Inzwischen hatte er fast wieder gelernt, unbeschwert zu atmen, daran zu glauben, dass sein Leben, seine Seele wieder ganz ihm allein gehörten. Doch nun nahte der Tod und würde ihn zurückholen in die Eisenklaue des Dämons.

Und was noch schlimmer war: Seinen Freunden stand das gleiche Schicksal bevor.

Plötzlich drang ein leises Pfeifen wie von Wind in seine Ohren und erweiterte sich einen Augenblick später in vier verschiedene Noten, die in einem einzigen Atemzug gehalten wurden. Der Ritualgesang hallte in seinem Kopf wider und vibrierte in seinem dhrakischen Blut. Durch den Tumult hindurch sah er die Großmutter nicht, aber er hörte sie klar und deutlich, die fünfte Note des Bannrituals, die wie ein Messer durch den Lärm schnitt.

Als das rituelle Klicken sich zu der monotonen Melodie gesellte, pulsierte der brodelnde See von Wurzeln und Ranken im selben Rhythmus und erstarrte dann unvermittelt. Einen Augenblick lang nahm Achmed alle Geräusche um ihn herum sehr deutlich wahr – das Pochen des Rankennetzes, das jetzt die gesamte Höhle füllte und Achmed mit seinen gigantischen Ausmaßen zu einem Zwerg reduzierte, das klingende Summen der Tagessternfanfare, die in der Finsternis außerhalb seiner Reichweite funkelte, das Zischen und Knurren der tausend schlangenartigen Fangarme ganz in seiner Nähe, die jederzeit zuzuschlagen drohten; dazu Rhapsodys flackernder Herzschlag und der rituelle Rhythmus, der Puls der Großmutter.

Aber Grunthors Herz war nicht darunter.

»Achmed!« Rhapsodys Stimme war kaum hörbar, Qualm stieg von der Stelle auf, woher sie kam. So schnell er konnte, drängte sich Achmed an einem Wirrwarr züngelnder Ranken vorbei, ohne auf ihre Angriffsversuche zu achten, und arbeitete sich immer weiter zu Rhapsody durch, dem Klang ihres Herzschlags folgend.

Zwischen zwei große Erdplatten eingeklemmt, fand er sie, wie sie das Ende eines gigantischen Fangarms mit Hilfe der Tagessternfanfare versengte. Der Ausläufer der Dämonenranke ächzte und verglühte im ätherischen Feuer. Rhapsodys Blick begegnete dem seinen, und ihre Augen brannten mit der gleichen Heftigkeit wie ihr Schwert.

»Elementares Feuer tötet sie ab«, erklärte sie leise, als er nahe genug war, dass er sie verstehen konnte. »Höre ich da etwa das Bannritual?«

Achmed nickte und zuckte zusammen, weil ein stechender Schmerz seinen Kopf durchzuckte. »Die Ranke ist ein Ausläufer des Dämons, ein Gebilde, wie es auch der Rakshas war«, antwortete er, während er dem sehnigen Fleisch der Ranke auswich. »Dein Schwert kann die dämonische Essenz vielleicht für den Augenblick stauen, aber es kann die Wurzel nicht töten; sie ist viel zu stark.«

»Vingka jai«, sagte Rhapsody zu der Flamme, die am Ende der Wurzel glomm. *Brenne und breite dich aus*. Das Feuer lo-

derte auf in gerechtem Zorn, und die Ranke kreischte vor Wut und Schmerz.

»Jetzt aber raus hier«, befahl Achmed und gestikulierte zu dem Ausgang, wo das Loritorium gewesen war. »Ich weiß nicht, wie lange die Tagessternfanfare es noch aufhalten kann.«

»Aber wo ist Grunthor? Und das Kind?«

Achmed schüttelte den Kopf. »Raus hier, und zwar *sofort*«, kommandierte er.

»Wo sind sie?«

»Ich weiß es nicht!«, fauchte er. Der Verlust von Grunthor und der Gedanke, dass die Schlüssel, welche den Kerker öffnen konnten, sich womöglich auf dem Weg in die Tiefen der Erde befanden, war mehr, als er im Moment verkraften konnte. Um nicht den Verstand zu verlieren, konzentrierte er sich ausschließlich darauf, Rhapsody aus den Ruinen der Kolonie herauszuführen, ehe diese endgültig einstürzte. Verschwommen überlegte er noch, ob er ihr damit wohl einen Gefallen tat, wenn man bedachte, was ihr bevorstand. »Verdammt! Raus hier, solange du noch kannst!«

Doch sie hörte noch immer nicht auf ihn. Stattdessen starrte sie in die Trümmer der Höhle, mit staunend aufgerissenem Mund. Achmed drehte sich um und folgte ihrem Blick.

Dort, umwallt von dicken Wolken aus Asche und Staub, sah er das Schlafende Kind. Mit geschlossenen Augen stand das Mädchen da, aufrecht, und ihre Füße verschmolzen mit dem Schutt auf dem Boden der Kolonie. Die Tagesternfanfare, die jetzt unbeweglich in Rhapsodys Hand glomm, warf kleine Wellen von Licht über sie, über ihre glatten Gesichtszüge, das schimmernde Grau ihrer Haut. Im Feuerschein schien sie riesig, größer als sie liegend gewirkt hatte, und ihr langer Schatten tanzte über die zerstörten Höhlenwände.

»Nein«, flüsterte Rhapsody erstickt. »Nein, bitte. Schlaf weiter, Kleines.«

Langsam hob das Mädchen erst den einen, dann den anderen Fuß vom Boden und machte einen Schritt nach vorn.

Die Schlafwandlerin.

»Bitte«, flüsterte Rhapsody wieder. »Bitte nicht, Kleines, die Zeit ist noch nicht reif. Schlaf weiter.«

Doch das Erdenkind achtete nicht auf sie. Schwerfällig kletterte es über die Steinhaufen, glitt zwischen den Felsen hindurch, als watete es durch knöcheltiefes Wasser, die Augen weiterhin fest geschlossen. Seitenarme der Ranke peitschten kraftlos nach dem Mädchen, geschwächt von dem Bann, den die seltsame insektenartige Musik der Großmutter auf sie ausübte.

Achmed streckte Rhapsody die Hand entgegen. »Komm«, sagte er. Unwillkürlich gehorchte sie und folgte ihm über die Steinbrocken, die einstmals die Decke der Höhle gebildet hatten.

So folgten sie dem Erdenkind, das sich unbeirrt einen Weg durch all den Schutt bahnte. Als sie an den dicken Fangarmen vorüberkamen, begann die Dämonenranke zu zittern, sodass von den zerstörten Wänden und der bröckelnden Decke noch mehr Staub und Schutt herabstürzten. Rhapsody hustete, während Achmed sie über einen Erdhaufen und unter einem riesigen, zischenden Rankenarm hindurchschleppte. Winzige Tentakel züngelten in der Dunkelheit und wurden von der Macht des Bannrituals zurückgerissen. In ohnmächtiger Wut fauchten und spuckten die Wurzeln.

Als Rhapsody sie hörte, wurden ihre Augen plötzlich schmal, denn sie erinnerte sich voller Hass daran, wie Jo gestorben war. Kurz entschlossen ließ sie Achmeds Hand los, holte mit dem Schwert so schnell aus, dass er ihr nicht mit den Augen folgen konnte, und trennte die widerlichen Fangarme mit einem mächtigen Schlag ab. Die Ranke kreischte und erschauderte, die kleinen Triebe fingen Feuer und verbrannten auf dem Boden zu Asche.

»Nicht jetzt!«, zischte Achmed. »Hör zu.«

Das Ritual wurde schwächer. Das ferne Echo der Stimme der Großmutter war dünner und kratziger geworden, denn allmählich forderte die Anstrengung ihren Tribut.

»Sie ist mit ihrer Kraft am Ende«, sagte Achmed, zog Rhapsody unter der bebenden Wurzel hervor und weiter den Tunnel hinauf. »Wir müssen ins Loritorium.«

»Aber Grunthor ...«

»Komm«, beharrte Achmed. Auch ihm fiel es furchtbar schwer, den Gedanken aus seinem Kopf zu verbannen. Der Herzschlag der Großmutter wurde immer schwächer, und die Wirkung des Rituals ließ nur allzu deutlich nach. Bald würde das alte Herz am Ende sein. Wenn es versagte, ehe sie ins Loritorium gelangten, hatten sie ihre letzte Gelegenheit auf eine Flucht verspielt.

Nicht nur sie wären dann verloren, sondern auch der Rest der Welt, denn die Gefangenen des uralten Kerkers tief im Innern der Erde waren auf dem besten Wege zu entkommen.

Ein schreckliches Krachen und Rumpeln hallte durch den Gang vor ihnen, Felsbrocken stürzten herab, und ein dicker Staubnebel wallte auf. Instinktiv bedeckten sie Kopf und Augen. Als der Lärm nachließ, blickten sie gleichzeitig auf und wedelten mit den Armen den grauen Staub weg. Achmed nickte, und sie eilten weiter, nur um gleich wieder stehen zu bleiben.

Eine Mauer aus Felsbrocken blockierte den Durchgang. Verzweifelt betastete Achmed das Hindernis mit den Händen und deutete dann zur Seite. Zwischen den schweren Steinbrocken war eine winzige Öffnung – die einzige Lücke.

Rasch steckte Rhapsody ihr Schwert in die Scheide und kroch, bitteren Staub einatmend, in das Loch. Die scharfen Kanten der Basaltsplitter zerrissen ihre Hose und schnitten ihre Hände auf, während sie sich auf die andere Seite hindurchschlängelte und dann sofort damit begann, so viele Trümmer wie möglich wegzuräumen.

Einen Augenblick später erschien Achmeds Kopf in der Lücke, das Gesicht schmerzverzerrt. Seine Schultern blieben stecken, während er sich durch die schmale Öffnung quälte, und nur mit größter Anstrengung rutschte er wieder zurück und versuchte es erneut, indem er zuerst einen Arm durchstreckte. Rhapsody packte seine Hand und zog, den Fuß fest gegen die Mauer gestemmt. Sie konnte das Krachen von Knochen in seiner Hand spüren und schauderte.

»Fester«, murmelte Achmed, das Gesicht in den Schutt der Tür gedrückt.

»Deine Rippen ...«

»Zieh *fester*«, knurrte er. Also biss Rhapsody die Zähne zusammen, brachte ihren Fuß erneut in Stellung und zog mit aller Kraft. Ein unangenehmer Ruck ging durch ihre Hände, und sie hörte ein scharfes Einatmen, als Achmed einen Schmerzensschrei unterdrückte. Doch immerhin waren jetzt sein Kopf und seine Schultern befreit. Rhapsody legte die Hände unter seine Achseln und zerrte, bis sie seinen Oberkörper herausgezogen hatte, den Rücken von blutigen Schürfwunden bedeckt. Einen Augenblick später hatte er es ganz geschafft, und während er seine gebrochenen Rippen umklammerte, half sie ihm beim Aufstehen. Rasch nickten sie sich zu, wandten sich um und rannten weiter den Gang entlang.

Sie kletterten über einen Haufen Granit, der einst den großen Torbogen gebildet hatte; jetzt legten die zerbrochenen Worte auf dem Boden ein stummes Zeugnis ihrer Weisheit ab. Das Schlafende Kind war nicht mehr zu sehen. Auf der Spitze des Haufens rutschte Achmed aus und geriet mit dem Fuß in eine Spalte. Rhapsody zog ihn heraus und folgte ihm über den Hügel.

Vor ihnen gähnte der Tunnel zum Loritorium.

»Kannst du das Erdenkind sehen?«, japste Rhapsody. Achmed schüttelte den Kopf, rannte den Schuttberg hinunter und weiter den Gang entlang, bis sie den glatten Marmorboden des Loritoriums erreichten.

Die Flamme der Feuerquelle wand sich hell in ihrem Brunnen und warf grimmige Schatten über die Gassen und stillen Gebäude. Rhapsody lief zum zentralen Platz, wo sich die Truhen mit den Elementen befanden; dann blieb sie stehen und atmete erleichtert auf. Hier stand das Schlafende Kind, ganz in der Nähe des Altars aus Lebendigem Gestein, die Augen immer noch geschlossen. Die Schlafwandlerin.

Rhapsody verlangsamte ihren Schritt und ging so leise sie konnte auf die große Gestalt zu, sorgfältig darauf bedacht, sie nicht zu erschrecken. Das Erdenkind strich mit den Händen über den Altar, wandte sich dann langsam um, setzte sich auf die Steinplatte und legte sich nieder. Die Arme über dem

Bauch gekreuzt, nahm es wieder die Position ein, in der es auf dem Katafalk geruht hatte. Die Schatten des Feuerscheins zogen über das Gesicht, das sich entspannte und ganz friedlich wurde. Es stieß einen tiefen Seufzer aus.

Dann beobachtete Rhapsody staunend, wie der Körper des Schlafenden Kindes flüssig zu werden und sich auszudehnen schien. Brust und Kopf schimmerten und leuchteten in einem eigenen Licht. Das Fleisch des langen, steingrauen Körpers, der im flackernden Licht des Feuerbrunnens glänzte, reckte sich in einem absurden Tanz, drehte sich hypnotisch, grotesk in Erdfarben, wie sie Rhapsody noch nie so schön gesehen hatte – feinste Schattierungen von Zinnoberrot und Grün, Braun und Purpur. *Wie Brotteig, der geknetet wird,* dachte sie, als der Bauch des Kindes länger wurde und sich dann nach oben dehnte. *Ätherischer Brotteig.*

Doch dann holte sie ein beißender Gestank jäh aus ihrer Versunkenheit in die Gegenwart zurück. Blitzschnell wandte sie sich von der Verwandlung des Erdenkindes ab und sah, wie Achmed sein Schwert durch die schmalen Kanäle des Straßenlampensystems im Loritorium zog, als triebe er eine Herde winziger Tiere durch die engen Gänge. Der Geruch brachte ihre Augen zum Tränen, ihre Nase lief, und Panik durchfuhr sie, als erkannte, was da so durchdringend roch.

Er hatte den Steindamm des Lampenöls geöffnet! Sie sah, wie es aus dem Reservoir sprudelte und sich in einem breiten Fluss vom Zentrum des Platzes zum Tunnel wälzte, der zur Kolonie führte, wie es die Straßen erfüllte und sich gefährlich dem Feuerbrunnen näherte.

»Himmel, was machst du?«, rief sie. »Geh da weg! Das Zeug fängt doch ganz leicht an zu brennen!«

Doch Achmed machte weiter und leitete die dicke Flüssigkeit durch die Kanäle zu der dem Tunnel nach Ylorc am nächsten liegenden Halbmauer.

»Genau darum geht es mir ja.« Er wandte sich um und starrte sie an, während er das dickflüssige Zeug von seinem Schwert schüttelte und die Waffe wieder in die Scheide steckte. »Wie sollen wir die Dämonenranke sonst töten? Du hast selbst gesagt, dass Feuer sie versengt. Das Gewächs zapft bereits die Kraft der Axis Mundi an, für den Fall, dass du das noch nicht bemerkt hast. Wenn wir sie nicht abschneiden, wenn wir sie hier nicht mit Stumpf und Stiel verbrennen, dann wird die Wurzel irgendwann bis hinunter zum *anderen* Schlafenden Kind reichen.« Er stopfte den Verschluss an seinen Platz zurück und sah Rhapsody wieder an. Seine nicht zusammenpassenden Augen funkelten gespenstisch im Feuerschein. »Zünd es an.«

»Das können wir noch nicht tun«, entgegnete Rhapsody, der auf einmal ganz kalt wurde. »Grunthor und die Großmutter sind noch da drin.«

Achmed deutete mit einem Kopfnicken hinter sie, und Rhapsody wirbelte herum. Der Körper des Schlafenden Kindes war grotesk angeschwollen und hatte jede Proportion verloren. Ein Oval aus Erdfleisch wurde größer, streckte sich vertikal und dann horizontal. Mit einer rollenden Bewegung wölbte es sich nach oben, als teilte es sich, und ging mächtig in die Höhe. Dann vollführte es eine letzte Drehung und löste sich schließlich vom Körper des Kindes, das jetzt, deutlich kleiner und regungslos, auf der Platte aus Lebendigem Gestein lag.

Das glühende Licht in dem nun abgetrennten Stück wurde schwächer und nahm die Farbe von Stein an, dann wurde es vor ihren Augen zu graugrüner Haut, ölig und ledern. Stück für Stück wurden seine Umrisse genauer und nahmen menschenähnliche Gestalt an, wo einen Augenblick zuvor nur formlose Masse gewesen war. Rhapsodys Augen weiteten sich vor Staunen.

»Grunthor!«

Der Riese atmete aus und stolperte nach vorn, fing sich aber, indem er sich am Altar aus Lebendigem Gestein festhielt. *»Hrekin«*, murmelte er schwach.

Rhapsody wollte auf ihren Freund zustürzen, aber ein schraubstockartiger Griff hielt sie am Arm fest. Sie blickte hinauf in die Augen des Firbolg-Königs, die mit einem Zorn brannten, der heißer war als die Flammen des Feuerbrunnens. Er deutete auf die Spur des Lampenöls, eine flüssige Zündschnur vom Feuerbrunnen in die dunkle Höhle der Kolonie.

»Es hätte keine Rolle gespielt, wenn er da drin gewesen wäre. Wir haben keine andere Wahl. Zünd es an.«

Rhapsody erschauderte angesichts der verzehrenden Wut in Achmeds Augen, dem Siegel des unauslöschlichen Hasses, den seine halb dhrakische Natur den F'dor und all ihren Dienern entgegenbrachte. Keine Liebe, keine Freundschaft, keine Vernunft konnten diesen Hass ins Wanken bringen oder gar auflösen. »Die Großmutter ist noch da drin«, wandte sie stockend ein. »Würdest du sie auch sterben lassen?«

Achmed starrte einen Moment auf sie herab, dann schloss er die Augen und ließ dem Pfadwissen, das er sich im Bauch der Erde angeeignet hatte, freien Lauf. Seine innere Sicht eilte durch die blassen Marmorstraßen, folgte der Flut des Lampenöls durch das Loch in dem Erddamm, unter dem sie durchgekrochen waren, über die zerbrochenen Mauern und zerschmetterten Steinplatten, die einst die letzte Kolonie seiner Rasse gebildet hatten. Seine Gedanken flogen über den eingestürzten Torbogen und seine zerborstene Inschrift, unter den sich mit neuer Kraft windenden Ranken und Wurzeln hindurch. Selbst hier, auf den Straßen des Loritoriums, spürte er, wie der Gestank des F'dor zunahm, sah den Lehm der Erde beben, als er sich bereit machte nachzugeben.

In den Ruinen der Kammer des Schlafenden Kindes hielt seine zweite Sicht inne. Dort sah er die Großmutter, umgeben von einem regelrechten Käfig aus zischenden, angriffsbereiten Fangarmen, ein Bein unter einem herabgestürzten Granitblock eingeklemmt. Ihre linke Hand war in die Höhe gereckt, zitternd vor Anstrengung, die rechte gegen den Stein gestemmt, der sie gefangen hielt. Bäche giftigen Lampenöls flossen über sie hinweg und füllten allmählich die Höhle.

Die Großmutter schien winzig klein inmitten der gigantischen Schlingpflanzen, die drohend über ihr schwebten, die stämmigen Seitenarme vor Wut angeschwollen, verirrt zwischen den Resten des Höhlenbodens. Die Wurzeln, überzogen von glänzendem Öl, fauchten und schlugen nach der Dhrakierin, kamen näher und näher, während die Kräfte der alten Frau immer mehr nachließen.

Gerade als sein Verstand das Grauen dieses Anblicks registrierte, wandte sich die Großmutter ihm zu, und ihr Blick begegnete seinem. Ein winziges Lächeln, das erste, das er je bei ihr gesehen hatte, breitete sich auf ihrem uralten Gesicht aus, das nach so vielen Jahrhunderten ernster Wachsamkeit voller Falten und Runzeln war. Sie nickte ihm zu, und mit letzter Kraft bot sie der Ranke, die den Bann zu brechen drohte, erneut die Stirn.

Achmed unterdrückte die urtümliche Wut, die in Gegenwart der ihm so tief verhassten Rasse der F'dor in seinem Blut brannte, und schluckte auch die Galle hinunter, die in seiner zugeschnürten Kehle aufgestiegen war, als die Vision langsam verschwand. Dann drückte er noch einmal Rhapsodys Arm.

»Zünd es an«, wiederholte er mit leiser, tödlicher Stimme.

Mit einem heftigen Ruck riss sich Rhapsody los. »Lass mich«, fauchte sie.

Ärgerlich wollte Achmed nach der Tagessternfanfare greifen. »Verdammt ...« Erschrocken wich er zurück, als sie mit einer blitzartigen Bewegung das Schwert zückte, über seine Handfläche strich und seine Haut versengte.

»Versuch nie wieder, mir dieses Schwert aus der Hand zu reißen, es sei denn, du bist bereit, dein eigenes zu ziehen«, schrie Rhapsody.

»Himmelskind?«

Die drei Gefährten erstarrten und sahen sich suchend im Loritorium um, woher die Stimme der Großmutter gekommen sein mochte. Das Klicken, der sandige Klang, den Rhapsody nur in einer einzigen anderen Stimme gehört hatte, war unverkennbar. Doch das eine Wort klang angestrengt und sehr leise.

Grunthor erkannte zuerst, woher die Stimme kam.

»Da drüben, Schätzchen«, rief er und deutete auf das Schlafende Kind.

Benommen trat Rhapsody an den Altar aus Lebendigem Gestein. Sie starrte auf die glatte graue Haut, das grobe braune Haar, das dem Hochgras in der Hitze des Sommers so ähnlich war. Zärtlich ließ sie die Hand über die Stirn des Kindes gleiten und wischte ihm die Schmutzreste vom Gesicht. Auf einmal spürte sie einen Kraftstrom, eine Schwingung, die vom Stein des Altars durch den Körper des Kindes drang, sich prickelnd auf ihrer Hand ausbreitete und direkt zu ihrem Herzen floss. Sie musste sich zwingen zu antworten.

»Ja, Großmutter?«

Die Stirn des Schlafenden Kindes legte sich vor Anstrengung in tiefe Falten, die Augen blieben geschlossen, die grasigen Wimpern waren nass von Tränen. Doch die Lippen formten die letzten Worte der Großmutter.

»Zünd es an.«

Die Stimme der uralten Dhrakierin war durch den Boden gedrungen, als hätte die Erde selbst der letzte Bote der standhaften Wächterin sein wollen. Sie war durch die Platte aus Lebendigem Gestein und das letzte noch lebende Kind der Erde gereist. Die Ironie trieb Rhapsody die Tränen in die Augen. Nie würde die Großmutter von den Lippen des Erdenkinds die weisen Worte hören, auf die sie ihr Leben lang gewartet hatte. Die einzigen Worte, welche das Schlafende Kind jemals sprechen würde, waren die der Großmutter selbst.

Rhapsody blickte zu ihren beiden Kameraden auf. Die Männer sahen, wie ihr trauriges Gesicht einen harten und entschlossenen Ausdruck annahm.

»Nun gut«, sagte sie. »Ich werde es tun. Macht, dass ihr hier wegkommt.«

56

Ohne ein weiteres Wort hob Grunthor das Schlafende Kind vom Altar aus Lebendigem Gestein in die Arme und machte eine Kopfbewegung zu dem Gang, der nach Ylorc führte. Dann rannten er und Achmed auch schon den Korridor hinauf.

Als Grunthor sicher war, dass Rhapsody ihn noch beobachten konnte, wandte er sich zur Seitenwand, hielt den Körper des Mädchens vor sich und trat in die Erde hinein. Der Granit glühte einen Augenblick, dann kühlte er ab und formte eine Felsöffnung. Achmed folgte Grunthor in den Bunker, den der Riese geschaffen hatte. Er lehnte sich zurück, gab Rhapsody ein Zeichen, und als er sie nicken sah, trat er wieder in die Nische. Grunthor versetzte der Wand einen heftigen Schubs, und der Fels, der weggerutscht war, um den Bunker zu bilden, glitt zurück an Ort und Stelle, sodass er ihr Versteck versiegelte.

Langsam drehte Rhapsody sich im Kreis, um noch einmal das Loritorium anzuschauen, wie es einst gewesen war. Die Pfützen mit den silbern schimmernden Erinnerungen funkelten wie Fackeln auf dem Boden und reflektierten das Licht der Flamme im Feuerbrunnen. Sie kämpfte gegen die Verzweiflung, die sie bei dem Gedanken überfiel, dass ein solch edler Traum, ein so verdienstvolles Vorhaben der Vernichtung anheim fallen sollte. Der Drang nach Gelehrsamkeit und die Suche nach Wissen starben auf dem Altar der Gier und des Machthungers.

Als sie sicher war, dass ihre Freunde und das Kind gut im Erdbunker aufgehoben waren und das Felssiegel sich an seinem Platz befand, zog sie die Tagessternfanfare und flüsterte dabei ein Gebet zu den unsichtbaren Sternen meilenweit über ihr, dass sie das Richtige tat.

In der mit uraltem Wissen geschwängerten Luft loderte die Flamme hoch auf und schmetterte ihren Fanfarenton. Ein silberner Blitz durchzuckte Rhapsody und die Höhle um sie herum; einen Augenblick lang war sie sicher, dass die Großmutter den melodischen Klang gehört und neuen Mut geschöpft hatte. Rhapsody schloss die Augen und konzentrierte sich, rief sich eine andere alte Frau ins Gedächtnis, eine Kriegerin wie die Großmutter, die allein und ohne Anerkennung für sich eingestanden war und versucht hatte, die Welt vor den F'dor zu beschützen.

Ich lebe schon viel länger, als meine Zeit währen sollte, und warte darauf, dass mich endlich jemand als Wächterin ablöst. Jetzt, da ich jemanden gefunden habe, an den ich mein Verwalteramt weitergeben kann, werde ich endlich zur Ruhe kommen und mit denen wiedervereint sein, die ich liebe. Nicht nur in dieser Welt gibt es Unsterblichkeit, Rhapsody.

Die Worte höchster Weisheit von den Lippen des Schlafenden Kindes.

Zünd es an.

Rhapsody kämpfte die Übelkeit nieder, die in ihr aufstieg. Es spielte keine Rolle, dass sie das tat, was die Großmutter ihr befohlen hatte, oder wie notwendig es sein mochte, was ihr bevorstand. Sie war dennoch diejenige, die der letzten Dhrakierin den Tod brachte. Sie würde die Großmutter bei lebendigem Leibe verbrennen. Und da war noch etwas anderes ... etwas, was mit Verbrennen zu tun hatte und irgendwo am Rande ihrer Erinnerung existierte. Doch sie kam nicht darauf – es kam ihr so vor, als wäre es aus ihrem Gedächtnis getilgt worden. Rhapsody schüttelte den Kopf, um den Gedanken zu vertreiben und sich auf ihr Schwert zu konzentrieren.

Tief in ihrem Innern fühlte sie eine Macht aufsteigen, etwas, das von ihren Händen, welche die Tagessternfanfare umklammerten, ausging und ihren Geist stärkte. Der Zweifel und die Traurigkeit über den bevorstehenden Tod der Großmutter lösten sich auf wie Tau unter den Strahlen der Morgensonne. Sie und das Schwert waren eins.

Das bist du, Rhapsody; ich wusste es von dem Augenblick an, als ich dich zum ersten Mal gesehen habe. Selbst wenn du nicht zu den Drei gehören würdest, glaube ich in meinem Herzen, dass du diejenige bist, die das vollbringen kann, die wahre Iliachenva'ar.

Rhapsody starrte in die leuchtende Flamme des Feuerbrunnens und lauschte ihrem Lied. Einst war sie durch das Feuer im Herzen der Erde gegangen, dasselbe Feuer, das auch den Ursprung dieser Flamme bildete. Das Feuer hatte sie unversehrt gelassen, es war in ihre Seele eingedrungen, bis es zu einem Teil ihrer selbst geworden war.

Zu dem größten Teil.

Auch jetzt würde es ihr nichts antun. Es wartete nur auf ihren Befehl.

Rhapsody richtete die Tagessternfanfare auf den Feuerbrunnen. In der flackernden Flamme konnte sie das Spiegelbild ihrer Augen erkennen, grün brennende Augen, die sich in die zahlreichen Farbschattierungen der Flammen einfügten.

Zünd es an.

»*Vingka jai*«, sagte sie mit dem tiefsten Wissen einer Benennerin. In ihrer Stimme schwang Autorität und füllte die Höhle des Loritoriums. *Brenne und breite dich aus.*

Ein Feuerball erhob sich, und sie konnte kaum die Augen offen halten.

Die züngelnden Flammen der Tagessternfanfare loderten auf in gerechtem Zorn, und vom Schwert zum Feuerbrunnen spannte sich ein funkelnder Feuerbogen. Als die Flamme des Schwerts mit dem Feuer der Erde zusammentraf, bildete sich ein Lichtstrahl, der heller war als alles, was Rhapsody bisher gesehen hatte, heller selbst als das Sternenfeuer bei Jos Begräbnis. Eine Mischung aus Feuer und Erde, aus dem Äther der Sterne und den reinsten Flammen des elementaren Feuers, so schoss der brennende Strahl aus dem Brunnen und entzündete die flüssige Zündschnur, die Achmed ausgelegt hatte, sodass eine wilde Flammenwand bis zum Deckengewölbe emporstieg.

Dann fing das Lampenöl mit einem mächtigen Brüllen Feuer. Als der gigantische Feuerball durch den Tunnel und in die Ruinen der Kolonie schoss, erfüllte er den gesamten Raum, sandte flüssige Hitze und gleißendes Licht in jede Ritze, breitete sich aus, bis er auch die hintersten Winkel der Höhlen und Tunnel erreichte. Er brauste über Rhapsody hinweg und erfüllte sie mit elementarer Wärme und Freude. Sie vernahm das Lied des Feuers im Herzen der Erde, ein Lied, das sie in sich trug, seit sie es das erste Mal vernommen hatte. Ihr war, als würde sie abermals wiedergeboren, gereinigt von Schmerz und Kummer, die sie so lange mit sich herumgetragen hatte.

Aus dem Inneren der ehemaligen Kolonie drang ein scheußliches Kreischen und Brüllen, Schreie von dämonischer Kraft, die durch das Loritorium hallten und seine von Flammen versengten Wände zum Erbeben brachten. Rhapsody umfasste ihr Schwert fester und konzentrierte sich mit aller Kraft darauf, das Feuer durch die zerstörten Gänge zu leiten und sich vorzustellen, wie die verschlungene Ranke zu Asche verbrannte.

»Cerant ori sylviat«, befahl Rhapsody. *Brenne, bis alles verzehrt ist.* Die Heftigkeit der Flammen nahm in der Ferne noch zu und verstärkte das Ächzen der gigantischen Schlangenranke zu einem ohrenbetäubenden Heulen.

Mitten im Brausen des Feuers begann Rhapsody das Lirin-Lied des Übergangs zu singen, ein Klagelied für die Großmutter. Obgleich die Dhrakierin ihr ganzes Leben unter der Erde verbracht hatte, stammte sie auch von den Kith ab, dem Volk des Windes. Vielleicht würde der Wind ihre Asche erfassen und sie über die wilde Welt tanzen lassen, jenen Ort, den sie nie von oben gesehen hatte. Das Lied durchdrang das Getöse und mischte sich harmonisch in das Brausen der Flammen.

Und dann wurden die Flammen plötzlich schwach und verloschen; mit sich nahmen sie auch die letzten Reste von Luft aus der Höhle. Eine hohle Stille donnerte durch das Loritorium und verklang schließlich zu einem gespenstischen Zischen. Rhapsody fiel auf die Knie und rang in dem leblosen Rauch nach Atem.

Wer heilt, wird auch töten.

Auf einmal überwältigte sie die volle Bedeutung dessen, was sie der Großmutter angetan hatte; sie fing an zu würgen und übergab sich.

Grunthor und Achmed hielten sich die Augen zu, legten die Arme schützend über den Kopf und stellten sich vor das Schlafende Kind, als der Rückschlag der Flammen den Tunnel entlang und an ihrem Bunker vorbeirollte. Selbst durch die Felswand hindurch spürten sie die sengende Hitze, und ihre Kleider wurden warm. Ihre Blicke trafen sich. Achmed lächelte ein wenig, als er in Grunthors Augen das Glimmen der Angst erkannte.

»Sie wird es überstehen.«

Grunthor nickte. Sie warteten, bis der Lärm nachließ, und lauschten.

»Noch ein bisschen«, meinte Achmed. »Gleich wird sie kommen.«

»Was macht dich da so sicher?«, wollte Grunthor wissen.

Achmed lehnte sich zurück an die Felswand. »Ich habe ihr ein paar von ihren Tricks abgeschaut. Glaub daran, dass das eintritt, was du dir wünschst, vertraue darauf, dass es so kommen wird, und irgendwie, wie durch ein Wunder, passiert es – wenigstens bei ihr. Es hat funktioniert, als ich sie ins Leben zurückgesungen habe. Es wird auch jetzt klappen.«

Unsicher nickte Grunthor und wandte sich dem Erdenkind zu. Im Dunkeln lag das Mädchen in seinen Armen; zum ersten Mal seit langem schlief sie ganz ruhig und so tief, dass er kaum erkennen konnte, ob sie überhaupt noch atmete. Schweigend und fasziniert sah er den sanften Bewegungen zu, mit denen sich ihre Brust hob und senkte.

Einen flüchtigen Augenblick lang hatten sie sich einen Körper geteilt, das Erdenkind und er. Bei dieser Begegnung hatte er viele Geheimnisse der Erde erfahren, obgleich er keines davon hätte in Worte fassen können. Es war fast etwas Heiliges an dem Gefühl, das pochende Herz der Welt in sich gespürt zu haben, ein unübertreffliches Schwingen, das er jetzt, wo es nicht mehr da war, heftig vermisste.

Er starrte ins Gesicht des Erdenkindes, grob und ungeschlacht wie sein eigenes und dennoch seltsam glatt und schön, sichtbar für ihn auch ohne Licht. Er wusste, dass stumme Tränen in schlammigen Bächlein über ihre blanken Wangen rannen, wusste, dass sie um die Großmutter trauerte und hinter ihren Augen eine stille Totenwache abhielt. Jetzt verstand er, was die dhrakische Matriarchin gemeint hatte, als sie sagte, sie kenne das Herz des Kindes. Vielleicht würde er es jetzt ebenfalls kennen.

Erst als Achmed unruhig wurde und sich enger an die Wand ihres Bunkers lehnte, dämmerte ihm, wie lange Rhapsody inzwischen schon weg war. Der König legte das Ohr an die Wand, dann trat er kopfschüttelnd wieder zurück.

»Hörst du irgendwas?«, erkundigte sich Grunthor hoffnungsvoll. Aber Achmed schüttelte nur abermals den Kopf.

»Kannst du sie durch die Erde fühlen?«

Grunthor überlegte einen Moment. »Nein. Alles ist durcheinander, wie unter Schock. Ich kann nichts erkennen.«

Zittrig stand Achmed auf. »Vielleicht kann ich ihren Herzschlag aus dem gleichen Grund nicht spüren.« Grunthors Augen waren plötzlich voller Besorgnis. »Wir geben ihr noch einen Moment, und wenn sie dann nicht auftaucht, gehen wir sie suchen«, setzte Achmed hinzu, lehnte sich an die Felswand und lauschte erneut, ob er von der anderen Seite etwas hören konnte. Nichts.

»Rhapsody!«, rief er, aber der Klang seiner Stimme kam zu ihm zurück, um einen Augenblick später von ihrem Erdbunker verschlungen zu werden. Er wandte sich an Grunthor, und seine dunklen Augen blitzten.

»Mach wieder auf«, befahl er schroff und deutete auf die Felswand.

Behutsam bettete Grunthor das Erdenkind auf einen Arm und fasste mit der freien Hand in die Felswand hinein. Vor ihm brach ein großes Stück weg. Wie als Antwort hörte er Rhapsodys Stimme, die von der anderen Seite der Steinwand nach ihnen rief.

»Grunthor! Achmed! Alles in Ordnung mit euch da drinnen?«

Der Bolg-Riese griff noch tiefer in den Felsen und riss ihn von der Öffnung weg. Als er auf die andere Seite trat, erhellte ein müdes Lächeln sein Gesicht.

»Aber, aber, Hoheit, du hast dir ganz schön Zeit gelassen, stimmt's? Wir ham uns Sorgen gemacht, und zwar nich zu knapp.«

Rhapsody erwiderte sein Lächeln und bot Achmed ihre Hand an, um ihn aus dem Bunker zu ziehen. »Du hast gut reden«, meinte sie zu Grunthor. »Eine halbe Ewigkeit dachte ich, du wärst noch in der Kolonie, begraben unter einem Schuttberg.« Ihr Lächeln verblasste, als sie sah, dass er das Schlafende Kind trug. »Ich muss gestehen, als ich sah, wie sie umherging, dachte ich, jetzt wäre alles vorbei. Wie hast du das angestellt? Bist du mit ihr verschmolzen, wie du es auch bei den Felsen machst?«

»Jawoll. Was glaubst du denn, was sie ist, wenn nich aus Stein?«, antwortete Grunthor schlicht. »Ich hab mir gedacht, dass ich sie kaum wohlbehalten aus dem ganzen Schutthaufen rausschleppen kann. Da war es so am einfachsten.«

Mit einer Handbewegung zum Eingang der Kolonie meinte Achmed: »Lasst uns jetzt gehen.«

In dem riesigen Tunnel herrschte Totenstille, abgesehen von einem gelegentlichen leisen Knallen oder Zischen von der Asche, welche die Wände und den Boden bedeckte. Um sie herum und über ihnen, wo die Ranke gewaltsam in die Höhle eingedrungen war, waren nurmehr verbrannte Wurzelstücke und die verschlungenen Überreste der Gänge zu erkennen, die sie in die Erde gegraben hatten.

Achmed beugte sich über die Trümmer des Bogens über dem Katafalk des Schlafenden Kindes und ließ seine empfindsamen Finger über die vertrauten Buchstaben gleiten, die dort eingemeißelt gewesen waren. Einst hatten sie eine Welt, die sie nie zu Gesicht bekommen würde, davor gewarnt, das hier ruhende Kind zu wecken. Nun lagen sie auf dem Boden verstreut, zerbrochen zu sinnlosem Kauderwelsch.

Rhapsody legte ihm die Hand auf die Schulter. »Alles in Ordnung?«

Achmed nickte abwesend. Irgendwo hier musste die Asche der Großmutter sein, für immer vermischt mit den Überresten der Dämonenranke, unzertrennlich wie das ineinander verflochtene Schicksal von Dhrakiern und F'dor. Es machte ihn traurig, wenn er daran dachte, dass das Ende der Zeit sie so vorfinden würde. Schließlich stand er auf, klopfte sich den Schmutz von den Händen und starrte in den gewundenen Tunnel hinauf, aus dem die Ranke gekommen war.

»Der Gang reicht bis ins Haus der Erinnerungen, mindestens sechshundert Meilen von hier«, meinte er, während er mit zusammengekniffenen Augen in die Finsternis spähte. »Das ist nicht gut. Die F'dor haben einen Zugang in den Berg, das macht uns verletzlich.«

»Aber nicht lange«, entgegnete Grunthor fröhlich. Er zog das Schlafende Kind enger an seine Brust, schloss die Augen und fühlte, wie nah das Lebensblut der Erde seinem Herzen war. Dann streckte er die Hand aus und legte sie an die Wand.

Rhapsody und Achmed sprangen zurück, als der Tunnel anschwoll und in sich zusammenstürzte, sodass sich der Spalt füllte, den die Ranke in die Erde gerissen hatte. Die Erde verlagerte ihre Masse und schloss den Zugang, durch den der F'dor in den Berg gedrungen war.

Rhapsody blickte nach oben. Trotz der mächtigen Verschiebungen war ihnen außer ein wenig Staub nichts auf den Kopf gefallen. Wieder sah sie Grunthor an. Er wirkte fast durchsichtig, und es ging das gleiche Strahlen von ihm aus, das die Erde erfüllt hatte, als sie an der Axis Mundi entlanggekrochen waren. *Das Kind der Erde*, dachte sie voller Zuneigung.

Als das Strahlen nachließ, zog Grunthor die Hand zurück, wandte sich zu seinen Freunden um und lächelte.

»Alles wieder dicht.«

»Bis hinauf nach Navarne?«, fragte Achmed ungläubig.

»Jawoll.«

»Wie hast du das angestellt?«

Der Bolg-Sergeant blickte auf das Kind in seinen Armen. »Hatte hier ein bisschen Hilfe, Herr.«

Nun, da die Höhle wieder sicher verschlossen war, kehrten sie ins Loritorium zurück. Rhapsody lächelte Grunthor zu und strich mit den Fingern zart über die Stirn des Mädchens. Das Erdenkind seufzte leise im Schlaf.

»Was wirst du jetzt mit ihr machen, Achmed?«

»Sie bewachen«, antwortete er.

»Natürlich. Ich hab mich nur gefragt, wo.«

Achmed blickte sich in den Ruinen des Loritoriums um, dessen kunstvolle Schnitzereien rissig und versengt waren, die schönen Fresken und Mosaiken rußgeschwärzt, die Pfützen mit den silbern schimmernden Erinnerungen ein für allemal verschwunden. »Hier«, antwortete er schließlich. »Zuerst habe ich gedacht, ich nehme sie mit in den Kessel, damit ich sie leichter im Auge behalten kann, aber das wäre wohl zu weit für sie. Das hier ist ein idealer Platz. Tief genug unter der Erde, dass die Bolg sie nicht stören. Sie kann auf dem Altar aus Lebendigem Gestein schlafen, dort schien sie ganz friedlich zu sein.«

Rhapsody nickte. »Vielleicht tröstet sie das.«

»Vielleicht. Allerdings müssen wir auch den Tunnel, den wir auf dem Weg hierher gegraben haben, wieder verschließen, und hier neue Sicherheitsvorkehrungen treffen. Im Brunnen gibt es noch genug Lampenöl, um einen Vulkan zu bauen, wenn wir wollen. Wenn Grunthor sich erholt hat, kann er einen Gang vom Loritorium zu meinen Gemächern graben. Sollte der F'dor jemals noch einen Versuch unternehmen, an sie heranzukommen, dann muss er sich mit mir persönlich anlegen. Zwar wird das Ganze ein technischer Albtraum, aber ich denke, dem sind wir gewachsen.«

Rhapsody nickte, als Grunthor das Kind behutsam auf den Altar legte. »Er wird es garantiert noch mal versuchen, wisst ihr.«

»Natürlich. Aber ich denke, nicht noch einmal auf die gleiche Weise. Er sammelt ein Heer, um das Bolg-Land anzugreifen; mir ist zwar noch nicht ganz klar, was er im Einzelnen plant, aber ich bin sicher, dass er es tun wird. Deshalb war Ashe ja auch seine Zielperson – in ihm fließen die cymrischen Linien zusammen, und er ist außerdem auch noch der Sohn des Fürbitters. Er hätte ohne weiteres den Thron von Roland für sich beanspruchen können. Wahrscheinlich hätte er Manosse und die neutralen Cymrer der frühen Generationen ebenfalls für sich gewinnen können, denn sie sind grundsätzlich loyal gegenüber den Vertretern der Seite, die sich gehalten hat – wie beispielsweise Anborn.«

»Und vermutlich auch Tyrian«, fügte Rhapsody hinzu. »Seine Mutter war eine Lirin.« Auf einmal dachte sie an das, was Oelendra gesagt hatte, als sie zusammen am Feuer gesessen hatten. *Wenn der F'dor in der Lage gewesen wäre, ihn an sich zu binden, den Drachen zu beherrschen – ich schaudere bei dem Gedanken, wie er die Macht missbraucht hätte, um die Elemente selbst zu kontrollieren.* »Die ganze Welt kann von Glück sagen, dass er stark genug war, um zu entkommen.«

Achmed starrte auf die Ruinen ringsum. »Das Heer, das Ashe um sich hätte scharen können, wäre vielleicht tatsächlich in der Lage gewesen, das zu tun, was Anwyn nicht zu tun vermochte – den Berg einzunehmen. Er wäre ein idealer Wirt für den F'dor gewesen, aber er hat es geschafft zu entkommen und sich die letzten zwei Jahrzehnte im Verborgenen zu halten. Jetzt, da der F'dor weiß, dass Ashe am Leben ist, wird er zweifellos wieder nach ihm suchen.«

»Mit diesem Problem muss er jetzt aber selbst fertig werden«, meinte Rhapsody energisch. »Wir haben ihm das Werkzeug geliefert, das er zum Überleben braucht. Seine Seele gehört ihm wieder, er ist ganz und leidet keine Schmerzen mehr. Wenn er muss, kann er sich noch eine Weile verstecken. Das hat er zwanzig Jahre lang getan. Er wird es schon schaffen.«

Ein spöttisches Lächeln spielte um Achmeds Mundwinkel. »Ich kann nicht sagen, wie gut es mir tut, dich so über ihn sprechen zu hören«, sagte er. »Bedeutet das, dein Techtelmechtel mit ihm ist überstanden?«

Rhapsody wandte den Blick ab. »Ja.«

»Was hast du jetzt vor?«

Sie stellte sich ein wenig aufrechter hin, und Achmed staunte, wie kampflustig ihr Gesicht und ihre Haltung auf einmal wirkten. »Zuerst einmal möchte ich mich um Ylorc kümmern. Ich werde dir und Grunthor helfen, das Loritorium auszuräumen, und dafür sorgen, dass das Erdenkind eine gemütliche Ruhestatt bekommt. Danach brauche ich einen Tag zum Trauern, ich will Klagelieder singen für alle, die wir verloren haben.« Achmed nickte und bemerkte, dass der feste Blick in ihren Augen nicht flackerte, als sie ihre Schwester und die Großmutter erwähnte. »Vorausgesetzt, ihr seid im Bolg-Land für eine Weile entbehrlich, könnte ich dann eure Hilfe brauchen, um die Kinder des F'dor aufzuspüren.«

»Nur wenn du planst, sie auszurotten«, erwiderte Achmed, und ein warnender Unterton schlich sich in seine Stimme. »Bei deiner Vorliebe für Kinder kann ich mir kaum vorstellen, dass du bei so einer Unternehmung Erfolg haben wirst, Rhapsody.«

»Ich habe nicht die Absicht, sie auszurotten, solange es nicht unbedingt notwendig ist. Aber dann würde ich es ohne Skrupel tun«, entgegnete sie. »Die Sache ist genauso wie bei Ashe. Es sind Leute mit menschlichen Seelen, Achmed, mit Dämonenblut in den Adern. Man kann ihnen helfen. Sie brauchen unsere Hilfe.«

»Woher willst du wissen, dass es nicht kleine dämonische Ungeheuer sind wie der Rakshas?«, fragte er leicht irritiert. Ihm gefiel die neue Wendung des Gesprächs nicht.

»Sie wurden von Menschenmüttern geboren, und Ashes Seele war im Rakshas gegenwärtig. Wenn ein Elternteil eine Seele hat, bekommt das Kind ebenfalls eine. Das sind keine Ungeheuer, Achmed, nicht mehr als die Bolg. Es sind Kinder, Kinder mit vergiftetem Blut. Wenn wir dieses Blut irgendwie isolieren können, dann können sie wenigstens hoffen, der ewigen Verdammnis zu entgehen.«

»Nein«, widersprach der König ärgerlich. »Das Risiko lohnt sich nicht. Jedes dieser Kinder könnte bereits an den F'dor gebunden sein. Wir wollen uns vom F'dor nicht die Bedingungen für unsere Auseinandersetzung diktieren lassen.«

Rhapsody lächelte kühl. »Genau. Deine Fähigkeit, Blut aus der alten Welt aufzuspüren, wird uns helfen, die Kinder zu finden, Achmed. Wenn dieser dämonische Teil ihres Blutes irgendwie entfernt werden kann, gebe ich ihn dir. Dann hast du das Blut des F'dor, eine Geruchsspur für die Jagd.« Sie blickte zu Grunthor hinüber, der das Gespräch aufmerksam verfolgte. »Vielleicht werden wir ihn endlich finden können. Er hat uns die Möglichkeit dazu verschafft.«

Blut wird das Mittel sein.

Der König und der Sergeant tauschten einen raschen Blick, dann sah Achmed wieder zu Rhapsody.

»In Ordnung«, meinte er. »Aber mach keinen Fehler, Rhapsody. Wenn ein Dämonenspross auch nur den Bruchteil einer Sekunde für irgendeinen von uns eine Gefahr darstellt, werde ich ihm die Kehle durchschneiden und ihn im Handumdrehen ins Reich seines Vaters in der Unterwelt zurückschicken. Darüber gibt es keine Diskussion. Bist du damit einverstanden?«

Rhapsody nickte. »Gut«, sagte sie.

57

Acht Tage später kamen die drei endlich aus der Dunkelheit der Felsspalte hervor, in der sich einst der verborgene Eingang zum Loritorium befunden hatte. Grunthor hatte einen Großteil der Zeit dafür benötigt, um sich von der Anstrengung zu erholen, die ganzen Gänge und Tunnel, die er gegraben hatte, wieder zu verschließen. Ohne die Nähe, die er zum Erdenkind gehabt hatte, wäre die Aufgabe noch wesentlich schwieriger gewesen und hätte von dem Riesen einen noch höheren Tribut gefordert. Aber das Schlimmste für ihn war, dass er das Mädchen in der Dunkelheit der verrußten Gruft zurücklassen musste, verborgen vor allem außer vor der Zeit.

Ebenso schmerzlich war der Abschied selbst. Rhapsody küsste die steingraue Stirn des Kindes, während Grunthor das Mädchen behutsam mit seinem Mantel zudeckte - anstelle der weichen Decke aus Spinnenseide, in welche die Großmutter sie stets eingehüllt hatte. Achmed löschte die Straßenlaternen, sodass nur der flackernde Flammenschein des Feuerbrunnens ein mattes Licht über das Loritorium breitete, einst ein hochfliegendes, der Gelehrsamkeit gewidmetes Projekt und nun nichts weiter als eine dunkle Höhle, die als Kammer für das Schlafende Kind diente.

Als sie schließlich aufbrachen, um das Mädchen in Frieden ruhen zu lassen, flüsterte Rhapsody ein letztes Schlaflied und folgte dann ihren Freunden in die Tiefe.

Weißer Schein
Lass die Nacht herein
Schnee bedeckt die gefrorne Welt

Schau und warte, schau und warte
Leg dich hin und schlaf ein
In Eisschlössern fein
Ein Versprechen soll sein
Ein Jahr, in dem nur wenige Tage noch sind
Erinnert sich gern an das Erdenkind

Ehe sie die verkohlten Überreste des Tunnelnetzes verschlossen, das einst die Kolonie gewesen war, blieben sie noch einmal zusammen im Kreis der Lieder stehen. Rhapsody sang ein Trauerlied für die Dhrakier, die vor so langer Zeit beim Völkermord der Letzten Nacht getötet worden waren, und eines für die Frau, die seither einsam Wache gehalten und das Erdenkind beschützt hatte, bis sie endlich zu ihr gekommen waren. Als sie sang, verstummte der unterirdische Wind, als hätte er endlich den Tod der *Zhereditck* zur Kenntnis genommen, der Windkinder und der Zivilisation, die sie einst aufgebaut hatten, um die Erde vor der Zerstörung zu retten.

Als das Lied vorüber war, gingen Rhapsody und Grunthor über die zerbröckelnde Brücke zurück und ließen Achmed allein im Kreis. Dort stand er zwischen den Runen, den Symbolen, die im Lauf der Zeit immer mehr verblassten, und beobachtete die Pendeluhr, die endlos in der Dunkelheit schwang.

Die Erde sagt, es war dein Tod, Herr. Du weißt es noch nicht, aber du wirst es erfahren.

Jetzt wusste er es.

Als sie wieder im Kessel angekommen waren, sah Rhapsody als Erstes nach ihren Enkelkindern und gesellte sich dann in der Großen Halle zu Achmed und Grunthor, wo sie von der wöchentlichen Postkarawane die neuesten Neuigkeiten erfuhren.

Die Soldaten und Kaufleute des Konvois hatten sich schon ein Publikum für den Bericht gesucht, der sie auf dem Weg von Roland per Vogelboten erreicht hatte. Zwei Erdbeben hatten den Kontinent erschüttert, so erzählten die Wachen aufgeregt, gefolgt von einer ungeheuren Hitzewelle und einem neuerlichen Erzittern der Erde, das sich von den Zahnfelsen bis ins Zentrum von Navarne erstreckt hatte. Rhapsody warf Grunthor aus dem Augenwinkel einen Blick zu, aber dieser zuckte nicht mal mit der Wimper, sondern schien von den Auswirkungen des Feuerballs und des Verschließens des Tunnels, den die Dämonenranke sich gegraben hatte, völlig unbeeindruckt.

Zum Glück gab es keine Todesopfer zu beklagen, erzählten die Soldaten weiter, und mit einer Ausnahme war auch nichts beschädigt worden. Traurig musste Rhapsody zur Kenntnis nehmen, dass das Haus der Erinnerungen bei den Erdstößen in Flammen aufgegangen und bis auf die Grundfesten niedergebrannt war, zusammen mit einem großen Teil des verseuchten Waldes in seiner nahen Umgebung. Das einzig Gute daran war die Nachricht, dass der Baum auf seinem Hof, der Schössling der Sagia, den die Cymrer vor so vielen Jahrhunderten aus ihrer Heimat mitgebracht hatten, wie durch ein Wunder die Feuersbrunst überlebt hatte. Insgeheim hoffte Rhapsody, dass der Baum nun, da er vollständig von der Dämonenwurzel befreit war, prächtig gedeihen würde.

Nachdem sie die Neuigkeiten gehört hatte, stieg sie durch die tiefer werdenden Schatten der Dämmerung hinauf auf die Heide, den Ort, der Zeuge von so viel Hoffnung und Verzweiflung geworden war. Dort setzte sie sich auf das vom Frost trockene, bleiche Gras, legte ihr Schwert über die Knie und beobachtete, wie die Abendsterne einer nach dem anderen am Firmament erschienen. Der Winterhimmel war glockenklar und kalt, und das Tiefblau im Zenit ging am Horizont in pechschwarze Nacht über.

Über den östlichen Gipfeln der Zahnfelsen sah sie Prylla aufsteigen, den Stern, den die Lirin nach dem Windkind der Wälder benannt hatten, der Stern, der Jos Scheiterhaufen entzündet hatte, das Symbol verlorener Liebe. Leise blinkte er in der klaren Nachtluft. *Sei nicht traurig*, schien er zu flüstern. *Die Liebe ist nicht verloren, du hast sie gefunden.*

Leise sang sie die Abendvesper in den Wind und ließ ihn den letzten Rest Traurigkeit davontragen, während er über die

Berggipfel und die sanft gewellte Ebene pfiff. Die Elemente, welche die Lirin hervorgebracht hatten, der Äther der Sterne und das Flüstern des Windes, blickten auf sie herab und umhüllten sie, reinigten ihren Geist und ließen das Feuer in ihr ruhig und hell brennen. Sie war wohlauf. Sie war stark, bereit für alles, was kommen mochte.

Sie war die Iliachenva'ar.

Weit weg, in den Ruinen des Hauses der Erinnerungen am Fuß des Baumes, stand ein Mann im Kapuzenumhang ebenso wie sie im Wind. Voller Ehrfurcht blickte er hinauf in die Äste des Baumes.

Dort, inmitten der glimmenden Asche, die sich mit dem Nebel aus seinem Umhang mischte, erblühte der Baum; über und über war er mit leuchtend weißen Blüten bedeckt, die seine Zweige selbst jetzt im Winter zierten. In einer Astgabel aber steckte eine kleine Harfe, die standhaft einen munteren Rundgesang spielte.

Danksagung

Mein herzlicher Dank geht an Jim Minz, den besten Lektor der bekannten Welt, an Jynne Dilling und all die wunderbaren Leuten bei Tor, speziell an Tom Doherty, der so ein feines musikalisches Gehör sein Eigen nennt.

Auch meiner Familie und meinen Freunden möchte ich danken – ich weiß es wahrlich zu schätzen, dass ihr mich während der Arbeit an diesem Projekt nicht in eine Kiste gestopft und die Niagarafälle hinuntergekippt habt. Ich danke euch für eure unendliche Liebe und bedingungslose Unterstützung.

Anu Garg möchte ich meine Hochachtung aussprechen, der ein großartiges persönliches Lexikon geschaffen hat und seine Liebe zur Sprache auf seiner wundervollen Website www.wordsmith.org mit uns teilt – Anu, du hast mir vollkommene Worte geschenkt.

Meine Dankbarkeit gilt auch Richard Curtis und Amy Meo – ihr habt mich zuschauen lassen, wie ihr die Zukunft geformt habt.

Und ich danke dem verstorbenen Mario Puzo.